BASTEI
LÜBBE

BASTEI LÜBBE MICHAEL MOORCOCK IM TASCHENBUCH-PROGRAMM:

13 058 Der Herzog von Köln
13 074 Der Weg nach Tanelorn
20 186 Der Mars-Krieger
20 255 Der Runenstab
20 385 Das Buch Corum

Michael Moorcock

Das Buch Corum

Roman

Ins Deutsche übertragen
von Lore Straßl
und Michael Görden

Bastei Lübbe

BASTEI LÜBBE TASCHENBUCH
Band 20 385

1. Auflage: Mai 2000
2. Auflage: November 2000
3. Auflage: Januar 2003

Vollständige Taschenbuchausgabe

Bastei Lübbe Taschenbücher
ist ein Imprint der
Verlagsgruppe Lübbe

Originaltitel: The Book of Corum

Lektorat: Stefan Bauer
Titelbild: Mark Harrison / Agentur Schlück
Umschlaggestaltung: QuadroGrafik, Bensberg
Satz: Fotosatz Steckstor, Rösrath
Druck und Verarbeitung: 62403
Société Nouvelle Firmin-Didot,
Mesnil-sur-l'Estrée, Frankreich
Printed in France

ISBN 3-404-20385-2

Sie finden uns im Internet unter
http://www.luebbe.de

Der Preis dieses Bandes versteht sich
einschließlich der gesetzlichen Mehrwertsteuer

Inhalt

Einleitung

In jenen Tagen gab es Lichtermeere und Himmelsstädte und fliegendes Getier aus Bronze. Da gab es Herden von brüllenden roten Rindern, welche an Größe selbst Burgen übertrafen. Und in den trüben Flüssen hausten kreischende grüne Geschöpfe. Es war eine Zeit, in der die Götter sich auf vielfältige Weise offenbarten, in der es Riesen gab, die über das Wasser wandelten, Kobolde und mißgestaltete Kreaturen, die der Unbedachtsame herbeirufen mochte und nur mit einem Blutopfer wieder bannen konnte. Es war eine Zeit der magischen Geschehnisse, der Phantasmen, eine Zeit sich rasch wandelnder Natur, unglaublicher Ereignisse, verrückter Paradoxa, erfüllter Träume, fleischgewordener Ängste und Alpträume.

Eine glanzvolle und eine finstere Zeit war sie – die Zeit der Schwertherrscher, als die äonenalten Erzfeinde, die Vadhagh und Nhadragh, starben. Es war die Zeit, da der Mensch, der Sklave der Furcht, seinen Aufstieg begann, ohne zu ahnen, daß ein Großteil der Schrecken jener Tage allein aus seiner Geburt erwuchs. Das war nur eine der vielen Ironien um das Menschengeschlecht (das seine Rasse in jenen Tagen Mabden nannte).

Die Lebensspannen der Mabden waren kurz, ihre Nachkommen zahlreich. Innerhalb weniger Jahrhunderte wurden sie zur dominierenden Rasse auf dem westlichen Kontinent, der sie hervorgebracht hatte. Abergläubische Scheu hielt sie schließlich noch ein oder zwei Jahrhunderte davon ab, größere See-Expeditionen zu den Küsten der Vadhagh und den Inseln der Nhadragh zu unternehmen, doch als sich ihnen niemand in den Weg stellte, wurden sie mutiger. Neid auf die älteren Rassen erwachte in ihnen und eine wilde Grausamkeit.

Die Vadhagh und Nhadragh ahnten nichts davon. Für sie hatte der Planet, auf dem sie seit Jahrmillionen lebten, endlich Frieden gefunden. Natürlich kannten sie die Mabden, aber sie stuften sie nicht viel höher als die anderen Tierarten ein. Abgesehen davon, daß sie den alten, traditionsverwurzelten Haß aufeinander noch immer pflegten, verbrachten die Vadhagh und Nhadragh ihre langen Stunden mit abstrakten Studien und künstlerischer Beschäftigung. Sie waren logische Denker, hochentwickelt und kultiviert und in Einklang mit sich selbst, aber sie vermochten den Wandel nicht zu begreifen, den die Zeit mit sich gebracht hatte. Und darum geschah es, daß diese alten Rassen die warnenden Zeichen ignorierten.

Es gab keinen Austausch an Wissen und Erfahrungen zwischen den uralten Feinden, obgleich ihre letzte Schlacht schon viele Jahrhunderte zurücklag.

Die Vadhagh lebten in Familiengruppen auf einsamen Burgen über einen ganzen Kontinent verstreut, den sie Bro-an-Vadhagh nannten. Es gab kaum Verbindung zwischen den einzelnen Familien; denn die Vadhagh hatten längst jegliches Interesse an Reisen verloren. Die Nhadragh wohnten in ihren Städten auf einer Inselgruppe nordwestlich von Bro-an-Vadhagh. Auch sie pflegten wenig Kontakt, selbst mit ihren nächsten Verwandten. Beide Rassen wähnten sich unangreifbar. Beide irrten.

Das rasch wachsende Menschengeschlecht breitete sich wie eine Pestilenz über die Welt aus, und wohin es sich wandte, bedeutete es das Ende der alten Rassen. Aber nicht nur der Tod kam mit den Menschen, sondern auch blinde Gewalt. Mit einer dunklen Lust vernichteten sie das Alte und ließen nur Ruinen und bleichende Gebeine zurück. Doch ohne daß er dessen gewahr wurde, beschwor der Mensch psychische und übernatürliche Spannungen von einem Ausmaß herauf, das selbst über das Begreifen der großen alten Götter hinausging.

Und die großen alten Götter empfanden zum erstenmal Furcht.

Der Mensch aber, der Sklave der Furcht, setzte arrogant in seiner Ignoranz seinen Aufstieg fort. In seiner Blindheit sah er die gewaltigen Zerstörungen nicht, die sein lächerlicher Ehr-

geiz verursachte. Er besaß auch keine feineren Sinne, um von der Vielzahl und Mannigfaltigkeit der Dimensionen zu ahnen, aus der das Universum geschaffen war. Anders die Vadhagh und Nhadragh, die verstanden hatten, sich zwischen den Dimensionen zu bewegen, die sie die fünf Ebenen nannten. Ihnen war es gegeben gewesen, einen tieferen Blick in das Universum zu tun.

Deshalb schien es eine schreiende Ungerechtigkeit, daß diese weisen Rassen durch Kreaturen, die kaum mehr als Tiere waren, ein Ende finden sollten. So als rissen Aasgeier das Fleisch aus dem hilflosen Körper des jungen Dichters, der sie nur verwundert anstarren konnte, während sie ihn einer exquisiten Existenz beraubten, die zu würdigen ihnen niemals möglich, deren Vernichtung ihnen nie bewußt sein würde.

»Wenn sie schätzen würden, was sie raubten, wenn sie wüßten, was sie vernichteten«, sagte der alte Vadhagh in der Erzählung DIE LETZTE HERBSTBLUME, *»wäre es mir ein Trost.«*

Es war ungerecht.

Mit der Erschaffung des Menschen hatte das Universum die alten Rassen verraten.

Aber es war eine ewige, sich immer wiederholende Ungerechtigkeit.

Das vernunftbegabte Wesen mag das Universum wahrnehmen und lieben, das Universum jedoch erwidert nichts. Es macht keinen Unterschied in der Vielfalt seiner Geschöpfe. Alle sind gleich. Keines ist bevorzugt. Das Universum, das über nichts weiter verfügt als den Stoff und die Schöpfungskraft, fährt fort zu erschaffen – wahllos. Es hat keine Kontrolle über seine Schöpfungen, und es kann, wie es scheint, von seinen Geschöpfen nicht beeinflußt werden (wenngleich manche sich dieser Täuschung hingeben).

Jene, die dem Wirken des Universums fluchen, sich dagegen aufbäumen, ihm mit den Fäusten drohen – sie fluchen und drohen nur etwas Taubem, Blindem und Unverletzlichem.

Aber das bedeutete nicht, aaß es nicht solche gibt, die das Unangreifbare zu bekämpfen und zu zerstören suchen.

Manchmal sind es Geschöpfe von großer Weisheit, die es nicht ertragen, sich mit der Gleichgültigkeit des Universums abzufinden.

Prinz Corum Jhaelen Irsei war einer von ihnen. Er war der letzte der Vadhagh. Man kannte ihn auch als den Prinzen im scharlachroten Mantel. Ihm ist diese Chronik gewidmet.

Erster Band

DER SCHARLACHROTE PRINZ

ERSTES BUCH

In dem berichtet wird, wie Prinz Corum vieles lernt, aber auch etwas verliert

1 Auf Burg Erorn

Auf Burg Erorn lebte die Familie des Vadhagh-Prinzen Khlonskey. Seit Jahrhunderten war diese Burg Stammsitz der Familie. Sie liebte die launische See über alle Maßen, jene See, die gegen Erorns Nordmauern brandete, und sie liebte den unberührten Forst, welcher bis nahe an die Südflanke der Burg heranreichte.

Burg Erorn war so alt, daß sie völlig verwachsen mit dem majestätischen Felsen zu sein schien, der hoch über dem Meer thronte. Aus dem von Salzwasser geglätteten Stein erhob sie sich Turm an Turm und bot einen malerischen Anblick. Die Wände im Inneren der Burg wandelten ihre Form im Einklang mit den Elementen und änderten ihre Farbe mit dem Wechseln des Windes. Es gab Gemächer mit Kristall- und Springbrunnenanlagen, welche die komplexen Musikstücke spielen konnten, die Mitglieder der Familie komponiert hatten. Es gab Galerien mit Gemälden auf Samt, auf Marmor und auf Glas, die Prinz Khlonskeys kunstbegabte Vorfahren gemalt hatten. Und es gab Bibliotheken, in denen sich Band an Band von Werken sowohl der Vadhagh als auch der Nhadragh reihte. Außerdem befanden sich überall in der Burg Säle mit Statuen, und es gab Volieren und Terrarien, selbst große Räume für Säugetiere. Es gab Observatorien, Laboratorien, Kinderzimmer, Gärten, Zellen zum Meditieren, Kranken- und Behandlungsräume, Turn- und Gymnastikhallen. Es gab Waffenkammern, Küchen, Planetarien, Museen ebenso wie Gemächer, die in ihrer

Schönheit keinem besonderen Zweck dienten. Und natürlich gab es auch verschiedene Suiten für die Familienangehörigen und Wohnräume für die Gefolgschaft.

Zwölf Personen lebten auf der Burg, die einst fünfhundert beherbergt hatte. Diese zwölf waren Prinz Khlonskey, ein uralter Greis; seine Frau Colatalarna, die viel, viel jünger als ihr Gemahl aussah; Ilastru und Pholhinra, seine Zwillingstöchter; Prinz Rhanan, sein Bruder; Sertreda, seine Nichte; und Corum, sein Sohn. Die übrigen fünf waren Gefolgsleute, entfernte Vettern des Prinzen. Alle hatten die charakteristischen Vadhagh-Merkmale: schmale, lange Schädel; Ohren fast ohne Läppchen, die dicht am Kopf anlagen; feines Haar, das der geringste Windhauch wie eine dichte Wolke aus Spinnwebfäden über ihren Gesichtern aufbauschte; große mandelförmige Augen mit gelber Pupille und purpurner Iris; breite, volle Lippen, und eine intensiv rosige, seltsam goldgesprenkelte Haut. Sie waren alle groß und schlank und gut gewachsen, und sie bewegten sich mit einer fließenden Grazie, die den menschlichen Gang wie das Watscheln einer Ente erscheinen ließ.

Die Familie des Prinzen Khlonskey beschäftigte sich hauptsächlich mit intellektuellen und künstlerischen Spielereien und hatte schon seit weit über zweihundert Jahren keine Verbindung mehr zu anderen Vadhagh gehabt und seit gut dreihundert Jahren keinen Nhadragh gesehen. Seit einem Jahrhundert hatten sie auch keine Neuigkeiten mehr von der Außenwelt erfahren. Ein einziges Mal sahen sie einen Mabden, als Prinz Opash, ein Naturforscher und Prinz Khlonskeys Vetter ersten Grades, ein Exemplar auf Burg Erorn gebracht hatte. Der Mabden – ein Weibchen – kam in den Burgzoo, wo er wohl versorgt wurde. Trotzdem lebte er nicht mehr als fünfzig Jahre und wurde auch nicht durch ein anderes Exemplar seiner Rasse ersetzt, als er starb. Seither hatten die Mabden sich vermehrt und sogar über weite Gebiete von Bro-an-Vadhagh verbreitet. Gerüchte waren einmal bis Erorn vorgedrungen, daß die Mabden Vadhagh-Burgen überfallen, die Bewohner überwältigt und die Burgen dann dem Erdboden gleichgemacht hätten. Prinz Khlonskey glaubte nicht so recht daran. Außerdem hatten er und seine Familie über so viel anderes nachzudenken und zu diskutieren.

Es gab unendlich viele bedeutend angenehmere Gesprächsthemen und Dinge, mit denen sich ihre Gedanken beschäftigen konnten.

Prinz Khlonskeys Haut war beinah milchigweiß und so dünn, daß die Adern und Muskeln sich darunter deutlich abhoben. Vor mehr als tausend Jahren hatte er das Licht der Welt erblickt, aber erst seit kurzem machte das Alter ihm zu schaffen. Wenn seine Schwäche ihm unerträglich würde und seine Augen sich zu trüben begännen, würde er seinem Leben auf Vadhagh-Art ein Ende bereiten. Er würde sich in der Traumkammer auf die weichen Seidenkissen legen und die süßen beruhigenden Dämpfe einatmen, bis er friedlich für immer eingeschlummert war. Das Alter hatte sein Haar goldenbraun gefärbt und die Augen mit einem rötlichen Purpur und dunkelorangen Pupillen versehen. Seine Gewänder waren nun fast zu groß für seinen greisen Körper, aber wenn er auch einen Stock aus geflochtenem Platin mit Rubinmetall trug, war seine Haltung dennoch aufrecht und ungebeugt.

Eines Morgens suchte er seinen Sohn, Prinz Corum, in einem Gemach auf, in dem durch eine unendlich komplexe Anordnung von offenen Röhren, vibrierenden Saiten und Wandersteinen Musik erzeugt wurde. Die einfachen, sanften Klänge verloren sich fast unter Prinz Khlonskeys Schritten, dem Tappen seines Stocks und seinem rasselnden Atem.

Prinz Corums Aufmerksamkeit wandte sich von der Musik ab und seinem Vater zu.

»Vater?«

»Corum, verzeih die Störung.«

»Aber natürlich. Außerdem bin ich ohnehin recht zufrieden mit meinem Werk.« Corum erhob sich von den Kissen und hüllte sich in seinen scharlachroten Mantel.

»Mich dünkt, ich werde bald die Traumkammer aufsuchen«, begann Prinz Khlonskey. »Doch ehe ich diesen Schritt tue, hätte ich noch einen Wunsch, zu dessen Erfüllung ich deiner Hilfe bedarf.«

Prinz Corum liebte seinen Vater und respektierte seinen Entschluß, darum erwiderte er nur ernst: »Ich stehe zu Euren Diensten, Vater. Was ist es, das ich für Euch tun kann?«

»Ich würde gern etwas über meine Verwandten erfahren. Über Prinz Opash, der auf Burg Sarn im Osten lebt. Über Prinz Lorim im Süden, auf Burg Crachah, und über Prinz Faguin auf Burg Gal im Norden.«

Prinz Corum hob die Brauen. »Gut, Vater, wenn Ihr –«

»Ich weiß, mein Sohn. Ich weiß, was du denkst – daß ich es selbst durch die Kraft meines Geistes erfahren könnte. Doch dem ist nicht mehr so. Aus mir unerklärlichen Gründen ist es schwierig geworden, die anderen Ebenen zu erreichen. Sosehr ich mich bemühe, ich erhalte nur ein verschwommenes Bild von ihnen, und es ist mir beinah unmöglich geworden, sie physisch zu betreten. Vielleicht ist es mein Alter –«

»Nein, Vater«, versicherte ihm Corum. »Auch ich finde es ungemein schwierig. Früher einmal war es so einfach, sich nach Belieben durch die fünf Ebenen zu bewegen. Mit etwas mehr Anstrengung konnten sogar die zehn Ebenen erreicht werden, obwohl sie, wie Euch ja bekannt, nur wenige physisch zu erreichen vermochten. Doch nun kann ich die vier Ebenen kaum noch wahrnehmen, die mit unserer eigenen das Spektrum formen, durch das unser Planet in seinem astralen Kreislauf hindurchwandert. Ich verstehe nicht, wie es zu diesem Verlust unserer Sensibilität kommen konnte.«

»Auch ich kann es mir nicht erklären.« Prinz Khlonskey schüttelte traurig das greise Haupt. »Es deutet auf eine größere Veränderung im Wesen der Natur unserer Erde hin. Und dies ist auch der Hauptgrund, weshalb ich von meinen Verwandten zu hören begehre. Vielleicht wissen sie, warum unsere Sinne nun auf eine einzige Ebene beschränkt sind. Es ist unnatürlich. Es hemmt uns. Sollen wir werden wie die Tiere auf dieser Ebene, die sich nur dieser einen Dimension bewußt sind und nichts von den anderen ahnen? Sind wir einem Prozeß der Rückentwicklung unterworfen? Sollen unsere Kinder nichts mehr von unserer Weltläufigkeit haben? Müssen sie langsam zu jenen Meeressäugetieren degenerieren, aus denen wir hervorgegangen sind? Ich muß zugeben, mein Sohn, daß dieser Gedanke anfängt, mir Sorgen zu machen.«

Prinz Corum unternahm keinen Versuch, seinen Vater zu beruhigen. »Ich las einst über die Blandhagna«, sagte er nachdenklich. »Sie waren eine Rasse der dritten Ebene, Persönlichkeiten von höchster Kultur. Aber irgend etwas geschah mit ihren Genen und Gehirnen, und innerhalb von fünf Generationen entwickelten sie sich zurück zu einer Spezies von fliegenden Reptilien, mit nur einer Spur ihrer früheren Intelligenz. Genug jedenfalls, sich gegenseitig zu hassen und schließlich völlig zu vernichten. Was ist es, frage ich, das diese Rückentwicklungen verursacht?«

»Das wissen nur die Schwertherrscher«, murmelte Prinz Khlonskey.

Corum lächelte. »Und die gibt es nicht. Ich verstehe Eure Besorgnis, Vater. Ihr möchtet, daß ich Eure Verwandten besuche und ihnen unsere Grüße überbringe.

Ich soll mich versichern, daß es ihnen gutgeht, und mich erkundigen, ob auch sie bemerkt haben, was wir hier auf Burg Erorn entdeckten.«

Sein Vater nickte. »Wenn unsere Sinne sich zu denen der Mabden zurückentwickeln, wäre es besser, unserer Rasse ein Ende zu setzen. Versuche auch in Erfahrung zu bringen, wie es mit den Nhadragh steht – ob sie ebenfalls unter diesem Verlust ihrer Sensibilität leiden.«

»Unsere Rassen sind ungefähr gleich alt«, murmelte Corum. »Vermutlich geht es ihnen nicht besser als uns Doch berichtete Euer Verwandter Shulag nicht etwas über sie, als er Euch vor ein paar Jahrhunderten besuchte?«

»Aye. Shulag erzählte, die Mabden seien mit Schiffen vom Westen her gekommen, hätten die Nhadragh unterdrückt, die meisten von ihnen getötet und den Rest versklavt. Doch ich wollte es nicht wahrhaben, und auch jetzt glaube ich nicht so recht daran, daß diese Mabden, die nicht viel mehr als Tiere sind – sei ihre Zahl auch noch so groß –, so viel Verstand haben könnten, die klugen und listigen Nhadragh zu schlagen.«

»Vielleicht sind sie zu achtlos geworden und zu sehr mit sich selbst beschäftigt«, meinte Corum nachdenklich.

Sein Vater wandte sich der Tür zu. Sein Stock aus Platin und Rubinmetall tappte sanft auf den dichtgewebten Teppich über dem Marmorboden. Seine Hand umklammerte ihn fester als gewöhnlich. »Selbstgefälligkeit ist das eine«, überlegte er laut, »und die Furcht vor einem unvorstellbaren Untergang das andere. Beides jedoch ist gefährlich. Aber warum sollen wir uns jetzt darüber den Kopf zerbrechen? Wenn du zurückkommst, wirst du sicher die Antworten zu diesen Fragen bringen. Antworten, die wir verstehen können. Wann wirst du aufbrechen?«

»Ich möchte meine Symphonie noch vollenden«, überlegte Prinz Corum. »In zwei oder drei Tagen dürfte es soweit sein. Am Morgen darauf gedenke ich mich dann auf den Weg zu machen.«

Prinz Khlonskey nickte zufrieden. »Ich danke dir, mein Sohn.« Als er das Gemach verlassen hatte, wandte Corum sich wieder seiner Musik zu, aber er fand es sehr schwer, sich darauf zu konzentrieren. Seine Phantasie begann sich bereits mit seiner Reise zu beschäftigen. Ein eigenartiges Gefühl bemächtigte sich seiner. Es mußte wohl Aufregung sein, dachte er. Zum erstenmal in seinem Leben würde er die Burg und ihre nähere Umgebung verlassen.

Er bemühte sich, seine Ruhe wiederzugewinnen, denn es war gegen die Art seiner Rasse, sich von Gefühlen beherrschen zu lassen.

»Es wird sehr lehrreich werden«, murmelte er vor sich hin, »auch die anderen Gegenden dieses Kontinents kennenzulernen. Ich wollte nur, ich hätte mich mehr für Geographie interessiert. Ich kenne kaum die Umrisse Bro-an-Vadhags auf der Karte, wieviel weniger die der restlichen Welt. Es wäre vielleicht angebracht, die Karten und einige der Reisebeschreibungen in der Bibliothek zu studieren. Ja, das werde ich. Morgen oder übermorgen.«

Auch jetzt empfand Prinz Corum kein Gefühl der Dringlichkeit. Die Vadhaghs waren eine langlebige Rasse und gewöhnt, sich Zeit zu nehmen, in aller Ruhe jegliches Handeln zu überlegen und Wochen, ja Monate in Meditation zu verbringen, ehe sie ein Studium, eine Forschung oder die Arbeit an einem neuen Kunstwerk aufnahmen.

Prinz Corum dachte noch eine Weile nach, dann beschloß er, die Symphonie, an der er die vergangenen vier Jahre gearbeitet hatte, einstweilen aufzugeben. Vielleicht würde er sie vollenden, wenn er zurückkam, vielleicht auch nicht. Es war nicht wichtig.

2 Prinz Corum bricht auf

Und so ritt Prinz Corum durch die weißen Nebelschleier des frühen Morgens hinaus seiner Bestimmung entgegen. Und das bleiche Licht ließ die Mauern der Burg mehr denn je mit dem gewaltigen Felsen verschmelzen, auf dem sie stand. Selbst die Bäume am Wegrand schienen eins mit dem Morgendunst, so daß sich Corum ein friedliches Bild von sanftem Gold und Grün und Grau bot, noch scheu überspielt von den rosigen Strahlen einer fernen Sonne. Und das Meer, verborgen von Burg und Nebel, rauschte gegen die Felsen und entbot ihm so einen Abschiedsgruß.

Als Corum das frisch duftende Nadel- und Birkengehölz erreichte, begann ein Zaunkönig zu singen. Krächzend antwortete eine Krähe, und plötzlich schwiegen beide, als hätten ihre eigenen Stimmen sie erschreckt.

Corum ritt durch den Forst, bis das Flüstern der See hinter ihm immer schwächer wurde und die Nebelschleier dem wärmenden Schein der höhersteigenden Sonne wichen.

Er war ihm vertraut, dieser uralte Wald, und er liebte ihn. Er hatte ihn in seiner Kindheit durchstreift, und dort die schon fast vergessenen Künste des Kampfes – des Angriffs und der Verteidigung – gelernt, die sein Vater für so nützlich hielt wie alles, was den Körper ertüchtigte. Und hier hatte er oft tagelang im Moos gelegen und hatte die Geschöpfe des Waldes beobachtet – die kleinen pferdeähnlichen Vierbeiner, die nicht größer als ein Hund waren, mit ihrem kurzen grauen und gelben Fell und dem Horn, das aus ihrer Stirnmitte wuchs. Und die wunderschönen vielfarbigen Vögel, die sich mit ihren fächerförmigen Flügeln hoch in den Himmel schwangen, bis das Auge ihnen nicht mehr zu folgen vermochte, und die doch ihre Nester unter der Erde errichteten, in verlassenen Fuchs- und Dachsbauten; und die großen sanftmütigen Schweine mit ihrem buschigen schwarzen Fell, die sich vom Moos ernährten; und noch vieles andere Getier.

Erst jetzt wurde Prinz Corum bewußt, daß er die Schönheit und Erholsamkeit des Waldes schon beinah vergessen hatte, so lange war er nicht mehr aus der Burg herausgekommen. Ein verträumtes Lächeln überflog sein Gesicht. Der Forst, dachte er, würde für immer bestehen. Etwas so Schönes konnte nicht vergehen.

Aber aus irgendeinem Grund stimmte dieser Gedanke ihn melancholisch, und er trieb sein Roß zu einer schnelleren Gangart an.

Das Pferd galoppierte freudig wiehernd dahin, denn es kannte den Wald und genoß es sichtlich, einmal richtig auslaufen zu können. Es war ein rotes Vadhagh-Pferd mit blauschwarzer Mähne und ebensolchem Schweif. Es war kräftig, hochbeinig und leichtfüßig und hatte nichts mit den zottigen Wildponys gemein, die im Walde lebten. Das Roß trug einen gelben Samtüberwurf, über dem Sattelkörbe hingen, an denen zwei Lanzen, ein runder Schild aus mehreren Schichten Holz, Messing, Leder und Silber, ein langer Bogen und ein Köcher mit vielen Pfeilen befestigt waren. Einer der Körbe war mit Reiseproviant gefüllt, der andere enthielt Karten und Bücher zur Orientierung und Unterhaltung.

Prinz Corum selbst trug einen konischen Silberhelm, in den sein Name in drei Schriftzeichen eingraviert war – Corum Jhaelen Irsei – und das hieß: Corum, der Prinz im scharlachroten Mantel. Bei den Vadhagh war es Sitte, einen Mantel besonderer Farbe als Kennzeichen zu wählen, während die Nhadragh dafür bestimmte Wappen oder Banner benutzten. Corum trug diesen Mantel jetzt. Er hatte lange weite Ärmel und einen vollen Fall, der den Rumpf des Pferdes bedeckte. Vorne war er offen.

Über dem Rücken hing eine Kapuze, die so groß war, daß sie auch über den Helm gezogen werden konnte. Der Mantel war aus der feinen, dünnen Haut eines Tiers geschneidert, das auf einer Ebene hauste, die selbst die Vadhagh vergessen hatten. Unter dem Mantel schützte Corum ein doppeltes Kettenhemd aus Hunderttausenden winziger Glieder. Die obere Lage des Hemdes bestand aus Silber, die untere aus Messing.

Neben den Lanzen und dem Bogen war Corum noch mit einer kostbaren Streitaxt bewaffnet und einem langen Schwert aus einem namenlosen Metall, das auf einer anderen Ebene der Erde geschmiedet worden war. Knauf und Parierstange waren aus Silber und mit rotem und schwarzem Onyx eingelegt. Sein Hemd war aus blauem Samt, und sowohl seine Beinkleider als auch die Stiefel waren aus feinstem Leder, wie auch der silberverzierte Sattel.

Eine Strähne seines feinen silbrigen Haars hatte sich unter dem Helm hervorgedrängt, und Prinz Corum versuchte sie zurückzuschieben. Sein jugendliches Gesicht wirkte halb verträumt und halb aufgeregt in Erwartung all des Neuen, das er in dem uralten Land seiner Väter finden würde.

Er ritt allein, denn keiner der Gefolgsleute konnte auf der Burg entbehrt werden. Auch reiste er zu Pferde und nicht in einer Kutsche, weil er so schnell wie möglich vorankommen wollte. Es würde ohnehin Tage dauern, ehe er die erste der zu besuchenden Burgen seiner Verwandten erreichen konnte. Inzwischen malte er sich aus, wie diese Burgen sich wohl von Erorn unterschieden und wie ihm ihre Bewohner gefallen würden. Vielleicht fand er unter ihnen sogar eine Frau? Auch wenn sein Vater es nicht ausgesprochen hatte, wußte Corum doch, daß dies ein weiterer Grund war, weshalb Prinz Khlonskey ihn auf diese Reise geschickt hatte.

Bald hatte Corum den Wald hinter sich gelassen und die weite Steppe erreicht, die Broggfythus genannt wurde. Auf ihr hatten sich dereinst die Vadhagh und Nhadragh zu einer blutigen und mystischen Schlacht getroffen.

Es war die letzte Schlacht gewesen, die zwischen den beiden Rassen ausgefochten worden war, und auf ihrem Höhepunkt hatte sie sich über alle fünf Ebenen ausgebreitet. Obwohl sie weder der einen noch der anderen Seite Sieg oder Niederlage brachte, hatte sie doch beide Rassen um ein Drittel dezimiert. Corum hatte gehört, daß es seither viele leere Burgen auf Bro-an-Vadhagh gab und viele unbewohnte Städte auf den Inseln im Meer gegenüber Bro-an-Vadhaghs Küste.

Als die Sonne fast den Zenit erreicht hatte, befand sich Corum bereits in der Mitte von Broggfythus, und er kam zu jener Stelle, die für ihn die Grenze seiner jugendlichen Ausflüge gewesen war. Hier lagen noch die weitverstreuten, überwucherten Ruinen der einst so gewaltigen Himmelsstadt, die während der Monate dauernden Schlacht seiner Vorväter von einer Ebene in die andere gedrungen war. Ihre Masse durchbrach das feine Gewebe zwischen den Dimensionen, bis sie schließlich hier zerschellte und den Großteil der kämpfenden Vadhagh und Nhadragh unter sich begrub. Da die Stadt jedoch einer anderen Ebene angehört hatte, hing den verbogenen Metall- und zerborstenen Steinteilen auch jetzt noch eine seltsame, ruhelose Unwirklichkeit an. Selbst aus der Nähe gesehen wirkten die Ruinen fast wie eine Fata Morgana, wenngleich das Unkraut, der blühende Ginster und die schlanken Birken, die auf ihnen wucherten, real genug waren.

Früher, als er keinen Auftrag und mehr Zeit als jetzt gehabt hatte, erinnerte sich Corum, hatte er sich ein Vergnügen daraus gemacht, seinen Blick auch in die anderen Ebenen wandern zu lassen, um so die Stadt aus verschiedensten Sicht zu betrachten. Aber heute verbrauchte dieses mehrschichtige Sehen viel zuviel Energie. Im Moment betrachtete er die verschwommenen Ruinen nur als Hindernis, das ihn zu einem großen Umweg von über zwanzig Meilen zwang.

Doch schließlich erreichte er den Rand der Steppe Broggfythus, und als die Sonne unterging, wandte er der Welt, die er kannte, den Rücken und ritt weiter nach Südwesten, in ein Land, das er nur aus den Karten und Büchern kannte, die er mit sich führte.

Drei Tage ritt er ohne Rast, bis sein rotes Pferd die ersten Zeichen von Ermüdung zeigte. Er hielt in einem kleinen, von Bäumen umgebenen Tal an, durch das ein frischer Bach sprudelte.

Er beschloß eine Weile auszuruhen und schlug dort sein Lager auf. Aus dem Sattelkorb holte er sich ein Stück des nahrhaften Brotes seines Volkes und lehnte sich gegen den Stamm einer alten Eiche, während sein Roß am Ufer weidete.

Corums Silberhelm lag an seiner Seite, zusammen mit der Streitaxt und dem Schwert. Tief atmete er die würzige Luft ein und entspannte sich, während er seine Augen über die blauen, grauen und weißen Gipfel der fernen Berge schweifen ließ. Es war ein liebliches und friedliches Land ringsum. Er genoß die Aussicht. Früher einmal, das wußte er, war es von vielen Vadhagh-Besitzungen besiedelt gewesen, aber nicht das geringste wies jetzt noch darauf hin. Es schien, als wären sie nun mit der Landschaft verwachsen oder als hätte diese sie verschluckt. Ein- oder zweimal waren ihm seltsam verformte Felsen aufgefallen, auf denen einmal Vadhagh-Burgen gestanden hatten, aber jetzt zeugten nur noch diese eigenartigen Felsen von ihnen. Der Gedanke überkam ihn, daß diese Steine Überreste der Vadhagh-Burgen sein mochten, die sich der Natur angepaßt hatten, aber sein Verstand wies eine solche Möglichkeit weit von sich. Allein die Vorstellung schien ihm irreal.

Er lächelte über seine eigene Phantasie und lehnte sich behaglich gegen den Baum. In drei Tagen würde er Burg Crachah erreicht haben, wo seine Tante, die Prinzessin Lorim, zu Hause war. Er beobachtete müde, wie sein Pferd die Beine einknickte und sich im Schatten der Eiche zur Ruhe niederließ. Prinz Corum gähnte, hüllte sich in seinen scharlachroten Mantel, zog die Kapuze tief ins Gesicht und schlief ebenfalls.

3 Die Mabden-Herde

Am späten Morgen des nächsten Tages weckten störende Geräusche den Prinzen: Geräusche, die nicht in den friedlichen Wald paßten. Auch sein Pferd hatte sie gehört, denn es hob die Nüstern und tänzelte unruhig auf einem Fleck.

Corum runzelte die Stirn und stand auf, um sich im Bach Gesicht und Hände zu waschen. Er blieb stehen und lauschte.

Ein Rumpeln – ein Rattern – ein Klirren – ein Knarren. Er glaubte eine brüllende Stimme am Talende zu hören und, als er in diese Richtung blickte, auch etwas zu sehen.

Corum kehrte zu der Eiche zurück, zog den Helm über den Kopf, schnallte sich das Schwert um und steckte die Streitaxt in den Gürtel. Dann sattelte er sein Pferd, das aus dem Bach trank.

Die Geräusche wurden lauter, und wie vorher das Tier, erfaßte nun auch ihn eine unbestimmte Unruhe. Er stieg in den Sattel, verhielt jedoch wartend unter der Eiche.

Das Tal herauf zog eine Flut von Vieh und Fahrzeugen.

Einige der Wesen waren in Eisen, Fell und Leder gekleidet. Corum nahm an, daß es sich um eine Mabden-Herde handelte. Aus dem wenigen, was er über die Gebräuche der Mabden gelesen hatte, wußte er, daß sie ein Nomadenleben führten, sich nie lange an einem Fleck aufhielten, sondern ständig auf Suche nach Nahrung waren. Er war überrascht, wie sehr die Waffen und Rüstungen einiger der Mabden denen der Vadhagh glichen.

Der Zug kam näher. Immer noch verharrte Corum an derselben Stelle und beobachtete sie neugierig, wie er in seinem Wissensdrang alles studierte, was er noch nicht kannte. Es war eine gewaltige Schar, die da heranzog. Sie hatte barbarisch geschmückte Streitwagen aus Holz und gehämmerter Bronze, die von struppigen Pferden mit rot-, gelb- und blaubemaltem Zaumzeug gezogen wurden.

Den Streitwagen folgten Karren, manche offen, andere mit Verdeck. Vielleicht befanden sich darin die Weibchen, dachte Corum, denn nirgends waren weibliche Mabden zu sehen.

Er bemerkte, daß die Näherkommenden buschige schmutzige Bärte und lange Schnurrbärte hatten und daß ihr Haar in verfilzten Strähnen unter den Helmen hervorhing. Sie grölten sich gegenseitig zu, und die Weinsäcke wanderten von Mund zu Mund. Erstaunt erkannte Corum, daß sie die gemeinsame Sprache der Vadhagh und Nhadragh verwendeten, wenn auch in primitiverer Form und Aussprache. So hatten sie also tatsächlich das Reden erlernt.

Wieder überfiel ihn ein unerklärliches Gefühl der Unruhe. Corum lenkte sein Pferd hinter eine dichte Baumgruppe und beobachtete den näher kommenden Trupp.

Nun verstand er auch, warum ihm so viele der Rüstungen und Waffen bekannt vorgekommen waren.

Weil es sich tatsächlich um Vadhagh-Rüstungen und -Waffen handelte.

Wieder runzelte Corum die Stirn. Hatten diese Mabden verlassene Vadhagh-Burgen geplündert? Oder waren es Geschenke? Oder hatten sie die Sachen gestohlen?

Die Mabden trugen auch Waffen und Rüstungen offensichtlich eigener Herstellung, plumpe Nachbildungen der exquisiten Vadhagh-Arbeiten. Einige Nhadragh-Waffen entdeckte er ebenfalls. Ein paar Mabden hatten sich in zweifellos gestohlene Samt- und Leinenumhänge gehüllt, doch die meisten trugen Wolfspelzmäntel, Bärenfellkapuzen, Seehundbeinkleider und -wämser, Mützen aus Ziegenleder, Röcke aus Hasenfell, schweinslederne Stiefel und Hemden aus Wildleder oder Wolle. Manche hatten Schmuckketten aus Gold, Bronze oder Eisen um Hals, Arme und Beine und sogar in das filzige Haar geflochten.

Sie zogen nahe an Corum vorbei, und es fiel ihm schwer, einen Hustenanfall zu unterdrücken, als der Gestank, der sie wie eine Wolke umgab, bis zu ihm drang. Viele waren so betrunken, daß sie über die Seiten ihrer Streitwagen hingen und herausgefallen wären, wenn andere sie nicht gehalten hätten. Die schweren Räder rumpelten vorbei, die Pferde zogen die gewichtige Last, und nun sah Corum auch, daß die mit Planen bespannten Wagen keine weiblichen Mabden beförderten, sondern Beute. Und ein großer Teil davon waren Vadhagh-Schätze, daran bestand kein Zweifel.

Es konnte gar keine andere Auslegung geben. Was Corum hier vor sich sah, waren Krieger, die von einem Beutezug zurückkehrten. Aber hatten sie nur leerstehende Burgen geplündert oder bewohnte überfallen und ausgeraubt? Corum wußte es nicht, doch es fiel ihm schwer, sich auch nur vorzustellen, daß diese Kreaturen gegen Vadhagh-Krieger gekämpft und gesiegt haben könnten.

Nun waren auch die letzten Streitwagen an ihm vorbei, und Corum bemerkte erstaunt, daß ein paar Mabden zu Fuß hinterhertaumelten und mit Stricken an diese hintersten Wagen gebunden waren.

Diese Geschöpfe trugen keine Waffen. Nur ein paar zerfetzte Lumpen bedeckten ihre Blöße. Ihre Körper waren ausgemergelt, ihre nackten Füße bluteten. Sie stöhnten, und hin und wieder schrien sie auch, dann lachten die Krieger auf den Wagen, an die sie gebunden waren, und zogen an den Stricken, bis die fast nackten Gefangenen stolperten.

Einer fiel und versuchte verzweifelt wieder auf die Beine zu kommen, als der Wagen ihn unbarmherzig weiterschleifte. Corum war entsetzt. Warum behandelten die Mabden ihre eigene Art auf eine so brutale Weise? Nicht einmal die Nhadragh, die als viel grausamer als die Vadhagh bekannt waren, hatten ihre Vadhagh-Gefangenen so gequält.

»Dies sind wahrhaftig Bestien!« murmelte Corum.

Einer der Mabden am Kopf des Wagenzugs brüllte einen lauten Befehl und ließ seinen Streitwagen neben dem Bach anhalten. Die folgenden Wagen hielten ebenfalls. Sie gedachten also hier ihr Lager aufzuschlagen.

Fasziniert und durch die Baumgruppe vor ihren Blicken geschützt beobachtete Corum sie weiter.

Die Mabden spannten die Pferde aus und führten sie ans Wasser. Aus den Wagen holten sie Töpfe und Pfannen und begannen ein Feuer zu schüren.

Als die Sonne unterging, wurde das Essen verteilt, aber die Gefangenen gingen leer aus. Wieder begannen die Weinsäcke von Mund zu Mund zu wandern. Bald war die halbe Herde sinnlos betrunken. Schnarchend lagen sie im Gras, wo sie gerade umgekippt waren. Andere wälzten sich auf dem Boden, rangen mit ihren Gefährten, und gelegentlich artete solch ein Scheinkampf derart aus, daß Messer und Äxte gezogen wurden und sogar Blut floß.

Der Mabden, der den Befehl zum Halten gegeben hatte, brüllte auf die Kämpfenden ein, taumelte zwischen ihnen umher, mit einem prallen Weinsack in der Rechten, stieß sie mit Füßen und befahl ihnen offenbar aufzuhören. Zwei achteten nicht auf ihn, da zog er seine gewaltige Bronzeaxt aus dem Gürtel. Er schmetterte sie dem nächsten über den Schädel und spaltete ihn durch den Helm hindurch. Ein plötzliches Schweigen senkte sich über das Lager. Mit einiger Anstrengung verstand Corum die Worte des Anführers.

»Beim Hund! Ihr werdet diese Raufereien in Zukunft bleibenlassen. Warum wollt ihr eure Kraft gegeneinander verschwenden? Ihr könnt euch mit denen dort vergnügen!« Er deutete mit der Axt auf die schlafenden Gefangenen.

Ein paar der Krieger lachten und standen auf. Sie gingen auf die Gefesselten zu und weckten sie mit Fußtritten. Dann durchschnitten sie die Stricke, die sie an die Streitwagen banden, und trieben sie auf die Mitte des Lagers zu, wo die noch nicht vom Wein eingeschläferten Mabden einen Kreis gebildet hatten, und in diesen Kreis hinein. Mit vor Angst weit aufgerissenen Augen starrten die Gefangenen um sich.

Der Anführer trat in den Kreis und baute sich vor ihnen auf.

»Als wir euch aus eurem Dorf mitnahmen, erklärte ich euch, daß wir Denledhyssi nur eines mehr hassen als die Shefanhow. Erinnert ihr euch, was das war?«

Einer der Gefangenen murmelte etwas und schaute zu Boden. Der Anführer schob die Axt unter das Kinn des Mannes, daß dieser den Kopf heben mußte.

»Aye, Freundchen, du hast gut aufgepaßt. Sag es noch einmal!«

Die Zunge in dem ausgedörrten Mund wollte dem Gefangenen kaum gehorchen. Er öffnete die zerschlagenen Lippen, starrte in den sich langsam verdunkelnden Himmel, während Tränen über seine Wangen liefen, und schrie dann mit brüchiger Stimme:

»Die, die den Shefanhow in den Hintern kriechen.«

Der Gefangene zitterte nun am ganzen Körper, und dann begann er zu schreien.

Der Mabden-Anführer lächelte. Er zog seine Axt zurück, dann rammte er ihren Schaft in den Magen des Mannes, daß sein Schrei erstickte und er sich vor Schmerzen krümmte.

Nie zuvor hatte Corum solche Grausamkeit miterlebt. Mit finsterem Gesicht beobachtete er, wie die Mabden begannen, ihre Gefangenen mit ausgestreckten Armen und Beinen an Pflöcke anzubinden. Dann nahmen sie brennende Fackeln und Messer und trieben ihr bestialisches Spiel mit ihnen. Aber sie achteten darauf, sie nicht zu töten, sondern ihnen nur qualvolle Wunden zuzufügen, daß sie sich vor Schmerzen wanden.

Der Anführer beobachtete seine Krieger lachend, nahm jedoch nicht selbst an der Marterung teil.

»Eure Geister werden sich noch an mich erinnern, wenn sie zusammen mit den Shefanhowdämonen in der Hölle des Hundes schmoren«, grinste er. »O ja, sie werden sich erinnern an den Grafen der Denledhyssi, Glandyth-a-Krae, den Bezwinger der Shefanhow!«

Corum versuchte sich einen Reim auf diese Worte zu machen. ›Shefanhow‹ konnte möglicherweise eine Abwandlung des Vadhagh-Worts ›Sefano‹ sein, das soviel wie Teufel bedeutet. Aber warum nannten diese Mabden sich selbst ›Denledhyssi‹, was ganz sicher von dem Wort ›Donledyssi‹ abgeleitet war und ›Mörder‹ hieß. Waren sie so stolz darauf, Mörder zu sein? Und war Shefanhow ein allgemeiner Begriff, mit dem sie ihre

Feinde bezeichneten? Und waren, was eigentlich außer Zweifel schien, ihre Feinde Artgenossen?

Corum schüttelte verwirrt den Kopf. Er verstand die Beweggründe und Verhaltensweisen nicht so weit entwickelter Tiere besser als die der Mabden. Es fiel ihm immer schwerer, sie unbeteiligt zu beobachten. Es graute ihm vor ihnen, und seine Unruhe wuchs. Er wandte sein Pferd und ritt in den Wald hinein.

Die einzige Erklärung, die er im Augenblick finden konnte, war, daß die Spezies der Mabden einen schnelleren Evolutions- und Degenerationsprozeß mitgemacht hatte, als er je zuvor gehört hatte. Es war möglich, daß dieser Trupp hier die geistesverwirrten Überreste der Mabden-Rasse war.

In dem Fall war es auch zu verstehen, daß sie sich wie tollwütige Füchse gegen ihre eigenen Artgenossen wandten.

Plötzlich hatte er das Gefühl, sich beeilen zu müssen. Er trieb sein Pferd zum schnellen Galopp an. Prinzessin Lorim auf der den Mabden-Herden näher gelegenen Burg Crachah wußte vielleicht die Antworten auf die Fragen, die ihn quälten.

4 Der Ruin der Schönheit, das Ende der Wahrheit

Von einigen bereits kalten Feuerstellen und zurückgelassenem Unrat abgesehen, stieß Prinz Corum auf keine weiteren Spuren der Mabden, bis er die hohen grünen Hügel erklomm, die das Crachah-Tal umgaben, und er von einer der Kuppen Ausschau nach der Burg der Prinzessin Lorim hielt.

Zahllose Pappeln, Ulmen und Birken streckten im Tal ihre Wipfel gen Himmel. Das sanfte Licht des frühen Nachmittags schien den Frieden, den das Bild unter ihm bot, noch zu vervollständigen. Doch wo war die Burg?

Corum holte sich die Karte aus seinem Packkorb und studierte sie noch einmal aufmerksam. Die Burg sollte sich genau in der Mitte des Tales befinden und von sechs inneren Ringen aus Pappeln sowie zwei äußeren aus Ulmen umgeben sein. Wieder starrte er suchend hinab.

Ja, da waren die Pappel- und Ulmenringe.

Doch in der Mitte stand keine Burg, nur eine Nebelwolke hing dort.

Aber an einem so heiteren Tag dürfte es doch keinen Nebel geben! Es konnte sich nur um Rauch handeln.

Wie gehetzt ritt Prinz Corum den Hügel hinab.

Er galoppierte, bis er den äußersten Ring erreicht hatte, und spähte durch die inneren, aber noch konnte er nichts erkennen. Bereits jetzt aber stieg ihm beißender Rauch in die Nase.

Er drang weiter vor und begann zu husten, als der Rauch seine Lungen füllte. Seine tränenden Augen erblickten die zerfallenen Mauern, die verbogenen Metallstreben und das halbverbrannte Gebälk.

Eine Ruine – eine noch schwelende Ruine – lag vor Prinz Corum, und es handelte sich zweifellos um die Überreste der Burg Crachah. Feuer hatte die Burg einstürzen lassen, und Feuer hatte ihre Bewohner verzehrt. Denn als Corum sein schnaufendes Pferd um die rauchgeschwärzten Mauerstücke herumritt, entdeckte er verkohlte Skelette und hinter der Burg die Spuren einer Schlacht: einen zertrümmerten Streitwagen, ein paar tote Mabden-Krieger, die verstümmelte Leiche einer alten Vadhagh-Frau.

Schon jetzt wagten vereinzelte Krähen und Raben sich trotz des Rauchs heran.

Prinz Corum begann zu verstehen, was Leid sein

mußte und Trauer. Das Gefühl, das er nun empfand, konnte nichts anderes sein.

»Ist hier noch jemand?« rief er, in der Hoffnung, einer der Burgbewohner könnte vielleicht doch überlebt haben. Aber es rührte sich nichts. Langsam, mit gesenktem Kopf, wandte Prinz Corum sich ab und ritt davon.

Er lenkte sein Pferd gen Osten, wo Burg Sarn liegen mußte.

Eine ganze Woche war er unterwegs. Das Gefühl des Leides und der Trauer verließ ihn nicht. Es wurde im Gegenteil noch von einer nagenden Unruhe begleitet, die ihn von Tag zu Tag mehr ängstigte.

Burg Sarn lag inmitten eines dichten Waldes. Nur ein schmaler Weg führte zu ihr, auf dem der müde Prinz im scharlachroten Mantel auf seinem nicht weniger müden Rosse ritt. Scheue Waldtiere huschten davon, als sie die beiden hörten, und ein leiser Regen fiel aus den tiefhängenden Wolken. Hier stieg kein Rauch auf, und als Prinz Corum näher kam, sah er, daß hier kein Feuer mehr brannte. Die rußgeschwärzten Trümmer der Burg waren kalt, und Krähen und Raben hatten von den Toten nur die Gebeine übriggelassen.

Hier geschah es zum erstenmal, daß Tränen des Leides über Prinz Corums Wangen flossen. Langsam kletterte er aus dem Sattel, stolperte über schwarze Mauerreste und abgenagte Skelette, ehe er sich auf einem Stein niederließ.

Stundenlang blieb Prinz Corum dort sitzen und starrte blicklos vor sich hin, bis ein merkwürdiger Laut sich seiner Kehle entrang. Es war ein Laut, wie er ihn nie zuvor vernommen hatte, und er wußte nicht, wie er ihn nennen sollte. Es war ein dünner Laut, der nicht auszudrücken vermochte, was in seinem wie betäubten Kopf vorging. Er selbst hatte Prinz Opash nicht gekannt, aber sein Vater hatte immer mit tiefer Zuneigung von ihm gesprochen. Er hatte auch des Prinzen Familie und seine Gefolgsleute, die mit ihm auf der Burg gelebt hatten, nicht gekannt. Aber er weinte für sie alle, bis er schließlich völlig erschöpft auf dem Stein in einen alptraumgeplagten Schlaf sank.

Der Regen fiel sanft auf Corums scharlachroten Mantel. Das Wasser tropfte von den Ruinen und wusch die Gebeine. Das rote Roß suchte Schutz unter einer Ulme und streckte sich aus. Eine Weile kaute es an dem Gras, das rundum wuchs, und beobachtete seinen zusammengekauerten Herrn, dann schlief es ebenfalls.

Als Corum schließlich erwachte und über die Mauertrümmer zu seinem Pferd kletterte, jagten sich die Gedanken hinter seiner Stirn. Diese Morde und das Brandschatzen konnten nur die Mabden auf dem Gewissen haben, denn es war nicht Nhadragh-Art, die Burgen ihrer Feinde in Flammen zu stecken. Abgesehen davon herrschte zwischen den Vadhagh und Nhadragh schon seit Jahrhunderten Friede. Beide hatten die Kunst des Krieges längst vergessen.

Flüchtig war Corum der Gedanke gekommen, die Nhadragh könnten vielleicht die Mabden zu diesen Schandtaten angestiftet haben, aber das war doch zu unwahrscheinlich. Es gab einen alten Ehrenkodex, den keine der beiden Rassen je verletzt hatte, so grimmig die Kämpfe auch gewesen sein mochten. Und mit der Dezimierung ihrer Zahl hatten die Nhadragh jegliches Interesse an einer Expansion verloren. Für die Vadhagh war es fortan nicht mehr nötig gewesen, ihr Land zu verteidigen.

Sein Gesicht, das hager geworden war vor Erschöpfung und seelischer Anspannung, war mit tränenvermischtem Staub und Ruß verschmiert, als Prinz Corum sein Pferd weckte und müde in den Sattel stieg. Nordwärts ritt er nun, nach Burg Gal. Ein bißchen Hoffnung regte sich in ihm. Die Hoffnung, daß die Mabden-Horden nur im Süden und Osten ihr Unwesen trieben, den Norden jedoch genauso verschont hatten wie den Westen.

Einen Tag später hielt er an einem kleinen See, um sein Pferd zu tränken, und entdeckte Rauch hinter der Ginsterlandschaft. Er holte seine Karte heraus und studierte sie. Keine Burg war hier eingezeichnet.

Er überlegte. Konnte der Rauch von einem weiteren Lager der Mabden kommen? Wenn ja, vielleicht führten sie gefangene Vadhagh bei sich, die er möglicherweise befreien konnte. Corum beschloß, dem Ursprung des Rauches nachzugehen.

Der Rauch stammte jedoch nicht nur von einem Feuer, sondern offenbar von vielen kleinen. Es handelte sich tatsächlich um ein Mabden-Lager, doch um ein festes, ähnlich den kleineren Siedlungen der Nhadragh, aber viel primitiver.

Es bestand aus einer Anzahl niedriger Steinhütten mit Strohdächern und Schieferkaminen, aus denen der Rauch drang.

Um dieses Lager herum waren Felder, deren Stoppeln darauf hinwiesen, daß sie Getreide getragen hatten, und andere, auf denen ein paar Kühe weideten.

Kein ungutes Gefühl überfiel ihn, wie vor Tagen, als er den Mabden-Wagenzug gesichtet hatte, aber trotzdem näherte er sich der Siedlung nur vorsichtig und hielt sein Pferd gut hundert Meter entfernt an, um die Hütten zu beobachten.

Er wartete eine Stunde, nichts rührte sich in der Siedlung.

Er ritt näher heran, bis er kaum noch fünfzig Meter von der nächsten Steinhütte entfernt war.

Noch immer zeigte sich kein Mabden im Freien.

Corum räusperte sich laut.

Ein Kind begann zu weinen, aber der Laut verstummte wie erstickt.

»Mabden!« rief Corum nun, und seine Stimme klang heiser vor Müdigkeit und Schwermut. »Ich möchte mit euch sprechen. Warum kommt ihr nicht heraus?«

Eine Stimme, die gleichzeitig ärgerlich und verängstigt klang, antwortete aus der nächsten Hütte.

»Wir haben den Shefanhow kein Leid zugefügt. Sie haben uns kein Leid zugefügt. Aber wenn wir mit Euch sprechen, kommen die Denledhyssi zurück, nehmen unser letztes Brot, töten noch mehr unserer Männer und vergewaltigen erneut unsere Frauen. Zieht weiter, Shefanhow-Herr, wir flehen Euch an. Wir haben Euch einen Beutel mit Proviant vor die Tür gelegt. Nehmt ihn und laßt uns in Frieden.«

Corum sah den Beutel erst jetzt. Sie meinten es gut mit ihm, doch sie wußten offenbar nicht, daß ein Vadhagh ihre schwerverdauliche Nahrung nicht vertrug.

»Ich will euch nicht berauben, Mabden«, rief er. »Ich brauche euren Proviant nicht.«

»Was wollt Ihr dann, Shefanhow-Herr? Wir haben sonst nichts als unsere Seelen.«

»Ich weiß nicht, was ihr meint. Ich suche Antwort auf meine Fragen.«

»Die Shefanhow wissen alles. Wir wissen nichts.«

»Warum fürchtet ihr die Denledhyssi? Warum nennt ihr mich Teufel? Wir Vadhagh haben euch nie etwas getan.«

»Die Denledhyssi nennen Euch Shefanhow. Und weil wir in Frieden mit Eurem Volk lebten, bestraften sie uns. Sie sagen, die Mabden müssen die Shefanhow töten – die Vadhagh und die Nhadragh –, weil sie böse und verderbt sind. Sie sagen, unser Verbrechen ist, daß wir das Böse leben lassen. Sie sagen, die Mabden wurden geschaffen, um die Erde von den Shefanhow zu befreien. Die Denledhyssi sind die Krieger des großen Grafen Glandyth-a-Krae. Sein Lehensherr ist auch unser Lehensherr, nämlich König Lyr-a-Brode, dessen Stadt aus Steinhäusern, Kalenwyr, in den hohen Landen des Nordostens liegt. Wußtet Ihr das alles nicht, Shefanhow Lord?«

»Ich wußte es nicht«, erwiderte Prinz Corum leise und schwang sein Pferd herum. »Und jetzt, da ich es weiß, verstehe ich es nicht.« Laut rief er: »Lebt wohl, Mabden. Ich will euch nicht länger durch meine Anwesenheit in Gefahr bringen –« Er zögerte. »Doch verratet mir noch eines –«

»Was wollt Ihr noch wissen, Lord?« erkundigte sich die Stimme ängstlich.

»Warum töten die Mabden einander?«

»Ich verstehe nicht, Lord.«

»Ich sah Angehörige eurer Rasse ihre Artgenossen umbringen. Ist das etwas, das ihr häufig tut?«

»Aye, Lord. Das kommt sehr oft vor. Wir bestrafen solche, die unsere Gesetze brechen. Wir wollen jene einschüchtern, die es vielleicht vorhaben.«

Prinz Corum seufzte. »Mein Dank, Mabden. Ich reite jetzt.«

Das rote Pferd trabte durch den Ginster und ließ das Dorf hinter sich.

Nun wußte Corum, daß die Macht der Mabden größer war, als die Vadhagh auch nur geahnt hatten. Die Mabden hatten eine komplizierte, wenn auch primitive Gesellschaftsform mit Führern verschiedenen Ranges. Sie hatten feste Ansiedlungen unterschiedlicher Größe. Ein beträchtlicher Teil des Kontinents Bro-an-Vadhagh schien von einem Mann regiert zu werden, der sich König Lyr-a-Brode nannte. Der Name bedeutete in ihrem barbarischen Dialekt soviel wie König des ganzen Landes.

Corum entsann sich der Gerüchte, daß angeblich Vadhagh-Burgen von diesen Halbtieren überfallen und eingenommen worden waren, daß die Nhadragh-Inseln gefallen waren und nun von ihnen beherrscht wurden.

Und es sollte Mabden geben, die nur ein Ziel verfolgten, nämlich die alten Rassen auszurotten. Aber warum? Die alten Rassen bedeuteten doch keine Bedrohung für den Menschen. Wie könnten sie auch eine Gefahr für eine so fortpflanzungsfreudige und zügellose Spezies sein? Alles, was die Vadhagh und die Nhadragh hatten, war ihr Wissen. War es das, was die Mabden fürchteten?

Zehn Tage lang, während derer er nur zweimal Rast machte, ritt Prinz Corum gen Norden. Er glaubte zu wissen, was ihn erwarten würde, wenn er Burg Gal erreichte. Aber er mußte dorthin, um sich zu vergewissern. Und er mußte Prinz Faguin und seine Familie warnen, wenn sie noch am Leben waren.

Immer öfter sah Corum Mabden-Ansiedlungen aus der Ferne und umritt sie. Einige waren nicht größer als die erste, die er gesehen hatte, aber viele waren von beachtlicher Ausdehnung und breiteten sich um grimmige Steintürme herum aus.

Manchmal sah er Kriegertrupps vorbeireiten, und nur seinen feineren Vadhagh-Sinnen verdankte er es, daß er sie erblickte, ehe sie ihn entdecken konnten.

Einmal war er gezwungen, sich samt seinem Pferd in die nächste Ebene zu begeben, um einem Zusammenstoß mit einer Mabden-Horde zu entgehen. Aber es kostete ihn große Anstrengung. Er beobachtete, wie sie an ihm vorüberzogen, kaum drei Meter entfernt, und ihn doch nicht zu sehen vermochten. Wie die ersten, die er noch für eine Art Tierherde gehalten hatte, ritten auch sie nicht auf Pferden, sondern saßen in Streitwagen, die von struppigen Ponys gezogen wurden. Als Corum ihre Gesichter betrachtete, diese ungesunden, narbigen Visagen mit ihrer dicken Schmutz- und Schweißschicht, und ihre nicht weniger dreckstarrenden Leiber, die mit barbarischem Schmuck behangen waren, fragte er sich, woher sie ihre Zerstörungskraft nahmen. Er fand es immer noch schwer zu glauben, daß diese rohen Halbtiere, denen kein tieferes Verstehen gegeben war, die gewaltigen Vadhagh-Burgen in Ruinen hatten verwandeln können.

Endlich erreichte der Prinz im scharlachroten Mantel den Fuß des Berges, auf dem Burg Gal stand, und er sah die schwarzen Rauchwolken und die roten Flammen, die in den Himmel loderten, und er wußte, von welchem neuen Raubzug die Mabden-Bestien gekommen waren, vor denen er sich verborgen hatte.

Aber so wie es hier aussah, hatte es eine längere Belagerung gegeben, die bestimmt viele Tage gedauert hatte. Offenbar waren die Vadhagh von Burg Gal besser auf einen Angriff vorbereitet gewesen. In der Hoffnung, vielleicht noch einen lebenden, wenn auch verwundeten Verwandten zu finden, dem er helfen konnte, verlangte Corum seinem Roß das letzte ab.

Aber das einzige noch lebende Wesen außerhalb der brennenden Burg war ein stöhnender Mabden, den seine Artgenossen zurückgelassen hatten. Corum kümmerte sich nicht um ihn.

Er fand die Leichen dreier seiner Verwandten. Keiner von ihnen war eines schnellen Todes gestorben und keiner ohne das, was die Mabden zweifellos als Entwürdigung ansahen. Zwei von ihnen waren Krieger, die ihrer Waffen und Rüstung entblößt waren, und eines ein Kind, ein Mädchen von ungefähr sechs Jahren.

Corum bückte sich und hob die Leichen auf. Eine nach der anderen trug er sie zum Feuer und schob sie in die Flammen.

Dann kehrte er zu seinem Pferd zurück.

Der verwundete Mabden rief ihm nach. Corum hielt an. Das war nicht der gewöhnliche Mabden-Akzent.

»Helft mir, Herr!«

Es war der unverkennbare Klang eines Vadhagh oder Nhadragh.

War dies ein Vadhagh, der sich als Mabden verkleidet hatte, um dem Tod zu entgehen? Corum kehrte um und führte sein Pferd am Zügel durch den schwelenden Rauch.

Er blickte hinab auf den Mabden, der einen dicken Wolfspelzmantel trug und darüber ein kurzes Kettenhemd. Auf dem Kopf hatte er einen Helm, der vermutlich durch einen Hieb fast über sein ganzes Gesicht gestülpt war und seine Augen völlig bedeckte. Corum zerrte an dem Helm und warf ihn zur Seite.

Verwirrt starrte er den Verwundeten an. Es war kein Mabden. Es war auch kein Vadhagh. Es war das blutverschmierte Gesicht mit den dunklen flachen Zügen und dem dichten, über die Stirn bis zu den Augen wuchernden Haar eines Nhadraghs.

»Helft mir, Herr«, bat der Nhadragh erneut. »Ich bin nicht sehr schwer verletzt, ich kann Euch immer noch dienen.«

»Wem dienen, Nhadragh?« fragte Corum leise. Er riß ein Stück Stoff vom Ärmel des Verwundeten ab und wischte ihm das Blut aus den Augen. Der Nhadragh blinzelte und blickte zu ihm hoch.

»Wem möchtest du dienen, Nhadragh? Würdest du mir dienen?«

Die Augen des am Boden Liegenden wirkten plötzlich klar. Ein Ausdruck begann in ihnen zu erwachen, den Corum nur als Haß deuten konnte.

»*Vadhagh!*« knurrte er. »Es lebt noch ein Vadhagh!«

»Aye. Ich lebe. Warum haßt du mich?«

»Alle Nhadragh hassen die Vadhagh. Sie hassen sie seit Anbeginn der Zeit. Warum bist du nicht tot? Hattest du dich verkrochen?«

»Ich bin nicht von Burg Gal.«

»Dann hatte ich also recht. Dies war nicht die letzte Vadhagh-Burg.« Der Verwundete versuchte sich aufzurichten, seinen Dolch zu ziehen, aber er war zu geschwächt. Er fiel wieder zurück.

»Es war nicht Haß, was ihr Nhadragh einst für uns empfandet«, widersprach Corum ihm. »Ihr wolltet unser Land, das ja. Aber ihr bekämpftet uns ohne Haß, genau wie wir euch. Den Haß habt ihr von den Mabden gelernt, Nhadragh, nicht von euren Vätern. Denen bedeutete Ehre noch etwas. Du weißt gar nicht, was das ist. Wie ist es nur möglich, daß sich einer der alten Rasse zum Mabden-Sklaven machen ließ?«

Die Lippen des Nhadragh verzerrten sich zu einem dünnen Lächeln. »Alle noch lebenden Nhadragh sind Sklaven der Mabden – schon seit zweihundert Jahren. Sie dulden uns nur, weil sie uns als Hunde brauchen, um jene aufzuspüren, die sie Shefanhow nennen. Wir leisteten ihnen den Treueeid, um überhaupt am Leben bleiben zu dürfen.«

»Aber konntet ihr denn nicht fliehen? Es gibt doch noch andere Ebenen.«

»Wir haben keinen Zugang mehr zu ihnen. Unsere Geschichtsschreiber sagen, daß die letzte große Schlacht zwischen Nhadragh und Vadhagh das Gleichgewicht dieser Ebenen störte und daß die Götter uns deshalb den Zutritt verwehren –«

»So seid auch ihr wieder dem Aberglauben verfallen«, murmelte Corum. »Oh, was haben diese Mabden uns nur angetan!«

Der Nhadragh begann zu lachen und lachte, bis sein Gelächter zu Husten wurde und ein Schwall von Blut aus seinem Munde drang und über sein Kinn floß. Als Corum ihm das Blut abwischte, keuchte er: »Sie sind die Herren nach uns, Vadhagh. Sie bringen die Finsternis und den Terror. Sie sind der Ruin der Schönheit und das

Ende der Wahrheit. Die Welt gehört jetzt den Mabden. Wir haben kein Recht, weiterzuleben. Die Natur will nichts mehr von uns wissen. Wir sollten alle längst tot sein!«

Corum seufzte. »Ist das deine Meinung oder ihre?«

»Es ist eine Tatsache.«

Corum zuckte die Schultern. »Vielleicht.«

»Es ist so, Vadhagh. Du wärst ein Narr, wenn du es nicht einsähst.«

»Sagtest du nicht, du dachtest, dies sei die letzte unserer Burgen –«

»Nicht ich dachte es. Ich spürte, daß es noch eine weitere gab. Ich sagte es ihnen auch.«

»Und sie zogen aus, sie zu suchen?«

»Ja.«

Corum packte den Verwundeten an den Schultern. »Wo?«

Der Nhadragh lächelte. »Wo? Wo anders als im Westen?«

Corum schwang sich auf sein Pferd.

»Bleib!« krächzte der Nhadragh. »Töte mich, Vadhagh, ich flehe dich an! Laß mich nicht länger leben!«

»Ich verstehe nicht zu töten«, rief Corum zurück.

»Dann mußt du es lernen, Vadhagh. Du mußt es lernen!« keuchte der Sterbende, als Corum bereits sein Pferd zum Galopp antrieb.

5 Corum lernt seine Lektion

Und hier war Burg Erorn, ihre grauen Türme von gierigen Flammen umzüngelt. Die Wellen brandeten wild gegen den gewaltigen Fels, der eins mit der Burg war. Es schien, als protestierte die See, als heulte der Wind seine

Wut hinaus, als versuchte er, die schäumenden Wogen hochzupeitschen, um das gewaltige Feuer zu löschen.

Burg Erorn erbebte unter dem Donner ihrer fallenden Mauern, und die bärtigen Mabden lachten über ihren Sturz und warfen triumphierende Blicke auf die im Halbkreis um sie auf dem Boden aufgereihten Leichen.

Es waren Vadhagh-Leichen.

Vier Frauen und acht Männer.

In den Schatten jenseits der natürlichen Felsenbrücke sah Corum die blutigen Gesichter, und er kannte sie alle: Prinz Khlonskey, sein Vater; Colatalarna, seine Mutter; seine Zwillingsschwestern Ilastru und Pholhinra; sein Onkel Prinz Rhanan; seine Kusine Sertreda; und die fünf Gefolgsleute, alle Verwandte zweiten oder dritten Grades.

Dreimal zählte Corum die Leichen, und die nagende Trauer verwandelte sich in kalten Grimm.

Er hörte die Mörder einander in ihrem primitiven Dialekt zurufen.

Dreimal zählte er, dann wandte er der Horde seinen Blick zu. Nun war sein Gesicht wahrhaft das eines Shefanhow.

Prinz Corum hatte das Gefühl des Leides kennengelernt und das der Furcht. Und nun entdeckte er das der Wut.

Zwei Wochen lang war er fast ohne Rast dahingaloppiert, in der Hoffnung, die Burg noch vor den Denledhyssi zu erreichen und seine Familie vor den Barbaren zu warnen. Und nun war er ein paar Stunden zu spät gekommen.

Die Mabden waren ausgezogen in ihrer Arroganz, die der Unwissenheit entsprang, um jene zu vernichten, deren Arroganz aus der Weisheit geboren war. Das war der Lauf der Dinge. Zweifellos war das auch Prinz Khlonskeys Gedankengang gewesen, ehe man ihn mit einer geplünderten Vadhagh-Streitaxt niedergestreckt hatte. Aber jetzt fand keine Philosophie dieser Art in Corums Herzen Platz. Seine Pupillen färbten sich schwarz vor Zorn, die Iris wurde zu funkelndem Gold. Er zog seine große Lanze und trieb sein müdes Pferd über die Landbrücke durch die flammenerhellte Nacht auf die Denledhyssi zu.

Sie hatten es sich in ihren Streitwagen bequem gemacht und gossen süßen Vadhagh-Wein in ihre Kehlen. Die Brandung und das Prasseln der Flammen verschluckten den Hufschlag seines Rosses. Keiner ahnte etwas von der Ankunft des Vadhagh, bis Corums Lanze einen Mabden-Krieger aufspießte und dessen Schreie gellten.

Nun hatte Corum auch gelernt zu töten.

Er riß die Lanze zurück und rannte sie dem Gefährten des Toten durch den Hals. Dann drehte er sie ein paarmal.

Corum hatte gelernt, grausam zu sein.

Ein dritter Denledhyssi spannte seinen Bogen und schoß einen Pfeil ab. Aber Corum duckte sich und schleuderte ihm seine Lanze entgegen. Sie drang dem Krieger durch den bronzenen Brustpanzer ins Herz und riß ihn über die Seite des Streitwagens.

Corum zog seine zweite Lanze.

Aber nun reagierte sein Pferd nicht mehr auf seinen Schenkeldruck. Er hatte es bis zur Erschöpfung geritten. Es war nun fast am Ende. Inzwischen trieben die Wagenlenker bereits ihre Ponys an, um den Prinzen im scharlachroten Mantel mit ihren schweren Streitwagen zu überrennen.

Ein Pfeil schwirrte dicht an Corum vorbei. Der Prinz entdeckte den Schützen und drängte sein müdes Roß auf ihn zu. Rasch stieß er ihm die Lanze durch das ungeschützte rechte Auge und zog sie schnell genug zurück, um den Schwerthieb seines Gefährten abzuwehren.

Die schwere Lanze schlug dem anderen das Schwert aus der Hand. Corum umfaßte seine Waffe mit beiden Händen, drehte sie um und schmetterte dem Schwertkämpfer das Lanzenende ins Gesicht, daß er aus dem Streitwagen stürzte.

Aber durch die zuckenden Schatten, die das tosende Feuer warf, stürmten bereits die anderen Kriegswagen heran.

Einer führte sie an, den Corum wiedererkannte. Er lachte und brüllte und schwang seine gewaltige Streitaxt über dem Kopf.

»Beim Hund! Das ist doch nicht gar ein Vadhagh, der zu kämpfen vermag wie ein Mabden? Doch du hast zu spät gelernt, Freundchen. Du bist der Letzte deiner Rasse.«

Es war Glandyth-a-Krae. Seine grauen Augen funkelten, seine gefletschten Lippen entblößten gelbe, fast raubtierhafte Zähne.

Corum schleuderte seine Lanze.

Die schwirrende Axt schlug sie zur Seite, und Glandyths Streitwagen verminderte seine Geschwindigkeit nicht im geringsten.

Corum riß seine eigene Streitaxt aus dem Gürtel und wartete ab. Doch während er wartete, brach sein Pferd, völlig am Ende seiner Kraft, unter ihm zusammen.

Hastig befreite Corum seine Füße aus den Steigbügeln, umfaßte den Schaft seiner Axt mit beiden Händen, sprang zurück und seitwärts zugleich, als der Streitwagen auf ihn zubrauste. Er holte zu einem Hieb auf Glandyth-a-Krae aus, traf jedoch nur den Bronzebeschlag des Wagens. Die Gewalt des Aufpralls machte seine Hände taub, daß die Axt ihm beinah entfiel. Er atmete nun schwer und taumelte. Andere Streitwagen preschten links und rechts an ihm vorbei, und ein Schwert hieb auf seinen Helm. Halb betäubt sank er auf ein Knie. Ein

Speer traf seine Schulter, daß er in den aufgewühlten Staub stürzte.

Da lernte Corum die List.

Statt sich gleich wieder zu erheben, wartete er ab, bis alle Streitwagen an ihm vorbeigerast waren. Ehe sie noch zu wenden begannen, stand er auf. Seine Schulter schmerzte, aber der Speer hatte sie nicht durchbohrt. Er taumelte durch die Dunkelheit, um sich vor den Barbaren in Sicherheit zu bringen.

Da stießen seine Füße gegen etwas Weiches.

Er blickte nach unten und erkannte die Leiche seiner Mutter, und er sah, was man ihr angetan hatte, ehe man sie tötete. Er stöhnte laut auf, und Tränen trübten seinen Blick. Aber er umklammerte seine Axt nur noch fester mit der Linken und zog mit der schmerzenden Rechten sein Schwert.

»Glandyth-a-Krae!« brüllte er.

Und nun kannte Corum auch den Durst nach Rache.

Die Erde erbebte unter den Hufen der Ponys, welche die zurückkommenden Streitwagen zogen.

Mit einem letzten Ächzen zerbarst der hohe Burgturm und fiel in den Flammen zusammen, die hoch aufloderten und Corum in ihrem Licht den Grafen Glandyth erkennen ließen, der seine Pferde peitschend auf ihn zustürmte.

Corum stand über der Leiche seiner Mutter, der Prinzessin Colatalarna. Sein erster wuchtiger Hieb spaltete den Schädel des vordersten Ponys, das die anderen mit sich zu Boden riß.

Glandyth-a-Krae prallte nach vorn und stürzte fast vom Wagen. Er fluchte wild. Hinter ihm versuchten zwei Wagenlenker hastig ihre Pferde anzuhalten, um nicht mit dem Streitwagen ihres Anführers zusammenzustoßen.

Die ihnen folgenden zerrten ebenfalls an den Zügeln und hielten an.

Corum stieg über die gefallenen Pferde und schwang sein Schwert gegen Glandyths Hals, aber der Ringkragen hemmte den Streich. Das grausame, bartüberwucherte Gesicht wandte sich ihm zu, und die grauen Augen funkelten ihn an. Dann sprang Glandyth aus dem Wagen, und Corum machte einen Satz auf ihn zu, bis er dem Mörder seiner Familie von Angesicht zu Angesicht gegenüberstand.

Die beiden starrten sich haßerfüllt an, keuchten schwer und duckten sich zum Sprung.

Corum war der Flinkere. Er stieß mit dem Schwert zu und schwang gleichzeitig seine Axt.

Glandyth sprang dem Schwert aus dem Weg und wehrte die Axt mit seiner eigenen ab, während er versuchte, seinen Stiefel in Corums Magen zu rammen, was jedoch an der Behendigkeit des Vadhagh scheiterte.

Sie begannen sich zu umkreisen. Die schwarzgoldenen Augen Corums bohrten sich in die blaßgrauen des Mabden-Grafen.

Eine Weile maßen sie sich so, während die anderen Mabden sie umringten. Glandyths Lippen bewegten sich, wollten einen Befehl ausstoßen, aber schnell sprang Corum auf ihn zu, und diesmal schlitzte das fremdartige Metall seines Schwertes Glandyths Rüstung am Schultergelenk auf und drang hindurch. Glandyth fluchte, und seine Axt schwang mit einer solchen Gewalt gegen Corums Schwert, daß es des Prinzen Hand entfiel und auf den Boden schmetterte.

»Jetzt«, murmelte Glandyth, als spräche er zu sich selbst. »Jetzt, Vadhagh. Es ist nicht mein Schicksal, von einem Shefanhow erschlagen zu werden.«

Corum schwang die Axt.

Glandyth wich dem Hieb aus.

Wieder schwang Corum die Axt.

Und diesmal schlug der andere ihm die Waffe aus der Hand, daß er nun wehrlos vor dem grinsenden Mabden stand.

»Aber es ist mir bestimmt, die Shefanhow zu töten!« Er verzerrte seinen Mund zu einem wölfischen Grinsen.

Corum warf sich gegen Glandyth, versuchte ihm die Axt zu entreißen, aber er war schon viel zu geschwächt.

Glandyth brüllte seinen Mannen zu. »Beim Hund, haltet mir diesen Dämon vom Leib. Aber tötet ihn nicht. Wir nehmen ihn mit. Er ist schließlich der letzte der Vadhagh, mit dem wir uns vergnügen können.«

Corum hörte ihr Lachen. Er schlug mit den Händen und Füßen auf sie ein, als sie ihn packten. Er brüllte wie im Fieberwahn, aber er wußte nicht, was er schrie. Dann zerrte ihm einer der Mabden den Silberhelm vom Haupt. Ein anderer schlug ihm den Schwertknauf auf den Hinterkopf. Corums Körper wurde schlaff. Er sank in eine willkommene Dunkelheit.

6 Corums Verstümmelung

Zweimal war die Sonne bereits über den Himmel gewandert, ehe Corum das Bewußtsein wiedererlangte und feststellte, daß er am Boden eines der Mabden-Wagen festgekettet war. Er versuchte den Kopf zu heben und durch die Öffnung in der Plane zu blicken, aber er vermochte nichts weiter zu erkennen, als daß es Tag war. Warum hatten sie ihn nicht umgebracht, fragte er sich. Und dann wurde ihm mit Schaudern bewußt, daß sie nur darauf warteten, daß er aufwachte, damit sie ihn um so ausgiebiger und länger martern konnten.

Vor seiner Reise, ehe er gewußt hatte, was mit den Vadhagh-Burgen geschehen war, ehe er das Grauen kennengelernt hatte, das nun über Bro-an-Vadhagh herrschte, hätte er vielleicht sein Schicksal hingenommen und sich damit abgefunden, zu sterben wie seine Verwandten. Aber die Lektionen, die er gelernt hatte, hatten sich ihm unauslöschlich eingeprägt. Er haßte die Mabden. Er trauerte um seine Verwandten. Und er würde sie rächen, wenn er konnte. Doch um dazu in der Lage zu sein, mußte er am Leben bleiben.

Er schloß die Augen wieder, um seine Kräfte zu schonen.

Es gab einen Weg, den Mabden zu entkommen, und der war, sich in einer anderen Ebene in Sicherheit zu bringen, wo sie ihn nicht sehen konnten. Doch dazu bedurfte es sehr viel Energie. Es wäre reine Vergeudung, wenn er einen Versuch unternahm, solange er sich auf dem Wagen befand.

Die gutturalen Mabdenstimmen drangen hin und wieder in den Wagen, aber er hörte sie nicht. Er schlief.

Er schreckte auf. Etwas Kaltes tropfte in sein Gesicht. Er zwinkerte. Es war Wasser. Langsam öffnete er die Augen und sah den Mabden über sich. Er lag nicht mehr im Wagen, sondern im kalten Gras. Feuer, über denen gekocht wurde, brannten in der Nähe. Es war Nacht.

»Der Shefanhow ist wieder bei sich, Herr«, rief der Mabden, der ihm das Wasser übers Gesicht gegossen hatte. »Ich glaube, er ist bereit.«

Corum zuckte zusammen, als er seinen geschundenen Körper bewegte, um sich in den Ketten aufzurichten. Selbst wenn er in eine andere Ebene zu flüchten vermochte, würden die Ketten ihn begleiten. Er hätte nicht viel gewonnen. Probeweise versuchte er in die nächste Ebene zu sehen, aber seine Augen begannen zu schmerzen, und er gab es auf.

Graf Glandyth-a-Krae bahnte sich einen Weg durch die

Neugierigen um Corum. Seine blassen Augen betrachteten den Gefangenen triumphierend. Er strich sich den Bart, der in mehrere Zöpfe geflochten und mit gestohlenen goldenen Ringen geschmückt war, und lächelte. Fast zärtlich beugte er sich über Corum und zog ihn hoch. Die Ketten und die fehlende Bewegungsfreiheit in dem engen Wagen hatten Corums Blutzirkulation unterbunden. Seine Knie begannen nachzugeben.

»Rodlick! Hierher, Junge!« rief Graf Glandyth und blickte über die Schulter zurück.

»Ich komme, Herr!« Ein rothaariger Jüngling von etwa vierzehn kam herbeigelaufen. Er war in weiches Vadhagh-Samt in Grün und Weiß gekleidet. Eine Hermelinkappe bedeckte sein Haar, und seine Füße steckten in geschmeidigen Wildlederstiefeln. Er hatte ein blasses, mit Pickeln übersätes Gesicht, das aber ansonsten für einen Mabden recht hübsch war. Er warf sich vor dem Grafen auf die Knie. »Ja, Herr?«

»Hilf dem Shefanhow auf die Beine, Junge.« Glandyths tiefe, sonst so barsche Stimme klang fast weich, als er zu dem Jüngling sprach. »Stütze ihn, Rodlick.«

Rodlick sprang auf und hielt Corum an den Ellenbogen aufrecht. Die Hände des Jungen waren kalt und nervös.

Die versammelten Mabden-Krieger richteten ihre Blicke erwartungsvoll auf Glandyth. Gemächlich nahm der seinen schweren Helm ab und fuhr sich durch das fettige, gelockte Haar.

Auch Corum beobachtete den Mabden-Anführer. Er musterte das rote Gesicht des Mannes und fand, daß die grauen Augen wenig wirkliche Intelligenz, dafür aber um so mehr Gefährlichkeit und Arroganz verrieten.

»Warum hast du alle Vadhagh ermordet?« fragte Corum leise. Seine Lippen zuckten ein wenig. »Warum, Graf von Krae?«

Glandyth blickte ihn fast erstaunt an und ließ sich Zeit

für die Antwort. »Du solltest es wissen«, begann er schließlich. »Wir verabscheuen eure Zauberkräfte. Wir hassen eure Überheblichkeit. Wir wollen euer Land und alle eure Güter, die uns von Nutzen sind. Darum töten wir euch.« Er grinste. »Außerdem haben wir nicht *alle* Vadhagh vernichtet. *Noch* nicht. Einer lebt noch.«

»Aye, und dieser eine wird seine Rasse rächen, wenn er die Möglichkeit dazu hat«, versprach Corum.

Glandyth stemmte seine Hände in die Hüften. »Die hat er aber nicht und wird er auch nicht bekommen.«

»Du sagtest, ihr verabscheut unsere Zauberkräfte. Aber wir haben gar keine. Nur ein wenig Wissen und ein tieferes Verständnis.«

»Ha! Wir haben eure Burgen gesehen und die teuflischen Gerätschaften, deren ihr euch bedient. Und die Burg dort – jene, die wir vor zwei Nächten zerstörten. Sie stank nach Zauberei!«

Corum benetzte seine Lippen. »Selbst wenn wir über Zauberkräfte verfügten, wäre das noch lange kein Grund, uns zu vernichten. Wir haben euch kein Leid zugefügt. Ich glaube, ihr haßt uns nur, weil ihr euch selbst haßt. Ihr seid – unfertige Kreaturen.«

»Ich weiß, daß ihr uns für Tiere haltet. Doch es ist mir gleichgültig, was du denkst, Vadhagh – jetzt, da deine Rasse am Ende ist.« Er spuckte auf den Boden und winkte dem Jungen. »Laß ihn los!« Der Jüngling sprang zurück.

Corum schwankte, aber er fiel nicht. Er nahm seinen verachtungsvollen Blick nicht von Glandyth-a-Krae.

»Du und deine Rasse, Graf, ihr seid vom Irrsinn befallen. Ihr seid wie ein Krebsgeschwür, an dem die Welt leidet.«

Diesmal spuckte Glandyth Corum direkt ins Gesicht. »Ich sagte dir – ich weiß, was die Vadhagh von uns halten. Ich weiß, was die Nhadragh von uns hielten, ehe wir sie zu unseren Spürhunden machten. Es war euer Stolz, der euch vernichtete, Vadhagh. Die Nhadragh überwanden ihren Stolz zuletzt, und darum ließen wir einige von ihnen leben. Sie erkannten uns als ihre Herren an. Aber ihr Vadhagh hattet das nicht nötig. Wenn wir zu euren Burgen kamen, habt ihr über uns hinweggesehen. Wenn wir Tribut verlangten, habt ihr uns nicht einmal einer Antwort gewürdigt. Wenn wir euch erklärten, daß ihr nun uns zu dienen habt, tatet ihr, als verständet ihr uns nicht. Darum beschlossen wir, euch zu bestrafen. Aber ihr habt euch nicht einmal gewehrt. Wir marterten euch, doch selbst unter den größten Foltern wolltet ihr uns keinen Treueid ablegen, wolltet ihr nicht schwören, uns als Sklaven zu dienen wie die Nhadragh. Wir verloren unsere Geduld, Vadhagh. Wir entschieden, daß ihr nicht in das gleiche Land paßt wie unser großer König Lyr-a-Brode, denn ihr weigertet euch, seine Untertanen zu sein. Darum entschlossen wir uns, euch alle zu töten. Ihr habt dieses Schicksal verdient.«

Corum starrte zu Boden. So war es also ihre Selbstzufriedenheit gewesen, die der Rasse der Vadhagh den Untergang gebracht hatte!

Er hob seinen Kopf und blickte Glandyth finster an.

»Ich hoffe dir zu zeigen«, sagte er, »daß der letzte der Vadhagh anders zu handeln vermag.«

Glandyth zuckte die Schultern und wandte sich an seine Mannen. »Er weiß noch nicht, was ihm bevorsteht. Oder was meint ihr, Männer?«

Die Mabden lachten.

»Bringt das Brett!« befahl Graf Glandyth nun. »Es ist an der Zeit zu beginnen.«

Corum beobachtete, wie sie ein breites Holzbrett herbeischleppten. Es war sehr dick, wies eine Menge Einschnitte auf und war über und über fleckig. An seinen vier Enden waren Eisenketten befestigt. Corum begann den Zweck des Brettes zu erraten.

Zwei Mabden packten seine Arme und stießen ihn zum Brett. Ein dritter brachte Meißel und Hammer. Corum wurde mit dem Rücken auf das Brett gedrückt, das sie an einen mächtigen Baumstamm gelehnt hatten. Einer der Mabden brach mit dem Eisen seine Kette auf. Dann faßten sie seine Arme und Beine, legten die Ketten an den vier Ecken um Hand- und Fußgelenke und befestigten sie mit Keilen, die sie durch die Kettenglieder in das Brett hämmerten. Der Geruch von altem Blut drang in Corums Nase. Nun konnte er die Art der Einstiche besser erkennen. Sie schienen von Messern, Schwertern, Äxten und auch von Pfeilen zu stammen.

Es gab keine Möglichkeit für ihn, sich von diesem Marterbrett zu befreien.

Die Blutlust begann in den Mabden zu erwachen. Ihre Augen funkelten erwartungsvoll im Flackern der Flammen. Ihr Atem kam keuchend, und ihre Nasenflügel zitterten. Rote Zungen fuhren über wulstige Lippen, und ein grausames Lächeln der Vorfreude kommender Genüsse verzerrte manchen Mund.

Graf Glandyth hatte Corums Ankettung auf dem Brett überwacht. Nun baute er sich unmittelbar vor dem Vadhagh auf und zog eine schmale, scharfe Klinge aus seinem Gürtel.

Corum starrte auf die Klinge, als sie sich seiner Brust näherte. Mit einem flinken Schnitt schnitt sie sein Samthemd von oben bis unten auf.

Mit peinigender Langsamkeit und stetig breiter werdendem Lächeln schlitzte Glandyth-a-Krae auch Corums restliche Kleidung auf, ohne mehr als eine vereinzelte schmale Blutspur zu hinterlassen, bis Corum völlig nackt war.

Glandyth trat einen Schritt zurück.

»Du fragst dich jetzt sicher, was wir mit dir tun werden.«

»Ich habe andere meiner Rasse gesehen, die ihr ermordet habt«, flüsterte Corum. »Ich glaube, ich weiß, was ihr mit mir vorhabt.«

Glandyth hielt den kleinen Finger seiner rechten Hand hoch, während er mit der Linken den Dolch zurücksteckte.

»Ah, du glaubst also, es zu wissen. Aber du täuschst dich. Jene anderen Vadhagh starben schnell – oder zumindest vergleichsweise schnell –, weil es immer so viele auf einmal gab, die wir töten mußten. Du jedoch bist der letzte. Mit dir können wir uns Zeit lassen. Vielleicht geben wir dir sogar eine Chance weiterzuleben – wenn du überleben kannst, nachdem wir dir die Augen ausgestochen, die Zunge herausgerissen, die Hände und Füße abgehackt und dich entmannt haben.«

Corum starrte ihn mit vor Entsetzen weit aufgerissenen Augen an. Glandyth brach in rohes Gelächter aus. »Ich sehe, dir gefällt unser kleiner Spaß mit dir.«

Er winkte seinen Mannen. »Bringt die Werkzeuge.«

Ein großer Feuerkessel wurde herbeigeschleppt. Er war mit rotglühender Holzkohle gefüllt, zwischen der Eisen verschiedenster Art steckten. Das waren sicher Folterinstrumente, schloß Corum. Welche Rasse konnte sich nur etwas Derartiges ausdenken und sich selbst für geistig gesund halten?

Glandyth-a-Krae wählte ein langes Eisen aus, stocherte damit in der Glut und betrachtete dann die glühende Spitze.

»Wir werden mit einem Auge beginnen und mit dem anderen aufhören«, murmelte er. »Dem rechten Auge, würde ich meinen.«

Zweifellos hätte Corum sich übergeben, wenn er in den letzten Tagen etwas zu essen bekommen hätte. So stieg ihm nur Galle auf, und sein Magen zog sich schmerzend zusammen.

Glandyth näherte sich mit dem heißen Eisen. Rauch verlor sich in der kühlen Nachtluft.

Corum versuchte die Bedrohung zu vergessen. Er konzentrierte sich auf sein zweites Gesicht, bemühte sich, in eine andere Ebene überzuwechseln. Aber sein Geist war viel zu verwirrt. Abwechselnd sah er in die nächste Dimension des Multiversums und auf die immer näher kommende Eisenspitze.

Die Szene vor ihm begann zu verschwimmen, aber immer noch kam Glandyth auf ihn zu, und seine grauen Augen brannten vor sadistischer Lust.

Corum wand sich in den Ketten, versuchte mit dem Kopf auszuweichen. Glandyths Linke packte sein Haar, zwang den Kopf zum Stillhalten und stieß mit der Rechten zu.

Corum brüllte, als die glühende Spitze auf das geschlossene Lid seines Auges traf. Sein Gesicht war ein einziger Schmerz, der auf seinen ganzen Körper übergriff. Er hörte eine Kakophonie aus Gelächter, seinen Schreien und Glandyths rasselndem Atem – und dann schwanden ihm die Sinne.

Corum wandelte durch die Straßen einer fremden Stadt. Die Gebäude waren hoch und schienen neu erbaut, trotzdem waren sie bereits mit einer dicken schmierigen Schmutzschicht überzogen.

Immer noch dauerte der Schmerz an, aber er schien gedämpfter, unwirklicher. Er war blind auf einem Auge. Eine Frauenstimme rief ihm von einem Balkon zu. Er hob den Kopf und erblickte seine Schwester Pholhinra. Als sie sein Gesicht sah, schrie sie vor Entsetzen auf.

Corum versuchte, sein verletztes Auge mit der Hand zu bedecken. Aber er vermochte es nicht.

Etwas hielt ihn. Er bemühte sich, die linke Hand aus dem eisernen Griff zu befreien. Er zerrte immer stärker und stärker. Nun begann das Handgelenk vor glühendem Schmerz zu brennen.

Pholhinra war verschwunden, aber er bemerkte es kaum, so sehr war er damit beschäftigt, seine Hand freizubekommen. Aus irgendeinem Grund vermochte er sich nicht umzudrehen, um zu sehen, was ihn festhielt. Ein wildes Tier vermutlich, das seine Hand mit dem Kiefer geschnappt hatte.

Nun zerrte Corum noch einmal mit aller Gewalt, und sein Handgelenk kam frei.

Er hob die Hand, um damit sein blindes Auge zu berühren, aber seine Finger erreichten es nicht.

Er betrachtete seine Hand.

Es gab keine Hand. Nur das Handgelenk. Nur einen Stumpf.

Da begann er erneut zu schreien –

– und er öffnete die Augen und sah den Mabden seinen Arm halten und das weißglühende Schwert gegen den Armstumpf drücken.

Sie hatten ihm die Hand abgeschlagen.

Und Glandyth lachte immer noch, hielt Corums abgetrennte Hand hoch, um sie seinen Mannen zu zeigen, während das Blut von dem Dolch tropfte, den er mit der Rechten umklammerte.

Nun vermochte Corum die andere Ebene ganz deutlich zu sehen, sie überlagerte die Szene vor ihm. Er sammelte seine aus Angst und Pein geborenen Kräfte und wechselte in die nächste Dimension.

Er konnte die Mabden noch erkennen, aber ihre Stimmen klangen gedämpft, kaum vernehmbar. Er hörte sie vor Überraschung aufschreien und auf ihn deuten. Er sah, wie Glandyth herumwirbelte und seine Augen sich weiteten. Er vernahm, wie der Graf von Krae aufgeregt befahl, den Wald nach ihm abzusuchen.

Das Marterbrett lehnte verlassen gegen den Baum, als Glandyth und seine Leute in der Dunkelheit verschwanden, um ihren scheinbar geflohenen Gefangenen wiederzufinden.

Aber ihr Opfer war immer noch an das Brett gekettet, denn wie der Vadhagh existierte auch das Brett auf mehreren Ebenen.

Und Corum spürte immer noch den Schmerz, den sie ihm zugefügt hatten. Auch sein rechtes Auge und seine linke Hand fehlten nach wie vor.

Eine kurze Zeit konnte er sich noch vor weiteren Verstümmelungen bewahren, aber schließlich würde seine Kraft völlig erlahmen und er auf die Ebene der Mabden zurückkehren müssen, wo sie ihre Schlächterei vollenden konnten.

Er versuchte sich aus den Ketten freizuwinden, und als das nicht half, sie mit dem schmerzenden Stumpf zu lösen.

Er wußte, daß es hoffnungslos war. Er hatte nur vermocht, sein Schicksal eine kurze Weile aufzuhalten. Er würde nie mehr frei sein – nie mehr in der Lage sein, sich an den Mördern seiner Familie zu rächen.

7 Der braune Mann

Corum lief der Schweiß über den Körper, während er sich zwang, in der anderen Ebene zu bleiben, und er wartete nervös auf die Rückkehr Glandyths und seiner Männer.

Als er angestrengt auf die dunklen Bäume starrte,

glaubte er einen Schatten aus dem Wald huschen und sich dem Brett nähern zu sehen.

Zuerst dachte Corum, es sei ein Mabden-Krieger ohne Helm und ganz in Pelz gekleidet. Doch dann wurde ihm klar, daß es sich um eine andere Kreatur handelte.

Das Wesen stahl sich näher, warf einen vorsichtigen Blick auf das Mabden-Lager und schritt dann geradewegs auf das Brett zu. Es hob den Kopf und blickte Corum an.

Corum starrte verwirrt zurück. Das Tier vermochte ihn zu sehen! Ganz im Gegensatz zu den Mabden und den anderen Geschöpfen dieser Ebene hatte es ein zweites Gesicht.

Corums Schmerzen waren so stark, daß er sein unversehrtes Auge schließen mußte. Als er es wieder öffnete, stand das Tier direkt neben dem Brett. Es war eine Kreatur, die in Gestalt ein wenig den Mabden ähnelte, nur war sie über und über mit eigenem Pelz bedeckt. Ihr Gesicht war braun und von tiefen Falten durchzogen, und die Züge waren flach. Offensichtlich war sie schon sehr alt. Sie hatte große Augen, rund wie die einer Katze, weit offene Nasenflügel und ein großes Maul mit altersgelben Zähnen.

Aber ein Blick tiefsten Mitgefühls überschattete ihr Gesicht, als sie Corum musterte. Sie gestikulierte und grunzte etwas Unverständliches und deutete auf den Wald, als wolle sie den Vadhagh auffordern, sie zu begleiten.

Corum schüttelte traurig den Kopf und blickte bedeutungsvoll auf seine Ketten.

Das Geschöpf strich überlegend über das geringelte braune Fell seines Halses, dann zottelte es in die Dunkelheit des Waldes zurück.

Corum blickte ihm nach. Die kleine Episode ließ ihn fast den Schmerz vergessen.

Hatte das Wesen seine Marterung beobachtet? Versuchte es, ihm zu helfen?

Oder war es vielleicht ebenfalls nur eine Illusion wie die der Stadt und seiner Schwester? Bilder, die ihm seine Schmerzen vorgaukelten?

Er spürte, wie seine Kräfte nachließen. Noch ein paar Augenblicke, und er mußte in die Ebene zurückkehren, wo die Mabden ihn zu sehen vermochten. Und er wußte, daß er keine weitere Kraft sammeln konnte, um sie wieder zu verlassen.

Doch da kam die braune Kreatur zurück und führte etwas an der einen Hand mit sich, während sie mit der anderen auf Corum deutete.

Zuerst sah Corum nur eine riesige Masse, die sich weit über das braune Geschöpf erhob – es war ein Wesen, gut zwölf Fuß hoch und sechs breit, ein Wesen, das sich wie die braune Kreatur auf zwei Beinen fortbewegte.

Corum blickte hoch und bemerkte, daß es ein Gesicht hatte. Es war ein dunkles Gesicht, von tiefem Mitgefühl bewegt, und es wirkte unsagbar betrübt und irgendwie, als glaube es nicht mehr an Hoffnung. Der Rest des Körpers, wie ein Mensch geformt, schien lichtabweisend – nicht die geringste Einzelheit ließ sich erkennen. Es hob das Brett so sanft auf wie ein Vater sein Kind und trug es mitsamt Corum in den Wald.

Corum wußte nicht, ob er alles nur in seiner Phantasie erlebte oder in Wirklichkeit. Er gab seine Anstrengung auf, noch länger in der anderen Ebene zu bleiben, und kehrte in seine eigene zurück. Aber immer noch trug das Wesen mit dem traurigen Gesicht ihn und eilte mit langen Schritten dahin, bis sie das Mabden-Lager weit zurückgelassen hatten.

Wieder verlor Corum das Bewußtsein.

Er erwachte bei Tageslicht und sah das Brett ein paar Meter entfernt. Er selbst lag im saftigen Gras eines schmalen Tales, fast direkt neben einer sprudelnden Quelle, während in Reichweite seines rechten Armes Nüsse und Früchte auf ein großes Blatt gehäuft waren. Etwas entfernt saß die braune Kreatur und beobachtete ihn. Corum betrachtete seinen linken Arm. Eine dicke Salbenschicht war über den Stumpf gestrichen. Er empfand dort keinen Schmerz mehr. Er tastete mit der rechten Hand nach dem rechten Auge und berührte etwas Nachgiebiges, Klebriges, vermutlich die gleiche Salbe wie auf dem Stumpf.

Vögel sangen im nahen Hain. Der Himmel war blau und klar. Wären seine Verstümmelungen nicht gewesen, Corum hätte die Ereignisse der vergangenen Wochen für einen Alptraum gehalten.

Die braune, pelzige Gestalt erhob sich und trottete auf ihn zu. Sie räusperte sich und blickte ihn mitleidig an. Sie berührte ihr eigenes rechtes Auge und ihr linkes Handgelenk.

»Wie – Schmerz?« erkundigte sie sich, obwohl es ihr offenbar schwerfiel, die Worte zu bilden.

»Kein Schmerz mehr«, erwiderte Corum. »Ich danke dir, brauner Mann, daß du meine Rettung ermöglicht hast.«

Der Braune runzelte überlegend die Stirn, er hatte vermutlich nicht alle Worte verstanden. Dann lächelte er und sagte: »Guut.«

»Wer bist du?« fragte Corum. »Und wen hattest du vergangene Nacht mitgebracht?«

Das Wesen klopfte auf seine Brust: »Ich, Serwde. Ich dein Freund.«

»Serwde«, wiederholte Corum. Aber die Betonung wollte ihm nicht ganz gelingen. »Ich bin Corum. Und wer war der andere?«

Serwde gab einen Namen, der noch viel schwieriger auszusprechen war als sein eigener. Er schien Corum ungemein kompliziert.

»Welche Art von Geschöpf ist er? Ich habe nie zuvor ein Wesen wie ihn gesehen. Allerdings auch nie eines wie dich. Woher kommt ihr?«

Serwde drehte sich im Kreis und deutete um sich. »Ich leben hier. In Wald. Wald heißen Laahr. Mein Herr leben hier. Wir leben hier viele, viele, viele Zeit – ehe sein Vadhagh.«

»Und wo ist dein Herr jetzt?« fragte Corum.

»Er weg. Niemand ihn sehen.«

Und nun erinnerte sich Corum an eine Legende, die von einem Wesen erzählte, das noch weiter westlich zu finden war als die Burg Erorn. Und in der Legende nannte man dieses Geschöpf den braunen Mann von Laahr. Diesen braunen Mann gab es also wirklich. Aber er konnte sich nicht entsinnen, jemals von dem anderen Wesen gehört zu haben, dessen Namen er nicht auszusprechen vermochte.

»Herr sagen, Leute in Nähe, gut zu dir«, erklärte ihm der Braune.

»Welche Leute, Serwde?«

»Mabden.«

Corums Gesicht verzerrte sich zu einem schiefen Lächeln. »Nein, Serwde. Die Mabden werden nicht gut zu mir sein.«

»Das andere Mabden.«

»Alle Mabden sind meine Feinde. Sie hassen mich.« Corum warf einen Blick auf seinen Armstumpf. »Und ich hasse sie.«

»Dies *alte* Mabden. *Gute* Mabden.«

Corum stand schwankend auf. Sein Kopf begann zu schmerzen, und auch in seinem linken Handgelenk meldete sich der Schmerz erneut. Er war noch völlig nackt.

Sein Körper wies eine Unmenge von Schürfwunden und kleine Schnitte auf, aber das Blut war abgewaschen. Er fühlte sich sauber.

Langsam wurde ihm bewußt, daß er nun ein Krüppel war. Das Schlimmste, das Glandyth mit ihm vorgehabt hatte, war ihm erspart geblieben. Aber was war aus ihm geworden? Sein Gesicht würde nun niemandem mehr gefallen. Sein Körper war verstümmelt.

Dieser abstoßende Krüppel war alles, was von dem stolzen Vadhagh geblieben war. Er setzte sich wieder ins Gras und begann zu weinen.

Serwde grunzte etwas. Er legte seine handähnliche Pranke auf Corums Schulter und tätschelte mit der anderen tröstend sein Haupt.

Corum wischte sich mit seiner verbliebenen Hand die Tränen aus dem Auge. »Ich muß weinen, Serwde, deshalb brauchst du dir um mich keine Sorgen zu machen. Denn wenn ich nicht weine, würde ich sicherlich sterben. Ich weine um meine Toten. Ich bin der letzte meiner Rasse –«

»Serwde auch. Herr auch«, brummte der braune Mann von Laahr. »Wir auch keine anderen wie wir.«

»Habt ihr mich deshalb gerettet?«

»Nein. Wir helfen, weil Mabden dir weh tun.«

»Haben die Mabden auch euch Leid zugefügt?«

»Nein. Wir verstecken uns. Ihre Augen schlecht. Sie uns nicht sehen. Wir uns auch vor Vadhagh verstecken.«

»Aber warum versteckt ihr euch?«

»Mein Herr wissen. Nur so wir sicher.«

»Es wäre besser gewesen, auch die Vadhagh hätten sich versteckt. Aber die Mabden kamen so plötzlich, so ohne Vorwarnung. Wir verließen unsere Burgen so selten und hatten auch untereinander wenig Kontakt. Wir waren nicht vorbereitet.«

Serwde verstand nur die Hälfte von dem, was Corum

vor sich hin murmelte, aber er hörte höflich zu, bis der Vadhagh schwieg, dann forderte er ihn auf: »Du essen. Früchte gut. Du schlafen. Dann wir gehen zu Mabden.«

»Ich brauche Waffen und Rüstung, Serwde. Ich brauche Kleidung. Ich brauche ein Pferd. Ich will zurück zu Glandyth und ihm folgen, bis ich ihn allein antreffe. Dann werde ich ihn töten. Und danach möchte ich nichts anderes als sterben.«

Serwde blickte Corum betrübt an. »Du töten?«

»Nur Glandyth. Er mordete mein Volk.«

Serwde schüttelte den Kopf. »Vadhagh nicht so töten.«

»Aber ich, Serwde. Ich bin der letzte Vadhagh. Und ich bin der erste, der gelernt hat, aus Haß zu töten. Ich will mich an jenen rächen, die mich zum Krüppel gemacht und mir meine Familie genommen haben.«

Serwde brummte traurig. »Du nun essen, dann schlafen.«

Corum versuchte noch einmal aufzustehen und erkannte, wie schwach er war. »Vielleicht hast du recht. Ich sollte wirklich erst zusehen, daß ich meine Kräfte wiedergewinne, ehe ich weitermache.« Er griff nach den Nüssen und Früchten und begann zu essen. Aber er war so müde. Schon nach wenigen Bissen legte er sich ins Gras zurück, um zu schlafen. Serwde würde ihn schon wecken, wenn Gefahr drohte.

Fünf Tage lang blieb Corum mit dem braunen Mann von Laahr in dem schmalen Tal. Er hoffte, daß das Wesen mit dem dunklen Gesicht sich noch einmal sehen lassen und ihm von seiner und Serwdes Herkunft erzählen würde, aber das war nicht der Fall.

Schließlich waren seine Wunden verheilt, und er fühlte sich stark genug aufzubrechen.

»Lebe wohl, brauner Mann von Laahr. Ich danke dir,

daß du mich gerettet hast. Und ich danke deinem Herrn. Und nun gehe ich.«

Corum grüßte Serwde verabschiedend und begann nach Osten dem Talausgang zuzuschreiten. Der braune Mann trottete ihm nach. »Corum!« rief er ihm nach. »Corum, du gehen falschen Weg.«

»Ich kehre dorthin zurück, wo ich meine Feinde zu finden hoffe«, erwiderte der Vadhagh. »Das ist für mich der richtige Weg.«

»Mein Herr sagen, ich dich bringen dorthin –«, Serwde deutete westwärts.

»Dort liegt die See, Serwde. Dort ist Bro-an-Vadhagh zu Ende.«

»Mein Herr sagen dorthin«, bestand der braune Mann.

»Ich danke dir, daß du so um mich besorgt bist, Serwde. Aber ich muß in diese Richtung – um die Mabden zu finden und Rache zu nehmen.«

»Du gehen so!« wiederholte Serwde. Er deutete erneut nach Westen und faßte Corum am Arm. »Dorthin!«

Corum schüttelte die Pranke ab. »Nein! Dorthin!« Er schritt weiter nach Osten.

Plötzlich traf ihn ein Schlag auf den Hinterkopf. Er taumelte und drehte sich um, um zu sehen, wem er den Hieb zu verdanken hatte.

Serwde stand hinter ihm und hielt einen weiteren Steinbrocken bereit.

Corum fluchte und wollte Serwde anbrüllen, als ihn das Bewußtsein verließ und er ins Gras sank.

Das Rauschen der See weckte ihn.

Zuerst wußte er nicht, was mit ihm geschah, aber dann erkannte er, daß er getragen wurde und mit dem Kopf nach unten über Serwdes Schulter hing. Er versuchte sich freizustrampeln, aber der braune Mann von Laahr war stärker, als es den Anschein hatte. Er hielt Corum mit eisernem Griff umklammert.

Corum blickte sich um. An einer Seite wogte das Meer und warf sich schäumend gegen das Ufer, an dem Serwde ihn entlangtrug. Dann wandte er den Kopf und starrte nach der anderen, der blinden Seite. Er verrenkte sich fast den Kopf, um überhaupt etwas zu sehen. Dann entdeckte er, daß auch dort die See brandete. Er wurde entlang einer schmalen Landbrücke getragen, die sich kaum aus dem Wasser erhob. Als es ihm endlich gelang, auch in die Richtung zu sehen, aus der sie kamen, bemerkte er, daß das Festland noch nicht weiter hinter ihnen lag.

Seevögel kreischten und schienen Corums Protest zu übertönen. Wahrscheinlich allerdings stellte Serwde sich nur taub.

Endlich ließ der braune Mann ihn auf den Boden gleiten.

Corum stand etwas unsicher auf den Beinen.

»Serwde, ich –«

Er hielt inne und sah sich verwundert um.

Sie hatten das Ende der Landbrücke erreicht und befanden sich auf einer Insel, die schroff aus dem Meer ragte. Auf der höchsten Stelle der Insel stand eine Burg von fremdartiger Bauweise.

Lebten hier die Mabden, von denen Serwde gesprochen hatte?

Aber Serwde zottelte bereits zum Festland zurück. Corum brüllte ihm nach, aber der braune Mann erhöhte nur sein Tempo. Corum lief ihm nach, doch die Geschwindigkeit des merkwürdigen Wesens, das ihm so plump geschienen, war unerreichbar für ihn. Serwde hatte längst das Land erreicht, ehe der Vadhagh auch nur die halbe Strecke geschafft hatte – und nun war ihm der Weiterweg versperrt, denn die Flut hob sich, und die

Wellen begannen bereits über die Landbrücke zu spülen.

Corum blieb unentschlossen stehen und blickte zur Burg zurück. Serwdes unüberlegte Hilfe hatte ihn nur in Gefahr gebracht. Da sah er die Berittenen über den steilen Pfad von der Burg heruntergaloppieren. Es waren Krieger. Die Sonne spiegelte sich auf ihren Lanzen und Brustpanzern wider. Im Gegensatz zu den Mabden, die er bisher kennengelernt hatte, wußten diese sehr wohl zu reiten, und es war irgend etwas an ihrer Haltung, das sie den Vadhagh ähnlicher machte als den Mabden.

Aber sie waren seine Feinde, und Corum hatte nur die Wahl, sich ihnen nackt entgegenzustellen oder zu versuchen, mit einer Hand schwimmend das Festland zu erreichen.

Er traf seine Entscheidung und watete in die schäumenden Wogen. Das eisige Wasser nahm ihm fast den Atem. Die Reiter brüllten ihm etwas zu, aber er achtete nicht darauf.

Es gelang ihm, ein Stück zu schwimmen, bis er das tiefere Wasser erreicht hatte, aber dann erfaßte ihn die Strömung. Er versuchte verzweifelt freizukommen und in die Gegenrichtung zu schwimmen, doch die Drift ließ ihm keine Chance.

Mit Windeseile wurde er auf das Meer hinausgetrieben.

8 Die Markgräfin von Allomglyl

Corum hatte durch die erlittenen Torturen viel Blut verloren und noch lange nicht seine ursprünglichen Kräfte zurückgewonnen. Es währte nicht lange, bis er sich der Strömung nicht mehr widersetzen konnte und Krämpfe ihn lähmten.

Er begann zu ertrinken.

Das Schicksal schien dagegen zu sein, daß er sich an Glandyth-a-Krae rächte.

Wasser drang in Mund und Nase. Nur mühsam vermochte er seine Lungen freizuhalten, während er mit den Armen paddelte. Dann hörte er einen Schrei über seinem Kopf und bemühte sich, mit seinem guten Auge den Rufenden zu erkennen.

»Haltet Euch still, Sir Vadhagh, oder Ihr erschreckt mein Tier. Diese Biester sind ohnehin unruhig genug.«

Corum sah etwas Dunkles über sich schweben. Es hatte kräftige Flügel, deren Spannweite viermal die eines ausgewachsenen Adlers war. Aber es war kein Vogel, und obgleich seine Flügel schuppig wie Echsenhaut zu sein schienen, war es auch kein Reptil. Doch Corum erkannte das Tier. Das häßliche, fast affenähnliche Gesicht mit den spitzen Zähnen war das einer Riesenfledermaus. Und sie trug einen Reiter. Es war ein schlanker junger Mabden, der, zumindest rein äußerlich, wenig mit den Mabden-Kriegern Glandyth-a-Kraes gemein zu haben schien. Gewandt ließ er sich seitlich über sein Flugtier hängen und streckte eine Hand nach Corum aus, als die Fledermaus tief genug war.

Automatisch wollte Corum mit der Hand, die dem Reiter am nächsten war, nach seiner greifen, aber nur der Armstumpf hob sich empor. Ungerührt packte der Mabden den Arm am Ellenbogen und zog Corum so weit hoch, bis dieser mit seiner Rechten den Steigbügel zu fassen vermochte, der von einem hohen Sattel am Rücken der Fledermaus herunterhing.

Nun zog der junge Reiter Corum ganz empor, daß dieser vor ihm über den Sattel zu liegen kam. Danach rief er der Fledermaus etwas mit schriller Stimme zu und ließ das Tier hoch über die Wellen steigen und sich auf die Burg zuwenden.

Offenbar war es sehr schwierig, die Fledermaus zu lenken, denn der Reiter mußte ständig Kurskorrekturen vornehmen und in der hohen, schrillen Tonart zu ihr sprechen, auf die das Tier offenbar hörte.

Aber endlich hatten sie doch die Insel erreicht und kreisten über der Burg.

Corum vermochte kaum zu glauben, daß dies Mabden-Architektur sein sollte. Es gab Türme und Zinnen mit viel Zierat, es gab Dachgärten und Balkone mit bunten Blumen, und die Mauern aus feinem weißem Stein glitzerten in der Sonne, wo sie nicht von Efeu überwachsen waren.

Die Fledermaus landete unbeholfen, und der Reiter sprang schnell von ihrem Rücken und zog Corum mit sich. Sofort erhob das Tier sich wieder mitsamt Zaumzeug in die Höhe und brauste auf ein Ziel am anderen Ende der Insel zu.

»Sie schlafen in Höhlen«, erklärte der Reiter. »Wir benutzen sie so wenig wie möglich. Sie sind sehr schwer zu lenken, wie Ihr sicher bemerkt habt.«

Corum schwieg.

Der Mabden hatte ihm zwar das Leben gerettet und wirkte ebenso frohgemut wie höflich, aber Corum hatte auf bittere Weise gelernt, daß die Mabden seine Feinde waren. Er funkelte den Jüngling an.

»Wozu hast du mich gerettet, Mabden?«

Der Mann blickte ihn verwundert an. Er strich seinen Umhang aus Samt glatt und rückte seinen Gürtel mit dem Schwert zurecht. »Ihr wäret beinah ertrunken«, sagte er. »Warum ranntet Ihr weg, als unsere Mannen kamen, Euch willkommen zu heißen?«

»Woher wußtet ihr von meiner Ankunft?«

»Unsere Markgräfin sagte, daß Ihr kommen würdet.«

»Und woher wußte es eure Markgräfin?«

»Das weiß ich nicht. Seid Ihr nicht ein wenig unliebenswürdig, mein Herr? Ich hielt die Vadhagh immer für sehr höflich.«

»Und ich die Mabden für reißende Bestien und geistig nicht normal«, erwiderte Corum. »Aber –«

»Ah, Ihr sprecht von dem Volk im Süden und Osten, nicht wahr? Kennt Ihr es?«

Mit seinem Armstumpf deutete Corum auf seine leere Augenhöhle. »Sie taten mir dies an.«

Der junge Mann schüttelte den Kopf. »Ich hätte es mir denken können. Verstümmelungen sind etwas, woran sie besondere Freude finden. Ich bin überrascht, daß Ihr entkamt.«

»Ich ebenfalls.«

»Nun, Sir Vadhagh«, der Jüngling deutete einladend auf eine Tür im Turm. »Bitte tretet ein.«

Corum zögerte.

»Seid versichert, Sir Vadhagh, wir gehören nicht zu den Mabden des Ostens.«

»Möglich«, erwiderte Corum brüsk. »Aber Mabden seid ihr. Es gibt so viele von euch. Und nun stelle ich sogar noch fest, daß es verschiedene Arten gibt. Ich fürchte jedoch, daß euch alle bestimmte Anlagen eigen sind –«

»Wie Ihr meint, Sir Vadhagh«, der junge Mann schien langsam mit seiner Geduld am Ende. »Ich jedenfalls werde mich jetzt in die Burg begeben. Ihr könnt mir ja jederzeit folgen, wenn Euch danach ist.«

Corums Blicke folgten ihm, als er durch die Tür verschwand. Er blieb auf dem Dach und beobachtete die Seevögel, die nach Beute tauchten, sie in der Luft verschlangen und danach wieder aufstiegen. Mit seiner Rechten strich er über den Armstumpf und zitterte. Ein starker Wind kam auf. Es war kalt, und er war nackt. Er blickte unentschlossen zur Tür.

Eine Frau trat auf das Dach. Sie wirkte ausgeglichen

und freundlich. Ihr langes schwarzes Haar fiel weich über ihre Schultern. Sie trug ein Gewand aus kunstvoll besticktem vielfarbigem Samt. Sie lächelte ihn an.

»Seid gegrüßt«, begann sie. »Ich bin Rhalina. Wer seid Ihr, Sir Vadhagh?«

»Ich bin Corum Jhaelen Irsei«, erwiderte er. Ihre Schönheit war nicht die einer Vadhagh, aber sie beeindruckte ihn nichtsdestoweniger. »Der Prinz im –«

»– scharlachroten Mantel?« Das amüsierte sie offensichtlich. »Ich beherrsche die alte Vadhagh-Sprache so gut wie die jetzt gebräuchliche«, versicherte sie ihm. »Doch kann ich natürlich nicht beurteilen, ob Ihr Euren Namen zu Recht tragt, denn ich sehe keinen scharlachroten Mantel, Prinz Corum. Ich sehe überhaupt –«

Corum wandte sein Gesicht zur Seite. »Verhöhnt mich nicht, Mabden. Ich bin nicht bereit, noch mehr von Euresgleichen hinzunehmen.«

Sie trat näher. »Verzeiht. Jene, die Euch Schmerz und Pein zufügten, sind nicht unseresgleichen, auch wenn sie derselben Rasse angehören mögen. Habt Ihr denn nie von Lywm-an-Esh gehört?«

Corum runzelte die Stirn. Der Name war ihm bekannt, aber sagte ihm nichts.

»Lywm-an-Esh«, fuhr sie fort, »ist der Name des Landes, von dem wir stammen. Mein Volk ist alt und lebte schon seit langer Zeit in Lywm-an-Esh – lange vor der großen Schlacht zwischen Vadhagh und Nhadragh, welche die fünf Ebenen erschütterte.«

»Dann wißt Ihr von den fünf Ebenen?«

»Auch wir hatten einst Seher mit der Fähigkeit, sie zu erschauen, wenngleich ihre Kräfte nicht an die der alten Rasse – Eurer Rasse – heranreichten.«

»Wie kommt es, daß Ihr so viel über die Vadhagh wißt?«

»Unser Interesse für andere, Ihr mögt es auch Neugier

nennen, erstarb nicht wie jenes der Vadhagh, das schon vor Jahrhunderten erlosch«, sagte sie. »Hin und wieder zerschellten Nhadragh-Schiffe an unseren Küsten, und obgleich die Nhadragh selbst verschwanden, ließen sie doch Bücher, Wandteppiche und anderes zurück. Wir lernten diese Bücher zu lesen und die Aussage der Teppiche zu erkennen. In jenen Tagen hatten wir viele Scholaren.«

»Und jetzt?«

»Jetzt? Ich weiß es nicht. Wir hören wenig vom Festland.«

»Obgleich es so nahe ist?«

»Nicht dieses Festland, Prinz Corum«, sie lächelte und deutete mit dem Kopf auf die Küste, woher er gekommen war. Sie wies mit der Hand über das Meer. »Jenes Land – Lywm-an-Esh – oder, genauer gesagt, das Herzogtum von Bedwilral-nan-Rywm, an dessen Grenze diese Markgrafschaft einst lag.«

Prinz Corum blickte hinab auf die See, die schäumend gegen die Felsen der Insel schlug. »Welcher Ignoranz wir uns doch befleißigten«, murmelte er, »und dabei auch noch stolz auf unsere Weisheit waren!«

»Warum sollte eine Rasse wie die Vadhagh sich für die Belange eines Mabden-Landes interessieren«, gab die Markgräfin zu bedenken. »Unsere Geschichte ist kurz und farblos, verglichen mit Eurer.«

»Aber warum hier eine Markgrafschaft?« wunderte Corum sich. »Gegen wen oder was müßt Ihr denn Euer Land beschützen?«

»Andere Mabden, Prinz Corum.«

»Glandyth und seinesgleichen?«

»Ich kenne keinen Glandyth. Ich spreche von den Ponystämmen. Sie halten die Wälder jenseits der Küste besetzt. Sie sind Barbaren und waren schon immer eine Bedrohung für Lywm-an-Esh. Die Markgrafschaft war als Bollwerk zwischen jenen Stämmen und unserem Land gedacht.«

»Ist die See nicht Schutz genug?«

»Es gab keine See hier, als die Markgrafschaft errichtet wurde. Dereinst erhob sich diese Burg aus einem Wald, und das Meer rauschte Meilen entfernt gegen die Küsten im Norden und Süden. Doch dann begann die See unser Land zu verschlingen. Jahr um Jahr frißt sie sich näher heran. Städte, Dörfer und Burgen versanken im Laufe weniger Wochen. Die Menschen des Festlandes mußten sich immer tiefer ins Inland zurückziehen.«

»Und Euch ließ man zurück? Obwohl diese Burg kaum noch ihren Zweck erfüllen kann. Warum kehret Ihr nicht heim zu Eurem Volk?«

Sie lächelte, zuckte die Schultern und stützte ihre Arme auf die Zinnen. Sie blickte über die See und hinunter zu den Vögeln auf den Felsen.

»Hier ist mein Zuhause«, murmelte sie. »Hier ist alles, was mir lieb und teuer ist. Der Markgraf ließ so viele Erinnerungen zurück. Nein, ich könnte nicht von hier fort.«

»Der Markgraf?«

»Graf Moidel von Allomglyl. Mein Gemahl.«

»Ah.« Corum empfand einen Stich unerklärlicher Enttäuschung.

Die Markgräfin Rhalina starrte wieder hinaus auf das Meer. »Er ist tot«, sagte sie leise. »Mit einem Schiff untergegangen. Er machte sich mit unserem letzten Segler zum Festland auf, um in Erfahrung zu bringen, wie es unserem Volk geht. Ein Sturm kam auf, bald nachdem er aufgebrochen war. Das Schiff war kaum seetüchtig. Es sank.«

Corum schwieg.

Als hätten die Worte der Markgräfin ihn erinnert, begann der Wind plötzlich mit aller Gewalt zu blasen und an ihrem Gewand zu zerren. Sie wandte sich Corum zu und blickte ihn nachdenklich an.

»Und nun, mein Prinz«, sagte sie, »könnt Ihr Euch nicht entschließen, mein Gast zu sein?«

»Verratet mir noch eines, Lady Rhalina. Woher wußtet Ihr von meinem Kommen? Warum brachte der braune Mann mich hierher?«

»Weil sein Herr es so wünschte.«

»Und sein Herr?«

»Gebot mir, Euch zu erwarten und Euch Unterkunft zu gewähren, bis Ihr an Leib und Seele gesundet seid. Ich habe mich nur allzu gern bereit erklärt, denn wir haben hier fast nie Besucher – und schon gar keine, die der Vadhagh-Rasse angehören.«

»Aber wer ist dieses seltsame Wesen, dieser Herr des braunen Mannes? Ich sah ihn nur flüchtig und vermochte kaum seine Gestalt zu erkennen, wenngleich ich sah, daß er zweimal so groß wie ich und sein Gesicht wie von unsäglicherTrauer überschattet ist.«

»So kennen wir ihn. Hin und wieder kommt er des Nachts zur Burg und bringt uns kranke Tiere zur Pflege. Wir glauben, daß er ein Wesen einer anderen Ebene ist oder auch eines anderen Zeitalters, das noch vor dem der Vadhagh und der Nhadragh liegt. Wir können seinen Namen nicht aussprechen, darum nennen wir ihn nur den Riesen von Laahr.«

Nun lächelte Corum zum erstenmal.

»Jetzt verstehe ich besser. Für ihn war ich vermutlich nur ein weiteres krankes Tier, das er Eurer Pflege anvertraute.«

»Da könnt Ihr recht haben, Prinz Corum.« Sie deutete auf die Tür. »Und wenn Ihr krank seid, sind wir gern bereit, Euch gesund –«

Ein Schatten flog über Corums Gesicht, als er ihr ins Innere folgte. »Ich fürchte, nichts kann jetzt meine Krankheit noch heilen, Lady. Es ist eine Krankheit der Mabden, und die Vadhagh kennen kein Mittel dagegen.«

»Nun«, meinte sie mit erzwungener Leichtigkeit, »vielleicht finden wir Mabden eines dagegen.«

Verbitterung übermannte ihn.

Während sie die Stufen hinunterstiegen, hielt er seinen Armstumpf hoch und berührte die leere Augenhöhle. »Aber können die Mabden mir Hand und Auge zurückgeben?«

Sie wandte sich zu ihm um und blieb auf der Treppe stehen. Sie bedachte ihn mit einem rätselhaften Blick. »Wer weiß?« sagte sie ruhig. »Vielleicht können sie es.«

9 Liebe und Haß

Obgleich sie nach Mabden-Vorstellungen zweifellos prunkvoll war, empfand Prinz Corum die Burg der Markgräfin doch als schlicht und behaglich. Auf Gräfin Rhalinas Vorschlag hin gestattete er den Dienstboten, ihn zu baden und zu ölen, und suchte sich aus der Auswahl der ihm vorgelegten Kleidung ein dunkelblaues Samthemd aus, das hellblau bestickt war, und dazu braune Leinenbeinkleider. Die Sachen paßten ihm, als wären sie für ihn angefertigt worden.

»Sie gehörten dem Markgrafen«, erzählte ihm eine Zofe, ohne ihn jemals direkt anzublicken.

Keiner der Dienstboten schien sich in seiner Gegenwart wohl zu fühlen.

Er nahm an, daß sein Aussehen abstoßend auf sie wirkte. Das erinnerte ihn an seine Verstümmelung, und er bat das Mädchen, ihm einen Spiegel zu bringen. Eilig verließ sie das Gemach.

Aber es war die Markgräfin persönlich, die den

gewünschten Spiegel brachte. Sie reichte ihn ihm jedoch nicht sofort.

»Habt Ihr Euer Gesicht noch nicht gesehen, seit Ihr verwundet wurdet?« fragte sie leise.

Er schüttelte verneinend den Kopf.

»Wart Ihr schön?«

»Ich weiß es nicht.«

Sie blickte ihn fest an. »Ihr wart es«, sagte sie überzeugt. Dann gab sie ihm den Spiegel.

Das Gesicht, das ihm entgegenschaute, war noch von demselben blaßgoldenen, fast silbernem Haar umrahmt wie vordem, aber es wirkte nicht länger jugendlich. Angst und Pein hatten ihre Spuren zurückgelassen. Tiefe Linien durchzogen es und erfüllten es mit Härte und Grimm. Ein Auge, gold und purpur, starrte ihm entgegen. Die Höhle des anderen war eine häßliche Vertiefung mit rotem vernarbtem Gewebe. Eine schmale Narbe zog sich über seine linke Wange und eine weitere über seinen Hals. Zwar war es noch ein echtes Vadhagh-Gesicht, aber es war entstellt worden wie nie ein Vadhagh-Gesicht zuvor. Ein Elfengesicht hatten Glandyths Messer und Eisen in das eines Dämons verwandelt.

Schweigend gab Corum Rhalina den Spiegel zurück.

Er fuhr sich mit der guten Hand über die Narben seines Gesichts. »Wenn ich je gut ausgesehen habe, so bin ich jetzt häßlich.«

Sie zuckte die Achseln. »Ich habe schon Schlimmeres gesehen.«

Da erfaßte ihn wieder wilder Grimm. Sein Auge funkelte. Er schüttelte den Stumpf und brüllte: »Aye – und Ihr werdet noch viel Ärgeres sehen, wenn ich erst mit Glandyth-a-Krae abgerechnet habe!«

Erschrocken zuckte sie vor ihm zurück, doch schnell gewann sie ihre Fassung wieder. »Wenn Ihr nicht einmal wußtet, ob Ihr gutaussehend gewesen wart, wenn Ihr

Eitelkeit nicht kanntet, wieso geht es Euch dann jetzt so nah?«

»Ich brauche meine Hände und meine Augen, um Glandyth töten zu können, ihn verenden zu sehen. Mit nur einer Hand und einem Auge wird es mir nur ein halbes Vergnügen sein.«

»Wie kindisch, Prinz Corum. Es ist eines Vadhaghs nicht würdig. Was sonst hat dieser Glandyth Euch angetan?«

Erst jetzt wurde ihm bewußt, daß er ihr noch nichts erzählt hatte und daß sie auch nichts wissen konnte, da sie von der Welt nicht weniger abgeschlossen war, als die Vadhagh es gewesen waren.

»Er hat alle Vadhagh gemordet«, erklärte er ihr. »Glandyth hat meine Rasse ausgerottet, und er hätte auch mich nicht verschont, wäre nicht Euer Freund, der Riese von Laahr, gewesen.«

»Er hat was getan –?« fragte sie mit schwacher Stimme, völlig verstört.

»Er hat mein Volk ausgelöscht.«

»Aber warum? Befandet Ihr Euch im Kriegszustand mit diesem Glandyth?«

»Wir wußten nicht einmal was von seiner Existenz. Wir kamen gar nicht auf die Idee, uns vor den Mabden zu schützen. Wir hielten sie für nicht mehr als Tiere, die unseren wehrhaften Burgen nichts anhaben könnten. Aber sie haben all unsere Burgen zerstört. Alle Vadhagh, außer mir, sind tot, und auch die meisten Nhadragh, wie ich erfuhr, die nicht als Sklaven vor den Mabden im Staub kriechen.«

»Sind dies jene Mabden, deren König sich Lyr-a-Brode von Kalenwyr nennt?«

»Aye. Das sind sie.«

»Auch ich ahnte nicht, daß sie so mächtig geworden sind. Ich hatte angenommen, die Ponystämme hätten

Euch überwältigt. Ich wunderte mich schon, weshalb Ihr so allein und so weit entfernt von der nächsten Vadhagh-Burg reistet.«

»Von welcher Burg sprecht Ihr?« Einen Augenblick hoffte Corum, daß doch noch Mabden lebten, viel weiter westlich, als er geglaubt hatte.

»Sie heißt Eran – Erin – oder so ähnlich.«

»Erorn?«

»Aye. Ja, so heißt sie, glaube ich. Sie ist über fünfhundert Meilen von hier entfernt.«

»Fünfhundert Meilen? Bin ich so weit gekommen? Der Riese von Laahr muß mich viel weiter getragen haben, als ich es für möglich hielt. Diese Burg, Lady, die Ihr erwähntet, war die meiner Familie. Die Mabden brandschatzten sie. Ich werde länger brauchen, als ich dachte, um zurückzukehren und Glandyth mit seinen Denledhyssi zu finden.«

Plötzlich wurde Corum bewußt, wie allein er jetzt war. Es war, als wäre er in eine der anderen Ebenen der Erde eingedrungen, wo alles ihm fremd war. Er wußte nichts von dieser Welt, einer Welt, die von Mabden beherrscht wurde. Wie stolz seine Rasse gewesen war! Und wie töricht! Hätten sie sich nur mit der Welt um sich herum beschäftigt, anstatt abstrakten Studien nachzugehen.

Corum senkte den Kopf.

Die Markgräfin schien seine Gefühle zu verstehen. Sanft legte sie ihre Hand auf seinen Arm. »Kommt, Prinz Corum. Ihr müßt Euch stärken.«

Er ließ sich von ihr in einen Raum führen, wo eine Tafel nur für zwei gedeckt war. Das Mahl – hauptsächlich Früchte und genießbare Algen – war viel mehr nach seinem Geschmack als jegliche bisherige Mabden-Nahrung, die er kannte. Erst jetzt bemerkte er, wie hungrig er doch war und wie schrecklich müde. Seine Gedanken begannen sich zu verwirren. Nur noch eines schien Realität zu haben – der Haß, den er für Glandyth empfand, und die Rache, die er bald nehmen würde.

Sie unterhielten sich nicht während des Mahls, aber die Markgräfin beobachtete ihn insgeheim die ganze Zeit. Ein- oder zweimal öffnete sie die Lippen, um etwas zu sagen, aber ließ es dann doch.

Das Gemach, in dem sie speisten, war klein und mit kostbaren Wandteppichen behangen. Als er gesättigt war und den Einzelheiten dieser Wandbehänge Beachtung zu schenken begann, verschwammen sie plötzlich vor seinem Auge. Er blickte die Markgräfin fragend an, aber ihr Gesicht war ausdrucklos. Sein Kopf fühlte sich leicht an. Er hatte keine Herrschaft mehr über seine Glieder.

Er versuchte Worte zu formen, aber kein Laut drang über seine Lippen.

Man hatte ihm etwas in das Essen gemischt.

Die Frau hatte ihn vergiftet.

Wieder war er den Mabden in die Falle gegangen.

Er stützte den Kopf auf seinen Arm und sank gegen seinen Willen in tiefen Schlaf.

Wieder träumte Corum.

Er sah Burg Erorn, wie er sie verlassen hatte, als er zu seiner Reise aufgebrochen war. Er sah das weise Gesicht seines Vaters, sah, wie er den Mund bewegte, und versuchte die Worte zu vernehmen, aber er konnte nichts hören. Er sah seine Mutter bei der Arbeit, sah, wie sie ihre letzte Abhandlung über ein mathematisches Problem niederschrieb. Er sah seine Schwestern, die zur neuesten Komposition seines Onkels tanzten.

Es war eine friedlich-heitere Atmosphäre.

Aber nun erkannte er, daß er ihre Handlungen nicht verstand. Sie schienen ihm so seltsam, so zwecklos. Sie waren wie ahnungslos spielende Kinder, die nichts von der Bestie wußten, die schon auf sie lauerte.

Er versuchte zu schreien – sie zu warnen –, aber er hatte keine Stimme.

Er sah Flammen in den Räumen – sah Mabden-Krieger, die ungehindert durch die unverschlossenen Tore eingedrungen waren und von den Bewohnern der Burg nicht einmal wahrgenommen wurden. Höhnisch lachend hielten die Mabden ihre brennenden Fackeln unter die seidenen Vorhänge und die exquisiten Möbel.

Und nun sah er seine Familie erneut. Sie war der Flammen gewahr geworden und suchte nach ihrem Ursprung.

Sein Vater erreichte einen Saal, in dem Glandyth-a-Krae Bücher auf den in der Mitte des Raumes errichteten Scheiterhaufen warf. Sein Vater starrte ihn überrascht an. Seine Lippen bewegten sich, und seine Augen blickten fragend, ja fast höflich erstaunt.

Glandyth wandte sich grinsend ihm zu und zog die Streitaxt aus dem Gürtel. Er hob sie –

Nun sah Corum seine Mutter. Zwei Mabden hielten sie, während ein dritter ihren nackten Körper vergewaltigte.

Corum versuchte dazwischenzuspringen, aber etwas hielt ihn zurück.

Er sah seine Schwestern und Kusine das gleiche Schicksal erleiden wie seine Mutter. Auch hier war der Weg zu ihnen durch etwas Unsichtbares versperrt. Er kämpfte verzweifelt gegen die Barriere an, aber nun schlitzten die Mabden bereits die Kehlen der Mädchen auf. Sie zuckten und starben wie erschlagene Rehe.

Corum begann zu weinen.

Er weinte immer noch, aber er lag gegen einen warmen Körper gepreßt, und wie aus weiter Ferne hörte er eine tröstende Stimme.

Jemand strich sanft über sein Haar, und der Busen, an dem sein Kopf ruhte, wiegte ihn leicht.

Einen Augenblick lang versuchte er sich zu befreien, aber die Frau hielt ihn fest.

Wieder begann er zu weinen, heftiger diesmal, und Schluchzen schüttelte seinen Leib, bis er erneut in Schlaf sank. Doch nun schlief er traumlos.

Er erwachte von noch unbestimmten Gedanken gequält. Eine Unruhe befiel ihn, daß er viel zu lange geschlafen hatte, während er eigentlich schon längst auf sein und etwas tun müßte. Er versuchte im Bett aufzusitzen, sank jedoch wieder in die Kissen zurück.

Allmählich wurde ihm bewußt, daß er sich viel ausgeruhter fühlte. Zum ersten Mal, seit er aufgebrochen war, seines Vaters Wunsch zu erfüllen, fühlte er sich wieder ganz erholt und voller Kraft.

Selbst die dunklen Schatten, die ihn gequält hatten, schienen verschwunden.

Aber wie viele Tage hatte er geschlafen?

Er streckte sich im Bett aus und berührte einen warmen Körper neben sich, an seiner blinden Seite. Er drehte den Kopf und erkannte Rhalina. Ihre Augen waren geschlossen, und ihr Gesicht war voll Frieden.

Er erinnerte sich seiner Träume und des Trostes, den ihre Nähe und Güte ihm geschenkt hatten, als der Schmerz in ihm sich einen Weg brach.

Rhalina hatte ihm geholfen, diesen Schmerz zu lindern. Er strich ihr mit seiner verbliebenen Hand über das schlafzerzauste Haar. Er empfand Zuneigung für sie, eine Zuneigung fast so stark wie jene, die ihn mit seiner Familie verbunden hatte.

Die Erinnerung an seine toten Verwandten ließ ihn seine Hand zurückziehen und nachdenklich den Stumpf seines linken Arms betrachten. Er war nun völlig zugeheilt, und weiße Haut spannte sich darüber. Er blickte zu

Rhalina zurück. Wie konnte sie es nur ertragen, ihr Bett mit einem Krüppel zu teilen?

Während er sie noch betrachtete, öffnete sie die Augen und lächelte ihn an.

Er glaubte Mitleid aus dem Lächeln zu lesen, und Ärger stieg in ihm auf. Er begann aus dem Bett zu klettern, aber ihre Hand hielt ihn an der Schulter zurück.

»Bleib bei mir, Corum«, bat sie. »Jetzt brauche ich deinen Trost.«

Er hielt inne und wandte ihr mißtrauisch das Gesicht zu.

»Bitte, Corum. Ich glaube, ich liebe dich.«

Er runzelte die Stirn. »Liebe? Zwischen Vadhagh und Mabden? Liebe einer solchen Art?« Er schüttelte den Kopf. »Unmöglich. Was sollte daraus werden?«

»Keine Kinder. Ich weiß. Aber aus Liebe erwachsen andere Dinge.« Sie blickte zu Boden.

»Es tut mir leid«, entschuldigte sie sich, als er schwieg. »Ich dachte nur an mich selbst. Ich wollte den Augenblick nutzen.« Sie setzte sich auf. »Ich habe mit niemandem mehr mein Bett geteilt, seit mein Mann fortzog. Ich bin nicht –«

Corum musterte sie. Sie zog ihn an, obwohl er es sich nicht eingestehen wollte. Es war unnatürlich für den Angehörigen einer Spezies, solche Gefühle für ein Mitglied einer anderen zu empfinden –

Er beugte sich über sie und küßte ihren Busen. Sie legte ihre Hände um seinen Kopf. Gemeinsam sanken sie aufs Bett zurück und gaben sich einer sanften, zärtlichen Vereinigung hin und lernten einander verstehen, wie nur zwei wahrhaft Liebende es je vermögen.

Nach einigen Stunden sagte sie zu ihm: »Corum, du bist der letzte deiner Rasse. Und ich werde nie mehr Menschen meines eigenen Volkes sehen, außer den wenigen Gefolgsleuten hier auf der Burg. Es ist sehr friedlich hier, und es gibt wenig, was diesen Frieden stören mag. Könntest du dich nicht entschließen, bei mir zu bleiben – wenigstens für ein paar Monde?«

»Ich habe geschworen, den Tod meiner Familie zu rächen«, erinnerte er sie sanft und küßte sie liebevoll auf die Wange.

»Solche Schwüre sind gegen deine Natur, Corum. Die Liebe liegt deinem Wesen näher als der Haß.«

»Ich kann dir darauf jetzt nicht antworten«, erwiderte er, »denn mein Leben wird mir unerfüllt erscheinen, solange ich Glandyth-a-Krae nicht zur Rechenschaft gezogen habe. Und es ist nicht so sehr der Haß, der mich treibt, wie du glaubst. Ich fühle mehr wie jemand, der bemerkt, wie sich eine Seuche unter den Pflanzen des Waldes ausbreitet. Dieser Jemand wird die befallenen Bäume fällen, um den anderen eine Chance zu geben, gerade zu wachsen und gesund zu bleiben. So sehe ich auch Glandyth-a-Krae. Morden ist ihm zur Gewohnheit geworden. Nun, da er alle Vadhagh ausgerottet hat, wird es ihn dazu treiben, andere zu töten. Und wenn er keine Fremden mehr findet, wird er sich an den Qualen der armen Teufel weiden, die in König Lyr-a-Brodes Städten und Dörfern dahinvegetieren. Das Schicksal hat mir die Pflicht auferlegt, gegen dieses Ungeheuer vorzugehen.«

»Aber warum willst du von hier wegziehen? Früher oder später wirst du sicher erfahren, wo Glandyth sich aufhält, dann kannst du aufbrechen, ohne erst langen Irrwegen zu folgen.«

Er blickte sie nachdenklich an. »Vielleicht hast du recht.«

»Und du mußt auch erst lernen, nur mit einer Hand und einem Auge auszukommen, Corum. Das braucht viel Übung.«

»Das stimmt.«

›So bleib hier, bei mir.«

»Soviel verspreche ich dir, Rhalina. Ich werde in den nächsten Tagen noch keine Entscheidung treffen.«

Und Corum traf einen ganzen Monat keine Entscheidung. Nach all dem Furchtbaren, das er gesehen und selbst erlebt hatte, benötigte seine Seele Zeit zu heilen, und das war sehr schwierig bei dem ständigen Anblick seiner Verstümmelungen, jedesmal, wenn er versuchte, seine linke Hand zu benutzen, oder eine glänzende Fläche sein Gesicht widerspiegelte.

Wenn sie nicht bei ihm war, verbrachte Rhalina einen Großteil ihrer Zeit in der Burgbibliothek. Aber Corum hatte kein Bedürfnis nach Büchern. Er zog es vor, durch die Wehrgänge zu schreiten und über die Zinnen zu blicken oder bei Ebbe zum Festland zu reiten (obwohl es Rhalina jedesmal sehr beunruhigte, weil sie fürchtete, er könne einem der Ponystämme in die Hände fallen, die ständig die Gegend unsicher machten) und eine Weile durch den Wald zu traben.

Und obgleich seine Schwermut im Verlauf der glücklichen und friedlichen Tage geringer wurde, schwand sie doch nicht ganz. Manchmal übermannte sie Corum wie aus heiterem Himmel, oder wenn ihn irgend etwas an sein Zuhause, an Burg Erorn, erinnerte.

Der Markgräfin Burg wurde schlicht Moidels Burg genannt und war auf einer Insel erbaut, die Moidelsberg hieß, nach dem Namen der Familie, die schon seit Generationen auf ihr lebte. Die Burg war voll interessanter Dinge. Es gab Schränke, die mit Porzellan und Elfenbeinschnitzereien gefüllt waren. Es gab Zimmer, die vollgestopft waren mit merkwürdigen Dingen, die im Laufe der Jahrhunderte aus der See geborgen worden waren. Es gab Gemächer, in denen Waffen und Rüstungen aller Art zur Schau standen, und andere mit Gemälden (plump gemalt, wie Corum dachte, verglichen mit jenen der Vadhagh), welche Szenen aus der Geschichte Lywm-an-Eshs darstellten und auch aus Legenden und Sagen dieses Landes, an denen das Volk von Lywm-an-Esh reich war. Solch phantastische Vorstellungen waren rar gewesen unter den Vadhagh, die nur an das glaubten, was sie sahen oder was sich beweisen ließ. Vielleicht faszinierten sie Corum gerade deshalb so stark. Er kam zu dem Schluß, daß viele der Sagen über magische Lande und unheimliche Tiere aus einem bestimmten Wissen oder einer Sicht in andere Ebenen entstanden waren. Zweifellos war hin und wieder ein Blick in eine oder mehrere der Parallelebenen möglich gewesen, und die Urheber der überlieferten Erzählungen hatten das bißchen, das sie zu sehen bekommen oder von dem sie erfahren hatten, malerisch ausgeschmückt. Corum amüsierte sich köstlich, wenn er irgendeine der alten Sagen zu ihrem recht banalen Ursprung zurückzuverfolgen vermochte, vor allem, wenn diese Sagen sich mit den alten Rassen – den Vadhagh und Nhadragh – beschäftigten, denen sie die unwahrscheinlichsten übernatürlichen Kräfte zuschrieben. Diese Betrachtungen boten ihm auch einen Einblick in das Verhalten der östlichen Mabden, die in großer Scheu vor den alten Rassen gelebt hatten, bis sie erkannten, daß auch diese sterblich waren und leicht getötet werden konnten. Es schien Corum, als wäre dieser brutale Rassenmord, den die Mabden begangen hatten, zum Teil dem Haß entsprungen, den sie für die Vadhagh empfanden, weil diese eben nicht diese großen Seher und Zauberer waren, für welche die Mabden sie ursprünglich gehalten hatten.

Aber diese Gedankengänge brachten nur die Erinnerungen und den Kummer und Haß zurück, und danach war Corum dann tagelang von einer Melancholie geplagt, gegen die nicht einmal Rhalinas Liebe ankam.

Aber eines Tages betrachtete er einen Wandteppich in einer Kemenate, in der er bisher noch nicht gewesen war.

Dieser fesselte ihn immer stärker, je länger er die Bilder betrachtete und je intensiver er den eingestickten Text studierte.

Es war die ungekürzte Legende, die von den Abenteuern Mag-an-Mags, eines berühmten Volkshelden, berichtete. Mag-an-Mag war auf dem Rückweg aus einem magischen Land gewesen, als Piraten sein Schiff enterten. Diese Piraten hatten Mag-an-Mag Arme und Beine abgehackt und ihn über Bord geworfen. Dann hatten sie seinen Gefährten, Jhakor-Neelus, enthauptet und den Rumpf seinem Herrn nachgeschickt. Den Kopf jedoch hatten sie behalten, um ihn zu verspeisen. Schließlich war Mag-an-Mags arm- und beinloser Körper an den Strand einer geheimnisvollen Insel gespült worden und Jhakor-Neelus' kopfloser Körper nicht unweit von ihm. Der Diener eines Zauberers fand dieses Strandgut und brachte es zu seinem Herrn. Dieser bot Mag-an-Mag an, ihn wieder völlig herzustellen, wenn er in seine Dienste trete. Mag-an-Mag ging darauf ein unter der Bedingung, daß der Zauberer einen neuen Kopf für seinen Gefährten fände. Der Zauberer bedachte Jhakor-Neelus daraufhin mit dem Kopf eines Kranichs, womit alle zufrieden waren. Das wiedererstandene Paar bekämpfte danach erfolgreich die Feinde des Zauberers und durfte daraufhin reich mit Geschenken beladen die Insel verlassen.

Corum zerbrach sich den Kopf, aber nirgends im Wissen seines eigenen Volkes konnte er einen Hinweis auf den Ursprung dieser Legende finden. Sie schien irgendwie nicht zu den anderen zu passen.

Anfangs versuchte er seine Faszination, die schon fast an Besessenheit grenzte, mit seinem eigenen Wunsch zu erklären, Hand und Auge wiederzugewinnen. Aber das minderte sein Interesse nicht, dessen er sich schämte. Darum sprach er auch ein paar Wochen lang nicht zu Rhalina über diese Legende.

Der Herbst kam zur Burg Moidel und mit ihm ein kalter Wind, der die Bäume ihres Laubes beraubte und die See gegen die Felsen peitschte und viele der Vögel in wärmere, ruhigere Lande trieb.

Corum begann immer mehr Zeit in der Kemenate mit dem Wandteppich zu verbringen, der von Mag-an-Mag und dem mächtigen Zauberer erzählte. Corum erkannte, daß es hauptsächlich der Text war, der ihn so faszinierte. Er schien mit einer Glaubwürdigkeit abgefaßt, die den anderen, die er kannte, fehlte.

Aber immer konnte er sich noch nicht überwinden, Rhalina mit Fragen darüber zu behelligen.

Dann, an einem der ersten Wintertage, suchte sie nach ihm und fand ihn in der Kemenate, und sie schien nicht einmal verwundert darüber. Immerhin wirkte sie jedoch ein wenig besorgt, als hätte sie befürchtet, er würde den Teppich früher oder später entdecken.

»Du interessierst dich, wie ich sehe, für die Abenteuer Mag-an-Mags«, sagte sie. »Sie sind nur Legende, nur Unterhaltung.«

»Aber sie unterscheiden sich von den anderen«, murmelte Corum. Er blickte sie an. Sie biß sich auf die Lippe.

»Sie ist also wirklich anders, Rhalina. Du weißt etwas darüber, nicht wahr?«

Sie setzte an, den Kopf zu schütteln, doch dann überlegte sie es sich. »Ich weiß nur, was die alten Märchen berichten. Und Märchen sind nur Phantasie. Unterhaltsame Lügengespinste.«

»Doch in dieser Legende steckt zumindest ein wenig Wahrheit, das spüre ich. Du mußt mir alles darüber erzählen, was du weißt.«

»Ich weiß mehr als das, was der Teppich berichtet«, gestand sie leise. »Ich habe erst vor kurzem ein Buch gelesen, das auf diese Legende Bezug nimmt. Ich erinnerte mich, dieses Buch vor Jahren einmal überflogen zu haben, und ich las es nun noch einmal in aller Ruhe. Ich fand darin Berichte, die gar nicht so lange zurückliegen und die eine Insel ähnlicher Art beschreiben. Und dem Buche nach gibt es dort ein altes Schloß. Der letzte, der die Insel sah, war ein Gesandter des Herzogs, der uns Grüße übermittelte und einige Sachen brachte. Aber er war auch der letzte, der uns besuchte –«

»Wie lange ist das her? Wie lange?« Corum fieberte.

»Dreißig Jahre.«

Tränen begannen über Rhalinas Wangen zu strömen, aber sie bemühte sich, sie zurückzuhalten.

Er umarmte sie.

»Warum weinst du, Rhalina?«

»Ich weine, weil du mich verlassen wirst. Du wirst zur Winterszeit fortziehen von Burg Moidel und die Insel suchen, und vielleicht wirst auch du im tiefen Meer versinken. Ich weine, weil nichts, was ich liebe, mir erhalten bleibt.«

Corum trat einen Schritt zurück. »Quält dieser Gedanke dich schon lange?«

»Ja. Er quält mich schon lange.«

»Und du hast nicht mit mir darüber gesprochen!«

»Weil ich dich so sehr liebe, Corum.«

»Du solltest mich nicht lieben, Rhalina. Und ich hätte mir nie gestatten dürfen, dich zu lieben. Wenngleich diese Insel mir nicht mehr als einen Hauch von Hoffnung verspricht, so muß ich sie doch finden.«

»Ich weiß, Corum. Ich weiß.«

»Und wenn ich den Zauberer gefunden habe und er mir Hand und Auge wiedergibt –«

»Das ist Irrsinn, Corum! Es gibt ihn nicht!«

»Aber wenn es ihn doch gibt und er zu tun vermag, worum ich ihn bitte, werde ich ausziehen, Glandyth-a-Krae zu finden, und ich werde ihn töten. Und dann, wenn ich noch lebe, kehre ich zu dir zurück. Aber erst muß Glandyth tot sein, Rhalina, ehe ich meinen Seelenfrieden wiederfinde.«

»Wir haben kein seetüchtiges Schiff«, murmelte sie.

»Aber es liegen Boote unten in den Höhlen am Meer, die seetüchtig gemacht werden können.«

»Das wird Monate dauern.«

»Wirst du mir einige deiner Gefolgsleute zur Verfügung stellen, die mir bei der Arbeit helfen können?«

»Ja.«

»Dann werde ich gleich mit ihnen sprechen.«

Corum ließ sie in der Kemenate zurück, verschloß sein Herz vor ihrem Kummer, erzürnt über sich selbst, weil er sie liebte.

Mit allen Männern, die auch nur ein wenig von Schiffen verstanden, stieg er die Stufen hinunter, die von den Burgkellern durch den Fels zu einer der Höhlen am Meer führten. Er fand eine Jolle, die in besserem Zustand als die anderen Boote schien. Er untersuchte sie gründlich.

Rhalina hatte recht. Es würde viel Zeit und Arbeit kosten, ehe man sich mit der Jolle aufs Meer wagen durfte.

Nun würde er zwar ungeduldig die Stunden zählen, aber jetzt, da er eine Hoffnung hatte – so gering sie auch war –, spürte er doch, wie der Druck, der bisher auf ihm gelastet hatte, ein wenig nachließ.

Er wußte, daß er seiner Liebe zu Rhalina nie müde werden, aber auch, daß er sie nie mit seinem ganzen Ich lieben konnte, solange er seine Aufgabe nicht erfüllt hatte.

Er eilte zur Bibliothek, um das Buch zu lesen, das sie erwähnt hatte. Er fand es und erfuhr, daß die gesuchte Insel Svi-an-Fanla-Brool genannt wurde.

Svi-an-Fanla-Brool. Kein sehr vertrauenerweckender Name. Soviel Corum daraus entnehmen konnte, hieß das soviel wie »Heim des unersättlichen Gottes«. Was mochte das bedeuten? Er studierte den Text, um eine Erklärung zu finden, aber vergebens.

Stunden vergingen, bis alle Karten kopiert und Hinweise notiert waren, die der Kapitän des Schiffes, der Moidelsberg vor dreißig Jahren anlief, zusammengestellt hatte. Es war schon sehr spät, als er endlich ins Bett kam und Rhalina dort vorfand.

Er betrachtete ihr Gesicht. Ohne Zweifel hatte sie sich in den Schlaf geweint.

Er wußte, daß es nun an ihm war, sie zu trösten.

Aber er hatte keine Zeit.

Er entkleidete sich und schlüpfte vorsichtig zwischen Seidentücher und Pelze, um sie nicht zu wecken. Aber sie rührte sich.

»Corum?«

Er antwortete nicht.

Er spürte ihren Körper beben, aber sie sagte kein Wort mehr.

Er setzte sich auf, voll innerlichem Zwiespalt. Er liebte sie. Er wollte sie nicht lieben. Er legte sich wieder nieder, versuchte zu schlafen, aber er vermochte es nicht.

Er tastete nach ihrer Schulter, streichelte sie.

»Rhalina?«

»Ja, Corum?«

Er holte tief Atem, wollte ihr erklären, daß er keine Ruhe finden würde, ehe Glandyth nicht tot war, aber daß er wiederkommen würde, wenn er seiner Rache Genüge getan hatte.

Statt dessen sagte er: »Stürme toben um Burg Moidel. Ich werde meine Pläne bis zum Frühjahr verschieben. Bis dahin bleibe ich.«

Sie drehte sich ihm zu, versuchte in der Dunkelheit sein Gesicht zu erkennen.

»Du mußt tun, was du für richtig hältst. Mitleid ist der Tod der wahren Liebe, Corum.«

»Es ist nicht Mitleid, was mich bewegt.«

»Ist es dein Sinn für Gerechtigkeit? Auch er ist –«

»Ich bemühe mich, mir selbst weiszumachen, daß nur mein Sinn für Gerechtigkeit, wie du es nennst, mich noch hierhält, aber ich weiß es besser.«

»Und warum bleibst du wirklich?«

»Mein Entschluß zu gehen ist nicht mehr so drängend.«

»Woran liegt das, Corum?«

»Etwas in mir ist ruhiger geworden, und es gibt etwas, das vielleicht stärker ist. Es ist meine Liebe zu dir, Rhalina, die mein Verlangen nach Rache geschwächt hat. Es ist Liebe. Anders kann ich es nicht erklären.«

Und wieder begann sie zu weinen, doch diesmal nicht vor Kummer.

10 Tausend Schwerter

Der Winter erreichte seinen Höhepunkt. Die eisigen Stürme rüttelten an den Türmen. Die See warf sich wütend gegen die Felsen von Moidelsberg, und manchmal überschütteten die haushohen Wogen die Burg mit ihrer Gischt.

Die Tage wurden fast so dunkel wie die Nacht. Gewaltige Feuer brannten überall in den Kaminen, aber sie vermochten die Kälte nicht gänzlich zu vertreiben, die sich überall eingeschlichen hatte.

Dicke Woll-, Leder- und Pelzkleidung mußte ständig getragen werden, um sich auch nur einigermaßen warm zu halten, und die Bewohner der Burg bewegten sich plump wie Bären.

Und doch bemerkten Corum und Rhalina, ein Mann und eine Frau verschiedener Rassen, kaum etwas von den Unbilden des Winters. Sie sangen einander Lieder oder schrieben Gedichte, die von ihrer tiefen Liebe sprachen. Es war wie ein Wahnsinn, der alles andere ausschloß, ein angenehmer Wahnsinn, ein süßer Wahnsinn.

Aber ein Wahnsinn war es doch.

Als der Winter schließlich an Grimmigkeit verlor, doch noch ehe der Frühling bereit war, sich zu zeigen; als noch Schnee die Felsen unterhalb der Burg bedeckte und erst wenige Vögel im grauen Himmel über den noch kahlen Wäldern des Festlandes sangen; als die Wut der See sich erschöpft hatte und sie nun müde gegen die Klippen schlug, da geschah es, daß die fremden Mabden gesichtet wurden, als sie am späten Morgen zwischen den dunklen Bäumen herausritten. Ihr Atem dampfte in der Kälte, und ihre Pferde glitten auf dem vereisten Boden aus, während sie mit klirrenden Rüstungen und Waffen näher kamen.

Beldan sah sie als erster, als er sich auf dem Burgloch die Beine vertreten wollte.

Beldan, der Jüngling, der Corum aus der See gerettet hatte, eilte hastig die Stufen des Turms hinab, als eine Gestalt ihm lachend den Weg versperrte.

»Das Örtchen, das du suchst, Beldan, ist oben, nicht hier unten.«

Der Jüngling holte tief Luft, ehe er sich bemühte, langsam zu sprechen. »Ich war auf dem Weg zu Euch, Prinz Corum. Ich habe sie von den Zinnen aus gesehen. Krieger sind es. Ein gewaltiger Trupp.«

Corums Gesicht überschattete sich. Dutzende von Gedanken schwirrten ihm durch den Kopf. »Erkanntest du sie? Sind es Mabden?«

»Ohne Zweifel. Ich nehme an, es sind Krieger der Ponystämme.«

»Gegen die die Markgrafschaft errichtet wurde?«

»Aye. Aber sie haben uns seit mehr als hundert Jahren nicht mehr belästigt.«

Corum lächelte grimmig. »Es scheint, als unterlägen alle der Ignoranz, die den Untergang der Vadhagh herbeiführte. Sind wir in der Lage, die Burg zu verteidigen, Beldan?«

»Gegen einen kleinen Trupp wohl, Prinz Corum. Die Ponystämme sind untereinander uneinig und in viele kleine Stämme mit gewöhnlich nicht mehr als zwanzig oder dreißig Kriegern zersplittert.«

»Und du glaubst, daß es sich um eine so kleine Streitmacht handelt?«

Beldan schüttelte heftig den Kopf.

»Nein, Prinz Corum. Ich fürchte, es ist eine ungewöhnlich große.«

»Verständige die Gefolgsleute. Was ist mit den Riesenfledermäusen?«

»Sie schlafen im Winter. Nichts vermag sie zu wecken.«

»Was ist eure normale Verteidigungstaktik?«

Beldan biß sich auf die Unterlippe.

»Nun?«

»Wir haben keine. Es ist schon so lange her, daß wir uns damit befassen mußten. Die Ponystämme fürchten die Macht Lywm-an-Eshs – ihre Furcht ist von Aberglauben bedingt, seit das Land sich hinter den Horizont zurückzog. Wir verließen uns auf diese Furcht.«

»Dann tue dein Bestes, Beldan. Ich werde mich dir anschließen, sobald ich mir den Mabden-Trupp angesehen habe. Wer weiß, vielleicht kommen sie gar nicht in kriegerischer Absicht.«

Beldan stürmte den Rest der Stufen hinunter, und Corum stieg den Turm hoch, öffnete die Tür und trat an die Brustwehr.

Er sah, daß die Flut nachließ und bald, mit Eintritt der Ebbe, die Landbrücke zwischen Festland und Burg freigelegt würde. Die See war grau und kalt, die Küste düster. Und die Krieger warteten dort.

Es waren Männer mit Bärten so struppig wie das Fell ihrer Ponys, und sie hatten eiserne Helme übergestülpt, mit Visieren aus Messing, die zu wilden Fratzen gehämmert waren. Sie trugen Mäntel aus Wolfspelz oder Wolle, eiserne Kettenhemden, Lederwesten, und um ihre Füße und Beine hatten sie Streifen aus blauem, rotem oder gelbem Stoff gewunden, die bis zu den Knien reichten. Bewaffnet waren sie mit Speeren, Pfeil und Bogen, Streitäxten und Keulen. Und jeder Krieger hatte am Sattel ein Schwert angeschnallt. Es waren alles neue Schwerter, schloß Corum, denn sie glänzten an diesem dämmerigen Wintermorgen wie frisch vom Amboß.

Mehrere Reihen warteten bereits am Strand, während weitere aus dem Wald trotteten.

Corum zog mit seiner gesunden Hand seinen Umhang aus Schafspelz enger um sich und stieß nachdenklich mit dem Fuß gegen eine der Zinnen, als wolle er sich vergewissern, daß die Burg auch wirklich fest gefügt war.

Dann blickte er wieder hinüber zu den Kriegern am Strand.

Er zählte eintausend.

Tausend Reiter mit tausend neuen Schwertern.

Er legte die Stirn in Falten.

Tausend Helme aus Eisen waren auf Burg Moidel gerichtet. Tausend Messingvisiere starrten über das Wasser, während langsam die Ebbe begann und die Landbrücke zum Vorschein kam.

Corum fror. Ein weißer Seerabe flog niedrig über die wartende Streitmacht und krächzte auf wie vor plötzlicher Furcht, ehe er eilig hochflatterte und in den tiefhängenden Wolken verschwand.

Trommelschlag erdröhnte aus dem Wald und hallte über das Wasser.

Es schien, als kämen die tausend Reiter nicht in Frieden.

Beldan eilte durch die Tür auf Corum zu. Sein Gesicht war bleich. »Ich habe mit der Markgräfin gesprochen«, begann er, »und unsere Mannen mobilisiert. Wir haben einhundertundfünfzig kampffähige Männer. Die Markgräfin konsultiert die Aufzeichnungen ihres Gemahls. Er verfaßte eine Abhandlung über die beste Art der Verteidigung in einem Fall wie diesem. Es scheint, er sah voraus, daß die Ponystämme sich eines Tages zusammenschließen würden.«

»Ich wollte, ich hätte diese Abhandlung gelesen«, murmelte Corum. Er atmete die beißend kalte Luft ein. »Gibt es hier keinen, der kampferprobt ist?«

»Keinen, mein Prinz.«

»Dann müssen wir schnell lernen.«

»Ja.«

Schritte erdröhnten auf der Treppe zum Turm, und Männer in glänzender Rüstung traten heraus. Jeder war mit Bogen und vielen Pfeilen bewaffnet.

Jeder trug einen Helm, der aus dem Gehäuse der Riesenstachelschnecke zurechtgeschnitten war. Jeder unterdrückte seine Angst.

»Wenn die Landzunge frei ist, werden wir versuchen, mit ihnen zu verhandeln«, murmelte Corum, »und die Verhandlung so lange ausdehnen, bis die Flut zurückkommt. Das wird uns ein paar Stunden mehr zur Vorbereitung geben.«

»Aber sicher werden sie mit einer solchen List rechnen«, wandte Beldan ein.

Corum nickte und rieb sich das Kinn mit dem Armstumpf. »Vermutlich. Aber wenn wir – wenn wir sie *täuschen*, was unsere Stärke anbelangt, vielleicht können wir sie dann doch ein wenig beunruhigen.«

Beldan grinste, schwieg jedoch. Seine Augen begannen

auf seltsame Weise zu glänzen. Corum schrieb es dem beginnenden Kampffieber zu.

»Ich werde nachsehen, was die Markgräfin in den Notizen ihres Gatten gefunden hat«, erklärte Corum. »Bleib hier und beobachte, Beldan. Aber laß mich sofort wissen, wenn sie losziehen.«

»Diese verdammte Trommel!« Beldan drückte seine Handflächen gegen die Schläfen. »Sie hallt in meinem Kopf wider.«

»Versuch sie zu überhören. Sie soll ja gerade unsere Widerstandskraft schwächen.«

Corum eilte den Turm hinunter und kam zu dem Stockwerk, wo sich seine und Rhalinas Gemächer befanden.

Sie saß an einem Tisch, auf dem Manuskripte ausgebreitet lagen. Als er eintrat, blickte sie hoch und versuchte zu lächeln. »Es scheint, wir müssen für unsere Liebe bezahlen.«

Er blickte sie erstaunt an. »Ich fürchte, ich verstehe nicht. Ist das eine Mabden-Weisheit?«

»Verzeih den abgedroschenen Spruch«, murmelte sie. »Aber ich wollte, sie hätten sich eine andere Zeit ausgesucht, uns zu überfallen. Hundert Jahre standen ihnen dazu zur Verfügung.«

»Was hast du aus den Aufzeichnungen deines Gatten erfahren?«

»Wo unsere schwächsten Punkte sind und wo unsere Schutzwehr am wirkungsvollsten zu verteidigen ist. Ich habe schon Mannen dort Aufstellung nehmen lassen. Auch Kessel mit Blei gefüllt werden bereits erhitzt.«

»Zu welchem Zweck?«

»Du weißt aber wirklich wenig über Verteidigungsmethoden«, stellte sie fest. »Noch weniger als ich. Das geschmolzene Blei gießt man über die Angreifer, wenn sie die Mauern erstürmen.«

Corum schüttelte sich. »Muß das sein?«

»Wir sind keine Vadhagh. Und wir kämpfen auch nicht gegen Vadhagh. Ich nehme an, daß die Angreifer mit nicht weniger grausamen Methoden aufwarten werden.«

»Ja, du hast natürlich recht. Ich möchte mir des Markgrafen Aufzeichnungen ebenfalls gern ansehen, wenn du gestattest. Er war offenbar ein Mann, der sich einen Sinn für die Wirklichkeit erhalten hatte.«

»Aye«, sagte sie sanft und reichte ihm ein Blatt. »Eine bestimmte Art von Wirklichkeit zumindest.«

Es war das erste Mal, daß er sie überhaupt je eine Meinung über ihren verstorbenen Gatten äußern hörte. Er starrte sie an, wollte noch mehr davon hören, aber sie winkte ab. »Lies lieber schnell. Es dürfte dir nicht schwerfallen, die Schrift zu entziffern. Mein Mann schrieb in der alten Hochsprache, die wir von den Vadhagh übernommen haben.«

Während er las, erklang ein Klopfen an der Tür. Rhalina öffnete. Ein Krieger stand davor.

»Beldan hat mich geschickt, Lady Markgräfin. Er läßt Prinz Corum bitten, auf die Mauer zu kommen.«

Corum legte das Manuskript auf den Tisch zurück. »Sofort. Rhalina, läßt du mir einstweilen Waffen und Rüstung bereitlegen?«

Sie nickte, und er folgte dem Krieger.

Die Landbrücke war nun schon fast wasserfrei. Beldan brüllte den Mabden-Kriegern am Strand etwas von Verhandlungen zu.

Immer noch dröhnte die Trommel im gleichen eintönigen, aber eindringlichen Rhythmus.

Die Krieger antworteten nicht.

Beldan wandte sich an Corum. »Man könnte fast meinen, sie sind taubstumm«, brummte er. »Für Barbaren sind sie übrigens erstaunlich diszipliniert. Ich habe das Gefühl, es gibt noch irgend etwas, womit wir nicht gerechnet haben.«

Auch Corum quälte dieses nagende Gefühl. »Warum hast du nach mir geschickt, Beldan?«

»Ich glaubte etwas zwischen den Bäumen zu sehen. Es glitzerte golden. Aber ich bin mir nicht sicher. Vadhagh-Augen sollen schärfer als Mabden-Augen sein. Sagt mir, Prinz, ob Ihr etwas zu sehen vermögt. Dort drüben.« Er deutete mit der Hand.

Corums Lächeln war bitter. »Zwei Mabden-Augen sind besser als ein Vadhagh-Auge –« Aber trotzdem spähte er in die angegebene Richtung. Tatsächlich, irgend etwas war hinter den Bäumen verborgen. Er änderte den Blickwinkel, und da erkannte er, was es war. Ein goldverziertes Streitwagenrad.

Als er noch starrte, begann das Rad sich zu drehen. Pferde trotteten aus dem Wald. Vier zottelige Pferde, ein wenig größer als die der Ponystämme, zogen einen schweren Kampfwagen, auf dem ein großer Krieger stand.

Corum erkannte den Lenker. Der Mabden trug Pelz und Leder und Eisen. Er hatte einen Flügelhelm und einen struppigen Bart und eine stolze Haltung.

»Graf Glandyth-a-Krae, mein Todfeind!« murmelte Corum.

»Ist das derjenige, der Euch die Hand abgeschlagen und das Auge ausgestochen hat?« fragte Beldan.

Corum nickte.

»Dann hat er vielleicht die Ponystämme vereint und ihnen die neuen glänzenden Schwerter gegeben und sie wohl auch Disziplin gelehrt.«

»Das ist sehr wahrscheinlich. Aber das bedeutet auch, daß ich es bin, der Burg Moidel in diese Gefahr gebracht hat.«

Beldan zuckte die Achseln. »Wir wären ihr auch so nicht entgangen. Ihr habt unsere Markgräfin glücklich gemacht. Nie zuvor habe ich sie glücklich gesehen, Prinz.«

»Ihr Mabden scheint zu glauben, daß Glücklichsein mit Leid bezahlt werden muß.«

»Vielleicht ist es so.«

»Das ist für uns Vadhagh nicht leicht zu verstehen. Wir glauben – glaubten –, daß Glücklichsein der Normalzustand für vernunftbegabte Wesen sei.«

Zwanzig weitere Streitwagen folgten dem ersten und reihten sich hinter ihm auf, so daß der Graf von Krae sich nun zwischen den schweigenden maskierten Kriegern und seinen eigenen Denledhyssi befand.

Der Trommelwirbel erstarb.

Corum lauschte der sich zurückziehenden Flut. Nun war die Landbrücke vollkommen frei.

»Er muß mir gefolgt sein und erfahren haben, wo ich bin. Und sicher hat er den ganzen Winter dazu benutzt, die Ponystämme zu rekrutieren und auszubilden.«

»Aber wie konnte er Euren Aufenthalt erfahren haben?« wunderte sich Beldan.

Als Antwort öffneten sich die Reihen der Ponykrieger, und Glandyth lenkte seinen Streitwagen zum Ufer. Er bückte sich und hob etwas vom Boden des Wagens auf, hielt es hoch und schleuderte es über den Rücken seiner Pferde auf die Landbrücke.

Corum erschauderte, als er es erkannte.

Beldan war wie vom Schlag gerührt. Er klammerte sich an die Brustwehr und senkte den Kopf. Heftig atmend fragte er: »Ist es wirklich der braune Mann, Prinz Corum?«

»Ja, Beldan.«

»Er war ein so sanftes, unschuldiges Wesen. So gütig. Konnte sein Herr es nicht retten? Sie müssen es gefoltert haben, um die Auskunft über Euch zu bekommen.«

Corum starrte blicklos in die Weite. »Ich sagte einmal zu deiner Herrin, daß Glandyth eine Seuche ist, die aufgehalten werden muß. Ich hätte mich früher darum kümmern müssen, Beldan.«

»Er hätte Euch getötet.«

»Aber nicht den braunen Mann von Laahr. Serwde würde auch jetzt noch seinem Herrn mit dem schwermütigen Gesicht dienen. Ich glaube, ich bringe nur Unglück, Beldan. Ich glaube, ich sollte schon längst tot sein, und ich glaube auch, daß alle, die mir helfen weiterzuleben, zum Tode verdammt sind. Ich werde jetzt hinausgehen und allein gegen Glandyth kämpfen. Dann ist die Burg gerettet.«

Beldan schluckte schwer und sagte mit heiserer Stimme: »Wir entschieden uns, Euch zu helfen. Ihr habt nicht um diese Hilfe gebeten. Überlaßt es also uns, wenn wir davon zurücktreten wollen.«

»Nein, denn ich will nicht, daß die Markgräfin und alle ihre Leute sterben müssen.«

»Das müssen sie ohnehin.«

»Nicht, wenn ich Glandyth erlaube, mich zu schlagen.«

»Glandyth muß den Ponystämmen diese Burg als Beute versprochen haben«, sagte Beldan überzeugt. »Sie machen sich nichts aus Euch. Sie wollen nur zerstören und plündern, was sie seit Jahrhunderten hassen und fürchten. O ja, es ist durchaus möglich, daß Glandyth sich mit Euch zufriedengäbe – er zöge vielleicht weiter – aber er ließe tausend Schwerter zurück. Wir müssen nun alle zusammen kämpfen, Prinz Corum. Es geht nicht anders.«

11 Die Beschwörung

Corum kehrte zu seinen Gemächern zurück, wo Waffen und Rüstung für ihn bereitlagen. Die Rüstung war ihm ungewohnt. Sie bestand aus Brustpanzer, Rückenpanzer, Beinschutz und einem Kilt, die alle aus den perlmuttblauen Muschelschalen eines Seetiers gefertig waren, das *Anufek* hieß und früher einmal in den Gewässern des Westens beheimatet gewesen war. Die Schale war stärker als das härteste Eisen und leichter als jedes Kettenhemd. Ein hoher, spiralförmig gedrehter Helm mit einer abgerundeten Spitze war wie die Helme der anderen Moidelkrieger aus dem Haus der Stachelschnecke gefertigt. Diener halfen Corum in die Rüstung und reichten ihm ein gewaltiges eisernes Breitschwert, das jedoch überraschend leicht in seiner Hand lag. Sein Schild, das sie an seinen handlosen Arm schnallten, war die Schale eines Riesenkrebses, der einst, wie die Diener ihm erzählten, in einem Gewässer weit hinter Lywm-an-Esh zu finden gewesen war.

Diese Rüstung hatte dem verstorbenen Markgrafen gehört, der sie von seinen Vorfahren geerbt hatte. Die wiederum hatten sie schon lange besessen, noch ehe die Notwendigkeit einer Markgrafschaft je in Betracht gezogen worden war.

Corum rief Rhalina zu, daß er kampfbereit sei, aber obwohl er sie durch die einen Spalt offenstehende Tür sehen konnte, die ihre Gemächer verband, blickte sie nicht von ihren Papieren hoch. Sie hatte gerade das letzte der Manuskripte vor sich und schien völlig – mehr noch als in die anderen – darin vertieft zu sein.

Corum kehrte zurück auf die Zinnen von Burg Moidel.

Davon abgesehen, daß Glandyths Streitwagen nun unmittelbar vor der Auffahrt zur Landbrücke stand, hatte sich an der Aufstellung der Streitmacht nichts geändert. Der leblose Körper des braunen Mannes von Laahr lag immer noch seltsam verrenkt auf dem Boden.

Die Trommel hatte inzwischen wieder zu schlagen begonnen.

»Warum kommen sie denn nicht heran?« fragte Beldan mit vor Erregung schriller Stimme.

»Vielleicht aus zweierlei Gründen«, erwiderte Corum. »Sie hoffen, uns Angst zu machen und ihre eigene zu bannen.«

»Sie fürchten sich vor uns?«

»Die Ponystämme höchstwahrscheinlich. Immerhin lebten sie seit Jahrhunderten in abergläubischer Furcht vor dem Volk von Lywm-an-Esh. Zweifellos sind sie überzeugt, daß wir über Zauberkräfte verfügen, die wir zu unserer Verteidigung gegen sie einsetzen können.«

Beldan konnte ein ironisches Grinsen nicht unterdrücken. »Ihr beginnt die Mabden zu verstehen, Prinz Corum. Besser als ich, wie es scheint.«

Corum deutete auf Glandyth-a-Krae. »Dort ist der Mabden, der mir die erste Lektion erteilte.«

»Er zumindest scheint keine Furcht zu kennen.«

»Er fürchtet keine Schwerter, nur sich selbst. Von allen Eigenschaften der Mabden, finde ich, ist das die zerstörerischste.«

Nun hob Glandyth seine behandschuhte Rechte.

Wieder schwieg die Trommel.

»Vadhagh!« dröhnte seine haßerfüllte Stimme. »Erkennst du, wer dir einen Besuch in dieser Burg voll Geschmeiß abstatten will?«

Corum antwortete nicht. Hinter einer Zinne verborgen, beobachtete er, wie Glandyth mit den Augen die Brustwehr nach ihm absuchte.

»Vadhagh! Bist du da?«

Beldan blickte Corum, der sich ruhig verhielt, fragend an.

»Vadhagh! Sieh, wir haben deinen Dämonenhelfer getötet. Und nun werden wir dich töten und das Mabdengezücht, das dir Unterkunft gewährt hat. Vadhagh! Sprich!«

Corum murmelte Beldan zu: »Wir müssen ihn hinhalten, solange es sich machen läßt. Jede Sekunde, die wir gewinnen, bringt die Flut näher.«

»Sie werden bald angreifen«, prophezeite Beldan. »Lange ehe die Gezeiten wechseln.«

»Vadhagh! Oh, du bist der Feigste einer feigen Rasse!«

Corum sah nun Glandyth sein Gesicht den Kriegern hinter ihm zuwenden, vermutlich, um ihnen den Befehl zum Angriff zu geben. Er baute sich zwischen zwei Zinnen auf und hob seine Stimme.

Seine Rede, obwohl in kaltem Grimm gehalten, war fließende Musik verglichen mit Glandyths knarrender Stimme.

»Hier bin ich, Glandyth-a-Krae, armseligster und bemitleidenswertester aller Mabden!«

Aus der Fassung gebracht, drehte der Graf den Kopf. Dann brach er in schallendes Gelächter aus. »Nicht ich bin es, der zu bedauern ist!« Er griff unter seinen Pelz und holte etwas hervor, das an einem Band um seinen Hals hing. »Möchtest du nicht kommen und dir das zurückholen?«

Corum fühlte Galle aufsteigen, als er erkannte, was Glandyth in die Höhe hob. Es war Corums mumifizierte Hand, die noch immer den Ring trug, den seine Schwester ihm einst geschenkt hatte.

»Und sieh!« Glandyth brachte einen kleinen Lederbeutel aus seinem Rock hervor und winkte damit Corum zu. »Ich habe auch dein Auge wohl verwahrt.«

Corum unterdrückte seinen Haß und seinen Ekel und rief: »Du kannst auch noch den Rest haben, Glandyth, wenn du deine Horde fortschickst und Burg Moidel in Frieden läßt.«

»O nein, Vadhagh!« brüllte Glandyth zurück und bog sich vor Lachen. »Meine Verbündeten würden nicht um das Vergnügen eines Kampfes kommen wollen – und schon gar nicht um die Beute. Sie haben viele Monde darauf gewartet. Nun dürfen sie endlich ihre alten Feinde ausrotten – und ich werde mir dich vornehmen. Ich hatte vorgehabt, den Winter angenehm auf König Lyr-a-Brodes Hof zu verbringen. Statt dessen mußte ich in Fellzelten mit unseren Freunden hier kampieren. Ich werde dich schnell vom Leben zum Tode befördern, Vadhagh. Das verspreche ich dir. Ich habe keine Lust mehr, viel Zeit mit einem verkrüppelten Ungeziefer zu vergeuden.« Wieder brach er in wieherndes Gelächter aus.

»Dann hättest du also keine Angst, allein gegen mich zu kämpfen?« rief Corum. »Du könntest dich mit mir auf dieser Landbrücke schlagen und würdest mich zweifellos schnell getötet haben. Dann kannst du die Burg immer noch deinen Freunden überlassen und um so schneller zu deinem eigenen Land zurückkehren.«

Glandyth furchte die Stirn und überlegte offenbar.

»Warum solltest du dein Leben etwas eher opfern, als du es ohnehin geben mußt?«

»Ich bin es müde, als Krüppel zu leben. Ich bin es müde, dich und deine Mannen zu fürchten.«

Glandyth wirkte nicht überzeugt. Corum versuchte, Zeit mit seinem Vorschlag zu gewinnen, aber andererseits war es Glandyth ohnehin gleichgültig, welche Schwierigkeiten die Ponystämme noch zu überwinden haben würden, wenn er erst einmal Corum getötet hatte.

Schließlich nickte er und brüllte zurück. »Gut, Vadhagh. Komm herunter. Ich werde meinen Männern befehlen, sich herauszuhalten, bis unser Kampf beendet ist. Sollte es dir gelingen, mich zu töten, werden meine Denledhyssi das Kampffeld den anderen überlassen –«

»Diesen Teil der Abmachung glaube ich dir nicht«, erwiderte Corum. »Aber er interessiert mich auch nicht. Ich werde jetzt herauskommen.«

Corum ließ sich Zeit, die Stufen hinabzusteigen. Er wollte nicht von Glandyths Händen fallen, und er wußte, wenn es ihm gelingen sollte, den Mabden zu bezwingen, so würden die Krieger des Grafen von Krae ihrem Anführer schnell zu Hilfe eilen. Alles, was er zu gewinnen hoffte, waren ein paar Stunden für die Verteidiger.

Rhalina erwartete ihn außerhalb ihrer gemeinsamen Gemächer.

»Wohin gehst du, Corum?«

»In den Kampf mit Glandyth und höchstwahrscheinlich in den Tod«, antwortete er. »Ich werde mit der Liebe zu dir im Herzen sterben, Rhalina.«

Ihr Gesicht war eine Maske des Entsetzens. »Corum! Nein!«

»Es muß sein, wenn die Burg auch nur eine winzige Chance gegen diese Barbaren haben soll.«

»Nein, Corum. Es gibt vielleicht einen Ausweg. Der Markgraf erwähnt ihn in seiner Abhandlung. Ein allerletzter Ausweg allerdings.«

»Welcher Art?«

»Er geht nicht näher darauf ein. Es ist etwas, das schon von seinen Vorvätern jeweils von Vater zu Sohn weitergegeben wurde. Eine Beschwörungsformel. Zauberei, Corum.«

Corum lächelte traurig. »Es gibt keine Zauberei, Rhalina. Was ihr mit Zauberei bezeichnet, ist eine Handvoll unverstandener Splitter von Vadhagh-Wissenschaft.«

»Dies ist keine Vadhagh-Wissenschaft – es ist etwas anderes. Eine Beschwörung.«

Er wollte sich an ihr vorbeischieben, aber sie hielt ihn am Arm zurück. »Corum, laß mich die Beschwörung versuchen!«

Er riß sich los und eilte, Schwert in der Hand, die Treppe hinunter. »Schön, Rhalina, versuche es, wenn du es für richtig hältst. Aber auch, wenn du recht hast, wirst du die Zeit brauchen, die ich für dich gewinnen kann.«

Er hörte ihr Schluchzen, dann hatte er die Halle erreicht und schritt auf das Haupttor der Burg zu.

Ein verwirrter Krieger öffnete es für ihn. Schließlich stand er auf der Landbrücke. An ihrem entgegengesetzten Ende wartete Glandyth-a-Krae. Er hatte seinen Streitwagen mit den Pferden zurück an den Strand gebracht und die Leiche des braunen Mannes zur Seite gestoßen. Und neben dem Grafen, die Streitaxt für ihn haltend, stand die schlaksige Gestalt des Jünglings Rodlick.

Glandyth strich seinem Pagen über das zerzauste Haar und entblößte seine Zähne zu einem wölfischen Grinsen. Er nahm dem Jungen die Axt ab und begann Corum entgegenzugehen.

Die See schlug gegen die Felsen der Landbrücke. Ein Seevogel kreischte. Kein Laut war von den Kriegern beider Seiten zu hören. Sowohl Angreifer als auch Verteidiger verfolgten die beiden Gestalten gespannt mit ihren Blicken. Als sie ungefähr in der Mitte angekommen waren und sie noch etwa zehn Fuß voneinander trennten, hielten sie an.

Corum bemerkte, daß Glandyth ein wenig dünner geworden war. Aber die blaßgrauen Augen funkelten wie eh und je voll Grausamkeit, und sein Gesicht war noch genauso rot und ungesund, wie Corum es in Erinnerung hatte. Glandyth hielt seine Streitaxt in beiden Händen vor sich und neigte seinen behelmten Kopf eine Spur.

»Beim Hund«, brummte er, »du bist noch häßlicher geworden, Vadhagh.«

»Dann geben wir ein schönes Paar ab, Mabden, denn du hast dich überhaupt nicht verändert.«

Glandyth knurrte wie ein Wolf. »Und du bist mit hübschen Schalen behangen wie die Tochter eines Seegotts, die ihrem Fischmann angetraut wird. Nun, du magst ihr Hochzeitsschmaus werden, wenn ich deine Leiche ins Meer geworfen habe.«

Corum war der Beleidigungen müde. Er sprang vor und schwang sein Breitschwert gegen Glandyth, der flink seinen eisenüberzogenen Axtschaft hochstieß und damit, nur geringfügig schwankend, den Schlag abwehrte. Er behielt die Axt in seiner Rechten und zog einen langen Dolch. Dann duckte er sich und zielte mit der Axt nach Corums Knie.

Corum sprang in die Höhe, und die Axtschneide durchschnitt die Luft unter seinen Füßen. Er stach nach Glandyth, und sein Schwert kratzte über den Schulterpanzer des Mabden, ohne ihn zu verletzen.

Trotzdem fluchte Glandyth laut und versuchte den gleichen Trick noch einmal. Wieder sprang Corum, und wieder verfehlte ihn die Axt. Glandyth sprang behende zurück und ließ die Axt auf den Krebspanzerschild sausen, der unter dem Aufprall knirschte, aber nicht zerbarst. Corums Arm jedoch war vom Handgelenk bis zur Schulter taub. Er konterte mit einem Hieb, den Glandyth auffing.

Corum trat nach Glandyths Beinen, in der Hoffnung, ihn aus dem Gleichgewicht zu bringen, aber der Mabden sprang ein paar Schritte rückwärts, ehe er erneut stehenblieb.

Corum näherte sich vorsichtig.

Da brüllte Glandyth: »Ich bin des Spiels müde. Jetzt haben wir ihn. Bogenschützen – zielt!«

Da entdeckte Corum die Denledhyssi, die sich lautlos vor den Reihen der Ponystämme aufgestellt hatten und ihre Bogen auf ihn richteten. Er hob seinen Schild, um sich gegen die Pfeile zu schützen.

Glandyth rannte inzwischen bereits zum Festland zurück.

Corum war verraten. Es war noch eine Stunde, ehe die Flut wiederkam. Es schien, als würde sein Opfer vergeblich sein.

Nun hörte er die Rufe von den Burgzinnen, und eine Pfeilsalve zischte über ihn hinweg. Beldans Männer hatten zuerst geschossen.

Die Denledhyssipfeile prasselten gegen Corums Schild und Beinschutz. Er spürte einen brennenden Schmerz oberhalb eines Knies, wo sein Bein kaum geschützt war. Er blickte hinab. Ein Pfeil hatte seinen Oberschenkel durchbohrt und ragte hinter dem Knie zur Hälfte heraus. Corum versuchte sich rückwärtsgehend zur Burg zurückzuziehen, aber eine Fortbewegung mit dem Pfeil im Bein war nicht nur schmerzhaft, sondern auch äußerst schwierig. Ihn herausziehen zu wollen würde jedoch andererseits bedeuten, daß er dazu sein Schwert fallen lassen müßte. Er warf einen schnellen Blick zum Strand.

Wie befürchtet, begannen sich bereits die ersten Reiter auf die Landbrücke zu drängen.

Mühsam schleppte er sich noch ein paar Fuß zurück, aber es war ihm klar, daß er keine Chance hatte, das Burgtor noch rechtzeitig zu erreichen. Schnell kniete er sich auf sein unverletztes Bein, legte das Schwert auf den Boden, brach den Pfeil vorne ab und zog den Rest nach hinten durch das Bein. Eilig griff er wieder nach dem Schwert, bereit, sich dem Feind entgegenzuwerfen.

Die Krieger mit den Messingvisieren galoppierten mit erhobenen Schwertern je zwei nebeneinander die Landbrücke entlang.

Corum stach nach dem ersten Reiter. Er hatte Glück, denn die Wucht des Anpralls hob diesen aus dem Sattel.

Der zweite versuchte Corum zu treffen, verfehlte ihn jedoch, und sein Pferd brauste weiter.

Corum schwang sich auf den primitiven Sattel des herrenlosen Tiers. Er bemühte sich, seine Füße in die Lederschlaufen zu bekommen, die als Steigbügel dienten, und dabei noch rechtzeitig den Schwerthieb des zurückkehrenden Reiters abzuwehren. Ein weiterer Reiter stürmte heran, und sein Schwert klirrte gegen Corums Schild. Die Pferde schnaubten und bäumten sich auf, aber die Landbrücke war so schmal, daß es kaum Platz für Ausweichmanöver gab, und weder Corum noch die beiden Angreifer konnten mit ihren Schwertern viel anfangen, während sie sich abmühten, ihre erregten Pferde in Zaum zu halten.

Die nachfolgenden Reiter waren gezwungen, ihre Ponys anzuhalten, wollten sie nicht links und rechts in die See stürzen. Das bot Beldans Schützen die Chance, die sie brauchten. Ein Pfeilregen von den Zinnen hagelte auf die Reihen der Ponykrieger herab. Mehr Pferde als Männer wurden getroffen, aber gerade das trug zu noch größerer Verwirrung bei.

Langsam zog Corum sich zurück, bis er das Tor fast erreicht hatte. Sein Schildarm war nun völlig taub, und sein Schwertarm schmerzte entsetzlich. Trotzdem gelang es ihm, sich weiter gegen die Angreifer zu verteidigen.

Glandyth brüllte auf die Ponybarbaren ein, befahl ihnen, sich zurückzuziehen und neu zu formieren. Offenbar hatten sie seinen Angriffsplan nicht befolgt. Trotz seiner Schmerzen mußte Corum grinsen. Zumindest das hatte er erreicht.

Nun öffnete sich plötzlich das Burgtor hinter ihm. Beldan stand dort mit fünfzig schußbereiten Kriegern.

»Schnell herein, Prinz Corum!« rief er.

Der Vadhagh erkannte Beldans Absicht. Er schwang sich vom Rücken seines Ponys und rannte tief gebückt auf das Tor zu, während bereits die erste Pfeilsalve über seinen Kopf hinwegfegte. Dann war er im Burghof, und das Tor schloß sich hinter ihm.

Er lehnte sich keuchend gegen eine Strebe. Alles war umsonst gewesen. Aber da schlug Beldan ihm begeistert auf die Schulter.

»Die Flut kommt, Prinz. Wir haben es geschafft!«

Der eine Schlag genügte, Corum umzuwerfen. Er sah Beldans verblüfftes Gesicht, und einen Augenblick amüsierte er sich darüber, ehe ihm die Sinne schwanden.

Er erwachte in seinem eigenen Bett. Rhalina saß an einem Tisch in seiner Nähe, immer noch mit den Manuskripten beschäftigt. Eines wurde Corum mit einem Male klar: Wie gut er auch mit Waffen üben mochte, wie gut er die kurze Schlacht auf der Landbrücke auch überstanden hatte, in einer Mabden-Welt würde er kaum lange mit nur einer Hand und einem Auge überleben.

»Ich brauche ein neues Auge, Rhalina«, sagte er und setzte sich auf. »Und eine neue Hand.«

Die Markgräfin schien ihn anfangs gar nicht zu hören. Dann blickte sie hoch. Ihr Gesicht wirkte müde, und Linien der Anspannung durchzogen es. Abwesend murmelte sie: »Ruh dich aus« und widmete sich wieder ihrer Lektüre.

Nach einem lauten Klopfen betrat Beldan das Gemach. Corum stieg aus dem Bett. Jede Bewegung schmerzte. Sein verletztes Bein war steif und sein ganzer Körper von Prellungen und kleinen Wunden überzogen.

»Sie haben gut dreißig Mann auf der Landbrücke verloren«, berichtete Beldan. »Die Flut geht erst gegen Sonnenuntergang zurück. Ich weiß nicht, ob sie heute noch einen weiteren Angriff wagen. Ich würde sagen, sie warten bis zum Morgen.«

Corum runzelte die Stirn. »Das hängt meines Erachtens von Glandyth ab. Er wird annehmen, daß wir keinen

Nachtangriff erwarten, und gerade deshalb genau das tun wollen. Aber wenn die Ponystämme wirklich so abergläubisch sind, wie wir glauben, werden sie sich weigern, nachts zu kämpfen. Es ist am klügsten, wir bereiten uns vorsichtshalber auf einen Angriff schon während der nächsten Ebbe vor und stellen an allen Seiten der Burg Wachen auf. Wie vereinbart sich das mit der Abhandlung des Markgrafen, Rhalina?«

Sie blickte auf und nickte. »Gut genug«, murmelte sie.

Mühsam begann Corum sich die Rüstung umzuschnallen. Beldan half ihm dabei, ehe sie sich gemeinsam zu den Zinnen begaben.

Die Denledhyssi hatten sich am Strand neu formiert. Die Toten und ihre Ponys und auch die Leiche des braunen Mannes waren von den Flutwellen in die See gespült worden. Ein paar Leichen trieben zwischen den Felsen unterhalb der Burg.

Sie hatten sich wieder genauso formiert wie ursprünglich. Die Ponyreiter warteten in etwa zehn Reihen, dahinter Glandyth und hinter ihm wiederum die Denledhyssi in ihren Streitwagen.

In der Burg blubberte geschmolzenes Blei in riesigen Kesseln über Feuern auf der Brustwehr. Kleine Wurfmaschinen, mit aufgehäuften Steinen als Munition daneben, waren aufgestellt. Zusätzliche Pfeile und Wurfspeere lagen überall bereit.

Wieder zog die Flut sich zurück.

Wieder begann die einsame Trommel zu dröhnen. Pferdegeschirr klirrte. Glandyth sprang zu einer kleinen Reitergruppe.

»Ich glaube, er wird angreifen«, murmelte Corum.

Die Sonne hing tief am Himmel, und die Welt schien in ein dunkles Grau getaucht. Sie beobachteten, wie das

Wasser sank und langsam die Landbrücke wieder freigab, bis sie schließlich nur noch ein oder zwei Fuß hoch bedeckt war.

Da wurde der Trommelschlag heftiger. Die Reiter stießen ein Triumphgebrüll aus und ließen ihre Pferde auf die Landbrücke waten.

Die eigentliche Schlacht um Burg Moidel nahm ihren Anfang.

Nicht alle der Reiter machten sich auf den Weg. Ungefähr zwei Drittel der Streitmacht blieben auf dem Festland. Corum glaubte den Grund dafür zu kennen.

»Sind rund um die Burg Posten aufgestellt, Beldan?«

»Aye, Prinz Corum.«

»Gut, ich nehme an, sie werden die Burg mit ihren Pferden umschwimmen und dann an den Felsen der Insel hochklettern, um von allen Seiten angreifen zu können. Laß, sobald die Dunkelheit eingebrochen ist, Feuerpfeile in alle Richtungen schießen.«

Und dann stürmten die Reiter die Burg. Die bleigefüllten Kessel wurden gekippt, und die Todesschreie der Tiere und Reiter gellten, als das siedende Metall sich über sie ergoß. Die See zischte und schäumte auf, wo das Blei sie traf. Einige der Reiter hatten Rammböcke jeweils zwischen zwei Pferden mit sich geführt. Sie begannen nun, damit gegen das Tor zu rennen. Reiter wurden aus den Sätteln geschossen, und die Pferde liefen herrenlos in die Dunkelheit. Einer der Widder bohrte sich in ein Tor und blieb im Holz stecken. Die Reiter versuchten ihn zurückzuziehen, aber es gelang ihnen nicht. Kochendes Blei ergoß sich über sie, und der Rammbock blieb im Holz.

»Schick die Bogenschützen zum Tor«, befahl Corum. »Und laß Pferde bereitstellen, falls es gelingen sollte, eine Bresche in die Haupthalle zu schlagen.«

Es war nun schon fast ganz dunkel, aber der Kampf ging weiter. Einige der Barbaren umritten die Insel unterhalb der Burg. Corum sah den nächsten Trupp den Strand verlassen und die Pferde durch das seichte Wasser zum Schwimmen antreiben.

Glandyth und seine Streitwagen blieben jedoch auf dem Festland und nahmen nicht am Kampf teil. Zweifellos beabsichtigte der Denledhyssi-Anführer, abzuwarten, bis die Verteidigung zusammengebrochen war, ehe er die Landbrücke überquerte.

Corums Haß auf den Grafen von Krae war durch den feigen Verrat auf der Landbrücke zu erneuter Glut geschürt worden, und nun, da er sah, wie Glandyth die abergläubischen Barbaren für seine eigenen Zwecke hemmungslos ausnutzte, wußte er, daß seine Einschätzung des Mannes stimmte. Der Mabden korrumpierte alles, womit er in Berührung kam.

Überall um die Burg herum starben die Verteidiger an ihren Pfeil- und Speerwunden. Gut fünfzig waren bereits tot oder schwer verletzt, und die ungefähr hundert Übriggebliebenen waren weit verstreut.

Corum besuchte die Verteidigungsstellungen und spornte die Krieger zu noch größeren Anstrengungen an. Aber nun war das Blei bereits verbraucht und der Vorrat an Pfeilen und Wurfspeeren dahingeschmolzen. Bald würde das Handgemenge beginnen.

Die Nacht brach ein. Feuerpfeile enthüllten rings um die Burg Trupps von Barbaren. Leuchtfeuer brannten auf den Zinnen. Der Kampf ging weiter.

Die Ponykrieger konzentrierten sich erneut auf das Haupttor. Neue Rammböcke wurden herbeigeschafft. Das Tor begann zu ächzen und nachzugeben.

Corum nahm alle Männer, die oben zu entbehren waren, mit sich in die Haupthalle. Hier schwangen sie sich auf die bereitstehenden Pferde und bildeten einen Halbkreis hinter den Bogenschützen, die bereits auf das Eindringen der Barbaren warteten.

Weitere Rammböcke zersplitterten das Tor, und Corum hörte die Schläge von Schwertern und Streitäxten, welche die Bresche im Tor verbreiterten.

Und dann waren sie hindurch, jubelnd und brüllend. Der Schein der Leuchtfeuer flackerte über ihre Maskenvisiere und ließen sie noch unmenschlicher und schrecklicher erscheinen.

Ihre Ponys schnaubten und bäumten sich auf.

Es blieb nur Zeit für eine Pfeilsalve, dann machten die Schützen Platz für Corum und seine Reiter, die auf die überraschten Barbaren einstürmten.

Corums Schwert drang durch ein Visier und das Gesicht dahinter. Blut spritzte hoch, und eine Fackel zischte, als die rote Flüssigkeit sie traf.

Corum vergaß seine Schmerzen und schwang das Schwert mit kräftigen Hieben; er stieß Reiter aus den Sätteln, trennte Köpfe von Rümpfen, Arme und Beine von Leibern. Aber langsam mußten er und seine noch übriggebliebenen Mannen sich zurückziehen, als eine frische Welle von Ponyreitern in die Burg stürmte.

Bald kämpften sie am hintersten Ende der Halle, wo eine steinerne Wendeltreppe zum nächsten Stockwerk führte. Hier warteten die Bogenschützen und ließen ihre Pfeile in die dichtgedrängten Haufen der Barbaren schwirren. Die Mabden, die nicht bereits in ein Handgemenge mit Corums Trupp verwickelt waren, zahlten den Beschuß mit Wurfspeeren und Pfeilen zurück, und bald fielen Moidels Schützen.

Corum sah sich um. Nur wenige seiner eigenen Leute lebten und kämpften noch – ein Dutzend vielleicht –, die Barbaren dagegen zählten noch gut an die fünfzig. Der Kampf näherte sich seinem Ende. Bald war es vorbei.

Er sah Beldan die Treppe heruntergelaufen kommen. Zuerst dachte Corum, er brächte vielleicht Verstärkung, aber der Jüngling hatte nur zwei Krieger bei sich.

»Corum! Corum!«

Doch der Vadhagh wurde von zwei Barbaren hart bedrängt und konnte nicht antworten.

»Corum! Wo ist die Lady Rhalina?«

Jetzt wurde Corum zum Berserker. Er versetzte dem ersten Barbaren einen Schlag, der ihm den Schädel spaltete, und stieß den zweiten aus dem Sattel. Dann rutschte er nach hinten vom Pferd und sprang zur Treppe.

»Was ist? Befindet sich die Lady Rhalina in Gefahr?«

»Ich weiß es nicht, Prinz. Ich kann sie nicht finden. Ich fürchte –«

Corum raste die Stufen hinauf. Der Schlachtenlärm unten schien sich zu ändern. Schreckensschreie kamen von den Barbaren. Corum hielt an und blickte zurück.

Die Ponyreiter zogen sich von Panik erfüllt zurück.

Corum verstand nicht, was vor sich ging, aber er hatte keine Zeit, noch länger zuzuschauen.

Er erreichte die Wohngemächer. »Rhalina! Rhalina!« brüllte er.

Keine Antwort.

Hier und dort lagen die Leichen von Gefolgsleuten und Barbaren, denen es gelungen war, durch die schlecht geschützten Fenster und Balkone in die Burg einzudringen.

War Rhalina vielleicht von einer solchen Bande von Eindringlingen entführt worden?

Da hörte er seltsame Laute vom Balkon ihres Schlafgemachs. Es war ein eintöniger Singsang, wie er ähnliches nie zuvor gehört hatte. Er hielt an und trat dann vorsichtig näher heran.

Rhalina stand auf dem Balkon. Sie sang. Der Wind bauschte ihre Kleider auf, und sie ballten sich um sie wie eine seltsame, vielfarbige Wolke. Ihre Augen waren blicklos in weite Ferne gerichtet. Ihr Hals bebte mit den ungewöhnlichen Tönen, die sie hervorbrachte.

Sie schien sich in Trance zu befinden. Corum verhielt sich völlig still und beobachtete sie. Die Worte, die sie sang, gehörten keiner ihm bekannten Sprache an. Zweifellos handelte es sich um einen uralten Mabden-Dialekt. Ein Schauder lief seinen Rücken herab.

Dann hielt sie inne und drehte sich um. Aber sie sah ihn nicht. Immer noch in Trance schritt sie dicht an ihm vorbei und zurück in ihr Gemach.

Corum beugte sich über die Brüstung und versuchte an einem Stützpfeiler vorbeizusehen. Ein gespenstisches grünes Licht schimmerte in Küstennähe in der See.

Mehr vermochte er nicht zu erkennen, aber er hörte die schrillen Panikschreie der Barbaren auf der Landbrücke. Es gab keinen Zweifel mehr daran, daß sie sich zurückzogen.

Corum betrat das Gemach. Rhalina saß in ihrem Sessel am Tisch. Sie hatte ihren Oberkörper steif aufgerichtet und hörte ihn nicht, als er ihren Namen rief. Er hoffte, daß diese Trance sich bald legen würde, und eilte aufs Dach.

Beldan war bereits wieder oben und starrte mit ungläubig aufgerissenen Augen auf das Schauspiel im Meer.

Ein Segelschiff näherte sich unfern der Landbrücke dem Festland. Das gespenstische grüne Leuchten ging von ihm aus. Es segelte mit großer Geschwindigkeit, trotz der Windstille. Die Barbaren kletterten zitternd auf ihre Ponys oder wateten zu Fuß durch das Wasser, das bereits wieder über die Landbrücke zu spülen begann. Sie schienen wahnsinnig vor Angst. Aus der Dunkelheit an der Küste hörte Corum Glandyths wütendes Fluchen und seine vergeblichen Befehle, sie zurückzutreiben.

Es schien, als flackerten unzählige kleine Feuer auf dem Schiff. Seine Maste und sein Rumpf wirkten wie mit stumpfen Juwelen besetzt. Und nun sah Corum auch, was die Barbaren gesehen hatten. Er sah die Besatzung. Fleisch faulte von ihren Gesichtern und den unbedeckten Körperteilen.

Das Schiff war von Toten bemannt.

»Was ist das, Beldan?« flüsterte er. »Eine kunstvolle Illusion?«

Beldans Stimme klang heiser. »Ich denke nicht, daß es eine Illusion ist, Prinz Corum.«

»Was ist es dann?«

»Die Antwort auf eine Beschwörung. Dies ist das Schiff des Markgrafen. Es wurde an die Meeresoberfläche zurückgerufen. Ihm und seiner Besatzung wurde eine Art Leben verliehen. Und seht!« Er deutete auf eine Gestalt am Heck, ein Skelett, das in einer Rüstung ähnlich jener steckte, die Corum trug, und dessen Augenhöhlen mit dem gleichen grünen Feuer leuchteten, welches das ganze Schiff wie Seetang einhüllte. »Seht, dort ist der Markgraf selbst. Aus der Tiefe zurückgekehrt, um seine Burg zu retten.«

Corum zwang sich, den Blick nicht von der näher kommenden Erscheinung abzuwenden.

»Und vielleicht auch aus einem anderen Grund«, murmelte er.

12 Das Opfer der Markgräfin

Das Schiff erreichte die Landbrücke und legte an. Es stank nach Meerwasser und Verwesung.

»Wenn es eine Illusion ist«, murmelte Corum grimmig, »ist es eine gute.«

Beldan schwieg.

In der Ferne hörten sie die Barbaren durch den Wald galoppieren und das Knarren der Streitwagen, als Glandyth kehrtmachen ließ, um seinen Verbündeten nachzujagen.

Obgleich die Toten auf dem Schiff bewaffnet waren, rührten sie sich nicht. Sie wandten lediglich ihre Schädel dem Haupttor der Burg zu.

Corum war wie gelähmt vor übermächtigem Grauen. Was er hier erlebte, schien dem abergläubischen Geist eines Mabden zu entspringen. Es durfte ganz einfach nicht wirklich sein.

Solche Erscheinungen konnten nur einer aus Unwissenheit geborenen Furcht und morbiden Phantasie entstammen, ähnlich den Stickereien auf den Wandbehängen in der Burg.

»Was werden sie jetzt tun, Beldan?«

»Ich verstehe absolut nichts von okkulten Dingen, Prinz. Lady Rhalina ist die einzige hier, die sich jemals etwas damit beschäftigt hat. Sie ist es, die die Beschwörung durchführte. Ich weiß nur, daß eine solche nicht ohne ein Opfer wirksam gemacht werden kann –«

»Ein Opfer?«

Beldan keuchte. »Die Markgräfin!«

Corum sah, daß Rhalina, immer noch in Trance, durch das Tor geschritten war und durch das kniehohe Wasser auf der Landbrücke auf das Schiff zuwatete. Der Schädel des toten Markgrafen wandte sich ihr zu, und das grüne Feuer in seinen Augenhöhlen schien noch schillernder zu brennen.

»NEIN!«

Corum raste auf die Turmtür zu, sprang die Treppe hinunter und stolperte in der Haupthalle über die Leichen der Gefallenen.

»NEIN! Rhalina! NEIN!«

Er erreichte die Landbrücke und stürzte ihr nach, halb betäubt von dem gräßlichen Gestank des verfaulten Schiffes.

»Rhalina!«

Dieser Alptraum war schlimmer als alle zuvor, die ihn seit der Zerstörung von Burg Erorn gequält hatten.

»Rhalina!«

Sie war fast am Schiff angekommen, als er sie einholte und mit seiner rechten Hand am Arm festhielt.

Sie schien seine Anwesenheit überhaupt nicht zu bemerken und versuchte weiterhin, sich dem Schiff zu nähern.

»Rhalina! Welches Opfer versprachst du, um uns zu retten? Warum kam dieses Schiff der Toten hierher?«

Ihre Stimme klang kalt, tonlos. »Ich werde jetzt zu meinem Gemahl gehen.«

»Nein, Rhalina, eine solche Abmachung darf nicht eingehalten werden. Sie ist unmenschlich. Sie ist teuflisch. Sie ist – sie ist –« Er versuchte ihr klarzumachen, daß es so etwas ganz einfach nicht geben konnte, daß sie alle einer besonderen Art von Halluzination erlagen.

»Komm wieder auf die Burg mit mir, Rhalina«, flehte er sie an. »Laß das Schiff in die Tiefe zurückkehren.«

»Aber ich muß mit. Das ist die Bedingung unserer Abmachung.« Er zog sie an sich, versuchte sie zurückzuzerren, als eine fremde Stimme erklang. Es war eine Stimme, die keinen Klang zu haben schien und dennoch in seinem Gehirn widerhallte und ihn erstarren ließ.

»Sie kommt mit uns, Prinz der Vadhagh. Es muß so sein.«

Corum blickte hoch. Der tote Markgraf hatte seine Hand befehlend erhoben. Die feurigen Augen brannten sich tief in Corums einziges Auge.

Corum versuchte die Perspektive zu ändern, in die anderen Dimensionen um ihn herum zu blicken, und schließlich glückte es ihm auch.

Aber es änderte nichts. Das Schiff war in allen fünf Ebenen. Er konnte ihm nicht entrinnen.

»Ich lasse sie nicht mit Euch fahren«, weigerte sich Corum. »Eure Abmachung war ungerecht. Warum soll sie sterben?«

»Sie wird nicht sterben. Sie wird bald erwachen.«

»Wo? Unter den Wellen?«

»Sie hat diesem Schiff Leben gegeben. Ohne sie würden wir wieder versinken. Mit ihr an Bord werden wir leben.«

»Leben? Ihr lebt nicht!«

»Es ist besser als der Tod.«

»Dann muß der Tod etwas Schlimmeres sein, als ich mir vorstellte.«

»Für uns ist er es, Prinz der Vadhagh. Wir sind die Sklaven Shool-an-Jyvans, denn wir starben in seinen Gewässern. Nun laßt meine Gemahlin zu mir, auf daß wir wieder vereint sind.«

»Nein!« Corum umklammerte Rhalinas Arm noch fester. »Wer ist dieser Shool-an-Jyvan?«

»Er ist unser Herr. Er ist von Svi-an-Fanla-Brool.«

»Das Heim des unersättlichen Gottes!« Die Insel, die Corum aufzusuchen beabsichtigt hatte, ehe Rhalinas Liebe ihn auf Burg Moidel zurückhielt.

»Genug jetzt! Laßt meine Gemahlin an Bord kommen.«

»Wie wollt Ihr mich dazu zwingen? Ihr seid tot! Ihr habt höchstens so viel Macht, wie es zur Vertreibung abergläubischer Barbaren braucht.«

»Wir retteten Euer Leben. Nun gebt uns, was wir benötigen, um zu leben. Sie muß mit uns kommen.«

»Ihr denkt nur an Euch selbst.«

Das Skelett nickte, und das grüne Feuer wurde ein wenig schwächer. »Ja. Die Toten sind selbstsüchtig.«

Nun bemerkte Corum, daß der Rest der Besatzung sich zu bewegen begann. Er hörte das Schlittern ihrer Füße auf dem glitschigen Deck. Er sah ihr verwestes Fleisch, ihre glühenden Augenhöhlen. Er begann sich zurückzuziehen und Rhalina mit sich zu zerren. Aber sie kam nicht freiwillig, und er war völlig erschöpft. Keuchend redete er auf sie ein. »Rhalina. Ich weiß, du hast ihn nie geliebt, auch nicht, als er noch lebte. Du liebst mich, Rhalina. Ich liebe dich. Sicherlich ist das stärker als irgendeine Abmachung!«

»Ich muß zu meinem Gemahl!«

Die Untoten hatten nun die Landbrücke erreicht und schlurften auf sie zu. Corum hatte sein Schwert in der Burg zurückgelassen und auch keine andere Waffe bei sich.

»Haltet an!« befahl er. »Die Toten haben kein Recht auf die Lebenden!«

Näher kamen die Untoten.

Corum rief dem Markgrafen zu, der immer noch am Heck stand. »Haltet sie zurück! Nehmt mich statt ihrer! Schließt ein Abkommen mit mir!«

»Das kann ich nicht.«

»Dann laßt mich mit ihr kommen. Es wäre nicht Euer Schaden. Ihr hättet zwei Lebende, um Eure toten Seelen zu wärmen.«

Der Markgraf schien darüber nachzudenken.

»Warum wollt Ihr das tun? Die Lebenden haben keine Liebe für die Toten.«

»Aber ich liebe Rhalina. Es ist Liebe, versteht Ihr?«

»Liebe? Die Toten wissen nichts von Liebe.«

»Und doch wollt Ihr Eure Gattin bei Euch haben?«

»Sie war es, die die Abmachung vorschlug. Shool-an-Jyvan hörte sie und entsandte uns.«

Die schlurfenden Untoten hatten sie nun umringt. Corum erstickte fast in dem Fäulnisgestank, der von ihnen ausging.

»Dann werde ich mit Euch kommen.«

Der tote Markgraf nickte zustimmend mit dem Schädel.

Geleitet von den Untoten begab Corum sich mit Rhalina auf das Schiff. Es war vom Schlamm des Meeresgrundes bedeckt und überall von Seetang überwuchert, von dem das gespenstische, grüne Feuer ausging. Was Corum für glanzlose Juwelen gehalten hatte, waren farbige Muscheln, die überall hafteten.

Während der Markgraf sie vom Heck beobachtete, führten die Untoten Corum und Rhalina in eine Kabine, deren Tür sie hinter ihnen schlossen. Es war dunkel in dem kleinen Raum, und es stank nach Verwesung.

Corum hörte das Ächzen des verrottenden Holzes, als das Schiff sich in Bewegung zu setzen begann.

Es segelte schnell, ohne Wind oder sonstigen sichtbaren Antrieb.

Es nahm Kurs auf Svi-an-Fanla-Brool, die Insel der Legenden, das Heim des unersättlichen Gottes.

ZWEITES BUCH

In dem berichtet wird, wie Prinz Corum ein Geschenk erhält und einen Pakt schließt

1 Der ehrgeizige Zauberer

Während sie durch die Nacht segelten, bemühte Corum sich immer wieder, Rhalina aus ihrer Trance zu wecken, aber was er auch versuchte, sie reagierte nicht. Sie lag auf den klammen, modrigen Seidentüchern einer Koje und starrte an die Decke. Durch eine Luke, die zu schmal war, durch sie zu entkommen, drang ein schwacher Schimmer grünen Lichts. Corum schritt ruhelos auf und ab, und immer noch fiel es ihm schwer, an die Wirklichkeit seiner Lage zu glauben.

Dies hier war zweifellos die Kajüte des toten Markgrafen. Wenn Corum nicht hier wäre, würde dann der Markgraf das Lager mit seiner Gattin teilen?

Corum schauderte und preßte seine Hand gegen die Schläfe, überzeugt, daß er entweder dem Wahnsinn verfallen war oder unter dem Einfluß einer fremden Macht stand – ganz sicher jedoch konnte das hier nicht wirklich sein.

Als Vadhagh war er durchaus mit vielen Dingen vertraut, die ein Mabden sich nicht einmal vorstellen konnte. Aber das hier schien ihm völlig unnatürlich. Es war wider alle Wissenschaft, die er kannte. Wenn sein Geist noch gesund und alles tatsächlich so war, wie es schien, dann waren die Mabden-Kräfte weitaus größer als alles, was die Vadhagh je gekannt hatten. Aber es waren finstere und morbide Kräfte, ungesunde Kräfte, die nichts Gutes zeugten.

Corum war müde, aber er konnte nicht schlafen. Alles,

was er berührte, war voll feuchter Verwesung, und es drehte ihm den Magen um. Des öfteren blickte er hinaus durch die Luke, um sich zu orientieren, aber es war unmöglich, mehr zu sehen als schaumgekrönte Wogen oder einen einsamen Stern am Himmel.

Dann, viel später, entdeckte er den ersten grauen Schimmer am Horizont. Er war erleichtert, daß der Morgen nahte, denn dies hier war ein Schiff der nächtlichen Alpträume. Es würde mit dem Aufgehen der Sonne verschwinden, und er und Rhalina würden sich in ihrem eigenen Bett wiederfinden.

Aber was war es gewesen, das die Barbaren so erschreckt hatte? Oder war auch das nur ein Teil seines Traums? Vielleicht hatte sein Zusammenbruch nach dem Kampf mit Glandyth, als er die Burg erreicht hatte, Fieberträume ausgelöst? Vielleicht kämpften seine Gefährten immer noch um ihr Leben gegen die Ponystämme? Er rieb sich die Stirn mit dem Armstumpf und benetzte seine trockenen Lippen mit der Zunge. Wieder versuchte er einen Blick in die Dimensionen. Aber nun waren sie ihm verschlossen. Ruhelos schritt er weiter in der Kabine auf und ab.

Doch dann erreichte ein eigenartiges Dröhnen seine Ohren. Sein Gehirn prickelte. Er rieb sich das Gesicht. Das Dröhnen verstärkte sich. Seine Ohren schmerzten. Seine Zähne schmerzten. Das Dröhnen wuchs immer noch.

Er preßte seine rechte Hand gegen das Ohr und bedeckte das andere mit dem Arm. Tränen traten ihm in das Auge. Und in der leeren Augenhöhle pochte ein schneidender Schmerz.

Er taumelte von Seite zu Seite in der verrotteten Kabine und versuchte die Tür aufzubrechen.

Aber die Sinne verließen ihn.

Er stand in einer dunklen Halle mit kunstvoll gerippten Wänden, die bogenförmig hoch über seinem Kopf zusammenliefen. Die handwerkliche Ausstattung stand in nichts jener der Vadhagh nach, aber im Gegensatz zu dieser war sie nicht von einer heiteren Schönheit, sondern düster und bedrückend.

Sein Kopf schmerzte. Die Luft vor ihm flimmerte plötzlich in einem blassen Blau, und mit einem Mal stand ein hochgewachsener Jüngling vor ihm. Das Gesicht war jung, aber die Augen alt, uralt. Er trug ein schlichtes, weit fallendes Gewand aus gelbem Samt. Er verbeugte sich, drehte sich um und setzte sich auf eine Steinbank, die in die Wand gehauen war.

Corum runzelte die Stirn.

»Ihr glaubt, Ihr träumt, Junker Corum?«

»Ich bin Prinz Corum im scharlachroten Mantel, der letzte der Vadhagh «

»Es gibt keinen Prinzen hier außer mir«, wies der Jüngling ihn mit sanfter Stimme zurecht. »Ich gestatte es nicht. Wenn Ihr das einseht, wird es keinen Unmut zwischen uns geben.«

Corum zuckte die Achseln. »Ja, ich glaube, ich träume.«

»In bestimmter Hinsicht tut Ihr das natürlich auch. So, wie wir alle träumen. Für eine Weile, Vadhagh, wart Ihr in einem Mabden-Traum gefangen. Die Regeln der Mabden bestimmen Euer Geschick, und Ihr wollt es nicht dulden.«

»Wo ist dieses Schiff, das mich hierherbrachte? Wo ist Rhalina?«

»Das Schiff kann bei Tag nicht segeln. Es ist in die Tiefen des Meeres zurückgekehrt.«

»Und Rhalina?«

Der Jüngling lächelte. »Mit ihm, natürlich. Das war die Abmachung, die sie traf.«

»Dann ist sie tot?«

»Nein, sie lebt.«

»Wie kann sie unter Wasser leben?«

»Sie lebt, sie wird immer leben. Die Besatzung wird mit ihr viel Freude haben.«

»Wer seid Ihr?«

»Ich glaube, Ihr habt meinen Namen bereits erraten.«

»Shool-an-Jyvan.«

»Prinz Shool-an-Jyvan, der Herr alles Toten im Meer – nur einer meiner vielen Titel.«

»Gebt mir Rhalina zurück.«

»Das habe ich vor.«

Corum blickte den Zauberer mißtrauisch an. »Weshalb?«

»Ihr glaubt doch nicht, ich würde auf einen so schwachen Versuch einer Beschwörung eingehen, wie den ihren, wenn ich mir nicht auch etwas anderes davon versprochen hätte. Oder glaubt Ihr das wirklich?«

»Euer Beweggrund ist klar. Ihr wollt Euch an ihrem entsetzlichen Geschick ergötzen.«

»Unsinn! Haltet Ihr mich für so kindisch? Über so etwas bin ich längst hinaus. Aber ich sehe, Ihr beginnt allmählich auf Mabden-Art zu argumentieren. Das ist vielleicht ganz gut, wenn Ihr in diesem Mabden-Traum überleben wollt.«

»Ist es ein Traum?«

»In gewisser Weise. Aber echt genug. Es ist, was Ihr den Traum eines Gottes nennen mögt. Doch natürlich könntet Ihr auch sagen, es ist ein Traum, den ein Gott zur Wirklichkeit werden ließ. Ich spreche selbstredend vom Schwertritter, der über die fünf Ebenen herrscht.«

»Ach, die Schwertherrscher! Die gibt es nicht. Sie sind ein Aberglaube, dem einst Vadhagh und Nhadragh verfallen waren.«

»O doch, Meister Corum. Es gibt sie, diese Schwertherrscher. Ihr habt zumindest einem von ihnen Eure Heimsuchung zu verdanken. Es war der Schwertritter, der beschloß, die Mabden mächtig werden und sie die alten Rassen ausrotten zu lassen.«

»Aus welchem Grund?«

»Weil er Euer müde war. Wer wäre es nicht? Die Welt ist jetzt viel interessanter. Das müßt doch auch Ihr zugeben.«

»Chaos und Zerstörung haltet Ihr für ›interessant‹!« Corum machte eine ungeduldige Handbewegung. »Ich dachte, Ihr seid über solche Kindereien hinaus.«

Shool-an-Jyvan lächelte. »Ich vielleicht. Aber doch nicht unbedingt der Schwertritter.«

»Ihr sprecht in Rätseln, Prinz Shool.«

»Stimmt. Eine Untugend, die ich nicht aufgeben mag. Aber sie belebt ein nichtssagendes Gespräch.«

»Wenn Ihr dieses Gesprächs müde seid, dann gebt mir Rhalina zurück, und ich lasse Euch allein.«

Wieder lächelte Shool. »Es steht in meiner Macht, Euch Rhalina wiederzugeben und auf freien Fuß zu setzen. Darum entsandte ich Junker Moidel auf die klägliche Beschwörung hin. Ich wollte Euch kennenlernen, Junker Corum.«

»Ihr wußtet ja nicht einmal, daß ich kommen würde.«

»Ich hielt es für wahrscheinlich.«

»Und warum wolltet Ihr mich kennenlernen?«

»Ich habe Euch etwas zu bieten. Und für den Fall, daß Ihr auf den Gedanken kämt, mein Geschenk abzulehnen, hielt ich es für weise, die Lady Rhalina bei der Hand zu haben.«

»Warum sollte ich ein Geschenk ablehnen wollen?«

Shool zuckte die Schultern. »Oh, meine Geschenke werden nicht immer angenommen. Die Sterblichen scheinen mir zu mißtrauen. Es gefällt ihnen nicht, wie ich sie zu mir hole. Wenige haben ein freundliches Wort für einen Zauberer, Junker Corum.«

Corum versuchte die Dunkelheit zu durchdringen. »Wo ist die Tür? Ich werde Rhalina selbst suchen. Ich bin Eurer Reden müde, Prinz Shool.«

»Natürlich seid Ihr müde. Ihr habt viel erlitten. Ihr hieltet Euren eigenen süßen Traum für Wirklichkeit und die Wirklichkeit für einen Traum. Ein Schock! Hier gibt es keine Tür. Ich benötige sie nicht. Werdet Ihr mich nun ausreden lassen?«

»Wenn Ihr Euch etwas verständlicher ausdrückt, ja.«

»Ihr seid ein unfreundlicher Gast, Vadhagh. Ich glaubte, Eure Rasse hätte bessere Manieren.«

»Ich bin nicht länger ein typischer Vertreter meiner ausgerotteten Rasse.«

»Wie bedauerlich, daß gerade der letzte einer Rasse nicht mehr ihre Tugenden aufweist. Jedoch hoffe ich, ein besserer Gastgeber zu sein, und erfülle Euch Eure Bitte. Ich bin uralt. Ich gehöre nicht zu den Mabden und auch nicht zu den alten Rassen, wie Ihr Euch nanntet. Ich kam lange vor Euch. Ich gehörte einer Rasse an, die zu degenerieren begann. Ich wollte nicht ebenfalls degenerieren, darum beschäftigte ich mich mit wissenschaftlichen Forschungen, die mir ermöglichen sollten, meinen Geist in all seiner Weisheit zu bewahren. Wie Ihr seht, war mir Erfolg beschieden. Ich bin im Grund genommen reiner Geist. Ich kann, zugegeben mit ein wenig Anstrengung, von einem Körper in den anderen überwechseln und bin deshalb unsterblich. Im Laufe der Jahrtausende hat man mir unzählige Male nach dem Leben getrachtet, aber jene, die mich auslöschen wollten, gaben es schließlich auf. Es hätte die Zerstörung von viel zu vielen nach sich gezogen. Deshalb durfte ich, allgemein gesprochen, meine Existenz und meine Experimente weiterführen. Meine Weisheit ist gewachsen. Ich beherrsche Leben und Tod. Ich kann vernichten, aber auch wieder zum Leben zurückbringen. Ich kann Sterblichen die Unsterblichkeit schenken, wenn ich will. Durch meinen eigenen Geist und meine eigenen Hände bin ich zum Gott geworden. Vielleicht nicht zum mächtigsten der Götter – aber das kommt noch. Nun werdet Ihr verstehen, daß diese Götter, die einfach« – Shool breitete seine Hände aus – »mit einemmal da waren, die ihre Existenz nur einem kosmischen Zufall verdanken, neidisch auf mich sind. Sie weigern sich, meine Göttlichkeit anzuerkennen. Sie möchten mich gern auslöschen, weil ihnen erst durch meine Existenz überhaupt bewußt wird, wie klein sie wirklich sind. Der Schwertritter ist mein Feind. Er will mich vernichten. Ihr versteht also, Meister Corum, daß wir vieles gemein haben.«

»Ich bin kein ›Gott‹, Prinz Shool. Bis vor kurzem glaubte ich nicht einmal an Götter.«

»Die Tatsache, daß Ihr kein Gott seid, ist schon aus Eurer geistigen Schwerfälligkeit zu erkennen. Aber das war es nicht, was ich damit ausdrücken wollte. Was ich meinte, ist, daß wir beide die letzten unserer Rassen sind, welche die Schwertherrscher auszurotten beschlossen. In ihren Augen sind wir Anachronismen, die ausgelöscht werden müssen. So wie sie mein Volk durch die Vadhagh und Nhadragh ersetzten, so lösen sie nun die Vadhagh und Nhadragh mit den Mabden ab. Eine ähnliche Degeneration wie in meiner Rasse findet nun in Eurer statt – verzeiht, wenn ich Euch in einem Atemzug mit den Nhadragh nenne. Wie ich, wehrt auch Ihr Euch gegen den Verfall. Ich wählte für meinen Kampf die Wissenschaft, Ihr das Schwert. Ich überlasse es Euch zu entscheiden, welches die weisere Wahl war.«

»Ihr scheint mir ein wenig kleinlich für einen Gott«, brummte Corum, den die Geduld verließ. »Nun –«

»Ich bin auch nur ein kleiner Gott – im Moment. Ihr werdet mich viel großzügiger finden, wenn ich erst ein großer Gott bin. Doch laßt Ihr mich nun endlich zu Ende reden, Junker Corum? Wollt Ihr denn nicht einsehen, daß mein bisheriges Handeln einem Gefühl der Schicksalsverbundenheit mit Euch entsprang?«

»Nichts, was Ihr bisher für mich getan habt, deutet auf Eure Freundschaft hin.«

»Ich sagte Gefühl der Schicksalsverbundenheit, Junker Corum, nicht Freundschaft. Ich könnte Euch mit einem Augenzwinkern vernichten – und Eure Lady ebenfalls.«

»Ich wäre viel weniger ungeduldig, wenn ich wüßte, daß Ihr sie dieser entsetzlichen Abmachung entbunden habt und sie hierherbrächtet, damit ich mich überzeugen kann, daß sie auch tatsächlich noch lebt und gerettet werden kann.«

»Ihr werdet mir auch so glauben müssen.«

»Ich weiß nicht. Vernichtet mich doch.«

Prinz Shool erhob sich. Seine bedächtigen Bewegungen waren die eines alten Mannes. Sie paßten nicht zu dem jugendlichen Körper und ließen ihn nur um so abstoßender wirken. »Ihr solltet mir größeren Respekt erweisen, Junker Corum.«

»Und weshalb? Ich habe ein paar Eurer Tricks gesehen und Euer angeberisches Gewäsch angehört.«

»Ich warne Euch. Ich habe Euch viel zu bieten. Seid lieber höflich zu mir.«

»Und was habt Ihr mir zu bieten?«

Prinz Shools Augen zogen sich zusammen. »Ich biete Euch Euer Leben. Ich könnte es Euch nehmen.«

»Das habt Ihr bereits gesagt.«

»Ich biete Euch eine neue Hand und ein neues Auge.«

Corums Interesse war wohl zu offensichtlich, denn Prinz Shool kicherte.

»Ich biete Euch die Rückgabe dieser Mabden-Frau, für die Ihr eine so perverse Zuneigung empfindet.« Prinz Shool hob die Hand. »Gut, gut. Ich entschuldige mich. Jeder nach seinem Geschmack. Ich biete Euch die Möglichkeit, Euch an dem Urheber all Eures Leids zu rächen –«

»Glandyth-a-Krae?«

»Nein, nein, nein! Dem Schwertritter! Dem Schwertritter, versteht Ihr? Er allein ist dafür verantwortlich, daß die Mabden auf dieser Ebene groß wurden.«

»Aber was ist mit Glandyth? Ich habe geschworen, ihn zu töten.«

»Ihr werft mir Kleinlichkeit vor! Und was sind Eure Ambitionen? Mit den Kräften, die ich Euch biete, könnt Ihr so viele Grafen der Mabden töten, wie es Euch beliebt.«

»Fahrt fort –«

»Fahrt fort? Was wollt Ihr noch mehr? Habe ich Euch nicht genug geboten?«

»Bisher sind diese Angebote nichts mehr als leere Worte. Ihr sagtet nicht, wie Ihr sie verwirklichen wollt.«

»Oh, Ihr seid beleidigend! Die Mabden fürchten mich. Die Mabden erzittern, wenn ich mich in ihrer Gegenwart materialisiere. Manche von ihnen sterben vor Entsetzen, wenn ich einen Beweis meiner Macht gebe.«

»Ich habe in letzter Zeit zuviel Entsetzen kennengelernt«, warf Corum ein.

»Das sollte keine Rolle spielen. Das Problem ist, daß dieses Grauen, das ich schaffen kann, Mabden-Grauen ist. Ihr lebt nun zwar mit den Mabden zusammen, aber Ihr seid und bleibt ein Vadhagh. Die Alpträume der Mabden schrecken Euch weniger, als sie die Mabden schrecken. Wäret Ihr ein Mabden, hätte ich es viel leichter gehabt, Euch zu überzeugen.«

»Aber Ihr könnt keinen Mabden brauchen, für das, was Ihr vorhabt«, vermutete Corum grimmig. »Habe ich recht?«

»Euer Verstand wird schärfer«, erwiderte der Zauberer spöttisch anerkennend. »Stimmt, genauso ist es. Kein

Mabden würde die Aufgabe überleben, die ich für Euch habe. Vielleicht schafft es nicht einmal ein Vadhagh.«

»Und was ist diese Aufgabe?«

»Ihr müßt etwas für mich stehlen, das ich benötige, um meine Ziele zu verwirklichen.«

»Könnt Ihr es Euch denn nicht selbst beschaffen?«

»Leider nicht. Wie sollte ich meine Insel verlassen? Täte ich es, würden sie mich sofort vernichten.«

»Wer würde Euch vernichten?«

»Meine Rivalen, natürlich – die Schwertherrscher und das restliche Göttergezücht! Ich bin überhaupt nur deshalb noch am Leben, weil ich mich mit allen auch nur vorstellbaren Vorrichtungen und Zauberkräften schütze. Sie wären zwar imstande, sie zu brechen, aber sie wagen es nicht, aus Angst vor den Folgen. Meine Zauberkräfte zu brechen könnte zur Auflösung der fünfzehn Ebenen führen und damit zur Auslöschung der Schwertherrscher selbst. Nein, nein. Ihr müßt es für mich stehlen. Kein anderer auf dieser Ebene hätte den Mut dazu – oder den Beweggrund dafür. Denn wenn Ihr tut, wie ich Euch heiße, gebe ich Euch Rhalina zurück. Und wenn Ihr es dann immer noch wollt, auch die Macht, Euch an Glandyth-a-Krae zu rächen. Aber ich versichere Euch, der wahrhaft Schuldige an Eurer Misere ist der Schwertritter. Und Ihr könntet Euch gar nicht wirkungsvoller rächen als dadurch, daß Ihr ihm dieses Ding stehlt.«

»Und was ist dieses Ding, wie Ihr sagt, das ich stehlen muß?«

Shool kicherte. »Sein Herz, Junker Corum.«

»Ihr wollt, daß ich einen Gott töte und sein Herz –«

»Ich sehe schon, Ihr wißt überhaupt nichts von den Göttern. Wenn Ihr den Ritter töten würdet, wären die Folgen unvorstellbar. Ihr braucht ihn nicht zu töten. Er trägt sein Herz nicht in der Brust – es befindet sich an einem viel sichereren Ort, auf dieser Ebene. Sein Gehirn ist auf einer anderen Ebene – und so weiter. Das ist zu seinem Schutz, versteht ihr?«

Corum seufzte. »Ihr müßt mir später alles eingehender erklären. Jetzt bin ich nur daran interessiert, daß Ihr Rhalina von dem Schiff holt, und dann werde ich versuchen zu tun, was Ihr von mir verlangt.«

»Ihr seid außerordentlich hartnäckig, Junker Corum!«

»Wenn ich der einzige bin, der Euch zu helfen vermag, Eure Ziele zu verwirklichen, dann kann ich mir Hartnäckigkeit leisten.«

Die jugendlichen Lippen fletschten sich zu einem fast mabdenähnlichen Knurren. »Ich bin froh, daß Ihr nicht unsterblich seid, Junker Corum. So wird mich Eure Arroganz höchstens noch ein paar Jahrhunderte aufregen. Gut, dann werde ich Euch also Eure Rhalina zeigen. Ich werde Euch beweisen, daß ihr nichts geschehen ist und daß sie sicher ist. Aber ich werde sie nicht freigeben. Ich werde sie hierbehalten und sie Euch erst dann überlassen, wenn Ihr mir das Herz des Schwertritters gebracht habt.«

»Was nutzt Euch eigentlich dieses Herz?«

»Mit ihm in meinem Besitz habe ich eine bessere Verhandlungsgrundlage.«

»Ihr mögt vielleicht die Ambitionen eines Gottes haben, Shool, aber Ihr habt die Methoden eines Händlers.«

»*Prinz* Shool. Eure Beleidigungen berühren mich nicht. Also –«

Shool verschwand hinter einer Wolke milchiggrünen Rauchs, die aus dem Nichts kam. Eine Szene zeichnete sich ab. Corum sah das Schiff der Toten, und er sah die Kabine. Er sah das Skelett des Markgrafen das lebende Fleisch seiner Gattin Rhalina umarmen. Und Corum sah, daß Rhalina vor Grauen schrie, aber sich nicht gegen ihn zu wehren vermochte.

»Ihr sagtet, ihr sei nichts geschehen! Sie sei sicher!«

»Aber das ist sie doch – in den Armen eines liebenden Gemahls!« kam eine beleidigt klingende Stimme aus dem Nirgendwo.

»Gebt sie sofort frei, Shool!«

Die Szene löste sich auf. Rhalina stand plötzlich keuchend und völlig verstört in dem Raum ohne Tür. »Corum?« fragte sie ungläubig.

Corum rannte auf sie zu und schloß sie in seine Arme, aber sie zuckte schaudernd zurück. »Bist du es wirklich, Corum? Oder bist du ein Phantom? Ich schloß eine Abmachung, um Corum zu retten –«

»Ich bin Corum. Und ich wiederum habe eine Abmachung getroffen, um dich zu retten, Rhalina.«

»Ich hatte nicht geahnt, daß es so grauenhaft sein würde. Ich begriff die Bedingungen nicht – er – er wollte –«

»Auch die Toten wollen ihr Vergnügen, Lady Rhalina.« Eine zweibeinige Kreatur in grünem Rock und gleichfarbigen Beinkleidern stand hinter ihnen. Sie nahm Corums Erstaunen kichernd zur Kenntnis. »Ich habe verschiedene Körper, die ich benützen kann. Dies hier war ein Vorfahr der Nhadragh, glaube ich.«

»Wer ist das, Corum?« fragte Rhalina. Sie schmiegte sich an ihn, und er drückte sie fest an sich. Sie zitterte am ganzen Körper. Ihre Haut war seltsam klamm.

»Das ist Shool-an-Jyvan. Er behauptet, ein Gott zu sein. Er sorgte dafür, daß deine Beschwörung erhört wurde. Und nun hat er vorgeschlagen, daß ich ihm eine kleine Gefälligkeit erweise, dafür wirst du hier ungestört bleiben, bis ich wiederkomme. Und danach werden wir gemeinsam heimkehren.«

»Aber warum hat er –«

»Nicht an Euch war ich interessiert, Lady«, erklärte Shool ihr ungeduldig. »Sondern an Eurem Liebsten. Nun habe ich Eurem Gatten gegenüber mein Versprechen gebrochen und meine Macht über ihn verloren. Es ist zu ärgerlich.«

»Ihr habt Eure Macht über den Markgrafen von Moidel verloren?« erkundigte Rhalina sich.

»Ja, ja. Nun ist er völlig tot. Es wäre viel zu anstrengend, ihn wiederzubeleben.«

»Ich danke Euch, daß Ihr ihn freigegeben habt«, sagte Rhalina.

»Es war nicht meine Idee. Junker Corum wollte es so.« Prinz Shool seufzte. »Aber es gibt ja noch genügend Tote in der See. Ich werde mir eben ein anderes Schiff suchen.«

Rhalina fiel in Ohnmacht. Corum stützte sie mit seiner gesunden Hand.

»Na, seht Ihr«, triumphierte Shool. »Die Mabden fürchten mich.«

»Wir brauchen etwas zu essen, frische Kleidung, Betten und so fort«, begehrte Corum, »ehe ich mich weiter mit Euch unterhalte, Shool.«

Shool verschwand.

Einen Augenblick später war der Raum mit Möbeln und allem anderen angefüllt, was Corum verlangt hatte.

Der Vadhagh zweifelte nun nicht mehr an der Macht des Zauberers, wohl aber an dessen geistiger Gesundheit. Er entkleidete Rhalina, wusch sie und legte sie in ihr Bett. Da erwachte sie, ihre Augen noch voll Angst, aber sie lächelte Corum an.

»Jetzt kann dir nichts mehr geschehen«, murmelte er. »Schlafe.«

Und sie schlief.

Danach badete Corum und untersuchte die Kleidung, die für ihn bereitgelegt war. Er spitzte die Lippen, als er die zusammengefalteten Stücke hochnahm und nun die

Rüstung und Waffen betrachtete, die Shool ebenfalls nicht vergessen hatte. Es waren Vadhagh-Sachen, und sogar ein scharlachroter Mantel befand sich darunter, der ohne alle Zweifel sein eigener war.

Corum begann die Konsequenzen neu abzuschätzen, die sich aus seinem Pakt mit dem merkwürdigen Zauberer von Svi-an-Fanla-Brool ergeben würden.

2 Das Auge Rhynns und die Hand Kwlls

Corum hatte geschlafen.

Doch plötzlich stand er aufrecht. Er öffnete die Augen.

»Willkommen in meiner kleinen Werkstatt.« Shools Stimme kam von hinter ihm. Corum drehte sich um. Diesmal stand er einem bildschönen Mädchen von ungefähr fünfzehn Jahren gegenüber. Das Kichern, das aus der jungen Kehle drang, war allerdings abstoßend. Corum blickte sich in dem großen Raum um. Er war dunkel und mit allem möglichen vollgestopft. Es gab die verschiedensten Arten von Pflanzen, ausgestopfte Tiere, Bücher und Manuskripte in schiefen Regalen. Es gab Kristalle von ungewöhnlicher Farbe und nicht alltäglichem Schliff. Es gab verschiedene Rüstungen, juwelenverzierte Schwerter, morsche Säcke, aus denen Schätze, aber auch andere namenlose Substanzen quollen. Es gab Gemälde und Statuen, eine Menge verschiedene Instrumente und Meßgeräte, darunter Waagen, die aussahen wie Uhren, mit exzentrischen Einteilungen in Sprachen, die Corum nicht kannte. Kleine Geschöpfe huschten über die kuriose Ansammlung und zischelten in den Ecken. Es stank nach Staub und Moder und Verwesung.

»Es sieht nicht so aus, als könntet Ihr viele Kunden anlocken«, brummte Corum.

Shool rümpfte die Nase. »Es gibt auch nicht viele, denen ich etwas anbieten würde. Aber wartet –« In seiner Jungmädchengestalt trippelte er auf eine Truhe zu, die zum Teil mit dem glänzenden Fell eines Tieres bedeckt war, das einmal sehr groß und wild gewesen sein mußte. Er schob das Fell unwirsch zur Seite und murmelte etwas vor sich hin. Ohne daß er ihn berührte, hob sich der Deckel der Truhe. Eine Wolke aus schwarzer Substanz drang heraus. Shool stolperte ein paar Schritte zurück, ehe er beschwörend die Hände ausbreitete und etwas in einer fremden Sprache kreischte. Die schwarze Wolke verschwand. Vorsichtig näherte Shool sich wieder der Truhe und blickte hinein. Zufrieden schnalzte er mit der Zunge. »Ah – hier haben wir es –«

Er brachte zwei Beutel zum Vorschein, von denen einer bedeutend kleiner als der andere war. Er hielt sie vor Corums Nase und grinste. »Eure Geschenke!«

»Ich glaubte, Ihr würdet mir meine Hand und mein Auge wiedergeben.«

»Nicht Eure ursprünglichen. Ich habe viel nützlichere für Euch. Habt Ihr schon einmal etwas von den verschwundenen Göttern gehört?«

»Nein.«

»Die verschwundenen Götter waren Brüder. Sie hießen Lord Rhynn und Lord Kwll. Es gab sie schon, noch ehe ich das Universum mit meiner Gegenwart beehrte. Irgendwie waren sie in eine Streiterei verwickelt, die in Kampf ausartete. Was genau geschehen ist, weiß niemand mehr. Jedenfalls verschwanden sie, ob nun freiwillig oder unfreiwillig, weiß ich auch nicht. Aber sie ließen jeder ein Stück von sich selbst zurück.« Wieder hielt er Corum die beiden Beutel unter die Nase. »Das hier.«

Der Vadhagh schüttelte ungeduldig den Kopf.

Shool benetzte mit seiner Jungmädchenzunge seine Jungmädchenlippen. Die alten Augen funkelten Corum an. »Die Geschenke, die ich hier habe, gehörten einst diesen beiden streitenden Göttern. Ich hörte eine Legende, daß sie sich bis zum Tode bekriegten, und nur diese beiden Dinge hier blieben, um überhaupt von ihrer früheren Existenz zu künden.« Er öffnete den kleineren der beiden Beutel. Ein über und über mit Juwelen besetztes Ding fiel in seine Hand. Er streckte sie Corum entgegen, damit er den Gegenstand näher betrachte. Er war mit den verschiedensten Edelsteinen facettiert und funkelte in düsteren Farben, in tiefen Rot-, Blau- und Schwarztönen.

»Es ist schön«, sagte Corum. »Aber was soll ich –«

»Wartet!« Shool leerte den größeren Beutel auf den Deckel der Truhe, die sich wieder von selbst geschlossen hatte. Er hob den Gegenstand auf und zeigte ihn dem Vadhagh.

Corum atmete heftig. Er sah aus wie ein Handschuh für fünf Finger und einen Daumen. Auch er war über und über mit fremdartigen, dunklen Edelsteinen verziert.

»Was soll ich mit diesem Handschuh?« brummte Corum. »Er ist für eine linke Hand mit sechs Fingern. Ich habe fünf Finger und keine linke Hand.«

»Es ist kein Handschuh. Es ist Kwlls Hand. Er hatte vier, aber er ließ diese zurück. Soviel ich weiß, schlug sein Bruder sie ihm ab.«

»Eure Späße liegen mir nicht, Zauberer. Sie sind mir zu makaber. Ihr vergeudet nur Eure Zeit.«

»Besser, Ihr gewöhnt Euch an meine Späße, wie Ihr sie nennt, Junker Vadhagh.«

»Dazu sehe ich keinen Grund.«

»Dies hier sind die Geschenke. Als Ersatz für Euer fehlendes Auge biete ich Euch das Auge Rhynns. Und als Ersatz für Eure fehlende Linke – Kwlls Hand!«

Corums Mund verzog sich vor Ekel.

»Ich will nichts damit zu tun haben! Ich will keine Körperteile von Toten! Ich dachte, Ihr könntet mir meine eigenen zurückgeben! Ihr habt mich hereingelegt, Zauberer!«

»Unsinn. Ihr versteht nicht, welchen Wert diese Dinge haben. Sie werden Euch größere Kräfte verleihen, als je einer Eurer Rasse oder der Mabden gekannt hat! Das Auge kann in Gebiete von Zeit und Raum blicken, die nie ein Sterblicher zu sehen vermochte. Und die Hand – die Hand kann Hilfe aus jenen Gebieten herbeiholen. Ihr glaubtet doch nicht, ich würde Euch ohne geeigneten Beistand in die Höhle des Löwen schicken?«

»Und wie weitreichend sind diese Kräfte?«

Shool zuckte die Jungmädchenschultern. »Ich hatte keine Gelegenheit, sie zu erproben.«

»Sie zu benutzen könnte also mit Gefahr verbunden sein?«

»Warum sollte es?«

Corum überlegte. War es besser, Shools widerwärtige Geschenke anzunehmen und das Risiko einzugehen, um zu überleben und Glandyth zu erschlagen und Rhalina zu befreien? Oder sollte er sich lieber mit seinem sofortigen Tod abfinden, der allem ein Ende machen würde?

»Denkt an das Wissen, das Euch diese Geschenke zu bieten haben«, mahnte Shool. »Denkt an all das, was Ihr auf Euren Reisen erleben werdet. Noch kein Sterblicher war je im Reich des Schwertritters. Ihr könntet noch viel Weisheit sammeln, Junker Corum. Und vergeßt nicht – es ist der Schwertritter, der verantwortlich ist für Euer Leid und den Untergang Eurer Rasse –«

Corum atmete tief die modrige Luft ein. Er traf seine Entscheidung. »Gut. Ich werde Eure Geschenke annehmen.«

»Ich fühle mich geehrt«, antwortete Shool sarkastisch. Er deutete mit einem Finger auf Corum, und der Vadhagh taumelte rückwärts. Er stürzte auf einen Haufen Gebeine und versuchte sich zu erheben. Aber er war plötzlich so müde. »Schlaft, Junker Corum«, befahl Shool.

Er befand sich wieder in dem Raum, in dem er Shool kennengelernt hatte. Ein heftiger Schmerz tobte in seiner rechten Augenhöhle, und der Stumpf des linken Arms brannte wie nie zuvor. Er fühlte sich wie ausgelaugt. Er versuchte, um sich zu schauen, aber ein Nebel schien seine Sicht zu behindern.

Er hörte einen Aufschrei.

»Rhalina! Rhalina! Wo bist du?«

»Ich – ich bin hier – Corum. Was ist mit dir geschehen? Dein Gesicht – deine Hand –«

Mit der Rechten tastete er nach der leeren Augenhöhle. Aber sie war nicht länger leer. Etwas Warmes bewegte sich unter seinen Fingern. Es war ein Auge! Aber es war ein Auge von ungewohnter Beschaffenheit und Größe. Da wußte er, daß es Rhynns Auge war. Und nun schwand auch plötzlich der Nebel.

Er sah Rhalinas entsetztes Gesicht. Sie saß im Bett, starr vor Grauen.

Er blickte auf seine Linke. Sie war von ungefähr gleicher Größe wie seine alte Hand, aber sie hatte sechs Finger, und ihre Haut war schuppig wie die einer Schlange, nur daß die Schuppen Edelsteine schienen.

Er taumelte, als er sich bemühte, die offensichtlichen Tatsachen zu akzeptieren.

»Das sind Shools Geschenke«, murmelte er kaum verständlich. »Das Auge Rhynns und die Hand Kwlls. Sie waren Götter – die verschwundenen Götter, sagte Shool. Nun bin ich wieder ganz, Rhalina.«

»Ganz? Du bist nun etwas mehr und etwas weniger als ganz, Corum. Warum hast du nur diese schrecklichen Geschenke angenommen? Es kann nichts Gutes von ihnen kommen. Sie werden dein Verderben sein!«

»Ich nahm sie, um die Aufgabe erfüllen zu können, die Shool mir gestellt hat, damit wir beide wieder frei werden. Ich nahm sie an, damit ich nach Glandyth suchen und ihn vielleicht mit dieser fremdartigen Hand erwürgen kann. Ich nahm sie an, denn wenn ich es nicht getan hätte, wäre es mein Tod gewesen.«

»Vielleicht«, murmelte sie, »wäre der Tod für uns beide gnädiger.«

3 Jenseits der fünfzehn Ebenen

»Welche Macht ich doch habe, Meister Corum! Ich erhob mich zum Gott und Euch zum Halbgott. Bald wird es eigene Legenden über uns geben.«

»Ihr seid bereits Legende.« Corum drehte sich um und stand Shool nun Angesicht zu Angesicht gegenüber. Diesmal war der Zauberer in Gestalt einer bärenähnlichen Kreatur aufgetaucht und trug einen prächtigen Federhelm und strumpfähnliche Beinkleider. »Und die Vadhagh werden es bald sein«, fuhr Corum fort.

»Es wird Legenden über uns beide geben, Junker Corum. Das wollte ich damit sagen. Wie fühlt Ihr Euch?«

»Mein Handgelenk und mein Kopf schmerzen noch ein wenig.«

»Aber sowohl Auge als auch Hand passen wie angeboren, nicht wahr? Ja, ich bin ein Meisterchirurg! Und die Verpflanzung gelang mir mit einem Minimum an Zaubern!«

»Nur, bedauerlicherweise sehe ich nichts mit diesem Auge von Rhynn«, brummte Corum.

Shool rieb seine Pranken. »Es wird noch eine Weile dauern, bis Euer Gehirn sich daran gewöhnt hat. Hier, dies werdet Ihr ebenfalls brauchen.« Er holte etwas aus seinem Rock, das wie ein Miniaturschild aus Juwelen und Email aussah, an dem ein Lederband befestigt war. »Es gehört über Euer neues Auge.«

»Dann sehe ich ja erst recht nichts!«

»Nun, ich nehme nicht an, daß es Euch viel Freude bereiten würde, ständig in jene Welten jenseits der fünfzehn Ebenen zu starren, oder?«

»Soll das heißen, das ist alles, was das Auge zu erblicken vermag?«

»Nein, es kann auch auf dieser Ebene sehen, aber nicht immer aus der gleichen Perspektive.«

Corum runzelte die Stirn und musterte den Zauberer mißtrauisch. Die Bewegung ließ ihn blinzeln. Mit einem Mal sah er eine Anzahl verschiedener Szenen, während sein normales Auge nur Shool erblickte. Es waren dunkle Bilder, die ständig wechselten, bis schließlich eines vorherrschte.

»Shool! Was ist das für eine Welt?«

»Ich weiß es nicht genau. Manche behaupten, es gäbe noch weitere fünfzehn Ebenen, die eine Art verzerrter Spiegelbilder der unsrigen sind. Vielleicht ist es eine von diesen, hm?«

Irgendeine halbfeste Substanz begann zu sprudeln und Blasen zu bilden, verschwand, kam wieder und verschwand erneut. Phantastische Kreaturen krochen ins Bild und wieder heraus. Flammen züngelten, Festes wurde zu Flüssigkeit, nie zuvor erschaute Tiere wuchsen zu gewaltiger Größe und schrumpften zusammen, ihr Fleisch schien zu zerfließen und sich neu zu formen.

»Ich bin froh, daß ich nicht in jene Welt gehöre«, murmelte Corum. »Hier, Shool, gebt den Schild.«

Er nahm das Ding und schob es über das Auge Rhynns. Die Szenen verschwanden, und nun sah er nur noch Shool und Rhalina – aber mit beiden Augen.

»Ah, ich vergaß zu erwähnen, daß dieser Schild Euch von den Schemen der anderen Welt bewahrt, aber nur vor ihnen.«

»Was hast du erblickt, Corum?« fragte Rhalina leise.

Er schüttelte den Kopf. »Nichts, was leicht zu beschreiben wäre.«

Rhalina blickte Shool an: »Ich wollte, Ihr würdet Eure Geschenke zurücknehmen, Prinz Shool. Sie sind nicht für Sterbliche bestimmt.«

Shool grinste. »Er ist nun kein Sterblicher mehr. Ich sagte doch, er ist ein Halbgott.«

»Und wie werden sich die Götter dazu stellen?«

»Nun, natürlich wären einige nicht sehr erfreut, wenn sie von Junker Corums neuen Kräften erfahren würden, aber ich halte es für sehr unwahrscheinlich, daß sie es tun.«

Rhalina wies ihn grimmig zurecht. »Ihr nehmt diese Dinge zu leicht, Zauberer. Wenn auch Corum noch nicht in vollem Maß erkennt, was Ihr ihm angetan habt, ich jedenfalls erkenne es sehr wohl. Es gibt Gesetze, welche die Sterblichen achten müssen. Ihr, Prinz Shool, habt sie jedoch gebrochen und werdet dafür bestraft werden – so wie Eure Schöpfungen!«

Shool wehrte geringschätzig mit seinen Bärenpranken ab.

»Ihr vergeßt, daß ich über nicht ganz unbeträchtliche Macht verfüge. Bald werde ich in der Lage sein, mich mit jedem Gott, der es wagen sollte, mich herauszufordern, zu messen und ihm zu zeigen, wer der Bessere ist.«

»Ihr platzt ja bald vor Größenwahn«, warnte ihn Rhalina. »Ihr seid nichts weiter als ein sterblicher Zauberer.«

»Hütet Eure Zunge, Lady Rhalina! Hütet Eure Zunge, oder Ihr werdet ein noch viel schlimmeres Geschick erleiden als das, vor dem ich Euch bewahrt habe. Wenn ich Junker Corums Dienste nicht so sehr bedürfte, hätte ich mir längst etwas recht Amüsantes für Euch ausgedacht. Also, schweigt!«

»Wir vergeuden schon wieder Zeit«, warf Corum ein. »Ich möchte meine Aufgabe bald hinter mir haben, damit

Rhalina und ich wieder nach Hause zurückkehren können.«

Shool beruhigte sich und wandte Rhalina den Rücken zu. »Ihr seid ein Tor, Euch so viel aus dieser Kreatur zu machen. Wie alle ihrer Art fürchtet sie das Wissen, fürchtet sie die absolute, dunkle Weisheit, die allein Macht verleiht.«

»Wir wollen uns jetzt über den Schwertritter unterhalten«, lenkte Corum ab. »Wie stehle ich das Herz?«

»Kommt«, brummte Shool.

Sie standen in einem Garten voll monströser Blüten, die einen beinah betäubend süßen Duft ausströmten. Die Sonne schien rot über ihren Häuptern. Die Blätter der Pflanzen waren dunkel, fast schwarz. Sie raschelten unentwegt. Shool hatte wieder die Gestalt des Jünglings angenommen und trug nun ein weichfließendes, blaues Gewand. Er führte Corum einen Pfad entlang.

»Ich pflege diesen Garten schon seit Jahrtausenden«, erklärte er dem Vadhagh. »Es gibt hier viele recht ungewöhnliche Pflanzen. Er nimmt einen großen Teil der Insel um mein Schloß herum ein und erfüllt dadurch einen nützlichen Zweck. Es ist ein friedlicher Ort, gut zur Entspannung, aber für einen Fremden ist es schwer, einen Weg hindurch zu finden.«

»Warum heißt diese Insel eigentlich Heim des unersättlichen Gottes?«

»Ich nannte sie so – nach dem Wesen, von dem ich sie übernahm. Ihr müßt wissen, ein anderer Gott lebte dereinst hier, und alle fürchteten ihn. Als ich einen sicheren Ort suchte, wo ich meine Forschungen und Studien in Ruhe weiterführen könnte, stieß ich auf dieses Eiland. Aber ich hatte erfahren, daß ein furchterregender Gott es bewohnte, und war deshalb vorsichtig. Ich hatte damals nur einen Bruchteil meines Wissens, da ich erst ein paar Jahrhunderte zählte, und es war mir klar, daß ich nicht die Macht hatte, einen Gott zu vernichten.«

Eine riesige Orchidee streckte sich aus und streichelte Corums neue Hand.

Er zog sie hastig zurück.

»Aber wie gelang es Euch dann, die Insel zu bekommen?« fragte er Shool.

»Ich hörte, daß der Gott Kinder frißt. Jeden Tag wurde ihm eines von den Vorfahren jener geopfert, die Ihr Nhadragh nennt. Da ich schon damals sehr reich war, kam ich auf den Gedanken, eine größere Anzahl Kinder zu kaufen und sie alle gleichzeitig an ihn zu verfüttern, um zu sehen, was geschehen würde.«

»Und was geschah?«

»Er verschlang sie gierig und schlief vollgefressen ein.«

»Und Ihr nutztet es und erschlugt ihn?«

»Aber nein! Ich nahm ihn gefangen. Er lebt noch immer in einem seiner eigenen Verliese, obwohl er nun nicht mehr so ansehnlich ist, wie er damals war, als ich seinen Palast übernahm. Er war natürlich nur ein kleiner Gott, aber entfernt mit den Schwertherrschern verwandt. Das ist übrigens ein weiterer Grund, warum der Schwertritter und die anderen mich in Ruhe lassen – eben, weil ich Pliproth gefangenhalte.«

»Die Insel zu zerstören wäre also gleichbedeutend mit der Vernichtung ihres Vetters?«

»So ist es.«

»Und das ist noch ein weiterer Grund, warum Ihr mich anwerben mußtet, den Diebstahl für Euch auszuführen. Ihr fürchtet, daß sie Euch auslöschen könnten, wenn Ihr die Insel verlaßt.«

»Fürchten? Aber nicht doch. Vorsicht ist lediglich meine zweite Natur. Darum lebe ich auch noch.«

»Wo befindet sich das Herz des Schwertritters?«

»Nun, es liegt jenseits des Tausendmeilenriffs, von dem Ihr zweifellos schon gehört habt.«

»Ich glaube, ich habe in einem alten Geographiewerk darüber gelesen. Ist es nicht irgendwo im Norden?« Corum befreite sich von einer Schlingpflanze, die sich um sein Bein gewickelt hatte.

»Stimmt.«

»Ist das alles, was Ihr mir dazu sagen könnt?«

»Jenseits des Tausendmeilenriffs gibt es einen Ort namens Urde, der manchmal Land und manchmal Wasser ist. Jenseits davon liegt die Wüste Dhroonhazat. Jenseits von ihr wiederum ist das Flammenland, wo die blinde Königin Ooresé lebt. Und jenseits des Flammenlandes beginnt die Eiswildnis. Dort streifen die Brikling herum.«

Corum blieb stehen und zog ein recht anhängliches Blatt von seinem Gesicht, das winzige rote Lippen zu haben schien, die ihn küßten. »Und jenseits davon?« fragte er ironisch.

»Das Reich des Schwertritters natürlich.«

»Diese seltsamen Lande. In welcher Ebene existieren sie denn?«

»In allen fünf Ebenen, über die der Schwertritter herrscht. Eure Fähigkeit, durch die Ebenen zu schlüpfen, wird Euch, fürchte ich, jedoch nicht viel helfen.«

»Ich bin mir nicht einmal sicher, ob ich diese Fähigkeit überhaupt noch besitze. Wenn Ihr die Wahrheit sprecht, dann hat der Schwertherrscher sie den Vadhagh genommen.«

»Macht Euch deshalb keine Sorgen, Eure neuen Kräfte sind nicht minder gut.« Shool tätschelte Corums fremdartige Hand.

Diese Hand reagierte nun wie eine ganz normale und als ob er damit geboren worden wäre.

Corum hob sie und zog damit den edelsteinbedeckten

Augenschild von dem Juwelenauge. Er sog heftig den Atem ein und deckte schnell den Schild wieder über das Auge.

»Was habt Ihr gesehen?« erkundigte sich Shool gespannt.

»Einen Ort.«

»Was sonst! Nichts weiter?«

»Einen Ort, auf den eine schwarze Sonne herunterbrannte. Licht drang aus dem Boden, aber die Strahlen der finsteren Sonne brachten es fast zum Erlöschen. Vier Gestalten standen vor mir. Ich sah ihre Gesichter«, Corum benetzte seine Lippen. »Länger konnte ich nicht schauen.«

»Wir berühren so viele Ebenen«, murmelte Shool. »Es gibt viel Schreckenerregendes dort, das wir manchmal aus den Augenwinkeln bemerken – oder in Träumen. Doch Ihr müßt Euch auf jeden Fall bezwingen und diese Gesichter ungerührt betrachten und auch alles andere, was Ihr mit Eurem neuen Auge seht, wenn Ihr Eure Kräfte voll nutzen wollt.«

»Es wühlt mich auf, Shool, dieses neue Wissen, daß solch finstere, grauenhafte Ebenen tatsächlich existieren und so viele monströse Kreaturen um uns herum lauern, von denen wir nur durch eine dünne Astralschicht getrennt sind.«

»Ich habe gelernt, mit diesem Wissen zu leben«, wies Shool ihn zurecht, »und vor allem, es zu nutzen. Glaubt mir, im Laufe von ein paar Jahrhunderten gewöhnt man sich an alles.«

Corum zerrte eine klebrige Kletterpflanze, die sich um seine Mitte gewunden hatte, von seinem Gewand.

»Eure Gartenpflanzen scheinen mir allzu anhänglich.«

»Oh, sie sind sehr liebenswürdig. Sie sind meine einzigen wahren Freunde. Aber es ist interessant, daß sie Euch mögen. Ich habe es mir zur Angewohnheit gemacht, ein Wesen danach einzuschätzen, wie meine Pflanzen darauf reagieren. Natürlich sind sie hungrig, die armen Dinger. Ich muß dafür sorgen, daß bald ein Schiff auf der Insel anlegt. Wir brauchen Fleisch. All diese Vorbereitungen ließen mich meine alltäglichen Pflichten vergessen.«

»Ihr habt mir immer noch nicht näher erklärt, wie ich diesen Schwertritter finden kann.«

»Ihr habt recht. Nun, dieser Ritter lebt in einem Palast auf dem Gipfel eines Berges, der sowohl im Zentrum dieses Planeten als auch der fünf Ebenen liegt. Im höchsten Turm des Palastes bewahrt er sein Herz auf. Es soll sehr gut geschützt sein.«

»Und das ist alles, was Ihr wißt? Die Art dieses Schutzes kennt Ihr nicht?«

»Ich wandte mich an Euch, Junker Corum, weil ihr ein wenig mehr Verstand, ein wenig mehr Wendigkeit und eine Spur mehr Vorstellungskraft und Mut habt als die Mabden. Es liegt an Euch, die Art dieses Schutzes herauszufinden. Auf eines jedoch könnt Ihr Euch verlassen.«

»Und das wäre, Shool?«

»*Prinz* Shool. Ihr könnt Euch darauf verlassen, daß der Schwertritter mit keinem Gedanken einen Angriff eines Sterblichen wie Euch erwägt. Wie die Vadhagh, Junker Corum, sind auch die Schwertherrscher zu selbstherrlich geworden. Wir alle steigen empor – und fallen.« Shool kicherte. »Und die Ebenen drehen sich weiter um ihre eigene Achse, nicht wahr?«

»Und wenn Ihr hoch genug gestiegen seid, werdet Ihr nicht ebenfalls fallen?«

»Oh, zweifellos – in ein paar Jahrtausenden. Wer weiß? Vielleicht steige ich auch so hoch, daß ich das ganze Multiversum beherrsche. Ich könnte der erste wahrlich allwissende und allmächtige Gott werden. Ha, welche Möglichkeiten das gäbe!«

»Wir Vadhagh befaßten uns wenig mit Mystizismus«,

warf Corum ein, »aber ich bildete mir immer ein, alle Götter wären allwissend und allmächtig.«

»Nur auf ganz beschränkten Gebieten. Manche Götter – zum Beispiel die aus dem Mabden-Pantheon wie der Hund und der gehörnte Bär – sind mehr oder weniger allwissend, was die Belange der Mabden betrifft, und sie können, wenn sie Lust dazu haben, diese Belange in hohem Grade lenken. Aber sie wissen nichts über meine Angelegenheiten und noch weniger über die des Schwertritters, der fast alles weiß, außer was auf meinem wohlgeschützten Eiland geschieht. Wir leben in einem Zeitalter der Götter, fürchte ich, Meister Corum. Es gibt viele, große und kleine, und sie stehen sich in unserem Universum gegenseitig im Weg. Früher einmal war das nicht so. Manchmal, so habe ich das Gefühl, kommt das Universum recht gut ohne sie aus!«

»Das war bisher auch meine Meinung gewesen.«

»Es könnte wieder anders werden. Der Gedanke ist es«, Shool tupfte sich auf die Stirn, »der die Götter schafft. Und die Götter erschaffen den Gedanken. Es muß Zeiten geben, da der Gedanke – den ich ohnehin für überbewertet halte – nicht existiert. Seine Existenz oder sein Nichtvorhandensein berührt das Universum absolut nicht. Aber wenn ich die Macht hätte, ich würde dafür sorgen, daß das Universum davon berührt wird!« Shools Augen glitzerten. »Ich würde es vollkommen auf den Kopf stellen! Ich würde alles ändern! Ihr tut sehr klug daran, Meister Corum, mir zu dienen.«

Corum warf den Kopf zurück, als etwas, das einer fleischfarbigen Tulpe glich, aber scharfe Zähne hatte, nach ihm schnappte. »Das bezweifle ich, Shool. Aber ich habe ja keine Wahl.«

»In der Tat, die habt Ihr nicht. Sie ist zumindest sehr beschränkt. Es ist mein Wille, der mich treibt, der Wille, mich nie vor eine Wahl stellen zu lassen – weder von Menschen noch Göttern.«

»Aye«, erwiderte Corum ironisch. »Wir sind alle sterblich.«

»Keine Verallgemeinerungen, Junker Corum!« warnte Shool.

DRITTES BUCH

In dem berichtet wird, wie Prinz Corum etwas erreicht, was sowohl unmöglich als auch unerwünscht ist

1 Der watende Gott

Corum war der Abschied von Rhalina nicht leichtgefallen. Er war voll nervöser Spannungen gewesen, und keine Liebe leuchtete aus ihren Augen, als er sie umarmt hatte; nur Sorge um ihn verriet ihr Blick, und Angst um sie beide.

Das hatte ihn beunruhigt, aber es gab nichts, was er hätte tun können.

Shool hatte ihm ein recht merkwürdig geformtes kleines Schiff, eine Art Jolle, überlassen, und nun befand er sich damit mitten in der See, die sich überall bis zum Horizont erstreckte. Mit einem Magneteisenstein, der ihm als einziges die Richtung weisen konnte, segelte er gen Norden zum Tausendmeilenriff.

Nach Vadhagh-Begriffen war er, Corum, verrückt, das wußte er. Aber nach Mabden-Standard war er vermutlich normal. Und dies war immerhin eine Mabden-Welt. Er mußte sich eben damit abfinden, die eigenartige Weltsicht der Mabden als alltäglich zu akzeptieren, wenn er überleben wollte. Und es gab viele Gründe, warum er daran interessiert war – Rhalina war davon nicht der geringste Grund. Er war der letzte der Vadhagh, aber er mochte es einfach nicht glauben. Mächte wie die, über welche Shool verfügte, konnten sicherlich auch von anderen beherrscht werden. Mit dem Wesen der Zeit ließ sich experimentieren. Der Lauf der Ebenen konnte aufgehalten, ja vielleicht sogar umgekehrt werden. Die Ereignisse des vergangenen Jahres mochten geändert, ja vielleicht sogar ungeschehen gemacht werden. Corum zog es vor, zu leben und zu lernen.

Und wenn er genug gelernt hatte, vielleicht würde er dann auch genügend Macht erlangen, seine Ambitionen zu erfüllen – eine Welt der Vadhagh wiederauferstehen zu lassen und die Vadhagh der Welt wiederzugeben.

Das wäre nicht mehr als recht und billig, dachte er.

Die Jolle war aus gehämmertem Metall und mit viel Zierat überladen. Ein schwaches Glühen ging von ihr aus, das Corum sowohl Wärme als auch des Nachts Licht schenkte, denn die Reise war lang. Ihr Mast trug ein einziges viereckiges Segel aus Samt, das mit einer fremdartigen Substanz bestrichen war. Auch dieses Segel leuchtete und drehte sich ohne Corums Dazutun nach dem Wind. Corum saß in seinen scharlachroten Mantel gehüllt, seine Waffen neben sich, den Silberhelm auf dem Kopf, und sein doppeltes Kettenhemd bedeckte ihn vom Hals bis zu den Knien. Von Zeit zu Zeit hielt er den an einer Schnur befestigten Magneteisenstein in die Luft. Der Stein hatte Pfeilform, und die Spitze deutete immer nach Norden.

Er dachte viel an Rhalina und seine Liebe zu ihr. Eine solche Liebe zwischen einem Vadhagh und einer Mabden hatte es nie zuvor gegeben. Seine eigene Familie hätte vielleicht seine Gefühle für Rhalina als degeneriert betrachtet, als Zuneigung ähnlich jener, welche ein Mabden vielleicht für ein treues Pferd empfinden mochte. Aber er fühlte sich von Rhalina viel mehr angezogen als je von einer Vadhagh-Frau, und er wußte, daß sie ihm an Intelligenz in nichts nachstand. Nur ihre Stimmungen waren es, die er schwer verstehen konnte – ihre düsteren Vorahnungen – ihr Aberglauben.

Aber schließlich kannte Rhalina diese Welt besser als

er. Vielleicht hatte sie recht, so zu denken. Seine Lehrzeit war noch lange nicht abgeschlossen.

In der dritten Nacht schlief Corum mit seiner neuen Hand am Ruder, und am Morgen weckte ihn strahlender Sonnenschein.

Vor ihm lag das Tausendmeilenriff.

Es erstreckte sich von einem Ende des Horizonts zum anderen. Es schien keine Lücke zu geben in den spitzen Felsen, die aus der schäumenden See ragten.

Shool hatte ihm nicht verheimlicht, daß nur wenige je einen Weg über das Riff gefunden hatten, und jetzt verstand er auch, warum. Es war zusammenhängender Fels und schien nicht natürlichen Ursprungs, sondern von irgendeinem höheren Wesen als Bollwerk gegen Eindringlinge dort aufgestellt zu sein. Vielleicht hatte der Schwertritter es errichtet.

Corum entschloß sich, in östlicher Richtung am Riff entlangzusegeln, in der Hoffnung, irgendwo eine Stelle zu entdecken, wo er anlegen und möglicherweise das Schiff über die Felsen ins freie Wasser zerren könnte, das hinter dem Riff lag.

Er segelte vier weitere Tage, ohne die Augen zu schließen, aber das Riff bot weder einen Durchlaß noch einen Anlegeplatz.

Ein schwacher Nebel, von der Sonne rosig gefärbt, hing nun in allen Himmelsrichtungen über dem Wasser, und Corum versuchte mit Hilfe seines Magneteisensteins und der Brandungsgeräusche, dem Riff nicht zu nahe zu kommen. Er zog seine Karten heraus, die auf Tierhaut gezeichnet waren, und bemühte sich, seine Position zu bestimmen. Die Karten waren nicht sehr genau, aber sie waren die besten, die Shool gehabt hatte. Er näherte sich nun einem schmalen Kanal zwischen dem Riff und einem Land, das auf der Karte als Khoolocrah eingetragen war. Shool hatte ihm nicht viel darüber sagen können, außer daß dort irgendwo eine Rasse lebte, die sich Ragha-da-Kheta nannte.

Im Eigenlicht des Schiffes studierte er die Karten und hoffte, dort irgendwo eine Lücke im Riff zu finden, aber es schien keine zu geben.

Mit einemmal begann die Jolle wie verrückt zu schaukeln. Corum blickte sich um, die Ursache der plötzlichen hohen Wellen zu ergründen. In der Ferne donnerte die Brandung, aber dann vernahm er noch ein anderes Geräusch südlich des Schiffes, und er starrte in diese Richtung.

Das Geräusch war ein regelmäßiges Rauschen und Platschen, wie ein Wesen es verursacht, wenn es durch das Wasser watet. Gab es hier vielleicht ein riesiges Seeungeheuer? Die Mabden fürchteten sich ja vor vielen solchen angeblich existierenden Monstern. Corum hielt verzweifelt das Ruder fest und versuchte das Schiff auf einen Kurs vom Riff weg zu halten, aber die Wogen wurden immer stürmischer.

Das watende Geräusch kam näher und näher.

Corum klemmte das lange schwere Schwert unter seinen Arm, um es jederzeit ziehen zu können.

Er sah etwas durch den Nebel. Etwas Hohes, Breites – die Umrisse eines Mannes. Der Mann zog irgend etwas hinter sich her. Ein Fischernetz. Corum lehnte sich über die Seite und tauchte sein Schwert in das Meer. Aber es erreichte den Grund nicht. Er konnte den Meeresboden tief unter sich sehen. Er blickte zurück auf die watende Gestalt. Nun wurde ihm bewußt, daß der Nebel ihm einen Streich gespielt hatte. Die Gestalt war noch weit von ihm entfernt, und sie war gewaltig – weitaus größer als der Riese von Laahr. Sie also verursachte diese stürmischen Wellen, die das Schiff hin und her warfen.

Corum wollte rufen, den Riesen bitten, aus dem Weg zu gehen, damit das Schiff nicht versänke, aber dann überlegte er es sich doch. Wesen wie dieses waren den Sterblichen vielleicht weniger freundlich gesinnt als der Riese von Laahr.

Der nebelumwogte Gigant änderte die Richtung. Er befand sich jetzt hinter Corums Jolle und watete, mit den Netzen im Tau, weiter.

Der Wellengang spülte das Schiff vom Tausendmeilenriff weg in östliche Richtung, und es gab nichts, was Corum dagegen hätte tun können. Er kämpfte mit Segel und Ruder, aber sie reagierten nicht. Es war, als würde er auf einem reißenden Fluß direkt auf einen Katarakt zugetrieben. Der Gigant hatte eine Strömung erzeugt, gegen die er nicht ankommen konnte.

Es blieb ihm nichts anderes übrig, als das Schiff treiben zu lassen. Der Riese war schon längst im Nebel verschwunden und watete auf das Tausendmeilenriff zu, wo er vermutlich lebte.

Die Jolle schnellte durchs bewegte Wasser wie ein Hai, der sich auf seine Beute stürzt, bis sie endlich durch den Nebel brach und von heißem Sonnenschein umflutet wurde.

Vor sich sah Corum eine Küste. Die Klippen schienen auf ihn zuzustürzen.

2 Temgol-Lep

Verzweifelt versuchte Corum das Boot von den Klippen wegzusteuern. Seine Sechsfingerhand umklammerte das Ruder, und seine Rechte zerrte am Segel.

Plötzlich ein heftiges Knirschen. Die metallene Jolle begann zu erzittern und legte sich seitlich. Corum griff nach seinen Waffen. Es gelang ihm gerade noch, sie hochzureißen, ehe er über Bord gespült und eine Beute der

Strömung wurde. Er rang nach Atem, als ihm Wasser in den Mund drang. Sein Körper streifte über Kiesel. Er versuchte, sich aufzurichten, als die Wellen zurückrollten. Er sah einen Stein aus dem Wasser ragen, und als er sich daran festklammerte, verlor er Bogen und Köcher, die beide sofort davongespült wurden.

Die See zog sich immer weiter zurück, und mit ihr seine kielobentreibende Jolle. Er kam auf die Beine, schnallte seinen Schwertgurt um und rückte den Helm zurecht. Aber er konnte sich eines Gefühls des Versagens nicht erwehren.

Er schritt ein Stück am Strand entlang und setzte sich schließlich unterhalb der hohen schwarzen Klippen auf die Kieselsteine. Nun war er also auf einer fernen unbekannten Küste gestrandet – sein Schiff war weg, und sein Ziel lag auf der anderen Seite des Ozeans.

In diesem Augenblick war es Corum gleichgültig. Alle Gedanken an Liebe, an Haß, an Rache waren wie weggespült. Es war ihm, als hätte er sie in der Traumwelt von Svi-an-Fanla-Brool zurückgelassen. Alles, was ihm von dieser Welt blieb, waren die Sechsfingerhand und das Juwelenauge.

Als er sich an das Auge erinnerte und was er alles damit erblickt hatte, erbebte er. Er tastete danach und berührte den Schild, der es bedeckte.

Jetzt wußte er, daß er mit Shools Geschenk auch die Logik von Shools Welt akzeptiert hatte. Es gab keine Flucht davor.

Seufzend erhob er sich und musterte die Klippen. Es war unmöglich, sie zu erklimmen. Er begann auf dem grauen Kies entlangzuwandern, in der Hoffnung, doch irgendwo eine Stelle zu entdecken, wo er auf den Klippenkamm klettern und sich von dort aus umsehen könnte.

Er nahm einen Handschuh, den Shool ihm gegeben

hatte, und zog ihn über die sechs Finger. Er entsann sich, was Shool ihm über die Kräfte der Hand erzählt hatte, ehe er aufbrach. Er glaubte Shools Worten immer noch nicht so recht, wollte jedoch auch nicht ihre Wahrheit auf die Probe stellen.

Mehr als eine Stunde trottete er am Ufer entlang, bis er über eine Landzunge an eine Bucht kam, deren Seiten sanft aufstrebten und leicht erklimmbar zu sein schienen. Die Flut begann bereits zu steigen und würde in Kürze den Strand überschwemmt haben. Er fing an zu laufen.

Er erreichte den Hang und schnappte nach Luft. Er hatte sich gerade noch rechtzeitig in Sicherheit gebracht, denn die See bedeckte bereits den größten Teil des Strandes hinter ihm. Er kletterte den Hügel empor – und sah die Stadt.

Es war eine Stadt mit Kuppeln und Minaretten, die weiß im Sonnenschein leuchteten. Als er sie jedoch näher betrachtete, stellte er fest, daß sie gar nicht weiß waren, sondern daß ihre Mauern sich aus einem vielfarbigen Mosaik heller Farben zusammensetzten. Nie zuvor hatte er ähnliches gesehen.

Er überlegte, ob er die Stadt umgehen sollte. Wenn die Leute dort freundlich waren, würden sie ihm vielleicht sogar zu einem neuen Boot verhelfen. Handelte es sich jedoch um Mabden, waren sie vermutlich alles andere als einem Fremden wohlgesinnt.

Waren diese Rhagha-Kheta überhaupt auf den Karten angegeben? Er tastete nach seinem Beutel, aber die Karten waren genau wie der Magneteisenstein mit der Jolle verschwunden. Wieder stieg Verzweiflung in ihm auf.

Er marschierte auf die Stadt zu.

Corum war nicht weiter als eine Meile gekommen, als eine bizarre Reitergruppe auf ihn zustürmte. Es waren Krieger auf langhalsigen, gefleckten Tieren mit Widderhörnern und Schuppenhaut. Die dünnen hohen Beine bewegten sich jedoch schnell, und bald erkannte Corum, daß die Reiter ebenfalls sehr groß und ungewöhnlich dünn waren und runde Köpfe mit runden Augen hatten. Es waren keine Mabden, aber sie gehörten auch keiner Rasse an, von der er je gehört hatte.

Er blieb stehen und wartete. Er konnte nichts anderes tun, ehe er nicht wußte, ob sie ihn als Freund oder Feind behandeln würden.

Flink umringten sie ihn und starrten mit ihren Kugelaugen auf ihn herunter. Ihre Nase und ihr Mund waren ebenfalls rund, und das gab ihnen einen Ausdruck steten Erstaunens.

»Olanja ko?« fragte einer, der einen prunkvollen Umhang aus bunten Federn mit einer Kapuze trug und eine Keule in der Hand hielt, die wie die Klaue eines Riesenvogels aussah. »Olanja ko, drajer?«

In der vereinfachten Sprache der Vadhagh und Nhadragh, wie die Mabden sie benützten, erwiderte Corum. »Ich verstehe Euch nicht.«

Das Wesen im Federumhang legte seinen Kopf schief und schloß den Mund. Die anderen Krieger, alle ähnlich gekleidet und bewaffnet, gurrten untereinander.

Corum deutete südwärts. »Ich komme von jenseits der See.« Nun benutzte er die Hochsprache der Vadhagh und Nhadragh. Der Reiter lehnte sich vor, als wären ihm diese Laute vertrauter, aber dann schüttelte er den Kopf.

»Olanja ko?«

Auch Corum schüttelte das Haupt. Der Krieger starrte ihn verwirrt an, dann kratzte er sich, Corum auffordernd anblickend, an der Wange. Corum vermochte diese Geste genausowenig zu verstehen wie seine Worte.

Der Anführer winkte einem seiner Mannen. »Mor naffa!« Der Reiter sprang von seinem Tier und wies Corum mit einer Geste an, aufzusitzen.

Nicht ganz ohne Schwierigkeit kletterte Corum auf den schmalen Sattel. Er fühlte sich dort gar nicht wohl.

»Hoj!« Der Anführer winkte seinen Leuten und lenkte sein Reittier auf die Stadt zu. »Hoj-ala!«

Die Tiere preschten los und ließen den nun Unberittenen zurück.

Die Stadt war von hohen Mauern umgeben, die mit geometrischen Mustern in tausend Farben bemalt waren. Sie ritten durch ein hohes, nicht sehr breites Tor, dann zwischen einer Reihe von Mauern hindurch, die offenbar als eine Art simples Labyrinth gedacht waren, und kamen auf einer breiten Allee heraus, die zu einem Palast direkt in der Stadtmitte führte.

Als sie das Palasttor erreicht hatten, sprangen sie alle von den Reittieren, die sofort von Bediensteten weggeführt wurden, die genauso groß und dünn waren und die gleichen runden erstaunten Gesichter hatten. Corum wurde durch das Tor und eine Treppe von über hundert Stufen hinauf zu einem freien Platz geleitet. Die Fresken an den Palastmauern waren nicht so farbenfroh, dafür jedoch viel kunstvoller als jene an den Stadtwällen. Hier waren sie hauptsächlich in Gold, Weiß und Blau gehalten. Obwohl sie ein wenig barbarisch wirkten, war die Ausführung doch von beeindruckender Schönheit, wie Corum bewundernd eingestehen mußte.

Sie schritten über den Platz in einen Innenhof, um den Fußwege führten und in dessen Mitte ein Springbrunnen sprudelte.

Unter einem Sonnendach stand ein Thron mit spitzer Rückenlehne. Der Thron war aus Gold gefertigt und mit einem Muster aus Rubinen verziert. Die Krieger, die Corum begleiteten, hielten an. Unmittelbar darauf trat eine Gestalt ins Freie. Sie trug einen gewaltigen Kopfschmuck aus Pfauenfedern, einen weit fallenden Umhang, ebenfalls aus herrlich glänzenden Federn, und einen Kilt aus dünnem Goldgewebe. Sie ließ sich auf dem Thron nieder.

Das also war der Herrscher dieser Stadt.

Der Anführer der Reiter und sein Monarch unterhielten sich in ihrer Sprache, und Corum wartete geduldig, um sich nicht versehentlich auf eine Weise zu benehmen, die von diesen Leuten als unfreundlich betrachtet werden könnte.

Endlich wandte der Regent sich an Corum. Er schien mehrere verschiedene Sprachen zu beherrschen, und schließlich hörte Corum sich, wenn auch mit einem reichlich fremdartigen Akzent, angesprochen.

»Seid Ihr einer der Mabden-Rasse?« Es war die alte Sprache der Nhadragh, wie Corum sie als Kind gelernt hatte.

»Nein, das bin ich nicht.«

»Aber Ihr seid nicht Nhedregh.«

»Stimmt, ich bin nicht – ›Nhedregh‹. Kennt Ihr dieses Volk?«

»Ihrer zwei lebten vor Jahrhunderten bei uns. Welcher Rasse seid Ihr?«

»Der Vadhagh.«

Der König spitzte die Lippen und schnalzte. »Der Feind der Nhedregh, ja?«

»Nicht mehr.«

»Nicht mehr?« Der Monarch runzelte die Stirn.

»Alle Vadhagh außer mir sind tot«, erklärte ihm Corum. »Und was von jenen noch lebt, die Ihr Nhedregh nennt, sind die degenerierten Sklaven der Mabden.«

»Aber die Mabden sind Barbaren!«

»Barbaren ja, aber sehr mächtige.«

Der König nickte. »Das war prophezeit.« Er musterte Corum. »Warum seid Ihr nicht tot?«

»Ich zog es vor zu leben.«

»Das liegt nicht an Euch zu entscheiden, sondern an Arioch.«

»Wer ist Arioch?«

»Der Gott.«

»Welcher Gott?«

»Der Gott, der unser Geschick bestimmt. Herzog Arioch von den Schwertern.«

»Der Schwertritter?«

»Ich glaube, so nennt man ihn im fernen Süden.« Der Monarch schien nun sehr beunruhigt. Er benetzte seine Lippen. »Ich bin König Tempol-Lep. Dies ist meine Stadt, Arke.« Er machte eine ausholende Bewegung mit seiner dünnen Hand. »Dies ist mein Volk, die Ragha-da-Kheta. Mein Land heißt Khoolocrah. Auch wir sind dem baldigen Untergang geweiht.«

»Wieso?«

»Es ist die Zeit der Mabden. So beschloß Arioch es.« Der König zuckte mit den schmalen Schultern. »Arioch bestimmt. Bald werden die Mabden kommen und uns töten.«

»Ihr werdet natürlich gegen sie kämpfen.«

»Nein. Es ist die Zeit der Mabden. So befiehlt es Arioch. Er läßt die Rhagha-Kheta länger leben, weil sie ihm gehorsam sind, weil sie sich nicht gegen ihn auflehnen. Aber bald werden wir nicht mehr sein.«

Corum schüttelte ungläubig den Kopf. »Findet Ihr nicht, daß es ungerecht von Arioch ist, Euch einfach dem Tod zu überantworten?«

»Arioch bestimmt.«

Es wurde Corum klar, daß dieses Volk hier nicht immer so fatalistisch gewesen war. Vielleicht befanden auch sie sich bereits in einem fortgeschrittenen Stadium der Degeneration, die sie diesem Schwertritter zu verdanken hatten.

»Aber warum sollte Arioch daran interessiert sein, so viel Schönheit und Weisheit, wie Ihr sie hier habt, zu zerstören?«

»Arioch bestimmt.«

König Tempol-Lep schien vertrauter mit den Plänen des Schwertritters als jeder andere, den Corum bisher kennengelernt hatte. Da sie so viel näher an seinem Reich lebten, hatten sie ihn vielleicht sogar selbst gesehen.

»Hat Arioch Euch das selbst mitgeteilt?«

»Er sprach durch unsere Weisen.«

»Und diese Weisen – haben sie Arioch auch wirklich recht verstanden?«

»Das haben sie.«

Corum seufzte. »Nun, ich jedenfalls wehre mich gegen seine Absichten. Ich finde sie nicht zumutbar.«

König Tempol-Lep zog die Lider über seine Augen und zitterte. Die Krieger wandten nervös ihren Blick von ihm. Offensichtlich erkannten sie, daß ihr König nicht mit der Ansicht Corums einverstanden war.

»Ich werde nicht mehr über Arioch sprechen«, sagte der König. »Aber als unseren Gast müssen wir Euch bewirten. Ihr werdet Wein mit uns trinken.«

»Ich werde Wein mit Euch trinken. Habt Dank.« Corum hätte für den Anfang etwas zu essen vorgezogen, aber er bemühte sich immer noch, die Ragha-da-Kheta nicht zu beleidigen, in der Hoffnung, doch noch ein Boot von ihnen zu bekommen.

Der König rief einem der Diener zu, die im Schatten neben der Tür zum Palast standen. Er schritt hindurch.

Bald darauf kehrte er mit einem Tablett zurück, auf dem hohe dünne Gläser und ein goldener Krug standen. Der König nahm das Tablett mit eigenen Händen und stellte es auf seine Knie. Mit feierlichem Gesicht schenkte er Wein in eines der Gläser und reichte es Corum.

Corum streckte seine linke Hand danach aus.

Die Hand begann zu zittern.

Corum bemühte sich, sie ruhig zu halten, aber sie schleuderte das Glas zu Boden. Der König blickte verwirrt auf und begann zu stammeln.

Die Hand sprang vor, und die sechs Finger umklammerten den Hals des Monarchen.

König Tempol-Lep keuchte und stieß mit den Beinen nach Corum, als der sich verzweifelt bemühte, die Hand zurückzuziehen. Aber die Finger hatten sich um den Hals verkrampft. Corum spürte, wie er das Leben aus dem König würgte.

Der Vadhagh brüllte um Hilfe, ehe ihm bewußt wurde, daß die Krieger natürlich annehmen mußten, er erwürge ihren Regenten aus eigenem Willen. Er zog sein Schwert und schlug um sich, als sie mit ihren merkwürdig geformten Keulen auf ihn eindrangen. Daß sie völlig kampfungewohnt waren, erkannte er aus ihrer Unbeholfenheit und der Art, wie sie sich selbst im Wege standen.

Plötzlich löste die Hand sich von König Tempol-Leps Hals, und Corum sah, daß er tot war.

Seine neue Hand hatte ein gütiges, unschuldiges Wesen gemordet! Und sie hatte ihn um seine Chance gebracht, Hilfe von den Ragha-da-Kheta zu erhalten. Sie mochte ihn sogar sein Leben kosten, denn die Zahl der Krieger um ihn war beträchtlich.

Er schwang sein Schwert nach allen Seiten, trennte Köpfe und Arme und Beine von den Leibern. Blut spritzte überallhin und besudelte ihn, aber er kämpfte weiter.

Dann gab es plötzlich keine lebenden Krieger mehr. Er stand und starrte auf all die Leichen. Er hob seine behandschuhte Hand und spuckte sie an.

»O du Ausgeburt der Hölle! Rhalina hatte recht! Du hast mich zum Mörder gemacht!«

Aber nun gehorchte ihm die Hand wieder, hatte kein eigenes Leben mehr. Er spreizte die sechs Finger – sie schien ein völlig normaler Teil seines Körpers.

Corum blickte auf den toten König und erschauderte. Er hob sein Schwert. Er würde sich die Hand Kwlls abhacken. Besser ein Krüppel zu sein als der Sklave eines so grauenerregenden Dings.

Doch da tat sich plötzlich der Boden unter ihm auf, und er stürzte in die Tiefe. Er prallte heftig auf dem Rücken eines Monsters auf, das ihn anfauchte und mit den Krallen nach ihm hackte.

3 Wesen der Unterwelt

Corum sah das Tageslicht über sich, doch schnell schob sich die Marmorplatte wieder zusammen, und er befand sich nun im Dunkeln mit der Bestie, die in der Grube unter dem Innenhof hauste. Sie knurrte in irgendeiner Ecke, und er machte sich bereit, gegen sie kämpfen zu müssen.

Dann hörte das Knurren auf. Einen Augenblick herrschte völlige Stille. Corum wartete. Er hörte ein Schlurfen. Er sah eine Glut. Sie wurde zur Flamme. Die Flamme entsprang einem Docht in einem ölgefüllten Tonbehälter.

Eine schmutzstarrende Hand hielt dieses Gefäß. Und die Hand gehörte zu einer behaarten Kreatur, deren Augen ihn wütend anfunkelten.

»Wer seid Ihr?« fragte Corum.

Die Kreatur schlurfte ein paar Schritte weiter und stellte die Öllampe in eine Wandnische. Corum sah nun, daß die Grube oder das Verlies oder was immer es auch war mit verdrecktem Stroh ausgelegt war. Ein Krug und eine Schüssel standen in einer Ecke. Gegenüber befand sich eine schwere eiserne Tür. Der Platz stank nach Exkrementen.

»Könnt Ihr mich verstehen?« Corum benutzte immer noch die Nhadraghsprache.

»Ich wollt, du würdest endlich zu quatschen aufhören«, brummte die Kreatur und schien nicht zu erwarten, daß Corum sie verstand. Sie hatte sich der niederen Sprache bedient. »Du wirst bald nicht besser aussehen als ich.«

Corum antwortete nicht darauf. Er steckte sein Schwert in die Scheide zurück und betrachtete die Zelle. Es schien keine Möglichkeit zur Flucht zu geben. Über sich hörte er Schritte auf den Marmorfliesen des Innenhofs. Ganz klar waren die Stimmen der Ragha-da-Kheta zu vernehmen. Sie wirkten aufgeregt, ja fast hysterisch.

Das seltsame Wesen legte den Kopf schief und lauschte.

»So war das also«, murmelte es. Es blickte Corum an und grinste. »Du hast den feigen Schwächling getötet, he? Nun bist du mir gleich viel sympathischer. Ich fürchte nur, wir werden nicht lange zusammenbleiben. Ich frage mich, wie man dich umbringen wird –«

Corum hörte ihm schweigend zu und ließ sich nicht anmerken, daß er den anderen verstand. Er vernahm schleifende Geräusche von oben, als die Leichen weggezerrt wurden. Weitere Stimmen ertönten und verklangen.

»Nun befinden sie sich ganz schön in Verlegenheit«, kicherte das Wesen. »Sie können nur meucheln. Was hatten sie mit dir versucht, mein Freund, der du mich nicht verstehst? Wollten sie dich vergiften? Das tun sie gewöhnlich, wenn sie jemanden fürchten.«

Gift? Corum runzelte die Stirn. War der Wein vielleicht

vergiftet gewesen? Er betrachtete seine Hand. Hatte sie es – gewußt?

Er beschloß, sein Schweigen zu brechen. »Wer seid Ihr?« fragte er in der Niedersprache.

Die Kreatur begann zu lachen. »Ah, dann könnt Ihr mich also verstehen! Verzeiht die bisherige Vertraulichkeit. Doch da Ihr mein Gast seid, meine ich, es wäre angebracht, wenn Ihr erst meine Fragen beantwortet. Ihr seht mir wie ein Vadhagh aus, dabei dachte ich, alle Vadhagh wären längst dahingeschieden. Nennt mir Euren Namen und Eure Rasse, Freund.«

»Ich bin Corum Jhaelen Irsei«, erwiderte Corum, »der Prinz im scharlachroten Mantel. Und ich bin der letzte der Vadhagh.«

»Ich bin Hanafax von Pengarde, Krieger, Priester, Forscher, was Ihr wollt, und im Moment Gefangener, aber das seht Ihr ja. Ich stamme von einem Land namens Lywm-an-Esh – ein Land weit im Westen, wo –«

»Ich habe davon gehört. Ich war Gast der Markgräfin des Ostlandes.«

»Was, diese Markgrafschaft existiert immer noch? Ich hörte, die hungrige See habe sie längst verschlungen!«

»Nein, aber wahrscheinlich fiel sie inzwischen einer anderen Gewalt zum Opfer. Die Ponystämme –«

»Beim Urleh! Ponystämme. Die gibt es auch noch?«

»Wie kommt es, daß Ihr so weit von Eurer Heimat entfernt seid, Sir Hanafax?«

»Das ist eine lange Geschichte, Prinz Corum. Arioch – wie man ihn hier nannte – ist kein Freund des Volks von Lywm-an-Esh. Er erwartet von den Mabden, daß sie die schmutzige Arbeit für ihn tun – hauptsächlich in der Ausrottung der alten Rassen wie der Euren. Wie Ihr ohne Zweifel wißt, wollte unser Volk nichts damit zu tun haben, denn die alten Rassen haben uns nie ein Leid zugefügt. Aber Urleh ist eine Art Vasallengott des Schwertritters, und ich diente Urleh als Priester. Jedenfalls schien Arioch ungeduldig geworden zu sein – ich nehme an, er hat seine Gründe dafür gehabt – und befahl Urleh, das Volk von Lywm-an-Esh aufzuwiegeln, einen Kreuzzug in den Westen zu unternehmen, wo ein Seevolk seine Heimat hat. Dieses Seevolk besteht aus kaum fünfzig Individuen, die alle auf Burgen hausen, die sie in die Korallenriffe gebaut haben. Sie nennen sich Shalafen. Urleh übermittelte mir Ariochs Befehl. Ich entschloß mich, ihn zu ignorieren, weil ich mir selbst sagte, daß dieser Befehl nur von einem Wesen stammen konnte, das Urleh nicht wohlgesinnt ist. Das Glück war mir nie sehr hold gewesen, aber von da an schien es mich zu hassen. Ein Mord geschah. Man gab mir die Schuld. Ich mußte aus meiner Heimat fliehen und ein Schiff stehlen. Nach einigen etwas langweiligen Abenteuern kam ich zu diesem zwitschernden Vogelvolk, das so ergeben darauf wartet, daß Arioch es vernichtet. Ich versuchte, sie gegen Arioch aufzuhetzen. Sie boten mir Wein, und ich lehnte ab. Daraufhin fielen sie über mich her und warfen mich in dieses Verlies, wo ich nun seit Monaten dahinvegetiere.«

»Was werden sie mit Euch tun?«

»Ich weiß es nicht. Sie warten vermutlich darauf, daß ich irgendwann einmal sterbe. Sie sind ein fehlgeleitetes Völkchen und nicht besonders klug, aber sie sind nicht von Natur aus grausam. Doch ihre Angst vor Arioch ist so groß, daß sie es nicht wagen, irgend etwas zu unternehmen, das ihn beleidigen könnte. Indem sie sich seine Gunst erhalten, hoffen sie, wenigstens noch ein oder zwei Jahre länger leben zu dürfen.«

»Und Ihr wißt nicht, was sie mit mir vorhaben? Immerhin habe ich ihren König getötet.«

»Das ziehe ich in Betracht. Euch zu vergiften mißlang. Sie wenden nicht gern Gewalt an. Nun, wir müssen abwarten.«

»Ich habe eine Aufgabe zu erfüllen«, erklärte ihm Corum. »Ich kann es mir nicht leisten zu warten.«

Hanafax grinste. »Ich fürchte, Ihr werdet es müssen, Freund Corum! Ich verstehe auch etwas von der Zauberei. Ich kenne ein paar Sprüche, aber keiner funktioniert hier. Ich weiß nicht, warum. Wenn uns also Zauberei nicht helfen kann, was kann es dann?«

Corum blickte nachdenklich auf seine fremdartige Hand.

Dann sah er seinen Mitgefangenen an. »Habt Ihr jemals etwas von Kwlls Hand gehört?«

Hanafax zog seine Stirn in Falten. »Aye – ich glaube, ja. Sie ist das einzige, was von einem Gott übriggeblieben ist. Er war einer von zwei Brüdern, die Streit miteinander hatten. Nichts weiter als eine Legende, natürlich –«

Corum hob seine linke Hand. »Dies ist Kwlls Hand. Ein Zauberer gab sie mir, und auch dieses Auge – es ist Rhynns Auge –, und beide sollen große Kräfte haben.«

»Ihr wißt nichts Näheres?«

»Ich hatte noch keine Gelegenheit, sie auszuprobieren.«

Hanafax schien etwas beunruhigt. »Aber sind diese Kräfte nicht zuviel für einen Sterblichen? Wenn Ihr sie anwendet, wären die Folgen dann nicht zu –«

»Ich fürchte, ich habe keine Wahl. Ich habe beschlossen, die Kräfte von Kwlls Hand und Rhynns Auge einzusetzen.«

»Ich hoffe, Ihr macht sie darauf aufmerksam, daß ich auf Eurer Seite bin, Prinz Corum!«

Corum zog sich den Handschuh von der Sechsfingerhand, und die Erregung ließ ihn erzittern. Dann schob er das Augenschild auf die Stirn. Die dunklen Ebenen begannen sich ihm zu zeigen. Wieder sah er die Gegend, auf welche die schwarze Sonne schien. Wieder sah er die vier verhüllten Gestalten.

Doch dieses Mal blickte er in ihre Gesichter.

Er schrie auf.

Schauder erfüllte ihn. Aber er wußte nicht, weshalb.

Er blickte erneut hin.

Die Hand Kwlls streckte sich den Gestalten entgegen. Ihre Köpfe wandten sich ihr zu. Die schrecklichen Augen schienen die Wärme aus seinem Körper zu ziehen, die Lebenskraft aus seiner Seele. Aber er wandte den Blick nicht von ihnen.

Die Hand winkte ihnen zu.

Die finsteren Gestalten kamen näher.

Er hörte Hanafax murmeln.

»Ich kann nichts erblicken. Versucht Ihr eine Beschwörung? Was seht ihr eigentlich?«

Corum schenkte ihm keine Beachtung. Schweiß lief ihm über Stirn und Rücken, und sein ganzer Körper, mit Ausnahme von Kwlls Hand, bebte.

Die Gestalten holten Sicheln unter ihren Gewändern hervor. Corum bewegte seine wie betäubten Lippen. »Hier. Kommt hierher in diese Ebene. Gehorcht!«

Sie kamen näher und schienen durch einen wirbelnden Nebelschleier zu dringen.

Da brüllte Hanafax auf. »Bei allen Göttern! Das sind Kreaturen aus den Gruben des Hundes! Shefanhow!« Er sprang hinter Corum. »Haltet sie von mir ab, Vadhagh! Aaah!«

Dumpfe Stimmen drangen aus seltsam verzerrten Mündern. »Meister, wir gehorchen. Wir gehorchen dem Willen Kwlls.«

»Vernichtet jene Tür«, befahl Corum.

»Und unsere Belohnung, Meister?«

»Welche Art von Belohnung?«

»Ein Leben für jeden von uns, Meister.«

Corum schüttelte sich. »Aye. Ihr sollt Eure Belohnung haben.«

Die Sicheln hoben sich, und die Tür brach auf. Die vier Kreaturen, die wahrlich ›Shefanhow‹ waren, schritten ihnen voran in einen engen Korridor. »Mein Drachen«, murmelte Hanafax. »Er kann uns entkommen helfen.«

»Ein Drachen?«

»Ja. Er fliegt und vermag uns beide zu tragen.«

Die Shefanhow marschierten voran. Sie strahlten eine Kälte aus, die einen erschauern ließ.

Treppauf ging es, und eine zweite Tür mußte den Sicheln der düsteren Gestalten weichen. Tageslicht brach herein.

Sie befanden sich nun auf dem Haupthof des Palastes. Von allen Seiten strömten Krieger herbei. Diesmal schien es, als würden sie nicht zögern, Corum und Hanafax zu töten, aber sie hielten an, als sie die vier Wesen in ihren dunklen Umhängen sahen.

»Dort ist eure Belohnung«, sagte Corum. »Nehmt Euch so viele ihr wollt und kehrt dorthin zurück, von woher ihr kamt.«

»Wir kehren nicht zurück, Meister. Denn wir sind dann frei.«

Die Sicheln schwirrten im Sonnenschein. Die Ragha-da-Kheta fielen schreiend zurück.

Die Schreie wurden lauter.

Die vier begannen zu kichern, und ihr Kichern verwandelte sich schließlich in brüllendes Gelächter. Und dann nahmen sie die Schreie ihrer Opfer auf, während sie ihre Sicheln schwangen und die Köpfe von den Leibern mähten. Von Übelkeit gewürgt rannten Corum und Hanafax durch die Hallen des Palastes. Hanafax wies den Weg und blieb vor einer Tür stehen.

Von überall hörte man nun Schreie, und die lautesten stammten von den vieren aus der Grube des Hundes.

Hanafax brach die Tür auf. Es war dunkel im Innern. Er begann herumzuwühlen. »Das war mein Gemach, als sie mich noch als ihren Gast betrachteten. Ehe sie zu der Ansicht kamen, daß ich Arioch beleidigt habe. Mein Drachen ist vielleicht noch hier –«

Corum sah mehrere Krieger den Korridor in ihre Richtung laufen. »Findet ihn schnell, Hanafax«, drängte er. Er sprang durch die Tür, um den Gang mit seinem Schwert zu blockieren.

Die dünnen Gestalten hielten an und musterten sein Schwert. Dann hoben sie ihre Vogelklauenkeulen und begannen langsam auf ihn zuzukommen.

Corums Schwert holte aus und schlitzte die Kehle des nächsten Kriegers auf, der sofort zusammenbrach. Corum stach einem anderen ins Auge.

Die Schreie erstarben nun. Corums unheimliche Verbündeten verschwanden mit ihrer Belohnung.

Hinter Corum zerrte Hanafax nun eine staubbedeckte Vorrichtung aus Stäben und Seide herbei. »Ich habe ihn, Prinz Corum. Gebt mir noch eine kurze Weile, um mich an den richtigen Zauberspruch zu entsinnen.«

Statt von dem Mord an ihren Kameraden eingeschüchtert zu sein, schienen die Ragha-da-Kheta jetzt viel kampfwilliger als vorher, ja geradezu besessen zu sein. Corum wehrte sie, nun von einem kleinen Haufen Erschlagener ein wenig geschützt, erbittert ab.

Hanafax begann in einer fremdartigen Sprache etwas zu rufen. Corum spürte das Aufkommen eines Windes, der seinen scharlachroten Mantel aufplusterte. Irgend etwas packte ihn von hinten, und schon erhob er sich in die Luft, über die Köpfe der Ragha-da-Kheta hinweg, den Korridor entlang und ins Freie.

Corum blickte unruhig nach unten.

Die Stadt glitt unter ihnen vorbei.

Hanafax zerrte ihn in einen Korb aus gelber und grüner Seide. Corum war überzeugt, daß er fallen würde, aber der Drachen trug mühelos sein Gewicht.

Die schmutzige, in Fetzen gehüllte Gestalt mit dem verfilzten Haar neben ihm grinste.

»So läßt sich also Ariochs Willen zuwiderhandeln«, murmelte er zu Corum.

»Außer es ist er, der es genauso beabsichtigt«, erwiderte Hanafax, und sein Grinsen erstarb.

4 Im Flammenland

Corum gewöhnte sich an das Fliegen, obwohl er sich immer noch nicht recht wohl dabei fühlte. Hanafax summte vor sich hin, während er Haar und Bart kämmte, bis schließlich ein junges, gutaussehendes Gesicht zum Vorschein kam. Er befreite sich aus seinen Lumpen und schlüpfte in ein frisches Obergewand und Beinkleider, die er zu einem Bündel gerollt in dem Korb gefunden hatte.

»Nun fühle ich mich bedeutend wohler. Ich danke Euch, daß Ihr die Stadt Arke besucht habt, Prinz Corum, ehe ich ganz verkommen war.« Corum hatte bemerkt, daß Hanafax zwar Anflüge von Nachdenklichkeit nicht zu unterdrücken vermochte, aber von Natur aus eher frohen Gemütes war.

»Wohin bringt uns diese Flugmaschine, Sir Hanafax?«

»Ah«, murmelte der Angesprochene. »Da liegt der wunde Punkt. Der Grund, weshalb ich schon mehr Abenteuer erlebte, als mir lieb war – ich kann diesen Drachen nicht lenken. Er fliegt, wohin es ihm beliebt.«

Sie befanden sich nun über dem Meer.

Corum klammerte sich an den Seilen fest und starrte geradeaus, während Hanafax ein Lied begann, das weder für Arioch noch für den Hundegott der östlichen Mabden sehr schmeichelhaft war.

Da entdeckte Corum etwas unter sich und bemerkte trocken: »Vielleicht solltet Ihr in Eurem Schmählied Arioch lieber einstweilen auslassen. Es scheint, wir fliegen über das Tausendmeilenriff. Wenn ich recht unterrichtet bin, so liegt sein Reich irgendwo jenseits davon.«

»Ja, aber sehr weit davon entfernt. Ich hoffe, der Drachen geht vorher nieder.«

Sie erreichten die Küste. Corum strengte seine Augen an, um genau zu erkennen, was vor ihnen lag. Einmal sah er nur Wasser, ein gewaltiges Binnenmeer, und ein anderes Mal schien überhaupt kein Wasser vorhanden, nur eine ausgedehnte Landmasse. Das Bild wechselte ständig.

»Ist das Urde, Sir Hanafax?«

»Der Lage nach und auch dem Aussehen, ja. Urde besteht aus unstabiler Materie, Prinz Corum, so wie die Chaosherren es erschufen.«

»Die Chaosherren? Diese Bezeichnung hörte ich noch nie zuvor.«

»Oh, wirklich? Nun, es sind ihre Launen, denen Ihr ausgeliefert seid. Arioch ist einer von ihnen. Vor langer Zeit fand ein Krieg statt zwischen den Mächten der Ordnung und jenen des Chaos. Letztere siegten und übernahmen die alleinige Herrschaft über die fünfzehn Ebenen und, wenn ich recht verstehe, noch viele jenseits davon. Manche sind der Meinung, daß die Ordnung restlos zerschlagen wurde, und all ihre Götter verschwanden. Sie sagen, die kosmische Waage habe sich zu sehr nach einer Seite geneigt, deshalb sei die Welt solcher Willkür unterworfen. Sie behaupten, die Welt sei einmal eine *Kugel* gewesen, keine Scheibe. Nun ja, ich muß zugeben, das ist wirklich schwer zu glauben.«

»Einige Vadhagh-Legenden erzählen auch, daß sie einst eine Kugel gewesen sei.«

»Aye. Die Vadhagh hatten ihren Ursprung, kurz bevor

die Ordnung verbannt wurde. Darum hassen die Schwertherrscher die alten Rassen auch so sehr. Es sind nicht ihre Geschöpfe. Aber die großen Götter dürfen nicht allzu direkt in die Belange der Sterblichen eingreifen, darum bedienen sie sich hauptsächlich der Mabden.«

»Ist das die Wahrheit?«

»Es ist *eine* Wahrheit«, Hanafax zuckte die Schultern. »Ich kenne auch andere Versionen. Aber ich bin mehr geneigt, diese zu glauben.«

»Jene großen Götter – meint Ihr damit die Schwertherrscher?«

»Aye. Die Schwertherrscher und andere. Dann gibt es noch die mächtigen alten Götter, für die all die Myriaden von Ebenen der Erde nicht mehr als ein winziges Steinchen in einem riesigen Mosaik sind.« Wieder zuckte Hanafax die Achseln. »Dies ist die Kosmologie, die man mich lehrte, als ich Priester war. Ich kann nicht für ihre Wahrheit bürgen.«

Corum runzelte die Stirn. Er blickte wieder nach unten und sah, daß sie nun eine öde gelbe und braune Wüste überquerten. Diese mußte Dhroonhazat sein, das völlig wasserlos war.

Durch eine Fügung des Schicksals näherte er sich nun schneller dem Schwertritter, als er erwartet haben konnte.

Oder war es gar keine Fügung?

Es wurde immer heißer. Der Sand unter ihnen flimmerte und tanzte. Hanafax fuhr sich mit der Zunge über die Lippen. »Wir kommen gefährlich nah ans Flammenland heran, Prinz Corum. Seht!«

Am Horizont erblickte Corum eine dünne flackernde Linie roten Lichtes. Auch der Himmel darüber war feurig gefärbt. Immer schneller näherte der Drachen sich der Linie, und die Hitze wuchs. Zu seinem Staunen erkannte der Vadhagh, daß ein Flammenwall sich vor ihnen erhob, der sich, so weit sie sehen konnten, in beide Richtungen erstreckte.

»Hanafax, wir werden bei lebendem Leib geröstet werden«, murmelte Corum.

»Es sieht so aus.«

»Gibt es denn keine Möglichkeit, Euren Drachen zu wenden?«

»Ich habe es oft genug versucht. Es ist nicht das erste Mal, daß er mich von einer Gefahr in eine noch viel schlimmere trug.«

Der Feuerwall war nun so nahe, daß Corum vermeinte, sein Gesicht würde bereits von Flammen versengt. Er hörte das Feuer knistern und prasseln, doch schien es sich allein von der Luft zu nähren.

»Aber das verstößt doch gegen jegliches Naturgesetz«, keuchte er.

»Tun das nicht alle Zauberkräfte?« Hanafax grinste schwach. »Das ist das Werk des Chaos. Schließlich ist die Zerstörung natürlicher Harmonie sein Bestreben.«

»Ah, diese Zauberei. Es macht mich krank, nur davon zu hören. Ich begreife ihre Logik nicht.«

»Kein Wunder, sie kennt keine Logik. Sie ist eigenmächtig. Die Herren des Chaos sind die Feinde der Logik, die Gaukler der Wahrheit, die Schöpfer eigenwilliger Schönheit. Es würde mich nicht erstaunen, wenn sie dieses Flammenland aus einem rein ästhetischen Impuls heraus kreiert hätten. Schönheit – eine sich stetig verändernde Schönheit – dafür leben sie.«

»Es ist eine infernalische Schönheit.«

»Ich glaube nicht, daß für die Chaosherren Begriffe wie gut oder böse, oder in diesem Fall infernalisch, wie Ihr es nennt, überhaupt eine Bedeutung haben.«

»Die möchte ich sie jedoch recht gern lehren.« Corum wischte sich die Schweißtropfen aus dem Gesicht.

»Und damit ihre ganze Schönheit vernichten?«

Corum warf Hanafax einen mißtrauischen Blick zu. War der Mabden auf der Seite des Schwertritters? Hatte er ihn vielleicht nur in eine Falle gelockt, indem er ihm die Flucht mit dem Drachen ermöglichte?

»Es gibt beruhigendere Arten von Schönheit, Sir Hanafax.«

»Das ist wahr.«

Überall unter ihnen loderten und geiferten die Flammen, streckten ihre Zungen nach ihnen aus. Der Drachen begann höher zu steigen, als das Feuer die Seide ansengte. Corum war überzeugt, daß er bald eine Beute der Flammen sein und das Feuer sie als willkommene Nahrung verschlingen würde.

Aber noch segelten sie darüber hinweg, und obwohl bereits winzige Feuerzungen an der Seide leckten und Corum das Gefühl hatte, in seiner Rüstung wie eine Schildkröte in ihrem Panzer geröstet zu werden, sahen sie doch schon das entgegengesetzte Ende des Flammenwalls.

Ein Teil des Drachengebälks glühte auf und löste sich.

Mit schweißüberströmtem Gesicht klammerte Hanafax sich an die Verstrebung und keuchte: »Haltet Euch am Gebälk fest, Prinz Corum. Haltet Euch fest!«

Als der Wind die brennende Seide davonzerrte und sie in das Inferno trieb, umklammerte Corum das Sitzbrett. Der Drachen legte sich schräg und drohte der Seide zu folgen. Er verlor immer mehr an Höhe. Corums Lungen wehrten sich gegen die brennende Luft. Ein Hustenanfall schüttelte ihn. Brandblase um Brandblase bildete sich auf seiner Rechten, aber seine Linke schien immun zu sein.

Der Drachen trudelte und begann zu stürzen.

Corum wurde während des Absturzes hin und her gerissen, aber er verlor seinen Halt nicht. Ein wenig milderte die restliche Bespannung den Fall. Dann spürte er einen heftigen Aufprall, und er lag inmitten des Drachenwracks auf der Oberfläche eines Obsidianmassivs. Der Flammenwall befand sich hinter ihm.

Er versuchte seinen geschundenen Körper aufzurichten. Er mußte sich den Schmerz verbeißen. Immer noch war es unerträglich heiß. Die Flammen prasselten in seinem Rücken und wogten hundert Fuß und mehr in die Höhe. Der Stein unter seinen Füßen gleißte grün, und das Feuer spiegelte sich darin, daß es schien, als züngle es nach ihm. Ein wenig zu seiner Linken schleppte sich schwerfällig ein Lavafluß dahin. Vereinzelte Flämmchen tänzelten auf seinen dickflüssigen Wellen. In welche Richtung Corum auch blickte, überall um ihn herum derselbe glitzernde Fels und in wechselnden Abständen die gleichen roten Feuerströme. Er betrachtete den Drachen. Nie würde das seltsame Gefährt wieder jemanden zu tragen vermögen. Hanafax lag zwischen den Bodenplanken und fluchte lautstark vor sich hin. Auch er rappelte sich hoch.

Wütend trat er gegen das Skelett.

»Zumindest wirst du mich in keine weitere Gefahr mehr fliegen«, brummte er.

»Mir genügt diese.« Corum deutete um sich. »Es ist vielleicht die letzte, der wir ausgesetzt sind.«

Hanafax zog sein Schwert unter dem Wrack hervor und gürtete es um. Auch seinen angesengten Umhang entdeckte er und warf ihn sich um die Schultern. »Es könnte sein, daß Ihr recht habt, Prinz Corum. Kein schöner Ort, seines Endes zu harren.«

»Nach einigen Mabden-Legenden«, brummte Corum, »könnte es leicht sein, daß wir unser Ende bereits erreicht haben und hierher verbannt worden sind. Stimmt es nicht, daß die Mabden an eine Hölle – ein ewiges Feuer – glauben, in die sie nach ihrem Tode verdammt werden, um ihre Sünden abzubüßen?«

Hanafax lachte abfällig. »Die Mabden des Ostens vielleicht.« Er blickte sich um. »Offensichtlich können wir nicht zurück, also müssen wir unser Glück wohl oder übel landeinwärts versuchen.«

»Ich habe gehört, daß die Eiswüste im Norden liegt«, murmelte Corum. »Ich verstehe nur nicht, wieso das Eis in so unmittelbarer Nähe des Flammenlands nicht schmilzt.«

»Ein weiterer Zauber der Chaosherren.«

»Ohne Zweifel.«

Sie machten sich auf den Weg über den glatten, rutschigen Stein, der bei jedem Schritt ihre Füße verbrannte. Sie sprangen über kleinere Lavabäche, mußten andere umgehen und sich vorsichtig Schritt um Schritt vorwärts tasten. Bald blickten sie völlig erschöpft auf die bereits ferne Flammenwand zurück. Müdigkeit und Hoffnungslosigkeit zeichneten sich auf ihren schweißnassen Gesichtern ab. Ihre Zungen waren völlig ausgedörrt von der Hitze. Ihre Stimmen klangen heiser, und schier unerträglicher Durst plagte sie.

»Ich fürchte, es ist bald aus mit uns, Prinz Corum.«

Corum nickte nur. Er blickte hoch. Rote Wolken hingen wie eine Feuerkuppel über ihnen. Es schien, als brenne die Welt. »Kennt Ihr keine Zaubersprüche, die Regen bringen könnten, Sir Hanafax?«

»Leider nicht. Wir Priester halten nicht viel von so primitiven Dingen.«

»Nützlichen Dingen, meint Ihr wohl. Es scheint mir, als beschäftigten Zauberer sich nur mit bombastischem Unsinn, der mehr Schaden als Nutzen bringt.«

»Ich fürchte fast, Ihr habt recht.« Hanafax seufzte. »Wie steht es mit Euren Kräften? Könnt Ihr denn nicht«, er schüttelte sich, »irgendeine Art von Hilfe von jener Unterwelt herbeirufen, aus der Eure grauenhaften Verbündeten kamen?«

»Diese Verbündeten sind vermutlich nur im Kampf

nützlich. Ich habe selbst keine genaue Vorstellung, was sie eigentlich sind oder warum sie meinem Ruf gehorchten. Und ich habe auch ganz das Gefühl, daß nicht einmal der Zauberer, dem ich diese seltsame Hand und das nicht minder seltsame Auge zu verdanken habe, etwas Genaueres weiß. Sein Werk war auch für ihn eine Art Experiment.«

»Ich nehme an, Ihr habt bereits bemerkt, daß die Sonne im Flammenland nicht untergeht. Wir können nicht damit rechnen, daß die Nacht uns Erleichterung bringt.«

Corum wollte gerade antworten, als er ganz in der Nähe eine Bewegung auf einem schwarzen Obsidianfelsen vernahm. »Psst, Sir Hanafax –«

Hanafax spähte durch die Hitzeschleier. »Was ist –«

Und da zeigten sie sich ihnen. Es waren gut zwanzig Reiter auf Tieren mit dicker Schuppenhaut, vier kurzen Beinen mit gespaltenen Hufen, eine Anzahl von Hörnern auf den Köpfen und den Schnauzen, und roten Augen, die zu ihnen herstierten. Die Reiter selbst waren von Kopf bis Fuß in glänzendes rotes Gewand gehüllt, daß sogar ihre Gesichter und Hände verbarg. Sie trugen lange Lanzen mit Widerhaken.

Schweigend umringten sie Corum und Hanafax.

»Was sucht Ihr hier im Flammenland, Fremdlinge?« fragte schließlich der Anführer.

»Wir sind nicht aus freiem Willen hier«, antwortete ihm Corum. »Ein unglücklicher Zufall führte uns her. Wir kommen in Frieden.«

»Ihr kommt nicht in Frieden. Ihr tragt Schwerter.«

»Wir wußten nicht, daß dieses Land Leben trägt«, versicherte ihm Corum. »Wir brauchen Hilfe. Wir möchten weg von hier.«

»Niemand kann Flammenland verlassen, außer er möchte ein noch schlimmeres Geschick erleiden.« Die Stimme war wohlklingend und unsagbar melancholisch.

»Es gibt nur ein Tor, das von hier wegführt, und das befindet sich in des Löwen Rachen.«

»Können wir nicht –«

Die Reiter begannen dichter auf sie einzudringen. Corum und Hanafax zogen ihre Schwerter.

»Sieht aus, als müßten wir sterben, Prinz Corum«, murmelte Hanafax.

Corums Miene war grimmig. Er schob seinen Augenschild zur Seite. Einen kurzen Moment behinderte ein dichter Schleier seine Sicht, dann blickte er erneut in die Unterwelt. Flüchtig fragte er sich, ob es nicht besser wäre, aus den Händen der Flammenlandbewohner den Tod zu empfangen, aber da öffnete sich seinem Blick bereits eine riesige Höhle, in der hochgewachsene Gestalten starr und dicht gedrängt standen.

Corum zuckte zusammen, als er in ihnen die toten Krieger der Ragha-da-Kheta erkannte. Ihre Wunden waren blutlos, ihre Augen ohne Glanz, ihre Kleidung und Rüstung zerfetzt. Sie hielten die Waffen noch in ihren Händen. Da er, um Hilfe herbeizurufen, die Linke ausgestreckt hatte, kamen sie nun auf ihn zugeschritten.

»NEIN!« brüllte Corum. »Nicht ihr! Auch ihr seid meine Feinde.«

Hanafax drehte verwundert den Kopf.

Die toten Krieger kamen herbei. Die Umgebung hinter ihnen verschwamm. Sie materialisierten auf dem Obsidianfels des Flammenlandes.

Corum machte ein paar hastige Schritte rückwärts und gestikulierte verzweifelt. Die Flammenlandkrieger hielten verwirrt ihre Reittiere an. Hanafax' Gesicht war vor Entsetzen verzerrt.

»Nein! Ich –«

Aus den Lippen des toten Königs Tempol-Lep drang ein Flüstern: »Wir gehorchen, Herr. Gewährt Ihr uns die Belohnung?«

Corum gewann rasch Gewalt über sich. Er nickte. »Ja. Nehmt sie Euch.«

Die langbeinigen Ragha-da-Kheta wandten sich den Berittenen zu. Die Tiere schnaubten und versuchten zu fliehen, aber ihre Reiter zwangen sie zu bleiben. Die Ragha-da-Kheta waren ihrer fünfzig. Sie verteilten sich in Gruppen zu zweien oder dreien, hoben ihre Klauenkeulen und warfen sich auf die Berittenen.

Die Lanzen mit den schrecklichen Widerhaken stießen auf sie ein. Viele wurden durchbohrt, aber die Toten beachteten es gar nicht. Sie begannen die sich verzweifelt wehrenden Reiter aus ihren Sätteln zu zerren.

Mit weißem Gesicht beobachtete Corum das grausige Schauspiel. Er wußte nun, daß er die Flammenlandkrieger zu demselben entsetzlichen Geschick verdammt hatte wie zuvor die Ragha-da-Kheta.

Auf den glatten, glänzenden Felsen, die von Lavabächen durchzogen waren, tobte die gespenstische Schlacht. Die Klauenkeulen zerfetzten die alles verdeckenden Umhänge der Reiter und enthüllten die Gesichter, deren Aussehen so unsagbar vertraut war.

»Halt!« brüllte Corum. »Halt! Genug des Tötens!«

Temgol-Lep richtete seine glanzlosen Augen auf Corum. Eine Lanze stak durch den Körper des toten Königs, aber er schien dessen nicht gewahr zu sein. Seine toten Lippen bewegten sich. »Dies ist unsere Belohnung, Herr! Wir müssen bis zum Ende kämpfen.«

»Aber es sind doch Vadhagh! Sie sind wie ich. Es sind Männer meiner eigenen Rasse!«

Hanafax legte einen Arm um Corums Schulter. »Jetzt sind sie schon alle tot, Prinz Corum.«

Aufschluchzend rannte Corum zu den Gefallenen und betrachtete ihre Gesichter. Sie hatten alle die gleichen langen Schädel, die gleichen großen mandelförmigen Augen und die gleichen spitzen Ohren wie er.

»Wie kamen die Vadhagh hierher?« wunderte sich Hanafax.

Tempol-Lep zerrte die Leichen hinweg, unterstützt von zweien seiner Gefolgsleute. Die Schuppentiere sprengten auseinander. Manche wateten, ohne Schaden zu nehmen, durch die Lavabäche.

Durch das Auge Rhynns sah Corum die Rhagha-da-Kheta ihre Belohnung in die Höhle schleppen. Schaudernd legte er den Schutzschild wieder um. Von ein paar Waffen, Gewandfetzen und Rüstungsteilen und den verschwindenden Reittieren abgesehen, war nichts von den Vadhagh des Flammenlandes geblieben.

»Ich habe Männer meiner Art gemordet«, rief Corum qualvoll. »Ich habe sie zu einem schrecklichen Schicksal in jener Unterwelt verdammt!«

»Es liegt im Wesen der Zauberei, daß sie sich unerwartet gegen den Hexer wendet. Wie ich schon sagte, sie ist eine sehr eigenwillige, willkürliche Kraft.«

Corum wirbelte herum. »Stoppt Euer leeres Geschwätz, Mabden. Versteht Ihr denn nicht, was ich getan habe?«

Hanafax nickte düster. »Aye. Aber es läßt sich nicht mehr ungeschehen machen. Und es rettete unser Leben.«

»Nun habe ich zu allem anderen auch noch Brudermord begangen.« Corum sank auf die Knie und ließ sein Schwert zu Boden fallen. Er weinte.

»Wer weint da?«

Es war eine Frauenstimme. Eine Stimme voll tiefer Trauer. »Wer weint um Cira-an-Venl, das Land, das nun von den Flammen beherrscht wird? Wer entsinnt sich seiner grünen Wiesen und seiner sanften Hügel?«

Corum blickte auf und erhob sich. Hanafax starrte bereits auf die Erscheinung auf dem Fels über ihnen.

»Wer weint da?«

Die Frau war alt, aber ihr Gesicht trotz der tiefen Linien immer noch schön. Doch Grimm und unnatürliche Blässe entstellten es. Ihr graues Haar umgab sie wie eine Gloriole. Sie trug einen roten Umhang, ähnlich dem der gefallenen Krieger, und wie diese saß auch sie auf einem gehörnten Schuppentier. Sie war eine Vadhagh und wirkte schwach und zerbrechlich. Wo einst ihre Augen gewesen, starrten ihm zwei tief verschleierte Schmerzensteiche entgegen.

»Ich bin Corum Jhaelen Irsei, Lady. Warum seid Ihr blind?«

»Ich bin blind, weil ich es so wollte. Um nicht mehr sehen zu müssen, was aus meinem Land geworden ist, riß ich mir die Augen aus dem Kopf. Ich bin Ooresé, Königin von Cira-an-Venl und zwanzig Untertanen.«

Corums Lippen waren ausgedörrt. »Ich habe Eure Untertanen getötet, Lady. Darum weine ich.«

Kein Muskel zuckte in ihrem Gesicht. »Sie waren zum Tode verdammt«, sagte sie mit klangloser Stimme. »Es ist besser für sie, tot zu sein. Ich danke Euch, Fremder, daß Ihr sie befreit habt. Es wäre gut, wenn Ihr auch mich erlöstet. Ich lebe nur, um die Erinnerung an Cira-an-Venl aufrechtzuerhalten.« Sie überlegte. »Warum benutzt Ihr einen Vedragh-Namen?«

»Ich bin ein Vadhagh – Vedragh nennt Ihr sie? – Ich komme aus den Landen des Südens.«

»So zogen die Vedragh also wirklich südwärts. Und ist es ein schönes Land?«

»Ein sehr schönes Land.

»Und sind sie glücklich, Prinz Corum im scharlachroten Mantel?«

»Sie sind tot, Königin Ooresé. Sie sind tot!«

»Alle tot? Alle, außer Euch?«

»Und Euch, o Königin.«

Ein schmerzliches Lächeln zog über ihre Lippen. »Er

sagte, wir würden alle sterben, wo immer wir auch lebten, auf welcher Ebene wir auch immer existierten. Aber es gab noch eine weitere Prophezeiung – daß unser Tod auch den seinen zur Folge haben würde. Doch er zog es vor, nicht daran zu glauben, wenn ich mich recht entsinne.«

»Wer sagte das, Lady?«

»Der Schwertritter. Herzog Arioch vom Chaos. Er, der für seine Teilnahme an der Schlacht zwischen Ordnung und Chaos Macht über fünf Ebenen erhielt. Er, der hierherkam und glatten Stein auf unseren sanften Hügeln entstehen ließ, kochende Lava in unseren friedlichen Flüssen und Flammen, wo einst unsere grünen Wälder im Winde rauschten. Der Herzog Arioch, o Prinz, sagte es einst voraus. Aber Lord Arkyn machte ebenfalls eine Prophezeiung, ehe er in die Verbannung zog.«

»Lord Arkyn?«

»Der Herr der Ordnung, der hier herrschte, ehe Arioch ihn vertrieb. Er sagte, indem Arioch die alten Rassen vernichte, ginge er seiner eigenen Macht über die fünf Ebenen verlustig.«

»Ein frommer Wunsch«, murmelte Hanafax, »aber ich glaube nicht, daß er in Erfüllung geht.«

»Nun, vielleicht ist es nur ein Wunschtraum, der uns unser Los ertragen hilft. Aber Ihr, der Ihr mit dem Akzent eines Mabden sprecht, wißt nicht, was wir wissen, denn Ihr gehört zu Ariochs Kindern.«

Hanafax richtete sich gerade auf. »Seine Kinder mögen wir vielleicht sein, Königin Ooresé, doch nicht seine Sklaven. Ich bin hier, weil ich mich gegen Ariochs Willkür auflehnte.«

Wieder lächelte sie traurig. »Und manche sagen, daß der Untergang der Vedragh nur ihnen selbst zuzuschreiben ist. Daß sie die Nhedregh bekämpften und so gegen Lord Arkyns Willen handelten.«

»Die Götter sind rachsüchtig«, murmelte Hanafax.

»Aber auch ich bin rachsüchtig, Sir Mabden«, entgegnete die Königin.

»Weil wir Eure Krieger töteten?«

»Nein. Sie griffen Euch an, und Ihr mußtet Euch wehren. So ist es eben. Ich spreche von Herzog Arioch und seinen Launen, dieses herrliche Land in eine furchtbare Öde ewiger Flammen zu verwandeln.«

»So begehrt Ihr, Euch an Herzog Arioch zu rächen?« fragte Corum.

»Meine Untertanen zählten einstmals Hunderte. Einen nach dem anderen sandte ich durch den Rachen des Löwen, um den Schwertritter zu vernichten. Keinem gelang es. Keiner kehrte zurück.«

»Was ist dieser Rachen des Löwen, o Königin?« erkundigte sich Hanafax. »Wir hörten, es sei der einzige Weg aus dem Flammenland.«

»So ist es. Aber er führt nicht in die Freiheit. Jene, welche die Reise durch den Rachen des Löwen überleben, ertragen nicht, was jenseits liegt – der Palast Herzog Ariochs.«

»Und es gibt keinen, der es doch vermöchte?«

Die blinde Königin hob ihr Gesicht zum roten Himmel. »Nur ein großer Held, Prinz im scharlachroten Mantel. Nur ein großer Held.«

»Einst glaubten die Vadhagh nicht an Helden und dergleichen«, murmelte Corum bitter.

Sie nickte. »Ich erinnere mich. Aber damals bestand auch keine Notwendigkeit dazu.«

Corum schwieg einen Augenblick, dann fragte er. »Wo ist dieser Löwenrachen, Königin?«

»Ich werde Euch dorthin führen, Prinz Corum.«

5 Durch den Rachen des Löwen

Die Königin reichte ihnen in Bechern Wasser aus einem Fäßchen, das an ihren Sattel geschnallt war, und rief zwei der Schuppentiere für Corum und Hanafax herbei. Sie kletterten auf die Sättel, faßten die Zügel und folgten ihr über das schwarze und grüne Obsidiangestein an den Flammenflüssen vorbei. Trotz ihrer Blindheit hatte sie keine Schwierigkeiten, ihr Horntier zu lenken, und während des ganzen Rittes erzählte sie, was einst hier wuchs, als erinnere sie sich an jeden Baum, an jede Blume, die ihr jetzt so verwüstetes Land hervorgebracht hatte.

Nach einer geraumen Weile hielt sie an und deutete geradeaus. »Was seht Ihr dort?«

Corum spähte durch den kräuselnden Rauch. »Es könnte ein riesiger Felsen sein –«

»Wir werden näher heranreiten«, erklärte sie.

Nach einigen Reittierlängen begann Corum zu erkennen, was es war. Es war tatsächlich ein gewaltiger Felsen. Ein Fels aus glattem glänzendem Gestein, das wie Gold glitzerte. Und er war in jeder Einzelheit dem Schädel eines gigantischen Löwen nachgebildet, der den Rachen mit den scharfen Zähnen zum Brüllen aufgerissen hatte.

»Bei den Göttern!« entfuhr es Hanafax. »Woher kommt das?«

»Er ist Ariochs Werk«, erwiderte Königin Ooresé. »Einst lag dort unsere friedliche Stadt. Nun leben – lebten – wir in Höhlen unter der Oberfläche, wo noch klares Wasser fließt und es ein wenig kühler ist.«

Corum starrte auf den imposanten Löwenkopf und blickte dann Ooresé fragend an. »Wie alt seid Ihr, o Königin?«

»Ich weiß es nicht. Es gibt keine Zeit im Flammenland. Vielleicht zehntausend Jahre.«

In der Ferne erhob sich ein weiterer Flammenwall. Corum wies darauf hin.

»Wir sind an allen Seiten vom Feuer eingeschlossen«, erklärte ihm Ooresé. »Als Arioch die Flammenmauern entstehen ließ, zogen es viele vor, sich hineinzustürzen, als sehen zu müssen, was aus unserem herrlichen Land geworden war. Mein Gemahl starb auf diese Weise, genau wie meine Brüder und Schwestern.«

Corum bemerkte, daß Hanafax ungewöhnlich schweigsam war. Er hielt seinen Kopf ein wenig gebeugt und rieb hin und wieder über seine Stirn, als beschäftige ihn etwas, das er nicht verstehen konnte.

»Was ist, Freund Hanafax?« erkundigte er sich.

»Nichts, Prinz Corum. Mein Kopf schmerzt. Es ist sicher von der Hitze.«

Ein eigenartig wehklagender Laut drang an sein Ohr. Hanafax blickte mit weitaufgerissenen Augen hoch. »Was ist das?« keuchte er.

»Der Löwe singt«, erklärte die Königin. »Er weiß, daß wir uns nähern.«

Plötzlich entrang sich ein ähnlicher Laut Hanafax' Kehle. Es war, als ahme ein Hund das Heulen eines anderen nach.

»Hanafax, mein Freund«, Corum ritt an die Seite des Gefährten.

»Was ist mit Euch?« fragte er besorgt.

Hanafax blickte ihn verwirrt an. »Nein. Ich sagte doch schon, die Hitze –« Sein Gesicht verzerrte sich. »Ahhh! Dieser Schmerz. Nein! Nein! Ich tue es nicht! Nein, ich werde es nicht tun!«

Corum wandte sich an die Königin. »Habt Ihr je ähnliches hier erlebt?«

Sie runzelte die Stirn, offenbar nicht aus Sorge um den Mabden, sondern überlegend. »Nein«, entgegnete sie schließlich. »Außer –«

»Arioch! Ich tue es nicht!« keuchte Hanafax und krallte sich die Nägel ins Fleisch.

Da sprang Corums Linke vom Sattel hoch, wo sie die Zügel umklammert gehabt hatte.

Corum versuchte, sie zurückzuhalten, aber sie stieß geradewegs mit ausgestreckten Fingern auf Hanafax' Gesicht zu. Die Finger drangen durch seine Augen und tief ins Gehirn.

Hanafax brüllte. »Nein, Corum. Tut es nicht – ich kann dagegen ankämpfen. Nein – Aaaahhh!«

Und die Hand Kwlls zog sich zurück. Die Finger tropften von Hanafax' Blut, und der leblose Körper des Mabden sank vom Sattel.

»Was ist geschehen?« rief Königin Ooresé.

Corum starrte auf die besudelte Hand, die ihm nun wieder gehorchte. »Ich habe meinen Freund getötet«, antwortete er tonlos.

Plötzlich blickte er auf.

Über sich glaubte er die Umrisse einer titanischen Gestalt zu sehen, die ihn beobachtete. Dann wehte ein Rauchschleier darüber, und sie war verschwunden.

»So habt Ihr also geahnt, was ich für möglich hielt, Prinz im scharlachroten Mantel«, murmelte die Königin.

»Ich ahnte nichts. Ich habe meinen Freund getötet, das ist alles, was ich weiß. Er half mir. Er zeigte mir –«, Corum schluckte schwer.

»Er war nur ein Mabden, Prinz Corum. Nur ein Mabden-Diener Ariochs.«

»Er haßte Arioch!«

»Aber Arioch fand ihn und drang in ihn. Er hätte sich gegen uns gestellt. Ihr tatet recht, ihm zuvorzukommen. Er hätte Euch verraten, Prinz.«

Corum starrte sie düster an. »Ich hätte es zulassen sollen, daß er mich tötet. Warum soll ich überhaupt noch leben?«

»Weil Ihr ein Vedragh seid. Der letzte der Vedragh, der unsere Rasse zu rächen vermag.«

»Laßt sie ungerächt! Zu viele Gewalttaten wurden bereits dieser Rache halber verübt. Zu viele Unschuldige erlitten ihretwegen ein schreckliches Geschick! Sollen die Vadhagh in gutem Gedenken bleiben, oder soll Ihr Name verflucht sein?«

»Ihr Name ist bereits verflucht. Dafür hat Arioch gesorgt. Dort ist der Rachen des Löwen. Lebt wohl, Prinz im scharlachroten Mantel!« Die Königin Ooresé spornte ihr Tier an und galoppierte an dem titanischen Fels vorbei auf den Flammenwall zu.

Corum zweifelte nicht an ihrer Absicht.

Er blickte hinab auf Hanafax' Leiche. Der freundliche Gesell würde nun nie mehr lächeln. Seine Seele war jetzt sicher den Launen und Tücken Ariochs ausgeliefert.

Wieder war er allein.

Er seufzte.

Erneut drang das eigenartige Wehklagen aus dem Löwenrachen.

Es schien ihn zu rufen. Er zuckte die Schultern. Was machte es schon aus, wenn es sein Leben kostete? Es würde nur bedeuten, daß keiner mehr seinetwegen umkommen würde.

Langsam ritt er auf den Rachen des Löwen zu. Als er nah heran war, gab er seinem Tier die Sporen und sprang mit einem Schrei durch die klaffenden Zähne in die tiefe Finsternis dahinter.

Das Tier stolperte, verlor den Halt und fiel. Corum flog aus dem Sattel. Er erhob sich sofort und tastete nach den Zügeln. Aber das Tier galoppierte bereits zurück in das

Tageslicht, das rot und gelb durch den Eingang schimmerte.

Einen flüchtigen Augenblick kam Corum der Gedanke, ihm zu folgen. Aber dann erinnerte er sich an das Gesicht des toten Hanafax, und er wandte sich um und stolperte tiefer hinein in die undurchdringliche Finsternis.

So schleppte er sich eine geraume Weile dahin. Es war kühl im Rachen des Löwen, und Corum fragte sich, ob die Königin Ooresé nicht vielleicht nur ein Opfer ihres Aberglaubens gewesen war, denn das Innere dieses Löwenschädels schien nichts weiter zu sein als eine gewaltige Höhle.

Doch da begann das Rascheln und Knistern und Scharren.

Er vermeinte, Augen zu erspähen, die ihn beobachteten. Anklagende Augen? Nein! Boshafte, bösartige! Er zog sein Schwert.

Er blieb stehen und versuchte die Dunkelheit zu durchdringen. Er tat einen weiteren Schritt.

Wirbelndes Nichts umgab ihn. Farben umzuckten ihn, etwas kreischte, und Gelächter brachte seinen Kopf schier zum Bersten. Er versuchte einen weiteren Schritt.

Er stand auf der Oberfläche eines gewaltigen Kristalls, in den Millionen von Wesen eingeschlossen waren – Vadhagh, Nhadragh, Mabden, Ragha-da-Kheta und viele andere, deren Art ihm fremd war. Es gab Männer und Frauen, alle mit offenen Augen, alle starrten ihn an, alle streckten hilfesuchend die Hände nach ihm aus. Er hackte mit dem Schwert gegen den Kristall, aber er splitterte nicht einmal.

Er bewegte sich vorwärts.

Nun sah er alle fünf Ebenen gleichzeitig, eine über der anderen, so wie er sie als Kind gekannt hatte – wie seine Vorfahren sie gesehen hatten. Er war in einer Schlucht, einem Wald, einem Tal, einem Feld, einem anderen Wald.

Er versuchte, sich auf eine Ebene zu beschränken, aber etwas hinderte ihn daran.

Brüllende Kreaturen stürmten auf ihn ein, zerrten mit den Zähnen an seinem Fleisch. Er schlug sie mit dem Schwert in die Flucht. Sie verschwanden.

Er überquerte eine Brücke aus Eis. Sie begann zu schmelzen. Abscheuliche Untiere mit scharfen Hauern warteten unten auf ihn. Das Eis zersprang. Er verlor seinen Halt. Er fiel.

Er versank in einem Strudel kochender Materie, die Formen schuf und sie sofort wieder vernichtete. Er sah Städte wachsen und zerfallen. Er sah Wesen, manche von bezaubernder Schönheit, andere unbeschreiblich häßlich; Gestalten, die Liebe in ihm erweckten, und solche, die Haß hervorriefen.

Gleich darauf war er wieder zurück in der Dunkelheit der riesigen Höhle, wo Unsichtbares kreischte und ächzte und huschend seinen Füßen auswich.

Corum wußte, daß jeder andere, der wie er dieses Grauen geschaut hätte, nun dem Wahnsinn verfallen wäre. Außer dem Auge Rhynns und der Hand Kwlls hatte er noch etwas von Shool, dem Zauberer, erhalten – die Fähigkeit nämlich, ungerührt auch den gräßlichsten Abnormitäten Auge in Auge gegenüberzustehen und sich nicht von Erscheinungen, gleich welcher Art, beeindrucken zu lassen.

Aber das bedeutete, daß er auch etwas verloren hatte –

Er tat einen weiteren Schritt.

Er befand sich knietief in schleimigem Fleisch, das formlos war, aber lebte. Es begann ihn einzusaugen. Er schlug mit dem Schwert um sich, war aber bald bis zur Mitte eingesunken. Er holte tief Luft und zwängte sich durch die eklige Masse.

Er befand sich unter einer Kuppel aus Eis, und um ihn herum standen Millionen von Corums. Dort war er unschuldig und vergnügt vor dem Auftauchen der Mabden; dort düster und grimmig mit seinem juwelenbedeckten Auge und der Mörderhand; dort kurz vor dem Sterben.

Ein weiterer Schritt.

Blut überflutete ihn. Er versuchte, auf die Beine zu kommen. Die häßlichen Fratzen von vier Reptilien erhoben sich aus der klebrigen Flüssigkeit und schnappten nach seinem Kopf.

Sein Instinkt befahl ihm wegzulaufen. Aber er schwamm auf sie zu.

Er stand in einem Tunnel aus Silber und Gold. An seinem Ende befand sich eine Tür, durch die Lärm drang.

Mit dem Schwert in der Hand trat er hindurch.

Ohrenbetäubendes Gelächter erfüllte die gewaltige Halle, in der er sich nun fand.

Corum hatte den Palast des Schwertritters erreicht.

6 Die Parasiten des Gottes

Die Größe der Halle war überwältigend. Plötzlich kamen Corum seine Abenteuer, Empfindungen, seine Wünsche, seine Schuldgefühle unbedeutend, unwichtig vor. Das wurde noch durch die Tatsache verstärkt, daß er nicht sofort von Arioch empfangen wurde, wie er es erwartet hatte.

Im Gegenteil, Corum betrat den Palast unbemerkt, niemand kümmerte sich um ihn. Das durchdringende Gelächter kam von einer Galerie, wo zwei Dämonen mit Schuppenhaut gegeneinander kämpften. Obwohl sie offensichtlich beide schon dem Tode nahe waren, brüllten sie vor Lachen und schienen sich über ihren Zweikampf zu amüsieren.

Es war dieses Duell, dem Arioch seine ganze Aufmerksamkeit widmete.

Der Schwertritter – der Herzog des Chaos – lag auf einem Haufen Schmutz und Unrat und schlürfte etwas ekelig penetrant Riechendes aus einem Kelch. Er war unbeschreiblich fett, und sein Fleisch bebte, wenn er lachte. Er war völlig nackt und ganz wie ein Mabden gebaut. Schorf und kleinere Wunden waren überall auf seinem Körper zu sehen, besonders am Unterleib. Sein Gesicht war gerötet und abstoßend häßlich, und seine Zähne waren verfault.

Corum hätte gar nicht gewußt, daß er überhaupt der Gott war, wenn nicht seine Größe gewesen wäre – Arioch war riesig wie eine Burg, und sein Schwert, das Symbol seiner Macht, hätte den höchsten Turm Erorns noch überragt, wenn man es aufrecht stellen würde.

Über die Wände der Hallen verliefen Galerien, eine über der anderen, bis hinauf zur fernen Kuppeldecke, die hinter dichtem Rauch verborgen war. Auf diesen Galerien befanden sich hauptsächlich Mabden jeglichen Alters, und die meisten waren nackt. Auf vielen der Galerien kopulierten sie, kämpften gegeneinander, fügten sich scheußliche Wunden zu. Auf manchen befanden sich auch andere Wesen, zum größten Teil Shefanhows, ein wenig kleiner als die beiden, deren Kampf die Aufmerksamkeit Ariochs galt.

Das Schwert war pechschwarz und trug seltsame Runen eingraviert. Mabden knieten auf der Klinge und waren damit beschäftigt, das Muster zu putzen und zu polieren. Andere kletterten auf den Knauf und wuschen ihn, wieder andere ließen die Beine von der Parierstange baumeln und besserten den goldenen Draht aus, mit der sie umwickelt war.

Doch nicht alle arbeiteten. Viele kletterten wie Läuse auf dem feisten Wanst des Gottes herum, tummelten sich dort, stocherten an seiner Haut herum, tranken von seinem Blut und knabberten an seinem Fleisch. Nichts davon schien Arioch zu bemerken. Er hatte nur Augen für den Kampf auf der Galerie, der bis zum Tod geführt wurde.

War dies wirklich der allmächtige Arioch, dieser Fettwanst, der wie ein heruntergekommener Bauer im Schweinestall hauste?

War dies tatsächlich die boshafte Kreatur, die ganze Nationen vernichtet hatte, die alle Rassen ausrottete, die sie nicht selbst erschaffen hatte?

Ariochs Gelächter erschütterte den Fußboden. Einige der parasitischen Mabden stürzten von seinem Körper. Ein paar blieben unverletzt, andere hatten sich Hals oder Gliedmaßen gebrochen und vermochten sich nicht mehr zu erheben. Ihre Kameraden kümmerten sich überhaupt nicht um sie. Geduldig erklommen sie wieder den Rumpf des Gottes und rissen mit ihren Zähnen winzige Fleischstücke aus seinem Körper.

Ariochs Haar war lang, strähnig und fettig. Auch hier kämpften die Mabden um Nahrungsreste, die in dem Filz hängengeblieben waren. Andere krochen im Körperhaar des Gottes herum und suchten nach Krümeln und sonstigem Genießbaren oder besonders zarten Stücken seines Fleisches.

Die beiden Dämonen taumelten zu Boden. Einer war nun tot, der andere fast, aber er lachte immer noch schwach.

Dann erstarb jedoch auch sein Lachen.

Arioch schlug sich auf den Bauch und tötete dabei ein Dutzend Mabden, dann kratzte er sich. Er betrachtete uninteressiert die blutigen Überreste auf seiner Handfläche und wischte sie sich am Haar ab. Lebende Mabden fielen über die Leichenteile her und verschlangen sie gierig.

Dann drang ein gewaltiger Seufzer aus dem Mund des Gottes. Er begann mit einem schmutzigen Finger von der Größe einer Pappel in der Nase zu bohren.

Corum entdeckte, daß sich Stiegen von Galerie zu Galerie in die Höhe wanden, aber er hatte keine Ahnung, wo sich der höchste Turm des Palastes befinden mochte. Auf leisen Sohlen schlich er durch die Halle. Trotzdem fiel dem Gott dieses Geräusch auf. Er wurde wachsam. Er legte seinen Kopf seitwärts und schaute sich um. Die riesigen Augen stierten Corum an, und plötzlich griff eine Titanenhand nach ihm.

Corum hob sein Schwert und hieb auf die Hand ein, aber Arioch lachte nur und packte den Vadhagh-Prinzen.

»Was ist denn das?« donnerte seine Stimme. »Das ist ja gar keiner von meinen!«

Corum fuhr fort, auf die Hand einzuhauen, aber der Gott schien die Hiebe überhaupt nicht zu spüren, obwohl das Schwert tiefe Schnitte verursachte. Von Ariochs Schultern, von seinen Ohren und vom verfilzten Haar hängend, beobachteten Corum neugierige, aber erschrockene Mabden-Augen.

»Keiner von meinen!« dröhnte Arioch erneut. »Einer von seinen. Hoho! Einer von seinen!«

»Von wem denn?« brüllte Corum, sich heftig wehrend.

»Von dem einen, dessen Palast ich erst vor kurzem an mich nahm. Von dem ernsten Gesellen. Von Arkyn. Arkyn von der Ordnung. Einer von seinen! Ich glaubte, sie wären schon alle tot. Ich kann sie nicht ständig im Auge behalten, diese kleinen Dinger, die ich nicht erschaffen habe. Ich verstehe sie nicht.«

»Arioch! Du hast alle meiner Rasse getötet!«

»Ah, gut! Alle, sagst du? Gut! Ist das die Botschaft, die du mir bringst? Warum hörte ich nicht schon früher davon, von einer meiner eigenen kleinen Kreaturen?«

»Laß mich los!« schrie Corum.

Arioch öffnete die Hand, und Corum stürzte auf den Boden. Er hatte nicht mit dieser Reaktion gerechnet.

Und erst jetzt wurde ihm die volle Ungerechtigkeit seines Schicksals bewußt. Arioch hatte keinen Haß auf die Vadhagh. Sie waren ihm genauso gleichgültig wie die parasitischen Mabden, die sich von seinem Körper nährten. Er wollte nur seine Palette von den alten Farben reinigen, wie ein Maler, ehe er ein neues Gemälde beginnt. Alles Leid und alle Grausamkeiten, die er und die Seinigen hatten erdulden müssen, verdankten sie den Launen eines gelangweilten, uninteressierten Gottes, der nur hin und wieder seine Aufmerksamkeit der Welt widmete, über die er herrschte.

Dann verschwand Arioch.

Eine andere Gestalt stand plötzlich vor Corum, und alle Mabden waren verschwunden.

Der andere war ein gutaussehender Mann, der Corum mit einer Art herablassender Zuneigung betrachtete. Er war ganz in Schwarz und Silber gekleidet, und eine Miniaturausgabe des schwarzen Götterschwerts hing an seiner Seite. Er bedachte den Vadhagh mit einem rätselhaften Lächeln. Er schien Corum das personifizierte Böse.

»Wer seid Ihr?« keuchte Corum.

»Ich bin Herzog Arioch, dein Herr. Ich bin der Fürst der Hölle, ein Edler aus dem Reiche des Chaos, ich bin der Schwertritter. Ich bin dein Feind.«

»Das seid Ihr. Das andere war wohl nicht Eure wahre Gestalt?«

»Ich bin, was immer du in mir sehen willst, Prinz Corum. Und meine ›wahre‹ Gestalt – nun, ich kann jede annehmen, die mir gefällt – oder dir. Hältst du mich für das Böse, so werde ich auch die Gestalt danach wählen. Betrachtest du mich als gut, nehme ich die Gestalt an, die dazu paßt. Es ist mir persönlich gleichgültig. Mein einziger Wunsch ist, in Frieden zu leben, verstehst du? Und mir die Zeit angenehm zu vertreiben. Und wenn du gern ein Schauspiel geben willst, ein Drama, das du dir ausgedacht hast, spiele ich so lange mit, bis ich seiner müde bin.«

»Hattet Ihr nie andere Ambitionen?«

»Was? Nie? Vielleicht doch. Damals, möglicherweise, als ich noch gegen die Mächte der Ordnung kämpfte, die früher auf diesen Ebenen herrschten. Aber jetzt habe ich gesiegt und das bekommen, was mir zusteht. Sind denn nicht alle Wesen in dieser Beziehung gleich?« Corum nickte. »Vermutlich schon.«

Arioch lächelte. »Und was nun, kleiner Corum der Vadhagh? Du mußt bald vernichtet werden, weißt du? Nur, damit ich meine Ruhe habe, das verstehst du doch? Es ist gut, daß du auf meinen Hof gekommen bist. Als Belohnung werde ich dich königlich bewirten, und dann, irgendwann, schnippe ich dich hinweg. Das Warum kennst du jetzt.«

Corum blickte ihn finster an. »Ich lasse mich nicht ›hinwegschnippen‹, Herzog Arioch.«

»Ich werde dich kaum fragen.« Arioch gähnte gelangweilt. »Aber sag mir, was kann ich tun, um dich zu unterhalten?«

Corum zögerte, dann bat er: »Mich interessiert Euer Palast. Zeigt Ihr mir alles? Ich habe noch nie etwas so Gewaltiges gesehen.« Arioch hob die Brauen. »Wenn das alles ist –«

»Im Augenblick, ja.«

Der Gott lächelte. »Na schön. Außerdem kenne ich selbst noch nicht alle Räume.« Er legte seine Hand sanft auf Corums Schulter und führte ihn durch ein Portal.

Während sie eine prächtige Galerie mit glänzenden Marmorwänden entlangspazierten, sprach Arioch mit ruhiger, fast beschwörender Stimme. »Du mußt verstehen, Freund Corum, diese fünfzehn Ebenen hatten längst ein Stadium der Stagnation erreicht. Was tatet Ihr Vadhagh und die anderen? Nichts! Kaum, daß ihr eure Städte und Burgen überhaupt noch verließet. Die Natur brachte Mohn und Gänseblümchen hervor. Die Herren der Ordnung sorgten dafür, daß alles im gleichmäßigen, geregelten Gang verlief. Es geschah überhaupt nichts. Wir haben eurer Welt so viel mehr gegeben, ich, mein Bruder Mabelrode und meine Schwester Xiombarg.«

»Wer sind diese anderen?«

»Du kennst sie, glaube ich, als die Schwertkönigin und den Schwertkönig – die Königin und den König des Chaos. Jeder von ihnen herrscht über fünf der weiteren zehn Ebenen. Wir nahmen sie den Herren der Ordnung ab. Das ist noch gar nicht so lange her.«

»Und Ihr konntet es nicht erwarten, sofort alles zu zerstören, was wahrhaftig und weise war?«

»Wenn du es sagst, Sterblicher.«

Corum schwieg. Ariochs überzeugende Stimme machte ihn unsicher. Schließlich murmelte er: »Ich glaube, Ihr belügt mich, Herzog Arioch. Hinter Euren Ambitionen muß mehr stecken.«

»Das ist reine Ansichtssache, Corum. Wir folgen unseren Launen. Wir sind jetzt sehr mächtig, und nichts und niemand kann uns etwas anhaben. Warum sollten wir nachtragend sein?«

»Einmal werdet auch Ihr zugrunde gehen wie die Vadhagh. Aus dem gleichen Grund.«

Arioch zuckte die Achseln. »Vielleicht.«

»Ihr habt einen mächtigen Feind in Shool von Svi-an-Fanla-Brool! Hütet Euch vor ihm.«

»Dann kennst du Shool also?« Arioch lachte melodiös. »Armer Shool. Er schmiedet seine Ränke, hetzt andere gegen uns auf und verleumdet uns. Ist er nicht spaßig?«

»Spaßig? Sonst nichts?« fragte Corum ungläubig.

»Aye – sehr spaßig.«

»Er behauptet, Ihr haßt ihn, weil er fast so mächtig ist wie Ihr.«

»Wir hassen niemanden.«

»Ich traue Euch nicht, Arioch.«

»Welcher Sterbliche traut schon einem Gott!«

Sie stiegen eine Wendelrampe empor, die nur aus verdichtetem Licht zu bestehen schien.

Arioch blieb stehen. »Ich meine, wir sollten uns lieber einen anderen Teil des Palastes ansehen. Hier geht es nur zu einem Turm.« Etwas höher entdeckte Corum eine Tür, auf der sich ein strahlendes Zeichen befand – acht Pfeile um einen Kreis.

»Was bedeutet dieses Zeichen, Arioch?«

»Nichts. Es ist lediglich das Wappen der Chaoslords.«

»Nur ein Turm.« Arioch wurde ungeduldig. »Komm schon. Es gibt anderswo im Palast Interessanteres zu sehen.«

Widerstrebend folgte Corum ihm die Rampe wieder hinunter. Er glaubte nun zu wissen, wo Ariochs Herz aufbewahrt wurde.

Mehrere Stunden wanderten sie durch den Palast und betrachteten seine Wunder. Alles war von lichter Schönheit, nirgends auch nur die Spur von etwas Finsterem. Diese Tatsache allein beunruhigte Corum. Er war überzeugt, daß Arioch ihm etwas vorgaukelte.

Sie kehrten in die Halle zurück.

Die Mabden-Läuse waren verschwunden und mit ihnen auch der Schmutzhaufen, auf dem der feiste Gott geruht hatte. An seiner Stelle stand nun eine Tafel, mit Speisen und Getränken überladen.

»Leistest du mir Gesellschaft, Prinz Corum?«

»Ehe Ihr mich ›hinwegschnippt‹?« erkundigte er sich bissig.

Arioch lachte. »Wenn du deine Existenz noch eine Weile weiterführen willst – bitte, ich habe nichts dagegen.

Du kannst nämlich meinen Palast nicht mehr verlassen. Und solange du mich mit deiner Naivität unterhältst, warum sollte ich dich da vernichten?«

»Fürchtet Ihr mich denn gar nicht?«

»Ich fürchte dich gar nicht.«

»Und fürchtet Ihr auch das nicht, was ich verkörpere?«

»Was verkörperst du denn?«

»Die Gerechtigkeit.«

Wieder lachte Arioch. »O wie klein doch dein Denken ist. Es gibt so etwas wie Gerechtigkeit nicht.«

»Es gab sie, als die Mächte der Ordnung hier herrschten.«

»Alles kann eine kurze Weile existieren – sogar Gerechtigkeit. Aber der wahre Zustand des Universums ist die Anarchie. Es ist das Verhängnis der Sterblichen, daß sie das nicht einsehen wollen.«

Corum erwiderte nichts. Er setzte sich an die Tafel und begann zu essen. Arioch speiste nicht mit ihm, setzte sich jedoch ihm gegenüber und schenkte sich Wein ein. Corum legte die Gabel zur Seite.

Arioch lächelte. »Keine Angst, Vadhagh. Es ist nichts vergiftet. Glaubst du, ich hätte es nötig, Gift zu verwenden?«

Corum aß weiter. Als er gesättigt war, sagte er: »Nun möchte ich mich gern ein wenig ausruhen, wenn Ihr mir schon Eure Gastfreundschaft so großzügig gewährt.«

»Ah.« Arioch schien verblüfft. »Na gut, dann schlafe.« Er winkte mit der Hand, und Corums Kopf sank auf den Tisch.

Er schlief.

7 Der Fluch der Schwertherrscher

Corum begann zu erwachen und bemühte sich, seine Augen zu öffnen. Die Tafel war verschwunden. Verschwunden war auch Arioch. Die riesige Halle lag im Dunkeln, nur durch einige der Türen und von manchen Galerien drang schwaches Licht herein.

Er erhob sich. Träumte er? Hatte er alles, was bisher geschehen war, nur geträumt? Jedenfalls erschien ihm das, was er erlebt hatte, wie ein Alptraum. Aber so war ihm die ganze Welt erschienen, seit er vor so langer Zeit die damals noch heile Welt der Burg Erorn verlassen hatte.

Doch wo war Herzog Arioch? War er vielleicht ausgezogen, um irgendwo auf seinen fünf Ebenen neues Unheil zu stiften? Ohne Zweifel hatte er angenommen, daß seine Macht über Corum länger anhalten würde. Das mochte wohl auch der Grund sein, daß er alle Vadhagh auszurotten wünschte, weil er sie nicht verstehen konnte, nicht vorherzusehen vermochte, was sie vorhatten, weil er sie nicht geistig beherrschen konnte wie seine Mabden.

Mit einemmal wurde Corum klar, daß er nun seine vielleicht einzige Chance hatte, zu dem Turm zu gelangen, wo Arioch sein Herz aufbewahrte. Vielleicht glückte es ihm sogar noch zu fliehen, ehe der Schwertritter wiederkehrte, und zu Shool zurückzukommen, um Rhalina abzuholen. Es waren nun keine Rachegefühle mehr, die ihn bewegten. Alles, was er sich wünschte, war, seinem Abenteurerleben ein Ende zu machen und mit der Frau, die er liebte, in Frieden und Ruhe in der alten Burg am Meer zu leben.

Er rannte quer durch die Halle und die Treppe zu der Galerie mit den glänzenden Marmorwänden empor, bis er zu der Rampe kam, die lediglich aus Licht zu bestehen schien. Das Leuchten war nur noch ein dumpfes Glühen, aber die Rampe führte immer noch zu der Tür mit dem pulsierenden orangefarbigen Zeichen – den acht Pfeilen, die von einer Nabe aus gleichmäßig nach außen strahlten – das Zeichen der Chaosherrscher.

Heftig atmend rannte er die Spiralrampe hinauf, immer höher, bis der Rest des Palastes tief unter ihm lag; bis er die riesige Tür erreichte, vor der er sich wie ein Zwerg vorkam; bis er stehenblieb und überlegte; bis er sicher war, an seinem Ziel angelangt zu sein.

Das gewaltige Zeichen pulsierte gleichmäßig wie ein Herz, und sein Schein badete Corums Gesicht und Rüstung in rotgoldenem Licht. Er drückte gegen die Tür, aber es war, als wolle eine Maus das Portal zu einer Gruft öffnen. Er vermochte sie nicht zu bewegen.

Er benötigte Hilfe. Nachdenklich betrachtete er seine Linke – die Hand Kwlls. Konnte er Hilfe aus der düsteren Welt herbeirufen? Sicher nicht, ohne den Erscheinenden eine »Belohnung« bieten zu können.

Aber da ballte Kwlls Hand sich selbst zur Faust und begann in einem Licht zu glühen, das Corum blendete und ihn veranlaßte, sie so weit wie nur möglich von sich zu strecken, während er schützend seinen rechten Arm vor die Augen legte. Er fühlte, wie Kwlls Hand sich hob und gegen die mächtige Tür schlug. Ein Dröhnen wie das Läuten von riesigen Glocken ertönte. Er hörte ein Krachen, als ob die Erde selbst sich spalte. Und dann hing Kwlls Hand schlaff an seiner Seite. Er öffnete die Augen. Ein Stück der Tür, an der rechten unteren Ecke, war geborsten, und der Ritz war breit genug, daß er sich hindurchzuwinden vermochte.

»Nun hilfst du mir, so wie ich es immer gern gehabt hätte«, flüsterte er seiner Linken zu. Er bückte sich und kletterte durch den Spalt.

Eine weitere Rampe führte aufwärts über eine Schlucht glitzernder Leere. Eigenartige Geräusche kamen von irgendwoher, hoben sich, erstarben, näherten und entfernten sich wieder. Eine Ahnung von Gefahr hing in der Luft, eine Ahnung von Schönheit, von Tod, von ewigem Leben, von Gewalttätigkeit, von Frieden. Corum griff nach dem Schwert, ehe ihm die Nutzlosigkeit dessen bewußt wurde. Er setzte den Fuß auf die Rampe und begann sie emporzusteigen.

Ein Wind schien sich zu erheben, und sein scharlachroter Mantel flatterte hinter ihm her. Kühle Brisen ließen ihn erschauern, und heiße Winde sengten seine Haut. Überall sah er Gesichter, und viele von ihnen glaubte er erkennen zu müssen. Manche waren riesig, andere unsagbar winzig. Augen beobachteten ihn. Lippen grinsten.

Ein Wehklagen erhob sich und erstarb. Eine dunkle Wolke hüllte ihn ein. Ein schrilles Klingeln wie von gläsernen Glöckchen peinigte seine Ohren. Eine Stimme rief seinen Namen und echote ohne Ende. Ein Regenbogen legte sich um ihn, drang in seinen Körper und ließ ihn in allen Farben aufleuchten. Unbeeindruckt erklomm er weiter die lange Rampe.

Und nun bemerkte er, daß er sich einer Plattform am Ende der Rampe näherte, die über der Schlucht hing. Nichts befand sich unter ihr.

Auf der Plattform stand ein Podest, und auf diesem eine Plinthe. Darauf lag etwas, das pulsierte und Strahlen aussandte. Diese Strahlen umspielten mehrere Mabden-Krieger und schienen sie zu lähmen. Alle hielten sie ihre Hände nach der Quelle dieser Strahlen ausgestreckt, und alle waren sie in dieser Haltung erstarrt, aber ihre Augen verfolgten Corum, als er sich dem Podest näherte. Schmerz war in den Augen und Neugier und eine Warnung.

Corum hielt an.

Das Ding auf der Säulenplatte war von tiefem, sanftem

Blau und ganz klein. Es gleißte wie ein Juwel in Herzform. Mit jedem Schlag sandte es Lichtstrahlen aus.

Dies mußte Ariochs Herz sein.

Aber es schützte sich selbst, wie die erstarrten Krieger bewiesen, die es umringten.

Corum machte einen Schritt darauf zu. Ein Lichtstrahl traf seine Wange und verursachte ein Kribbeln.

Noch ein Schritt näher, und zwei weitere Strahlen erreichten ihn und ließen seinen Körper erschauern, lähmten ihn jedoch nicht. Dann war er an den Mabden-Kriegern vorbei. Noch zwei Schritte. Die Strahlen bombardierten seinen Kopf und seinen ganzen Körper, aber Corum empfand es als angenehm. Er streckte seine Rechte aus, um das blaue Juwel zu ergreifen, aber Kwlls Hand war schneller und packte Ariochs Herz.

»Die Welt ist anscheinend voll von Teilen von Göttern«, murmelte Corum. Er drehte sich um und sah, daß die Mabden-Krieger nicht länger erstarrt waren. Sie rieben sich die Gesichter und schoben ihre Schwerter in die Scheiden.

Corum wandte sich an den nächsten. »Warum suchtest du Ariochs Herz?«

»Nicht aus freiem Willen«, versicherte dieser ihm. »Ein Zauberer schickte mich und bot mir mein Leben, wenn ich ihm Ariochs Herz brächte.«

»Shool?«

»Aye – Shool. Prinz Shool.«

Corum blickte die anderen an. Sie nickten alle. »Shool schickte uns!«

»Und mich ebenfalls«, gestand Corum. »Ich ahnte nicht, daß er es schon so viele Male zuvor versucht hatte.«

»Es ist ein Spiel, das Arioch mit ihm spielt«, murmelte einer der Mabden-Krieger. »Ich erfuhr, daß Shool nur geringe eigene Macht besitzt. Arioch gibt Shool Kräfte, die dieser für seine eigenen hält; denn dem Schwertritter gefällt es, einen Feind zu haben, mit dem er spielen kann. Was immer Arioch auch unternimmt, er tut es nur aus Langeweile. Und jetzt habt Ihr sein Herz. Zweifellos rechnete er nicht damit, daß das Spiel einen unvorhergesehenen Lauf nehmen könnte.«

»Aye«, pflichtete Corum ihm bei. »Ich verdanke es einzig und allein Ariochs Sorglosigkeit, daß ich überhaupt bis hierher kam. Aber jetzt muß ich weg. Ich muß einen Weg aus dem Palast zurückfinden, ehe er entdeckt, was geschehen ist.«

»Dürfen wir mit Euch kommen?« baten die Mabden.

Corum nickte. »Ja, doch beeilt euch.«

Sie schlichen vorsichtig die Rampe hinunter.

Auf halbem Weg begann einer der Mabden zu schreien, schlug mit den Händen wild um sich, dann stolperte er an den Rand der Rampe und stürzte hinab in die glitzernde Leere.

Sie beschleunigten ihr Tempo, bis sie den winzigen Riß an der unteren Ecke der mächtigen Tür erreichten und einer nach dem anderen hindurchkletterte.

Dann ging es die Lichtrampe hinunter, über die Galerie aus glänzendem Marmor und treppab zu der dunklen Halle.

Corum suchte die Silbertür, durch die er den Palast betreten hatte. Er umrundete die gewaltige Halle, und seine Füße begannen zu schmerzen, ehe er verstand, daß die Tür nicht mehr existierte.

Plötzlich war die Halle wieder hell erleuchtet. Die titanische, feiste Gestalt, die Corum bei seiner Ankunft gesehen hatte, lag wie zuvor auf dem Unrathaufen. Und wie zuvor tummelte sich das Mabden-Ungeziefer auf ihr und starrte ihm von den Achselhöhlen, dem Nabel und den Ohren entgegen.

»Ha, ha! Siehst du nun, Corum, wie gnädig ich bin? Ich

habe dir alles gewährt, was dein Herz begehrt. Du hast sogar mein Herz. Aber ich kann natürlich nicht zulassen, daß du es wegträgst. Ohne mein Herz könnte ich hier nicht herrschen. Ich glaube, ich werde es in meine Brust zurücknehmen.«

Corum ließ die Schultern hängen. »Er hat uns zum Narren gehalten«, erklärte er seinen vor Schreck fast gelähmten Mabden-Gefährten.

»Er hat Euch nur benutzt, Sir Vadhagh«, widersprach ihm einer der Krieger. »Nie hätte er sein Herz selbst an sich nehmen können. Wußtet Ihr das nicht?«

Arioch schüttelte sich vor Lachen, daß die Mabden-Läuse auf den Boden purzelten. »Wie wahr! Wie wahr! Du hast mir einen großen Dienst erwiesen, Prinz Corum. Das Herz eines jeden Schwertherrschers wird an einem Ort aufbewahrt, zu dem ihm der Zutritt verwehrt ist. Auf diese Weise können die anderen sicher sein, daß er in seinem eigenen Reich bleibt. Er hat deshalb keine Möglichkeit, in ein anderes zu gehen und dort vielleicht die Macht eines Rivalenherrschers an sich zu reißen. Aber du, Corum, mit deinem uralten Blut und deinen ungewöhnlichen Fähigkeiten, vermochtest zu tun, was mir versagt war. Nun habe ich mein Herz und kann mein Reich in jede Richtung ausdehnen, wie es mir beliebt. Oder ich kann es auch bleiben lassen.«

»Da habe ich Euch also geholfen«, murmelte Corum bitter, »anstatt Euch zu schaden.«

Ariochs Gelächter erschütterte die Halle. »Genauso ist es. Ein großartiger Spaß, eh? Und nun gib mir mein Herz, kleiner Vadhagh.«

Corum drückte sich mit dem Rücken an die Wand und zog die Klinge. So stand er mit Ariochs Herz in der Linken und seinem Schwert in der Rechten. »Eher sterbe ich, Arioch.«

»Wie du willst.«

Die gigantische Hand griff nach Corum. Der Vadhagh schlüpfte unter ihr hinweg. Arioch brüllte vor Lachen. Er packte zwei der Mabden-Krieger. Sie schrien und wanden sich in seiner Hand, die er gemächlich zu seinem scheunentorgroßen Mund mit den schwarzen verfaulten Zähnen hob. Und dann verschwanden sie in seinem Rachen, Corum hörte das Knirschen ihrer berstenden Knochen. Der Schwertritter rülpste und spuckte ein Schwert aus. Dann wandte er sich wieder Corum zu.

Der Vadhagh sprang hinter eine Säule. Ariochs Hand streckte sich aus. Die Finger tasteten nach ihm. Corum rannte.

Die Halle erzitterte unter dem Gelächter des Gottes, und die Mabden-Parasiten stimmten in das Lachen ein. Eine Säule zerbarst, als Arioch auf seiner Suche nach Corum dagegenschlug.

Corum stürmte quer durch die Halle und sprang über die am Boden zerschmetterten Mabden hinweg, die vom feisten Bauch des Gottes gestürzt waren.

Arioch entdeckte ihn. Er packte ihn. Sein Gelächter verstummte.

»Gib mir jetzt mein Herz!«

Corum holte keuchend Luft und befreite seine beiden Hände aus dem weichen Fleisch, das ihn umgab. Die Hände des Giganten waren warm und schmutzig, die Nägel gebrochen.

»Gib mir mein Herz, kleines Wesen!«

»Nein!« wehrte Corum sich und rannte sein Schwert tief in den Riesendaumen, aber der Gott bemerkte es nicht einmal, Mabden hingen von den Brusthaaren und beobachteten ihn mit hohlem Grinsen.

Corums Rippen waren dem Zerbrechen nahe, aber immer noch weigerte er sich, das Herz Ariochs freizugeben.

»Es spielt keine Rolle«, murmelte Arioch und lockerte

seinen Griff ein wenig. »Ich kann euch beide, dich und mein Herz, gleichzeitig zu mir nehmen.«

Nun führte der Gott seine Hand zum offenen Mund. Sein Atem wehte in stinkenden Schwaden. Corum erstickte fast, aber er ließ nicht nach, sein Schwert immer wieder in die Titanenhand zu stoßen.

Ein Grinsen verzog die wulstigen Lippen. Alles, was Corum nun zu sehen vermochte, waren der Mund, die Nasenhöhlen und die Telleraugen. Der Mund öffnete sich weiter, um ihn zu verschlingen. Corum trieb sein Schwert in die Oberlippe und starrte in die rote Finsternis der Riesenkehle.

Da begann seine Linke zuzudrücken. Sie preßte Ariochs Herz zusammen.

Nie hätte Corum das mit eigener Kraft vermocht. Aber wieder einmal handelte die Hand Kwlls von sich aus. Sie drückte und drückte.

Ariochs Grinsen erstarb. Die riesigen Augen weiteten sich.

Ein Schrei drang aus seiner Kehle.

Die Hand Kwlls verstärkte den Druck.

Arioch keuchte.

Das Herz begann in der Hand zu zerspringen. Strahlen rötlichblauen Lichts schossen zwischen den Fingern hervor. Schmerz flutete Corums Arm empor.

Arioch begann zu wimmern. Sein Griff lockerte sich. Er torkelte zurück.

»Nein, Sterblicher. Nein –« Die Stimme klang pathetisch. »Bitte, Sterblicher, wir können doch –«

Da begann die feiste Gestalt des Gottes sich aufzulösen.

Die Hand, die Corum hielt, verlor ihre Form.

Und der Vadhagh stürzte auf den Boden der Halle, die Stücke des geborstenen Herzens um ihn her verstreut. Er blickte hoch und sah, wie Ariochs Körper sich in der Luft wand. Er hörte ein Wehklagen, und ehe die Sinne ihn verließen, vernahm er noch Ariochs letzte geflüsterte Worte:

»Corum von den Vadhagh. Du hast den ewigen Fluch der Schwertherrscher auf dich geladen!«

8 Eine Kampfpause

Corum sah eine Prozession vorüberziehen.

Wesen Hunderter verschiedener Rassen marschierten oder ritten oder wurden getragen. Corum wußte, daß er hier alle Rassen Sterblicher beobachtete, die es je gegeben hatte, seit Ordnung und Chaos ihren Kampf um die Herrschaft über die unzähligen Ebenen der Erde begonnen hatten.

In der Ferne entdeckte er die Banner von Ordnung und Chaos Seite an Seite. Der eine mit den acht auseinanderstrebenden Pfeilen. Der andere mit dem einen, geraden Pfeil des Rechtes. Und über dem allen schwebte eine riesige Waage mit beiden Schalen in perfektem Gleichgewicht. In jeder der zwei Schalen standen Gestalten. Corum erkannte Arioch und die Lords des Chaos in einer, und in der anderen sah er die Lords der Ordnung.

Da hörte Corum eine Stimme: »Dies ist, wie es sein soll. Weder Ordnung noch Chaos darf die Oberhand auf den Ebenen der Sterblichen gewinnen. Es muß Gleichgewicht herrschen.«

»Aber es gibt kein Gleichgewicht!« rief Corum. »Chaos beherrscht alles!«

Die Stimme erwiderte: »Manchmal neigt sich eine der beiden Waagschalen. Dann muß das Gleichgewicht wiederhergestellt werden. Und das ist die Aufgabe Sterblicher.«

»Was kann ich dazu beitragen?«

»Du hast das Werk bereits begonnen. Nun mußt du es zu Ende führen. Vielleicht kostet es dich dein Leben, doch dann werden andere weitermachen.«

Corum brüllte: »Ich will nicht! Ich kann diese Last nicht auf mich nehmen!«

»DU MUSST!«

Die Prozession zog weiter. Keiner sah Corum. Keiner sah die beiden Banner. Keiner sah die kosmische Waagschale, die über ihnen hing.

Corum schwebte in einer dichten Wolke. Er hatte Frieden gefunden. Formen begannen sich zu bilden, und er sah, daß er sich wieder in Ariochs Palast befand. Er suchte nach seinem Schwert, aber es war verschwunden.

»Ich gebe dir dein Schwert zurück, Prinz Corum der Vadhagh, ehe du von hier gehst.«

Die Stimme war klar und deutlich.

Corum wandte sich um.

Er holte erstaunt Luft. »Der Riese von Laahr!«

Das schwermütige, weise Gesicht lächelte zu ihm herab. »So nannte man mich im Exil. Aber nun bin ich nicht länger verbannt, und du darfst mich mit meinem wahren Namen anreden. Ich bin Lord Arkyn, und dies ist mein Palast. Arioch ist nicht mehr. Ohne sein Herz kann er sich auf diesen Ebenen nicht materialisieren. Und ohne einen Körper kann er nicht herrschen. Nun regiere wieder ich hier, wie früher.«

Die Gestalt des Wesens war immer noch schattenhaft, aber nicht mehr so formlos wie früher.

Lord Arkyn lächelte. »Es wird eine Weile dauern, bis ich meinen festen Körper wiederhabe. Nur durch schier übermächtige Willenskraft schaffte ich es überhaupt, auf diesen Ebenen zu bleiben. Als ich dich rettete, Corum, wußte ich noch nicht, daß ich dir meine Wiederauferstehung zu verdanken haben würde. Ich danke dir.«

»Und ich danke Euch, mein Lord.«

»Gutes zeugt Gutes, und Böses gebiert Böses.«

Corum lächelte. »Manchmal, mein Lord.«

Arkyn erwiderte sein Lächeln »Ja, du hast recht – manchmal. Doch nun, Sterblicher, muß ich dich auf deine eigene Ebene zurückversetzen.«

»Könnt Ihr mich zu einem bestimmten Ort bringen, Lord?«

»Das kann ich, Prinz im scharlachroten Mantel.«

»Lord Arkyn, Ihr wißt, weshalb ich mich auf diesen Weg begab. Ich suchte nach Überlebenden meines Volkes, der Vadhagh. Sagt mir, leben noch welche?«

Lord Arkyn senkte den Kopf. »Nur du.«

»Und könnt Ihr sie nicht wiedererwecken?«

»Die Vadhagh waren von eh und je die Sterblichen, die ich am meisten liebte, Prinz Corum. Aber ich habe leider nicht die Macht, die Zeit zurückzudrehen. Du bist der letzte der Vadhagh. Und doch –«, Lord Arkyn hielt inne. »Und doch könnte eine Zeit kommen, in der die Vadhagh zurückkehren. Aber ich sehe noch nichts deutlich, und so kann ich nicht mehr sagen.«

Corum seufzte. »Damit muß ich mich wohl zufriedengeben. Doch was ist mit Shool? Und ist Rhalina wohlauf?«

»Bis jetzt, ja. Meine Sinne sind noch nicht scharf genug, alles, was geschieht, zu sehen. Shool ist eine Kreatur des Chaos und deshalb für mich um so schwieriger zu erkennen. Aber ich fürchte, Rhalina befindet sich in Gefahr, obgleich Shools Kräfte mit der Verbannung Ariochs schwanden.«

»Dann bringt mich, ich flehe Euch an, nach Svi-an-Fanla-Brool, denn ich liebe die Markgräfin.«

»Es ist dein Vermögen zu lieben, das dich stark macht, Prinz Corum.«

»Und mein Vermögen zu hassen?«

»Das lenkt deine Stärke.«

Lord Arkyn runzelte die Stirn, als dächte er über etwas nach, das er nicht verstehen konnte.

»Ihr seid betrübt trotz Eures Triumphes, Lord Arkyn? Seid Ihr immerzu von Trauer erfüllt?«

Der Lord der Ordnung blickte Corum beinah erstaunt an. »Ja, ich glaube fast, ich bin noch bedrückt. Ich trauere um die Vadhagh, wie du es tust. Ich trauere um den einen, der von deinem Feind, Glandyth-a-Krae, getötet wurde – jenen, den du den braunen Mann nanntest.«

»Er war ein gütiges Geschöpf. Bringt Glandyth immer noch den Tod über die Lande von Bro-an-Vadhagh?«

»Immer noch. Ich glaube, du wirst ihn wiedertreffen.«

»Dann werde ich ihn töten!«

»Vielleicht.«

Lord Arkyn verschwand. Der Palast verschwand.

Mit dem Schwert in der Hand stand Corum vor der niedrigen Tür, die in Shools Schloß führte. Hinter ihm, im Garten, reckten die Pflanzen ihre Köpfe zum Himmel empor, um den Regen zu trinken, der sanft auf sie herniederfiel.

Eine eigentümliche Ruhe hing über dem finsteren, exzentrisch geformten Bauwerk. Trotzdem betrat Corum es ohne zu zögern und eilte durch die Gänge.

»Rhalina! Rhalina!« Die Mauern verschluckten seine Rufe, so laut er auch schrie.

»Rhalina!«

Er lief endlos durch düstere Hallen und Räume, bis er endlich eine quengelnde Stimme vernahm, die er als die Shools erkannte.

»Shool! Wo seid Ihr?«

»*Prinz* Shool. Ich verlange, bei dem mir gebührenden Titel gerufen zu werden. Warum verhöhnt Ihr mich, nun, da meine Feinde mich geschlagen haben?«

Corum betrat ein Gemach. Er erkannte Shool nur an den Augen. Sie steckten in einem eingeschrumpften verrunzelten und altersschwachen Wesen, das, unfähig, sich auch nur zu bewegen, auf dem Bett lag.

Shool wimmerte. »So kommt auch Ihr, mich zu peinigen, nun, da ich besiegt darniederliege. So ist es, wenn die Mächtigen gefallen sind.«

»Ihr konntet Euch nur erheben, weil Arioch seinen Spaß daran hatte.«

»Schweigt! Ihr könnt mich nicht täuschen. Arioch hat sich an mir gerächt, weil ich mächtiger war denn er.«

»Ihr hattet Euch, ohne es zu ahnen, einen winzigen Bruchteil seiner Macht ausgeborgt. Doch Arioch mußte nun die fünf Ebenen verlassen, Shool. Ihr brachtet die Räder ins Rollen, die seine Verbannung zur Folge hatten. Ihr begehrtet sein Herz, um ihn Euch zum Sklaven zu machen. Ihr sandtet viele Mabden, es zu stehlen. Keinem gelang es. Ihr hättet nicht mich schicken sollen, Shool, denn ich versagte nicht – und das war Euer Untergang.«

Shool schluchzte und wimmerte und schüttelte seinen ausgetrockneten Greisenschädel.

»Wo ist Rhalina, Shool? Wenn ihr etwas zugestoßen –«

»Ihr etwas zugestoßen?« Ein keuchendes Lachen entrang sich den verdorrten Lippen. »Ich habe ihr nichts getan. Sie ist es, die schuld an meinem Elend ist. Laßt sie nicht in meine Nähe. Ich weiß, daß sie mich vergiften will.«

»Wo ist sie?«

»Ich gab Euch Geschenke. Die neue Hand, das neue Auge. Ihr wärt noch ein Krüppel ohne meine Güte. Aber Ihr habt meine Großzügigkeit vergessen. Ihr –«

»Eure ›Geschenke‹, Shool, waren nahe daran, auch meine Seele zu verkrüppeln. Wo ist Rhalina?«

»Versprecht mir, mir nichts anzutun, wenn ich es Euch sage?«

»Warum sollte ich einer so erbärmlichen Kreatur, wie Ihr es seid, etwas antun wollen? Und nun verratet mir, wo sie ist.«

»Am Ende dieses Ganges führt eine Treppe nach oben zu einem Gemach. Sie hat sich dort eingesperrt. Ich hätte sie zu meiner Frau gemacht, wißt Ihr. Es wäre eine große Ehre für sie gewesen, die Gemahlin eines Gottes zu sein. Eine Sterbliche! Aber sie –«

»So hattet Ihr also vor, mich zu betrügen?«

»Ein Gott tut, was ihm gefällt.«

Corum verließ den Raum. Er rannte den Korridor entlang und die Stufen hoch. Dann hämmerte er mit dem Schwertknauf gegen die Tür.

»Rhalina!«

»So kehrt Eure Kraft also zurück, Shool«, erklang eine müde Stimme aus dem Gemach. »Aber Ihr werdet mich nicht mehr täuschen. Auch nicht, wenn Ihr wieder Corums Gestalt annehmt. Mag er selbst tot sein, ich gebe mich keinem anderen, am allerwenigsten –«

»Rhalina! Ich bin es wirklich! Ich, Corum! Shool hat keine Macht mehr. Der Schwertritter ist aus dieser Ebene verbannt und mit ihm Shools Zauberkraft.«

»Ist das wahr?«

»Öffne die Tür, Rhalina!«

Vorsichtig schob sie den Riegel zurück. Dann stand sie vor ihm. Sie sah erschöpft aus. Aber sie war schön wie eh und je. Sie blickte forschend in Corums Augen, dann überzog eine Röte der Erleichterung ihre Wangen, die Wärme der Liebe. Überwältigt verließen sie ihre Sinne.

Corum trug sie die Stiegen hinunter und den Korridor entlang. Vor Shools Gemach blieb er stehen.

Der ehemalige Zauberer war verschwunden.

Einen Trick befürchtend, rannte Corum zum Haupteingang.

So schnell ihn seine altersschwachen Beine trugen, eilte Shool im Regen über einen Gartenweg, zwischen den sich im Winde wiegenden Pflanzen entlang.

Er warf einen Blick zurück, und als er Corum sah,

begann er vor Angst zu wimmern. Er versuchte, in den Büschen Zuflucht zu finden.

Corum vernahm ein schmatzendes Geräusch. Einen markerschütternden Schrei. Ein Schlurfen.

Corums Magen rebellierte. Shools Pflanzen stärkten sich zum letztenmal.

Wachsam trug er Rhalina den Weg entlang und befreite sich von den Reben und Blüten, die versuchten, ihn zu halten und zu küssen. Schließlich erreichte er den Strand.

Ein Boot lag halb im Wasser. Eine kleine Jolle, die sie mit viel Glück zurück zur Burg Moidel bringen würde

Die See kräuselte sich leicht unter dem grauen Regen. Am Horizont begann der Himmel hell zu werden.

Corum legte Rhalina sanft in das Boot und setzte das Segel.

Stunden später wachte sie kurz auf. Sie blickte zu ihm empor, lächelte und schlief wieder ein.

Noch ehe die Nacht hereinbrach und das Boot ruhig durch das Wasser schnitt, kam sie und setzte sich neben ihn. Er legte seinen roten Mantel um ihre Schultern, aber er schwieg.

Als der Mond aufstieg, legte sie ihre Arme um seinen Hals und küßte ihn auf die Wange.

»Ich hatte schon nicht mehr gehofft –«, begann sie, aber dann erstickten die Tränen ihre Stimme, und er drückte sie tröstend an sich.

»Corum«, fragte sie schließlich, »wie kommt es, daß nun doch alles gut geworden ist?

Da begann er ihr zu erzählen. Er berichtete von den Ragha-da-Kheta, von dem Zauberdrachen, vom Flammenland, von Arioch und Arkyn

Er erzählte ihr alles – fast alles

Er verschwieg ihr, wie er – oder vielmehr die Hand

Kwlls – König Temgol-Lep, der ihn vergiften wollte, erwürgt hatte. Und er verschwieg ihr, wie ihr Landsmann Hanafax umgekommen war. Hanafax, der ihm nur helfen wollte.

Als er geendet hatte, blickte sie ihn glücklich seufzend an.

»Dann haben wir nun endlich Frieden.«

»Frieden. Ja, eine Weile, wenn uns das Glück hold ist.«

Die Sonne erhob sich am Horizont. Nach ihrem Stand richtete er den Kurs aus.

»Du wirst mich nun nicht mehr verlassen, nicht wahr? Die Ordnung herrscht wieder und –«

»Ordnung herrscht nur auf dieser Ebene. Die Mächte des Chaos werden nicht sehr erfreut sein, wenn sie erfahren, was hier geschehen ist. Mit seinen letzten Worten warnte mich Arioch, daß ich den Fluch der Schwertherrscher auf mich geladen habe. Und Lord Arkyn weiß, daß noch viel, viel mehr getan werden muß, ehe die Ordnung wieder festen Fuß auf allen fünfzehn Ebenen gefaßt hat. Auch von Glandyth-a-Krae werden wir wieder hören.«

»Willst du dich immer noch an ihm rächen?«

»Das ist vorbei. Er war nichts weiter als ein Instrument Ariochs. Aber er wird seinen Haß auf mich nicht vergessen, Rhalina.«

Die Sonne stieg höher über einen wolkenlosen blauen Himmel. Eine warme Brise kam auf.

»Werden wir denn gar keinen Frieden mehr haben, Corum?«

»Ein wenig wohl, glaube ich. Aber er wird nicht viel mehr als eine Kampfpause sein, Rhalina. Laß sie uns nutzen. Soviel haben wir jedenfalls gewonnen.«

»Ja.« Ihre Stimme klang fröhlicher. »Und Frieden und Liebe, die man sich erkämpfen muß, schätzt man mehr, als wenn sie einem in den Schoß fallen.

Er schloß sie in seine Arme.

Die Sonne stand nun hoch am Himmel. Ihre Strahlen brannten auf eine wie Juwelen glitzernde Hand und auf ein wie ein Edelstein funkelndes Auge herab und ließ sie noch heller gleißen.

Aber Rhalina sah es nicht, denn sie schlief in Corums Armen.

Burg Moidel kam in Sicht. Die sanfte blaue See wusch gegen die grünen Hügel von Moidelsberg, und die Sonne umschmeichelte die weißen Mauern der Burg. Es war die Zeit der Flut, und Wasser bedeckte die Landbrücke.

Corum blickte zärtlich auf Rhalinas schlafendes Gesicht hinab. Er lächelte und strich sanft über ihr Haar.

Er sah die Wälder auf dem Festland. Keine Gefahr drohte von dort.

Er schaute hinauf in den wolkenlosen Himmel.

Er hoffte, daß es eine lange Pause des Friedens würde.

HIER ENDET DER ERSTE BAND
DES BUCHES CORUM

Zweiter Band

DIE KÖNIGIN DES CHAOS

ERSTES BUCH

In dem berichtet wird, wie Prinz Corum einen Poeten kennenlernt, eine Prophezeiung vernimmt und eine Reise plant

1 Der verschmähte Fang des watenden Gottes.

Der Sommerhimmel wölbte sich blaßblau über das tiefere Blau der See, über das leuchtende Grün der Wälder des Festlands, den grasbewachsenen Fels des Moidelbergs und die weißen Mauern der Burg, die sich auf seinem Gipfel erhob. Prinz Corum im scharlachroten Mantel, der Letzte der Vadhagh, war von inniger Liebe zu der Mabden-Frau, der Markgräfin Rhalina von Allomglyl, erfüllt.

Corum Jhaelen Irseis rechtes Auge war von einem mit dunklen Juwelen geschmückten Schild bedeckt, so daß es dem Facettenauge eines Insekts ähnelte. Sein linkes Auge, das ihm seit Geburt eigene, war groß und mandelförmig mit gelber Pupille und purpurfarbener Iris, ein unverkennbares Merkmal der Vadhagh. Sein Schädel war schmal und lang mit leicht spitz zulaufendem Kinn. Auch seine Ohren waren spitz, sie hatten keine Läppchen und lagen eng am Kopf an. Sein Haar war seidig und feiner als das jedes Mabden-Mädchens. Sein Mund war breit mit vollen Lippen, und seine rosige Haut goldgesprenkelt. Er hätte gut ausgesehen, wäre nicht das fremdartige, schildbedeckte rechte Auge gewesen und der grimmige Zug um seine Lippen. Und da war auch noch die linke Hand, die nicht zu seinem Körper paßte. Sie wurde sichtbar, wenn sie aus dem weiten Ärmel seines scharlachroten Mantels hervorkam, um den Schwertknauf zu umklammern.

Diese linke Hand hatte sechs Finger und schien in einem juwelenbedeckten Handschuh zu stecken. Doch das war eine Täuschung. Die »Juwelen« waren die eigentliche, schuppenartige Haut. Die Hand besaß ein unberechenbares Eigenleben. Sie hatte das Herz des Schwertritters – des Herzogs Arioch vom Chaos – zerdrückt und dadurch Arkyn, dem Lord der Ordnung, die Rückkehr ermöglicht.

Corums ganzes Wesen schien nach Vergeltung zu schreien. Er hatte geschworen, seine auf so schmähliche Weise ums Leben gekommene Familie zu rächen, indem er ihren Mörder tötete – den Grafen Glandyth-a-Krae, Untertan des Königs Lyr-a-Brode von Kalenwyr, welcher über den Süden und Osten des Kontinents herrscht, der einst das Reich der Vadhagh gewesen war. Auch hatte Corum sich den Mächten der Ordnung und dem Kampf gegen das Chaos verschrieben, dessen Diener Lyr und sein Volk waren. Diese Verpflichtung, die ihn erfüllte und über sich hinauswachsen ließ, lastete schwer auf ihm. Auch der Gedanke an die Macht seiner fremdartigen Hand und des nicht weniger fremdartigen Auges trug nicht dazu bei, ihm das Herz leichter werden zu lassen.

Die Markgräfin Rhalina war fraulich und von großer Schönheit. Ihr sanftes Gesicht umschmeichelten dicke schwarze Zöpfe. Sie hatte große dunkle Augen und zärtliche rote Lippen. Auch ihr Herz war schwer, wenn sie an die unheimlichen Geschenke des Zauberers Shool dachte. Aber Rhalina vermied es, diesen Gedanken nachzuhängen, so wie sie es sich seinerzeit nicht gestattet hatte, sich von der Trauer um ihren Gatten, den Markgrafen, lenken zu lassen, als er Schiffbruch erlitt, unterwegs nach Lywm-an-Esh, dem Land, dessen Untertan er war und das langsam, aber stetig von der See verschlungen wurde.

Das Lachen fiel ihr leichter als Corum. Sie war sein Trost. Einst war auch er frohmütig und unbeschwert gewesen. Er hatte gern und oft gelacht, und er dachte mit Wehmut an jene Zeit zurück. Doch diese Erinnerung beschwor auch andere Bilder herauf – die seiner Angehörigen, die tot, verstümmelt und entehrt auf dem Rasen vor Burg Erorn lagen, während die Flammen sein Zuhause verzehrten und Glandyth seine mit Vadhagh-Blut gefärbte Waffe schwang. Diese grauenhaften Bilder waren stärker als jegliche Erinnerung an sein früheres, friedvolles Leben. Immer wieder drängten sie sich vor sein geistiges Auge, ließen ihn nicht vergessen und weckten den Rachedurst immer aufs neue. Sie quälten ihn, diese Bilder des Feuers, des Fleisches, der Angst; Bilder der barbarischen Streitwagen aus Messing, Eisen und Gold, die von struppigen Pferden gezogen wurden, vollbepackt mit Denledhyssi. Jene Krieger in geraubten Vadhagh-Rüstungen, die ihre häßlichen Münder zum Triumphgebrüll aufrissen, als die alten Mauern von Burg Erorn einstürzten und Corum lernte, was Haß und Grauen waren.

Glandyths brutale Züge schoben sich in seinen Alpträumen vor die schreckverzerrten toten Gesichter seiner Eltern und Schwestern, und oft wachte er mitten in der Nacht von seinen eigenen Schreien auf.

Dann vermochte nur Rhalina ihn zu beruhigen, indem sie zärtlich sein gemartertes Gesicht streichelte und seinen zitternden Körper fest an sich drückte.

Und doch gab es während jener Frühsommertage auch Stunden des Friedens. Sie ritten Seite an Seite durch die Wälder des Festlands, ohne Überfälle der Ponystämme befürchten zu müssen, die das von Shool gesandte Schiff in der Nacht ihres Angriffs vertrieben hatte. Es war ein Schiff aus der Tiefe des Meeres gewesen, bemannt mit Toten unter dem Befehl des ertrunkenen Markgrafen, Rhalinas Gemahl, das die Barbaren in panische Flucht getrieben hatte.

Die Wälder waren voll grazilen Lebens, voll sanften Getiers, bunter Blumen und berauschender Düfte. Und obgleich es ihnen nicht völlig gelang, ihn zu heilen, wirkten sie doch lindernd auf die Wunden in Corums Seele. Sie boten ihm einen Ausgleich zum Kampf und Tod und den schrecklichen überirdischen Mächten, denen er begegnet war. Und sie zeigten ihm, daß es Dinge gab im Universum, die friedlich und sinnvoll und schön waren, und daß die Ordnung mehr als eine sterile Gesetzmäßigkeit war, sondern sich bemühte, in allen fünfzehn Ebenen eine Harmonie zu schaffen, die es allen Dingen gestattete, in ihrer Vielfältigkeit nebeneinander zu existieren. Die Ordnung erlaubte eine Umwelt, die den Nährboden für die menschlichen Tugenden darstellte.

Aber Corum wußte, solange Glandyth lebte und alles, wofür er stand, war die Ordnung ständiger Gefahr ausgesetzt. Und Angst, dieses nimmersatte Ungeheuer, würde alle Tugenden verschlingen.

Während sie eines herrlichen Sommertages durch die Wälder ritten, ließ Corum seine ungleichen Augen schweifen. »Glandyth muß sterben«, sagte er unvermittelt zu Rhalina.

Sie nickte, aber sie erkundigte sich nicht nach dem Grund dieser plötzlichen Erklärung, denn schon oft zuvor hatte sie solche Worte in ähnlichen Situationen von ihm gehört. Sie zog am Zügel und hielt ihre fuchsrote Stute auf einer Lichtung an, auf der Lupinen und Heckenrosen blühten. Sie stieg aus dem Sattel und hob den langen Rock aus besticktem Samt, als sie anmutig durch das kniehohe Gras schritt. Da hielt auch Corum seinen lohfarbenen Hengst an. Seine Augen folgten ihr. Er freute sich ihrer Freude, wie sie es erwartet hatte. Es war angenehm kühl auf der Lichtung. Die Ulmen und Eichen und Espen um sie herum gaben ihnen Schutz und Schatten und waren Nistplatz für Eichhörnchen und Vögel.

»O Corum, wenn wir nur für immer hierbleiben könnten!« seufzte sie. »Wir würden uns ein kleines Haus bauen und einen Garten anlegen –«

Er versuchte zu lächeln. »Aber wir können es nicht«, erwiderte er. »Uns ist nur eine kurze Ruhepause vergönnt. Shool hatte recht. Indem ich die Natur des Konfliktes anerkannte, nahm ich ein bestimmtes Geschick auf mich. Selbst wenn ich meine eigenen Racheschwüre vergäße, wenn ich mich nicht verpflichtet hätte, für die Ordnung gegen das Chaos zu kämpfen, würde Glandyth doch zurückkehren, und wir müßten diesen Frieden gegen ihn verteidigen. Und Glandyth ist stärker als diese sanften Wälder, Rhalina. Er könnte sie über Nacht zerstören. Wie ich ihn kenne, würde ihm diese Vernichtung eine Genugtuung sein, wenn er wüßte, wie sehr wir sie lieben.«

Sie kniete sich ins Gras und roch an den Rosen. »Muß es denn immer so sein? Muß Haß immer neuen Haß zeugen und die Liebe so verwundbar sein?«

»Wenn Lord Arkyn recht hat, wird es nicht so bleiben. Aber jene, die wollen, daß die Liebe mächtig wird, müssen bereit sein, dafür zu kämpfen und sogar zu sterben.«

Sie hob abrupt den Kopf und blickte ihn mit schreckerfüllten Augen an.

Er zuckte die Achseln. »So ist es eben«, murmelte er.

Langsam stand sie auf und kehrte zu ihrem Pferd zurück. Sie hob ihren Fuß in den Steigbügel und schwang sich in den Sattel. Er rührte sich nicht und starrte auf die Blumen und das Gras, auf dem sie geschritten war, und das sich nach und nach wieder aufrichtete.

»So ist es«, wiederholte er. Er seufzte und lenkte sein Pferd der Küste zu.

»Es ist besser, wenn wir jetzt heimkehren, ehe das Wasser uns den Rückweg abschneidet.«

Wenig später hatten sie den Waldrand erreicht und trabten auf die Küste zu. Die blaue See spülte über den weißen Sand, und in der Ferne sahen sie die natürliche Landbrücke, die durch das Küstenwasser zu dem Fels führte, auf dem Burg Moidel stand – der entlegenste und vergessene Außenposten des Landes Lywm-an-Esh. Vor langer Zeit ragte Burg Moidel über die hohen Bäume des Waldes auf dem Festland von Lywm-an-Esh hinaus, aber längst hatte das Meer sich dort breitgemacht.

Seevögel kreischten und stiegen zum wolkenlosen Himmel empor. Manchmal tauchten sie plötzlich und kehrten mit einem Fisch im Schnabel zu ihren Nestern im Felsgewirr des Moidelbergs zurück. Die Hufe der Rosse sanken im weichen Küstensand ein, als sie sich der Landbrücke näherten, die schon bald von der Flut überschwemmt werden würde.

Plötzlich hielt Corum an und starrte weit aufs Meer hinaus.

»Was gibt es denn?« fragte Rhalina erstaunt.

»Ich bin mir nicht sicher. Vielleicht ist es nur eine große Woge. Aber die Zeit der Stürme und hohen See ist noch fern.« Er deutete mit dem Finger. »Dort. Siehst du es?«

»Es sieht aus wie Nebel, der da draußen über dem Wasser hängt. Es läßt sich nicht genau erkennen –« Sie zog überrascht die Luft ein. »Es ist eine Welle!«

Nun begann auch das Wasser am Strand zu schaukeln, als die Vorboten der Welle sich näherten.

»Als ob ein gewaltiges Schiff mit großer Geschwindigkeit durch das Wasser schneidet. Es kommt mir so bekannt vor –«

Er überschattete die Augen mit seiner Hand. »Siehst du es auch – ein Schatten – der Schatten eines Mannes im Nebel?«

»Ja. Er ist von immenser Größe. Vielleicht ist es nur eine Täuschung, die das Licht hervorruft?«

»Nein«, wehrte er ab. »Ich habe diese schattenhafte Gestalt schon einmal gesehen. Es ist der Riese – der gigantische Fischer, welcher der Grund meines Schiffbruchs an der Küste von Khoolacrah war!«

»Der Watende Gott«, murmelte sie. »Ich habe schon von ihm gehört. Man nennt ihn auch den Fischer. Sein Erscheinen soll Unheil ankündigen.«

»Mir hat es jedenfalls genügt, als ich ihn das letzte Mal sah.« Corum grinste.

Nun rollten hohe Wogen an den Strand. Sie mußten sich ein wenig zurückziehen.

»Er kommt näher!« rief Corum. »Und der Nebel mit ihm.«

Das stimmte. Mit dem gigantischen Fischer näherte sich auch der Nebel. Nun vermochten sie die Umrisse der Gestalt genauer zu erkennen. Ihre Schultern waren nach vom gebeugt. Sie zog rückwärtsschreitend ein riesiges Netz durch das Wasser.

»Was er wohl fängt?« flüsterte Corum. »Wale? Seeungeheuer?«

»Alles«, erwiderte sie. »Alles, auf und unter der See.« Sie zitterte.

Die Landbrücke wurde nun von der künstlichen Flut völlig überspült. Es hatte wenig Sinn für sie, ihren Weg fortzusetzen. Sie mußten sich sogar bis an den Waldrand zurückziehen, denn die haushohen Wogen brandeten mit unvorstellbarer Heftigkeit gegen die Küste.

Ein Streifen des Nebels erreichte sie. Es wurde plötzlich kalt, obwohl die Sonne warm vom Himmel strahlte. Corum zog den weiten Mantel fester um sich. Ein regelmäßiges Platschen erklang, als der Riese weiterwatete. Irgendwie empfand Corum Mitleid mit ihm – er schien in alle Ewigkeiten dazu verdammt, seine Netze durch die Meere dieser Welt zu ziehen und nie zu finden, wonach er suchte.

»Man sagt, er fischt nach seiner Seele«, murmelte Rhalina.

Die Silhouette richtete sich auf und zerrte das Netz heran. Eine Unzahl seltsamer Wesen zappelte darin – manche, wie Corum ihresgleichen noch nie gesehen hatte. Nun begutachtete der watende Gott seinen Fang, dann schüttelte er das Netz aus und ließ alles ins Wasser zurückfallen. Schwerfällig ging er weiter, das Netz hinter sich herziehend, nach etwas fischend, das er nie finden würde.

Der Nebel hob sich von der Küste und folgte dem Riesen meereinwärts.

Der Wellengang wurde schwächer, und die See lag wieder friedlich vor ihnen, als der Riese am Horizont verschwunden war.

Corums Hengst schnaubte und stampfte im nassen Sand. Der Prinz im scharlachroten Mantel blickte Rhalina an. Ihre Augen starrten blicklos zum Horizont. Ihre Züge wirkten wie eingefroren.

»Die Gefahr ist vorbei«, bemühte er sich, sie zu beruhigen.

»Es gab keine Gefahr«, erwiderte sie tonlos. »Der watende Gott kündigt sie lediglich an.«

»Das ist doch nur Legende.«

Ihre Augen verrieten wieder Leben, als sie sich ihm zuwandte. »Haben denn nicht gerade wir jeden Grund, an die Wahrheit von Legenden zu glauben?«

Er nickte. »Wir müssen uns beeilen, wenn wir die Burg noch vor der Flut erreichen wollen.«

Ihre Pferde trabten auf Moidelberg zu. Als die See an beiden Seiten der Felsenbrücke merklich stieg, brachen die Rosse gleichzeitig in Galopp aus.

Schließlich erreichten sie das Burgtor, das vor ihnen aufschwang. Rhalinas Gefolgsleute erwarteten sie bereits.

»Habt Ihr den Riesen gesehen, Lady Markgräfin?« empfing Beldan, der jüngste ihres Gefolges, sie aufgeregt. »Ich dachte schon, es sei ein Verbündeter von Glandyth.«

Das sonst so fröhliche, offene Gesicht des Jünglings wirkte sorgenvoll. »Was mag ihn vertrieben haben?«

»Nichts«, erwiderte Rhalina und stieg vom Pferd. »Es war der Watende Gott. Er fischte nur wie üblich.«

Beldans Gesicht erhellte sich. Wie alle anderen Bewohner von Burg Moidel befürchtete er ständig einen neuen Angriff. Und früher oder später würde Glandyth auch tatsächlich zurückkehren und mächtigere Verbündete mit sich bringen als die abergläubischen und leicht einzuschüchternden Ponystämme. Man hatte hier auf der Burg erfahren, daß der Mabden-Graf nach seinem mißlungenen Angriff rasend vor Wut zum Hof von Kalenwyr geeilt war und König Lyr-a-Brode um eine ganze Armee gebeten hatte. Das nächste Mal würde er vielleicht auch Schiffe zur Unterstützung mit sich bringen, die die Burg vom Meer aus angreifen konnten, während er sie von der Landseite bestürmte. Gegen eine derart geballte Macht würde die Burg mit ihren wenigen Mannen sich nicht halten können.

Die Sonne versank am Horizont, als sie im großen Saal zu Abend aßen. Corum, Rhalina und Beldan saßen zusammen an der Tafel, aber Corum sprach mehr dem Wein als den Speisen zu. Düstere Gedanken quälten ihn: eine Vorahnung von schrecklichem Unheil. Seine Stimmung färbte auf die beiden anderen ab, die sich deshalb auch gar nicht bemühten, ein Gespräch in Gang zu bringen.

So vergingen zwei Stunden, und immer noch goß Corum Becher um Becher des Weins in sich hinein.

Da nahm Beldan plötzlich den Kopf hoch und lauschte. Auch Rhalina schien etwas zu vernehmen und hob die Brauen.

Nur Corum regte sich nicht.

Es hörte sich an wie ein Pochen – ein sehr hartnäckiges Klopfen. Dann erklangen Stimmen, und das Pochen verstummte. Doch als die Stimmen schwiegen, begann das Klopfen erneut.

Beldan schob den Stuhl zurück. »Ich sehe nach –«

Rhalina warf einen Blick auf Corum. »Ich bleibe.«

Corums Haupt war gebeugt, während er blicklos in den Becher starrte. Hin und wieder betastete er den Schild über seinem fremdartigen Auge, und hin und wieder betrachtete er die Hand Kwlls, spannte die sechs Finger, krümmte sie wieder zusammen und grübelte.

Rhalina lauschte. Sie hörte Beldans Stimme. Wieder erstarb das Klopfen. Erneut erklangen Stimmen. Dann herrschte Schweigen.

Beldan kam zurück in den Saal.

»Ein Fremder begehrt Einlaß«, berichtete er.

»Wo kommt er her?«

»Er sagt, er sei ein Reisender, der hierher verschlagen wurde und der Zuflucht sucht.«

»Spricht er die Wahrheit?«

»Ich kann es nicht sagen.«

Corum blickte auf. »Ein Fremder?«

»Ja«, erwiderte Beldan. »Ein Spion Glandyths, vielleicht.«

Corum erhob sich schwankend. »Ich gehe zum Tor.«

Rhalina berührte seinen Arm. »Bist du denn –«

»Natürlich.« Er fuhr sich mit der Hand über das Gesicht und atmete tief. Mit großen Schritten durchquerte er den Saal. Rhalina und Beldan folgten ihm.

Sie näherten sich dem Tor. Wieder pochte es.

»Wer seid Ihr?« rief Corum. »Was ist Euer Begehr?«

»Ich bin Jhary-a-Conel, ein Wanderer. Ich kam ohne eigenes Dazutun hierher, aber ich wäre Euch für eine Stärkung und ein Plätzchen verbunden, wo ich mich ausruhen könnte.«

»Seid Ihr von Lywm-an-Esh?« erkundigte sich Rhalina.

»Ich bin von überall- und nirgendher. Ich bin alle Menschen und niemand. Doch eines bin ich sicherlich nicht – Euer Feind. Ich bin naß und zittere vor Kälte.«

»Wie habt Ihr Moidel erreicht, da doch der Weg überflutet ist?« verlangte Beldan zu wissen. Er drehte sich zu Corum um. »Das fragte ich ihn bereits zuvor, doch er antwortete nicht.«

Der Fremde hinter dem Tor murmelte etwas Unverständliches.

»Was sagtet Ihr?« erkundigte sich Corum.

»Verdammt!« fluchte der Wanderer. »Das ist etwas, das kein Mann gern zugibt. Ich war Teil eines Fischfangs! In einem Netz wurde ich hierher geschleppt und dann einfach ins Wasser gekippt, ganz in der Nähe. Dann schwamm ich zu Eurer verdammten Burg, kletterte den verdammten Fels hoch, pochte an Eurer verdammten Tür. Und nun stehe ich triefnaß davor und muß verdammten Narren Rede und Antwort stehen. Habt Ihr auf Moidel denn noch nichts von Gastfreundschaft gehört?«

Verwirrt starrten die drei sich an. Sie waren nun ziemlich überzeugt davon, daß der Fremde kein Spion des Grafen Glandyth war.

Rhalina gab ihren Kriegern ein Zeichen, das große Tor zu öffnen. Die Flügel knarrten, und als sie sich einen Spalt geöffnet hatten, drängte sich ein schlanker, ein wenig ramponiert aussehender Gesell herein. Er trug ungewöhnliche Kleidung, hatte einen Sack auf seinem Rücken und auf dem Kopf einen Hut, dessen breite Krempe wasserschwer in sein Gesicht hing. Sein langes Haar war triefend naß, wie er selbst und alles an ihm. Er war verhältnismäßig jung und verhältnismäßig gutaussehend. Trotz seiner mißlichen Lage überzog doch ein Zug von amüsierter Geringschätzung sein Intelligenz verratendes Gesicht.

Er verbeugte sich vor Rhalina. »Jhary-a-Conel zu Euren Diensten, Lady.«

»Wieso tragt Ihr noch Hut und Sack, wenn Ihr so weit schwimmen mußtet, wie Ihr behauptet?« erkundigte Beldan sich mißtrauisch.

Jhary-a-Conel grinste. »Nie verliere ich meinen Hut und nur selten meinen Sack. Ein Wanderer wie ich lernt es, seinen geringen Besitz festzuhalten – gleichgültig, welches Mißgeschick ihn befällt.«

»Und Ihr seid wirklich nicht mehr als – ein Wanderer?« fragte Corum.

Unwillig erwiderte Jhary-a-Conel: »Eure Gastlichkeit erinnert mich an eine ähnliche, die mir vor einiger Zeit an einem Ort namens Kalenwyr zuteil wurde –«

»Ihr kommt von Kalenwyr?«

»Ich kam *durch* Kalenwyr. Aber ich sehe, nicht einmal dieser Vergleich beschämt Euch –«

»Es tut mir leid«, entschuldigte sich Rhalina. »Kommt. Es stehen noch Speisen auf der Tafel. Meine Diener werden Euch frische Kleidung und Handtücher bringen.«

Sie kehrten zum großen Saal zurück. Jhary-a-Conel blickte sich um. »Gemütlich«, murmelte er.

Sie setzten sich wieder auf ihre Stühle und beobachteten ihn, als er sich gemächlich die nassen Sachen vom Leib streifte und schließlich nackt vor ihnen stand. Er kratzte seine Nase. Ein Bediensteter brachte ihm Handtücher. Er begann sich trockenzureiben. Die frischen Gewänder verweigerte er jedoch. Statt dessen hüllte er sich in eines der großen Tücher, setzte sich an die Tafel und bediente sich. »Ich werde meine eigenen Sachen wieder anziehen, wenn sie trocken sind«, erklärte er den Dienern. »Ich bin etwas eigen, was meine Kleidung betrifft. Ich habe da einen besonderen Geschmack. Paßt auf, wenn ihr meinen Hut trocknet, daß die Krempe richtig gebogen ist.«

Als er mit seinen Anweisungen fertig war, wandte er sich mit verschmitztem Lächeln an Corum.

»Und was ist Euer Name in dieser Zeit und an diesem Ort, mein Freund?«

Corum furchte die Stirn. »Ich verstehe Euch nicht.«

»Ich erkundigte mich lediglich nach Eurem Namen. Eurer ändert sich nicht weniger oft als meiner. Der Unterschied ist nur, daß Ihr es nicht wißt und ich doch – oder umgekehrt. Und manchmal sind wir ein und derselbe – oder zumindest ein Aspekt davon.«

Corum schüttelte den Kopf. Der Mann redete irr.

»Beispielsweise«, fuhr Jhary fort, während er sich herzhaft über eine Schüssel mit delikater Fischspeise hermachte, »nannte man mich zu einer anderen Zeit Timeras und Shalenak. Manchmal bin ich der Held, doch öfter der Gefährte eines Helden.«

»Euere Worte ergeben wenig Sinn«, tadelte Rhalina sanft. »Ich glaube nicht, daß Prinz Corum sie versteht. Genausowenig wie wir.«

Jhary grinste. »Ah, dann ist dies also eine Zeit, in welcher der Held sich nur eines Lebens bewußt ist. Und es ist auch besser so, deucht mir, denn es ist deroft nicht gerade angenehm, sich zu vieler Inkarnationen zu entsinnen, vor allem, wenn sie übereinander existieren. Ich erkenne Prinz Corum als alten Freund, aber in dieser Existenz bin ich ihm offenbar noch fremd. Es ändert nichts.« Er schob die leere Schüssel zur Seite, drapierte das Handtuch fester um sich und lehnte sich zurück.

»So gebt Ihr uns also Rätsel auf, ohne sie zu erklären«, murrte Beldan.

»Oh, ich werde sie erklären«, besänftigte Jhary ihn. »Es ist nicht meine Art, Euch zum Narren zu halten. Seid versichert, ich bin ein Wanderer ungewöhnlicher Art. Es scheint mein Schicksal zu sein, für immer durch Zeit und Raum zu ziehen. Ich erinnere mich nicht, je geboren zu sein, und ich erwarte nicht, je zu sterben – jedenfalls nicht, was man normalerweise darunter versteht. Manchmal nennt man mich Timeras, und wenn Ihr mich fragt, woher ich bin, würde Tanelorn vielleicht noch am nächsten kommen.«

»Aber Tanelorn ist nur eine Legende«, brummte Beldan.

»Alle Orte sind irgendwo Legende«, entgegnete der Wanderer. »Aber Tanelorn ist beständiger als die meisten. Es kann von allen Orten des Multiversums aus gefunden werden.«

»Habt Ihr keinen Stand?« erkundigte sich Corum.

»Nun, ich habe mich mit Poesie und Schauspielen beschäftigt, aber mein Stand, wie Ihr es nennt, ist wohl hauptsächlich, Begleiter von Helden zu sein. Ich bin viel herumgekommen – unter verschiedenen Namen, natürlich, und mit unterschiedlichem Habitus – mit Rackhir, dem roten Bogenschützen, zog ich nach Xerlerenes, wo die Schiffe der Segler über den Himmel ziehen wie Eure durch die See – mit Elric von Melnibone zum Hofe des toten Gottes – mit Asquiol von Pompeji in die Tiefen des Multiversums, wo die Entfernung nicht mit Meilen, sondern Galaxien gemessen wird – mit Hawkmoon von Köln nach Londra, wo das Volk edelsteingeschmückte Tiermasken trägt. Ich habe die Zukunft gesehen und die Vergangenheit. Ich kenne eine Vielzahl planetarer Systeme, und ich habe gelernt, daß es keine Zeit gibt und der Raum nur Illusion ist.«

»Und die Götter?« fragte Corum mit angespannter Stimme.

»Ich glaube, wir selbst schaffen sie, aber ich bin mir dessen nicht sicher. Wo primitive Völker barbarische Götter erfinden, um den Donner zu erklären, kreieren sophistische Wesen komplexere Götter, um ihre tiefsinnigen Abstrakta, die ihnen Rätsel aufgeben, zu erklären. Wie oft schon stellte sich heraus, daß Götter nicht ohne Sterbliche und Sterbliche nicht ohne Götter auskommen können.«

»Und doch hat es den Anschein«, gab Corum zu

bedenken, »daß Götter unser Geschick zu bestimmen vermögen.«

»Und wir das ihre. Ist es nicht so?«

»Ist Eure eigene Erfahrung nicht Beweis?« flüsterte Beldan Corum ins Ohr.

»So könnt Ihr also, wie es Euch beliebt, durch die fünfzehn Ebenen ziehen«, murmelte Corum. »So wie einige Vadhagh dazu imstande waren.«

Jhary lächelte. »Ich kann nirgendwohin ›wie es mir beliebt‹ ziehen – oder zumindest nur zu wenigen Orten. Manchmal gelingt es mir, wenn ich es so wünsche, Tanelorn zu erreichen. Aber gewöhnlich verschlägt es mich von einer Existenz in die andere, sinnlos, scheinbar ohne Plan. Meistens muß ich, wo immer ich mich auch befinde, die Rolle des Heros-Gefährten spielen, den Freund des Helden. Darum erkannte ich Euch auch sofort als das, was Ihr seid – der Ewige Held. Ich kannte ihn in vielerlei Gestalt, doch er mich nicht immer. Vielleicht erkannte auch ich ihn nicht immer, in den Zeiten, da ich ohne Erinnerung war.«

»Und seid Ihr nie selbst der Held?«

»Oh, manche würden mich gewiß als heroisch bezeichnen. Vielleicht war ich auch zu mancher Zeit eine Art Held. Und wiederum ist es so manches Mal mein Geschick, ein Aspekt eines bestimmten Helden zu sein – ein Teil eines anderen oder auch einer ganzen Gruppe, die zusammen ein einziger großer Held sind. Der Stoff unserer Identitäten wird von unberechenbaren Winden durch die Multiversen geweht. Ich habe sogar von einer Theorie gehört, daß alle Sterblichen Aspekte einer einzigen kosmischen Identität darstellen; daß alle Existenzebenen, alle Zeitalter, die kommen und gehen, alle Erscheinungen des Raums, die erstehen und erlöschen, lediglich die Vorstellungen dieses kosmischen Bewußtseins sind, die verschiedenen Teile seiner Persönlichkeit.

Aber diese Überlegungen führen zu nichts – oder zu weit, doch keinesfalls tragen sie zum Verständnis unserer gegenwärtigen Probleme bei.«

»Da kann ich Euch nur zustimmen«, brummte Corum mit Überzeugung. »Doch könnt Ihr mir nun etwas genauer erklären, wie Ihr zur Burg Moidel gelangtet?«

»Das werde ich tun, so gut ich es vermag, Freund Corum. Es geschah, daß ich mich an einem unfreundlichen Ort namens Kalenwyr fand. Wie ich dorthin kam, dessen entsinne ich mich nicht so recht, doch an dergleichen habe ich mich gewöhnt. Dieses Kalenwyr – nichts als Granit und Düsternis – war nicht nach meinem Sinn. Ich hatte noch keine Stunde dort zugebracht, als ich dem Volk verdächtig schien. Ich konnte mich nur retten, indem ich über Dächer kletterte, einen Streitwagen stahl und mir an einem nahe gelegenen Fluß ein Boot aneignete, mit dem es mir gelang, der Meute zu entkommen und das Meer zu erreichen. Ich hielt es für sicherer, nicht so bald zu landen, und segelte deshalb die Küste entlang. Ein Nebel näherte sich plötzlich, die See begann zu toben, als spiele ein heftiger Sturm mit ihr. Mit einem Male befand sich mein Boot in einem wirren Gedränge von Fischen, schnappenden Monstren und Kreaturen, die sich kaum beschreiben lassen. Es gelang mir, an den Strängen des gewaltigen Netzes hochzuklettern, in dem ich mit dem Meeresgetier gefangen war, und das mit unvorstellbarer Geschwindigkeit durch die Wogen geschleppt wurde. Ein Wunder, daß ich es schaffte, hin und wieder nach der so dringend benötigten Luft zu schnappen. Schließlich jedoch wurde das Netz hochgehoben und umgestülpt, und wir landeten alle wieder frei im Wasser. Meine ehemaligen Mitgefangenen schwammen ihrer eigenen Wege, und ich fand mich plötzlich ganz allein. Da entdeckte ich diese Insel und Eure Burg. Ein Stück Treibholz half mir hierherzugelangen –«

»Kalenwyr!« murmelte Beldan. »Kam Euch dort der Name Glandyth-a-Krae zu Ohren?«

Jhary legte die Stirn in Falten. »Ein Graf Glandyth wurde in einer der Tavernen erwähnt, mit Bewunderung, dünkt mich. Wie ich verstand, dürfte er ein mächtiger Krieger sein. Die ganze Stadt bereitete sich auf einen Krieg vor. Ich erfuhr jedoch nicht gegen wen oder aus welchem Grund. Sie sprachen jedoch voll Haß von einem Land namens Lywm-an-Esh. Und sie erwarteten Verbündete von jenseits des Meeres.«

»Verbündete? Von den Nhadragh-Inseln vielleicht?« fragte ihn Corum.

»Nein. Wenn ich mich nicht täusche, sprachen sie von Bro-an-Mabden.«

»Der Kontinent im Westen!« stieß Rhalina aus. »Ich wußte nicht einmal, daß dort noch Mabden leben. Aber was bewegt sie, gegen Lywm-an-Esh zu ziehen?«

»Vielleicht derselbe Ungeist, der sie meine Rasse ausrotten ließ«, vermutete Corum. »Mißgunst und Haß auf den Frieden. Dein Volk nahm, wie du selbst erzähltest, viele Vadhagh-Gewohnheiten an. Das muß die Feindschaft Glandyths und seiner Art herausfordern.«

»Du magst recht haben«, murmelte Rhalina. »Aber das bedeutet dann ja, daß wir uns nicht allein in Gefahr befinden. Lywm-an-Esh hat seit hundert und mehr Jahren keinen Krieg mehr geführt. Es ist auf einen Angriff sicherlich nicht vorbereitet.«

Ein Diener brachte Jharys Kleidung. Sie war nun sauber und trocken. Er dankte und begann sie überzustreifen. Sein Hemd war aus strahlendblauer Seide, seine pludrigen Beinkleider vom gleichen grellen Scharlachrot wie Corums Mantel. Er schlang sich eine breite gelbe Schärpe um die Mitte, und darüber schnallte er einen Schwertgürtel, von dem ein Säbel in seiner Scheide hing, und ein langer Dolch. Er schlüpfte in weiche Stiefel, die bis zu seinen Knien reichten, und band sich einen Schal um den Hals.

Seinen dunkelblauen Umhang legte er auf einen Stuhl neben sich, dazu seinen Hut (den er umständlich zurechtbog) und seinen Sack. Er schien zufrieden.

»Vielleicht solltet Ihr mir alles erzählen, was Ihr glaubt, daß ich wissen müßte«, schlug er vor, »damit ich Euch vielleicht eine Hilfe sein kann. Ich habe auf meinen Reisen viel Wissen gesammelt – wenngleich das meiste davon nutzlos ist –«

Corum berichtete ihm von den Schwertherrschern und den fünfzehn Ebenen, vom Kampf zwischen Ordnung und Chaos und den Versuchen, die kosmischen Waagschalen ins Gleichgewicht zu bringen. Jhary-a-Conel hörte ihm zu, und vieles, wovon Corum sprach, schien ihm bekannt zu sein.

Als der Vadhagh geendet hatte, sagte Jhary: »Es steht natürlich fest, daß jedwede Versuche, Lord Arkyn zu finden und um Hilfe zu bitten, in diesem Stadium zwecklos wären. Ariochs Gesetz herrscht immer noch auf diesen fünf Ebenen, und es muß erst völlig unwirksam sein, ehe Arkyn und die Ordnung wieder zu wirklicher Macht kommen können. Es ist das Schicksal der Sterblichen, diese Kämpfe zwischen den Göttern widerzuspiegeln, und zweifellos ist dieser offenbar bevorstehende Krieg zwischen König Lyr-a-Brode und Lywm-an-Esh ein Bild des Kampfes zwischen Ordnung und Chaos auf anderen Ebenen. Siegen jene, die dem Chaos dienen – sind also König Lyr-a-Brodes Armeen siegreich –, dann kann Lord Arkyn leicht seine ohnehin noch unbedeutende Macht hier wieder verlieren, und das Chaos wird triumphieren. Arioch ist durchaus nicht der mächtigste der Schwertherrscher – Xiombarg verfügt auf den von ihr beherrschten Ebenen über gewaltigere Kräfte, und Mabelrode hat noch weit mehr Macht als Xiombarg. Ich würde sagen,

Ihr kennt die echten Manifestationen der Chaos-Herrscher hier überhaupt nicht.«

»Euere Worte sind nicht sehr beruhigend«, murmelte Corum.

»Doch ist es sicher besser, diese Dinge ungetrübt zu sehen«, warf Rhalina ein.

»Können die anderen Schwertherrscher zu König Lyrs Unterstützung eilen?«

»Nicht direkt. Aber durch Boten und Beauftragte ist schon einiges möglich. Wäret Ihr denn interessiert, mehr über Lyrs Pläne zu erfahren?«

»Selbstverständlich«, knurrte Corum. »Aber das ist unmöglich.«

Jhary lächelte. »Ihr werdet noch feststellen, daß es sehr nützlich ist, einen Gefährten von Helden wie mich an Eurer Seite zu haben.« Er bückte sich und griff in seinen Sack.

Zu ihrer Überraschung holte er etwas heraus, das lebendig war.

Die Tatsache, daß es zumindest einen ganzen Tag in diesem Sack zugebracht hatte, schien ihm nichts ausgemacht zu haben. Es öffnete die großen sanften Augen und schnurrte.

Es war eine Katze. Oder zumindest war es eine Art Katze, denn am Rücken wuchsen ihr zwei herrliche schwarze Flügel mit weißen Spitzen. Ansonsten war sie schwarz-weiß gefleckt wie ein ganz normales Kätzchen, mit weißen Pfoten und weißem Schnäuzchen und einem weißen Brustfleck. Sie schien zutraulich und durchaus nicht scheu, und ihres Wertes voll bewußt. Jhary gab ihr von den Speisen auf der Tafel. Sie plusterte ihre Flügel auf und begann hungrig zu fressen.

Rhalina schickte einen Diener um Milch. Als das kleine Fellbündel das Schüsselchen ausgeleckt hatte, setzte es sich auf den Stuhl neben Jhary und begann sich zu putzen, erst das Gesicht, dann die Pfoten, den Rücken, Bauch und Schwanz, zuletzt die Schwingen.

»Noch nie habe ich ein solches Tier gesehen«, murmelte Beldan fasziniert.

»Auch ich habe während meiner gesamten Reisen kein ähnliches mehr getroffen«, versicherte Jhary ihm. »Sie ist eine angenehme Gefährtin und hat mir schon oft geholfen. Manchmal trennen sich unsere Wege, und wir sehen uns ein oder zwei Leben lang nicht, aber wenn wir uns wiedertreffen, erkennt sie mich sofort. Dann bleiben wir zusammen, solange es geht. Ich nenne sie Schnurri. Kein sehr origineller Name, das weiß ich, aber er scheint ihr zu gefallen. Ich glaube, sie wird uns jetzt helfen.«

»Wie vermag sie das denn?« fragte Corum verwundert und betrachtete die geflügelte Katze.

»Nun, sie kann zu König Lyrs Hof fliegen und sich dort umsehen. Dann wird sie zurückkehren und mir berichten.«

»Kann sie denn sprechen?«

»Nur zu mir – und man kann es auch nicht Reden nennen. Möchtet Ihr, daß ich sie nach Kalenwyr schicke?«

Corum war völlig verwirrt. Er versuchte zu lächeln. »Warum nicht?«

»Dann werden Schnurri und ich, mit Eurer Erlaubnis natürlich, zu den Zinnen steigen, und ich werde ihr erklären, was sie tun soll.«

Schweigend sahen die drei Jhary zu, wie er sich den Hut auf dem Kopf zurechtrückte, die Katze auf den Arm hob, sich vor ihnen verbeugte und die Treppe hochstieg, die zum Dach führte.

»Mir ist, als träume ich«, murmelte Beldan, als Jhary verschwunden war.

»So ist es auch«, sagte Corum leise. »Ein neuer Traum beginnt. Laßt uns hoffen, daß wir ihn überleben –«

2 Die Zusammenkunft in Kalenwyr

Die kleine geflügelte Katze eilte ostwärts durch die Nacht und erreichte schließlich das finstere Kalenwyr.

Der Rauch Tausender von Fackeln quoll über der Stadt in den Himmel und schien bemüht, das Licht des Mondes auszulöschen. Die Häuser und Burgen waren kantige Granitblöcke. Nirgends gab es sanfte geschwungene Formen. Über allem kauerte das düstere Schloß des Königs Lyr-a-Brode, um dessen schwarze Zinnen Lichter in unbestimmbaren Farben flackerten. Ein Rollen wie Donnerschlag erfüllte die Nacht darüber, obgleich keine Wolke am dunklen Himmel zog.

Auf dieses Schloß zu flog die kleine Katze. Sie landete auf einem riesigen Turm und faltete die Flügel. Wachsam blickte sie sich um, als überlege sie, wie sie am gefahrlosesten ins Schloßinnere käme.

Das Fell des Tieres sträubte sich, die langen Schnurrbarthaare vibrierten, der Schwanz zuckte nervös hin und her. Die Katze spürte nicht nur die Gegenwart übernatürlicher Wesen und daß Magie im Schloß am Werke war, sondern vor allem die Anwesenheit einer ganz bestimmten Kreatur, die sie mehr haßte als alles andere. Vorsichtig flog sie an der Turmmauer entlang, bis sie zu einem geöffneten kleinen Fenster gelangte. Sie zwängte sich hindurch und befand sich in einem dunklen, runden Raum. Durch eine offenstehende Tür sah sie eine nach unten führende Wendeltreppe. Auf leisen Pfoten sprang sie hinunter. Es gab viele dunkle Winkel, wo sie sich verstecken konnte, denn Schloß Kalenwyr war ein finsterer Ort.

Schließlich kam die Katze zu einem engen, von Fackellicht schwach beleuchteten Gang, durch den Stimmengewirr drang und das Klingen von Waffen und Weinbechern. Das Tier breitete die Schwingen aus und flog hoch zu einem im Dunkeln liegenden Dachbalken, auf dem es entlangspazieren konnte. Der Balken führte durch die Wand und ließ gerade so viel Zwischenraum, daß die Katze hindurchschlüpfen konnte. Sie machte es sich auf dem breiten Träger bequem und blickte hinunter in die riesige Halle, wo eine gewaltige Anzahl von Mabden versammelt war.

Genau in der Mitte der Halle erhob sich ein Block aus unpoliertem Obsidian, der als Podest für einen Thron aus mit quarzdurchzogenem Granit diente. Ein Versuch war unternommen worden, Chimärenköpfe in den Stein zu hauen, aber es war kein Kunstwerk daraus geworden. Die unfertigen Köpfe wirkten drohender und unheimlicher, als wären sie vollendet worden.

Drei Personen befanden sich auf dem Thron. Auf jeder der beiden asymmetrischen Armlehnen hockte eine nackte Dirne mit obszönen Tätowierungen am Körper. Jedes der zwei Mädchen hielt einen Krug, aus dem es den Becher des Mannes nachfüllte, der auf dem Thron saß. Er war ein Riese an Gestalt – mehr als sieben Fuß groß –, mit einer mattglänzenden eisernen Krone auf der verfilzten Mähne. Das Haar war lang und über der Stirn zu dünnen Zöpfen geflochten, die bis zu den Brauen reichten. Es war von gelbem Blond mit weißen Strähnen, die man offensichtlich vergebens versucht hatte, in ihrem ursprünglichen Ton zu färben. Auch der Bart war blond mit Grau. Das Gesicht war hager, von gesprungenen Äderchen durchzogen, genau wie die tiefliegenden, fast farblosen, einstmals blauen Augen, die voll Haß und Mißtrauen in die Welt schauten. Gewänder umhüllten den Mann von Kopf bis Fuß. Gewänder, die offensichtlich Vadhagh-Ursprungs waren, aus Samt und Brokat, und auf denen Essenreste und Wein deutliche Spuren hinterlassen hatten. Darüber hing ein offener, schmutzstarrender Umhang aus Wolfspelz, zweifellos von den Mabden des

Ostens angefertigt, über die er herrschte. Seine Finger waren mit Ringen überladen, die man von den Händen gemordeter Vadhagh und Nhadragh gezogen hatte. Seine Linke ruhte auf dem Knauf eines schweren, längst nicht mehr blanken Eisenschwertes. Die andere umklammerte einen brillantengeschmückten Bronzebecher, aus dem er den öligfließenden Wein schlürfte.

Rings um das Obsidianpodest, mit dem Rücken zu ihrem Herrscher, waren hochgewachsene Krieger, noch größer als der Mann auf dem Thron, postiert. Sie standen stramm und reglos Schulter an Schulter, die Schwerter an den Messingrand ihrer ovalen Leder- und Eisenschilde gepreßt. Ihre Messinghelme, unter denen die Haare hervorquollen, bedeckten auch einen Großteil ihres Gesichts, nicht jedoch Augen und Bart. Die Augen blickten starr und funkelten in verhaltener Wildheit. Es war die Asper-Garde – die Grimmige Garde, dem Manne auf dem Thron blind ergeben.

König Lyr-a-Brode wandte sein Haupt und ließ seinen Blick durch die gewaltige Halle schweifen. Sie war mit Kriegern überfüllt. Die einzigen Frauen waren nackte Dirnen, die den Wein ausschenkten. Ihr Haar war ungekämmt und schmutzig, ihre Körper von verkrusteten Wunden und Narben überzogen. Sie bewegten sich mit den schweren Weinkrügen gegen die Hüften gestemmt wie lebende Tote durch die drängelnden Reihen der stämmigen, brutalen Mabden in ihren barbarischen Rüstungen.

Diese Männer stanken nach Schweiß und dem Blut, das sie vergossen hatten. Ihr Lederwams ächzte und ihre Rüstung klirrte, wenn sie die Weinbecher zu den Lippen hoben.

Ein Fest hatte hier stattgefunden, aber nun waren die Tische und Bänke an die Wände aufgestapelt worden. Alle der Anwesenden standen, mit Ausnahme jener, die man betrunken in die Ecken geschleift hatte, wo sie ihren Rausch ausschliefen. Alle hatten ihre Gesichter dem König zugewandt und harrten seiner Worte.

Das Licht aus den eisernen Feuerschalen, die an langen Ketten von den Dachbalken hingen, warf gespenstische Schatten an die Steinwände und ließ ihre Augen rot leuchten wie die von Raubtieren.

Jeder einzelne Krieger in dieser Halle war Führer eines Heerhaufens. Hier befanden sich die Grafen und Herzöge und Heerführer, die aus allen Teilen von Lyrs Königreich gekommen waren, um an dieser Zusammenkunft teilzunehmen.

Und manche, die sich in der Kleidung von den anderen unterschieden und Pelze dem geraubten Vadhagh- und Nhadragh-Samt vorzogen, kamen von jenseits des Meeres, als Abgesandte von Bro-an-Mabden, dem Felsenland im Nordwesten, woher die Mabden-Rasse ursprünglich stammte.

Nun stützte König Lyr-a-Brode die Hände auf die Thronlehnen und stand schwerfällig auf. Sofort hoben sich fünfhundert Arme zum Salut.

»LYR IST DAS LAND!« brüllten die Krieger.

Automatisch erwiderte der König den Gruß. »Und das Land ist Lyr.« Er blickte sich fast ungläubig um, starrte einen langen Augenblick die beiden Dirnen an, als sähe er etwas anderes in ihnen als das, was sie waren. Er runzelte die Stirn.

Ein stämmiger Nobelmann mit ungesunden grauen Augen, einem glänzenden roten Gesicht, lockigem, zu Zöpfen geflochtenem Haupt- und Barthaar und gelben Zähnen hinter Brutalität verratenden Lippen, trat aus der Menge und stellte sich vor die Asper-Garde. Er trug einen Flügelhelm aus Eisen, Messing und Gold und hatte einen Bärenpelzumhang über die Schultern geworfen. Eine Aura von Autorität ging von ihm aus, und auf gewisse Weise schien er mehr Persönlichkeit zu besitzen als der hochgewachsene König, der auf ihn herabblickte.

Lyrs Lippen öffneten sich. »Graf Glandyth-a-Krae?«

»Mein Lord, ich heiße Glandyth und bin Graf über die Besitzungen derer von Krae«, stellte der Stämmige sich ihm formgemäß vor. »Befehlshaber der Denledhyssi, die Euer Land von dem Vadhagh-Ungeziefer befreit haben, und all jener, die sich mit den Denledhyssi verbündeten und ihnen halfen, die Nhadragh-Inseln zu erobern. Und ich bin Bruder des Hundes, Sohn des gehörnten Bären und Diener der Herrscher des Chaos!«

König Lyr nickte. »Ich kenne Euch, Glandyth, Ihr seid mir ein treuer Gefolgsmann.«

Glandyth verbeugte sich.

Schweigen senkte sich auf sie herab.

»Sprecht!« befahl der König schließlich.

»Es gibt noch eine dieser Shefanhow-Kreaturen, die Eurer Gerechtigkeit entkam, mein König. Es lebt noch ein Vadhagh.«

Glandyth schob sein Lederwams unter dem Brustharnisch ein wenig zur Seite und holte zwei seltsame Dinge hervor, die an einem Band um seinen Hals hingen. Eines davon war eine mumifizierte Hand, das andere ein kleiner Lederbeutel. Er wies beide dem König vor. »Dies ist die Hand, die ich jenem Vadhagh nahm«, erklärte er. »Und in diesem Beutel steckt sein rechtes Auge. Er suchte Zuflucht in einer Burg, welche an der westlichsten Küste Eures Landes liegt, o König. Man nennt sie Burg Moidel, und sie gehört einer Mabden-Frau, der Markgräfin Rhalina-a-Allomglyl. Sie dient dem Reiche der Verräter, Lywm-an-Esh – jenem Land, das Ihr erobern werdet, weil es sich weigerte, unsere gute Sache zu unterstützen.«

»All das vernahm ich bereits von Euch«, brummte der König ungeduldig. »Und Ihr habt mir auch schon von dem Zaubertrick erzählt, der Euren Sieg über jene Burg verhinderte. Also, sprecht weiter.«

»Es ist meine Absicht, Burg Moidel ein zweites Mal anzugreifen, denn ich habe erfahren, daß der Shefanhow Corum und die Verräterin Rhalina zurückgekehrt sind und sich sicher vor dem Zugriff Eurer Hand glauben.«

»Unsere vereinten Armeen ziehen westwärts«, erklärte Lyr. »Unsere geballte Macht soll der Vernichtung Lywm-an-Eshs dienen. Die Burg Moidel wird auf dem Vorbeimarsch fallen.«

»Ich bitte um die Gnade, das Instrument ihres Falls sein zu dürfen, mein Lord.«

»Ihr seid einer unserer tapfersten Führer, Graf Glandyth. Ihr seid dazu ausersehen, mit Euren Denledhyssi am Hauptkampf teilzunehmen.«

»Solange Corum lebt und mit ihm seine Zauberkraft, ist unsere gute Sache in Gefahr. Ich spreche die Wahrheit, o König. Der Vadhagh ist ein mächtiger Feind – mächtiger vielleicht als das gesamte Reich von Lywm-an-Esh. Es bedarf viel, ihn zu besiegen.«

»Ein verstümmelter Shefanhow? Wie ist das möglich?«

»Er hat einen Pakt mit den Mächten der Ordnung. Das erfuhr ich von einem meiner Nhadragh-Lakaien, der sein zweites Gesicht benutzte und es deutlich sah.«

»Wo ist dieser Nhadragh?«

»Vor der Tür, mein Lord. Ich wagte es nicht, diese widerwärtige Kreatur ohne Eure Erlaubnis in die Halle zu bringen.«

»So holt ihn jetzt.«

Die bärtigen Krieger starrten mit einer Mischung von Ekel und Neugier auf die Tür. Nur die Grimmige Garde blickte weiter unbewegt geradeaus. König Lyr ließ sich wieder auf seinen Thron fallen und bedeutete den Dirnen, seinen Becher vollzuschenken.

Die Tür öffnete sich, und etwas, das die Umrisse eines

Mannes hatte und doch keiner war, trat furchtsam ein. Die Reihen der Mabden öffneten sich, um die schlurfende Kreatur hindurchzulassen.

Sie hatte dunkle, flache Züge. Das Haupthaar wuchs über die Stirn und verlief spitz zwischen den Augenbrauen. Sie trug ein Wams und Beinkleider aus Seehundfell. Ihr schleppender Gang war unterwürfig, und sie verbeugte sich in regelmäßigen Abständen, während sie sich auf den wartenden Glandyth zuschleppte.

König Lyr-a-Brodes Lippen verzogen sich vor Abscheu. »Bringt dieses Ding zum Sprechen, und dann seht zu, daß es sofort von hier verschwindet«, bedeutete er ihm.

Glandyth packte den Nhadragh bei seinem struppigen Schopf. »Erzähl dem König, was du mit deinen degenerierten Sinnen gesehen hast«, befahl er.

Der Nhadragh öffnete die Lippen und begann zu stammeln.

»Sprich! Schnell!«

»Ich – ich blickte in andere Ebenen als diese –«

»Du schautest in das Yffarn – in die Hölle?« murmelte der König, von Ekel erfüllt.

»In andere Ebenen –«, wiederholte der Nhadragh. Er blickte sich ängstlich um und berichtigte sich hastig. »Ja – in das Yffarn. Ich sah ein Wesen, das ich nicht zu beschreiben vermag. Ich sprach mit ihm. Es erzählte mir, daß Lord Arioch vom Chaos –«

»Er meint den Schwertherrscher«, unterbrach Glandyth ihn. »Er spricht von Arag, dem großen alten Gott.«

»Es – es erzählte mir, daß Arioch – Arag – von Corum Jhaelen Irsei, dem Vadhagh, erschlagen wurde, und daß Lord Arkyn von der Ordnung nun wieder über diese fünf Ebenen herrscht –« Die bebende Stimme des Nhadragh erstarb.

»Berichte dem König auch den Rest«, herrschte Glandyth ihn an und zog heftig am Schopf der bedauernswerten Kreatur. »Berichte ihm, was du von diesem Wesen über uns Mabden erfuhrst.«

»Es erzählte mir, daß nun, da Lord Arkyn zurückgekehrt ist, er versuchen wird, seine alte Macht über die Welt wiederzugewinnen. Aber dazu benötigt er Sterbliche als Helfer, und der bedeutendste ist Corum. Es ist sicher, daß auch das Volk von Lywm-an-Esh Arkyn dienen wird, denn sie nahmen die Lebensweise der – der Shefanhow schon vor langer Zeit an.«

»So sind also unsere Vermutungen bestätigt«, rief König Lyr triumphierend. »Wir tun recht daran, Lywm-an-Esh anzugreifen. Wir kämpfen gegen diese weichliche Degeneration, die sich fälschlich Ordnung nennt!«

»Und Ihr seid nun auch der Meinung, daß es meine Pflicht ist, diesen Corum zu töten?« fragte Glandyth.

Der König runzelte die Stirn. Dann hob er den Kopf und blickte Glandyth in die Augen. »Ja, es sei.« Er winkte mit der Hand. »Doch nun werft diesen stinkenden Shefanhow aus der Halle. Es ist die Zeit, den Hund und den Bären zu rufen.«

Hoch über ihnen, auf der Mitte des Dachbalkens, sträubte sich der kleinen Katze das Fell. Sie hatte gute Lust, sofort diesem Ort den Rücken zu kehren, zwang sich jedoch, zu bleiben. Sie hatte ihrem Freund und Herrn versprochen, sich nichts entgehen zu lassen, was während der Zusammenkunft in Kalenwyr geschah.

Jetzt drängten sich die Krieger gegen die Wände. Die Frauen hatte man weggeschickt. Lyr stieg vom Thron hinab. Die große Halle war nun in ihrer Mitte völlig leer.

Ein Schweigen senkte sich über die Anwesenden.

Lyr klatschte in die Hände, immer noch von seiner Asper-Garde umgeben.

Die Türen der Halle öffneten sich, und Gefangene wurden hereingefahren. Es waren kleine Kinder, Frauen und einige Männer des Bauernstandes. Sie alle waren wohlgebaut und von angenehmem Äußeren. In ihren Gesichtern war Furcht zu lesen. Sie befanden sich in einem riesigen Weidenrohrkäfig auf kleinen Rädern. Manche der Kinder weinten, aber die erwachsenen Gefangenen machten keinen Versuch mehr, sie zu beruhigen. Sie klammerten sich an die noch grünen Rohrstäbe und starrten hoffnungslos in die Halle.

»Ahh!« rief König Lyr. »Hier kommt das Futter für den Hund und den Bären. Zartes Fleisch! Schmackhaftes Fleisch!« Er ergötzte sich an ihrer Angst und ihrem Elend. Er trat näher an den Käfig heran, und mit ihm seine Garde. Mit der Zunge fuhr er sich über die Lippen, als er die Gefangenen musterte.

»Kocht das Fleisch«, befahl er, »damit der Duft in das Yffarn steigt und den Göttern den Mund wäßrig macht und sie zu uns bringt.«

Eine der Frauen begann zu schreien, und ein paar fielen in Ohnmacht. Zwei der jüngeren Männer ließen die Köpfe hängen und weinten. Die Kinder blickten verständnislos um sich. Die Tatsache ihrer Gefangenschaft bereitete ihnen Angst. Noch ahnten sie jedoch nicht das Geschick, das ihnen bevorstand.

Dicke Seile wurden durch die Ringe am Käfig gezogen, und kräftige Männer zerrten daran, bis er, von einer Winde am Dachbalken gehalten, in der Luft hing.

Die kleine Katze zog sich ein wenig zurück, beobachtete aber weiter.

Nun wurde ein gewaltiger Feuerkessel hereingerollt und direkt unter dem Käfig abgestellt. Das grüne Weidengeflecht schwankte, als die Gefangenen sich entsetzt daran- und aneinanderklammerten. Die Augen der Krieger funkelten erwartungsvoll. Im Kessel glühte weiß die

Kohle. Dann schleppten Bedienstete Kannen voll Öl herbei und gossen es auf das Feuer, daß die Flammen hoch emporzischten und um das Geflecht züngelten. Ein markerschütterndes Schreien und hoffnungsloses Wimmern erhob sich in dem Käfig.

Da brach König Lyr-a-Brode in schallendes Gelächter aus.

Auch Glandyth-a-Krae begann sich vor Lachen zu schütteln.

Die Grafen und Herzöge und Mannschaftsführer, sie alle, die sich in der Halle befanden, brüllten vor Lachen.

Bald wurden die Schreie und das Wimmern der Gemarterten kraftlos. Ein lautes Brutzeln löste sie ab, und der Geruch von geröstetem, gebratenem Menschenfleisch erfüllte die Halle.

Das Gelächter erstarb, und die Krieger warteten angespannt auf das Kommende. Von irgendwo jenseits der Burg Kalenwyr – von irgendwo jenseits der Stadt – jenseits der nächtlichen Finsternis – drang ein Heulen durch die Luft.

Noch weiter zog die kleine Katze sich zurück, bis sie zum Durchschlupf gelangte, der zum Turmfenster führte.

Das Heulen wurde immer dröhnender. Die Flammen im riesigen Feuerkessel schienen davor zurückzuzucken und erloschen.

Nun herrschte undurchdringliche Finsternis in der Halle.

Das Geheule hallte von überallher wider, hob und senkte sich, schien zu ersterben, nur um noch lauter, noch durchdringender zu erschallen.

Und dann vereinte es sich mit einem gewaltigen Gebrüll.

Der Hund und der Bär – die finsteren, schrecklichen Götter der Mabden – waren bereits ganz nah.

Die Halle bebte. Ein unheimliches Licht erhellte den leeren Thron.

Plötzlich stand ein Wesen auf dem Obsidianpodest neben dem Thron. Ein Strahlenkranz in unbeschreiblichen, abstoßenden Farben umgab es. Es wandte die Schnauze nach links und nach rechts und schnüffelte lautstark. Es war ein gewaltiges Wesen, von dem ein fauliger Gestank ausging, und es stand auf seinen Hinterpfoten wie eine Parodie jener, die es erschauernd anblickten.

Der Hund schnüffelte erneut. Furchterregende Laute entrangen sich seiner Kehle. Er schüttelte seinen zotteligen Schädel.

Andere Geräusche schienen aus dem Nichts zu dringen – ein Grunzen, Brummen und Brüllen. Dann wurden sie lauter, und als der Hund sie vernahm, legte er seinen Kopf schief und hielt im Schnüffeln inne.

Ein dunkelblaues Leuchten umgab das Podest an der anderen Seite des Throns. Es nahm Form an, wurde zum Bären – es war ein gigantischer schwarzer Bär mit langen, geschwungenen, schwarzen Hörnern. Das angsteinflößende Wesen öffnete den Rachen und zeigte die kräftigen Hauer. Es schnappte mit den mächtigen Pranken nach dem angesengten Weidengeflecht und zerrte es herunter.

Gemeinsam fielen Hund und Bär über den Inhalt des Käfigs her, stopften sich das angeröstete Menschenfleisch in die Rachen, verschlangen es gierig und zermalmten die Knochen. Das Blut rann aus ihren Lefzen, und ihre Augen glühten.

Schließlich waren sie gesättigt und machten es sich auf dem Podest bequem und musterten die schweigenden, angsterfüllten Sterblichen mit boshaften Augen.

Primitive Götter für ein primitives Volk.

Zum erstenmal trat König Lyr-a-Brode aus dem Kreis

seiner Wachen und näherte sich dem Thron. Er kniete davor nieder und hob seine Arme als Zeichen seiner Ergebenheit.

»O Ihr großen Götter, erhöret uns!« rief er. »Uns ward Kunde, daß Lord Arag von unserem Feinde, dem Shefanhow, erschlagen wurde, der mit unseren Feinden von Lywm-an-Esh, dem versinkenden Land, verbündet ist. Gefahr droht unserer gerechten Sache, und auch Eure Herrschaft ist bedroht. Werdet Ihr uns helfen, Ihr Götter?«

Der Hund knurrte. Der Bär brummte.

»Werdet Ihr uns helfen, Ihr Götter?« wiederholte der König.

Der Hund ließ seine wildfunkelnden Augen über die Halle schweifen, und es schien, als wäre er zufrieden mit dem, was er sah. Er erhob seine Stimme.

»Wir wissen von der Gefahr. Sie ist größer, als ihr euch vorstellt.« Die Stimme klang abgehackt, rauh und drang nur schwerfällig aus der Hundeschnauze. »Ihr müßt eure Kräfte schnellstens sammeln und sofort über eure Feinde herfallen, wenn jene, denen wir gemeinsam dienen, ihre Macht behalten und euch noch stärker machen sollen.«

»Unsere Heerführer sind bereits versammelt, mein Gott, und ihre Krieger warten außerhalb Kalenwyr auf den Aufbruch.«

»Dann ist es gut. Wir werden euch die Hilfe schicken, die in unserer Macht steht.« Der Hund wandte seinen riesigen Schädel seinem Bruder Bär zu.

Des Bären Stimme war schrill, aber leichter zu verstehen.

»Unsere Feinde werden ebenfalls Unterstützung suchen, doch sie werden sie nicht so leicht finden, denn Arkyn von der Ordnung ist noch schwach. Arioch – den ihr Arag nennt – muß an seinen rechtmäßigen Platz zurückgeholt werden, damit er erneut über diese fünf

Ebenen herrschen kann. Doch um das zu bewerkstelligen, muß ein neues Herz für ihn gefunden werden und eine neue leibliche Form. Es gibt nur ein Herz und einen Körper, die dafür geeignet sind – jene dessen, der ihn verbannt hat – die des Vadhagh-Prinzen Corum im scharlachroten Mantel. Schwierige Zauberkünste werden nötig sein, diesen Corum umzuwandeln, wenn er erst einmal gefangen ist – aber gefangen muß er werden!«

»Nicht getötet?« fragte Glandyth mit enttäuschter Stimme.

»Warum ihn verschonen?« kicherte der Bär.

Nun erschauderte sogar Glandyth.

»Wir verlassen euch jetzt«, erklärte der Hund, »und entsenden sofort Hilfe. Sie wird von einem angeführt werden, der ein Abgesandter der großen alten Götter ist. Die Schwertherrscherin der nächsten Ebene, die Königin Xiombarg selbst, schickt ihn. Er wird euch besser beraten, als wir es vermöchten.«

Und dann waren der Hund und der Bär verschwunden. Immer noch hing der Gestank des gebratenen Menschenfleischs in der finsteren Halle. König Lyrs leicht bebende Stimme klang durch die Dunkelheit. »Bringt Fackeln!« befahl er. »Bringt Fackeln!«

Die Türen wurden aufgerissen, und ein schwaches rötliches Licht drang bis zur Mitte der Halle und ließ das Podest, den Thron, den Weidenkäfig, den erloschenen Feuerkessel und den schaudernden, knienden König erkennen.

Lyr-a-Brodes Augen blickten starr, als ihm zwei seiner Garde auf die Beine halfen. Er schien nicht sehr erfreut über die Verantwortung, welche die Götter auf seine Schultern geladen hatten. Fast flehentlich blickte er Glandyth an. Glandyth grinste, und Geifer drang aus seinen Lefzen wie bei einem Bluthund, der es nicht erwarten kann, sich auf sein nächstes Opfer zu stürzen.

Die kleine Katze zwängte sich durch den engen Durchschlupf zurück zum Turmfenster und kehrte mit müden Schwingen heim zu ihrem Herrn auf Burg Moidel.

3 Lywm-an-Esh

Es war ein stiller warmer Nachmittag im Hochsommer. Nur ein paar vereinzelte weiße Wolken schwebten nahe am Horizont. So weit das Auge reichte, steckten bunte sanfte Blumen ihre Köpfchen aus dem Gras hervor, bis hinab zum gelben Sand, der das Festland vom friedlich in der Sonne schlummernden Meer trennte. Es waren alles wildwuchernde Blumen, aber ihre Verschiedenartigkeit erweckte den Eindruck, als wären sie dereinst der lieblich duftende Schmuck eines riesigen Gartens gewesen, der nun schon seit langen Jahren sich selbst überlassen war.

Erst vor einer kurzen Weile hatte ein schlanker Schoner am Strand angelegt, und eine kleine buntgekleidete Gruppe hatte sich mit ihren Pferden am Zügel über eine provisorische Laufplanke an Land begeben. Seide und Stahl leuchteten in der Sonne auf, als der Trupp die Rosse bestieg und sich daranmachte, landeinwärts zu reiten. Die vier vorderen Pferde versanken knietief in dem weichen farbenfrohen Blumenteppich. Ihre Reiter atmeten in vollen Zügen den würzigen Duft ein.

Alle außer einem der Berittenen waren bewaffnet. Ein anderer war hochgewachsen mit fremdartigen Zügen. Über seinem rechten Auge trug er einen juwelenbesetzten Schild, und seine sechsfingrige Linke bedeckte ein edelsteingeschmückter Handschuh. Über den Kopf hatte er einen hohen konischen Helm gestülpt, der offensichtlich aus Silber war, und von dem ein Kettenschutz aus feinen, engen Gliedern aus demselben Material über den

Nacken hing. Auch sein Kettenhemd bestand aus diesem Metall, wenngleich seine zweite Lage aus Messing geschmiedet war. Sein Hemd, genau wie seine Beinkleider und Stiefel, waren aus feinstem Wildleder. An seiner Seite hing ein Langschwert, dessen Knauf und Griff mit feinen Silberfäden umwickelt und mit roten und schwarzen Onyxen besetzt waren. Aus einer Hülle am Sattel ragte der Schaft einer Streitaxt, der nicht anders als der Schwertgriff verziert war. Ein vorne offener Mantel aus fremdartigem Material in leuchtendem Scharlachrot flatterte von seinem Rücken, über dem ein Köcher mit Pfeilen und ein langer Bogen hingen. Dieser Reiter war der Vadhagh-Prinz Corum Jhaelen Irsei im scharlachroten Mantel, gerüstet zum Kampf.

Neben dem Prinzen ritt eine Gestalt, die ebenfalls in ein Kettenhemd gekleidet war, deren Helm aber aus dem Gehäuse einer Riesenstachelschnecke und deren Schild aus einer gewaltigen Muschelschale bestand. Ihre Waffen waren ein schmales Schwert und eine Lanze. Dieser Reiter war die schöne Markgräfin Rhalina von Allomglyl. Und auch sie war zum Kampf gerüstet.

An Rhalinas Seite trabte ein gutaussehender Jüngling mit Helm und Schild ähnlich dem ihren, einer Streitaxt, im Gegensatz zu Prinz Corums Waffe mit kurzem Schaft, und einem Breitschwert. Sein langer Umhang war aus orangefarbigem Samt gewirkt, genau wie der seines kastanienfarbigen Rosses, dessen edelsteinverziertes Zaumzeug weit kostbarer war denn die Ausstattung des Reiters selbst. Und dies war Beldan-an-Allomglyl, ebenfalls zum Kampf gerüstet.

Der vierte Reiter trug einen breitkrempigen Hut, der etwas schief auf seinem Kopfe saß und den jetzt ein gewaltiger Federbusch zierte. Sein Hemd war aus strahlendblauer Seide, und seine Beinkleider hatten die gleiche Farbe wie Corums Mantel. Eine breite gelbe Schärpe war malerisch um seine Mitte gewunden und darüber ein abgegriffener lederner Schwertgürtel befestigt, von dem je in einer Scheide ein Säbel und ein Dolch baumelten. Seine Stiefel reichten bis zu den Knien, und sein dunkelblauer Umhang war so lang, daß er den ganzen Rücken seines Rosses bedeckte. Eine kleine schwarzweiße Katze hatte es sich mit gefaltenen Flügeln auf seiner Schulter bequem gemacht. Sie schnurrte und schien ein außergewöhnliches, freundliches Tier zu sein. Des öfteren hob der Reiter seinen Arm, um sie zu streicheln. Er drehte ihr den Kopf zu und sprach zu ihr. Dies nun war der zeitweilige Wanderer, zeitweilige Poet und zeitweilige Gefährte von Helden, Jhary-a-Conel, und er war nicht ausgesprochen für den Kampf gerüstet.

Ihnen folgten Rhalinas Gefolgsleute mit ihren Frauen. Die Krieger trugen die Uniform der Allomglyls, mit Helmen, Schilden und Harnisch aus den Riesenschalentieren, die einst im Meer gelebt hatten.

Der kleine farbenfrohe Trupp paßte gut in die Landschaft des Herzogtums Bedwilral-nan-Rywm, das östliche Gebiet des Landes Lywm-an-Esh.

Sie hatten Burg Moidel mit dem Segler verlassen, nachdem ihr Versuch gescheitert war, die Riesenfledermäuse zu wecken, die in den Höhlen unterhalb der Burg schliefen. (»Chaos' Geschöpfe«, hatte Jhary-a-Conel gemurmelt. »Sie werden Euch nun wohl kaum noch zu Diensten sein.«) Auch Lord Arkyn, der zweifellos mit Dringlicherem beschäftigt war, hatte ihren Ruf nicht gehört. Es war ihnen klargeworden, als die geflügelte Katze mit ihren Neuigkeiten zurückkam, daß sie Burg Moidel nicht länger verteidigen konnten.

Sie hatten deshalb beschlossen, alle zur Hauptstadt von Lywm-an-Esh zu ziehen, die Halwyg-nan-Vake hieß, und den König vor dem Einfall der Barbaren aus dem Osten und Süden zu warnen.

Corum war beeindruckt von der Schönheit der Gegend und glaubte nun zu verstehen, daß ein solch liebliches Land in einem Volk so viele Eigenschaften wecken konnte, wie sie normalerweise den Vadhagh eigen waren. Nicht Feigheit war es gewesen, die sie Burg Moidel verlassen hieß, sondern Umsicht und die Gewißheit, daß Glandyth viele Tage, ja vielleicht sogar Wochen damit verlieren würde, einen Plan für den Angriff auf die Burg zu entwerfen, die sie nun nicht länger bewohnten.

Die Hauptstadt dieses Herzogtums wurde Llarak-an-Fol genannt und war einen guten Zweitagesritt von hier entfernt. In Llarak-an-Fol hofften sie, ausgeruhte Pferde und Auskunft über den gegenwärtigen Verteidigungsstand des Landes zu erhalten. Der Herzog selbst lebte in dieser Stadt und hatte Rhalina als junges Mädchen gekannt. Sie war überzeugt, daß er ihnen helfen und ihrer Geschichte Glauben schenken würde. Halwyg-nan-Vake lag von dort einen Ritt von einer weiteren Woche entfernt.

Obwohl Corum selbst den größten Teil dieses Plans vorgeschlagen hatte, gelang es ihm doch nicht, das Gefühl zu unterdrücken, daß er vor dem Mann, den er haßte, floh. Am liebsten wäre er umgekehrt und hätte auf Burg Moidel Glandyths Kommen erwartet. Er kämpfte mit aller Macht gegen dieses Gefühl an, aber der Streit in seinem Innern machte ihn launisch und nicht gerade zu einem angenehmen Gefährten.

Die anderen waren besserer Stimmung und froh der Tatsache, daß sie Lywm-an-Esh helfen konnten, sich auf König Lyr-a-Brodes Angriff, den er sich als Überraschung dachte, vorzubereiten. Mit schlagkräftigeren Waffen auf ihrer Seite bestand gute Aussicht, die Eroberer zurückzuwerfen.

Jhary-a-Conel mußte Rhalina und Beldan des öfteren daran erinnern, daß der Hund und der Bär dem König Lyr Hilfe zugesagt hatten, wenngleich natürlich keiner auch nur ahnen konnte, welcher Art und wie mächtig diese Unterstützung sein würde.

Des Nachts schlugen sie ihr Lager in der Ebene der Blumen auf und erreichten am nächsten Morgen hügeliges Heideland. Jenseits davon, gut geschützt von den Hügeln, lag Llarak-an-Fol.

Gegen Nachmittag kamen sie zu einem freundlichen Dörfchen, das sich entlang beider Ufer eines ruhigen Flusses erstreckte. Auf dem Dorfplatz drängten sich die Bewohner um einen Brunnen, auf dessen abgedeckter Hälfte ein Mann im dunklen Gewand auf sie einredete.

Auf der Kuppe des nächsten Hügels zügelten sie ihre Pferde und beobachteten die Menge, ohne sich jedoch einen Reim machen zu können oder auch nur ein Wort zu verstehen.

Jhary-a-Conel runzelte die Stirn. »Sie scheinen sehr erregt«, brummte er. »Glaubt Ihr, wir kommen zu spät mit unserer Neuigkeit?«

Corum spielte mit seinem Augenschild und betrachtete nachdenklich den Auflauf. »Es handelt sich bestimmt um etwas, das nur dieses Dorf betrifft«, gab er schließlich seiner Vermutung Ausdruck. »Wie wär's, Freund Jhary, wenn Ihr und ich hinunterritten um uns Gewißheit zu verschaffen?«

Jhary nickte. Nachdem sie den anderen Bescheid gegeben hatten, galoppierten sie hügelabwärts auf den Dorfplatz.

Der Dunkelgewandete hatte sie und die ganze Gruppe inzwischen entdeckt. Er gestikulierte heftig und brüllte lautstark. Die Dorfbewohner waren offensichtlich erregt.

Als sie näher kamen, brüllte der Redner ihnen mit fanatisch verzerrten Zügen entgegen: »Wer seid Ihr? Auf welcher Seite kämpft Ihr? Kommt Ihr, uns zu vernichten? Wir haben nichts für Eure Armee.«

»Man kann uns wohl kaum eine Armee nennen«, murmelte Jhary. Dann rief er laut: »Wir kommen in Freundschaft. Wir sind auf dem Weg nach Llarak.«

»Nach Llarak. So seid Ihr also auf des Herzogs Seite! Ihr werdet das Unglück über uns bringen!«

»Weshalb?« rief Jhary zurück.

»Indem Ihr Euch mit den Streitkräften der Schwachen verbündet – mit diesen verweichlichten Degenerierten, die um Frieden jammern und den schrecklichen Krieg über uns bringen.«

»Ich kann nicht viel Sinn aus Eurer Rede entnehmen«, rief Jhary. »Wer seid Ihr, Sir?«

»Mein Name ist Verenak. Ich bin ein Priester Urlehs. In dieser Eigenschaft diene ich dem Dorf und bin an seinem Wohlergehen interessiert – ganz zu schweigen von dem des ganzen Landes.«

Corum flüsterte Jhary zu: »Urleh ist eine Gottheit, die in diesen Landstrichen angebetet wird – eine Art Vasallengott von Arioch. Ich hatte eigentlich gedacht, sein Einfluß sei mit der Verbannung Ariochs geschwunden.«

»Vielleicht ist dieser Verenak gerade deshalb so aufgebracht«, grinste Jhary.

»Möglich.«

Verenak musterte Corum nun eingehender. »Ihr seid kein Mabden.«

»Ich bin ein Sterblicher wie Ihr«, erwiderte Corum friedfertig. »Aber ich bin kein Mabden, damit habt Ihr recht.«

»Ihr seid ein Vadhagh!«

»Das stimmt. Der letzte meiner Rasse.«

Verenak fuhr sich mit zitternder Hand über das Gesicht. Dann wandte er sich wieder den Einheimischen zu. »Verjagt diese Fremden, ehe die Herren des Chaos uns ihren Unwillen fühlen lassen. Chaos wird bald kommen, darum müßt ihr getreu zu Urleh stehen, wenn ihr überleben wollt!«

»Urleh gibt es nicht mehr«, rief Corum. »Mit seinem Herrn Arioch ist er von dieser Welt verbannt!«

»Ihr lügt!« kreischte Verenak. »Urleh lebt!«

»Das ist unwahrscheinlich«, versicherte Jhary ihm lächelnd.

Corum sprach zu den Dorfbewohnern. »Lord Arkyn von der Ordnung herrscht nun wieder über die fünf Ebenen. Er wird euch Frieden bringen und größere Sicherheit, als ihr sie je kanntet.«

»Unsinn!« keuchte Verenak. »Arkyn wurde schon vor langer Zeit von Arioch besiegt!«

»Und nun ist Arioch geschlagen«, rief Corum, »und wir müssen diesen Frieden, den Arkyn uns bietet, auch verteidigen. Chaos hat nichts als Vernichtung und Terror für euch. Euer Land ist von Invasoren eurer eigenen Rasse bedroht, die Chaos dienen und euch alle töten wollen!«

»Und ich sage, Ihr lügt!« brüllte Verenak. »Ihr wollt uns nur dem großen Lord Arioch abspenstig machen und dem Herrn Urleh. Wir bleiben dem Chaos treu!«

Die Menge schien nicht so ganz einverstanden mit der Behauptung des Priesters.

»Dann werdet Ihr nur Unglück auf Euch herabbeschwören«, warnte Corum. »Ich weiß, daß Arioch verbannt ist – ich selbst sandte ihn in den Limbus! Ich habe sein Herz zerdrückt!«

»Blasphemie!« kreischte Verenak. »Schert Euch von dannen. Ich kann es nicht zulassen, daß Ihr diese unschuldigen Seelen verderbt.«

Die Dorfbewohner bedachten Corum mit mißtrauischen Blicken, doch auch jene, die sie dem Priester zuwarfen, zeugten nicht gerade von Vertrauen. Einer von ihnen trat vor. »Wir haben weder an der Ordnung noch am Chaos ein besonderes Interesse«, rief er. »Unser einziger Wunsch ist es, unser Leben zu leben, wie wir es bisher getan haben. Bis vor kurzem, Verenak, mischtet Ihr Euch nicht in unsere Belange, außer daß Ihr uns hin und wieder ein paar Zaubertricks verkauftet. Nun sprecht Ihr plötzlich von einer gerechten Sache und von Kampf und Terror. Ihr sagt, wir müssen uns bewaffnen und gegen unseren Lehensherrn, den Herzog, kämpfen. Und jetzt kommt auch noch dieser Fremde, dieser Vadhagh, und sagt, wir müssen uns mit der Ordnung verbünden. Und wie Ihr, behauptet er, daß wir uns nur so retten können. Doch wir sehen keine Gefahr. Es gab auch keine Anzeichen, Verenak –«

Verenak raste. »Es gab Zeichen! Ich habe sie im Traum gesehen. Wir müssen zu den Waffen greifen und an der Seite des Chaos Llarak angreifen und so zeigen, daß wir Urleh treu ergeben sind!«

Corum zuckte die Achseln. »Ihr dürft Euch nicht mit dem Chaos verbünden«, warnte er. »Wenn Ihr allerdings überhaupt keine Partei ergreift, wird das Chaos Euch trotzdem verschlingen. Ihr bezeichnet unseren kleinen Trupp als Armee – das bedeutet, daß Ihr keine Vorstellung von der Größe einer solchen habt. Wenn Ihr Euch nicht gegen Eure Feinde rüstet, werden Eure blühenden Hügel schon bald von barbarischen Reitern überrannt, die Euch genauso zertrampeln werden wie Eure lieblichen Blumen. Ich bin ihnen schon zweimal in die Hände gefallen, und ich weiß, daß sie martern und vergewaltigen, ehe sie morden. Nichts wird von Eurem Dorf mehr übrigbleiben, wenn Ihr nicht mit uns nach Llarak zieht und dort lernt, Euer herrliches Land zu verteidigen.«

»Wie ist es überhaupt zu dieser Aufwiegelung gekommen?« versuchte es Jhary auf andere Weise. »Wieso wollt Ihr diese Leute gegen den Herzog aufhetzen, Sir Verenak?«

Der Priester blickte finster drein. »Weil der Herzog dem Wahnsinn verfallen ist. Nicht ein Mond ist vergangen, da er die Priester Urlehs aus seiner Stadt verbannte, denen jenes minderwertigen weichlichen Gottes Ilah jedoch zu bleiben gestattete. Dadurch stellte er sich auf die Seite der Ordnung und bewies, daß er die Anhänger des Chaos nicht länger duldete. Urlehs Rache – ja Ariochs – wird auf ihn herabkommen. Und darum warne ich diese armen, einfältigen Leute und bemühe mich, sie zum Kampf gegen den Herzog zu gewinnen.«

»Mir deucht, diese Leute sind bedeutend klüger als Ihr, mein Freund«, lachte Jhary.

Verenak hob seine Arme zum Himmel. »O Urleh«, rief er. »Vernichte diesen grinsenden Narren!« Der Priester war in seiner Erregung der unbedeckten hinteren Brunnenhälfte zu nahe gekommen. Durch seine heftige Bewegung verlor er das Gleichgewicht und stürzte in das nicht sehr tiefe Wasser.

Die Dorfbewohner lachten. Der eine, der bereits das Wort ergriffen hatte, sprach zu Corum: »Macht Euch keine Sorgen, Freund, wir haben nicht die Absicht, zu den Waffen zu greifen. Wir müssen die Ernte einholen, das allein ist wichtig für uns.«

»Ihr werdet keine Ernte zum Einbringen haben, wenn die Mabden aus dem Osten hier durchziehen«, warnte Corum. »Aber ich habe nicht die Absicht, mit Euch zu streiten. Laßt mich Euch nur noch sagen, daß auch wir Vadhagh nicht an die Blutlust dieser Barbaren glaubten, daß auch wir den Warnungen unser Ohr verschlossen. Darum sah ich das Ende meines Vaters und meiner Mutter und meiner Schwestern. Darum bin ich der letzte der Vadhagh.«

Der Mann kratzte sich am Kopf.

»Ich werde über alles nachdenken, was Ihr gesagt habt, Freund Vadhagh.«

»Und was ist mit ihm?« fragte Corum und deutete auf Verenak, der gerade aus dem Brunnen kletterte.

»Er wird uns nicht mehr belästigen. Es gibt noch viele Dörfer, die er für seine finsteren Pläne gewinnen will. Ich zweifle, daß andere sich überhaupt die Zeit nehmen, ihm auch nur zuzuhören, wie wir es getan haben.«

Corum nickte.

»Gut. Doch denkt darüber nach, daß diese kleinen Auseinandersetzungen, diese scheinbar unbedeutenden Entscheidungen wie die Verbannung der Urleh-Priester durch den Herzog, nur Zeichen eines schwerwiegenderen Kampfes zwischen Ordnung und Chaos sind, der uns schon bald bevorsteht. Verenak spürt es genau wie der Herzog. Der Priester versucht, Krieger für das Chaos zu sammeln, während der Herzog sich auf die Seite der Ordnung stellt. Keiner kann bereits von der drohenden Gefahr wissen, und doch quälen Vorahnungen beide. Ich bin es, der die Botschaft, daß der Kampf nicht mehr weit ist, nach Lywm-an-Esh bringt. Nehmt Euch meine Warnung zu Herzen, Freund. Und laßt Euch wirklich alles, was ich gesagt habe, durch den Kopf gehen, wie immer Ihr auch vorzugehen gedenkt –«

Der Mann schluckte heftig. »Das werde ich tun«, versprach er schließlich.

Die anderen Dorfbewohner gingen bereits wieder ihren Arbeiten nach. Verenak schwang sich triefnaß auf sein Pferd und bedachte Corum mit finsteren Blicken.

»Dürfen wir Euch und Euren Begleitern unsere Gastfreundschaft erweisen?« fragte der Dorfbewohner.

Corum schüttelte den Kopf. »Ich danke Euch, Freund. Doch was ich hier gesehen habe, bestätigt mir, daß Eile not tut. Lebt wohl, mein Freund.«

»Lebt wohl, Freund«, dankte der Mann und starrte immer noch nachdenklich vor sich hin.

Als sie zurück auf den Hügel ritten, lachte Jhary. »Eine Szene, wie ich sie in meiner Zeit gar nicht besser für eine Komödie hätte schreiben können.«

»Und doch liegt ihr eine Tragödie zugrunde«, murmelte Corum.

»Wie bei jeder guten Komödie.« Jhary nickte.

Und nun trabte der kleine Trupp nicht mehr wie zuvor, sondern galoppierte durch das Herzogtum Bedwilral-nan-Rywm, als wären die Krieger Lyr-a-Brodes bereits hinter ihnen her.

Überall lag Spannung in der Luft. In jedem Dorf, durch das sie kamen, gab es scheinbar bedeutungslose kleine Meinungsverschiedenheiten zwischen den Nachbarn, wenn einer Urleh und der andere Ilah für den einzig richtigen Gott hielt.

Doch keine Seite schenkte Corums Worten auch nur Beachtung, wenn er ihnen sagte, daß die Diener des Chaos bald über ihre Felder trampeln und sie vernichten würden, wenn sie sich nicht auf einen Kampf gegen König Lyrs Armeen vorbereiteten.

Schließlich erreichten sie Llarak-an-Fol und stellten fest, daß es hier sogar schon zu Straßenkämpfen gekommen war.

Wenige der Städte Lywm-an-Eshs waren durch Stadtmauern geschützt, und Llarak bildete keine Ausnahme. Niedrige, saubere und farbenfroh getünchte Häuser boten einen freundlichen Anblick. Das Haus des Herzogs von Bedwilral hob sich in keiner Weise von den anderen größeren Häusern ab, aber Rhalina erkannte es sogar schon aus der Ferne. Ein Kampf spielte sich ganz in seiner Nähe ab, und eines der benachbarten Gebäude brannte.

Der kleine Trupp galoppierte durch die Vorstadt. Die Frauen der Gefolgsleute waren in den Hügeln zurückgeblieben.

»Es sieht ganz so aus, als wären die Urleh-Priester hier

etwas überzeugender gewesen als Verenak«, rief Corum Rhalina zu, als sie ihre Lanze in die Rechte nahm.

Die Straßen waren leer und still. Der Kampflärm kam aus der Innenstadt.

»Es ist wohl das beste, wenn du nun führst«, forderte er sie auf. »Denn sicher kannst du am ehesten des Herzogs Männer von seinen Gegnern unterscheiden.«

Wortlos gab sie dem Pferd die Sporen. Sie folgten ihr ins Zentrum von Llarak-an-Fol.

Männer in blauen Uniformen mit Helmen und Schilden, ähnlich jener der Allomglyls, kämpften gegen eine Streitmacht von Bauern und offensichtlich Soldaten.

»Die Männer in Blau sind des Herzogs Garde«, rief Rhalina. »Jene in Braun und Purpur sind die Stadtwachen. Soviel ich weiß, herrschte schon immer eine gewisse Rivalität zwischen den beiden Gruppen.«

Corum zögerte, in den Kampf einzugreifen, nicht weil er um sein und das Leben seiner Leute fürchtete, sondern weil er für keine der beiden Seiten Feindschaft empfand.

Vor allem die Bauern wußten wohl kaum, weshalb sie überhaupt kämpften, und zweifellos waren auch die Stadtwächter sich der Tatsache nicht bewußt, daß das Chaos durch sie Verwirrung stiften wollte. Schon eine Weile hatte eine unbegreifliche Unruhe sie erfüllt, und die Verbannung der Urleh-Priester hatte diese Unruhe zum offenen Aufruhr entflammt.

Aber Rhalina rief ihre Gefolgsleute bereits zum Lanzenangriff auf. Die Speere senkten sich, und die Reiter brachen sich blutige Bahn durch die Reihen der Gegner des Herzogs. Der Großteil war unberitten. Corum schwang wild seine Axt und hieb auf jene ein, die ihm, noch ohne es ganz zu begreifen, den Weg verweigerten. Sein Pferd bäumte sich auf, wieherte und schlug mit den Hufen um sich. Ein Dutzend Bauern und Stadtwachen mußten ihr Leben lassen, ehe der Markgräfin Trupp die Männer des Herzogs erreicht hatte.

Zu Corums Erleichterung ließen viele der Bauern ihre Waffen fallen und ergriffen die Flucht. Die paar Wachen kämpften weiter, und Corum bemerkte, daß sich bewaffnete Priester in ihren Reihen befanden. Auf der anderen Seite rief ihnen ein kleiner Mann – fast ein Zwerg – mit einem gewaltigen Breitschwert in der Linken sein Willkommen zu. Aus seiner Kleidung schloß Corum, daß es sich um den Herzog selbst handeln mußte.

»Legt eure Waffen nieder!« forderte der Kleine die Wachen auf. »Wir werden Gnade vor Recht ergehen lassen. Ihr sollt nicht bestraft werden!«

Corum sah, daß einer der Wachen sein Schwert wegwarf. Sofort streckte der nebenstehende Priester ihn nieder.

»Kämpft bis zum Tod!« brüllte einer der Priester. »Wenn Ihr das Chaos jetzt verleugnet, werden eure Seelen größere Qualen erleiden, als eure Körper es je vermöchten!«

Aber die noch übriggebliebenen Wachen hatten offensichtlich den Mut verloren. Einer von ihnen wandte sich haßerfüllt dem Priester zu, der seinen Kameraden erschlagen hatte. Er schwang sein Schwert, und der Kopf des Priesters rollte auf die Straße.

Corum steckte seine Streitaxt in ihre Hülle zurück. Die sinnlose kleine Schlacht war so gut wie vorbei. Rhalinas Mannen und die Blauuniformierten des Herzogs entwaffneten die wenigen Gegner, die sich nicht freiwillig ergeben wollten.

Der kleine Mann auf dem großen Pferd ritt auf Rhalina zu, die sich wieder Corum und Jhary-a-Conel angeschlossen hatte. Die schwarz-weiße Katze kauerte noch auf Jharys Schulter und blickte mehr verwundert als verängstigt auf das Geschehen um sich. »Ich bin Herzog

Gwelhen von Bedwilral«, erklärte der kleine Mann. »Ich danke Euch für Eure Hilfe. Doch ich kenne Euch nicht. Ihr seid nicht von Nyvish oder Adwyn. Und seid Ihr von weiter her, wie habt Ihr dann, rechtzeitig mich zu retten, von meiner Notlage erfahren?«

Rhalina nahm ihren Helm ab. »So erkennt Ihr mich nicht wieder, Herzog Gwelhen?«

»Ich fürchte, nein. Mein Gedächtnis für Gesichter –«

Sie lachte. »Es liegt schon viele Jahre zurück. Ich bin Rhalina, die Eures Vetters Sohn heiratete –«

»Den Markgrafen von Allomglyl! Ich erfuhr, daß er bei einem Schiffbruch ums Leben kam.«

»Das ist richtig«, erwiderte sie ernst.

»Aber ich glaubte, Burg Moidel sei schon lange ein Raub der See geworden. Wo seid Ihr die ganze Zeit gewesen, mein Kind?«

»Bis vor kurzem lebte ich noch auf Moidel, aber die Barbaren des Ostens haben uns vertrieben, und wir beschlossen, hierher zu kommen und Euch zu warnen. Was Ihr heute hier erlebt habt, ist nichts gegen das, was das Chaos auslösen wird, wenn es nicht in Zaum gehalten werden kann.«

Herzog Gwelhen rieb sich den Bart. Er wandte seine Aufmerksamkeit kurz den Gefangenen zu und erteilte einige Befehle, dann lächelte er schwach. »Sagt mir, wer dieser tapfere Recke mit dem Augenschild ist, und jener mit der hübschen Katze auf der Schulter, und –«

Rhalina lachte. »Ich werde Euch alles gern erklären, Herzog Gwelhen, wenn Ihr uns Eure Gastfreundschaft gewährt.«

»Ich hoffte, Ihr würdet mir das gestatten. Nun, diese traurige Schlacht ist vorbei. Begeben wir uns zur Halle.«

In Gwelhens schmuckloser Halle aßen sie ein einfaches Mahl, bestehend aus Käse und kaltem Braten, das sie mit dem einheimischen Bier hinunterspülten.

»Wir sind aus der Übung, was den Kampf betrifft«, brummte der Herzog, nachdem ihm alle vorgestellt waren und sie ihm ausführlich Bericht erstattet hatten. »Auf gewisse Art«, sagte er, »war das heutige Scharmützel blutiger, als nötig gewesen wäre. Wäre meine Garde etwas erfahrener im Kampf gewesen, hätten sie die Angreifer schnell ohne viel Blutvergießen gefangennehmen können. Aber sie verloren den Kopf. Und wäret Ihr nicht gekommen, könnte es leicht sein, daß ich nun nicht mehr zu den Lebenden zählte. Was Ihr mir über diesen Krieg zwischen Ordnung und Chaos berichtet habt, erklärt so manches, was mir vorher unbegreiflich war. Meine eigenen Gefühle, beispielsweise. Ihr habt gehört, daß ich die Tempel Urlehs schließen und seine Priester der Stadt verweisen ließ. Die Anhänger dieses Gottes hatten plötzlich begonnen, Andersgläubige zu verfolgen. Es gab Morde – und Schlimmeres. Ich vermochte mir keinen Reim darauf zu machen. Wir waren immer eine zufriedene Gemeinschaft. Niemand muß hier hungern oder irgendwelchen Mangel leiden. Es gab keinen Grund für die Unruhen.« Er seufzte. »So sind wir also nur Marionetten einer Macht, die wir nicht kontrollieren können. Ist es nicht so? Das gefällt mir nicht, und es spielt auch keine Rolle, ob dieser Puppenspieler nun die Ordnung oder das Chaos ist. Ich würde vorziehen, neutral zu bleiben –«

»Ja«, murmelte Jhary-a-Conel. »Das möchte wohl jeder, der auch nur ein bißchen darüber nachdenkt. Doch es gibt Zeiten, da man Partei ergreifen muß, soll nicht alles vernichtet werden, was man liebt. Ich habe nie eine andere Antwort auf dieses Problem gewußt, obgleich solch eine entschiedene Festlegung einem Menschen immer etwas von seiner Menschlichkeit nimmt.«

»Ihr sprecht mir aus der Seele«, brummte Gwelhen und trank Jhary zu.

»Und uns allen«, pflichtete ihm Rhalina bei. »Doch wenn wir uns nicht gegen König Lyrs Angriff rüsten, wird Lywm-an-Esh brutal zerstört werden.«

»Es stirbt ohnehin, denn jedes Jahr verschlingt die See noch mehr unseres Landes«, murmelte Gwelhen. »Aber es soll eines natürlichen Todes sterben. Jedenfalls müssen wir versuchen, den König zu überzeugen –«

»Wer ist der gegenwärtige Herrscher in Halwyg-nan-Vake?« erkundigte Rhalina sich.

Der Herzog blickte sie erstaunt an. »Eure Markgrafschaft ist tatsächlich weit entfernt! Onald-an-Gyss ist unser König. Er ist des alten Onalds Neffe – der Onkel hatte keine eigenen Kinder.«

»Und was haltet Ihr von seinem Charakter – denn die Entscheidung hängt zweifellos vom Temperament ab –, zieht er die Ordnung oder das Chaos vor?«

»Ich würde sagen, die Ordnung. Aber ich weiß nicht, wie es in dieser Beziehung mit seinen Befehlshabern bestellt ist. Die Ansichten des Militärs –«

»Möglicherweise haben sie sich schon entschieden«, murmelte Jhary. »Wenn das ganze Land von dieser Unruhe befallen ist, wie wir sie bisher erlebt haben, könnte es leicht sein, daß ein Stärkerer als der König, ein Mann, der dem Chaos dient, die Macht an sich gerissen und den Herrscher entthront hat, so wie man es hier mit Euch versuchte, Herzog Gwelhen.«

»Wir müssen sofort nach Halwyg aufbrechen«, drängte Corum. Der Herzog nickte. »Ja, auch ich halte Eile für geboten. Doch mit Eurem so zahlreichen Gefolge würdet Ihr eine Woche und länger brauchen.«

»Es kann nachkommen«, entschied Rhalina. »Beldan, übernimm das Kommando, und folge uns nach Halwyg.«

Der Jüngling schnitt ein Gesicht.

»Ich gehorche, obwohl ich lieber mit Euch reiten würde.«

Corum erhob sich. »Dann werden wir drei heute noch aufbrechen. Wenn wir uns eine Stunde vorher ausruhen könnten, Herzog, würde es uns sehr helfen.«

Der Herzog nickte ernst. »Das wollte auch ich Euch vorschlagen, denn in den nächsten Tagen werdet Ihr kaum zum Schlafen kommen.«

4 Der Wall zwischen den Ebenen

Sie galoppierten durch ein Land, in dem die Unruhe immer deutlichere Formen annahm; wo die Bewohner von Sorge geplagt wurden, ohne selbst den Grund dafür zu kennen, und in denen plötzlich Haß keimte, wo sie vorher nur Liebe empfunden hatten.

Und die Priester des Chaos, von denen viele glaubten, aus edlen, dem Volke dienenden Motiven zu handeln, schürten diese Unruhe und Unsicherheit.

Viele Gerüchte kamen den Gefährten zu Ohren, wenn sie kurz Rast machten oder ihre Pferde wechselten, aber keines davon kam der viel schrecklicheren Wahrheit auch nur nahe. Sie hatten es längst aufgegeben, die Leute zu warnen, die ihre Worte ohnehin nicht achteten. Es würde dem König vorbehalten bleiben, für die Verbreitung eines entsprechenden Erlasses zu sorgen.

Aber würden sie den Herrscher überhaupt überzeugen können? Welche Beweise hatten sie denn, daß sie die Wahrheit sprachen?

Diese Gedanken quälten sie zutiefst, während sie sich der Hauptstadt durch eine herrliche Gegend sanfter Hügel näherten und friedliche Farmen sahen, die vielleicht schon bald alle zerstört sein würden.

Halwyg-nan-Vake war eine alte Stadt aus hellem Stein und mit spitzen Türmen. Aus allen Richtungen führten weiße Straßen durch die Ebene und trafen sich in der Stadt. Kaufleute und Soldaten, Bauern und Priester wanderten auf diesen Straßen, und auch Schauspieler und Musikanten, von denen es in Lywm-an-Esh eine große Zahl gab. Corum, Rhalina und Jhary galoppierten über die große Oststraße. Ihre Rüstungen und Kleidung waren staubüberzogen, und ihre Augen müde vor Erschöpfung.

Mauern umgaben die Stadt, aber sie schienen mehr der Zier als dem Schutze zu dienen. Sie waren mit herrlichen Reliefen geschmückt, die kunstvoll herausgearbeitete mythische Wesen darstellten, sowie auch Bilder aus der glorreichen Vergangenheit der Stadt. Keines der Stadttore war verschlossen. Die paar schläfrigen Wachen kümmerten sich nicht um sie, als sie hindurchritten.

Überall entlang der Straßen sah man Blumenanlagen. Es gab kein Haus ohne Blumengarten und Blumenkästen vor den Fenstern. Ein lieblicher Duft hing über der ganzen Stadt und erinnerte Corum an die Blumenebene entlang der Küste. Es schien, als wäre die Hauptbeschäftigung dieser Leute, schöne Pflanzen zu züchten und sie liebevoll zu pflegen.

Als sie den Palast des Königs erreichten, sahen sie, daß jeder Turm, alle Zinnen und alle Mauern von Wein und Blumen umrankt waren, so daß es aus der Ferne schien, als wäre das ganze Schloß nur aus Blumen errichtet. Selbst Corum lächelte freudig überrascht, als er es sah. »Ist es nicht herrlich?« rief er. »Wie könnte jemand diese Schönheit zerstören wollen?«

Jhary blickte den Palast etwas zweifelnd an. »Aber sie haben es vor. Die Barbaren haben keinen Sinn für Schönheit.«

Rhalina sprach mit einer der Wachen am Tor. »Wir bringen eine Nachricht für König Onald«, erklärte sie ihm. »Wir kommen von weit her und ritten schnell, denn unsere Botschaft ist sehr dringlich.« Der Wächter, in eine das Auge erfreuende, aber sehr unkriegerische Uniform gekleidet, salutierte. »Ich werde dafür Sorge tragen, daß der König von Eurer Ankunft erfährt. Wenn Ihr Euch gnädiglich eine kleine Weile gedulden wollt.«

Und schließlich wurden sie zum König geleitet.

Er saß in einem sonnenhellen Raum mit riesigen Fenstern, die einen Blick über den ganzen Südteil der Stadt boten. Auf einem Marmortisch lagen Karten seines Landes, die er offenbar eben erst konsultiert hatte. Er war jung; mit feinen Zügen und zartem Körperbau. Er wirkte wie ein Jüngling. Als sie eintraten, erhob er sich, um sie willkommen zu heißen. Er trug ein einfaches Gewand aus blaßgelbem Samt und über seinem kastanienfarbenen Haar einen Reif, das einzige Zeichen seiner Regentschaftswürde.

»Ihr seht müde aus«, stellte er als erstes fest. Er bedeutete einem Diener, weiche Sessel und eine Erfrischung zu bringen und blieb stehen, bis sie sich alle in der Nähe eines Fensters an einen Tisch setzen konnten, auf den Diener Speisen und Wein stellten.

»Man sagte mir, Ihr brächtet dringliche Botschaft. Kommt Ihr von der Ostküste?«

»Aus dem Westen«, verneinte Corum.

»Dem *Westen?* Braut sich auch dort etwas zusammen?«

»Verzeiht, König Onald«, warf Rhalina ein. Sie nahm ihren Helm ab und schüttelte ihr langes Haar. »Wir wußten nichts von Schwierigkeiten im Osten.«

»Barbarische Überfälle von Piraten«, erklärte der König. »Es ist noch nicht lange her, da machten sie den Hafen von Dowish-an-Wod dem Erdboden gleich und verschonten keinen meiner Untertanen. So, wie wir es sehen, handelt es sich um mehrere Flotten, die entlang der Küste zuschlagen. In den meisten Fällen waren die Bewohner unvorbereitet und starben, ehe sie noch zur Waffe greifen konnten. Aber in zwei oder drei der Kleinstädte konnten die Garnisonen die Angreifer zurückschlagen und in einem Fall sogar Gefangene machen. Einer von ihnen wurde hierhergebracht. Doch er ist irr.«

»Irr?« fragte Jhary.

»Ja – er hält sich für eine Art Kreuzritter, dessen heilige Aufgabe es ist, das ganze Land Lywm-an-Esh zu zerstören. Er spricht von göttlicher Hilfe und einer gewaltigen Armee, die gegen uns mobilisiert ist –«

»Er ist leider nicht irr«, murmelte Corum. »Zumindest nicht, was diese Behauptung betrifft. Deswegen sind wir nämlich hier – um Euch vor dieser bevorstehenden Invasion zu warnen. Die Barbaren von Bro-an-Mabden – sie sind zweifellos jene, die Eure Ostküste unsicher machen – und die Barbaren des Landes, das Ihr als Bro-an-Vadhagh kennt, haben sich zusammengeschlossen und sich der Hilfe des Chaos versichert und jener Kräfte, die ihm dienen. Dafür schworen sie, alle, die bewußt oder unbewußt die Partei der Ordnung ergriffen haben, zu vernichten. Lord Arioch vom Chaos wurde vor kurzem aus seinem Reich in diesen fünf Ebenen verbannt und vermag nur wiederzukehren, wenn es keine Anhänger der Ordnung mehr gibt. Seine Schwester Xiombarg kann ihm zwar nicht selbst helfen, aber sie hat all ihre Diener beauftragt, die Barbaren zu unterstützen.«

König Onald strich sich mit einem Finger über die Unterlippe. »Dann ist also die Situation viel ernster, als ich gedacht hatte. Ich wußte schon nicht, wie wir die Barbareneinfälle an der Küste aufhalten könnten wieviel weniger sehe ich einen Weg, eine solche Streitmacht wirkungsvoll zu bekämpfen.«

»Ihr müßt Euer Volk über diese Gefahr aufklären«, sagte Rhalina eindringlich.

»Das selbstverständlich«, versicherte der König ihr. »Wir werden unsere Waffenkammern öffnen und die Waffen verteilen, soweit sie reichen. Aber selbst dann –«

»Ihr habt das Kämpfen verlernt?« vermutete Jhary.

Der König nickte. »Könnt Ihr meine Gedanken lesen, Sir?«

»Wenn nur Lord Arkyn bereits seine Macht ein wenig besser gesammelt hätte«, seufzte Corum, »dann könnte er uns beistehen. Aber nun ist wohl nicht mehr genügend Zeit dafür. Lyrs Armee zieht von Osten ein, und seine Verbündeten kommen mit Schiffen vom Norden her.«

»Zweifellos ist diese Stadt ihr Hauptziel«, murmelte Onald. »Wir haben einer Streitmacht wie der ihren nichts entgegenzusetzen.«

»Und wir wissen nicht einmal, welche Art von übernatürlicher Hilfe sie bekommen werden«, sinnierte Rhalina. »Wir konnten nicht mehr lange genug auf Burg Moidel bleiben, um das herauszufinden.« Sie erklärte, wie sie überhaupt von Lyrs Plänen erfahren hatten, und Jhary lächelte.

»Ich bedauere«, sagte er, »daß meine kleine Katze keine allzu großen Strecken über Wasser zurücklegen kann. Aber allein der Gedanke daran macht sie ganz nervös.«

»Möglicherweise könnten uns die Priester der Ordnung helfen«, meinte der König nachdenklich.

»Vielleicht«, murmelte Jhary. »Ich fürchte nur, sie haben bis jetzt noch wenig Macht.«

»Und es gibt auch keine Verbündeten, die uns unterstützen könnten«, seufzte Onald. »Wir werden uns wohl auf den Untergang vorbereiten müssen.«

Die drei schwiegen. Eine Weile später betrat ein Diener den Raum und erstattete dem König eine Meldung. Der Herrscher blickte überrascht auf und wandte sich an seine Gäste. »Wir werden gebeten, zum Tempel der Ordnung zu kommen«, erklärte er. »Vielleicht sind die Kräfte der Priester doch stärker, als wir dachten, denn sie wissen von Eurer Anwesenheit in der Stadt.« Dem Diener befahl er, eine Kutsche anspannen zu lassen.

Während sie darauf warteten, nahmen sie schnell ein Bad und säuberten ihre Kleidung, so gut es sich in der Eile machen ließ. Dann fuhren sie in einer einfachen offenen Kutsche durch die blumengeschmückten Straßen, bis sie im Westteil der Stadt vor einem freundlichen niedrigen Gebäude ankamen. Ein Mann stand am Eingang. Er winkte aufgeregt. An seinem langen weißen Gewand zeichnete sich der einzelne gerade Pfeil ab, das Symbol der Ordnung. Er trug einen kurzen grauen Bart und langes Haupthaar derselben Farbe. Auch seine Haut wirkte merkwürdig grau, so daß seine großen braunen Augen irgendwie nicht dazu zu passen schienen. Er verbeugte sich tief vor dem König.

»Seid gegrüßt, mein König. Und Ihr, Lady Rhalina, Prinz Corum und Sir Jhary-a Conel. Verzeiht, daß ich Euch so formlos hierhergebeten habe, aber – aber –‹ Er machte eine verlegene Geste und führte sie in den kühlen, fast schmucklosen Tempel.

»Ich bin Aleryon-a-Nyvish«, stellte sich der Priester vor. »Ich wurde heute früh von – von dem Herrn meines Herrn geweckt. Er tat mir vieles kund und nannte mir schließlich die Namen Eurer Gäste, o König. Er befahl mir, Euch hierherzubitten –«

»Eures Herren Herr?« fragte Corum.

»Lord Arkyn selbst, Prinz Corum. Kein anderer.«

Da löste sich aus dem Schatten der hintersten Tempelwand eine hohe Gestalt. Es war ein gutaussehender Mann, gekleidet wie ein Edelmann aus Lywm-an-Esh. Ein sanftes Lächeln war um seinen Mund, und seine Augen schienen voll tiefem schmerzlichem Wissen Die

Gestalt hatte sich verändert, aber Corum erkannte Lord Arkyn von der Ordnung sofort.

»Mein Lord Arkyn.« Er verneigte sich.

»Freund Corum, wie ist es um dich bestellt?«

»Schlimme Sorgen quälen mich«, gestand der Vadhagh. »Denn das Chaos marschiert gegen uns.«

»Ich weiß, und es wird noch lange dauern, bis mein Reich von Ariochs Einfluß frei sein wird – genauso wie es ihm nicht sofort gelang, meinen zu verbannen. Ich kann euch nur wenig materielle Hilfe bieten, denn ich muß erst meine Kräfte sammeln. Aber auf andere Weise kann ich euch behilflich sein. Ich kann euch sagen, daß Lyrs Verbündete sich ihm nun angeschlossen haben und daß es sich um wenig erfreuliche Wesen aus den Unterwelten handelt. Ich kann euch sagen, daß Lyr noch einen weiteren Verbündeten hat – einen nichtmenschlichen Zauberer, welcher der persönliche Abgesandte der Königin Xiombarg ist und der weitere Hilfe aus ihrer Domäne herbeizurufen vermag. Sie selbst darf diese meine Ebene nicht betreten, sonst würde sie wie Arioch in den Limbus verbannt.«

»Aber wo könnten *wir* Verbündete finden, Lord Arkyn?« erkundigte Jhary sich.

»Weißt du es nicht, Mann der vielen Namen?« Lord Arkyn lächelte. Er hatte Jhary-a-Conel als das erkannt, was er war.

»Ich weiß nur, wenn es eine Antwort gibt, müßte es ein Paradoxon sein«, vermutete Jhary. »Soviel habe ich in meiner Eigenschaft als Gefährte von Helden gelernt.«

Wieder lächelte Arkyn. »Das Sein als solches ist allein schon ein Paradoxon, Freund Jhary. Alles Gute ist auch böse. Das weißt du doch, nicht wahr?«

»Ihr sagt es. Das ist es auch, was mich so gleichmütig macht.«

»Und gleichzeitig so besorgt?«

»Genau.« Jhary lachte. »Dann gibt es also eine Antwort, o Herr der Ordnung?«

»Deshalb bin ich hier. Um euch zu sagen, daß Lywm-an-Esh untergehen wird und mit ihm die Ordnung, wenn ihr nicht selbst Hilfe findet. Es ist euch nur allzu klar, daß ihr weder die Macht noch die Erfahrung habt, Lyr, Glandyth und dem Rest erfolgreich Widerstand zu leisten – besonders deshalb nicht, weil sie nun auch mit dem Hund und dem Bären rechnen können. Es gibt nur ein Volk, von dem ich weiß, das vielleicht bereit wäre, sich mit euch zu verbünden. Doch es lebt nicht auf dieser Ebene – oder in einer der anderen, über die ich herrsche. Von dir abgesehen, Corum, gelang es Arioch, alle zu töten, welche die Macht hatten, dem Chaos zu widerstehen.«

»Wo gibt es dieses Volk, mein Lord?« fragte Corum.

»Im Reich der Königin Xiombarg vom Chaos.«

»Aber sie ist ohne Zweifel unsere erbittertste Feindin«, rief Rhalina entsetzt aus. »Wenn es uns gelänge, die Ebenen zu betreten – und ich sehe keinen Weg, wie sich das ermöglichen ließe –, würde sie die Gelegenheit freudig begrüßen, uns wie Ungeziefer zu zerdrücken.«

»Das würde sie wohl – wenn sie euch fände«, pflichtete Lord Arkyn ihr bei. »Aber wenn ihr euch jetzt in ihr Reich begebt, könnt ihr hoffen, daß sie den größten Teil ihrer Aufmerksamkeit den Ereignissen auf dieser Ebene hier widmet und wahrscheinlich gar nicht bemerkt, daß ihr in ihre geschlüpft seid.«

»Und was gibt es dort, das uns zu helfen vermag?« erkundigte sich Jhary. »Sicherlich nichts, was Teil der Ordnung ist! Die Königin Xiombarg ist mächtiger, als es ihr Bruder Arioch hier war. Bestimmt herrscht Chaos ohne Einschränkung auf ihren Ebenen.«

»Nicht ganz – und bei weitem nicht so sehr wie in ihres Bruder Mabelrodes Reich. In ihrer Domäne gibt es eine

Stadt, gegen die sie machtlos ist, die alles abwehrte, womit sie diese zu erobern suchte. Sie wird die Stadt in der Pyramide genannt, und ihre Bewohner sind von großer Weisheit und gehören einer hochentwickelten Zivilisation an. Wenn ihr diese Stadt in der Pyramide zu erreichen vermögt, so findet ihr vielleicht die Verbündeten, die ihr braucht.«

»Und wie sollte es uns überhaupt gelingen, in Xiombargs Reich zu gelangen?« gab Corum zu bedenken. »Wir verfügen nicht über diese Kräfte.«

»Ich kann es euch ermöglichen.«

»Und wie, bei den fünf Ebenen, sollen wir eine einzelne Stadt finden?« brummte Jhary.

»Ihr müßt eben danach fragen«, erwiderte Lord Arkyn einfach. »Erkundigt euch nach der Stadt in der Pyramide. Die Stadt, der Xiombarg nichts anzuhaben vermag. Werdet ihr gehen? Es ist die einzige Chance für eure Rettung –«

»Und die Eure«, lächelte Jhary. »Ich kenne euch Götter, und ich weiß, daß ihr die Sterblichen anstiftet, um das für euch zu erreichen, was ihr selbst nicht vermögt, denn Sterbliche wagen sich an Orte, die Götter meiden. Habt Ihr vielleicht noch andere Gründe, diesen Plan vorzuschlagen, mein Lord?«

Lord Arkyn schmunzelte. »Du sagst also, Freund Jhary, daß du uns Götter kennst. Nun, ich kann dir nur versichern, daß ich euer Leben nicht mehr aufs Spiel setze als mein eigenes Schicksal. Was ihr riskiert, riskiere auch ich. Wenn ihr nicht den Erfolg habt, den ich erhoffe, wird es mein Ende sein, und mit meinem auch das Ende von allem, was gut ist und was das Herz zu erfreuen vermag. Ich zwinge euch nicht, Xiombargs Reich aufzusuchen.«

»Wenn es dort wirklich mögliche Verbündete gibt, dann gehen wir auch«, versicherte Corum ihm.

»Gut. Dann öffne ich den Wall zwischen den Ebenen«,

sagte Arkyn ruhig. Er drehte sich um und schritt zurück in den Schatten.

»Macht euch bereit«, rief er. Er war nun unsichtbar.

Corum hörte einen Laut in seinem Kopf – ein Ton, der tonlos war und doch alles andere übertönte. Er blickte auf seine Gefährten. Offensichtlich erging es ihnen nicht anders. Etwas bewegte sich vor seinen Augen – Schleier, die sich über die Realität vor ihm legten, über Rhalina und Jhary und die Wände des Tempels. Etwas vibrierte.

Und dann befand es sich plötzlich vor ihnen.

Ein kreuzförmiges Etwas stand in der Mitte des Tempels. Staunend betrachteten sie es von allen Seiten, aber seltsamerweise blieb die Perspektive von überall die gleiche. Es schimmerte silbern in der kühlen Dämmerung des Tempels. Durch das Gebilde hindurch, als wäre es ein Fenster, sahen sie den Ausschnitt einer Landschaft

Arkyns Stimme erklang hinter ihnen.

»Das ist das Tor zu Xiombargs Ebene.«

Fremdartige schwarze Vögel flogen über den Teil des Himmels, den sie von hier aus zu sehen vermochten. Ihr schrilles Kreischen drang bis zu ihnen.

Corum schüttelte sich. Rhalina drängte sich an ihn.

»Ich werde Euch nicht weniger schätzen, wenn Ihr es vorzieht, hierzubleiben«, erklärte König Onald mit leicht bebender Stimme.

»Wir müssen es wagen«, murmelte Corum. »Wir müssen es.«

Aber es war Jhary, der mit fast herausfordernder Miene als erster durch das Tor trat und, seine Katze streichelnd, zu den alptraumhaften schwarzen Vögeln emporblickte.

»Wie kommen wir zurück?« erkundigte sich Corum.

»Wenn ihr Erfolg habt, werdet ihr auch einen Weg zurückfinden«, versicherte ihm Arkyn. Seine Stimme klang angestrengt. »Bitte, beeilt euch. Es zehrt an meiner Kraft, das Tor so lange offenzuhalten.«

Hand in Hand schritten Rhalina und Corum hindurch und blickten zurück.

Das kreuzförmige silberne Schimmern verblaßte. Sie sahen noch flüchtig Onalds besorgtes Gesicht, dann war es verschwunden.

»Das also ist Xiombargs Reich«, brummte Jhary und schnaufte. »Nicht gerade einladend, finde ich.«

In zwei Richtungen wuchsen finstere Gebirge in den grauen Himmel. Die häßlichen Vögel verschwanden in den Bergen. Vor ihnen schäumte das faulige Wasser eines Meeres gegen den steinigen Strand.

ZWEITES BUCH

In dem berichtet wird, wie Prinz Corum und seine Gefährten sich weitere Feindschaften der Chaosherrscher zuziehen und eine neue, fremdartige Form von Zauberei kennenlernen

1 Der See der Stimmen

»Wohin jetzt?« Jhary blickte um sich. »Meer oder Gebirge? Keines von beiden ist sehr einladend.«

Corum seufzte tief. Die düstere Landschaft bedrückte ihn. Rhalina strich ihm sanft, mit verständnisvollen Augen, über den Arm.

Obwohl sie Corum ansah, sprach sie zu Jhary, der den Sack, von dem er sich nie trennte, auf der Schulter zurechtrückte.

»Landeinwärts wäre vermutlich besser, da wir kein Boot haben.«

»Aber auch keine Pferde«, erinnerte Jhary sie. »Es wird ein scheußlich langer Fußmarsch werden. Und woher wollen wir wissen, daß die Berge überhaupt überschreitbar sind, wenn wir sie erst erreicht haben?«

Corum warf Rhalina einen unglücklichen, aber dankbaren Blick zu. Er straffte seine Schultern. »Wir haben uns entschieden, diese Ebene zu betreten, nun müssen wir uns auch entscheiden, welchen Weg wir nehmen wollen.« Seine Hand ruhte auf dem Schwertknauf. Er starrte auf die Berge. »Ich habe auf dem Weg zu Ariochs Hof ein wenig von der Macht des Chaos kennengelernt, und es scheint mir, als wäre diese Macht hier noch stärker. Wir werden zu den Bergen wandern. Vielleicht finden wir dort jemanden, der uns zu sagen vermag, wo diese Stadt in der Pyramide zu finden ist, von der Lord Arkyn sprach.

Und so machten sie sich auf den Weg über den groben Kies.

Eine ganze Weile später erst bemerkten sie, daß die Sonne sich kein bißchen am Himmel bewegt hatte. Die bedrückende Stille wurde nur hin und wieder von dem durchdringenden Kreischen der schwarzen Vögel unterbrochen, die ihre Niststätten auf den Berggipfeln hatten. Das ganze Land strahlte Trostlosigkeit und Verzweiflung aus. Jhary versuchte eine fröhliche Melodie zu pfeifen, aber das öde Land schien sie aufzusaugen und klanglos zu machen.

»Ich bildete mir immer ein, das Chaos beschäftige sich mit hektischer, willkürlicher Schöpfung«, seufzte Corum. »Aber das hier ist noch schlimmer.«

»Das hier ist das Ergebnis, wenn diese Kreativität erschöpft ist«, erklärte Jhary ihm. »Am Ende führt das Chaos zu einer viel unerträglicheren Stagnation als jene, die es an der Ordnung anprangert. Es muß immer und immer neue Sensationen, mehr und mehr nichtssagende Wunder schaffen, bis es schließlich nichts mehr gibt, was es nicht versucht hat, und wenn es soweit ist, hat es vergessen, was wahre Kreativität ist.«

Nach einiger Zeit übermannte sie die Müdigkeit, und sie legten sich auf den nackten Felsboden nieder. Als sie erwachten, stellten sie fest, daß sich nur eines geändert hatte: Die großen schwarzen Vögel waren näher gekommen. Sie kreisten hoch über ihnen am Himmel.

»Wovon sie wohl leben mögen?« überlegte Rhalina laut. »Es gibt keine Beutetiere hier, keine Pflanzen. Wo finden sie ihr Futter?«

Jhary warf Corum einen bedeutungsvollen Blick zu. Der Vadhagh zuckte die Achseln.

»Kommt«, forderte der Prinz im scharlachroten Mantel seine Gefährten auf. »Wir wollen weiterziehen. Die Zeit mag hier zwar relativ sein, aber ich habe das Gefühl, wenn wir unsere Mission nicht bald erfüllen, wird Lywm-an-Esh fallen.«

Die Vögel kreisten tiefer, so daß sie nun ihre ledrigen Schwingen und Leiber, ihre winzigen gierigen Augen und die langen scharfen Schnäbel sehen konnten.

Die kleine Katze auf Jharys Schulter fauchte plötzlich, machte einen Buckel und starrte mit wild funkelnden Augen zu den Vögeln empor.

Sie schleppten sich müde weiter, bis sie die Vorläufer des Gebirges erreicht hatten.

Die hohen Berge schienen wie schlafende Ungeheuer über ihnen zu kauern. Jeden Augenblick mochten sie erwachen und sie verschlingen. Ihr Gestein war spiegelglatt. Es war schwierig, Halt zu finden. Ständig glitten sie aus, während sie sich mühsam hocharbeiteten.

Immer noch begleiteten die schwarzen Vögel sie, kreisten hoch über ihren Köpfen. Nun zweifelten sie nicht mehr daran, daß diese geflügelten Bestien über sie herfallen würden, sobald sie sich erlaubten, noch einmal ein wenig zu schlafen. Diese Gewißheit allein gab ihnen die Kraft, weiterzuklettern.

Das nervenaufreibende Kreischen wurde lauter, schriller, ja fast höhnisch, wie es ihnen erschien. Sie horten das Flattern der lederhäutigen Schwingen über sich, aber sie blickten nicht hoch, denn das würde sie nur mehr ihrer kostbaren Kraft kosten.

Sie suchten nach einem Unterschlupf, einer Höhle oder zumindest einem überdachten Spalt im Felsen, wo sie hineinkriechen und sich gegen die Vögel verteidigen könnten, falls diese angriffen.

Sie hörten ihren eigenen keuchenden Atem, das Scharren ihrer Füße auf dem Stein, das sich mit dem Flattern und Kreischen der schwarzen Monster vermischte.

Corum warf einen besorgten Blick auf Rhalina. Ihre Augen waren angstverzerrt. Tränen rannen über ihre

Wangen, während sie fast blindlings weiterkletterte. Das bedrückende Gefühl übermannte ihn, daß Arkyn sie bewußt in ihr Unglück geschickt hatte, in ihren Tod hier in diesem Ödland.

Plötzlich wurde das Flattern der Flügel kräftiger, und Corum spürte einen kalten Luftzug in seinem Gesicht, und eine Kralle streifte seinen Helm. Mit einem erstickten Schrei tastete er nach seinem Schwert und bemühte sich, es aus seiner Hülle zu ziehen. Schreckerfüllt blickte er hoch und sah Flügel an Flügel, und dazwischen die abstoßend häßlichen Leiber, die boshaft glühenden Augen und die scharfen Schnäbel. Endlich bekam er das Schwert frei und schwang es gegen die Vögel. Sie schienen höhnisch zu kichern, als er nichts weiter als Luft traf. Mit einemmal streckte sich seine wie Juwelen glitzernde Sechsfingerhand aus und packte ohne sein Dazutun einen der abscheulichen Vögel und drückte ihm den schlangenähnlichen Hals zu, so wie sie bereits früher menschliche Wesen erwürgt hatte. Der Vogel krächzte überrascht und starb. Die Hand Kwlls warf den Kadaver auf den glasigen Fels. Die anderen Vögel flatterten aus Corums Reichweite und beobachteten ihn mißtrauisch von den umliegenden Felszacken aus. Es war schon lange her, seit die Hand ihr eigenes Leben bewiesen hatte, so daß Corum fast ihre Kraft vergessen hatte. Wie damals, als sie Ariochs Herz zerdrückte, war er ihr auch jetzt dankbar für ihre Hilfe. Er hielt sie drohend erhoben den Vögeln entgegen. Diese kreischten und warfen verstörte Blicke auf ihren toten Artgenossen.

Rhalina, die zum erstenmal die Macht der Hand erlebt hatte, blickte Corum erleichtert und überrascht an. Jhary dagegen kniff beide Lippen zusammen und nutzte die Pause, seinen Säbel aus der Scheide zu ziehen und sich mit den Ellenbogen auf einen Felsen zu stützen. Die kleine Katze saß nach wie vor auf seiner Schulter.

So standen sie und beobachteten wachsam die Vögel, die wiederum kein Auge von ihnen ließen. Der Himmel schien noch düsterer und das glatte Gestein noch abweisender. Dann kam Corum der Gedanke, wenn Kwlls Hand sie vor unmittelbarer Gefahr hatte schützen können, mochte Rhynns Auge vielleicht noch wirkungsvoller sein. Aber er scheute sich davor, den Augenschild hochzuschieben und mit der ganzen Macht des Auges in jene grauenhafte Unterwelt zu schauen, aus der er schon so manches Mal seine gespenstischen Verbündeten herbeigerufen hatte. Vor allem aber schreckte er davor zurück, jene zu rufen, die auf Befehl des Auges und der Hand als letzte von den Untoten im Kampf erschlagen worden waren, nämlich Königin Ooresés Untertanen, die Vedragh-Reiter, Männer seiner eigenen Rasse. Doch irgend etwas mußte getan werden, denn sie hatten nicht mehr die Kraft, einen Massenangriff der Vögel abzuwehren. Selbst wenn Kwlls Hand noch ein paar der Monster unschädlich machen konnte, würde es doch Rhalina und Jhary-a-Conel nicht retten. Zögernd tastete er nach dem juwelengeschmückten Augenschild und schob ihn auf die Stirn.

Das fremdartige Facettenauge des toten Gottes Rhynn schaute in eine Welt, die noch schrecklicher war als jene, in der sie sich jetzt befanden.

Wieder sah Corum eine Höhle, in der sich trübe Schatten ziellos hin und her bewegten. Aber im Vordergrund entdeckte er jene Wesen, deren Anblick er kaum zu ertragen vermochte. Ihre toten Augen starrten ihn an, und ihre grauenerregenden Gesichter wirkten leiderfüllt. In ihren Leibern klafften Wunden, aber kein Blut drang aus ihnen, denn sie waren nun Gefangene des Limbus, nicht tot und nicht lebendig. Auch ihre Reittiere hatten sie bei sich – Kreaturen mit kräftigen Körpern, Schuppenhaut, gespaltenen Hufen und Hörnern, die aus ihrer Schnauze wuchsen. Sie waren die letzten der Vedragh – der verlorene Haufen derer, die im Flammenland dahinvegetiert hatten. In jenem Flammenland, das Arioch zu seiner Unterhaltung schuf. Von Kopf bis Fuß steckten sie in roter, enganliegender Kleidung. Kapuzen aus demselben Material hingen ihnen in die Stirn. In den Händen hielten sie ihre langen doppelzackigen Lanzen.

Nein, er vermochte ihren Anblick nicht zu ertragen. Er begann mit der Rechten wieder nach dem Augenschild zu tasten, da streckte sich Kwlls Hand aus, langte in den schrecklichen Limbus hinein und winkte die toten Vadragh herbei. Zögernd bewegte sich die Gruppe der Untoten vorwärts, folgte dem Ruf. Langsam ritten sie aus jener gespenstischen Unterwelt und standen nun, eine Kompanie des Todes, auf den glatten Hängen des Berges.

Die Vögel schrillten vor Erstaunen und Wut, aber aus irgendeinem Grund suchten sie nicht das Weite. Sie tänzelten von einem Bein auf das andere und streckten den roten Kriegern drohend die Schnäbel entgegen.

Die schwarzen Vögel warteten, bis die toten Vedragh sie fast erreicht hatten, dann flatterten sie mit den Flügeln und hoben sich in den Himmel.

Rhalina starrte voller Entsetzen auf die Untoten. »Bei allen großen alten Göttern, Corum – welch neues Unheil ist das?«

»Ein Unheil, doch nicht für uns«, erwiderte Corum grimmig. Und dann befahl er: »Greift an!«

Die roten Arme schleuderten die zweizackigen Speere und durchstießen das Herz jedes der schwarzen Vögel. Ein letztes Flattern, und alle der gräßlichen Monster rollten tot den Hang hinab.

Rhalina beobachtete mit geweiteten Augen die untoten Reiter, die von ihren Tieren kletterten und ihre Belohnung einsammelten. Corum wußte nun, was geschah, wenn er Hilfe aus jener Unterwelt herbeirief. Er konnte sich der Hilfe seiner ehemaligen Opfer versichern, indem er ihnen eigene Opfer versprach. Dann lösten diese die ersteren ab, die daraufhin ihren Frieden fanden. Zumindest hoffte er, daß dies der Fall war.

Der Vedragh-Anführer packte zwei der Vögel am Hals und warf sie sich über die Schulter. Er wandte sein Gesicht, von dem nur noch eine Hälfte vorhanden war, Corum zu und blickte ihn aus augenlosen Höhlen an.

»Es ist vollbracht, Herr«, meldete er mit klangloser Stimme.

»Dann seid Ihr entlassen«, erwiderte Corum halberstickt.

»Doch ehe ich gehe, muß ich Euch eine Botschaft übermitteln, Herr.«

»Eine Botschaft? Von wem?«

»Von jenem, der näher ist, als Ihr ahnt«, klang die tote Stimme leiernd. »Er sagt, Ihr müßt Euch zum See der Stimmen aufmachen. Und wenn Ihr den Mut habt, ihn zu überqueren, findet Ihr vielleicht die Hilfe, die Ihr sucht.«

»Der See der Stimmen. Wo ist er? Und wer ist jener, von dem Ihr sprecht?«

»Der See der Stimmen liegt jenseits des Gebirges. Doch nun muß ich Euch verlassen, Herr. Wir danken Euch für die Belohnung.«

Corum ertrug den Anblick seines Artgenossen einfach nicht länger. Er wandte sich um und zog das juwelenverzierte Schild über Rhynns Auge. Als er sich wieder umdrehte, waren die Vedragh verschwunden, und mit ihnen die toten Vögel.

Rhalinas Gesicht war wachsbleich. »Diese deine Verbündeten, Corum, sind nicht weniger schrecklich als die Kreaturen des Chaos. Ihre Hilfe wird unsere Seele verderben –«

»Es ist das Chaos, das unsere Seelen verdirbt, Lady Rhalina«, versicherte Jhary ihr. »Durch das Chaos werden wir zum Kampf gezwungen. Das Chaos macht alle unerbittlich, auch jene, die ihm nicht dienen. Das müßt Ihr einsehen, Lady Rhalina. Ich weiß, daß es so ist.«

Sie senkte die Augen. »Machen wir uns auf den Weg zu diesem See«, murmelte sie. »Wie heißt er doch?«

»Ein merkwürdiger Name«, antwortete Corum und starrte vor sich hin. »Der See der Stimmen.«

Sie kletterten weiter bergauf, doch jetzt, da die Gefahr, die von den Vögeln gedroht hatte, gebannt war, gönnten sie sich öfter Rast, und sie bedurften ihrer auch dringend, da eine neue Gefahr sich ankündigte – Hunger und Durst, denn sie hatten keinen Proviant bei sich.

Schließlich hatten sie den Kamm erreicht, und ihr Weg führte langsam bergab. An den tieferen Hügeln wuchs kräftiges grünes Gras. Vom Fuß des Berges an begann ein See sich bis zum Horizont zu erstrecken. Er war von sanftestem Blau, und kein Wind kräuselte das Wasser. Sie vermochten kaum zu glauben, daß es etwas von solcher Schönheit und solchem Frieden im Reich des Chaos geben konnte.

»Es ist zauberhaft!« staunte Rhalina. »Vielleicht finden wir dort etwas, unseren Hunger zu stillen. Aber auf jeden Fall wird er unseren Durst löschen.«

»Das wird er wohl –«, murmelte Corum, nicht ganz davon überzeugt.

Und Jhary brummte: »Ich dachte, Euer Informant sagte, wir bräuchten Mut, den See zu überqueren. Ich frage mich, welche Gefahren er wohl birgt.«

Sie vermochten sich kaum noch auf den Füßen zu halten, als sie die grasigen Hügel erreicht hatten und endlich den glatten Fels hinter sich lassen konnten. Sie setzten sich müde ins Gras neben einen kleinen Bach, der einer nahen Quelle entsprang, und so mußten sie nicht warten, ihren

Durst zu stillen, bis sie den See erreichen würden. Jhary murmelte seiner Katze etwas zu. Sie schwang sich in die Lüfte und war bald aus ihren Augen verschwunden.

»Wo habt Ihr Schnurri hingeschickt?« erkundigte Corum sich.

Jhary zwinkerte ihm zu. »Jagen.«

Und tatsächlich, nach gar nicht so langer Zeit kam die Katze mit einem Kaninchen zwischen den Zähnen zurück, das sicher nicht kleiner war als sie selbst. Sie ließ es auf den Boden fallen und verließ sie erneut, um ein weiteres zu finden. Jhary machte Feuer, und bald hatten sie sich gestärkt und fielen in erschöpften Schlaf, während abwechselnd einer von ihnen Wache hielt.

Als sie ausgeruht waren, setzten sie ihren Weg fort, bis sie kaum noch eine Viertelmeile vom Seeufer entfernt waren.

Plötzlich legte Corum den Kopf schief. »Hört ihr es?« fragte er. »Ich höre nichts«, erwiderte Rhalina verwundert.

Aber Jhary nickte. »Ja – Stimmen – wie von einer weit entfernten Menschenmenge. Stimmen –«

»Das ist es, was ich höre«, pflichtete Corum ihm bei.

Und als sie sich dem See näherten, nahm das Stimmengewirr an Lautstärke zu, bis es in ihren Köpfen widerzuhallen schien. Sie preßten die Hände gegen die Ohren und wußten nun, welch Mutes es bedurfte, den See der Stimmen zu überqueren.

Die Worte – das Gemurmel – das Flehen, die Flüche, die Schreie, das Weinen, das Lachen – all das kam aus dem blauen Wasser des scheinbar so friedlichen Sees

Es war das Wasser, das sprach.

Es war, als ob Millionen von Menschen darin ertrunken wären und nicht aufhörten zu reden, obwohl ihre Körper längst verfault und vom Wasser aufgelöst waren.

Die Hände fest gegen die Ohren gepreßt, blickte

Corum sich verzweifelt um. Aber er mußte feststellen, daß es unmöglich war, den See zu umgehen, denn zu seinen beiden Seiten erstreckte sich Marschland, das sich nicht überqueren ließ.

Er zwang sich, näher an den See heranzugehen. Die Stimmen der Männer und Frauen und Kinder waren wie von ewig in die Hölle Verdammten.

»Bitte –«

»Ich möchte – ich möchte – ich möchte –«

»Niemand hilft –«

»Diese Qualen –«

»Es gibt keinen Frieden –«

»Warum –?«

»Es war eine Lüge. Man hat mich betrogen –«

»Auch mich. Auch mich. Ich kann nicht mehr –«

»Aaaaaaaaaa! Aaaaaaaaaa! Aaaaaaaaaa!«

»Helft mir, ich flehe euch an –«

»Helft mir –«

»Mir –«

»Dieses Los ist nicht zu ertragen, wenn man nicht –«

»Hah!«

»Hilfe!«

»Gnade!««

»Rettet sie – rettet sie – rettet sie –«

»Ich ertrage es nicht mehr –«

»Ha, ha, ha, ha, ha, ha, ha, ha, ha, ha, ha, ha, ha, ha, ha –«

»Es schien so herrlich, und Lichter strahlten ringsum –«

»Bestien, Bestien, Bestien, Bestien, Bestien, Bestien, Bestien –«

»Das Kind – es war das Kind –«

»Den ganzen Morgen weinte ich, bis diese schleichende Kreatur in mich eindrang –«

»Säet! Erhaltet die Kunst! –«

»Verloren in Rendane, schuf ich diese Melodie –«

»Friede –«

Da sah Corum, daß am Ufer des Sees der Stimmen ein Kahn auf sie wartete.

Und er fragte sich, ob er noch Herr seines Geistes sein würde, wenn er das andere Ufer erreichte.

2 Der weiße Fluß

Corum und Jhary stießen die langen Ruder ins Wasser, während Rhalina in sich zusammengekauert am Bug saß. Mit jedem Ruderschlag wurde das Wasser noch mehr aufgewühlt, doch statt eines Platschens erhoben sich weitere Stimmen. Sie fühlten, daß diese nicht von unter der Oberfläche des Sees, sondern vom Wasser selbst kamen – als hielte jeder einzelne Tropfen eine Seele gefangen, die ihr Leid hinausschrie. Corum konnte nicht umhin, darüber nachzudenken, ob nicht vielleicht jeder See gleicherart beschaffen war, wenn auch dieser hier der einzige war, den man tatsächlich zu hören vermochte. Er bemühte sich, diese quälenden Gedanken von sich zu schieben.

»Ich möchte –«

»Ich wollte, ich –«

»Wenn ich –«

»Könnte ich –«

»Liebe – Liebe – Liebe –«

»Schwermütig süßer Sang sucht Seelen so sanft, so schmeichelnd wie Seide –«

»Hört auf! Hört auf!« flehte Rhalina, aber die Stimmen schwiegen nicht, und Corum und Jhary stemmten sich fester in die Ruder, die Lippen zusammengepreßt.

»Ich möchte – ich möchte – ich möchte – ich möchte –«

»Kätzchen erwache, ehe ich –«

»Einst – einst – einst –«

»Helft uns!«

»Befreit uns!«

»Gebt uns Frieden! Frieden!«

»Bitte Frieden! Bitte Frieden!«

»Ohne Rückhalt –«

»Kälte –«

»Kälte –«

»Kälte –«

»Wir können euch nicht helfen!« stöhnte Corum. »Wir haben keine Möglichkeit dazu.«

Nun schrie Rhalina gellend.

Nur Jhary hielt die Lippen fest zusammengepreßt, die Augen starr geradeaus gerichtet.

Sein Körper bewegte sich im gleichmäßigen Rhythmus des Ruderschlags.

»O rettet uns!«

»Rettet mich!«

»Das Kind – das Kind –«

»Irr, wirr, stier, irr, wirr, stier, irr, wirr, stier –«

»Hört auf! Wir können nichts für euch tun!«

»Corum! Corum! Bring sie zum Schweigen! Kennst du denn keine Zauberkräfte, die diese Stimmen zum Verstummen bringen?«

»Nein, keine!«

»Aaaaaaaaaaaah!«

»Oorum canish, oorum canish, oorum canish, sashan foroom alann alann, oorum canish, oorum canish –«

»Ha, ha, ha, ha, ha, ha, ha, ha, ha, ha, ha –«

»Niemand, nichts, nirgends, sinnloses Leid, was bezweckst du, wem nützt du?«

»Flüstere sanft, flüstere zärtlich, flüstere, flüstere –«

»Nein, nein, nein, nein, nein, nein, nein, nein, nein, nein –«

Corum nahm eine Hand vom Ruder und schlug gegen seine Stirn, als könne er so die Stimmen vertreiben. Rhalina lag ausgestreckt am Boden des Kahns, aber Corum vermochte ihre Schreie und ihr Flehen nicht mehr von jenen der anderen zu unterscheiden.

»Hört auf!«

»Hört auf! Hört auf! Hört auf! Hört auf!«

»Hört auf –«

»Hört auf –«

»Hört auf –«

»Hört auf –«

Tränen rannen über Jharys Gesicht, aber er ruderte weiter, ohne den Rhythmus seiner Bewegungen zu ändern. Nur die Katze schien unberührt. Sie saß auf der Ruderbank zwischen Jhary und Corum und putzte sich die Pfoten. Für Schnurri war dieses Wasser wie jedes andere auch, und sie vermied es, damit in Berührung zu kommen. Hin und wieder warf sie einen ängstlichen Blick über den Bootsrand, aber das war auch alles.

»Rettet uns, rettet uns, rettet uns –«

Und da erklang eine tiefere Stimme, eine warme, humorvolle, angenehme Stimme, die alle anderen übertönte.

»Warum werdet ihr nicht eins mit ihnen? Es würde euch all diese Qualen ersparen. Ihr braucht nur zu rudern aufhören, euch in das Wasser sinken lassen und zu entspannen, dann seid ihr mit ihnen vereinigt. Warum tut ihr so stolz?«

»Nein! Hört nicht auf ihn! Hört auf uns!«

»Hört nicht auf sie. Sie sind alle von Grund auf glücklich. Nur euer Kommen wühlt sie auf Sie wollen, daß ihr euch mit ihnen vereint – vereint – vereint –«

»Nein! Nein! Nein!«

»Nein! schrie Corum. Er löste das Ruder aus seiner Halterung und begann auf das Wasser zu schlagen. »Hört auf! Hört auf! Hört auf!«

»Corum!« Jhary sprach zum erstenmal, seit sie das Ufer verlassen hatten.

Er klammerte sich an die Seite des Kahns, der durch

Corums Bewegungen heftig schaukelte. Rhalina blickte verstört auf.

»Corum! Ihr macht alles nur noch schlimmer! Es ist unser Ende, wenn wir in den See fallen!« versuchte Jhary ihn aufzurütteln.

»Hört auf! Hört auf! Hört auf!« keuchte der Vadhagh.

Mit einem Arm immer noch auf seinem eigenen Ruder, zerrte Jhary an Corums scharlachrotem Mantel. »Corum! Beherrscht Euch!« Corum ließ sich auf die Ruderbank zurückfallen und starrte Jhary an, als sei der sein Feind. Dann wurden seine Züge ruhiger. Er steckte das Paddel auf den Zapfen zurück und begann wieder zu rudern. Das Ufer war nun schon nahe.

»Wir müssen an Land«, mahnte Jhary. »Nur so können wir diesen Stimmen entkommen. Bemüht Euch, ihnen zu widerstehen.«

»Ja«, murmelte Corum. »Es ist gut.« Er vermied es, Rhalinas qualvoll verzerrtem Gesicht zu begegnen.

»Sich häutende, schlafende Schlangen, alte Eulen und hungrige Habichte bevölkern meine Erinnerung an Charatatu –«

»Vereint euch mit ihnen, und all die unvorstellbaren Erinnerungen sind euer. Vereint euch mit ihnen, Prinz Corum, Lady Rhalina und Sir Jhary. Vereint euch mit ihnen! Vereint euch mit ihnen!«

»Wer seid Ihr?« fragte Corum. »Habt Ihr sie zu dem gemacht, was sie sind?«

»Ich bin die Stimme des Sees der Stimmen, das ist alles. Ich bin der wahre Geist des Sees. Ich biete euch Frieden und Einigkeit mit all den anderen Seelen. Hört nicht auf die wenigen unzufriedenen. Sie wären nirgendwo glücklich. Es gibt überall solche –«

»Nein, nein, nein, nein, nein, nein, nein, nein –«

Corum und Jhary legten sich noch mehr in die Riemen, bis das Boot plötzlich über den Ufersand kratzte. Das Wasser begann aufzuwirbeln, und eine gewaltige

Fontäne geiferte gen Himmel. Sie begann zu wimmern und winseln und kreischen und schreien und brüllen.

»Nein! Ich lasse mich nicht um meine Beute bringen! Ihr gehört mir! Niemand entkommt dem See der Stimmen!«

Die Fontäne formte sich zu einem wilden, wutverzerrten Gesicht.

Auch Arme und Hände bildeten sich und begannen sich nach ihnen auszustrecken.

»Ihr gehört mir! Ihr werdet mit den anderen singen! Ihr müßt ein Teil meines Chores werden!«

Die drei sprangen keuchend aus dem Kahn und hasteten landeinwärts, während die Wassergestalt hinter ihnen wuchs und wuchs und ihre Stimme immer gewaltiger brüllte.

»Ihr seid mein! Ihr seid mein! Ihr entkommt mir nicht!«

Aber Tausende von schwächeren Stimmen riefen durcheinander:

»Lauft – lauft schneller – kehrt nie zurück – lauft – lauft – lauft –«

»Verräter! Schweigt!«

Und die Stimmen verstummten. Es herrschte Schweigen, bis die schreckliche Wasserkreatur, rasend vor Wut, erneut zu brüllen begann.

»Nein! Nein! Es ist eure Schuld, daß ich meinen Stimmen zu schweigen befahl – meine Stimmen – meine Lieblinge! Nun muß ich von vorn beginnen, muß mir einen neuen Chor schaffen. Eure Schuld ist es, daß ich sie befreit habe! Kommt zurück! Kommt sofort zurück!«

Und während sie ihre Füße immer mehr anspornten, wurde die Kreatur noch titanischer und streckte ihre Wasserhände nach ihnen aus.

Plötzlich stieß sie einen wimmernden Schrei aus und begann in den See zurückzutaumeln. Sie war nicht mehr länger imstande, ihre Form aufrechtzuerhalten. Die drei beobachteten, wie sie sich wand, im letzten Grimm drohend die Fäuste ballte. Dann war sie versunken, und der See lag wieder friedlich wie zuvor.

Doch nun hatte er keine Stimmen mehr. Die Seelen waren verstummt. Der Wassergeist selbst hatte ihnen zu schweigen befohlen und dadurch offenbar den Zauber gebrochen, mit dem er sie gebannt hatte.

Corum seufzte und ließ sich ins Gras fallen. »Es ist vorbei. Nun haben all die armen Seelen ihren Frieden gefunden.«

Er strich der kleinen, völlig verstörten Katze mitfühlend über das weiche Fell. Wie schrecklich mußte der Anblick des drohenden Wasserwesens gerade für sie gewesen sein.

Als sie sich ausgeruht hatten, bestiegen sie einen Hügel, der Ausblick auf eine Wüste bot. Es war eine braune Wüste.

Ein Fluß durchquerte sie, aber er schien nicht aus Wasser zu bestehen. Eine weiße, milchähnliche Flüssigkeit füllte das breite Flußbett und schlängelte sich müde durch die sonnengedörrte Öde.

»Seht!« rief Rhalina aufgeregt. »Ein Reiter!«

Das Pferd erklomm zögernd den Hügel und näherte sich ihnen, aber der Mann auf seinem Rücken schien sie noch nicht entdeckt zu haben. Trotzdem zog Corum sein Schwert, und die anderen taten es ihm gleich. Das Pferd zottelte müde dahin, als befände es sich seit Tagen ohne Rast auf den Beinen.

Sie sahen, daß der Reiter im fleckigen, abgetragenen Lederwams schlafend auf dem Sattel kauerte. Ein Breitschwert hing an einer Schlaufe von seinem rechten Arm, dessen Hand die Zügel umklammerte. Das hagere Gesicht verriet nichts über sein Alter. Seine Nase war krumm, sein Bart- und Haupthaar lang und ungekämmt. Er schien ein armer Mann zu sein, und doch hing über seinem Sattelknauf eine Krone. Zwar war sie dick mit

Staub bedeckt, aber ohne Zweifel aus Gold und mit kostbaren Edelsteinen besetzt.

»Glaubt ihr, er ist ein Dieb?« fragte Rhalina. »Ob er die Krone wohl gestohlen hat und nun auf der Flucht vor dem rechtmäßigen Besitzer ist?«

Ein paar Fuß vor ihnen hielt das Pferd an und blickte sie mit großen müden Augen an. Dann senkte es den Kopf und begann zu grasen. Der Reiter öffnete noch verschlafen die Augen und rieb sie. Auch er blickte sie nur an und kümmerte sich nicht weiter um sie. Er murmelte irgend etwas vor sich hin.

»Seid gegrüßt, Sir«, wandte Corum sich an ihn.

Der Hagere blinzelte verwirrt und blickte Corum erneut an. Er tastete hinter sich nach seiner Wasserflasche, dann setzte er sie an seine Lippen, legte den Kopf zurück und nahm einen kaum endenwollenden Schluck.

»Seid gegrüßt, Sir«, versuchte Corum es noch einmal.

Der Reiter nickte. »Aye«, brummte er.

»Woher kommt Ihr?« erkundigte sich Jhary. »Wir sind fremd in diesem Land und wären Euch tief verbunden, wenn Ihr uns sagtet, was jenseits dieser braunen Öde liegt.«

Der Mann seufzte und starrte auf die Wüste und das gewundene Band des weißen Flusses.

»Das ist die Blutebene«, erklärte er, »und der Weiße Fluß – manche nennen ihn auch Milchfluß, obwohl es natürlich keine Milch ist –«

»Aber warum Blutebene?« fragte Rhalina.

Der Hagere streckte sich und runzelte die Stirn. »Weil es eine blutgetränkte Ebene ist, Madame. Was Ihr seht, ist nicht brauner Staub, sondern getrocknetes Blut – Blut, das vor langer Zeit in irgendeiner vergessenen Schlacht zwischen der Ordnung und dem Chaos vergossen wurde.«

»Und was liegt jenseits?« erkundigte sich Corum.

»Vieles, aber durchweg nichts Erfreuliches. Es gibt nichts Erfreuliches mehr auf dieser Welt, seit das Chaos sie eroberte.«

»Ihr seid nicht auf seiten des Chaos?«

»Warum sollte ich es sein? Das Chaos hat mir alles genommen. Es hat mich ausgestoßen. Es möchte mich tot sehen, aber ich bleibe nie lang an einem Ort, darum ist es nicht leicht, mich zu finden. Eines Tages jedoch –« Er ließ den Satz unvollendet.

Jhary stellte seine Freunde und sich selbst vor. »Wir suchen einen Ort«, sagte er. »Die Stadt in der Pyramide.«

Der Reiter lachte. »Auch ich suche die Stadt. Auch ich. Aber ich glaube schon nicht mehr daran, daß es sie wirklich gibt. Ich denke eher, das Chaos hat sich diese Stadt und den angeblichen Widerstand nur ausgedacht, um falsche Hoffnungen in seinen Feinden zu wecken und sie so um so mehr zu quälen. Mich nennt man jetzt den König ohne Land. Dereinst war Noreg-Dan mein Name, und ich herrschte über ein schönes und friedliches Land. Man schätzte mich als weisen Regenten. Aber dann kam das Chaos, und die ihm Ergebenen machten mein Reich dem Erdboden gleich. Sie mordeten alle meine Untertanen. Nur ich kam mit dem Leben davon und suche seither ohne Rast und ohne Ruh jenen mystischen Ort.«

»So glaubt Ihr also nicht an diese Stadt in der Pyramide?«

»Ich ziehe schon so lange durch diese Welt und habe sie immer noch nicht gefunden.«

»Könnte sie jenseits der Blutebene liegen?« fragte Corum.

»Das könnte sie, aber so unklug bin ich noch nicht, daß ich versuchen würde, sie zu überqueren. Sie reicht bis zum Horizont und könnte gar ohne Ende sein. Und Ihr würdet zu Fuß eine noch geringere Chance haben als ich. Gäbe es Holz in dieser Gegend, könnte man vielleicht ein

Floß bauen und sein Glück auf dem Weißen Fluß versuchen, doch es gibt keines.«

»Aber es gibt einen Kahn«, erklärte Jhary.

»Es wäre sicher zu gefährlich, zum See der Stimmen zurückzukehren«, warnte Rhalina.

»Der See der Stimmen!« König Noreg-Dan schüttelte sein ungekämmtes Haupt. »Geht nicht dorthin – die Stimmen locken Euch ins Wasser –«

Corum erklärte, was sie erlebt hatten, und der König ohne Land lauschte aufmerksam. Dann lächelte er voll Bewunderung. Er stieg vom Pferd und musterte Corum von allen Seiten. »Ihr seid ein recht ungewöhnliches Geschöpf mit Eurer merkwürdigen Hand und dem Augenschild und der eigenartigen Rüstung.« Er nickte heftig. »Aber Ihr seid ein Held, und ich beglückwünsche Euch – Euch alle.« Dann wandte er sich an die beiden anderen. »Es wäre einen Versuch wert, dem alten Feenshak das Boot zu rauben – mein Pferd könnte es heraufziehen.«

»Feenshak?« fragte Jhary.

»Aye. Nur einer der Namen dieses Wesens, dem Ihr widerstanden habt. Er ist ein besonders mächtiger Wassergeist, der in diesem See sein Unwesen treibt, seit Königin Xiombarg ihre Herrschaft hier antrat. Nun, wollen wir versuchen, das Boot zu kapern?«

»Gut«, grinste Corum. »Warum nicht?«

Etwas nervös kehrten sie zum Ufer des Sees zurück, aber es schien, als hätte Feenshak für den Moment genug. Er zeigte sich nicht. Sie hatten keine Schwierigkeiten, dem erschöpften Pferd das Boot anzubinden. Unter dem Rudersitz verstaut, fand Corum ein kleines Segel und nach eingehender Inspektion auch einen kurzen kippbaren Mast an der Innenseite des Kahns.

»Aber was ist mit Eurem Pferd?« fragte Corum, als es das Boot bergauf und den halben Hügel auf der anderen Seite wieder heruntergezerrt hatte. »Es ist zu groß. Wir haben kaum allein Platz –«

Noreg-Dan seufzte tief. »Es ist ein Jammer, aber ich werde es hierlassen müssen. Es ist vermutlich allein ohnehin sicherer als mit mir. Außerdem hat es sich Ruhe verdient. Es hat mich getreulich getragen in all der Zeit, seit ich gezwungen war, mein Land zu verlassen.«

Er nahm dem Tier das Zaumzeug ab und legte es in das Boot. Dann gab er dem Pferd einen freundschaftlichen Klaps, der es wieder hügelan schickte. Etwas wehmütig blickte er ihm nach, ehe er den anderen half, den Kahn den Rest des Hügels hinabzubefördern und danach über die braune Ebene zu schleifen, bis sie die nächste Windung des Weißen Flusses erreicht hatten. Der feine Staub reizte die Nase und war ihnen um so unangenehmer, da ihnen nun seine Herkunft bekannt war.

Das Pferd blickte ihnen vom Kamm des Hügels nach, ehe es auf der anderen Seite verschwand. Noreg-Dan neigte sein Haupt und kreuzte seine Arme auf der Brust.

Immer noch stand die Sonne unbeweglich am Himmel, und sie hatten keine Möglichkeit zu bestimmen, wieviel Zeit bereits seit ihrer Ankunft vergangen war. Die Flüssigkeit des Stromes war dicker als Wasser. Noreg-Dan warnte davor, sie zu berühren. »Es kann die Haut zersetzen«, erklärte er ihnen.

»Aber was ist es denn eigentlich?« fragte Rhalina, als sie das Boot in die Flußmitte gerudert hatten und nun das Segel setzten. »Wird es dem Kahn nicht schaden?«

»Aye«, gestand der König ohne Land. »Aber es wird eine Weile dauern. Wir müssen zusehen, daß wir die Wüste hinter uns haben, ehe es soweit ist.« Er seufzte, bevor er fortfuhr. »Manche sagen, wie der braune Staub das vertrocknete Blut der Sterblichen ist, so ist der Weiße

Fluß das Blut der alten Götter, das in der Schlacht vergossen wurde und nicht vertrocknen kann.«

Rhalina deutete auf die Bergkette, von welcher der Fluß kam. »Aber das kann doch nicht sein – er kommt von irgendwoher und zieht irgendwohin –«

»Scheinbar«, murmelte Noreg-Dan.

»Scheinbar?«

»Chaos regiert dieses Land«, erinnerte der König Rhalina.

Eine schwache Brise hatte sich erhoben und begann das Segel aufzublähen. Das Boot bewegte sich nun mit großer Geschwindigkeit. Bald waren die Hügel hinter dem Horizont verschwunden, und nichts als die Blutebene erstreckte sich in allen Richtungen.

Rhalina schlief eine lange Zeit. Auch die anderen lösten sich ab, denn es gab wenig sonst, was sie tun konnten. Als sie nach ihrer dritten Schlafenszeit erwachte und immer noch nichts als die Blutebene um sich sah, murmelte sie vor sich hin: »Wie unvorstellbar viel Blut wurde vergossen. Wic unvorstellbar viel –«

Weiter segelte das Boot den milchweißen Fluß hinab, und Noreg-Dan erzählte ein wenig von dem, was Xiombarg diesem Land angetan hatte.

»Alle Geschöpfe, die dem Chaos nicht treu ergeben waren, wurden ausgerottet. Oder aber das Chaos machte sich einen Spaß mit ihnen, wie mit mir – die Schwertherrscher sind berüchtigt für ihre kleinen Späßchen. Alle schlechten Eigenschaften der Sterblichen wurden enthemmt, und Schrecken und Grauen senkten sich über diese Welt. Meine Frau, meine Kinder, sie wurden –« Er beendete den Satz nicht. »Wir alle mußten unvorstellbares Leid erdulden. Aber ob das ein Jahr zurückliegt oder hundert, das weiß ich nicht, denn Xiombarg hatte ihren Spaß daran, die Sonne anzuhalten, damit wir nicht wissen, wieviel Zeit vergeht.«

»Wenn Xiombargs Herrschaft gleichzeitig mit der Ariochs begann«, warf Corum ein, »dann ist es länger als ein Jahrhundert her.«

»Xiombarg scheint auf dieser Ebene die Zeit abgeschafft zu haben«, meinte Jhary. »Relativ gesehen, natürlich nur. Es läßt sich nicht bestimmen, was hier wann geschah.«

Corum nickte. »Doch sagt uns, König Noreg-Dan, was wißt Ihr über die Stadt in der Pyramide?«

»Nun, sie soll ursprünglich nicht von dieser Ebene stammen, obgleich sie auf einer der fünf von Xiombarg beherrschten Ebenen existierte. Um dem Chaos zu entkommen, bewegte sie sich von einer in die andere. Schließlich jedoch sah sie sich gezwungen, auf einer Ebene zu bleiben und sich damit zufriedenzugeben, sich gegen Königin Xiombargs Angriffe zu schützen. Soweit ich gehört habe, kosteten der Schwertherrscherin diese Angriffe viel Kraft. Vielleicht verdanken wir – ich und andere mit ähnlichem Schicksal – diesem Umstand, daß wir überhaupt noch leben. Aber ich weiß es nicht.«

»Es gibt also noch andere?«

»Aye. Ewige Wanderer wie ich. Zumindest gab es sie, doch vielleicht hat Xiombarg sie bereits gefunden.«

»Oder vielleicht fanden sie auch die Stadt in der Pyramide.«

»Möglich.«

»Xiombarg ist gegenwärtig damit beschäftigt, die Ereignisse in Ariochs ehemaligem Herrschaftsgebiet zu beobachten«, erklärte Jhary dem König. »Sie ist sehr an dem Ausgang des Kampfes zwischen den Gefolgsleuten des Chaos und den Verteidigern der Ordnung interessiert.«

»Um so besser für Euch, Prinz Corum«, stellte Noreg-Dan fest. »Denn wüßte sie, daß der Sieger über ihren Bruder sich hier in ihrem Reich befindet, wo sie ihn höchstpersönlich in die Finger bekommen könnte –«

»Davon sprechen wir lieber nicht«, unterbrach Corum ihn.

Und weiter segelten sie auf dem Weißen Fluß, bis sie schon befürchteten, daß es kein Ende seines Laufs und dieser Blutebene gäbe, wie es in dieser Welt auch keine Zeit gab.

»Hat die Stadt in der Pyramide einen Namen?« erkundigte sich Jhary.

»Ihr glaubt, es könnte Tanelorn sein?« fragte Rhalina.

Er grinste und schüttelte den Kopf. »Nein. Ich kenne Tanelorn, und die Beschreibung der Pyramidenstadt, glaube ich, trifft nicht auf sie zu.«

»Manche behaupten, sie sei im Innern einer riesigen Pyramide errichtet worden«, erzählte Noreg-Dan. »Andere wiederum sagen, sie habe lediglich Pyramidenform wie ein gewaltiges Stufenbauwerk. Ich fürchte, es gibt viele Mythen über diese Stadt.«

»Ich glaube nicht, daß mir jemals auf meiner langen Wanderschaft eine solche Stadt untergekommen ist«, murmelte Jhary.

Corum schien zu überlegen. »Irgendwie erinnert es mich an die großen Himmelsstädte, von denen eine während der letzten Schlacht zwischen den Vadhagh und Nhadragh auf der Ebene von Broggfythus zerschellte«, sagte er schließlich. »Unsere Legenden berichten davon, und ich weiß, daß es zumindest diese eine wirklich gegeben hat, denn ihre Trümmer befinden sich unweit Burg Erorn, wo ich aufwuchs. Sowohl die Vadhagh als auch die Nhadragh besaßen solche Städte, die in der Lage waren, sich durch die Ebenen zu bewegen. Aber als jene Phase unserer Geschichte vorüber war, begannen wir auf unseren Burgen ein ruhigeres Leben zu führen –« Er biß sich auf die Lippe, denn wieder hatte er ungewollt die alten Erinnerungen heraufbeschworen. »Vielleicht handelt es sich um eine solche Stadt«, schloß er schnell.

»Ich glaube, wir sollten lieber aus diesem Kahn aussteigen«, schlug Jhary vergnügt vor.

»Warum?« Corum stand mit dem Rücken zum Bug.

»Weil der Weiße Fluß und die Blutebene hier zu enden scheinen.«

Corum drehte sich eilig um. Sie näherten sich steil abfallenden Klippen. Die Blutebene endete so abrupt, als wäre sie von einem gigantischen Messer abgeschnitten, und die Flüssigkeit brauste in einen Abgrund.

3 Die Bestien aus der Tiefe

Der Weiße Fluß schäumte und toste, ehe er in die Tiefe stürzte. Corum und Jhary rissen die Ruder aus ihrer Halterung und benutzten sie, das wild schaukelnde Boot ans Ufer zu lenken.

»Mach dich fertig zum Sprung, Rhalina!« brüllte Corum.

Sie stand aufrecht im Kahn und hielt sich am Mast fest. König Noreg-Dan stützte sie.

Das Boot driftete plötzlich zur Strommitte zurück, bis ein Wirbel es unerwartet wieder näher ans Ufer schleuderte. Corum taumelte und wäre beinah mitsamt Ruder über Bord gestürzt. Das Tosen des Wasserfalls überdröhnte fast ihre Stimmen. Der Abgrund war nun schon ganz nahe. Es fehlte nicht mehr viel, und sie würden in die Tiefe gerissen. Hinter den Schleiern von Schaum sah Corum undeutlich die gegenüberliegende Klippenwand. Sie war weniger als eine Meile entfernt.

Der Kahn scharrte kurz gegen das Ufer.

»Spring, Rhalina!« brüllte Corum.

Sie sprang, und Noreg-Dan folgte ihr. Sie fielen langgestreckt in den Blutstaub.

Jhary sprang als nächster, aber das Boot drehte bereits wieder der Flußmitte zu. Er landete an einer seichten Stelle und watete, Corum etwas zubrüllend, ans Ufer.

Corum entsann sich Noreg-Dans Warnung, daß die Flüssigkeit die Haut zu zersetzen vermöge. Doch was konnte er tun? Die Zeit drängte. So sprang er mit fest zusammengepreßten Lippen aus dem Kahn und versuchte auf das Ufer zuzuschwimmen. Seine schwere Rüstung behinderte ihn sehr. Sie wehrte jedoch andererseits die starke Strömung ab, und es gelang ihm schließlich, mit den Füßen Grund zu erreichen. Sich vor Ekel schüttelnd, kletterte er ans Ufer. Die weißen Tropfen der grausigen Flüssigkeit rannen seinen Körper hinab. Keuchend lag er im braunen Staub und blickte dem Boot nach, das sich am Ende des Abgrunds drehte und schließlich in der Tiefe verschwand.

An den Klippen entlang schleppten sie sich vom Fluß weg durch den knöcheltiefen Blutstaub und hielten erst, als das Rauschen des Wasserfalls nur noch schwach zu ihnen drang.

Sie versuchten ihre Lage abzuschätzen. Die Schlucht schien endlos.

Sie reichte von Horizont zu Horizont. Ihre Ränder waren gerade und die Seiten glatt. Sie war ohne Zweifel künstlich geschaffen. Es sah aus, als ob ein gigantischer Kanal – eine Meile breit, eine Meile tief – zwischen den Klippen geplant gewesen war. Sie standen am Rande des Abgrunds und blickten in die Tiefe. Ein Schwindelgefühl drohte Corum zu übermannen. Er tat schnell einen Schritt zurück.

Die Klippenwände bestanden aus dem gleichen dunklen Obsidian wie das Gebirge der Vögel, aber sie waren glasglatt. Weit, weit unten wirbelte eine gelbe, nebelartige Substanz, die den Blick auf den Grund verwehrte, wenn es überhaupt einen gab.

Unsagbar klein kamen sich die vier in dieser gewaltigen Endlosigkeit vor. Sie blickten zurück auf die Blutebene. Sie war flach und reichte so weit ihre Augen schauten. Dann versuchten sie Einzelheiten auf der gegenüberliegenden Klippe zu erkennen, aber sie war zu weit entfernt. Ein feiner Schleier bedeckte die Sonne, die immer noch direkt im Mittag stand.

Die winzigen Gestalten wanderten weiter entlang am Klippenrand durch den Blutstaub, fort vom Weißen Fluß.

Schließlich fragte Corum: »Habt Ihr schon einmal von diesem Ort gehört, König Noreg-Dan?«

»Nein.« Der König ohne Land schüttelte den Kopf. »Ich wußte nicht, was jenseits der Blutebene zu finden sein würde, aber das hier hätte ich nicht erwartet. Vielleicht ist es neu –«

»Neu?« Rhalina blickte ihn an. »Was meint Ihr damit?«

»Das Chaos ändert ständig seine Landschaften – es hat seinen Spaß mit ihnen. Vielleicht weiß Königin Xiombarg, daß wir uns hier befinden, und spielt Katz und Maus mit uns?«

Jhary kraulte Schnurri hinter den Ohren. »Das sähe ihr ähnlich. Aber ich glaube, für den Bezwinger ihres Bruders würde sie sich etwas noch viel Unerfreulicheres ausdenken.«

»Vielleicht ist das hier nur der Anfang«, gab Rhalina zu bedenken. »Sie könnte ihre Rache ja allmählich steigern. Schließlich kann sie sich Zeit lassen, soviel sie will –«

»Nein, ich glaube nicht, daß sie von uns weiß«, wehrte Jhary ab. »Ich habe auf vielen Ebenen und in vielen Gestalten gegen das Chaos gekämpft. Es ist nicht nur ungestüm, sondern auch ungeduldig. Sie hätte sich bestimmt bereits gezeigt, wenn sie von Prinz Corums Anwesenheit hier wüßte. Nein, nein, sie ist noch viel zu sehr in ihre Beobachtung der Welt vertieft, aus der wir kamen.« Er lächelte schwach. »Was natürlich nicht heißt, daß wir uns nicht in Gefahr befinden.«

»Vor allem wieder einmal in Gefahr, zu verhungern«, erinnerte ihn Corum. »Dies hier ist der bisher ödeste Ort von allen – und es gibt keinen Weg hinunter in den Abgrund, keinen darüber und keinen zurück –«

»Wir müssen eben weiterwandern, bis wir einen hinunter oder hinüber finden«, seufzte Rhalina. »Irgendwo muß die Schlucht ja einmal enden!«

»Vielleicht«, murmelte Noreg-Dan zweifelnd und fuhr sich über das hagere Gesicht. »Doch bitte erinnert Euch, daß wir uns in einem völlig vom Chaos beherrschten Gebiet befinden. Demnach zu schließen, was Ihr mir von Ariochs Reich erzählt habt, stand diesem Schwertritter bei weitem nicht die gleiche Macht zur Verfügung wie Xiombarg – er war der geringste der Schwertherrscher. Man sagt, Mabelrode, der Schwertkönig, sei sogar noch viel mächtiger als sie. Er soll aus seinem Reich eine stetig die Form und Beschaffenheit ändernde Substanz gemacht haben –«

»Dann hoffe ich nur, daß wir nie gezwungen werden, es zu betreten«, murmelte Jhary. »Mir ist es hier schon zu viel. Vom totalen Chaos halte ich absolut nichts.«

Weiter wanderten sie am Rande des Abgrunds entlang.

Corum war so müde und erschöpft von der Monotonie, daß es eine Weile währte, bis er bemerkte, daß der Himmel sich verdunkelte. Er blickte hoch. Bewegte die Sonne sich jetzt?

Aber sie schien sich nicht von der Stelle gerührt zu haben. Dafür wirbelten schwarze Wolken, wie vom Sturm bewegt, über den Himmel, auf die entgegengesetzte Seite der Schlucht zu. Waren sie einem Zauberspruch entsprungen? Oder waren sie natürlichen Ursprungs? Corum wußte es nicht. Er blieb stehen. Es war kälter geworden. Auch die anderen wurden auf die Wolken aufmerksam.

Noreg-Dans Gesicht zuckte erschreckt. Er kreuzte die Arme, wie um sich zu wärmen, und benetzte die Lippen. Plötzlich hob sich die kleine schwarz-weiße Katze von Jharys Schulter in die Luft und eilte auf ihren schwarzen Schwingen mit den weißen Spitzen davon. Über der Schlucht, schon fast außerhalb der Sichtweite, begann sie zu kreisen. Jhary schien verwirrt und beunruhigt, denn Schnurri benahm sich sehr ungewohnt.

Rhalina schmiegte sich an Corum und legte eine Hand auf seinen Arm. Er drückte sie an sich und starrte auf die schwarzen Wolken, die von irgendwo nach nirgendwo wirbelten.

»Habt Ihr jemals so etwas gesehen, König Noreg-Dan?« rief Corum durch die Düsternis. »Haltet Ihr es von Bedeutung?«

Noreg-Dan schüttelte den Kopf. »Nein, ich habe nie dergleichen gesehen. Aber von Bedeutung halte ich es – es ist ein Omen, fürchte ich. Ein Omen von Gefahr, die uns vom Chaos droht. Ich habe ähnliche Zeichen erlebt.«

»Dann laßt uns uns auf das Kommende vorbereiten.« Corum zog sein langes Vadhagh-Schwert und öffnete den scharlachroten Mantel über dem silbernen Kettenhemd, um mehr Bewegungsfreiheit zu haben. Auch die anderen zogen ihre Klingen und warteten.

Schnurri kam zurückgeflogen. Sie miaute schrill, drängend. Sie hatte etwas im Abgrund entdeckt. Die vier traten näher an den Rand und spähten hinunter. Ein rötlicher Schatten bewegte sich in dem gelben Nebel. Langsam begann er sich daraus hervorzuheben, Gestalt anzunehmen.

Was immer es war, es flog mit fächelnden blutroten Schwingen, und sein grinsendes Gesicht war das eines Hais. Es sah aus wie etwas, das eigentlich im Meer zu

Hause sein sollte. Darauf deutete auch die seltsame Weise hin, wie es flog – als bewege es sich mit Flossen durch Wasser. Reihe um Reihe von spitzen Zähnen füllte sein Maul. Sein Leib war von der Größe eines ausgewachsenen Bullen, seine Flügelspanne nahezu dreißig Fuß.

Immer höher flog es. Seine Kiefer öffneten und schlossen sich, als wässere ihm bereits das Maul. Seine goldenen Augen brannten vor Hunger und Wildheit.

»Das ist der Ghanh«, stöhnte Noreg-Dan. »Der Ghanh, der die Chaos-Meute in mein Land führte. Er ist eine von Königin Xiombargs Lieblingskreaturen. Er wird uns verschlingen, noch ehe wir auch nur die Schwerter gegen ihn erheben können.«

»Ah, Ihr nennt es also Ghanh auf dieser Ebene«, stellte Jhary interessiert fest. »Ich habe es schon einmal gesehen, und wie ich mich entsinne, konnte es getötet werden.«

»Und auf welche Weise?« drängte Corum, als der Ghanh immer höher und näher kam.

»Das habe ich leider vergessen«, murmelte Jhary.

»Wenn wir uns verteilen, haben wir eine bessere Chance«, riet Corum und trat vom Klippenrand zurück. »Schnell!«

»Verzeiht, wenn ich Euch daran erinnere, Freund Corum«, sagte Jhary und trat ebenfalls zurück. »Aber ich glaube, Eure Unterweltverbündeten könnten uns hier gute Dienste leisten.«

»Diese Verbündeten sind nun die schwarzen Vögel, die uns im Gebirge angriffen. Meint Ihr, sie vermöchten etwas gegen den Ghanh auszurichten?«

»Ich schlage vor, Ihr probiert es aus.«

Corum riß den Augenschild zurück und spähte in die Unterwelt. Dort waren sie – gut zwei Dutzend der schwarzen, grauenhaften Vögel. Und jeder mit aufgerissener Brust von den zweizackigen Lanzen der Vedragh.

Aber sie sahen Corum und erkannten ihn. Einer von ihnen öffnete den Schnabel und krächzte so erbärmlich, daß Corum fast Mitleid mit ihm empfand.

»Könnt ihr mich verstehen?« fragte er.

»Wir – verstehen – Herr. Habt Ihr – eine Belohnung – für uns?«

Corum schauderte. »Ja. Wenn ihr sie euch zu nehmen vermögt.«

Die Hand Kwlls streckte sich in die düstere Höhle und winkte die Vögel herbei. Ihre Flügel rauschten, als sie in die Welt kamen, in der Corum und seine Gefährten mit bangen Herzen auf den Ghanh warteten.

»Dort!« bedeutete Corum ihnen. »Dort ist eure Belohnung.«

Die schwarzen Vögel hoben ihre verwundeten untoten Körper höher in den Himmel und begannen zu kreisen, während der Ghanh über den Rand der Schlucht schwamm. Er öffnete sein weites Maul und stieß einen schrillen Schrei aus, als er die vier Sterblichen sah.

»Lauft!« brüllte Corum.

Sie nahmen die Beine in die Hand und rannten, jeder für sich, durch den Blutstaub. Wieder stieß der Ghanh einen markerschütternden Schrei aus. Er zögerte, schien zu überlegen, welchen der Sterblichen er zuerst verfolgen sollte.

Corum erstickte fast, als der Wind den fauligen Atem des Ungeheuers in seine Richtung blies. Er warf einen Blick zurück. Er erinnerte sich der Feigheit der Vögel und wie lange sie gebraucht hatten, ehe sie sich überhaupt erst entschlossen, sie anzufallen. Würden sie jetzt – da es ihre Befreiung aus dem Limbus bedeutete – genug Mut haben, den Ghanh anzugreifen? Doch schon schossen die Vögel mit unvorstellbarer Geschwindigkeit auf den Ghanh herab. Das Untier hatte ihre Anwesenheit nicht bemerkt und heulte nun vor Überraschung, als ihre scharfen Schnäbel in seinen weichen Kopf stießen. Er schnappte nach ihnen und erwischte zwei Leiber mit seinen Kiefern. Doch obwohl sie von der schrecklichen Kreatur bereits halbverschlungen waren, hackten die Schnäbel weiter, denn Untote können nicht mehr getötet werden.

Die Flügel des Ghanhs peitschten gegen den Boden und wirbelten eine gewaltige Wolke des Blutstaubs auf. Durch die Wolke hindurch konnten Corum und seine Begleiter den Kampf verfolgen. Der Ghanh sprang und wand sich, schnappte und brüllte, aber die schwarzen Schnäbel hackten ohne Unterlaß in das Fleisch des gewaltigen Schädels. Der Ghanh drehte sich und fiel auf seinen Rücken. Er rollte sich in seine Flügel, um so auch den Kopf zu schützen, und wälzte sich im Blutstaub hin und her. Die schwarzen Vögel flatterten hoch und tauchten erneut herab. Sie stießen ihre Krallen in den Kokon, versuchten sich an dem ständig rollenden Leib festzuhalten und gleichzeitig weiterzuhacken. Fontänen von grünem Blut schossen nun aus dem Ghanh und vermischten sich mit braunem Staub, der an den Wunden festklebte.

Ganz plötzlich ließ sich die riesige Kreatur über den Rand der Schlucht rollen. Die Gefährten rannten schnell herbei, um zu beobachten, was sich nun tat. Der aufgewirbelte Staub quälte ihre Augen und peinigte ihre Lungen. Sie sahen den Ghanh fallen, bis sich endlich seine Schwingen öffneten, um den Sturz abzufangen. Aber er hatte nicht mehr Kraft, als langsam auf den Grund der Schlucht zuzuschweben, während die schwarzen Vögel wütend auf seinen nun ungeschützten Schädel einhackten.

Der gelbe Nebel verschlang sie alle.

Corum wartete, doch diese undurchsichtige Substanz wurde kein zweites Mal aufgewirbelt.

»Bedeutet das, daß Ihr nun keine Verbündeten mehr in

der Unterwelt habt, Corum?« fragte Jhary. »Denn die Vögel vermochten ihre Belohnung nicht mitzunehmen –«

Corum nickte. »Das gleiche dachte ich auch.« Er hob seinen Augenschild und bemerkte, daß die düstere Höhle leer war. »Es ist so – keine Verbündeten mehr.«

»So haben wir hier also ein Unentschieden. Die Vögel vermochten den Ghanh nicht zu töten, aber auch sie selbst wurden nicht von ihm vernichtet«, murmelte Jhary-a-Conel. »Doch zumindest ist diese Gefahr von uns abgewendet. Machen wir uns wieder auf den Weg.«

Die finsteren Wolken wirbelten nicht länger mehr auf die gegenüberliegende Schluchtseite zu, sondern hingen nun unbeweglich am Himmel und verdeckten die Sonne. Unter diesem dunklen Schatten stolperten sie weiter voran.

Corum bemerkte, daß Jhary, seit die Vögel den Ghanh vertrieben hatten, düster vor sich hin brütete. Schließlich fragte er ihn: »Was beunruhigt Euch so sehr, Jhary-a-Conel?«

Der Gelehrte rückte seinen Hut zurecht und erwiderte: »Da der Ghanh nicht tot ist, könnte es leicht sein, daß er in seinen Bau zurückgekehrt ist. Und wenn er wirklich, wie König Noreg-Dan erwähnte, Xiombargs Lieblingsgeschöpf ist, dann dürfte sie schon bald – wenn es nicht bereits der Fall ist – auf unsere Anwesenheit hier aufmerksam werden. Und zweifellos wird sie uns für das, was wir ihrem Schoßhund angetan haben, bestrafen wollen.«

Corum nahm seinen Helm ab und fuhr sich mit der behandschuhten Linken durch das Haar. Er blickte Noreg-Dan an, der stehengeblieben war, um Jhary zuzuhören.

»Das stimmt«, seufzte der König ohne Land. »Wir dürfen Xiombarg bald hier erwarten, oder zumindest ihre Diener, falls es ihr noch nicht bewußt ist, daß der Todfeind ihres Bruders sich in ihrem Reich befindet, und sie uns nur für Sterbliche ihres eigenen Reiches hält.«

Rhalina war den anderen ein paar Schritt voraus. Sie achtete nicht auf deren Gespräch, sondern deutete auf den Klippenrand, unmittelbar vor sich.

»Seht!« rief sie. »Seht doch!«

Die Männer rannten auf sie zu und bemerkten eine Treppe, deren Stufen kaum mehr als Einschnitte in dem glatten Obsidian waren und fast senkrecht in die Tiefe verliefen. Verlor man hier den Halt, so stürzte man geradewegs in den Abgrund.

Corum starrte die Treppe an. War sie nur ein Trick Xiombargs? Würden die Stufen plötzlich verschwinden, wenn sie den halben Weg nach unten hinter sich gebracht hatten – wenn sie es überhaupt so weit schafften.

Aber die einzige Alternative war, vielleicht endlos am Klippenrand entlangzuwandern und möglicherweise gar wieder am Weißen Fluß anzukommen (denn Corum vermutete nun schon fast, daß die Blutebene, zu der auch der See der Stimmen und das Gebirge gehörten, kreisrund waren, und die Schlucht sich ganz um sie herum erstreckte und so einen Ring bildete).

Mit einem tiefen Seufzer begann Corum behutsam die Treppe hinabzusteigen, den Rücken fest gegen die Wand gepreßt.

Die vier kleinen Gestalten kletterten vorsichtig, Stufe um Stufe, die glatte Treppe hinunter, bis der Rand des Abgrunds sich in der Düsternis verlor, während der Grund immer noch von dem gelben Nebel verborgen blieb. Sie wagten nicht zu sprechen, nichts zu tun, was ihre Aufmerksamkeit stören könnte, um keinen Fehltritt zu machen. Alle zitterten sie, denn der Stein, gegen den sie ihre Rücken drückten, war kalt wie Eis. Außerdem befürchteten sie, jeden Augenblick den Halt zu verlieren und in den gelben Nebel zu stürzen.

Da hörten sie es zum erstenmal. Es war ein Keuchen und Schnarren, das mit jedem Schritt lauter wurde.

Corum hielt an und blickte zu den anderen hoch, die sich gegen die Klippenwand preßten und lauschten wie er. Rhalina war ihm am nächsten, danach kam Jhary und schließlich der König ohne Land.

»Ich habe ähnliche Laute schon einmal gehört«, erklärte Noreg-Dan.

»Was ist es denn?« flüsterte Rhalina ängstlich.

»Die Stimmen von Xiombargs Bestien. Ich sprach vom Ghanh, der die Chaos-Meute anführte. Das, was wir jetzt hören, ist diese Meute. Wir hätten selbst darauf kommen müssen, was sich unter dem gelben Nebel verbirgt.«

Corum spürte eine eiskalte Hand, die nach seinem Herzen griff. Er spähte hinunter, wo die Bestien der Tiefe auf ihr Kommen warteten.

4 Die Streitwagen des Chaos

»Was sollen wir tun?« flüsterte Rhalina. »Was *können* wir gegen sie tun?«

Corum schwieg. Vorsichtig, um nicht das Gleichgewicht zu verlieren, zog er sein Schwert.

Solange der Ghanh lebte und gegen die schwarzen Vögel kämpfte, konnte es keine Hilfe aus der Unterwelt geben.

»Hört Ihr es?« fragte Jhary. »Dieses seltsame – Knarren?«

Corum nickte. Mit dem Knarren kam ein Rumpeln, das ihm irgendwie bekannt schien. Es vermischte sich mit dem Grunzen und Krächzen und Keuchen und Schnarren und Heulen.

»Wir haben keine Wahl«, brummte er schließlich. »Wir

müssen weiter hinabsteigen und hoffen, daß wir bald Boden unter die Füße bekommen. Dann sind wir dem, was immer dort unten auch ist, nicht ganz so schutzlos ausgeliefert.«

Vorsichtig und wachsam tasteten sie sich weiter.

Corums Fuß hatte den Grund der Schlucht erreicht, ehe es ihm ganz bewußt war. Er tastete nach einer weiteren Stufe, da sah er den unebenen, von vielen Felsblöcken übersäten Boden, der sich endlos durch den gelben Nebel erstreckte. Aber etwas Lebendiges bemerkte er nicht.

Während er die Hände über die Augen legte, um besser zu sehen, holten die anderen mit ihm auf. Das Grunzen und Krächzen war stärker, und ein scheußlicher, penetranter Gestank schlug ihnen entgegen. Auch das Knarren und Rumpeln war noch zu vernehmen. Schließlich sah Corum, wodurch es verursacht wurde.

»Beim Schwerte Elrics!« stöhnte Jhary. »Das sind die Streitwagen des Chaos. Ich hätte es mir denken können!«

Monströse, unförmige Fahrzeuge, von gewaltigen Reptilien gezogen, preschten durch den Nebel. Sie waren mit den merkwürdigsten Kreaturen vollgestopft, von denen manche sogar auf dem Rücken anderer kauerten. Jede dieser Bestien war eine menschliche Karikatur. Jede trug Rüstung und Waffen verschiedenster Art. Manche waren schweineähnlich, andere hunde-, kuh-, frosch- oder pferdeähnlich; manche waren mehr, andere weniger entstellt.

»Hat das Chaos den Tieren diese menschenähnliche Form gegeben?« stöhnte Corum.

»Ihr ratet daneben, Freund«, grinste Jhary schwach.

»Was meint Ihr?«

Der König ohne Land wandte sich ihnen zu. »Diese Bestien«, erklärte er, »waren einst Menschen. Viele von ihnen gehörten zu meinen Untertanen, die sich dem

Chaos anschlossen, weil sie es für mächtiger als die Ordnung hielten –«

»Und diese Verwandlung war ihre Belohnung?« warf Rhalina ein und schüttelte sich.

»Sie sind sich ihrer Verwandlung möglicherweise gar nicht bewußt«, entgegnete Jhary leise. »Sie degenerierten zu stark, als daß sie noch viel Erinnerung an ihr früheres Leben haben könnten.« Die schwarzen Streitwagen rumpelten weiter auf sie zu und trugen ihre grunzende, kreischende, wiehernde Meute näher heran.

Sie konnten nichts anderes tun, als vor den torkelnden Wagen zu fliehen. Keuchend und hustend von dem ekeligen Gestank des Chaos-Packs, hasteten sie über den holprigen Boden.

Die Meute heulte triumphierend und peitschte ihre Reptilzugtiere an, bis die Wagen noch schneller dahinrumpelten. Die gräßliche deformierte Schar freute sich der Jagd.

Die vier Gefährten verfügten nicht mehr über viel Kraft, denn sie hatten schon lange nichts mehr zu essen und trinken gehabt und waren erschöpft von den Anstrengungen. Hinter einem gewaltigen Felsbrocken machten sie halt, um ein wenig zu verschnaufen. Die Streitwagen holperten näher und brachten die markerschütternde Kakophonie und den betäubenden Gestank mit sich.

Corum hoffte, daß die Streitwagen sie nicht entdeckten und an ihnen vorbeifuhren. Aber offenbar vermochte die Chaos-Meute in dem gelben Nebel besser zu sehen als sie, denn der vorderste Wagen bog direkt auf sie zu.

Corum kletterte auf den Felsblock, um von oben gegen das Pack im Wagen kämpfen zu können. Eine schweineähnliche Kreatur kletterte ihm nach. Der Vadhagh holte mit der Faust aus, doch als sie das Gesicht traf, hielt das Schwein sie fest und schwang eine messingbeschlagene Keule. Corum stach mit dem Schwert auf das Ding ein, das zuckend zusammenbrach.

Auch die anderen mußten sich bereits ihrer Haut wehren. Rhalina verteidigte sich mannhaft mit ihrem Schwert.

Die beiden anderen kämpften am Fuß des Felsblocks auf der Corum entgegengesetzten Seite, während der Vadhagh ihnen den Rücken freihielt.

Ein Hundewesen sprang ihn an. Es trug einen Helm und einen Brustpanzer. Seine Schnauze war mit spitzen Zähnen gespickt, die nach Corums Arm schnappten. Klauen und Pfoten, die früher einmal Hände gewesen waren, krallten sich in seinen Mantel, seine Stiefel. Schwerter klirrten gegen den Fels, auf dem er stand, und Keulen prallten dagegen, als die wilde Meute zu ihm hochzuklettern versuchte. Er stampfte grimmig auf sich festklammernde Finger, hackte mit der Axt nach Händen und Armen, stieß sein Schwert in Münder, Augen und Herzen, und je mehr die Panik von ihm Besitz ergriff, desto wilder kämpfte er.

Die Kakophonie der Chaos-Meute wurde immer betäubender. Mehr und mehr Streitwagen drangen aus dem Nebel, bis ihrer Hunderte den Felsblock umzingelten.

Da erst wurde Corum klar, daß die Meute zumindest jetzt noch nicht die Absicht hatte, sie zu töten. Sie hätten es längst tun können, wenn sie es gewollt hätten. Zweifellos planten sie, sie langsam und mit Genuß zu martern – oder sie vielleicht gar in ähnliche Kreaturen, wie sie es waren, zu verwandeln.

Corum erinnerte sich der Mabden-Foltern mit Grauen und kämpfte wie ein Berserker, in der Hoffnung, einer der Meute würde ihm doch den Todesstoß geben.

Immer noch wuchs das Chaos-Pack, bis so viele Kadaver um den Fels herumlagen, daß Corums Gefährten sich nicht mehr zu rühren vermochten. Nur er selbst hieb und stach noch um sich, bis etwas von hinten seine Beine packte und ihn herunterzerrte, zu Rhalina, Jhary und dem König ohne Land, die bereits entwaffnet und gefesselt waren.

Eine Kreatur mit schiefem Pferdegesicht brach sich einen Weg durch die Chaos-Meute und zeigte ihre klobigen braunen Zähne. Sie wieherte und rückte sich den Helm zurecht, dann steckte sie die haarigen Daumen in den Gürtel.

»Sollen wir uns selbst einen Spaß mit Euch machen oder Euch zu unserer Herrin bringen? Königin Xiombarg fände Euch vielleicht recht interessant –«

»Welches Interesse könnte sie schon an vier Wanderern haben?« fragte Corum.

Das Pferdewesen grinste ihn an. »Vielleicht seid Ihr mehr als das? Vielleicht seid Ihr Spione der Ordnung?«

»Ihr wißt doch, daß die Ordnung nicht mehr hier herrscht.«

»Aber sie möchte es vielleicht ganz gern wieder – möglicherweise hat man Euch von einer anderen Ebene hierhergeschickt?«

»Erkennt Ihr mich denn nicht?« rief König Noreg-Dan.

Das Pferdewesen kratzte sich an der Stirn und starrte den König ohne Land stupide an. »Warum sollte ich Euch erkennen?«

»Weil ich Euch wiedererkenne. Ich sehe noch Spuren Eurer ursprünglichen Züge.«

»Schweigt! Ich weiß nicht, wovon Ihr sprecht!« Das Pferdewesen zog einen Dolch aus seinem Gürtel. »Schweigt!«

»Weil Ihr es nicht ertragt, Euch zu erinnern!« donnerte Noreg-Dan. »Ihr wart einst Polib-Bav, der Graf von Tern!

Ihr verbündetet Euch mit dem Chaos, noch ehe mein Land fiel –«

Angst leuchtete plötzlich aus den Augen der Kreatur. Sie schüttelte wütend den Schädel und schnaubte. »Nein!«

»Ihr seid Polib-Bav und wart meiner Tochter versprochen – das Mädchen, das Eure Chaos-Meute – nein, nein, nein! Ich ertrage es nicht, mich auch nur daran zu erinnern.«

»Ihr erinnert Euch an nichts«, knurrte Polib-Bav heiser. »Ich sage, ich bin der, der ich bin.«

»Und wie heißt Ihr dann?« erkundigte Noreg-Dan sich spöttisch. »Was ist Euer Name, wenn nicht Polib-Bav, Graf von Tern?«

Das Pferdewesen schlug dem König die plumpe Hand ins Gesicht. »Und wenn ich es bin? Ich stehe in Diensten der Königin Xiombarg, nicht in Euren!«

»Ich würde mich auch für Eure Dienste bedanken«, höhnte der König und wischte sich das Blut von der Oberlippe. »Schaut doch nur, was aus Euch geworden ist, Polib-Bav.«

Das Pferdewesen wandte den Kopf ab. »Ich lebe«, schnaubte es. »Ich befehlige diese Legion.«

»Eine Legion wahnwitziger Monster!« lachte Jhary.

Eine Kuh schlug Jhary mit dem Huf in die Seite, daß der Heldengefährte aufstöhnte. Aber er hob seinen Kopf und lachte erneut. »Diese Deformation ist nur der Anfang. Ich habe selbst gesehen, was aus Sterblichen wird, die dem Chaos dienen – stinkendes Nichts, formlose Schemen!«

Das Pferdewesen kratzte sich nun am Kopf und murmelte tonlos: »Na und? Die Entscheidung ist getroffen und läßt sich nicht mehr rückgängig machen. Königin Xiombarg schenkt uns ewiges Leben.«

»Ewig wird es sein«, höhnte Jhary, »aber kein Leben.

Ich bin einst durch viele Ebenen gereist und habe erfahren, wohin das Chaos führt – zur Öde, zur Unfruchtbarkeit. Das allein ist ewig, wenn die Ordnung es nicht aufhalten kann.«

»Pah!« stieß das Pferdewesen aus und wandte sich an seine Untergebenen. »Werft sie in meinen Streitwagen. Wir bringen sie zur Königin.«

Noreg-Dan versuchte noch einmal, Polib-Bav umzustimmen: »Ihr wart einmal ein schöner Mann, Graf von Tern. Meine Tochter liebte Euch, und Ihr liebtet sie. In jenen Tagen wart Ihr mir noch treu ergeben.«

Polib-Bav drehte den Schädel zur Seite. »Und nun bin ich Königin Xiombarg treu ergeben. Dies ist jetzt ihr Reich. Lord Shalod von der Ordnung ist geflohen und wird nie mehr hier herrschen. Seine Armeen und Verbündeten wurden, wie Ihr sehr wohl wißt, auf der Blutebene niedergemacht –«

Er nahm die Waffen der Gefährten entgegen, die ein Froschwesen ihm reichte, und klemmte sie sich unter den Arm.

»In den Wagen mit ihnen! Es geht zum Palast der Königin!«

Corum zermarterte sich den Kopf nach einer rettenden Idee. Seine Hände waren auf den Rücken gebunden. Es gab keine Fluchtmöglichkeit. Wenn er erst einmal vor die Königin gebracht wurde, würde sie ihn sofort erkennen. Sie würde ihn zermalmen, und auch seine Gefährten nicht verschonen. Dann gäbe es keine Rettung für Lywm-an-Esh. Hatte König Lyr erst gesiegt, würde das Chaos wieder mächtig werden. Ein neuer Schwertherrscher würde entsandt. Damit wären alle fünfzehn Ebenen erneut in der Gewalt des Chaos.

Er lag nun neben seinen Freunden, zu Füßen Polib-Bavs. Die Räder der Streitwagen begannen erneut zu knarren und holperten über die losen Steine der Schlucht.

Bald verließen Corum die Sinne.

Als er wieder erwachte, war es heller um ihn. Der gelbe Nebel war verschwunden. Corum hob den Kopf und sah, daß steile Klippen hinter ihnen in den Himmel ragten. Er nahm an, daß sie die Schlucht verlassen hatten. Sie rollten durch einen kahlen Wald mit kränklichen, windverwüsteten Bäumen. Er wandte seinen schmerzenden Kopf und starrte direkt in Rhalinas Gesicht. Sie hatte geweint, bemühte sich jetzt jedoch, ihn anzulächeln.

»Wir verließen die Schlucht durch einen Tunnel«, verriet sie ihm. »Es dürfte schon ein paar Stunden zurückliegen. Es scheint ein weiter Weg zu Königin Xiombargs Palast zu sein. Ich frage mich, weshalb sie nicht schnellere, zauberkräftigere Fortbewegungsmittel verwenden, um dorthin zu gelangen.«

»Das Chaos ist launisch«, brummte Jhary hinter ihr. »Außerdem ist Eile in einer Welt ohne Zeit nicht vonnöten.«

»Wo ist denn Eure kleine Katze?« erkundigte Corum sich leise.

»Sie war klüger als ich. Sie machte sich aus dem Staub. Ich habe nicht gesehen –«

»Ruhe!« donnerte die Stimme des Pferdewesens, das den Streitwagen lenkte. »Eure Unterhaltung gefällt mir nicht.«

»Sicher gefällt sie Euch nicht«, höhnte Jhary. »Sie erinnert Euch allzu sehr daran, daß auch Ihr einmal vernünftig denken und sprechen konnt –«

Polib-Bav stieß ihm den Fuß ins Gesicht, daß Blut aus Jharys Nase schoß.

Corum knurrte wütend und versuchte sich zu befreien. Polib-Bav blickte auf ihn hinab und lachte. »Ihr seid selbst grotesk genug, Freund – mit Eurem Auge und der Hand. Wenn ich es nicht besser wüßte, würde ich glauben, daß Ihr dem Chaos dient.«

»Vielleicht tu ich es«, brummte Corum. »Ihr habt mich ja nicht gefragt. Ihr nehmt lediglich an, daß ich ein Spion der Ordnung bin.«

Polib-Bav legte die Stirn in Falten, aber dann erhellte sich sein stupides Pferdegesicht. »Ihr versucht nur, mich hereinzulegen. Ich werde nichts unternehmen, ehe Königin Xiombarg Euch nicht gesehen hat.« Er wickelte die Zügel fester um seine Linke, und die Reptile wurden schneller.

»Jedenfalls«, fuhr er fort, »steht fest, daß Ihr und Eure Freunde den Stärksten unserer Legion auf dem Gewissen habt. Wir sahen, wie er angegriffen wurde und wie er verschwand!«

»Ihr sprecht von dem Ghanh?« erkundigte Corum sich vorsichtig. Leise Hoffnung regte sich in ihm.

In diesem Moment entwickelte Kwlls Hand wieder einmal ein eigenes Leben.

Sie sprengte Corums Fesseln.

»Ah, seht Ihr!« triumphierte Polib-Bav. »Ich habe Euch übertölpelt, nicht Ihr mich. Ihr wußtet, daß der Ghanh gemordet wurde. Darum könnt nur Ihr es gewesen – Waas? Ihr seid frei?« Er zog die Zügel und ergriff sein Schwert. Aber Corum hatte sich bereits über den Wagenrand geschwungen. Er schob seinen Augenschild zurück und blickte in die Unterwelt, die ihn bisher immer mit Verbündeten versorgt hatte. Der Ghanh, sein Riesenschädel eine einzige Wunde, war unübersehbar.

Kwlls Hand streckte sich in die Unterwelt, gerade als Polib-Bavs Kreaturen auf Corum zusprangen. Sie winkte den Ghanh herbei, der zögernd den Schädel hob.

»Du mußt meinem Ruf folgen«, mahnte ihn Corum, »dann bist du frei. Eine zufriedenstellende Belohnung harrt deiner.«

Der Ghanh sprach nicht, aber ein schriller Schrei entquoll seinem Rachen, als bestätige er, daß er gehört habe.

»Komm!« rief Corum. »Komm – hol dir deine Belohnung!«

Die blutroten Flügel begannen zu flattern, als die titanische Bestie aus der Unterwelt in jene Welt zurückkehrte, aus der die Vögel sie vor gar nicht so langer Zeit verbannt hatten.

»Der Ghanh ist wieder da!« brüllte Polib-Bav begeistert. »O mächtiger Ghanh, wie gut, daß du zurück bist!«

Die Chaos-Meute hatte Corum inzwischen wieder überwältigt, aber er lächelte. Mit einem markerschütternden Schrei stürzte sich der Ghanh über einen Streitwagen. Er wickelte seine Flügel völlig um ihn herum und zerquetschte ihn.

So erstaunt war die Chaos-Meute darüber, daß Corum sich wieder befreien konnte. Sie versuchten, sich seiner erneut zu bemächtigen, aber er hob die Hand Kwlls und zerschmetterte damit das Gesicht des nächsten und brach das Genick eines weiteren. Dann rannte er zu Polib-Bavs Streitwagen. Der Anführer der Meute stand daneben und starrte verwirrt um sich. Ehe er Corum überhaupt bemerkte, hatte der sich bereits sein Schwert am Boden des Streitwagens geschnappt und holte damit aus. Das Pferdewesen sprang hastig rückwärts und zog sein eigenes Schwert.

Aber seine Bewegungen waren unbeholfen und durch die Überraschung zusätzlich gehemmt. Er wehrte Corums Hieb ab und stach zu. Doch Corum sprang zur Seite und traf Polib-Bav in den Hals. An seinem eigenen Blut erstickend, starb das Pferdewesen.

Hastig zerschnitt Corum die Fesseln seiner Freunde. Auch sie griffen eilig zu den Waffen, bereit, ihr Leben teuer zu verkaufen. Doch als die Meute sich von ihrem ersten Schock erholt hatte, ergriff sie die Flucht. Die Streitwagen holperten nach allen Seiten durch den kahlen Wald, als der Ghanh nach neuen Opfern Ausschau hielt. Corum bückte sich und nahm Polib-Bav die Wasserflasche und einen Beutel mit grobem Brot ab.

Es dauerte nicht lang, und die ganze Chaos-Meute war verschwunden. Corum inspizierte den Wagen. Die Zug-Reptilien kümmerten sich nicht um sie.

»Denkt Ihr, König Noreg-Dan, daß wir ihn lenken können?« fragte er.

Der König ohne Land schüttelte zweifelnd das Haupt. »Ich weiß nicht recht. Vielleicht –«

»Ich bin nicht ganz unerfahren mit ähnlichen Streitwagen und jenen Kreaturen, welche sie ziehen«, erklärte Jhary. Sein Sack hüpfte auf dem Rücken, als er zurück in den Wagen sprang und nach den Zügeln griff. Er drehte sich um und grinste sie an. »Nun, wohin wünscht Ihr zu fahren? Zu Xiombargs Palast?«

Corum lachte. »Noch nicht. Sie wird uns ohnehin holen lassen, sobald sie erfährt, was aus ihrer ›Legion‹ geworden ist. Versuchen wir es mit dieser Richtung.« Er deutete auf einen Pfad durch den Wald. Er half Rhalina auf den Wagen, wartete, bis Noreg-Dan eingestiegen war, und sprang dann selbst hinein. Jhary ruckte die Zügel und wendete den Wagen. Sie rollten durch den kränklichen Wald hügelabwärts auf ein Tal zu, das mit aufrechtstehenden Steinen übersät schien.

5 Die erstarrte Armee

Es waren keine Steine.

Es waren Krieger. Jeder zur Statue erstarrt, die Waffe in der Hand.

»Das ist die erstarrte Armee«, erklärte König Noreg-Dan erschüttert. »Die letzten, die sich gegen das Chaos wehrten.«

»War das ihre Bestrafung?« fragte Corum.

»Ja.«

Jhary umklammerte die Zügel.

»Sie leben, nicht wahr? Sie wissen, daß wir durch ihre Reihen fahren?«

»Ja. Königin Xiombarg soll gesagt haben, weil sie solch standhafte Verteidiger der Ordnung sind, gebührt es ihnen, zu erfahren, was der Ordnung letztes Ziel ist – die absolute Starre.«

»Ist das wirklich so?« flüsterte Rhalina zitternd.

»Das möchte das Chaos uns glauben machen«, erwiderte Jhary. »Aber es spielt keine Rolle. Das kosmische Gleichgewicht verlangt eine Ausgewogenheit – etwas vom Chaos, etwas von der Ordnung, damit das eine das andere im Zaum halten kann. Der Unterschied ist nur, daß die Ordnung die Notwendigkeit des kosmischen Gleichgewichts anerkennt, während das Chaos es nicht tut. Aber völlig vermag auch das Chaos sich ihm nicht zu widersetzen, denn seine Götter wissen, daß Ungehorsam ihre eigene Vernichtung nach sich zieht. Darum kann Xiombarg es auch nicht wagen, das Reich eines anderen alten Gottes zu betreten. Sie muß, wie im Fall Eurer Welt, durch andere handeln. Sie muß auch, wie die anderen Götter, in ihrem Tun mit den Sterblichen Vorsicht walten lassen. Sie darf sie nicht einfach willkürlich vernichten – auch sie hat bestimmte Regeln zu beachten.«

»Aber es gibt wohl keine Regel, diese armen Wesen hier zu schützen«, wandte Rhalina ein.

»Doch. Sie sind ja nicht tot. Sie durfte ihnen nicht das Leben nehmen.«

Corum erinnerte sich des Turms, wo er Ariochs Herz gefunden hatte. Auch dort waren die Männer erstarrt gewesen.

»Nur wenn sie direkt von ihnen angegriffen wird«, erklärte Jhary, »vermag Xiombarg Sterbliche zu töten.

Aber sie kann die ihr ergebenen Untertanen benutzen, andere Sterbliche zu morden. Versteht ihr?«

»Dann sind wir also vor Königin Xiombarg sicher?« fragte Corum.

»Vor ihr selbst ja.« Jhary lächelte. »Aber durchaus nicht vor ihren Dienern. Und wie Ihr ja gesehen habt, sind das nicht wenige.«

»Ja«, pflichtete ihm der König ohne Land im Brustton der Überzeugung bei. »Viele.«

Jhary hielt die Zügel mit einer Hand und klopfte sich mit der anderen den Staub aus seinen Kleidern. Sie waren an vielen Stellen zerrissen und blutbefleckt von den vielen Wunden, die er sich im Kampf gegen die Chaos-Meute zugezogen hatte. »Ich gäbe viel für neue Kleidung«, murmelte er. »Ich würde darum sogar mit Xiombarg persönlich handeln.«

»Wir nennen ihren Namen zu oft«, brummte Noreg-Dan nervös. »Wir werden sie noch selbst herbeirufen, wenn wir nicht vorsichtiger sind.«

Da begann der Himmel zu lachen.

Goldenes Licht schickte Streifen über die Wolken, und ein grelles oranges Leuchten erhob sich am fernen Horizont und warf gewaltige Schatten über die erstarrten Krieger.

Jhary hielt mit einem heftigen Ruck den Streitwagen an. Sein Gesicht war kalkweiß.

Purpurnes Glühen sprühte nun über den Himmel.

Das Gelächter wurde dröhnender.

»Was ist das?« rief Rhalina und umfaßte den Schwertknauf.

Der König ohne Land bedeckte sein Gesicht mit beiden Händen und ließ die Schultern hängen. »Sie ist es. Ich warnte Euch.«

»Xiombarg?« Corum zog sein Schwert. »Ist es Xiombarg, König?«

»Aye. Es ist Xiombarg.«

Die Erde erbebte unter dem Gelächter. Einige der erstarrten Krieger polterten zu Boden, doch nichts änderte sich an ihrer Haltung. Corum blickte sich um, suchte nach der Quelle des Lachens. War es das orange Leuchten? Oder das goldene Licht? Oder das purpurne Glühen?«

»Wo seid Ihr, Königin Xiombarg?« Er zog sein Schwert. Sein linkes Auge funkelte. »Wo seid Ihr, Kreatur der Hölle?«

»ICH BIN ÜBERALL!« antwortete eine gewaltige Stimme. »ICH BIN DIESES REICH, UND DIESES REICH IST XIOMBARG VOM CHAOS!«

»Das ist unser Ende«, wimmerte der König ohne Land.

»Ihr sagtet doch, daß sie uns nicht angreifen kann«, wandte Corum sich an Jhary.

»Ich sagte, sie kann es nicht selbst. Doch seht –«

Corum blickte sich um. Über das Tal hopsten Wesen mit vielen Beinen.

Aus ihren Körpern wanden sich Dutzend und mehr Tentakel. Sie rollten ihre großen Augen und fletschten ihre gewaltigen Zähne.

»Die Karmanal von Zert!« rief Jhary erschrocken. Er ließ die Zügel fallen und bewaffnete sich mit Säbel und Dolch. »Ich bin ihnen schon einmal begegnet.«

»Wie habt Ihr sie besiegt?« fragte Rhalina.

»Ich war zu jener Zeit der Gefährte eines Helden, der die Macht hatte, sie zu vernichten.«

»Auch ich bin nicht ohne Macht«, entgegnete Corum grimmig und griff nach seinem Augenschild. Aber Jhary schüttelte den Kopf und verzog das Gesicht.

»Ich fürchte, das hilft diesmal nicht. Die Karmanal von Zert sind unzerstörbar. Sowohl die Ordnung als auch das Chaos haben bereits versucht, sie auszurotten. Sie sind unberechenbar und kämpfen einmal für diese, dann für die andere Seite, völlig willkürlich. Sie haben keine Seelen, kein echtes Leben.«

»Dann dürften sie uns doch auch nichts anhaben können.«

Das Gelächter schwoll an.

»Aller Logik nach dürfte das auch nicht der Fall sein«, pflichtete Jhary ihm bei. »Aber ich fürchte, sie können es sehr wohl.«

Etwa zehn der hopsenden Kreaturen näherten sich durch die Reihen der statuengleichen Krieger ihrem Streitwagen.

Und sie sangen dabei.

»Die Karmanal von Zert singen immer, ehe sie sich über ihren Schmaus stürzen«, erklärte Jhary. »Immer!«

Corum fragte sich insgeheim, ob Jhary-a-Conel bereits dem Irrsinn verfallen war. Die Tentakelmonster hatten sie nun schon fast erreicht, und immer noch plauderte der Heldengefährte ungerührt weiter, sich der Gefahr scheinbar nicht bewußt.

Ihr Gesang war harmonisch und melodiös und machte diese Kreaturen nur noch schrecklicher.

Königin Xiombargs Gelächter brach nicht ab.

Als die hopsenden Wesen schon ganz nahe heran waren, hob Jhary beide Hände, den Säbel in einer Faust, den Dolch in der anderen, und rief: »Königin Xiombarg! Königin Xiombarg! Wen glaubt Ihr zu vernichten?«

Die Karmanal von Zert hielten plötzlich an und standen erstarrt wie die Armee um sie herum.

»Ich vernichte ein paar Sterbliche, die sich gegen mich auflehnen und die den Tod einiger meiner treuen Geschöpfe auf dem Gewissen haben«, erwiderte eine Stimme hinter ihnen.

Corum wandte sich um und sah die schönste Frau, die seine Augen je erblickt hatten. Haar von dunklem Gold mit roten und schwarzen Strähnen umrahmte ein Gesicht von unvorstellbarer Vollkommenheit. Ihre Augen und Lippen versprachen tausendmal mehr, als je eine Frau einem Mann in der Geschichte aller Zeiten gegeben hatte. Sie war schlank und hochgewachsen. Eine Robe von Gold, Orange und Purpur umhüllte ihren wohlgeformten Körper. Sie lächelte Jhary zärtlich zu. »Was zerstöre ich denn damit, Junker Timeras?«

»Ich bin jetzt Jhary-a-Conel«, berichtigte er freundlich. »Darf ich vorstellen –«

Corum trat drohend auf ihn zu. »Habt Ihr uns verraten, Jhary? Habt Ihr Euch auf die Seite des Chaos geschlagen?«

»Leider nicht«, lächelte die Königin. »Aber ich weiß, daß er häufig jene begleitet, die der Ordnung dienen.« Sie blickte ihn liebevoll an. »Ihr verändert Euch im Grund genommen nicht, Timeras. Und als Mann gefallt Ihr mir eigentlich am besten.«

»Und Ihr mir als Frau, Xiombarg.«

»Als solche muß ich dieses Reich regieren. Da Ihr des öfteren Gefährte eines Helden seid, Jhary-Timeras, nehme ich an, daß dieser gutaussehende Vadhagh mit dem eigenartigen Auge und der merkwürdigen Hand ein Held bestimmter Art ist –«

Mit einemmal funkelte sie Corum an.

»Jetzt weiß ich es!«

Corum richtete sich hoch auf.

»JETZT WEISS ICH ES!«

Ihre Gestalt begann sich aufzulösen, zu verformen und auszudehnen. Ihr Gesicht wurde zum Totenschädel, dann zu einem Vogel, dann zu dem eines Mannes und schließlich wieder zu dem einer wunderschönen Frau. Aber nun war Xiombarg hundert Fuß groß und ihr Ausdruck ohne Sanftheit.

»JETZT WEISS ICH ES!«

Jhary lachte. »Darf ich Euch, wie ich es bereits tun

wollte, Prinz Corum Jhaelen Irsei vorstellen, den Prinzen im scharlachroten Mantel?«

»IHR HABT ES GEWAGT, MEIN REICH ZU BETRETEN! IHR, DER IHR MEINEN BRUDER MORDETET! NOCH JETZT SUCHEN JENE, DIE MIR TREU ERGEBEN, IN SEINEM REICH NACH EUCH. IHR SEID EIN NARR, STERBLICHER! O DIESE SCHMACH! ICH GLAUBTE, EIN TAPFERER HELD HABE MEINEN BRUDER GESCHLAGEN – DOCH NUN WEISS ICH, ES WAR EIN SCHWACHSINNIGER! IHR KARMANAL-KREATUREN – VERSCHWINDET!« Die hopsenden Wesen gehorchten. »MEINE RACHE WIRD SÜSSER SEIN, CORUM JHAELEN IRSEI – AN EUCH UND ALL JENEN, DIE EUCH BEGLEITEN!«

Das goldene Licht verblaßte, das orange Leuchten verschwand und das purpurne Glühen erlosch. Aber Xiombargs riesige Gestalt flackerte noch am Himmel. »BEIM KOSMISCHEN GLEICHGEWICHT SCHWÖRE ICH, ICH WERDE ZURÜCKKOMMEN, WENN ICH DIE ART UND WEISE MEINER RACHE GENAU ÜBERDACHT HABE! ICH WERDE EUCH FOLGEN, WOHIN IHR AUCH ZU FLIEHEN VERSUCHT. IHR WERDET ES SCHON BALD BEREUEN, LORD ARIOCH VOM CHAOS ETWAS ANGETAN UND EUCH SO DEN GRIMM SEINER SCHWESTER XIOMBARG ZUGEZOGEN ZU HABEN!«

Die Schwertherrscherin verschwand. Schweigen senkte sich auf die Gefährten herab.

Aufgebracht wandte Corum sich an Jhary. »Warum verrietet Ihr uns? Nun gibt es kein Entkommen mehr! Sie hat versprochen, uns zu verfolgen, wohin wir auch immer ziehen. Ihr habt sie gehört! Warum tatet Ihr es?«

»Sie hätte es ohnehin bald herausgefunden«, antwortete Jhary. »Außerdem hielt ich es für die einzige Chance, uns zu retten.«

»Uns zu retten!«

»Natürlich. Die Karmanal von Zert stellen nun nicht länger mehr eine Gefahr für uns dar. Ich versichere Euch, wir befänden uns schon längst in ihren Bäuchen, hätte ich nicht zur Königin gesprochen. Ich dachte mir, daß sie Euer Aussehen nicht genau kannte – vor den Göttern scheinen wir alle gleich auszusehen –, aber daß sie es im Verlaufe unseres Gesprächs erfahren würde. Corum, glaubt mir, nur so konnten wir uns vor den Karmanal retten!«

»Aber was hat es uns schon geholfen? Nun denkt sie sich nur etwas noch Schlimmeres aus.«

»Ich muß zugeben«, gestand Jhary, »daß ich auch noch etwas anderes im Auge hatte. Wir gewannen jedenfalls Zeit zu sehen, was sich uns dort nähert.«

Sie blickten hoch.

Es war etwas, das flog und glitzerte und summte.

»Was ist das?« fragte Corum.

»Mir deucht, es ist ein Luftschiff«, erwiderte Jhary »Ich hoffe, es kommt zu unserer Rettung.«

»Vielleicht kommt es aber, um uns zu vernichten«, hielt Corum ihm entgegen. »Ich bin noch der Meinung, Ihr hättet Xiombarg nicht verraten dürfen, wer ich bin.«

6 Die Stadt in der Pyramide

Das Luftschiff hatte eine Metallhülle, in die Email und Keramik verschiedenster Farben eingelegt waren und ein komplexes Muster bildeten. Als es sich herabsenkte, brachte es einen schwachen Geruch von Mandeln mit sich, und sein Ächzen klang fast menschlich.

Nun vermochte Corum die Messingreling, die Armaturen aus Stahl, Silber und Platin zu erkennen und die reichverzierte Steuerkabine. Es erinnerte ihn an irgend etwas – vielleicht an ein Bild aus seiner Kindheit? Aufmerksam beobachtete er die Landung und zuckte überrascht zurück, als sich etwas Winziges vom Schiff löste und auf sie zugeflogen kam.

Es war Schnurri.

Corum starrte Jhary an und begann plötzlich zu lachen. Die kleine Katze ließ sich auf der Schulter ihres Freundes und Herrn nieder und drückte ihr Schnäuzchen an sein Ohr.

»Ihr sandtet also die Katze, Hilfe zu suchen, als die Chaos-Meute uns angriff«, sagte Rhalina, noch ehe Corum den Mund öffnen konnte. »Darum verrietet Ihr Xiombarg, wer Corum ist – weil Ihr wußtet, daß Hilfe auf dem Weg war, und wir solange ausharren mußten.«

Jhary zuckte die Achseln. »Ich wußte nicht, daß Schnurri wirklich Hilfe finden würde, aber ich hoffte es.«

»Woher kommt dieses merkwürdige fliegende Schiff?« fragte der König ohne Land verwirrt.

»Nun, woher wohl, wenn nicht aus der Stadt in der Pyramide? Ich gab Schnurri den Auftrag, danach zu suchen. Es ist also anzunehmen, daß sie diese auch gefunden hat.«

»Und wie machte sie sich den Leuten jener Stadt verständlich?« erkundigte Corum sich gespannt, als sie zum Landeplatz des blauen Schiffes schritten.

»Wie Ihr wißt, kann Schnurri sich mir in Notfällen völlig klar mitteilen. In besonders dringenden Situationen gelingt es ihr auch, sich anderen verständlich zu machen. Natürlich kostet sie das viel Kraft.«

Die kleine Katze schnurrte zufrieden und leckte Jhary mit ihrer rauhen Zunge zärtlich das Gesicht. Er murmelte ihr etwas zu und lächelte. »Wir müssen uns jedoch beeilen«, mahnte er laut, »ehe Königin Xiombarg sich Gedanken darüber macht, warum ich Euren Namen verraten habe. Es ist übrigens typisch für die Schwertherrscher, daß sie sehr impulsiv sind und das Denken gerne für den Augenblick vergessen.«

Das Luftschiff war gut vierzig Fuß lang und hatte an beiden Längsseiten Sitze. Es schien völlig leer zu sein, doch dann trat ein sympathisch aussehender Mann aus der geschützten Steuerkabine. Er schritt ihnen entgegen. Als er Corums vor Überraschung weit aufgesperrten Mund bemerkte, lächelte er.

Der Steuermann dieses Luftschiffes war ohne alle Zweifel von Corums Rasse. Ein echter Vadhagh! Sein Schädel war lang, seine Mandelaugen waren purpur und gold, seine Ohren spitz. Er war hochgewachsen und von schlankem, feingliedrigem Körperbau, der jedoch trotzdem viel Kraft verriet.

»Seid willkommen, Corum im scharlachroten Mantel«, grüßte er. »Ich bin hier, um Euch nach Gwlas-cor-Gwrys zu bringen, der letzten Bastion in diesem Reich gegen die Chaos-Kreaturen, die Ihr ja bereits kennengelernt habt.«

Immer noch völlig verwirrt kletterte Corum in das Luftschiff. Als sie im Bug in unmittelbarer Nähe der Steuerkabine Platz genommen hatten, ließ der Vadhagh das Schiff langsam aufsteigen und lenkte es in jene Richtung, aus der es gekommen war. Rhalina blickte zurück auf das Tal der erstarrten Krieger.

»Können wir denn nichts tun, um jenen armen Geschöpfen zu helfen?« fragte sie Jhary.

»Doch. Indem wir der Ordnung helfen, in unserer Welt stark zu werden. Denn dann kann sie Hilfe in diese entsenden, so wie das Chaos jetzt seine Diener in die unsere schickt«, erklärte ihr Jhary.

Sie überflogen eine Ebene aus schleimiger Substanz, die Tentakel bildete und damit nach ihnen zu greifen versuchte, um sie zu sich herunterzuziehen. Manchmal formten sich Gesichter, manchmal hoben sich Hände, flehend gefaltet.

»Das ist ein Chaos-Meer«, murmelte König Noreg-Dan. »Es gibt mehrere hier in Xiombargs Reich. Manche sagen, zu dieser Flüssigkeit degenerieren die Sterblichen, die dem Chaos untertan sind.«

Jhary nickte. »Ich habe ähnliches bereits kennengelernt.«

Gespenstische Wälder zogen unter ihnen vorbei und Täler mit ewigem Feuer. Sie sahen Flüsse aus geschmolzenem Metall und imposante Burgen ganz aus Edelsteinen. Hin und wieder schossen grauenerregende fliegende Kreaturen auf sie zu, aber sie machten sofort kehrt, wenn sie das Schiff erkannten, obwohl es scheinbar schutzlos war.

»Diese Leute müssen große Zauberer sein, wenn sie Schiffe fliegen lassen können«, flüsterte Rhalina Corum zu. Corum antwortete nicht sofort, denn er versuchte immer noch, sich zu erinnern.

Schließlich sagte er: »Es ist nicht eigentlich Zauberei. Man braucht keine magischen Sprüche und Beschwörung. Sein Wesen ist mechanischer Art. Es gibt bestimmte Kräfte, die Maschinen antreiben – manche so komplex, daß ein Mabden sie sich nicht einmal vorzustellen vermag. Diese Kräfte ermöglichen das Bewegen von Schiffen durch die Luft und noch vieles andere. Manche der Maschinen vermochten dereinst die Mauern zwischen den Ebenen zu durchstoßen und sich nach Belieben von einer Ebene in die andere zu begeben. Meine Vorfahren erfanden und bauten solche Maschinen, aber nur wenige benutzten sie, weil die meisten meiner Rasse ein anderes Leben vorzogen. Ich entsinne mich ganz schwach einer Legende über eine Himmelsstadt – so nannten sie ihre Städte –, die unsere Ebene verließ, um andere Welten des Multiversums zu erforschen. Vermutlich gab es mehrere solcher Städte, denn ich weiß, daß eine während der Schlacht von Broggfythus außer Kontrolle geriet und in der Nähe von Burg Erorn zerschellte, wie ich dir ja bereits einmal erzählte. Vielleicht hieß eine von diesen Städten Gwlas-cor-Gwrys und ist nun als die Stadt in der Pyramide bekannt.«

Prinz Corum war ganz aufgeregt vor Freude. Mit seiner menschlichen Hand umfaßte er Rhalinas Arm und drückte ihn. »O Rhalina, kannst du verstehen, wie mir zumute ist, nun, da ich weiß, daß noch andere meiner Rasse leben, daß Glandyth sie nicht alle ausrotten konnte?«

Sie lächelte ihn zärtlich an. »O ja, ich glaube schon, Corum.«

Die Luft um sie begann zu vibrieren. Das Schiff bebte. »Habt keine Angst. Wir dringen in eine andere Ebene ein«, rief der Steuermann ihnen aus seiner Kabine zu.

»Bedeutet das, daß wir uns Xiombargs Zugriff zu entziehen vermögen?« erkundigte sich der König ohne Land eifrig.

Jhary schüttelte den Kopf. »Nein. Xiombargs Herrschaftsbereich erstreckt sich über fünf Ebenen. Wir begeben uns lediglich aus der einen in eine andere. Das nehme ich zumindest an.«

Das Licht um sie herum veränderte sich. Sie blickten über die Seite des Schiffs. Ein vielfarbiges Gas wirbelte unter ihnen.

»Das ist das Rohmaterial des Chaos«, erklärte Jhary. »Xiombarg hat bis jetzt noch nichts daraus geschaffen.«

Sie überflogen das Gasgebiet und eine Bergkette, deren einzelne Berge jeder höher als tausend Fuß waren und exakte Würfel darstellten. Jenseits dieser merkwürdigen Berge folgte ein dunkler Dschungel und danach eine kristalline Wüste. Die einzelnen Kristalle dieser Wüste befanden sich in ständiger Bewegung und erzeugten eine unangenehm klirrende Musik. Ockerfarbige Bestien, primitiv, aber von gewaltiger Größe, streiften durch dieses Land und lebten von den Kristallen.

Dann machte die Wüste einer schwarzen Ebene Platz. Sie sahen die Stadt in der Pyramide vor sich.

Die Stadt war tatsächlich ein vielseitiges Stufenwerk. Auf jeder der Terrassen erhob sich eine stattliche Anzahl von Häusern. Blumen, Sträucher und Bäume säumten die Terrassen ein. Reges Treiben herrschte auf den Straßen. Ein grünliches Schimmern umgab die gesamte Stadt. Dieses Licht hatte die Form einer Pyramide. Als das Luftschiff näher kam, öffnete sich ein Oval von dunklerem Grün in dem flimmernden Licht, das sie zu verschlingen schien. Das Schiff kreiste nun über dem höchsten Gebäude – einer Burg mit vielen Türmen, die offenbar ganz aus Metall bestand – und begann sich herabzusenken, bis es auf einer Plattform auf den Zinnen landete.

Corum stieß einen Freudenschrei aus, als er die Menge sah, die sie erwartete. »Vadhagh!« rief er. »Alles Vadhagh!«

Der Steuermann verließ die Kabine und legte seine Hand auf Corums Schulter. Er gab den Männern und Frauen unten ein Zeichen. Plötzlich befanden er und Corum sich nicht mehr auf dem Schiff, sondern standen mit der Gruppe der Vadhagh auf der Plattform und blickten zu Rhalina, Jhary und dem König ohne Land empor, die ihrerseits verwirrt über die Reling nach unten starrten.

Corum war nicht weniger verblüfft, als die drei mit einemmal verschwanden und plötzlich neben ihm standen. Einer der Vadhagh trat ihnen entgegen, ein hagerer Greis mit straffer Haltung. Er war in einen dicken Umhang gehüllt und hielt einen Stab in seiner Hand.

»Willkommen!« rief er. »Willkommen in der letzten Bastion der Ordnung.«

Ein wenig später saßen sie um einen herrlich gearbeiteten Tisch aus Rubinmetall und lauschten dem Greis, der sich ihnen als Prinz Yurette Hasdun Nury vorgestellt hatte und der der Befehlshaber von Gwlas-cor-Gwrys, der Stadt in der Pyramide, war. Er hatte bestätigt, daß Corums Vermutungen im wesentlichen zutrafen.

Nachdem sie gespeist hatten, erzählte er ihnen, daß Corums Volk sich nach der Schlacht von Broggfythus dafür entschieden hatte, sich auf ihre Burgen zurückzuziehen und ihr Leben der Vervollkommnung des Geistes zu widmen, während sein Volk sich zu dem Versuch entschloß, mit einer Himmelsstadt über die fünf Ebenen hinwegzufliegen, hindurch durch den Wall zwischen den Herrschaftsbereichen der alten Götter. Der Versuch gelang, aber sie konnten nicht zurück, weil sie zuviel Energie verbraucht hatten, die sie nicht auffrischen konnten. Seither waren sie nur imstande gewesen, diese fünf Ebenen zu erforschen. Dann, als der Kampf zwischen der Ordnung und dem Chaos begann, hatten sie beschlossen, neutral zu bleiben.

»Wir hätten Strafe verdient für diesen Entschluß. Wir dachten, wir wären über diese Auseinandersetzungen erhaben, und so erlebten wir den allmählichen Untergang der Ordnung und den Aufstieg des Chaos in all seinen entsetzlichen Phasen. Wir sahen, wie es alle jene Travestien der Schönheit schuf. Als wir dann endlich beschlossen, unsere Stadt gegen Xiombargs Kreaturen einzusetzen, war es schon zu spät. Das Chaos hatte bereits die absolute Macht an sich gerissen. Wir konnten es nicht mehr ändern. Xiombarg sandte ganze Armeen gegen uns. Sie tut es auch heute noch. Es fiel uns nicht schwer, sie zurückzuschlagen. Noch gab es keine Entscheidung. Hin und wieder hetzt Xiombarg ihre monströse Legion auf uns, und wir sind dann gezwungen, gegen sie zu kämpfen. Aber mehr als das vermögen wir nicht. Ich fürchte, wir sind alles, was noch von der Ordnung übrig ist, außer Euch, natürlich.«

»Die Ordnung hat ihre Macht in unseren fünf Ebenen zurückgewonnen«, versicherte Corum dem Prinzen. Er erzählte von seinen Abenteuern, seinem Kampf gegen Arioch und von seinem Sieg über ihn, durch den Lord Arkyn wieder in sein Reich heimzukehren vermochte. »Aber die Bedrohung ist groß«, endete er. »Denn die Ordnung ist noch sehr geschwächt, und das Chaos sendet ein gewaltiges Aufgebot dagegen.«

»Aber zumindest hat die Ordnung noch einen Teil ihrer Macht!« rief Prinz Yurette freudig. »Das wußten wir nicht. Wir hörten, daß die Schwertherrscher souverän alle fünfzehn Ebenen regierten. Wenn wir nur zurückkehren, unsere Stadt durch die Mauer zwischen den Herrschaftsbereichen bringen könnten! Dann wären wir vielleicht imstande, Euch zu helfen. Aber wir vermögen es nicht! So oft versuchten wir es schon! Die Grundstoffe, die wir zur Erzeugung der erforderlichen Energie benötigen, gibt es auf diesen Ebenen nicht.«

»Und wenn Ihr diese Grundstoffe bekämt?« fragte Corum. »Wie lange würde es dann dauern, bis Ihr in unsere Dimension zurückkommen könntet?«

»Nicht lange. Aber wir werden bereits schwächer. Noch ein paar von Xiombargs Angriffen – vielleicht genügt sogar schon ein einziger geballter – und wir sind nicht mehr.«

Corum starrte düster auf den Tisch.

Hatte er seine Artgenossen nur gefunden, um ihren Untergang mitzuerleben, um zu sehen, wie sie von den Chaos-Mächten zermalmt wurden, gemordet wie seine eigene Familie?

»Wir hatten gehofft, mit Euch zurückzukehren und so Lywm-an-Esh zu retten«, seufzte er. »Und nun müssen wir erfahren, daß es unmöglich ist. Gestrandet in Xiombargs Reich und keine Aussicht auf Rettung, weder für uns noch für unsere Freunde.«

»Wenn wir diese seltenen Minerale hätten –« Prinz Yurette überlegte, dann blickte er Corum an. »Aber Ihr könntet sie uns beschaffen.«

»Wir können nicht zurück«, erinnerte Jhary-a-Conel ihn. »Natürlich, wenn es eine Möglichkeit gäbe, unsere eigene Ebene zu erreichen, vielleicht würden wir sie dort finden. Aber nicht einmal dann wäre die Gewißheit gegeben, daß es uns gelingt, noch einmal hierher zu kommen.«

Prinz Yurette legte die Stirn in Falten. »Wir haben die Möglichkeit, ein Himmelsschiff, aber auch nur ein einziges, durch die Mauer zu schicken. Allerdings würde das unsere Verteidigungskräfte hier sehr schwächen. Doch ich denke, es wäre ein Risiko wert.«

Corum schöpfte neuen Mut. »Gut, Prinz Yurette, für die Rettung der Ordnung ist kein Risiko zu groß.«

Während Prinz Yurette sich mit seinen Wissenschaftlern besprach, spazierten die vier Gefährten durch die herrliche Stadt Gwlas-cor-Gwrys. Sie war vollkommen aus Metall errichtet – aber es war Metall besonderer Art, von eigenartiger Beschaffenheit und ungewöhnlicher Farbenpracht, wie es sich kaum vorstellen ließ. Türme, Kuppel, Gitter, Bögen und Fußwege waren aus diesem Metall, genau wie auch die Rampen und Stufen zwischen den Terrassen. Alles in der Stadt arbeitete völlig unabhängig von der Außenwelt. Selbst die Luft wurde innerhalb der schimmernden Pyramide grünen Lichts erzeugt.

Überall gingen die Bewohner dieser wunderschönen Stadt ihren täglichen Geschäften nach. Manche pflegten die Gärten, andere sorgten für das leibliche Wohl. Überall arbeiteten Künstler an ihren Werken, komponierten oder malten Bilder auf Samt und Marmor und Glas, und ihre Technik war ähnlich jener von Corums Volk. Aber ihr Stil und die Motive waren oft anders, und manche der Gemälde sagten Corum in ihrer Fremdheit nicht zu.

Man zeigte ihnen die gewaltigen, vollendeten Maschinen, welche die Stadt am Leben hielten. Sie durften die Waffen bewundern, welche die Angriffe auf die Stadt abwehrten.

Sie sahen die Hallen, in denen die Luftschiffe untergebracht waren, die Schulen, Gaststätten, Theater, Museen und Kunstgalerien der Stadt. Hier gab es alles, was Corum für immer verloren geglaubt hatte, eingeäschert von Glandyth-a-Krae und seinen Barbaren. Doch nun war auch das hier alles bedroht – bedroht von denselben Mächten, die sein Volk ausgerottet hatten.

Sie aßen und schliefen. Ihre zerfetzten Kleider und Rüstungen wurden von Schneidern und Waffenschmieden aufs genaueste nachgebildet. Als sie erwachten, fanden sie sich neu ausgestattet. Alles glich der Ausrüstung, mit der sie von König Onald-an-Gyss' Hof aufgebrochen waren, auf's Haar.

Jhary-a-Conel war besonders erfreut von diesem Beispiel der Gastlichkeit und bedankte sich überschwenglich bei Prinz Yurette.

»Das Himmelsschiff steht bereit«, erklärte ihnen der Prinz mit ernstem Gesicht. »Ihr müßt sofort aufbrechen, denn ich habe erfahren, daß Königin Xiombarg einen Angriff mit all ihren Kräften auf unsere Stadt plant.«

»Werdet Ihr imstande sein, ihn trotz der Schwächung abzuwehren?« fragte Jhary.

»Ich hoffe es.«

Der König ohne Land trat vor. »Verzeiht, Prinz Yurette. Ich würde es vorziehen, bei Euch zu bleiben. Wenn hier, wo ich zu Hause bin, die Ordnung gegen das Chaos kämpft, möchte ich mich ihr zur Verfügung stellen.«

Yurette nickte.

»Es sei, wie Ihr es wünscht. Doch nun beeilt Euch, Prinz Corum. Das Himmelsschiff wartet auf dem Dach. Stellt Euch in den Mosaikkreis dort, und ihr werdet direkt zum Schiff gebracht. Lebt wohl!«

Corum, Rhalina und Jhary stellten sich in den Kreis. Einen Herzschlag später befanden sie sich an Deck des schmuckvollen Luftschiffs. Der Steuermann war derselbe, der sie aus dem Tal der erstarrten Krieger abgeholt hatte.

»Ich bin Bwydyth-a-Horn«, stellte er sich nun vor. »Bitte, setzt Euch wieder dorthin wie beim letztenmal, und haltet Euch gut an der Reling fest.«

»Seht!« rief Corum und deutete auf die schwarze Ebene jenseits der Pyramide. Königin Xiombargs Riesengestalt füllte dort den ganzen Himmel aus. Ihr Gesicht war wutverzerrt. Zu ihren Füßen marschierte eine gewaltige Armee – eine Armee von Monstern.

Das Himmelsschiff hob ab und schwebte durch das dunkelgrüne Oval in eine Welt, die von dem Stimmengewirr der nicht mehr menschlichen Krieger erfüllt war.

Doch das Gegröle und Gejohle wurde übertönt von dem markerschütternden, rachsüchtigen Gelächter der Königin Xiombarg vom Chaos.

»BISHER SPIELTE ICH NUR MIT EUCH, WEIL MIR DAS SPASS MACHTE. DOCH NUN, DA IHR MEINEM TODFEIND, DEM MÖRDER MEINES BRUDERS, ASYL GEWÄHRT, WERDE ICH EUCH ZERMALMEN!«

Die Luft begann zu vibrieren. Plötzlich hüllte eine Kugel grünen Lichtes das Schiff ein. Die Stadt in der Pyramide, die Armee des Grauens, Königin Xiombarg, das alles verblaßte und verschwand. Das Schiff bäumte sich auf.

Sein Stöhnen wurde zum schmerzlichen Wimmern. Und da hatte es auch bereits das Reich Xiombargs hinter sich gelassen und befand sich in der Domäne Arkyns von der Ordnung.

Sie schwebten über dem Land Lywm-an-Esh. Doch hier war es nicht viel anders als in dem Reich, das sie eben erst verlassen hatten.

Auch hier war das Chaos auf dem Vormarsch.

DRITTES BUCH

In dem berichtet wird, wie Prinz Corum und seine Gfährten in den Krieg eingreifen, einen Sieg erringen und über das Walten der Ordnung staunen

1 Die Horde aus der Hölle

Erstickender Qualm stieg aus den Dörfern und Städten empor. Die Gefährten befanden sich südöstlich des Flusses Ogyn im Herzogtum Kernow-a-Laun, und es war offensichtlich, daß eine von König Lyr-a-Brodes Armeen an der Küste, weit im Süden von Moidelsberg, gelandet war.

»Es würde mich interessieren, ob Glandyth bereits gemerkt hat, daß wir die Burg verlassen haben«, brummte Corum, während er finster auf das brennende Land hinunterstarrte. Die Ernte war vernichtet, Leichen verfaulten in der Sommerglut, selbst Tiere waren sinnlos dahingemetzelt worden. Rhalina war erschüttert über das, was man ihrem Lande angetan hatte. Ihr Magen rebellierte. Sie wandte den Blick von all dem Grauen ab.

»Das hat er sicher«, antwortete sie Corum. »Nach all dem Morden und Brandschatzen zu schließen, dürfte seine Armee schon lange unterwegs sein.«

Hin und wieder sahen sie vereinzelte Gruppen von Barbaren, die in ihren Streitwagen dahinzogen oder auf zottligen Ponys ritten. Sie plünderten, was noch zu finden war, auch wenn nichts mehr lebte, womit sie ihre Blutlust stillen konnten. Manchmal sahen sie auch Flüchtlinge sich südlich zu den Bergen schleppen, wo sie hofften, Unterschlupf zu finden.

Als sie den Fluß Ogyn erreichten und darüber hinwegflogen, sahen sie, daß er ein einziges Grab war. Leichen von ganzen Familien verwesten neben den Kadavern von Rindern, Hunden und Pferden. Die Barbaren, welche der Hauptarmee folgten, hatten sich weit verteilt und vergewisserten sich, daß nichts Lebendes übersehen worden war.

Rhalina vermochte ihre Tränen nicht länger zurückzuhalten, und Corums und Jharys Gesichter waren grimmig. Sie hielten sich die Nasen zu, um den Gestank von Tod und Verwesung nicht in voller Stärke einatmen zu müssen, und wünschten, das Schiff, das ohnehin flinker als das beste Pferd war, würde noch schneller fliegen.

Da sahen sie das Bauernhaus.

Kinder hasteten, von ihrem Vater zur Eile angetrieben, ins Innere. Der Bauer war mit einem alten, rostigen Breitschwert bewaffnet. Die Frau verbarrikadierte den Hof.

Corum entdeckte den Grund für die Hast. Eine Gruppe Barbaren, etwa ein Dutzend Mann, ritten durch das Tal auf den Bauernhof zu. Sie hatten brennende Fackeln in den Händen und trieben ihre Ponys mit viel Geschrei an.

Corum kannte Mabden wie diese. Er war von ähnlichen gefangen und gemartert worden. Sie unterschieden sich nicht von Glandyth-a-Kraes Denledhyssi, außer, daß sie auf Ponys ritten und nicht auf Streitwagen dahinzogen. Sie trugen schmutzstarrende Pelze und Schmuck – Halsketten, Armreifen und Ringe –, den sie den Gemordeten abgenommen hatten.

Corum erhob sich und trat in die Steuerkabine. »Wir müssen niedergehen«, erklärte er Bwydyth-a-Horn rauh. »Dort unten ist eine Familie – nicht mehr lange, und die Barbaren werden sie niedermetzeln.«

Bwydyth blickte ihn betrübt an. »Aber uns bleibt nur wenig Zeit, Prinz Corum.« Er klopfte auf seine Hemdtasche. »Wir müssen die Liste der benötigten Grundstoffe nach Halwyg-nan-Vake bringen, wenn wir die Pyramidenstadt und damit Lywm-an-Esh noch retten wollen –«

»Landet!« befahl Corum.

»Schön. Wenn Ihr meint«, erwiderte Bwydyth friedfertig. Er betätigte einige Schalter und Knöpfe und studierte einen Betrachter, der ihm das Land unter ihnen zeigte. »Jenes Bauernhaus dort?«

»Jawohl – jenes Bauernhaus.«

Das Himmelsschiff begann sich zu senken. Corum kehrte an Deck zurück, um hinunterzuschauen. Die Barbaren hatten das Schiff inzwischen bemerkt und ihre Ponys angehalten. Sie deuteten aufgeregt nach oben Das Schiff begann über dem Hof vor dem Haus zu kreisen, um zur Landung anzusetzen, für die kaum genug Platz war. Hühner flatterten gackernd davon, als sein Schatten über sie fiel, und ein Schwein verkroch sich eiligst im Stall.

»Habt Euer Schwert zur Hand, Junker Jhary«, bat Corum.

Jhary hatte seine Waffe bereits gezogen. »Es sind zehn oder mehr«, warnte er. »Und wir nur zwei. Werdet Ihr Eure – Eure Kräfte einsetzen?«

»Ich hoffe, es wird nicht nötig sein. Ich habe alles, was mit dem Chaos zusammenhängt, satt.«

»Aber zwei gegen zehn –«

»Vergeßt den Steuermann nicht und den Bauern.«

Jhary runzelte die Stirn, schwieg jedoch. Das Schiff setzte auf. Bwydyth-a-Horn trat mit einer langschaftigen Axt aus der Kabine.

»Wer seid Ihr?« Die nervös klingende Stimme drang aus dem hölzernen Haus.

»Freunde!« rief Corum. »Bringt die Frauen und Kinder an Bord!« bat er den Steuermann. Er sprang über die Reling. »Wir werden versuchen, sie einstweilen in Schach zu halten.«

Jhary sprang ihm nach und stand etwas unsicher auf dem Boden, der nicht wie das Luftschiff schwankte.

Die Barbaren näherten sich vorsichtig. Der Anführer brach in höhnisches Gelächter aus, als er erkannte, mit wie wenigen sie es zu tun hatten. Er stieß einen wilden Schrei aus und warf die Fackel zur Seite. Dann zerrte er eine gewaltige Keule aus seinem Gürtel und gab dem Pony die Sporen, daß es über die schwache Weidenbarrikade sprang, welche die Bäuerin errichtet hatte. Corum tänzelte zur Seite, als die Keule knapp an seinem Helm vorbeipfiff. Er sprang, und sein Schwert traf das Knie des aufheulenden Anführers. Jhary sprintete durch die Barrikade und ergriff die noch brennende Fackel, während die anderen Reiter auf ihn zustürmten. Er raste zurück in den Hof und legte Feuer an die Weidenbarrikade, als ein zweiter Reiter sie in vollem Sprung nahm. Jhary warf seinen Dolch und traf den Barbaren direkt ins Auge. Der Mann heulte auf und stürzte rückwärts von seinem Pony. Jhary packte die Zügel. Er schwang sich auf das unruhige Reittier und riß es herum.

Inzwischen flammte die Barrikade auf. Corum wich der Keule aus, die mit spitzen Raubtierzähnen bestückt war. Er wirbelte herum und stach das Schwert in die ungeschützte Seite des Anführers, der auf dem erschreckt davongaloppierenden Pony zusammenbrach.

Corum blickte sich um. Ein paar der Barbaren versuchten ihre Ponys anzutreiben, über die flammende Barriere zu springen. Bwydyth half gerade der jungen Bäuerin, eine Wiege an Bord zu bringen. Zwei Knaben und ein Mädchen kamen mit ihnen. Der Bauer selbst, verwirrt von dem unerwarteten Geschehen, folgte als letzter, immer noch das rostige Breitschwert in der Hand.

Drei Reiter sprangen plötzlich gleichzeitig über die brennende Weidenbarrikade.

Aber Jhary stand bereit, sie zu empfangen. Er hatte sich seinen Dolch zurückgeholt und warf ihn erneut. Wieder traf er sein Ziel, und erneut stürzte ein Barbar aus dem

Sattel. Corum sprang schnell auf das herrenlose Pony und schwang sein Schwert, um sich gegen eine schwere Streitaxt zu schützen. Das Schwert traf den Schaft, und während der Barbar die Axt hochreißen wollte, stieß Jhary ihm den Säbel in den Rücken, daß die Spitze aus seiner Brust herausdrang.

Weitere Angreifer brausten heran. Der Bauer hatte mit seinem rostigen Schwert eines der Ponys zu Fall gebracht, und während sein Reiter sich aus den ledernen Steigriemen befreien wollte, spaltete er ihm den Schädel. Sein Schwert benutzte er wie ein Holzhacker seine Axt.

Die Kinder und die Frau befanden sich nun an Bord. Corum durchtrennte einem weiteren Barbaren die Kehle und zerrte den Bauern hoch, der blind auf den Toten einhackte. Er deutete auf das Schiff. Zuerst schien der Bauer nicht zu begreifen, doch dann ließ er das blutige Schwert fallen und rannte auf das Himmelsschiff zu.

Corum hieb auf seinen letzten Angreifer ein, während Jhary vom Pony sprang, um sein Wurfmesser wiederzuholen.

Corum wendete sein Reittier und streckte dem Gefährten einen Arm entgegen. Jhary schob den Dolch in die Scheide. Er ergriff den gebotenen Arm und hielt sich mit einem Fuß im Steigriemen fest, bis sie das Schiff erreicht hatten. Sie schwangen sich über die Reling. Sofort hob sich das Schiff und nahm Geschwindigkeit auf. Die zwei überlebenden Barbaren starrten ihnen mit wutverzerrten Gesichtern nach. Sie hatten mit einem leichten Sieg gerechnet, doch statt dessen waren ihre Kameraden nun tot und ihre Opfer entkommen.

»Mein Hof«, jammerte der Bauer und nickte zurück.

»Ihr lebt«, tröstete Jhary ihn.

Rhalina sprach der Frau Mut zu. Die Markgräfin hatte vorhin ihr Schwert gezogen, um im Notfall den Männern beizuspringen.

Nun hatte sie es neben sich gelegt und den kleinsten der Knaben auf den Schoß genommen.

Schnurri lugte vorsichtig unter einem Sitz hervor. Als sie sich versichert hatte, daß die Gefahr vorbei war, flatterte sie auf die Schulter ihres Herrn und machte es sich bequem.

»Wißt Ihr etwas über ihre Hauptarmee?« fragte Corum den Bauern. Er tupfte mit einem Tuch auf eine geringfügige Verwundung, die er sich auf seiner sterblichen Hand zugezogen hatte.

»Ich habe gehört – ich habe gehört, daß es gar keine – menschliche Armee ist –«

»Das mag wahr sein.« Corum nickte. »Aber wißt Ihr, wo sie sich jetzt befindet?«

»Sie dürfte sich nun Halwyg nähern, falls sie die Stadt nicht bereits erreicht hat. Doch verratet mir, Sir, wohin bringt Ihr uns?«

»Nach Halwyg, fürchte ich«, murmelte Corum.

Das Himmelsschiff flog weiter über verwüstetes Land. Und nun sahen sie, daß die Reitergruppen an Zahl und Stärke zunahmen – offensichtlich gehörten sie zur Hauptstreitmacht. Viele bemerkten das Schiff über ihren Köpfen. Einige schleuderten Speere danach, und manche beschossen es mit Pfeilen, ehe sie sich wieder dem Rauben, Morden, Vergewaltigen und Brandschatzen zuwandten.

Doch nicht sie fürchtete Corum, sondern die Zaubermächte, über die Lyr-a-Brode nun vermutlich verfügte.

Der Bauer starrte nach unten. »Sieht es jetzt überall so aus?« fragte er ergrimmt.

»Soweit uns bekannt ist, ja. Zwei Armeen marschieren gegen Halwyg – eine von Osten her, die andere aus dem Südwesten. Aber ich bezweifle, daß die Barbaren von

Bro-an-Mabden weniger grausam sind als ihre Verbündeten.« Corum wandte sich von der Reling ab.

»Ich frage mich, wie es Llarak-an-Fol ergangen ist«, murmelte Rhalina, während sie das schlafende Kind in den Armen wiegte. »Und ob Beldan wohl dortgeblieben oder mit dem Rest unserer Mannen nach Halwyg weitergezogen ist. Und auch, was mit dem Herzog geschah.«

»Das werden wir hoffentlich bald alles erfahren.« Jhary gestattete einem kleinen dunkelhaarigen Jungen, Schnurri zu streicheln. Die Katze trug es mit Fassung.

Corum schritt unruhig auf und ab und hielt Ausschau nach den Türmen von Halwyg.

»Seht«, sagte Jhary plötzlich leise. »Dort ist die Höllenhorde.«

Corum blickte über die Reling und sah die Flut aus Fleisch und Stahl, die sich über das Land ergoß – Tausende und Abertausende von Mabden-Reitern, Mabden-Streitwagen und Mabden-Fußsoldaten. Und Wesen, die nicht Mabden waren. Kreaturen aus dem Chaos-Reich, die durch Zauberkräfte hierhergelangt waren. Da gab es die Armee des Hundes – pferdegroße Bestien, mehr fuchs- als hundeartig. Da gab es auch die Armee des Bären – jeder der riesigen Bären marschierte aufrecht und trug Schild und Streitkeule. Und da gab es natürlich auch die Chaos-Armee selbst – mißgestaltete Krieger, Tiermenschen, nicht unähnlich jenen aus dem gelben Abyssus. Ein hochgewachsener Reiter führte sie an, der von Kopf bis Fuß in glänzendem Panzer steckte. Zweifellos war er der Abgesandte Königin Xiombargs, von dem Jharys Katze berichtet hatte.

Und unweit der schrecklichen Streitmacht erhoben sich die Stadtmauern von Halwyg-nan-Vake, das aus der Ferne wie ein riesiges, kunstvoll zusammengestecktes Blumenarrangement aussah.

Trommelgedröhn drang aus den Reihen der Höllenhorde zu ihnen empor. Trompeten schmetterten. Das siegesgewisse Heulen der Hundebestien zerriß die Luft, und das erwartungsvolle Gelächter der ganzen Horde schrillte in den Ohren.

Corum spuckte auf die höllische Meute hinunter. Der Gestank des Chaos quälte seine Nase. Sein sterbliches Auge funkelte, als der Grimm ihn übermannte und er ein zweites Mal auf das gräßliche Pack hinunterspuckte. Ein Keuchen entrang sich seiner Kehle.

Seine Hand umklammerte den Schwertknauf, als all seine Erinnerung an die Mabden wach wurde, die seine Familie gemordet und ihn verstümmelt hatten. Er sah das Banner König Lyr-a-Brodes – eine kunstlos angefertigte Fahne mit dem Zeichen des Hundes und des Bären. Seine Augen suchten nach seinem Erzfeind, dem Grafen Glandyth-a-Krae.

»Corum«, rief Rhalina. »Corum! Spar deinen Grimm und deine Kraft für die Schlacht, die nun unausbleiblich ist.«

Er blickte sie an, ohne sofort zu begreifen, dann ließ er sich auf einen der Sitze fallen. Er keuchte wie einer der Höllenhunde, die dort unten dahinmarschierten, und die Edelsteine auf dem Schild, das Kwlls Auge bedeckte, schienen ein eigenes Leben zu haben und funkelten und glitzerten in einer anderen Art von Grimm.

Rhalina schauderte, als sie ihn so sah, mit kaum noch einer Spur eines Sterblichen an sich. Er schien ihr wie ein besessener Halbgott aus einer der finstersten Legenden ihres Volkes, und ihre Liebe zu ihm verwandelte sich in Furcht.

Corum vergrub sein Haupt in Kwlls Sechsfingerhand und wimmerte, bis er sich wieder gefaßt hatte. Seine übermächtige Wut und die quälende Anstrengung, ihrer Herr zu werden, hatten ihn erschöpft. Müde lehnte er sich in den Sitz zurück, eine Hand auf dem Messinggeländer des Himmelsschiffs, das langsam auf Halwyg hinabsank.

»Sie sind höchstens noch eine Meile entfernt«, murmelte Jhary. »Bis zum Morgen haben sie die Stadt umzingelt, wenn sie nicht aufgehalten werden.«

»Wer könnte sie denn schon aufhalten?« fragte Rhalina hoffnungslos. »Ich fürchte, Lord Arkyns Regentschaft wird nur kurz sein.«

Die Trommeln dröhnten ununterbrochen ihre Siegesgewißheit hinaus, und die Trompeten schmetterten triumphierend. Alles nahm an Lautstärke zu: das Heulen der Hundearmee, das Brummen der Bären, das Gejohle und Grölen der Chaos-Meute, das Knarren und Quietschen der Streitwagen, das Donnern der Ponyhufe und das Klirren der Schwerter. Eine Kakophonie des Untergangs prophezeite den Fall der herrlichen Blumenstadt.

2 Die Belagerung beginnt

Das Schiff kreiste tiefer und tiefer über der stillen, von den letzten Sonnenstrahlen überfluteten Stadt, von deren Türmen der Höllenlärm der Satanshorde widerschallte.

In den Straßen und Parks drängten sich Krieger ohne Hoffnung. Sie lagerten überall, wo sie nur ein freies Plätzchen zu finden vermochten. Die Blumen waren zertrampelt und die Obstbäume und -sträucher ihrer reifen Last beraubt, um die hungrigen und erschöpften Krieger zu nähren, die sich vor der Barbarenhorde nach Halwyg zurückziehen hatten müssen. Sie waren so erschöpft, daß sie nur stumpf hochblickten, als das Himmelsschiff über ihre Köpfe hinwegflog und auf dem Dach von König Onalds Palast landete. Das Schiff hatte noch nicht einmal richtig aufgesetzt, als bereits Wachen in den bekannten

Schneckenhelmen, dem Muschelbrustpanzer und den runden Schalenschilden Lywm-an-Eshs darauf zueilten. Mit erhobenen Speeren und gezogenen Schwertern drängten sie gegen die Reling, offenbar in der Annahme, es mit Feinden zu tun zu haben. Wie groß war ihre Erleichterung, als sie Rhalina und Corum erkannten. Sie ließen die Waffen sinken. Einige von ihnen hatten Verletzungen von kleineren Scharmützeln gegen die Barbaren davongetragen, und sie alle sahen aus, als könnten ein paar Stunden Schlaf ihnen nur guttun.

»Prinz Corum«, salutierte der Kommandant. »Ich werde dem König Eure Ankunft melden.«

»Ich danke Euch. Ich hoffe, einige Eurer Mannen können sich inzwischen dieser Familie hier annehmen, die wir vor Lyrs Barbaren gerettet haben.«

»Ich werde es veranlassen, obwohl wir großen Mangel an Eßbarem haben.«

Corum hatte das bereits in Betracht gezogen. »Das Himmelsschiff könnte vielleicht Nahrungsmittel für Euch herbeischaffen, aber es darf auf keinen Fall in Gefahr gebracht werden.«

Der Steuermann holte eine Papierrolle aus seiner Hemdtasche und übergab sie Corum. »Dies hier ist die Liste der Grundstoffe, die wir benötigen, ehe unsere Stadt einen Versuch unternehmen kann, den Wall zwischen den Ebenen zu durchdringen.«

»Wenn es uns gelingt, uns mit Arkyn in Verbindung zu setzen, übergeben wir ihm diese Liste. Er ist ein Gott. Ihm wird es sicher leichter fallen als uns, das Benötigte zu beschaffen.«

Sie fanden König Onald in seinem Arbeitszimmer, in dem auch diesmal Landkarten ausgebreitet lagen.

»Wie steht es mit Eurem Reich, König Onald?« erkundigte sich Jhary, als sie eintraten.

»Reich? Nur noch dem Namen nach. Unsere Streitkräfte wurden immer weiter zurückgeschlagen, bis schließlich fast alles, was noch davon übrigblieb, sich hier in Halwyg eingefunden hat.« Er deutete auf eine große Karte von Lywm-an-Esh. »Die Grafschaft Arluth-a-Cal – von den Seestreitkräften Bro-an-Mabdens überrannt«, zählte er mit dumpfer Stimme auf. »Die Grafschaft Pengarde mit ihrer Hauptstadt Enyn-an-Aldaran wurde ein Raub der Flammen, bis hinab zum Calenyksee, wie ich erfahren habe. Wenn die Berichte stimmen, leistet das Herzogtum von Oryn-nan-Calwyn den Barbaren in den südlichsten Bergen noch Widerstand, genau wie das Herzogtum von Haun-a- Gwyragh. Aber Bedwilral-nan-Rywm ist ganz in der Hand des Feindes, wie auch die Grafschaft Gal-a-Gorow. Was mit dem Herzogtum von Palantyrn-an-Kenak ist, konnte ich nicht erfahren –«

»Dem Erdboden gleichgemacht«, sagte Corum düster.

»Ah – dem Erdboden gleichgemacht«, wiederholte der König monoton.

»Es scheint, sie kommen nun aus allen Richtungen heran«, murmelte Jhary und studierte die Karte. »Sie landeten an all Euren Küsten und begannen systematisch den Kreis engerzuziehen, Halwyg-nan-Vake als ihr Hauptziel. Ich hielt die Barbaren einer solchen ausgeklügelten Taktik gar nicht für fähig.«

»Ihr vergeßt Xiombargs Abgesandten«, erinnerte Corum ihn. »Zweifellos half er ihnen, den Plan auszuhecken, und unterwies sie in der Ausführung.«

»Sprecht Ihr von dem Mann in der glänzenden Rüstung, der an der Spitze seiner mißgestalteten Armee reitet?« erkundigte sich König Onald.

»Ja. Was wißt Ihr über ihn?«

»Nichts, was uns helfen könnte. Er soll unverwundbar sein. Er ist mit der Leitung und Taktik der Barbarenarmee sehr beschäftigt. Er reitet des öfteren an König Lyrs Seite.

Sein Name, so habe ich gehört, ist Gaynor – Prinz Gaynor der Verdammte –«

Jhary nickte. »Er war schon oft die Hauptfigur in ähnlichen Auseinandersetzungen. Er ist dazu verdammt, dem Chaos in alle Ewigkeit zu dienen. Und nun ist er also Königin Xiombargs Lakai. Das ist eine höhere Position als so manche, die er in der Vergangenheit – oder Zukunft, was immer es auch ist – einnehmen mußte.«

König Onald bedachte Jhary mit einem befremdeten Blick, ehe er fortfuhr. »Selbst ohne die Chaos-Horde wären sie uns zahlenmäßig um ein Zehnfaches überlegen. Mit unseren besseren Waffen und ausgeklügelterer Taktik hätten wir sie jedoch noch jahrelang zurückschlagen können oder ihnen schlimmstenfalls unsere Küsten überlassen müssen. Aber dieser Prinz Gaynor berät sie bei jedem Zug, den sie machen. Und sein Rat ist gut.«

»Er hat auch genügend Erfahrung«, brummte Jhary und rieb sich das Kinn.

»Wie lange könnt Ihr einer Belagerung standhalten?« fragte Rhalina den König.

Er zuckte die Schultern und blickte sorgenvoll durchs Fenster auf die überfüllte Stadt. »Ich weiß es nicht. Die Krieger sind völlig erschöpft, unsere Mauern sind nicht sonderlich hoch, und das Chaos kämpft auf König Lyrs Seite –«

»Wir müssen uns sofort auf den Weg zum Tempel machen«, drängte Corum, »und versuchen, Lord Arkyn herbeizurufen.«

Sie ritten durch die überfüllten Straßen und sahen nur Gesichter ohne Hoffnung, ohne Mut. Hölzerne Karren ratterten durch die breiten Straßen, und Lagerfeuer brannten auf den ehemals so gepflegten Rasen. Die Hälfte der Armee schien aus Verwundeten zu bestehen.

Ein großer Teil war nur mangelhaft bewaffnet und gerüstet. Es sah nicht so aus, als könnte Halwyg auch nur dem ersten Sturm standhalten. Die Belagerung würde nicht lange währen, dachte Corum, als er sich bemühte, schneller voranzukommen.

Schließlich erreichten sie den Tempel. Auf den Anlagen um ihn herum lagen schlafende, verwundete Soldaten, und Aleryon-a-Nyvish, der Priester, stand vor dem Eingang, als habe er sie erwartet.

Er begrüßte sie freudig. »Habt Ihr Hilfe gefunden?«

»Vielleicht«, erwiderte Corum. »Wir müssen mit Lord Arkyn sprechen. Könnt Ihr ihn rufen?«

»Er erwartet Euch bereits.«

Sie schritten eilig in die kühle Dämmerung des Tempels. Überall auf dem Boden lagen Matratzen, die noch nicht belegt waren, aber für die Schwerverletzten und Sterbenden bereitstanden.

Die wohlgebaute Gestalt, welche Lord Arkyn für sich ausgewählt hatte, trat aus dem Schatten. »Wie erging es Euch in Xiombargs Reich?« erkundigte er sich.

Corum berichtete ihm, und Arkyn schien von dem Gehörten beunruhigt. Er streckte die Hand aus. »Gebt mir die Liste«, forderte er sie auf. »Ich werde die Grundstoffe herbeischaffen, welche die Stadt in der Pyramide benötigt. Aber selbst ich werde eine Weile brauchen, sie alle zu finden.«

»Und inzwischen steht das Los zweier belagerter Städte auf dem Spiel«, murmelte Rhalina. »Gwlas-cor-Gwrys in Xiombargs Domäne und Halwyg-nan-Vake hier. Das Geschick der einen ist mit dem der anderen verknüpft.«

»Das ist nicht ungewöhnlich in der Auseinandersetzung zwischen der Ordnung und dem Chaos«, brummte Jhary.

»So ist es«, pflichtete Lord Arkyn ihm bei. »Ihr müßt

versuchen, Halwyg-nan-Vake zu halten, bis ich zurück bin. Natürlich können wir selbst dann nicht sicher sein, daß Gwlas-cor-Gwrys noch steht. Unser einziger Vorteil besteht darin, daß Königin Xiombarg sich auf zwei Schlachten konzentrieren muß – eine in meiner, die andere in ihrer Domäne.«

»Ich fürchte, ihr Abgesandter, Prinz Gaynor der Verdammte, ist ein sehr tüchtiger Stellvertreter«, bedeutete Corum.

»Wenn Gaynor ausgeschaltet werden könnte, würden die Barbaren auch viel ihrer Überlegenheit einbüßen. Sie selbst sind keine Taktiker. Ohne ihn wären sie nicht in der Lage, ihre Kräfte sinnvoll einzusetzen.«

»Aber nichtsdestoweniger bleibt ihre zahlenmäßige Übermacht«, gab Jhary zu bedenken. »Und gleichfalls die Armee des Hundes und die des Bären –«

»Richtig, Meister Jhary. Trotzdem mag die Vernichtung Gaynors die Entscheidung herbeizuführen.«

»Aber er kann doch nicht getötet werden.«

»Er kann vernichtet werden von einem, der so stark und mit dem Geschick der Ebenen verbunden ist wie er selbst.« Arkyn blickte Corum bedeutungsvoll an. »Doch würde es viel Mutes bedürfen, und es wäre auch nicht ausgeschlossen, daß es die Vernichtung beider zur Folge hat.«

Corum neigte das Haupt. »Ich werde bedenken, was Ihr sagt, Lord Arkyn.«

Der Gott nickte und verschwand.

Corum sah Rhalina an und dann Jhary, doch sowohl sie als auch er wichen seinem Blick aus. Beide wußten, was Lord Arkyn von ihm verlangte. Beiden war klar, welche Verantwortung er auf Corums Schultern geladen hatte.

Der Prinz im scharlachroten Mantel tastete nach seinem juwelengeschmückten Augenschild und ballte die sechs Finger seiner fremdartigen Hand.

»Mit dem Auge Rhynns und der Hand Kwlls«, begann er, »mit diesen zweifelhaften Geschenken Shools, die nicht weniger mit meiner Seele als mit meinem Körper verbunden sind, werde ich versuchen, Lord Arkyns Domäne von Prinz Gaynor dem Verdammten zu befreien.«

3 Prinz Gaynor der Verdammte

»Er war ein Held«, erzählte Jhary, als sie von den Stadtmauern die Tausende von Lagerfeuern der Chaos-Armee überblickten, welche die Stadt nun bereits umzingelt hatte. »Er war ein Held, dieser Prinz Gaynor. Auch er kämpfte dereinst an der Seite der Ordnung, doch dann verliebte er sich und wurde zum Renegaten. Er schloß sich den Chaos-Mächten an. Er wurde bestraft, manche behaupten, von den Kräften des kosmischen Gleichgewichts. Nun kann er nie wieder auf die Seite der Ordnung zurück. Er muß dem Chaos in alle Ewigkeit dienen, so wie Ihr in alle Ewigkeit der Ordnung dient –«

»In alle Ewigkeit?« stammelte Corum.

»Laßt uns nicht mehr davon sprechen«, bat Jhary. »Doch seid versichert, für Euch wird es immer wieder Zeiten der Ruhe und des Friedens geben. Prinz Gaynor dagegen vermag sich ihrer nur zu erinnern und wird sie, wie sehr er sich auch bemühen mag, nie wiederfinden.«

»Auch nicht durch den Tod?«

»Er ist dazu verdammt, nie zu sterben, denn im Tod liegt Frieden, selbst wenn er nur einen Herzschlag bis zur nächsten Wiedergeburt währt.«

»Dann kann ich ihn also nicht töten?«

»Ihr könnt ihn genausowenig töten wie einen der

großen alten Götter. Aber Ihr könnt ihn verbannen. Ihr müßt jedoch wissen, wie das zu bewerkstelligen ist –«

»Wißt Ihr es denn, Freund Jhary?«

»Ich glaube, ja.« Jhary senkte den Kopf, um nachzudenken, während er mit Corum auf den Mauern entlangschritt. »Ich erinnere mich, gehört zu haben, daß Gaynor nur geschlagen werden kann, wenn sein Visier geöffnet wird, und jener, der für die Ordnung kämpft, sein Gesicht erblickt. Dieses Visier läßt sich nicht mit der Kraft eines Sterblichen öffnen. Das ist alles, was ich weiß.«

»Es ist nicht sehr viel«, murmelte Corum ungnädig.

»Ja«, erwiderte Jhary ungerührt.

»Es muß noch heute nacht geschehen. Sie werden keinen Angriff erwarten, schon gar nicht am ersten Abend der Belagerung. Wir müssen schnell zuschlagen und versuchen, diesen Prinzen Gaynor zu vernichten – oder verbannen, oder was auch immer – ehe die Chaos-Meute ihre Überraschung überwunden hat. Er ist der Anführer des Höllenpacks, das in seine eigene Domäne zurückkehren muß, wenn es ihn nicht mehr gibt.«

»Ein simpler Plan«, pflichtete Jhary ihm spöttisch bei. »Wer reitet mit uns? Beldan ist hier. Ich sah ihn.«

»Ich darf das Leben keiner der Verteidiger aufs Spiel setzen. Sie werden viel zu dringend gebraucht werden, wenn unser Plan fehlschlägt. Nein, wir reiten allein«, bestimmte Corum.

Jhary zuckte die Achseln und seufzte. »Du bleibst besser hier, kleine Freundin«, befahl er seiner Katze.

Sie schlichen neben ihren Pferden, deren Hufe sie mit alten Lappen umwickelt hatten, durch die Nacht auf das Lager der Chaos-Horde zu, wo die Mabden ihren Sieg schon im vorhinein feierten und nur wenige Wachen aufgestellt hatten.

Sie brauchten lediglich dem Gestank nachzugehen, um Prinz Gaynors Höllenpack zu finden. Die Halbmenschen stampften in seltsamen ritualen Tänzen und ähnelten in ihren Bewegungen eher kopulierenden Tieren als Menschen. Glasige Augen starrten aus den stumpfsinnigen Tierfratzen. Sie gossen den sauren Wein in sich hinein. Vielleicht, um zu vergessen, was sie einst gewesen waren, ehe sie dem Chaos den Treueid schworen.

Prinz Gaynor saß in ihrer Mitte am Lagerfeuer. Die lodernden Flammen spiegelten sich in seiner glänzenden Rüstung wider, die ihn von Kopf bis Fuß bedeckte. Manchmal glitzerte sie golden, manchmal wie Silber und manchmal bläulich wie Stahl. Ein dunkelgelber Federbusch zitterte am Helm, und auf dem Brustpanzer war das Zeichen des Chaos eingraviert – acht Pfeile, die von der kreisrunden Mittelnabe ausgehend strahlenförmig nach außen verliefen, und die, wie es das Chaos wahrhaben wollte, die gewaltigen Möglichkeiten darstellen sollten, die seiner Philosophie innewohnten. Prinz Gaynor nahm nicht an dem Gelage teil. Er aß nicht und er trank nicht. Er starrte vor sich hin, die metallbehandschuhte Rechte auf dem Knauf seines gewaltigen Schwertes, das wie seine Rüstung manchmal golden, manchmal wie Silber und manchmal wie blauer Stahl glitzerte.

Sie mußten ein paar der schnarchenden, sinnlos betrunkenen Barbaren umgehen, ehe sie sich in Gaynors Lager schleichen konnten, das ein wenig abseits des Haupthaufens lag, genau wie das des Hundes und des Bären auf der gegenüberliegenden Seite. Einige von Lyrs Mannen torkelten an ihnen vorbei, beachteten sie aber nicht, da Corum und Jhary Umhänge mit Kapuzen trugen, die ihr Gesicht verbargen. Wer würde auch schon vermuten, daß Lywm-an-Eshs Krieger paarweise ins Lager drangen?

Als sie den Lichtkreis des Lagerfeuers fast erreicht hatten und den hüpfenden und stampfenden Tiermenschen schon sehr nahe waren, schwangen sie sich auf ihre Pferde und beobachteten den mysteriösen Prinzen Gaynor eine lange Weile.

Er hatte sich nicht bewegt, seit sie ihn zum erstenmal aus der Ferne gesehen hatten. Immer noch saß er auf seinem kostbar verzierten hohen Sattel aus Ebenholz und Elfenbein, immer noch ruhte seine Rechte auf dem Knauf seines mächtigen Breitschwerts, und immer noch starrte er vor sich hin.

Sie ritten in den Schein der flackernden Flammen des Lagerfeuers. Corum Jhaelen Irsei, Fechter für die Ordnung, der den schwarzen Umhang abgelegt hatte, hielt vor Prinz Gaynor dem Verdammten, dem Diener des Chaos, an.

Corum trug seine volle Vadhagh-Rüstung – sein doppellagiges Kettenhemd, seinen konischen Helm, seinen scharlachroten Mantel.

Die lange Lanze hielt er in seiner Rechten und den runden Schild in der Linken.

Prinz Gaynor erhob sich und befahl den Tiermenschen, das Gelage abzubrechen. Die Chaos-Meute wandte sich um, und als sie Corum erkannten, begannen sie zu knurren und zu geifern.

»Schweigt!« befahl Prinz Gaynor der Verdammte. »Und sattelt mir mein Pferd. Mich dünkt, Prinz Corum und sein Begleiter kamen, sich mir im Kampfe zu stellen.« Seine angenehme Stimme klang amüsiert, und doch verriet sie eine tiefe Trauer und Hoffnungslosigkeit.

»Stellt Ihr Euch mir im Zweikampf?« fragte ihn Prinz Corum.

Der Prinz des Chaos lachte. »Warum sollte ich das? Es ist lange her, daß mir die Gesetze der Ritterlichkeit etwas bedeuteten, Prinz Corum. Ich habe meiner Herrin, der Königin Xiombarg, geschworen, Euch mit allen Mitteln zu vernichten. Ich wußte nie, daß sie zu hassen fähig ist. Aber sie haßt Euch, Sir Vadhagh! Und wie sie Euch haßt!«

»Vielleicht, weil sie mich fürchtet«, gab Corum zu bedenken.

»Ja. Das könnte es sein.«

»Dann werdet Ihr also Eure ganze Meute auf uns hetzen?«

»Warum nicht? Wenn Ihr so töricht seid, Euch in meine Gewalt zu begeben –«

»Habt Ihr denn keinen Stolz?«

»Nein, ich glaube nicht.«

»Keine Ehre?«

»Nein. Keine Ehre.«

»Keinen Mut?«

»Ich habe überhaupt keine Tugenden, fürchte ich. Doch vielleicht kenne ich die Furcht.«

»Wenigstens seid Ihr ehrlich.«

Ein tiefes Lachen erscholl aus dem geschlossenen Visier. »Wenn Ihr es glauben wollt! Warum seid Ihr in mein Lager gedrungen, Prinz Corum?«

»Wißt Ihr es nicht?«

»Ihr hofft, mich zu töten, weil ich das Gehirn dieser Barbarenrotte bin? Eine gute Idee. Aber ich kann nicht getötet werden. Was gäbe ich nicht dafür, wenn es möglich wäre! Wie oft habe ich den Tod ersehnt! So oft! Ihr hofft, Zeit zu gewinnen, indem Ihr mich schlagt, um Eure Verteidigung aufzubauen. Vielleicht wäre das möglich, aber ich bedauere, daß ich Euch töten muß und dadurch Halwyg-nan-Vake seines Gehirns und einziger Hoffnung beraube.«

»Wenn Ihr nicht getötet werden könnt, warum stellt Ihr Euch mir dann nicht im Zweikampf?«

»Weil ich keine Lust habe, Zeit zu vergeuden. Krieger!«

Die mißgestalteten Tiermenschen reihten sich hinter ihrem Herrn auf. Er schwang sich auf seinen Schimmel, auf dem inzwischen der hohe Sattel aus Ebenholz und Elfenbein festgegurtet worden war. Er nahm seine Lanze in die Rechte und den Schild in die Linke.

Corum hob seinen Augenschild und blickte über Prinz Gaynor und seine Mannen hinweg in die Unterwelthöhle, wo seine letzten Opfer wie erstarrt standen. Hier befanden sich die Gefallenen der Chaos-Meute, nun noch mißgestalter, nachdem der Ghanh sie mit seinen mächtigen Flügeln erdrückt hatte. Er sah Polib-Bav, den pferdegesichtigen Anführer des Packs. Kwlls Hand streckte sich aus und winkte ihm zu.

»Nun soll Chaos wieder gegen Chaos kämpfen!« rief Corum. »Holt Euch Eure Belohnung, Polib-Bav, und seid aus dem Limbus befreit!«

Die grauenerregende Meute der Untoten strömte herbei und stürzte sich auf ihre lebenden Brüder in Gaynors Lager. Hundewesen kämpften gegen Kuhwesen, Pferdewesen gegen Froschwesen. Ihre Keulen und Dolche und Streitäxte taten ihr blutiges Werk. Markerschütternde Todesschreie erfüllten die Luft.

Prinz Gaynor beobachtete den Kampf eine Weile, dann drehte er sein Pferd so, daß er Corum von Angesicht zu Angesicht gegenübersaß.

»Ich gratuliere Euch, Prinz im scharlachroten Mantel. Ich sehe, Ihr habt Euch nicht auf meine Ritterlichkeit verlassen. Gedenkt Ihr beide gegen mich anzutreten?«

»Nein«, erwiderte Corum. Er ergriff seine Lanze und hob sich so im Steigbügel, daß er auf dem höheren Teil des Sattels ruhte und fast aufrecht stand. »Mein Gefährte ist lediglich hier, um über den Ausgang des Kampfes zu berichten, sollte ich nicht mehr selbst dazu in der Lage sein. Er wird nur kämpfen, um sich zu schützen.«

»Ah, ein faires Turnier also?« Wieder lachte Prinz Gaynor. »Wie Ihr wollt.« Auch er hob sich in Kampfstellung.

Und stürmte mit dem Schimmel auf ihn zu.

Corum gab seinem Pferd die Sporen. Er hielt die Lanze stoßbereit und den Schild hoch erhoben, um sein Gesicht zu schützen, da er im Gegensatz zu Gaynor nicht über ein Visier verfügte.

Der glänzende Panzer des Gegners blendete ihn, als er auf ihn zugaloppierte. Er holte mit der Rechten aus und schleuderte die gewaltige Lanze mit aller Kraft gegen Gaynors Kopf. Sie traf voll ihr Ziel, aber der Helm bekam nicht einmal einen Kratzer ab. Corum hatte jedoch damit erreicht, daß Gaynor im Sattel schwankte und nicht sofort eine ähnliche Taktik anwenden konnte. Er gab ihm sogar Zeit, die abprallende Lanze aufzufangen. Gaynor lachte, als er das bemerkte, und stieß nun selbst mit voller Kraft gegen Corums Gesicht. Aber der Prinz im scharlachroten Mantel wehrte den Stoß mit dem Schild ab.

Um sie herum tobte die Schlacht der Tiermenschen gegeneinander. Das Chaos-Pack war zwar geringer an Zahl, hatte jedoch den Vorteil über Prinz Gaynors Tiermenschen, daß sie als Untote nicht noch einmal getötet werden konnten.

Nun bäumten sich beide Pferde auf, so daß sich ihre Hufe ineinander verfingen und sie ihre Reiter fast abgeworfen hätten. Corum schleuderte seinen Speer, während er mit der anderen Hand die Zügel fest umklammert hielt. Wieder traf er Gaynor. Und diesmal riß die Wucht des Stoßes den Verdammten über den Rücken des Schimmels vom Sattel, und er landete auf dem lehmigen Boden. Sofort sprang er wieder auf, die Lanze noch in der Hand, und erwiderte Corums Stoß. Der Speer durchstieß den Schild. Es fehlte nur ein Fingerbreit, und er wäre in Corums juwelenglitzerndes Facettenauge eingedrungen. Mit Gaynors Speer noch in seinem Schild, zog Corum das Schwert und stürmte damit auf den Prinzen ein. Ein bitteres Lachen drang durch das geschlossene Visier. Auch

Gaynor hielt das Breitschwert bereit, während er seinen Schild hob, um Corums Hieb abzufangen. Gaynors erster Schlag galt nicht dem Vadhagh, sondern dessen Pferd. Er hackte ihm eines der Vorderbeine ab, so daß es zusammenbrach und Corum auf den Boden stürzte.

Behende trotz seiner schweren Panzerrüstung, hob Gaynor das Schwert und stürmte auf Corum ein, der sich verzweifelt bemühte, in dem glitschigen Schmutz auf die Füße zu kommen. Das Schwert zischte herab und traf gegen Corums Schild. Die Klinge fraß sich in die Schichten aus Leder, Metall und Holz, wurde jedoch durch Gaynors eigenen Speer, der immer noch darin steckte, aufgehalten. Corum hieb gegen Gaynors Füße, doch der sprang hoch, und Corums Schwert verfehlte ihn. Aber es gab dem Vadhagh Zeit, zurückzurollen und sich schließlich zu erheben.

Gaynor lachte. Seine Stimme echote in dem Helm, der fest geschlossen blieb.

»Ihr kämpft tapfer, Corum, doch seid Ihr ein Sterblicher – und ich gehöre längst nicht mehr zu den Sterblichen!«

Der Schlachtenlärm hatte das Lager auf die Beine gebracht, aber die Barbaren wußten nicht, was sie von dem Ganzen halten sollten. Sie waren es so gewohnt, Lyr zu gehorchen, der sich wiederum nach Gaynors Befehlen richtete. Doch jetzt hatte Gaynor keine Zeit, dem König zu raten.

Die beiden Helden begannen sich zu umkreisen, während der Kampf der Tiermenschen immer verbissener wurde. In den Schatten jenseits des Lagerfeuers beobachteten die abergläubischen Barbaren mit aufgerissenen Augen den Zweikampf, ohne zu verstehen, wie es dazu gekommen war.

Corum ließ seinen nutzlos gewordenen Schild fallen und griff mit Kwlls Sechsfingerhand nach seiner Streitaxt. Er trat mehrere Schritte zurück und schätzte die Entfernung zu seinem Gegner ab. Die Axt war eine wohlausgewogene Wurfwaffe, wie sie früher von den Fußsoldaten der Vadhagh benutzt worden war, als sie gegen die Nhadragh kämpften. Corum hoffte, daß Prinz Gaynor nicht sofort durchschauen würde, was er beabsichtigte. Mit einer raschen Bewegung hob er seinen Arm und schleuderte die Axt. Sie schoß durch die Luft und blieb in Gaynors Schild stecken.

Gaynor taumelte unter der Wucht des Aufpralls. Die Axt fiel zu Boden, und der Schild zerbrach in zwei Hälften. Gaynor warf ihn von sich. Er nahm sein Breitschwert mit beiden Händen und stürmte auf Corum zu.

Corum wehrte den ersten, zweiten und dritten Hieb ab, aber die Wucht von Gaynors Angriff drängte ihn zurück. Er sprang und holte aus, um zwischen Panzerglieder zu stoßen. Gaynor wehrte mit seinem Schwert in der Rechten erfolgreich ab und machte zwei Schritt zurück. Corum hörte seinen keuchenden Atem unter dem Helm.

»Ihr mögt vielleicht unsterblich sein, Prinz Gaynor – aber Ihr ermüdet wie jeder Sterbliche auch.«

»Ihr vermögt mich nicht zu töten! Glaubt mir, ich würde den Tod nur zu gern willkommen heißen!«

»Dann ergebt Euch.« Auch Corums Atem kam nun schon fast rasselnd. Sein Herz schlug wie rasend, und seine Brust hob und senkte sich heftig. »Ergebt Euch, dann werden wir feststellen, ob ich Euch nicht töten kann.«

»Mich zu ergeben wäre gleichbedeutend mit dem Bruch meines Treueids, den ich Königin Xiombarg geleistet habe.«

»So kennt Ihr Ehre also doch!«

»Ehre!« Gaynor lachte. »Nicht Ehre – sondern Furcht, wie ich schon sagte. Wenn ich ihr die Treue breche, wird sie mich bestrafen. Ich glaube nicht, daß Ihr Euch auch nur vorzustellen vermögt, was das bedeutet, Prinz im scharlachroten Mantel.« Und wieder stürmte Gaynor auf Corum ein, und das Breitschwert wirbelte um seinen Kopf.

Corum duckte sich unter der funkelnden Klinge und traf Gaynors Beine mit einem so kräftigen Schlag, daß eines der Knie des verdammten Prinzen einen Augenblick nachgab, ehe er zurückzuspringen vermochte.

Die Chaos-Meute hatte Prinz Gaynors Tiermenschen geschlagen und war gerade dabei, die Toten als Belohnung in die Unterwelt zu schleppen.

Mit einem wilden Schrei stürzte sich Gaynor erneut auf Corum. Der Vadhagh nahm seine ganze Kraft zusammen, um den Angriff abzuwehren. Gaynor packte Corums Schwertarm und hob sein Breitschwert, um es auf den Kopf des Gegners zu schmettern. Doch dem Prinzen im scharlachroten Mantel gelang es, sich loszureißen. Die Klinge traf nur seine Schulter. Sie fraß sich durch die oberste Lage des Kettenhemds und wurde von der zweiten aufgehalten.

Aber er war nun waffenlos. Prinz Gaynor hatte sein Schwert erobert und hielt es triumphierend in seiner Linken.

»Ergebt Euch, Prinz Corum. Ergebt Euch, und ich schenke Euch Euer Leben.«

»Damit Ihr mich zu Xiombarg bringen könnt?«

»Ich habe keine andere Wahl.«

»Dann ergebe ich mich auch nicht.«

»Muß ich Euch denn töten?« Gaynor keuchte, als er Corums Schwert in den Schmutz fallen ließ. Er faßte sein eigenes wieder mit beiden Händen und hob es zum tödlichen Hieb.

4 Der Angriff der Barbaren

Instinktiv warf Corum seine Hände hoch, um Gaynors Schlag abzuwehren, und da geschah etwas mit Kwlls Hand.

Schon mehr als einmal hatte sie ihm das Leben gerettet – manchmal in Vorahnung einer tödlichen Gefahr –, und auch jetzt handelte sie wieder ohne Corums Zutun. Sie griff nach Gaynors Klinge, entriß sie ihm und schmetterte den Schwertknauf auf seinen Schädel.

Prinz Gaynor taumelte und brach langsam in die Knie.

Nun sprang Corum vor. Er legte den rechten Arm um Gaynors Hals und drückte ihn mit aller Gewalt gegen sich. »Ergebt Ihr Euch, Prinz?«

»Ich darf mich nicht ergeben!« stöhnte der andere mit halberstickter Stimme. Aber er wehrte sich nicht mehr, als die gewaltige Hand Kwlls an seinem Visier zerrte.

»NEIN!« brüllte Gaynor entsetzt, als er erkannte, was Corum beabsichtigte. »Das dürft Ihr nicht! Kein Sterblicher darf mein Gesicht sehen!« Er begann sich in dem eisernen Griff zu winden, während Kwlls Hand immer noch am Visier zerrte.

»BITTE! NICHT!«

Das Visier begann nachzugeben.

»ICH FLEHE EUCH AN, PRINZ IM SCHARLACHROTEN MANTEL! LASST MICH GEHEN. ICH WERDE MICH EUCH NICHT LÄNGER ENTGEGENSTELLEN!«

»Ihr habt kein Recht, ein solches Versprechen zu geben«, erinnerte Corum ihn heftig. »Ihr seid Xiombargs Kreatur, ohne Ehre, ohne eigenen Willen.«

»O habt doch Erbarmen, Prinz Corum!«

»Ich habe kein Recht, Euch Gnade zu gewähren, denn ich diene der Ordnung«, erklärte ihm Corum.

Die Hand Kwlls zerrte ein drittes Mal, und diesmal löste das Visier sich.

Corum starrte in ein jugendliches Gesicht, dessen Haut sich bewegte, als bestände sie aus Hunderttausenden weißer Würmer. Tote rote Augen stierten aus diesem Gesicht, und all die Grauen und Schrecken, die Corum je kennengelernt hatte, waren nichts, verglichen mit dem gräßlichen Anblick dieser lebenden Maske. Er schrie auf, und sein Schrei verschmolz mit dem des verdammten Prinzen, als das Gesicht zu verwesen begann und die Farben der Fäulnis annahm. Ein Gestank stieg von ihm auf, der schlimmer war als alles, womit selbst das Chaos-Pack je Corums Nase gequält hatte. Und während der Vadhagh wie erstarrt dastand und die Augen nicht abzuwenden vermochte, veränderten sich die Züge. Einmal war es das Gesicht eines Mannes, einmal das einer Frau, einmal das eines kleinen Jungen, und einmal, nur ganz flüchtig, erkannte er sogar sein eigenes Antlitz. Wie viele verschiedene Formen hatte Prinz Gaynor in all der Ewigkeit seiner Verdammung bereits sein eigen genannt? Millionen Jahre der Verzweiflung hatten sich in diese Gesichter gegraben. Und immer noch zerfloß es, immer noch stierten die roten Augen vor Grauen und Qual, immer noch veränderten sich die Züge und veränderten sich und veränderten sich –

Mehr als eine Million Jahre. Äonen voll Pein. Die Strafe für Gaynors namenloses Verbrechen, für seinen Bruch des Treueids, den er der Ordnung geschworen hatte. Ein Los, das ihm nicht von der Ordnung, sondern den Mächten des kosmischen Gleichgewichts auferlegt worden war. Welchen Frevels war er schuldig, daß das neutrale Gleichgewicht ihn so sehr verdammte? Manchmal schienen die wechselnden Gesichter etwas davon zu verraten, aber sie verschwanden zu schnell wieder, um anderen Platz zu machen.

Corum hielt nicht länger mehr Gaynors Hals in eisernem Griff. Er hatte den Kopf des Höllenqualen Erduldenden an seine Brust gepreßt. Er wiegte ihn und weinte für den verdammten Prinzen, der büßen mußte; eine Strafe, wie sie keinem lebenden Wesen je auferlegt werden sollte.

Hier war ein Beispiel für die absolute Gerechtigkeit – oder die absolute Ungerechtigkeit –, dachte Corum, während ihm die Tränen über das Gesicht strömten. Aber beide schienen ihm im Moment ohne Unterschied.

Doch selbst jetzt konnte Prinz Gaynor nicht sterben. Er war lediglich eines Übergangs von einer Existenz in eine andere unterworfen. Bald würde er fern der fünfzehn Ebenen und den unmittelbaren Domänen der Schwertherrscher seinen ewigen Dienst für die Chaos-Mächte fortsetzen müssen.

Schließlich schwand das Gesicht. Die glänzende Panzerrüstung war leer.

Prinz Gaynor war verschwunden.

Corum hob verstört den Kopf und hörte Jhary-a-Conels Stimme in seinen Ohren. »Beeilt Euch, Corum. Nehmt Gaynors Pferd. Die Barbaren trinken sich Mut an. Unser Werk ist getan!«

Der Heldengefährte schüttelte ihn. Corum erhob sich taumelnd und tastete nach seinem Schwert, das noch im Schmutz lag, wo Gaynor es fallen gelassen hatte. Jhary half ihm in den Sattel aus Ebenholz und Elfenbein.

Sie galoppierten auf die Mauern Halwyg-nan-Vakes zu, verfolgt von dem Geheul der Mabden-Horden, die ihnen knapp auf den Fersen waren.

Die Tore öffneten sich und schlossen sich sofort wieder hinter ihnen, während Barbarenfäuste wütend dagegenhämmerten.

König Onald und Rhalina erwarteten sie.

»Prinz Gaynor – lebt er noch?« fragte Onald aufgeregt.

»Ja«, erwiderte Corum mit tonloser Stimme. »Er lebt noch.«

»Dann war alles vergebens?«

»Nein.« Corum führte das Pferd seines Gegners in die Dunkelheit. Er vermochte mit niemandem zu sprechen, auch nicht mit Rhalina.

König Onald wollte ihm folgen, doch dann überlegte er es sich anders. Er wandte sich an Jhary, der sich müde vom Pferd fallen ließ.

»Dann hatte er also doch Erfolg?«

»Prinz Gaynor existiert auf dieser Ebene nicht mehr«, erklärte Jhary ihm schleppend. »Corum hat ihn besiegt. Nun sind die Barbaren ohne kluge Führung. Ihnen bleibt nur ihre Übermacht, ihre Brutalität, ihre Hunde und ihre Bären.« Er lachte humorlos. »Das ist alles, König Onald.«

Sie blickten Corum nach, der mit gesenktem Kopf und hängenden Schultern in der Dunkelheit verschwand.

»Ich werde alles für die Verteidigung vorbereiten«, murmelte Onald. »Sie werden uns sicher bei Tagesanbruch angreifen.«

»Das ist sehr wahrscheinlich«, stimmte ihm Rhalina zu. Sie wäre Corum gern nachgeeilt, doch sie unterließ es.

Im Morgengrauen vereinte sich König Lyrs Armee mit jener aus Bro-an-Mabden. Gemeinsam mit den Armeen des Hundes und des Bären näherten sie sich von allen Seiten den Stadtmauern.

Halwygs Krieger standen dicht gedrängt auf den niedrigen Mauern. Die Barbaren führten keine Belagerungsmaschinen mit sich, denn bisher hatten sie sich immer auf Prinz Gaynors Strategie und seine Chaos-Meute verlassen, welche die Verteidigung der Städte für sie gebrochen hatten. Aber ihre Zahl war so groß, so gewaltig, daß die Verteidiger die hintersten Reihen nicht mehr zu sehen vermochten. Die Barbaren ritten auf Ponys, standen in Streitwagen und marschierten.

Corum hatte sich ein paar Stunden zur Ruhe zurückgezogen, aber kein Schlaf war ihm vergönnt gewesen. Das schreckliche Gesicht Prinz Gaynors wich nicht von seinen Augen. Er versuchte an seinen Haß zu denken, an Glandyth-a-Krae, und er hielt Ausschau nach ihm in der Barbarenhorde. Aber offenbar befand Glandyth sich nicht darunter. Vielleicht suchte er immer noch nach ihm in der Gegend von Moidelsberg?

König Lyr saß auf einem schweren Roß und hielt das primitive Kriegsbanner in seiner Faust. Neben ihm ritt ein Buckliger – König Cronekyn-a-Drok, Herrscher über Bro-an-Mabden. Er war ein Halbidiot, und sein Spitzname, kleine Kröte, war sehr zutreffend.

Die Barbaren marschierten ohne viel Disziplin. Es schien, als blicke der König mit eingefallenem Gesicht nervös um sich, als sei er nicht sicher, eine solch gewaltige Armee befehligen zu können, nun da Prinz Gaynor nicht mehr war.

König Lyr-a-Brode hob sein gewaltiges Eisenschwert. Seine berittenen Bogenschützen hinter ihm sandten eine Salve brennender Pfeile über die Mauern, und die trockenen Sträucher, für die das Wasser seit Tagen nicht mehr gereicht hatte, fingen Feuer. Ebenfalls seit Tagen hatten die Bürger ihren Urin in Behälter gefüllt. Nun verwendeten sie ihn zum Löschen. König Onald hatte aus dem Schicksal der anderen belagerten Städte seines Königreichs gelernt.

Einige der Verteidiger taumelten auf den Mauern und schlugen auf die Flammen der Pfeile, die sich in ihre Körper gebohrt hatten. Einer der Männer rannte mit brennendem Gesicht an Corum vorbei, aber er bemerkte ihn kaum.

Mit einem gewaltigen Gebrüll ritten die Barbaren

unmittelbar an die Mauern heran und begannen sie zu erklimmen.

Damit begann der eigentliche Angriff auf Halwyg-nan-Vake.

Corum beobachtete die Armee des Hundes und jene des Bären und fragte sich, wann diese gegen sie eingesetzt werden würden. Sie schienen sich im Hintergrund zu halten, aber er sah den Grund dafür nicht.

Doch gleich darauf beanspruchte die unmittelbare Umgebung seine ganze Aufmerksamkeit. Ein keuchender Barbar, mit einer Brandfackel in der Hand und dem Schwert zwischen den Zähnen, schwang sich über die Zinnen. Er stieß einen Laut der Überraschung aus, als Corum ihn niederstreckte. Aber andere folgten.

Den ganzen Morgen hindurch kämpfte Corum, ohne die Gedanken auf den Kampf zu konzentrieren, aber nichtsdestotrotz sehr wirkungsvoll.

An anderen Stellen der Mauer befehligten Rhalina, Jhary und Beldan kleine Abteilungen von Verteidigern. Tausend Barbaren starben, aber tausend andere traten an ihre Stelle, denn König Lyr hatte zumindest soviel Verstand, seinen Mannen Zeit zum Ausruhen zu geben und sie in Wellen gegen die Mauern zu schicken. Für die Verteidiger konnte es jedoch keine Rast geben. Jeder, der auch nur einigermaßen mit einer Waffe umzugehen vermochte, wurde gebraucht.

Corums Ohren dröhnten vom Kampflärm. Er hatte schon zwanzig und mehr in den Tod geschickt, aber er war sich dessen kaum bewußt. Seine Rüstung war nicht heil geblieben; er blutete aus vielen kleinen Wunden, aber auch das bemerkte er nicht.

Immer neue Feuerpfeile schwirrten über die Mauern, und Frauen und Kinder löschten mit Eimern und Kannen.

Hinter den Verteidigern auf den Mauern stiegen

Rauchschwaden empor, und vor ihnen drang der Gestank der Barbarenkrieger hoch. Überall um sie herrschte Schlachtenrausch. Alles klebte von Blut, menschlichen Gliedern und Eingeweiden. Zerbrochene Waffen waren toten Händen entglitten, und auf den Zinnen stapelte man die Leichen aufeinander, um so die Mauern zu erhöhen und den Angriff zu hemmen.

Unter ihnen rannten die Barbaren mit gewaltigen Baumstämmen gegen die eisenbeschlagenen Holztore, aber bis jetzt hielten diese noch.

Corum wußte, daß sein Kampf gegen Gaynor sich gelohnt hatte. Denn mit seiner Höllenhorde und seiner Taktik hätte der verdammte Prinz die Stadt längst genommen.

Doch wieviel Zeit blieb ihnen noch? Wann wurde Arkyn mit den Mineralen für Prinz Yurette zurückkommen? Und stand die Stadt in der Pyramide überhaupt noch?

Corum lächelte grimmig. Inzwischen hatte Xiombarg sicher bereits festgestellt, daß er ihren Diener, Prinz Gaynor, unschädlich gemacht hatte. Ihre Wut hatte sich daraufhin bestimmt noch gesteigert und ihr Grimm, daß sie selbst nichts tun konnte. Vielleicht würde das ihren Angriff auf Gwlas-cor-Gwrys schwächen? Andererseits mochte er gerade deshalb um so heftiger sein –

Corum versuchte, die unnützen Gedanken zu vertreiben. Er packte den Speer, der sich gerade neben ihn in den Boden gebohrt hatte, und rammte ihn einem sich gerade über die Mauer schwingenden Mabden in den Leib. Mit einem letzten Schrei stürzte der tödlich Getroffene und landete weich auf einem Haufen Leichen.

Bald nach Mittag begannen die Barbaren sich zurückzuziehen. Ihre Toten schleppten sie ab.

Corum sah, daß König Lyr und König Cronekyn sich offenbar berieten. Vielleicht überlegten sie, ob sie nun die

Armeen des Hundes und Bären einsetzen sollten. Oder dachten sie sich eine neue Strategie aus, die sie weniger Männer kosten würde? Vielleicht war ihnen die Zahl ihrer Toten auch gleichgültig.

Ein Junge fand Corum auf der Mauer. »Eine Nachricht für Euch«, rief er ihm schon von weitem entgegen. »Aleryon bittet Euch, zu ihm zu kommen.«

Mit schmerzenden Beinen verließ Corum die Zinnen und sprang auf das nächstbeste Pferd.

Aleryon wartete vor der Tür des nun mit Verwundeten überfüllten Tempels auf ihn.

»Ist Arkyn zurück?« fragte Corum hastig.

»Ja.«

Corum trat ins Innere und blickte fragend auf die Verwundeten am Boden.

»Sie liegen im Sterben«, flüsterte Aleryon ihm zu. »Kaum einer ist noch bei Bewußtsein. Sie werden nichts hören und nichts sehen.«

Wieder trat Arkyn aus dem Schatten. Obgleich er ein Gott und die Gestalt, die er angenommen hatte, nicht seine wirkliche war, sah er müde aus. »Hier«, murmelte er und reichte Corum eine Schatulle aus mattem Metall. »Öffne sie nicht«, warnte er, »denn die Strahlung der Stoffe ist gefährlich. Bring sie schnell dem Beauftragten von Gwlas-cor-Gwrys und sag ihm, er soll sofort aufbrechen –«

»Aber wenn er nicht mehr die Kraft hat, den Wall zwischen den Dimensionen zu durchstoßen?« unterbrach Corum ihn.

»Ich werde eine Öffnung für ihn schaffen – ich hoffe zumindest, daß ich noch dazu imstande bin, denn ich fühle mich völlig erschöpft.«

Corum nickte und nahm die Schatulle. »Hoffen wir, daß Gwlas-cor-Gwrys noch steht.«

Arkyn verschwand, und Corum lief durch den Tempel.

Er hatte sich die Schatulle unter den Arm geklemmt. Sie war schwer und schien zu vibrieren. Er schwang sich aufs Pferd und galoppierte zu König Onalds Palast. Drei Stufen auf einmal nehmend, hastete er zum Dach hinauf, wo das Himmelsschiff wartete.

Der Steuermann griff nach der Schatulle und betrachtete sie ein wenig zweifelnd, ehe er sie an Bord verstaute.

»Lebt wohl, Bwydyth-a-Horn«, verabschiedete sich Corum von ihm. »Mögt Ihr die Stadt in der Pyramide heil vorfinden und sie noch rechtzeitig hierherbringen können.«

Bwydyth salutierte. Das Schiff hob ab, und plötzlich bildete sich ein schmaler Riß am Himmel. Er schien zu verschwimmen und änderte ständig seine Form. Durch ihn hindurch leuchtete ein goldener Himmel, besprenkelt mit Purpur und Orange.

Das Schiff verschwand durch den Spalt, der sich hinter ihm wieder schloß.

Corum starrte eine Weile in den Himmel, bis schreckliches Gebrüll von den Mauern bis zu ihm heraufdrang.

Offenbar starteten die Barbaren einen neuen Angriff.

Er rannte die Treppen hinunter, durch den Palast und hinaus auf die Straße. Da sah er die Frauen. Sie hatten sich auf die Knie geworfen und weinten. Vier hochgewachsene Krieger trugen eine Bahre, über die ein Umhang gebreitet war.

»Wer ist es?« erkundigte sich Corum. »Wer ist gefallen?«

»Sie haben unseren König getötet«, erwiderte einer der Krieger düster. »Und jetzt haben sie auch die Armee des Hundes und die Armee des Bären gegen uns geschickt. Der Untergang ist nahe, Prinz Corum. Wir können ihn nicht mehr aufhalten!«

5 Der Zorn der Schwertkönigin

Wie ein Rasender trieb Corum sein Pferd an. Ein trostloses Schweigen hatte sich über die Bürger von Halwygnan-Vake gesenkt. Es schien, als warteten sie nun alle, bar jeglicher Hoffnung, ergeben auf den Tod, den die Barbaren ihnen bringen würden. Zwei Frauen hatten sich bereits vom Dach ihrer Häuser gestürzt. Vielleicht war es das klügste, was sie tun konnten, dachte Corum, als er an ihren Leichen vorbeigaloppierte.

Er sprang vom Pferd und rannte die Stufen zur Mauer empor, wo Rhalina und Jhary-a-Conel nebeneinander auf ihn warteten. Sie brauchten ihm nichts zu sagen, denn er konnte bereits selbst sehen, was auf sie zukam. Die riesigen Hunde preschten mit geifernden Lefzen und glühenden Augen auf die Stadt zu. Sie waren weitaus größer als die Barbarenkrieger, die neben ihnen herrannten. Und den Hunden folgten die gigantischen gehörnten Bären, die aufrecht liefen, Keulen und Schilde in den Tatzen.

Es war Corum klar, daß die Hunde ohne viel Mühe über die Mauer zu springen vermochten und die Bären mit ihren Keulen die Tore einschlagen würden. Darum traf er seine Entscheidung.

»Zum Palast!« brüllte er. »Alle Krieger in den Palast. Die Bürger sollen sich verstecken und in Sicherheit bringen.«

»Du willst die Bürger im Stich lassen?« fragte Rhalina ungläubig und zitterte, als sie sein Auge schwarz und golden funkeln sah.

»Ich tue für sie, was ich kann«, versicherte ihr Corum. »Denn ich hoffe, daß unser Rückzug uns ein wenig Zeit gewinnt. Vom Palast aus werden wir besser in der Lage sein, uns zu verteidigen. »Beeilt euch!« brüllte er. »Beeilt euch!«

Manche der Krieger folgten offensichtlich erleichtert

seinem Befehl, andere zögerten. Corum blieb mit Rhalina und Jhary auf der Mauer und wartete, bis alle sich zurückgezogen hatten und auch die Verwundeten abtransportiert waren. Sie beobachteten die grauenhafte Armee, die immer näher kam.

Dann kehrten auch die drei Gefährten der Mauer den Rücken. Sie liefen durch die verwüsteten, verlassenen Straßen, vorbei an verbrannten Büschen, zertrampelten Blumen und Leichen, bis sie den Palast erreicht hatten und die Errichtung von Barrikaden an Fenstern und Türen beaufsichtigten.

Man konnte bereits das Heulen der Hunde und Bären vernehmen und das Triumphgebrüll der siegessicheren Barbaren.

Die Ruhe vor dem Sturm schien sich über den Palast zu senken, als die drei auf das Dach stiegen, um den Ansturm zu beobachten.

»Wie lange?« flüsterte Rhalina. »Wie lange wird es dauern, bis sie hier sind, Corum?«

»Die Bestien? In wenigen Minuten werden sie die Mauern erreicht haben.«

»Und dann?«

»Dann werden sie ein paar Minuten herumschnüffeln und nach Fallen Ausschau halten.«

»Und dann?«

»Wird es noch ein paar Minuten dauern, bis sie am Palast angelangt sind und ihn stürmen. Und dann? Ich weiß es nicht. Wir können uns nicht lange gegen so mächtige Gegner halten.«

»Hast du denn keinen anderen Plan?«

»Ich habe noch einen. Aber gegen so viele –« Er stockte. »Ich bin mir nicht sicher. Ich weiß ganz einfach nicht, wieweit die Macht –«

Das Heulen und Brummen wurde lauter und verstummte.

»Sie haben die Mauern erreicht«, vermutete Jhary.

Corum strich seinen zerfetzten scharlachroten Mantel glatt, dann küßte er Rhalina. »Leb wohl, meine Markgräfin«, murmelte er.

»Leb wohl? Aber was –«

»Lebt wohl, Jhary, treuer Gefährte. Ich fürchte, Ihr müßt Euch einen anderen Helden suchen.«

Jhary bemühte sich um ein Lächeln. »Wollt Ihr mich nicht mitnehmen?«

»Nein.«

Der erste der gewaltigen Hunde war über die Mauer gesprungen und stand nun hechelnd auf der Straße. Aus der Ferne sahen sie ihn in allen Richtungen schnüffeln.

Corum verließ sie leise, während sie den Hund beobachteten. Er schritt die Treppe hinunter, zwängte sich durch die Barrikade am Eingang und ging mit schweren Schritten durch das Tor, bis er auf der ehemaligen Prunkstraße stand, die geradewegs zum Stadttor führte.

Einige Sträucher brannten in den Gärten, und unzählige Tote lagen überall auf den Rasen. Die kleine geflügelte Katze kreiste kurz über Corums Haupt, dann flog sie zu den Zinnen des Palasts zurück.

Weitere Hunde sprangen über die Mauer. Mit geifernden Lefzen und wachsamen Augen näherten sie sich vorsichtig der noch fernen, einsamen Gestalt, die sie erwartete.

Hinter den Hunden zersplitterte das Haupttor. Die ersten der gehörnten Bären wankten hindurch, die Keulen kampfbereit in den Pranken.

Vom Palastdach aus sahen die Freunde Corum die Hand zu seinem edelsteingeschmückten Augenschild heben. Er taumelte zurück, ehe er Kwlls Hand ausstreckte, die plötzlich zu verschwinden schien. Nur noch ein Armstumpf war zu sehen.

Und dann, mit einemmal, erschienen schreckliche

Kreaturen. Gespenstische, verstümmelte und mißgeformte Wesen – jene Geschöpfe, die vor noch gar nicht so langer Zeit Prinz Gaynors getreue Krieger gewesen waren. Doch nun waren sie Corum ergeben, weil er ihnen die Erlösung garantierte, wenn sie ihre eigenen Opfer in die Höhle im Limbus schickten.

Corum deutete mit Kwlls Hand, die nun wieder sichtbar war, auf die Angreifer.

Rhalina wandte sich schaudernd an Jhary-a-Conel, der die Szene mit Gleichmut zu beobachten schien. »Können denn jene – jene verstümmelten Wesen auch nur hoffen, die Hunde und Bären zu vernichten und die Tausende von Barbaren, die ihnen folgen?«

»Ich weiß es nicht«, erwiderte Jhary. »Corum läßt es nur auf einen Versuch ankommen. Wenn sie geschlagen werden, dann wird die Hand Kwlls und das Auge Rhynns ihm nichts mehr nützen. Sie werden uns auch nicht mehr helfen können, zu entkommen.«

»Das war es also, was er befürchtete und worüber er nicht sprechen wollte«, murmelte Rhalina und schüttelte ihr schönes Haupt.

Die Chaos-Kreaturen begannen die Straße entlangzurennen, auf die gewaltigen Hunde und Bären zu. Die Bestien waren verwirrt. Sie knurrten und brummten, aber sie wußten nicht so recht, ob die sich Nähernden Freund oder Feind waren.

Es waren wahrlich mißgestaltete, Abscheu erregende Wesen. Vielen fehlten Gliedmaßen, viele wiesen klaffende Wunden auf, manche waren enthauptet. Jene, die keine Beine mehr hatten, klammerten sich an ihre Gefährten oder bewegten sich auf ihren Händen fort. Es war eine armselige Meute, aber sie hatte den Vorteil, daß sie bereits tot war. Unaufhaltsam stürmte sie auf die Bestien zu. Das Gebell der Hunde hallte von den Dächern wider, warnte das Chaos-Pack, umzukehren.

Aber die verstümmelten untoten Tiermenschen waren nicht zu halten. Um sich ihre Befreiung aus dem grauenhaften Limbus zu sichern, mußten sie die Armee des Hundes und die Armee des Bären vernichten. Es mußte ihnen gelingen, sollten ihre Seelen Frieden und sie den wahren Tod finden, das einzige, das sie ersehnten.

Corum blieb beobachtend am Ende der Straße stehen, aber er glaubte nicht daran, daß diese verwundeten, verstümmelten Kreaturen die wilden und behenden Hunde- und Bärenbestien besiegen könnten. Er sah, daß sich nun alle Bären durch das Tor gedrängt hatten, und die Barbaren, von König Lyr und König Cronekyn angeführt, ihnen folgten. Er wünschte, daß jenen im Palast wenigstens noch eine Stunde gewonnen würde, wenn auch die Chaos-Meute versagte.

Er blickte sich um und über den Palast hinweg, hinter dem in der Ferne der Tempel der Ordnung zu sehen war. Ob Arkyn sich dort befand? Ob er den Ausgang des Kampfes abwartete?

Die Hunde schnappten nach den ersten Chaos-Kreaturen, die sie erreicht hatten. Im Rachen einer der gewaltigen Bestien wehrte sich ein armloses Wesen wild mit den Beinen. Der Hund schleuderte es zur Seite, aber kaum war es auf dem Boden aufgeschlagen, kroch es bereits wieder auf das Tier zu. Der Hund zog den Schwanz ein und legte die Ohren an, als er das sah.

So groß sie auch waren, dachte Corum, so wild sie auch waren, sie blieben doch Hunde. Das hatte er gehofft.

Nun griffen die Bären an. Die weißen Reißzähne glitzerten in den roten Rachen, die Schilde waren erhoben, und die Keulen schlugen auf die Chaos-Kreaturen ein, daß sie in allen Richtungen durch die Luft flogen. Aber sie starben nicht. Sie standen wieder auf und griffen von neuem an.

Corums schreckliche Verbündete krallten sich im Fell

der Hunde und Bären fest. Einer der Hunde ging schließlich zu Boden und zappelte hilflos auf dem Rücken, als ihm die Untoten die Kehle aufschlitzten.

Doch nun geschah, was Corum befürchtet hatte. Lyr-a-Brode umging mit seinen Barbaren die kämpfenden Bestien. Sie näherten sich noch zögernd, aber in geballter Stärke, dem Palast.

Corum machte kehrt und eilte zu seinen Gefährten zurück.

Noch ehe er das Dach erreicht hatte, waren die Barbaren bereits bei den Palastmauern angelangt, während hinter ihnen die Schlacht zwischen den Armeen des Hundes und Bären und der Chaos-Meute unvermindert weitertobte.

Pfeile schwirrten aus den Palastfenstern, und Corum sah, daß König Cronekyn mit einem Pfeil in jedem Auge als einer der ersten fiel. König Lyrs Rüstung bot besseren Schutz. Die Pfeile prallten harmlos von seinem Helm und dem Brustpanzer ab. Höhnisch winkte er den Bogenschützen zu und gab seinen Barbaren das Zeichen zum Angriff. Sie begannen die Barrikaden zu rammen. Einer der königlichen Offiziere meldete Corum keuchend: »Wir können die unteren Stockwerke nur noch wenige Augenblicke halten, Prinz Corum.«

Der Vadhagh nickte. »Zieht Euch so langsam wie möglich zurück, wir werden bald zu Euch stoßen.«

»Als du dort unten standest, Corum, was glaubtest du da, würde geschehen?« fragte ihn Rhalina.

»Ich habe das Gefühl, daß Xiombarg einen großen Druck auf diese Ebene ausübt, seit ich Prinz Gaynor geschlagen habe. Ich dachte, sie hätte vielleicht die Macht, jene untoten Kreaturen gegen mich zu hetzen.«

»Aber sie kann diese Domäne nicht persönlich betreten«, erinnerte ihn Rhalina. »Das stimmt doch, nicht wahr? Es wäre eine Auflehnung gegen das Gesetz des Gleichgewichts, und nicht einmal die großen Alten Götter würden es wagen, sich offen gegen das kosmische Gleichgewicht zu stellen.«

»Vielleicht«, murmelte Corum. »Aber ich glaube, Xiombarg ist bereits so in Rage, daß sie sich möglicherweise dazu hinreißen läßt, selbst hierherzukommen.«

»Das wäre das Ende für uns«, seufzte Rhalina. »Was macht Arkyn eigentlich?«

»Er tut, was er kann. Aber auch er darf nicht direkt in unseren Kampf eingreifen. Ich nehme an, daß er sich gegen Xiombarg rüstet. Doch kommt, wir müssen den Verteidigern beistehen.«

Sie hatten erst zwei Stockwerke zurückgelegt, als sie bereits mit den sich zurückziehenden Kriegern zusammentrafen. Sie taten ihr Bestes, die brüllenden Barbaren abzuwehren, aber diese drängten blindlings nach oben, ohne Rücksicht auf Verluste. Der Offizier, der Corum auf dem Dach Bericht erstattet hatte, hob die Hände in einer hoffnungslosen Geste.

»Wir haben noch weitere Abteilungen über den ganzen Palast verteilt, doch ich fürchte, sie werden nicht weniger bedrängt sein als wir.«

Corum warf einen Blick auf die Treppe, auf der sich die Angreifer ballten. Die Kette der Verteidiger dagegen war dünn und würde jeden Augenblick brechen. »Wir ziehen uns auf das Dach zurück!« befahl er. »Dort können wir uns noch eine Weile halten. Wir müssen unsere Kräfte einsetzen, so gut es geht.«

»Aber wir sind bereits so gut wie geschlagen, Prinz Corum, nicht wahr?« fragte der Offizier ruhig.

»Ich fürchte, ja«, erwiderte der Prinz im scharlachroten Mantel.

Da hörten sie einen Schrei, von irgendwoher. Es war

keine menschliche Stimme. Aber es war zweifellos ein Aufschrei blinder Wut.

Rhalina bedeckte ihr Gesicht mit den Händen. »Xiombarg?« flüsterte sie. »Es ist Xiombargs Stimme, Corum.«

Corums Mund war trocken. Er vermochte ihr nicht zu antworten. Er benetzte seine Lippen.

Wieder gellte der Schrei. Aber ein weiterer Laut begleitete ihn – ein Summen, das höher und höher tönte, bis ihre Ohren schmerzten.

»Das Dach!« brüllte Corum. »Schnell!«

Nach Luft schnappend erreichten sie das Dach und schlugen die Hände vor die Augen, um sie vor dem grellen Licht zu schützen, das am Himmel strahlte und die Sonne verdeckte.

Corum erkannte es als erster. Xiombargs vor rasender Wut verzerrtes Gesicht erhob sich am Horizont. Ihr Haar flatterte, und sie hielt ein gewaltiges Schwert in der Hand, groß genug, die ganze Welt zu zerschmettern.

»Sie ist es«, stöhnte Rhalina. »Die Schwertherrscherin. Sie hat das Gesetz des Gleichgewichts mißachtet und ist gekommen, uns zu vernichten.

»Ah! Seht!« rief Jhary-a-Conel aufgeregt. »Deshalb ist sie hier. Sie hat sie bis hierher verfolgt. Sie sind ihr entkommen. All ihre Pläne wurden zunichte. In ihrer Machtlosigkeit und ihrem Grimm mißachtete sie das kosmische Gleichgewicht!«

Es war die Stadt in der Pyramide. Sie schwebte am Himmel über dem verwüsteten Halwyg-nan-Vake, und ihr grünes Leuchten flackerte, wurde schwächer und dann wieder von greller Helligkeit. Das schrille Summen kam von der Stadt in der Pyramide.

Etwas verließ die Stadt und flog auf den Palast zu. Corum wandte sich von Xiombargs wutverzerrtem Gesicht ab und blickte dem Himmelsschiff entgegen. Der König ohne Land stand an Deck und sprang über die

Reling, als das Schiff gelandet war. Er hielt etwas in den Armen.

»Es ist etwas für Euch«, wandte er sich lächelnd an Corum. »Ein Geschenk, das Euch helfen wird –«

»Ich danke Euch«, sagte Corum, »doch jetzt ist keine Zeit –«

»Aber das Geschenk hat Kräfte. Es ist eine Waffe. Nehmt es.«

Corum griff nach dem zylinderförmigen Objekt, das mit eigenartigen Verzierungen bedeckt war und an einem Ende einen Knauf aufwies, während das andere spitz zusammenlief.

»Es ist eine Waffe«, wiederholte Noreg-Dan. »Es wird jene vernichten, gegen die Ihr sie richtet.«

Corum blickte zu Xiombarg empor. Sie begann ihr kreischendes Schreien erneut, und er sah, daß sie das Schwert hob.

Er richtete den Zylinder auf sie.

»Nein, nein«, wehrte der König ohne Land ab. »Nicht gegen sie. Nicht gegen die großen Alten Götter. Ihr müßt damit gegen Eure sterblichen Feinde vorgehen.«

Corum eilte zu der Treppe und rannte die Stufen hinunter. Die Barbaren mit König Lyr an der Spitze hatten bereits das oberste Stockwerk erreicht.

»Ihr müßt auf den Griff drücken«, rief Noreg-Dan Corum nach.

Corum richtete die Waffe auf Lyr-a-Brode. Der hochgewachsene König stürmte mit fliegenden Bartzöpfen die Treppe herauf. Sein Gesicht war eine Fratze des Triumphes. Seine Asper-Garde folgte ihm auf dem Fuß.

»Wollt Ihr Euch ergeben, Letzter der Vadhagh?« lachte der König höhnisch, als er Corum sah.

Corum lachte zurück. »Ich bin nicht länger der Letzte meiner Rasse, König Lyr-a-Brode – seht!« Er drückte auf den Knauf des Zylinders. Der König preßte die Hand gegen die Brust. Keuchend fiel er zurück, in die Arme seiner Garde.

»Er ist tot!« brüllte der Führer der Asper. »Rache!«

Er schwang das Schwert und stürmte auf Corum ein. Aber wieder drückte der Vadhagh auf den Knauf, und der Gardeführer starb wie sein Herrscher. Noch ein paarmal hielt Corum die Waffe auf die Angreifer, bis keiner der grimmigen Garde mehr lebte.

Corum blickte zurück zu dem König ohne Land. Noreg-Dan lächelte. »Wir benutzten diese Waffe gegen Xiombargs Meute. Das ist einer der Gründe, warum sie vor Wut rast. Sie wird eine ganz schöne Weile brauchen, bis sie neue Sterbliche geschaffen hat, die ihre schmutzige Arbeit tun.«

»Aber wenn sie einmal die Gesetze des kosmischen Gleichgewichts mißachtete«, gab Corum zu bedenken, »wird sie auch nicht zögern, es wieder zu tun.«

Das riesige, wunderschöne, aber wutverzerrte Gesicht der Schwertkönigin erhob sich höher über den Horizont. Nun waren auch ihre Schultern, ihr Busen und ihre Mitte zu sehen.

»AH, CORUM! MÖRDER ALL JENER, DIE ICH LIEBTE!«

Ihre Stimme war so laut, daß Corums Ohren schmerzten. Er taumelte rückwärts gegen die Zinnen und beobachtete wie gelähmt das mächtige Schwert, das fast den ganzen Himmel ausfüllte, und Xiombargs Augen, die wie zwei gewaltige Sonnen glühten. Corum bereitete sich auf den Tod vor, als das Schwert sich langsam senkte. Rhalina warf die Arme um ihn, und er drückte sie an sich.

Plötzlich erscholl eine andere Stimme.

»DU HAST DIE GESETZE DES KOSMISCHEN GLEICHGEWICHTS MISSACHTET, SCHWESTER XIOMBARG!«

Am gegenüberliegenden Horizont erhob sich die Gestalt Arkyns, genauso gewaltig wie die Schwertherrscherin. Er war in ein prunkvolles Gewand gehüllt und hielt ein Schwert in der Hand, das an Größe dem der Gegnerin glich. Die Stadt und ihre Bürger waren für sie nicht mehr, als ein von Leben wimmelnder Ameisenhaufen für zwei Menschen wäre, die sich auf einer Wiese gegenüberstehen.

»DU HAST DIE GESETZE DES KOSMISCHEN GLEICHGEWICHTS VERLETZT, SCHWERTKÖNIGIN!«

»ICH BIN NICHT DIE ERSTE!«

»ES GIBT NUR EINE, DIE ES ÜBERLEBTE, UND DAS IST DIE NAMENLOSE KRAFT. DU HAST DAS RECHT VERSPIELT, ÜBER DEIN REICH ZU HERRSCHEN!«

»NEIN! DAS GLEICHGEWICHT HAT KEINE GEWALT ÜBER MICH!«

»DOCH, ES HAT –«

Das kosmische Gleichgewicht, das Corum in einer Vision erschaut hatte, kurz nachdem er Arioch vom Chaos geschlagen hatte, erschien am Himmel zwischen Lord Arkyn und Königin Xiombarg, und es war so gewaltig, daß die beiden wie Zwerge neben ihm wirkten.

»ES HAT«, erscholl eine Stimme, die weder Xiombarg noch Arkyn gehörte.

Und die Waagschale des kosmischen Gleichgewichts neigte sich nach Arkyns Seite.

»ES HAT.«

Königin Xiombarg schrie vor Angst auf. Es war ein Schrei, der die ganze Welt erschütterte, und es fehlte nicht viel, und seine Vibration hätte die Erde aus ihrer Bahn geworfen.

»ES HAT.«

Das Schwert, Zeichen ihrer Macht, wurde mühelos aus ihrer Hand gerissen und war einen flüchtigen Moment in der Waagschale zu sehen, die sich Lord Arkyn zuneigte.

»NEIN!« flehte Königin Xiombarg. »ES WAR ALLES EINE FALLE – ARKYN STELLTE SIE MIR. ER LOCKTE MICH HIERHER. ER WUSSTE ES –« Ihre Stimme verlor an Kraft. »Er wußte – *er wußte* –«

Die Substanz, die Königin Xiombargs Gestalt gewesen war, begann sich aufzulösen. Sie schwebte wie ein Wolkenschleier über den Himmel und verschwand.

Einen Augenblick noch hielt das kosmische Gleichgewicht sich am Himmel, dann verschwand es ebenfalls.

Nur Lord Arkyn blieb, in einen weißen Strahlenmantel gehüllt, sein weißes Schwert in der Hand.

»ES IST VOLLBRACHT!« rief seine Stimme, und sie schien die ganze Welt zu erwärmen.

»ES IST VOLLBRACHT!«

»Lord Arkyn!« rief Corum. »Wußtet Ihr denn, daß Xiombargs Wut so groß sein würde, daß sie sich blind hierherwagen und die Strafe des Gleichgewichts vergessen würde?«

»ICH HOFFTE ES! ICH KONNTE ES NUR HOFFEN!«

»Dann dachtet Ihr also bereits daran, als Ihr mich ausschicktet?«

»IHR SAGT ES, PRINZ CORUM!«

Corum erinnerte sich all der Bitterkeit, all des Grauens, all dessen, was er erlebt hatte. Er sah Prinz Gaynors tausend Gesichter ineinander verschmelzen.

»Es fehlt nicht viel, und ich beginne alle Götter zu hassen«, murmelte er.

»DAS WÄRE DEIN RECHT. WIR MÜSSEN UNS DER STERBLICHEN BEDIENEN, UM UNSERE ZIELE ZU ERREICHEN!«

Und dann verschwand auch Lord Arkyn, und nur noch die Himmelsschiffe von Gwlas-cor-Gwrys kreisten am Himmel und sandten den unsichtbaren Tod herunter auf die furchterfüllten Barbaren, die über die versengten

Rasen und Gärten und die verwüsteten Straßen Halwygnan-Vakes hasteten und sich in Sicherheit zu bringen versuchten.

Jenseits der Mauer brachen sie in panische Flucht aus, aber die Himmelsschiffe fanden sie. Alle.

Corum stellte fest, daß die Armee des Hundes und jene des Bären verschwunden waren, genau wie die Kreaturen des Chaos, die er herbeibefohlen hatte. Waren erstere von ihren Herren – dem Hund und dem gehörnten Bären – zurückgerufen worden? Oder befanden sie sich nun in den Höhlen des Limbus? Er tastete nach seinem juwelengeschmückten Augenschild, aber dann zog er die Hand zurück. Er würde es eine lange Zeit nicht mehr ertragen können, in jene Unterwelt zu blicken.

Der König ohne Land trat auf ihn zu. »Seht Ihr nun, wie nützlich das Geschenk war, Prinz Corum?«

»Ja.«

»Und jetzt, da Xiombarg aus ihrem Reich verbannt ist, ist nur noch eine Domäne in der Hand eines Schwertherrschers. Ich bin sicher, daß Mabelrode uns nun fürchtet.«

»Das glaube auch ich«, erwiderte Corum tonlos.

Er stieg zu den Zinnen zurück und blickte hinunter auf die mit Leichen übersäte Stadt. Ein paar der Bürger wagten sich bereits aus ihren Häusern. Die Macht der Mabden-Barbaren hatte ein Ende gefunden – für immer. Frieden war in Arkyns Reich zurückgekehrt, und Frieden würde auch in jenem Reich seines Bruders einziehen, der Xiombargs Domäne übernahm.

Rhalina strich zärtlich über sein hageres Gesicht. »Kehren wir nach Burg Moidel zurück?« fragte sie.

Corum zuckte die Schultern. »Ich glaube nicht, daß es sie noch gibt. Glandyth wird sie dem Erdboden gleichgemacht haben.«

»Stimmt«, brummte Jhary-a-Conel und kraulte der

zufrieden schnurrenden kleinen Katze, die wieder auf seiner Schulter saß, den Hals. »Wo ist er? Was ist aus ihm geworden?«

»Ich glaube nicht, daß er tot ist«, brummte Corum. »Ich bin überzeugt, daß er mir wieder begegnen wird. Ich habe der Ordnung gedient und alles getan, was Arkyn vorschlug. Aber meine Rache ist noch nicht gestillt.«

Ein Himmelsschiff kam auf sie zu. Yurette, der freundliche alte Vadhagh-Prinz, blickte ihnen über die Reling entgegen. Er lächelte, als das Schiff auf dem Dach gelandet war. »Seid unsere Gäste in Gwlas-cor-Gwrys«, lud er sie ein. »Ich möchte gern mit Euch über den Wiederaufbau Eures Landes und der Vadhagh-Burgen sprechen«, wandte er sich an Corum. »Euer Land soll zu Recht wieder Bro-an-Vadhagh genannt werden können. Wir werden die überlebenden Barbaren in ihr ursprüngliches Land, das Königreich Bro-an-Mabden, zurückbringen, dann haben Eure herrlichen Wälder, Wiesen und Felder wieder ihren Frieden.«

Endlich erhellte sich Corums bisher so düsteres Gesicht. »Ich danke Euch, Prinz Yurette«, erwiderte er schließlich. »Es ist uns eine Ehre, Eure Gastfreundschaft anzunehmen.«

»Jetzt, da wir endlich wieder in unsere eigene Dimension zurückgekehrt sind, werden wir uns hier in Ruhe niederlassen«, erklärte der greise Prinz.

»Ich hoffe, daß auch ich ein wenig Ruhe finden werde«, murmelte Corum.

Und die Stadt in der Pyramide begann sich langsam zu Boden zu senken.

Epilog

Glandyth-a-Krae war müde und erschöpft wie seine Denledhyssi, die sich hinter ihm scharten. Von einem Hügel hinab hatte er die Gegenüberstellung der Götter beobachtet und auch gesehen, wie seine Leute von den Vadhag-Shefanhow in ihren fliegenden Zauberschiffen vernichtet wurden.

Viele Monate lang hatte er versucht, Corum Jhaelen Irsei und seine Renegatengefährtin, die Markgräfin Rhalina, zu finden. Schließlich hatte er seine vergebliche Suche abgebrochen, um sich der Hauptmacht beim Angriff auf Halwyg-nan-Vake anzuschließen. Doch er kam nur noch zurecht, den Untergang der Mabden-Armee und ihrer Verbündeten aus der Ferne mitanzusehen.

Graf Glandyth überdachte finster seine Lage. Er war nun der Ausgestoßene, der seine Ränke im verborgenen schmieden, der sich verstecken und in steter Angst leben mußte – denn die Vadhagh waren wiedergekehrt. Allein die Ordnung herrschte hier.

Schließlich senkte die Nacht sich herab, und die Ebene weit vor ihm erstrahlte in einem gespenstigen grünen Licht, das von der Zauberstadt der Vadhagh ausging.

Glandyth befahl seinen Denledhyssi, ihre Streitwagen zu wenden und zurückzukehren zum Meer und den dunklen Wäldern des Nordosten. Er schwor, er würde einen Verbündeten finden, der mächtig genug war, Corum zu vernichten und alles, was dieser liebte und schätzte.

Und er glaubte auch zu wissen, an wen er sich wenden konnte.

Er glaubte es zu wissen.

HIER ENDET DER ZWEITE BAND
DES BUCHES CORUM

Dritter Band

DAS ENDE DER GÖTTER

ERSTES BUCH

In dem berichtet wird, wie Prinz Corum erleben muß, daß der Frieden sich in Unfrieden wandelt

1 Die Erscheinung auf dem Berg

Es war noch nicht lange her, da hatte die Stadt viele Tote und Schwerverwundete gesehen. Aber nun war König Onalds Palast wieder neu aufgebaut und von farbenfrohen Blumen umrankt. Zinnen und Brustwehr hatten ihren Zweck erfüllt. Jetzt konnte man dort wieder lustwandeln und den Blick weit übers Land genießen. Doch König Onald erlebte die Wiedergeburt seines verwüsteten Halwyg-nan-Vakes nicht mehr, denn er fiel während der Belagerung. Seine Mutter übernahm die Regentschaft, bis sein Sohn dereinst selbst die schwere Bürde zu tragen in der Lage war. Überall in der Blumenstadt hatte man Gerüste aufgebaut, überall arbeiteten Handwerker. Es gab viel neu zu errichten und auszubessern, denn König Lyr a Brode und seine Barbaren hatten gewaltigen Schaden angerichtet. Auch neue Skulpturen wurden aufgestellt, neue Springbrunnen angelegt, und schon jetzt sah man, daß Halwyg-nan-Vake noch schöner würde denn zuvor. Und so war es überall im ganzen Land.

So war es auch jenseits des Meeres in Bro-an-Vadhagh. Die Mabden waren von dort vertrieben und nach Bro-an-Mabden verbannt worden, dem grimmigen Kontinent im Nordosten, von dem sie einst gekommen waren. Und ihre Furcht vor der Macht der Vadhagh war wieder groß.

In Bro-an-Vadhagh, dem lieblichen Land der sanften Hügel, der weiten grünen Wälder, der trägen Flüsse und friedlichen Täler, zeugten nur noch die Ruinen des düsteren Kalenwyrs, die man als Mahnmal stehengelassen hatte, von der Grausamkeit der Mabden.

Auf den Nhadragh-Inseln durften die wenigen der ursprünglichen Bewohner, welche die Mabden verschont hatten, ihr Leben nun in Frieden und Freiheit leben. Vielleicht würden die gebrochenen Geschöpfe stolzere Kinder gebären, und ihre Rasse würde wieder blühen wie vor Jahrhunderten in ihrer Glanzzeit.

Der Frieden kehrte in die Welt zurück. Die Vadhagh, die mit ihrer Wunderstadt Gwlas-cor-Gwrys, die Stadt in der Pyramide, in ihre alte Heimat zurückgekommen waren, taten ihr Bestes, die verwüsteten Burgen wieder aufzubauen und das Land zu dem zu machen, was es einst gewesen war: ein Ort der Schönheit und der Besinnlichkeit. Sie zogen aus ihrer Metallstadt aus, um so zu leben wie ihre Vorfahren. Schließlich stand Gwlas-cor-Gwrys verlassen und nicht mehr als eine leere Hülle zwischen den Tannen eines Waldes, nicht weit von einer zerstörten Mabden-Festung.

Es schien, als sei ein wundervolles Zeitalter des Friedens angebrochen, sowohl für die Mabden von Lywm-an-Esh als auch für die Vadhagh, die Retter jenes Landes. Die Drohung des Chaos war vergessen. Zwei der drei Machtbereiche – zehn von fünfzehn Ebenen – standen unter der Herrschaft der Ordnung. War das nicht ein sicheres Zeichen, daß die Ordnung stärker war?

Die meisten glaubten es. Königin Crief, die Regentin von Lywm-an-Esh, glaubte es und versicherte es ihrem Enkel, König Analt. Und der junge König erzählte seinen Untertanen vom Sieg der Ordnung. Prinz Yurette Hasdun Nury, der Exkommandeur von Gwlas-cor-Gwrys, war ziemlich überzeugt davon. Und auch der Rest der Vadhagh glaubte es.

Einen Vadhagh gab es jedoch, der nicht so zuversichtlich war. Er unterschied sich von den anderen seiner

Rasse, obgleich ihm dieselbe hohe Gestalt zueigen war, der lange schmale Schädel, die goldgesprenkelte Haut, das helle seidige Haar und die mandelförmigen, gelb und purpurnen Augen. Doch statt des rechten Auges schmückte ein facettiertes, juwelenähnliches Ding die Augenhöhle, und statt der linken Hand besaß er etwas, das ebenso mit dunklen Edelsteinen verziert schien und einem sechsfingrigen Handschuh ähnelte. Er trug einen scharlachroten Mantel und nannte sich Corum Jhaelen Irsei. Er war jener, der Götter erschlagen hatte und für die Verbannung anderer verantwortlich war. Nichts ersehnte er mehr als den Frieden, aber dem Frieden, den er nun hatte, mißtraute er. Er haßte sein fremdartiges Auge und seine Sechsfingerhand, obwohl er beiden sein Leben nicht nur einmal verdankte und sie Lywm-an-Esh und Bro-an-Vadhagh gerettet hatten und auch der Sache der Ordnung förderlich gewesen waren. Doch trotz der Bürde, die das Schicksal ihm auferlegte, erfüllte Corum eine große Freude, als sein altes Heim wiedererstand. Sie bauten Burg Erorn auf demselben Fels neu auf, auf dem sie durch die Jahrhunderte gestanden hatte, ehe Glandyth-a-Krae sie brandschatzte. Corum erinnerte sich jeder Einzelheit seines Familiensitzes, und seine Freude wuchs mit den Mauern. Schlanke hohe Türme ragten erneut in den Himmel und blickten hinab auf das grüne, mit weißen Schaumkronen überzogene Meer, das wie im Freudentaumel über die neuerrichtete Burg gegen die Felsen brandete.

Auch im Innern hatten die Künstler und Handwerker Gwlas-cor-Gwrys ihr ganzes Können bewiesen. Sie hatten Wände geschaffen, die Form und Farbe mit dem Walten der Elemente veränderten. Sie hatten Musikinstrumente aus Kristall und Wasser hergestellt, die je nach ihrer Auf- und Zusammenstellung die verschiedensten Klänge von sich gaben. Doch etwas vermochten auch sie nicht zu kopieren – die herrlichen Gemälde und Skulpturen und Manuskripte, die Corum und seine Vorfahren in friedlicheren Zeiten geschaffen hatten. Sie hatte Glandyth-a-Krae zerstört, genau wie er Corums Vater, Prinz Khlonskey, gemordet hatte und seine Mutter Colatalarna, seine Zwillingsschwestern, seinen Onkel, seine Kusine und alle Gefolgsleute.

Wenn Corum daran dachte, was er alles verloren hatte, überflutete ihn der Haß auf den Mabden-Grafen mit neuer Glut. Glandyths Leiche hatte sich nicht unter den Gefallenen bei Halwyg befunden, auch keine von Kriegern seines Stammes, den Denledhyssi. Glandyth war verschwunden – oder vielleicht waren er und seine Gefolgsleute auch in einer anderen Schlacht gefallen. Es bedurfte Corums ganzer Beherrschung, nicht ständig den Gedanken an Glandyth nachzuhängen und dem, was er ihm angetan hatte. Viel erfreulicher war es, sich damit zu beschäftigen, wie Burg Erorn sich noch schöner, noch wohnlicher machen ließ, damit seine geliebte Gefährtin, Rhalina, Markgräfin von Allomglyl, sich richtig darin wohl fühlte. Damit sie vergessen könnte, daß sie bei ihrer Rückkehr ihre eigene Burg von Glandyth so vollkommen zerstört vorgefunden hatten, daß nur noch ein paar Steine im seichten Wasser um den Moidelberg davon zeugten.

Selbst Jhary-a-Conel, der sparsam mit Lob war, gab zu, daß Burg Erorn ihn tief beeindruckte. Sie inspirierte ihn, sagte er, und er verfaßte Gedichte. Er ließ sich nicht abhalten, sie ihnen oft und zu den unmöglichsten Zeiten vorzutragen. Auch recht schmeichelhafte Porträts malte er: Corum in seinem scharlachroten Mantel und Rhalina in ihrem blauen Brokatgewand, und nicht wenige von sich selbst, die er in vielen der neuen Gemächer aufstellte und aufhing. Er verbrachte auch viel Zeit damit, prunkvolle Gewänder für sich zu entwerfen, sogar neue Kopfbedeckungen (obwohl er sehr an seinem alten Hut hing und auch immer wieder zu ihm zurückkehrte). Seine kleine schwarz-weiße Katze flog hin und wieder auf ihren schwarzen Schwingen mit den weißen Spitzen durch die Räume, aber meistens fand man sie irgendwo, wo man sich gerade selbst niedersetzen wollte, schlafend vor.

Solcherart verbrachten sie die Tage.

Die Küstengegend um Burg Erorn war bekannt für ihre angenehmen Sommer und milden Winter. Zwei, ja manchmal sogar drei Ernten ließen sich das Jahr über hier einbringen. Gewöhnlich gab es kaum Frost und Schneefall; nur im kältesten Monat, und selbst da nicht immer. Doch in jenem Winter, welcher der Vollendung Erorns folgte, begann es schon früh zu schneien, und es hörte auch nicht auf, bis die Eichen und Tannen und Birken im Wald vor der Burg sich unter einer schweren glitzernden Last beugten oder gar vollständig unter ihr verschwanden. Der Schnee war so tief, daß selbst ein Reiter auf hohem Rosse an manchen Stellen in ihm versinken konnte. Obgleich die Sonne den ganzen Tag am Himmel strahlte, vermochte sie nur wenig Schnee zum Schmelzen zu bringen, und das bißchen, das sie verzehrte, wurde schnell durch weiteren Schneefall aufgefrischt.

Corum empfand dieses ungewöhnliche Wetter als böses Omen, obwohl sie es in ihrer Burg warm und gemütlich hatten und keinerlei Mangel litten, auch nicht an Besuchern. Denn die Vadhagh, die sich neu auf diesem Kontinent niedergelassen hatten, hatten ihre Himmelsschiffe nicht aufgegeben, als sie Gwlas-cor-Gwrys verließen. Sie besuchten Corum und einander, und es war deshalb nicht zu befürchten, daß sie die Verbindung zur Außenwelt verloren, wie es bei den alten Vadhagh der Fall gewesen war. Trotzdem war es offensichtlich, daß Corum sich Sorgen machte. Jhary schien sie nicht allzu ernst zu nehmen, während Rhalina sie ihm zu vertreiben suchte, so gut sie konnte, denn sie glaubte, er grüble wieder über Glandyth und das Vergangene.

Eines Tages standen Corum und Jhary auf dem Balkon eines der hohen Türme und blickten hinunter auf das glitzernde Weiß, das bis zum Horizont alles bedeckte.

»Ich verstehe nicht, warum mich das Wetter so beunruhigt«, murmelte Corum. »In allem sehe ich nun schon die Hand der Götter. Doch warum sollten die Götter sich damit abgeben, es schneien zu lassen?«

Jhary zuckte die Schultern. »Sagt man nicht, daß die Welt damals, ehe das Chaos sie an sich riß, rund gewesen sein soll? Vielleicht ist sie es jetzt, da die Ordnung erneut herrscht, wieder? Könnte diese Veränderung ihrer Form nicht verantwortlich für das neue Klima hier sein?«

Corum schüttelte verwirrt den Kopf. Jharys Worte hörte er kaum. Er lehnte sich über die verschneite Brüstung und legte die Hand über die Augen. Etwas entfernt hob sich eine Hügelkette, weiß wie die bewaldete Ebene davor. »Als Bwydyth-a-Horn das letztemal hier war, sagte er, so sei es überall im ganzen Lande Bro-an-Vadhagh. Ich kann nicht umhin, in diesem seltsamen Klimaumschwung eine Bedeutung zu sehen.« Er nahm einen tiefen Atemzug der frischen kalten Luft. »Doch weshalb sollte Chaos Schnee schicken, der niemandem weh tut?«

»Vielleicht fügt er den Bauern von Lywm-an-Esh Schaden zu?« meinte Jhary.

»Möglich. Doch dieser unerwartet heftige Schneefall traf nicht Lywm-an-Esh, sondern Bro-an-Vadhagh. Es ist, als versuche etwas, uns unter dieser kalten Decke zu begraben, um uns unsere Kraft zu nehmen.«

»Chaos hätte dafür sicherlich Wirkungsvolleres als Schnee«, gab Jhary zu bedenken.

»Vielleicht auch nicht, nun da die Ordnung wieder über zwei der Domänen herrscht.«

»Nein, ich bin anderer Ansicht. Wenn dieser Schneefall überhaupt das Zutun höherer Mächte ist, dann jener der Ordnung. Es ist möglicherweise das Ergebnis einiger kleinerer geographischer Änderungen, um unsere fünf Ebenen von den letzten Spuren des Chaos zu reinigen.«

»Ich muß zugeben, das wäre die logischste Erklärung«, nickte Corum.

»Wenn es einer Erklärung überhaupt bedarf.«

»Ich weiß, ich bin allzu mißtrauisch. Ihr habt vermutlich recht.« Er drehte sich der Tür im Turm zu, als Jhary nach seinem Arm griff.

»Was habt Ihr?«

Jharys Stimme klang tonlos. »Seht dort, auf dem Berg!«

»Dem Berg?« Corum spähte auf die Hügelkette. Wie erstarrt blieb er stehen. Etwas bewegte sich dort. Im ersten Augenblick glaubte er, es sei ein Tier, ein Fuchs auf Nahrungssuche vielleicht. Aber dafür war es zu groß. Zu groß sogar für einen Menschen, selbst einen Reiter auf dem Pferd. Die Gestalt schien ihm vertraut, und doch vermochte er sich nicht zu erinnern, wo er sie schon einmal gesehen hatte. Sie flimmerte, als befände sie sich nur zum Teil auf dieser und zu einem weiteren auf einer anderen Ebene. Sie begann sich von ihnen nordwärts zu entfernen. Plötzlich hielt sie inne und wandte sich vielleicht sogar um, denn Corum spürte, auch wenn er es nicht sah, daß sie ihn anblickte. Unwillkürlich fuhr seine juwelenglitzernde Hand zu seinem juwelenglitzernden Auge und tastete nach dem funkelnden Schild, welches es davor bewahrte, ständig in jene schreckliche Unterwelt zu starren, aus der er schon so manches Mal übernatürliche Verbündete herbeigerufen hatte. Es kostete ihn

Anstrengung, seine Hand zurückzuziehen. Erinnerte ihn jene Erscheinung an etwas, das er in dieser Unterwelt erblickt hatte? Oder war es gar eine der Chaoskreaturen – zurückgekehrt, um Erorn die Rache des Chaos zu bringen?

»Ich sehe es nicht klar genug«, brummte Jhary. »Ist es Mensch oder Tier?«

»Weder noch, glaube ich«, erwiderte Corum nachdenklich. Die Gestalt bewegte sich wieder in ihrer ursprünglichen Richtung und verschwand über die Bergkuppe.

»Wofür haben wir das Himmelsschiff«, meinte Jhary. »Fliegen wir ihm nach.«

Corum schüttelte schwach den Kopf. »Nein«, wehrte er ab.

»Wißt Ihr, was es war, Corum. Erkanntet Ihr es?«

»Es war mir nicht fremd. Aber ich entsinne mich nicht, wann oder wo ich es schon gesehen habe. Blickte – blickte es mich an, Jhary? Oder bildete ich mir das nur ein?«

»Ich weiß es nicht, aber ich ahne, was Ihr meint. Als begegne man zufällig dem Blick eines anderen, ist es nicht so?«

»Ja – so ähnlich.«

»Ich frage mich, was es von uns wollen könnte. Oder glaubt Ihr, es hat irgend etwas mit diesem Schneefall zu tun?«

»Nein, an Schnee erinnert es mich nicht. Eher an – an Feuer! Nun entsinne ich mich wieder, wo ich es oder zumindest etwas Ähnliches sah. Im Flammenland, nachdem ich – nachdem meine Hand Hanafax getötet hatte. Ich erzählte Euch davon!«

Schaudernd dachte er daran zurück: Kwlls Hand, die das Leben des sich wehrenden, flehenden Hanafax nahm, des fröhlichen Gesellen, der ihm nichts Böses zugefügt hatte. Er dachte an die prasselnden Flammen. An die Leiche. An die blinde Königin Ooresé mit den unbewegten Zügen. An den Rauch. An die titanische Gestalt über ihm auf einem Hügel, die ihn beobachtet hatte und vor die sich plötzlich ein undurchdringlicher Rauchschleier schob.

»Vielleicht ist es nur mein Gewissen, das mich an den unschuldigen Hanafax erinnern will und mir deshalb anklagend diese Gestalt am Berg vorspiegelt«, murmelte Corum.

»Keine sehr überzeugende Theorie«, entgegnete Jhary ernst. »Vergeßt nicht, ich hatte nichts mit dem Tod dieses Hanafax zu tun, und ich leide auch nicht unter Schuldgefühlen. Trotzdem war ich es, der diese Erscheinung zuerst sah.«

»Ja, das stimmt. Das stimmt.« Mit gesenktem Kopf stolperte Corum durch die Tür in den Turm. Tränen flossen aus seinem sterblichen Auge.

Als Jhary die Tür hinter sich schloß, blieb Corum auf der Treppe stehen und blickte zu ihm hoch.

»Was aber war es dann, Freund Jhary?«

»Ich weiß es nicht, Corum.«

»Aber Ihr wißt so viel!«

»Und ich vergesse viel. Ich bin kein Held. Ich bin der Gefährte von Helden. Ich bewundere, ich respektiere Ich biete klugen Rat, der selten befolgt wird. Ich fühle mit ihnen. Ich rette Leben. Ich gebe der Furcht Ausdruck, die sich die Helden nicht eingestehen. Ich mahne zur Vorsicht –«

»Das genügt, Jhary. Macht Ihr Euch lustig über Euch selbst?«

»Vielleicht tue ich es. Aber ich bin müde, mein Freund. Ich bin der Gesellschaft düsterer Helden müde, denen das Schicksal eine schwere Last aufbürdete. Ich habe diese humorlosen Gesellen satt. Eine Weile wenigstens würde ich mich gern mit normalen Sterblichen vergnügen, möchte mit ihnen in überfüllten Tavernen zechen, möchte schlüpfrige Geschichten erzählen. Möchte zu einer Schenkendirne ins Bett schlüpfen –«

»Jhary, was ist mit Euch? Warum sagt Ihr all diese Dinge?«

»Weil ich es müde bin –« Jhary runzelte die Stirn. »Ihr habt recht. Warum tat ich es, Prinz Corum? Es ist gar nicht meine Art. Diese nörglerische Stimme war wirklich meine eigene?«

»Sie war es.« Corum zog die Brauen zusammen. »Und sie gefiel mir gar nicht. Wenn Ihr mich herausfordern wolltet, Jhary, dann –«

»Wartet!« Jhary drückte die Hand auf seine Stirn. »Wartet, Corum. Mir ist, als wolle sich etwas meiner bemächtigen, etwas, das mich gegen meine Freunde aufzuwiegeln versucht. Konzentriert Euch. Empfindet Ihr nicht ähnliches?«

Corum funkelte Jhary einen Augenblick an, dann verwandelte sich sein plötzlicher Ärger in Verwirrung. »Ja, ich – fühle es auch! Eine Art wütender Schatten in meinem Hinterkopf. Er flüstert von Haß und Hader. Ist das der Einfluß jener Erscheinung, die wir auf dem Hügel sahen?«

Jhary schüttelte den Kopf. »Wer weiß? Verzeiht meinen Gefühlsausbruch. Ich glaube nicht, daß ich es war, der so sprach.«

»Vergebt auch mir. Laßt uns hoffen, daß dieser Schatten wieder verschwindet.«

Schweigend kehrten sie ins Innere der Burg zurück. Die Wände schimmerten silbrig. Ein Zeichen dafür, daß es wieder zu schneien begonnen hatte.

Sie fanden Rhalina auf einer der Galerien, wo Springbrunnen und Kristallgebilde die sanfte Melodie einer Komposition von Corums Vater – ein Liebeslied an Corums Mutter – erklingen ließen. Es war eine einschmeichelnde Melodie. Sie half Corum Rhalina anzulächeln.

»Corum«, murmelte sie und senkte den Kopf. »Vor ein paar Augenblicken packte mich plötzlich eine unerklärliche Wut. Ich wollte sie am Gesinde auslassen. Ich –«

Er nahm sie zärtlich in die Arme und küßte ihre Stirn. »Ich weiß. Jhary und mir erging es nicht besser. Ich fürchte, es ist das Werk des Chaos. Es will Zwietracht zwischen uns säen. Wir müssen uns gegen diesen inneren Zwang wehren, müssen seinen Ursprung finden. Etwas oder jemand will, daß wir uns gegenseitig vernichten, glaube ich.«

Ihre Augen blickten ihn entsetzt an. »O Corum –«

»Wir müssen diesen Drang niederzwingen«, sagte er hart. Jhary kratzte sich nachdenklich die Nase. Er hob eine Braue. »Es würde mich interessieren, ob wir die einzigen sind, die unter diesem – diesem Einfluß stehen. Was, Corum, wenn das ganze Land davon besessen ist?«

2 Die Seuche breitet sich aus

Nachts, wenn er neben Rhalina im Bett lag, quälten Corum die finstersten Gedanken. Manchmal befaßten sie sich mit Glandyth-a-Krae, seinem Erzfeind, doch manchmal auch mit Lord Arkyn von der Ordnung, den er nun für sein bitteres Los verantwortlich zu machen begann. Hin und wieder beschäftigten sie sich aber auch mit Jhary-a-Conel, dessen schlagfertige Ironie ihm jetzt tiefe Bosheit schien; und nicht selten mit Rhalina, die ihn an sich fesselte und ihn so um seine wahre Bestimmung brachte. Diese letzteren Gedanken waren die schlimmsten, und gegen sie kämpfte er am heftigsten an. Er spürte, wie sein Gesicht sich vor Haß verzerrte, seine

Hände sich zu Fäusten ballten, seine Zähne sich fletschten und sein ganzer Körper sich schüttelte vor rasender Wut und dem kaum noch bezwingbaren Drang, zu töten, zu zerstören. Die ganzen Nächte hindurch kämpfte er gegen diese schrecklichen Einflüsterungen an – und er wußte, daß es Rhalina nicht besser ging als ihm. Auch sie kämpfte mit zusammengebissenen Zähnen und schweißnasser Stirn. Es war eine aus dem Wahnsinn geborene Wut, die sie zu überschwemmen drohte; ein grundloser Grimm, der sich gegen alles und jeden richtete.

Es waren blutige Bilder, die sich vor sein geistiges Auge drängten. Marterszenen und Verstümmelungen, schlimmer als alles, was Glandyth ihm je angetan hatte. Nun war er der Folterknecht, und seine Opfer jene, die er am meisten liebte.

So manche Nacht erwachte er von seinen eigenen Schreien. Dann sprang er aus dem Bett und funkelte Rhalina haßerfüllt an – und sie erwiderte seinen Blick mit dem gleichen Haß, ihr Gesicht fast zur Unkenntlichkeit verzerrt.

Dann kämpfte er mit ganzer Willenskraft gegen dieses schreckliche Gefühl an, schüttelte Rhalina an den Schultern und erinnerte sie, daß etwas sie zu beeinflussen suchte. Danach kroch er wieder ins Bett, und sie lagen engumschlungen und völlig erschöpft, bis sie endlich Schlaf fanden.

Der Schnee begann zu schmelzen. Es war, als könne er sich nun, da er die Seuche gebracht hatte, beruhigt zurückziehen. Corum packte sein Schwert und wütete wie ein Berserker gegen das feuchte Weiß. Er verfluchte den Schnee und gab ihm die Schuld für seine Krankheit.

Jhary dagegen war nun überzeugt, daß der Schnee

nichts weiter war als ein völlig normales Naturereignis, das zufällig gleichzeitig mit der Seuche eingesetzt hatte. Er rannte ins Freie, um seinen Freund zu beruhigen. Es gelang ihm, Corum soweit zu bringen, daß er das Schwert in die Scheide zurücksteckte. Fröstelnd standen sie nur halbbekleidet in der kalten Morgenluft.

»Und die Gestalt auf dem Berg?« keuchte Corum. »Erschien sie etwa auch nur zufällig, ausgerechnet zur gleichen Zeit, mein Freund?«

»Es wäre immerhin möglich. Ich habe das Gefühl, all das geschah deshalb zur selben Zeit, weil vielleicht etwas anderes ebenfalls zu dieser Zeit passierte. Versteht Ihr, was ich meine?«

Corum schüttelte Jharys Arm von seiner Schulter. »Ein bedeutenderes Ereignis? Meint Ihr das?«

»Ja.«

»Ist nicht das, was uns bisher widerfuhr, schlimm genug?«

»Doch. Das ist es.«

Corum bemerkte, daß sein Freund ihm helfen wollte. Er versuchte ein Lächeln. Tiefe Erschöpfung erfüllte ihn plötzlich. Er hatte seine ganze Kraft dabei verbraucht, gegen den in ihm flüsternden bösen Drang anzukämpfen. Mit der Rechten fuhr er sich über die Stirn.

»Es muß doch etwas geben, das uns helfen könnte. Ich fürchte – ich – ich erschlage Rhalina noch eines Nachts.«

»Wir sollten uns alle in getrennten Räumen aufhalten und uns darin einschließen. Euren Gefolgsleuten und dem Gesinde geht es nicht besser als uns.«

»Das habe ich auch schon bemerken müssen.«

»Auch sie sollen jeder für sich in einem Raum bleiben. Wollt Ihr, daß ich mit ihnen spreche?«

Corum starrte abwesend an ihm vorbei. »Gut«, murmelte er. »Tut es.«

»Und Ihr versprecht mir, Euch ebenfalls danach zu

richten?« drängte Jhary. »Ich versuche einen Trank zu mischen, etwas, das uns beruhigen und dafür sorgen wird, daß wir uns nicht gegenseitig an die Kehle fahren. Es wird zwar zweifellos unsere Reflexe verlangsamen und uns weniger wachsam machen, aber das sollten wir in Kauf nehmen, wenn wir uns nicht gegenseitig umbringen wollen.«

»Umbringen?« echote Corum. Er starrte Jhary an. Das seidene Wams des Dandys mißfiel ihm, obwohl er es vor kurzem noch bewundert hatte. Und der Gesichtsausdruck des anderen! War es Spott? Lachte der Bursche ihn vielleicht gar aus?

»Was erlaubt –« Er brach abrupt ab, als er erkannte, daß die Besessenheit ihn fast wieder übermannt hätte. »Wir müssen fort von Burg Erorn«, murmelte er. »Vielleicht hat sich etwas Böses hier eingenistet. Etwas von Glandyths zerstörerischem Geist. Das könnte doch sein, Jhary, nicht wahr? Ich habe von ähnlichem schon gehört.« Jhary blickte ihn nur skeptisch an.

»Es wäre möglich!« brüllte Corum. Warum war Jhary manchmal bloß so schwerfällig?

»Es wäre eine Möglichkeit.« Jhary rieb sich müde die rotunterlaufenen Augen. »Wir müssen von hier weg. Damit habt Ihr recht. Wir müssen herausfinden, ob diese Seuche nur auf Burg Erorn herrscht, oder ob sie auch andere anderswo befallen hat. Wenn wir das Himmelsschiff starten können. – Der Schnee, der es bedeckt hat, ist bereits geschmolzen – Wir müssen nach – Ich muß –« Er hielt verwirrt inne. »Ich weiß schon nicht mehr, was ich rede. Es ist die schreckliche geistige Anspannung. Wir sollten Prinz Yurette aufsuchen und feststellen, ob auch er diesen – diesen Zwang verspürt.«

»Das schlugt Ihr bereits gestern vor«, erinnerte Corum ihn.

»Und beschlossen wir nicht, es zu tun?«

»Ja.« Corum kehrte mit unsicherem Schritt zum Burgtor zurück. »Wir beschlossen es. Und nicht erst gestern, sondern auch am Tag zuvor und am Tag vor dem.«

»Wir müssen unsere Vorbereitungen treffen. Wird Rhalina hierbleiben oder mit uns kommen?«

»Das ist eine impertinente Fra –« Mühsam beherrschte Corum sich. »Verzeiht, Jhary.«

»Ich verstehe Euch, Freund Corum.«

»Was ist das nur für eine schreckliche Kraft, die von uns Besitz ergreift? Die mich manchmal wünschen läßt, die Frau zu erschlagen, die ich mehr liebe als alles auf der Welt?«

»Wir werden es nie erfahren, wenn wir hierbleiben«, wies ihn Jhary ungewohnt scharf zurecht.

»Gut. Dann nehmen wir das Himmelsschiff und fliegen zu Prinz Yurette. Fühlt Ihr Euch kräftig genug, es zu steuern?«

»Ich werde dafür sorgen, daß ich es bin.«

Die Welt wurde grau, als der Schnee immer mehr schmolz. Alle Bäume schienen grau, wie die Hügel und selbst das Gras. Sogar die farbenfrohen Türme der Burg wirkten grau und die Wände in ihrem Innern nicht minder.

Kurz vor Sonnenuntergang suchte Rhalina nach Corum und Jhary. »Kommt«, rief sie. »Himmelsschiffe nähern sich der Burg. Sie verhalten sich reichlich seltsam.«

Sie drängten sich an eines der Fenster, das auf das Meer hinaus blickte. In der Ferne machten zwei der herrlichen metallenen Schiffe recht gewagte Kunststücke. Sie tauchten bis fast zur Meeresoberfläche, dann schossen sie wieder hoch. Es hatte den Eindruck, als versuche jedes, in den Rücken des anderen zu kommen.

Etwas glitzerte.

Rhalina schrie entsetzt auf. »Sie benutzen diese Waffen – die schrecklichen Waffen, mit denen sie König Lyr und seine Armeen vernichteten! Sie kämpfen, Corum!«

»Ja«, erwiderte der Vadhagh grimmig. »Sie kämpfen.«

Eines der beiden Schiffe torkelte plötzlich in der Luft. Dann drehte es sich auf den Rücken. Winzige Gestalten stürzten heraus. Das Schiff richtete sich wieder auf. Es schoß auf das andere über ihm zu und wollte es rammen. Aber dem anderen gelang es gerade noch auszuweichen. Das beschädigte Schiff behielt Kurs und Geschwindigkeit bei und raste höher und höher in den grauen Himmel, bis es nur noch ein Punkt zwischen den dunklen Wolken war.

Dann wendete es und sauste zurück in die Tiefe, geradewegs auf den Feind zu, dessen Heck es traf, ehe es wie ein Stein fiel und im Meer versank. Das am Heck getroffene Schiff begann zu torkeln und zu fallen, aber es konnte sich wieder fangen, ehe es die Meeresoberfläche erreichte. Schwankend nahm es Kurs auf die Burg.

»Ob es versuchen wird, uns zu rammen?« fragte Jhary.

Corum zuckte gleichgültig die Schultern. Er empfand Burg Erorn bereits nicht mehr als sein Heim, sondern als unheimliches Gefängnis. Sollte das Schiff wirklich gegen die Türme prallen, wäre es vielleicht eine Erlösung – als zerstöre es seinen Schädel und trieb dadurch die schreckliche Wutseuche aus.

Aber im letzten Augenblick gelang dem Schiff eine Kurskorrektur. Es versuchte auf dem grauen Rasen unterhalb der Burg aufzusetzen. Daraus wurde allerdings eine Bruchlandung. Männer begannen aus dem schwerbeschädigten Schiff zu klettern, von dessen Heck Rauch aufstieg. Zweifellos waren sie Vadhagh – hochgewachsene Männer mit wallenden Umhängen und Kettenhemden aus Gold oder Silber, mit konischen Helmen auf den Köpfen und schmalen Schwertern in den Händen. Sie marschierten durch den Schneematsch zum Burgtor.

Corum erkannte ihren Anführer als erster. »Es ist Bwydyth! Bwydyth-a-Horn! Sicher benötigt er unsere Hilfe. Kommt, laßt ihn uns begrüßen.«

Jhary zögerte, aber er schwieg, als er Rhalina und Corum zum Tor folgte.

Bwydyth und seine Männer stiegen bereits den Pfad zum Tor hoch, das Corum selbst öffnete. Er trat hinaus.

»Seid gegrüßt, Bwydyth!« rief er seinem Freund entgegen. »Willkommen auf Burg Erorn.«

Aber Bwydyth-a-Horn antwortete nicht, sondern marschierte wortlos weiter den Hügel aufwärts.

Ein plötzliches Mißtrauen befiel Corum Jhaelen Irsei. Aber er drängte es beiseite. Sicher war es nur die Krankheit in seinem Gehirn. Er lächelte und breitete die Arme aus.

»Bwydyth! Ich bin es – Corum.«

»Besser, Ihr bereitet Euch darauf vor, Euer Schwert ziehen zu müssen«, brummte Jhary. »Und Ihr, Rhalina, kehrt lieber in die Burg zurück.« Sie blickte ihn erstaunt an. »Wieso? Es ist doch Bwydyth und nicht ein Feind.«

Wortlos sah er sie an. Sie senkte den Kopf und tat ein paar Schritte, doch dann blieb sie wieder stehen.

Corum kämpfte gegen den Grimm in seinem Innern an. Er atmete schwer. »Wenn Bwydyth auf einen Kampf aus ist, dann soll er ihn auch –«

»Corum!« sagte Jhary beschwörend. »Versucht einen klaren Kopf zu behalten. Es ist möglich, daß wir Bwydyth zur Vernunft bringen können. Ich vermute, daß er unter derselben Besessenheit leidet, die auch uns zu schaffen macht.« Er trat einen Schritt vor und rief: »Bwydyth, alter Freund. Wir sind nicht Eure Feinde. Kommt, erfreut Euch des Friedens auf Burg Erorn. Warum sollten wir uns befehden? Auch wir kennen diese schrecklichen

Wutanfälle. Gerade deshalb müssen wir uns darüber unterhalten, um ihre Ursache zu finden und auch ein Mittel dagegen.«

Aber Bwydyth marschierte weiter schweigend hügelan, und seine Männer gingen mit bleichen grimmigen Gesichtern hinter ihm her. Ihre Umhänge flatterten im aufkommenden Wind. Der Stahl ihrer Schwerter glänzte nicht, sondern schien so grau wie die ganze Landschaft.

»Bwydyth!« rief Rhalina hinter Jhary und Corum. »Laßt Euch nicht von dieser Krankheit beherrschen. Kämpft nicht gegen Corum. Er ist Euer Freund. Er war es, der Euch half, in Eure Heimat zurückzukehren.« Bwydyth blieb stehen. Seine Männer hielten an. Zornig funkelte Bwydyth Corum an. »Ist das nicht ein weiterer Grund, Euch zu hassen?«

»Ein weiterer Grund? Wieso haßt Ihr mich, Bwydyth?«

»Wieso? Eures entsetzlichen Aussehens wegen. Ihr seid mißgestalten. Eures Bündnisses mit den Dämonen wegen. Ebenso der Wahl Eurer Freunde wegen und Eurer Frauen. Und wegen Eurer Feigheit.«

»Feigheit, ha!« knurrte Jhary und griff nach seinem Schwert.

Corum hielt ihn zurück. »Bwydyth, wir wissen, daß eine Krankheit über uns gekommen ist, die unseren Verstand verseucht. Sie ist dafür verantwortlich, daß wir jene hassen, die wir lieben, und die töten wollen, denen wir von Herzen ein langes Leben gönnen. Wir müssen uns dagegen wehren, sonst triumphiert jener, wer oder was auch immer er ist, in seiner Absicht, uns gegenseitig zur Vernichtung aufzustacheln. *Er* ist unser gemeinsamer Feind. Wir müssen ihn finden und bekämpfen.«

Bwydyth runzelte die Stirn und senkte sein Schwert. »Aye. Daran dachte ich ebenfalls. Ich fragte mich auch, weshalb überall Hader und Zank begann und schließlich offener Kampf ausbrach. Vielleicht habt Ihr recht, Corum.

Wir werden uns darüber unterhalten.« Er drehte sich zu seinen Leuten um.

»Männer«, rief er, »wir –«

Einer der ihm am nächsten Stehenden sprang ihn mit einer Fratze des Hasses an. »Narr! Ich wußte, Ihr seid ein Narr. Sterbt für Eure Torheit!« Sein Schwert drang durch Bwydyths Kettenhemd tief in die Brust. Ein Stöhnen entrang sich dem tödlich Getroffenen. Er machte noch ein paar taumelnde Schritte auf die Freunde zu, dann brach er mit dem Gesicht voraus im schmelzenden Schnee zusammen.

»So schrecklich wirkt diese Seuche«, murmelte Jhary.

Ein anderer hatte sich inzwischen auf den Mörder Bwydyths gestürzt und ihn getötet. Zwei weitere starben fast im gleichen Augenblick. Wut- und Haßschreie drangen über die Lippen der restlichen, während sie übereinander herfielen und ihr Blut in das graue Licht der Dämmerung spritzte.

Und so töteten sich die zivilisierten Vadhagh von Gwlas-cor-Gwrys in wahnsinnigem Blutrausch.

3 Chaos' Rückkehr

Schon bald war der gewundene Pfad zur Burg von Leichen übersät. Vier der Vadhagh standen noch, als sie plötzlich wie auf Kommando ihre Köpfe Corum und Jhary zuwandten, die sie vom Tor aus beobachtet hatten. Ihre wutfunkelnden Augen starrten die beiden an. Sie ließen voneinander ab und marschierten weiter den Hügel hinauf.

Corum und Jhary hielten ihre Schwerter bereit.

Corum spürte, wie der Haß von ihm Besitz ergriff. Es war geradezu eine Erleichterung, ihm freien Lauf lassen zu können. Mit einem schrillen barbarischen Schrei rannte er den Angreifern mit hocherhobenem Schwert entgegen. Jhary folgte ihm auf dem Fuß.

Einer der Männer fiel unter Corums erstem Hieb. Sie alle sahen erschöpft aus und hatten eingefallene Augen und Wangen. Unter normalen Umständen hätte Corum Mitleid mit ihnen empfunden und nur versucht, sie zu entwaffnen oder leicht zu verwunden. Aber sein eigener Grimm kannte kein Erbarmen.

Kurz darauf waren sie alle gefallen.

Und Corum Jhaelen Irsei stand breitbeinig über ihren Leichen. Er keuchte wie ein tollwütiger Wolf. Das Blut tropfte von seiner Klinge auf den grauen Boden. Reglos stand er so, bis ein leiser Laut seine Ohren erreichte. Er wandte sich um. Jhary-a-Conel kniete bereits neben dem Mann, von dem dieser Laut kam. Es war Bwydyth-a-Horn.

»Corum –«, Jhary blickte zu seinem Freund hoch. »Er verlangt nach Euch.«

Corums Grimm ließ im Augenblick nach. Er kniete sich ebenfalls neben Bwydyth. »Ja, Freund«, murmelte er sanft.

»Ich versuchte es, Corum«, keuchte der Sterbende. »Viele Tage versuchte ich zu unterdrücken, was mich beherrschen wollte. Aber schließlich wurde es doch stärker als ich. Es tut mir so leid, Corum –«

»Diese Seuche hat uns alle befallen.«

»Immer, wenn ich klar zu denken vermochte, beschloß ich, zu Euch zu kommen. Vielleicht wüßtet Ihr ein Mittel. Oder zumindest könnte ich Euch warnen. Aber es dauerte eine Weile, bis ich –«

»Und darum flogt Ihr mit Eurem Himmelsschiff hierher?«

»Ja. Aber man verfolgte uns. Es kam zur Luftschlacht. Sie brachte die Seuche wieder zum Ausbruch. Die ganze

Rasse der Vadhagh befindet sich im Kriegszustand – gegeneinander. Und in Lywm-an-Esh ist es nicht besser. Überall gibt es tätliche Auseinandersetzungen –« Bwydyths Stimme wurde immer schwächer.

»Kennt Ihr die Ursache?«

»Nein. Prinz Yurette hoffte sie zu finden. Auch ihn übermannte die Berserkerwut. Er – starb – Die Vernunft – ist geschlagen – Wir sind von – Dämonen besessen – Chaos ist zurückgekehrt – Wir hätten – in unserer Stadt – bleiben sollen.«

Corum nickte. »Es ist zweifellos Chaos' Werk. Wir beschäftigten uns zu sehr mit uns selbst. Unsere Wachsamkeit ließ nach. Da schlug das Chaos zu. Aber es kann nicht Mabelrode sein. Denn käme er auf unsere Ebene, würde es ihm hier nicht besser ergehen als Xiombarg. Doch wer ist es? Wer?«

»Glandyth?« flüsterte Jhary. »Könnte es der Graf von Krae sein? Alles, was das Chaos braucht, ist ein williger Diener. Wer den Willen hat, dem wird die Macht zuteil.«

Bwydyth-a Horn begann zu husten. »Corum, vergebt mir!«

»Ich habe Euch nichts zu vergeben, denn wir alle sind gleichermaßen von etwas besessen, dem wir nicht Herr werden.«

»Findet die Ursache und den Urheber, Corum!« Bwydyths Augen brannten wie glühende Kohlen, als er sich auf einen Ellenbogen zu stützen versuchte. »Zerstört es, wenn Ihr es vermögt. Rächt mich – rächt uns alle –«

Bwydyth starb.

Corum barg den Kopf in seinen Händen. Schließlich fragte er mit zittriger Stimme: »Jhary, gelang es Euch, das Mittel herzustellen, von dem Ihr spracht?«

»Es fehlt nicht mehr viel. Doch kann ich für seine Wirkung nicht garantieren. Vielleicht hilft es gar nicht gegen die Wutseuche.«

»Ein Versuch kann nichts schlimmer machen. Beeilt Euch!«

Corum erhob sich schwerfällig und kehrte in die Burg zurück.

Gerade als er durch das Tor trat, hörte er einen gellenden Schrei. Er rannte durch die grauen Galerien bis zu einem Raum mit sprudelnden Springbrunnen. Rhalina wehrte sich gegen den Angriff zweier Dienstmägde. Die Frauen kreischten wie Bestien und schlugen Rhalina die Nägel ins Fleisch. Corum zog sein Schwert, drehte es um und versetzte der ersten Frau mit dem Knauf einen Hieb auf den Schädel. Sie fiel zu Boden. Die zweite wirbelte herum. Schaum drang aus ihrem Mund. Corum sprang auf sie zu und schlug ihr seine schuppenbewehrte Hand ins Gesicht. Auch sie sank zu Boden.

Wieder begann die Wut sich in Corum zu regen. Er funkelte die weinende Rhalina an. »Was hast du ihnen getan?«

Sie blickte ihn überrascht an. »Ich? Nichts, Corum. Wirklich nichts!«

»Aber warum haben sie dich dann –?« Er bemerkte, daß seine Stimme barsch klang, und versuchte sich zu beherrschen. »Es tut mir leid, Rhalina. Ich verstehe. Mach dich für eine Reise fertig. Wir werden so bald wie möglich mit unserem Himmelsschiff aufbrechen. Jhary versucht eine Medizin zu brauen, die uns beruhigen wird. Wir fliegen nach Lywm-an-Esh, um nachzusehen, ob dort noch etwas zu retten ist. Wir müssen Lord Arkyn finden und hoffen, daß er uns helfen kann.«

»Warum tut er das nicht bereits?« fragte sie bitter. »Wir halfen ihm, seine Macht zurückzugewinnen. Und nun sieht es jedoch so aus, als überließe er uns dem Chaos.«

»Wenn das Chaos hier so stark ist, ist es das anderswo nicht minder. Es könnte sein, daß es in seinem Reich noch schlimmere Gefahren gibt, oder auch in der Ebene eines

Bruderlords der Ordnung. Du weißt ja, daß die Götter sich nicht direkt in die Belange der Sterblichen einmischen dürfen.«

»Aber die Chaos-Götter versuchen es sehr häufig«, murrte sie.

»Das liegt in der Natur des Chaos. Darum ist es für die Menschen auch besser, von der Ordnung regiert zu werden, denn ihr Prinzip ist die persönliche Freiheit des Sterblichen, während das Chaos in uns nur Spielzeug sieht, mit dem es nach Laune und Gutdünken verfahren kann. Beeile dich. Wir müssen weg von hier!«

»Aber es ist doch hoffnungslos, Corum. Offenbar ist das Chaos viel mächtiger als die Ordnung. Wir taten alles, was wir konnten. Warum geben wir nicht zu, daß wir am Ende sind?«

»Das Chaos scheint nur mächtiger zu sein, weil es aggressiver ist und weil ihm jedes Mittel recht ist, sein Ziel zu erreichen. Die Ordnung dagegen ist ausdauernder. Versteh mich nicht falsch; die Rolle, in die das Schicksal mich gezwängt hat, gefällt mir gar nicht – mir wäre lieber, ein anderer hätte diese Last zu tragen –, aber die Macht der Ordnung muß erhalten bleiben. Doch nun mußt du dich wirklich beeilen.«

Nur zögernd verließ sie ihn. Corum vergewisserte sich, daß die Mägde bald wieder zu sich kommen würden. Es widerstrebte ihm, sie hier zurücklassen zu müssen, denn bestimmt würden sie bald übereinander herfallen. Er beschloß, ihnen etwas von Jharys Medizin zu geben, und hoffte nur, daß sie wirken würde.

Er runzelte die Stirn. Ob wirklich Glandyth dahintersteckte? Aber Glandyth war doch kein Zauberer – er war ein brutaler, blutdürstiger Krieger, ein guter Taktiker, aber er fürchtete sich vor Zauberei.

Die Frage war nur, wen außer dem Grafen es noch auf dieser Ebene gäbe, der bereit wäre, sich in den Dienst des

Chaos zu stellen? Denn einer mußte es sein, sonst hätte es überhaupt nicht mehr in diese Domäne der Ordnung zurückfinden können –

Corum schob die unnützen Grübeleien zur Seite. Erst mußte er mehr wissen, ehe es sich lohnte, sich weitere Gedanken darüber zu machen. Wenn es ihm gelänge, Halwyg-nan-Vake und den Tempel der Ordnung dort zu erreichen, konnte er vielleicht mit Lord Arkyn Verbindung aufnehmen und Rat von ihm bekommen.

Er trat in den Raum, wo er seine Waffen und Rüstung aufbewahrte, schlüpfte in sein silbernes Kettenhemd und seinen silbernen Beinschutz und stülpte den konischen Silberhelm auf den Kopf. Über das alles zog er den scharlachroten Kapuzenmantel. Dann wählte er die Waffen aus – einen Bogen, Pfeile, eine Lanze und eine Streitaxt. Zum Schluß gürtete er sein langes Schwert. Wieder einmal war er zum Kampf gerüstet. Er bot einen beeindruckenden und gleichzeitig unheimlichen Anblick mit seiner glitzernden Sechsfingerhand und dem juwelenbesetzten Schild, der das Auge Rhynns bedeckte. Er hatte die Götter angefleht, sich nie wieder zum Krieg rüsten, nie wieder die fremdartige Hand benutzen oder durch das furchterregende Auge in eine Unterwelt schauen und von dort die lebenden Toten zu Hilfe rufen zu müssen. Und doch hatte er in seinem Innern gewußt, daß die Macht des Chaos nicht gebrochen war und das Schlimmste erst bevorstand.

Er fühlte sich erschöpft, denn der Kampf gegen den Wahnsinn in seinem Kopf war nicht weniger anstrengend als eine Auseinandersetzung mit der Waffe in der Faust.

Jhary suchte nach ihm. Auch er war für die Reise gekleidet, aber er hielt nichts von einer kriegerischen Ausrüstung. Er trug ein abgestepptes Lederwams, das mit Gold- und Platinplättchen bestickt war und so eine Art Brustschutz abgab – sein einziges Zugeständnis. Sein breitrandiger Hut saß schief auf dem Kopf, und sein langes gepflegtes glänzendes Haar hing bis zur Schulter darunter hervor. Der Rest seiner auffallenden Kleidung bestand aus farbenfroher Seide und Satin, und seine reichverzierten Stiefel umsäumten weiße und rote Spitzenbänder. Er sah aus wie ein verweichlichter Geck, bis der Blick auf sein Breitschwert fiel, das ihm von einem breiten Gürtel hing. Auf seiner Schulter kauerte die kleine schwarz-weiße, geflügelte Katze, die seine ständige Gefährtin war. In der Hand hielt er eine Flasche mit dünnem Hals. Eine braune Flüssigkeit brodelte darin.

»Ich habe die Medizin.« Er sprach schleppend, fast wie in Trance. »Und sie hat die gewünschte Wirkung, glaube ich. Die Wut nagt nicht mehr an mir, aber ich fühle mich so schläfrig. Ich hoffe jedoch, daß diese Müdigkeit mit der Zeit nachläßt.«

Corum blickte ihn zweifelnd an. »Euer Mittel mag vielleicht gegen die Haßseuche helfen – aber wir werden zu träge sein, uns zu verteidigen, wenn man uns angreift. Sie verlangsamt unser Denken und Handeln, Jhary!«

»Sie schenkt uns eine neue Sicht, das versichere ich Euch«, erwiderte Jhary mit einem verträumten Lächeln. »Glaubt mir, es ist unsere einzige Chance. Und ich persönlich sterbe lieber in Frieden als in geistiger Qual.«

»Ihr habt recht.« Corum nahm die Flasche entgegen. »Wieviel soll ich nehmen?«

»Sie ist sehr stark. Es genügt, wenn Ihr Eure Fingerspitze benetzt und ableckt.«

Vorsichtig tat Corum wie geraten. Dann gab er Jhary die Flasche zurück. »Ich verspüre keine Wirkung. Vielleicht sind die Vadhagh dagegen immun.«

»Vielleicht. Doch nun müßt Ihr Rhalina etwas davon geben.«

»Und den Gefolgsleuten und dem Gesinde.«

»Ja.«

Sie kehrten den letzten Schnee von dem Überzug, der das Himmelsschiff schützte, ehe sie ihn von der farbenfrohen Metallhülle zogen. Jhary kletterte bedächtig an Bord und ließ sich vor den bunten Kristallen an der Armaturentafel im Bug nieder. Dies hier war kein großes Schiff wie das Fahrzeug, von dem sie in Xiombargs Reich gerettet worden waren. Hier gab es nicht einmal eine abgedeckte Steuerkabine. Das ganze Schiff war den Launen der Elemente ausgesetzt, wenn der unsichtbare Energieschirm es nicht schützte.

Das Luftfahrzeug begann leise zu summen und hob einen Fingerbreit vom Boden ab. Corum half Rhalina an Bord, ehe er selbst einstieg. Dann legte er sich auf eine der Sitzbänke und beobachtete Jhary, der die Kontrollen bediente.

Jhary bewegte sich unendlich langsam mit einem zufriedenen Lächeln. Corum fühlte sich wohl wie schon lange nicht. Er sah nach Rhalina, die sich ebenfalls auf einer der Bänke ausgestreckt hatte und schon fast eingeschlafen war. Das Mittel wirkte Wunder, zumindest was die Wutseuche betraf. Aber etwas in Corum sagte ihm, daß seine momentane Euphorie nicht weniger gefährlich war als sein vorheriger Grimm. Er wußte, daß er in gewisser Weise nur einen Wahnsinn gegen einen anderen ausgetauscht hatte.

Er hoffte, daß sie nicht wie Bwydyth ebenfalls von einem Himmelsschiff angegriffen würden, denn ganz abgesehen von ihrer gegenwärtigen Behinderung verstand keiner von ihnen etwas vom Luftkampf. Sie waren schon froh, daß Jhary das Schiff überhaupt in die gewünschte Richtung zu steuern vermochte.

Als es langsam dahinschwebte, blickte Corum hinunter auf die trostlose gefrorene Welt, und er fragte sich, ob es jemals wieder Frühling werden würde in Bro-an-Vadhagh.

Er öffnete die Lippen, um mit Jhary zu sprechen, aber dieser war so mit der Steuerung beschäftigt, daß er lieber schwieg. Plötzlich sah er die kleine Katze sich von Jharys Schulter erheben. Einen Augenblick krallte sie sich an der Reling fest, dann flog sie davon und verschwand hinter einer Hügelkette.

Einen Moment wunderte Corum sich, daß Schnurri sie verlassen hatte, aber dann vergaß er es und blickte weiter hinunter auf das Meer und die vorüberziehende Landschaft.

4 Ein neuer Verbündeter für Graf Glandyth

Die kleine Katze flog rastlos den ganzen Tag hindurch. Immer wieder änderte sie den Kurs, als folge sie einem unsichtbaren, kurvenreichen Pfad quer über den Himmel. Bald ließ sie das Festland hinter sich und flog über die Klippen hinweg über das Meer, das sie haßte. Eine Inselgruppe lag vor ihr.

Es waren die Inseln der Nhadragh, wo jenes Volk hauste, dessen Überlebende zu unterwürfigen Sklaven der Mabden geworden waren, nur um überhaupt weiter existieren zu dürfen. Obwohl sie nun aus dieser Sklaverei befreit waren, war ihre Rasse doch so degeneriert, daß sie kaum noch einen Lebenswillen hatten. Die meisten vermochten nicht einmal mehr die Vadhagh zu hassen.

Die Katze folgte einer psychischen Spur, die nur sie zu wittern vermochte. Schon einmal zuvor war sie einer solchen Spur nachgeflogen.

Damals führte die Spur sie nach Kalenwyr, wo sie Zeuge des Treffens der Mabden geworden war und der Beschwörung der nun verbannten Götter – des Hundes und des gehörnten Bären. Doch diesmal handelte

Schnurri aus freien Stücken, ohne von ihrem Freund und Herrn geschickt worden zu sein.

Im fast exakten Zentrum des grünen Archipels lag Maliful, die größte der Nhadragh-Inseln. Auch sie war wie die anderen von Ruinen übersät – Ruinen von Städten, Burgen und Dörfern. Die meisten davon stammten aus der Zeit der Mabden-Invasion, als König Lyr-a-Brodes Macht am größten war. Graf Glandyth und seine Denledhyssi hatten den Überfall ausgeführt, genau wie sie später gegen die Vadhagh-Burgen zogen und niedermachten, was von der Rasse der Vadhagh noch geblieben war. Corum entging ihnen als einziger – zumindest glaubte er das damals. Die Ausrottung der beiden alten Rassen – Shefanhow, wie Glandyth sie nannte – hatte nur ein paar Jahre gedauert. Nhadragh und Vadhagh waren völlig unvorbereitet auf einen Angriff gewesen. Sie hatten die Mabden für nicht mehr als eine der vielen Tierarten gehalten. Das war ihnen zum Verhängnis geworden.

Die Mabden hatten nur ein paar der Nhadragh verschont. Diese benutzten sie als Suchhunde, um ihre alten Feinde, die Vadagh, aufzuspüren. Auch in andere Dimensionen mußten sie für ihre Herren schauen und berichten, was sie dort sahen. Diese Nhadragh waren die feigsten ihrer Rasse – jene, die Sklaverei dem Tod vorgezogen hatten.

Die kleine Katze sah ihre Barackenlager zwischen den Ruinen der Städte. Nach der Schlacht um Halwyg hatte man die Nhadragh hierher zurücktransportiert, als ihre Mabden-Herren geschlagen waren. Sie hatten absolut keine Anstalten gemacht, ihre alten Burgen oder Städte neu aufzubauen. Sie lebten hier wie Primitive. Viele von ihnen wußten nicht einmal mehr, daß die Ruinen Bauwerke gewesen und einst von ihren eigenen Artgenossen errichtet worden waren. Wie bei den Nhadragh seit eh und je üblich, bestand ihre Kleidung aus Pelzen und eisernem Körperschutz. Sie hatten dunkle, flache Züge, und ihr Haar überwucherte die Stirn und wuchs über der Nasenwurzel mit den buschigen Augenbrauen oberhalb der tiefen Augenhöhlen zusammen. Ihr Körperbau war gedrungen. Sie waren kräftig und muskulös. Einst waren sie so mächtig und kultiviert gewesen wie die Vadhagh, doch ihre Degeneration schritt immer weiter voran.

Die zerstörten Türme von Os, der ehemaligen Hauptstadt Malifuls und des gesamten Nhadragh-Reichs, kamen in Sicht. Schnurri folgte immer noch ihrer psychischen Spur. Sie kreiste um ein langgestrecktes Gebäude, das völlig unversehrt schien. Eine offenbar neue Kuppel war auf dem flachen Dach errichtet. Sie war durchsichtig und beleuchtet. Zwei Gestalten hoben sich schwarz gegen das gelbe Licht ab. Eine von ihnen war groß und stattlich, sie trug eine Rüstung. Die andere war kleiner, aber viel breiter und in Pelz gekleidet. Gedämpfte Stimmen drangen ins Freie. Die Katze landete auf dem Dach und stahl sich an die Kuppel heran. Sie preßte sich gegen das transparente Material, spitzte die Ohren und beobachtete die zwei Personen.

Glandyth-a-Krae runzelte die Stirn. Er beugte sich über Ertils Schulter und starrte auf den wirbelnden Rauch und die sprudelnde Flüssigkeit. »Wirkt der Zauber noch, Ertil?«

Der Nhadragh nickte. »Sie bekämpfen sich weiter gegenseitig. Noch nie zuvor war meine Zauberkunst so wirkungsvoll.«

»Das kommt daher, weil die Chaos-Mächte dir helfen, du Narr. Oder vielmehr mir helfen, denn ich habe mich den Göttern des Chaos mit Leib und Seele verschrieben.« Er blickte sich in der Kuppel um. Überall lagen Tierkadaver herum, Kräuterbüschel, Flaschen mit körniger Substanz und mit verschiedenen Flüssigkeiten. Ratten und Affen kauerten apathisch in Käfigen über mit Schriftrollen vollgestopften Regalen. Ertils Vater war ein weiser Gelehrter gewesen, und er hatte seinem Sohn viel beigebracht. Aber Ertil hatte sich wie die anderen Nhadragh seiner Zeit entwickelt. Er sah Zauberei und Aberglauben in der Weisheit und dem Wissen. Aber trotzdem war das Gelernte noch recht brauchbar, wie Glandyth-a-Krae zufrieden feststellte.

Glandyth rotes, ungesundes, pickelübersätes Gesicht war zur Hälfte mit einem gewaltigen Bart bedeckt, der genau wie sein langes schwarzes Haupthaar zu Zöpfchen geflochten und mit bunten Bändern verziert war. Seine grauen Augen verrieten eine innere Krankheit, genau wie die wulstigen roten Lippen seine fleischlichen Begierden nicht zu verheimlichen vermochten. Er entblößte seine schlechten gelben Zähne und knurrte: »Was ist mit Prinz Corum und seinem Gesindel? Und was mit all den Shefanhow, die aus der eisernen Stadt kamen?«

»Ich vermag keine Individuen zu sehen, hoher Herr«, winselte der Nhadragh. »Ich weiß nur, daß der Zauber wirkt.«

»Ich hoffe, du sprichst die Wahrheit!«

»Nie würde ich es wagen, Euch zu belügen! Und ist es nicht ein Zauber, den die Mächte des Chaos selbst uns gaben? Die Wolke der Zwietracht breitet sich immer weiter aus. Die Wut nagt an jedem, läßt ihn auf seine Freunde, seine Frau, seine Kinder losgehen!« Ein häßliches Grinsen verzerrte das dunkle Gesicht des Nhadragh. »Die Vadhagh fallen übereinander her. Alle sterben sie. Alle.«

»Gut – aber stirbt auch Corum? Das ist es, was ich wissen muß. Daß die anderen vernichtet werden, ist mir recht, aber es ist von keiner großen Bedeutung. Erst wenn Corum nicht mehr ist und überall Unfriede herrscht, kann ich neue Diener für das Chaos gewinnen und mit meinen Denledhyssis das Land zurückerobern, das König Lyr verlor. Weißt du keinen besonderen Zauber für Corum, Ertil?«

Der Nhadragh zitterte. »Corum ist ein Sterblicher – er muß leiden wie die anderen.«

»Er ist gerissen und hat mächtige Helfer. Wer weiß, vielleicht gelingt es ihm, zu entkommen. Wir brechen morgen nach Lywm-an-Esh auf. Gibt es keine Möglichkeit, sich zu versichern, daß Corum tot oder von der Berserkerwut besessen ist wie die anderen?«

»Keine, die mir bekannt ist, Herr.«

Glandyth kratzte mit abgebrochenen ungepflegten Fingernägeln sein juckendes Gesicht. »Und du versuchst nicht, mich zu betrügen, Shefanhow?«

»Nie würde ich das, Herr! Nie!«

Glandyth grinste den völlig verstörten Zauberer an. »Ich glaube dir, Ertil.« Er lachte laut. »Etwas mehr Hilfe vom Chaos würde allerdings nicht schaden. Beschwört den Dämon aus Mabelrodes Reich noch einmal herbei.«

Der Nhadragh wimmerte. »Jede solche Beschwörung kostet mich ein weiteres Jahr meines Lebens«, winselte er.

Glandyth zog seinen langen Dolch. Er drückte die scharfe Spitze gegen die flache Nase des Zauberers. »Ruf ihn herbei, Ertil!«

»Wie Ihr befehlt, Herr!«

Ertil schlurfte zu einem der Käfige und holte einen Affen heraus. Die Kreatur wimmerte, als ahmte sie den verängstigten Zauberer nach. Obwohl sie den Nhadragh mit furchtsamen Augen anstarrte, klammerte das Äffchen sich doch schutzsuchend an ihn, als gäbe es nirgendwo sonst im Raum Sicherheit. Als nächstes nahm Ertil ein x-förmiges Gerüst aus einer Ecke und befestigte es in dafür vorgesehenen Einkerbungen auf dem Tisch. Die ganze Zeit über zitterte er am ganzen Körper und wimmerte und stöhnte pausenlos. Aber Glandyth schenkte der Verzweiflung des Zauberers keine Beachtung. Ungerührt schritt er in der Kuppel auf und ab.

Nun hielt der Zauberer dem Affen eine Flasche unter die Nase, aus der offensichtlich beruhigende Düfte aufstiegen. Dann legte er ihn auf den Rahmen und nahm Hammer und Nägel aus einem Beutel.

Methodisch begann er das schnatternde und kreischende Tier zu kreuzigen. Blut floß aus den Löchern in den kleinen Pfoten.

Ertil war bleich und sah aus, als müsse er sich jeden Augenblick übergeben. Die Augen der kleinen Katze weiteten sich noch mehr, als sie dieses barbarische Ritual beobachtete. Ihre Haare stellten sich auf, und ihr Schwanz schwang nervös von Seite zu Seite, aber sie wendete den Blick keinen Moment ab.

»Beeile dich, du Ungeziefer von einem Shefanhow!« knurrte Glandyth. »Beeile dich, oder ich bediene mich eines anderen Zauberers.«

»Ihr wißt genau, daß es auf der ganzen Welt keine mehr gibt, die Euch oder dem Chaos helfen würden«, murmelte Ertil.

»Schweigt! Fahrt mit Eurer Arbeit fort!«

Glandyth furchte die Stirn. Ertil hatte recht. Keiner fürchtete jetzt noch die Mabden – niemand außer den Nhadragh, denen die Angst vor ihnen ins Blut übergegangen war.

Das Äffchen klapperte mit den Zähnen. Seine Augen rollten. Ertil erhitzte ein Eisen in einem Feuerkessel. Inzwischen malte er um das gekreuzigte Tier ein kompliziertes Zeichen. In dessen zehn Ecken stellte er Schalen und entzündete ihren Inhalt. Danach nahm er in eine Hand eine Schriftrolle und in die andere das nun weißglühende Eisen. Die Kuppel begann sich mit grünem und gelbem Rauch zu füllen. Glandyth fing an zu husten und holte ein Taschentuch aus seinem Wams. Nervös zog er sich in eine der Ecken zurück.

»Yrkoon, Yrkoon, Esel Asan. Yrkoon, Yrkoon, Nasha Fasal –« Ertil leierte angstbebend die endlose Beschwörungsformel herunter. Bei jedem neuen Vers stieß er dem sich windenden Äffchen das heiße Eisen ins Fleisch. Das Tier starb nicht, denn das Eisen verschonte die wichtigen Organe, aber es litt zweifellos entsetzliche Qualen. »Yrkoon, Yrkoon, Meshel Feran. Yrkoon, Yrkoon, Palaps Oli.«

Der Rauch wurde immer dichter, und die Katze vermochte nur noch undeutliche Schatten zu sehen.

»Yrkoon, Yrkoon, Cenil Pordit –«

Ein fernes Donnergrollen überlagerte die schrillen Schreie des gemarterten Äffchens.

Ein Wind begann zu brausen.

Plötzlich löste der Rauch sich auf. Die Sicht war wieder so klar wie zuvor. Doch das Tier lag jetzt nicht mehr gekreuzigt auf dem Rahmen. Etwas anderes befand sich dort. Es hatte menschliche Gestalt, war aber nicht größer als das Äffchen. Seine Züge ähnelten mehr jenen der Vadhagh als der Mabden, wenngleich das winzige Gesicht Bosheit und Grausamkeit ausstrahlte.

»Ihr beschwört mich erneut, Ertil!« Es war erstaunlich, wie ein so kleiner Körper eine so barsche, kräftige Stimme hervorbringen konnte.

»Ja, ich rief Euch, Yrkoon. Wir benötigen Hilfe von Eurem Herrn und Meister Mabelrode –«

»Weitere Hilfe?« Yrkoon verzog sein Gesicht. »Noch mehr?«

»Ihr wißt, daß wir Mabelrode dienen. Ohne uns hättet Ihr nicht einmal die Möglichkeit, diese Ebene zu erreichen.«

»Na und? Warum sollte mein Herr, König Mabelrode, sich für eure Ebene interessieren?«

»Ihr wißt, weshalb! Er möchte die beiden alten Schwertreiche dem Chaos zurückgewinnen – und er will sich an Corum rächen, der die Verbannung seines Bruders Arioch, des Schwertritters, und seiner Schwester Xiombarg, der Schwertkönigin, herbeiführte.«

Der Dämon fühlte sich auf dem x-förmigen Rahmen offenbar recht wohl. »Na und? Was wollt Ihr also?«

Glandyth trat an den Tisch heran. Er ballte die Fäuste.

»Es geht nicht darum, was dieser Zauberer will, sondern was ich will, Dämon! Ich will die Mittel und die Macht, diesen Corum zu vernichten – und die Ordnung auf dieser Ebene. Gebt mir diese Macht, Dämon!«

»Ich habe Euch schon viel Macht gewährt. Ich gab Euch die Möglichkeit, die Wolke der Zwietracht zu schaffen. Eure Feinde bekämpfen sich bis zum letzten Blutstropfen. Und immer seid Ihr noch nicht zufrieden!«

»Verratet mir, ob Corum noch lebt!«

»Wie sollte ich das können? Wir haben keine Möglichkeit, diese Ebene zu erreichen, außer Ihr ruft uns herbei. Und wir können auch nicht lange verweilen, das wißt Ihr genau. Wir können nur kurze Zeit den Platz einer anderen Kreatur einnehmen. Nur so kann das Gleichgewicht betrogen werden – oder zumindest besänftigt.«

»Gebt mir mehr Macht, Sir Dämon!«

»Ich kann Euch die Macht nicht geben. Ich kann Euch lediglich verraten, wie Ihr sie erwerben könnt. Doch seid gewarnt, Glandyth-a-Krae. Wenn Ihr noch viele Geschenke des Chaos akzeptiert, werdet Ihr die Eigenschaften all jener annehmen, die diese Geschenke erhalten. Seid Ihr bereit, das zu werden, was Ihr angeblich am meisten verabscheut?«

»Was ist das?«

Yrkoon kicherte. »Ein Shefanhow. Ein Dämon. Auch ich war einst menschlich –«

Glandyth preßte die Lippen aufeinander und ballte die

Hände. »Ich gehe auf jegliche Bedingung ein, wenn ich mich nur an Corum und seiner Art rächen kann!«

»Gut. So wird auch uns geholfen sein. Ihr werdet die Macht bekommen, die Ihr begehrt!«

»Und Macht für meine Männer – Macht für die Denledhyssi!«

»Gut. Auch Macht für sie.«

»Große Macht. Unschlagbare Macht!« Glandyths Augen brannten. »Macht, der sich nichts entgegenstellen kann!«

»Eine solche Macht gibt es nicht, solange das Gleichgewicht wacht. Ihr bekommt, was Ihr zu bewältigen vermögt.«

»Ich kann viel bewältigen. Ich werde zum Festland segeln und ihre Städte und Burgen erneut erobern, während sie sich gegenseitig umbringen. Ich werde über die ganze Welt herrschen. Lyr und seine Mitregenten waren Schwächlinge. Ich aber bin stark, mit der Macht des Chaos an meiner Seite!«

»Auch Lyr hatte die Unterstützung des Chaos«, erinnerte Yrkoon ihn ironisch.

»Aber er wußte sie nicht zu nutzen. Ich bat ihn, mir mehr Männer zur Vernichtung Corums zu geben, aber er tat es nicht. Wäre Corum tot, würde Lyr noch heute am Leben sein. Dessen bin ich sicher.«

»Vielleicht habt Ihr recht«, brummte der Dämon. »Hört zu. Ich erkläre Euch, was Ihr tun müßt.«

5 Die verlassene Stadt

Das Himmelsschiff flog über den Berg, wo Burg Moidel einst gestanden hatte. Nichts war von ihr übriggeblieben. Corum blickte traurig hinab, aber er dachte nicht lange darüber nach, denn die durch die Medizin verursachte

Euphorie hielt immer noch an. Bald schon erreichten sie die Küste von Lywm-an-Esh. Zuerst schien alles friedlich und normal. Aber nach einer Weile entdeckten sie Reitertrupps – sie bestanden selten aus mehr denn drei oder vier Mann –, die wild durch Wald und Feld trabten und alles angriffen, worauf sie stießen. Frauen kämpften gegen Frauen, Kinder gegen Kinder. Es gab unzählige Tote. Corums Apathie verwandelte sich in Grauen. Er war froh, daß Rhalina schlief und Jhary nur selten dazu kam, einen Blick nach unten zu werfen.

»Beschleunigt, wenn Ihr könnt«, rief er seinem Freund zu, »damit wir Halwyg-nan-Vake schneller erreichen. Wir können nichts für die Bedauernswerten tun, ehe wir nicht wissen, was diese Berserkerwut verursacht.«

Jhary holte die Flasche aus seinem Beutel und deutete darauf. Aber Corum schüttelte den Kopf. »Nein. Es reicht nie und nimmer für alle. Wie sollten wir sie außerdem dazu bringen, die Medizin einzunehmen? Wenn wir überhaupt jemanden retten wollen, müssen wir das Übel an der Wurzel packen.« Er seufzte. »Ich hoffe, der Tempel der Ordnung steht noch und Arkyn kommt, wenn wir ihn dort rufen.«

Jhary deutete nach unten. »Das ist der Wahnsinn, von dem sie schon einmal befallen waren.«

»Aber er ist stärker. Vorher nagte er nur ein wenig an ihnen. Jetzt jedoch verzehrt er sie mit Haut und Haar.«

»Sie zerstören alles, was sie wiederaufgebaut hatten. Glaubt Ihr, es hat überhaupt noch einen Sinn –«

»Sie können alles neu errichten. Ja, Jhary, es hat einen Sinn!«

Der Freund zuckte die Schultern. »Ich möchte wissen, wohin Schnurri verschwunden ist.«

Als das Himmelsschiff über Halwyg-nan-Vake kreiste und in der Nähe des Tempels der Ordnung zur Landung ansetzte, erwachte Rhalina. Sie lächelte Corum an und schien alles vergessen zu haben, was erst vor kurzem geschehen war. Doch dann runzelte sie die Stirn, als entsinne sie sich eines Alptraums. »Corum?« sagte sie fragend.

»Ja, Rhalina. Es ist leider wahr«, murmelte er. »Wir sind nun in Halwyg. Die Blumenstadt ist offenbar verlassen. Und ich habe keine Ahnung, weshalb.«

Er hatte schon fast erwartet, die herrliche Stadt in Flammen zu sehen. Statt dessen, abgesehen von zwei oder drei beschädigten Gebäuden und Gärten, schien sie völlig unversehrt. Soweit sie von hier aus sehen konnte, war der Palast unbewohnt.

Wie Bwydyth-a-Horn es ihm in besseren Zeiten beigebracht hatte, landete Jhary das Schiff sanft auf einer breiten weißen Straße, direkt vor dem Tempel. Es war ein langgestrecktes, niedriges Bauwerk, völlig schmucklos. Nur ein gerader Pfeil – das Zeichen der Ordnung – zierte das Portal.

Mit zitternden Beinen stiegen sie aus dem Schiff. Sowohl der Flug als auch die Medizin hatten ihre Kräfte geschwächt. Mit unsicheren Schritten näherten sie sich dem Portal.

Es wurde aufgerissen, und eine furchterregende Gestalt stand vor ihnen. Ihr Gewand war zerfetzt und blutig, und ein Auge hing aus der Höhle. Sie schluchzte, aber ihre Hände fuhren wie die Krallen eines verwundeten Tieres auf die Näherkommenden los.

»Das ist ja Aleryon!« stöhnte Rhalina. »Der Priester – Aleryon-a-Nyvish! Auch er ist vom Wahnsinn besessen!«

Der Greis war völlig geschwächt und hatte keine Kraft mehr, sich zu wehren, als Corum und Jhary schnell auf ihn zutraten und seine Hände mit festem Griff packten und hielten. Jhary zog den Korken mit den Zähnen aus der Flasche und tupfte ein wenig von der Flüssigkeit auf seinen Finger. Corum zwang den Alten, den Mund zu öffnen, und Jhary strich ihm eilig die Medizin auf die Zunge. Der Priester versuchte sie auszuspucken. Er rollte mit dem unversehrten Auge, und seine Nasenflügel blähten sich auf wie die Nüstern eines Pferdes. Aber nach ein paar Herzschlägen beruhigte er sich. Sein Körper wurde schlaff, und seine Beine gaben nach.

»Wir bringen ihn in den Tempel«, bestimmte Corum. Sie legten ihn auf den Boden.

»Corum?« krächzte der Priester und öffnete sein gutes Auge. »Die Chaos-Wut verläßt mich. Ich bin wieder ich selbst – zumindest beinah.«

»Was ist mit den Bürgern von Halwyg geschehen?« fragte Jhary ihn. »Sind sie alle tot?«

»Der Wahnsinn hat sie übermannt. Schon gestern war keiner mehr bei klarem Verstand. Ich kämpfte, solange ich konnte, gegen die Seuche an –«

»Aber wo sind die anderen denn alle, Aleryon?«

»Sie haben die Stadt verlassen. Sie verstecken sich in den Bergen und auf den Feldern und in den Wäldern. Sie verbergen sich voreinander – und greifen sich hin und wieder auch gegenseitig an. Keiner traut dem anderen – darum sind sie von hier fort –«

»Hat Lord Arkyn Euren Tempel besucht?« erkundigte Corum sich. »Hat er mit Euch gesprochen?«

»Einmal – aber das ist schon eine Weile her. Er befahl mir, nach Euch zu schicken. Aber ich konnte es nicht. Niemand wollte Euch holen, und ich wußte nicht, wie ich Euch sonst erreichen könnte, Prinz Corum. Und als dann die Wutseuche ausbrach, war ich nicht – nicht in der Verfassung – Lord Arkyn zu rufen – wie ich es sonst täglich tat.«

Corum half Aleryon auf die Füße. »Ruft ihn jetzt. Die

ganze Welt ist von der Seuche befallen. Ruft ihn, Aleryon.«

»Ich weiß nicht – ob ich es kann.«

»Ihr müßt ihn rufen!«

»Ich werde es versuchen.« Aleryons verunstaltetes Gesicht verzerrte sich, denn nun mußte er gegen die von der Medizin hervorgerufene Euphorie ankämpfen. »Ich versuche es.«

Und er versuchte es. Den ganzen Nachmittag bemühte er sich. Seine Stimme war schon heiser von der ständigen Wiederholung des rituellen Anrufs. Viele Jahre, während derer die Ordnung verbannt gewesen war und Arioch im Namen des Chaos geherrscht hatte, war dieses Gebet unerhört geblieben. Aber in letzter Zeit hatte es Lord Arkyn von der Ordnung oft herbeigebracht.

Doch diesmal kam er nicht.

Aleryon hielt schließlich inne. »Er hört mich nicht. Oder er hört mich und kann nicht kommen. Glaubt Ihr, Chaos ist mit seiner ganzen Macht wiedergekehrt, Corum?«

Corum Jhaelen Irsei blickte zu Boden. »Vielleicht«, murmelte er.

»Schaut!« rief Rhalina und wischte eine Strähne ihres langen Haars aus dem Gesicht. »Jhary! Schnurri ist wieder da!«

Die kleine schwarz-weiße Katze flog durch das Portal und ließ sich auf der Schulter ihres Freundes und Herrn nieder. Sie legte ihr Schnäuzchen gegen Jharys Ohr und miaute eine Serie von Lauten, die den anderen unverständlich blieben. Jharys Augen wurden weit vor Überraschung, und er lauschte gespannt.

»Sie spricht zu ihm!« rief Aleryon verwundert. »Das Tier spricht!«

»Die Katze kann sich nur ihm verständlich machen«, erklärte Corum.

Schließlich schwieg Schnurri. Sie machte es sich auf Jharys Schulter bequem und begann sich zu putzen.

»Was hat sie Euch berichtet?« fragte Corum.

»Sie erzählte von Glandyth-a-Krae.«

»Dann – dann lebt er also!«

»Er lebt nicht nur, er hat offenbar sogar einen Pakt mit König Mabelrode vom Chaos abgeschlossen – mit Hilfe eines der verräterischen Nhadragh-Zauberer. Vom Chaos bekam er auch die Formel für die Seuche, die nun auf uns lastet. Außerdem wurde ihm noch zusätzliche Macht zugesagt.«

»Wo ist Glandyth?«

»Auf Maliful – in Os.«

»Wir müssen sofort dorthin aufbrechen und Glandyth suchen und ihn töten.«

»Nicht nötig. Glandyth ist schon hierher unterwegs.«

»Über das Meer? Dann haben wir noch Zeit.«

»Über das Meer, aber nicht per Schiff. Er und seine Männer reiten auf Chaos-Bestien – Kreaturen, die Schnurri nicht zu beschreiben vermochte. Schon jetzt fliegt er auf ihren Rücken durch die Luft – und er sucht nach uns, Corum.«

»Wir werden hier auf ihn warten und endlich gegen ihn kämpfen können.«

Jhary blickte ihn etwas skeptisch an. »Nur wir zwei – unter dem Einfluß des Beruhigungsmittels? Mit unserer verlangsamten Reaktion und unserer geringen Widerstandskraft?«

»Wir werden uns Unterstützung sichern – anderen das Mittel einflößen –« Corum schwieg. Er wußte, daß es unmöglich war. Selbst unter normalen Bedingungen und mit guten Kämpfern wäre es nicht einfach, die Denledhyssi zu schlagen. Einen Herzschlag lang blickte er hoffnungsvoll, dann wurde sein Gesicht wieder düster. »Vielleicht läßt es sich doch machen, Jhary, wenn ich die Hand Kwlls und das Auge Rhynns noch einmal benutze.« Jhary zuckte die Schultern. »Es ist unsere einzige Hoffnung, denn es gibt nichts, was wir sonst tun könnten. Wenn es uns nur gelänge, nach Tanelorn zu kommen. Ich bin überzeugt, wir würden dort Hilfe finden. Aber ich habe keinen Anhaltspunkt, wo es sich jetzt befindet.«

»Ihr sprecht von der mystischen Stadt des Friedens – dem immerwährenden Tanelorn?« fragte Aleryon. »Wißt Ihr denn, ob diese Stadt überhaupt existiert?«

Jhary lächelte. »Wenn es so etwas wie ein Zuhause für mich gibt, dann ist es Tanelorn. Es gibt sie immer, in jedem Zeitalter, auf jeder Ebene – aber manchmal sind sie schwierig zu finden.«

»Könnten wir nicht die verschiedenen Ebenen mit dem Himmelsschiff nach ihr absuchen?« erkundigte sich Rhalina. »Das Schiff hat doch die Möglichkeit, auch die Mauern zwischen den Dimensionen zu durchbrechen.«

»Bwydyth hat mir zwar einmal erklärt, was man tun muß, um diese Mauern zu durchdringen, aber es war sehr kompliziert, und ich habe es nicht behalten. Nein, wir müssen Tanelorn auf dieser Ebene finden, wenn wir das überhaupt im Sinn haben. Inzwischen jedoch bleibt uns nichts übrig, als uns vor Glandyth irgendwie in Sicherheit zu bringen.«

»Oder uns ihm im Kampf zu stellen«, murrte Corum. »Vielleicht haben wir die Möglichkeit, ihn zu besiegen.«

»Ja. Vielleicht.«

»Ihr beide haltet Ausschau nach ihm«, schlug Aleryon vor. »Ich bleibe mit Lady Rhalina hier. Gemeinsam werden wir weiterversuchen, Lord Arkyn herbeizurufen.«

Corum nickte. »Ihr seid ein tapferer Mann, Priester. Ich danke Euch.«

Corum und Jhary schritten apathisch durch die leeren

Straßen Richtung Stadtmitte. Hin und wieder hob Corum seine fremdartige Hand und betrachtete sie. Dann senkte er sie wieder und tastete mit seiner sterblichen Hand nach dem juwelenbesetzten Schild des rechten Auges. Ab und zu blickte er auch mit seinem linken zum Himmel empor. Sein Silberhelm glitzerte in der Sonne. Die Wolken hatten sich aufgelöst. Es war ein schöner Wintertag geworden.

Keiner der beiden Männer sprach. Jeder hing seinen Gedanken nach. Es schien, daß das Ende angebrochen war, als sie es am wenigsten erwarteten. Irgendwie war die Ordnung aufs neue verdrängt worden, und das Chaos hatte all seine alte Macht und vielleicht sogar mehr wiedergewonnen. Und sie hatten bis vor kurzem nicht das geringste davon geahnt. Sie fühlten sich verraten und verlassen.

Die tote Stadt schien das Symbol der Leere in ihren eigenen Seelen zu sein. Wie sehr sie hofften, sie würden einen, einen einzigen Bürger, einen Menschen wenigstens, treffen, selbst wenn er sie in seinem Wahnsinn angriffe.

Die Blumen wiegten sich in der leichten Winterbrise, aber sie gaben kein Bild des Friedens ab, sondern das bedrohlicher Stille.

Glandyth kam über den Himmel, und seine Macht war durch das Chaos noch verstärkt worden.

Fast gleichgültig bemerkte Corum die schwarzen Schatten, die sich aus dem Osten näherten. Gut zwanzig waren es. Er machte Jhary darauf aufmerksam.

»Wir kehren am besten zum Tempel zurück und warnen Aleryon und Rhalina.«

»Glaubt Ihr denn nicht, daß sie im Tempel der Ordnung am sichersten sind?«

»Nicht mehr, Jhary.«

Die schwarzen Schatten flogen niedrig und entschlossen.

Riesige Schwingen schlugen in gleichmäßigem Rhythmus. Schrille Schreie gellten durch die Abendluft. Es waren wilde und doch gleichzeitig melancholische Schreie, die Schreie verdammter Seelen. Doch was dort flog, waren Tiere. Vögel mit langen, schlangenartigen Hälsen, deren schmale Köpfe sich unruhig bewegten und deren Augen den Boden absuchten. Auch die Augen blickten wild und melancholisch zugleich, als flehten sie um Erlösung. Aus ihren Mündern – sie hatten keine Schnäbel wie normale Vögel – ragten lange scharfe Fangzähne. Auf ihre breiten schwarzen Rücken geschnallt, trugen sie die Streitwagen der Denledhyssi. In diesen standen die Mabden-Mörder. Und allen voraus eine kräftige Gestalt mit einem Flügelhelm und einem gewaltigen eisernen Schwert. Sie vermeinten ihr Gelächter zu hören, obwohl es sicher nur das Schreien der schwarzen fliegenden Bestien war.

»Das ist Glandyth«, murmelte Corum mit verzerrtem Lächeln. »Ich fürchte, wir werden kämpfen müssen. Wenn ich Hilfe herbeizurufen vermag, kann diese einstweilen Glandyth beschäftigen, während wir Rhalina und Aleryon warnen.«

Er hob seine gute Rechte zu seinem fremdartigen Auge, um den Schild hochzuheben, damit er in die Unterwelthöhle schauen könne, wo jene harrten, die er mit der Macht der Hand Kwlls und des Auges Rhynns erschlagen hatte. Denn diese waren jetzt seine Gefangenen. Sie warteten darauf, gerufen zu werden, damit sie sich Opfer suchen könnten, die ihre Stelle in jener Unterwelt einnehmen mußten, damit sie selbst erlöst würden. Aber der Schild bewegte sich nicht. Es war, als wäre er mit dem Auge darunter verwachsen. Corum zog mit aller Kraft. Er hob die Hand Kwlls, die übernatürliche Kraft besaß, aber sie weigerte sich, den Schild auch nur zu berühren. Jene fremdartigen Körperteile, die ihn schon so oft gerettet hatten, verwehrten ihm nun die Hilfe.

War die Macht des Chaos bereits so groß, daß sie sogar Kwlls Hand und Rhynns Auge zu bannen mochte?

Grenzenlose Verzweiflung packte Corum, und aus seinem eigenen Auge liefen Tränen. Er begann zum Tempel der Ordnung zurückzulaufen.

6 Der schwache Gott

Als Corum und Jhary mit schwerem Herzen zum Tempel der Ordnung zurückkehrten, sahen sie, daß Rhalina am Portal auf sie wartete. Sie lächelte.

»Er ist hier! Er ist gekommen!« rief sie. »Lord Arkyn ist –«

»Und Glandyth kommt aus dem Osten«, keuchte Jhary. »Wir müssen mit dem Himmelsschiff fliehen. Etwas anderes können wir nicht tun. Corums Macht ist dahin. Weder die Hand noch das Auge gehorchen ihm mehr.«

Corum stapfte mit schweren Schritten in den Tempel. Er war verbittert und wollte Arkyn anklagen. Corum hatte dem Lord der Ordnung zur Rückkehr verholfen, aber nun ließ der Gott ihn offenbar im Stich.

Etwas schwebte am hinteren Ende des Tempels, in der Nähe Aleryons, der mit bleichem Gesicht am Boden saß und sich mit dem Rücken gegen die Wand lehnte. Was war es? Ein Gesicht? Ein Körper? Corum strengte sein Auge an, aber je intensiver er schaute, desto schwächer schien die Erscheinung zu werden.

»Lord Arkyn?«

»Ich bin es«, flüsterte eine kraftlose, weit entfernt klingende Stimme.

»Was ist geschehen? Warum sind die Mächte der Ordnung so schwach?«

»Sie sind nur spärlich über die beiden Domänen verteilt, die

wir beherrschen. Mabelrode schickt all seine Hilfskräfte, um jene zu unterstützen, die hier dem Chaos dienen – Wir kämpfen auf zehn Ebenen, Corum – zehn Ebenen – und wir haben die Macht hier noch nicht lange – unsere Kräfte sind noch nicht sehr stark –«

Corum hielt ihm seine nutzlose fremdartige Hand entgegen. »Warum gehorchen mir Kwlls Hand und Rhynns Auge nicht mehr? Sie waren unsere einzige Hoffnung, Glandyth zu schlagen!«

»Ich weiß – ihr müßt fliehen – bringt euer Himmelsschiff durch die Dimensionen – sucht das ewige Tanelorn – es gibt eine Verbindung zwischen deiner Hilflosigkeit und Tanelorn –«

»Eine Verbindung? Welcher Art?«

»Ich kann es nur fühlen – Der ständige Kampf hat mich geschwächt, Corum – Ich bin so müde – Meine Kräfte lassen nach – Findet Tanelorn –«

»Wie soll ich das? Jhary vermag das Himmelsschiff nicht durch die Dimensionen zu steuern.«

»Er muß es versuchen!«

»Lord Arkyn – Ihr müßt mir genauere Anweisungen geben. Eben jetzt kommt Glandyth nach Halwyg. Er beabsichtigt diese ganze Ebene an sich zu reißen und darüber zu herrschen. Er will alle von uns, die noch leben, vernichten. Wie können wir jene schützen, die unter der Chaos-Wut leiden?«

»Findet Tanelorn – Nur so könnt ihr hoffen, sie zu retten – Ich kann dir nicht mehr sagen, Corum – Das ist alles, was ich sehe – alles –«

»Ihr seid ein schwacher Gott, Lord Arkyn. Vielleicht hätte ich mich besser dem Chaos verschreiben sollen. Denn wenn schon Entsetzen und Tod die Welt regieren, sollte man vielleicht selbst –«

»Sei nicht verbittert, Corum – Es besteht immer noch die Hoffnung, daß es dir gelingt, das Chaos von allen fünfzehn Ebenen zu verbannen –«

»Was ich jetzt brauche, ist Kraft und Macht – nicht Hoffnung!«

»Dann hoffe diese Kraft und Macht in Tanelorn zu finden. Lebt wohl –«

Die schattenhafte Erscheinung verschwand. Von draußen drangen die schrillen Schreie der schwarzen fliegenden Kreaturen herein. Corum beugte sich zu Aleryon hinab, der nun am Boden lag. Der Greis hatte sich überanstrengt, als er nach Arkyn rief.

»Steht auf, Priester«, drängte Corum. »Wir nehmen Euch mit auf unser Himmelsschiff – wenn wir es überhaupt noch erreichen.«

Aber Aleryon antwortete nicht. Während Corum sich mit dem müden Gott unterhalten hatte, war er gestorben.

Rhalina und Jhary standen bereits neben dem Himmelsschiff und starrten zu den riesigen schwarzen Bestien empor, die über Halwyg kreisten.

»Ich sprach mit Arkyn«, berichtete Corum. »Er war keine große Hilfe. Er sagte, wir müssen durch die Dimensionen fliehen und Tanelorn suchen. Ich erklärte ihm, Jhary, daß Ihr das Schiff nicht durch die Ebenen steuern könnt. Aber er sagte, Ihr müßt es.«

Jhary zuckte die Schultern und half Rhalina an Bord. »Dann habe ich wohl keine andere Wahl. Zumindest werde ich es versuchen.«

»Wenn wir nur ein paar der Verteidiger aus der Pyramidenstadt zur Hilfe hätten. Ihre Waffen könnten bestimmt auch Glandyths Chaos-Verbündete vernichten.«

»Aber sie *töten* sich gegenseitig damit. Das wird auch Glandyth bereits wissen.«

Corum und Rhalina beobachteten Jhary, während er sich mit den Kristallen an der Armaturentafel beschäftigte. Das Schiff begann sich zu erheben. Jhary richtete den Bug nach Westen, weg von Glandyth.

Aber der Graf der Denledhyssi hatte sie bereits entdeckt. Die schwarzen Schwingen schlugen lauter, und die schrillen Schreie wurden noch gellender. Die Denledhyssi begannen die Jagd auf die drei einzigen Sterblichen der ganzen Welt, die wußten, was mit ihnen geschehen war.

Jhary biß sich auf die Unterlippe und studierte die Kristalle.

»Es ist eine Frage der richtigen Drehungen dieser Dinger«, murmelte er. »Ich versuche mich zu erinnern, was Bwydyth mir darüber gesagt hat.«

Das Himmelsschiff flog bereits mit großer Geschwindigkeit, aber die schwarzen Verfolger hielten das Tempo. Die langen Hälse der fliegenden Bestien sahen aus wie zum tödlichen Stoß ausholende Schlangen. Die roten Münder waren weit geöffnet, und die Fangzähne glitzerten.

Etwas wie öliger schwarzer Rauch strömte aus diesen Mündern und schoß direkt auf das Himmelsschiff zu. Jhary versuchte auszuweichen und ließ das Schiff wie ein Pferd bocken. Doch einer der faulig stinkenden Rauchströme – eine der vielen Zungen dieser Bestien – wickelte sich um das Heck des Schiffs. Einen Augenblick schien das Schiff von der Bestie gepackt zu sein, ehe es davon frei kam. Rhalina klammerte sich an Corum. Er hatte das Schwert gezogen. Schnurri krallte sich auf Jharys Schulter fest. Sie hatte Glandyth erkannt und starrte ängstlich auf dessen Streitwagen.

Ein wüster Fluch ertönte. Corum wußte nun, daß Glandyth entdeckt hatte, wer hier von Halwyg zu entkommen versuchte. Obgleich der Barbar noch eine gute Strecke von ihm entfernt war, glaubte der Vadhagh doch, seinen haßerfüllten Blick zu spüren. Er starrte mit seinem menschlichen Auge zurück und hob das Schwert, um Rhalina und sich zu schützen. Er sah auch Glandyth sein gewaltiges Breitschwert ziehen, als wolle er sich ihm zum

Zweikampf stellen. Die fliegenden Kreaturen zischten wie Schlangen und sandten weiter ihre chamäleonartigen Zungen aus.

Vier dieser stinkenden Dinger wanden sich um das Schiff. Jhary versuchte die Geschwindigkeit zu erhöhen, aber der Griff der Bestien ließ es nicht zu.

»Wir sind gefangen!« rief Jhary.

»Dann müßt Ihr versuchen, das Schiff durch die Ebenen zu steuern. Nur so können wir ihnen vielleicht noch entkommen.«

»Aber es ist möglich, daß diese Chaos-Kreaturen ebenfalls die Mauer zwischen den Dimensionen zu durchdringen vermögen.«

Hoffnungslos hackte Corum mit seiner Klinge auf die Zungen ein, aber genausogut hätte er auch gegen Rauch kämpfen können. Die Zungen zerrten weiter am Schiff und zogen es immer näher an die Streitwagen heran. Die Denledhyssi erwarteten bereits mit Triumphgeheul, auf das Schiff springen zu können, um die Fliehenden zu erschlagen.

Doch mit einem Mal verschwammen die riesigen schwarzen Schwingen, und die Stadt unter ihnen schien wie in einem Schleier zu versinken. Blitze zuckten durch die plötzliche Finsternis. Purpurne Lichtkugeln tauchten auf. Das Schiff zitterte wie ein furchtsames Wild, und Corum spürte, wie eine wohlbekannte Übelkeit ihn befiel. Wütend schlugen die schwarzen Flügel um sich, als sie wieder klarer zu sehen waren. Jhary hatte also richtig vermutet. Die schrecklichen Geschöpfe vermochten ihnen durch die Dimensionen zu folgen!

Jharys Hände huschten über die Kristalle. Das Schiff schaukelte und kippte beinahe. Wieder kam das Zittern, die Blitze und die purpurnen Kugeln, und eine aufgewühlte Wolke aus rotem und orangem Licht umhüllte sie.

Die Rauchzungen, die sie festgehalten hatten, waren verschwunden. Doch die schwarzen Kreaturen flogen weiter. Sie sahen sie durch das Zickzack von absoluter Finsternis und blendender Helle. Auch ihre Schreie waren zu hören, genau wie die wüsten Flüche Glandyth-a-Kraes.

Doch dann umgab sie Grabesstille.

Corum vermochte Rhalina nicht mehr zu sehen, genausowenig wie Jhary. Nur das Schiff spürte er noch unter seinen Füßen.

Sie trieben durch totale Schwärze und absolute Stille. Sie befanden sich im Nichts zwischen den Ebenen.

ZWEITES BUCH

In dem berichtet wird, wie Prinz Corum und seine Gefährten die volle Bedeutung des Chaos erfahren und auf welches Ziel es hinarbeitet, und in dem sie noch mehr über die Natur der Zeit lernen

1 Das entfesselte Chaos

»Corum?«

Es war Rhalinas Stimme.

»Corum?«

»Ich bin hier!«

Er streckte seine rechte Hand aus und tastete nach ihr. Endlich berührten seine Finger ihr Haar. Er legte seinen Arm um ihre Schultern.

»Jhary?« rief er. »Jhary, seid Ihr da?«

»Ich bin hier. Ich versuche alle möglichen Einstellungen, aber die Kristalle reagieren nicht. Ist das hier der Limbus, das Nichts, Corum?«

»Vermutlich. Wenn wir nicht atmen könnten und es nicht verhältnismäßig warm hier wäre, würde ich annehmen, daß das Schiff im leeren Raum, im Kosmos jenseits des Himmels treibt.«

Bedrücktes Schweigen senkte sich über sie.

Plötzlich durchbrach ein schmaler Streifen goldenen Lichtes die absolute Finsternis, schien sie in zwei Hälften zu teilen. Während das Himmelsschiff sich noch in der Dunkelheit befand, verbreitete der Lichtstreifen sich und schob die andere Hälfte der Finsternis wie einen Vorhang in die Höhe. Obwohl sie sich gegenseitig noch nicht zu sehen vermochten, erlebten sie doch, wie die gewaltige goldene Hälfte sich veränderte.

»Was ist das, Corum?«

»Ich weiß es nicht, Rhalina. Ihr, Jhary?«

»Dieser Limbus ist vielleicht die Domäne des kosmischen Gleichgewichts – ein neutrales Gebiet, wohin sich normalerweise weder Götter noch Sterbliche verirren.«

»Glaubt Ihr, wir sind durch Zufall hier hereingetrieben?«

»Ich weiß es nicht.«

Plötzlich erhob sich wie hinter einem hochgezogenen Vorhang ein Bild vor ihnen:

Alles ins Gigantische vergrößert, aber im richtigen Verhältnis zueinander.

Ein Reiter trieb sein Pferd über eine Wüste unter einem weißen und purpurnen Himmel. Der Berittene hatte milchweißes Haar, das hinter ihm im Winde wehte. Seine Augen waren rot und von wilder Bitterkeit erfüllt, seine Haut weiß wie gebleichte Knochen. In der Statur ähnelte er den Vadhagh. Auch er hatte kein ganz menschliches Gesicht.

Er war ein Albino und trug eine schwarze barocke Rüstung, die aufs feinste geschmiedet und verziert war. Ein großer Helm bedeckte seinen Kopf. An seiner Seite hing ein Schwert.

Dann wechselte das Bild, und der Albino saß nicht mehr auf dem Pferderücken. Er ritt auf einer Kreatur, die ein wenig jenen ähnelte, von denen sie verfolgt worden waren. Es schien ein Drache zu sein. Das schwarze Schwert hielt der Albino in der Hand. Ein eigenartiges dunkles Leuchten ging von dieser Waffe aus. Der Mann ritt auf dem Tier, als sei es ein Pferd. Er saß in einem Sattel mit den Füßen in Steigriemen. Aber er war auf dem Sattel festgeschnallt, um nicht herunterzufallen. Er rief etwas.

Unter ihm flogen weitere Drachen, Artgenossen seines Reittiers. Sie waren in einen Luftkampf mit mißgestalteten Wesen mit walartigem Rachen verwickelt. Ein grüner Dunst trieb über die Szene und verwischte sie.

Nun sahen sie die verzerrten Umrisse einer gewaltigen Burg, die sich vor ihren Augen aufbaute. Türme, Zinnen, Erker erschienen.

Der Drachenreiter flog mit seinen Tieren darauf zu. Flammenzungen schossen aus ihren Mäulern und leckten an der Burg. Ein paar weitere der Drachen trugen ebenfalls Reiter.

Sie ließen die brennende Burg hinter sich und kamen zu einer wogenden Ebene. Hier hatten sich all die Dämonen und mißgestalteten Geschöpfe des Chaos wie zur Schlacht aufgestellt. Auch Götter befanden sich hier – die des Chaos. Malohin, Xiombarg, Zhorta und viele mehr – Chardros der Sensenmann mit seinem monströsen haarlosen Schädel und seiner scharfen Sense – und auch die ältesten der Götter, selbst Slotar der Alte, schlank und wohlgeformt, mit dem Antlitz eines Jünglings.

Diese geballte Macht war es, welche die Drachenreiter angriffen.

Sie mußten ihrem sicheren Untergang entgegenfliegen!

Feuriges Gift überflutete die ganze Szene. Und wieder blieb nur das goldene Licht.

»Was war das?« flüsterte Corum. »Wißt Ihr es, Jhary?«

»Ja. Ich selbst war dort – oder werde dort sein. Wir sahen eine andere Zeit, eine andere Ebene. Es war die größte Schlacht zwischen Ordnung und Chaos, zwischen Göttern und Sterblichen, die ich je erlebt habe. Dem Weißhäutigen diente ich in anderer Gestalt. Er nennt sich Elric von Melnibone.«

»Ihr erwähntet ihn kurz, am Tag als wir uns kennenlernten.«

»Er ist wie Ihr. Das Schicksal hat ihn zum Kampf für die Ordnung auserkoren, damit das kosmische Gleichgewicht erhalten bleibt. Ich erinnere mich an seinen Freund

Moonglum«, Jharys Stimme klang traurig, »aber Moonglum erinnert sich nicht an mich –«

Für Corum war Jharys letzte Bemerkung nicht wichtig. »Welche Bedeutung, glaubt Ihr, hat es für uns?«

»Ich weiß es nicht. Seht – eine neue Vision!«

Eine Stadt erhob sich auf einer Ebene. Corum hatte das Gefühl, sie zu kennen, aber er konnte sie nie gesehen haben, denn sie war anders als jegliche Stadt in Bro-an-Vadhagh oder Lywm-an-Esh. Sie war aus weißem Marmor und schwarzem Granit, die Architektur von berückender Einfachheit. Und sie befand sich unter Belagerung.

Silberrohrige Waffen auf ihren Mauern richteten sich gegen die Angreifer – eine gewaltige Horde von Reitern und Fußsoldaten, die ihre Zelte außerhalb der Tore aufgebaut hatten. Die Angreifer trugen schwere Rüstungen, die Verteidiger dagegen nur leichten Körperschutz. Auch sie, wie jener, den Jhary Elric genannt hatte, sahen mehr wie Vadhagh denn andere Sterbliche aus. Corum begann sich zu fragen, ob die Vadhagh auf vielen Ebenen zu Hause waren.

Ein Reiter in unförmigem Panzer ritt vom Lager auf die schwarz-weißen Mauern der Stadt zu. Er trug ein Banner und schien als Unterhändler zu kommen. Er rief etwas zu den Verteidigern hinauf, und schließlich öffnete sich ein Tor, und er wurde eingelassen. Die drei Freunde vermochten sein Gesicht nicht zu sehen.

Wieder wechselte die Szene.

Merkwürdigerweise verteidigte jener, der sie ursprünglich belagert hatte, jetzt die Stadt.

Ein plötzliches Bild von einem entsetzlichen Massaker. Die Menschen wurden durch Waffen getötet, die viel schrecklicher waren als jene der Vadhagh aus Gwlas-cor-Gwrys, und es war einer ihrer eigenen Leute, der dieses Gemetzel leitete.

Wieder verschwand das Bild, und das goldene Licht kehrte zurück.

»Erekose«, murmelte Jhary. »Ich glaube, ich beginne den Sinn dieser Visionen zu verstehen. Das Gleichgewicht zeigt sie uns und will uns damit auf etwas hinweisen. Aber ihr Zusammenhang ist so verwirrend –«

»Versucht es zu erklären«, drängte Corum bittend.

»Es gibt keine Worte dafür. Ich sagte Euch bereits, daß ich der Gefährte von Helden bin – daß es nur einen Helden und nur einen Gefährten gibt, aber daß wir uns nicht immer kennen oder auch nur von unserem Geschick wissen.

Die Umstände ändern sich von Zeit zu Zeit, aber das eigentliche Schicksal nicht.

Es war Erekoses schwerste Bürde, daß er das erkannte – daß er von all seinen früheren Inkarnationen wußte – und von jenen, die ihm noch bevorstanden. Ihr, Corum, seid damit nicht belastet.«

Corum schüttelte sich. »Sprecht nicht weiter.«

»Was war mit den Frauen dieser Helden?« fragte Rhalina. »Ihr spracht nur von seinem Freund –«

Eine neue Szene schob sich über den goldenen Hintergrund, ehe sie weitersprechen konnte.

Das Gesicht eines Mannes erschien, schmerzverzerrt, in Schweiß gebadet und mit einem pulsierenden Edelstein in seiner Stirn gebettet. Er zog einen Helm über das Gesicht, der aus so stark glänzendem Metall war, daß er als Spiegel diente. Eine Gruppe von Reitern war darin zu sehen, die im ersten Augenblick wie Männer mit Tiergesichtern aussahen. Erst auf den zweiten Blick erkannte man, daß diese Köpfe in Wirklichkeit in Tierform geschmiedete Helme waren – Schweinen, Ziegen, Bullen und Hunden ähnlich.

Eine wilde Schlacht tobte. Es gab noch weitere Reiter mit den glänzenden Helmen, aber ihre Zahl war nur gering, gemessen an der gewaltigen Menge der Männer mit den Tierhelmen.

Einer der Spiegelhelm-Krieger – vielleicht war es der, den sie als ersten gesehen hatten – hielt etwas in die Höhe – einen kurzen Stab, aus dem vielfarbige Strahlen pulsierten. Er schien die Tierhelmreiter in große Angst zu versetzen. Ihre Führer hatten sichtlich Mühe, sie wieder zum Kampf zu zwingen.

Die Schlacht ging weiter.

Die Szene verschwamm, und auch sie wurde von dem goldenen Licht abgelöst.

»Hawkmoon«, murmelte Jhary. »Der Runenstab. Was kann das nur bedeuten? Ihr habt Euch selbst gesehen, Corum, in drei verschiedenen Inkarnationen. Nie zuvor erlebte ich ähnliches!«

Corum zitterte. Er wollte nicht über Jharys Worte nachdenken, denn sie besagten, daß eine Ewigkeit von Kampf und Tod und Leid sein Los war.

»Was kann das nur bedeuten?« wiederholte Jhary. »Ist es eine Warnung? Oder ein Hinweis auf etwas, das uns kurz bevorsteht? Vielleicht ist es auch nur eine zufällige Kreuzung der Dimensionslinien.«

Langsam schob sich tiefe Schwärze über das goldene Licht.

Wieder befanden sie sich im absoluten Nichts.

Corum hörte Jharys Stimme, aber sie klang so gedämpft, als befände er sich weit entfernt und spräche mit sich selbst. »Es bleibt uns nichts übrig, als Tanelorn zu finden. Alle Fäden laufen dort zusammen – nur dort ist alles von Bestand. Weder die Ordnung noch das Chaos vermögen auf Tanelorns Existenz einzuwirken, obgleich ihre Bewohner bedroht werden können. Doch ich weiß nicht, wo Tanelorn in dieser Zeit und in dieser Dimension zu finden ist. Wenn ich auch nur einen geringen Anhaltspunkt hätte –«

»Vielleicht ist es gar nicht Tanelorn, das wir suchen sollen«, warf Rhalina ein. »Vielleicht wollen die Visionen, die wir sahen, uns auf etwas anderes hinweisen?«

»Es hängt alles zusammen«, murmelte Jhary, doch er schien eine Frage zu beantworten, die er sich selbst gestellt hatte. »Es hängt alles zusammen. Elric, Erekose, Hawkmoon, Corum. Vier Aspekte derselben Sache, so wie ich ein weiterer Aspekt davon bin und Rhalina ein sechster. Vielleicht fand irgendeine Spaltung im Universum statt. Oder ein neuer Zyklus beginnt. Ich weiß es nicht –«

Das Himmelsschiff bockte. Es schnitt plötzlich wie ein Wasserfahrzeug durch eine bewegte See. Schwere Tränen von grünem und blauem Licht begannen um sie herum niederzuregnen. Ein heftiger Wind heulte, aber sie spürten ihn nicht. Er klang fast wie eine menschliche Stimme, deren Echo sich auf allen Seiten brach.

Ohne Übergang flogen sie mit einem Mal durch eilende Schatten – Schatten von Menschen und Wesen jeglicher Art, die alle in die gleiche Richtung hasteten.

Sie flogen über Tausende von Vulkanen, die rote Glut und Rauch emporkatapultierten. Aber irgendwie blieb das Himmelsschiff davon unberührt. Ein erstickender Brandgeruch hing in der Luft und wurde plötzlich von lieblichem Blütenduft abgelöst. Die Vulkane waren zu riesigen anemonenähnlichen Blumen geworden, die ihre roten Kelche öffneten.

Von irgendwoher erklang fröhliche Marschmusik und Singen wie von einer siegreichen Armee. Es erstarb. Ein lautes Lachen erschallte und erlosch.

Riesige Bestien drängten sich aus einem Meer von Exkrementen. Sie reckten ihre flachen Schnauzen himmelwärts und heulten erbärmlich, ehe sie wieder unter der stinkenden Oberfläche versanken.

Eine Ebene, offenbar mit rosa-weißen Steinen bedeckt,

erstreckte sich in der Tiefe. Aber es waren keine Steine. Es waren Leichen, die man ordentlich mit dem Gesicht nach unten nebeneinandergereiht hatte.

»Wißt Ihr, wo wir uns befinden, Jhary?« rief Corum durch die aufgewühlten Elemente.

»Alles, was ich im Moment sagen kann, ist, daß wir auf einer vom Chaos beherrschten Ebene sind. Was Ihr seht, ist ungezügeltes Chaos. Ich glaube, wir sind in Mabelrodes Domäne eingedrungen. Ich bemühe mich schon die ganze Zeit, das Himmelsschiff hinauszusteuern, doch es gehorcht nicht.«

»Aber sicherlich bewegen wir uns durch die Ebenen«, meinte Rhalina. »Die Gegend ändert sich doch ständig.«

Jhary lächelte schwach, als er ihr das Gesicht zuwandte. »Nein, wir bewegen uns überhaupt nicht. Das hier ist Chaos-Gebiet, Lady Rhalina. Ungezügeltes Chaos, wie ich bereits sagte.«

2 Die Burg aus Blut

»Es ist ganz gewiß Mabelrodes Reich«, murmelte Jhary. »Außer, das Chaos hat wieder alle fünfzehn Ebenen in seiner Gewalt.«

Abscheuliche Schemen flogen am Schiff vorbei und verschwanden.

»In meinem Kopf dreht sich alles«, stöhnte Rhalina. »Ich kann nicht glauben, daß ich tatsächlich nicht träume.«

»Jemand träumt«, versicherte ihr Jhary. »Jemand träumt, Rhalina. Ein Gott!«

Corum vermochte nicht zu sprechen. Sein Kopf schmerzte. Seltsame Erinnerungen versuchten sich in den Vordergrund zu schieben, aber irgendwie gelang es ihnen nicht.

Manchmal vermeinte er Stimmen zu hören. Er lehnte sich über die Reling, um zu sehen, ob sie nicht vielleicht von unten kamen. Dann suchte er den Himmel ab. »Hörst du sie, Rhalina?« fragte er.

»Ich höre nichts, Corum.«

»Ich verstehe die Worte nicht. Aber vielleicht sind es auch gar keine.«

»Vergiß sie«, mahnte ihn Jhary scharf. »Schenke ihnen lieber keine Beachtung. Wir sind hier in Chaos-Land und dürfen nicht einmal unseren eigenen Sinnen trauen. Denkt daran – nur wir drei sind hier wirklich. Und seid vorsichtig. Prüft alles genau, was aussieht wie Rhalina oder ich, ehe Ihr ihm traut.«

»Wollt Ihr damit sagen, daß Dämonen versuchen werden, unsere Gestalt anzunehmen?«

»Wie Ihr sie auch nennt, Dämonen oder anders, genau das werden sie tun.«

Eine gewaltige Woge brauste auf sie zu. Sie hatte die Form einer Hand. Sie ballte sich zur Faust und drohte das Schiff zu zerschmettern. Dann verschwand sie wieder. Jhary steuerte weiter. Schweiß strömte ihm über das Gesicht.

Ein Frühlingsmorgen brach an. Sie flogen über tauglitzernde Wiesen. Blumen wiegten sich in lindem Wind, und Bäche murmelten leise. Im Schatten einer alten Eiche weideten Pferde und Kühe. Rauch wand sich aus dem Kamin eines Bauernhauses. Vögel zwitscherten. Schweine wälzten sich auf dem Hof.

»Ich kann nicht glauben, daß dies die Wirklichkeit ist«, staunte Corum.

»Es ist die Wirklichkeit«, versicherte ihm Jhary. »Aber es währt nur eine kurze Weile. Chaos liebt es, ständig Neues zu schaffen, weil es seiner Schöpfungen schnell müde wird. Es hält nichts von Methode oder Gerechtigkeit oder Beständigkeit. Nur Sensationen und ständige

Variationen interessieren es. Manchmal gefällt es ihm, etwas zu schaffen, das wir schätzen können. Aber das ist gewöhnlich reiner Zufall.«

Die Wiesen blieben. Das Bauernhaus blieb. Das Gefühl des Friedens wuchs.

Jhary zog die Brauen hoch. »Vielleicht haben wir inzwischen tatsächlich die Domäne des Chaos verlassen und –«

Doch in diesem Moment begannen die Wiesen sich zu kräuseln wie ein Teich, in den ein Stein geworfen wurde. Das Bauernhaus breitete sich aus und wurde zu Schaum auf dem Teich, und die Blumen verwandelten sich in Wasserpflanzen.

»Es ist so einfach zu glauben, was man gerne glauben möchte«, seufzte Jhary. »So einfach!«

»Wir müssen fort von hier«, drängte Corum.

»Verratet mir, wie! Das Schiff gehorcht mir nicht. Es gehorcht mir nicht, seit wir in den Limbus eingedrungen sind.«

»Glaubt Ihr, daß wir hier von irgendeiner Macht gelenkt werden?«

»Ich glaube ja – aber sie ist sich vielleicht gar nicht bewußt, daß wir in ihrer Gewalt sind.« Jharys Stimme klang gepreßt, sein Gesicht war bleich. Schnurri drückte sich fest gegen seinen Hals, als suche sie Schutz bei ihm. Von Horizont zu Horizont erstreckte sich nun brodelnde graugrüne Masse, auf der in Fäulnis übergehende Pflanzen zu schwimmen schienen. Diese verwesende Vegetation wurde plötzlich zu Schalentieren – Krebse und Hummer huschten über die Oberfläche.

»Eine Insel!« rief Rhalina.

Mitten in der sprudelnden Substanz erschien eine Insel aus dunkelblauem Fels. Eine Burg ganz in Scharlachrot stand darauf. Das Rot wogte wie Wasser, aber es behielt seine Form. Jhary drehte das Schiff, um nicht über sie hinweg fliegen zu müssen, aber trotzdem befand sie sich wieder vor ihnen. Erneut wandte er das Schiff. Und wieder erhob die Burg sich vor ihnen. Noch mehrere Male änderte Jhary den Kurs, doch immer stand die Burg geradewegs vor dem Bug des Schiffs.

»Irgend etwas versucht uns aufzuhalten«, keuchte Jhary.

»Was ist es denn?« fragte Rhalina.

Jhary schüttelte den Kopf. »Ich weiß nicht, aber es ist anders als alles, dem wir hier bisher begegnet sind. Die Burg zieht uns an wie ein Magnet. Dieser Gestank! Ich bekomme keine Luft mehr!«

Immer näher wurde das Schiff an die Burg herangezogen, bis es knapp über den Türmen schwebte und schließlich landete.

Corum blickte über die Reling. Die Substanz, aus der die Burg bestand, kräuselte sich immer noch im Wasser. Sie schien nicht fest, und doch behielt sie ihre Form bei. Und sie hielt das Schiff fest. Er zog sein Schwert und blickte auf die gähnende Öffnung im Turm. Eine Gestalt trat heraus.

Sie war wohlbeleibt und gut doppelt so breit wie ein normal gewachsener Mann. Ihr Kopf war im großen und ganzen menschlich, aber zwei Hauer wie die eines Wildschweins wuchsen aus dem Gesicht. Auf stämmigen O-Beinen stapfte sie über den welligen scharlachroten Untergrund. Von einem Rock abgesehen, auf den ein nicht sofort erkennbares Wappen gestickt war, war sie nackt. Sie grinste den Gefährten entgegen. »Ich hatte schon lange keine Besucher mehr«, grunzte sie. »Seid Ihr meine?«

»Eure Besucher?« erkundigte sich Corum.

»Nein, nein, nein. Seid Ihr meine Schöpfungen, oder kommt Ihr von anderswoher? Hat Euch einer meiner Bruderherzöge gemacht?«

»Ich verstehe nicht –«, begann Corum.

Jhary unterbrach ihn. »Ich kenne Euch. Ihr seid Herzog Teer.«

»Natürlich bin ich Herzog Teer. Ah, ich glaube, Ihr seid überhaupt keine Schöpfungen – ja nicht einmal von dieser Ebene. Wie schön! Willkommen auf meiner Burg, Sterbliche! Wie erstaunlich! Willkommen, willkommen, willkommen! Wie wunderbar! Willkommen!«

»Ihr seid also Herzog Teer vom Chaos, und Euer Lehensherr ist Mabelrode, der Gesichtslose. Dann hatte ich recht. Wir befinden uns in König Mabelrodes Reich.«

»Wie klug Ihr seid! Einfach großartig!« Das Gesicht mit den Hauern entblößte schwarze Zahnstummel. »Bringt Ihr mir etwa eine Nachricht?«

»Auch wir dienen König Mabelrode«, erklärte Jhary eilig. »Wir kämpfen in Arkyns Domäne, um sie dem Chaos zurückzuerobern.«

»Exzellent! Aber erzählt mir nicht, daß Ihr hierhergekommen seid, mich um Hilfe zu bitten. Ich sandte schon alles, was ich hatte, zur Unterstützung in jene Domäne, wo die Ordnung bereits auf schwankenden Füßen steht. Jeder Herzog vom Chaos schickte seine Streitkräfte. Vielleicht kommt auch noch die Zeit, daß wir in höchsteigener Person am Kampf gegen die Ordnung teilnehmen können. Doch noch ist es nicht soweit. Sicher wißt Ihr, was Xiombarg zustieß, als er oder vielmehr sie, sollte ich natürlich sagen – in Arkyns Domäne eindringen wollte. Wie unerfreulich!«

»Wir hatten auf Hilfe gehofft«, folgte nun auch Corum Jharys Beispiel. »Die Ordnung hat uns schon so oft überlistet.«

»Wie Euch bekannt ist, bin ich nur ein kleiner Vasall Mabelrodes. Meine Macht war nie sehr groß – auch wenn andere darüber lachen –, ich setzte sie zum größten Teil ein, um meine herrliche Burg zu errichten. Ich liebe sie so sehr.«

»Aus welchem Material besteht sie eigentlich?« fragte Rhalina ihn nervös. Sie glaubte nicht daran, daß ihr Schwindel auf die Dauer unentdeckt bliebe.

»Ihr habt noch nicht von Teers Burg gehört? Wie seltsam! Sie ist aus Blut erbaut, meine schöne Sterbliche – ganz aus Blut. Viele Tausende ließen ihr Leben, um ihren Bau zu ermöglichen. Ich muß noch viele mehr erschlagen, ehe sie ganz zu meiner Zufriedenheit fertiggestellt ist. Blut, meine Liebe – Blut und Blut und Blut! Genießt Ihr denn nicht den köstlichen Duft? Was Ihr riecht, ist Blut! Was Ihr seht – alles ist Blut! Das Blut von Sterblichen – das Blut von Unsterblichen – es ist alles eins. Ihr, zum Beispiel, habt genügend Blut, um ein Stück Mauer für einen Turm abzugeben. Und aus Euch dreien zusammen ließe sich ein ganzes Gemach errichten. Ihr wäret erstaunt, wenn Ihr wüßtet, wieviel sich mit einem bißchen Blut bauen läßt. Und es ist schmackhaft, findet Ihr nicht?« Er zuckte die Achseln und winkte mit der Hand ab. »Aber vielleicht nicht für Euch. Ich kenne die Sterblichen und ihren merkwürdigen Geschmack. Aber für mich – ah, es ist köstlich!«

»Es war uns eine Ehre, Eure berühmte Burg aus Blut zu sehen«, sagte Jhary so vorsichtig wie nur möglich. »Leider müssen wir uns beeilen und anderswo Hilfe gegen die Ordnung suchen. Erlaubt Ihr uns, uns von Euch zu verabschieden, Herzog Teer?«

»Verabschieden?« Die kleinen Äuglein glitzerten. Eine rauhe Zunge benetzte die feisten Lippen. Teer strich über einen seiner Hauer.

»Wir stehen, wie Ihr wißt, in König Mabelrodes Diensten«, erinnerte ihn Jhary.

»So ist es! Wie wundervoll!«

»Wir müssen uns beeilen, wenn die Hilfe nicht zu spät kommen soll.«

»Es ist sehr ungewöhnlich, daß Sterbliche persönlich in

König Mabelrodes Reich erscheinen«, brummte Herzog Teer.

»Es sind auch sehr ungewöhnliche Zeiten, nun da zwei Domänen sich in der Hand der Ordnung befinden«, betonte Jhary.

»Wie wahr! Was ist das, was zwischen den Lippen der Frau hervorquillt?«

Rhalina war dabei, sich zu übergeben. Sie hatte ihre Übelkeit lange zu unterdrücken vermocht, aber dann war der süßliche Geruch des Blutes zuviel für sie geworden.

Herzog Teers Augen verengten sich. »Ich kenne Sterbliche. Etwas ist ihr zuwider. Was ist es? Was ist es?«

»Allein der Gedanke, daß die Ordnung siegen könnte, verursacht ihr Übelkeit«, behauptete Jhary schwach.

»Nein. Ich bin ihr zuwider, eh? Sie dient dem Chaos wohl nicht ganz mit Leib und Seele wie sie sollte, eh? Kein sehr brauchbares Exemplar, das König Mabelrode sich da aussuchte, eh?«

»Er wählte uns aus«, warf Corum ein. »Sie begleitet uns nur.«

»Dann ist sie von keinem Nutzen für König Mabelrode noch für Euch. Ich sage Euch, was ich als Gegengabe dafür verlange, daß ich Euch meine herrliche Burg sehen ließ –«

»Nein«, unterbrach ihn Corum, der ahnte, was Teer wollte. »Das können wir nicht tun. Laßt uns gehen, Herzog Teer. Ihr wißt, wir dürfen keine Zeit verlieren! König Mabelrode wird nicht erfreut sein, wenn Ihr uns so lange aufhaltet!«

»Er wird nicht erfreut sein, wenn Ihr Euch so lange aufhaltet! Ihr braucht mir nur die Frau zu geben. Ihr könnt Fleisch und Knochen behalten, wenn Ihr wollt. Ich benötige nur ihr Blut.«

»Nein!« schrie Rhalina vor Entsetzen.

»Wie töricht!«

»Laßt uns gehen, Herzog Teer!«

»Erst, wenn Ihr mir die Frau gebt!«

»Nein!« weigerten Corum und Jhary sich gleichzeitig und zogen ihre Schwerter, was Herzog Teer mit einem grunzenden Gelächter quittierte, das sowohl höhnisch als auch ungläubig klang.

3 Der Reiter auf dem gelben Pferd

Der Herzog vom Chaos streckte sich wie einer, der aus gesundem Schlaf erwacht. Seine Arme wurden länger, sein Körper noch breiter, und innerhalb von ein paar Herzschlägen hatte er seine Größe verdoppelt. Er blickte auf sie herunter und schüttelte sich vor Lachen. »Welch schlechte Lügner Ihr doch seid!«

»Wir lügen nicht!« rief Corum. »Wir bitten Euch – haltet uns nicht länger zurück!«

Herzog Teer runzelte die Stirn. »Ich habe nicht das Verlangen, König Mabelrodes Mißfallen auf mich zu ziehen. Doch wenn Ihr wahrhaft dem Chaos dientet, würdet Ihr Euch nicht von so dummen Gefühlen beherrschen lassen – Ihr würdet mir die Frau ohne Widerrede geben. Sie ist von keinem Nutzen für Euch, wohl aber für mich. Mein ganzer Existenzzweck ist es, meine Burg zu bauen, sie noch beeindruckender, noch schöner zu machen.« Er begann, eine seiner gewaltigen Hände auszustrecken. »Ich werde sie mir nehmen, dann könnt Ihr gehen, und ich –«

»Seht!« rief Jhary plötzlich. »Unsere Feinde! Sie sind uns auf diese Ebene gefolgt. Diese Narren – sich in das Reich ihres Feindes König Mabelrode zu wagen!«

»Was sagt Ihr da?« Herzog Teer blickte hoch. Er sah die riesigen schwarzen Vögel mit ihren Schlangenhälsen und den roten Mündern. Und er sah die Männer in den Streitwagen auf ihren Rücken. »Wer ist das?«

»Ihr Anführer nennt sich Corum Jhaelen Irsei«, behauptete Corum. »Sie sind die geschworenen Feinde des Chaos und wollen unseren Tod. Vernichtet sie, Herzog Teer, dann tut Ihr König Mabelrode einen großen Dienst, den er Euch gewiß lohnen wird.«

Herzog Teer warf noch einmal einen Blick auf die fliegenden Kreaturen. »Ist das die Wahrheit?«

»Sie ist es«, versicherte ihm Jhary.

»Mir ist, als hätte ich von diesem Sterblichen, diesem Corum, gehört. Ist er nicht jener, der Ariochs Herz zerdrückte? Und der Xiombarg in ihr Verderben lockte?«

»Das ist er!« rief Rhalina.

»Meine Netze!« murmelte Herzog Teer. Er nahm seine ursprüngliche Gestalt wieder an und rannte in den Turm. »Ich helfe Euch!« versprach er.

»Ihr Blut dürfte reichen, einen ganzen Saal zu bauen!« brüllte Jhary ihm nach. Er sprang zu der Armaturentafel und legte seine Hände auf die Kristalle. Sie leuchteten auf, und das Schiff schoß in die Höhe.

Glandyth und seine fliegende Meute hatten sie bereits entdeckt. Die schwarzen Bestien machten kehrt. Ihr Flügelschlag dröhnte wie Donner. Sie brausten auf das Himmelsschiff zu.

Aber die Gefährten waren nun frei von der Blutburg, und Herzog Teer war mit seinen Netzen beschäftigt. Er hielt in jeder Hand eines. Wieder wuchs er um ein Vielfaches seiner normalen Größe und warf die Netze über die Streitwagen der Denledhyssi.

Jhary blickte grimmig. »Ich versuche jetzt alles, um das Schiff aus dieser furchtbaren Ebene zu bekommen. Es ist besser, zu sterben, als hierzubleiben. Herzog Teer wird schon bald herausfinden, daß Glandyth dem Chaos dient und nicht der Ordnung. Und der Denledhyssi-Graf wird ihm verraten, wer wir sind. All die Chaos-Herzöge werden von da ab hinter uns her sein.« Er löste die transparente Abdeckhaube von der Armaturentafel und begann, die Kristalle umzustecken. »Ich habe keine Ahnung, was ich damit erreichen werde, aber ich bin entschlossen, es auszuprobieren.«

Das Himmelsschiff begann in seiner ganzen Länge zu schwingen. Corum umklammerte die Reling und spürte den Schiffskörper vibrieren. Er war überzeugt, daß es ihn auseinanderreißen würde. Er löste eine Hand von der Reling und drückte Rhalina fest an sich. Das Schiff tauchte in ein Meer von Violett und Orange. Corum und Rhalina wurden nach vorn geschleudert, direkt auf Jhary. Das Schiff schlug auf irgend etwas auf. Dann sank es in eine Flüssigkeit, die sie fast erstickte. Ein heftiger Ruck ließ Corum seinen Halt um Rhalina verlieren. Er versuchte sie in der Dunkelheit zu finden, aber sie war verschwunden. Er spürte, wie seine Füße sich vom Deck lösten.

Er begann zu treiben.

Er versuchte nach ihr zu rufen, aber die Substanz preßte gegen seine Lippen. Er bemühte sich hindurchzublicken, aber nun verwehrte sie ihm auch die Sicht.

So trieb er langsam nach unten, immer tiefer. Sein Herz hämmerte heftig. Seine Lungen bekamen keine Luft mehr. Er wußte, daß er nun sterben mußte.

Und er war überzeugt, daß auch Rhalina und Jhary irgendwo in seiner Nähe in diesem zähflüssigen Zeug starben wie er.

Er war fast erleichtert, daß sein Leben nun endete, daß er nicht mehr für die Ordnung kämpfen mußte. Er trauerte um Rhalina, und er trauerte um Jhary, aber für sich selbst empfand er kein Bedauern. Mit einem Mal fiel er. Er sah ein Stück des Himmelsschiffes – ein verbogenes Teil der Reling – mit ihm fallen. Er stürzte nun durch reine Luft, aber die Geschwindigkeit seines Falls war so groß, daß Atmen unmöglich war.

Da begann er zu schweben. Er blickte um sich. Überall, wo er hinsah, war blauer Himmel – über ihm, unter ihm, neben ihm. Er breitete seine Arme aus. Das Stück der verbogenen Reling schwebte in seiner Nähe. Er hielt nach Rhalina Ausschau. Er suchte Jhary. Doch sie waren nirgendwo in dieser blauen Endlosigkeit zu sehen. Außer ihm gab es nichts als das Stückchen von der Reling.

»Rhalina?« rief er.

Er erhielt keine Antwort. Schlaf übermannte ihn. Seine Augen schlossen sich. Er bemühte sich, sie zu öffnen, aber er vermochte es nicht. Es war, als ob sein Gehirn sich weigere, weiteres Entsetzen wahrnehmen zu müssen.

Als er erwachte, lag er auf etwas Weichem und sehr Bequemem. Er fühlte sich angenehm warm und stellte fest, daß er nackt war. Endlich öffnete er seine Augen und sah Dachsparren über sich. Er drehte den Kopf. Er befand sich in einer Kammer. Sonnenschein drang durch ein Fenster.

War dies hier eine weitere Illusion? Zweifellos befand er sich in einer Dachkammer. Sie war einfach eingerichtet. Vermutlich das Heim eines wohlhabenden Bauern, dachte Corum. Er blickte auf die Holztür mit den primitiven metallenen Angeln und hörte eine Stimme dahinter ein Lied singen.

Wie war er hierhergekommen? Vielleicht war es doch nur eine Vorspiegelung? Jhary hatte ihn vor solchen Trugbildern gewarnt. Er zog seine Hände unter der Bettdecke hervor. An seinem linken Arm befand sich immer noch Kwlls juwelenbedeckte Hand mit den sechs Fingern. Er berührte sein Gesicht. Das Auge Rhynns, so nutzlos es jetzt auch war, steckte nach wie vor in der rechten Augenhöhle. Seine Kleidung lag in einer Ecke auf einer Truhe, und seine Waffen waren gegen die Wand gelehnt. War er irgendwie auf seine eigene Ebene zurückgekehrt, und herrschte dort wieder die Vernunft? Hatte Herzog Teer vielleicht Glandyth getötet, und war dessen Zauber dadurch von der Welt genommen?

Die Kammer wirkte fremdartig, genau wie die Verzierungen auf der Truhe und dem Bettgestell. Er befand sich bestimmt nicht in Lywm-an-Esh und auch sicher nicht in Bro-an-Vadhagh.

Die Tür ging auf. Ein beleibter Mann trat ein. Er blickte Corum amüsiert an und sagte etwas, was dieser nicht verstehen konnte.

»Sprecht Ihr die Sprache der Vadhagh oder der Mabden?« erkundigte sich Corum höflich.

Der Korpulente – sicher kein Bauer nach seinem bestickten Hemd und den seidenen Beinkleidern zu schließen – schüttelte den Kopf und breitete bedauernd die Hände aus. Wieder redete er in der fremden Sprache.

»Wo sind wir hier?« fragte ihn Corum.

Der Mann deutete zum Fenster hinaus, dann auf den Boden, und erzählte etwas Unverständliches. Er lachte und fragte Corum mit unmißverständlichen Gesten, ob er etwas essen möchte. Corum nickte. Er war sehr hungrig.

Ehe der Dicke die Kammer verließ, sagte Corum: »Rhalina? Jhary?« in der Hoffnung, der andere würde die Namen erkennen und ihm sagen können, wo die beiden waren. Der Mann schüttelte jedoch den Kopf, lachte erneut und schloß die Tür hinter sich.

Corum stand auf. Er fühlte sich schwach, aber durchaus nicht krank oder verletzt. Er schlüpfte in seine Kleider, dann hob er sein Kettenhemd auf, legte es jedoch zum Beinschutz zurück. Er schritt zur Tür und spähte hinaus. Eine Stiege mit hölzernem Geländer führte nach unten. Er lehnte sich darüber, aber er sah nichts weiter als einen Treppenabsatz. Er hörte eine Frauenstimme und das Lachen des Dicken. Achselzuckend kehrte Corum in die Kammer zurück und schaute zum Fenster hinaus.

Das Haus lag am Rand einer Stadt. Aber es war eine Stadt, wie er noch nie eine gesehen hatte. Alle Häuser besaßen rote spitze Dächer und waren aus grauem Backstein und Holz erbaut. Die Straßen hatten Kopfsteinpflaster, und Fuhrwerke ratterten in beiden Richtungen darüber. Die meisten der Leute trugen einfachere Kleidung als der fette Mann, aber sie sahen zufrieden aus und frohgemut. Sie grüßten einander, und hin und wieder blieben sie stehen, um sich zu unterhalten.

Die Stadt schien verhältnismäßig groß zu sein. In der Ferne sah Corum eine Mauer, und in einer anderen Richtung die Giebel höherer Gebäude, die offensichtlich kunstvoller gebaut waren als die einfachen Häuser. Hin und wieder fuhren Kutschen durch die Straßen, und vornehme Reiter bahnten sich einen Weg durch die Fußgänger.

Corum rieb sich die Stirn und setzte sich auf den Bettrand. Er versuchte seine Gedanken zu ordnen. Es gab keinen Zweifel, daß er sich auf einer fremden Ebene befand. Und hier gab es offenbar keinen Kampf zwischen Ordnung und Chaos. Alle hier schienen, soviel er beurteilen konnte, ein ruhiges Leben zu führen. Und doch wußte er sowohl von Lord Arkyn als auch Herzog Teer, daß jeder einzelne auf allen fünfzehn Ebenen vom Kampf zwischen den beiden Mächten betroffen war. War dies hier vielleicht eine von Arkyn oder seinem Bruder regierte Ebene, auf der noch Frieden herrschte? Nein, das war sehr unwahrscheinlich. Auch verstand er die Sprache hier nicht, genausowenig wie man seine verstand. Das war ihm nie zuvor passiert. Jharys Umordnung der Kristalle, ehe das Luftschiff zerstört wurde, hatte offenbar drastische Folgen gezeitigt. Corum war von allem, was er kannte, abgeschnitten. Vielleicht würde er sogar nie erfahren, wo er sich befand. All das deutete darauf hin, daß Rhalina und Jhary, sofern sie noch lebten, ebenfalls irgendwo auf einer unbekannten Ebene Schiffbrüchige waren wie er.

Der Dicke öffnete die Tür. Eine Frau mit nicht geringerem Leibesumfang in weitem weißen Rock trat mit einem schwerbeladenen Tablett ein. Fleischstücke lagen darauf, verschiedene Gemüse, Obst und eine Schüssel mit dampfender Suppe. Sie lächelte Corum an und stellte das Tablett vorsichtig vor ihn, als wäre er ihr nicht recht geheuer. Sie achtete darauf, nicht in Berührung mit seiner Sechsfingerhand zu kommen.

»Ihr seid zu liebenswürdig«, murmelte Corum, obwohl er wußte, daß sie ihn nicht verstand, aber er wollte ihr seine Dankbarkeit trotzdem ausdrücken. Während sie ihn noch beobachteten, begann er zu essen. Die Speisen waren weder sonderlich gut gekocht noch gewürzt, aber er war hungrig. Er aß nicht ohne Hast, dann gab er das Tablett mit einer Verbeugung zurück.

Er hatte zuviel zu schnell gegessen, und nun lagen ihm die Speisen wie ein Stein im Magen. Noch nie hatte Mabden-Nahrung ihm sehr zugesagt, und diese hier war noch derber als alle, die er bisher gekostet hatte. Aber er tat, als habe es ihm gemundet, denn er wollte seine Dankbarkeit zeigen, da Güte etwas war, das ihm in letzter Zeit schon fast fremd geworden war.

Nun stellte der Dicke ihm eine Frage. Es hörte sich wie ein einzelnes Wort an. »Fenk?«

»Fenk?« wiederholte Corum fragend und schüttelte den Kopf.

»Fenk?«

Wieder schüttelte der Vadhagh den Kopf.

»Pannis?«

Ein erneutes Kopfschütteln. Weitere Fragen gleicher Art – immer nur ein Wort – folgten, und immer wieder mußte Corum mit einem Kopfschütteln andeuten, daß er nicht verstand. Nun war er an der Reihe. Er versuchte verschiedene Worte aus dem Mabden-Dialekt, eine Sprache, deren Wurzel aus der Vadhagh-Sprache stammte. Der Mann verstand nicht. Er deutete auf Corums Sechsfingerhand, hob fragend die Brauen und zog an seiner eigenen Hand, dann hackte er mit der anderen danach, bis Corum klar wurde, daß er wissen wollte, ob er seine Hand im Kampf verloren habe und dies eine künstliche sei. Corum nickte und lächelte. Dann deutete er auf Rhynns Auge. Der Mann schien zufrieden, aber ausgesprochen neugierig. Er inspizierte die Hand und staunte. Zweifellos hielt er sie für die Arbeit Sterblicher. Aber Corum konnte ihm nicht erklären, daß sie durch Zauberei mit seinem Arm verbunden worden war. Der Dicke deutete Corum an, ihm zu folgen. Er schritt die Treppe hinunter in einen Raum, der zweifellos eine Werkstatt war.

Und nun verstand Corum. Der Mann stellte künstliche Glieder her. Es war klar zu sehen, daß er mit vielen verschiedenen Arten experimentierte. Es gab künstliche Beine aus Holz, aus Bein und aus Metall. Manche von ihnen sahen sehr kompliziert in ihrer Herstellung aus. Es gab Hände, die aus Elfenbein geschnitzt oder aus Metall beweglich zusammengesetzt waren. Es gab Arme, Füße und sogar etwas, das offenbar ein eiserner Brustkorb war. Auch anatomische Zeichnungen in einem seltsamen fremdartigen Stil lagen herum. Corum war fasziniert von ihnen. Er sah einen Stoß von Pergamenten, die geglättet und geschnitten und zwischen Lederdecken zu Büchern zusammengefaßt waren. Er öffnete eines. Es schien sich mit Heilkunst zu befassen. Obwohl es nicht so kunstvoll gearbeitet war und auch die fremdartigen eckigen Buchstaben nicht gerade schön aussahen, schien es nicht weniger wertvoll zu sein als so manches Buch, das die Vadhagh vor dem Kommen der Mabden in ihren Bibliotheken besessen hatten. Corum deutete auf das Buch und machte eine lobende Geste.

»Ein gutes Werk!« erklärte er.

Der Mann lächelte und tupfte auf Corums Hand. Der Vadhagh fragte sich, was der Arzt, denn das war er vermutlich, wohl sagen würde, wenn er ihm erklärte, wie er in ihren Besitz gekommen war. Der Ärmste wäre sicher entsetzt oder, was noch wahrscheinlicher schien, überzeugt, daß Corum verrückt war. Es wäre sicherlich die gleiche Reaktion wie Corums eigene, ehe er Bekanntschaft mit der Zauberei geschlossen hatte.

Corum ließ den Doktor den Juwelenschild und das fremdartige Auge darunter begutachten. Letzteres überraschte den Dicken noch mehr als die Hand. Stirnrunzelnd schüttelte er den Kopf. Corum zog den Schild wieder über das Auge. Fast wünschte er, er könne dem Doktor demonstrieren, wozu Auge und Hand eigentlich gut waren.

Der Vadhagh begann zu ahnen, wie er hierhergekommen war. Höchstwahrscheinlich hatte einer der Bürger dieser Stadt ihn bewußtlos gefunden und nach dem Arzt geschickt oder ihn auch zu diesem gebracht. Der Doktor, besessen von seinem Studium künstlicher Glieder, war sicher mehr als erfreut gewesen, Corum bei sich aufzunehmen. Was er allerdings von seiner Rüstung gehalten hatte, war eine andere Frage.

Die Ungewißheit über Rhalinas und Jharys Befinden und Aufenthalt begann Corum immer mehr zu beunruhigen. Wenn auch sie auf dieser Welt waren, mußte er sie finden. Es wäre sogar möglich, daß Jhary, der soviel zwischen den Ebenen gereist war, die Sprache dieser Leute beherrschte. Er griff nach einem Stückchen Pergament und einem Federkiel und tauchte ihn in Tinte (die Mabden verwendeten ähnliches Schreibzeug). Er zeichnete einen Mann und eine Frau. Dann hielt er zwei Finger hoch, deutete nach draußen. Mit einem Stirnrunzeln bekundete er, daß er nicht wußte, wo die beiden sich befanden. Der dicke Doktor nickte heftig, um ihm zu zeigen, daß er verstand. Aber mit fast komischen Gebärden gab er Corum kund, daß er keine Ahnung hatte, wo die zwei Gesuchten waren, und daß Corum allein gefunden worden war.

»Ich muß sie suchen«, erklärte Corum und deutete auf sich und dann nach draußen. Wieder nickte der Arzt verstehend. Er überlegte einen Augenblick, dann bedeutete er Corum zu warten. Er verließ die Werkstatt und kam mit einem Lederwams bekleidet zurück. Er reichte dem Vadhagh einen einfachen Umhang, den er um seine hier sicher sehr auffallende Kleidung legen sollte. Miteinander verließen sie das Haus.

Neugierige Blicke folgten Corum, als er mit dem Doktor durch die Straßen schritt. Offensichtlich hatte sich die Neuigkeit seines Auftauchens hier schon überall herumgesprochen. Der Arzt führte den Vadhagh durch die gaffende Menge und schließlich durch ein Tor in der Stadtmauer. Eine weiße, staubige Straße wand sich durch reifende Felder. Zwei oder drei Bauernhäuser waren in der Ferne zu sehen.

Sie kamen an ein kleines Wäldchen. Hier hielt der Dicke an und zeigte dem Vadhagh, wo man ihn gefunden hatte. Corum blickte sich um und entdeckte schließlich das verbogene Stück der Reling. Er zeigte es dem Arzt, der sicher in seinem Leben nichts Ähnliches gesehen hatte, denn er drehte es in seinen Händen und betrachtete es mit offenem Mund.

Für Corum war das Teil ein Beweis, daß er nicht unter Wahnvorstellungen litt, sondern tatsächlich erst vor kurzem die Domäne des Chaos verlassen hatte.

Staunend betrachtete er die friedliche Landschaft. Gab

es tatsächlich noch solche Orte, wo der ewige Kampf unbekannt war? Er begann die Bewohner dieser Ebene zu beneiden. Doch sicher hatten auch sie ihren Kummer und ihre Sorgen. Und offenbar gab es hier ebenfalls Krieg und Pein, denn warum wäre der Arzt sonst so an der Herstellung von künstlichen Gliedern interessiert? Er spürte, daß hier Gesetzmäßigkeit herrschte, für die keine Götter – weder die der Ordnung noch des Chaos – verantwortlich waren. Aber es hatte gar keinen Sinn, sich auch nur zu wünschen, hierbleiben zu dürfen, denn er war nicht wie sie, ja er glich ihnen nicht einmal körperlich sehr. Er fragte sich, wie sich der Arzt wohl sein Auftauchen hier erklärt hatte.

Er begann zwischen den Bäumen hindurchzulaufen und Rhalinas und Jharys Namen zu rufen.

Ein wenig später hörte er einen lauten Ruf. Er wirbelte herum, in der Hoffnung, es sei die Frau, die er liebte. Aber es war ein großgewachsener hagerer Mann mit grimmigem Gesicht, ganz in Schwarz gekleidet, der durch die Felder auf sie zukam. Der Doktor ging ihm entgegen. Sie unterhielten sich und blickten dabei oft zu Corum herüber, der sie beobachtete. Sie schienen Meinungsverschiedenheiten zu haben, und ihre Stimmen wurden immer lauter und verärgerter. Der Schwarzgekleidete deutete mit langen Fingern anklagend auf Corum und fächelte mit der anderen Hand in der Luft herum.

Unruhe erfaßte Corum. Er wünschte, er hätte sein Schwert mitgebracht.

Abrupt wandte der große Hagere sich ab und marschierte in Richtung Stadt zurück. Der Arzt fuhr sich stirnrunzelnd über das Kinn.

Corum spürte, daß sich etwas über ihm zusammenbraute, daß der Schwarze sich gegen seine Anwesenheit in der Stadt aussprach und er sein fremdartiges Äußeres mit Mißtrauen betrachtete. Außerdem schien dieser Hagere über viel mehr Autorität zu verfügen als der Arzt – und über viel weniger Mitgefühl für Corum.

Mit gesenktem Kopf schlurfte der Doktor auf Corum zu. Er blickte ihn an und murmelte etwas in seiner Sprache. Es klang, als spräche er zu einem Hund oder einer Katze, die er in sein Herz geschlossen hatte und von denen er sich trennen müsse.

Corum wollte im Augenblick nichts weiter, als seine Waffen und seine Rüstung zurückhaben. Er deutete auf die Stadt und schritt eilig los. Der Arzt folgte ihm, offensichtlich immer noch düsteren Gedanken nachhängend.

Im Haus des Doktors angekommen, schlüpfte Corum in sein silbernes Kettenhemd und den silbernen Beinschutz und stülpte seinen Silberhelm auf den Kopf. Dann gürtete er sein langes Schwert, hängte sich den Bogen über die Schulter, den Köcher mit den Pfeilen, dann die Lanze an die Seite. Es war ihm klar, daß er jetzt natürlich noch auffälliger als zuvor aussah, aber zumindest fühlte er sich so sicherer. Er blickte aus dem Fenster auf die Straße. Die Nacht begann sich herabzusenken, und nur noch wenige Menschen hielten sich im Freien auf. Er verließ die Kammer und stieg die Treppe hinunter zur Haustür. Der Doktor rief ihm etwas zu und versuchte ihn zurückzuhalten, aber Corum schob ihn sanft zur Seite.

Corum trat auf die Straße. Warnend rief der Arzt ihm noch einmal etwas nach, aber der Vadhagh ignorierte es. Er war sich klar darüber, daß Gefahr für ihn bestand, und er wollte nicht, daß der gütige Doktor sie mit ihm teilte.

Wenige sahen ihn. Keiner hielt ihn auf oder versuchte es auch nur, obgleich sie ihn neugierig musterten und hinter seinem Rücken über ihn lachten. Vermutlich hielten sie ihn für einen Irren. Aber es war besser, sie lachten ihn aus, als daß sie ihn fürchteten, denn das hätte die Gefahr für ihn nur vergrößert, dachte Corum.

Mit weitausholenden Schritten marschierte er durch die Stadt, bis er zu einem baufälligen, verlassenen Haus kam. Er beschloß, hier die Nacht zu verbringen und sich versteckt zu halten, bis er sich seine nächsten Schritte überlegt hatte.

Er stolperte über die morsche Schwelle durch die zerbrochene Tür. Ratten huschten eilig davon. Er kletterte die schwankende Stiege empor, bis er zu einem Zimmer kam, durch dessen scheibenloses Fenster er die Straße überblicken konnte. Er war sich selbst nicht ganz klar, weshalb er das Haus des Arztes verlassen hatte, außer daß er nichts mit dem hageren Schwarzgekleideten zu tun haben wollte. Wenn sie ihn allerdings systematisch suchten, würden sie ihn wohl bald auch hier finden. Waren sie jedoch ein bißchen abergläubisch, mochten sie denken, er sei genauso unerwartet verschwunden, wie er aufgetaucht war.

Er machte es sich auf dem schmutzigen Boden bequem und ignorierte das Fiepen der aufgeregten Ratten.

Im Morgengrauen erwachte er und spähte zum Fenster hinaus. Vor ihm lag offenbar die Hauptstraße, denn es herrschte hier schon reger Verkehr. Fuhrwerke, manche mit Pferden, andere mit Eseln bespannt, ratterten bereits über das Kopfsteinpflaster. Händler schoben Handkarren vor sich her und riefen sich gegenseitig einen guten Morgen zu.

Er roch den Duft frischgebackenen Brotes, und augenblicklich überkam ihn ein Hungergefühl. Aber er beherrschte sich, hinauszulaufen und sich einen Laib zu beschaffen, als ein feister Mann mit einem Handwagen voll des duftenden Backwerks unmittelbar unter seinem Fenster einen Plausch mit einem Fuhrmann hielt. Er streckte sich wieder auf dem Boden aus und döste vor sich hin. Bei Einbruch der Nacht würde er versuchen, ein Pferd zu finden, um damit zu einer anderen Stadt zu reiten, wo er vielleicht etwas über Rhalina oder Jhary erfahren konnte.

Gegen Mittag weckten ihn Jubelschreie. Er spähte vorsichtig zum Fenster hinaus.

Eine Kapelle spielte laute Blechmusik. Banner und kleine Fähnchen hingen zu den Fenstern heraus, und eine Menschenmenge drängte sich auf den Bürgersteigen. Ein Umzug, offenbar militärischer Natur, näherte sich der Hauptstraße. Es waren Reiter in Brustpanzern, die Schwerter und Lanzen schwenkten. Inmitten dieser Parade ritt auf einem großen gelben Pferd der Mann, dem offenbar der Jubel der Menge galt. Er achtete jedoch kaum darauf. Er trug einen roten Umhang mit hochgeschlossenem Kragen, der einen Teil seines Gesichts verbarg.

Ein Hut bedeckte sein Haar, und ein Schwert hing von seiner Seite. Er hatte die Stirn gerunzelt.

Da sah Corum erstaunt, daß die linke Hand des Mannes fehlte. Er hielt die Zügel mit einer besonderen Art Haken. Der Reiter wandte seinen Kopf, und Corums Überraschung wuchs. Er hielt den Atem an – der Mann auf dem gelben Pferd trug eine Binde über dem rechten Auge. Und obgleich sein Gesicht zweifellos von Mabden-Art war, hatte es doch eine große Ähnlichkeit mit Corums eigenem Gesicht.

Der Vadhagh wollte soeben zu dem Mann hinunterrufen, der fast sein Doppelgänger sein konnte. Aber da legte sich von hinten eine Hand über seinen Mund, und starke Arme drückten ihn auf den Boden.

Corum riß den Kopf herum, um seinen Angreifer zu sehen. Sein Auge weitete sich.

»Jhary!« rief er erfreut. »So seid Ihr also auch auf dieser Ebene gelandet. Und Rhalina? Habt Ihr sie gesehen?«

Jhary, in der hier üblichen Bürgerkleidung, schüttelte verneinend den Kopf. »Ich hatte gehofft, Ihr und sie konntet zusammenbleiben. Ihr habt großes Aufsehen hier erregt, nicht wahr?«

»Kennt Ihr diese Ebene?«

»Nur vage. Ich spreche jedoch eine oder zwei ihrer Sprachen.«

»Und der Mann auf dem gelben Pferd – wer ist er?«

»Er ist der Grund, warum Ihr so schnell wie möglich von hier fort müßt. Er ist Ihr selbst, Corum. Er ist Eure Inkarnation auf dieser Ebene und in dieser Zeit. Und es ist gegen jegliches Gesetz des Kosmos, daß er und Ihr Euch zur selben Zeit auf derselben Ebene aufhaltet. Wir befinden uns hier in großer Gefahr, Corum. Aber es besteht auch größte Gefahr für die Leute dieser Welt, falls wir bleiben –, denn – wenn auch gegen unseren Willen –, wir zerstören hier das Gleichgewicht des Multiversums.«

4 Das Haus im Wald

»Ihr kennt diese Welt, Jhary?«

Der Heldengefährte legte einen Finger auf seine Lippen und zog Corum vom Fenster weg. »Ich kenne die meisten Welten«, murmelte er, »aber diese weniger als andere. Die Zerstörung des Himmelsschiffs schleuderte uns nicht nur durch die Ebenen, sondern auch durch die Zeit. Nun sitzen wir auf einer Welt fest, deren Natur sich von unserer in vieler Hinsicht unterscheidet. Außerdem existieren andere unserer Ichs hier, deshalb bedrohen wir allein durch unsere Anwesenheit das ohnehin nicht sehr stabile Gleichgewicht dieses Zeitalters und vermutlich auch weiterer. Paradoxa in einer Welt zu schaffen, die nicht wie unsere daran gewöhnt ist, ist außerordentlich gefährlich, müßt Ihr wissen.«

»So laßt uns diese Welt in aller Eile verlassen! Laßt uns Rhalina finden und gehen!«

Jhary lächelte. »Wir können nicht aus einer Zeit und einer Ebene treten wie aus einem Zimmer, das müßtet Ihr doch wissen. Ich glaube auch nicht, daß Rhalina hier ist, da niemand sie gesehen hat. Doch das läßt sich feststellen. Es gab eine alte Lady hier ganz in der Nähe, eine Art Seherin. Ich hoffe, sie wird uns helfen. Die Menschen dieser Zeit haben einen ungewöhnlichen Respekt vor unseresgleichen – allerdings verwandelt dieser Respekt sich oft in Haß. Dann jagen sie uns. Ihr wißt doch, daß ein Priester Euch sucht und auf dem Scheiterhaufen verbrennen will?«

»Ich sah einen Mann, dem ich zu mißfallen schien.«

Jhary lachte. »So ist es – Ihr mißfielt ihm so sehr, daß er Euch zu Tode martern will. Er ist ein Würdenträger ihrer Religion hier. Er verfügt über große Macht und hat bereits Soldaten nach Euch ausgeschickt. Wir müssen uns umgehend Pferde beschaffen –«, Jhary schritt unruhig auf dem morschen Boden hin und her, – »und so schnell wie möglich zu den fünfzehn Ebenen zurückkehren. Wir haben kein Recht, hierzusein –«

»Und auch kein Verlangen danach«, erinnerte ihn Corum.

Die Marschmusik und Jubelrufe verloren sich in der Ferne; die Menge auf der Straße verlief sich.

»Nun fällt ihr Name mir wieder ein!« rief Jhary. Er schnippte mit den Fingern. »Sie ist Lady Jane Pentallyon und wohnt in einem Haus in der Nähe des Städtchens Warleggon.«

»Das sind eigenartige Namen, Jhary-a-Conel!«

»Nicht eigenartiger als unsere für sie. Laßt uns sofort nach Warleggon aufbrechen und hoffen, daß Lady Pentallyon noch lebt und nicht bereits selbst auf dem Scheiterhaufen verbrannt wurde.«

Corum spähte vorsichtig aus dem Fenster. »Der Priester kommt mit seinen Leuten«, flüsterte er.

»Ich dachte mir schon, daß irgend jemand Euch dieses Haus betreten sah. Sie warteten nur, bis die Parade zu Ende war. Der Gedanke, sie töten zu müssen, gefällt mir nicht, da wir doch hier in ihrer Zeit nichts zu suchen haben.«

»Und mir gefällt der Gedanke, selbst getötet zu werden, nicht besser«, brummte Corum. Er zog sein langes Schwert und stieg die Treppe hinab. Als er halbwegs unten war, stürmte der Priester mit drei seiner Männer herein. Er rief etwas und machte merkwürdige Gesten – sicher irgendein abergläubisches Mabden-Zeichen. Corum sprang auf ihn zu und stieß ihm das Schwert in den Hals. Sein gutes Auge funkelte. Die Soldaten blieben unschlüssig stehen.

Offenbar hatten sie nicht erwartet, daß ihr Anführer so schnell sterben würde.

»Das war sehr töricht von Euch«, flüsterte Jhary. »Sie nehmen es ungemein übel, wenn man ihre Priester tötet. Nun werden wir gleich die ganze Stadt auf dem Hals haben, und es wird noch schwieriger werden, uns in Sicherheit zu bringen.«

Corum zuckte die Schultern und schritt auf die drei Soldaten zu, die unter der Tür standen. »Diese Männer haben Pferde, Jhary. Ich habe keine Lust mehr, abzuwarten. Verteidigt Euch, Mabden!«

Die Soldaten parierten seinen Angriff, brachten sich dabei jedoch gegenseitig in Gefahr. Corum traf einen ins Herz und einen anderen in die Hand. Der Verwundete und der noch Unverletzte flohen schreiend auf die Straße.

Corum und Jhary folgten. Der Heldengefährte blickte mißbilligend drein, denn er hätte einen weniger blutigen Abgang vorgezogen. Trotzdem riß er sein Schwert aus der Scheide und setzte dem Leben eines Mannes ein Ende, der versuchte, ihn niederzureiten. Er zog den Toten vom Pferd und sprang selbst auf den Gaul. Dieser bäumte sich auf, aber Jhary gelang es, ihn zu bändigen und sich gegen zwei weitere Reiter zur Wehr zu setzen, die aus einer Seitenstraße auf ihn losgaloppiert kamen.

Corum kämpfte immer noch zu Fuß. Er benutzte seine schuppenbewehrte Linke als Waffe und bahnte sich damit einen Weg zu den reiterlosen Pferden der Begleiter des Priesters. Die Mabden schienen große Furcht vor der fremdartigen Sechsfingerhand zu haben, denn sie wichen ihr eilig aus. Trotzdem mußte Corum noch zwei Männer töten, ehe er die Pferde erreichte und sich in den Sattel schwang.

»Wohin jetzt, Jhary?« rief er.

Ohne sich umzudrehen, galoppierte Jhary voraus. »Mir nach!« brüllte er.

Corum stieß einen Mann zur Seite, der versucht hatte, die Zügel seines Pferdes zu fassen. Bereits jetzt herrschte allgemeiner Aufruhr in der Stadt, als Corum und Jhary auf das Westtor zubrausten. Händler und Bauern versuchten ihnen den Weg zu versperren, und sie waren gezwungen, über Wagen und Karren hinwegzuspringen und sich durch Rinder und Schafe hindurchzudrängen. Weitere Soldaten näherten sich ihnen nun von zwei Seiten.

Schließlich waren sie jedoch außerhalb des Tors und ritten über die weiße staubige Straße weg von der Stadt, verfolgt von einem Trupp berittener Soldaten.

Hinter ihnen bauten sich Bogenschützen auf der Stadtmauer auf, und Pfeile pfiffen knapp an den beiden Fliehenden vorbei. Corum war erstaunt über die Reichweite dieser Geschosse. »Sind das Zauberpfeile, Jhary?« fragte er seinen Freund.

»Nein. Es ist eine Art von Bogen, wie er in Eurer Zeit unbekannt ist. Diese Leute sind meisterhafte Schützen. Wir haben Glück, daß die Bogen zu schwer und unförmig sind, um sie auf dem Rücken eines Pferdes zu benützen. Seht, sie erreichen uns schon nicht mehr! Aber die Reiter bleiben uns auf den Fersen. Los, in diesen Wald dort, Corum! Schnell!«

Sie verließen die Straße, trabten durch eine Wiese in den nicht sehr dichten Wald und mußten über einen Bach springen, wo die Pferde am moosigen Ufer mit den Hufen einsanken.

»Wie wird es dem Arzt ergehen?« rief Corum. »Der Mann, der sich meiner annahm.«

»Er wird sterben, außer er war klug genug und denunzierte Euch«, erwiderte Jhary.

»Aber er war ein Mann von großer Klugheit und Güte. Außerdem auch ein Gelehrter – ein Wissenschaftler.«

»Um so mehr Grund, ihn zu töten, wenn es nach dem Willen der Priesterschaft geht. Aberglaube zählt hier, nicht Wissen.«

»Dabei ist es ein so schönes Land. Und die Menschen scheinen wohlwollend und gütig zu sein!«

»Das sagt Ihr, mit dieser Reiterhorde auf unseren Fersen?« Jhary lachte und trieb sein Pferd zu noch größerer Geschwindigkeit an. »Ihr seid zuviel mit Glandyth und seiner Art zusammengekommen und mit den Chaos-Kreaturen, wenn dies Land Euch wie ein Paradies vorkommt.«

»Verglichen mit jenem, das wir zurückließen, ist es das auch, Jhary.«

»Ja. Vielleicht habt Ihr recht.«

Indem sie sich hinter den Bäumen und Sträuchern verbargen und immer wieder die Richtung änderten, war es ihnen gelungen, noch vor Sonnenuntergang ihre Verfolger abzuschütteln. Nun wanderten sie über einen schmalen Pfad und führten ihre erschöpften Pferde an den Zügeln.

»Es ist noch eine schöne Strecke Weges bis Warleggon«, brummte Jhary. »Ich wollte, ich besäße eine Karte, Corum, nach der ich mich richten könnte, denn es war in einer anderen Gestalt und mit anderen Augen, daß ich diese Welt zuletzt sah.«

»Kennt Ihr den Namen dieses Landes?« erkundigte sich der Prinz im scharlachroten Mantel.

»Wie Lywm-an-Esh ist es in mehrere Länder aufgeteilt, die alle unter der Oberherrschaft eines Monarchen stehen. Dieses Land hier nennt sich Kernow – oder Cornwall, je nachdem, ob man die Landessprache oder jene des Reiches, zu dem es gehört, spricht. Es ist ein vom Aberglauben beherrschtes Land, obgleich seine Überlieferungen weiter zurückgehen als so manch andere Teile des Reiches, zu dem es gehört. Ihr werdet feststellen, daß es in mancher Hinsicht Eurem Bro-an-Vadhagh ähnelt. Und seine Legenden erzählen von einem Volk wie dem Euren, das dereinst hier lebte.«

»Ihr meint, dieses Kernow liegt in meiner Zukunft?«

»In meiner Zukunft, wenn auch vermutlich nicht in Eurer. In der Zukunft einer Parallelebene vielleicht. Es gibt zweifellos viel mehr als eine Zukunft, in der die Vadhagh überlebten und die Mabden ausstarben. Es gibt eine schier unbegrenzte Zahl von Möglichkeitswelten im Multiversum.«

»Euer Wissen ist groß, Jhary-a-Conel.«

Der Gefährte griff unter sein Wams und zog seine kleine schwarz-weiße Katze hervor. Sie hatte sich die ganze Zeit während des Kampfes und der Verfolgung dort befunden. Nun begann sie zu schnurren und streckte sich. Sie ließ sich auf Jharys Schulter nieder.

»Mein Wissen ist lückenhaft«, erwiderte Jhary müde. »Es besteht hauptsächlich aus verblaßten Erinnerungen.«

»Wieso wißt Ihr aber soviel von dieser Ebene?«

»Weil ich selbst hier lebe. Das, was wir als Zeit bezeichnen, gibt es eigentlich gar nicht, versteht Ihr? Ich entsinne mich dessen, was für Euch die ›Zukunft‹ ist. Ich erinnere mich an viele meiner Inkarnationen. Hättet Ihr die Parade lange genug beobachtet, hättet Ihr nicht nur Euch, sondern auch mich gesehen. Ich habe einen hohen Titel hier, aber ich diene dem Manne, den Ihr auf dem gelben Pferde saht. Er ist in jener Stadt geboren, aus der wir flohen, und er wird von ihren Bürgern als großer Held verehrt, obgleich er, wie Ihr, den Frieden vorzöge. Doch das ist das Los des ewigen Helden –«

»Ich will nichts mehr davon hören«, unterbrach Corum ihn hastig. »Es bedrückt mich zu sehr.«

»Das kann ich verstehen.«

An einem Fluß machten sie Rast, tränkten ihre Pferde und bereiteten ein Lager für die Nacht. Abwechselnd hielten sie Wache. Manchmal sahen sie in der Ferne Reiter vorbeitraben. Ihre Fackeln erhellten kurz die Nacht, doch sie kamen nie nahe genug, um eine Bedrohung für sie zu sein.

Am nächsten Morgen erreichten sie den Rand eines ausgedehnten Moors. Ein milder Regen fiel und erfrischte sie, ohne ihnen Unbehagen zu verursachen. Ihre Pferde überquerten die Moorlandschaft mit sicheren Hufen, und bald kamen sie zu einem Tal mit einem Wald.

»Wir haben Warleggon umritten«, erklärte Jhary. »Ich hielt es für klüger. Doch hier ist nun der Wald, den ich suchte. Seht Ihr den Rauch dort aufsteigen? Ich hoffe, das ist das Haus von Lady Jane.«

Sie folgten einem gewundenen Pfad, der an beiden Seiten von duftendem Moos und wild wuchernden Blumen umsäumt war, bis sie zu zwei braunen Steinsäulen kamen, auf denen zwei Falken mit ausgebreiteten Flügeln kauerten. Aus der Nähe erkannte Corum, daß auch sie aus Stein gehauen waren. Das eiserne Tor dazwischen stand offen. Sie führten ihre Pferde den Kiesweg entlang, der dahinter begann. Hinter einer Biegung sahen sie das Haus. Es war dreistöckig und aus dem gleichen braunen Stein wie die Torsäulen. Es hatte ein graues Schieferdach und fünf rötliche Kamine. Schmiedeiserne Gitter schmückten die Fenster. In der Mitte der Hausfront führte eine niedrige Tür ins Innere.

Auf das Hufklappern hin kamen zwei alte Männer um eine Seite des Hauses. Sie hatten dunkle Haut, buschige Brauen und langes graues Haar. Sie waren in Leder und Häute gekleidet, und sie blickten Corum in seinem hohen Helm und dem silbernen Kettenhemd mit merkwürdig grimmiger Genugtuung entgegen.

Jhary redete sie in ihrer eigenen Sprache an – es war nicht jene, die Corum in der Stadt gehört hatte, sondern eine, die ganz schwach an die der Vadhagh erinnerte.

Einer der beiden Männer nahm ihnen die Pferde ab, um sie in den Stall zu führen. Der andere betrat das Haus. Corum und Jhary warteten vor der Tür.

Und dann kam sie ihnen entgegen.

Sie war eine wunderschöne alte Frau mit langen weißen Zöpfen und einem breiten Band über der Stirn. Sie trug ein wallendes hellblaues Seidengewand mit weiten Ärmeln und goldener Stickerei am Hals und am Saum.

Jhary redete sie in ihrer Sprache an, und sie lächelte.

»Ich weiß, wer Ihr seid«, sagte sie in der klangvollen Sprache der Vadhag. »Wir haben hier im Haus im Wald auf Euch gewartet.«

5 Lady Jane Pentallyon

Die wunderschöne alte Frau führte sie in einen kühlen Raum. Braten, Wein und Früchte warteten auf einem Tisch aus polierter Eiche auf sie. Überall standen Vasen mit Blumen, die einen süßen Duft verbreiteten. Sie blickte Corum an, aber öfter noch Jhary. Doch Corum betrachtete sie fast liebevoll.

Der Vadhagh verbeugte sich tief und nahm seinen Helm ab. »Wir danken Euch, edle Lady, für Eure Gastlichkeit. Es gibt viel Güte in Eurem Land, aber auch Haß.«

Sie nickte lächelnd. »Manche haben ein offenes Herz für andere«, sagte sie. »Aber nicht viele. Das Elfenvolk ist eine gütigere Rasse.«

Höflich fragte er: »Das Elfenvolk, Lady?«

»Euresgleichen.«

Jhary holte einen zerknüllten Hut aus seinem Wams. Es war der, den er immer trug. Traurig betrachtete er ihn. »Es wird nicht leicht sein, ihn wieder in Fasson zu bringen. Diese Abenteuer sind sehr strapaziös für Hüte, fürchte ich. Lady Jane Pentallyon spricht von der Rasse der Vadhagh, Prinz Corum, oder ihren Verwandten, den Älteren, die sich nicht sehr von ihnen unterscheiden, wenn man von den Augen absieht. Auch die Melniboneaner und Nilanrianer entstammen der gleichen Rasse. In diesem Land sind sie als Elfen bekannt – manchmal nennt man sie jedoch auch Teufel, Dschinns, ja sogar Götter, je nach Landesteil.«

»Es tut mir leid«, sagte Lady Jane Pentallyon sanft. »Ich hatte vergessen, daß Euergleichen den eigenen Namen für ihre Rasse vorziehen. Und doch, der Name ›Elf‹ klingt süß in meinen Ohren, und es ist mir auch eine große Freude, mich nach so vielen, vielen Jahren wieder in Eurer Sprache unterhalten zu dürfen.«

»Nennt mich, wie es Euch am besten gefällt, Lady«, bat Corum galant. »Denn ganz sicherlich verdanke ich Euch mein Leben und vielleicht sogar meinen inneren Frieden. Wie kommt es, daß Euch unsere Sprache so vertraut ist?«

»Eßt«, forderte sie die beiden auf. »Ich habe die Speisen so zart gekocht, wie ich nur konnte, denn ich weiß, daß Ihr vom Elfenvolk feinere Gaumen habt als wir. Ich erzähle Euch meine Geschichte, während Ihr Euch stärkt.«

Und Corum begann zu essen, und er stellte fest, daß dies die köstlichsten Mabden-Speisen waren, die man ihm je vorgesetzt hatte. Verglichen mit dem Essen in der Stadt war dies hier leicht und delikat gewürzt.

Lady Jane Pentallyon begann zu erzählen. Ihm war, als käme ihre Stimme von weit her, und sie klang schwermütig und voll Sehnsucht.

»Ich war erst siebzehn«, begann sie, »und doch schon Herrin dieses Besitztums, denn mein Vater war auf dem Kreuzzug umgekommen, und meine Mutter bekam die Pest, während sie auf Besuch bei ihrer Schwester weilte. Auch mein kleiner Bruder, den sie bei sich hatte, starb an dieser Seuche. Natürlich war ich sehr unglücklich darüber, aber damals wußte ich noch nicht, daß man Kummer am besten Herr wird, wenn man sich ihm stellt und nicht vor ihm zu fliehen versucht. Ich tat, als kümmere es mich nicht sehr, daß ich keine Familie mehr hatte. Ich begann romantische Liebesgeschichten zu lesen und sah mich selbst als Genoveva oder Isolde. Die beiden Bediensteten, die Ihr saht, waren schon damals im Haus, und sie schienen nicht viel jünger in jenen Tagen. Sie nahmen meine Stimmungen und Launen hin. Es gab niemanden, der mich aus meiner Phantasiewelt gerissen und mir die Wirklichkeit gezeigt hätte. Dann, eines Tages, zog ein ägyptischer Stamm durch das Land, und als er hier vorbeikam, bat ihr Ältester mich um Erlaubnis, ihr Lager auf einer Lichtung, nicht allzuweit von hier, aufschlagen zu dürfen. Nie zuvor hatte ich so fremdartige dunkle Gesichter und glitzernde schwarze Augen gesehen. Ich war fasziniert von ihnen und bildete mir ein, sie seien die Hüter magischer Weisheit, wie sie Merlin eigen gewesen war. Ich weiß nun, daß die meisten von ihnen überhaupt nichts davon verstanden. Aber es war ein Mädchen meines Alters unter ihnen, das eine Waise war wie ich, und mit ihr verglich ich mich. Sie war schwarzhaarig und ich blond, doch wir hatten die gleiche Größe und ähnliche Figur. Und zweifellos, weil Narzißmus zu einer meiner Untugenden zählte, lud ich sie ein, bei mir zu bleiben, als der Rest des Stammes weiterzog und – muß ich das erwähnen? – einen beträchtlichen Teil unseres Viehbestandes mit sich nahm. Aber es berührte mich nicht, denn Airedas Geschichten – die sie von ihren Eltern gehört hatte – waren noch viel phantastischer als alles, was ich in meinen Büchern gelesen oder in meiner Einbildungskraft erstehen lassen hatte. Sie erzählte von magischen Wesen, die man herbeibeschwören könnte und die junge Mädchen in ein wundersames Zauberland brächten, wo Halbgötter sie verwöhnen und alles für sie tun würden. Ich glaube jetzt, daß Aireda vieles, das sie erzählte, selbst erfand, und Geschichten, die sie wirklich von ihren Eltern kannte, noch gewaltig ausschmückte. Aber ein Körnchen Wahrheit lag in ihren Märchen. Aireda hatte Zaubersprüche gelernt, die jene magischen Wesen herbeirufen könnten, sagte sie, aber sie hatte Angst, sie anzuwenden. Ich flehte sie an, für jeden von uns einen Gott als Liebsten aus einer anderen Welt zu beschwören, aber ihre Furcht war zu groß. Sie weigerte sich. Ein Jahr verging, und wir lebten immer mehr in einer Welt, die nichts anderes als unsere Vorstellung von Zauberwesen und Dämonen und göttergleichen Jünglingen kannte. Und schließlich gab Aireda meinem unermüdlichen Flehen nach und brach das sich selbst gegebene Versprechen, keine Beschwörungen und Zauberkünste zu versuchen.«

Lady Jane Pentallyon hob eine Schüssel mit fein zerteilten Früchten vom Tisch und bot sie Corum an. Er bediente sich. »Bitte fahrt fort, Lady«, bat er.

»Nun, ich lernte die Zeichen von ihr, die man in Stein kratzen, die Kräuter, die man brauen muß, und die Anordnung von Juwelen und anderen seltenen Steinen, von Kerzen und ähnlichen Dingen. Ich erfuhr alles, was sie selbst wußte, nur nicht die Beschwörungsformel und die Zeichen, die mit einem Hexenmesser aus glitzerndem Kristall in die Luft geschrieben werden müssen. So kratzte ich denn die Zeichen in Steine, sammelte Kräuter, legte die Juwelen meiner Mutter bereit, suchte die seltenen Steine und schickte in die Stadt nach den Kerzen. Und eines Tages wies ich das alles Aireda vor und überzeugte sie, daß sie jene Älteren beschwören müsse, die dieses Land vor den Druiden beherrschten, die selbst noch vor den Christen kamen. Sie erklärte sich bereit, denn meine Verrücktheit hatte sie inzwischen angesteckt. Wir beschlossen, mit dem Ritual bis zum Allerheiligenabend zu warten, obwohl es, wie ich jetzt glaube, keine besondere Bedeutung hat. Wir ordneten die Steine in mythischen Mustern an und schrieben mit dem kristallenen Hexenmesser die Zeichen in die Luft. Wir zündeten die Kerzen an und brauten die Kräuter und leerten den Trank – und die Beschwörung gelang –«

Jhary lehnte sich auf seinem Stuhl zurück und starrte die Lady an. Er kaute noch an seinem Apfel. »Es gelang Euch, einen Dämon herbeizurufen?«

»Ein Dämon? Nein, es war kein Dämon, obwohl er uns damals mit seinen Mandelaugen und den spitzen Ohren so vorkam. Er hatte ein Gesicht, nicht unähnlich dem Euren, Prinz Corum, und wir verspürten zuerst große Angst vor ihm, denn er stand in der Mitte unseres magischen Kreises und war schrecklich erzürnt. Er brüllte und drohte in einer Sprache, die ich damals noch nicht verstand. Nun, ich will Euch nicht auf die Folter spannen. Der arme ›Dämon‹ war jedenfalls nichts anderes als einer Eurer Artgenossen, der durch unsere Beschwörung aus seiner Welt gerissen worden war und nichts weiter begehrte, als dorthin zurückzukehren.«

»Und tat er das, Lady?« fragte Corum sanft, denn er sah, daß ihre Augen feucht glänzten. Sie schüttelte den Kopf.

»Das konnte er nicht, denn wir hatten keine Möglichkeit, ihn zurückzuschicken. Nachdem unser Erstaunen abgeklungen war – wir hatten gar nicht wirklich mit einem Erfolg unseres Spiels gerechnet –, machten wir es ihm hier so angenehm, wie wir konnten. Denn natürlich bedauerten wir, was wir getan hatten, als wir sahen, wie hilflos er war. Er begann ein wenig von unserer Sprache zu lernen und wir von seiner. Wir hielten ihn für sehr klug, obwohl er uns immer wieder versicherte, daß er nur ein Angehöriger einer großen und nicht sehr bedeutenden Familie des mittleren Adels und von Beruf Soldat war, und nicht Gelehrter oder Zauberer. Wir ehrten ihn seiner Bescheidenheit wegen und bewunderten ihn um so mehr. Ich glaube, das gefiel ihm, wenngleich er uns immer wieder bat, ihn in seine eigene Zeit und auf seine Ebene zurückzuschicken.«

Corum lächelte.

»Ich weiß, wie ich mich fühlen würde, wenn zwei junge Mädchen mich aus allem, was mir lieb und wert ist, herausgerissen hätten und mir dann erklärten, daß sie nur ein Spiel versucht hätten und mich nun nicht zurücksenden könnten!«

Lady Jane erwiderte sein Lächeln. »Aye. Nun, nach und nach versöhnte sich Gerane – das war einer seiner Namen – zumindest ein wenig mit seinem Geschick, und er und ich – wir verliebten uns ineinander und waren eine Zeitlang unsagbar glücklich. Leider hatte ich nicht in Betracht gezogen, daß auch Aireda Gerane liebte.« Sie seufzte. »Ich hatte davon geträumt, Genoveva, Isolde und andere romantische Frauengestalten zu sein, aber ich vergaß, daß sie alle die Opfer einer Tragödie waren. Auch unsere Tragödie nahm ihren Lauf, und ich bemerkte es am Anfang gar nicht. Die Eifersucht übermannte Aireda, und sie begann erst mich, dann auch Gerane zu hassen. Sie plante, bittere Rache an uns zu nehmen, aber keine Methode, die sie ersann, fand sie zufriedenstellend genug. Da erinnerte sie sich. Sie hatte erfahren, daß Geranes Volk Erzfeinde hatte – eine andere Rasse, von finsterer Disposition. Sie nahm an, daß eine der Beschwörungsformeln ihrer Mutter einen dieser Art herbeirufen konnte. Ihre ersten Versuche blieben erfolglos. Doch dann gelang es ihr, sich an jede Einzelheit der alten Beschwörungsformeln zu erinnern.«

»Und sie rief Geranes Feinde herbei?«

»Aye. Eines Nachts hatte sie Erfolg. Drei von ihnen erschienen. Sie war ihr erstes Opfer, denn sie haßten Menschen nicht weniger als Elfen – Euer Volk. Es waren mißgestaltete schwerfällige Kreaturen, Trolle, wie wir sie hier nennen.«

»Und was taten sie, nachdem sie Aireda getötet hatten?«

»Aireda lebte noch, aber sie war schwer verletzt. Erst von ihr selbst erfuhr ich ja, was sie getan hatte –«

»Und Gerane?«

»Er besaß kein Schwert. Er hatte keines bei sich gehabt, als er hier ankam. Und hier, im Haus im Wald, benötigte er auch keines.«

»Er wurde gemordet?«

»Er hatte den Lärm in der Halle gehört und war hinuntergelaufen, um nachzusehen. Sie zerstückelten ihn dort, bei der Tür.« Sie deutete auf die Stelle. Tränen flossen über ihre Wangen, und sie senkte den Kopf.

Corum erhob sich und legte tröstend seinen Arm um die Schultern der wunderschönen alten Lady Jane Pentallyon. Sie umklammerte ganz kurz seine sterbliche Hand und unterdrückte ihren Kummer. Sie richtete sich wieder gerade auf. »Die – Trolle – blieben nicht im Haus. Zweifellos waren sie verwirrt durch die Herbeibeschwörung, die sie wie Gerane aus ihrer normalen Umgebung gerissen hatte. Sie rannten hinaus in die Nacht.«

»Wißt Ihr, was aus ihnen geworden ist?« erkundigte sich Jhary.

»Einige Jahre später hörte ich, daß menschenähnliche Bestien ihr Unwesen getrieben und die Leute von Exmoor in Angst und Schrecken versetzt hatten, daß man sie aber schließlich gefangennehmen und ihnen einen Pfahl durchs Herz stoßen konnte. Das tat man, weil man glaubte, daß sie Höllengezücht seien. Aber die Geschichte berichtete nur von zweien. Vielleicht lebt der dritte noch irgendwo an einem einsamen Ort und weiß immer noch nicht, was mit ihm geschehen ist und wo er sich befindet. Ich habe fast Verständnis für ihn –«

»Ihr braucht nicht weiterzuerzählen, Lady«, sagte Corum sanft. »Ich sehe, daß diese Geschichte zu viele traurige Erinnerungen in Euch weckt.«

Sie schüttelte wehmütig den Kopf und fuhr fort. »Seit jener Zeit habe ich mich mit dem Studium des alten Wissens beschäftigt. Ein wenig hatte ich von Gerane gelernt, und seither habe ich mit verschiedenen Männern und Frauen gesprochen, die glauben, etwas von den mystischen Künsten zu verstehen. Ich hatte gehofft, die Welt von Geranes Volk aufzusuchen, aber es ist wohl so, daß unsere beiden Ebenen nicht mehr miteinander in Konjunktion stehen. Denn inzwischen habe ich gelernt, daß auch die Ebenen Kreisbahnen umeinander beschreiben, ähnlich jenen der Planeten, selbst wenn manche nicht einmal letzteres glauben wollen. Ich habe auch ein wenig der Kunst gelernt, in die Zukunft und die Vergangenheit zu sehen und auf andere Ebenen, so wie Geranes Volk es vermochte –«

»Und meines«, erwiderte Corum als Antwort auf ihren fragenden Blick, »aber wir haben es in letzter Zeit verlernt und vermögen lediglich, wenn überhaupt, die fünf Ebenen zu schauen, die zu unserer Domäne gehören.«

»Aye«, sie nickte. »Ich weiß nicht zu erklären, warum diese Kräfte wachsen und wieder nachlassen, wie es der Fall ist.«

»Es hat etwas mit den Göttern zu tun«, warf Jhary ein. »Oder vielleicht nur mit unserem Glauben an sie.«

»Euer zweites Gesicht gewährte Euch einen Blick in die Zukunft, und darum wußtet Ihr, daß wir als Hilfesuchende zu Euch kommen würden«, murmelte Corum.

Wieder nickte sie.

»Dann wißt Ihr auch, daß wir in unsere eigene Zeit zurückmüssen, wo wir Dringliches zu erledigen haben?«

»Aye.«

»Könnt Ihr uns helfen?«

»Ich kenne einen, der Euch den Weg weisen kann, aber nicht mehr.«

»Ein Zauberer?«

»Etwas Ähnliches. Er ist wie Ihr nicht aus dieser Zeit. Wie Ihr versucht er ständig in seine eigene zurückzukehren. Er vermag ohne Schwierigkeiten durch die paar Jahrhunderte reisen, die an dieses Zeitalter angrenzen, aber um zu seinem eigenen zurückzukehren, müßte er viele Jahrtausende überwinden, und das gelingt ihm nicht.«

»Ist sein Name Bolorhiag?« fragte Jhary plötzlich. »Ein alter Mann mit einem lahmen Bein?«

»Ihr beschreibt ihn richtig, aber wir kennen ihn nur als den Pater, denn er trägt eine klösterliche Kutte, da sie ihm in den Zeiten, die er besucht, den größten Schutz gewährt.«

»Es ist Bolorhiag.« Jhary nickte heftig. »Auch einer, der sich in der Zeit verirrt hat. Es gibt viele verlorene Seelen, die das Geschick wahllos im Multiversum verstreut hat. Es gibt jedoch auch andere, wie Bolorhiag, die durch ihre eigene Schuld, durch mißglückte Experimente, in die Zeit verschlagen werden. Dann gibt es noch jene, ähnlich wie ich, die dazu geboren sind, im ganzen Multiversum zu Hause zu sein – oder Helden, wie Ihr, Corum, die dazu verdammt sind, von Zeitalter zu Zeitalter, von Ebene zu Ebene, von Identität zu Identität zu wandern, um ewig für die gute Sache der Ordnung zu kämpfen. Und es gibt Frauen einer bestimmten Art, wie Ihr, Lady Jane, die diese Helden lieben. Und es gibt Feinde, die sie hassen. Welchen Zweck diese Myriaden von Existenzen haben, ich weiß es nicht. Es ist vielleicht auch besser, es nicht zu wissen –«

Lady Jane nickte mit ernstem Gesicht. »Ich glaube, Ihr habt recht, Sir Jhary, denn je mehr man weiß, desto weniger Sinn scheint das Leben zu haben. Doch ich fürchte, wir haben im Moment keine Zeit zu philosophieren, sondern müssen uns mit unseren dringlichen Problemen befassen. Ich habe bereits nach dem Pater gerufen und hoffe, daß er den Ruf auch vernimmt und kommt – es gelingt nicht immer, müßt Ihr wissen. Doch inzwischen möchte ich Euch ein Geschenk machen, Prinz Corum, das Euch, wie ich fühle, von Nutzen sein wird. Es hat den Anschein, als stünde im Universum eine große Konjunktion bevor, wenn für einen kurzen Augenblick alle Zeiten und alle Ebenen sich schneiden. Es ist mir nicht bekannt, daß etwas Ähnliches je zuvor stattgefunden hat. Diese Botschaft ist jedoch nur ein Teil meines Geschenks. Das andere ist dies –« Von einem Band um ihren Hals holte sie ein schmales Objekt hervor, das, obgleich es von milchigem Weiß war, doch in allen Farben des Spektrums funkelte. Es war ein Messer, das aus einem Kristall geschnitzt war. Solches hatte Corum nie zuvor gesehen.

»Ist das –!« begann er.

Sie beugte den Kopf, um das Band abzunehmen. »Es ist das Hexenmesser, mit dem ich Gerane zu mir holte. Es wird Euch, glaube ich, Hilfe bringen, wenn Ihr sie dringend braucht. Es wird Euren Bruder herbeirufen –«

»Meinen Bruder? Aber ich habe doch keinen –«

»Ich kann Euch nur sagen, was ich erfuhr, nicht mehr. Hier, nehmt das Hexenmesser.«

Corum griff danach und hängte es mit dem Band um den Hals. »Ich danke Euch, Lady.«

»Ein anderer wird Euch sagen, wann und wie Ihr es benutzen müßt«, erklärte sie ihm. »Und nun, meine edlen Herren, ruht Euch hier im Haus im Wald aus, bis der Pater sich einfindet.«

»Es ist uns eine große Ehre«, dankte Corum. »Doch sagt mir, Lady, wißt Ihr etwas von der Frau, die ich liebe, denn wir wurden voneinander getrennt. Ich spreche von der Lady Rhalina von Allomglyl, und ich fürchte sehr um ihre Sicherheit.«

Lady Jane zog die Brauen hoch. »Da war irgend etwas von einer Frau, das mir jedoch nur flüchtig durch den Kopf ging. Aber ich habe das Gefühl, daß Ihr, wenn Ihr Euer gegenwärtiges Problem löst, auch wieder mit ihr zusammenkommen werdet. Solltet Ihr es jedoch nicht vermögen, werdet Ihr sie nie wiedersehen.«

Corum lächelte grimmig. »Dann muß ich es eben lösen.

6 Die Fahrt auf dem Meer der Zeit

Drei Tage vergingen. Unter normalen Umständen wäre Corum längst unruhig und verzweifelt geworden, aber die wunderschöne alte Frau unterhielt ihn. Sie erzählte ihm von der Welt, in der sie lebte, die sie jedoch selten sah. Vieles war ihm neu, aber er begann zu verstehen, warum Fremdlinge wie er mit Mißtrauen betrachtet wurden. Die Mabden dieser Welt ersehnten nichts mehr als ein Gleichgewicht, eine Beständigkeit, die nicht durch die Launen der Götter und Dämonen und Helden gestört wird. Er empfand Sympathie für sie, obgleich er der Ansicht war, daß ein Verständnis dessen, was sie fürchteten, ihnen diese Furcht nehmen würde. Sie hatten einen nicht näher definierten Gott erfunden, den sie ganz einfach nur Gott nannten und den sie weit von sich entfernt walten ließen. Ihre Erinnerung umfaßte unbedeutende Bruchstücke des Wissens über das kosmische Gleichgewicht. Sie hatten Legenden, die möglicherweise mit dem Kampf zwischen Ordnung und Chaos zusammenhingen. Wie er Lady Jane erklärte, strebte das kosmische Gleichgewicht nur nach Ausgleich der Kräfte – diese Beständigkeit jedoch konnte lediglich durch ein Verstehen der Mächte, in deren Griff sich diese Welt befand, erreicht werden, aber nicht durch ihre Ablehnung.

Am dritten Tag kam einer der alten Diener den Pfad zum Haus emporgerannt, wo Jhary-a-Conel, Corum und Lady Jane sich unterhielten. Aufgeregt redete er in seiner Sprache und deutete auf den Wald.

»Sie suchen Euch offenbar immer noch«, bedeutete die Lady ihnen. »Wir haben zwar Eure Pferde einen Tagesritt entfernt freigelassen, um Eure Verfolger glauben zu machen, Ihr verstecktet Euch in der Nähe von Liskeard, aber zweifellos suchen sie hier trotzdem, weil sie mich für eine Hexe halten.« Sie lächelte. »Ich verdiene ihr

Mißtrauen auch viel mehr als so mancher arme Teufel, den sie gefangennehmen und auf dem Scheiterhaufen verbrennen.«

»Glaubt Ihr, wie werden uns finden?«

»Ich habe ein gutes Versteck für Euch. Auch andere habe ich dort in früheren Zeiten schon verborgen. Der alte Kyn wird Euch dorthin bringen.« Sie sprach zu dem Bediensteten. Er nickte und grinste, als freue er sich über die Abwechslung.

Er führte die beiden Gefährten auf den Speicher des Hauses, wo er eine falsche Wand öffnete. Dahinter war es rauchig und eng, aber doch geräumig genug, sich auszustrecken und zu schlafen, falls es ihnen danach war. Sie kletterten in die Dunkelheit, und Kyn schob die falsche Wand wieder davor.

Eine kurze Weile später hörten sie Stimmen und Stiefelgetrampel auf der Treppe. Sie drückten sich gegen die falsche Wand, damit sie nicht hohl klänge, wenn man vielleicht dagegen klopfte. Das geschah auch tatsächlich, aber man schien nichts Verdächtiges zu bemerken. Die Männer des Suchtrupps fluchten. Ihre Stimmen klangen müde, als hätten sie nicht mehr geruht, seit Corum und Jhary aus der Stadt geflohen waren.

Die Schritte verloren sich wieder. Schwach vernahmen sie Stimmen von draußen und sich entfernenden Hufschlag auf dem Kies.

Dann herrschte Stille.

Ein wenig später schob Kyn die falsche Wand wieder zur Seite und steckte seinen Kopf in ihr Versteck. Er grinste, und Corum grinste zurück. Jhary blies den Staub aus Schnurris Fell und streichelte sie. Er sagte etwas in Kyns Sprache, was der Alte mit kicherndem Gelächter quittierte.

Lady Jane erwartete sie mit ernstem Gesicht. »Ich glaube, sie werden zurückkehren«, murmelte sie. »Sie bemerkten, daß unsere Kapelle schon eine Weile nicht mehr benützt wurde.«

»Eure Kapelle?«

»Wo man von uns erwartet, daß wir beten, wenn wir nicht zur Kirche gehen. Wir haben Gesetze hier, die das verfügen.«

Corum schüttelte verwundert den Kopf. »Gesetze?« Er rieb sich das Kinn. »Diese Welt ist wirklich schwer zu verstehen.«

»Wenn der Pater nicht bald kommt, könnte es sein, daß Ihr von hier fort und anderswo Unterschlupf finden müßt«, bedeutete sie ihnen. »Ich habe bereits nach einem Freund geschickt, der Priester ist. Wenn die Soldaten das nächste Mal wiederkommen, werden sie eine sehr fromme, betende Lady Jane vorfinden.«

»Lady, ich hoffe, Ihr habt unseretwegen keine Schwierigkeiten«, sagte Corum besorgt.

»Macht Euch keine Gedanken. Sie können mir wenig nachweisen. Wenn die gegenwärtige Angst abklingt, werden sie mich ohnehin wieder für eine Weile vergessen.«

»Ich hoffe sehr, daß Ihr recht habt.«

An diesem Abend begab Corum sich schon früh zu Bett. Er fühlte sich ungewöhnlich erschöpft. Seine größte Sorge galt Lady Jane, denn er hatte das Gefühl, daß sie sich in ärgeren Schwierigkeiten befand, als sie zugeben wollte. Erst spät fand er Schlaf, doch kaum plagte ihn der erste Alptraum, als Jhary ihn kurz nach Mitternacht weckte.

Der Freund war vollständig bekleidet und trug sogar seinen Hut. Schnurri saß auf seiner Schulter. »Die Zeit ist gekommen, zur Zeit zu kommen«, orakelte er.

Corum rieb sich die Augen. Er verstand die Bemerkung des Gefährten nicht.

»Bolorhiag ist hier!«

Der Vadhagh schwang beide Beine aus dem Bett. »Ich kleide mich an, dann komme ich sofort nach unten.«

Als er die Treppe hinabstieg, sah er Lady Jane in einen dunklen Umhang gehüllt. Ihr weißes Haar war offen. Jhary-a-Conel stand neben einem kleinen dürren Mann, der sich auf einen Stock stützte. Der Kopf des Mannes war unnatürlich groß, verglichen mit seinem gebrechlichen Körper. Nicht einmal seine Kutte vermochte das zu verbergen. Er sprach mit schriller, quengelnder Stimme.

»Ich kenne Euch, Timeras. Ihr seid ein Spitzbube.«

»Ich bin in diesem Leben nicht Timeras, Bolorhiag. Ich bin Jhary-a-Conel.«

»Doch nichtsdestoweniger ein Spitzbube. Es mißfällt mir, die gleiche Sprache wie Ihr verwenden zu müssen, und ich tue es auch nur Lady Jane zuliebe.«

»Ihr seid beides Spitzbuben«, lachte die wunderschöne alte Frau. »Und es ist Euch auch beiden klar, daß Ihr gar nicht anders könnt, als einander zu mögen.«

»Ich helfe ihm nur, weil Ihr mich gebeten habt«, bestand der Alte hartnäckig. »Und auch, weil er vielleicht eines Tages doch zugibt, daß er mir helfen kann.«

»Wie oft sagte ich Euch schon, Bolorhiag, daß ich zwar viel weiß, aber keine eigentlichen Fähigkeiten habe. Ich würde Euch ja gern helfen, wenn ich es könnte. Aber meine Erinnerung ist wie ein Sieb. Sie besteht aus Bruchstücken von Tausenden von Leben. Ihr solltet Mitleid mit einem wie mir haben.«

»Pah!« Bolorhiag drehte seinen krummen Rücken und blickte Corum mit seinen blauen Augen an. »Und das ist der andere Spitzbube, eh?«

Corum verbeugte sich.

»Lady Jane wünscht, daß ich Euch aus dieser Zeit in eine andere bringe, wo Ihr sie nicht belästigen könnt. Für sie tue ich es gern, denn ihr Herz ist zu weich für diese rauhe Welt. Doch laßt Euch gesagt sein, ich tue es nicht für Euch!«

»Ich verstehe, Sir.«

»Dann wollen wir aufbrechen. Jetzt wehen die rechten Winde. Wir müssen den Kurs setzen, ehe sie sich drehen. Mein Gefährt steht draußen.«

Corum nahm Lady Janes Hand und küßte sie sanft. »Ich danke Euch, meine Lady. Ich danke Euch für Eure Gastfreundschaft, Euer Vertrauen, Eure Geschenke, Eure Vermittlung, und ich hoffe, daß das Glück zu Euch kommt.«

»Vielleicht in einem anderen Leben«, murmelte sie. »Seid bedankt für Eure guten Wünsche. Laßt mich Euch jetzt küssen.« Sie zog seine Stirn zu sich herab und drückte zärtlich ihre Lippen darauf. »Lebt wohl, mein Elfenprinz –«

Er wandte sich um, damit sie nicht sah, daß er die Tränen in ihren Augen bemerkt hatte. Er folgte dem Alten, der ihnen voraus zur Tür humpelte.

Es war ein kleines, eigenartiges Fahrzeug, das vor dem Haus auf sie wartete. Kaum groß genug für drei schien es zu sein, und es war zweifellos gebaut, um lediglich einem Passagier Bequemlichkeit zu bieten. Es hatte einen hohen geschwungenen Bug aus einem Material, das weder Holz noch Metall war. Es sah aus, als hätte es schon viele Stürme überstanden. In seiner Mitte erhob sich ein Mast, aber kein Segel hing daran.

»Setzt Euch«, befahl Bolorhiag ungeduldig und deutete auf eine Bank zu seiner Rechten. »Ich werde mich zwischen Euch zwängen und das Gefährt lenken.«

Eine Kugel auf einem Schwenkzapfen schien das einzige Steuerinstrument in diesem eigenartig gebauten Fahrzeug. Als alle drei eng aneinandergedrängt saßen, hob Bolorhiag die Hand, um Lady Jane zum Abschied zuzuwinken. Dann legte er beide Hände um die Kugel.

Corum und Jhary verbeugten sich ein letztes Mal, aber Lady Jane war inzwischen offenbar schon durch die Tür verschwunden. Corum fühlte eine Träne in seinem guten Auge, und er verstand, warum sie ihnen nicht länger nachsah.

Plötzlich schimmerte etwas um den Mast, und Corum bemerkte, daß es einem dreieckigen Segel glich. Es bestand jedoch nicht aus fester Substanz, sondern aus Licht. Es wuchs, bis es völlig einem normalen Segel aus Tuch glich. Und es blähte sich offenbar im Wind, obwohl überhaupt keiner wehte.

Bolorhiag murmelte etwas vor sich hin. Das kleine Fahrzeug schien sich zu bewegen und doch am gleichen Fleck zu bleiben.

Corum warf einen Blick auf das Haus im Wald. Es flimmerte in greller Mittaghitze.

Doch auch sie umgab plötzlich lichter Tag. Sie sahen Gestalten um das ganze Haus herum, aber die Reiter – es waren vermutlich die gleichen, die am Tag zuvor nach ihnen gesucht hatten, sahen sie offenbar nicht. Sie verschwanden. Wieder war es dunkel, und erneut wurde es hell. Und dann war das Haus verschwunden, und das Boot schaukelte, drehte sich und machte einen Sprung.

»Was ist los?« rief Corum.

»Es geschieht genau das, was Ihr wollt, nehme ich an«, brummte Bolorhiag. »Ihr erlebt nun eine kleine Seereise auf dem Meer der Zeit.«

Überall um sie herum tauchten plötzlich graue Wolken auf. Heftig blähte das Segel sich auf. Der unspürbare Wind blies offenbar jetzt stärker. Das Boot schnitt durch die Luft oder was immer es war, und sein Erfinder und Erbauer drehte die Steuerkugel einmal so und einmal anders und murmelte dazu Unverständliches vor sich hin.

Manchmal änderten die Wolken ihre Farbe, wurden grün oder blau oder auch dunkelbraun. Dann spürte Corum einen eigenartigen Druck auf sich lasten und empfand es kurz als fast unmöglich zu atmen. Aber nie dauerte es lange. Bolorhiag schien selbst überhaupt nicht davon berührt zu sein, und auch Jhary war nichts anzusehen. Ein- oder zweimal maunzte die Katze und krallte sich fest an Jharys Schulter, aber das war das einzige Zeichen, daß auch die anderen die Unannehmlichkeiten des Wechsels spürten.

Langsam wurde das Segel schlaff und fing an zu verblassen. Bolorhiag fluchte in einer harschen Sprache mit vielen Konsonanten und drehte die Kugel so, daß das Boot mit schwindelerregender Geschwindigkeit herumwirbelte und Corums Magen sich umdrehte.

Der alte Mann grunzte zufrieden, als das Segel wieder erschien und sich aufs neue blähte. »Ich befürchtete schon, daß wir den Wind ganz verloren hätten«, brummte er. »Es gibt nichts Ärgerlicheres als eine Flaute auf der Zeitsee. Auch nichts Gefährlicheres, wenn man gerade durch feste Materie gleitet.« Er brach in kicherndes Gemeckere aus und stieß Jhary in die Rippen. »Ihr seht arg grün aus, Timeras, Ihr Spitzbube.«

»Wie lange wird diese Reise dauern, Bolorhiag?« erkundigte Jhary sich mit schwacher Stimme.

»Wie lange?« Bolorhiag strich mit den Händen sacht über die Kugel und schien darin etwas zu erblicken, das sie nicht sehen konnten. »Was ist das für eine sinnlose Frage? Ihr solltet es besser wissen, Timeras!«

»Ich hätte es besser wissen sollen, als mich Euch überhaupt auf dieser Fahrt anzuvertrauen. Ich habe das Gefühl, Ihr werdet senil, Bolorhiag.«

»Nach vielen tausend Jahren steht es mir wohl zu, mein Alter zu spüren.« Bolorhiag grinste boshaft über Jharys offensichtliches Unbehagen.

Das Boot wurde immer schneller.

»Fertig zum Wenden!« brüllte Bolorhiag, der nun ganz den Verstand verloren zu haben schien. »Werft den Anker aus, Jungs! Zeit ahoi!«

Das Boot schaukelte, als sei es von einer gewaltigen Strömung erfaßt worden. Das eigentümliche Segel sackte zusammen und verschwand. Das graue Licht begann heller zu leuchten.

Das Boot stand auf einem dunklen Bergkamm, von dem aus tief unten ein grünes Tal zu erkennen war.

Bolorhiag fing zu kichern an, als er ihre Gesichter sah. »Ich kenne wenige Vergnügen, doch eines davon ist, meine Passagiere in Angst zu versetzen. Ich betrachte es als eine Art Fahrpreis. Ich bin nicht irrsinnig, meine Herren, glaube ich zumindest. Ich bin lediglich zu allem fähig!«

7 Das Land der hohen Steine

Bolorhiag gestattete ihnen auszusteigen. Corum blickte sich in der düsteren Landschaft um. Überall, wohin er schaute, ragten in der Ferne mächtige Steinblöcke in die Höhe. Manche standen einsam, andere in Gruppen. Sie waren von unterschiedlicher Farbe und zweifellos von intelligenten Lebewesen aufgebaut.

»Was ist das?« fragte er.

Bolorhiag zuckte die Schultern. »Steine. Die Bewohner dieser Gegend stellten sie auf.«

»Zu welchem Zweck?«

»Aus demselben Grund, aus dem sie tiefe Löcher in den Boden graben – Ihr werdet sie noch sehen –, ganz einfach, um sich die Zeit zu vertreiben. Sie können es nicht anders erklären. Es ist ihre Art von Kunst, und sie ist nicht besser oder schlechter als jene manch anderer Völker.«

»Wenn Ihr meint«, brummte Corum zweifelnd. »Doch vielleicht seid Ihr nun so gut, Meister Bolorhiag, und verratet uns, warum Ihr uns ausgerechnet hierher brachtet.«

»Das Zeitalter hier gleicht ungefähr jenem Eurer eigenen fünfzehn Ebenen. Die Konjunktion steht unmittelbar bevor, und Ihr seid an diesem Ort besser aufgehoben als sonstwo. Es gibt ein Bauwerk, das hin und wieder hier gesehen wird, und das von manchen der verschwindende Turm genannt wird. Er taucht auf und verschwindet wieder in andere Ebenen. Timeras kennt die Geschichte sicherlich.«

Jhary nickte. »Ja. Ich kenne sie. Aber das Ganze ist äußerst gefährlich, Bolorhiag. Wir vermögen den Turm vielleicht zu betreten, aber wer weiß, wohin er uns bringt. Seid Ihr Euch dessen klar?«

»Ich weiß fast alles über diesen Turm. Aber Ihr habt kaum eine Wahl. Er ist Eure einzige Hoffnung, in Eure eigene Zeit und auf Eure eigene Ebene zurückzukehren, glaubt mir das. Ich kenne keinen anderen Weg. Ihr müßt die Gefahr in Kauf nehmen.«

Jhary zuckte die Achseln. »Ich fürchte, Ihr habt recht. Wir müssen es wagen.«

»Hier.« Bolorhiag drückte ihm eine Pergamentrolle in die Hand. »Dies ist eine Karte, die Euch zeigt, wie Ihr von hier nach Hause kommt. Eine etwas grobe Karte allerdings. Zeichnen und derartige Künste waren nie meine Stärke.«

»Wir sind Euch äußerst dankbar, Meister Bolorhiag«, versicherte ihm Corum.

»Ich will keine Dankbarkeit, sondern Wissen. Ich befinde mich gut zehntausend Jahre von meiner eigenen Zeit entfernt und frage mich, welche Schranke es ist, die mir den Herweg gestattete, aber den Rückweg verwehrt.

Solltet Ihr je eine Antwort oder auch nur den kleinsten Hinweis auf dieses Rätsel erfahren, möchte ich, daß Ihr es mich wissen laßt, wenn Ihr wieder einmal durch diese Zeit und Ebene kommt, Timeras.«

»Ich werde daran denken, Bolorhiag.«

»Dann lebt wohl, meine Herren.«

Der Alte beugte sich wieder über seine kristallene Steuerkugel. Das eigenartige Segel erschien und bäumte sich in dem unspürbaren Wind. Und dann begann das kleine Schiff mit seinem Steuermann zu verblassen.

Corum starrte nachdenklich auf die gewaltigen mysteriösen Steine. Jhary hatte inzwischen die Karte aufgerollt. »Wir müssen ins Tal hinuntersteigen«, erklärte er. »Kommt, Prinz Corum. Wir brechen am besten sofort auf.«

Vorsichtig kletterten sie den Felsen hinab, wo er am wenigsten steil war.

Sie waren noch nicht weit gekommen, als sie aufgeregte Rufe über sich vernahmen. Sie blickten hoch. Bolorhiag hüpfte ungeduldig auf seinem Stock hin und her. »Corum!« brüllte er. »Timeras, oder welch Namen Ihr auch immer jetzt verwendet! Wartet!«

»Was gibt es, Meister Bolorhiag?«

»Ich vergaß Euch zu sagen, Prinz Corum, solltet Ihr morgen – aber nur morgen in großer Gefahr sein, dann begebt Euch an jenen Ort, von dem aus Ihr einen Sturm sehen könnt, der isoliert ist. Hört Ihr?«

»Ich höre, aber was –«

»Ich kann mich nicht wiederholen, die Zeitflut bricht ein. Tretet in diesen Sturm und nehmt das Hexenmesser zur Hand, das Lady Jane Euch gab. Haltet es so, daß es den Blitz anzieht. Dann ruft den Namen Elric von Melnibone und sagt, daß er kommen muß, um die drei, die eins sind, vollständig zu machen – die drei, die eins sind! Vergeßt das nicht! Ihr seid ein Teil davon. Das ist alles, was

Ihr tun müßt, um den dritten, den Helden der vielen Namen, zu den zweien herbeizuholen.«

»Von wem wißt Ihr dies alles, Meister Bolorhiag?« rief Jhary hinauf und klammerte sich, ohne in die Tiefe zu schauen, an einer Felszacke fest.

»Oh, von irgendeinem Wesen. Es spielt keine Rolle, von wem ich es erfahren habe. Aber Ihr dürft es nicht vergessen! Hört Ihr, Prinz Corum? Der Sturm – das Messer – die Formel. Erinnert Euch daran!«

Corum rief zurück, allein schon dem Alten zuliebe: »Ich werde daran denken!«

»Dann noch einmal: Lebt wohl!« Bolorhiag trat vom Felsrand zurück und war verschwunden.

Schweigend kletterten sie weiter nach unten, zu sehr damit beschäftigt, Halt zu finden, als daß sie sich über Bolorhiags seltsame Worte hätten unterhalten können.

Als sie dann schließlich das Tal erreichten, waren sie zu erschöpft, um zu sprechen. Sie ließen sich ins Gras fallen und starrten müde in den Himmel.

Später erst fragte Corum: »Verstandet Ihr die Botschaft des Alten, Jhary?«

Der Freund schüttelte den Kopf. »Die drei, die eins sind! Es klingt sehr mysteriös. Was glaubt Ihr, ob es wohl mit den Visionen zusammenhängt, die wir im Limbus sahen?«

»Warum sollte es?«

»Ich weiß nicht. Es war nur ein plötzlicher Gedanke in meinem ausgehöhlten Kopf. Es ist wohl besser, wenn wir uns im Augenblick nicht damit befassen, sondern zusehen, daß wir den verschwindenden Turm finden. Bolorhiag hatte recht. Die Karte ist wirklich ungenau.«

»Und was ist mit dem verschwindenden Turm?«

»Er stand dereinst in Eurer eigenen Domäne, Corum, glaube ich – auf einer der fünf Ebenen, wenn auch nicht auf Eurer –, und zwar am Rande des großen Balwyn-

Moors in einem Tal wie diesem, das man Darkvale nannte. Chaos kämpfte gegen die Ordnung und siegte in jenen Tagen. Es kam auch nach Darkvale und dessen Fort – eine kleine Burg, oder besser noch ein Turm. Der Ritter dieses Besitztums bat um die Hilfe der Götter von der Ordnung. Sie gewährten sie ihm auch, nämlich in der Weise, daß er seinen Turm in eine andere Dimension versetzen konnte. Aber Chaos hatte damals schon große Macht erlangt und verhängte einen Fluch über den Turm. Er sollte von da ab in alle Ewigkeit durch die Dimensionen reisen müssen und nie länger als ein paar Stunden auf einer Ebene bleiben können. Dieser Zauber hält immer noch an. Der einstige Ritter und Besitzer des Turms – er gewährte einem vor dem Chaos Fliehenden Unterschlupf – wurde bald wahnsinnig, genau wie der Flüchtling. Dann kam Voilodion Ghagnasdiak zu dem verschwindenden Turm, und er blieb dort bis zum heutigen Tag.«

»Wer ist dieser Voilodion Ghagnasdiak?«

»Eine recht unangenehme Kreatur. Er ist nun Gefangener des Turms, da er Angst hat, sich ins Freie zu wagen. Er benutzt den Turm, um Ahnungslose anzulocken. Dann behält er sie bei sich, bis er ihrer müde wird und erschlägt sie.«

»Und gegen ihn müssen wir kämpfen, wenn wir in den verschwindenden Turm wollen?«

»So ist es.«

»Nun. Wir sind zwei und zudem bewaffnet.«

»Voilodion Ghagnasdiak ist sehr mächtig – er ist ein Zauberer von großer Macht.«

»Dann werden wir ihm nichts anhaben können. Meine Hand und mein Auge sind von keinem Nutzen mehr.«

Jhary zuckte die Schultern. Er kraulte Schnurri unterm Kinn. »Ich sagte ja, es ist gefährlich. Aber wie Bolorhiag nicht zu Unrecht andeutete, haben wir keine Wahl.

Immerhin sind wir immer noch dabei, Tanelorn zu suchen. Mir ist, als käme mein Richtungssinn zurück. Wir befinden uns viel näher an Tanelorn als je zuvor.«

»Woher wollt Ihr das wissen?«

»Ich weiß es. Ich weiß es. Das ist alles.«

Corum seufzte. »Ich bin der Geheimnisse, der Zauberei, der Tragödien müde. Ich bin nur ein einfacher –«

»Dies ist keine Zeit für Selbstmitleid, Prinz Corum. Kommt, dies ist der Weg, den wir einschlagen müssen.«

Sie folgten einem rauschenden Fluß zwei Meilen stromaufwärts.

Sein Wasser schäumte durch ein steiles Tal, und sie mußten sich an den Bäumen festhalten, um nicht in den tosenden Fluß zu stürzen. Dann erreichten sie eine Stelle, wo er sich gabelte. Jhary deutete nach rechts. Der weißgewaschene Kies war deutlich durch das hier seichte Wasser zu erkennen. »Eine Furt. Wir müssen zu jener Insel. Dort wird irgendwo der verschwindende Turm auftauchen.«

»Werden wir lange warten müssen?«

»Ich weiß es nicht. Doch die Insel sieht aus, als gäbe es Wild dort, und außerdem können wir Fische aus dem Fluß angeln. Wir werden nicht hungern, während wir warten.«

»Ich denke an Rhalina, Jhary – vom Schicksal Bro-an-Vadhags und Lywm-an-Eshs gar nicht zu reden. Die Unruhe nagt in mir.«

»Unsere einzige Möglichkeit, zu den fünfzehn Ebenen zurückzukehren, ist der verschwindende Turm. Also bleibt uns nichts übrig, als seiner zu harren.«

Corum zuckte die Schultern und begann durch das eisige Wasser auf die Insel zuzuwaten.

Plötzlich brüllte Jhary und rannte an Corum vorbei.

»Er ist hier! Er ist schon hier! Schnell, Corum! Beeilt Euch!«

Er rannte auf die Stelle zu, wo ein steinernes Bauwerk über die Bäume ragte. Es sah aus wie ein ganz gewöhnlicher Turm. Corum konnte gar nicht glauben, daß dies tatsächlich ihr Ziel sein sollte.

»Bald werden wir in Tanelorn sein!« jubelte Jhary. Er erreichte die Insel. Gefolgt von Corum, bahnte er sich einen Weg durch das Unterholz.

Am Fuß des Turms befand sich eine Tür – sie stand offen.

»Kommt, Corum!«

Jhary war schon fast im Innern. Corum näherte sich dem Bauwerk mit Mißtrauen. Er erinnerte sich, was er von seinem Bewohner, Voilodion Ghagnasdiak, gehört hatte. Aber Jhary mit Schnurri auf der Schulter war inzwischen schon durch die Tür.

Corum begann zu laufen, die Rechte um den Schwertknauf. Er erreichte den Turm.

Vor seiner Nase schloß sich die Tür. Er hörte Jhary erschrocken aufschreien. Corum klammerte sich mit der Rechten an das Holz und schlug mit Kwlls Hand dagegen.

Aus dem Innern rief Jhary: »Findet die drei, die eins sind. Was immer das auch bedeutet. Es ist unsere einzige Hoffnung, Corum! Findet die drei, die eins sind!« Dann vernahm er ein Kichern, das nicht von Jhary stammte.

»Macht auf!« brüllte Corum. »Öffnet Eure verdammte Tür!«

Aber das Holz gab nicht nach.

Das Kichern wurde zu einem gellenden Gelächter, und nun vermochte Corum Jhary überhaupt nicht mehr zu hören. Eine ölige Stimme sagte:

»Willkommen in Voilodion Ghagnasdiaks Heim, Freund. Es ist mir eine Ehre, Euch als Gast zu haben.«

Corum spürte, daß etwas mit dem Turm geschah. Er blickte zurück. Der Wald mit der Insel verschwand. Er klammerte sich an den Türgriff, und seine Füße stemmten sich gegen die Stufe. Qualvolle Zuckungen schüttelten seinen Körper. Jeder Zahn in seinem Mund schmerzte, und jeder Knochen vibrierte.

Dann verlor er den Halt und sah, wie der Turm vor seinen Augen verschwand. Er fiel.

Er fiel und landete auf nassem, sumpfigem Boden. Es war Nacht. Irgendwo schrie ein Käuzchen.

8 Inmitten des isolierten Sturms

Corum begann durch die Nacht zu schreiten. Noch bei Morgengrauen setzte er müde einen Fuß vor den andern. Er wußte nicht, was er sonst tun könnte, aber irgend etwas mußte er ja unternehmen. Das Marschland erstreckte sich nach allen Seiten. Sumpfvögel flogen vor ihm auf und hoben sich in den roten Morgenhimmel. Schlangen wanden sich über den nassen Boden. Lurche huschten vor ihm davon, und Frösche sprangen nahrungsuchend durch die Sumpfpflanzen.

Corum wählte eine Schilfgruppe aus und machte sie zu seinem unmittelbaren Ziel. Als er sie erreichte, hielt er Ausschau nach der nächsten. Und so kam er immer weiter voran.

Aber er war verzweifelt. Er hatte Rhalina verloren. Und nun auch Jhary und mit ihm seine Hoffnung, sowohl die geliebte Frau als auch Tanelorn zu finden. Auch Bro-an-Vadhagh und Lywm-an-Esh hatte er verloren, an das Chaos, an Glandyth-a-Krae.

»Alles aus«, murmelte er.

»Alles aus!«

Die Sumpfvögel keckerten und kreischten, kleines Getier huschte durch das Schilf.

War diese ganze Welt Marschland? Nirgends, so weit das Auge reichte, sah er etwas anderes.

Er kam zur nächsten Schilfgruppe und setzte sich daneben auf den feuchten Boden. Er blickte zum weiten Himmel empor, zu den roten Wolken und der Sonne, die über den Horizont stieg. Es begann heiß zu werden.

Dunst stieg aus dem Sumpf auf.

Corum nahm seinen Helm ab. An seinem silbernen Beinschutz klebte dick der Schlamm. Seine Hände waren schwarz; selbst seine Sechsfingerhand starrte vor getrockneter Erde.

Der Dunst bewegte sich langsam über das Marschland, als suche er etwas. Corum benetzte sein Gesicht und seine Lippen mit dem fauligen Wasser und hätte gern seinen scharlachroten Mantel und sein silbernes Kettenhemd abgelegt, aber er fühlte sich sicherer, wenn er es anbehielt. Wie leicht konnte es größere, weniger friedfertige Sumpfbewohner als die Schlangen, Lurche und Frösche geben.

Nun war der Dunst überall. An manchen Stellen brodelte der Sumpf und sandte seine Blasen hoch. Die heiße feuchte Luft peinigte seine Kehle, seine Lungen. Seine Lider wurden schwer, und eine bleierne Müdigkeit überfiel ihn.

Da glaubte er eine Gestalt durch den Dunst stapfen zu sehen. Ein hochgewachsenes Wesen, das langsam durch den sprudelnden Sumpf watete. Ein Gigant, der etwas Schweres hinter sich herzog. Corums Kopf sank auf seine Brust. Er vermochte ihn nur mit großer Mühe wieder zu heben.

Doch nun sah er die Gestalt nicht mehr. Vermutlich machten die Sumpfgase ihn schläfrig und gaukelten ihm etwas vor.

Er rieb sich die Augen, aber der einzige Erfolg war, daß Schmutz in sein sterbliches Auge gelangte.

Da spürte er, daß sich etwas hinter ihm befand.

Er drehte sich um.

Etwas ragte aus dem Sumpf auf. Es war so weiß und körperlos wie der Dunst. Und dann fiel etwas über ihn her und schnürte seine Arme und Beine ein. Corum versuchte sein Schwert zu ziehen, aber er vermochte sich nicht zu befreien. Er wurde hochgehoben. Andere Kreaturen zappelten und brüllten neben ihm. Die Hitze begann nachzulassen. Es wurde fast unerträglich kalt, so kalt, daß all die anderen Geschöpfe um ihn plötzlich still wurden. Dann war es dunkel. Und gleich darauf naß. Er spuckte Salzwasser und fluchte. Er war wieder frei und fühlte weichen Sand unter seinen Füßen. Knietief watete er durch das Wasser, den Silberhelm fest an sich gepreßt. Keuchend ließ er sich auf den dunkelgelben Strand fallen.

Corum vermeinte zu wissen, was mit ihm geschehen war, aber es war schwer für ihn, daran zu glauben. Zum dritten Mal hatte er den geheimnisvollen watenden Gott gesehen. Und zum dritten Mal hatte der titanische Fischer sein Geschick beeinflußt. Das erste Mal, als der durch den Riesen erzeugte Wellengang ihn gegen die Küste der Ragha-da-Kheta geschleudert hatte. Das zweite Mal, als er Jhary-a-Conel vor dem Moidelsberg aus seinem Netz entlassen hatte. Und nun das dritte Mal, da er ihn aus der Marschwelt rettete. Eine Welt, die, wie ihm jetzt schien, sich auf einer der fünfzehn Ebenen befinden mußte – so wie diese neue Welt.

Wenn es tatsächlich eine neue Welt war und nicht nur ein Teil der Marschwelt.

Doch wie dem auch war, hier gefiel es ihm jedenfalls besser. Er erhob sich mühsam.

Da bemerkte er die alte Frau neben sich. Sie war rundlich, und ihr rotes Gesicht sah gleichzeitig verängstigt und entrüstet aus. Sie war patschnaß und schüttelte mit beiden Händen das Wasser aus ihrem Haar.

»Wer seid Ihr?« fragte Corum.

»Wer seid Ihr, junger Mann? Ich machte einen Spaziergang am Strand, als plötzlich diese schreckliche Welle über mich hinwegspülte. Es ist doch nicht Euer Tun, oder?«

»Ich hoffe nicht, Madame.«

»Seid Ihr ein Seefahrer, der Schiffbruch erlitt?«

»So ist es, Madame«, stimmte Corum eilig zu. »Sagt mir, Madame. Wo befinde ich mich?«

»Ihr seid ganz in der Nähe des Fischerhafens Chynezh Port, junger Sir. Dort oben«, sie deutete die Klippen hoch, »ist das große Balwyn-Moor und –«

»Balwyn-Moor? Dahinter liegt Darkvale, nicht wahr?«

Die Frau nickte. »Ja, Darkvale. Doch niemand wagt sich heutzutage noch dorthin.«

»Wegen des verschwindenden Turms?«

»So sagt man.«

»Ist es möglich, in Chynezh Port ein Pferd zu kaufen?«

»Warum nicht? Die Pferdezüchter von Balwyn-Moor sind berühmt und bringen ihre besten Rosse nach Chynezh, wohin viele Fremdländer kommen, nur um sie zu erstehen – zumindest war es so, ehe der Angriff begann.«

»Ihr habt Krieg?«

»Ihr könnt es auch so nennen. Furchtbare Wesen kamen aus dem Meer und zerstörten unsere Kähne und Schiffe mit allem, was darauf war. Wir haben gehört, daß die Menschen anderswo noch viel mehr erdulden müssen und wir hier noch einigermaßen sicher vor diesen schrecklichen Ungeheuern sind. Aber wir haben die Hälfte unserer Männer verloren, und nun wagt niemand mehr zu fischen. Und natürlich kommen auch keine fremden Schiffe mehr in den Hafen, um Pferde zu kaufen.«

»So kehrt das Chaos also auch hier zurück«, seufzte Corum. »Ihr müßt mir helfen, Madame«, sagte er. »Dann kann ich vielleicht auch Euch helfen und mit etwas Glück dafür sorgen, daß die Meere wieder sicher sind. Aber zuerst das Pferd.«

Sie führte ihn den Strand entlang und um die Klippen herum.

Vor ihnen lag eine hübsche Fischerstadt mit einem großen Hafen, der voll Boote und Schiffe war.

»Seht Ihr«, sagte sie. »Dort sind sie alle. Wenn sie nicht bald auslaufen können, müssen wir verhungern, denn die Stadt lebt vom Fischfang.«

Corum legte seine sterbliche Hand auf ihre Schulter. »Nun bringt mich zu einem Pferdehändler.«

Sie führte ihn aus der Stadt hinaus, in die Nähe der Straße, welche sich die Klippen zum Moor hinaufwand. Hier verkaufte ein Bauer ihm gegen Goldstücke aus dem Beutel am Gürtel ein Paar Pferde, einen Schimmel und einen Rappen mit dem notwendigen Zaumzeug. Corum hatte es sich in den Kopf gesetzt, zwei Pferde zu erstehen, obgleich ihm selbst nicht klar war, wozu er das zweite brauchen würde.

Er schwang sich in den Sattel des weißen Pferdes und führte das schwarze am Zügel. So ritt er die kurvenreiche Straße hoch, die nach Darkvale führte, und er spürte die verwunderten Blicke der Frau und des Bauern in seinem Rücken. Er erreichte den Kamm und sah, daß sich der Weg am Klippenrand entlangzog, bis er sich in einem bewaldeten Tal verlor. Der Tag war warm und still. Es fiel ihm schwer zu glauben, daß auch diese Welt vom Chaos bedroht war. Das Land hier erinnerte ihn sehr an Bro-an-Vadhagh. Selbst die Küste schien ihm vertraut.

Eine Art Vorahnung erfüllte ihn, als er in den Wald ritt und dem Gesang der Vögel lauschte. Es war sehr friedlich, und doch schien irgend etwas nicht so zu sein, wie es sein sollte. Er ließ die Pferde langsamer trotten und blickte sich wachsam um.

Da sah er es vor sich.

Eine schwarze Wolke hing direkt auf der Straße zwischen den Bäumen. Eine Wolke, aus der plötzlich Blitze zuckten und in der der Donner dröhnte.

Corum hielt die Pferde an und sprang vom Sattel. Er zog das Hexenmesser unter seinem Kettenhemd hervor und versuchte, sich an Bolorhiags Worte zu erinnern. *Begebt Euch an jenen Ort, von dem aus Ihr einen Sturm sehen könnt, der isoliert ist. Tretet in diesen Sturm und nehmt das Hexenmesser zur Hand, das Lady Jane Euch gab. Haltet es so, daß es den Blitz anzieht. Dann ruft den Namen Elric von Melnibone und sagt, daß er kommen muß, um die drei, die eins sind, vollständig zu machen – die drei, die eins sind – Ihr seid ein Teil davon – der dritte – der Held der vielen Namen – wird zu den zweien herbeigeholt –*

»Ich werde es versuchen«, murmelte er. »Ich brauche Verbündete, um gegen Voilodion Ghagnasdiak in seinem verschwindenden Turm vorzugehen. Und wenn diese Verbündeten mächtig sind, um so besser.« Das Kristallmesser hoch erhoben, schritt er in die donnernde Wolke.

Der Blitz schlug in das Hexenmesser ein und erfüllte ihn mit vibrierender Energie. Um ihn herum wirbelte die Wolke und dröhnte der Donner. Er öffnet die Lippen und schrie:

»Elric von Melnibone! Ihr müßt kommen und die drei, die eins sind, vollständig machen! Elric von Melnibone! Ihr müßt kommen, um die drei, die eins sind, vollständig zu machen!«

Ein greller Blitz fuhr herab. Er zerschmetterte das Hexenmesser und schleuderte Corum zu Boden. Stimmen heulten, Winde bliesen in alle Richtungen. Corum taumelte auf die Beine. Er fragte sich, ob er nur zum Narren gehalten worden sei, denn er vermochte nichts zu sehen als die Blitze und nichts zu hören als den nicht endenwollenden Donner.

Wieder begann er, grundlos, wie ihm schien, zu fallen. Sein Kopf schlug auf dem Boden auf. Verwirrt erhob er sich erneut.

Da leuchtete sanftes Licht durch den Wald, und die Vögel zwitscherten wieder.

»Der Sturm ist vorbei.« Er blickte sich um und sah den Mann, der auf dem Moos lag. Er erkannte ihn. Es war der Reiter auf dem Drachenrücken, den er im Limbus gesehen hatte. Er beugte sich über ihn. »Seid Ihr Elric von Melnibone?«

Der Albino sprang auf die Füße. Seine roten Augen schienen voll tiefer, ewiger Trauer. Höflich antwortete er.

»Ich bin Elric von Melnibone. Darf ich mich bei Euch für meine Rettung vor diesen Kreaturen bedanken, die Theleb K'aarna herbeirief?«

Corum nickte und betrachtete den Krieger näher. Elric trug ein Hemd, dem die Reise nicht sehr gut bekommen war, und Beinkleider aus schwarzer Seide. Auch seine Lederstiefel waren so schwarz wie sein Gürtel, an dem eine Scheide hing, in welche der Albino eben sein gewaltiges, schwarzes, von Griff bis Spitze mit seltsamen Runen bedecktes Breitschwert schob. Ein wallender Umhang aus weißer Seide mit einer großen Kapuze hing über seine Schultern. Elrics milchweißes Haar flutete darüber und schien damit zu verschmelzen.

»Ich rief Euch«, gestand Corum, »aber ich weiß nichts von einem Theleb K'aarna. Man sagte mir, ich hätte nur eine Möglichkeit, Eure Hilfe zu erlangen, und zwar hier an diesem Ort und zu dieser Zeit. Ich bin Corum Jhaelen Irsei – der Prinz im scharlachroten Mantel –, und ich habe eine wichtige Aufgabe zu erfüllen.«

Elric blickte sich stirnrunzelnd um. »Wo befindet sich dieser Wald?«

»Nirgendwo auf Eurer Ebene, noch in Eurer Zeit, Prinz Elric. Ich rief Euch, um mir in meinem Kampf gegen die Chaos-Götter beizustehen. Es gelang mir bereits, zwei der Schwertherrscher unschädlich zu machen – Arioch und Xiombarg –, aber der dritte, der Mächtigste, er herrscht noch –«

»Arioch vom Chaos – und Xiombarg?« Der Albino betrachtete Corum ein wenig zweifelnd. »Ihr habt zwei der mächtigen Götter des Chaos vernichtet? Aber es liegt noch keinen Mond zurück, da sprach ich selbst mit Arioch. Er ist mein Schutzherr –«

Corum erkannte, daß Elric nicht wie er mit der Struktur des Multiversums vertraut war. »Es gibt viele Existenzebenen«, sagte er so sanft er konnte. »Auf manchen sind die Chaos-Götter stark. Auf anderen dagegen sind sie schwach. Auf manchen, wie ich erfuhr, gibt es sie überhaupt nicht. Arioch und Xiombarg sind verbannt und existieren nicht länger in meiner Welt. Doch nun bedroht der dritte der Schwertherrscher uns – der mächtigste, König Mabelrode.«

Der Albino hatte die Brauen zusammengezogen, und Corum befürchtete, daß er ihm vielleicht nicht helfen würde. »Auf meiner – Ebene, sagtet Ihr? – ist Mabelrode nicht mächtiger als Arioch und Xiombarg. Ich verstehe nicht ganz –«

Corum holte tief Luft. »Ich werde es Euch zu erklären versuchen, so gut ich es kann. Aus irgendeinem Grund hat das Schicksal mich auserwählt, der Held zu sein, der die Götter des Chaos aus den fünfzehn Ebenen verbannen muß. Zur Zeit bin ich auf dem Weg, eine Stadt zu suchen, die wir Tanelorn nennen und in der ich Hilfe zu finden hoffe. Aber mein Führer ist Gefangener in einem Turm hier in der Nähe. Ehe ich weiterziehen kann, muß ich ihn befreien. Mir wurde gesagt, ich könnte Hilfe herbeirufen – und so die Befreiung durchführen. Ich benutzte den angegebenen Zauberspruch, um Euch zu mir zu bringen und Euch zu sagen –« Corum zögerte einen Moment, denn Bolorhiag hatte es nicht erwähnt, aber trotzdem wußte er, daß es so war –, »daß Ihr, wenn Ihr mir helft, Euch selbst ebenfalls helft. Und wenn ich Erfolg hätte, auch Ihr etwas bekämt, das Eure Aufgabe erleichtern wird –«

»Wer sagte das?«

»Ein Weiser.«

Corum schaute dem Albino nach, der sich auf einen Baumstumpf setzte und den Kopf in seinen Händen barg. »Ich wurde zu einer sehr ungünstigen Zeit hinweggerufen«, murmelte Elric. »Ich hoffe, Ihr sprecht die Wahrheit, Prinz Corum.« Plötzlich blickte er hoch und fixierte Corum mit seinen roten Augen. »Es ist ein Wunder, daß Ihr überhaupt sprecht, oder zumindest, daß ich Euch verstehe. Wie ist dies möglich?«

»Man – sagte mir, wir hätten keine Schwierigkeiten, einander zu verstehen, weil wir – weil wir ein Teil des gleichen Ganzen sind. Mehr vermag ich Euch nicht zu erklären, Prinz Elric, denn das ist alles, was ich weiß.«

»Vielleicht ist alles nur Illusion. Vielleicht habe ich mich selbst getötet, oder jene Maschine Theleb K'aarnas hat mich verschlungen. Aber zweifellos habe ich keine Wahl, als Euch meine Hilfe zu gewähren, um dafür selbst Hilfe zu erhalten.« Der Albino fixierte Corum immer noch.

Der Vadhagh holte seine beiden Pferde vom Rand des Waldes, wo er sie angebunden hatte. Als er zurückkam, stand der Albino mitten auf der Straße und starrte um sich. Corum wußte, wie es war, sich plötzlich in einer neuen, fremden Welt zu finden, und er empfand Mitleid mit dem Melniboneaner. Er reichte ihm die Zügel des Rappen, und der Albino schwang sich in den Sattel.

Während sie dahinritten, sagte Elric: »Ihr spracht von

Tanelorn. Dieses Tanelorns wegen befinde ich mich in dieser Eurer Traumwelt.«

Corum war erstaunt, Elric Tanelorn so gleichgültig erwähnen zu hören. »Wißt Ihr denn, wo es liegt?«

»In meiner eigenen Welt, ja – aber warum sollte es diese Stadt auch in dieser geben?«

»Tanelorn existiert auf allen Ebenen, wenn auch in verschiedener Form. Aber es gibt nur ein Tanelorn, und es ist ewig.«

Die beiden Männer ritten weiter durch den Wald. Corum mochte kaum glauben, daß Elric Wirklichkeit war – genausowenig, wie Elric offenbar an die Echtheit dieser Welt glaubte. Der Albino fuhr sich mehrmals über die Stirn und starrte Corum an.

»Wohin bringt Ihr mich?« fragte er schließlich. »Zu diesem Turm?«

»Erst brauchen wir den dritten«, sagte er zögernd und entsann sich Bolorhiags Worte – »den Helden der vielen Namen.«

»Und Ihr wollt ihn ebenfalls durch Eure Zauberformel herbeirufen?«

Corum schüttelte den Kopf. »Das weiß ich nicht. Ich habe erfahren, daß er uns finden würde. Daß er hierhergeholt würde, um die drei, die eins sind, vollständig zu machen.«

»Was bedeutet das? Wer sind ›die drei, die eins sind‹?«

»Ich weiß wenig mehr als Ihr, Freund Elric, außer daß wir alle drei zusammensein müssen, um jenen zu besiegen, der meinen Führer gefangenhält.«

Sie kamen an das Balwyn-Moor und ließen den Wald hinter sich. Auf einer Seite fielen steil die Klippen ins Meer. Die Welt war still und friedlich, und es schien kaum glaublich, daß Chaos sie bedrohen könne.

»Euer Handschuh ist von recht eigenartigem Aussehen«, murmelte Elric.

Corum lachte. »Das fand auch der Doktor, mit dem ich erst vor kurzem beisammen war. Er glaubte, es sei ein von Menschen gefertigtes künstliches Glied. Aber es hat, so wird berichtet, einem Gott gehört – einem jener verschwundenen Götter, die vor Tausenden von Jahren auf unerklärliche Weise die Welt verließen. Es hatte einmal besondere Fähigkeiten, genau wie dieses Auge hier. Ich konnte damit in eine Unterwelt sehen – einen schrecklichen Ort, aus dem ich Hilfe herbeizurufen vermochte.«

»Alles, was Ihr mir erzählt, läßt die Zauberei und Kosmologie meiner Welt einfach, ja primitiv im Vergleich erscheinen.«

»Es scheint Euch nur verwirrend«, erwiderte Corum, »weil es fremd für Euch ist. Eure Welt wäre mir zweifellos genauso unverständlich, wäre ich plötzlich dorthin versetzt worden.« Corum lachte. »Außerdem ist dies hier nicht meine Welt, auch wenn sie ihr ähnlicher sieht als so manche andere. Wir haben etwas gemein, Elric, und das ist, daß wir beide dazu verdammt sind, eine Rolle in dem ständigen Kampf zwischen den Göttern der höheren Welten zu spielen. Nie werden wir verstehen, warum dieser Kampf überhaupt sein muß und warum er ewig ist. Wir kämpfen, wir leiden schreckliche Seelenqualen, aber wir werden nie sicher sein, daß wir auch etwas erreichen.«

Elric stimmte ihm bei. »Ihr habt recht. Wir haben viel gemein, Ihr und ich, Corum.«

Der Vadhagh blickte die Straße hinunter und sah einen Reiter reglos auf seinem Pferd sitzen. Der Krieger schien auf sie zu warten.

»Vielleicht ist dies der dritte, von dem Bolorhiag sprach«, meinte Corum. Sie ritten etwas langsamer und mit wachsamem Blick auf den Mann zu.

Er war von dunkler Hautfarbe, wie Ebenholz so

schwarz, mit einem großen kräftigen Kopf und gutaussehenden Zügen. Die Stirn war zum Teil von einem Zähne bleckenden Bärenschädel verdeckt, dessen Pelz über den Rücken des Kriegers herunterhing. Die Bärenmaske konnte sicher auch als Visier benutzt werden, dachte Corum. Jetzt jedenfalls bedeckte sie die Züge nicht, welche der ebenfalls schwarze Gesichtsschutz frei ließ Wie Elric trug der Mann ein großes schwarzes Schwert, das in einer ebenso schwarzen Scheide steckte. Corum kam sich, verglichen mit ihnen, geradezu geckenhaft gekleidet vor. Das Pferd des Kriegers war jedoch nicht schwarz, sondern ein Rotschimmel. Ein mächtiger runder Schild hing von seinem Sattel.

Der Mann schien nicht erfreut, sie zu sehen. Im Gegenteil, er zuckte zurück, als er sie erblickte.

»Ich kenne Euch! Ich kenne Euch beide!« rief er erschrocken.

Corum hatte diesen Mann nie zuvor gesehen, und doch schien auch er ihm bekannt.

»Wie kamt Ihr hierher nach Balwyn-Moor, Freund?« fragte er.

Der schwarze Krieger benetzte seine Lippen. Seine Augen wirkten blicklos. »Balwyn-Moor? Dies ist Balwyn-Moor? Ich bin erst seit wenigen Augenblicken hier. Vorher befand ich mich – befand ich mich – Ah! Meine Erinnerung beginnt wieder zu verblassen!« Er drückte eine riesige schwarze Hand gegen die Stirn. »Ein Name - und noch ein Name! Nein, nicht mehr! Elric! Corum! Aber ich – ich bin jetzt –«

»Woher wißt Ihr unsere Namen?« rief Elric betroffen.

»Weil – weil – wißt Ihr es denn nicht?« erwiderte der Schwarze mit leiser Stimme. »Ich bin Elric – ich bin Corum – oh, die Qual könnte nicht schlimmer sein. Zumindest war ich Elric und Corum oder werde sie auch erst sein –«

Corum fühlte Mitleid mit dem Krieger. Er erinnerte sich, was Jhary ihm von dem ewigen Helden erzählt hatte. »Euer Name, Sir?«

»Tausend Namen sind mein. Tausend Helden war ich bereits. Ah! Ich bin – ich bin – John Daker – Erekose – Urlik – und viele, viele andere – Die Erinnerungen, die Träume – die Identitäten.« Plötzlich starrte er sie mit qualerfüllten Augen an. »Versteht Ihr es denn nicht? Bin ich der einzige, der dazu verdammt ist, es zu verstehen? Ich bin jener, den man den ewigen Helden nennt – ich bin der Heros seit Anbeginn der Zeit – und ja, ich bin Elric von Melnibone – Prinz Corum Jhaelen Irsei. Ich bin auch Ihr. Wir drei sind ein und derselbe und noch eine Myriade von anderen dazu. Wir drei sind eins – dazu verdammt, für immer und alle zu kämpfen und nie das Warum zu wissen. Oh, mein Kopf pocht! Wer quält mich so? Wer?«

»Ihr sagt, Ihr seid eine Inkarnation meiner selbst?« warf Elric ein.

»Wenn Ihr es so nennen wollt! Ich würde eher sagen, Ihr beide seid Inkarnationen *meines* Ichs!«

»Das ist es also«, murmelte Corum, »was Bolorhiag meinte, als er von den dreien sprach, die eins sind. Wir sind alle drei Aspekte ein und des gleichen Mannes, aber wir haben unsere Stärke verdreifacht, weil wir aus drei verschiedenen Zeiten zusammengebracht wurden. Es ist die einzige Macht, die möglicherweise etwas gegen Voilodion Ghagnasdiak im verschwindenden Turm auszurichten vermag.«

»Ist das jener Turm, in dem Euer Führer gefangen ist?« fragte Elric.

»Ihr sagt es.« Corum umklammerte die Zügel. »Der verschwindende Turm treibt von einer Ebene auf die andere, von einer Zeit in die andere und bleibt nie länger als ein paar Augenblicke an einem Ort. Aber da wir drei

Inkarnationen eines und desselben Helden sind, wäre es denkbar, daß wir gemeinsam eine Zauberkraft haben, die es uns ermöglicht, dem Turm zu folgen und anzugreifen. Wenn wir dann meinen Führer befreit haben, können wir unseren Weg nach Tanelorn fortsetzen –«

Der schwarze Krieger hob seinen Kopf. Hoffnung begann die Verzweiflung zu verdrängen. »Tanelorn? Auch ich suche Tanelorn. Nur dort vermag ich ein Mittel gegen mein schreckliches Geschick zu finden – jenes Los, das mich all meine Inkarnationen wissen läßt und mich ziellos von einer Existenz in die andere wirft. Tanelorn – ich muß Tanelorn finden!«

»Auch ich muß Tanelorn finden.« Der Albino schien amüsiert, als gewänne er Gefallen an der seltsamen Situation. »Ich muß die Stadt finden, weil ihre Bewohner auf meiner Ebene sich in großer Gefahr befinden.«

»So haben wir nicht nur eine gleiche Identität, sondern auch ein gleiches Ziel«, stellte Corum fest. Vielleicht wuchs dadurch die Chance, Jhary und Rhalina wiederzufinden. »Also werden wir auch gemeinsam kämpfen. Erst müssen wir meinen Führer befreien, und dann geht es nach Tanelorn!«

»Ich helfe Euch willig!« versicherte ihm der schwarze Riese.

Corum verbeugte sich dankend vor ihm. »Und wie sollen wir Euch nennen – Euch, der Ihr wir seid?«

»Nennt mich Erekose – obgleich mir ein anderer Name näherliegt. Doch als Erekose kam ich dem gnädigen Vergessen am nächsten – und der Erfüllung meiner Liebe.«

»Dann seid Ihr zu beneiden, Erekose«, murmelte Elric. »Denn zumindest kamt Ihr, wie Ihr sagt, dem Vergessen nahe –«

Der schwarze Krieger zerrte am Zügel und fiel neben Corum in Trab. Er warf einen unwilligen Blick auf Elric. »Ihr habt keine Ahnung, was es ist, das ich vergessen muß.« Dann wandte er sich an den Prinzen im scharlachroten Mantel. »Welchen Weg zum verschwindenden Turm, Corum?«

»Die Straße führt geradewegs hin, glaube ich. Es ist der Weg nach Darkvale.«

DRITTES BUCH

In dem berichtet wird, wie Prinz Corum weit mehr als nur Tanelorn findet

1 Voilodion Ghagnasdiak

Die Straße wurde schmaler und führte bergab. Corum sah sie im schwarzen Schatten zwischen zwei hohen Felsen verschwinden. Nun wußte er, daß sie Darkvale erreicht hatten.

Er fühlte sich nicht sehr wohl in der Begleitung jener beiden, in denen er ebenfalls lebte. Er mußte mit aller Kraft ankämpfen, um nicht darüber nachzugrübeln, was das alles zu bedeuten hatte. Er wies mit dem Finger ins Tal und versuchte seine Stimme so unbekümmert wie nur möglich klingen zu lassen.

»Darkvale.« Er warf einen Blick auf das Gesicht des Albinos und dann auf das des Schwarzen. Beide schauten grimmig und entschlossen drein. »Früher soll dort einmal ein Dorf gestanden haben. Kein sehr einladender Ort, nicht wahr – Brüder –«

»Ich habe Schlimmeres gesehen.« Erekose drückte seine Schenkel gegen den Leib seines Pferdes. »Laßt es uns hinter uns bringen –« Er trieb seinen Rotschimmel an und galoppierte die Straße hinunter zu dem Durchgang zwischen den Felsen.

Corum folgte ihm etwas bedächtiger und Elric ganz langsam. Als sie durch die Dunkelheit ritten, blickte Corum hoch. Die Felsen bildeten fast ein Dach über ihnen und ließen nur wenig Licht hindurch. An ihrem Fuß befanden sich zerfallene Häuser – die Ruinen des einst blühenden Dorfes Darkvale, das dem Chaos seinen Untergang zu verdanken hatte. Diese Ruinen sahen verzerrt und gekrümmt aus, als wären sie einmal geschmolzen und wieder erstarrt. Corum hielt nach dem Ort Ausschau, wo der Turm am wahrscheinlichsten auftauchen könnte, und kam schließlich zu einer Grube, die aussah, als sei sie gerade frisch ausgehoben worden. Er betrachtete sie eingehend. Sie hatte die Größe der Grundfläche des Turms. »Hier müssen wir warten«, sagte er.

»Worauf müssen wir warten, Freund Corum?« erkundigte sich Elric.

»Auf den Turm. Ich nehme an, daß er hier erscheint, wenn er auf diese Ebene kommt.«

»Und wann wird er erscheinen?«

»Zu keiner vorherzubestimmenden Zeit. Es bleibt uns nichts übrig, als zu warten. Und dann, sobald wir ihn sehen, müssen wir darauf zureiten und versuchen, ins Innere zu gelangen, ehe er wieder verschwindet und zur nächsten Ebene treibt.«

Corum hielt nach Erekose Ausschau. Der schwarze Gigant saß auf dem Boden, mit dem Rücken gegen einen geschmolzenen und zu einer bizarren Form wieder erstarrten Stein gelehnt. Elric ritt auf ihn zu.

»Ihr scheint mehr Geduld zu haben als ich, Erekose.«

»Man lernt sie, wenn man vom Anbeginn bis zum Ende aller Zeiten lebt.« Elric lockerte die Zügel seines Pferdes und rief Corum zu: »Woher wißt Ihr, daß der Turm hier erscheinen wird?«

»Von einem Zauberer, welcher zweifellos der Ordnung dient wie ich, denn Ihr müßt wissen, ich bin dazu verdammt, das Chaos zu bekämpfen.«

»Wie ich«, murmelte Erekose.

»Und ich, obwohl ich ihm den Treueid leisten mußte.« Elric zuckte die Schultern und warf den beiden anderen einen eigenartigen Blick zu. Corum erriet, was er dachte. »Und warum sucht Ihr Tanelorn, Erekose?«

Der schwarze Gigant blickte zu dem Lichtschimmer

empor, wo die Felsen sich zum Dach trafen. »Man sagte mir, ich würde dort Frieden finden – und Erkenntnis – und eine Möglichkeit, in die Welt der Älteren zurückzukehren, wo die Frau lebt, die ich liebe. Denn da Tanelorn auf allen Ebenen zu allen Zeiten existiert, ist es leichter, von dort aus durch die Dimensionen zu schlüpfen und jene Ebene zu finden, die man sucht. Was versprecht Ihr Euch von Tanelorn, Lord Elric?«

»Ich kenne Tanelorn und weiß, daß Ihr recht daran tut, diese Stadt zu suchen. Meine Mission scheint zu sein, sie auf meiner Ebene zu verteidigen – doch schon jetzt können meine Freunde dort ihr Ende gefunden haben. Ich hoffe, daß Corum recht hat und ich im verschwindenden Turm das finde, was mir hilft, Theleb K'aarnas Bestien und ihren Herrn zu vernichten.«

Corum hob seine Sechsfingerhand zum Juwelenauge. »Und ich suche Tanelorn, weil ich erfahren habe, daß mir die Stadt in meinem Kampf gegen das Chaos helfen kann.« Er erwähnte nichts weiter von Arkyns Anordnungen, die er vor so langer Zeit im Tempel der Ordnung vernommen hatte.

»Aber Tanelorn kämpft weder gegen das Chaos noch die Ordnung«, erklärte ihm Elric. »Darum besteht sie auch in alle Ewigkeit.«

Das hatte Corum bereits von Jhary gehört. »So mag es sein«, murmelte er. »Doch wie Erekose suche ich nicht Schwerter, sondern Erkenntnis.«

Als die Nacht hereinbrach, hielten die drei abwechselnd Wache. Zeitweilig unterhielten sie sich, aber meistens standen oder saßen sie schweigend und starrten auf die Grube, wo der verschwindende Turm auftauchen sollte.

Verglichen mit Jharys Gesellschaft, empfand Corum die der beiden als bedrückend, und eine Spur von Abneigung erwuchs in ihm. Vielleicht kam es daher, daß sie ihm so ähnlich waren.

Im anbrechenden Morgengrauen, als Erekose gerade ein wenig eingenickt war und Elric tief schlief, erzitterte die Luft, und Corum sah die flimmernden Umrisse von Voilodion Ghagnasdiaks Turm feste Form annehmen.

»Er ist hier!« brüllte er. Erekose sprang sofort auf die Beine, während Elric nur verschlafen blinzelte. »Beeilt Euch, Elric!« rief Corum.

Nun erhob auch der Albino sich. Wie Erekose hielt er bereits sein Schwert in der Hand. Die beiden Klingen schienen fast identisch – beide waren schwarz, beide sahen gefährlich aus, und beide waren von Spitze bis Griff mit eingravierten Runen bedeckt.

Corum war schon vorausgelaufen. Er war entschlossen, sich nicht noch einmal aussperren zu lassen. Hals über Kopf stürzte er in die Dunkelheit hinter der offenen Tür. »Schnell! So kommt doch!« rief er über seine Schulter.

Corum betrat einen kleinen Vorraum. Rötliches Licht aus einer Öllampe, die an einer Kette von der Decke hing, erhellte ihn schwach. Und dann schloß sich plötzlich die Tür hinter ihnen, und Corum wußte, daß sie in der Falle saßen. Er hoffte nur, daß sie zu dritt mächtig genug waren, dem Zauberer zu widerstehen. Durch das schmale Fenster sah er eine Bewegung. Darkvale war verschwunden, und an seiner Stelle wogte eine blaue See. Der Turm war also bereits wieder unterwegs. Schweigend machte er seine Gefährten darauf aufmerksam.

Dann hob er seinen Kopf und brüllte:

»Jhary? Jhary-a-Conel!«

War der getreue Freund gar tot? Er betete inständig darum, daß er noch lebte.

Angespannt lauschte er und vernahm ein kaum hörbares Geräusch, das vielleicht eine Antwort sein konnte.

»Jhary!«

Corum ließ sein langes Schwert durch die Luft sausen.

»Voilodion Ghagnasdiak? Wo seid Ihr? Habt Ihr vielleicht diesen Turm verlassen?«

»Warum sollte ich das? Was wollt Ihr von mir?«

Die Stimme kam aus einem Raum, zu dem ein gewölbter Torbogen führte. Corum schritt darauf zu.

Grelles Licht, ähnlich jenem, das er im Limbus gesehen hatte, umflackerte die bucklige Gestalt Voilodion Ghagnasdiaks. Er war ein mit prunkvoller Kleidung aus Seide, Hermelin und Satin überladener Zwerg. In seiner Rechten hielt er ein Miniaturschwert. Er hatte ein hübsches Gesicht mit glänzenden Augen unter dichten schwarzen Brauen, die in der Mitte zusammenwuchsen. Mit wölfischem Grinsen blickte er den dreien entgegen. »Endlich wieder ein neuer Besuch, der mir die Langeweile vertreiben helfen kann. Aber legt Eure Schwerter nieder, meine Herren, ich bitte Euch. Ihr seid doch meine Gäste.«

»Es ist mir nicht unbekannt, welches Schicksal Eure Gäste erwarten mag«, brummte Corum. »Laßt Euch sagen, Voilodion Ghagnasdiak, daß wir gekommen sind, um Jhary-a-Conel zu befreien, den Ihr hier gefangenhaltet. Gebt ihn frei, und wir werden Euch kein Haar krümmen.«

Ein koboldhaftes Grinsen überzog das hübsche Gesicht. »Aber ich bin sehr mächtig. Ihr könnt mir gar nichts anhaben.« Er breitete die Arme aus. »Seht!«

Er stieß mit dem Schwert durch die Luft und ließ Blitze aufzucken, dann deutete er auf Elric und zwang ihn so, sein eigenes Schwert hochzuheben, daß es aussah, als versuche dieses ihn selbst anzugreifen. Wütend schritt der Albino auf den Zwerg zu. »Laßt Euch warnen, Voilodion Ghagnasdiak. Ich bin Elric von Melnibone, und auch ich habe große Macht. Ich bin der Träger des schwarzen Schwertes, das nach Eurer Seele dürstet und sie trinken wird, wenn Ihr nicht Prinz Corums Freund freigebt!«

Der Zwerg brach in kicherndes Gelächter aus. »Schwerter? Welche Macht haben die schon!«

Erekose knurrte. »Unsere Schwerter sind keine gewöhnlichen Klingen. Und Kräfte, die Ihr nicht einmal zu verstehen vermögt, brachten uns hier zusammen. Die Macht der Götter selbst riß uns aus unserer eigenen Zeit, nur um diesen Jhary-a-Conel von Euch zu fordern!«

»Man täuscht Euch«, wandte Voilodion Ghagnasdiak sich an alle drei. »Oder Ihr versucht, mich zu täuschen. Dieser Jhary ist ein recht unterhaltsamer Gesell, das gebe ich zu, aber welches Interesse könnten Götter an ihm haben?«

Der Albino hob impulsiv sein gewaltiges schwarzes Schwert. Corum war, als höre er ein blutdürstiges Seufzen, das aus dieser Klinge kam. Plötzlich flog Elric in hohem Bogen rückwärts, und das Schwert entglitt seinem Griff. Voilodion hatte lediglich einen gelben Ball von seiner Stirn geschleudert – aber er hatte eine gewaltige Wirkung erzielt.

Corum bat Erekose, sich um Elric zu kümmern, während er selbst kein Auge von dem Zauberer ließ. Kaum war der Albino wieder auf den Füßen, schleuderte der Zwerg einen weiteren Ball, aber diesmal stieß das Schwert ihn zurück, daß er harmlos gegen die Wand prallte und explodierte. Die Hitze schlug sengend in ihre Gesichter, und die Druckwelle raubte ihnen den Atem. Corum sah eine Schwärze sich aus dem Feuer winden, das die Explosion verursacht hatte.

»Es ist gefährlich, die Kugeln zu zerstören«, erklärte ihnen Voilodion Ghagnasdiak ruhig. »Denn das, was in ihnen steckt, wird dadurch frei und wird Euch vernichten.«

Der schwarze Schemen wuchs, und die Flamme erlosch.

Eine Stimme drang aus dem wirbelnden Schatten.

»Ich bin frei!«

Voilodion Ghagnasdiak kicherte. »Ja. Frei, diese Narren zu töten, die meine Gastfreundschaft ablehnten!«

»Frei, um erschlagen zu werden!« rief Elric heftig.

Corum starrte fasziniert auf das Wesen, das zu wachsen begann wie fließendes, vernunftbegabtes Haar und das schließlich verschmolz und zu einer Kreatur mit dem Schädel eines Tigers, dem Körper eines Gorillas und der Haut eines Flußpferdes wurde. Schwarze Flügel entfalteten sich auf seinem Rücken und flatterten heftig, als es mit seiner Waffe – ein langes sensenartiges Ding – nach dem Albino schlug, der ihm am nächsten stand.

Corum sprang auf ihn zu, um ihm beizustehen. Elric verließ sich vielleicht darauf, daß er ihm mit der Hand und dem Auge helfen würde. Darum schrie er: »Mein Auge sieht nicht mehr in die Unterwelt. Ich kann keine Hilfe herbeirufen!«

Da sah er, daß einer der gelben Bälle direkt auf ihn zugeschossen kam und gleichzeitig ein anderer auf Erekose. Beiden gelang es, sie abzuwehren. Sie prallten auf dem Boden auf und platzten. Weitere der geflügelten Monster entstanden, und Corum hatte keine Zeit mehr, auch nur daran zu denken, Elric zu unterstützen. Sein neugeschaffener Gegner schwang die Sense gegen ihn, und Corum konnte sich gerade noch rechtzeitig ducken, um nicht geköpft zu werden.

Mehrmals gelang es dem Vadhagh, durch die Abwehr der Bestie zu dringen, aber die dicke Haut schien unverletzlich. Und das Ungeheuer war flink und gelenkig. Manchmal sprang es in die Höhe und hielt sich kurz mit den Flügeln in der Luft, ehe es auf Corum herabstieß.

Der Prinz im scharlachroten Mantel fragte sich bereits,

ob es nicht eine List des Chaos gewesen war, die ihn hierhergelockt hatte, denn die anderen zwei waren den Monstern gegenüber genauso hilflos wie er.

Er verfluchte seinen übertriebenen Wagemut und wünschte, sie hätten sich erst einen Plan überlegt, ehe sie in den verschwindenden Turm eindrangen.

Über dem Kampflärm schrillten die Schreie Voilodion Ghagnasdiaks, der immer mehr der gelben Kugeln in den Raum schleuderte, aus denen immer weitere der tigerschädeligen Monster entstanden.

Die drei Männer fanden sich schließlich an die hinterste Wand gedrängt.

»Ich fürchte, ich habe Euch beide nur zu Eurem Untergang herbeigerufen«, keuchte Corum und wehrte einen Hieb eines der Monster ab. Sein Schwertarm war schon fast taub. »Ich hatte keine Ahnung, daß unsere Kräfte hier so beschränkt sein würden. Der Turm treibt vermutlich so schnell durch die Zeit, daß nicht einmal die einfachsten Gesetze der Zauberei innerhalb seiner Wände Gültigkeit haben.«

Elric verteidigte sich gegen zwei Sensen, die gleichzeitig nach ihm ausholten. »Des Zwerges Zauberkraft ist hier aber recht wirkungsvoll«, knurrte er. »Wenn ich nur einen einzigen erschlagen –«

Eine der Sensen ritzte seine Haut, eine andere schlitzte den Umhang des Albinos auf, und eine dritte schnitt ihm ins Fleisch des Arms. Corum versuchte ihm zu helfen, aber da riß bereits eine weitere Sense an seinem Kettenhemd, und eine andere zischte knapp an seinem Ohr vorbei. Er sah Elric sein Schwert in den Hals eines der Tigerkopfmonster stoßen, aber die Bestie bemerkte es gar nicht. Er hörte Elrics Schwert heulen, als mache es seiner hilflosen Wut Luft.

Dann sah er den Albino der Bestie die Sense entreißen. Er drehte sie um und stach dem Scheusal damit in die

Brust. Blut schoß heraus, und die Kreatur schrie in Todesqualen auf.

»Ich hatte recht!« rief der Prinz von Melnibone triumphierend. »Nur ihre eigenen Waffen vermögen sie zu töten!« Mit dem Runenschwert in der einen und der Sense in der anderen Hand, griff er eines der flatternden Monster an und sprang auf Voilodion Ghagnasdiak zu, der kreischend durch eine schmale Tür entwischte.

Die Tigerkopfwesen hatten sich unter der Decke zusammengeballt und schossen nun herunter.

Corum versuchte verzweifelt, einer der ihn angreifenden Bestien die Sense zu entreißen. Er bekam seine Chance, als Elric dem Monster, das Corum am heftigsten bedrängte, von hinten den Kopf abmähte. Corum packte eilig dessen Sense und wehrte sich damit gegen ein drittes Ungeheuer, das mit aufgeschlitzter Kehle zu Boden sank. Corum stieß dessen Sense mit dem Fuß Erekose zu.

Ein übelkeiterregender Gestank erfüllte die Luft. Schwarze Federn klebten auf Corums schwitzenden und blutigen Händen und in seinem Gesicht. Er dirigierte die beiden anderen zur Tür zurück, durch die sie den Raum betreten hatten. Hier konnten sie sich besser verteidigen, da immer nur ein paar der Monster gleichzeitig durch die Tür zu dringen vermochten.

Corum war schon völlig erschöpft, und die Gewißheit, daß er und seine Gefährten den Kampf verlieren mußten – denn Voilodion Ghagnasdiak schleuderte immer noch weitere Kugeln auf den Boden –, trug nicht dazu bei, seine Zuversicht zu heben. Er sah irgend etwas hinter dem Zwerg durch die Luft flattern, aber er konnte nicht erkennen, was es war, denn eines der Monster nahm ihm die Sicht, und er mußte zur Seite springen, um der niedersausenden Sense auszuweichen.

Da hörte Corum plötzlich eine wohlvertraute Stimme, und als er wieder zu sehen vermochte, wehrte Voilodion

Ghagnasdiak sich gegen etwas, das sich in sein Gesicht gekrallt hatte, und Jhary-a-Conel winkte dem erstaunten Elric zu, der ihn eben erst bemerkt hatte.

»Jhary!« brüllte Corum.

»Ist er es, den zu retten wir herkamen?« Elric schlitzte den Leib einer Tigerkopfbestie auf.

»Ja.«

Elric war Jhary am nächsten und wollte auf ihn zulaufen.

»Nein! Nein! Bleibt, wo Ihr seid!« schrie der.

Aber es war schon gar nicht mehr nötig, denn der Albino war bereits mit zwei Tigermonstern beschäftigt, die ihn von beiden Seiten angriffen.

»Ihr mißverstandet, was Bolorhiag Euch sagte, Corum«, schrie Jhary drängend.

Nun vermochte Elric den Heldengefährten wieder zu sehen; und auch Erekose. Der schwarze Gigant hatte bisher für nichts als Kämpfen und Töten Zeit gefunden, das ihm offenbar bedeutend mehr Vergnügen machte als den anderen.

»Hakt Euch ein, Corum in der Mitte!« rief Jhary. »Und Ihr zwei – zieht Eure Schwerter!«

Corum ahnte, daß Jhary besser Bescheid wußte, als er vorher eingestanden hatte.

»Beeilt Euch!« Jhary-a-Conel stand über den Zwerg gebeugt, der noch immer versuchte, das Ding von seinem Gesicht zu reißen. »Es ist Eure einzige Chance – und meine!«

Elric zögerte.

»Sein Rat ist gut«, versicherte Corum dem Albino. »Er weiß vieles, von dem wir nicht einmal etwas ahnen. Hier. Ich stelle mich in die Mitte.«

Erekose schien wie aus einer Trance zu erwachen. Er blickte Corum über seine blutige Sense hinweg an. Dann schüttelte er seinen gewaltigen schwarzen Schädel und hakte seinen rechten Arm in Corums linken, das Schwert in seiner freien Hand. Elric hakte nun seinen linken in Corums rechten Arm und zog sein Runenschwert.

Da spürte Corum Kraft in seinen geschwächten Körper strömen, und er lachte fast vor Freude über das Gefühl des Wohlbehagens, das ihn nun erfüllte. Elric strahlte über das ganze Gesicht, und sogar Erekose lächelte. Sie hatten sich vereint. Sie waren zu den dreien geworden, die eins sind. Und sie bewegten sich als einer, lachten als einer und kämpften als einer. Obwohl Corum selbst nicht in den Kampf eingriff, war es ihm doch, als schwinge er selbst das Schwert, als hielt er eines in jeder Hand und als führte er sie.

Die Tigerkopfbestien schreckten zurück vor den zischenden Runenschwertern. Sie versuchten, sich vor dieser gewaltigen neuen Macht in Sicherheit zu bringen. Wild flatterten sie durch den Raum.

Corum lachte triumphierend. »Laßt uns ihnen den Rest geben!« Und er wußte, daß Elric und Erekose dasselbe riefen. Jetzt waren ihre Schwerter nicht mehr nutzlos gegen die geflügelten Monster. Im Gegenteil, nun vermochte ihnen nichts zu widerstehen. Das Blut floß, als die verwundeten Kreaturen zu fliehen versuchten. Aber es gab kein Entkommen für sie.

Der verschwindende Turm begann zu erzittern, als schwäche ihn die neue Macht in seinem Innern. Der Boden schwankte. Voilodion Ghagnasdiaks Stimme schrillte von irgendwoher:

»Der Turm! Der Turm! Er zerfällt!«

Corums Füße glitten auf dem blutigen, jetzt schrägen Boden aus.

Da betrat Jhary-a-Conel den Raum. Voll Abscheu betrachtete er das blutige Bild. »Er hat recht«, murmelte er. »Der Zauber, den wir heute heraufbeschworen haben, hat seine Nachwirkungen. Schnurri, komm her!«

Erst jetzt erkannte Corum, daß jenes Ding, das sich in Voilodion Ghagnasdiaks Gesicht festgekrallt hatte, die kleine schwarzweiße Katze war. Wieder einmal hatten sie ihr ihre Rettung zu verdanken. Sie ließ sich auf Jharys Schulter nieder und blickte sich mit großen grünen Augen um.

Elric riß sich von Corum los und rannte in den Vorraum, wo er durch das schmale Fenster schaute. Corum hörte ihn rufen:

»Wir sind im Limbus!«

Langsam löste Corum seinen Arm aus Erekoses Umklammerung. Es fehlte ihm die Kraft, selbst nachzusehen, was Elric meinte, aber er nahm an, daß der Turm sich nun in jener zeit- und raumlosen Dimension befand, die er bereits im Himmelsschiff kennengelernt hatte. Immer heftiger schwankte das Bauwerk jetzt. Corum blickte auf die zusammengekauerte Gestalt des Zwerges, der die Hände gegen sein Gesicht preßte. Blut schoß zwischen den Fingern hervor.

Jhary schritt an Corum vorbei in den Vorraum und sprach mit Elric. Als er zurückkam, hörte der Vadhagh ihn sagen:

»Kommt, Freund Elric. Helft mir meinen Hut suchen.«

»Zu einer Zeit wie dieser sucht Ihr nach einem – Hut?«

»Genau.« Jhary blinzelte Corum zu und streichelte seine Katze. »Prinz Corum – Lord Erekose – kommt auch Ihr mit uns?«

An dem schluchzenden Zwerg vorbei schritten sie durch einen engen Gang, bis sie zu einer Treppe kamen. Sie führte in den Keller. Der Turm erbebte. Jhary zündete eine Fackel an und stieg als erster die Stufen hinunter.

Ein Stück der Decke löste sich und fiel vor Elrics Füße. »Ich würde es vorziehen, einen sicheren Weg aus dem Turm zu finden«, sagte er ruhig. »Wenn er jetzt einbricht, wird er uns unter sich begraben.«

»Vertraut mir, Prinz Elric.«

Sie kamen zu einer Metalltür in einem kreisrunden Raum.

»Voilodions Schatzkammer«, erklärte Jhary. »Hier werdet Ihr alles finden, was Ihr sucht. Und ich hoffe, meinen Hut zurückzubekommen. Er ist eine Extraanfertigung und paßt als einziger zu meiner Kleidung –«

»Wie läßt sich eine solche Tür öffnen?« fragte Erekose und schob unwillig das Schwert in die Scheide zurück. Dann zog er es jedoch wieder heraus und deutete mit der Spitze auf die Tür. »Sie ist doch gewiß aus Stahl.«

Jhary lächelte fast verschmitzt. »Wenn Ihr Euch wieder unterhaken würdet, meine Freunde.«

Trotz der Gefahr bedachte Corum den Freund mit einem amüsierten Blick.

»Ich zeige Euch, wie die Tür sich öffnen läßt«, brummte Jhary.

Wieder hakten sie sich unter, Corum in der Mitte. Wieder fühlten sie die Kraft, die sie durchströmte. Wieder lachten sie frohgemut und spürten ihre wahre Erfüllung, nun da sie eins waren. Vielleicht war dies ihr Geschick. Vielleicht, wenn sie einmal aufhörten, getrennte Helden zu sein, durften sie für immer eins werden und würden das wahre Glück kennenlernen. Der Gedanke schenkte ihnen Hoffnung.

»Und jetzt, Prinz Corum«, sagte Jhary ruhig, »schlagt mit Eurem Fuß gegen die Tür.«

Corum holte aus und trat mit aller Kraft gegen die Stahltür. Sie fiel krachend nach innen. Es widerstrebte ihm, sich von seinen Bruderhelden zu lösen, denn er wußte nun, wie sie als Einheit leben und Zufriedenheit fühlen konnten. Aber der Eingang war zu schmal, als daß auch nur zwei nebeneinander die Schatzkammer hätten betreten können.

Der Turm bebte noch heftiger und begann zu kippen.

Hintereinander rutschten die vier direkt hinein in Voilodions angesammelte Kostbarkeiten.

Corum zog sich an der Wand hoch. Elric betrachtete einen goldenen Thron. Erekose hatte eine Streitaxt aufgehoben, die selbst für ihn zu schwer zum Schwingen war.

Hier lagen die Schätze, die Voilodion seinen Opfern abgenommen hatte.

Corum fragte sich, ob es je ein Museum gegeben habe, das eine solche Vielfalt von Raritäten und Wertobjekten besessen hatte. Staunend bewunderte er alles. Jhary nahm einen Gegenstand und reichte ihn Elric. Er murmelte etwas dazu, das Corum nicht verstand. Aber er hörte Elric zu Jhary sagen: »Wie könnt Ihr das nur alles wissen?«

Jhary brummte etwas vor sich hin, dann stieß er einen Freudenschrei aus und bückte sich. Er hob seinen Hut auf und schüttelte den Staub von ihm ab. Da entdeckte er einen Becher. Er reichte ihn Corum. »Nehmt ihn«, forderte er ihn auf. »Er wird Euch noch von Nutzen sein, glaube ich.«

Jhary stöberte einen Beutel aus einer Ecke auf und hängte ihn sich über die Schulter. Dann wühlte er in einer Schmucktruhe, bis er einen Ring fand. Er gab ihn Erekose. »Das ist Eure Belohnung, Erekose, für Eure Hilfe bei meiner Befreiung.« Er grinste.

Sogar Erekose lächelte. »Mir ist, als hättet Ihr gar keiner Hilfe bedurft, junger Mann.«

»Ihr irrt, Freund Erekose. Ich zweifle, ob ich mich je in größerer Gefahr befunden habe.« Er blickte sich aufmerksam um und begann plötzlich zu rutschen, als der Turm sich wieder neigte.

»Wir sollten zusehen, daß wir von hier wegkommen«, drängte Elric, etwas Metallenes unterm Arm.

»Richtig.« Jhary bewegte sich eilig durch die Schatzkammer. »Ein letztes noch. In seinem Besitzerstolz zeigte

Voilodion mir seine sämtlichen Errungenschaften, aber er kannte nicht den Wert von allen.«

Corum hob die Brauen. »Was meint Ihr?«

»Er tötete den Reisenden, der dies hier bei sich trug. Der Gute hatte recht in der Annahme, er könne damit den Turm anhalten, aber er hatte keine Möglichkeit mehr, es zu benutzen, ehe Voilodion ihn mordete.« Jhary hob einen kurzen Stab in der Farbe von stumpfem Ocker empor. »Hier ist er. Der Runenstab. Hawkmoon trug ihn bei sich, als ich ihn in das dunkle Reich begleitete.«

2 Nach Tanelorn

»Was ist der Runenstab?« fragte Corum.

»Ich entsinne mich einer Beschreibung – aber ich beherrsche nicht die Kunst, etwas anschaulich zu erklären.«

»Das ist mir nicht entgangen.« Elric lächelte.

Corum betrachtete den Stab eingehend, aber er fand es schwer zu glauben, daß dieses einfache Ding irgend etwas Besonderes leisten könne.

»Es ist ein Gegenstand«, begann Jhary, »der nur unter bestimmten physikalischen Gesetzmäßigkeiten existieren kann. Um weiter von Bestand zu bleiben, muß er ein Feld ausstrahlen, in dem er geschützt ist. Dieses Feld wiederum muß nach diesen bestimmten physikalischen Gesetzen ausgerichtet sein – jene Gesetze, unter denen wir die größte Überlebenschance haben.«

Große Mauerbrocken polterten von der Decke.

Erekose brummte: »Der Turm bricht auseinander.«

Corum bemerkte, daß Jhary in einem eigenartigen Rhythmus über den Stab strich. »Stellt Euch um mich, Freunde«, bat er.

Die drei taten wie geheißen. Plötzlich brach das Dach ein. Corum sah riesige Trümmer direkt auf ihn herabfallen. Aber da starrte er bereits auf einen blauen Himmel, atmete frische Luft und hatte festen Boden unter den Füßen. Doch kaum einen Fußbreit um sie herum herrschte tiefste Dunkelheit – die totale Schwärze des Limbus. »Bewegt Euch nicht aus diesem Kreis, nicht einmal mit einer Zehe«, mahnte Jhary, »oder Ihr seid verloren.« Er runzelte die Stirn. »Lassen wir den Runenstab für uns die Suche übernehmen.«

Corum kannte den Tonfall in der Stimme seines Freundes, und er wußte, daß dieser nicht ganz vom Gelingen seines Vorhabens überzeugt war.

Der Grund, auf dem sie standen, änderte die Farbe. Die Luft wurde heiß und dann frostig. Corum erkannte, daß sie sich nicht weniger schnell durch die Ebenen bewegten als der Turm zuvor. Aber er war sicher, daß die Reise jetzt nicht mehr ins Ungewisse ging.

Nun fühlte Corum unter seinen Füßen Sand, und ein heißer Wind blies in sein Gesicht. »Jetzt!« schrie Jhary. »Lauft!«

Corum rannte mit den anderen in die Schwärze und befand sich plötzlich in hellem Sonnenlicht unter einem glühenden, metallisch-blauen Himmel.

»Eine Wüste«, murmelte Erekose. »Eine riesige Wüste!«

Überall wölbten sich gelbe Dünen, und der Wind pfiff klagend über sie hinweg.

Jhary war offensichtlich äußerst zufrieden mit sich. »Erkennt Ihr sie, Freund Elric?«

»Es ist die Seufzerwüste, nicht wahr?« sagte Elric erleichtert.

»Sie ist es. Horcht!«

Elric lauschte dem schwermütigen Wind, aber seine Augen waren anderswo. Corum wandte den Kopf und sah, daß Jhary den Runenstab fallen gelassen hatte und dieser zu verblassen begann.

»Kommt Ihr alle zur Verteidigung Tanelorns mit mir?« fragte Elric Jhary und erwartete offenbar dessen Zustimmung.

Aber Jhary schüttelte den Kopf. »Nein. Wir ziehen in eine andere Richtung. Wir suchen das Gerät, das Theleb K'aarna mit Hilfe der Chaos-Lords aktivierte. Wißt Ihr, wo es sich befindet?«

Elric blickte sich um. Er runzelte die Stirn und streckte zögernd den Arm aus. »Dort, glaube ich.«

»Dann laßt uns aufbrechen.«

»Aber ich muß doch versuchen, Tanelorn zu helfen«, protestierte der Albino.

»Was Ihr tun müßt, ist die Maschine zu zerstören, nachdem wir sie benutzt haben, Freund Elric, damit Theleb K'aarna oder seinesgleichen sie nicht noch einmal einsetzen können.«

»Aber Tanelorn –«

Überrascht lauschte Corum dem Gespräch der beiden. Woher wußte Jhary soviel von Elrics Welt?

»Ich glaube nicht«, beruhigte Jhary ihn, »daß Theleb K'aarna und seine Bestien die Stadt bereits erreicht haben.«

»Noch nicht erreicht haben? Aber soviel Zeit ist inzwischen verflossen!«

»Weniger als ein Tag«, erklärte ihm Jhary.

Corum fragte sich, ob das für sie alle galt oder nur für Elrics Welt. Er verstand die Gefühle des Albinos durchaus, der sich das Kinn rieb und zweifellos überlegte, ob er Jhary vertrauen könne. Schließlich sagte er: »Gut. Ich werde Euch zur Maschine führen.«

»Aber wenn Tanelorn doch so nahe ist«, wandte Corum sich an Jhary, »warum suchen wir es dann anderswo?«

»Weil dies nicht das Tanelorn ist, das wir suchen«, brummte Jhary.

»Ich bin einverstanden«, murmelte Erekose. »Ich bleibe bei Elric. Dann vielleicht –« Sehnsucht und Hoffnung lagen in seinen Augen.

Aber Jhary fuhr erschrocken auf. »Mein Freund«, sagte er mahnend. »Große Teile von Zeit und Raum sind bereits von der Vernichtung bedroht. Die ewig scheinenden Schranken könnten schon bald brechen – die Substanz des Multiversums könnte zerfallen. Ihr versteht nicht. Was im verschwindenden Turm geschah, kann sich nur einmal in einer Ewigkeit ereignen – und selbst dann ist es für alle Beteiligten gefährlich. Ihr müßt tun, was ich sage. Ich verspreche Euch, daß Eure Chance, Tanelorn zu finden, nicht geringer ist, wenn Ihr mit mir kommt.«

Erekose neigte den Kopf. »So soll es sein.«

»Kommt!« rief Elric ungeduldig und schritt bereits voraus. »Wenn Ihr in Euren Gesprächen auch noch so großzügig mit der Zeit umgeht, mir bleibt nur noch wenig.«

»Es geht keinem von uns besser«, versicherte ihm Jhary.

Sie stapften durch die Wüste, und der klagende Morgenwind fand sein Echo in ihren Seelen. Schließlich kamen sie an Felsen, welche die Natur wie ein Amphitheater ausgerichtet hatte. In seinem Innern befand sich ein verlassenes Zeltlager. Aber es war nicht das flatternde Zeltleinen, das ihre Aufmerksamkeit auf sich lenkte, sondern ein gewaltiges Becken, das etwas viel Fremdartigeres enthielt als alles, was Corum je in Gwlas-cor-Gwrys oder in Lady Jane Pentallyons Welt gesehen hatte. Es besaß unzählige Flächen und Krümmungen und Winkel in verschiedensten Farben. Die Augen schmerzten, wenn man es zu lange betrachtete.

»Was ist das?« staunte er.

»Eine Maschine«, antwortete Jhary, »welche die Alten benutzten. Sie ist es, die ich suchte, um uns nach Tanelorn zu bringen.«

»Aber warum gehen wir nicht mit Elric zu *seinem* Tanelorn?«

»Wir kennen nun zwar die geographische Lage der Stadt, aber uns fehlt immer noch die Zeit und die Dimension«, bedeutete ihm der Freund. »Bleibt bei mir, Corum, dann werden wir, falls uns nichts aufhält, bald jenes Tanelorn finden, das *wir* suchen.«

»Werden wir dort Hilfe gegen Glandyth bekommen?«

»Das kann ich Euch nicht sagen.«

Jhary schritt auf die Maschine im Becken zu und betrachtete sie prüfend, als wäre er mit ihrer Funktion vertraut. Er blickte zufrieden drein und begann Muster auf dem Becken nachzuzeichnen, die etwas in der Maschine auszulösen schienen. Tief in ihrem Innern begann etwas zu pulsieren wie ein Herz. Ihre Flächen und Krümmungen und Winkel verschoben sich und änderten die Farbe. Jharys Bewegungen wurden schneller. Er veranlaßte Corum und Erekose, mit dem Rücken gegen das Becken zu drücken. Er holte ein kleines Fläschchen aus seinem Wams und reichte es Elric.

»Wenn wir weg sind«, sagte er zu ihm, »dann werft es auf den Boden des Beckens und steigt auf Euer Pferd, das ich dort unten stehen sehe, und reitet so schnell Ihr könnt nach Tanelorn. Wenn Ihr diese Anweisungen genau befolgt, helft Ihr uns und Euch.«

Behutsam nahm Elric das Fläschchen. »Es sei, wie Ihr sagt«, murmelte er.

Jhary lächelte geheimnisvoll, als er sich neben die beiden anderen stellte. »Und grüßt mir meinen Bruder Moonglum.«

Elrics rote Augen weiteten sich. »Ihr kennt ihn? Was –«

»Lebt wohl, Elric. Wir werden uns zweifellos noch

viele Male in der Zukunft treffen, auch wenn wir einander vielleicht nicht erkennen.«

Elric starrte ihn nur an. Die Farben der Maschine spielten auf seinem weißen Gesicht.

»Und so wird es auch am besten sein, nehme ich an«, fügte Jhary noch hinzu und blickte Elric freundschaftlich an.

Aber der Albino war bereits verschwunden, genau wie die Wüste und die Maschine im Becken.

Dann warf etwas wie eine unsichtbare Hand sie zurück.

Jhary seufzte erleichtert. »Die Maschine ist zerstört. Das ist gut so.«

»Aber wie kommen wir auf unsere eigene Ebene zurück?« erkundigte sich Corum. Hohes wogendes Gras umgab sie jetzt – Gras so hoch, daß es über ihre Köpfe wuchs. »Wo ist Erekose?«

»Fort. Auf seinem eigenen Weg nach Tanelorn«, murmelte Jhary. Er schaute zur Sonne auf. Mit einem dicken Büschel Gras wischte er sich den Schweiß vom Gesicht. Der Tau auf den Halmen erfrischte ihn. »So, wie wir uns nun auf unseren Weg begeben müssen.«

»Ist Tanelorn nahe?« fragte Corum aufgeregt. »Ist es nahe, Jhary?«

»Ich spüre seine Nähe.«

»Es ist wirklich Eure Stadt? Ihr kennt seine Bewohner?«

»Es ist meine Stadt und wird es immer bleiben. Aber dieses Tanelorn kenne ich nicht. Doch ich weiß darüber Bescheid – ich hoffe es zumindest, oder all meine armseligen Pläne wären umsonst.«

»Was sind Eure Pläne, Jhary? Ihr müßt mir davon erzählen.«

»Ich kann Euch kaum etwas darüber berichten. Ich wußte von Elrics Bedrängnis, weil ich einst mit ihm ritt –

es selbst jetzt noch tue, von seiner Sicht aus. Auch wußte ich, wie Erekose zu helfen war, weil ich ebenfalls einst sein Freund war – oder sein werde. Aber es ist nicht Weisheit, die mich leitet, Prinz Corum. Es ist nur Instinkt. Kommt.«

Er schritt zielstrebig durchs hohe Gras, als folge er einer deutlichen Spur.

3 Die Konjunktion der Millionen Sphären

Tanelorn lag vor ihnen.

Es war eine blaue Stadt, die eine starke blaue Aura umgab und sich mit der Weite des blauen Himmels mischte. Ihre Häuser waren von den verschiedensten Blautönen, so daß sie beinahe vielfarbig wirkten. Die hohen spitzen Türme und die gewaltigen Kuppeln schmiegten sich aneinander und hoben sich in phantasievollen Spiralen und Bogen gen Himmel, stolz auf ihre blaue Pracht, die von Tiefdunkelblau bis Hellviolett in ihren metallenen Formen glänzte.

»Das kann keine Stadt der Sterblichen sein«, flüsterte Corum, als er mit Jhary aus dem hohen Gras hinaustrat. Fröstelnd wickelte er den scharlachroten Mantel fester um sich. Er fühlte sich so klein und unbedeutend, wenn er die herrliche Stadt betrachtete.

»Da mögt Ihr recht haben«, erwiderte Jhary fast grimmig. »Es ist kein Tanelorn, das ich kenne. Es ist – geradezu unheimlich, Corum –«

»Was meint Ihr damit?«

»Es ist von wundersamer Schönheit, aber es könnte durchaus ein falsches Tanelorn oder ein Gegentanelorn sein, oder irgendein Tanelorn, dessen Logik völlig andersartig ist –«

»Ich fürchte, ich kann Euch nicht folgen. Ihr spracht von Frieden. Nun, dieses Tanelorn hier ist friedlich. Ihr sagtet, es gäbe viele Tanelorns, und sie existierten schon vor Anbeginn der Zeit und würden noch sein, wenn es keine Zeit mehr gibt. Wenn dieses Tanelorn nun fremdartiger ist als jene, die Ihr kennt, was hat das schon zu sagen?«

Jhary holte tief Luft. »Ich glaube, ich beginne ein wenig zu verstehen. Wenn Tanelorn an dem einzigen Ort des Multiversums steht, der nicht dem ständigen Wechsel unterworfen ist, dann dient es vielleicht einem anderen Zweck, als nur der Erholung müder Helden und ähnlichem –«

»Ihr meint, uns drohe dort Gefahr?«

»Gefahr? Es hängt davon ab, was Ihr als gefährlich betrachtet. Manches Wissen mag für den einen gefährlich sein, für den anderen nicht. In der Sicherheit kann Gefahr liegen, wie wir selbst erfahren haben, und Sicherheit in der Gefahr. Wir kommen der Wahrheit nirgends näher als im Erkennen eines Paradoxons, und deshalb – ich hätte es schon eher in Betracht ziehen müssen – muß auch Tanelorn ein Paradoxon sein. Laßt uns in diese Stadt gehen, Corum, und herausfinden warum wir hierhergeführt wurden.«

Der Vadhagh zögerte. »Mabelrode droht die Ordnung zu verbannen. Glandyth-a-Krae versucht meine Ebene zu erobern. Rhalina ist verschwunden. Wir haben viel zu verlieren, Jhary, wenn wir einen Fehler machen.«

»Nicht nur viel, sondern alles.«

»Darum sollten wir uns erst versichern, ob wir nicht die Opfer einer kosmischen Täuschung sind.«

Jhary drehte sich um und lachte laut auf. »Und wie sollten wir das erkennen, Corum Jhaelen Irsei?«

Corum funkelte Jhary wütend an, dann senkte er die Augen. »Ihr habt recht. Wir werden in die Stadt gehen.«

Sie überquerten einen Rasen, den das Licht der Stadt blau färbte, und standen schließlich am Anfang einer weiten Prachtstraße, die von blauen Pflanzen eingesäumt war, und atmeten eine Luft, die anders war als jene auf den Ebenen, die sie kannten.

Und Corum begann zu weinen, als er soviel wundersame Schönheit erblickte. Er fiel auf die Knie und wußte, daß er sein Leben für diese Stadt geben würde. Jhary legte eine Hand auf die gebeugte Schulter seines Freundes und murmelte: »Ja, dies ist wahrhaft Tanelorn!«

Corum fühlte sich leicht und beschwingt, als er und Jhary die breite Straße entlangmarschierten und Ausschau nach den Bewohnern der Stadt hielten. Corum war mit einem Mal überzeugt, daß er hier Hilfe finden würde; daß Mabelrode doch besiegt werden und sein Volk und jenes von Lywm-an-Esh zurückgehalten werden könnten, einander zu morden. Aber auch als sie die Straße immer weiter schritten, kam keiner der Bürger Tanelorns ihnen entgegen, sie zu begrüßen. Nur Stille herrschte hier.

Am Ende der Prachtstraße sah Corum die Umrisse einer Gestalt gegen den Hintergrund eines Springbrunnens, dessen blaues Wasser komplexe Muster in die Luft zeichnete. Die Silhouette war die einer Statue, und irgendwie erschien sie Corum vertraut und schenkte ihm innere Ruhe, denn scheinbar ohne Grund weckte sie in ihm das Gefühl von Hoffnung.

Er beschleunigte seinen Schritt, bis Jhary ihn mit einer Hand auf seiner Schulter zurückhielt. »Keine Hast in Tanelorn, Corum«, mahnte er.

Je näher sie kamen, desto deutlicher wurden die Einzelheiten der Statue.

Sie sah viel barbarischer aus als der Rest der Stadt. Auch war sie mehr grün als blau. Sicher hatten nicht die gleichen Künstler sie hergestellt, welche die Türme und Kuppeln entworfen hatten. Sie paßte ganz einfach nicht hierher. Sie stand auf vier Beinen an den vier Enden ihres Rumpfes und hatte vier Arme, zwei gefaltet und zwei, die an den Seiten herabhingen. Sie besaß einen riesigen menschlichen Schädel, aber keine Nase, nur zwei Atemöffnungen. Der Mund war viel breiter als der eines Menschen, und er war zu einem Grinsen geformt. Die Augen glitzerten. Auch sie unterschieden sich grundlegend von Menschenaugen und ähnelten eher enganeinandergesetzten Juwelen.

Die Augen –«, murmelte Corum und trat näher an die Statue heran.

»Ja.« Jhary wußte, was er meinte.

Das Kunstwerk war nicht viel größer als Corum. In seine ganze Oberfläche waren dunkelschillernde Edelsteine eingelegt. Corum streckte die Hand aus, um die Statue zu berühren, aber dann hielt er abrupt inne, denn sein Blick war an einem der überkreuzten Arme hängengeblieben. Plötzliche Erkenntnis ließ sein Blut gefrieren. Am rechten Arm befand sich eine Sechsfingerhand. Doch am linken Arm fehlte die Hand ganz. Das Gegenstück der Rechten befand sich an Corums Arm. Erschrocken machte der Vadhagh einen Schritt zurück. Sein Herz klopfte so heftig, daß er nichts anderes zu hören vermochte.

Langsam wurde das Grinsen der Figur noch breiter. Die Hände an ihren Seiten streckten sich sacht nach Corum aus.

Dann vernahm Corum die Stimme.

Nie zuvor hatte er eine solche Mischung von Tönen vernommen. Intelligenz klang aus ihnen, Wildheit, Humor, barbarische Primitivität, Eiseskälte, Herzenswärme, Güte und Barschheit und noch tausend andere Eigenschaften.

»Der Schlüssel ist noch nicht mein, solange er mir nicht aus freien Stücken geboten wird«, ertönte die Stimme.

Die Facettenaugen, Gegenstücke jenes einen in Corums Augenhöhle, funkelten und rollten, während die beiden gekreuzten Arme noch gefaltet und die vier Beine weiterhin statuengleich unbewegt blieben.

Corum vermochte in seinem Schock kein einziges Wort hervorzubringen. Er war so erstarrt wie der Hauptteil des Wesens. Jhary trat neben ihn.

»Ihr seid Kwll«, sagte er ruhig.

»Ich bin Kwll.«

»Und Tanelorn ist Euer Gefängnis?«

»Es war mein Gefängnis –«

»– denn nur das zeitlose Tanelorn vermag ein Wesen Eurer Macht zu halten. Ich verstehe.«

»Doch auch Tanelorn kann mich nur halten, solange ich nicht ganz bin.«

Jhary hob Corums schlaffen linken Arm. Er berührte die Sechsfingerhand, die daran hing. »Und das hier würde Euch wieder vollständig machen.«

»Es ist der Schlüssel zu meiner Freiheit. Doch er ist noch nicht mein, solange er mir nicht aus freien Stücken geboten wird.«

»Und Ihr habt ihn durch Eure Geisteskräfte herbeigeholt, die nicht an Tanelorn gebunden sind. Es war nicht das kosmische Gleichgewicht, das die Vereinigung von Elric, Erekose und Corum erlaubte. Ihr wart es, denn nur Ihr und Euer Bruder seid mächtig genug, selbst als Gefangene die Gesetze des Gleichgewichts zu mißachten.«

»Nur Kwll und Rhynn sind so mächtig, denn nur ein Gesetz allein beherrscht sie.«

»Und Ihr habt es gebrochen. Vor Ewigkeiten schon. Ihr kämpftet gegeneinander, und Rhynn schlug Euch die Hand ab, während Ihr ihm sein Auge nahmt. Ihr vergaßt

Euren Schwur, den Schwur, den Ihr nie hättet brechen dürfen – und Rhynn, er –«

»Er brachte mich hierher nach Tanelorn. Und hier mußte ich all die Zeit hindurch, die schier endlose Zeit hindurch bleiben.«

»Und Rhynn, Euer Bruder? Mit welcher Strafe bedachtet Ihr ihn?«

»Daß er ruhelos nach seinem Auge suchen muß, aber daß er es getrennt von der Hand finden müsse.«

»Doch Auge und Hand befanden sich immer beisammen.«

»Wie jetzt auch.«

»So hatte Rhynn also nie Erfolg.«

»Es ist, wie Ihr sagt, Sterblicher. Ihr wißt viel.«

»Nur deshalb«, murmelte Jhary, als rede er mit sich selbst, »weil ich einer jener Sterblichen bin, die zur Unsterblichkeit verdammt sind.«

»Der Schlüssel muß aus freien Stücken geboten werden«, wiederholte Kwll erneut.

»War es Euer Schatten, den ich im Flammenland sah?« fragte Corum plötzlich und machte auf zitternden Beinen ein paar weitere Schritte zurück. »Wart Ihr es, den ich auf dem Berg von Burg Erorn aus sah?«

»Du sahst meinen Schatten, ja. Aber du sahst nicht mich; du konntest mich gar nicht sehen. Und ich rettete auch dein Leben im Flammenland und an anderen Orten. Ich benutzte meine Hand und tötete deine Feinde.«

»Sie waren keine Feinde.« Corum betrachtete die Sechsfingerhand mit Abscheu. »Ihr gabt der Hand auch die Macht, die Toten zu meiner Hilfe herbeizurufen?«

»Die Hand hat diese Macht. Es ist nichts dabei. Ein Trick.«

»Und Ihr tatet all das nur mit Eurem Geist – mit Euren Gedanken?«

»Ich habe mehr als das getan. Der Schlüssel muß mir

aus freien Stücken geboten werden. Ich kann dich nicht zwingen, Sterblicher, mir meine Hand zurückzugeben.«

»Und wenn ich sie behalte?«

»Dann muß ich wieder all den Kreislauf der Zeiten hindurch warten, bis die Millionen Sphären erneut in Konjunktion kommen. Hast du das denn nicht begriffen?«

»Ich verstehe es jetzt«, versicherte Jhary ihm ernst. »Wie sonst könnten den Sterblichen so viele Ebenen offenstehen? Wie sonst könnten sie so viele Bruchteile des Wissens entdecken, das ihnen normalerweise verschlossen ist? Wie sonst könnten drei Aspekte derselben Einheit zur selben Zeit auf der gleichen Ebene existieren? Wie sonst könnte ich mich anderer Inkarnationen erinnern? Es ist die Konjunktion der Millionen Sphären. Eine Konjunktion, die so selten ist, daß ein Wesen, das von sich glaubt, seit Ewigkeiten zu leben, doch niemals Zeuge einer solchen Konjunktion war. Und wenn diese Konjunktion stattgefunden hat, habe ich gehört, werden alte Gesetze gebrochen und neue geschaffen – selbst die Natur des Raums und der Zeit und der Wirklichkeit wird anders sein.«

»Würde das das Ende von Tanelorn bedeuten?« fragte Corum.

»Vielleicht sogar das Ende von Tanelorn«, antwortete Kwll. »Doch dies ist das einzige, dessen ich mir nicht sicher bin. Der Schlüssel muß mir aus freien Stücken geboten werden.«

»Und was geschieht, wenn ich ihm den Schlüssel biete?« wandte Corum sich an Jhary.

Sein Gefährte schüttelte den Kopf und ließ die kleine schwarzweiße Katze mit dem Kopf aus seinem Wams herausschauen. Gedankenverloren kraulte er sie zwischen den Ohren.

»Dann befreist du Kwll«, brummte das Wesen. »Du

befreist auch Rhynn. Jeder hat seinen Preis bezahlt, seine Strafe abgebüßt.«

»Was soll ich tun, Jhary?«

»Ich weiß es nicht.«

»Soll ich einen Handel mit ihm machen? Soll ich ihm sagen, er kann seine Hand haben, wenn er uns gegen den Schwertkönig hilft und auch dabei, die Ordnung in meinem Land wiederherzustellen und Rhalina zu finden?«

Jhary zuckte die Schultern

»Was soll ich tun, Jhary?«

Aber Jhary gab keine Antwort. Corum blickte Kwll fest an. »Ich gebe Euch Eure Hand zurück, unter der Bedingung, daß Ihr Eure gewaltige Macht einsetzt, um die Herrschaft des Chaos auf den fünfzehn Ebenen zu zerschlagen; daß Ihr Mabelrode, den Schwertkönig, unschädlich macht; daß Ihr mir helft, meine große Liebe Rhalina zu finden; daß Ihr mir helft, Frieden in mein Land zurückzubringen, so daß dort die Ordnung wieder herrschen kann. Versprecht mir, daß Ihr das tut.«

»Ich verspreche es.«

»Dann biete ich Euch den Schlüssel aus freien Stücken. Nehmt Eure Hand zurück, verschwundener Gott, denn sie hat mir nicht viel mehr als Leid gebracht.«

»Narr!« brüllte Jhary. »Ich sagte Euch doch –«

Aber seine Stimme war schwach und wurde noch schwächer. Corum erlitt erneut die Qualen, die Glandyth ihm im Wald bei Burg Erorn zugefügt hatte, als er ihm die Hand abschlug. Er schrie, als der Schmerz im Arm ihn fast betäubte und die Pein im Kopf ihn wieder wachrüttelte. Und da wußte er, daß Kwll ihm auch das Juwelenauge seines Bruders geraubt hatte, nun da seine Macht wieder voll hergestellt war. Rote Dunkelheit zuckte durch sein Gehirn. Rotes Feuer entzog ihm die Kraft. Rote Qual verzehrte sein Fleisch.

»– sie gehorchen nur einem Gesetz – dem Gesetz

gegenseitiger Treue!« brüllte Jhary. »Wie sehr ich hoffte, Ihr würdet Euch anders entscheiden.«

»Ich bin –«, begann Corum mit schwerer Zunge und starrte seinen Armstumpf an und betastete das glatte Fleisch, wo das Auge gewesen war, »– wieder ein Krüppel.«

»Und ich bin wieder vollkommen!« jubilierte Kwll. Seine Juwelenhaut funkelte nun viel heller. Er streckte seine vier Beine aus und seine vier Arme, und er seufzte tief vor Freude. »Vollkommen!«

In einer seiner Hände hielt der ehemals verschwundene Gott das Auge seines Bruders, und er hielt es so, daß es im blauen Licht der Stadt glitzerte. »Und frei!« fuhr er fort. »Bald, Bruder, werden wir wieder die Millionen Sphären durchstreifen, wie wir es vor unserem Kampf taten – voll Freude über die Vielzahl und Vielfältigkeit der Schöpfung. Wir beiden sind die einzigen Wesen, welche die wahre Freude kennen! Ich muß dich finden, Bruder!«

»Unsere Abmachung!« drängte Corum und beachtete Jhary nicht. »Ihr verspracht, mir zu helfen, Kwll!«

»Sterblicher, für mich gelten keine Abmachungen. Ich gehorche keinem Gesetz als jenem, von dem Ihr eben erfahren habt. Was schert mich die Ordnung oder das Chaos oder das kosmische Gleichgewicht! Kwll und Rhynn leben um des Lebens willen, etwas anderes interessiert sie nicht. Wir kümmern uns nicht um die nichtigen Streitigkeiten der unbedeutenden Sterblichen und ihrer noch unbedeutenderen Götter. Weißt du denn nicht, daß ihr diese Götter *träumt*? Daß ihr stärker seid als sie? Daß ihr grausame Götter auf euch herabbeschwört, wenn ihr selbst grausam seid? Ist dir das nicht klar?«

»Ich verstehe Eure Worte nicht. Ich weiß nur, daß Ihr Euer Versprechen halten müßt.«

»Ich breche jetzt auf, meinen Bruder Rhynn zu suchen.

Dann werfe ich dies Auge ganz in seiner Nähe fort, wo er es leicht finden kann und damit frei sein wird wie ich.«

»Kwll! Ihr habt mir viel zu verdanken!«

»Dir etwas verdanken? Ich erkenne keine Dankespflicht an. Für mich zählen nur meine eigenen Wünsche und jene meines Bruders. Und was verdanke ich dir schon?«

»Ohne mich wärt Ihr jetzt nicht frei.«

»Ohne meine frühere Hilfe würdest du längst nicht mehr leben. Sei mir dankbar dafür.«

»Die Götter haben mich ausgenutzt, Kwll. Ich bin ihrer Willkür müde. Erst machte das Chaos mich zur Schachfigur, dann die Ordnung und jetzt Ihr. Zumindest erkannte die Ordnung an, daß Macht und Verantwortung Hand in Hand gehen müssen. Ihr seid nicht besser als die Chaos-Götter!«

»Unwahr! Wir fügen niemandem Leid zu, Rhynn und ich. Welches Vergnügen liegt denn schon in diesen dummen Spielen zwischen der Ordnung und dem Chaos, die nichts kennen, als die Geschicke der Sterblichen und Halbgötter zu manipulieren? Ihr Sterblichen werdet benutzt, weil ihr benutzt sein wollt. Weil ihr dann die Verantwortung für euer Handeln auf diese eure Götter abwälzen könnt. Vergeßt eure Götter! Vergiß mich, Sterblicher, dann wirst du glücklicher sein.«

»Und doch benutztet Ihr mich, Kwll. Das müßt Ihr zugeben!«

Kwll wandte Corum den Rücken und schleuderte einen dunklen, vielzackigen Speer in die Luft, wo er ihn verschwinden ließ. »Ich benutze viele Dinge – ich benutze meine Waffen –, aber ich fühle mich ihnen nicht zu Dank verpflichtet, wenn sie ihren Zweck erfüllt haben.«

»Ihr seid ungerecht, Kwll!«

»Gerechtigkeit?« Kwll schüttelte sich vor Lachen. »Was ist das?«

Corum machte Anstalten, sich auf den Gott zu werfen, aber Jhary hielt ihn zurück. »Wenn Ihr einen Hund abrichtet, Euch Eure Jagdbeute zu bringen, Kwll, belohnt Ihr ihn doch dafür, ist es nicht so? Dann wird er Euch auch wieder gehorchen, wenn Ihr ihn braucht«, wandte Jhary sich an den Gott.

Kwll wirbelte herum auf seinen vier Beinen, und seine Facettenaugen funkelten. »Und wenn er nicht gehorcht, richte ich einen neuen Hund ab.«

»Ich bin unsterblich«, erklärte ihm Jhary. »Und ich werde es mir zur Aufgabe machen, alle Hunde davor zu warnen, für die verschwundenen Götter zu apportieren, weil es sich nicht für sie lohnt.«

»Ich habe keine weitere Verwendung für Hunde.«

»Seid Ihr da so sicher? Nicht einmal Ihr könnt vorhersehen, was nach der Konjunktion der Millionen Sphären geschieht.«

»Ich könnte dich vernichten, Sterblicher, der du unsterblich bist.«

»Dann wärt Ihr nicht besser als jene, auf die Ihr mit Abscheu hinabschaut.«

»Dann helfe ich euch eben.« Kwll warf seinen juwelenglitzernden Kopf zurück und brach in ein schallendes Gelächter aus, das selbst Tanelorn zu erschüttern schien. »Es wird mir Zeit sparen helfen, dünkt mich.«

»Ihr haltet unsere Abmachung?« versicherte sich Corum.

»Ich erkenne keine Abmachung an. Aber ich werde euch helfen.« Mit einem Satz sprang Kwll auf die beiden zu und nahm Corum unter einen und Jhary unter den anderen Arm.

»Zuerst in die Domäne des Schwertkönigs!« rief er.

Das blaue Tanelorn war verschwunden, und überall um sie herum wallte die unbeständige Substanz des Chaos. Durch sie hindurch erblickte Corum Rhalina.

Aber sie war fünftausend Fuß groß.

4 Der Schwertkönig

Kwll stellte sie auf den Boden und betrachtete die gigantische Frau. »Es ist kein Wesen aus Fleisch und Blut«, brummte er. »Es ist eine Burg.«

Es war ein Bauwerk, ein überdimensionales, statuenähnliches Gebäude. Aber wer hatte es errichtet und zu welchem Zweck? Und wo war Rhalina selbst?

»Wir werden der Burg einen Besuch abstatten«, erklärte Kwll und stapfte durch die wogende Materie des Chaos, wie ein anderer sich durch Rauch bewegt. »Bleibt an meiner Seite.«

Sie schritten dahin, bis sie zu einem Treppenaufgang aus weißem Stein kamen, der in die Ferne führte und schließlich vor einer Tür endete, die in den Nabel der Figur eingelassen war. Seine vier Beine schienen für das Treppensteigen nicht gerade geschaffen zu sein, aber trotzdem trällerte Kwll vor sich hin, als er die Stufen emporstieg.

Endlich erreichten sie das Ende der Treppe und traten durch die runde Tür in eine riesige Halle, die von Licht erhellt wurde, das aus dem fernen Kopf der Statue herunterstrahlte.

In der Mitte der Halle stand eine Gruppe von Kreaturen, die sowohl mißgestaltet als auch von schönem Äußeren waren. Ihre Rüstungen waren von verschiedenster Art, genau wie ihre Waffen. Manche hatten Köpfe wie von Tieren, andere sahen aus wie liebreizende Frauen. Sie alle lächelten den drei Eintretenden entgegen. Und Corum wußte sofort, daß es sich bei den Versammelten um die Herzöge der Hölle handelte – die Vasallen des Schwertkönigs.

Kwll, Corum und Jhary blieben in der Tür stehen. Kwll verbeugte sich und lächelte zurück. Sie schienen ein wenig erstaunt, ihn zu sehen, aber erkannten offenbar nicht, wer er war. Die Gruppe teilte sich in der Mitte und gab den Blick auf zwei weitere Gestalten frei.

Eine von ihnen war groß und, von einem dünnen Gewand abgesehen, nackt. Es war ein männliches Wesen mit glatter weißer Haut, aber völlig haarlos am wohlgeformten Körper. Sein Haupthaar dagegen wallte bis zu seinen Schultern. Aber es besaß kein Gesicht. Glatte, straffe Haut spannte sich über den Kopf, wo die Augen, die Nase und der Mund sein sollten.

Corum wußte, dies war Mabelrode, den man den Gesichtlosen nannte.

Die andere Gestalt war Rhalina.

»Ich hoffte, du würdest kommen«, wandte der Schwertkönig sich an Corum. Seine Stimme klang klar und deutlich, obwohl er keine Lippen hatte, welche die Worte formten. »Darum erbaute ich meine Burg – um dich herbeizulocken, wenn du zurückkämst, um nach deiner Liebsten zu suchen. Sterbliche sind so treu!«

»Ja, das sind wir«, pflichtete Corum ihm bei. »Ist dir etwas geschehen, Rhalina?«

»Nein – und mein Grimm bewahrte mich vor dem Wahnsinn«, erwiderte sie. »Ich glaubte dich tot, Corum, nachdem das Himmelsschiff abgestürzt war. Aber diese Kreatur hier hielt es für unwahrscheinlich. Gelang es dir, Hilfe zu finden? Ich sehe, du hast deine Hand und dein Auge erneut verloren.« Ihre Stimme klang tonlos.

Tränen traten in Corums Auge. »Mabelrode wird für allen Kummer und alles Leid bezahlen, das er dir zufügte«, versprach er ihr.

Der gesichtslose Gott lachte, und seine Herzöge lachten mit ihm. Es war, als hätten Tiere das Lachen erlernt. Mabelrode griff hinter Rhalina und zog ein großes goldenes Schwert, das sie mit seinem Funkeln fast blendete. »Ich schwor, sowohl Arioch als auch Xiombarg zu rächen«, knurrte der Gesichtlose. »Ich schwor, ich würde weder mein Leben noch meine Macht in Gefahr bringen, ehe du dich nicht in meiner Gewalt befändest, Corum. Und als du Herzog Teer belogst« – der Herzog mit den Wildschweinhauern senkte den Kopf – »und du ihn dazu brachtest, unseren Diener Glandyth zu bekämpfen, dem ich erlaubte, eine Rolle in der Vorbereitung meiner Falle für dich zu spielen, flohst du fast geradewegs in meine Schlinge. Aber etwas geschah. Nur die Frau verfing sich darin. Du und das andere Ding, ihr verschwandet. Darum benutzte ich diesmal die Frau als Köder. Und nun werde ich dir eine Strafe angedeihen lassen. Als erstes werde ich dein Fleisch ein wenig verformen und mit dem deiner Gefährten vermischen, bis du noch gräßlicher und abstoßender aussiehst als jene meiner Kreaturen, die du so abscheulich findest. Und so sollst du ein Jahr oder auch zwei verbleiben – oder solange dein kleines Gehirn es aushält –, und dann werde ich euch eure ursprünglichen Gestalten zurückgeben und euch lehren, einander zu hassen und doch gleichzeitig Lust füreinander zu empfinden. Ich glaube, ihr habt bereits ein wenig meiner Fähigkeiten kennengelernt. Dann –«

»Welch mundanen Einfälle diese Chaos-Lords doch haben«, äußerte Kwll sich mit seiner vieltönenden Stimme. »Welch bescheidener Gelüste sie sich erfreuen. Welch banale Träume sie doch träumen.« Er lachte. »Sie sind ja kaum Lebewesen, wieviel weniger denn Götter.«

Die Herzöge der Hölle erstarrten, und ihre Augen richteten sich auf ihren König. Mabelrode hielt sein goldenes Schwert mit beiden Händen. Es warf Tausende von Schatten. Sie tanzten und drehten sich in der Luft, und Corum sah Schemen aller Formen, aber er wußte sie nicht zu deuten.

»Meine Macht ist nicht mundan, Kreatur! Was erlaubst du dir überhaupt, den mächtigsten der Schwertherrscher, Mabelrode, den Gesichtlosen, zu verhöhnen!«

»Ich höhne nicht«, erwiderte der ehemals verschwundene Gott. »Ich bin Kwll.« Er griff in die Luft, und ein mehrklingiges Schwert lag in einer seiner Hände. »Ich stellte nur fest, was ohnehin offensichtlich ist.«

»Kwll ist tot«, spottete Mabelrode. »Genau wie Rhynn. Du bist nichts weiter als ein Scharlatan. Dein Zaubertrick ist nicht einmal unterhaltsam.«

»Ich bin Kwll.«

»Kwll ist tot!«

»Ich *bin* Kwll!«

Drei der Höllenherzöge zogen ihre Schwerter und sprangen auf das vierbeinige, vierarmige Wesen zu.

»Tötet ihn!« befahl Mabelrode. »Damit das Vergnügen meiner Rache beginnen mag.«

Kwll holte sich noch zwei weitere vielklingige Schwerter aus der Luft. Er gestattete den Schwertern der Höllenherzöge, auf seine Juwelenhaut zu stoßen, ehe er ohne jegliche Eile die drei aufspießte und sie hinwegschleuderte, daß sie vor den Augen der Anwesenden verschwanden.

»Kwll –«, wiederholte er. »Die Macht des Multiversums ist mein!«

»Nichts und niemandem steht diese Macht zu!« brüllte Mabelrode. »Das kosmische Gleichgewicht duldet es nicht!«

»Ich jedoch unterstehe dem kosmischen Gleichgewicht nicht«, erklärte Kwll ruhig. Er wandte sich an Corum und Jhary und gab ersterem das Auge Rhynns. »Ich werde diesen hier ein Ende setzen. Nimm meines Bruders Auge auf deine Ebene mit und wirf es dort ins Meer. Mehr brauchst du nicht zu tun.«

»Und Glandyth?«

»Gewiß wirst du auch ohne meine Hilfe mit einem gewöhnlichen Sterblichen fertig. Werde nicht zu bequem, Corum!«

»Aber – Rhalina -«

»Ah.« Kwlls Arm streckte sich aus, wurde immer länger und holte Rhalina von der Seite des Schwertherrschers.

»Da!«

Rhalina warf sich schluchzend an Corums Brust.

Der Vadhagh hörte Mabelrode: »Ich muß meine ganze Kraft sammeln. Ich muß alle Kreaturen aller Ebenen, die mir den Treueid schworen, herbeirufen. Macht Euch bereit, meine Herzöge! Das Chaos muß verteidigt werden!«

»Habt Ihr Angst vor einem einzigen Wesen, Schwertkönig?« höhnte Jhary. »Einem einzigen?«

Mabelrodes goldenes Schwert flimmerte in seiner Hand. Sein Rücken schien gebeugt, seine Stimme klang tonlos. »Ich fürchte Kwll«, erwiderte er.

»Da tust du recht daran«, brummte Kwll. »Doch nun laßt uns diese Äußerlichkeiten ablegen und mit dem Kampf beginnen.«

Die Burg, der Rhalina Modell gestanden hatte, begann um sie herum zu zerschmelzen. Die Herzöge der Hölle schrien vor Schreck. Ihre Gestalten verformten sich, als suchten sie jene, die jetzt am günstigsten für sie wären. Mabelrode wurde immer größer, bis sein riesiger gesichtsloser Schädel alles bedeckend über ihnen hing.

Feurige Farben durchschnitten den Himmel, stellenweise von undurchdringlicher Schwärze abgelöst. Schreie schrillten, Grunzen erklang und saugende Laute. Von überallher kamen Kreaturen, die hüpften, und solche, die sich am Boden dahinschlängelten, und andere, die galoppierten, und welche, die flogen, und auch jene, die aufrecht gingen – alles Kreaturen des Chaos, die gekommen waren, um König Mabelrode beizustehen.

Kwll tupfte Jhary auf die Schulter, und der Heldengefährte verschwand.

Corum keuchte. »Selbst Ihr kommt nicht allein gegen

die geballte Macht des Chaos an! Jetzt bedauere ich unsere Abmachung. Ich entbinde Euch hiermit von Eurem Wort.«

»Für mich gibt es keine Abmachung.« Zwei Hände streckten sich nach Corum und Rhalina aus. Corum spürte, wie er das Reich des Chaos hinter sich ließ.

»Sie werden Euch vernichten, Kwll!«

»Ich muß zugeben, ich habe eine lange Zeit nicht mehr gekämpft, aber gewiß erinnere ich mich meiner alten Fähigkeiten.« Corum sah, wie die ganze vereinte Chaos-Horde sich auf den uralten Gott stürzte. »Nein –«

Der Vadhagh versuchte, sein Schwert zu ziehen, aber nun begann er zu fallen, und es schien die gleiche Art von Fall wie jener aus dem Himmelsschiff. Doch diesmal hielt er Rhalina fest umklammert. Selbst als sein Bewußtsein sich wie in Watte verlor, ließ er sie nicht los, bis sie seinen Namen rief.

»Corum! Corum! Du tust mir weh!«

Er öffnete sein Auge, das er während des ganzen Sturzes geschlossen gehalten hatte. Sie und er standen auf versengtem Stein, und ringsherum rollte das Meer gegen die Felsen. Er erkannte den Ort nicht sofort, denn die Burg, die einst hier stand, gab es nicht mehr. Und da erinnerte er sich, daß Glandyth sie in Rauch und Asche gelegt hatte.

Sie standen auf dem Moidelberg.

Die Flut ging zurück, und langsam hob die Landbrücke sich aus dem Wasser.

»Sieh!« rief Rhalina und deutete auf den Wald.

Leichen lagen dort.

»So herrscht immer noch Zwist und Hader hier«, murmelte Corum. Er wollte ihr gerade den Arm bieten, als er das Ding in seiner Hand spürte, das er genau wie Rhalina mit aller Macht festgehalten hatte. Es war das Auge Rhynns.

Er holte mit dem Arm aus und warf es weit hinaus ins Meer. Es funkelte noch einmal in der Luft, dann verschwand es in den Wellen. »Ich bin froh, daß ich es los bin«, murmelte er.

5 Glandyth-a-Krae

Als sie die Landbrücke überquert und das Festland erreicht hatten, konnten sie die am Waldrand liegenden Leichen besser erkennen. Es waren die ihrer alten Feinde, der Krieger der Ponystämme. So, wie es aussah, mußten sie wie Bestien gegeneinander gekämpft haben. Sie lagen in ihren Pelzen, mit ihren Halsketten und Armreifen aus Kupfer und Bronze und mit ihren klobigen Eisenschwertern und Äxten in ihren Händen und neben sich, in allen möglichen Stellungen auf dem Moos. Jeder wies gut ein Dutzend Wunden auf.

Es bestand kein Zweifel, daß sie einander unter dem Einfluß der Wolke des Haders gemordet hatten. Jene Wolke, welche die Zauberei der Nhadragh über das Land geschickt hatte.

Corum beugte sich über die erste Leiche. »Noch nicht lange tot«, stellte er fest. »Das bedeutet, daß die Seuche immer noch ihre volle Wirkung hat. Und doch scheint sie uns nicht zu berühren. Aber vielleicht dauert es eine Weile, ehe sie bis in unser Gehirn dringt. Oh, die armen Menschen von Lywm-an-Esh und meine bedauernswerten Vadhagh-Verwandten.«

Zwischen den Bäumen bewegte sich etwas.

Corum zog sein Schwert. Jetzt erst wurde ihm das Fehlen seiner linken Hand und seines rechten Auges wieder bewußt. Er fühlte sich nicht ganz, doch dann grinste er erleichtert.

Es war Jhary-a-Conel, der drei Ponys der toten Krieger an den Zügeln führte.

»Zwar keine sehr angenehmen Reittiere«, erklärte er statt einer Begrüßung, »aber doch besser, als auf Schusters Rappen dahinziehen zu müssen. Was ist Euer nächstes Ziel, Corum? Halwyg?«

Der Vadhagh schüttelte den Kopf. »Es gibt nur eine einzige Möglichkeit, die noch Rettung bringen kann. Doch die liegt nicht in Halwyg. Ich zweifle, daß Glandyth dort bereits die Macht ergriffen hat, denn gewiß sucht er noch auf den anderen Ebenen nach uns. Wir reiten nach Erorn. Von dort segeln wir zu den Nhadragh-Inseln.«

»Wo der Zauberer lebt, der die Haßseuche über das Land geschickt hat?«

»Genau dorthin!«

Jhary kraulte Schnurri unterm Kinn. »Ihr habt die richtige Idee, Corum Jhaelen Irsei. Laßt uns eilen.«

Sie schwangen sich auf die zotteligen Ponys und ritten, so schnell diese sie trugen, durch die Wälder Bro-an-Vadhags. Zweimal waren sie gezwungen, sich zu verstecken, als kleine Gruppen von Vadhaghs sich gegenseitig jagten. Einmal waren sie sogar unwillige Zeugen eines Gemetzels, aber es gab nichts, was sie tun konnten um die Opfer zu retten.

Corum war erleichtert, als er endlich die Türme von Burg Erorn aufragen sah. Er hatte sich schon Gedanken gemacht, ob Glandyth oder ein anderer sie nicht vielleicht inzwischen zerstört habe. Die Burg stand jedoch so, wie sie sie verlassen hatten. Der Schnee war geschmolzen, und ein milder Frühling weckte bereits die ersten Blüten und Knospen auf den Bäumen und Büschen vor der Burg. Dankbar traten sie durch das Tor.

Aber sie hatten die Gefolgsleute und das Gesinde vergessen. Trotz Jharys Mittel hatten diese der Seuche nicht auf die Dauer widerstehen können. Sie fanden zwei schrecklich verstümmelte Tote direkt vor der Tür. Weitere lagen in den verschiedensten Burgräumen – alle waren sie gemordet, außer einem – der Haß des letzten Überlebenden hatte zu seiner Selbstvernichtung geführt. Er hatte sich in einem der Musiksäle erhängt, und seine Gegenwart dort verursachte im Zusammenspiel der Kristalle und Springbrunnen eine schreckliche Klangfolge, die Corum, Rhalina und Jhary fast aus der Burg trieb.

Nachdem die Leichen alle beerdigt waren, stieg Corum in die Höhle unter der Burg, wo das Segelboot ankerte. Mit ihm hatten sie in den wenigen friedlichen Tagen schöne Fahrten unternommen. Corum überprüfte das Wasserfahrzeug. Es fehlte nichts. Sie konnten sofort damit aufbrechen.

Rhalina und Jhary brachten Proviant. Und als die Flut kam, setzten sie die Segel für ihre Reise, die gut zwei Tage dauern würde.

Während ihrer langen Fahrt dachte Corum über seine Erlebnisse auf den verschiedenen Ebenen nach. So viele Welten hatte er betreten, daß er sich ihrer Zahl nicht mehr zu erinnern vermochte. Gab es wirklich Millionen von Sphären? Und jede Sphäre enthielt eine Anzahl von Ebenen?

Es war schwer, sich so viele Welten auch nur vorzustellen. Und auf jeder Welt herrschte Kampf.

»Gibt es denn keine Welten, die sich des immerwährenden Friedens erfreuen?« fragte er Jhary, als er das Ruder übernahm und der Gefährte sich um die Segel kümmerte. »Gar keine, Jhary?«

Der Gefragte zuckte die Schultern. »Vielleicht. Doch ich kenne keine. Vielleicht ist es mein Los, sie nicht betreten zu dürfen. Aber ist der ewige Kampf nicht ein Teil der Natur?«

»Es gibt Geschöpfe, denen ihr Leben lang Frieden beschert ist.«

»Ja, manchen. Es gibt eine Legende, die berichtet, daß es dereinst nur eine einzige Welt gab – ein Planet wie unserer –, die friedlich und vollkommen war. Aber dann drang das Böse dort ein, und die Welt lernte Zwist und Hader kennen. Und diese neuen Gefühle ließen sie neue Welten schaffen, ähnlich der ihren, wo die Mißgunst und alles Böse sich noch besser fortzupflanzen vermochten. Doch es gibt auch viele Legenden, die von einer herrlichen, friedlichen Vergangenheit erzählen, und andere, die prophezeien, daß die Zukunft so sein wird. Ich habe viele Vergangenheiten und Zukünfte kennengelernt, Corum. Doch keine war vollkommen.«

Der Prinz im scharlachroten Mantel umklammerte das Ruder fester, denn der Seegang wurde heftig, und hohe Wellen spielten mit dem Boot.

Rhalina deutete in die Ferne. »Der watende Gott – seht! Er schreitet zur Küste und wirft immer noch seine Netze aus.«

»Vielleicht kennt er Frieden«, murmelte Corum, als die See sich wieder beruhigt hatte und der Riese verschwunden war.

Jhary streichelte Schnurri. Die kleine Katze starrte ängstlich auf das Wasser. »Das glaube ich nicht«, erwiderte Jhary leise.

Ein weiterer Tag verging, ehe sie die ersten Inseln des Archipels sahen. Sie waren dunkelgrün und braun, und als sie daran vorbeisegelten, bemerkten sie die schwarzen Ruinen der Burgen und Städte, welche die Mabden nach ihrem Einfall zurückgelassen hatten. Ein paarmal winkte ihnen eine zerlumpte Gestalt von der Küste aus zu, aber sie beachteten sie nicht, denn zweifellos unterlagen auch die letzten der Nhadragh der Haßseuche.

»Da!« rief Corum. »Die große Insel. Das ist Maliful. Die

Hauptstadt Os, in welcher der Zauberer Ertil lebt, liegt dort. Ich glaube, ich spüre, wie die Seuche an meinem Verstand zu nagen versucht.«

»Dann müssen wir uns beeilen und sehen, daß wir schnellstens erreichen, was wir uns vorgenommen haben«, drängte Jhary.

Sie legten an einer steinigen verlassenen Küste in der Nähe der Hauptstadt an, deren Mauern sie von hier aus sehen konnten.

»Komm, Schnurri, zeig uns den Weg«, bat Jhary die kleine schwarz-weiße Katze.

Sie breitete die Flügel aus und schwang sich hoch in die Luft, flog jedoch so langsam, daß sie mit ihr Schritt zu halten vermochten, als sie sich vorsichtig der Stadt näherten. Während sie über den Schutt und die unkrautüberwucherten Trümmer kletterten, die einst das Stadttor gewesen waren, flatterte Schnurri auf das niedrige Gebäude mit der gelben Kuppel zu. Sie umkreiste es zweimal, dann kehrte sie zurück und ließ sich wieder auf Jharys Schulter nieder.

Corum verspürte grundlosen Ärger auf die Katze. Er wußte, was ihn verursachte. Hastig eilte er auf das niedrige Bauwerk zu.

Es hatte nur einen einzigen Eingang, den ihnen eine schwere Eichentür verwehrte.

»Wenn wir uns mit Gewalt Zutritt verschaffen, würde er uns zu früh gewahr«, flüsterte Jhary. »Aber seht, hier führt eine Treppe zur Kuppel empor.«

Leise stiegen sie diese hoch, die beiden Männer voraus, Rhalina hinter ihnen. Sie spähten durch die transparente Kuppel. Anfangs hatten sie Schwierigkeiten, etwas zu erkennen, doch dann gewöhnten ihre Augen sich an die Düsternis im Innern. Sie sahen die überall herumliegenden Schriftrollen, die Käfige auf den Regalen, die dampfenden Kessel. In einer Ecke bewegte sich eine schattenhafte Gestalt. Das konnte nur der Zauberer sein.

»Ich bin dieser Vorsicht müde!« brüllte Corum. »Laßt uns die Sache hinter uns bringen!« Mit einem Wutschrei drehte er sein Schwert und schlug mit dem Griff heftig gegen die Kuppel. Sie schien zu ächzen, und Risse erschienen. Noch fester schlug Corum darauf ein, bis das durchsichtige Material brach und die Scherben ins Innere fielen.

Ein entsetzlicher Gestank drang heraus, der sie ein paar Schritte zurückweichen ließ, bis er sich in der frischen Luft verloren hatte. Wieder übermannte Corum der grundlose Grimm. Mit einem Satz sprang er durch das Loch in der Kuppel und landete mit lautem Gepolter auf dem angesengten Tisch.

Das Schwert stoßbereit, schaute er sich um.

Doch was er erblickte, verjagte die Wut aus seinem Gehirn.

Der mißbrauchte Zauberer war offenbar seiner selbst herbeigeführten Seuche verfallen. Seine Augen rollten, und Schaum drang aus seinen Lippen.

»Ich tötete sie«, knurrte er. »Wie ich Euch töten werde. Sie wollten mir nicht gehorchen, darum lehrte ich sie eine Lektion!«

Mit dem einen Arm, der ihm noch geblieben war, hielt er sein abgehacktes Bein in der Hand. Das zweite Bein und der andere Arm lagen in ihrem Blut in der Nähe.

»Ich tötete sie!«

Corum wandte sich vor Ekel ab. Er stieß gegen den Kessel, die Gefäße mit den Kräutern und Chemikalien, bis alles ein wirres Durcheinander auf dem Boden bildete.

»Ich tötete sie!« brabbelte der Zauberer. Seine Stimme hob sich zu einem durchdringenden Kreischen, dann erstarb sie. Das Blut strömte aus seinem Körper. Er würde nur noch ein paar Herzschläge lang zu leben haben.

»Wie habt Ihr die Wolke der Zwietracht geschaffen?« fragte ihn Corum.

Ertil grinste schwach und deutete mit dem abgetrennten Bein auf einen kleinen Behälter, der an einer Kette vom Dach hing. »Nur ein bißchen Räucherwerk«, kicherte er. »Aber es vernichtete Euch alle!«

»Nicht alle!« entgegnete Corum grimmig. Er packte den kleinen Kessel und leerte seinen Inhalt über eine Feuerschale. Grüner Dampf zischte empor, und einen kurzen Moment sah Corum abgrundtief böse Gesichter sich in dem Dampf auflösen.

»Nun habe ich das zerstört, Zauberer, was so viele meines Volkes zerstörte«, knurrte Corum.

Ertil blickte ihn aus glasigen Augen an. »Dann vernichtet auch mich, Vadhagh. Ich habe es verdient.«

Corum schüttelte den Kopf. »Nein. Ich lasse Euch auf jene Weise sterben, die Ihr selbst heraufbeschworen habt.«

Jharys Stimme klang drängend herunter.

»Corum!«

Der Prinz im scharlachroten Mantel schaute hoch.

Jhary blickte erschrocken durch das Loch in der Kuppel.

»Was gibt es, Jhary?«

»Glandyth muß den Kräfteverfall seines Zauberers gespürt haben.«

»Was meint Ihr?«

»Er kommt, Corum. Und er hat seine Bestien immer noch bei sich!«

Corum schob das Schwert in die Scheide zurück und sprang vom Tisch. »Ich treffe Euch unten vor der Tür.«

Er kletterte über das, was von Ertil dem Nhadragh

übrig war, und stieg die Treppe hinunter. Hinter sich hörte er die schreienden und winselnden Stimmen der Tiere in den Käfigen, die ihn anflehten, sie freizulassen.

Jhary und Rhalina warteten bereits am Eingang auf ihn. Corum nahm Rhalina am Arm und zog sie ins Haus.

»Bleib hier«, bat er. »Es ist kein angenehmer Ort, aber er bietet doch ein wenig Sicherheit. Befreie die Tiere oben aus den Käfigen, und warte hier auf mich.«

Schwarze Schwingen schlugen durch die Luft. Glandyth war nahe.

Corum und Jhary rannten, bis sie zum ehemaligen Marktplatz kamen, auf dem jedoch ebenfalls die Trümmer der Ruinen herumlagen.

Die Denledhyssi waren nun geringer an Zahl. Zweifellos hatten viele von ihnen beim Zusammentreffen mit Herzog Teer ihr Leben gelassen. Aber immer noch flatterten ein Dutzend der schwarzen Bestien über Os.

Ein Triumphschrei, der das Blut gerinnen ließ, erscholl aus dem Himmel und echote durch die verfallene Stadt.

»Corum!«

Es war Glandyth-a-Krae. Und er hatte seinen Erzfeind entdeckt.

»Wo sind Euer zauberkräftiges Auge und die Hand, Shefanhow? Haben sie sich in jener Unterwelt in Sicherheit gebracht, aus der Ihr sie herbeigezaubert hattet, eh?«

Glandyth begann zu lachen.

»So müssen wir schließlich doch durch die Hände der Mabden sterben«, sagte Corum ruhig und beobachtete die schwarzen geflügelten Ungeheuer, die auf der gegenüberliegenden Seite des Platzes niedergingen. »Bereitet Euch auf das Ende vor, Jhary, mein Freund.«

Mit dem Schwert in der Hand warteten sie, bis Glandyth aus dem Streitwagen vom Rücken seiner Chaos-

Bestie kletterte und über den Platz zu stapfen begann. Seine Denledhyssi folgten ihm auf dem Fuß.

Corum hoffte, Jhary und Rhalina das bittere Ende zu ersparen, wenn er sich allein seinem Erzfeind stellte. »Wollt Ihr mir wie ein Mann im fairen Zweikampf gegenübertreten, Graf Glandyth?« rief er. »Befehlt Ihr Euren Männern, sich herauszuhalten, während wir kämpfen?«

Glandyth-a-Krea schob den dicken Pelzumhang auf den Rücken und zog den Helm tiefer ins rote Gesicht. Er brach in schallendes Gelächter aus. »Wenn Ihr glaubt, es sei ein fairer Kampf, mit einem einäugigen und einarmigen Krüppel zu kämpfen, gut, dann soll es so sein, Shefanhow.« Dann drehte er sich zu seinen Denledhyssi um. »Bleibt stehen, wie er es will. Es dauert nur eine kurze Weile, dann könnt Ihr seine zweite Hand und auch sein anderes Auge haben.«

Die Barbaren brüllten vor Lachen.

Der Mabden-Graf schritt näher, bis er sich nur noch ein paar Manneslängen von Corum entfernt befand. Er funkelte den Vadhagh an. »Euretwegen mußte ich in letzter Zeit viel Unbequemlichkeit erdulden, Shefanhow. Aber dieser Augenblick läßt sie mich vergessen. Meine Freude, Euch wiederzusehen, ist unbeschreiblich.« Er zog seine gewaltige Streitaxt aus dem Gürtel und riß das Schwert aus der Scheide. »Wir werden nun zu Ende führen, was wir im Wald bei Burg Erorn begannen.«

Er tat einen Schritt vorwärts, als die Schreckensschreie seiner Männer ihn herumwirbeln ließen.

Die schwarzen Bestien erhoben sich in die Luft und zogen ostwärts von dannen. Mitten im Flug verschwanden sie.

»Sie kehren ins Chaos-Reich zurück«, erklärte Corum dem Mabden-Grafen. »Ihr Herr braucht sie, denn er befindet sich in arger Bedrängnis. Wenn ich Euch töte,

Glandyth, werden Eure Männer mich dann in Frieden lassen?«

Glandyth grinste wölfisch. »Sie hängen sehr an mir, meine Denledhyssi.«

»So habe ich wenig zu gewinnen«, murmelte Corum. »Holt Rhalina«, flüsterte er Jhary zu, »und nehmt das Boot. Die Denledhyssi haben nun keine Möglichkeit mehr, die Insel zu verlassen, und können Euch nicht verfolgen. Es ist das klügste, Jhary. Das könnt Ihr nicht bestreiten.«

Jhary seufzte. »Ich bestreite es nicht. Ich tue, wie Ihr sagt. Ich gehe.«

»Ihr gestattet ihm, Os zu verlassen, nicht wahr?« fragte Corum den Mabden-Grafen.

Glandyth zuckte die Schultern. »Warum nicht? Sollte uns die Langeweile plagen, können wir ihn später immer noch jagen. Und bildet Euch nicht ein, daß ich den Verlust der Chaos-Kreaturen bedauere. Ich habe meinen eigenen Zauberer, mir neue zu beschaffen, wenn ich sie benötige.«

»Ertil?«

Glandyths blutunterlaufene Augen verengten sich. »Was wißt Ihr von Ertil?«

»Er hat sich selbst umgebracht. Die Wolke der Zwietracht verschonte auch ihn nicht.«

»Was macht das schon. Ich werde – heiii!« Der Graf von Krae stürzte sich ohne Warnung auf Corum und schwang beide Waffen, das Schwert und die Axt gleichzeitig.

Corum sprang zurück, stolperte und fiel, als die Axt über seinen Kopf hinwegzischte. Er rollte zur Seite, um dem Schwert zu entgehen, das nun auf die Steintrümmer herabsauste, wo er gerade noch gelegen hatte. Er stützte sich auf den Armstumpf und erhob sich, während er gleichzeitig dem wilden Schlag der Axt auswich.

Der Barbar war so stark und behende wie eh und je, trotz seines gewaltigen Leibesumfangs. Corum kam sich ihm gegenüber schwach wie ein Kind vor. Er versuchte selbst zum Angriff überzugehen, aber Glandyth gab ihm keine Gelegenheit und drängte ihn immer weiter über den Schutt zurück. Corums einzige Hoffnung blieb, daß es Jhary gelungen war, Rhalina zum Boot zu bringen, und daß sie sich bereits auf dem Rückweg nach Burg Erorn befanden, wenn Glandyth ihn erschlug.

Axt und Schwert trafen gleichzeitig Corums erhobene Klinge. Sein Arm erlahmte unter der Wucht des Hiebes. Er ließ sein Schwert am Schaft der Axt entlanggleiten, um Glandyth' Finger zu durchtrennen, aber der Graf von Krae zog die Axt zurück und zielte damit nach Corums Kopf.

Der Vadhagh wich aus. Die Axt glitt an den doppelten Ringen des Kettenhemds auf Corums linker Schulter ab und fügte ihm dort nur eine geringfügige Wunde zu.

Glandyth grinste. Sein Atem quälte Corums Nase. Seine Augen glitzerten vor Blutlust. Er stach mit dem Schwert zu, und Corum spürte den Stahl durch seine Hüfte dringen. Hastig sprang der Vadhagh zurück und sah, daß Blut über seinen silbernen Beinschutz rann.

Keuchend machte Glandyth eine Pause, um mit aller Kraft zum Todesstoß ausholen zu können.

Da stürzte Corum sich auf ihn und hieb mit seiner Klinge gegen Glandyths Gesicht. Er schlitzte die Wange seines Erzfeindes auf, ehe der Barbar mit seinem Schwert die Klinge des Vadhagh abwehren konnte.

Immer noch floß das Blut aus Corums Hüftwunde. Er humpelte rückwärts über die Trümmer, um ein paar Fuß zwischen sich und den Feind zu legen. Glandyth folgte ihm nur mit den Augen und genoß offensichtlich den Schmerz des Vadhaghs.

»Ich glaube, ich kann mir immer noch das Vergnügen

gönnen, Euch einen langsamen, qualvollen Tod zu bereiten. Warum lauft Ihr nicht ein bißchen, Prinz Corum, und sichert Euch so ein paar weitere Herzschläge?«

Corum straffte die Schultern. Die Schwärze der Ohnmacht drohte ihn zu übermannen. Er vermochte nicht zu antworten. Er starrte Glandyth mit seinem Auge an und trat einen Schritt vor.

Glandyth grinste. »Ich erschlug alle Eurer Rasse, außer Euch. Nun, nachdem ich lange geduldig darauf gewartet habe, kann ich endlich auch den letzten dieses Ungeziefers zerschmettern.«

Corum tat einen weiteren Schritt auf ihn zu.

Glandyth hielt die Waffen bereit. »Ihr wollt sterben, eh?«

Corum wankte. Er vermochte den Mabden-Grafen kaum noch zu sehen. Mühsam hob er sein Schwert und versuchte noch einen Schritt.

»Kommt!« rief Glandyth. »So kommt!«

Ein Schatten fiel über die Ruinen. Im ersten Augenblick glaubte Corum an eine Täuschung. Er schüttelte den Kopf, um die Schleier vor seinen Augen zu verdrängen.

Aber auch Glandyth hatte den Schatten gesehen. Erstaunt riß er den Mund auf. Seine blutunterlaufenen Augen weiteten sich.

Und während er zu dem Ding aufstarrte, das den Schatten warf, stieß Corum ihm das Schwert in die Kehle.

Glandyth stieß einen gurgelnden Laut aus. Blut schoß zwischen seinen Lippen hervor.

»Für meine Familien«, keuchte Corum.

Der Schatten zog weiter. Er stammte von einem Riesen, von einem Giganten mit einem gewaltigen Netz, das er über die vor Schreck erstarrten Denledhyssi warf. Er hob sie empor und schleuderte sie weit über die Stadt hinweg. Ein Riese war es, mit zwei glitzernden Juwelenaugen.

Corum taumelte neben Glandyth-a-Kraes Leiche zu Boden und starrte zu dem Giganten empor. »Der watende Gott«, murmelte er.

Jhary schritt auf Corum zu und stillte das Blut seiner Hüftwunde. »Der watende Gott«, echote er. »Aber nun fischt er nicht länger mehr in den Meeren dieser Welt, denn er hat gefunden, was er suchte.«

»Seine Seele?«

»Sein Auge. Der watende Gott ist Rhynn!«

Nun schien erst recht alles vor Corums Auge zu verschwimmen.

Aber durch einen rötlichen Nebel hindurch sah er Kwll auf sich zukommen, und der jetzt nicht länger verschwundene Gott grinste über sein ganzes juwelenbedecktes Gesicht.

»Euere Chaos-Götter sind nicht mehr«, versicherte er Corum. »Mit der Hilfe meines Bruders erschlug ich sie und all ihre Helfer.«

»Ich danke Euch!« Corum seufzte tief vor Erleichterung. »Und auch Lord Arkyn wird Euch danken.«

Kwll kicherte. »Das glaube ich nicht.«

»Was meint Ihr damit?«

»Vorsichtshalber erschlugen wir auch die Lords der Ordnung. Nun seid ihr Sterblichen auf diesen Ebenen frei von Göttern.«

»Aber Arkyn – Arkyn war gut –«

»Wenn ihr das Gute achtet, dann pflegt es in euch selbst. Nun ist die Konjunktion der Millionen Sphären, und das bedeutet Veränderungen – grundlegende Änderungen in der Natur der Dinge. Vielleicht war das unsere Bestimmung – die fünfzehn Ebenen von ihren einfältigen Göttern und ihren nicht weniger einfältigen Einfällen zu befreien.«

»Aber das kosmische Gleichgewicht –?«

»Laß es seine Waagschalen schwingen. Es hat nun

nichts mehr zu wiegen. Ihr steht jetzt auf euren eigenen Beinen, ihr Sterblichen dieser Ebenen. Lebt wohl!«

Corum versuchte etwas zu sagen, aber der Schmerz in seiner Hüfte betäubte jeglichen Gedanken. Das Bewußtsein verließ ihn.

Ein letztes Mal erklang Kwlls vieltönige Stimme in seinem Kopf, ehe die tiefe Schwärze ihn völlig umfing.

»Nun seid ihr selbst eures Glückes Schmied!«

Epilog

Wieder begannen die dem Lande geschlagenen Wunden zu heilen, und erneut errichteten die Sterblichen, was sie selbst unter dem Einfluß der Haßseuche zerstört hatten. Lywm-an-Esh fand einen neuen König, und die Vadhagh, welche überlebt hatten, kehrten auf ihre Burgen zurück.

Auf Burg Erorn über dem Meer erholte Corum Jhaelen Irsei, der Prinz im scharlachroten Mantel, sich langsam von seinen Wunden – dank Jhary-a-Conels Heilmittel und Lady Rhalinas liebevoller Pflege. Und er fand ein neues Steckenpferd, das ihn voll beschäftigte, nämlich die Herstellung künstlicher Gliedmaßen, wie er es in des Doktors Haus auf Lady Jane Pentallyons Welt gesehen hatte. Aber es würde noch eine Weile dauern, bis er solche geschaffen hatte, die ihn zufriedenstellten.

Eines Tages kam Jhary-a-Conel mit seinem Hut auf dem Kopf, seinem Beutel auf dem Rücken und Schnurri auf der Schulter. Etwas zögernd sagte er Lebewohl. Sie baten ihn zu bleiben, sich des wohlverdienten Friedens zu erfreuen.

»Denn eine Welt ohne Götter ist eine Welt ohne viel Furcht«, erklärte Corum.

»Das ist wahr«, pflichtete Jhary ihm bei.

»Dann bleibt«, bat Lady Rhalina.

»Ich kann nicht«, erwiderte Jhary betrübt. »Ich muß Welten suchen, die noch ihre Götter haben, denn ich bin für andere nicht geschaffen.« Und leise fügte er hinzu: »Ich brauche jemanden, dem ich die Schuld an meinem Mißgeschick zuschreiben kann. Ich will nicht wissen, daß es an mir selbst liegt. Nein, ohne Götter – ohne Dämonen – ohne eine höhere Fügung – ohne das absolut Böse – ohne das wirklich Gute kann ich nicht sein.« Corum lächelte. »Dann geht, wenn Ihr müßt. Doch vergeßt nicht, daß wir Euch in unser Herz geschlossen haben. Und verzweifelt nicht an dieser Welt, Jhary. Wie leicht können neue Götter geschaffen werden.«

HIER ENDET DER DRITTE BAND
DES BUCHES CORUM

Vierter Band

DAS KALTE REICH

Prolog

Friede kehrte endlich auf Bro-an-Vadhagh ein, und Corum zog mit seiner sterblichen Braut in sein altes Schloß, das seine Väter einst über einer weiten Bucht auf steilem Felsen erbaut hatten. Auch die wenigen anderen überlebenden Vadhagh und Nhadragh kehrten nach und nach auf ihre alten Besitzungen zurück, und das goldene Land Lwym-an-Esh blühte auf und wurde zum Zentrum der Kultur des Mabden-Geschlechts – berühmt für seine Scholaren, seine Barden, seine Künstler, seine Baumeister und seine Krieger. Und Corum war glücklich, daß das Volk seiner Gattin eine neue Blüte erlebte. Eine große Zeit für das Mabden-Volk war angebrochen. Bei den seltenen Gelegenheiten, an denen sich Reisende aus Mabden-Völkern in die Nähe von Burg Erorn verirrten, gab Corum ihnen sein Geleit und bewirtete sie als seine Gäste, und es erfüllte sein Herz mit großer Freude, durch sie vom Glanz Halwyg-nan-Vakes, der Hauptstadt von Lwym-an-Esh, zu erfahren, auf deren Mauern die Blumen das ganze Jahr hindurch blühten. Und die Gäste berichteten Corum und Rhalina von den neuen Schiffen, die dem Land großen Reichtum brachten, so daß niemand mehr den Hunger kannte in Lwym-an-Esh. Und sie erzählten von den neuen Gesetzen, die jedem das Recht gaben, in den Angelegenheiten des Staates mitzubestimmen. Und Corum hörte ihnen zu und war stolz auf Rhalinas Volk.

Einmal sprach Corum zu einem seiner Mabden-Gäste: »Wenn einst die letzten Vadhagh und die letzten Nhadragh von dieser Welt verschwunden sind, werden sich die Mabden zu einer Rasse entwickeln, viel größer als wir es jemals gewesen sind.«

»Aber wir werden niemals eure Zauberkräfte besitzen«, erwiderte der Wanderer und blickte verwundert, als Corum darauf herzlich lachte.

»Wir haben doch überhaupt keine Zauberkräfte! Wir haben

nicht einmal eine Vorstellung von Magie in unserem Wissen! Unsere ›Zauberei‹ ist nichts anderes als unsere Erkenntnis und Beherrschung bestimmter Naturgesetze. Auch unsere Fähigkeit, andere Ebenen unseres Multiversums wahrzunehmen, die wir jetzt fast ganz verloren haben, ist aus nichts anderem entstanden. Erst aus der Vorstellungskraft der Mabden sind solche Dinge wie Zauberei erwachsen – ihr habt immer lieber an ein Wunder glauben wollen, als die Wirklichkeit zu erforschen versucht, um das Wunderbare in der Realität selbst zu erkennen. Solche Vorstellungskraft macht deine Rasse einzigartig vor allen anderen, die je auf dieser Erde existiert haben, aber diese Vorstellungskraft kann euch auch vernichten!«

»Haben wir dann auch die Schwertherrscher, die Ihr so heldenhaft bekämpft habt, nur erfunden?«

»Sicher«, antwortete Corum, »ich nehme an, ihr habt sie erfunden. Und ich nehme auch an, ihr könnt bald neue Götter erfinden.«

»Phantome erfinden? Phantastische Ungeheuer? Mächtige Götter? Ganze Kosmologien?« wunderte sich der verwirrte Gast. »So sind am Ende all diese Dinge nicht wirklich?«

»Sie sind wirklich genug«, erwiderte Corum. »Nichts ist doch letztlich einfacher in dieser Welt zu erschaffen als eine neue Wirklichkeit. Es ist zum Teil eine Frage der Notwendigkeit, teils der Zeit und teils der Umstände ...«

Corum entschuldigte sich, seinen Gast so verwirrt zu haben, lachte noch einmal und wandte sich anderen Gesprächsthemen zu.

Und so gingen die Jahre ins Land, und Rhalina begann die ersten Zeichen von Alter zu zeigen, während Corum, der ja fast unsterblich war, sich nicht veränderte. Doch sie liebten einander noch immer – ja, im Angesicht des Todes, der sie für immer von ihm nehmen würde, wuchs ihre Liebe sogar noch.

Ihr Leben war schön, ihre Liebe stark. Sie verlangten wenig mehr, als den anderen bei sich zu wissen.

Und dann starb Rhalina.

Und Corum trauerte um sie. Er trauerte ohne jenes Leidgefühl, das Sterbliche beim Verlust eines geliebten Angehörigen empfinden, und das zum Teil nur Trauer um sich selbst und die Furcht vor dem eigenen Tod ist.

Gut siebzig Jahre waren seit dem Fall der Schwertherrscher vergangen, und die Reisenden, die Burg Erorn besuchten, wurden weniger und weniger, denn Corum, der scharlachrote Prinz der Vadhagh, wurde mit den Jahren in Lwym-an-Esh zu einer Legende; man sprach von ihm nicht mehr wie von einem Wesen aus Fleisch und Blut. Es amüsierte ihn, als er davon hörte, daß es in einigen Teilen des Landes nun Altäre für ihn und primitive Standbilder von ihm gab, vor denen das Volk betete, wie es einst zu seinen Göttern gebetet hatte. Sie hatten also nicht lange gebraucht, um neue Götter zu finden, und ironischerweise machten sie ausgerechnet die Person zu einem neuen Gott, die ihnen geholfen hatte, ihre alten Götter zu vertreiben. Sie glorifizierten Corums Heldentaten, aber sie raubten ihm damit seine Existenz als Individuum. Sie schrieben ihm magische Kräfte zu; sie erzählten Geschichten über ihn, die sie früher über ihre alten Götter erzählt hatten. Warum war den Mabden die Wahrheit niemals genug? Warum mußten sie die Wahrheit immer verzerren, verdrehen und zu einem Lügengespinst aufbauschen? Was für eine paradoxe Rasse waren die Mabden doch!

Corum rief sich den Abschied seines Freundes Jhary-a-Conel, der sich selbst den »Gefährten von Helden« genannt hatte, ins Gedächtnis, und er erinnerte sich an Jharys letzte Worte: »Wie leicht können neue Götter geschaffen werden.« Aber Corum hatte damals nicht ahnen können, wer schon bald einer dieser neuen Götter werden sollte.

Und weil er für viele von ihnen schon zum Gott geworden war, begannen die Menschen von Lwym-an-Esh die Landzunge, auf der Burg Erorn stand, zu meiden, denn sie wußten, daß die Götter keine Zeit hatten, dem Geschwätz der Sterblichen zu lauschen.

So wurde Corum immer einsamer. Er gab es auf, in die Länder der Mabden zu reisen, denn die göttliche Verehrung war ihm zuwider.

In Lwym-an-Esh waren jetzt auch alle diejenigen gestorben, die ihn persönlich gekannt hatten, die gewußt hatten, daß er außer seiner fast unbegrenzten Lebensspanne so verwundbar war wie sie selbst. Also gab es niemanden mehr, der den Legenden um Corum widersprechen konnte.

Auf der anderen Seite mußte Corum feststellen, daß er sich an die Mabden und ihre Lebensart gewöhnt hatte. So fand er an der Gesellschaft seiner eigenen Artgenossen wenig Freude, denn die Vadhagh verharrten in ihrer Weltvergessenheit und ihrer Unfähigkeit, die eigene Situation zu verstehen, und daran würde sich nichts mehr ändern, bis die Rasse der Vadhagh vom Angesicht der Erde verschwunden war. Corum beneidete die anderen Vadhagh um ihre Gleichgültigkeit, denn er selbst fühlte sich durchaus noch genug am Lauf der Dinge beteiligt, um über das mögliche Schicksal der verschiedenen Rassen zu spekulieren, auch wenn er an den Geschehnissen außerhalb von Burg Erorn keinen Anteil mehr hatte.

Eine Art Schach, wie sie von den Vadhagh gespielt wurde, nahm viel von seiner Zeit in Anspruch (er spielte mit sich selbst und benutzte die Spielsteine wie Argumente in einer Diskussion, indem er eine logische Folgerung gegen eine andere setzte, um sie so zu prüfen). Während er über seine verschiedenen vergangenen Kämpfe und Abenteuer grübelte, begann er manchmal daran zu zweifeln, ob es sie überhaupt jemals wirklich gegeben hatte. Er fragte sich auch, ob die Tore zu den fünfzehn Ebenen nun für immer geschlossen waren, selbst für die Vadhagh und die Nhadragh, die einst völlig frei durch sie aus und ein gehen konnten. Wenn dem so war, bedeutete das etwa, daß die anderen Ebenen tatsächlich gar nicht mehr existierten? Und so wurden die Gefahren, die Ängste und die Entdeckungen von einst zu nichts anderem als abstrakten Überlegungen; sie wurden die Voraussetzungen für eine Theorie, die die Natur der Zeit und der persönlichen Identität betraf, und nach einer Weile verlor Corum auch an dieser Theorie das Interesse.

Über achtzig Jahre mußten nach dem Fall der Schwertherrscher vergehen, bevor Corums Interesse an Dingen, die die Rasse der Mabden und ihre Götter betrafen, wieder geweckt wurde.

ERSTES BUCH

In dem berichtet wird, wie Prinz Corum von einem unangenehmen und unwillkommenen Traum heimgesucht wird

1 Während die Vergangenheit verblaßt, wächst die Angst vor der Zukunft

Rhalina, neunundsechzig Jahre alt und bezaubernd wie in ihrer Jugend, war gestorben, und Corum hatte um sie geweint. Nun waren seitdem sieben Jahre vergangen, aber er vermißte sie noch immer, und wenn er an seine eigene Lebenserwartung von vielleicht noch tausend Jahren oder mehr dachte, beneidete er das Mabden-Geschlecht um seine kurze Lebensspanne. Doch er mied die Gesellschaft der Menschenrasse, weil sie ihn an Rhalina erinnerte.

Seine eigene Rasse, die Vadhagh, hielten sich wieder abseits von der Welt in ihren einsamen Burgen, deren Formen sich so der Gestalt von natürlich gewachsenen Felsen anpaßten, daß viele der vorbeiziehenden Mabden überhaupt keine Gebäude darin erkannten, sondern sie mit Zinnen aus Granit, Sandstein oder Basalt verwechselten. Die Vadhagh mied Corum, weil er sich zu Rhalinas Lebzeiten zu sehr an die Gesellschaft von Mabden gewöhnt hatte.

Über die Ironie, die in dieser Einsamkeit lag, würde er einmal Gedichte schreiben oder Bilder malen oder Musik komponieren. Für all das standen ihm besondere Räume auf Burg Erorn zur Verfügung.

Und so wurde sein Verhalten mit den Jahren immer seltsamer. Er wurde ein Einzelgänger. Seine Gefolgsleute, die jetzt nur noch aus Vadhagh bestanden, fragten sich, ob er nicht besser eine Vadhagh zur Frau nehmen sollte, mit der er Kinder haben könnte und durch die er vielleicht neues Interesse an Vergangenheit und Zukunft fände. Aber ihr Herr blieb unnahbar. Corum Jhaelen Irsei, der Prinz im scharlachroten Mantel, der geholfen hatte, die mächtigsten Götter zu besiegen und die Welt von manchen schrecklichen Ängsten zu befreien, ließ niemanden mehr an sich herankommen.

Seine Gefolgschaft lernte die Furcht kennen. Furcht vor Corum war es; Corum, mit seiner Binde über der leeren Augenhöhle, seiner Auswahl an künstlichen Händen (alle von ihm selbst mit größter Kunstfertigkeit angefertigt), dem einsamen Wanderer durch mitternächtliche Hallen, dem schwermütigen Reiter in den winterlichen Wäldern.

Und auch Corum kannte Furcht. Er fürchtete die leeren Tage, die einsamen Jahre, die er endlos langsam verstreichende Jahrhunderte hindurch auf den Tod warten mußte.

Er überlegte, seinem Leben selbst ein Ende zu setzen, aber irgendwie erschien ihm eine solche Tat wie ein Frevel an der Trauer um Rhalina. Er dachte darüber nach, sich auf eine neue Abenteuerfahrt zu begeben, aber in dieser warmen, milden und ruhigen Welt gab es keine fernen Länder mehr zu erkunden. Selbst die grausamen Krieger von König Lyr-a-Brode waren in ihre Heimat zurückgekehrt und dort zu Bauern, Kaufleuten, Fischern oder Bergleuten geworden. Nirgendwo drohte ein Feind, nirgendwo gab es Unrecht oder Unterdrückung. Nachdem ihnen ihre Götter genommen worden waren, wurden die Mabden ein freundliches und weises Volk.

Corum rief sich die alten Freuden seiner Jugend ins Gedächtnis. Er hatte die Jagd geliebt. Aber jetzt war ihm alle Freude vergangen, die er einst dabei empfunden hatte. Er war selbst zu oft während seines Kampfes gegen die Schwertherrscher der Gejagte gewesen, als daß er noch etwas anderes als Mitleid für eine verfolgte Kreatur aufbringen konnte. Damals war er auch gerne geritten. Die lieblichen Gefilde von Burg Erorn landeinwärts hatten ihn immer wieder bezaubert. Aber seine jugendliche Lebensfreude war längst verschwunden. Doch auch jetzt ritt er noch oft.

Er ritt durch die Laubwälder am Fuß der Klippen, auf denen sich Burg Erorn erhob. Manchmal führte ihn sein Ritt sogar bis in das tiefe, grüne Moor hinter den Wäldern mit seinem dichten Stechginster, seinen Habichten, seinem weiten Himmel und seiner Stille. Manchmal nahm er den Rückweg an der Küste entlang und ritt gefährlich nahe am Rande der zerklüfteten Klippen. Weit unter ihm donnerten die hohen, schaumgekrönten Wellen gegen die Felsen, und manchmal wehte die Gischt bis zu ihm hinauf. Aber er spürte das Salzwasser nicht mehr auf seinem Gesicht, obwohl ihm gerade dieses Gefühl in seiner Jugend ein wildes Vergnügen bereitet hatte.

An den meisten Tagen verließ Corum Burg Erorn gar nicht. Weder Sonne noch Wind, noch das Prasseln des Regens lockten ihn aus den düsteren Gemächern, die in den Tagen, als seine Familie sie bewohnt hatte und später Rhalina, von Liebe und Licht und frohem Lachen erfüllt gewesen waren. Manchmal erhob er sich den ganzen Tag über nicht einmal aus seinem Stuhl. Sein hoher, schlanker Körper lehnte sich weit zurück, sein schön geschnittenes Gesicht ruhte auf der kräftigen Faust, und sein verbliebenes mandelförmiges Auge mit der gelben Pupille und der purpurnen Iris starrte in die Vergangenheit; eine Vergangenheit, die von Tag zu Tag mehr verblaßte, während er sich voll Verzweiflung bemühte, jedes Detail der gemeinsamen Jahre mit Rhalina für immer im Gedächtnis zu behalten. Ein Prinz der großen Vadhagh, der sich nach einer sterblichen Frau sehnte. Bevor die Mabden gekommen waren, hatte es niemals Geister auf Burg Erorn gegeben.

Und manchmal, wenn Corum nicht um Rhalina trauerte, wünschte er sich, Jhary-a-Conel hätte sich nicht entschieden, diese Ebene zu verlassen, denn Jhary schien wie er selbst unsterblich zu sein. Der selbsternannte Gefährte von Helden konnte sich offenbar nach Belieben durch alle fünfzehn Ebenen der Existenz bewegen, um all denen als Führer, Kampfgefährte und Ratgeber zur Seite zu stehen, die nach Jharys Meinung die verschiedenen Inkarnationen von Corum waren. Jhary-a-Conel war es auch gewesen, der gesagt hatte, daß er und Corum vielleicht nur ›ein Aspekt eines größeren Helden‹ sein könnten, wie sie ja bereits im Turm von Voilodion Ghagnasdiak mit zwei anderen Aspekten dieses Helden, Erekose und Elric, zusammengetroffen waren. Jhary hatte behauptet, daß diese beiden Corum in anderen Inkarnationen waren und daß Erekoses persönlicher Fluch war, sich der meisten seiner verschiedenen Inkarnationen ständig bewußt zu sein. Auf intellektueller Ebene konnte Corum diese Vorstellung durchaus akzeptieren, aber emotional lehnte er sie ab. Er war Corum. Und das war sein Fluch.

Corum besaß eine Sammlung von Jharys Bildern (die meisten waren Selbstporträts, aber einige zeigten Rhalina und Corum und die kleine schwarzweiße, geflügelte Katze, die so untrennbar zu Jhary gehörte wie sein Hut). In den Tagen seiner tiefsten Trauer betrachtete Corum diese Porträts und rief sich die alten Tage wieder vor Augen, aber mit der Zeit wurden selbst die Porträts zu Gesichtern von Fremden. Er machte Versuche, sich eine neue Zukunft vorzustellen, schmiedete Pläne für sein weiteres Schicksal, aber all das führte zu nichts. Kein Plan, wie wohlüberlegt und durchdacht er auch sein mochte, ließ sich länger als ein oder zwei Tage aufrechterhalten. Burg Erorn erfüllten unbeendete Gedichte, unfertige Kompositionen, unvollendete Erzählungen und unfertige Gemälde. Die Welt hatte aus einem Mann des Friedens einen Krieger gemacht und ihm dann nichts mehr übriggelassen, gegen das er kämpfen konnte. Das war Corums Schicksal. Es gab auch keinen Anlaß, Beschäftigung bei der Bebauung des Landes zu suchen, denn alles, was die Vadhagh zum Leben brauchten, wurde innerhalb der Mauern von Burg Erorn erzeugt. Es gab nie Mangel an Brot oder Wein. Corum beschäftigte sich viele Jahre lang mit der Konstruktion seiner verschiedenen künstlichen Hände, wie er sie auf Lady Jane Pentallyons Welt im Haus des Arztes gesehen hatte. Als Ergebnis besaß er schließlich eine Sammlung von Händen, alle perfekte Prothesen, die ihm so gut wie jede Hand aus Fleisch und Blut dienten. Sein Lieblingsstück, das er die meiste Zeit trug, war ein Exemplar, das an einen feingearbeiteten silbernen Panzerhandschuh erinnerte, in der Form ein genaues Abbild der Hand, die Graf Glandyth-a-Krae ihm vor fast einem Jahrhundert abgeschlagen hatte. Diese silberne Hand war geeignet, Schwert und Speer zu führen, wenn es jemals einen Ruf geben würde, der ihn wieder zu den Waffen greifen ließ. Die Prothese reagierte auf winzige Muskelbewegungen am Stumpf von Corums Handgelenk. Sie besaß alle Eigenschaften einer gewöhnlichen Hand und vermochte sogar mehr, denn ihr Griff war wesentlich stärker. Durch seine künstlichen Hände wurde Corum ein beidhändiger Kämpfer, da er seine Linke mit der gleichen Geschicklichkeit führte wie früher seine rechte Hand. Aber all seine Kunstfertigkeit reichte nicht aus, ihm ein neues Auge zu geben, so daß er sich mit einer einfachen Augenklappe begnügen mußte, aus scharlachrotem Samt von Rhalinas feiner Nadel gearbeitet. Es war jetzt zu Corums unbewußter Angewohnheit geworden, mit den Fingern seiner Linken über diese Handarbeit zu fahren, während er gedankenverloren in seinem Stuhl saß.

Schließlich begann Corum langsam bewußt zu werden, daß sich seine Schweigsamkeit in Wahnsinn verwandelte. Nachts im Bett hörte er Stimmen. Entfernte Stimmen waren es, ein beschwörender Chor, der einen Namen rief, den Corum als den seinen zu erkennen glaubte, auch wenn der Name in einer Sprache gerufen wurde, die dem Vadhagh nur ähnlich war. Sosehr er auch versuchte, die Stimmen zu verjagen, kamen sie doch beständig wieder, während es ihm andererseits auch nie gelang, mehr als ein paar Worte davon zu verstehen, was sie sagten. Nach mehreren Nächten mit diesen Stimmen schrie er ihnen zu, ihn in Ruhe zu lassen. Er stöhnte. Er wälzte sich auf seinem Lager und versuchte sich die Ohren zu verstopfen. Und tagsüber versuchte er sich selbst deswegen auszulachen, ging auf lange Ritte, bei denen er sich so zu ermüden hoffte, daß er anschließend in tiefen Schlaf versänke. Aber die Stimmen kamen immer wieder. Und später wurden sie auch von Träumen begleitet. Schattenhafte Gestalten standen in einer Lichtung in einem dichten Wald. Ihre Hände waren zu einem Kreis verschränkt, der Corum zu umgeben schien. In seinen Träumen sprach er zu den Gestalten, sagte ihnen, daß er sie nicht verstehen konnte, daß er nicht wußte, was sie von ihm wollten. Er befahl ihnen aufzuhören. Aber sie ließen sich nicht in ihrem Gesang unterbrechen. Ihre Augen waren geschlossen und ihre Köpfe zurückgeworfen. Sie beteten.

»Corum. Corum. Corum. Corum.«

»Was wollt ihr?«

»Corum. Hilf uns. Corum.«

Er brach aus ihrem Kreis, rannte in den Wald und wachte auf. Er wußte, was mit ihm geschah. Sein Geist hatte sich verwirrt und begann, sich selbst etwas vorzuspielen. Nicht ausreichend beschäftigt, hatte er damit begonnen, Phantome zu erfinden. Corum hatte noch nie gehört, daß einem Vadhagh etwas Ähnliches widerfahren war, aber mit Mabden sollte derartiges häufig genug geschehen. Lebte er etwa, wie Shool ihm einst erklärt hatte, noch immer in einem Mabden-Traum? War der Traum der Vadhagh und der Nhadragh schon vollständig ausgeträumt? Und träumte er deshalb einen Traum in einem anderen Traum?

Aber diese Überlegungen trugen nicht zu seiner geistigen Gesundheit bei. Er versuchte sie zu verscheuchen. Er begann daran zu denken, bei jemandem Rat zu suchen. Aber es gab niemanden mehr dafür. Die Lords der Ordnung und des Chaos herrschten auf dieser Ebene nicht länger, hatten keine Diener mehr, denen sie einen winzigen Teil ihres kosmischen Wissens anvertrauten. Corum selbst wußte mehr über philosophische Angelegenheiten als irgend jemand sonst in seiner Welt. Aber es gab noch die weisen Vadhagh aus Gwlas-cor-Gwrys, der Stadt in der Pyramide, die von diesen Dingen vieles wissen mochten.

Er entschloß sich, falls die Stimmen und die Träume nicht bald aufhören würden, eine Reise zu den anderen Burgen, auf denen Vadhagh lebten, anzutreten und dort Hilfe zu suchen. Schließlich bestand auch die Möglichkeit, überlegte er, daß die Stimmen ihm nicht von Burg Erorn fort folgen würden.

Seine Ritte wurden immer wilder, und er erschöpfte alle seine Pferde. Er ritt weiter und weiter fort von Burg Erorn, als sei er auf der Suche nach irgend etwas. Aber er fand nichts anderes als die See im Westen und die Moore und Wälder im Osten, Süden und Norden. Es gab hier keine Mabden-Dörfer, keine Gehöfte, nicht einmal die Hütten von Köhlern oder Waldmenschen, denn die Mabden hatten kein Verlangen mehr nach dem Land der Vadhagh seit dem schrecklichen Fall von König Lyr-a-Brode. War es wirklich das, was er suchte? Corum wunderte sich über sich selbst. Die Gesellschaft von Mabden? Spiegelten die Stimmen und die Träume sein Verlangen wider, an der Seite von Mabden Abenteuer zu bestehen? Der Gedanke bereitete ihm Schmerzen. Für einen Augenblick sah er Rhalina deutlich vor sich, wie sie in ihrer Jugend gewesen war, strahlend, stolz und stark.

Mit seinem Schwert hieb er nach Farnwedeln. Mit seiner Lanze stach er nach Baumstümpfen. Mit seinem Bogen schoß er auf Steine. Eine Parodie der Schlacht. Manchmal warf er sich ins Gras und weinte.

Und die Stimmen riefen weiter nach ihm:

»Corum! Corum! Hilf uns!«

»Euch helfen?« schrie er zurück. »Es ist Corum, der Hilfe braucht!«

»Corum. Corum. Corum ...«

Hatte er diese Stimmen schon einmal gehört? War er schon einmal in einer Lage wie dieser gewesen?

Es schien Corum so, als habe er schon ähnliches erlebt, aber wenn er sein Leben an sich vorüberziehen ließ, wußte er, daß es darin nichts dergleichen gegeben hatte. Er hatte niemals diese Stimmen gehört und diese Träume geträumt. Und trotzdem war er sich sicher, daß er sich aus einer anderen Zeit daran erinnerte. Vielleicht aus einer anderen Inkarnation? War er wirklich der Ewige Held?

Müde, manchmal völlig erschöpft, manchmal ohne seine Waffen, manchmal auf lahmendem Pferd, kehrte Corum immer wieder nach Burg Erorn am Meer zurück, und unter der Burg schlug die Brandung gegen die Felsen, und ihr Dröhnen vermischte sich mit dem Pochen von Corums Herz.

Und dann, als er eines Tages wieder über die Schwelle des Burghofes taumelte und sich kaum noch auf den Beinen halten konnte, berichteten ihm seine Diener, daß ein Besucher auf Burg Erorn eingetroffen war. Der Fremde erwarte Corum in einem der Musikzimmer, das Corum vor einigen Jahren verschlossen hatte, weil die Süße seiner Musik ihn zu sehr an Rhalina erinnerte, deren Lieblingszimmer es gewesen war.

»Sein Name?« murmelte Corum. »Ist er ein Mabden oder ein Vadhagh? Was will er hier?«

»Er wollte uns nichts sagen, Herr, außer daß er Euer Freund oder Euer Feind sei – das würdet Ihr am besten wissen.«

»Freund oder Feind? Ein Rätselerzähler? Ein Gaukler? Er wird es hier schwer haben ...«

Doch Corum fühlte Neugier, ja beinahe Dankbarkeit für dieses Rätsel. Bevor er zu dem Musikzimmer ging, wusch er sich, zog frische Kleider an und trank etwas Wein, bis er sich gestärkt genug fühlte, dem Fremden gegenüberzutreten.

Die Harfen, die Orgeln und die Kristalle des Musikzimmers hatten mit ihrer Symphonie begonnen. Er hörte das ferne Spiel einer vertrauten Melodie bis zu seinen Gemächern hinauf. Sofort überwältigte ihn die Erinnerung und die Trauer, und er entschloß sich, dem Fremden nicht die Ehre zu erweisen, ihn zu empfangen. Aber etwas in Corum wollte dieser Musik lauschen. Er hatte sie einst selbst komponiert, zu einem von Rhalinas Geburtstagen. Die Melodie drückte die Liebe aus, die er für sie empfunden hatte und noch immer empfand. Sie war damals sechzig Jahre alt gewesen, ihr Geist und ihr Körper so frisch, wie sie immer gewesen waren. »Du hältst mich jung, Corum«, hatte sie gesagt.

Tränen stiegen in Corums einzigem Auge auf. Er wischte sie ab und verfluchte den Gast, der es wagte, solche Erinnerungen in Corum wachzurufen. Der Mann war ein ausgemachter Flegel, uneingeladen auf Burg Erorn zu erscheinen und in ein sorgfältig verschlossenes Zimmer einzudringen. Wie konnte er dieses Verhalten jemals entschuldigen?

Dann kam Corum der Gedanke, der Fremde könnte ein Nhadragh sein, denn von den Nhadragh hatte Corum gehört, daß sie ihn noch immer haßten. Die Angehörigen dieser Rasse, die König Lyr-a-Brodes Feldzug überlebt hatten, waren zu halbintelligenten Wesen degeneriert. Sollte sich einer von ihnen noch genug Erinnerung an den alten Haß bewahrt haben, daß er ausgezogen war, Corum zu erschlagen? Corum empfand fast Begeisterung bei diesem Gedanken. Er würde einen Kampf genießen.

Und so legte er seine silberne Hand an und gürtete sich mit seinem schmalen Schwert, bevor er die Rampe zum Musikzimmer hinunterschritt.

Als er sich dem Zimmer näherte, wurde die Musik lauter und lauter, die Melodie immer komplexer und faszinierender. Corum mußte gegen sie ankämpfen wie gegen einen starken Wind.

Er betrat den Raum. Seine Farben wirbelten und tanzten zu der Melodie. Es war so hell, daß Corum im ersten Augenblick geblendet wurde. Blinzelnd tastete er sich durch den weiten Raum und suchte seinen Gast.

Schließlich entdeckte Corum den Mann. Er saß im Schatten und schien ganz in die Musik versunken zu sein. Corum trat zwischen die riesigen Harfen, die Orgeln und die Kristalle, berührte sie und brachte sie damit zum Verstummen. Schließlich herrschte völlige Stille. Der Mann erhob sich aus seiner Ecke und kam auf Corum zu. Er wirkte klein, und in seinem Gang lag ein eigenartiges Tänzeln. Er trug einen breitkrempigen Hut auf dem Kopf und eine Deformation auf der rechten Schulter, vielleicht einen Buckel. Das Gesicht war im Schatten der Krempe verborgen, aber Corum ahnte, daß er den Mann kannte.

Corum erkannte zuerst die Katze. Sie saß auf der Schulter des Mannes, und Corum hatte sie zunächst für den Buckel gehalten. Ihre runden Augen starrten ihm neugierig entgegen. Sie schnurrte. Der Mann hob seinen Kopf, und das lachende Gesicht von Jhary-a-Conel erschien.

So überrascht war Corum, so an das Leben mit den Gespenstern der Erinnerung gewöhnt, daß er zuerst gar nichts antworten konnte.

»Jhary?«

»Seid gegrüßt, Prinz Corum. Ich hoffe, Ihr nehmt mir nicht übel, daß ich mir diese Musik angehört habe. Ich glaube, ich habe dieses Stück früher nie gehört.«

»Nein. Ich schrieb es, lange nachdem Ihr uns verlassen habt!« Selbst in seinen Ohren klang Corums Stimme fern und fremd.

»Ich habe Euch aufgebracht, indem ich dieses Stück gespielt habe.« Jhary war betroffen.

»Ja. Aber es ist nicht Eure Schuld. Ich schrieb es für Rhalina und nun ...«

»Rhalina ist tot. Ich hörte, sie lebte ein gutes Leben, ein glückliches Leben.«

»Aye. Und ein kurzes Leben.« Corums Worte hatten einen bitteren Unterton.

»Es war kürzer als das der meisten Sterblichen, Corum.« Jhary wechselte das Thema. »Ihr seht nicht gut aus. Wart Ihr krank?«

»Vielleicht bin ich krank im Kopf. Ich trauere noch immer um Rhalina, Jhary-a-Conel. Sie fehlt mir mehr denn je. Ich wünschte ...« Corum lächelte Jhary unglücklich an. »Ich sollte mir keine Gedanken um das Unmögliche machen.«

»Gibt es das Unmögliche denn?« Jhary widmete seine ganze Aufmerksamkeit der kleinen Katze und streichelte ihre pelzigen Flügel.

»In dieser Welt gibt es Unmögliches.«

»Das gibt es in vielen. Aber was in der einen Welt unmöglich ist, kann in einer anderen möglich sein. Darin liegt das besondere Vergnügen, das man hat, wenn man von einer Welt in die andere reist wie ich.«

»Ihr seid aufgebrochen, Götter zu suchen. Habt Ihr welche gefunden?«

»Ein paar. Und einige Helden, denen ich zur Seite stehen konnte. Ich habe die Geburt einer neuen Welt und die Zerstörung einer alten erlebt, seit wir das letzte Mal miteinander sprachen. Ich habe eigenartige Formen des Lebens kennengelernt und viele seltsame Ansichten über die Natur des Universums und seiner Bewohner gehört. Ihr wißt, das Leben kommt und geht. Nichts Tragisches liegt im Tod, Corum.«

»Für mich ist er eine Tragödie«, warf Corum ein. »Wenn jemand Jahrhunderte leben muß, nur um darauf zu warten, wieder mit seiner Liebe vereint zu werden – und sie dann nur im Vergessen wiederzufinden ...«

»Das ist morbides, dummes Geschwätz. Es ist eines Helden nicht würdig.« Jhary lachte. »Es läßt jede Intelligenz vermissen, um es deutlich zu sagen, mein Freund. Ich bitte Euch, Corum – wenn Ihr wirklich so stumpfsinnig geworden seid, müßte ich bedauern, Euch mit meinem Besuch beehrt zu haben.«

Und schließlich lachte auch Corum. »Ihr habt recht. Was mir widerfährt, ist das Schicksal eines Mannes, der die Gesellschaft seiner Gefährten meidet. Sein Geist verzehrt sich in sinnlosen Grübeleien.«

»Das ist der Grund, warum ich von Zeit zu Zeit das Leben in den Städten vorgezogen habe«, erklärte Jhary.

»Raubt die Stadt nicht auf die Dauer ebenso den Verstand? Die Nhadragh lebten in Städten, und sie degenerierten dort.«

»Den Verstand kann man fast überall verlieren. Der Geist braucht Anregung. Es ist eine Frage, die richtige Mischung dafür zu finden. Dabei hängt viel vom jeweiligen Temperament ab, würde ich sagen. Von meinem

Temperament her bin ich ein geborener Stadtbewohner, ein richtiger Stadtmensch. Je größer die Stadt, je schmutziger und je dichter bevölkert, desto besser. Und ich habe einige Städte gesehen, so von Leben schäumend, so von Schmutz starrend, so riesig, daß Ihr mir die Einzelheiten nicht glauben würdet, wenn ich sie Euch beschreiben würde! Ah, herrliche Städte!«

Corum lachte. »Ich freue mich, daß Ihr zurückgekommen seid, Jhary-a-Conel, mit Eurem Hut und Eurer Katze und Eurer Ironie!« Und dann umarmten sie einander und lachten zusammen.

2 Die Beschwörung eines toten Halbgottes

In dieser Nacht feierten sie zusammen, und Corums Herz wurde leicht, und er genoß zum ersten Mal seit sieben Jahren wieder den Wein und das Fleisch.

»Und dann wurde ich auch noch in das seltsamste aller Abenteuer mit der Natur der Zeit verwickelt«, erzählte ihm Jhary. Schon zwei Stunden lang hatte Jhary von seinen letzten Taten berichtet. »Ihr erinnert Euch an den Runenstab, der uns im Turm von Voilodion Ghagnasdiak zu Hilfe kam? Nun, meine Abenteuer führten mich auf jene Welt, die von diesem schönen Stück am meisten beeinflußt wird. Eine Manifestation dieses Ewigen Helden, von dem auch Ihr selbst eine Manifestation seid, nannte sich in jener Welt Hawkmoon. Wenn Ihr Eure Tragödie für groß haltet, werdet Ihr sie doch für ein Nichts im Vergleich zu der Hawkmoons halten, sobald Ihr davon gehört habt. Hawkmoon, der einen Freund gewann, seine Braut verlor und zwei Kinder und ...« Und in der nächsten Stunde erzählte er die Geschichte von Dorian Hawkmoon.

Und es gäbe noch andere Geschichten zu hören, versprach er, wenn Corum daran Gefallen fände. Da waren Geschichten von Elric und Erekose, die Corum einst getroffen hatte, von Kane und Cornelius und Carnelian, von Glogauer und Bastable und vielen anderen. Alle verschiedene Aspekte, schwor Jhary, ein und desselben Helden und seiner Freunde (wenn nicht sogar Jhary selbst nur einer dieser Aspekte war). Und er sprach von so weltbewegenden Dingen mit soviel Humor, so vielen witzigen Seitenhieben, daß Corum davon in Hochstimmung geriet, bis er sich vor Lachen nicht mehr halten konnte und der Wein seinen Geist umnebelte.

Am frühen Morgen schließlich offenbarte Corum Jhary sein Geheimnis – daß er fürchtete, den Verstand zu verlieren.

»Ich höre Stimmen, habe eigenartige Träume – und diese Erscheinungen wiederholen sich regelmäßig. Sie rufen mich. Sie bitten mich, zu ihnen zu kommen. Mache ich mir selbst vor, daß es Rhalina ist, die mich so ruft? Was ich auch tue, ich kann sie nicht loswerden, Jhary. Darum war ich auch heute unterwegs. Ich hoffte, der Ritt würde mich so ermüden, daß ich zu erschöpft zum Träumen wäre.«

Und Jharys Gesicht wurde ernst, während er dem Freund zuhörte. Und als Corum geendet hatte, legte der kleine Mann eine Hand auf die Schulter seines Freundes und sagte: »Fürchtet Euch nicht! Vielleicht wart Ihr wirklich in diesen letzten Jahren verrückt, aber dann war es ein anderer, sehr stiller Wahnsinn. Ihr habt wirklich Stimmen gehört, und es waren wirkliche Menschen, die Ihr in Eueren Träumen gesehen habt. Sie beschworen – oder versuchten es jedenfalls – ihren Helden. Sie versuchten, Euch zu sich zu holen. Sie versuchen das jetzt seit vielen Tagen.«

Wieder verstand Corum Jharys Worte nur schwer. Er

begriff den Freund nicht. »Ihr Held ...?« fragte er unsicher.

»In ihrem Zeitalter seid Ihr eine Legende«, erklärte ihm Jhary. »Eine Art Halbgott, könnte man sagen. Ihr seid Corum Llaw Ereint für sie – Corum von der Silbernen Hand. Ein mächtiger Krieger. Ein großer Held seines Volkes. Es gibt ganze Geschichtenzyklen und Sagenkreise, die sich mit ihm beschäftigen und seine Göttlichkeit nachweisen!« Jhary lächelte ein wenig sardonisch. »Wie bei den meisten Göttern und Helden verbindet sich mit Euerem Namen die Legende, daß Ihr in der Zeit der größten Not zu Euerem geliebten Volk zurückkehren werdet. Nun ist diese Zeit da, denn die Not ist wirklich groß.«

»Wer ist das ›mein‹ Volk?«

»Es sind die Nachkommen der Menschen von Lwyman-Esh – Rhalinas Volk.«

»Rhalinas ...?«

»Es ist ein gutes Volk, Corum. Ich kenne diese Menschen.«

»Ihr kommt von ihnen?«

»Nicht direkt.«

»Ihr könnt nicht erreichen, daß sie mit dieser Anrufung aufhören? Ihr könnt sie nicht daran hindern, mich in meinen Träumen heimzusuchen?«

»Ihre Kraft schwindet von Tag zu Tag. Bald werden sie Euch nicht länger quälen. Ihr werdet wieder ruhig schlafen können.«

»Seid Ihr sicher?«

»Oh, ich bin überzeugt davon. Sie können nur noch kurze Zeit überleben, bevor das Kalte Volk sie endgültig überwältigen wird. Bald werden die Herren der Schwarzen Wälder die letzten aus Rhalinas Volk erschlagen oder versklavt haben.«

»Wie Ihr schon sagtet«, meinte Corum, »es herrscht ein ewiges Werden und Vergehen ...«

»Aye«, bestätigte Jhary. »Aber es ist schon ein trauriger Anblick, die letzten dieses goldenen Volkes von diesen dunklen, wilden Eroberern vernichtet zu sehen, die Schrecken bringen, wo einst Frieden herrschte, und Furcht, wo sonst nur Freude die Herzen erfüllte ...«

»Das klingt alles sehr bekannt«, bemerkte Corum trocken. »Die Welt hört nicht auf, sich weiter zu drehen.« Er hatte längst genau begriffen, warum Jhary gerade an diesem Volk so besonderes Interesse zu haben schien.

»Und dreht sich und dreht sich«, stimmte Jhary ironisch lächelnd zu.

»Und selbst wenn ich wollte, könnte ich diesem Volk nicht helfen, Jhary. Ich bin schon lange nicht mehr in der Lage, zwischen den Ebenen zu reisen. Ich kann nicht einmal mehr in die nächste Ebene sehen. Abgesehen davon, wie kann ein einzelner Krieger dem Volk helfen, von dem du erzählst?«

»Ein einzelner Krieger kann Großes vollbringen. Er kann sehr viel helfen. Und es ist ihr Glaube, der Euch zu ihnen bringen würde, wenn ihr sie laßt. Aber sie sind schwach. Sie können Euch nicht gegen Eueren Willen herbeibeschwören. Ihr widersteht ihrer Anrufung. Aber dazu braucht es nicht viel. Ihre Zahl wird täglich geringer, und ihre Kräfte schwinden dahin. Sie waren einst ein großes Volk. Selbst Ihren Namen haben sie von Euch abgeleitet. Sie nennen sich selbst Tuha-na-Cremm Croich.«

»Cremm?«

»Oder Corum, wie es manchmal in ihren ältesten Überlieferungen noch heißt. Für sie heißt ›Corum‹ einfach Lord – Lord unter dem Hügel. Lord ist ihr Wort für Hoher Herr. Sie beten Euch vor einer Steintafel an, die auf einem Hügel aufgerichtet worden ist. Man glaubt daran, daß Ihr unter diesem Hügel lebt und die Gebete hört.«

»Sie scheinen ein abergläubisches Volk zu sein.«

»Ein wenig abergläubisch sind sie schon. Aber sie sind nicht irgendwelchen Göttern verfallen. Über allem verehren sie den Menschen selbst. Und alle ihre Götter sind in Wahrheit nicht mehr als tote Helden ihres Volkes. Manche Völker machen einen Gott aus der Sonne, dem Mond, den Stürmen, wilden Tieren und allem, was es da sonst noch so Geeignetes gibt. Aber dieses Volk verehrt nur das Edle im Menschen und die Schönheit in der Natur. Ihr würdet stolz auf diese Nachfahren Euerer Frau sein, Corum.«

»Aye«, sagte Corum, senkte den Blick und schaute an Jhary vorbei. Ein feines Lächeln verzog seine Lippen. »Ist dieser Hügel in einem Wald? Einem Eichenwald?«

»Ja, in einem Eichenwald.«

»Dann ist es derselbe, den ich in meinen Träumen gesehen habe. Und warum wird dieses Volk angegriffen?«

»Eine Rasse von jenseits des Meeres (manche sagen auch, aus dem Meer selbst) kommt aus dem Osten. Das ganze Land, das man Bro-an-Mabden zu nennen pflegte, ist in den Wellen versunken oder liegt unter einem beständigen Schneemantel. Eis bedeckt alles, Eis, vom Volk aus dem Osten mitgebracht. Es wird auch von einigen erzählt, daß dieses Volk aus dem Osten schon in früheren Zeiten das Land erobert hatte, aber damals noch einmal vertrieben werden konnte. Andere vertreten die Ansicht, daß dieses Volk in Wahrheit aus zwei alten Rassen besteht, die sich verbündeten, um die Nachfahren der Menschen von Lwym-an-Esh zu vernichten. Niemand redet von Chaos oder Ordnung. Wenn dieses fremde Volk übernatürliche Macht hat, dann aus sich selbst heraus. Sie können Phantasmen hervorbringen. Ihre Zaubersprüche sind mächtig. Ihre Feinde können sie mit Feuer oder mit Eis vernichten. Aber sie haben noch andere

Kräfte. Sie werden die Fhoi Myore genannt, und sie gebieten über den Nordwind. Sie werden das Kalte Volk genannt, und die nördlichen und die östlichen Meere gehorchen ihrem Zauber. Sie werden die Herren der Schwarzen Wälder genannt, und sie befehlen den schrecklichen weißen Wölfen. Sie sind ein grausames Volk, geboren, wie einige sagen, aus Chaos und Alter Nacht. Vielleicht sind sie die letzten Manifestationen des Chaos auf dieser Ebene, Corum.«

Corum lächelte Jhary jetzt offen an. »Und Ihr drängt mich, gegen ein solches Volk auszuziehen? Für die Sache eines anderen Volkes, das nicht mein eigenes ist?«

»Ihr habt es zu dem Eueren gemacht. Es ist das Volk Euerer Gattin.«

»Ich habe schon in einer Sache gekämpft, die nicht meine eigene war«, meinte Corum und schenkte sich Wein nach.

»Nicht Euere eigene? Alle diese Kämpfe sind Eure eigenen, Corum. Sie sind Euer Schicksal.«

»Und was ist, wenn ich mich nicht in dieses Schicksal fügen will?«

»Ihr könnt Euch ihm nicht für längere Zeit widersetzen. Ich weiß das. Es ist besser, wenn Ihr Euere Bestimmung mutig akzeptiert – noch besser wäre, wenn Ihr sogar etwas Humor dabei aufbringen würdet.«

»Humor?« Corum schüttete den Wein herunter und wischte sich über die Lippen. »Das ist viel verlangt, Jhary.«

»Nein. Das ist es, was die ganze Sache erst erträglich macht.«

»Und was riskiere ich, wenn ich dieser Anrufung folge und jenem Volk helfe?«

»Sehr vieles. Euer Leben.«

»Das ist nicht viel wert. Was sonst noch?«

»Euere Seele, vielleicht.«

»Und was ist das, meine Seele?«

»Die Antwort auf diese Frage könntet Ihr entdecken, wenn Ihr Euch entschließt, zu dem besagten Unternehmen aufzubrechen.«

Corum zuckte die Achseln und runzelte die Stirn. »Mein Geist gehört mir nicht selber, Jhary-a-Conel. Ihr habt mir das erklärt.«

»Das habe ich nicht. Euer Geist gehört Euch ganz allein. Vielleicht werden Eure Handlungen von fremden Mächten bestimmt, aber das steht auf einem anderen Blatt ...«

Corums Stirnrunzeln veränderte sich, als er zu lächeln begann.

»Ihr hört Euch an wie einer dieser Priester des Arkyn aus Lwym-an-Esh bei seiner Predigt. Ich finde Eueren moralischen Anspruch etwas zweifelhaft. Trotzdem, ich war schon immer Pragmatiker. Die Vadhagh sind eine pragmatische Rasse.«

Jhary zog die Augenbrauen hoch, sagte aber zunächst nichts. »Werdet Ihr den Anrufungen der Cremm Croich Folge leisten?«

»Ich werde ernsthaft darüber nachdenken. Ich ziehe es in Erwägung.«

»Dann sprecht mit ihnen.«

»Das habe ich versucht. Sie können mich nicht hören.«

»Vielleicht können sie nicht, aber vielleicht müßt Ihr auch in einer ganz bestimmten Geistesverfassung sein, damit sie Eure Antwort verstehen können.«

»Sehr gut. Ich will es noch einmal versuchen. Und was wird sein, wenn ich mich tatsächlich in jene zukünftige Zeit versetzen lassen, Jhary? Werdet Ihr auch dort sein?«

»Möglich.«

»Ihr wißt nichts Sicheres darüber?«

»Ich bin so wenig Herr meines Schicksals wie Ihr auch, mein Ewiger Held.«

»Ich wäre Euch sehr dankbar«, bat Corum, »wenn Ihr diesen Titel nicht gebrauchtet. Er ist mir unangenehm.«

Jhary lachte. »Das kann ich Euch nicht verübeln, Corum Jhaelen Irsei!«

Corum erhob sich und reckte die Arme. Der Feuerschein fiel auf seine silberne Hand und gab ihr einen roten Glanz, als wäre sie plötzlich von Blut bedeckt. Der Vadhagh blickte auf die Hand. Er drehte sie im Licht des Feuers, als habe er sie noch nie zuvor richtig angesehen. »Corum von der Silbernen Hand«, meinte er nachdenklich. »Sie werden denken, daß diese Hand übernatürlichen Ursprungs ist, nehme ich an.«

»Sie haben mehr Erfahrung mit dem Übernatürlichen als mit dem, was Ihr ›Wissenschaft‹ nennt. Aber dafür solltet Ihr sie nicht tadeln. In ihrem Lebensbereich gehen sehr seltsame Dinge vor. Naturgesetze sind manchmal auch nur Schöpfungen des menschlichen Geistes.«

»Über diese Theorie habe ich schon oft nachgedacht, aber wie findet man Beweise dafür, Jhary?«

»Beweise können genauso erschaffen werden wie Naturgesetze. Ihr seid zweifelsohne weise, Euch an Eueren Pragmatismus zu halten. Ich glaube alles, genauso wie ich gar nichts glaube.«

Corum gähnte und nickte. »Das ist die beste Haltung, die man in dieser Frage haben kann, scheint mir. Nun, ich gehe jetzt zu Bett. Was immer bei der ganzen Sache herauskommen wird, Ihr sollt wissen, daß Euer Besuch mir große Freude gemacht und meine Stimmung ganz erheblich verbessert hat, Jhary. Ich werde morgen weiter mit Euch sprechen. Erst will ich sehen, wie ich diese Nacht verbringe.«

Jhary streichelte seine Katze und kraulte sie unter dem Kinn. »Ihr könntet viel dabei gewinnen, wenn Ihr denen helft, die Euch rufen.« Es klang fast, als spräche er zu der Katze.

Bei diesem Wort hielt Corum auf seinem Weg zur Tür inne. »Ihr habt schon genug Andeutungen gemacht. Könnt Ihr mir sagen, auf welche Art ich Gewinn daraus ziehen werde?«

»Ich sagte, ihr ›könntet‹, Corum. Mehr kann ich nicht sagen. Es wäre dumm von mir, närrisch und unverantwortlich. Vielleicht habe ich in Wahrheit schon zuviel gesagt. Im Augenblick kann ich Euch nur Rätsel aufgeben.«

»Ich werde die Frage aus meinen Gedanken verbannen – und jetzt wünsche ich Euch eine gute Nacht, alter Freund.«

»Gute Nacht, Corum. Mögen Eure Träume klar und deutlich sein.«

Corum verließ den Raum und stieg die Rampe zu seinem Schlafgemach hinauf. Dies war die erste Nacht seit vielen Monden, in der er dem nächtlichen Schlaf weniger mit Furcht als mit Neugier entgegensah.

Er schlief fast sofort ein. Und sogleich begannen auch die Stimmen zu rufen. Anstatt sich ihnen entgegenzustellen, entspannte er sich und lauschte.

»Corum. Corum. Corum. Dein Volk braucht dich.«

Trotz ihres fremden Akzentes waren die Stimmen deutlich zu verstehen.

Aber Corum sah nichts von dem Chor seiner Anbeter, nichts von dem Kreis mit verschränkten Händen, der um einen Hügel in einem Eichenhain stand.

»Lord unter dem Hügel. Lord der Silbernen Hand. Nur du kannst uns retten.«

Und Corum hörte sich selbst antworten:

»Wie kann ich euch retten?«

Die antwortenden Stimmen klangen erschöpft. »So antwortest du zuletzt doch! Komm zu uns, Corum von der Silbernen Hand. Komm zu uns, Prinz im scharlachroten Mantel. Rette uns, wie du uns früher errettet hast.«

»Wie kann ich euch retten?«

»Du kannst für uns den Bullen und den Speer finden und uns gegen die Fhoi Myore führen. Zeige uns, wie wir sie bekämpfen können, denn sie kämpfen nicht, wie wir es gewohnt sind zu kämpfen.«

Corum bemühte sich, etwas zu sehen. Dann nahm er sie wahr. Sie waren große, gutaussehende junge Männer und Frauen mit bronzenen Körpern in goldenen Kleidern, die schimmerten wie das Korn im Herbst. In feinen, wohlgefälligen Mustern war das Gold in die Kleider gewoben, goldene Kragen, Borde, Armringe und Halsreifen. Der Stoff darunter schien Linnen zu sein, gefärbt in hellem Blau, Rot und Gelb. An den Füßen trugen sie Sandalen. Sie hatten helles Haar oder rotes wie die Beeren der Eberesche. Sie gehörten in der Tat zur selben Rasse wie das Volk von Lwym-an-Esh. Sie standen in dem Eichenhain, hatten sich bei den Händen gefaßt, die Augen geschlossen, und sie sprachen mit einer Stimme.

»Corum. Komm zu uns, Lord Corum. Komm zu uns.«

»Ich werde darüber nachdenken«, entgegnete Corum und gab seinen Worten einen möglichst freundlichen Klang, »denn es ist lange her, daß ich das letzte Mal gekämpft habe, und ich habe das Kriegshandwerk verlernt.«

»Morgen?«

»Wenn ich komme, werde ich morgen kommen.«

Die Szene verblaßte, und die Stimmen verblaßten. Und Corum schlief friedlich bis in den Morgen.

Als er aufwachte, wußte er, daß es nichts mehr zu überlegen gab. Während er schlief, hatte er sich entschieden, falls möglich dem Ruf der Menschen im Eichenhain zu folgen. Sein Leben auf Burg Erorn war nicht nur elend, es war darüber hinaus völlig nutzlos. Es diente nicht einmal ihm selbst. Er würde zu ihnen gehen, würde die Ebene durchqueren und durch die Zeiten reisen. Und er würde aus freiem Willen zu ihnen gehen, frei und stolz.

Jhary fand ihn in der Waffenkammer. Corum hatte für sich den silbernen Harnisch ausgewählt und den konischen Helm aus versilbertem Stahl, auf dem sein voller Name eingraviert war. Er hatte Beinschienen aus vergoldetem Messing gefunden und über einen Tisch seinen Umhang aus scharlachroter Seide ausgebreitet und seinen Rock aus blauem Samt. Eine langschäftige Vadhagh-Streitaxt lehnte gegen ein Regal. Daneben waren aufgereiht ein Schwert, das nicht auf dieser Erde geschmiedet worden war, mit einem Heft aus rotem und schwarzem Onyx, ein Speer, von der Spitze über den ganzen Schaft mit Schnitzereien von Jagdminiaturen versehen, über hundert winzige Figuren, und ein guter Bogen mit einem Köcher gutgeschnittener Pfeile.

Davor lag ein runder Kampfschild, aus verschiedenen Lagen von Kupfer, Leder, Messing und Silber gearbeitet und mit der zähen Haut des weißen Nashorns, das einst in den nördlichen Wäldern von Corums Land gelebt hatte, überzogen.

»Wann geht Ihr zu ihnen?« erkundigte sich Jhary, während er die Zusammenstellung inspizierte.

»Heute nacht.« Corum wog die Lanze in seiner Hand. »Vorausgesetzt, ihre Beschwörung ist erfolgreich. Ich werde zu Pferd aufbrechen, auf meinem roten Pferd. Ich werde zu ihnen reiten.«

Jhary fragte nicht, wie Corum sie eigentlich erreichen wollte. Und auch Corum hatte über dieses Problem nicht nachgedacht. Es würden ganz bestimmte Voraussetzungen dabei eine Rolle spielen, das war alles, was sie wußten, und mehr kümmerte sie nicht. Das meiste hing davon ab, wie machtvoll die Anrufung der Gruppe im Eichenhain sein würde.

Gemeinsam nahmen sie etwas zu sich und stiegen dann zu den Zinnen der Burg hinauf. Von hier oben konnten sie das weite Meer im Westen und die großen Wälder und Moore im Osten sehen. Die Sonne schien hell, und der Himmel war offen, klar und blau. Es war ein guter, friedlicher Tag. Sie unterhielten sich über die alten Zeiten, riefen sich tote Freunde ins Gedächtnis und tote oder verbannte Götter. Sie sprachen von Kwll, der sich mächtiger erwiesen hatte als die Lords der Ordnung und die Lords des Chaos, Kwll, der nichts zu fürchten schien. Sie fragten sich, wohin Kwll und sein Bruder Rhynn wohl gegangen waren, ob es andere Ebenen hinter den fünfzehn Ebenen der Erde gäbe und ob diese Welten in irgendeiner Form der Erde entsprächen.

»Und dann ist da natürlich noch die Frage nach der Konjunktion der Millionen Sphären«, sagte Jhary, »und danach, was folgt, wenn die Konjunktion vorüber ist. Glaubt Ihr, sie ist jetzt schon vorbei?«

»Nach der Konjunktion werden neue Gesetze gelten. Aber was setzt diese Gesetze in Kraft? Und von wem kommen sie?« Corum lehnte sich gegen die Brustwehr und blickte über die schmale Meeresbucht unter ihnen. »Ich vermute, daß wir selbst es sind, die diese neuen Gesetze machen. Und wir tun es ganz unwissentlich. Wir sind nicht einmal sicher, was gut ist und was böse – oder ob es diese Kategorien überhaupt gibt. Kwll glaubte nicht an dergleichen, und ich beneidete ihn darum. Wie armselig wir doch sind. Wie armselig ich bin, daß ich es nicht ertragen kann, ohne Loyalität für eine bestimmte Sache zu leben. Ist es Stärke, die mich entscheiden ließ, zu diesen Menschen zu gehen? Oder ist es Schwäche?«

»Ihr sprecht von Gut und Böse und sagt, Ihr wüßtet nicht, was das sei. Aber mit Stärke und Schwäche ist es nichts anderes. Diese Begriffe sind bedeutungslos.« Jhary zuckte die Achseln. »Liebe kann ich begreifen und Haß kann ich begreifen. Physische Stärke ist einigen von uns gegeben – denen kann ich sie ansehen. Und einige sind physisch schwach. Aber warum sollte man die Elemente des menschlichen Charakters mit diesen Attributen vergleichen? Und wenn wir einen Mann nicht verurteilen, weil er durch Zufall nicht zu den physisch Starken gehört, warum sollen wir ihn dann verurteilen, wenn zum Beispiel seine Entschlußkraft nicht die stärkste ist. Solche Instinkte sind die der Tiere, und für Tiere sind es ausreichende Instinkte. Aber Menschen sind keine Tiere. Sie sind Menschen. Das ist alles.«

Corums Lächeln war nicht ohne Bitterkeit. »Und sie sind keine Götter, Jhary.«

»Keine Götter – aber auch keine Teufel. Nur Männer und Frauen eben. Wie viel glücklicher würden wir sein, wenn wir das akzeptierten!« Und Jhary warf den Kopf zurück und lachte plötzlich lauthals. »Aber vielleicht würden wir auch viel langweiliger sein! Wir fangen schon beide an, wie Heilige zu reden, Freund! Wir sind Krieger, keine heiligen Männer!«

Corum wiederholte eine Frage aus der vergangenen Nacht. »Ihr kennt das Land, in das ich mich entschlossen habe zu gehen. Werdet Ihr heute nacht auch dorthin gehen?«

»Ich bin nicht mein eigener Herr.« Jhary schritt langsam an der Brustwehr entlang. »Ihr wißt das ja, Corum.«

»Ich hoffe, Ihr könnt mit mir gehen.«

»Ihr habt viele Manifestationen in den fünfzehn Ebenen, Corum. Es könnte sein, daß ein anderer Corum irgendwo anders einen Gefährten braucht und daß ich mit ihm ziehen muß.«

»Aber da seid Ihr nicht sicher?«

»Ich bin nicht sicher.«

Corum zuckte die Achseln. »Wenn das, was Ihr sagt, wahr ist – und ich muß es wohl als Wahrheit akzeptieren –, dann werde ich vielleicht einen anderen Aspekt von Euch treffen, einen, der seine eigene Bestimmung nicht kennt, vielleicht?«

»Mein Gedächtnis läßt mich oft im Stich, wie ich Euch schon erzählt habe. Genau wie Euch das Euere in dieser Inkarnation.«

»Ich hoffe, daß wir uns auf jener neuen Ebene treffen und daß wir uns gegenseitig wiedererkennen.«

»Das ist auch meine Hoffnung, Corum.«

Sie spielten an diesem Abend Schach und sprachen wenig, und Corum ging früh zu Bett.

Als die Stimmen wiederkehrten, sprach er langsam zu ihnen:

»Ich werde in Rüstung und Waffen kommen. Ich werde auf einem roten Pferd reiten. Ihr müßt mich mit all euerer Kraft rufen. Ich gebe euch jetzt Zeit, euch auszuruhen. Sammelt all euere Kräfte, und in zwei Stunden beginnt mit der Anrufung.«

In der nächsten Stunde erhob sich Corum und stieg hinab, um seine Rüstung anzulegen und sich in Samt und Seide zu kleiden. Den Stallmeister ließ er sein Pferd in den Burghof führen. Und als er fertig gerüstet war, die Zügel in seiner behandschuhten Linken und die silberne Hand am Sattelknauf, sprach er zu seiner Gefolgschaft und erklärte, daß er wieder in den Kampf reiten würde. Falls er nicht zurückkehrte, sollten sie die Tore von Burg Erorn jedem Wanderer öffnen, der Schutz suchte, und alle Reisenden in Corums Namen bewirten. Dann ritt Corum durch die Tore, den Hang hinunter und in den großen Wald, wie er vor fast einem Jahrhundert schon einmal aufgebrochen war, als sein Vater und seine Mutter und seine Schwestern noch lebten. Aber damals war er durch den hellen Morgen geritten. Jetzt ritt er in der Nacht beim Schein des Mondes.

Von denen, die auf Burg Erorn zurückblieben, hatte einzig Jhary-a-Conel dem Prinzen nicht ›Lebewohl‹ gesagt.

Während er nun durch den dunklen, uralten Wald ritt, wurden die Stimmen in Corums Ohren immer lauter.

»Corum! Corum!« Sein Körper begann sich eigenartig leicht zu fühlen. Er stieß seinem Pferd die Sporen in die Flanken, und das Tier galoppierte los.

»Corum! Corum!«

»Ich komme!« Der Hengst galoppierte noch schneller, seine Hufe wirbelten den weichen Torf auf, und er trug den scharlachroten Prinzen tiefer und tiefer in den Wald.

»Corum!« Corum lehnte sich im Sattel vor und wich Zweigen aus, die ihm ins Gesicht schlugen.

»Ich komme!«

Er sah die schattenhafte Gruppe in dem Hain. Sie standen im Kreis um ihn, aber er ritt noch immer, und er wurde schneller und schneller. Er begann sich schwindelig zu fühlen.

»Corum!«

Und es schien Corum, daß er schon einmal so geritten war, daß er schon einmal auf diesem Wege gerufen worden war und daß er deshalb gewußt hatte, was zu tun sei.

Die Bäume verschwammen, so schnell ritt er jetzt.

»Corum!«

Weiße Nebel begannen um ihn zu brodeln. Jetzt konnte er die Gesichter der singenden, rufenden Gruppe immer deutlicher sehen. Die Stimmen wurden schwächer, dann lauter, dann wieder schwächer. Corum jagte das schnaubende Pferd mit den Sporen in die Nebel. Diese Nebel waren die Vergangenheit. Sie waren die Geschichte, die Legende, die Zeit. Er erspähte Ansichten von Gebäuden darin, wie er sie noch nie erblickt hatte. Sie ragten Hunderte, ja Tausende Meter in die Luft auf. Er sah millionenstarke Armeen. Er sah Waffen von verheerender Vernichtungskraft. Er sah fliegende Maschinen, und er sah Drachen.

Er sah Kreaturen von jeder Gestalt, jeder Größe, jeder Form. Alle schienen nach ihm zu schreien, während er vorbeiritt.

Und er sah Rhalina.

Er sah Rhalina als Mädchen, als ein Junge, als ein Mann und als eine alte Frau. Er sah sie lebend, und er sah sie tot.

Und es war dieser Anblick, der ihn aufschreien ließ. Er schrie noch immer, als er plötzlich in eine Waldlichtung ritt, durch einen Kreis von Frauen und Männern brach, die sich bei den Händen gefaßt hatten und um einen Hügel standen und die wie mit einer Stimme sangen.

Noch immer schrie er, als er sein glänzendes Schwert zog und es mit seiner silbernen Hand hoch über sich hob, während er sein Pferd auf der Spitze des Hügels zügelte.

»Corum!« schrien die Menschen auf der Lichtung.

Und Corum hörte auf zu schreien und senkte seinen Kopf, aber sein Schwert blieb weiter erhoben.

Das rote Vadhaghpferd in seinen seidenen Decken scharrte im Gras des Hügels und schnaubte.

Dann sagte Corum in einer riefen, klaren Stimme: »Ich bin Corum, und ich werde euch helfen. Aber denkt daran, in diesem Land und in diesem Zeitalter bin ich völlig unerfahren.«

»Corum«, riefen sie. »Corum Llaw Ereint.« Und sie deuteten auf die silberne Hand und zeigten sie sich gegenseitig, und Freude stand in ihren Gesichtern.

»Ich bin Corum«, sagte er wieder. »Ihr müßt mir erklären, warum ihr mich angerufen habt.«

Ein Mann trat vor, älter als die anderen.

Sein roter Bart war von weißen Strähnen durchzogen. Um den Hals trug er einen goldenen Reif.

»Corum«, sagte er. »Wir haben dich gerufen, weil du *Corum bist.*«

3 Die Tuha-Na-Cremm Croich

Ein Schatten lag über Corums Geist. Obwohl er die Nachtluft roch, die Menschen um sich sah und das Pferd unter sich fühlte, erschien ihm noch immer alles wie ein Traum. Langsam ritt er den Hügel hinunter zurück. Eine leichte Brise verfing sich in den Falten seines scharlachroten Mantels und ließ ihn sich rot hinter Corum aufblähen. Corum versuchte zu begreifen, daß er von seiner eigenen Welt jetzt ein volles Jahrtausend entfernt war. Oder konnte es sein, daß er weiterhin alles nur träumte? Er fühlte dieselbe Gleichgültigkeit, die persönliche Unberührtheit, wie er sie in vielen Träumen erlebt hatte. Als er am Fuß des grasbewachsenen Hügels anlangte, traten die hochgewachsenen Mabden respektvoll vor ihm zurück. Am Ausdruck ihrer wohlgeformten Gesichter war abzulesen, daß diese Menschen von der Entwicklung der Dinge selber mehr als überrascht waren, so als hätten sie nie recht an den Erfolg ihrer Beschwörungen geglaubt. Corum fühlte Sympathie mit ihnen. Sie waren nicht die abergläubischen Barbaren, die er zunächst erwartet hatte, hier zu finden. In ihren Gesichtern stand eine wache Intelligenz, ihr Ausdruck zeigte eine Offenheit und ihre Haltung eine Aufrichtigkeit und einen Mut, der angesichts eines Wesens, das in ihren Augen ja übernatürlich sein mußte, durchaus nicht selbstverständlich war.

Hier standen wirklich die wahren Nachfahren der Besten

aus Rhalinas Volk: In diesem Moment bedauerte Corum nicht mehr, daß er ihrem Ruf geantwortet hatte.

Er fragte sich, ob diese Menschen die Kälte nicht genauso empfanden wie er. In der Luft lag ein eisiger Frost, und doch trugen sie nur dünne Kleider, die Arme, Brust und Beine kaum bedeckten und zu denen nur reichverzierter Goldschmuck und hochgeschnürte Sandalen kamen.

Der ältere Mann, der Corum als erster angesprochen hatte, war kräftig gebaut und so groß wie der Vadhagh. Corum zügelte sein Pferd vor diesem Mann und stieg ab. Eine Weile musterten sie sich schweigend. Dann sprach Corum fast gedankenverloren:

»Mein Kopf ist leer«, sagte er. »Ihr müßt ihn füllen.«

Der Mann blickte nachdenklich zu Boden, hob den Kopf und erwiderte:

»Ich bin Mannach, ein König.« Ein angedeutetes Lächeln begleitete seine nächsten Worte. »Eine Art Zauberer bin ich wohl auch. Druide werde ich von manchen genannt, obwohl ich wenig von der Kunst der Druiden verstehe – und nicht viel von ihrer Weisheit besitze. Aber ich bin der Beste, den wir noch haben, denn von den alten Lehren ist das meiste vergessen. Vielleicht sind wir auch deshalb in solcher Bedrängnis.« Fast verlegen setzte er hinzu: »Wir dachten, solche Dinge nicht zu brauchen, bis dann die Fhoi Myore zurückkamen.« Er blickte Corum verwundert ins Gesicht, als traue er dem Erfolg seiner eigenen Beschwörung noch immer nicht.

Corum mochte diesen König Mannach vom ersten Augenblick an. Er war vom Skeptizismus dieses Mannes beeindruckt (falls das wirklich hinter dem Verhalten des Königs stand). Offensichtlich lag der Grund für die Schwäche des Rufs, der Corum erreicht hatte, auch daran, daß Mannach und die anderen nur halb an einen Erfolg geglaubt hatten.

»Ihr habt mich angerufen, nachdem alles andere versagt hat?« erkundigte sich Corum.

»Aye. Die Fhoi Myore schlagen uns in jeder Schlacht. Sie kämpfen anders, als wir gewohnt sind zu kämpfen. Schließlich blieb uns nichts mehr außer unseren Legenden.« Mannach zögerte kurz und gab dann zu: »Bis jetzt habe ich nicht sehr an diese Legenden geglaubt.«

Corum lächelte. »Bis jetzt lag vielleicht auch nicht viel Wahrheit in diesen Legenden.«

Mannach runzelte die Stirn. »Ihr sprecht mehr wie ein Mensch denn wie ein Gott oder selbst ein großer Held. Verzeiht, wenn Ihr wenig Respekt in diesen Worten findet. Ich achte Euch wohl.«

»Es sind die Menschen, die aus Männern wie mir Götter und Helden machen, mein Freund.« Corum blickte über die versammelten Menschen. »Ihr müßt mir sagen, was ihr von mir erwartet, denn ich habe keine übernatürlichen Kräfte.«

Jetzt war es an Mannach zu lächeln. »Vielleicht habt ihr bis jetzt keine gehabt.«

Corum hob seine silberne Hand. »Das hier? Das ist von irdischen Händen gefertigt. Mit dem rechten Geschick und dem nötigen Wissen kann jeder dergleichen anfertigen.«

»Ihr habt Gaben«, erwiderte König Mannach. »Die Gaben Euerer Rasse, Euerer Erfahrung und Euerer Weisheit – aye, und die Kunst des Kampfes beherrscht Ihr auch, Lord aus dem Hügel. Die Legenden sagen, daß Ihr mächtige Götter besiegt habt vor dem Morgen der Welt.«

»Ich habe gegen Götter gekämpft.«

»Das ist gut, denn wir bedürfen dringend eines Götterbändigers. Diese Fhoi Myore sind Götter. Sie erobern unser Land. Sie stehlen unsere Heiligtümer. Sie knechten unser Volk. Selbst unser Hochkönig ist jetzt ihr Gefangener. Unsere Großen Plätze haben sie besetzt – darunter

Caer Llud und Craig Dôn. Sie teilen unsere Länder und trennen so unser Volk. Denn getrennt fällt es uns noch schwerer, uns zu einem gemeinsamen Kampf gegen die Fhoi Myore zusammenzufinden.«

»Sie müssen sehr zahlreich sein, diese Fhoi Myore«, meinte Corum.

»Sie sind sieben.«

Corum erwiderte nichts und ließ das Erstaunen in seinen Augen für sich sprechen.

»Sieben«, widerholte König Mannach. »Kommt nun mit uns, Corum aus dem Hügel, zu unserer Feste auf Caer Mahlod. Dort werden wir Euch bei Met und Fleisch erklären, warum wir Euch gerufen haben.«

Und Corum stieg wieder auf sein Pferd und erlaubte den Menschen, es durch den froststarren Eichenwald zu führen und einen Hügel hinauf, der über die See blickte. Ein fahler Mond warf sein lepröses Licht über die Wellen. Um die Kuppe des Hügels erhoben sich hohe Steinwälle, durch die nur ein schmales Tor führte, ein Tor, das eigentlich ein Tunnel war, der unter dem Wall hindurch gegraben war. Nur durch ihn konnte man in die Stadt gelangen. Auch die Steine waren hier weiß. Es schien, als wäre die ganze Welt im Frost erstarrt und aus Eis geschnitzt.

Das Innere der Stadt von Caer Mahlod erinnerte Corum an die steinernen Städte von Lyr-a-Brode, doch hier hatte man zumindest den Versuch gemacht, den Granit der Hauswände mit Reliefen und Malereien zu verzieren. Mehr Festung als Stadt, hatte der Platz eine düstere Atmosphäre, die Corum nicht zu den Menschen zu passen schien, die ihn hierher geführt hatten.

»Ihr seht hier eine Festung unserer Vorväter«, erklärte König Mannach. »Wir wurden aus unseren großen Städten vertrieben und gezwungen, in diesen längst verlassenen Festungsstädten, in denen unsere Ahnen einst lebten,

Zuflucht zu suchen. Siedlungen wie Caer Mahlod sind schwer zu erobern, und man kann von ihnen aus meilenweit in alle Richtungen sehen.« Er bückte sich, um durch ein niedriges Portal in ein großes Gebäude zu treten. Zusammen mit den anderen Männern und Frauen, die bei der Beschwörung beteiligt gewesen waren, folgte ihm Corum. Drinnen war alles von Fackeln und Öllampen erleuchtet.

Schließlich standen sie alle zusammen in einer Halle mit niedriger Decke. Das Mobiliar bildeten schwere Holztische und Holzbänke. Aber auf diesen Tischen erblickte Corum eines der kunstvollsten Geschirre aus Gold, Silber und Bronze, das er je gesehen hatte. Jede Schüssel, jeder Teller, jeder Becher waren exquisit und zeugten von noch größerer Kunstfertigkeit als der Schmuck der Menschen hier. Und obwohl die Wände nur aus rohen Steinen bestanden, war die Halle von schimmerndem Glanz erfüllt, da sich die Feuer im Geschirr und im Schmuck der Menschen der Cremm Croich spiegelten.

»Das ist alles, was uns von unseren Schätzen geblieben ist«, erklärte König Mannach und zuckte die Achseln. »Und das Fleisch, das wir Euch vorsetzen können, ist wenig genug, denn das Wild wird immer seltener. Es flieht vor den Hunden des Kerenos, die das ganze Land heimsuchen, sobald die Sonne untergeht, und mit ihrer Jagd nicht aufhören, bis die Sonne wieder aufgeht. Eines Tages wird die Sonne überhaupt nicht mehr aufgehen, fürchten wir. Dann werden die Hunde und ihre Herren bald das einzige Leben auf dieser Welt sein. Und Schnee und Eis werden den letzten Sieg über alles davontragen – ewiger Samhain.«

Corum erkannte dieses letzte Wort wieder, denn es klang wie jenes Wort, das die Menschen von Lwym-an-Esh gebrauchten, um die dunkelsten und ödesten Tage des Winters zu beschreiben. Er verstand, was König Mannach damit ausdrücken wollte.

Sie setzten sich entlang der langen hölzernen Tafeln, und Bedienstete brachten das Fleisch. Es war kein sehr schmackhaftes Mahl, und wieder entschuldigte sich König Mannach dafür. Aber es herrschte keine düstere Stimmung während des Essens, denn Harfner spielten auf und sangen vom alten Glanz und dem Ruhm der Tuha-na-Cremm Croich und dichteten neue Lieder, in denen erzählt wurde, wie Corum Jhaelen Irsei sie gegen ihre Feinde führte und wie er diese Feinde vernichtete und wie er den Sommer zurück in das Land brachte. Corum stellte erfreut fest, daß Mann und Frau hier völlig gleichberechtigt waren, und König Mannach erklärte ihm, daß die Frauen neben ihren Männern in die Schlacht zogen und kämpften. Besonders geschickt waren sie in der Handhabung der Wurfschlinge, des beschwerten Riemens, den man durch die Luft schleuderte, um dem Feind damit die Knochen zu brechen oder ihn zu erdrosseln.

»Alle diese Dinge haben wir in den letzten Jahren erst wieder lernen müssen«, berichtete Mannach Corum, während er ihm schäumenden Met nachschenkte. »Die Kunst des Kampfes übten wir vorher nur noch in Geschicklichkeitsspielen, mit denen wir uns auf unseren Festen unterhielten.«

»Wann kamen die Fhoi Myore in dieses Land?« fragte Corum.

»Gut drei Jahre ist es her. Wir waren völlig unvorbereitet. Sie landeten während des Winters an den Küsten des Ostens und hielten ihre Ankunft zunächst geheim. Als dann der Frühling in diesem Landesteil ausblieb, begannen die Menschen nach der Ursache dafür zu suchen. Zuerst glaubten wir nicht, was uns die Menschen von Caer Llud berichteten. Seitdem haben die Fhoi Myore ihre Herrschaft ständig ausgedehnt, bis die ganze östliche Hälfte unserer Insel, von einer Landspitze zur anderen, zu ihrem Reich geworden ist. Niemand stellt dort mehr ihre Herrschaft in Frage. Nach und nach dehnen sie sich jetzt nach Westen aus. Erst kommen die Hunde des Kerenos, dann folgen die Fhoi Myore.«

»Diese sieben? Sieben Männer?«

»Sieben mißgestaltete Riesen. Zwei von ihnen sind weiblichen Geschlechtes. Und sie haben alle seltsame Kräfte, mit denen sie die Naturgewalten, Tiere und vielleicht sogar Dämonen in ihren Dienst zwingen.«

»Sie kommen aus dem Osten? Woher im Osten?«

»Einige sagen, von jenseits des Meeres, von einem großen mysteriösen Kontinent, über den uns wenig bekannt ist und der nun bar allen Lebens und gänzlich von Eis bedeckt sein soll. Andere sagen, daß sie von unter dem Meer kommen, aus einem Land, wo nur sie leben können. Beide dieser legendären Länder wurden von unseren Vorfahren Anwyn genannt, aber ich glaube nicht, daß das ein Fhoi Myore-Name ist.«

»Und Lwym-an-Esh? Was wißt ihr von diesem Land?«

»Nach der Überlieferung kommt unser Volk von dort. Aber in der alten Zeit gab es einen Krieg zwischen den Fhoi Myore und dem Volk von Lwym-an-Esh, und Lwym-an-Esh wurde auf den Meeresgrund gezogen und wurde so ein Teil des Landes der Fhoi Myore. Nun gibt es nur noch einige Inseln von Lwym-an-Esh und auf einigen davon Ruinen, die für die Wahrheit in jenen Legenden sprechen. Nach dieser Katastrophe besiegte unser Volk die Fhoi Myore – mit magischer Hilfe in Gestalt eines Schwertes, eines Speers, eines Zauberkessels, eines Hengstes, eines Bockes und einer Eiche. Diese Dinge wurden in Caer Llud unter der Obhut des Hochkönigs aufbewahrt. Der Hochkönig hatte die Herrschaft über alle Stämme dieses Landes, und einmal im Jahr, zur Mittsommerzeit, sprach er in allen Dingen Recht, in denen ein einfacher König wie ich nicht entscheiden kann. Aber nun sind unsere Heiligtümer zerstört. Die Heiligen Dinge, unsere magischen Schätze, sind vielleicht für immer verloren, wie einige erzählen, und unser Hochkönig ist ein Sklave der Fhoi Myore. Darum haben wir uns in unserer Verzweiflung an die alten Legenden von Corum erinnert und Euch zu Hilfe gerufen.«

»Ihr sprecht von mystischen Dingen«, entgegnete Corum, »und ich bin einer, der sich noch nie auf Magie und ähnliches verstanden hat, aber ich will trotzdem versuchen, euch zu helfen.«

»Es ist schon eigenartig, was heute geschehen ist«, überlegte König Mannach laut. »Ich sitze hier mit einem Halbgott beim Mahl und muß feststellen, daß er entgegen den Beweisen, die seine eigene Existenz dafür liefert, vom Wirken übernatürlicher Kräfte genausowenig überzeugt ist, wie ich es war!« Er schüttelte den Kopf. »Nun, Prinz Corum von der Silbernen Hand, wir müssen von jetzt an beide lernen, an das Übernatürliche zu glauben. Die Fhoi Myore haben Kräfte, die an seiner Existenz keine Zweifel lassen.«

»Und auch Ihr selbst habt diese Kräfte«, ergänzte Corum. »Denn ich bin durch eine Beschwörung mit ausgesprochen magischem Charakter hierher geholt worden.«

Ein großer, rothaariger Krieger lehnte sich über den Tisch und hob den Weinbecher, um einen Toast auf Corum auszusprechen.

»Wir werden die Fhoi Myore schlagen! Nun werden ihre dämonischen Hunde davonrennen! Heil Euch, Prinz Corum!«

Alle erhoben sich daraufhin und wiederholten den Toast.

»Heil Euch, Prinz Corum!«

Und Prinz Corum nahm den Toast an und erwiderte ihn:

»Heil den Tuha-na-Cremm Croich!«

Aber in seinem Herzen war er verwirrt. Wo hatte er schon einmal denselben Toast gehört? Während seines eigenen Lebens nirgendwo. Deshalb mußte es die Erinnerung an ein anderes Leben, eine andere Zeit sein. Dort mußte er auf irgendeine Art ein Held und ein Retter eines Volkes gewesen sein, das diesem hier glich. Aber warum fühlte er dann Furcht bei dieser Erinnerung? Hatte er jenes Volk verraten? Sosehr er sich auch bemühte, er konnte sich von diesem beklemmenden Gefühl nicht befreien.

Eine Frau verließ ihren Platz an einem der Nachbartische und schwankte leicht, als sie auf ihn zukam. Sie legte einen weichen, starken Arm um ihn und küßte ihn auf die rechte Wange. »Heil dir, Held!« flüsterte sie. ·Nun wirst du uns unseren Bullen zurückbringen. Nun wirst du uns mit dem heiligen Speer Bryionak in die Schlacht führen. Nun wirst du unsere verlorenen Schätze und unsere Großen Plätze zurückgewinnen. Und wirst du uns auch Söhne zeugen, Corum? Junge Helden?« Und sie küßte ihn noch einmal.

Corum lächelte ein bitteres Lächeln.

»Alles andere werde ich gerne tun, so es in meiner Macht steht, Lady. Aber eine Sache, die letzte, kann ich nicht erfüllen, denn Vadhagh können keine Mabdenkinder zeugen.«

Sie schien nicht enttäuscht zu sein. »Ich glaube, auch dafür gibt es einen Zauber«, antwortete sie. Zum dritten Mal küßte sie ihn und kehrte auf ihren Platz zurück. Corum fühlte Verlangen nach dieser Frau, und dieses Gefühl des Begehrens erinnerte ihn an Rhalina, und davon wurde er wieder traurig, und seine Gedanken wandten sich von der Welt um ihn herum ab.

»Ermüden wir Euch?« fragte König Mannach wenig später.

Corum zuckte die Achseln. »Ich habe so lange geschlafen, König Mannach. Ich sollte viel Energie gesammelt haben in diesem langen Schlaf. Ich kann nicht müde sein.«

»Geschlafen? Unter dem Hügel geschlafen?«

»Vielleicht«, antwortete Corum verträumt. »Ich dachte bisher anders, aber vielleicht war ich wirklich unter dem Hügel. Ich lebte in einer Burg über dem Meer. Meine Tage vergeudete ich in Trauer und Verzweiflung. Und dann rieft ihr mich. Erst wollte ich nicht auf Eueren Ruf hören, dann kam ein alter Freund und redete mir zu, Euch zu antworten. So kam ich dann schließlich doch her. Aber vielleicht war das alles ein Traum .« Corum merkte, daß er zuviel des süßen Mets getrunken haben mußte. Er war stark. Sein Blick war nicht mehr klar, und eine gefährliche Mischung aus Melancholie und Euphorie erfüllte ihn. »Ist der Platz, von dem aus ich zu Euch gekommen bin, von besonderer Bedeutung, König Mannach?«

»Nein. Was von Bedeutung ist, das ist Euere Anwesenheit in Caer Mahlod, daß die Menschen Euch sehen und wieder Mut fassen.«

»Erzählt mir von den Fhoi Myore und wie sie euch besiegen konnten.«

»Von den Fhoi Myore kann ich Euch wenig berichten, außer daß gesagt wird, sie wären nicht immer alle gegen uns vereint gewesen – sie wären auch nicht alle vom selben Blut. Sie führen keinen Krieg, wie wir einst Kriege geführt haben. Bei uns war es Brauch, Kämpfer aus der Mitte der gegnerischen Armeen auszuwählen. Diese Kämpfer fochten den Krieg für uns Mann gegen Mann aus. Sie maßen ihre Kräfte, bis einer geschlagen war. Das Leben des Besiegten wurde verschont, wenn er sich im

Kampf keine tödlichen Verletzungen zuzog. Oftmals wurden gar keine Waffen für diesen Kampf verwendet – Barde kämpfte gegen Barde, indem jeder versuchte, den anderen in witzigen Hohngesängen zu übertreffen, bis der bessere Spötter den anderen mit Schimpf und Schande davonjagte. Aber die Fhoi Myore ließen sich auf diese Form des Kampfes nicht ein, als sie über uns kamen. Darum wurden wir so leicht besiegt. Wir sind keine Mörder, aber jene sieben sind Mörder. Sie wollen Tod – schreien nach Tod – folgen dem Tod – fordern ihn, ihnen sein Gesicht zuzuwenden. So ist das Kalte Volk. Diese Herren der Schwarzen Wälder, sie reiten ohne Zögern hinter dem Tod her und verkünden die Herrschaft des Todes, des Winterlords, in allen Landen, die ihr Alten Bro-an-Mabden genannt habt, das Land im Westen. Unser Land. Noch halten wir Menschen uns im Norden, im Süden und im Westen. Nur im Osten gibt es keine Menschen mehr, denn der Osten ist jetzt kalt und gehört den Herren der Schwarzen Wälder ...«

Aus König Mannachs Erzählung wurde eine Klage um sein geschlagenes Volk. »O Corum, beurteilt uns nicht nach dem, was Ihr jetzt seht. Ich weiß, daß wir einst ein großes Volk, ein mächtiges Volk waren, aber nach unserem ersten Kampf gegen die Fhoi Myore verloren wir unsere ganze Macht, denn sie nahmen uns unser Land Lwym-an-Esh und all unsere Bücher und unsere Schätze mit ihm ...«

»Das klingt sehr wie eine Legende, die aus einer Naturkatastrophe entstanden ist«, warf Corum mit ruhiger Stimme ein.

»Auch ich habe es bisher so gesehen«, bestätigte ihm König Mannach. Und Corum mußte akzeptieren, daß sich die Katastrophe nun nicht mehr so einfach erklären ließ.

»Auch wenn wir heute schwach sind«, fuhr der König

fort, »und obwohl wir viele der Kräfte, mit denen wir die unbelebte Welt kontrollierten, verloren haben, sind wir trotz allem doch immer noch dasselbe Volk. Unser Verstand ist derselbe. Es fehlt uns nicht an Intelligenz, Prinz Corum.«

Das hatte Corum niemals bezweifelt, seit er diesen Menschen gegenübergetreten war. Tatsächlich hatte ihn aber der wache, klare Verstand des Königs in Erstaunen versetzt, denn irgendwie rechnete er damit, eine Rasse anzutreffen, die in ihrem Weltbild noch auf einer wesentlich primitiveren Stufe stand. Und obwohl diese Menschen gezwungen worden waren, Magie und Zauberei als Tatsachen anzuerkennen, fand sich sonst kein Aberglauben bei ihnen.

»Euer Volk ist stolz und edel, König Mannach«, sagte Corum voll Bewunderung. »Und ich will Euch nach allen Kräften dienen. Aber es ist an Euch, mir zu erklären, wie dieser Dienst aussehen soll, denn ich weiß von den Fhoi Myore noch weniger als Ihr.«

»Die Fhoi Myore haben große Furcht vor unseren alten magischen Schätzen«, erklärte König Mannach. »Für uns waren sie schon lange nichts mehr anderes als interessante Altertümer, aber jetzt müssen wir annehmen, daß mehr in ihnen steckt – daß sie wirklich Macht haben und diese Macht eine Gefahr für die Fhoi Myore darstellt. Und wir alle hier stimmen in einer Sache überein. Der Bulle von Crinanass ist hier in dieser Gegend gesehen worden.«

»Von diesem Bullen war vorhin schon die Rede.«

»Aye. Ein riesiger schwarzer Bulle, der jeden tötet, der ihn zu fangen versucht außer einem.«

»Und wird dieser eine Corum genannt?« erkundigte sich Corum lächelnd.

»Sein Name wird in den alten Schriften nicht erwähnt. Alles, was die Aufzeichnungen sagen, ist, daß er den

Speer mit dem Namen Bryionak tragen wird, und er wird ihn mit einer Faust tragen, die schimmert wie das Licht des Mondes.«

»Und was ist dieser Speer Bryionak?«

»Eine magische Waffe, die der Sidhi Schmied Goffanon geschaffen hat und die sich jetzt wieder in seinem Besitz befindet. Ihr müßt wissen, Prinz Corum, daß, nachdem die Fhoi Myore nach Caer Llud kamen und den Hochkönig gefangennahmen, ein Krieger mit Namen Onragh, dessen Pflicht es gewesen war, die Schätze der Vergangenheit zu schützen, mit ihnen in seinem Streitwagen floh. Aber auf seiner Flucht fielen die Schätze ein Stück nach dem anderen vom Wagen. Einige wurden von verfolgenden Fhoi Myore gefunden. Andere wurden von Mabden entdeckt. Und die restlichen wurden, wenn man den Gerüchten trauen darf, von Wesen gefunden, die älter sind als die Mabden oder die Fhoi Myore – den Sidhi. Von den Sidhi erhielten wir diese magischen Dinge einst als Geschenk. Wir haben oft die Runen befragt, und unsere Zauberer suchten bei vielen Orakeln Rat, bis wir erfuhren, daß der Speer mit dem Namen Bryionak sich wieder im Besitz dieses geheimnisvollen Sidhi befindet, dem Schmied Goffanon.«

»Und wißt Ihr, wo dieser Schmied lebt?«

»Man nimmt an, daß er an einem Platz mit Namen Hy-Breasail lebt, einer geheimnisvollen, verwunschenen Insel im Süden unserer östlichen Küsten. Unsere Druiden glauben, daß Hy-Breasail alles ist, was von Lwym-an-Esh übrigblieb.«

»Aber herrschen dort nicht die Fhoi Myore?«

»Sie meiden diese Insel. Warum, weiß ich nicht.«

»Die Gefahr muß dort schon groß sein, wenn sie ein Land verlassen haben, das einmal auch unter ihrer Herrschaft stand.«

»Das denke ich mir auch«, stimmte König Mannach zu.

»Aber besteht diese Gefahr nur für die Fhoi Myore? Kein Mabden ist jemals von Hy-Breasail zurückgekehrt. Man sagt von den Sidhi, daß sie Blutsverwandte der Vadhagh seien. Sie seien gemeinsamen Ursprungs, glauben viele. Vielleicht kann nur ein Vadhagh nach Hy-Breasail gehen und auch von dort zurückkehren?«

Corum lachte laut auf. »Vielleicht. Nun gut, König Mannach, ich werde dorthin gehen und mich nach euerem magischen Speer umsehen.«

»Ihr könntet in Euren Tod ziehen.«

»Der Tod ist es nicht, was ich fürchte, König.«

Bedächtig nickte König Mannach. »Aye. Ich glaube, ich verstehe Euch, Prinz Corum. Aber vergeßt nicht, daß es in dieser dunklen Zeit Schlimmeres zu fürchten gibt als den Tod.«

Die Feuer waren nun heruntergebrannt, die Lieder gesungen und die Geschichten erzählt. Ein letzter Harfner spielte eine traurige Weise und sang von einer verlorenen Liebe, ein Lied, das Corum in seiner Trunkenheit wie seine eigene Geschichte klang, der Geschichte von ihm und Rhalina. Und in dem Zwielicht der Halle schien ihm das Mädchen, das zuvor mit ihm gesprochen hatte, sehr wie Rhalina auszusehen. Er starrte sie an, während sie, seinen Blick nicht bemerkend, mit einem jungen Krieger lachte und erzählte. Und Corum begann eine Hoffnung zu hegen.

Er hoffte, daß es irgendwo in dieser Welt eine Reinkarnation von Rhalina geben könnte, daß er sie finden könnte und daß sie, auch wenn sie ihn nicht wiedererkennen mochte, sich in ihn verlieben würde, wie sie es schon einmal getan hatte.

Das Mädchen wandte den Kopf und sah seinen Blick. Sie lächelte ihm zu und verbeugte sich leicht in seine Richtung.

Er hob seinen Becher, kam auf die Beine und rief etwas

zu laut: »Spielt weiter, Barde! Ich trinke auf meine verlorene Liebe Rhalina und die Hoffnung, daß ich sie in dieser finsteren Welt wiederfinde. Beten will ich dafür!«

Doch dann senkte er den Kopf, denn er fühlte, daß er sich wie ein Narr benahm. Das Mädchen sah, aus der Nähe betrachtet, sehr wenig wie Rhalina aus. Aber ihre Augen hielten seinen Blick fest, als er sich wieder auf seine Bank fallen ließ, und wieder blickte er sie voll Neugier an.

»Ich sehe, daß Ihr meine Tochter Eurer Beachtung würdig findet, Lord aus dem Hügel«, ließ sich die Stimme des Königs an Corums Seite vernehmen. Die Worte hatten einen etwas sardonischen Unterton.

»Euere Tochter?«

»Ihr Name ist Medheb. Ist sie schön?«

»Sie ist schön, sie ist großartig, König Mannach.«

»Sie ist mein Trost, seit ihre Mutter in der ersten Schlacht gegen die Fhoi Myore gefallen ist. Sie ist meine rechte Hand, meine Ratgeberin. Eine große Schlachtenlenkerin ist Medheb und unsere beste Kämpferin mit der Wurfschlinge und mit Schleuder und Tathlum.«

»Was ist ein Tathlum?«

»Eine harte Kugel, die aus Gehirn und Knochen unserer Feinde gefertigt wird. Die Fhoi Myore fürchten sie. Darum benutzen wir sie. Die Gehirne und die Knochen werden mit Leim gemischt, und der Leim macht daraus harte Kugeln. Es scheint eine wirksame Waffe gegen die Feinde zu sein – und wir haben wenige Waffen, mit denen wir etwas gegen die Magie des Kalten Volkes ausrichten können.«

»Bevor ich aufbreche, Eueren Speer zu suchen«, sagte Corum ruhig und trank noch etwas Met, »würde ich gerne selbst die Natur Euerer Feinde kennenlernen.«

König Mannach lächelte. »Das ist ein Wunsch, der sich leicht erfüllen läßt. Zwei Fhoi Myore mit ihren Jagdmeuten sind nicht weit von hier gesehen worden. Unsere Kundschafter nehmen an, daß sie unterwegs sind, um Caer Mahlod anzugreifen. Wir erwarten den Angriff mit dem morgigen Sonnenuntergang.«

»Ihr erwartet, daß Ihr sie schlagen könnt? Die Sache scheint Euch wenig Sorgen zu bereiten, wenn man nach dem äußerlichen Eindruck geht.«

»Wir werden sie nicht schlagen. Angriffe wie diese sind nach unserer Erfahrung mehr eine Art Zerstreuung für die Fhoi Myore. In einigen Fällen ist es ihnen tatsächlich gelungen, eine unserer Festen zu zerstören, aber in der Regel dienen diese Attacken nur dazu, uns zu verunsichern.«

»Dann darf ich bis zum nächsten Sonnenuntergang Euer Gast sein?«

»Aye. Wenn Ihr versprecht, daß Ihr flieht und Hy-Breasail aufsucht, sobald sich abzeichnet, daß diese Feste fallen wird.«

»Ich verspreche es«, antwortete Corum.

Wieder ertappte er sich dabei, wie er König Mannachs Tochter anstarrte. Sie lachte und warf ihr volles rotes Haar zurück, während sie einen Schluck Met nahm. Er sah ihre feinen Glieder mit den schimmerden Reifen, ihre feste, wohlproportionierte Figur. Sie war der Inbegriff dessen, was man sich unter einer Kriegerprinzessin vorstellte, aber daneben ließ sich noch etwas anderes in Ihrer Haltung erkennen, daß mehr als eine Kämpferin aus ihr machte.

In ihren Augen lag eine scharfe Intelligenz und ein Sinn für Humor. Oder bildete er sich das alles nur ein, weil er verzweifelt Rhalina in einer anderen Mabdenfrau zu finden suchte?

Schließlich zwang er sich, die Halle zu verlassen, und wurde von König Mannach zu einem Raum geführt, der für ihn vorbereitet war.

Ein einfacher Raum, spärlich möbliert, mit einem hölzernen Bett, lederbespannt, und einer Strohmatratze darauf, dazu einige Felle, die ihn gegen die Kälte schützen sollten. Und er schlief gut in diesem Bett und träumte nichts.

ZWEITES BUCH

In dem berichtet wird, wie Prinz Corum neuen Feinden, neuen Freunden und neuen Rätseln begegnet

1 Gestalten im Nebel

Und als der erste Morgen dämmerte, sah Corum das Land. Durch sein Fenster, das mit geöltem Pergament verhangen war, sah er die Umrisse der Mauern und Dächer des steinernen Caer Mahlod. Das Pergament ließ Licht durch, erlaubte aber nur einen Schattenriß der Welt draußen wahrzunehmen. Alles schien von Eis überzogen zu sein. Der Frost ließ die Gebäude aus Granit schimmern und bildete Eiszapfen an den Dächern. Der Frost hatte den Boden zu steinhartem Fels erstarren lassen und aus den Bäumen im nahe gelegenen Wald scharfe, tote Schatten gemacht.

Ein Nachtfeuer hatte in dem niedrigen Raum, den man Corum zum Quartier gegeben hatte, gebrannt, aber jetzt war nur noch etwas warme Asche davon übrig. Corum fröstelte, während er sich wusch und seine Kleider anlegte.

So sieht also jetzt der Frühling in einem Land aus, in dem der Frühling einst früh und golden gekommen war und der Winter eine kaum wahrgenommene Zeit zwischen den milden Herbsttagen und den frischen Morgen der Frühlingszeit schien, dachte Corum.

Er glaubte, die Landschaft wiederzuerkennen. Tatsächlich befand er sich nicht weit von der Landzunge entfernt, auf der sich einst Burg Erorn erhoben hatte. Der Blick durch das Pergament-Fenster wurde noch weiter von etwas beeinträchtigt, das nach Seenebel aussah, der sich auf der anderen Seite der Festungsstadt erhob. Aber in der Ferne konnte man den Umriß einer Klippe erkennen, die mit einiger Sicherheit zu den Klippen von Erorn gehörte. Er empfand den Wunsch, diesen Ort aufzusuchen, um zu sehen, ob Burg Erorn noch stand, und falls dem so war, ob sie von jemandem bewohnt wurde, der etwas über die Geschichte der Burg wußte. Bevor er diese Gegend verließ, nahm er sich vor, würde er Burg Erorn einen Besuch abstatten, und sei es nur, um ein Symbol seiner eigenen Vergänglichkeit zu erleben.

Corum erinnerte sich des stolzen, lachenden Mädchens aus der Halle in der vergangenen Nacht. Es war sicher kein Betrug an Rhalina, wenn er sich eingestand, daß ihn dieses Mädchen anzog. Aber warum widerstrebte es ihm dann so, diese Tatsache zuzugeben? Weil er sich davor fürchtete? Wie viele Frauen konnte er lieben und altern sehen und wieder verlieren, bevor sein eigenes langes Leben einmal vorüber war? Wie oft konnte er den Schmerz des Verlustes ertragen? Oder würde er beginnen, zynisch zu werden, und die Frauen nur für kurze Zeit an sich binden, um sie wieder zu verlassen, bevor er sich zu sehr in sie verlieben konnte? Zu ihrem und seinem eigenen Besten mochte das sogar die beste Lösung in seiner tragischen Lage sein.

Mit einiger Willenskraft gelang es ihm, dieses Problem und das Bild der Königstochter aus seinen Gedanken zu verdrängen. Wenn dieser Tag, wie anzunehmen war, ein Tag des Kampfes werden sollte, schien es vernünftiger, sich in erster Linie auf den Kampf zu konzentrieren, sonst würden ihn seine Feinde des Problemes entheben und aller anderen Probleme auch. Lächelnd dachte er an König Mannachs Worte. Die Fhoi Myore folgten dem Tod, hatte Mannach gesagt. Sie waren ständig auf der Suche nach dem Tod. War es mit ihm, Corum, nicht genauso? Und, wenn es so war, machte ihn das nicht zum gefährlichsten Gegner der Fhoi Myore?

Er verließ seine Kammer und mußte sich dabei bücken, um durch die niedrige Tür zu treten. Nachdem er eine Reihe von kleinen, runden Räumen durchquert hatte, gelangte er in die Halle, in der das Mahl der letzten Nacht stattgefunden hatte. Der weite Raum wirkte verlassen. Die Tische waren abgeräumt, und die Halle wurde von zögernd durch die schmalen Fenster dringendem grauen Licht spärlich erhellt. Es war ein kalter Ort, kalt und düster. Ein Ort, dachte Corum, wo Männer alleine niederknieten und ihren Geist für die Schlacht vorbereiteten. Er ballte die silberne Hand, streckte die silbernen Finger und betrachtete die silberne Handfläche, die so fein gearbeitet war, daß alle Linien einer natürlichen Hand auf ihr erschienen. Die Hand war mit den Handgelenkknochen verbunden. Die Verbindung wurde durch Nägel gehalten, die Corum sich selbst mit der anderen Hand in die Knochen getrieben hatte. Es war nicht verwunderlich, daß jemand in dieser perfekten Kopie einer Hand aus Fleisch und Blut etwas Magisches sah. Mit einer Geste des Unwillens ließ Corum die silberne Hand plötzlich zurück an seine Seite fallen. Diese Hand war alles, was er in zwei Dritteln eines Jahrhunderts geschaffen hatte. Das einzige Werk war sie, das er seit dem Fall der Schwertherrscher vollendet hatte.

Er empfand eine Art Abscheu vor sich selbst. Ein Gefühl, das er sich selbst nicht erklären konnte. Er begann auf den Steinfliesen auf und ab zu gehen. Dabei atmete er tief und schnell die kalte, feuchte Luft wie ein Hund, der hechelnd wartet, auf die Jagd geschickt zu werden. War er wirklich so ungeduldig, sich in den Kampf zu stürzen? Vielleicht versuchte er auch nur vor etwas auszuweichen. Floh er vor dem Wissen um seine eigene unabänderliche Verdammnis? Die Verdammnis, die auch Elric und Erekose verfolgt hatte?

»Bei meinen Ahnen, möge die Schlacht bald kommen

und möge es eine gewaltige Schlacht sein!« rief er laut. Behende zog er seine Klinge und ließ sie kreisen, prüfte, wie sie in der Hand lag und wie sie ausbalanciert war, bevor er sie mit einem pfeifenden Geräusch zurück in die Scheide stieß, das durch die Halle echote.

»Und möge es eine siegreiche Schlacht für Caer Mahlod sein, verehrter Held!« Es war die süße, amüsierte Stimme von König Mannachs Tochter, die die Hände in die Hüften gestemmt in der Tür lehnte. Um ihre Hüfte schlang sich ein breiter Gürtel, an dem ein Dolch und ein Breitschwert hingen. Ihr Haar war zurückgebunden, und sie trug als einzige Rüstung eine Art lederner Tunika. In einer Hand hielt sie einen leichten Helm, der einem Vadhagh-Helm glich, nur daß er aus Kupfer war.

Bombastische Gesten waren Corums Sache noch nie gewesen, und so berührte es ihn ausgesprochen unangenehm, von jemand in seiner seelischen Verwirrung überrascht worden zu sein. Er war nicht in der Lage, Medheb ins Gesicht zu sehen. Sein Humor ließ ihn im Augenblick völlig im Stich. »Ich fürchte, ihr findet wenig von einem Helden an mir, Lady«, sagte er kühl.

»Und einen beklagenswerten Gott haben wir an Euch auch, Lord aus dem Hügel. Viele von uns zögerten, Euch um Hilfe zu rufen. Viele dachten, wenn es Euch überhaupt gäbe, wäret Ihr ein schreckliches Wesen von der Art der Fhoi Myore, das nach seiner Beschwörung nur neues Grauen über uns selbst bringen würde. Aber jetzt seid ihr ein Mensch, den wir geholt haben. Und ein Mensch, ein Mann, ist ein viel komplizierteres Wesen als ein einfacher Gott. Und auch unsere Verantwortung scheint jetzt eine andere zu sein – eine schwerer und härter zu verstehende. Ihr zürnt, weil ich sah, daß Ihr Euch fürchtet …«

»Vielleicht war es nicht Furcht, was Ihr saht, Lady.«

»Aber vielleicht doch. Ihr helft uns, weil Ihr Euch dazu

entschlossen habt. Wir haben keine Gewalt über Euch, obwohl wir das eigentlich erwartet haben. Ihr helft uns trotz Euerer Furcht und Euerer Selbstzweifel. Das ist viel mehr wert als die Hilfe einer geistlosen, übernatürlichen Kreatur, wie sie den Fhoi Myore zu Gebote stehen. Und die Fhoi Myore fürchten Euere Legende, vergeßt das nicht, Prinz Corum!«

Doch Corum wandte sich ihr nicht zu. Ihre Aufrichtigkeit war ehrlich. Ihre Sympathie war echt. Ihre Intelligenz stand ihrer Schönheit in nichts nach. Wie konnte er sich nach ihr umwenden, denn sie anzusehen würde bedeuten, sie zu lieben, zu lieben, wie er Rhalina geliebt hatte. So hielt er seinen Blick abgewandt.

Seine Stimme beherrschend, sagte er: »Ich danke Euch für Euere Aufrichtigkeit, Lady. Ich werde tun, was ich kann, um Euerem Volk zu dienen, aber ich rate Euch, keine großartigen Taten und Ratschläge von mir zu erwarten.«

Er drehte sich nicht zu ihr um, da er sich selbst nicht traute. Sah er etwas von Rhalina in diesem Mädchen, weil er sich so sehr nach Rhalina sehnte? Und wenn das der Grund war, welches Recht hatte er dann, das Mädchen Medheb zu lieben, liebte er in ihr doch nur etwas, was er selbst sich wünschte, in ihr zu sehen?

Eine silberne Hand tastete nach der Augenklappe. Kalte, empfindungslose Finger fuhren über Rhalinas Stickerei. Endlich schrie er sie fast an:

»Und was ist mit den Fhoi Myore? Kommen sie?«

»Noch nicht. Nur der Nebel wird immer dichter. Ein sicheres Zeichen für die Nähe ihrer Anwesenheit.«

»Folgt ihnen Nebel?«

»Nebel geht ihnen voraus. Eis und Schnee folgen ihnen. Und der Ostwind kündet oft ihr Kommen an, wenn er Hagelkörner, groß wie Taubeneier, vor sich hertreibt. Oh, die Erde stirbt, und die Bäume beugen sich, wenn die Fhoi Myore marschieren.« Ihre Stimme klang abwesend.

Die Spannung in der Halle wuchs.

Und dann sagte sie: »Ihr müßt mich nicht lieben, Lord!«

Das war der Moment, in dem er sich umdrehte.

Aber sie war schon gegangen.

Wieder starrte er auf seine metallene Hand und benutzte die weiche, die aus Fleisch, die Träne aus seinem einzigen Auge zu wischen.

Leise, aus einem anderen, entfernten Teil der Feste glaubte er die Klänge einer Mabden-Harfe zu hören, die eine Musik spielte, süßer als alles, was er auf Burg Frorn je vernommen hatte. Und sie war traurig, die Melodie dieser Harfe.

»Ihr habt einen Harfner von einzigartiger Begabung an Euerem Hof, König Mannach.«

Corum und der König standen zusammen auf der äußeren Mauer von Caer Mahlod und blickten nach Osten.

»Ihr habt die Harfe auch gehört?« König Mannach runzelte die Stirn. Er trug einen bronzenen Brustschutz und einen bronzenen Helm auf seinem ergrauten Haupt. Sein wohlgeschnittenes Gesicht war grimmig und sein Blick erstaunt. »Manche haben gedacht, daß Ihr sie gespielt hättet, Lord aus dem Hügel.«

Corum hob seine silberne Hand. »Damit lassen sich keine Akkorde wie diese schlagen.« Er sah zum Himmel auf. »Es war ein Mabdenharfner, den ich gehört habe.«

»Ich glaube nicht«, erwiderte Mannach. »Jedenfalls war es kein Harfner von meinem Hof, Prinz, den wir hörten. Die Barden von Caer Mahlod bereiten sich auf den Kampf vor. Wenn sie überhaupt etwas spielen, werden wir Kampflieder von ihnen zu hören bekommen, nichts, was wie diese Melodie von heute morgen klingt.«

»Ihr kennt die Melodie nicht?«

»Ich habe sie schon einmal gehört. Im Schatten des Hügels war es, als wir in der ersten Nacht dorthin kamen, Euere Hilfe zu suchen. Sie war es, die uns Mut machte, daß in der Legende um Euch Wahrheit liegen könnte. Wenn die Harfe nicht gespielt hätte, würden wir wahrscheinlich unsere Bemühungen aufgegeben haben.«

Corum zog die Augenbrauen zusammen. »Geheimnisse dieser Art waren noch nie nach meinem Geschmack«, bemerkte er.

»Dann kann das Leben selbst auch nicht nach Euerem Geschmack sein, Lord.«

Der Vadhagh lächelte. »Ich verstehe wohl, wie Ihr es meint, König Mannach. Nichtsdestotrotz mißtraue ich solchen Dingen wie Geisterharfen.«

Mehr war zu dieser Angelegenheit nicht zu sagen. König Mannach deutete in Richtung des dichten Eichenwaldes. Träge Nebelschwaden erhoben sich über den obersten Zweigen. Während sie hinsahen, schien der Nebel dichter zu werden und senkte sich zu Boden, bis nur noch wenige der froststarren Bäume zu erkennen waren. Die Sonne stand hoch am Himmel, aber ihr Licht war blaß. Dünne Wolken schoben sich vor sie.

Der Tag schien sehr still.

Keine Vögel sangen im Wald. Selbst die Schritte der Krieger in der Festung klangen gedämpft. Schrie ein Mann, klang seine Stimme für eine Sekunde hell und klar wie der Ruf einer Glocke, bevor sie vollständig von der Stille verschluckt wurde. Entlang der Befestigungen waren überall Waffen bereitgestellt – Speere, Pfeile, Bogen, große Steine und die runden Tathlumbälle, die mit der Schleuder geschossen wurden. Jetzt nahmen die Krieger nach und nach ihre Plätze auf den Mauern ein.

Caer Mahlod war keine große Ansiedlung, aber stark befestigt. Sie lag auf der Spitze eines Hügels, dessen Abhänge geglättet worden waren, so daß er wie ein gigantischer, von Menschenhand geschaffener Zuckerhut aussah. Im Norden und im Süden erhoben sich ähnliche Hüte.

Auf zweien von ihnen konnte man noch die Ruinen anderer Festungen erkennen, die ahnen ließen, daß Caer Mahlod einst zu einer viel größeren Festungsanlage gehört hatte.

Corum wandte sich um und sah auf das Meer. Dort hatte sich der Nebel verzogen. Das Wasser war klar, ruhig und blau, als habe das Wetter auf dem Land keinen Einfluß über das Ufer hinaus. Und jetzt konnte Corum auch sehen, daß seine Vermutung sich in der Nähe von Burg Erorn zu befinden, richtig war. Zwei oder drei Meilen südlich entdeckte er die vertrauten Umrisse des Burgberges und etwas, das die Überreste eines Turmes sein mochten.

»Kennt Ihr diesen Ort, König Mannach?« fragte er und wies in die entsprechende Richtung.

»Wir nennen ihn Burg Owyn, denn aus der Ferne gesehen erinnert er an eine Burg, obwohl es sich tatsächlich um eine natürliche Felsformation handelt. Es sind einige Legenden damit verbunden, die besagen, es sei von übernatürlichen Wesen bewohnt – den Sidhi, dem Cremm Croich. Aber der Baumeister von Burg Owyn war der Wind und der einzige Maurer die See.«

»Trotzdem möchte ich sie gerne besuchen«, meinte Corum. »Falls ich Gelegenheit dazu habe.«

»Wenn wir beide den Überfall der Fhoi Myore überleben – um genau zu sein, wenn die Fhoi Myore uns nicht wirklich angreifen –, werde ich Euch dorthin führen. Aber es ist dort nichts zu sehen, Prinz Corum. Dieser Ort läßt sich am besten aus der Ferne betrachten.«

»Ich habe das Gefühl«, sagte Corum, »Ihr habt recht, König.«

Während sie sich unterhielten, wurde der Nebel noch dichter und nahm ihnen die Sicht auf das Meer. Nebel senkte sich auf Caer Mahlod herab und füllte die engen Gassen. Nebel wallte gegen die Feste, wallte von allen Seiten heran außer von Westen.

Selbst die kleinsten Geräusche erstarben, während die Besatzung der Mauern Ausschau hielt, was der Nebel mit sich brachte.

Es wurde dunkel, als senke sich schon die Abenddämmerung herab. Es wurde so kalt, daß selbst Corum, der wärmer gekleidet war als alle anderen, zitterte und sich den scharlachroten Mantel enger um die Schultern zog.

Und dann klang das Geheul eines Hundes durch den Nebel. Ein wildes, verzweifeltes Heulen, das von anderen Hundekehlen aufgenommen wurde, bis es die Luft um Caer Mahlod von allen Seiten erfüllte.

Mit seinem einen Auge versuchte Corum die Hunde auszumachen. Für einen Augenblick glaubte er, einen bleichen, schleichenden Schatten am Fuß des Hügels unter den Mauern zu sehen. Dann war die Gestalt verschwunden. Corum legte vorsichtig seinen Langbogen an. Den Bogen hielt er mit seiner metallenen Hand, während er mit der anderen Hand die Sehne spannte und dann wartete, bis er einen anderen undeutlichen Schatten erkannte.

Der Pfeil schnitt durch den Nebel und verschwand.

Ein schreckliches, hohes Schmerzgeheul antwortete und ging in ein Winseln und Knurren über. Dann raste aus dem Nebel eine schattenhafte Form den Hügel hinauf auf die Festung zu. Sie bewegte sich unheimlich schnell und zielsicher. Zwei gelbe Augen starrten Corum direkt ins Gesicht, als habe die Bestie genau erkannt, wem sie ihre Wunde zu verdanken hatte. Ihr langer, buschiger Schwanz peitschte hin und her. Im ersten Moment schien es, das Tier habe noch einen zweiten Schwanz, dünn und aufgerichtet, bis Corum darin seinen Pfeil erkannte, der aus der Flanke des Tieres ragte. Der Vadhagh griff zu einem neuen Pfeil. Er spannte den Bogen und blickte dem Hund in die funkelnden Augen. Ein rotes Maul mit gelben Zähnen öffnete sich geifernd. Das Fell war dicht und zottig, und als die Bestie näher kam, sah Corum, daß sie ein Pony an Größe übertraf.

Ihr Knurren erfüllte Corums Ohren, aber er schoß noch nicht, denn der Angreifer war gegen den Dunst nur undeutlich auszumachen.

Corum hatte nicht erwartet, daß der Hund völlig weiß war – eine funkelnde Weiße, die irgendwie abstoßend wirkte. Nur die Ohren des Tieres schienen dunkler als der übrige Körper. Ihr Inneres schimmerte rot wie die Farbe frischen Blutes.

Weiter und weiter den Hügel hinauf jagte der weiße Hund. Der Pfeil schien ihn nicht zu beeindrucken, und sein Geheul klang jetzt wie ein obszönes Gelächter der Vorfreude, seine Fänge in Corums Kehle zu schlagen. Blinde Wut stand in den gelben Augen.

Corum konnte nicht länger warten. Er ließ den Pfeil von der Sehne schnellen.

Der Schaft schien sich nur langsam dem weißen Hund zu nähern.

Das Tier sah das Geschoß und versuchte auszuweichen, aber im vollen Lauf konnte es seine Richtung nicht schnell genug ändern. Als der Hund sich duckte, um sein rechtes Auge in Sicherheit zu bringen, stolperte er, und der Pfeil drang ihm ins linke Auge mit solcher Wucht, daß er den Schädel durchschlug, bis er auf der anderen Seite herausragte.

Der Hund bleckte seine Zähne, während er zusammenbrach. Aber kein Laut drang aus seinem schrecklichen Maul. Er fiel, rollte ein Stück den Hügel hinunter und lag still.

Corum seufzte erleichtert und wandte sich König Mannach zu.

Aber der König hatte bereits den Arm erhoben, einen Speer in den Nebel zu schleudern, aus dem über hundert bleiche Schatten hechelnd und geifernd heransprangen, um den Tod ihres Artgenossen zu rächen.

2 Der Kampf um Caer Mahlod

»Es sind sehr viele!«

König Mannach sah besorgt aus, als er zu einem zweiten Speer griff und ihn dem ersten folgen ließ. »Mehr als ich bisher je gesehen habe.« Er blickte in die Runde, um zu sehen, wie seine Männer sich hielten. Alle hatten jetzt den Kampf gegen die Hunde aufgenommen. Sie schleuderten die Wurfschlingen, verschossen ihre Pfeile und warfen ihre Speere. Die Hunde griffen Caer Mahlod von allen Seiten an. »Es sind wirklich sehr viele. Vielleicht haben die Fhoi Myore schon Kunde erhalten, daß Ihr zu uns gekommen seid, Prinz Corum. Vielleicht haben sie sich entschlossen, Euch sofort zu vernichten.«

Der Prinz der Vadhagh antwortete nicht, denn er hatte einen großen weißen Hund direkt unter sich am Fuß der Mauer erspäht. Die Bestie beschnüffelte den Eingangstunnel, der mit einem schweren Felsbrocken verschlossen war. Corum beugte sich weit über die Mauerkrone und jagte einen seiner letzten Pfeile in den Hinterkopf des Tieres. Sie waren nicht leicht zu töten, diese Hunde. Und zu sehen war von ihnen in Schnee und Nebel auch nicht viel, bis auf ihre blutroten Ohren und ihre gelben Augen.

Selbst wenn sie nicht so weiß gewesen wären, hätte man sie schwer treffen können, denn der Nebel wurde immer dichter. Er brannte in den Kehlen und den Augen der Verteidiger, die sich ständig die Augen wischten und über die Mauern auf die Hunde hinabspien, um ihre Lungen von der kalten, erstickenden Feuchtigkeit zu befreien. Doch die Männer und Frauen schlugen sich tapfer. Niemand wich zurück. Speer auf Speer jagten in die Tiefe. Pfeil auf Pfeil fanden ihr Ziel unter den unheimlichen Bestien. Nur die Körbe mit den Tathlumkugeln blieben unberührt, was Corum überraschte, aber er bekam keine Gelegenheit, König Mannach danach zu fragen. Doch Speere, Pfeile und Steine gingen langsam zur Neige, während erst wenige der bleichen Hunde ihr zähes Leben eingebüßt hatten.

Kerenos, wer sich auch immer hinter diesem Namen verbarg, mußte große Zwinger haben, dachte Corum grimmig. Dann verschoß er seinen letzten Pfeil, ließ den Bogen fallen und riß das Schwert aus der Scheide.

Das durchdringende Geheul lähmte die Nerven der Kämpfer, so daß sie nicht nur gegen die Hunde, sondern auch gegen das Zittern in den eigenen Muskeln ankämpfen mußten.

König Mannach lief die Wehrgänge entlang und rief seinen Kriegern Mut zu. Bis jetzt war noch keiner der Verteidiger gefallen. Aber wenn die letzten Geschosse verbraucht waren, würde es zum Kampf Mann gegen Hund kommen. Und dieser Augenblick schien nicht mehr fern.

Corum hielt einen Atemzug lang inne und versuchte sich einen Überblick zur Lage der Verteidiger zu verschaffen. Es gab etwas weniger als hundert angreifende Hunde und etwas mehr als hundert Krieger auf den Mauern. Die Hunde mußten gewaltige Sprünge machen, um mit ihren Klauen die Mauerkronen zu erreichen und sich darüber zu ziehen. Aber Corum zweifelte nicht daran, daß die Bestien dazu in der Lage sein würden.

Gerade als er zu diesem Schluß kam, flog ihm auch schon ein weißer Angreifer entgegen, die Vorderläufe weit ausgestreckt, mit gefletschten Zähnen und heißen, gelben Augen. Hätte Corum sein Schwert nicht bereits gezückt, wäre er ein Opfer der schrecklichen Fänge geworden. So konnte er seine Klinge rechtzeitig in Position bringen. Er streckte sie dem heranfliegenden Hund entgegen, der sich mit solcher Wucht über die Schwertspitze warf, daß Corum fast den Stand verlor. Das Tier spießte sich selbst auf die Klinge und knurrte leicht verwundert, bevor es mit einem Wutgeheul sein Schicksal begriff. Es machte einen vergeblichen, kraftlosen Versuch, nach Corum zu schnappen, und stürzte dann zurück in die Tiefe, wo es auf den Rücken eines Jagdgenossen schlug.

Für kurze Zeit schien es, als hätten die Hunde des Kerenos für diesen Tag genug gehabt, denn sie zogen sich zurück. Aber ihr sich nicht allzu weit entfernendes Knurren und Heulen bewies, daß sie nur Kräfte für einen neuen Angriff sammelten. Vielleicht holten sie sich auch neue Befehle von einem unsichtbaren Herren – vielleicht von Kerenos selbst. Corum hätte viel für den Blick auf einen der Fhoi Myore gegeben. Sein Wunsch, diese Wesen zu sehen, entsprang der Hoffnung, aus ihrem Äußeren etwas über ihre Herkunft und ihre Fähigkeiten zu erfahren. Während des Kampfes hatte er kurz eine dunkle Gestalt im Nebel gesehen. Eine Gestalt, die größer als die Hunde war und sich aufrecht auf zwei Beinen zu bewegen schien. Aber der Nebel wogte so wild (ohne sich jedoch je dabei zu lichten), daß der Vadhagh sich auch getäuscht haben konnte. Wenn er tatsächlich den Umriß eines Fhoi Myore gesehen hatte, gab es keinen Zweifel, daß diese Wesen wesentlich größer als Menschen waren und wahrscheinlich gar nicht zu dieser Rasse gehörten. Aber wo sollten andere Wesen, die weder Vadhagh noch Nhadragh noch Mabden waren, hergekommen sein? Diese Frage bewegte Corum seit seinem ersten Gespräch mit König Mannach besonders.

»Die Hunde! Die Hunde!«

Ein Krieger schrie, während er von einem schimmernden weißen Schatten umgerissen wurde, der lautlos aus dem Nebel herangesprungen war. Hund und Mann stürzten nach hinten vom Wehrgang und landeten mit einem dumpfen Krachen in der schmalen Gasse unter der Mauer.

Nur der Hund kam wieder hoch, menschliches Fleisch in seinen Fängen. Er grinste, wandte sich ab und rannte die Gasse hinunter. Ohne zu überlegen, schleuderte Corum ihm sein Schwert nach. Die Klinge drang dem Tier tief in die Seite. Es heulte auf und versuchte, nach dem Schwert zu schnappen, das zwischen seinen Rippen steckte. Wie ein junger Hund, der seinen Schwanz jagt, drehte es sich mehrmals um sich selbst. Vier, fünf Umdrehungen machte das große Tier, bis es begriffen hatte, daß es tot war.

Corum sprang die Treppe zur Straße hinab, um sich sein Schwert zurückzuholen. Solche monströsen Hunde hatte er nie zuvor gesehen. Auch ihre Farbe war anders als alles, was Corum in der Natur bisher zu Gesicht bekommen hatte. Mit einem Gefühl des Ekels zog er seine Klinge aus dem mächtigen Kadaver und wischte das Blut an dem bleichen Fell ab. Dann rannte er zurück die Stufen hinauf, um seinen Platz auf der Mauer wieder einzunehmen.

Zum ersten Mal bemerkte er jetzt den Gestank. Es war ein ausgesprochener Hundegeruch nach nassem, schmutzigem Fell, aber von einer überwältigenden, unnatürlichen Intensität. Der beißende Nebel in Augen und Kehlen und der Gestank in den Nasen machte den Verteidigern schwer zu schaffen. An verschiedenen Stellen kämpften jetzt bereits Hunde auf den Mauern. Vier Krieger lagen mit zerfleischten Kehlen im Wehrgang, daneben zwei tote Hunde. Einem war der Kopf abgeschlagen.

Corum fühlte erste Erschöpfung und nahm an, daß es den anderen nicht besser erging. In einer gewöhnlichen Schlacht hätte man mit gutem Recht auch beim Gegner auf baldige Ermüdungserscheinungen rechnen können. Aber sie kämpften nicht gegen Menschen, sondern gegen Tiere. Und diese Tiere hatten die Elemente zu Verbündeten.

Ein Hund sprang über die Brustwehr und landete neben Corum im Wehrgang. Das Tier keuchte und hechelte, seine Augen rollten, seine Zunge hing heraus, und von seinen Fängen tropfte der Geifer. Sein Geruch raubte Corum den Atem. Gestank schlug ihm aus dem Maul des Tieres entgegen, säuerlich und unnatürlich. Mit leisem Knurren spannte der Hund die Muskeln zum Angriff, die eigenartig roten Ohren legten sich zurück.

Corum stieß einen Schrei aus, griff nach seiner an der Mauer lehnenden langstieligen Streitaxt und rannte die Waffe schwingend auf den Hund los.

Die Bestie zuckte zurück, als die Axt an ihrem Kopf vorbeizischte. Für wenige Augenblicke zog sie den Schwanz ein und wich zur Seite, aber dann war sie offenbar zu dem Schluß gekommen, daß sie auch einem Kämpfer mit Axt an Gewicht und Kraft überlegen sein mußte. Knurrend fletschte sie die Zähne und zeigte ihre handspannenlangen Fänge.

Als Corum zum zweiten Schlag mit der Axt ausholte, riß ihn sein eigener Schwung aus der Balance. Der Hund griff an, bevor die Axt ihre Kreisbewegung vollenden konnte. Corum wurde gezwungen, drei schnelle Schritte zur Seite zu machen, ohne den begonnenen Schlag mit der Axt abzubremsen. Er wich dem heranspringenden Tier aus, während der Schlag noch die Hinterläufe der Bestie aufriß, ohne sie allerdings nennenswert zu verletzen. Corum stand jetzt direkt am inneren Rand des Wehrganges. Bei einem Sturz von der Mauer würde er sich auf dem Pflaster der Gasse unten die Knochen brechen. Er konnte keinen Schritt mehr zurück. Es blieb ihm nur noch eine Möglichkeit. Beim nächsten Sprung der Bestie duckte sich der Vadhagh und rollte unter dem Tier weg. Der Hund rutschte über ihn und stürzte kopfüber in die Gasse, auf deren hartem Pflaster er sich das Genick brach.

Kampflärm erschallte jetzt aus allen Teilen der Festung. Mehrere Hunde waren in die Straßen durchgebrochen, durch die sie jetzt hetzten und nach den alten Frauen und Kindern schnüffelten, die sich in den Häusern verbarrikadiert hatten.

Medheb, König Mannachs Tochter, jagte die Bestien in der Stadt. Corum sah sie an der Spitze einer Handvoll Krieger auf zwei der Hunde eindringen, die sich in eine Sackgasse verirrt hatten. Medhebs Haar hatte sich unter dem Helm gelöst und wehte rot hinter ihr. Ihre geschmeidige Figur, die Schnelligkeit und Sicherheit ihrer Bewegungen und ihr wilder Mut setzten Corum in Erstaunen und Bewunderung. Er hatte noch nie eine Frau wie diese Medheb kennengelernt oder eine der anderen Frauen, die hier mit ihren Männern gemeinsam kämpften und mit ihnen alle Pflichten teilten. Und auch so schöne Frauen noch nie, gestand sich Corum ein. Und dann verfluchte er sich für seine Unaufmerksamkeit, denn ein anderer Hund warf sich heulend auf ihn, und Corum schwang seine Streitaxt und brüllte seinen Vadhagh-Schlachtruf, und er trieb die Schneide tief in den Schädel des Hundes zwischen die roten, pelzigen Ohren, und er wünschte sich, daß der Kampf endlich enden möge, denn er war so müde, daß er nicht mehr glaubte, noch einen anderen Hund erschlagen zu können.

Das Geheul der schrecklichen Hunde schien lauter und lauter zu werden, der Gestank ihres grauenvollen Odems ließ Corum sich nach der beißenden Kälte des Nebels sehnen, und noch immer landeten weiße Körper aus dem Nebel auf den Mauerkronen, noch immer schlugen die großen Fänge in Fleisch, Sehnen und Muskeln, und die gelben Augen glühten triumphierend. Und Corum lehnte gegen die Mauer und keuchte und keuchte und wußte, daß ihn der nächste Hund töten würde.

Er hatte keine Kraft mehr, Widerstand zu leisten. Er war erledigt. Er würde hier an diesem Platz sterben, und damit würden alle Probleme gelöst sein. Caer Mahlod würde fallen. Die Fhoi Myore würden herrschen.

Irgend etwas veranlaßte ihn, wieder in die Straße unter der Mauer hinabzusehen.

Medheb stand dort allein, das Schwert in der Hand, und ein riesiger Hund griff sie an. Die anderen Krieger ihres Trupps lagen bereits am Boden. Ihre zerfleischten Körper waren über das Pflaster verstreut. Nur Medheb war noch übrig, aber bald würde es auch mit ihr zu Ende sein.

Corum sprang, bevor er überhaupt begriff, was er tat. Seine stiefelbewehrten Füße landeten auf dem Rücken des Hundes, dessen Hinterbeine einknickten. Die Streitaxt sauste nieder und zerschmetterte das Rückgrat des Tieres, schlug den Hund fast in zwei Hälften. Und Corum stürzte, von seinem eigenen Schlag mitgerissen, auf den riesigen Körper, rutschte durch das Blut des Tieres und schlug mit dem Kopf gegen das gebrochene Rückgrat, als er verzweifelt versuchte, wieder auf die Beine zu kommen. Selbst Medheb begriff nicht sofort, was geschehen war, denn sie führte ihren Schwerthieb nach dem Kopf des Tieres zu Ende, bevor sie erkannte, daß die Bestie tot war. Erst dann sah die Königstochter Corum.

Sie lächelte, als er sich aufrichtete und seine Streitaxt aus dem Kadaver zog.

»So liegt Euch also etwas an meinem Leben, mein Elfenprinz.«

»Lady«, antwortete Corum und rang nach Atem, »mir liegt etwas an Euch.«

Er bekam seine Axt frei und stolperte zurück die Treppe zu den Wehrgängen hinauf, wo erschöpfte Krieger mit letzter Kraft die Angriffe von scheinbar unzähligen Hunden abwehrten.

Corum zwang sich vorwärts, um einem Krieger zu Hilfe zu kommen, der von einem der Hunde zu Boden gerissen zu werden drohte. Corums Axt war in dem schrecklichen Gemetzel schon stumpf geworden, und diesmal betäubte der Hieb den Hund nur für wenige Augenblicke. Das Tier erholte sich sofort und wandte sich Corum zu. Aber eine Lanze fuhr der Bestie in den Leib. Übelriechendes Hundeblut spritzte über Corums Brustpanzer.

Der Vadhagh taumelte von dem verendenden Tier weg und starrte über die Brustwehr in den Nebel vor den Mauern. Und diesmal sah er es deutlich. Ein drohender Schatten – die gigantische Gestalt eines Mannes, Hörner schienen an beiden Seiten aus seinem Schädel zu wachsen, sein Gesicht war mißgestaltet, sein Körper in einen Panzer gehüllt; er hob etwas an die Lippen wie zum Trunk.

Dann erschallte ein Horn, dessen Ruf alle Hunde erstarren ließ und die Männer zwang, ihre Waffen fallen zu lassen und die Ohren zu bedecken.

Es war ein Ruf des Grauens, teils Lachen, teils Weinen, teils Todesgewimmer, teils Triumphschrei. Es war der

Ruf des Horns des Kerenos, der seine Hunde zurückbefahl.

Corum starrte der Gestalt nach und sah sie noch einmal deutlich, bevor sie im Nebel verschwand. Die Hunde, die noch lebten, setzten sofort über die Mauern und rannten den Hügel hinab, bis kein einziger lebender Hund mehr in Caer Mahlod zurückblieb.

Der Nebel begann sich nach dem Verschwinden der Hunde zu lichten, zog in Richtung des Waldes ab, als wäre er ein Mantel, den Kerenos hinter sich herschleppte.

Noch einmal ertönte das Horn.

Einige der Krieger mußten sich bei seinem Klang übergeben, so schrecklich war sein Ruf. Andere brachen in Tränen aus.

Aber alle begriffen, daß Kerenos und seine Meute für heute genug gejagt hatten. Sie hatten den Menschen von Caer Mahlod einen kleinen Eindruck ihrer Macht vermittelt.

Das war alles, was sie gewollt hatten. Corum konnte sich beinah vorstellen, daß die Fhoi Myore in diesem Angriff nur ein freundliches Vorgeplänkel, ein spielerisches Kräftemessen vor der eigentlichen Schlacht sahen.

Der Kampf auf Caer Mahlod ließ vierunddreißig tote Hunde zurück.

Fünfzig Krieger, Männer und Frauen, waren gefallen.

»Schnell, Medheb, das Tathlum!«

König Mannach, an der Schulter verwundet und blutüberströmt, schrie nach seiner Tochter. Sie legte eine der runden Tathlumkugeln in ihre Schleuder und holte aus.

Sie ließ die Kugel durch den Nebel fliegen. Ihr Ziel war Kerenos selbst.

Aber König Mannach wußte, daß sie den Fhoi Myore verfehlt hatte.

»Das Tathlum ist eines der wenigen Dinge, von dem sie fürchten, daß es sie töten kann«, erklärte der König.

Schweigend stiegen sie von den Mauern Caer Mahlods und gingen, ihre Toten zu beweinen.

»Morgen«, verkündete Corum, »werde ich mich auf den Weg machen, den Speer Bryionak für Euch zu finden und ihn Euch zu bringen, getragen von meiner silbernen Hand. Ich werde tun, was in meiner Macht steht, die Menschen von Caer Mahlod vor Kerenos und seinen Hunden zu retten. Ich werde gehen, wie ihr es verlangt.«

König Mannach, den seine Tochter die Stufen zur Stadt hinunter geleitete, nickte schwach. Er war kaum noch bei Besinnung.

»Aber erst muß ich jenen Ort aufsuchen, den Ihr Burg Owyn nennt«, fuhr Corum fort. »Das muß ich tun, bevor ich aufbrechen kann.«

»Ich werde dich dorthinführen«, erwiderte Medheb.

Und Corum widersprach nicht.

3 Ein Augenblick in den Ruinen

Inzwischen war es später Nachmittag geworden. Die Wolken hatten sich vom Angesicht der Sonne verzogen, so daß der Frost ein wenig schmolz und ein Hauch von Frühling über dem Land lag. Corum und die Kriegerprinzessin Medheb, die man ›Medheb vom langen Arm‹ nannte, wegen ihrer Geschicklichkeit mit Schleuder und Tathlum, ritten zusammen zu jenem Ort, den Corum als Erorn kannte und Medheb als Owyn.

Obwohl der Frühling längst angebrochen war, gab es keine neuen Blätter an den Bäumen und kein junges Gras. Die Welt schien unter dem Frost erstarrt. Das Leben war aus ihr geflohen. Corum erinnerte sich, wie mild es hier gewesen war, als er seine eigene Zeit verlassen hatte. Es stimmte ihn traurig, daran zu denken, wie der größte

Teil dieses einst lieblichen Landes aussehen mußte, nachdem die Fhoi Myore mit ihren Hunden und ihren Dienern darüber hingezogen waren.

Sie zügelten ihre Pferde am Rand der Klippen und blickten auf die schäumende Brandung hinab, die in der kleinen Bucht unter ihnen gegen die Felsen schlug.

Hohe schwarze Klippen, alt und ausgewaschen, erhoben sich hier aus dem Wasser, von unzähligen Höhlen und Grotten durchzogen. Alles war noch so, wie Corum es vor einem Jahrtausend gekannt hatte.

Nur der Burgfelsen hatte sich verändert. Die vordere Hälfte war abgebrochen. Vom Abbruch erstreckte sich eine wasserzerfressene Halde von Granitschutt bis ins Meer. Jetzt verstand Corum, warum von Burg Erorn nicht mehr viel erhalten geblieben war.

»Dort liegt, was man den Sidhi-Turm nennt – oder Cremms Turm.« Medheb zeigte ihm, was sie meinte. Es lag auf der anderen Seite der durch den Abbruch geschaffenen Spalte. »Aus der Entfernung sieht es aus wie von Menschenhand erbaut, aber in Wahrheit ist es natürlichen Ursprungs.«

Aber Corum wußte es besser. Er erkannte die vertrauten Umrisse. Tatsächlich schienen sie ein Werk der Natur zu sein, denn die Architektur der Vadhagh hatte sich immer bemüht, alle Bauwerke harmonisch in die Natur einzufügen. Aus diesem Grund hatten schon zu Corums eigener Zeit manche Wanderer Burg Erorn nicht mehr erkannt und gefunden.

»Dort liegt ein Bauwerk meines Volkes«, erklärte Corum ruhig. »Das sind die Überreste Vadhaghscher Architektur. Ich weiß es, auch wenn mir niemand glauben würde.«

Sie wirkte überrascht. Sie lachte. »Dann ist die Legende doch wahr. Es ist *Euer* Turm!«

»Ich bin dort geboren«, sagte Corum. Er seufzte. »Und

ich glaube, dort bin ich auch gestorben«, fügte er hinzu. Er stieg vom Pferd und trat so dicht an den Rand der Klippen, daß er in die Tiefe sehen konnte. Die See hatte das Vorgebirge hier durchbrochen und aus dem Burgfelsen eine schmale, vom Wasser umgebene Felsnadel gemacht. Corum blickte über den Kanal zu der Ruine des Turms hinüber. Er erinnerte sich Rhalinas, erinnerte sich seiner Familie, seines Vaters Prinz Khlonskey, seiner Mutter Prinzessin Colatalarna, seiner Schwestern Ilastru und Pholhinra, seines Onkels Prinz Rhanan und seiner Kusine Sertreda. Sie alle waren jetzt lange tot. Rhalina hatte wenigstens ihre natürliche Lebensspanne erleben dürfen, aber die anderen waren von Glandyth-a-Krae und seiner Mörderschar brutal erschlagen worden. Keiner bewahrte mehr eine Erinnerung an sie außer Corum. Einen Augenblick lang beneidete er sie darum, denn zu viele erinnerten sich an Corum.

»Aber Ihr lebt doch«, riß ihn Medheb aus seinen Gedanken.

»Tue ich das? Ich frage mich, ob ich nicht vielleicht nur ein Schatten bin, eine Materialisation der Sehnsüchte Eueres Volkes. Schon verblassen die Erinnerungen an mein früheres Leben. Ich kann mich kaum noch erinnern, wie meine Familie ausgesehen hat.«

»Ihr habt eine Familie – dort, wo Ihr hergekommen seid?«

»Ich weiß, daß die Legende erzählt, ich schliefe unter dem Hügel, bis mein Volk mich braucht, aber das ist nicht wahr. Ich bin aus einer anderen Zeit hierher gebracht worden – einer Zeit, in der Burg Erorn sich erhob, wo jetzt nur noch diese Ruinen zu sehen sind. O ja, viele Ruinen hat es in meinem Leben gegeben, so viele Ruinen ...«

»Und Euere Familie habt Ihr in jener anderen Zeit zurückgelassen, um uns zu helfen?«

Corum schüttelte den Kopf und wandte sich ihr mit einem bitteren Lächeln auf den Lippen zu.

»Nein, Lady, das hätte ich nie getan. Meine Familie wurde von Eurer Rasse erschlagen – von Mabden. Meine geliebte Frau ist tot.« Er zögerte.

»Sie auch erschlagen?«

»Sie starb, als sie ihr Alter erreicht hatte.«

»Sie war älter als Ihr?«

»Nein.«

»So seid Ihr wirklich unsterblich?« Medheb blickte auf die See hinaus.

»Aus der Sicht eines Mabden, ja. Darum fürchte ich die Liebe, wenn Ihr das versteht.«

»Ich würde Eure Unsterblichkeit nicht fürchten.«

»Das tat auch die Markgräfin Rhalina nicht, meine Braut. Und auch ich fürchtete mich nicht, denn ich konnte mir nicht vorstellen, was Liebe für einen Unsterblichen bedeutet, bis ich es selbst erlebt hatte.

Aber als ich erfuhr, wie es ist, einen geliebten Menschen für immer zu verlieren, begriff ich, daß ich ein solches Gefühl nie wieder würde ertragen können.«

Eine einzelne Möwe erschien aus dem Nichts und ließ sich auf einem nahe gelegenen Felsvorsprung nieder. Früher hatte es hier von Seevögeln gewimmelt.

»Ihr werdet nie wieder das gleiche Gefühl erleben müssen, Corum. Man kann nicht zweimal genau die gleiche Empfindung haben.«

»Wahr gesprochen. Und doch ...«

»Ihr liebt Leichen?«

Er fühlte sich verletzt. »Das ist eine grausame Frage ...«

»Was von einem Toten zurückbleibt, ist nichts als der Leichnam. Und wenn ihr nicht den kalten Leichnam einer Toten liebt, dann müßt Ihr jemanden für Eure Liebe finden, der lebt.«

Corum schüttelte den Kopf. »Ist das so einfach für Euch, schöne Medheb?«

»Ich denke nicht, daß ich etwas Einfaches gesagt habe, Lord Corum aus dem Hügel!«

Er antwortete mit einer unwirschen Geste seiner silbernen Hand. »Ich bin nicht aus dem Hügel. Ich schätze die Folgerungen, die sich an diesen Teil knüpfen, nicht. Ihr sprecht von Leichen – das gibt mir das Gefühl, ein wieder auferstandener Leichnam zu sein. Ich kann den Moder an meinen Kleidern riechen und die Erde auf meinen Lippen schmecken, wenn Ihr vom ›Lord aus dem Hügel‹ sprecht.«

»Die ältesten Legenden erzählen, daß Ihr Blut trinkt. Während der dunklen Zeitalter gab es Opferungen auf dem Hügel.«

»Ich habe nie Geschmack an Blut gefunden.« Seine düstere Stimmung begann sich wieder zu heben. Die Erfahrung des Kampfes, wie er sie während des Angriffs der Hunde erlebt hatte, half ihm, sich von einigen seiner dunklen Vorahnungen frei zu machen und sie durch rein pragmatische Überlegungen zu ersetzen.

Und nun berührte er Medhebs Gesicht und strich mit seiner natürlichen Hand über ihre Lippen, ihren Nacken, ihre Schultern.

Und sie umarmten sich, und er weinte vor Glück.

Sie küßten sich, und sie liebten sich bei den Ruinen von Burg Erorn, während unter ihnen die See gegen die Felsen donnerte.

Und dann lagen sie im letzten Sonnenlicht zusammen und blickten hinaus auf das Meer.

»Hör doch.« Medheb hob den Kopf, ihr Haar wehte über ihr schönes Gesicht.

Er hörte es. Er hatte es schon eine Weile gehört, bevor sie ihn darauf aufmerksam machte, aber er wollte es nicht hören.

»Eine Harfe«, sagte sie. »Wie süß diese Musik ist. Wie melancholisch diese Melodie klingt. Hörst du sie?«

»Ja.«

»Es klingt vertraut ...«

»Vielleicht hast du sie schon heute morgen gehört, kurz bevor die Hunde angriffen?« Er sagte es abweisend und gedankenverloren.

»Vielleicht. Und im Hain von deinem Hügel habe ich sie gehört.«

»Ich weiß – in jener Nacht, als dein Volk mich zum ersten Mal angerufen hat.«

»Wer spielt die Harfe? Was ist das für eine Musik?«

Corum blickte über den Abgrund zu dem verfallenen Turm, der alles war, was von Burg Erorn noch stand. Selbst in seinen Augen sah er jetzt nicht mehr wie von Menschenhand erbaut aus. Vielleicht hatten letzten Endes doch der Wind und die See den Turm aus dem Fels geschliffen, und seine Erinnerungen betrogen ihn.

Er empfand Furcht.

Auch Medheb starrte jetzt zu dem Turm hinüber.

»Von dort drüben kommt die Musik«, sagte Corum. »Die Harfe spielt das Lied der Zeit.«

4 Die Welt in Weiß

In Pelze gehüllt, machte Corum sich auf den Weg.

Über seinen eigenen Kleidern trug er einen weißen Pelzmantel mit einer Kapuze, die seinen Helm bedeckte, alles war aus dem weißen, weichen Winterpelz des Marders gearbeitet. Sogar das Pferd, das man ihm gegeben hatte, war in einen Mantel aus Felldecken gehüllt. Kostbare Stickereien mit Szenen einer glücklicheren Vergangenheit zierten diese Decken. Sie hatten Corum auch pelzgefütterte Stiefel und Fellhandschuhe gegeben, alles reich bestickt, und einen hohen Sattel mit Satteltaschen und besondere Hüllen für seinen Bogen, seine Lanze und seine Streitaxt, gefertigt aus weichem Leder. Einen der Handschuhe trug er über seiner silbernen Hand, so daß ihn ein zufälliger Beobachter nicht gleich erkennen würde. Und dann hatte er Medheb geküßt und das Volk von Caer Mahlod gegrüßt, das seinen Aufbruch mit hoffnungsvollen Blicken von den Mauerkronen beobachtete. Und König Mannach hatte ihn auf die Stirn geküßt.

»Bring uns unseren Speer Bryionak zurück«, sagte König Mannach, »damit wir den Bullen zähmen können, den Schwarzen Bullen von Crinanass, und so unsere Feinde besiegen, und unser Land wieder grün werden wird.«

»Ich werde ihn für euch suchen«, versprach Prinz Corum Jhaelen Irsei, und sein einziges Auge strahlte hell auf, und niemand wußte zu sagen, ob eine Träne darin schimmerte oder Feuer der Zuversicht. Und dann stieg Corum auf sein großes Pferd, das große, schwere Schlachtroß der Tuha-na-Cremm Croich, und er stemmte seine Füße in die Steigbügel, die man eigens für ihn hatte anfertigen müssen (denn der Gebrauch von Steigbügel war in dieser Zeit in Vergessenheit geraten), und er setzte seine lange Lanze in die am Sattel dafür vorgesehene Halterung. Aber sein Banner entrollte er nicht, das Banner, das die Mädchen von Caer Mahlod während der ganzen letzten Nacht für ihn gestickt hatten.

»Du siehst aus wie ein mächtiger Kämpfer, mein Lord«, flüsterte Medheb, und er beugte sich vom Sattel hinunter, um ihr über das goldene Haar zu streichen und ihre zarten Wangen zu berühren.

Er sagte: »Ich kehre zurück, Medheb.«

Zwei Tage lang war er in südöstlicher Richtung geritten und gut vorangekommen, denn er kannte diesen Weg von früher, als er ihn oft geritten war. Und die Zeit hatte nicht viele der ihm vertrauten Wegmarken zerstört. Vielleicht weil er so wenig und doch auch so viel von Burg Erorn gefunden hatte, nahm er sich jetzt Moidelsberg zum Ziel, wo einst Rhalinas Burg gestanden hatte. Dieses Ziel war auch angesichts seiner Aufgabe leicht zu rechtfertigen, denn Moidelsberg bildete einst den letzten Außenposten von Llwym-an-Esh, und nun sollte Hy-Breasail der letzte Überrest von Llwym-an-Esh sein. Er würde weder Zeit verlieren noch vom Weg abkommen, wenn er den Moidelsberg suchte, vorausgesetzt, der Berg war nicht zusammen mit Llwym-an-Esh unter den Wellen verschwunden.

Nach Südosten ritt Corum, und die Welt wurde kälter und kälter. Eisregen prasselte nieder, große Hagelkörner hüpften über den harten Boden, sprangen von Corums Schulter, trommelten auf seine Rüstung und den Rücken seines Pferdes. Oft war die Straße durch das weite, wilde Moor von einer Eisdecke überzogen, und manchmal mußte Corum Schutz suchen, wo er ihn gerade fand, so schlimm wurden die Unwetter. Als Unterschlupf blieb meist nur die wetterabgewandte Seite eines der riesigen Findlinge, denn es gab nur wenige Bäume im Moor, wenn man von den spärlich wachsenden Ginsterbüschen und einigen verkrüppelten Birken absah. Zu dieser Jahreszeit hätte eigentlich die Heide blühen müssen, aber das Heidekraut war überall erfroren und tot. Früher hatte es hier überall Hirsche und Fasane gegeben, doch Corum bekam keinen einzigen Fasan zu Gesicht, und der einzige Hirsch, den er sah, war ein völlig abgemagertes Tier mit einem fast menschlich anmutenden Wahnsinn in den gehetzten Blicken seiner großen Augen. Je weiter nach Osten Corum ritt, desto schlimmer wurde der Zustand des Landes. Schon bald schimmerte dicker Reif auf allen Pflanzen, und Schnee glänzte auf den Hügelspitzen und den großen Findlingen. Das Land stieg jetzt an, und die Luft wurde noch dünner und kälter. Corum schätzte sich glücklich, daß seine Freunde ihn so warm eingekleidet hatten, denn langsam kamen zum Frost Schneeschauer, und wohin Corum auch blickte, war die Welt schneebedeckt und weiß. Die Weiße des Landes erinnerte ihn an die Hunde des Kerenos mit ihren schrecklichen weißen Fellen. Sein Pferd mußte jetzt knöcheltief durch den Schnee stapfen, und Corum wußte, daß er bei einem überraschenden Angriff kaum noch Chancen haben würde, zu fliehen oder sein Pferd in eine aussichtsreiche Kampfposition zu manövrieren. Aber der Himmel blieb blau, hell und klar, und die Sonne strahlte, auch wenn sie nur wenig Wärme spendete. Was Corum fürchtete, war der Nebel, denn er wußte, daß mit dem Nebel die dämonischen Hunde und ihre Herren kamen. Von Zeit zu Zeit begann er nun geschützte Täler zu entdecken und in den Tälern die Weiler, Dörfer und Städte, in denen einst das Mabdenvolk gelebt hatte. Alle Ansiedlungen waren verlassen.

Corum gewöhnte sich an, in diesen verlassenen Siedlungen sein Nachtlager aufzuschlagen. Bisher war er mit dem Anzünden eines Feuers sehr vorsichtig gewesen, um nicht mit dem Rauch Feinde oder mögliche Verfolger auf sich aufmerksam zu machen. Aber jetzt entdeckte er, daß er in den Feuerstellen der verlassenen Häuser Torfziegel auf eine Art verbrennen konnte, die den spärlichen Rauch schnell auseinandertreiben ließ. Auch aus nächster Nähe war von diesen Feuern kaum etwas wahrzunehmen. So konnte Corum sich selbst und sein Pferd warmhalten und sich warmes Essen gönnen. Ohne diesen Komfort wäre sein Ritt in der Tat eine erbärmliche Reise geworden.

Was Corum traurig stimmte, waren die zurückgelassenen Möbel, die reichen Verzierungen und die kleinen Schmuckstücke in den menschenleeren Häusern. Hier hatte es keine Plünderungen gegeben, schloß Corum, und er schloß daraus, daß die Fhoi Myore kein Interesse an von Menschen geschaffenen Dingen hatten. Aber in einigen der Dörfer, die am weitesten östlich lagen, gab es Spuren, die keinen Zweifel daran ließen, daß die Hunde des Kerenos auf ihren Jagdzügen hierher gekommen waren und reichliche Beute gefunden hatten. Zweifellos war das der Grund, warum aus allen Dörfern die Menschen geflohen waren und in den alten Festungen ihrer Vorfahren Schutz gesucht hatten, Festungen wie Caer Mahlod.

Corum konnte sehen, daß hier eine vielschichtige, hochentwickelte Kultur geblüht hatte, ein reiches Volk von Ackerbauern, das Zeit gefunden hatte, seine künstlerischen Fähigkeiten zu entwickeln. In den verlassenen Siedlungen fand er Bücher, Malereien, Musikinstrumente neben eleganter Goldschmiedearbeit und Töpferei. Diese Dinge waren es, die ihn so traurig stimmten. War sein Kampf gegen die Schwertherrscher schließlich doch vergeblich gewesen? Llwym-an-Esh, für das er gekämpft hatte wie für sein eigenes Volk, war untergegangen, und was dieser Kultur folgte, wurde nun auch zerstört.

Nach einer Weile mied er die verlassenen Dörfer und suchte Höhlen, in denen er die Nacht verbringen konnte, ohne ständig an die Tragödie der Mabden erinnert zu werden.

Eines Morgens, als er noch kaum eine Stunde geritten war, kam er zu einer breiten Senke im Hochmoor, in deren Mitte ein gefrorener Tümpel lag. Nordöstlich des kleinen Sees sah er etwas, das er zunächst für einen der alten Steinzirkel hielt, wie ihn die Mabden zu kultischen Zwecken errichteten. Aber dort mußten mehrere hundert mannshohe Steine stehen, während die Zirkel sonst aus nicht mehr als einem Dutzend Blöcken gebildet wurden Wie überall in diesem Moor lag tiefer Schnee, und Schnee bedeckte die Steine.

Corums Weg führte auf der anderen Seite an dem Teich vorbei. Er hatte nicht vor, die Monumente (denn dafür hielt er die Steine) aufzusuchen, bis er plötzlich meinte, eine Bewegung aus den Augenwinkeln wahrgenommen zu haben, etwas Schwarzes gegen das allgegenwärtige Weiß. Eine Krähe? Er beschattete die Augen und starrte zu den Steinen hinüber. Nein, etwas Größeres. Ein Wolf vielleicht? Falls es sich um einen Hirsch handelte, Corum brauchte dringend Fleisch. Er zog seinen Bogen aus dem Futteral und spannte ihn. Die Lanze schob er hinter sich, um freies Schußfeld zu haben. Dann trieb er sein Pferd mit den Fersen vorwärts.

Als er sich jetzt den Steinen näherte, erkannte er, daß sie für einen Steinzirkel völlig untypisch waren. Sie waren viel zu fein gestaltet, so daß sie einem Vergleich mit den besten Statuen der Vadhagh aushielten. Und es war unverkennbar, was sie darstellten – Männer und Frauen bereit zur Schlacht. Wer hatte diese Statuen geschaffen, und zu welchem Zweck hatte er das getan?

Wieder sah Corum die Bewegung eines dunklen Schattens. Dann war die Gestalt wieder hinter den Statuen verschwunden. Corum fühlte sich durch diese Standbilder an etwas erinnert. Hatte er ähnliches schon einmal gesehen?

Dann erinnerte er sich. Ihm fielen die Abenteuer im Reich der Schwertkönigin Xiombarg wieder ein. Dort hatte er die erstarrte Armee gesehen. Corum wehrte sich gegen die Wahrheit. Er wollte nicht wahrhaben, was er da vor sich sah.

Aber jetzt war er so nah an die erste der Statuen herangekommen, daß er der Erkenntnis nicht mehr ausweichen konnte.

Hier standen keine Statuen.

Hier standen die erstarrten Leichen eines Volkes, das sehr den hochgewachsenen, schönen Menschen der Tuha-na-Cremm Croich glich; erstarrt, als sie in den Kampf gegen den Feind zogen. Corum konnte noch ihren Gesichtsausdruck, ihre Haltung erkennen. Er sah den Ausdruck entschlossenen Mutes auf allen Gesichtern, den Gesichtern von Männern, Frauen, jungen Burschen und Mädchen. Bogen, Äxte, Schwerter, Schleudern und Messer hielten sie noch in den Händen. Sie waren hierher gekommen, um gegen die Fhoi Myore zu kämpfen, und die Fhoi Myore hatten ihren Mut mit diesem – diesem Ausdruck der Verachtung für die Tapferkeit und die Entschlossenheit dieser Menschen beantwortet. Nicht einmal die Hunde des Kerenos waren gegen diese unglückliche Armee ausgeschickt worden. Vielleicht waren nicht einmal die Fhoi Myore selbst erschienen, sondern hatten nur einen Frost geschickt – einen grauenvollen, plötzlichen Frost, der lebendes Fleisch auf der Stelle zu Eis erstarren ließ.

Corum wandte sich von diesem Anblick ab und vergaß völlig den Bogen in seiner Hand. Das Pferd war nervös und trug ihn nur zu gerne fort von diesem Ort um den Teich herum, aus dessen gefrorenem Wasser steifer, toter Schilf wie ein Wald von Stalagmiten aufragte, ein höhnisches Abbild des toten Heeres an seinem Ufer. Und Corum sah zwei, die gerade durch den See gewatet waren, und auch diese zwei waren zu Eis erstarrt. Ihre Arme schienen aus der flachen Eisdecke des Sees zu ragen, als seien sie an den Gelenken abgeschlagen, erhoben in einer Geste unaussprechlichen Grauens. Ein Mädchen und ein Junge waren es gewesen, beide nicht älter als sechzehn.

Das Land lag tot und schweigend. Das Knirschen der Hufe im Schnee klang in Corums Ohren wie eine dumpfe

Totenglocke. Er beugte sich über seinen Sattelknauf, um nichts mehr sehen zu müssen. Keine Träne stieg in sein Auge, zu überwältigt war er von dem grausamen Schrecken, den er hier gesehen hatte.

Dann hörte er einen Klageruf, den er im ersten Augenblick für seinen eigenen hielt. Er hob den Kopf und atmete die kalte Luft tief ein. Und wieder hörte er den Ruf. Er blickte sich um. Er zwang sich, zurück in Richtung des eisigen Grauens zu sehen, denn von dort schienen die Laute zu kommen.

Eine schwarze Gestalt war nun deutlich zwischen den weißen Leichen zu sehen. Ein schwarzer Mantel umwehte die Gestalt wie die gebrochenen Flügel eines Raben.

»Wer seid Ihr?« schrie Corum. »Wer seid Ihr, daß Ihr um diese hier weint?«

Die Gestalt kniete. Als Corum sie anrief, erhob sie sich, aber kein Gesicht, nicht einmal eine Hand waren in dem flatternden Mantel zu erkennen.

»Wer seid Ihr?« Corum wendete sein Pferd.

»Nehmt auch mich, Knecht der Fhoi Myore!« Die Stimme klang müde und sehr alt. »Ich kenne Euch, und ich kenne Eure Absicht.«

»Nach Euren Worten, scheint es mir, Ihr kennt mich nicht«, erwiderte Corum freundlich. »Nun, sagt mir, wer Ihr seid, alte Frau.«

»Ich bin Eiveen, Mutter einiger von diesen hier, Frau eines von diesen, und ich verdiene den Tod. Wenn Ihr ein Feind seid, erschlagt mich. Wenn Ihr ein Freund seid, dann erschlagt mich, Freund, und zeigt, daß Ihr Eiveen ein guter Freund sein wollt. Ich will dorthin gehen, wo alle, die ich verloren habe, hingegangen sind. Ich will nichts mehr von dieser Welt und ihren Grausamkeiten. Ich will nicht noch mehr Gesichte und Schrecken und Wahrheiten. Ich bin Eiveen, und ich habe alles prophezeit, was Ihr hier seht, und deshalb bin ich geflohen, als man nicht auf mich hören wollte. Und als ich zurückkehrte, mußte ich sehen, daß ich recht gehabt hatte. Und darum klage ich – aber ich klage nicht um diese hier. Ich klage um mich selbst und meinen Verrat an meinem Volk. Ich bin Eiveen, die Seherin, aber jetzt habe ich niemanden mehr, für den ich in die Zukunft blicken kann, niemanden, der mich respektiert, außer mir selbst. Die Fhoi Myore sind über sie gekommen, und die Fhoi Myore haben sie mit ihrer Kälte geschlagen. Dann zogen die Fhoi Myore in ihren Wolken davon und nahmen ihre Hunde mit, um sich unterhaltsameren Spielen zuzuwenden als meinem unseligen Clan, dem tapferen, der glaubte, daß die Fhoi Myore, wie grausam und böse sie auch sein mochten, ihn doch genug respektieren würden, um ihm in einem fairen Kampf gegenüberzutreten. Ich warnte sie, was über sie kommen würde. Ich flehte sie an, mit mir die Flucht zu ergreifen. Sie verstanden mich. Sie sagten mir, daß ich gehen könnte, aber daß sie zu bleiben wünschten, daß ein Volk seinen Stolz behalten müßte oder daß es auf andere Art untergehen würde, eine Art, bei dem der Geist eines jeden aus diesem Volk stirbt, lange bevor auch der Körper tot ist. Ich habe sie nicht verstanden. Jetzt verstehe ich sie. Und jetzt erschlagt mich, Herr!«

Nun hoben sich die dünnen Arme ohnmächtig. Das schwarze Gewand fiel von ihrem Fleisch zurück, das blau war vor Kälte und Alter. Die Kopfbedeckung rutschte nach hinten, und ein faltiges Gesicht umrahmt von dünnem, grauem Haar wurde enthüllt. Und Corum sah die Augen in diesem Gesicht, und er fragte sich, ob er auf all seinen Reisen jemals ein Gesicht gesehen hatte, das so von Schmerz gezeichnet war wie das von Eiveen, der Seherin.

»Erschlagt mich, Herr!«

»Ich kann nicht«, erwiderte Corum. »Wenn ich mehr Mut besäße, würde ich Euch Euren Wunsch erfüllen, aber zu solchen Dingen fehlt mir der Mut, Lady.« Er wies mit dem Bogen, den er noch immer in der Hand hielt, nach Westen. »Schlagt diesen Weg ein und versucht, Caer Mahlod zu erreichen, wo Euer Volk den Fhoi Myore noch Widerstand leistet. Erzählt dort davon, was hier geschehen ist. Warnt sie. So werdet Ihr auch vor Euch selbst wieder Gnade finden. In meinen Augen habt Ihr längst genug gebüßt.«

»Caer Mahlod? Ihr kommt von dort? Von Cremms Hügel und der Küste?«

»Ich bin ausgezogen, einen Speer zu suchen.«

»Den Speer Bryionak?« Ihre Stimme hatte nun einen fast erwartungsvollen Unterton. Sie klang höher. Und ihre Augen blickten jetzt in eine unbestimmte Ferne hinter Corum, während sie leicht schwankend vor ihm stand. »Bryionak und der Bulle von Crinanass. Silberne Hand. Cremm Croich wird kommen. Cremm Croich wird kommen, Cremm Croich kommt.« Wieder wandelte sich der Tonfall und wurde zu einem weichen Singsang. Die Falten ihres alten Gesichts schienen sich zu glätten, und eine eigenartige Schönheit legte sich über seine Züge. »Cremm Croich wird kommen, und er wird gerufen – gerufen – gerufen ... Und sein Name wird nicht sein Name sein.«

Corum wollte sie schon unterbrechen, aber jetzt lauschte er gebannt, während die alte Seherin ihren beschwörenden Singsang fortsetzte. »Corum Llaw Ereint. Silberne Hand und scharlachroter Mantel. Corum ist dein Name, und erschlagen wird dich ein Bruder ...«

Corum hatte schon begonnen, an die Macht der alten Frau zu glauben, aber jetzt mußte er lächeln. »Erschlagen mag ich wohl werden, alte Frau, aber nicht von einem Bruder. Ich habe keinen Bruder.«

»Du hast viele Brüder, Prinz. Ich sehe sie alle. Stolze Helden sind sie. Große Kämpfer.«

Corum fühlte sein Herz schneller schlagen, sein Magen zog sich zusammen.

Schnell rief der Prinz: »Keine Brüder, alte Frau. Niemanden habe ich zum Bruder.«

Warum fürchtete er so, was sie sagte? Was wußte sie, das er nicht wissen wollte?

»Du fürchtest dich«, erklärte sie. »So ist es also wahr, was ich spreche. Du hast nur drei Dinge zu fürchten. Das erste ist der Bruder, von dem ich schon sprach. Das zweite ist eine Harfe. Und das dritte ist Schönheit. Fürchte diese drei Dinge, Corum Llaw Ereint, doch nichts sonst auf dieser Welt.«

»Schönheit? Die anderen beiden sind wenigstens noch etwas Greifbares – aber warum Schönheit fürchten?«

»Und das dritte ist Schönheit«, wiederholte sie. »Fürchte diese drei Dinge.«

»Ich will mir diesen Unsinn nicht länger anhören. Ihr habt mein ganzes Mitgefühl, alte Frau. Ihr seid schwer geprüft, und darunter mag Euer Verstand gelitten haben. Geht nach Caer Mahlod, wie ich Euch riet, und dort wird man sich Euer annehmen. Dort könnt Ihr Buße tun, um Eurer Schuld willen, aber ich sage Euch noch einmal, daß Ihr Euch nicht schuldig fühlen solltet. Nun muß ich meine Suche nach dem Speer Bryionak fortsetzen.«

»Bryionak, Hoher Held, wird Euch gehören. Aber zuvor werdet Ihr einen Handel abschließen.«

»Einen Handel? Mit wem?«

»Ich weiß es nicht. Ich werde Eurem Rat folgen. Wenn ich lebend dorthin gelange, werde ich dem Volk von Caer Mahlod berichten, was ich hier ansehen mußte. Aber Ihr müßt auch meinem Rat folgen, Corum Jhaelen Irsei. Verschmäht meine Weisung nicht. Ich bin Eiveen, die Seherin, und was ich sehe, ist immer wahr. Es sind nur die

Konsequenzen meines eigenen Tuns, die ich nie vorhersehen kann. Das ist mein Schicksal.«

»Und mein Schicksal ist es, wie mir scheint«, rief Corum, während er davonritt, »vor der Wahrheit immer zu fliehen. Und außerdem«, setzte er noch hinzu, »glaube ich, daß mir die kleinen Wahrheiten immer noch lieber sind als die großen. Lebt wohl, alte Frau.«

Umgeben von ihren erfrorenen Söhnen, ihr alter, dünner Leib von ihrem zerschlissenen Mantel umweht, ihre Stimme hoch und schwach, rief sie noch einmal nach ihm:

»Fürchte nur diese drei Dinge, Corum von der Silbernen Hand: den Bruder, die Harfe und Schönheit.«

Corum wünschte sich, sie hätte die Harfe nicht erwähnt. Die anderen beiden Dinge konnte er leicht als Geschwätz einer verrückten, alten Frau abtun. Aber die Harfe hatte er schon gehört. Und er fürchtete die Harfe.

5 Der Zauberer Calatin

Der Wald hatte seine ganze frühere Pracht und seine Wildheit verloren. Die Bäume beugten sich unter der Last des Schnees, waren unter dem Frost geborsten. Die Büsche waren ohne Blätter und Beeren, alle Tiere, die hier früher lebten, geflohen oder tot.

Corum hatte diesen Wald in alter Zeit gut gekannt. Es war der Wald von Laahr, wo er vor vielen Jahrhunderten erwacht war, nachdem Glandyth-a-Krae ihn verstümmelt hatte. Unbewußt blickte er auf seine silberne Hand und berührte seine Augenklappe. Er erinnerte sich an den Braunen Mann und an den Riesen von Laahr. Eigentlich war es der Riese von Laahr gewesen, durch den alles angefangen hatte. Hätte der Riese von Laahr damals nicht Corums Leben gerettet und ihn dann ... Er verbannte die Erinnerung aus seinen Gedanken. Am Ende des Waldes von Laahr ragte eine Landzunge als westlichster Zipfel dieses Landes ins Meer. Und dort erhob sich der Moidelsberg.

Kopfschüttelnd blickte Corum auf den verwüsteten Wald vor sich. Jetzt würden hier keine Pony-Stämme mehr leben. Keine Mabden konnten ihn in diesen Tagen hier verfolgen.

Wieder mußte er an den bösen Glandyth denken. Warum kam das Böse immer von den östlichen Küsten? Hatte dieses Land einen besonderen Fluch auf sich liegen, der ihm in jedem Zyklus seiner Geschichte eine neue Heimsuchung schickte?

Mit solchen Spekulationen beschäftigt, ritt Corum in das verschneite Dickicht des Waldes.

Schwarz und kahl ragte das Geäst von Eichen, Ulmen, Erlen und Weißdornbüschen überall um Corum auf. Von den Bäumen des Waldes schienen einzig die Eiben ihre Schneelast ohne Mühe zu tragen. Corum erinnerte sich daran, was er über die Fhoi Myore als Herren der Schwarzen Wälder gehört hatte. Sollte es wirklich wahr sein, daß sie die Laubwälder vernichteten und nur Nadelhölzer übrig ließen? Welchen Grund mochten sie haben, harmlose Bäume zu zerstören? Wie konnten Bäume eine Bedrohung für sie sein?

Nachdenklich kämpfte sich Corum tiefer und tiefer in das Dickicht. Zu Pferd war hier nur schwer voranzukommen. Schneewehen, unter der weißen Last zusammengebrochene Bäume und undurchdringliches Astgewirr zwangen Corum immer wieder zu großen Umwegen, bis er in Gefahr geriet, völlig die Orientierung zu verlieren.

Aber Corum zwang sich, seinen Weg fortzusetzen, in der Hoffnung, daß sich hinter dem Wald an der Küste auch das Wetter bessern würde.

Zwei Tage lang bahnte sich Corum mühsam einen Pfad, dann mußte er sich eingestehen, daß er völlig die Orientierung verloren hatte.

Tatsächlich ließ die Kälte in diesen Tagen etwas nach, aber daraus konnte er kaum mit Sicherheit schließen, daß er auf dem richtigen Weg nach Westen war. Vielleicht gewöhnte er sich einfach nur mehr und mehr an den Frost.

Aber auch wenn die Kälte nicht mehr so schneidend war, wurde die Reise hier im Wald bald zur Qual. Nachts mußte er sich ein Lager im Schnee suchen. Längst hatte er seine frühere Vorsicht beim Feuermachen aufgegeben, denn ein großes Feuer war die einzige Möglichkeit, den Schnee zu schmelzen und so zu einem einigermaßen warmen und trockenen Nachtlager zu kommen. Er konnte nur hoffen, daß die schneebedeckten Äste über ihm den Rauch so verteilten, daß er vom Rand des Waldes aus nicht mehr zu entdecken war.

Eines Abends schlug er sein Lager in einer kleinen Lichtung auf. Er sammelte Holz, zündete ein Feuer an und tränkte sein Pferd mit geschmolzenem Schnee. Gerade begann er die Wärme der Flammen in seinen erfrorenen Knochen zu spüren, als er glaubte, ein vertrautes Heulen aus den Tiefen des Waldes zu hören. Der Laut kam aus der Richtung, die er für Norden hielt. Sofort war er wieder auf den Beinen, löschte das Feuer mit einigen Händen voll Schnee und lauschte angespannt, ob sich das Heulen wiederholen würde.

Es wiederholte sich.

Jetzt gab es keinen Zweifel mehr. Mindestens ein Dutzend Hundekehlen heulten gleichzeitig, und die einzigen Kehlen, die solche Laute hervorbrachten, gehörten den Hunden des Kerenos, der Jagdmeute der Fhoi Myore.

Corum griff nach seinem Bogen und einem Köcher mit Pfeilen, die er beim Absatteln zu seinem Gepäck gelegt hatte. Der nächststehende Baum war eine alte Eiche. Sie war noch nicht völlig abgestorben. Corum nahm daher an, daß ihre Äste ihn tragen würden. Er band seine Wurfspeere schnell mit einem Riemen zusammen, nahm den Riemen zwischen die Zähne, schüttelte, so gut er konnte, den Schnee von den untersten Ästen und kletterte in den Baum.

Immer wieder abrutschend, so daß er zweimal fast abgestürzt wäre, arbeitete er sich den Stamm hinauf, bis er nicht mehr höher kam. Vorsichtig schüttelte er dann den Schnee aus einigen Zweigen, um freien Blick auf die Lichtung zu haben, ohne selbst gesehen zu werden.

Er hatte gehofft, daß sein Pferd die Flucht ergreifen würde, sobald es die Hunde witterte. Aber das Tier war zu gut dressiert. Es wartete vertrauensvoll auf ihn und rupfte an freigescharrten Grasresten. Corum hängte den Köcher an einen Ast, wo er ihn leicht erreichen konnte, und wählte einen Pfeil aus. Er konnte jetzt die Hunde durch den Wald brechen hören. Das Pferd schnaubte, legte die Ohren an und rollte mit den Augen. Es hob den Kopf und suchte seinen Herren.

Am gegenüberliegenden Rand der Lichtung begannen sich jetzt Nebelschwaden zu sammeln. Corum glaubte, darin einen weißen, schleichenden Schatten zu erkennen. Er spannte seinen Bogen, während er flach auf einem breiten Ast lag und sich mit den Füßen festklammerte.

Der erste Hund lief auf die Lichtung. Die rote Zunge hechelte, die roten Ohren spielten zitternd, und in den gelben Augen stand Blutdurst. Corum blickte am Schaft des Pfeiles entlang und zielte auf das Herz der Bestie.

Er schoß. Sirrend fuhr die Sehne über seinen langen Handschuh. Der Bogen streckte sich mit einem hellen Summen. Der Pfeil fand sein Ziel. Corum sah, wie der Hund stolperte und sich nach dem Pfeil umdrehte, der aus seiner Seite ragte. Offensichtlich hatte das Tier nicht bemerkt, woher das tödliche Geschoß gekommen war. Seine Beine knickten ein. Corum langte nach dem nächsten Pfeil.

Und dann brach der Ast.

Für eine Sekunde schien Corum in der Luft zu hängen, ohne daß er begriff, was passiert war. Ein dumpfes Krachen, ein splitterndes Geräusch, und Corum stürzte. Vergeblich versuchte er, sich an anderen Ästen festzuhalten. In einer Schneefahne rutschte er in die Tiefe. Sein Sturz war nicht zu überhören. Der Bogen wurde ihm dabei aus der Hand gerissen, Pfeile und Lanzen hingen noch im Baum. Der Vadhagh landete schmerzhaft auf der linken Schulter. Nur der tiefe Schnee verhinderte, daß er sich die Knochen brach. Seine anderen Waffen lagen beim Sattelzeug in einiger Entfernung. Inzwischen schlichen weitere Hunde heran, die ihre Überraschung über den plötzlichen Tod ihres Bruders und das Brechen des Astes schnell überwunden hatten.

Corum kämpfte sich hoch und spurtete in Richtung des Sattels, gegen den sein Schwert lehnte.

Das Pferd wieherte und trabte auf ihn zu. Dabei blockierte es ihm den Weg zu den Waffen. Corum schrie das Tier an, ihn vorbeizulassen. Ein langgezogenes Triumphgeheul klang hinter dem Vadhagh auf. Zwei schwere Pranken schlugen gegen seinen Rücken und brachten ihn zu Fall. Heißer, stinkender Geifer tropfte ihm in den Nacken. Er versuchte, wieder hochzukommen, aber der riesige Hund preßte ihn zu Boden und heulte seinen Sieg in die Nacht. Corum hatte schon beobachten können, daß sich die Hunde oft so verhielten, bevor sie ihre Opfer töteten. Dem Geheul würde der tödliche Biß folgen. Die langen Fänge würden sich dem Vadhagh in den Nacken schlagen.

Aber dann hörte er den Hufschlag seines Pferdes, sah aus den Augenwinkeln Hufe fliegen, und das Gewicht des Hundes verschwand von seinem Rücken. Corum rollte sich zur Seite und sah sein großes Mabden-Schlachtroß auf den Hinterbeinen stehen. Die eisenbeschlagenen Hufe schlugen nach dem knurrenden Hund aus, dessen Schädel bereits halb zerschmettert war. Aber noch immer schnappte die Bestie wild nach dem Pferd. Ein weiterer Tritt traf den Hund am Kopf, und er brach aufheulend zusammen.

Corum hinkte bereits weiter über die Lichtung, seine silberne Hand griff nach der Scheide, die Hand aus Fleisch und Blut nach dem Schwertgriff. Während der Vadhagh sich den Hunden zuwandte, hatte er schon die Klinge herausgerissen.

Nebelstreifen zogen jetzt über die Lichtung wie suchende, geisterhafte Finger. Das tapfere Pferd wurde bereits von zwei weiteren Hunden angegriffen, die es jedoch auf Distanz halten konnte, obwohl es schon aus einigen kleineren Wunden blutete.

Doch jetzt sah Corum unter den Bäumen eine menschliche Gestalt auftauchen. Sie war ganz in Leder gekleidet mit einer ledernen Kapuze und schweren ledernen Schulterklappen und trug ein Schwert in der Hand.

Im ersten Augenblick dachte Corum schon, daß ihm diese Gestalt zu Hilfe kam, denn ihr Gesicht war so weiß wie das Fell der Hunde, und ihre Augen glühten rot. Sie erinnerte an jenen seltsamen Albino, den Corum im Turm von Voilodion Ghagnasdiak getroffen hatte. War das Elric?

Aber nein – die Körperform dieses Mannes war gedrungen und ungeschlacht, anders als die schlanke Gestalt Elrics von Melnibone. Der Fremde watete durch den in seinem Weg knietiefen Schnee und hob das Schwert zum Schlag.

Corum erwartete ihn.

Der Angreifer trug einen unbeholfenen Hieb vor, den

Corum leicht parierte und mit einem wuchtigen Streich beantwortete. Corums Klinge war mit aller Kraft geführt und drang dem Fremden durch das Leder über der Brust ins Herz. Ein unwilliges Grunzen kam über die Lippen des weißgesichtigen Kriegers. Er mußte drei Schritte zurückweichen, bis das Schwert aus seinem Körper freikam. Dann faßte er sein eigenes Schwert mit beiden Händen und schwang es wieder gegen Corum.

Der Vadhagh konnte gerade noch ausweichen. Entsetzen hatte ihn gepackt. Sein erster Hieb war genau und tödlich gewesen, aber der Mann lebte weiter. Corum hackte tief in den ent
blößten Unterarm des Gegners, aber kein Blut trat aus der klaffenden Wunde. Der Mann schien sie kaum wahrzunehmen und hieb weiter auf Corum ein.

Irgendwo hinter ihnen in der Dunkelheit trotteten weitere Hunde auf die Lichtung. Viele setzten sich einfach auf die Hinterläufe und sahen dem Kampf der beiden Männer zu. Andere fielen das Pferd an, dessen heißer Atem in der kalten Nachtluft dampfte. Noch hielt es sich, aber bald würden die Bestien es niederreißen.

Verwundet starrte Corum auf das weiße Gesicht seines Feindes und fragte sich, welcher seltsamen Kreatur er hier gegenüberstand. Kerenos selbst war das sicher nicht. Kerenos wurde als Riese beschrieben. Nein, das mußte einer der Diener der Fhoi Myore sein, von denen Corum gehört hatte. Ein Hundeführer aus Kerenos Jagdgesellschaft vielleicht. Der Fremde trug ein schmales Jagdmesser am Gürtel, und die Klinge, die er führte, war einem der schweren, zweischneidigen Dolche nicht unähnlich, mit der man die Jagdbeute zerlegte.

Die Augen des Mannes schienen nicht auf Corum gerichtet zu sein, sondern ein fernes, unsichtbares Ziel anzuvisieren. Möglicherweise lag darin auch der Grund, warum seine Hiebe so unbeholfen ausfielen. Trotzdem würde Corum irgendwann unter einem dieser schwerfälligen Hiebe fallen, denn der Vadhagh hatte sich noch nicht von seinem Sturz erholt, während sein Gegner unermüdlich und unverwundbar schien.

Unaufhaltsam trieb der Unheimliche Corum zurück auf die Hunde zu, die hinter ihm am Rande der Lichtung warteten. Und die Hunde hechelten – hechelten voller Erwartung, die Zungen zwischen den Fängen spielend, wie gewöhnliche Haushunde hecheln, wenn sie ihr Futter erwarten.

Corum konnte sich im Moment kein schlimmeres Ende vorstellen, als diesen Hunden zum Fraß vorgeworfen zu werden – den Hunden des Kerenos. Er versuchte sich dem Gegner entgegenzustellen, ihn selbst zurückzutreiben, aus der Defensive in den Angriff zu gehen, aber dann stolperte er mit der linken Ferse über eine unter dem Schnee verborgene Baumwurzel. Er verstauchte sich den Knöchel und stürzte. Während er fiel, hörte er ein Horn aus dem Wald erschallen – ein Horn, das nur dem gehören konnte, den man für den größten der Fhoi Myore hielt: Kerenos. Die Hunde hatten sich erhoben und sprangen jetzt auf Corum zu. Vergeblich versuchte er wieder auf die Beine zu kommen. Er hob sein Schwert zur Abwehr gegen den Schlag des weißgesichtigen Kriegers, der zum Todesstreich gegen den Vadhagh ausholte.

Wieder ertönte das Horn.

Der Krieger hielt inne, das Schwert erhoben, einen Ausdruck stumpfsinniger Überraschung auf dem breiten Gesicht. Auch die Hunde zögerten, die roten Ohren gespitzt, unschlüssig, was man von ihnen erwartete.

Und das Horn erschallte zum dritten Mal.

Zögernd schlichen die Hunde zurück in den Wald. Der Krieger wandte sich von Corum ab und taumelte. Das Schwert entglitt seinen Händen. Er bedeckte die Ohren und folgte leise wimmernd den Hunden. Dann blieb er plötzlich stehen. Seine Arme fielen kraftlos herab, Blut sprudelte aus den Wunden, die Corum ihm geschlagen hatte.

Der Krieger stürzte in den Schnee und rührte sich nicht mehr.

Erschöpft und unsicher erhob sich Corum. Sein Pferd trabte zu ihm und rieb die Nüstern an Corums Mantel. Er fühlte sich schuldig, weil er das tapfere Tier seinem Schicksal überlassen hatte, als er auf den Baum geklettert war. Er streichelte ihm den Kopf. Obwohl es aus mehreren Bissen blutete, war das Tier nicht ernsthaft verletzt. Von den Dämonenhunden lagen drei tot in der Lichtung, die Schädel von Huftritten zerschmettert.

Stille legte sich über den Wald. Corum nutzte, was er nur für eine kurze Kampfpause hielt, um seinen Bogen zu suchen. Er fand ihn unter der Eiche neben dem abgebrochenen Ast. Aber die Pfeile und die Wurfspeere hingen noch über ihm im Baum. Er stellte sich auf die Zehenspitzen und versuchte mit dem Bogen nach ihnen zu langen, aber sie hingen zu hoch.

Ein Geräusch hinter ihm ließ ihn zum Schwert greifen und sich umdrehen.

Eine hohe Gestalt hatte die Lichtung betreten. Sie trug einen langen Umhang aus weichem Leder, in einem tiefen, leuchtenden Blau gefärbt. An ihren schlanken Fingern steckten Juwelen, ein goldener, juwelenbesetzter Kragen lag um ihren Nacken. Unter dem Umhang war eine samtene Robe zu erkennen, mit geheimnisvollen Symbolen bestickt.

Das Gesicht war schön und alt, umrahmt von langem, grauen Haar und einem grauen Bart, der knapp über den Kragen reichte. In einer Hand hielt der Neuankömmling ein Horn – ein langes Horn, umwickelt mit goldenen und silbernen Bändern, die jedes ein Tier des Waldes darstellten.

Corum ließ den Bogen wieder fallen und faßte sein Schwert mit beiden Händen.

»Ich trete Euch gegenüber, Kerenos«, rief der Prinz im scharlachroten Mantel, »und ich trotze Euch!«

Der große Mann lächelte. »Wenige haben sich je Kerenos entgegengestellt von Angesicht zu Angesicht.« Seine Stimme klang mild, warm und weise. »Selbst ich habe ihm nie gegenübergestanden.«

»Ihr seid nicht Kerenos? Und doch tragt Ihr sein Horn. Ihr müßt die Hunde fortgerufen haben. Dient Ihr Kerenos?«

»Ich diene nur mir selbst – und denen, die meinen Rat suchen. Ich bin Calatin. Ich war einst berühmt, als es hier noch Menschen gab, die von mir erzählen konnten. Ich bin ein Zauberer. Einst hatte ich siebenundzwanzig Söhne und einen Enkel. Jetzt gibt es nur noch mich, Calatin.«

»In diesen Tagen gibt es viele, die um ihre Söhne trauern – und um ihre Töchter«, erwiderte Corum, der sich an die alte Frau erinnerte, die er vor wenigen Tagen getroffen hatte.

»Viele«, stimmte der Zauberer zu. »Aber meine Söhne und mein Enkel fielen nicht im Kampf gegen die Fhoi Myore. Sie starben für mich, auf der Suche nach etwas, das ich für meine eigene Fehde mit den Fhoi Myore brauche. Aber wer seid Ihr, Krieger, der Ihr die Hunde des Kerenos so heldenhaft bekämpft und der Ihr eine silberne Hand habt wie ein gewisser legendärer Halbgott?«

»Ich bin erfreut, in Euch jemanden zu treffen, der mich offenbar nicht sofort erkennt«, antwortete Corum. »Man nennt mich Corum Jhaelen Irsei. Die Vadhagh sind mein Volk.«

»Sidhi seid Ihr?« Die Augen des alten Mannes blickten mißtrauisch. »Was sucht Ihr hier auf dem Festland?«

»Ich bin auf einer Reise. Ich suche etwas für ein Volk,

das jetzt auf Caer Mahlod lebt. Sie sind meine Freunde.«

»So schließen Sidhi in diesen Tagen mit Sterblichen Freundschaft. Vielleicht hat das Kommen der Fhoi Myore einiges verändert.«

»Von Veränderungen bei den Sidhi weiß ich nichts«, entgegnete Corum. »Ich danke Euch, Zauberer, daß Ihr die Hunde zurückgerufen habt.«

Calatin zuckte die Schultern und verstaute das Horn in den Falten seines weiten Umhanges. »Wenn Kerenos selbst mit dieser Meute unterwegs gewesen wäre, hätte ich Euch nicht mehr helfen können. Aber er hat nur einen von jenen dort entsandt.« Er deutete auf das tote Wesen, gegen das Corum gefochten hatte.

»Und was sind jene Kreaturen?« fragte Corum. Er überquerte die Lichtung, um sich die Leiche aus der Nähe anzusehen. Die Wunden in dem toten Körper hatten inzwischen aufgehört zu bluten, aber sie waren alle von Blut bedeckt. »Warum konnte ich ihn nicht mit meinem Schwert erschlagen, wenn Ihr ihn mit dem Ruf Eures Hornes töten konntet?«

»Der dritte Hornruf tötet den Ghoolegh immer«, erklärte Calatin mit einem Schulterzucken. »Wenn man hier überhaupt noch von ›töten‹ sprechen kann, denn die Ghoolegh sind ein Volk von Untoten. Zweifellos machte es Euch das so schwer, einen von ihnen zu erschlagen. In der Regel sind sie gehalten, dem ersten Hornruf zu gehorchen. Ein zweiter Ruf warnt sie, und der dritte tötet sie, weil sie dem ersten nicht gehorcht haben. Das Horn macht sie zu treuen Sklaven. Der Klang meines Horns, das sich nur sehr wenig von Kerenos eigenem Horn unterscheidet, verwirrte beide, die Hunde und den Ghoolegh. Aber etwas weiß jeder Ghoolegh – der dritte Hornruf tötet. Und so starb er.«

»Wer sind diese Ghoolegh?«

»Die Fhoi Myore haben sie von jenseits der östlichen

Meere mitgebracht. Sie sind eine Rasse, eigens gezüchtet, um den Fhoi Myore zu dienen. Viel mehr weiß ich über sie nicht.«

»Wißt Ihr, woher die Fhoi Myore ursprünglich gekommen sind?« erkundigte sich Corum. Er machte sich daran, das verstreute Holz wieder einzusammeln, um das erloschene Feuer neu zu entfachen. Dabei bemerkte er, daß der Nebel jetzt vollständig verschwunden war.

»Nein. Natürlich habe ich entsprechende Überlegungen angestellt.«

Während des ganzen bisherigen Gesprächs hatte sich Calatin nicht von der Stelle gerührt und Corum aus zusammengekniffenen Augen beobachtet. »Ich hatte bisher angenommen«, fuhr er fort, »daß ein Sidhi davon mehr weiß als ein gewöhnlicher sterblicher Zauberer.«

»Ich weiß nicht, was diese Sidhi für ein Volk sind«, erklärte Corum. »Ich bin ein Vadhagh – und nicht aus Eurer Zeit. Ich komme aus einem früheren Zeitalter, einem Zeitalter, das in Eurem Universum vielleicht nie existiert hat. Mehr kann ich Euch nicht sagen.«

»Warum habt Ihr Euch aufgemacht, hierher zu kommen?« Calatin schien Corums Erklärung ohne große Überraschung zu akzeptieren.

»Ich habe mich nicht aufgemacht, ich wurde hierher beschworen.«

»Eine Beschwörung?« Nun war Calatin doch überrascht. »Ihr kennt ein Volk, das die Macht besitzt, die Sidhi zu seiner Hilfe zu rufen? In Caer Mahlod? Das ist nur schwer zu glauben.«

»Die Beschwörung allein hätte nicht ausgereicht«, erklärte ihm Corum. »Ich entschied letztlich doch aus freiem Willen, denn die Anrufungen waren zu schwach, mich gegen meinen Wunsch hierher zu bringen.«

»Aha.« Calatin wirkte beruhigt. Corum fragte sich, ob es den Zauberer unangenehm berührt hatte, von Sterblichen zu hören, die über eine mächtigere Magie verfügten als er selbst. Er studierte das Gesicht Calatins genau. In den Augen des Mannes lag etwas, das Corum mißtrauisch bleiben ließ, obwohl der Zauberer ihm ganz offensichtlich das Leben gerettet hatte.

Das Feuer flackerte jetzt wieder hell, und Calatin schob sich dicht an die Flammen; um sich die Hände darüber zu wärmen.

»Was ist, wenn die Hunde wieder angreifen?« wollte Corum wissen.

»Kerenos ist nirgendwo hier in der Nähe. Es wird einige Tage dauern, bis er erfährt, was hier geschehen ist. Und bis dahin sind wir längst von hier verschwunden, hoffe ich.«

»Wollt Ihr mich begleiten?« erkundigte sich der Vadhagh.

»Ich hatte gerade vor, Euch meine Gastfreundschaft anzubieten«, erwiderte Calatin mit einem Lächeln. »Mein Haus liegt nicht weit von hier.«

»Was treibt Euch, des Nachts durch diesen Wald zu streifen?«

Calatin zog sich seinen Mantel enger um die Schultern und ließ sich auf einem schneefreien Fleck neben dem Feuer nieder. Der rote Flammenschein tanzte über sein Gesicht und seinen Bart und gab ihm ein fast dämonisches Aussehen. Bei Corums Frage zog er die Augenbrauen zusammen.

»Ich habe Euch gesucht«, antwortete er schließlich.

»Dann wußtet Ihr von mir?«

»Nein, jedenfalls nicht von Euch persönlich. Vor einem Tag etwa sah ich Rauch über dem Wald und machte mich auf, zu erkunden, welcher Sterbliche wagt, den Schrecken von Laahr zu trotzen. Glücklicherweise fand ich Euch, bevor Ihr den Hunden zum Fraß wurdet. Ohne mein Horn könnte selbst ich in dieser Gegend nicht lange überleben. Natürlich habe ich dazu noch den einen oder anderen kleinen Zauber, der mir die Hunde vom Hals zu halten hilft.« Calatins Lippen verzogen sich zu einem dünnen Lächeln. »Die Zeit der Zauberer ist jetzt wieder für diese Welt gekommen. Nur wenige Jahre ist es her, daß man mich wegen meiner Studien als Exzentriker beschimpfte. Einige hielten mich für verrückt, andere für böse. Calatin, sagten sie, flieht vor der realen Welt in die Beschäftigung mit dem Okkulten. Wie soll so etwas unserem Volk von Nutzen sein?« Er lachte laut. Sein Lachen hatte einen Klang, der Corum nicht gefiel. »Nun, ich habe doch noch Verwendung für den alten Unsinn, wie sie es nannten, gefunden. Und so ist Calatin der einzige, der auf dieser ganzen Halbinsel mit dem Leben davongekommen ist.«

»Ihr habt Euer Wissen, wie es scheint, nur zu Eurem eigenen Nutzen angewandt«, meinte Corum. Er zog einen Schlauch mit Wein aus seinem Gepäck und bot ihn Calatin an, der ohne Mißtrauen davon trank und der auch an Corums letzter Bemerkung keinen Anstoß zu nehmen schien. Nach einem tiefen Schluck reichte Calatin Corum den Schlauch zurück.

»Ich bin Calatin«, wiederholte der Zauberer. »Ich hatte eine Familie. Ich hatte mehrere Frauen. Ich hatte siebenundzwanzig Söhne und einen Enkel. Sie waren alles, um das ich mich zu sorgen hatte. Und nun sind sie tot, und ich sorge mich nur noch um Calatin. Oh, seid nicht zu hart in Eurem Urteil über mich, Sidhi, denn die Menschen meines Volkes haben mich viele Jahre lang verhöhnt und gemieden. Ich sagte das Kommen der Fhoi Myore vorher, aber niemand hörte auf mich. Ich bot meine Hilfe an, aber sie lachten mich aus und wiesen mich ab. Ich habe keinen Grund, die Sterblichen zu lieben. Und die Fhoi Myore zu hassen, habe ich noch weniger Grund.«

»Was wurde aus Euren siebenundzwanzig Söhnen und Eurem Enkelsohn?«

»Sie starben gemeinsam oder allein an den verschiedensten Orten dieser Welt.«

»Warum starben sie, wenn sie nicht gegen die Fhoi Myore gekämpft haben?«

»Die Fhoi Myore töteten einige von ihnen. Sie alle sind ausgezogen, um bestimmte Dinge für mich zu suchen, die ich für die Vertiefung meines mystischen Wissens brauchte. Ein oder zwei waren erfolgreich und brachten mir das Gesuchte, um dann an ihren Wunden zu sterben. Aber es gibt noch verschiedene Dinge, die ich brauche und die ich, wie es jetzt aussieht, wohl nie bekommen werde.«

Corum sagte zu dieser Erklärung nichts. Er fühlte, wie ihm die Sinne schwanden. Das Feuer hatte sein Blut gewärmt, und jetzt fühlte er die Schmerzen der kleinen Wunden, die ihm der vorausgegangene Kampf überall am Körper eingetragen hatte. Zu den Schmerzen gesellte sich eine überwältigende Müdigkeit. Die Augen drohten, ihm zuzufallen.

»Ihr seht«, fuhr Calatin fort, »daß ich offen mit Euch bin, Sidhi. Sagt mir nun, was Euer Ziel ist.«

Corum gähnte. »Ich suche einen Speer.«

In dem flackernden Feuerschein schien es Corum, als verengten sich Calatins Augen.

»Einen Speer?«

»Aye.« Corum gähnte wieder und streckte sich neben dem Feuer aus.

»Und wo sucht Ihr diesen Speer?«

»An einem Ort, von dem manche annehmen, daß es ihn gar nicht gibt. Einem Ort, den die Rasse, die ich Mabden nenne – Eure Rasse –, nicht aufsuchen kann, oder nur, wenn sie den Tod in Kauf nimmt, oder ...« Corum zuckte die Achseln. »In eurer Welt ist es schwer, den einen Aberglauben vom anderen zu unterscheiden.«

»Ist dieser Ort, zu dem Ihr unterwegs seid – dieser Ort, den es vielleicht gar nicht gibt – eine Insel?«

»Eine Insel, aye.«

»Mit Namen Hy-Breasail?«

»Das ist der Name.« Corum zwang sich, den Schlaf noch einmal abzuschütteln, denn die letzten Worte alarmierten ihn. »Ihr kennt diese Insel?«

»Ich habe gehört, daß sie draußen im Meer gen Westen liegt und daß die Fhoi Myore dort nicht hingelangen können.«

»So erzählte man mir. Wißt Ihr den Grund, warum die Fhoi Myore diese Insel meiden?«

»Manche sagen, daß die Luft von Hy-Breasail, die den Sterblichen nicht schadet, für die Fhoi Myore tödlich ist. Aber für Sterbliche drohen dort andere Gefahren – der Zauber dieser Insel ist es, der gewöhnlichen Menschen den Tod bringt.«

»Der Zauber ...?« Corum konnte sich gegen seine Müdigkeit nicht länger wehren.

»Aye«, bestätigte der Zauberer nachdenklich. »Der Zauber einer furchtbaren Schönheit, sagt man.«

Dies waren die letzten Worte, die Corum hörte, bevor er in einen tiefen und traumlosen Schlaf fiel.

6 Über das Wasser nach Hy-Breasail

Am Morgen führte der Zauberer Corum aus dem Wald, und sie gelangten ans Meer. Eine warme Sonne schien über weißen Stränden und blauem Wasser, während hinter ihnen der Wald unter seiner Schneelast ächzte.

Corum lief neben seinem Pferd. Er wollte das treue Tier nicht eher reiten, bis die Verletzungen aus dem Kampf der vergangenen Nacht ausgeheilt waren. Zwar hatte er ihm Sattel und Gepäck aufgeladen, aber darauf geachtet, daß die Last nicht an den Wunden des Tieres scheuern konnte. Corum selbst fühlte sich zerschlagen und müde, aber er vergaß sein Unwohlsein, sobald er den Strand erkannte.

»Also war ich nicht mehr als ein oder zwei Meilen von der Küste entfernt, als diese Bestien über mich herfielen«, meinte Corum. Er lächelte über diese Ironie. »Und da ist auch schon der Moidelsberg.« Er deutete auf den Felsen, der sich vor ihnen aus dem Wasser erhob. Das Meer schien höher zu stehen, als Corum es in Erinnerung hatte. Aber dieser Inselberg war unbezweifelbar derselbe, auf dem einst Rhalinas Burg gestanden hatte, um von dort die Grenzmark Lwym-an-Eshs zu beschützen. »Moidelsberg ist also erhalten geblieben.«

»Ich kenne den Namen nicht, den Ihr da verwendet«, erwiderte Calatin und strich seinen Bart zurecht, als müsse er sein Äußeres für einen hohen Gast richten. »Aber mein Haus ist auf diesem Felsen erbaut. Dort habe ich immer gelebt.«

Corum mußte diese Worte überrascht akzeptieren und schritt in Richtung des Felsens aus. »Auch ich habe dort gelebt«, rief er dem Zauberer zu, »und dort bin ich glücklich gewesen.«

Calatin schloß mit langen Schritten wieder zu ihm auf. »Ihr habt dort gelebt, Sidhi? Davon habe ich nichts gewußt.«

»Es war lange bevor Lwym-an-Esh unter den Wellen versank«, erklärte Corum. »Bevor dieser Zyklus der Geschichte begann. Sterbliche und Götter kommen und gehen, aber die Natur verändert sich nur langsam.«

»Alles ist relativ«, ließ sich Calatin vernehmen. Aber in Corums Ohren klangen die Worte, als wäre der Zauberer mit dieser Binsenwahrheit nicht recht einverstanden.

Als sie sich dem Ufer näherten, sah Corum, daß der

alte Damm durch eine Brücke ersetzt worden war. Aber jetzt lag sie in Trümmern. Er fragte Calatin danach.

Der Zauberer nickte. »Ich habe die Brücke selbst zerstört. Die Fhoi Myore und ihre Geschöpfe sind wie die Sidhi selten bereit, westliches Wasser zu überqueren.«

»Warum gerade das Wasser im Westen?«

»Ich kann diese und ihre anderen Bräuche nicht erklären. Habt Ihr Furcht, durch das flache Wasser zur Insel zu waten, Hoher Sidhi?«

»Nein«, entgegnete Corum. »Ich bin schon oft auf diesem Weg auf die Insel gelangt. Aber Ihr solltet daraus keine voreiligen Schlüsse ziehen, denn ich bin nicht von der Rasse der Sidhi, auch wenn Ihr offenbar dieser Überzeugung seid.«

»Ihr spracht von den Vadhagh, und das ist ein altertümlicher Name für die Sidhi.«

»Vielleicht hat die Überlieferung hier aus zwei Rassen eine gemacht.«

»Jedenfalls habt Ihr das Aussehen eines Sidhi«, stellte Calatin unbeeindruckt fest. »Die Flut geht gerade zurück. Bald können wir hinüber. Wir folgen den Überresten der Brückenanlage und steigen von dort ins Wasser.«

Corum führte sein Pferd hinter Calatin her die Rampe der steinernen Brücke hinauf. Von dort geleitete der Zauberer ihn eine Treppe an der Seite der Brücke hinab, deren ausgetretene Stufen dem Pferd einige Schwierigkeiten bereiteten. Am Fuß der Treppe gelangten sie auf den alten Damm. Bald wateten sie schultertief durch das klare Wasser, das Corum den Blick auf die alten Pflastersteine des Dammes erlaubte, Steine, die dieselben sein mochten, über die er schon vor tausend oder mehr Jahren geschritten war.

Er erinnerte sich, wie er zum ersten Mal nach Moidelsberg gekommen war. Er erinnerte sich des Hasses, den er damals für alle Mabden empfunden hatte. Und er mußte dabei auch daran denken, wie oft ihn Mabden betrogen und verraten hatten.

Der Mantel des Zauberers schwamm hinter dem Mann auf dem Wasser, während er Corum voranschritt.

Langsam stieg der Damm an, und nach zwei Dritteln des Weges reichte ihnen das Wasser nur noch bis zu den Knien. Das Pferd schnaubte zufrieden. Offenbar hatte das Wasser seine Wunden gekühlt. Das Tier schüttelte die Mähne und blähte die Nüstern. Vielleicht hob der Anblick des guten, grünen Grases vor ihnen seine Stimmung. Auf der Insel herrschte ein milder Frühling, während hinter ihnen eine Welt im Winter lag. Von Rhalinas Burg war keine Spur mehr zu entdecken. Statt dessen erhob sich dicht unter dem Gipfel des Berges ein Haus – zwei Stockwerke hoch, aus weißen Steinen erbaut, die in der Sonne schimmerten. Sein Dach war aus grauem Schiefer. Ein freundlich aussehendes Haus, fand Corum, und nicht gerade typisch für das Heim eines Mannes, der sich mit okkulten Studien befaßte. Er rief sich ins Gedächtnis, wie die alte Burg ausgesehen hatte, bevor Glandyth sie aus Rache niederbrennen ließ.

War Corum deshalb so mißtrauisch gegen diesen Mabden Calatin, weil der Mann etwas an sich hatte, das an den Grafen von Krae erinnerte? Irgend etwas in den Augen, der Haltung oder vielleicht der Stimme? Solche Vergleiche zu suchen war unsinnig. Calatins Ansichten und sein selbstgefälliges Verhalten waren zu mißbilligen, aber seine Motive mochten durchaus ihre Berechtigung haben. Schließlich hatte er Corum das Leben gerettet. Es war nicht fair, den Zauberer allein nach seinen recht zynisch wirkenden Reden zu beurteilen.

Sie begannen jetzt mit dem Aufstieg über den gewundenen Pfad zum Gipfel des Felsen. Corum roch den Frühling, die Blumen und die Rhododendron, das frische Gras und die Knospen an den Bäumen. Süßlich duftendes Moos bedeckte die alten Steine, Vögel nisteten überall in den Klippen und in den Lärchen und den Erlen. Hier fand Corum noch einen zweiten Grund, Calatin dankbar zu sein. Denn die Insel war nach dem toten Wald wie eine Erlösung.

Und dann standen sie vor dem Haus. Calatin zeigte Corum, wo er sein Pferd unterstellen konnte. Dann öffnete der Zauberer eine Tür ins Haus und ließ Corum den Vortritt. Das Untergeschoß bestand nur aus einem einzigen durchgehenden, großen Raum, dessen breite Fenster verglast waren. Zur einen Seite blickten sie auf das offene Meer hinaus, während auf der anderen Seite das weiße, öde Festland zu sehen war. Corum konnte sehen, daß sich über dem Land Wolken zusammenzogen, der Himmel über dem Meer aber wolkenlos blieb. Die Wolken schienen über der Küste zu hängen, als wäre ihnen verboten, eine unsichtbare Grenze zu überqueren.

Auf Glas war Corum in anderen Teilen dieser Mabdenwelt bisher kaum gestoßen. Calatin hatte, wie es aussah, durchaus seinen Nutzen aus dem Studium der alten Lehren ziehen können. Die Decken im Haus waren hoch und wurden von steinernen Säulen gestützt, und die Räume, durch die Calatin Corum führte, waren mit Schriftrollen, Büchern, Schrifttafeln und Experimentiergerät angefüllt, wie man es bei einem Zauberer erwarten konnte.

Aber für Corum war an Calatins Besitz oder auch seiner Besessenheit nichts Dunkles oder Unheimliches. Der Mann bezeichnete sich als Zauberer. Corum hätte ihn einen Philosophen genannt, jemand, der Freude daran fand, die Geheimnisse der Natur zu erforschen und zu enträtseln.

»Hier habe ich fast alles, was von den Bibliotheken Lwym-an-Eshs erhalten geblieben ist, nachdem diese goldene Zivilisation unter den Fluten versank«, erzählte Calatin. »Oft wurde ich verhöhnt, und viele warfen mir vor, daß ich meinen Kopf mit unsinnigem Zeug vollstopfte, daß meine Bücher nur die Werke von Verrückten sein könnten und daß diese Bände nicht mehr Wahrheit enthielten als meine eigenen sinnlosen Studien. Sie sagten, daß diese Geschichten nichts anderes als Legenden wären – daß die Zauberbücher nur Märchen enthielten, daß das ganze Gerede über Götter und Dämonen nur poetisch, metaphorisch zu verstehen sei. Aber ich war anderer Ansicht, und ich behielt recht damit.« Calatin lächelte kalt. »Ihr Tod gab mir recht.« Das Lächeln bekam einen anderen Ausdruck. »Trotzdem bereitet es mir keine große Befriedigung zu wissen, daß alle, die sich bei mir hätten entschuldigen können, nun von den Hunden des Kerenos zerfleischt oder von den Fhoi Myore in Eis verwandelt sind.«

»Ihr empfindet kein Mitleid für sie, nicht wahr, Zauberer?« fragte Corum. Er hatte sich auf einem Stuhl niedergelassen und sah durch ein Fenster auf das Meer hinaus.

»Mitleid? Nein. Meinem Charakter entspricht es nicht, Mitleid zu fühlen. Oder Schuld. Oder irgendeines dieser Gefühle, die den anderen Sterblichen so viel bedeuten.«

»Dann fühlt ihr auch keine Schuld bei dem Gedanken, daß Ihr Eure siebenundzwanzig Söhne und Euren Enkel in eine Reihe von fruchtlosen Abenteuern geschickt habt?«

»Sie waren nicht alle fruchtlos. Das meiste, was ich suchen ließ, befindet sich inzwischen in meinem Besitz.«

»Ich wollte damit sagen, daß Ihr Euch eigentlich dafür verantwortlich fühlen müßtet, sie alle in den Tod geschickt zu haben.«

»Ich weiß gar nicht, ob sie alle den Tod gefunden haben. Einige kehrten einfach nie zurück. Aber es ist schon so, die meisten starben. Ein bedauerliches Schicksal, gestehe ich ein. Mir wäre lieber, sie wären noch am Leben. Aber meine Interessen gelten mehr den abstrakten

Dingen – dem Wissen an sich – und nicht jenen gewöhnlichen Gefühlen und Bedürfnissen, die so vielen Sterblichen zu Fesseln werden.«

Corum verfolgte dieses Thema nicht weiter.

Calatin ging in dem großen Raum auf und ab und begann über seine nassen Kleider zu jammern. Er machte aber keine Anstalten, sie zu wechseln. Erst als sie getrocknet waren, wandte er sich wieder direkt an Corum.

»Ihr wollt nach Hy-Breasail, sagtet Ihr.«

»Aye. Wißt Ihr, wo diese Insel von hier aus liegt?«

»Falls es die Insel überhaupt gibt, kann ich Euch den Weg zu ihr weisen. Aber es wird erzählt, daß alle Sterblichen, die in die Nähe der Insel kommen, von zauberischem Blendwerk getäuscht werden – sie sehen nichts außer vielleicht einigen Riffen und Klippen, an denen man nirgends landen kann. Nur die Sidhi sehen Hy-Breasail, wie sie wirklich ist. So habe ich jedenfalls gelesen. Keiner meiner Söhne ist von Hy-Breasail zurückgekehrt.«

»Sie suchten die Insel und verschwanden?«

»Und nahmen dabei noch einige der besten Boote mit. Goffanon herrscht auf Hy-Breasail, und er legt keinen Wert auf Besuch von Sterblichen oder Fhoi Myore, müßt Ihr wissen. Manche sagen, er sei der Letzte der Sidhi.« Calatin sah Corum mit plötzlich erwachtem Mißtrauen an. Er wich langsam vor dem Vadhagh zurück. »Ihr seid nicht . . .?«

»Ich bin Corum«, sagte Corum. »Ich erklärte Euch bereits, wer ich bin. Nein, ich bin nicht Goffanon, aber Goffanon – falls es ihn geben sollte – ist der, den ich suche.«

»Goffanon! Er besitzt große Macht.« Calatin runzelte die Stirn. »Aber vielleicht ist alles wahr, und Ihr seid der einzige, der ihn finden kann. Vielleicht können wir sogar einen Handel abschließen, Prinz Corum.«

»Wenn es zu unserer beider Nutzen ist, aye.«

Der Zauberer wurde nachdenklich, befingerte seinen Bart und murmelte etwas zu sich selbst. »Die einzigen Diener der Fhoi Myore, die die Insel nicht fürchten und auf die ihr Zauber keine Wirkung hat, sind die Hunde des Kerenos. Sogar Kerenos selbst fürchtet Hy-Breasail – aber nicht so seine Hunde. Deshalb wäret Ihr auch dort vor diesen Bestien nicht sicher.« Er blickte auf und sah Corum scharf an. »Vielleicht könnt Ihr die Insel erreichen, aber Ihr würdet nicht lange genug leben, um Goffanon zu finden.«

»Falls er existiert.«

»Aye, aye – falls es ihn gibt. Ich entsinne mich, daß ich Euer Ziel erriet, als Ihr von dem Speer spracht. Es handelt sich um Bryionak, nehme ich an.«

»Er heißt Bryionak.«

»Er gehört zum Schatz von Caer Llud, wenn ich mich recht erinnere?«

»Ich dachte, das sei bei Eurem Volk allgemein bekannt.«

»Und warum sucht Ihr ihn?«

»Er wird für den Kampf gegen die Fhoi Myore benötigt. Mehr kann ich dazu nicht sagen.«

Calatin nickte. »Mehr braucht dazu auch nicht gesagt zu werden. Ich helfe Euch, Prinz Corum. Ein Boot? Um nach Hy-Breasail zu segeln? Ich habe ein Boot, das Ihr Euch leihen könnt. Und einen Schutz gegen die Hunde des Kerenos? Ich kann Euch mein Horn leihen.«

»Und was verlangt Ihr dafür als Gegenleistung?«

»Ihr müßt versprechen, mir etwas von Hy-Breasail mitzubringen. Etwas, das für mich sehr wertvoll ist. Etwas, das Ihr nur von dem Sidhischmied Goffanon bekommen könnt.«

»Ein Juwel? Ein Schmuckstück?«

»Nein. Viel mehr.« Calatin wühlte unter seinen verstreuten Blättern und Pergamenten, bis er eine kleine

Flasche aus glattem, weichem Leder fand. »Das ist wasserdicht«, meinte er. »Ihr müßt dies hier nehmen.«

»Und was soll ich damit? Wollt Ihr Wasser aus einer magischen Quelle?«

»Nein«, erwiderte Calatin ernst und ruhig. »Ihr müßt mir etwas Speichel des Sidhischmieds Goffanon bringen. Hier in dieser Lederflasche. Nehmt sie!« Er faßte unter seinen Mantel und zog das wunderbare Horn hervor, mit dem er die Hunde des Kerenos genarrt hatte. »Und nehmt dies hier. Blast es dreimal, um sie zu verjagen. Blast es sechsmal, um sie auf einen Feind zu hetzen.«

Corum ließ seine Finger über das Horn gleiten. »Es muß ein mächtiges Horn sein«, flüsterte er, »wenn es sich mit dem von Kerenos vergleichen kann.«

»Es war einst ein Sidhihorn«, erklärte ihm Calatin.

Eine Stunde später führte Calatin ihn auf die andere Seite des Felsens, wo die Klippen einen natürlichen Hafen umschlossen. In diesem Hafen lag ein kleines Segelboot. Calatin gab Corum eine Karte und einen Magnetstein. Corum trug das Horn jetzt an seinem Gürtel und hatte seine eigenen Waffen auf den Rücken gegürtet.

»O ja«, sagte der Zauberer Calatin und fuhr sich mit den Fingern über sein feingeschnittenes Gesicht, »vielleicht werden so meine Ambitionen endlich doch erfüllt. Ihr dürft nicht versagen, Prinz Corum. Um meinetwillen dürft Ihr nicht versagen.«

»Um der Menschen von Caer Mahlod willen, um aller Menschen, die noch nicht den Fhoi Myore zum Opfer gefallen sind, willen und um einer Welt willen, die in ewigem Winter liegt und sonst vielleicht nie wieder den Frühling erlebt, werde ich versuchen, nicht zu fehlen, Zauberer.«

Und dann hatte der Seewind das Segel gebläht, und das Boot schoß über die schäumenden Wellen westwärts, dorthin, wo einst Lwym-an-Esh mit seinen herrlichen Städten gelegen hatte.

Und Corum gab sich für einen Augenblick der Illusion hin, daß er Lwym-an-Esh so vorfinden würde, wie er es zuletzt gesehen hatte, und daß alles andere, die Ereignisse der letzten Wochen, nur ein schlechter Traum gewesen sein würden.

Moidelsberg und das Festland lagen schnell weit hinter ihm, verloren sich am Horizont, und dann umgab ihn auf allen Seiten Wasser. Wenn Lwym-an-Esh die Zeit überdauert hätte, wäre seine Küste jetzt aufgetaucht. Aber das liebliche Lwym-an-Esh war nicht zu sehen. Die Geschichten von seinem Untergang hatten also die Wahrheit berichtet. Und entsprachen dann auch die Geschichten über Hy-Breasail der Wahrheit? War die Insel wirklich alles, was von dem Land geblieben war? Und würde Corum denselben Sinnestäuschungen erliegen, die schon andere Reisende in diesen Gewässern heimgesucht hatten?

Er studierte seine Karten. Bald würde er die Antworten auf seine Fragen wissen. In etwa einer Stunde mußte Hy-Breasail in Sicht kommen.

7 Der Zwerg Goffanon

War dies die Schönheit, vor der die alte Frau ihn gewarnt hatte?

Jedenfalls war es wirklich eine verführerische Schönheit. Es konnte nur die Insel sein, die Hy-Breasail genannt wurde. Sie sah nicht so aus, wie er erwartet hatte, auch wenn sie an gewisse Landesteile Lwym-an-Eshs erinnerte. Eine Brise griff nach dem Segel seines Bootes und trieb es näher an die fremde Küste.

Konnte es hier Gefahren geben?

Eine sanfte See flüsterte an weißen Stränden, und ein milder Wind spielte in den grünen Zweigen von Zypressen, Pappeln, Weiden, Eichen und Vogelbeerbäumen. Sachte geschwungene Hügel schützten stille Täler. Blühende Rhododendron-Büsche strahlten in tiefem Scharlach, Purpur und Gelb. Ein warmes, schimmerndes Licht lag über der Landschaft und gab ihr einen unwirklichen, goldenen Glanz.

Der Anblick der Insel erfüllte Corum mit einem tiefen inneren Frieden. Er wußte, daß er sich hier für immer niederlassen könnte, zufrieden, neben den klaren, gewundenen Bächen zu liegen und über die duftenden Wiesen zu wandern, um dem Hirsch, den Eichhörnchen und den Vögeln zuzusehen, die sich hier überall tummelten.

Ein anderer, ein jüngerer Corum hätte dieses Bild ohne zu fragen akzeptiert. Schließlich hatte es einst Vadhagh-Besitzungen gegeben, die dieser Insel nicht unähnlich gewesen waren. Aber das gehörte zum Vadhaghtraum, und der Vadhaghtraum war jetzt ausgeträumt. Nun gehörte Corum zum Mabdentraum – oder vielleicht sogar schon zum Traum der Fhoi Myore, der den der Mabden überwältigte. Gab es in diesen Träumen Platz für ein Land wie Hy-Breasail?

So landete Corum sein Boot mit einer gewissen Vorsicht an dem weißen Strand, und diese Vorsicht veranlaßte ihn auch, sein Boot in die Deckung einiger am Ufer stehender Rhododendron-Büsche zu ziehen. Er legte seine Waffen und seine Rüstung an wie zum Kampf und marschierte landeinwärts. Ein leichtes Schuldgefühl, weil er in so kriegerischem Aufzug in dieses friedliche Land eindrang, ließ sich jedoch nicht unterdrücken.

Während er durch die Haine und über die Wiesen wanderte, kam er an kleinen Herden von Hirschen vorbei, die keinerlei Furcht vor ihm zeigten, ja er stieß sogar auf Tiere, die ihm offene Neugier entgegenbrachten und näher kamen. Corum mochte die Möglichkeit nicht ausschließen, daß er hier unter dem Bann eines machtvollen Trugbildes stand. Unter den gegebenen Umständen fiel es allerdings schwer daran zu glauben, außer wie an eine ganz abstrakte Vorstellung. Und doch war von hier noch kein Mabde zurückgekehrt, und viele Seefahrer bestritten, daß es diese Insel überhaupt gab. Selbst die Fhoi Myore, furchterregend und grausam, wie sie waren, schreckten davor zurück, ihren Fuß auf diesen Boden zu setzen, obwohl sie der Überlieferung nach einst das ganze Land eroberten, von dem jetzt nur noch dieser Teil geblieben war.

Um Hy-Breasail gab es viele Geheimnisse, überlegte Corum, aber es ließ sich nicht leugnen, daß es für einen müden Geist und einen erschöpften Körper keine vollkommenere Welt geben konnte.

Er lächelte, während er dieses Bild des Friedens in sich aufnahm. Auch die schönsten Landschaften des versunkenen Lwym-an-Esh waren damit nicht zu vergleichen. Nur Anzeichen einer Besiedlung fanden sich überraschenderweise nirgends. Es gab keine Ruinen, keine Häuser – nicht einmal eine Höhle, die von Menschen bewohnt aussah. Und vielleicht war es das, was in Corum einen Schatten des Mißtrauens gegen dieses Paradies zurückbleiben ließ. Ein Wesen mußte es jedoch wenigstens geben, das hier lebte, den Schmied Goffanon, der sein Reich mit Zauber und Schrecken zu schützen wußte, die bisher jedem Eindringling den Tod gebracht hatten.

Ein verborgener Zauber, stellte Corum fest, und gut versteckte Schrecken.

Er unterbrach seine Wanderung an einem kleinen Wasserfall, der über bunten Granit sprudelte. In dem klaren Teich darunter schwammen kleine Forellen. Der Anblick erinnerte Corum daran, daß er hungrig war. Ein Gedanke, den er auch bei dem Wild, das er zuvor gesehen hatte, nicht unterdrücken konnte. Seit seiner Ankunft auf Caer Mahlod hatte er nichts Anständiges mehr zu essen bekommen, und so konnte er sich kaum zurückhalten, mit einer seiner Lanzen einen Fisch zu harpunieren. Aber irgend etwas warnte ihn. Der Gedanke mochte von nichts anderem als purem Aberglauben inspiriert sein, aber er war überzeugt, wenn er ein Wesen dieser Insel angriff, würde sich alles Leben des Eilandes gegen ihn stellen. Er entschied, während seines Aufenthaltes hier nicht einmal ein verirrtes Insekt zu töten, und nahm ein Stück getrocknetes Fleisch aus seinem Gepäck, an dem er auf dem weiteren Marsch kaute. Sein Weg führte ihn nun einen Hügel hinauf, in Richtung eines großen Felsens, der sich fast auf dem Gipfel erhob.

Je näher er dem Gipfel kam, desto anstrengender wurde der Aufstieg, aber schließlich konnte er sich mit dem Rücken an den Felsen lehnen und einen Blick über das umliegende Land werfen. Er hatte eigentlich erwartet, von seinem Aussichtsplatz die ganze Insel überblicken zu können, denn dieser Hügel war die höchste Erhebung, die er auf der Insel gesehen hatte. Aber eigenartigerweise sah er nirgendwo das Meer.

Ein schimmernder Nebel, blau mit goldenen Flecken, lag über dem Horizont. Er schien Corum der Küstenlinie zu folgen, da er unregelmäßig wirkte. Doch warum hatte Corum den Nebel nicht gesehen, als der Vadhagh an der Küste gelandet war? War es dieser Nebel, der Hy-Breasail vor den Augen der meisten Reisenden verbarg?

Der Tag war warm, und Corum wurde müde. Er fand im Schatten des Felsens einen kleineren Steinbrocken, auf dem er sich niederließ. Aus der Tasche zog er einen kleinen Weinbeutel, den er in kleinen Schlucken leer trank, während er seinen Blick langsam über die Haine, Täler und Bäche der Insel schweifen ließ. Die Landschaft wirkte von hier oben, als befände man sich im sorgfältig angelegten Park eines genialen Gartenbauers. Schließlich kam Corum zu dem Schluß, daß die Schönheit Hy-Breasails keines natürlichen Ursprungs war. Alles erinnerte stark an die riesigen Parks, wie sie die Vadhagh auf dem Höhepunkt ihrer Kultur geschaffen hatten. Vielleicht waren darum auch die Tiere so zahm. Es mochte sein, daß sie hier ein völlig beschütztes Leben führten, ohne je die Gefahr kennenzulernen, die ihnen von den Händen zweibeiniger Lebewesen drohte. Und doch wurde Corum wieder gezwungen, an jene Mabden zu denken, die nicht mehr von hier zurückgekehrt waren.

Er fühlte sich schläfrig. Er gähnte und streckte sich im weichen Gras aus. Seine Augen fielen zu, und er ließ seinen Gedanken freien Lauf, während ihn der Schlaf langsam überwältigte.

Und er träumte, träumte, daß er mit einem Jungen sprach, dessen Fleisch aus Gold war und aus dessen Seite auf eigentümliche Weise eine Harfe wuchs. Und der Junge, der freudlos lächelte, begann auf dieser Harfe zu spielen. Und die Kriegerprinzessin Medheb lauschte der Musik, und in ihrem Gesicht erschien tiefer Haß auf Corum. Und dann suchte sie eine schattenhafte Gestalt, die Corums Feind war, und Medheb sandte diese Gestalt gegen Corum, ihn zu erschlagen.

Und Corum erwachte. Noch immer hatte er die eigenartige Melodie der Harfe in den Ohren. Aber die Musik schwand, bevor er sicher sein konnte, ob er sie wirklich hörte oder nur von den Erinnerungen an seinen Traum verfolgt wurde.

Der Alptraum war grauenvoll gewesen und hatte eine schreckliche, nie gekannte Furcht in Corums Herzen erweckt. Niemals hatte der Vadhagh bisher einen solchen Traum geträumt. Möglich, dachte Corum bei sich, daß er hier eine der verborgenen Gefahren der Insel entdeckt hatte. Vielleicht lag in der Natur dieser Insel etwas, das den Geist der Menschen verwirrte und ungebetene Besucher zwang, sich ihre Schrecken im Traum selbst zu erschaffen, bis sie daran zugrunde gingen. Schrecken, viel schlimmer als alles, was ihnen von außen an Schrecken zugefügt werden konnte. Von jetzt an würde Corum so lange wie möglich versuchen, wach zu bleiben.

Und dann fragte er sich, ob sein Alptraum noch andauerte, denn in der Ferne klang ein vertrauter Laut auf, das Gebell der Hunde des Kerenos. Waren sie ihm zu dieser Insel gefolgt und hatten dabei viele Meilen offenes Meer durchschwommen? Oder warteten sie schon in Hy-Breasail auf ihn? Seine Hand faßte nach dem geschmückten Horn an seinem Gürtel, als das Gebell und Geheul jetzt näher klang. Er suchte das Land mit scharfen Blicken ab, aber er entdeckte nur eine aufgescheuchte Herde Rotwild, die, von einem großen Hirsch geführt, über eine Wiese in den Schutz eines Waldes floh. Verfolgten die Hunde diese Herde? Nein. Es tauchten keine Hunde auf.

Dafür sah Corum etwas anderes, das sich am Fuß des gegenüberliegenden Hügels bewegte. Zunächst hielt er es für einen zweiten Hirsch, aber dann erkannte er, daß es auf zwei Beinen in eigenartigen, weiten Schritten lief. Es war schwer, groß und trug etwas in der Hand, das in der Sonne blitzte. Ein Mann?

Zwischen den Bäumen hinter dem Mann entdeckte Corum etwas Weißes. Dann noch etwas Weißes. Und dann brach aus dem Wald eine Meute von zwölf großen Hunden mit roten Ohren. Die Hunde verfolgten eine Beute, die ihnen vertrauter war als jeder Hirsch.

Der Mann – falls es ein Mann war – begann, dem Lauf eines Baches folgend, den steinigen Hang des Hügels zu erklettern. Aber auch auf dem felsigen Grund blieben die Hunde ohne Zögern auf seiner Spur. Der Hang wurde steiler, aber der Mann kletterte weiter – und die Hunde folgten ihm. Corum mußte die Beweglichkeit und Ausdauer der Bestien einfach bewundern. Wieder blitzte etwas in der Sonne. Corum erkannte, daß der Mann sich umgedreht hatte und eine schimmernde Waffe gegen seine Verfolger schwang. Für Corum stand außer Zweifel, daß das Opfer der Hunde sich nicht lange würde halten können.

Erst in diesem Augenblick dachte der Vadhagh wieder an sein Horn. Hastig hob er es an die Lippen und blies in schneller Folge drei lange Töne. Der Klang des Hornes schallte klar und scharf durch das Tal. Die Hunde wandten sich von ihrer Beute ab und begannen schnüffelnd im Kreis zu laufen, obwohl ihr Opfer leicht für sie zu erreichen war.

Dann rannten die Hunde des Kerenos davon. Corum lachte begeistert. Zum ersten Mal hatte er einen Sieg über die schreckliche Meute errungen.

Bei diesem Lachen schien der Mann auf der anderen Seite des Tales aufzusehen. Corum winkte ihm zu, aber der Fremde winkte nicht zurück.

Sobald die Hunde verschwunden waren, begann Corum den Hügel hinunterzulaufen und dem Mann entgegen, dem er geholfen hatte. Er brauchte nicht lange, bis er das Tal durchquert hatte und auf der anderen Seite mit dem Aufstieg begann. Er fand schnell den Wasserlauf und die Felsformation, an der der Fremde sich den Hunden entgegenstellen wollte, aber der Mann selbst war nirgendwo zu sehen. Doch er konnte auch nicht höher geklettert oder hinabgestiegen sein, war sich Corum sicher, denn während des Laufs hatte der Vadhagh ständig freie Sicht auf den Hang gehabt.

»Ho! Wo seid Ihr?« schrie der scharlachrote Prinz und schwang sein Horn. »Zeigt Euch, Kamerad!«

Nur das Rauschen des Wasserfalls antwortete ihm. Er

starrte um sich, musterte jeden Stein, jeden Busch, jeden Schatten, doch der Mann schien unsichtbar geworden zu sein.

»Wo versteckt Ihr Euch, Fremder?«

Nur ein fernes Echo hallte, das von dem über die Steine sprudelnden Wasser schnell verschluckt wurde.

Corum zuckte die Achseln und wandte sich ab. Welche Ironie, dachte er, daß hier offenbar die Menschen scheuer sind als die Tiere.

Und dann erhielt er plötzlich wie aus dem Nichts einen heftigen Schlag in den Rücken, der ihn mit vorgestreckten Armen in die Heide stürzen ließ.

»Fremder, he?« knurrte eine tiefe, aufgebrachte Stimme. »Einen Fremden nennt Ihr mich, he?«

Corum rollte sich über die Schulter ab und versuchte noch im Fall, sein Schwert aus der Scheide zu ziehen.

Der Mann, der ihn geschlagen hatte, war breit gebaut. Er mußte gut zweieinhalb Meter groß sein und an den Schultern halb so breit wie hoch. Er trug einen polierten eisernen Brustschutz, eiserne Beinschienen mit goldenen Verzierungen und einen eisernen Helm auf seinem schwarzbärtigen Haupt. In seinen monströsen Händen hielt er die größte Streitaxt, die Corum je gesehen hatte.

Taumelnd kam Corum hoch und riß seine Klinge heraus. Er vermutete hier den Mann vor sich zu haben, den er eben gerettet hatte. Aber der riesenhafte Kerl empfand offensichtlich keine besondere Dankbarkeit dafür.

Keuchend brachte Corum vor: »Gegen wen kämpfe ich denn hier?«

»Du kämpfst gegen mich, den Zwerg Goffanon«, rief der Riese.

8 Der Speer Bryionak

Trotz der drohenden Gefahr mußte Corum ungläubig grinsen. »Zwerg?«

Der Sidhischmied starrte ihn an.

»Aye? Irgendwas Besonderes dabei?«

»Ich sollte mich von jetzt an fürchten, den normal gewachsenen Männern auf dieser Insel zu begegnen!«

»Ich verstehe Euch nicht.« Goffanons Augen zogen sich zusammen, als er die Axt hob und in Kampfstellung ging.

Erst jetzt bemerkte Corum, daß die Augen des Fremden seinem verbliebenen eigenen Auge glichen – mandelförmig, gelb und purpur. Der Schnitt des Gesichtes und die Struktur des Schädels dieses selbsternannten Zwerges waren wesentlich feiner, als es auf den ersten Blick den Anschein hatte, weil der struppige Bart soviel davon verdeckte. Sein Gesicht war, genauer betrachtet, das Gesicht eines Vadhagh. Aber in jeder anderen Beziehung hatte Goffanon keine Ähnlichkeit mit jemandem aus Corums eigenem Volk.

»Gibt es noch andere von deiner Art auf Hy-Breasail?« Corum fragte in der reinen Hochsprache der alten Vadhagh, nicht in dem in dieser Zeit von den Mabden benutzten Dialekt.

Die Worte verursachten einen Ausdruck ungläubigen Erstaunens in Goffanons Gesicht.

»Ich bin der einzige«, antwortete der Schmied in derselben Sprache. »Oder dachte bisher wenigstens so. Aber wenn du zu meinem Volk gehörst, warum hetzt du dann deine Hunde auf mich?«

»Das sind nicht meine Hunde. Ich bin Corum Jhaelen Irsei aus dem Volk der Vadhagh.« Mit seiner silbernen Hand hielt Corum das Horn hoch. »Dies hier ist es, was die Hunde in Schach hält. Sie glauben, ihr Herr bläst es.«

Goffanon senkte seine Axt ein wenig. »Dann bist du kein Knecht dieser Fhoi Myore?«

»Ich hoffe, das bin ich nicht. Ich bekämpfe die Fhoi Myore und alles, wofür sie stehen. Diese Hunde haben mich schon mehr als einmal angegriffen. Um mich vor ihnen zu schützen, lieh mir ein Zauberer der Mabden das Horn.« Corum sah jetzt eine günstige Gelegenheit, sein Schwert in die Scheide zu stecken. Er konnte nur hoffen, daß Goffanon darin keine Chance erblickte, ihm den Schädel einzuschlagen.

Goffanon runzelte die Stirn. Er leckte sich die Lippen, während er sich Corums Worte durch den Kopf gehen ließ.

»Wie lange sind die Hunde des Kerenos schon auf deiner Insel?« erkundigte sich Corum.

»Diesmal? Einen Tag etwa – aber nicht viel länger. Aber sie sind nicht das erste Mal hier. Sie scheinen die einzigen Wesen dieser Welt zu sein, die kein Wahnsinn befällt, wenn sie einen Fuß auf meinen Strand setzen. Und da den Fhoi Myore ein fortdauernder Haß gegen Hy-Breasail zu eigen ist, schicken sie immer wieder ihre Meuten gegen mich aus. Oft bin ich in der Lage, ihr Kommen vorauszusehen und meine Vorkehrungen zu treffen, aber diesmal war ich leichtsinnig, weil ich sie nicht so schnell zurückerwartete. Ich hielt dich für ein neues Geschöpf der Fhoi Myore, in der Art der Goolegh etwa, von denen ich gehört habe. Aber jetzt entsinne ich mich einer alten Geschichte, die von einem Vadhagh mit einer seltsamen Hand und nur einem Auge berichtete. Doch dieser Vadhagh starb, lange bevor die Sidhi kamen.«

»Du bist kein Vadhagh?«

»Sidhi nennt man uns.« Goffanon hatte seine Axt inzwischen am Gürtel befestigt. »Wir sind mit deinem Volk verwandt. Einige aus deinem Volk haben uns einst besucht, und wir haben diese Besuche erwidert. Aber das war in jener Zeit, als es noch freien Zugang zu allen der fünfzehn Ebenen gab. Vor der letzten Konjunktion der Millionen Sphären.«

»Ihr seid aus einer anderen Ebene. Wie habt Ihr dann diese hier erreichen können?«

»Eine Erschütterung ließ Risse in den Wällen zwischen den Ebenen entstehen. So kamen auch die Fhoi Myore hierher, aus den Kalten Räumen kamen sie, aus dem Zwischenreich, der Vorhölle, dem Limbus. Und so kamen wir, um den Menschen von Lwym-an-Esh und ihren Vadhaghfreunden im Kampf gegen die Fhoi Myore beizustehen. In jenen Tagen gab es schreckliche Schlachten, furchtbare Kriege waren es. Lwym-an-Esh wurde versenkt, die meisten Mabden und alle Vadhagh starben – und auch mein Volk wurde vernichtet, denn wir konnten nicht mehr in unsere Ebene zurückkehren, weil die Risse in den Dimensionen sich langsam wieder geschlossen hatten. Wir glaubten damals, alle Fhoi Myore vernichtet zu haben, aber nun sind sie wieder da.«

»Und du kämpfst nicht gegen sie?«

»Alleine bin ich dazu nicht stark genug. Diese Insel ist physikalisch noch ein Bestandteil meiner eigenen Ebene. Hier kann ich in Frieden leben, wenn man von den Hunden absieht. Ich bin alt. In einigen hundert Jahren werde ich sterben.«

»Auch ich bin schwach«, entgegnete Corum. »Und doch stelle ich mich dem Kampf mit den Fhoi Myore.«

Goffanon nickte, dann zuckte er die Achseln. »Das tust du, weil du nie zuvor gegen die Fhoi Myore gekämpft hast.«

»Warum können sie nicht nach Hy-Breasail kommen? Warum kehrt kein Mabde von dieser Insel zurück?«

»Ich versuche, die Mabden von hier fernzuhalten«, erklärte Goffanon, »aber sie sind eine penetrant neugierige kleine Rasse. Ihr unerschöpflicher Wagemut bringt ihnen immer wieder einen schlimmen Tod. Aber ich will dir mehr erzählen, wenn wir gegessen haben. Willst du mein Gast sein, Vetter?«

»Gern«, dankte Corum.

»Dann komm.«

Goffanon kletterte den Felsen hinauf, stieg um den Steinbrocken herum, auf dem er sich den Hunden des Kerenos gestellt hatte, und war verschwunden. Sein Kopf tauchte aber sofort wieder auf. »Hier entlang. Seit die Hunde begonnen haben, mir nachzustellen, lebe ich hier oben.«

Corum kletterte dem Sidhi langsam nach und erreichte das Felsband, das um den Steinbrocken herumführte. Als er ihm folgte, entdeckte er, daß der Brocken den Eingang einer Höhle verbarg. Das Felsstück konnte in eine Mulde gerollt werden und den Höhleneingang dann vollständig schließen. Als Corum eingetreten war, stemmte Goffanon sich gegen den Brocken und zog ihn vor die Höhle. Drinnen war alles hell erleuchtet. Das Licht kam aus geschickt angeordneten Lampen, die überall in Wandnischen standen. Das Mobiliar wirkte einfach, aber zeugte von großem handwerklichen Können. Kunstvoll gewebte Teppiche bedeckten den Boden. Wenn man vom Fehlen der Fenster absah, war Goffanons Behausung mehr als komfortabel.

Während Corum sich eine Rast in einem Sessel gönnte, machte sich Goffanon daran, ein Mahl vorzubereiten. Der Duft, der bald von der Feuerstelle aufstieg, war so verlockend, daß Corum nicht mehr bedauerte, auf den Fischfang verzichtet zu haben.

Goffanon entschuldigte sich, daß seine Tafel so karg sei, aber er lebe nun schon seit Jahrhunderten allein. Dann setzte er Corum eine große Schale mit Suppe vor. Der Vadhaghprinz aß dankbar.

Danach folgten Fleisch und eine Gemüseplatte. Den

Abschluß bildete ein wohlschmeckendes Obst, besser als alles, was Corum je gegessen hatte. Als er sich schließlich in seinem Sessel zurücklehnte, fühlte er sich so gut wie schon seit Jahren nicht mehr. Er dankte Goffanon aus vollem Herzen, und der selbsternannte Zwerg schien von der Zufriedenheit seines Gastes regelrecht begeistert zu sein. Er entschuldigte sich noch einmal und nahm dann in einem Sessel gegenüber Corum Platz. Aus seinem Gewand zog er einen seltsamen Gegenstand, den er in den Mund nahm. Es war eine Art kleiner Becher, aus dem ein langes, dünnes Rohr ragte. An dem Rohr saugte Goffanon, während er über die Öffnung des Bechers einen brennenden Holzspan hielt. Sofort quollen aus dem Becher und seinem Mund kleine Rauchwolken, und der Sidhi lächelte zufrieden. Erst jetzt bemerkte er, daß Corum ihn verwundert anstarrte. »Eine Angewohnheit meines Volkes«, erklärte er. »In diesem Ding befindet sich ein aromatisches Kraut, das verbrannt wird und dessen Rauch wir inhalieren. Es hält uns bei guter Laune.«

Der Rauch war für Corums Geschmack nicht besonders süß oder wohlriechend, aber er akzeptierte die Erklärung des Sidhi. Das Angebot, selbst aus einem solchen Gerät zu inhalieren, lehnte er allerdings ab.

»Du fragtest«, nahm dann Goffanon das Gespräch wieder auf, wobei seine mandelförmigen Augen sich halb schlossen, »warum die Fhoi Myore diese Insel fürchten und warum die Mabden hier zugrunde gehen. Nun, für beides bin ich selbst nicht direkt verantwortlich, auch wenn ich natürlich froh bin, daß die Fhoi Myore die Insel meiden. Vor langer Zeit, während des ersten Einfalls der Fhoi Myore, wurden wir von unseren Vadhaghvettern und deren Freunden zu Hilfe gerufen. Es bereitete uns damals große Schwierigkeiten, den Wall zwischen den Ebenen zu durchbrechen. Als es uns endlich gelang, wurde davon ein gewaltiger Riß in unserer eigenen Welt erzeugt, und ein Stück unseres Landes kam mit uns durch die Dimensionen auf eure Welt. Dieses Landstück legte sich glücklicherweise über eine relativ dünn besiedelte Gegend von Lwym-an-Esh. Aber es behielt die Eigenschaften unserer Ebene – es blieb immer mehr ein Teil des Sidhitraumes, als daß es zum Traum der Vadhagh, der Mabden oder der Fhoi Myore gehörte. Trotzdem haben die Vadhagh als nahe Verwandte der Sidhi keine großen Schwierigkeiten, sich hier anzupassen, wie du ja an dir selbst bemerkt hast. Auf der anderen Seite können die Mabden oder die Fhoi Myore hier nicht überleben. Ein schrecklicher Wahnsinn überkommt sie sofort nach der Landung. Sie betreten etwas, das in ihren Augen eine Alptraumwelt ist. Alle ihre verborgenen Ängste werden hier wahr und verstärken sich bis ins Unerträgliche. So werden die Mabden und die Fhoi Myore von selbsterschaffenen Schrecken vernichtet.«

»Eine Ahnung davon habe ich bereits erhalten«, erklärte Corum Goffanon. »Als ich vorhin kurz schlief, hatte ich einen Traum, der mir einen Eindruck dieser Schrecken vermittelte.«

»Genau. Selbst die Vadhagh spüren manchmal etwas davon, was es für die sterblichen Mabden bedeutet, auf Hy-Breasail zu landen. Ich bemühe mich, die Küste der Insel in einem Nebel zu verstecken, den ich selbst erzeugen kann. Aber es ist nicht immer möglich, genug von diesem Dunst in der Luft zu halten. In solchen Momenten können Mabden die Insel entdecken und müssen dafür Schreckliches erleiden.«

»Und woher kommen nun die Fhoi Myore? Du sprachst von den Kalten Räumen?«

»Die Kalten Räume, aye. Gibt es in der Überlieferung der Vadhagh keine Hinweise darauf? Die Räume *zwischen* den Ebenen – eine chaotische Zwischenwelt, die von Zeit zu Zeit auch intelligente Wesen hervorbringen kann. Das ist es, was die Fhoi Myore sind – Geschöpfe des Limbus, die durch die Risse in den Wällen zwischen den Ebenen fielen und so diese Welt erreichten. Sie machten sich deshalb daran, die Welt der Mabden zu erobern. Ihre Absicht dabei ist, diese Ebene in einen zweiten Limbus zu verwandeln, denn darin liegt ihre einzige Überlebenschance. Sie können nicht mehr lange hier leben, diese Fhoi Myore. Der eigene Wahnsinn frißt an ihnen wie eine tödliche Krankheit und wird sie vernichten. Aber sie werden lange genug überleben, fürchte ich, um allem hier außer Hy-Breasail einen eisigen Tod zu bringen, den Mabden und allen anderen Lebewesen bis auf den kleinsten Fisch im Meer. Es ist unausweichlich. Sie werden mich vielleicht noch einige Zeit überleben, einige von ihnen bestimmt – Kerenos sicher. Wie dem auch sei, letzten Endes werden auch die Fhoi Myore an ihrer eigenen Seuche sterben. Schon jetzt ist alles Land dieser Welt bis auf den Kontinent, von dem du gerade gekommen bist, unter ihrer kalten Herrschaft zugrunde gegangen. Es muß alles sehr schnell geschehen sein, vermute ich. Wir hielten alle Fhoi Myore für tot, doch sie müssen ein Versteck gefunden haben – vielleicht am Rand der Welt, wo das Eis niemals taut. Nun ist ihre Geduld belohnt worden, nicht wahr?« Goffanon stieß einen Seufzer aus. »Nun gut – es gibt genug andere Welten, andere Ebenen, und diese Welten können sie nicht erreichen.«

»Ich will diese Welt retten«, erwiderte Corum ruhig. »Oder zumindest das, was noch von ihr übrig ist. Ich habe mich diesem Kampf geweiht. Ich habe geschworen, den Mabden zu helfen. Nun bin ich auf der Suche nach ihren verlorenen Schätzen. Es gibt Gerüchte, daß du einen dieser Schätze besitzt. Etwas, das du den Mabden vor Jahrhunderten für ihren ersten Kampf gegen die Fhoi Myore geschmiedet hast.«

Goffanon nickte. »Du sprichst von dem Speer, der Bryionak genannt wird. Ja, ich habe ihn geschmiedet. Hier ist er nur ein gewöhnlicher Speer, aber im Mabdentraum und im Traum der Fhoi Myore besitzt er große Macht.«

»So wurde mir erzählt.«

»Mit ihm läßt sich, neben anderen Dingen, der Bulle von Crinanass bändigen, den wir mit uns gebracht haben.«

»Ein Sidhi-Tier?«

»Aye. Eins aus einer großen Herde. Er ist der letzte.«

»Warum bist du ausgezogen und hast dir den Speer zurückgeholt?«

»Ich habe Hy-Breasail nie verlassen, um diesen Speer zu suchen. Der Speer wurde von einem der Sterblichen mitgebracht, die diese Insel erkunden wollten. Ich bemühte mich, sein Leiden zu lindern, als er im Wahnsinn starb, aber niemand konnte ihm helfen. Als er tot war, nahm ich meinen Speer an mich. Das ist alles. Es hatte den Anschein, daß der Sterbliche glaubte, der Speer Bryionak würde ihn vor den Gefahren meiner Insel schützen.«

»Dann würdest du den Mabden Bryionaks Hilfe nicht vorenthalten?«

Der Schmied runzelte die Stirn. »Ich weiß nicht. Ich hänge an diesem Speer. Ich möchte ihn nicht noch einmal verlieren. Und er wird den Mabden nicht mehr viel helfen können, Vetter. Sie sind zum Untergang verurteilt, diese Mabden. Das beste ist, wir akzeptieren das. Sie sind verloren. Warum lassen wir sie nicht schnell sterben? Ihnen Bryionak zu schicken hieße nur, ihnen falsche Hoffnungen zu machen.«

»Es liegt in meiner Natur, mich immer irgendwelchen Hoffnungen zu verschreiben, wie falsch sie auch sein mögen«, sagte Corum leise.

Goffanon sah ihn voll Mitgefühl an. »Aye. Ich habe Geschichten von Corum gehört. Jetzt erinnere ich mich daran. Du bist eine tragische Gestalt, tragisch und edel. Aber, was geschehen soll, geschieht. Es gibt nichts, mit dem du den Lauf der Dinge aufhalten könntest.«

»Ich muß es versuchen, Goffanon.«

»Aye.« Goffanon stemmte seine schwere Gestalt aus dem Sessel und ging zu einer Ecke der Höhle, die von Schatten verborgen wurde.

Er kehrte mit einem einfach aussehenden Speer zurück. Die Waffe hatte einen gut geschnittenen hölzernen Schaft, der von Eisen umwickelt war. Nur die Spitze unterschied sich von einem gewöhnlichen Speer. Wie die Klinge von Goffanons Axt, schimmerte sie viel heller als gewöhnliches Eisen.

Der Sidhi hielt die Waffe stolz hoch. »Mein Stamm war immer der kleinste unter den Sidhi, sowohl was die Anzahl als auch die Körpergröße anbelangte. Aber wir hatten unsere besonderen Fähigkeiten. Wir konnten Metalle auf eine Art bearbeiten, die du philosophisch nennen würdest. Wir verstanden die besonderen Eigenschaften, die die Metalle neben ihren rein physikalischen noch haben. Und mit diesem Wissen schufen wir Waffen für die Mabden. Wir schmiedeten mehrere Waffen. Aber von allen blieb nur diese hier. Ich habe ihn geschmiedet, den Speer Bryionak.«

Er reichte ihn Corum, der die Waffe, warum, wußte er selbst nicht, mit der silbernen Hand entgegennahm. Sie war wunderbar ausbalanciert, eine herrliche Kriegswaffe, aber wenn Corum erwartet hatte, etwas Besonderes an diesem Speer zu spüren, wurde er enttäuscht.

»Ein guter, schlichter Speer«, sagte Goffanon. »Bryionak.«

Corum nickte. »Nur seine Spitze ...«

»Von diesem Metall ist nichts mehr übrig«, erklärte ihm Goffanon. »Etwas davon kam mit uns aus unserer eigenen Ebene hierher. Einige Axtklingen, ein Schwert oder zwei – und dieser Speer, das ist alles, was wir daraus fertigen konnten. Gutes, hartes Metall. Es wird nie stumpf oder rostig.«

»Und es besitzt magische Eigenschaften ...?«

Goffanon lachte. »Nicht für einen Sidhi. Aber die Fhoi Myore glauben daran. Die Mabden auch. Deshalb hat er natürlich seine magischen Eigenschaften. Sehr spektakuläre Eigenschaften. O ja, ich bin froh, meinen Speer zurückzuhaben.«

»Du würdest dich nicht wieder davon trennen?«

»Ich denke, ich will ihn behalten.«

»Aber der Bulle von Crinanass wird demjenigen gehorchen, der diesen Speer trägt. Und der Bulle wird das Volk von Caer Mahlod gegen die Fhoi Myore führen. Vielleicht wird er ihnen helfen, die Fhoi Myore zu vernichten.«

»Weder der Bulle noch der Speer sind dazu stark genug«, erwiderte Goffanon ernst. »Ich weiß, daß du den Speer willst, Corum, aber ich wiederhole – nichts kann die Welt der Mabden retten. Sie ist verdammt zu sterben, genau wie die Fhoi Myore verdammt sind, wie ich verdammt bin und wie auch du verdammt bist, wenn du nicht in deine eigene Welt zurückkehrst (denn ich habe das Gefühl, du bist nicht von dieser Ebene).«

»Ich glaube, daß auch ich verdammt bin«, antwortete Corum ruhig. »Aber ich werde den Speer nach Caer Mahlod bringen, dies ist meine Bestimmung und mein Ziel.«

Seufzend nahm Goffanon Corum den Speer wieder aus der Hand. »Nein«, sagte er. »Wenn die Hunde des Kerenos zurückkehren, werde ich alle meine Waffen brauchen, mich gegen sie zu verteidigen. Die Meute, die mich verfolgte, ist zweifellos noch auf der Insel. Wenn ich diese Bestien getötet habe, werden neue kommen. Mein Speer und meine Axt sind die einzige Sicherheit, die mir geblieben ist. Du hast schließlich noch dein Horn.«

»Das habe ich nur geliehen bekommen.«

»Von wem?«

»Einem Zauberer. Sein Name ist Calatin.«

»Ach, der. Ich habe versucht, drei seiner Söhne von meinem Strand fernzuhalten. Aber sie starben, wie all die anderen gestorben sind.«

»Ich weiß, daß viele seiner Söhne hierher gekommen sind.«

»Was suchten sie hier?«

Corum lachte. »Sie wollten, daß du sie anspuckst.« Er erinnerte sich des kleinen, wasserfesten Beutels, den Calatin ihm mitgegeben hatte. Er zog das Fläschchen aus seiner Tasche.

Der Sidhi runzelte die Stirn. Dann glätteten sich seine Augenbrauen, und er stieß einige Wölkchen Rauch aus seinem eigenartigen Becher aus. Corum fragte sich, wo er diesen Brauch schon einmal gesehen hatte, aber sein Gedächtnis ließ nach, seine früheren Abenteuer verblaßten in seiner Erinnerung immer mehr. Vielleicht war das der Preis, den man bezahlen mußte, wenn man eine andere Ebene betrat und einen anderen Traum, überlegte Corum.

Goffanon schnaufte. »Wieder einer ihrer Aberglauben, ohne Zweifel. Was fangen sie nur mit diesen Dingen an? Tierblut, bei Mitternacht gewonnen, Knochen, Wurzeln. Wie sehr das Wissen dieser Mabden doch degeneriert ist!«

»Würdest du dem Zauberer seinen Wunsch erfüllen?« fragte Corum. »Ich bin gebeten worden, dich danach zu fragen. Deswegen lieh er mir das Horn.«

Goffanon fuhr sich über seinen dichten Bart. »Es ist weit gekommen, wenn die Vadhagh sich etwas von den Mabden leihen müssen.«

»Dies ist eine Mabdenwelt«, meinte Corum. »Du selbst hast vorhin darauf hingewiesen, Goffanon.«

»Und eine Fhoi Myore-Welt wird es bald sein. Und dann wird es überhaupt keine Welt mehr sein. Also gut, wenn es dir hilft, werde ich dir diesen Wunsch erfüllen. Ich kann nichts dabei verlieren, und ich zweifele sehr, ob dein Zauberer etwas damit gewinnen kann. Gib mir den Beutel.«

Corum reichte Goffanon den Beutel. Der Schmied räusperte sich, lachte noch einmal, schüttelte den Kopf und spie in die Flasche. Dann reichte er sie zurück an Corum, der sie etwas zu hastig wieder in seiner Tasche verstaute.

»Aber was ich eigentlich suche, ist der Speer«, beharrte Corum.

Sein Drängen war ihm selbst unangenehm, nachdem Goffanon ihn so gastfreundlich aufgenommen und seinen anderen Wunsch so großzügig erfüllt hatte.

»Ich weiß.« Goffanon senkte den Kopf und blickte zu Boden. »Aber wenn ich dir helfe, ein paar Mabdenleben zu retten, laufe ich Gefahr, mein eigenes zu verlieren.«

»Hast du die Großherzigkeit vergessen, die dich und dein Volk einst auf diese Ebene geführt hat?«

»In jenen Tagen war ich gewiß großzügiger. Aber abgesehen davon, es war dein Volk, die Vadhagh, die uns zu Hilfe riefen.«

»Ich bin auch von deiner Art, deinem Blut«, warf Corum ein. Er fühlte sich unwohl, weil er den Sidhizwerg so unter Druck setzte. »Und ich bitte dich.«

»Ein Sidhi, ein Vadhagh, sieben Fhoi Myore und eine Herde sich ständig vermehrender Mabden. Aber das ist nicht viel, verglichen mit dem, was wir hier fanden, als wir damals auf diese Ebene kamen. Das Land war lieblich und blühend. Nun ist es in Eis erstarrt, und nichts mehr wächst darauf. Laß es sterben, Corum. Bleib bei mir hier auf der schönen Insel, auf Hy-Breasail.«

»Ich habe eine Verpflichtung übernommen«, entgegnete Corum einfach. »Alles in mir treibt mich, dein Angebot anzunehmen, Goffanon, bis auf diese eine Sache. Ich habe eine Verpflichtung.«

»Aber meine Verpflichtung – die Verpflichtung der Sidhi – ist längst erfüllt. Ich schulde dir nichts, Corum.«

»Ich half dir, als die Dämonenhunde dich angriffen.«

»Ich half dir, deine Verpflichtung dem Mabdenzauberer gegenüber zu erfüllen. Habe ich diese Schuld nicht bezahlt?«

»Müssen all diese Dinge besprochen werden, wie man Geschäfte aushandelt, mit Schulden und Verpflichtungen?«

»Ja«, erwiderte Goffanon ernsthaft, »denn wir stehen dicht vor dem Ende der Welt, und es sind nur noch wenige Dinge in dieser Welt übriggeblieben. Ihr Besitz muß wohlausgehandelt werden, damit ein Gleichgewicht erhalten bleibt. Diese Haltung nehme ich nicht aus Geiz ein – uns Sidhi hat nie jemand für geizig halten können –, sondern aus einem notwenigen Gefühl für den Erhalt einer letzten Ordnung. Was kannst du mir bieten, das für mich wichtiger sein kann, als der Speer Bryionak es ist?«

»Nichts, scheint mir.«

»Nur das Horn. Das Horn, das die Hunde vertreiben wird, wenn sie mich anfallen. Das Horn ist für mich mehr wert als der Speer. Und dieser Speer – ist er für dich nicht wertvoller als das Horn?«

»Ich stimme dir zu«, antwortete Corum. »Aber das Horn gehört mir nicht, Goffanon. Das Horn wurde mir nur geliehen – von Calatin.«

»Ich werde dir Bryionak nicht geben«, sagte Goffanon schwer, fast widerstrebend, »wenn du mir nicht das Horn gibst. Dies ist der einzige Handel, den ich mit dir schließen werde, Vadhagh.«

»Und es ist der einzige, den zu schließen ich kein Recht habe.«

»Gibt es nichts, was Calatin von dir will?«

»Mit Calatin habe ich meinen Pakt schon geschlossen.«

»Und du kannst keinen weiteren abschließen?«

Corum zog die Augenbrauen zusammen. Mit der rechten Hand fuhr er sich über die Augenklappe, wie es seine Angewohnheit geworden war, wenn er einem schwierigen Problem gegenüberstand. Er verdankte Calatin sein Leben. Calatin schuldete Corum nichts. Wenn Corum ihm das Fläschchen mit dem Speichel brachte, waren alle Verpflichtungen erfüllt. Niemand schuldete dann dem anderen etwas.

Aber der Speer war wichtig. Schon jetzt mochte Caer Mahlod von den Fhoi Myore angegriffen werden, und die einzige Rettung waren dann der Speer Bryionak und der Bulle von Crinanass. Und Corum hatte geschworen, mit dem Speer zurückzukehren. Er klopfte auf das Horn, das an seiner Seite hing. Er sah sich das feingearbeitete Bein an, die Schmuckbänder mit ihren Ornamenten, das silberne Mundstück. Wer hatte das Horn getragen, bevor Calatin es fand? Kerenos selbst?

»Ich könnte das Horn jetzt im Augenblick blasen und die Hunde auf uns beide hetzen«, erklärte Corum nachdenklich. »Ich könnte dich damit bedrohen, Goffanon, und dich zwingen, mir Bryionak für dein Leben zu geben.«

»Würdest du das tun, Vetter?«

»Nein.« Corum ließ das Horn wieder an seine Seite fallen. Und dann sprach er, ohne sich selbst schon darüber im klaren zu sein, daß er seine Entscheidung getroffen hatte:

»Also gut, Goffanon. Ich werde dir das Horn für den Speer geben und versuchen, mit Calatin einen anderen Handel zu schließen.«

»Es ist ein trauriger Handel, den wir gemacht haben«, sagte Goffanon und gab ihm den Speer. »Hat er unsere Freundschaft verletzt?«

»Ich glaube, das hat er«, antwortete Corum. »Ich werde jetzt aufbrechen, Goffanon.«

»Du hältst mich jetzt für kleinlich?«

»Nein. Ich hege auch keinen Groll gegen dich. Ich bin nur traurig darüber, daß es so mit uns gekommen ist, daß unser Edelmut so unter dieser Zeit leiden muß. Du verlierst mehr als einen Speer, Goffanon. Und auch ich verliere etwas.«

Goffanon stieß einen mächtigen Seufzer aus. Corum gab ihm das Horn, das zu geben Corum nicht zustand.

»Ich fürchte die Folgen dieses Tauschs«, fuhr Corum fort. »Ich ahne, daß ich mehr damit heraufbeschwöre als den Zorn eines Mabdenzauberers.«

»Schatten legen sich über die Welt«, erwiderte Goffanon. »Und in diesen Schatten können seltsame Dinge lauern. Viele Dinge können geboren werden, ungesehen und unerwartet. Diese Zeit ist eine Zeit, Schatten zu fürchten, Corum Jhaelen Irsei, und wir wären Narren, wenn wir keine Schatten fürchteten. Ja, wir sind tief gesunken. Unser Stolz schwindet dahin. Darf ich dich an meinen Strand begleiten?«

»Zur Grenze deiner Freistatt? Warum kommst du nicht mit mir, Goffanon – schwingst deine große Axt gegen unsere gemeinsamen Feinde? Würdest du damit deinen Stolz nicht zurückgewinnen?«

»Ich glaube nicht«, sagte Goffanon traurig. »Siehst du, ein wenig von der großen Kälte ist auch schon bis nach Hy-Breasail gekommen.«

DRITTES BUCH

In dem berichtet wird, wie weitere Vereinbarungen getroffen werden, während die Fhoi Myore marschieren

1 Was der Zauberer verlangte

Als Corum sein Boot in der kleinen Hafenbucht von Moidelsberg an Land zog, hörte er Schritte hinter sich. Er fuhr herum und griff nach dem Schwert. Der Übergang von der schönen, friedlichen Welt Hy-Breasails zu der anderen Welt draußen stimmte ihn traurig, aber brachte auch ein bestimmtes Gefühl der Furcht mit sich. Moidelsberg, das ihm zuvor ein so willkommener Anblick gewesen war, sah nun düster und bedrohlich aus. Er fragte sich, ob der Fhoi Myore-Traum schon begann, sich über den Felsen zu legen, oder ob ihm beim vorangegangenen Besuch alles nur im Vergleich zu dem dunklen, erfrorenen Wald so freundlich vorgekommen war.

Calatin stand vor ihm in seiner blauen Robe, weißhaarig und schön. Ein begehrlicher Schimmer stand in seinen Augen.

»Habt Ihr die Verwunschene Insel gefunden?«

»Ich habe sie gefunden.«

»Und den Sidhischmied?«

Corum nahm den Speer Bryionak aus dem Boot. Er zeigte ihn Calatin.

»Aber was ist mit meiner Bitte?« Calatin schien kaum an einem Speer interessiert zu sein, der zu den heiligen Schätzen von Caer Llud gehörte, einer mystischen Waffe der Legende.

Corum konnte sich fast darüber amüsieren, daß der Zauberer sich so wenig um Bryionak kümmerte und so viel um einen kleinen Beutel voll Speichel. Er zog das

Lederfläschchen aus seinem Gepäck und reichte es Calatin, der erleichtert seufzte und zufrieden lächelte.

»Ich bin Euch sehr dankbar, Corum. Und ich freue mich, daß ich Euch zu Diensten sein konnte. Habt Ihr es mit den Hunden zu tun bekommen?«

»Einmal«, antwortete Corum.

»Das Horn half Euch?«

»Es half mir, aye.« Corum begann, den Strand hinaufzugehen, und der Zauberer folgte ihm.

Sie erreichten den Kamm des Hügels und blickten auf das Festland hinüber, wo die Welt kalt und weiß lag und drohende, graue Wolken am Himmel hingen.

»Wollt Ihr die Nacht bei mir verbringen?« fragte Calatin. »Und mir von Hy-Breasail erzählen und von dem, was Ihr dort gefunden habt?«

»Nein«, erwiderte Corum. »Die Zeit wird knapp. Ich muß zurück nach Caer Mahlod reiten, denn ich fühle, daß die Fhoi Myore diesen Platz bald angreifen werden. Inzwischen dürften sie erfahren haben, daß ich ihren Feinden beistehe.«

»Das ist möglich. Ihr werdet Euer Pferd zurückhaben wollen?«

»Aye«, bestätigte Corum.

Es entstand eine kurze Pause. Calatin setzte an, etwas zu sagen, entschloß sich dann aber anders. Er führte Corum schweigend zum Stall hinter dem Haus, und dort stand das große Schlachtroß. Seine Wunden waren fast verheilt. Schnaubend erkannte es seinen Herrn. Corum rieb ihm die Nase und führte es aus dem Stall.

»Mein Horn«, sagte Calatin. »Wo ist es?«

»Ich habe es auf Hy-Breasail gelassen«, erklärte ihm Corum. Er sah dem Zauberer direkt in die Augen, und in diesen Augen loderten Angst und Zorn auf.

»Wie das?« Calatin schrie ihn fast an. »Wie konntet Ihr es verlieren?«

»Ich habe es nicht verloren.«

»Ihr habt es mit Absicht dort zurückgelassen? Wir haben lediglich vereinbart, daß Ihr das Horn ausleiht. Das war alles.«

»Ich gab es Goffanon. In gewisser Weise könnte man sagen, daß Ihr nicht bekommen hättet, was Ihr haben wolltet, wenn ich ihm nicht das Horn gegeben hätte.«

»Goffanon? Goffanon hat mein Horn?« Calatins Augen blickten jetzt kälter und zogen sich zusammen.

»Aye.«

Es gab keine Entschuldigung, die Corum hätte vorbringen können, und so schwieg er. Er wartete, was Calatin zu sagen hatte.

Schließlich meinte der Zauberer:

»Ihr steht wieder in meiner Schuld, Vadhagh.«

»Aye.«

Der Zauberer sprach jetzt mit gesenkter, berechnender Stimme.

Er lächelte ein stilles, ungutes Lächeln. »Ihr müßt mir etwas als Ersatz für mein Horn geben.«

»Was wollt Ihr?« Corum war des Feilschens müde. Es drängte ihn, von Moidelsberg aufzubrechen und nach Caer Mahlod zurückzukehren, so schnell ihn sein Pferd trug.

»Ich muß etwas von Euch bekommen«, fuhr Calatin fort. »Ihr versteht das sicher, davon bin ich überzeugt.«

»Sagt mir, was, Zauberer.«

Calatin musterte Corum, wie ein Bauer ein Pferd auf dem Markt betrachtet. Dann berührte er den Überwurf, den Corum unter dem Pelz trug, den die Mabden ihm gegeben hatten. Der Überwurf war Corums Vadhagh-Mantel, rot und leicht, aus dem Fell eines Tieres gegerbt, das einst auf einer anderen Ebene gelebt hatte und auch dort längst ausgerottet war.

»Euer Mantel ist von großem Wert, Prinz?«

»Ich habe noch nie über seinen Preis nachgedacht. Es ist mein Namensmantel. Jeder Vadhagh hat einen.«

»Dann könntet Ihr nicht auf ihn verzichten?«

»Ist es das, was Ihr von mir begehrt – meinen Mantel? Kann er Euch für den Verlust Eures Hornes entschädigen?« Corum fragte ungeduldig. Er mochte den Zauberer immer weniger. Aber er stand moralisch in der Schuld des Mabden, wußte er. Und Calatin wußte das auch.

»Wenn Ihr das für einen fairen Tausch haltet?«

Corum riß sich seinen Pelz von den Schultern, legte seinen Waffengurt ab und öffnete das Band, das seinen Mantel hielt. Es würde seltsam sein, ohne dieses Kleidungsstück, das er so lange getragen hatte, auszukommen, aber er fühlte sich dem Mantel nicht besonders verbunden. Der Pelz würde ihn ausreichend wärmen.

Er überreichte Calatin den scharlachroten Mantel. »Da habt Ihr ihn, Zauberer. Nun steht keiner von uns mehr in des anderen Schuld.«

»So ist es«, bestätigte Calatin und sah zu, wie Corum sich seinen Waffengurt wieder anlegte und sich in den hohen Sattel seines Pferdes schwang. »Ich wünsche Euch eine gute Reise, Prinz Corum. Und hütet Euch vor den Hunden des Kerenos. Jetzt gibt es kein Horn mehr, das Euch retten kann.«

»Und keines, das Euch schützt«, erwiderte Corum. »Werden sie Euch angreifen?«

»Das ist unwahrscheinlich«, murmelte der Zauberer geheimnisvoll. »Sehr unwahrscheinlich.«

Und Corum ritt zu dem versunkenen Damm hinunter und lenkte sein Pferd ins Meer.

Er blickte sich nicht mehr nach dem Zauberer Calatin um. Er blickte auf das verschneite Land vor sich, ohne viel Gefallen bei dem Gedanken an den vor ihm liegenden Weg zu finden, aber glücklich, Moidelsberg hinter sich gebracht zu haben. Er hielt den Speer Bryionak in der silbernen Hand und lenkte sein Pferd mit der anderen. Bald hatte er das Festland erreicht, und sein Atem und der seines Pferdes dampften in der eisigen Luft. Er schlug einen Weg nach Nordwesten ein.

Und als er in den erfrorenen Wald ritt, glaubte er für einen Augenblick, das Spiel einer Harfe zu hören – eine wilde, melancholische Melodie.

2 Die Fhoi Myore marschieren

Der Reiter saß auf einem Tier, das nur entfernt einem Pferd ähnelte. Beide waren von einer eigenartigen, blaßgrünen Farbe. Der Schnee wurde von den Hufen des Tieres aufgewirbelt und wehte hoch über den beiden. Das bleiche grüne Gesicht des Reiters war leer, als wäre es im Frost erstarrt. Seine bleichen grünen Augen blickten kalt. Und in seiner Hand hielt er ein blaßgrünes Schwert. Nicht weit vor Corum, der sein eigenes Schwert zückte, kam der Reiter zu einem plötzlichen Halt und rief laut:

»Seid Ihr der, den sie für ihren Retter halten? Mir scheint Ihr mehr ein Mann denn ein Gott zu sein!«

»Ein Mann bin ich«, antwortete Corum gefaßt. »Und ein Krieger. Fordert Ihr mich heraus?«

»Balahr fordert Euch. Ich bin nur sein Werkzeug.«

»Dann wünscht Balahr mir nicht selbst gegenüberzutreten?«

»Die Fhoi Myore kämpfen nicht selbst mit den Sterblichen. Warum sollten sie?«

»Für eine so mächtige Rasse haben die Fhoi Myore sehr viele Ängste, die sie plagen. Was ist mit ihnen los? Schwächt die Seuche sie schon so sehr, die an ihnen frißt und sie schließlich vernichten wird?«

»Ich bin Hew Argech, früher Hew Argech von den

Weißen Felsen hinter Karnec. Dort gab es einmal ein Volk, eine Armee, einen Stamm. Nun gibt es nur noch mich. Und ich diene Balahr, dem Einäugigen. Was sonst kann ich tun?«

»Dient Eurem eigenen Volk, den Mabden!«

»Die Bäume sind mein Volk. Die Kiefern der Schwarzen Wälder. Sie halten uns beide am Leben, mein Roß und mich. Der Saft in meinen Adern wird nicht von Wein und Brot genährt, sondern von Regen und Erde. Ich bin Hew Argech, Bruder der Kiefern.«

Corum fiel es schwer zu glauben, was dieses Wesen ihm gerade erklärt hatte. Einst mußte es ein Mensch gewesen sein, aber dann war es verwandelt worden – verwandelt durch Zauberei der Fhoi Myore. Corums Respekt vor der Macht der Fhoi Myore wuchs noch weiter.

»Wollt Ihr absteigen, Hew Argech, und mir in einem fairen Kampf gegenübertreten, Schwert gegen Schwert im Schnee?« fragte Corum.

»Ich kann nicht. Früher habe ich so gekämpft.« Seine Stimme klang unschuldig wie die Stimme eines harmlosen Kindes. Aber die Augen blieben leer, das Gesicht starrte ausdruckslos. »Jetzt muß ich verschlagen kämpfen und nicht mehr ehrenhaft!«

Und Hew Argech trieb sein Tier an und galoppierte mit erhobenem Schwert gegen Corum.

Eine Woche war vergangen, seit Corum Moidelsberg verlassen hatte, eine kalte Woche. Seine Glieder waren steif geworden in der Kälte, und das endlose Weiß des Schnees hatte seine Augen geblendet, so daß er einige Zeit gebraucht hatte, um den grünen Reiter auf seinem grünen Tier überhaupt wahrzunehmen, der über das weite Moor geritten kam.

Hew Argechs Angriff erfolgte so schnell, daß Corum kaum Zeit blieb, sein Schwert hochzureißen, um den ersten Hieb zu parieren. Dann war Hew Argech an ihm vorbei und wendete sein Tier für den nächsten Angriff. Diesmal ging Corum selbst in die Offensive und schlitzte Hew Argechs Arm, aber Argechs Schwert klirrte auf Corums Brustharnisch und schlug den Vadhagh halb aus dem Sattel.

In seiner silbernen Hand hielt Corum den Speer Bryionak, und mit derselben Hand führte er auch die Zügel, mit denen er sein schnaubendes Pferd jetzt für den nächsten Waffengang herum zwang.

Eine Zeitlang kämpften sie auf diese Weise, ohne daß der eine die Abwehr des anderen überwinden konnte. Aber während Corums Atem dampfend aufstieg, kam kein Hauch über Hew Argechs Lippen. Der bleiche grüne Mann zeigte keine Spur der Erschöpfung, doch Corum ermüdete schnell, bis er sein Schwert kaum noch halten konnte.

Corum wußte, daß Hew Argech nur abwartete, bis sein Gegner von Erschöpfung überwältigt wurde. Schließlich hielt Argech sein Tier direkt neben Corums Pferd und schlug so lange auf den Vadhagh ein, bis diesem das Schwert aus den erfrorenen Fingern rutschte. Aus Hew Argechs Mund brach ein dünnes Lachen wie Wind, der durch die Blätter raschelt, und dann trieb er sein Tier zum letzten Schlag vorwärts.

Im Sattel schwankend, gelang es Corum, den Hieb noch einmal mit dem Speer Bryionak zu parieren, den er zur Verteidigung vorstreckte. Als Hew Argechs Klinge auf die Spitze des Speers traf, gab es einen wohltönenden, silbrigen Klang, der beide Kämpfer überraschte. Argech war an Corum vorbei, aber er wendete schon wieder. Corum riß seinen Arm zurück und schleuderte den Speer mit solcher Gewalt auf den bleichen, grünen Krieger, daß er selbst fast über den Hals seines Pferdes rutschte. Als er genug Kraft gesammelt hatte, um den

Kopf wieder zu heben, sah er den Speer aus Hew Argechs Brust ragen.

Hew Argech stöhnte und fiel von seinem bleichen grünen Tier.

Und dann sah Corum etwas, das ihn in höchstes Erstaunen versetzte. Wie es geschah, wußte er nicht zu erklären, aber der Speer verließ den Körper des bleichen grünen Mannes und flog zurück in Corums offene silberne Hand, deren Griff sich ohne Corums Zutun wieder um den Schaft schloß.

Corum blinzelte, weil er seinen Augen nicht traute, aber er sah den Speer nicht nur, sondern konnte auch den Schaft an seinem Knie spüren.

Er blickte auf seinen gefallenen Gegner vor sich. Das Tier, das Hew Argech geritten hatte, ergriff den Mann jetzt mit dem Maul und trug ihn fort.

Plötzlich schien es Corum, als wäre in Wirklichkeit das Tier der eigentliche Herr. Er hätte nicht erklären können, warum ihm dieser Gedanke kam, außer durch den kurzen Blick in die Augen des Tieres und die Ironie, die er in diesen Augen funkeln sah.

Während er fortgeschleppt wurde, öffnete Hew Argech die Lippen und rief Corum mit seiner unbeteiligten Stimme zu:

»Die Fhoi Myore marschieren. Sie wissen, daß die Menschen von Caer Mahlod Euch gerufen haben. Sie marschieren gegen Caer Mahlod, um es zu zerstören, bevor Ihr mit dem Speer dorthin zurückkehrt, der mich eben getötet hat. Lebt wohl, Corum von der Silbernen Hand. Ich muß zurück zu meinen Brüdern, den Kiefern der Schwarzen Wälder.«

Bald waren das Tier und der Mann hinter dem nächsten Hügel verschwunden, und Corum blieb allein zurück. In der silbernen Hand hielt er den Speer, der ihm das Leben gerettet hatte, und drehte ihn in dem grauen

Licht nach allen Seiten, als könne er so eine Erklärung finden, wie die Waffe einfach in seine Hand zurückfliegen konnte.

Schließlich schüttelte er den Kopf und gab das Grübeln auf. Er trieb sein Pferd zu schnellem Galopp durch den knirschenden Schnee in Richtung Caer Mahlod. Nach den letzten Worten von Hew Argech hatte er es jetzt noch eiliger.

Die Fhoi Myore waren ihm noch immer ein Rätsel. Alles, was er bisher über sie gehört hatte, konnte nicht erklären, wie sie Wesen wie Hew Argech erschaffen konnten oder die Hunde des Kerenos und die Ghoolegh-Jäger. Manche sahen in den Fhoi Myore gefühllose, geistlose Wesen, kaum mehr als Tiere, anderen erschienen sie Göttern gleich. Mußten sie nicht über Intelligenz verfügen, um eine Kreatur wie diesen Hew Argech zu erschaffen, den Bruder der Bäume?

Anfangs hatte Corum sich gefragt, ob die Fhoi Myore mit den Chaos-Lords verwandt waren, gegen die er in der alten Zeit so lange gekämpft hatte. Aber die Fhoi Myore waren gleichzeitig menschenähnlicher und doch weniger menschlich, als die Chaos-Lords es gewesen waren, und ihre Ziele schienen völlig anders zu sein. Sie waren nicht freiwillig auf diese Ebene gekommen, hatte es den Anschein. Sie waren durch einen Spalt im Gefüge des Multiversums gestürzt, und nun nicht mehr in der Lage, in ihre eigene seltsame Zwischenwelt zurückzukehren. Deshalb suchten sie sich auf der Erde einen neuen Limbus zu erschaffen. Corum fand, daß er für ihr Bemühen sogar ein gewisses Verständnis aufbringen konnte.

Er überlegte, ob Goffanons Voraussagen wirklich wahr waren oder ob sie nur ein Produkt von Goffanons eigener Verzweiflung darstellten. War der Untergang der Mabden unaufhaltsam?

Ein Blick über das kahle, schneebedeckte Land ließ es leichtfallen, daran zu glauben, daß es das Schicksal der Mabden – und damit auch Corums – war zu sterben, Opfer der Fhoi Myore.

Er machte nur noch selten Rast, schlug kein Lager auf, sondern ritt wild durch die Nacht, halb im Sattel schlafend, ohne auf Schneeverwehungen zu achten. Und sein Pferd ließ sich immer schwerer durch den Schnee treiben.

Einmal gegen Abend sah er eine Reihe von Gestalten in einiger Entfernung. Nebel umwehte die Gestalten, während sie auf riesigen Streitwagen fuhren oder daneben marschierten. Fast hätte Corum versucht, sie anzurufen, bis er erkannte, daß er keine Mabden vor sich hatte. Waren das die Fhoi Myore auf ihrem Zug gegen Caer Mahlod?

Mehrmals hörte er während seines Ritts ein fernes Heulen, und er schloß daraus, daß die Jagdmeuten, die Hunde des Kerenos, ihn suchten. Sicher war Hew Argech zu seinen Herren zurückgekehrt und hatte ihnen von Corum und dem Speer Bryionak erzählt, der in die silberne Hand zurückgeflogen war.

Caer Mahlod schien noch immer weit zu sein, und die Kälte nagte an Corums Körper wie ein Wurm, der sich von seinem Blut nährte.

Seit er hier zuletzt vorbeigekommen war, mußte noch mehr Schnee gefallen sein, denn die vertrauten Wegzeichen waren kaum noch zu erkennen. Dieser Umstand und seine zunehmende Schneeblindheit machten es ihm immer schwerer, den richtigen Weg zu finden. Er hoffte, daß sein Pferd zurück nach Caer Mahlod finden mochte, und verließ sich ganz auf den Instinkt des Tieres.

Während die Erschöpfung ihn zu überwältigen begann, versank er in tiefster Verzweiflung. Warum hatte er nicht auf Goffanon gehört und verbrachte seine Tage auf der friedlichen Insel Hy-Breasail? Was schuldete er diesen Mabden? Hatte er nicht oft genug in Mabdenschlachten gefochten? Was hatte ihm dieses Volk denn gegeben?

Und dann erinnerte er sich. Sie hatten ihm Rhalina gegeben.

Und er erinnerte sich an Medheb, König Mannachs Tochter. Die rothaarige Medheb in ihrer Rüstung, mit der Schleuder und dem Tathlum, die darauf wartete, daß er Rettung für Caer Mahlod brachte.

Dieser Gedanke hielt ihn aufrecht, wärmte ihn ein wenig, trieb die Verzweiflung an den Rand seines Bewußtseins zurück und ließ ihn weiterreiten. Er ritt für Caer Mahlod, die Feste auf dem Hügel, und für alle, deren letzte Hoffnung er war.

Aber Caer Mahlod schien nie näher zu kommen. Jahre schienen schon vergangen zu sein, seit er die Fhoi Myore am Horizont gesehen und das Heulen der Hunde gehört hatte. Vielleicht war Caer Mahlod längst gefallen, würde er Medheb zu Eis erstarrt finden wie jene, die er neben dem See gesehen hatte.

Ein neuer Morgen brach an. Corums Pferd kam jetzt nur noch langsam voran. Manchmal stolperte es, als fing sich sein Huf an einer verborgenen Wurzel. Sein Atem ging schwer. Corum wäre abgestiegen, um dem Tier etwas von seiner Last zu nehmen, aber er hatte weder die Kraft noch die Energie dazu. Er begann zu bedauern, daß er Calatin seinen scharlachroten Mantel gegeben hatte. Gerade die zusätzliche Wärme des dünnen Vadhagh-Mantels fehlte ihm jetzt. Wußte Calatin, was hier auf den Vadhagh wartete? Hatte er deshalb den Mantel erbeten? Ein Akt der Rache?

Er hörte etwas. Er hob seinen schmerzenden Kopf und starrte mit seinen entzündeten, blutunterlaufenen Augen um sich. Gestalten stellten sich ihm in den Weg. Ghoolegh! Er versuchte, sich im Sattel aufzurichten und sein Schwert zu ziehen.

Den Speer Bryionak schwingend, einen krächzenden Kampfschrei auf den halberfrorenen Lippen, zwang er sein Pferd zum Galopp.

Und dann brachen die Vorderbeine des Tieres ein, es stürzte und warf Corum über seinen Kopf. Den Schwertern seiner Feinde ausgeliefert, blieb der Vadhagh im Schnee liegen.

Aber er würde den Schmerz ihrer Hiebe nicht mehr spüren, dachte Corum, als er das Bewußtsein verlor und von einem Gefühl des Vergessens und der Wärme überschwemmt wurde.

Er lächelte und ließ die Dunkelheit über sich kommen.

3 Die Eis-Phantome

Er träumte, daß er ein großes Schiff über eine Unendlichkeit aus Eis segelte. Das Schiff lief auf Kufen und hatte fünfzig Segel. Wale und andere seltsame Geschöpfe bevölkerten das Eis. Dann segelte er nicht mehr mit dem Schiff, sondern fuhr in einem Streitwagen, der von Bären unter einem fremden, dumpfen Himmel gezogen wurde. Auch hier war überall Eis. Welten, die ausgebrannt waren. Alte, tote Welten im Endstadium der Entropie. Das Eis herrschte überall – glattes, schimmerndes Eis. Eis, das allem, was sich regte, den Tod brachte. Eis, das Symbol des endgültigen Todes war, des Todes eines ganzen Universums. Corum stöhnte im Schlaf.

»Er muß es sein, von dem ich gehört habe.« Die Stimme war weich, aber eindringlich.

»Llaw Ereint?« fragte eine andere Stimme.

»Aye. Wer sonst sollte es sein? Da ist die silberne Hand.

Und das Gesicht ist ein Sidhigesicht, möchte ich schwören, auch wenn ich noch nie eins gesehen habe.«

Corum öffnete sein einziges Auge und blinzelte in Richtung der Stimmen.

»Ich bin tot«, sagte Corum, »und ich wäre dankbar, wenn Ihr mich in Frieden ruhen ließet.«

»Ihr lebt«, erwiderte der Junge nüchtern. Er war etwa sechzehn Jahre alt. Obwohl sein Gesicht eingefallen und sein Körper abgemagert wirkte, strahlte Intelligenz aus seinen Augen. Eine lange blonde Mähne wurde von einem einfachen Lederriemen gebändigt. Auf dem Kopf trug er eine Pelzkappe, über den Schultern Felle und die üblichen goldenen und silbernen Reifen an Hals und Armen. »Ich bin Bran. Dies ist mein Bruder Teyrnon. Ihr seid Cremm, der Gott.«

»Gott?« Corum begriff langsam, daß die Menschen vor ihm Mabden waren und daß sich ihm vorhin Mabden in den Weg gestellt haben mußten, keine Fhoi Myore. Er lächelte den Jungen an. »Fallen Götter von erschöpften Pferden?«

Bran zuckte die Achseln und fuhr mit der Hand durch sein blondes Haar. »Ich weiß nichts über das Verhalten von Göttern. Könnt Ihr Euch nicht verkleidet haben und einen Sterblichen vortäuschen, um uns zu prüfen?«

»Das ist eine sehr freundliche Betrachtungsweise angesichts eines ganz gewöhnlichen Schwächeanfalls«, antwortete Corum. Er wandte sich Teyrnon zu und blickte dann überrascht wieder auf Bran. Bis auf ihre unterschiedlichen Fellmäntel sahen die beiden absolut gleich aus. Corum blickte nach oben und sah das Dach eines niedrigen Zeltes über sich, in dem er lag, während Bran und Teyrnon an seiner Seite knieten.

»Wer seid ihr?« fragte Corum. »Woher kommt ihr? Wißt ihr, was aus Caer Mahlod geworden ist?«

»Wir sind die Tuha-na-Ana – oder was von diesem

Volk übriggeblieben ist«, erklärte der Junge. »Wir sind aus einem Land im Osten von Gwyddneu Garanhir, welches im Süden von Cremm Croich liegt. Als die Fhoi Myore auftauchten, kämpften einige von uns gegen sie und gingen unter. Der Rest unseres Volkes – in erster Linie die Alten und die Kinder – machte sich auf den Weg nach Caer Mahlod, von dem wir hörten, daß es den Fhoi Myore noch Widerstand leistet. Wir verirrten uns und mußten uns oft vor den Fhoi Myore und ihren Hunden verbergen, aber jetzt sind wir nicht mehr weit von Caer Mahlod, das westlich von hier liegen muß.

»Caer Mahlod ist auch mein Ziel«, meinte Corum und setzte sich auf. »Ich führe den Speer Bryionak mit mir und werde den Bullen von Crinanass zähmen.«

»Der Bulle kann niemals gezähmt werden«, entgegnete Teyrnon sanft. »Wir haben ihn vor etwas weniger als zwei Wochen gesehen. Wir waren hungrig und jagten ihn, um seines Fleisches willen. Aber er wandte sich gegen unsere Jäger und tötete fünf von ihnen mit seinen spitzen Hörnern, bevor er nach Westen davonlief.«

»Wenn der Bulle nicht gezähmt werden kann«, sagte Corum und nahm dankbar eine Schale dünner, heißer Suppe von Bran entgegen, »dann ist Caer Mahlod verloren, und ihr tätet besser daran, euch eine andere Zuflucht zu suchen.« Er trank von der Suppe.

»Wir suchen nach Hy-Breasail«, erklärte Bran ernst. »Die Verwunschene Insel jenseits des Meeres. Wir dachten, dort könnten wir glücklich sein und sicher vor den Fhoi Myore.«

»Sicher vor den Fhoi Myore wäret ihr dort«, erwiderte Corum, »aber nicht vor euren eigenen Ängsten. Suche nicht nach Hy-Breasail, Bran von den Tuha-na-Ana, denn die Insel bedeutet für Mabden einen schrecklichen Tod. Nein, wir sollten zusammen nach Caer Mahlod ziehen, wenn die Fhoi Myore uns nicht vorher finden. Ich will sehen, ob ich nicht zu dem Bullen sprechen kann und ihn von unserer Sicht der Dinge überzeugen.«

Bran schüttelte skeptisch den Kopf, und sein Zwillingsbruder Teyrnon wiederholte die Geste.

»Wir ziehen bald weiter«, erklärte Teyrnon Corum. »Seid Ihr erholt genug zu reiten?«

»Lebt mein Pferd noch?«

»Es lebt und hat sich erholt. Wir haben ein wenig Gras für es gefunden.«

»Dann will ich reiten«, sagte Corum.

Weniger als dreißig Menschen bewegten sich in einem langsamen Zug über den Schnee. Und von diesen dreißig waren mehr als zwanzig alte Männer und Frauen. Es gab drei andere Jungen, wie Bran und seinen Bruder Teyrnon, und außerdem noch drei Mädchen, von denen eines jünger als zehn Jahre war. Die anderen jüngeren Kinder waren schon vor Tagen bei einem plötzlichen Überfall von den Hunden des Kerenos fortgeschleppt worden. Schnee schimmerte auf den Haaren der Mabden. Scherzend erklärte sie Corum deshalb alle zu Königinnen und Königen. Bevor er zu ihnen gestoßen war, hatten sie keine Waffen mehr besessen. So verteilte Corum seine Waffen unter sie – dem einen das Schwert, einem anderen seinen Dolch, für je einen weiteren eine seiner Lanzen, und Pfeil und Bogen für Bran. Corum behielt nur den Speer Bryionak, während er der Gruppe voranritt oder neben seinem Pferd herlief, um eine der erschöpften Gestalten darauf reiten zu lassen. Manchmal trug es auch mehrere gleichzeitig, denn sie alle hatten in den letzten Monaten so wenig gegessen, daß sie leicht genug waren.

Bran hatte angenommen, daß sie noch etwa zwei Tagesmärsche vor Caer Mahlod waren. Doch je weiter sie nach Westen kamen, desto schneller ging ihr Marsch voran. Corums Stimmung besserte sich von Stunde zu Stunde, und die Energie seines Pferdes kehrte zurück. Es war sogar in der Lage, schnell vorauszugaloppieren, und Corum konnte das Land erkunden. Nach der Wetterbesserung zu schließen, konnten die Fhoi Myore Caer Mahlod noch nicht erreicht haben.

Am späten Nachmittag dieses, wie sie hofften, letzten Tages ihrer Wanderung erreichte die kleine Gruppe ein flaches Tal. Es bot etwas Schutz vor dem eisigen Wind, der über das Moor fegte. Unter den Hügelkämmen zu beiden Seiten des Tales bemerkte Corum glänzende Eisgebilde. Der Ostwind mochte sie aus erstarrenden Wasserfällen geformt haben. Ein Stück ins Tal hinein entschied man, das Lager für die Nacht aufzuschlagen, auch wenn die Sonne noch nicht ganz untergegangen war. Als Corum von den Jungen aufblickte, denen er beim Aufbau der Zelte zugesehen hatte, erspähte er aus den Augenwinkeln eine Bewegung. Er hätte schwören können, daß eine der Eisformen ihren Standort gewechselt hatte. Aber er führte diesen Eindruck schließlich auf seine überanstrengten Augen und das schwindende Licht zurück.

Und dann bewegten sich mehrere der Gestalten – unübersehbar kreisten sie das Lager ein.

Corum schrie Alarm und lief auf sein Pferd zu. Die Eisformen glitten wie schimmernde Phantome die Hänge hinunter auf das Lager zu. Corum sah, wie eine alte Frau am anderen Ende des Lagers entsetzt die Arme hochriß und sich zur Flucht wandte, aber eine schimmernde, geisterhafte Gestalt schien sie regelrecht aufzusaugen und den Hügel hinaufzuzerren. Bevor irgend jemand etwas unternehmen konnte, wurden zwei weitere alte Frauen gepackt und fortgeschleppt.

Nun war das Lager in heller Aufregung. Bran schoß zwei gut gezielte Pfeile nach den Eis-Phantomen, aber die Geschosse rasten einfach durch die eisigen Körper.

Corum schleuderte den Speer Bryionak nach einem der Phantome. Die Waffe traf etwas, das ein Kopf sein mochte, und flog, ohne etwas auszurichten, zurück in Corums Hand. Trotzdem schien es, daß die Wesen sich fürchteten, denn nachdem sie ihre Beute gepackt hatten, zogen sie sich wieder auf die Hügel zurück. Der Vadhagh hörte Bran und Teyrnon rufen und sah sie auf der Jagd nach einem der Phantome zusammen den Hang hinauflaufen. Er schrie ihnen nach, daß die Verfolgung sie nur in Gefahr bringen würde und zwecklos war. Doch die Brüder reagierten nicht. Corum schöpfte kurz Atem, dann rannte er hinter ihnen her.

Die Dunkelheit kroch jetzt heran. Schatten legten sich über den Schnee. Der Himmel zeigte nur noch einen letzten Schimmer der Sonne, ein Blutschmier auf Milch. Kein gutes Licht für eine Jagd, und die Eis-Phantome würden selbst in der hellen Mittagssonne schlecht auszumachen sein.

Es wurde immer dunkler.

»Bran!« schrie Corum. »Teyrnon!«

Und dann fand er die beiden. Sie knieten im Schnee und weinten. Corum sah näher hin und erkannte neben ihnen die Leiche einer alten Frau, die die Eisungeheuer verschleppt hatten.

»Ist sie tot?« flüsterte er.

»Aye«, antwortete Bran, »unsere Mutter ist tot.«

Corum hatte nicht gewußt, daß die alte Frau die Mutter der Brüder gewesen war. Er stieß einen tiefen, langen Seufzer aus und wandte sich ab. Er blickte direkt in die schattenhaften, grinsenden Gesichter von drei der Phantome.

Der Vadhagh schrie auf und stach mit Bryionak nach den Wesen. Lautlos kamen die Phantome herangeglitten. Er fühlte ihre Fangarme seine Haut berühren, und unter den Berührungen erfror sein Fleisch. So lähmten sie ihre

Opfer, und so saugten sie die Wärme aus den Körpern ihrer Opfer. Von dieser Wärme lebten sie, nährten sie sich. Corum verlor jede Hoffnung, sein Leben und das der Jungen noch retten zu können. Gegen solche unfaßbaren Feinde gab es keine Abwehr.

Und dann glühte die Spitze des Speers Bryionak in einem seltsamen Rot, und als die Spitze eines der Phantome berührte, kreischte es und verschwand. Es verwandelte sich einfach in eine Dampfwolke, die sich in Luft auflöste. Corum dachte nicht lange über die Macht des Speers nach. Er schwang ihn gegen die anderen beiden Phantome, berührte sie leicht mit der glühenden Spitze, und auch sie verschwanden. Es war, als brauchten die Eis-Phantome Wärme zum Leben, aber zuviel Hitze überlud sie, bis sie regelrecht verpufften.

»Wir müssen Feuer machen«, erklärte Corum den Jungen. »Die Flammen werden sie uns vom Hals halten. Und wir können hier nicht lagern. Wir werden weitermarschieren – bei Fackelschein. Jetzt können wir keine Rücksicht mehr darauf nehmen, ob die Fhoi Myore oder ihre Diener uns entdecken. Das beste ist, Caer Mahlod so schnell wie möglich zu erreichen, denn wir haben keine Ahnung, welche anderen Schrecken die Fhoi Myore neben diesen Eisungeheuern noch für uns bereithalten.«

Bran und Teyrnon nahmen den Leichnam ihrer Mutter in die Arme. Sie trugen ihn zwischen sich und folgten Corum hinab ins Tal. Die Spitze des Speers Bryionak verblaßte jetzt wieder, bis sie nur noch aussah, wie sie immer ausgesehen hatte – eine gewöhnliche, gut gearbeitete Speerspitze.

Im Lager erzählte Corum den anderen von seiner Entscheidung, und alle waren einverstanden.

So zogen sie weiter. Die Eis-Phantome lauerten hinter dem Lichtkreis der Fackeln.

Sie gaben leise keuchende Geräusche von sich, kleine

feuchte Geräusche, bettelnde Geräusche, bis der Trupp das Tal verlassen hatte.

Die Phantome folgten ihnen nicht, aber Corum und die letzten der Tuha-na-Ana marschierten weiter, denn der Wind schlug jetzt um und brachte salzige Seeluft mit sich. Nun wußten sie sicher, daß Caer Mahlod ganz in der Nähe sein mußte. Aber sie wußten auch, daß die Fhoi Myore und alles, was unter ihrem Befehl stand, nicht mehr weit sein konnten, und das gab selbst den ältesten aus der kleinen Schar neue Energie. Sie liefen schneller und hofften, daß ihnen noch bis zum Morgen Zeit blieb, denn am Morgen würden sie Caer Mahlod bestimmt vor sich sehen.

4 Das Kalte Volk sammelt sich

Da war der kegelförmige Hügel, und die steinernen Wälle der Festung erhoben sich darauf, und König Mannachs Banner wehte darüber, und aus dem Tor von Caer Mahlod ritt Medheb, die schöne Medheb.

Sie winkte ihm zu und lachte, und ihre graugrünen Augen strahlten vor Freude. Ihr Pferd wirbelte den Schnee auf, als sie schrie:

»Corum! Corum! Corum Llaw Ereint, bringst du den Speer Bryionak?«

»Aye«, rief Corum zurück und schüttelte den Speer, »und Gäste bringe ich mit für Caer Mahlod. Wir sind in Eile, denn die Fhoi Myore sind nicht mehr weit.«

Sie lenkte ihr Pferd an Corums Seite und beugte sich zu ihm hinüber, legte den Arm um seinen Nacken und küßte ihn auf die Lippen. Alle düsteren Ahnungen verließen ihn plötzlich, und er war froh, nicht auf Hy-Breasail geblieben zu sein, nicht von Hew Argech erschlagen worden zu sein und nicht von den Eis-Phantomen der Lebenswärme beraubt.

»Du bist hier, Corum«, sagte sie.

»Ich bin hier, schöne Medheb. Und hier ist der Speer Bryionak.«

Sie sah den Speer bewundernd an, aber sie weigerte sich, ihn zu berühren, selbst als Corum ihn ihr geben wollte. Sie wich zurück, lächelte seltsam. »Dies ist nicht für mich. Dies ist der Speer Bryionak. Es ist der Speer von Cremm Croich, von Llaw Ereint, von den Sidhi, den Göttern und Halbgöttern unserer Rasse – der Speer Bryionak.«

Er lachte über den ernsten Ausdruck, der so plötzlich auf ihrem Gesicht erschienen war, und küßte sie. Ihre Augen klärten sich, und sie erwiderte sein Lachen. Dann wendete sie ihr Pferd und ritt der müden Schar voran nach Caer Mahlod.

Auf der anderen Seite des niedrigen Tores erwartete sie König Mannach. Er lächelte Corum voll Dankbarkeit und Respekt entgegen, daß er einen der verlorenen Schätze von Caer Llud gefunden hatte, den Speer, der den schwarzen Bullen von Crinanass zähmen konnte. »Seid mir gegrüßt, Lord aus dem Hügel«, rief König Mannach ohne übertriebene Feierlichkeit. »Seid mir gegrüßt, Held und Sohn.«

Corum schwang sich aus dem Sattel und streckte die silberne Hand aus, in der er Bryionak hielt. »Hier ist er. Seht ihn Euch an. Es ist ein einfacher, gewöhnlicher Speer – oder sieht jedenfalls so aus. Und doch hat er mein Leben auf dem Rückweg hierher schon zweimal gerettet. Betrachtet ihn und sagt mir, ob Ihr etwas Besonderes daran findet.«

Aber König Mannach folgte dem Beispiel seiner Tochter und wich vor dem Speer zurück. »Nein, Prinz Corum. Nur ein Held soll den Speer Bryionak tragen. Ein gewöhnlicher Sterblicher wäre verflucht, wenn er nach ihm griffe. Er ist eine Sidhiwaffe. Selbst als er noch in unserem Besitz war, wurde er in einer Holzkiste aufbewahrt, so daß er nie direkt berührt werden konnte.«

»Gut«, erwiderte Corum. »Ich respektiere diesen Brauch, auch wenn Ihr nichts von Bryionak zu fürchten habt. Nur unsere Feinde müssen Bryionak fürchten.«

»Wie Ihr es sagt«, antwortete König Mannach in beschwichtigendem Tonfall. »Nun laßt uns essen. Wir haben heute Fisch gefangen, und die Tafel ist nicht zu spärlich gedeckt. Laßt alle diese Menschen mit uns in die Halle kommen und essen, denn sie sehen wirklich sehr hungrig aus.«

Bran und Teyrnon sprachen für die Überlebenden ihres Clans. »Wir nehmen Eure Gastfreundschaft gerne an, großer König, da wir lange Hunger gelitten haben. Und wir bieten Euch unseren Dienst im Kampf gegen die Fhoi Myore an, unseren Dienst als Krieger.«

König Mannach senkte seinen edlen Kopf. »Meine Gastfreundschaft ist wenig, verglichen mit Eurem Stolz und Eurem Angebot. Und ich danke Euch, Krieger, für Euren Beistand in unserem Kampf.«

Als König Mannach gerade die letzten Worte gesprochen hatte, ertönte ein Schrei vom Wehrgang, und ein Mädchen, das über dem Tor auf Posten stand, rief:

»Weißer Nebel erhebt sich im Süden und im Westen. Das Kalte Volk sammelt sich. Die Fhoi Myore kommen.«

Nicht ohne Humor meinte der König darauf: »Ich fürchte, daß wir unser Bankett aufschieben müssen. Laßt uns hoffen, daß es zu unserem Siegesmahl wird.« Er lächelte grimmig. »Und daß der Fisch noch frisch ist, wenn wir unsere Schlacht geschlagen haben!«

Nachdem er seine Männer auf die Mauern geschickt hatte, wandte König Mannach sich wieder an Corum. »Ihr müßt den Schwarzen Bullen von Crinanass rufen,

Corum. Ihr müßt ihn bald rufen. Denn wenn er nicht kommt, ist es mit dem Volk von Caer Mahlod aus.«

»Ich weiß nicht, wie ich den Bullen rufen soll, König Mannach.«

»Medheb weiß es. Sie wird es Euch lehren.«

»Ich weiß es«, bestätigte Medheb.

Dann stiegen sie und Corum zu den Kriegern auf die Wälle und blickten nach Osten. Und dort nahten die Fhoi Myore mit ihrem Nebel und ihren Dienern.

»Diesmal kommen sie nicht nur für ein Jagdspiel«, meinte Medheb.

Mit seiner rechten Hand ergriff Corum ihre Linke und drückte sie fest.

In etwa zwei Meilen Entfernung sahen sie hinter dem Wald bleichen Nebel aufsteigen. Er bedeckte schnell den ganzen Horizont von Norden nach Süden und bewegte sich vorsichtig auf Caer Mahlod zu. Dem Nebel voran liefen Hundemeuten, hechelnd und schnüffelnd, wie gewöhnliche Hunde von einer Jagdgesellschaft. Hinter den Hunden folgten kleine Gestalten, in denen Corum die ledergekleideten Ghooleghs zu erkennen glaubte. Und hinter diesen kamen bleiche grüne Reiter, die Brüder der Schwarzen Wälder, wie Hew Argech, sein mußten. Aber in dem Nebel selbst waren noch andere, größere Gestalten zu erkennen, Gestalten, die Corum erst einmal gesehen hatte. Es waren die Umrisse gigantischer Streitwagen, von monströsen Tieren gezogen, die sicherlich keine Pferde sein konnten.

Und es gab sieben von diesen Streitwagen, und in den Streitwagen standen sieben Krieger von unglaublicher Größe.

»Ein großes Heer«, sagte Medheb mit einer Stimme, die sich erfolgreich bemühte, tapfer zu klingen. »Sie senden ihre ganze Macht gegen uns. Alle sieben Fhoi Myore kommen. Sie müssen viel von uns halten, diese Götter.«

»Wir werden ihnen allen Grund dazu geben«, meinte Corum.

»Nun müssen wir Caer Mahlod verlassen«, erklärte ihm Medheb.

»Die Stadt aufgeben?«

»Nein. Wir beide müssen gehen, den Bullen von Crinanass zu rufen. Es gibt einen Ort, den einzigen Ort, wohin der Bulle kommen wird.«

Corum widerstrebte es zu gehen. »In wenigen Stunden, wenn es überhaupt noch Stunden dauert, greifen die Fhoi Myore an.«

»Wir müssen versuchen, bis dahin zurück zu sein. Darum ist es so dringend, daß wir jetzt zum Sidhi-Felsen aufbrechen und den Bullen suchen.«

So verließen sie Caer Mahlod in aller Stille auf zwei frischen Pferden und ritten an den Klippen entlang, gegen die eine See brauste und donnerte, wie in Ankündigung der kommenden Schlachten.

Schließlich standen sie auf einem gelben Strand mit den schwarzen, zerklüfteten Klippen über ihnen und der unruhigen See vor ihnen. Sie sahen einen seltsamen Felsen, der einsam aus dem Sand des Strandes ragte. Es hatte zu regnen begonnen, und der Regen und die Gischt benetzten den Felsen und überzogen ihn mit einer Palette von schimmernden, weichen Farben. An einigen Stellen war der Stein undurchsichtig, aber an anderen völlig transparent, so daß man die warmen Farben in seinem Herzen sehen konnte.

»Der Sidhi-Felsen«, erklärte Medheb.

Corum nickte. Was sonst konnte dieser Felsen sein? Er war nicht aus dieser Ebene. Vielleicht war er zusammen mit Hy-Breasail aus der Ebene der Sidhi gekommen, als sie in den Kampf gegen die Fhoi Myore zogen. Corum hatte schon ähnliches gesehen – Gegenstände, die eigentlich nicht auf diese Ebene gehörten und von denen ein Teil immer noch in einer anderen Dimension lag.

Der Wind wehte ihm Wasser ins Gesicht. Er wehte ihnen die Mäntel um die Schultern, während sie nicht ohne Mühe den glatten, abgeschliffenen Felsen erkletterten, bis sie nebeneinander auf der Spitze des Sidhi-Felsens standen. Schwere Wogen brandeten gegen den Strand und die Klippen. Regen ergoß sich in Sturzbächen über den Felsen und formte schimmernde Kaskaden.

»Nun nimm den Speer in deine silberne Hand«, wies ihn Medheb an. »Halte ihn hoch über dich.«

Corum gehorchte.

»Nun mußt du das, was ich dir vorspreche, in deine Sprache übersetzen, die alte Vadhaghsprache, denn das war auch die Sprache der Sidhi.«

»Ich weiß«, sagte Corum. »Was muß ich also sagen?«

»Bevor du anfängst zu sprechen, mußt du an den Bullen denken, den Schwarzen Bullen von Crinanass. Seine Schultern sind höher als deine Stirn. Er trägt einen Mantel aus langem, schwarzen Haar. Seine Hörner sind von Spitze zu Spitze weiter als deine Armspanne, und sie sind scharf und spitz, diese Hörner. Kannst du dir so ein Geschöpf vorstellen?«

»Ich denke schon.«

»Dann sprich das Folgende, und sprich es deutlich.«

Um sie herum wurde alles in einen grauen Schleier gehüllt bis auf den großen Felsen, auf dem sie standen.

Du sollst die hohen Tore aus Stein durchqueren, Schwarzer Bulle.
Du sollst kommen von dort, wo du weilst, wenn Cremm Croich ruft.
Wenn du schläfst, Schwarzer Bulle, wache auf.
Wenn du wachst, Schwarzer Bulle, erhebe dich.

Wenn du stehst, Schwarzer Bulle, lauf. Laß die Erde beben, Schwarzer Bulle.
Komm zum Felsen, wo du gezeugt bist, Schwarzer Bulle, wo du geboren bist.
Denn er, der den Speer hält, ist Meister deines Geschicks.
Bryionak, geschmiedet auf Crinanass und geschmolzen aus Sidhi-Stein.
Kämpft noch einmal gegen die Fhoi Myore, die auch du bekämpfen mußt, Schwarzer Bulle.
Komm, Schwarzer Bulle. Komm, Schwarzer Bulle. Komm heim.

Medheb hatte alles gesprochen, ohne einmal Atem zu holen. Nun blickten ihre graugrünen Augen gespannt auf Corum. »Kannst du das in deine eigene Sprache übertragen?«

»Aye«, sagte Corum. »Aber warum sollte ein Tier solch einer Beschwörung folgen?«

»Danach frage nicht, Corum!«

Der Vadhagh zuckte die Schultern.

»Siehst du den Bullen im Geiste noch vor dir?«

Er schwieg einen Augenblick, dann nickte er. »Ich sehe ihn.«

»Dann will ich dir die Zeilen noch einmal vorsprechen, und du wiederholst sie auf Vadhagh.«

Und Corum gehorchte, obwohl der Gesang ihm barbarisch und kaum vadhaghschen Ursprungs erschien. Langsam wiederholte er, was sie ihm vorsprach. Er fiel in einen Sprechgesang, der ihm leicht um den Kopf werden ließ. Die Worte begannen von seinen Lippen zu fließen. Er deklamierte. Er stand in seiner vollen Größe, sein Haar wehte im grauen Wind, und er hielt den Speer Bryionak hoch, und er rief den Bullen von Crinanass. Lauter und lauter wurde seine Stimme und übertönte Wind und Wellen.

»Komm, Schwarzer Bulle! Komm heim!«

Als er geendet hatte, legte Medheb eine Hand auf seinen Arm und einen Finger auf ihre Lippen, und sie lauschten.

Durch das Heulen des Windes, das Brausen des Meeres und das Prasseln des Regens hörte sie von irgendwoher ein fernes Brüllen, und der Sidhi-Felsen schien aufzuglühen und erbebte leicht.

Das Brüllen klang jetzt näher.

Medheb lächelte Corum zu und preßte seinen Arm an sich.

»Der Bulle«, flüsterte sie. »Der Bulle kommt.«

Aber sie konnte noch immer nicht erkennen, aus welcher Richtung das Brüllen ertönte. Der Regen fiel jetzt noch dichter, so daß sie kaum noch von dem Felsen hinuntersehen konnten, als habe das Meer sie hier oben verschlungen.

Die Geräusche von Regen, Wind und Meer vereinten sich zu einem gemeinsamen Brausen, und das Brausen wurde zum tiefen Brüllen eines Bullen. Die beiden spähten von der Spitze des Sidhi-Felsens, und es schien ihnen, als höbe sich der große, schwarze Rücken eines Bullen aus dem Meer, und dann stand das riesige Tier am Strand, schüttelte sich und blickte mit seinen großen, intelligenten Augen um sich, um die zu finden, deren Beschwörung ihn hierher gebracht hatte.

»Schwarzer Bulle«, schrie Medheb. »Schwarzer Bulle von Crinanass! Hier steht Cremm Croich und hält den Speer Bryionak. Hier wartet dein Schicksal!«

Und der monströse schwarze Bulle senkte seinen Kopf mit den spitzen, weit geschwungenen Hörnern und schüttelte seinen zottigen schwarzen Körper und scharrte mit seinen schweren Hufen den Sand. Sie konnten deutlich den vertrauten Viehgeruch des Tieres wahrnehmen. Aber dies war kein zahmes Haustier. Dies war ein

Kampftier, stolz und selbstbewußt, ein Tier, das keinem Herrn diente, sondern nur einem Ideal.

»Nun weiß ich, warum die Fhoi Myore dieses Tier fürchten«, murmelte Corum.

5 Die Bluternte

Während Corum und Medheb etwas nervös von dem Felsen hinabstiegen, blieben die Augen des Bullen auf den Speer gerichtet, den der Vadhagh trug. Das Tier stand jetzt ganz still. Es überragte sie, als sie ihm sich langsam näherten. Es schien ihnen gegenüber mindestens genauso mißtrauisch zu sein, wie sie sich vor ihm fürchteten. Aber der Bulle erkannte ganz offensichtlich Bryionak und hatte vor dem Speer Respekt.

»Bulle«, sagte Corum, und er kam sich keineswegs närrisch vor, so mit einem Tier zu reden, »willst du mit uns kommen nach Caer Mahlod?«

Aus dem Regen war Eis geworden, das auf den Flanken des Bullen glitzerte. Weiter den Strand hinauf zeigten die dort zurückgelassenen Pferde Anzeichen von Angst. Sie mißtrauten dem Bullen nicht nur, sie waren von seinem Anblick und seinem Geruch einfach entsetzt. Aber der Bulle beachtete die Pferde nicht weiter. Er schüttelte den Kopf, und seine Nüstern bebten. Seine harten, intelligenten Augen warfen einen kurzen Blick zu den Pferden hinüber und starrten dann wieder auf den Speer.

Obwohl Corum in der Vergangenheit schon viel größeren Kreaturen gegenübergestanden hatte, konnte er sich an kein Tier erinnern, daß ihm je einen solch überwältigenden Eindruck der Stärke vermittelt hatte. In diesem Augenblick schien es, als könne nichts auf der Welt den riesigen Bullen aufhalten.

Corum und Medheb ließen den Bullen zurück und gingen, um ihre Pferde zu beruhigen. Schließlich bekamen sie die Tiere soweit, daß sie aufsteigen konnten. Denn es blieb ihnen nichts anderes zu tun, als über den steilen Pfad die Klippen hinauf nach Caer Mahlod zurückzureiten.

Einige Minuten lang stand der Bulle bewegungslos wie ein Standbild. Er schien nachzudenken. Dann folgte der Schwarze Bulle von Crinanass dem Vadhagh mit dem Speer Bryionak.

Die Hufe fanden sicher den schmalen Pfad über die Klippen, aber der Bulle hielt einen gleichmäßigen Abstand zu Corum und Medheb. Vielleicht, dachte Corum, verachtete ein solches Tier die Gesellschaft schwacher Sterblicher.

Aus dem Eisregen wurde ein Schneesturm. Der Wind fegte den Schnee über die Klippen des Westens, und Corum und Medheb wußten jetzt, daß die Fhoi Myore da waren und vielleicht schon vor den Wällen von Caer Mahlod standen.

Es war ein schreckliches Heer, das sich vor den Mauern von Caer Mahlod gesammelt hatte wie Unrat vor dem Bug eines stolzen Schiffes. Der weiße Nebel wallte wie eine zähe Flüssigkeit. Aber er hing zum größten Teil noch über dem Wald, meist dort, wo Kiefern standen. Er verbarg die sieben Fhoi Myore, denn der Nebel war lebensnotwendig für sie – es war der Dunst des Limbus, mit dem sie sich vor dieser Welt schützen mußten. Corum sah sieben große Schatten in dem Nebel. Sie hatten ihre Streitwagen verlassen und schienen sich zu beraten. Kerenos selbst, der Führer der Fhoi Myore, mußte dort sein. Und Balahr, der wie Corum nur ein Auge besaß, ein tödliches Auge. Und Goim, der weibliche Fhoi Myore, mit der Lust an der Entmannung der Sterblichen. Und die anderen.

Corum und Medheb zügelten ihre Pferde und blickten zurück, ob der Schwarze Bulle ihnen noch folgte.

Er folgte ihnen. Als sie anhielten, blieb auch er stehen. Seine Augen fixierten weiter den Speer Bryionak.

Der Kampf hatte schon begonnen. Die Hunde des Kerenos versuchten die Mauern zu überspringen, wie sie das schon einmal getan hatten. Aber jetzt belagerten auch die Ghoolegh mit Speeren und Pfeilen die Festung. Und die bleichen grünen Reiter warfen sich gegen das Tor, geführt von einem, der nur Hew Argech sein konnte – der Bruder der Fichten, den Corum schon einmal erschlagen hatte. Selbst hier oben auf der Anhöhe, von der sie auf Caer Mahlod hinabblickten, konnten Corum und Medheb die Schreie der Verteidiger und das Heulen der schrecklichen Hunde hören.

»Wie können wir unser Volk jetzt noch erreichen?« fragte Medheb verzweifelt.

»Selbst wenn wir uns bis zum Tor durchschlagen, würden sie uns jetzt nicht mehr einlassen, wenn sie keine Narren sind«, stimmte Corum zu. »Uns bleibt nur der Versuch, das feindliche Heer von hinten anzugreifen und damit Verwirrung zu stiften.«

Medheb nickte. Sie wies auf eine bestimmte Stelle der Mauer. »Laß uns dorthin reiten, wo die Mauer schon fast eingebrochen ist. Vielleicht können wir damit unserem Volk eine kurze Atempause gewinnen, in der sich die Schäden an der Mauer ausbessern lassen.«

Corum hielt den Vorschlag für sinnvoll. Wortlos gab er seinem Pferd die Sporen und galoppierte den Hügel hinunter. Den Speer Bryionak hielt er zum Stoß gegen den ersten Angreifer erhoben. Der Vadhagh war sich sicher, daß er und Medheb hier sterben würden, aber der Gedanke kümmerte ihn im Augenblick nicht. Alles, was er bedauerte, war, daß er ohne seinen Namensmantel sterben würde, den scharlachroten Mantel, den er Calatin an der Küste des Moidelsberges gegeben hatte.

Als er näher kam, sah er, daß sich unter der Armee der Fhoi Myore keine Eis-Phantome befanden. Waren diese Wesen am Ende gar keine Geschöpfe der Fhoi Myore? Die Ghoolegh jedenfalls, die lederbekleideten Untoten, waren es. Ein Reiter auf einem großen Pferd führte sie zum Angriff. Ein Lichtstrahl durchbrach die Wolken und fiel auf die Rüstung dieses Reiters. In wenigen Sekunden schimmerte die Rüstung golden, in mattem Silber, dann von scharlachrot bis tiefblau.

Und Corum wußte sofort, daß er diese Rüstung schon einmal gesehen hatte. Er selbst hatte ihren Träger schon einmal in den Limbus geschickt nach dem Zweikampf im Lager des Heeres der Königin Xiombarg. In einen Limbus, in dem einst die Fhoi Myore eingeschlossen waren, bis eine Erschütterung der Struktur des Multiversums sie freiließ, um diese Ebene zu vergiften. War dabei auch der Reiter befreit worden? Das schien eine naheliegende Erklärung. Der gelbe Federbusch wippte wie früher auf dem Helm des Reiters, und der Helm verbarg wie früher sein Gesicht. Auf dem Brustharnisch prangte noch immer das Zeichen des Chaos, die acht Pfeile, die von einer kreisförmigen Mittelnabe ausgingen.

»Gaynor«, rief Corum und erinnerte sich an das Grauen von Gaynors Tod. »Es ist Prinz Gaynor, der Verdammte.«

»Du kennst diesen Krieger«, fragte Medheb überrascht.

»Ich erschlug ihn einst«, erwiderte Corum grimmig. »Oder, um genau zu sein, ich verbannte ihn aus dieser Welt. Aber da ist er wieder, mein alter Feind. Sollte er der ›Bruder‹ sein, vor dem die alte Frau mich warnte?« Die letzten Worte hatte Corum mehr zu sich selbst gesprochen. Er riß den Arm zurück und schleuderte Bryionak nach Prinz Gaynor, der einst ein Held gewesen (vielleicht der Ewige Held selbst) und nun völlig dem Bösen verfallen war.

Bryionak fand sein Ziel und traf Prinz Gaynor an der Schulter. Der Prinz taumelte im Sattel. Der gesichtslose Helm drehte sich nach dem Speer um, als die Waffe sofort zurück in Corums Hand flog. Gaynor war gerade dabei gewesen, seine Ghoolegh gegen den schwächsten Abschnitt der Mauer zu dirigieren. Die Untoten stürmten durch den von Blut geröteten Schnee. Vielen fehlten Glieder, Köpfe, ja, manche waren kaum noch als menschliche Gestalten zu erkennen. Aber das hielt sie nicht auf. Corum fing den Speer Bryionak aus der Luft. Jetzt wußte der Vadhagh, daß Gaynor wie früher selbst mit Magie nicht leicht zu schlagen sein würde.

Er hörte Gaynors Lachen aus dem Helm erschallen. Gaynor wirkte fast begeistert, ihn hier zu sehen, als träfe er unter lauter Feinden plötzlich auf das vertraute Gesicht eines Freundes. »Prinz Corum, der Held der Mabden! Wir haben schon über Eure Abwesenheit spekuliert und angenommen, daß Ihr zurück auf Eure eigene Ebene geflohen wäret. Aber da seid Ihr. Welche seltsamen Späße treibt doch das Schicksal mit uns, daß es uns unser lächerliches Duell fortsetzen läßt.«

Corum blickte für einen Moment zurück und sah, daß der Schwarze Bulle ihnen noch immer folgte. Über Gaynor hinweg schaute er dann auf die bestürmte Mauer von Caer Mahlod, und er sah viele Erschlagene auf dieser Mauer.

»Seltsame Späße sind es in der Tat«, antwortete Corum. »Wollt Ihr noch einmal gegen mich kämpfen, Prinz Gaynor? Wollt Ihr mich noch einmal um Gnade anflehen? Wollt Ihr Euch noch einmal zurück in den Limbus schicken lassen?«

Prinz Gaynor lachte sein bitteres Lachen und rief

zurück: »Stellt den Fhoi Myore Eure letzte Frage! Sie wären nur zu froh, wenn sie in ihre grauenvolle Heimat zurückkehren könnten. Und wenn sie mich auf diesem Wege verließen und ich keinen anderen Loyalitäten zu folgen hätte, jetzt wo Chaos und Ordnung nicht mehr länger um diese Ebene Krieg führen, wäre ich glücklich, mich Euch anschließen zu dürfen. Aber, wie die Dinge stehen, müssen wir wieder kämpfen.«

Corum entsann sich, was er auf Gaynors Gesicht gesehen hatte, als er ihm damals den Helm abriß. Er schauderte. Wieder empfand er Mitleid für Gaynor, dem Verdammten, der gleich Corum gezwungen war, viele Leben in den verschiedenen Ebenen zu führen – nur daß es Gaynors Geschick war, den grausamsten und verräterischsten Herren zu dienen. Jetzt waren seine Soldaten Untote. Bei ihrem letzten Zusammentreffen hatte er Tiermenschen befehligt.

»Die Qualität Eurer Infanterie kann sich diesmal durchaus sehen lassen«, meinte Corum.

Gaynor lachte wieder. »Das kann sie in der Tat«, antwortete er.

»Wollt Ihr Eure Männer nicht zurückrufen und auf meine Seite überlaufen, Gaynor? Ihr wißt, daß ich schließlich keinen Haß für Euch empfinden kann. Wir haben mehr gemeinsam als alle anderen hier.«

»Das ist wahr«, erwiderte Gaynor. »Aber warum schließt Ihr Euch dann nicht meiner Sache an? Letzten Endes ist der Sieg der Fhoi Myore doch unausweichlich.«

»Und wird unausweichlich den Tod bringen.«

»So wurde mir versprochen«, erklärte Gaynor einfach.

Und Corum wußte, daß Gaynor sich den Tod wünschte wie sonst nichts in diesem Multiversum. Und Corum würde den Prinzen erst für sich gewinnen, wenn er ihm einen schnelleren Tod als die Fhoi Myore anbieten konnte.

»Wenn die ganze Welt stirbt«, fuhr Gaynor fort, »sollte ich dann nicht auch sterben können?«

Corum sah wieder über Prinz Gaynor hinweg auf die Mauern von Caer Mahlod, wo die letzten Mabden ihr Leben gegen Untote, Dämonenhunde und Wesen, die halb Mensch und halb Baum waren, verteidigen mußten. »Es mag sein«, sagte er nachdenklich, »daß Euer Fluch, Prinz Gaynor, darin liegt, immer auf der Seite des Bösen stehen zu müssen, ohne Euren Wunsch erfüllt zu bekommen, während das Gute ihn Euch sofort gewähren würde.«

»Eine sehr romantische Betrachtungsweise, fürchte ich, Prinz Corum«, entgegnete Gaynor. Dann ritt er zurück in die Deckung des dichten Nebels. »Ich werde nicht wieder gegen Euch kämpfen, mein großherziger Freund. Ich wünsche, bis zum Ende auf dieser Welt zu bleiben. Ich will nicht wieder von Euch in den Limbus geschickt werden!« Seine Stimme klang dabei fast freundlich, selbst als er dann noch rief: »Aber ich komme später zurück, um nach Eurer Leiche zu sehen, Corum.«

»Ihr glaubt, Ihr werdet sie hier finden?«

»Wir glauben, daß noch etwas über dreißig von Euren Leuten übrig sind und die Hunde sich noch vor dem Abend in euren Mauern um die letzte Beute reißen werden. Deshalb glaube ich, ja, Euer Leichnam wird hier irgendwo zu finden sein. Lebt wohl, Corum.«

Und dann war Prinz Gaynor verschwunden. Corum und Medheb ritten weiter auf die halb eingerissene Mauer zu, und jetzt hörten sie den Schwarzen Bullen von Crinanass hinter sich schnauben. Im ersten Augenblick glaubten sie, der Bulle würde sie aus Rache für ihre Beschwörung angreifen, aber er stampfte an ihnen vorbei und warf sich gegen eine Gruppe der bleichen grünen Reiter, die Corum und Medheb entdeckt hatten und versuchten, sie niederzureiten.

Der Schwarze Bulle von Crinanass raste mit gesenktem Kopf in den Reitertrupp, schmetterte die Tiere der Grünen zu Boden, wirbelte die Reiter hoch durch die Luft und donnerte dann weiter mitten in die Reihen der Ghoolegh. Er trampelte alles nieder, was sich ihm in den Weg stellte, dann wandte er sich um und hob den Kopf. Auf jedem der Hörner war der Kadaver eines der Hunde des Kerenos aufgespießt.

Er beherrschte jetzt das ganze Schlachtfeld, der Schwarze Bulle von Crinanass. Alle Waffen, die ihm entgegengeschleudert wurden, schüttelte er einfach ab. Dreimal raste er rund um die Mauern von Caer Mahlod. Corum und Medheb wurden von ihren Feinden völlig vergessen und sahen dem Bullen mit überraschter Begeisterung zu. Und Corum hielt den Speer Bryionak hoch über sich und pries laut den Schwarzen Bullen von Crinanass. Dann sah er eine Lücke in den Reihen der Belagerer, rief Medheb zu, ihm zu folgen, und preschte durch diese Lücke nach Caer Mahlod. Er zwängte sein Pferd durch die Mauerbresche und sah sich dahinter einem müden und verwundeten König Mannach gegenüber, der auf einem Stein saß. Blut rann aus seinem Mund, während ein alter Mann versuchte, eine Pfeilspitze aus der Brust des Königs zu entfernen.

Tränen standen in des Königs Augen, als er sein altes, edles Haupt hob und Corum entgegenblickte. »Aber der Bulle ist zu spät gekommen«, sagte er. »Vielleicht zu spät«, erwiderte Corum, »aber jetzt werdet Ihr sehen, wie der Bulle die vernichtet, die Euer Volk vernichtet haben.«

»Nein«, sagte der König. »Ich werde dem Gemetzel nicht mehr zusehen. Ich habe es satt!«

Während Medheb ihren Vater versorgte, schritt Corum die Mauern ab, um sich ein Bild von ihrer Lage zu machen, solange der Bulle von Crinanass draußen den Feind beschäftigte.

Prinz Gaynor hatte sich getäuscht. Auf den Wällen standen noch über vierzig waffenfähige Männer.

Corum stieg auf den höchsten Turm der Mauer, die bereits teilweise in Trümmern lag. Draußen jagte der Bulle kleine Gruppen des Feindes über das schlammige Schlachtfeld. Viele flohen schon, ohne noch auf die wilden, hallenden Klänge zu achten, die aus dem Nebel hinter ihnen schallten – Klänge, bei denen es sich zweifellos um die Stimmen der Fhoi Myore handelte. Und diejenigen, die nicht auf die Stimmen ihrer Herren hörten, um sich mit den anderen wieder dem Bullen zu stellen und wie die anderen von ihm zertrampelt wurden, liefen nicht weit, bevor sie tot umfielen, von den eigenen Herren erschlagen.

Die Fhoi Myore schienen sich nicht daran zu stören, daß sie so ihre Armee verloren, und unternahmen auch nichts, um den Bullen aufzuhalten. Das Kalte Volk verhielt sich, als könnte es sicher sein, die Festung auch ohne seine Armee einzunehmen und gleichzeitig noch mit dem Bullen fertig zu werden.

Und dann war alles vorbei. Kein einziger Ghoolegh, kein einziger Hund und nicht ein einziger bleicher grüner Reiter lebten mehr. Was Waffen in den Händen von Sterblichen nicht vermocht hatten, der Schwarze Bulle hatte es vollbracht.

Er stand triumphierend zwischen den Leichen von Männern, Tieren und halbmenschlichen Wesen. Seine Hufe scharrten den Boden, und aus seinen Nüstern dampfte der Atem. Dann hob er den Kopf und brüllte, und sein Brüllen ließ die Mauern von Caer Mahlod erzittern.

Aber noch waren die Fhoi Myore nicht aus ihrem Nebel aufgetaucht.

Kein Jubel wurde auf den Mauern unter den Verteidigern laut, denn sie wußten, daß der Hauptangriff erst bevorstand.

Bis auf das Triumphgebrüll des großen Bullen herrschte jetzt Schweigen vor der Festung. Der Tod war überall. Der Tod lagerte auf dem Schlachtfeld, der Tod hatte sich in der Festung niedergelassen. Und der Tod wartete in dem von Nebeln verhüllten Wald. Corum erinnerte sich an etwas, das König Mannach ihm erzählt hatte – wie die Fhoi Myore dem Tod nachliefen. Suchten sie im Grunde Erlösung wie Prinz Gaynor? War das ihr Hauptbeweggrund? Wenn es so war, machte es sie nur zu noch schrecklicheren Gegnern.

Der Nebel begann sich zu bewegen. Corum rief den Überlebenden zu, sich bereit zu halten. Mit seiner silbernen Hand hob er den Speer Bryionak, so daß alle ihn sehen konnten.

»Hier ist der Speer der Sidhi! Dort steht der letzte Kampfbulle der Sidhi! Und hier steht Corum Llaw Ereint. Sammelt Eure letzten Kräfte, Krieger von Caer Mahlod, denn jetzt kommen die Fhoi Myore selbst über uns, mit all ihrer Macht. Aber auch wir sind stark. Wir haben Mut. Und dies ist unser Land, unsere Welt, und wir müssen sie verteidigen!«

Corum sah Medheb. Er sah sie zu ihm hinauf lächeln und hörte sie ausrufen:

»Wenn wir sterben müssen, dann laßt uns zur Legende werden!«

Selbst König Mannach, der sich auf den Arm eines anderen verwundeten Kriegers stützte, faßte wieder neuen Mut. Greise und Verwundete, junge Burschen und Mädchen, alles stürmte auf die Mauern von Caer Mahlod zur letzten Verteidigung. Sieben knarrende Streitwagen, von sieben mißgestalteten Tierwesen gezogen, erreichten jetzt den Fuß des Festungshügels. Nebel verbarg die sieben Gestalten auf den Streitwagen, und Nebel legte sich jetzt um die ganze Festung. Auch der Bulle von Crinanass verschwand in dem Nebel, und sein Brüllen war nicht länger zu hören. Es schien, als habe der Höllendunst ihn erstickt, und vielleicht war das auch wirklich geschehen.

Corum zielte auf das, was wie der verunstaltete Kopf des ersten der gigantischen sieben Schatten aussah. Das unheimliche Knarren der Streitwagen ließ seinen Körper bis in die Knochen erzittern und drohte ihm die Sinne zu rauben.

Langsam schien der Speer durch den Nebel zu schwimmen und traf dann sicher sein Ziel. Ein eigenartiger Schmerzlaut hallte aus dem Dunst. Während der Speer in Corums Hand zurückkehrte, hielt das Schmerzgebrüll an. Unter anderen Umständen hätte es fast lächerlich geklungen, aber hier wirkte es erschreckend und unheimlich. Es war die Stimme eines verwundeten Tieres, und Corum erkannte, daß der Besitzer dieser Stimme ein Wesen von geringer Intelligenz, aber mit einem monströsen, primitiven Willen sein mußte. Das machte die Fhoi Myore so gefährlich: Sie wurden von einem blinden Willen getrieben. Sie begriffen ihr eigenes Schicksal nicht und wußten nicht anders auf die ihnen fremde Umwelt zu reagieren, als sie sich in einem sinnlosen Eroberungszug zu unterwerfen. Sie kannten keine Grausamkeit, keinen Haß, suchten keine Rache. Was sie taten, war, all ihre Kräfte und Fähigkeiten erbarmungslos für ein unmöglich zu erreichendes Ziel einzusetzen. Aber das machte es auch fast unmöglich, sie zu besiegen. Man konnte nicht mit ihnen verhandeln oder sie überzeugen. Furcht war alles, was sie aufhalten würde, und es war offensichtlich, daß der Schreiende den Sidhi-Speer fürchtete. Die heranrollenden Streitwagen wurden langsamer, und die Fhoi Myore knurrten sich etwas zu.

Einen Augenblick später erschien aus dem Nebel ein Gesicht. Es war mehr eine einzige Wunde als ein Gesicht, rot, mit in Fetzen hängendem, entzündetem Fleisch. Der Mund klaffte in der linken Wange, und es gab nur ein Auge – ein Auge unter einem Lid aus toter Haut. Am Augenlid war ein Draht befestigt, der über den Kopf lief, unter der Achselhöhle durch, und von der zweifingerigen Hand gezogen werden konnte, um das Lid zu öffnen.

Die Hand zerrte jetzt an dem Draht. Corum hatte die instinktive Ahnung einer Gefahr und duckte sich hinter die Brustwehr, als das Lid aufgezogen wurde. Das Auge war blau wie das Eis des Nordens, und eine schreckliche Strahlung ging von ihm aus. Schneidende Kälte griff nach Corums Körper, obwohl er sich nicht direkt im Blickfeld des Auges befand. Jetzt wußte er, wie das Heer am See zu Eis geworden war. Die Kälte ließ ihn zurücktaumeln und raubte ihm fast die Besinnung. Aber er raffte sich auf, hob den Kopf und schwang den Speer. Einige der Krieger auf den Mauern waren schon zu Eis erstarrt. Corum warf den Speer Bryionak. Er warf ihn genau in das blaue Auge.

Für einen Moment schien es, als würde Bryionak in der Luft festfrieren. Er hing bewegungslos, aber dann zitterte er und begann sich vorwärts zu kämpfen. Seine Spitze glühte orangerot auf und bohrte sich in das Auge.

Jetzt konnte Corum hören, welcher Fhoi Myore vorhin gebrüllt hatte. Die Hand ließ den Draht los, und das Lid fiel zu, während der Speer in Corums Hand zurückkehrte. Der Alptraum eines Gesichtes schwankte, und der Kopf drehte sich hin und her. Die Bestien vor dem Wagen machten kehrt und zogen das Gefährt zurück in den Nebel.

Corum fühlte Erleichterung. Diese Sidhi-Waffe war

eigens für den Kampf gegen die Fhoi Myore geschaffen worden und hielt, was sie versprach. Schon befand sich einer der sieben auf dem Rückzug.

Corum rief den Kriegern auf den Mauern zu:

»Verlaßt eure Plätze und sucht in der Stadt Deckung. Laßt mich allein, denn ich habe den Speer Bryionak. Eure Waffen sind machtlos gegen die Fhoi Myore. Ich muß alleine hier kämpfen!«

Medheb rief zurück: »Laß mich an deiner Seite sterben, Corum!«

Aber er schüttelte den Kopf und wandte sich wieder dem anrückenden Kalten Volk zu. Noch immer war es schwer, etwas in dem Nebel zu erkennen. Der Schatten eines gehörnten Kopfes. Das Funkeln eines Auges. Mehr ließ sich kaum ausmachen.

Dann ertönte wieder ein Brüllen. War das die Stimme von Kerenos, dem Führer der Fhoi Myore? Aber das Brüllen klang hinter den Streitwagen auf.

Ein noch größerer, dunklerer Schatten erhob sich im Rücken der Fhoi Myore. Corum keuchte, als er ihn erkannte. Es war der Schwarze Bulle von Crinanass, ins Gigantische gewachsen, ohne dabei von seiner Masse eingebüßt zu haben. Er senkte seine Hörner und stieß einen der Fhoi Myore von seinem Streitwagen, warf ihn hoch in die Luft, fing den Gott mit seinen Hörnern auf und schleuderte den Gott wieder hoch.

Panik überkam die Fhoi Myore. Sie wendeten ihre Streitwagen und ergriffen die Flucht. Corum sah Prinz Gaynor als winzige, erschreckte Gestalt neben ihnen laufen. Der Nebel flutete schneller als eine Brandungswelle hinter ihnen her. Er zog über den Wald, in die Ebene dahinter und verschwand am Horizont. Zurück blieb der Schwarze Bulle von Crinanass, der wieder auf seine normale Größe geschrumpft war. Er begann auf dem Schlachtfeld zwischen den Körpern der Erschlagenen zu weiden. Aber auf seinen Hörnern waren deutlich die dunklen Spritzer zu sehen, und Fleischfetzen lagen um ihn verstreut. Und zur Linken des Schwarzen Bullen lag ein umgestürzter riesiger Streitwagen, viel größer als der Bulle. Es war ein roh aus Holz und Weidengeflecht gezimmertes Gefährt, dessen Räder sich noch drehten.

Die Menschen von Caer Mahlod brachen nicht in Jubel aus. Sie konnten noch nicht fassen, was sie gesehen hatten. Langsam versammelten sie sich auf den Mauerkronen und betrachteten die Verwüstung vor ihnen.

Corum schritt langsam die Stufen des Turmes hinab, schritt durch das Tor von Caer Mahlod und schritt über das verwüstete Land zu dem grasenden Bullen. Er wußte nicht, warum er zu dem Bullen ging. Und dieses Mal blieb das Tier stehen, wartete auf ihn und starrte ihm in die Augen.

»Du mußt mich jetzt töten«, sagte der Schwarze Bulle von Crinanass, »dann ist mein Schicksal erfüllt.« Er sprach in der reinen Hochsprache der Vadhagh und der Sidhi. Er sprach ruhig, aber traurig.

»Ich kann dich nicht erschlagen«, antwortete Corum. »Du hast uns alle gerettet. Du hast einen der Fhoi Myore getötet, so daß nur noch sechs geblieben sind. Caer Mahlod steht noch, und viele ihrer Menschen leben noch, weil du für sie gekämpft hast.«

»Du warst es, der für sie gekämpft hat«, erwiderte der Bulle. »Du hast den Speer Bryionak gefunden. Du hast mich gerufen. Ich weiß, was zu geschehen hat.«

»Warum muß ich dich töten?«

»Es ist mein Schicksal. Es ist notwendig.«

»So sei es«, sagte Corum. »Ich werde tun, was du verlangst.«

Und er nahm den Speer Bryionak und schleuderte ihn in das Herz des Schwarzen Bullen von Crinanass. Und ein Blutstrom schoß aus dem Leib des Bullen. Und diesmal blieb der Speer, wo er war, und kehrte nicht in Corums Hand zurück.

Über das ganze Schlachtfeld rannte der Schwarze Bulle von Crinanass. Durch den Wald rannte er und über das Moor. Er rannte die Klippen am Meer entlang. Und sein Blut wusch das ganze Land, und wo das Blut das Land berührte, wurde es grün, und Blumen wuchsen, und an den Bäumen erschienen Knospen. Und langsam, sehr langsam, klarte der Himmel auf, und die Wolken flohen in das Totenland der Fhoi Myore, und der Himmel wurde blau und warm, und die Sonne schien. Und als die Sonne ihre Wärme über das ganze Land von Caer Mahlod ergoß, rannte der Bulle zu den Klippen von Burg Erorn. Und der Bulle sprang über den Abgrund, der den Felsen von Erorn vom Festland trennte, und blieb neben dem Turm von Erorn stehen. Er brach in die Knie, während noch immer das Blut aus seiner Wunde sprudelte. Er sah zurück zu Corum, dann erhob er sich wieder und lief zur Spitze des Felsens und stürzte sich ins Meer. Und der Speer Bryionak steckte im Herzen des Schwarzen Bullen von Crinanass und ward niemals wieder in den Landen der Sterblichen gesehen.

Epilog

Und dies ist das Ende der Geschichte vom kalten Reich, vom Bullen und vom Speer.

Alle Zeichen des kalten Reiches verschwanden von Hügel, Wald und Ebene. Der Sommer kam endlich nach Caer Mahlod, und viele glaubten, daß das Blut des Schwarzen Bullen von Crinanass das Land für immer gegen das Kalte Volk schützte.

Und Corum Jhaelen Irsei, aus dem Volk der Vadhagh, führte ein Leben unter den Tuha-na-Cremm Croich, und das war ihnen ein besonderes Pfand für ihre Sicherheit. Selbst die alte Frau von der eisigen Ebene mit den erstarrten Kriegern murmelte nicht länger ihre düsteren Warnungen. Alle waren glücklich. Und besonders glücklich waren sie, weil Corum das Lager mit Medheb, des König Mannachs Tochter, teilte. Denn das sagte ihnen, daß Corum bei ihnen bleiben würde. Sie ernteten und sangen auf den Feldern und lebten gut, denn das Land, über das der Bulle gerannt war, trug wieder reiche Frucht.

Aber manchmal erwachte Corum des Nachts neben seiner neuen Liebe und glaubte, die kühlen, melancholischen Klänge einer Harfe zu hören. Dann grübelte er über die Worte der alten Frau, warum er eine Harfe, einen Bruder und besonders Schönheit fürchten sollte.

Und in diesen Augenblicken war von allen Menschen auf Caer Mahlod allein Corum nicht glücklich.

HIER ENDET DER VIERTE BAND
DES BUCHES CORUM

Fünfter Band

DER GEFANGENE KÖNIG

ERSTES BUCH

In dem berichtet wird, wie Prinz Corum sich der zweiten seiner großen Aufgaben gegenübergestellt sieht …

1 Das Treffen der Könige

Rhalina war schon lange tot.

Und Corum hatte Medheb gefunden, die Tochter König Mannachs, und in kurzer Zeit, gemessen mit Corums Zeitgefühl, würde auch sie sterben. Wenn es seine Schwäche war, sich in kurzlebige Mabdenfrauen zu verlieben, dann mußte er sich damit abfinden, viele Lieben zu überleben, viele Verluste zu ertragen und viele Tode zu sehen.

Im Augenblick dachte er darüber selten nach und zog es vor, das Wissen um dieses Schicksal zu ignorieren. Abgesehen davon, wurde die Erinnerung an Rhalina immer blasser. Nur schwer konnte er sich noch des Lebens erinnern, das er in jenem anderen Zeitalter geführt hatte, als er gegen die Schwertherrscher geritten war.

Corum Jhaelen Irsei, den man einmal den Prinzen im Scharlachroten Mantel genannt hatte (und der nun als Corum von der Silbernen Hand bekannt war, seit er seinen scharlachroten Mantel bei einem Tauschhandel einem Zauberer hatte geben müssen), weilte schon zwei Monate auf Caer Mahlod; seit jenem Tag, da der Schwarze Bulle von Crinanass mit seinem Todeslauf neuen Frühling über das Land der Tuha-na-Cremm Croich, dem Volk des Hügels, gebracht hatte. Zwei Monate waren vergangen, seit die mißgestalteten Fhoi Myore versucht hatten, die Menschen von Caer Mahlod zu vernichten und das Land mit giftigem Eis zu überziehen, damit auch dieser Teil der Erde dem Limbus ähnlich würde, aus dem die Fhoi Myore einst gekommen waren und in den sie jetzt nicht mehr zurückkehren konnten.

Zur Zeit schien es, als hätten die Fhoi Myore ihre Eroberungspläne aufgegeben. Die Fhoi Myore waren auf dieser Ebene gestrandet und keine Freunde ihrer Bewohner. Aber nicht die Lust zu kämpfen trieb sie zu ihrem Eroberungskrieg. Die Fhoi Myore waren nur noch zu sechst. Einst waren sie zahlreich gewesen. Aber die Fhoi Myore siechten an einer schleichenden Krankheit, der sie schließlich erliegen würden. Doch bis dahin suchten sie die Erde ihrer verlorenen Heimat gleich zu machen und verwandelten sie in eine Welt düsteren, ewigen Samhains – eine Mittwinterwelt. Und bevor die Fhoi Myore selbst vergangen waren, würden sie die Mabden für immer vom Angesicht der Erde vertilgt haben.

Aber nur wenige der Mabden von Caer Mahlod wollten jetzt noch über diese düsteren Zukunftsaussichten sprechen. Sie hatten zum ersten Mal über die Fhoi Myore gesiegt und ihre Freiheit behauptet. Das schien im Augenblick genug zu sein, solange der Sommer üppiger und heißer war als alle Sommer, an die man sich erinnern konnte; als würde die Sonne ihre ganze Wärme nur in diesen Teil der Erde schicken, da sie die Länder der Fhoi Myore nicht mehr erwärmen konnte. So heiß war es, daß einige schweißtriefend scherzten, sie würden jetzt sogar die Rückkehr des Kalten Volkes willkommen heißen.

Die Eichen waren grüner, die Buchen wuchsen kräftiger, und Eschen und Ulmen waren üppiger als je zuvor. Auf den Feldern reifte eine reiche Ernte, nachdem noch Monde vorher niemand mehr geglaubt hatte, je wieder einen Herbst zu erleben.

Nur das eiskalte Wasser in den Bächen und Flüssen aus dem Osten erinnerte die Tuha-na-Cremm Croich daran, daß ihre Nachbarn alle tot waren oder Sklaven der Fhoi

Myore oder beides; daß ihr Hochkönig Amergin – ihr Erzdruide – unter einem Zauber in seiner eigenen Stadt zu Caer Llud gefangen lag, Caer Llud, das nun die Fhoi Myore zu ihrer Hauptstadt gemacht hatten. Immer wenn sie von dem eisigen Wasser schöpften, wurden sie daran erinnert. Und mit der Zeit wurden viele darüber schwermütig, und Grimm erfaßte sie, wenn sie daran dachten, daß sie ihre toten Brüder nicht rächen konnten. Alles, was sie hatten tun können, war, ihr eigenes Land gegen die Fhoi Myore zu verteidigen, und selbst dabei verdankten sie ihren Erfolg nur der Magie der Sidhi und einem Halbgott, den sie aus seinem Schlaf unter dem Hügel beschworen hatten. Dieser Halbgott war Corum.

Das Wasser floß aus dem Osten und speiste den breiten Wassergraben, der um den konischen Hügel ausgehoben war, auf dem sich die Festungsstadt Caer Mahlod erhob. Eine alte Stadt, erbaut aus groben, grauen Granitblöcken; eine Stadt, die nicht sehr schön war, aber stark befestigt. Früher hatte Caer Mahlod schon einmal verlassen gelegen, doch dann war sie im Verlauf des schrecklichen Krieges erneut besetzt worden. Sie war die einzige Stadt, die den Tuha-na-Cremm Croich geblieben war. Einst hatten sie viele schönere Stadte gehabt, aber die lagen jetzt unter dem Eis der Fhoi Myore begraben.

Inzwischen hatten viele Mabden die Feste verlassen und damit begonnen, ihre zerstörten Höfe wieder aufzubauen und Korn zu säen, wo die Erde vom Lebensblut des Schwarzen Bullen wiederbelebt worden war. Nur König Mannach und König Mannachs Krieger und König Mannachs Tochter und Corum blieben auf Caer Mahlod.

Manchmal stand Corum auf der Festungsmauer und sah auf das Meer hinaus und auf die Ruinen seines eigenen Heimes, die man nun Burg Owyn nannte und für eine natürliche Felsformation hielt. Bei solchen Gelegenheiten dachte er über den Speer Bryionak nach und den

Schwarzen Bullen und die Magie, die er wirken gesehen hatte. Es kam ihm vor, als habe er alles nur geträumt, denn zu unerklärlich schien ihm jener Zauber, dessen Zeuge er geworden war. Er träumte jetzt den Traum der Menschen hier, die ihn selbst aus einem anderen Traum zu sich geholt hatten. Und eigentlich war er damit zufrieden. Er hatte Medheb vom Langen Arm (ein Beiname, den sie wegen ihres Geschicks mit Schleuder und Tathlum erhalten hatte), Medheb mit ihrem vollen roten Haar, ihrer wilden Schönheit, ihrer Klugheit und ihrem Lachen. Er war geachtet. Er besaß den Respekt seiner Mitstreiter, der Krieger König Mannachs. Sie hatten sich nun an ihn gewöhnt. Sie akzeptierten sein fremdartiges Aussehen, das Aussehen eines Vadhagh – ›elbisch‹ nannte Medheb es. Sie akzeptierten seine künstliche silberne Hand, sein einziges Auge, gelb und purpur, und die Klappe über der anderen Augenhöhle; die Augenklappe, die Rhalina bestickt hatte, die Markgräfin von Moidelsberg, die vor über einem Jahrtausend an Corums Seite gelebt hatte.

Er wurde geachtet.

Er war treu gegenüber seinem Volk und gegen sich selbst.

Er besaß Stolz.

Und er hatte edle Gefährten. Ohne Frage besaß er jetzt mehr, als er auf Burg Erorn zurückgelassen hatte, um dem Ruf seines Volkes zu folgen. Er fragte sich, was wohl aus Jhary-a-Conel, dem Gefährten von Helden, geworden sein mochte. Denn Jhary war nach Corums Wissen der letzte Sterbliche, der sich frei durch alle der Fünfzehn Ebenen bewegen konnte. Einst waren dazu viele Vadhagh in der Lage gewesen; und auch die Nhadragh. Aber mit der Vernichtung der Schwertherrscher war ihnen diese Fähigkeit genommen worden.

Und manchmal rief Corum einen Barden zu sich und bat ihn, ihm die alten Lieder der Tuha-na-Cremm Croich zu singen, denn an diesen Liedern fand er großen Gefallen. Eines dieser Lieder schrieb man dem ersten Amergin, einem Vorfahren des derzeitigen Hochkönigs, zu. Er sollte es zur Ankunft in ihrer neuen Heimat gesungen haben.

Ich bin die Meereswoge;
Ich bin das Rauschen der Brandung;
Ich bin sieben Heere;
Ich bin ein starker Bulle;
Ich bin ein Adler auf dem Felsen;
Ich bin ein Strahl der Sonne;
Ich bin das schönste der Kräuter;
Ich bin ein tapferer wilder Eber;
Ich bin ein Lachs im Wasser;
Ich bin ein See in der Ebene;
Ich bin ein geschickter Künstler;
Ich bin ein riesiger, schwertschwingender Held;
Ich kann meine Gestalt wechseln wie ein Gott.
Sollen wir unseren Rat im Tal oder auf dem Berggipfel abhalten?
Wo sollen wir uns niederlassen?
Welches Land ist besser als die Insel der untergehenden Sonne?
Wo sollen wir sonst in Frieden und Sicherheit wandeln?
Wer kann euch klare Wasserquellen finden wie ich es kann?
Wer kann euch das Alter des Mondes sagen außer mir?
Wer kann euch die Fische aus der Tiefe des Meeres heraufrufen wie ich es kann?
Wer kann sie zum Strand locken wie ich es kann?
Wer kann die Gestalt der Hügel wandeln und die der Küste wie ich es kann?
Ich bin ein Barde, den die Seefahrer gerufen haben, ihnen zu prophezeien.

Speere sollen geworfen werden, unsere Niederlage zu rächen.
Ich prophezeie Sieg.
Ich ende mein Lied mit allen guten Prophezeiungen.

Und dann sang der Barde sein eigenes Lied, als wolle er Amergins Lied noch verstärken:

Ich bin in vielen Gestalten gewesen, bevor ich die mir gemäße Form erlangte.
Ich bin die schmale Klinge eines Schwertes gewesen;
Ich bin ein Tropfen in der Luft gewesen;
Ich bin ein leuchtender Stern gewesen;
Ich bin ein Wolf in einem Buche gewesen;
Ich bin ein Buch am Anfang gewesen;
Ich bin ein Licht in einer Laterne gewesen für ein Jahr und ein halbes;
Ich bin eine Brücke über drei reißende Flüsse gewesen;
Ich bin als Adler gereist;
Ich bin ein Boot auf dem Meer gewesen;
Ich bin ein Führer in der Schlacht gewesen;
Ich bin ein Schwert in der Hand gewesen;
Ich bin ein Schild im Kampf gewesen;
Ich bin die Saite einer Harfe gewesen;
Ich bin verwunschen gewesen für ein Jahr, der Schaum des Wassers zu sein;
Es gibt nichts, worin ich nicht gewesen bin.

Und in diesen alten Liedern hörte Corum das Echo seines eigenen Schicksals, das Jhary-a-Conel ihm offenbart hatte – das Schicksal ewiger Wiedergeburt, manchmal schon als gereifter Mann, um als Krieger in allen großen Schlachten der Sterblichen zu kämpfen, ob diese Sterblichen nun Vadhagh waren, Mabden oder zu anderen Rassen gehörten; für die Freiheit der Sterblichen von ihren Göttern zu kämpfen (obwohl manche die Götter für Schöpfungen der Sterblichen selbst hielten). In diesen Liedern sah er den Ausdruck der Träume, die er manchmal hatte – in denen er das ganze Universum war und das Universum in ihm war, in denen er Bestandteil des Universums war und das Universum ein Bestandteil von ihm. Und in denen alles gleich geachtet, ob belebt oder unbelebt, und von gleichem Wert war. Stein, Baum, Pferd und Mensch – alles war gleich. Dies war auch der mystische Glaube von vielen aus König Mannachs Volk. Ein Besucher aus Corums Welt würde darin vielleicht eine primitive Anbetung der Natur sehen, aber Corum wußte, daß es viel mehr war als das. Nicht wenige Bauern im Land der Tuha-na-Cremm Croich gab es, die sich höflich vor einem Stein verbeugten und eine Entschuldigung murmelten, bevor sie ihn von einem Platz auf einen anderen trugen, und die ihren Boden, ihr Rind und ihren Pflug mit der gleichen Achtung behandelten wie ihren Vater, ihr Weib und ihre Kinder.

Daraus ergab sich für das Leben der Tuha-na-Cremm Croich ein wohlgeordneter, würdevoller Rhythmus, der ihnen aber weder die Vitalität, den Humor noch gelegentliche Gefühlsausbrüche raubte. Hierin lag auch der Grund für den Stolz, den Corum bei seinem Kampf gegen die Fhoi Myore empfand, denn die Fhoi Myore bedrohten mehr als das Leben. Sie bedrohten die stille Würde und Selbstachtung dieses Volkes.

Tolerant gegenüber ihren eigenen Schwächen, ihrer eigenen Unzulänglichkeit und ihren eigenen Träumereien, tolerierten die Tuha-na-Cremm Croich auch die Schwächen aller anderen Kreaturen. Für Corum lag eine gewisse Ironie darin, daß seine eigene Rasse, die Vadhagh (von den Mabden jetzt Sidhi genannt) vor ihrem Untergang zu der gleichen Lebenseinstellung gefunden hatte und von den Vorfahren der heutigen Mabden dieser

Einstellung wieder beraubt worden war. Er fragte sich, ob ein Volk, das zu einer so noblen Lebenshaltung gekommen war, damit zwangsläufig der Vernichtung durch Völker, die noch nicht so weit entwickelt waren, anheimfiel. Wenn dem so war, lag darin eine Ironie von wahrhaft kosmischem Ausmaß.

Doch an dieser Stelle pflegte Corum seine Betrachtungen abzubrechen, denn seit seinem Kampf mit den Schwertherrschern war er der kosmischen Proportionen mehr als überdrüssig.

Dann kam König Fiachadh auf Besuch. Er wagte viel mit seiner Fahrt über das Wasser nach Osten. Sein Herold nahte auf einem dampfenden Pferd, das er hart am Rand des Wassergrabens vor den Wällen von Caer Mahlod zügelte. Der Bote war in feines grünes Seidenzeug gekleidet, das sich im Wind bauschte. Er trug einen silbernen Brustharnisch und einen silbernen Helm. Von seinen Schultern flatterte ein Überwurf in Gelb, Blau, Weiß und Purpur. Keuchend rief der Mann seine Botschaft zur Wache auf der Torbefestigung hinauf. Corum betrachtete ihn von einem Wehrgang neben dem Tor aus und war von der Erscheinung des Neuankömmlings überrascht, denn er hatte in diesem Land noch niemanden gesehen, der ähnlich gekleidet war.

»König Fiachadh schickt mich!« rief der Bote. »Ich soll Euch melden, daß unser König an Eurem Strand gelandet ist.« Er deutete nach Westen. »Unsere Schiffe liegen dort. König Fiachadh bittet um die Gastfreundschaft seines Bruders, König Mannachs.«

»Wartet«, antwortete ein Wächter, »wir unterrichten den König.«

»Dann beeilt Euch, bitte ich, denn wir möchten uns bald in der Sicherheit Eurer Mauern wissen. In der letzten Zeit haben wir viele Geschichten von den Gefahren gehört, die hier in Eurem Land drohen.«

Während Corum den Mann vor dem Tor weiter mit höflicher Neugier beobachtete, wurde König Mannach herbeigerufen.

Der König hatte seine eigenen Gründe, überrascht zu sein. »Fiachadh?« murmelte er zu sich selbst. »Warum kommt er nach Caer Mahlod?« Zu dem Boten rief er hinab: »König Fiachadh weiß, daß er in unseren Mauern immer willkommen ist. Aber warum habt Ihr Euch auf die weite Reise vom Land der Tuha-na-Manannan hierher gemacht? Wurdet Ihr angegriffen?«

Der Bote war noch so außer Atem, daß er zunächst nur den Kopf schütteln konnte.

»Nay, Sire! Mein Herr wünscht, sich mit Euch zu beraten. Erst vor kurzer Zeit erfuhren wir, daß Caer Mahlod vom Winter der Fhoi Myore befreit werden konnte. Daraufhin setzten wir sogleich Segel, ohne unsere Reise angemessen anzukündigen. Hierfür bittet mein Herr um Eure Vergebung.«

»Erzählt König Fiachadh, daß es der Vergebung nur für unsere bescheidene Bewirtung bedarf. Wir sehen seinem Besuch mit freudiger Erwartung entgegen.«

Der Mann vor dem Tor nickte, riß sein Pferd herum und galoppierte zurück zu den Klippen. Sein Seidenzeug und seine Rüstung blitzten in der Sonne, während er in der Ferne verschwand.

König Mannach lachte. »Prinz Corum, Ihr werdet meinen alten Freund Fiachadh mögen. Jetzt werden wir endlich Nachricht erhalten, wie es den Stämmen der Westlichen Königreiche ergangen ist. Ich befürchtete bereits, sie wären besiegt und erobert.«

»Ich sah Euch schon besiegt und erobert«, wiederholte König Mannach und breitete die Arme aus.

Und die großen Tore von Caer Mahlod wurden weit geöffnet, und durch sie nahte ein Zug von Rittern, Damen und Knappen. Sie trugen Lanzen, von denen ihre Banner wehten. Gekleidet waren sie in Samt, der mit aus Gold fein gearbeiteten Spangen und Zierstücken besetzt war. Auf dem Gold schimmerten Amethyste, Türkise und Perlmutt. Runde Schilde mit komplizierten, fließenden Ornamenten schimmerten in der Sonne. Hochgewachsene, schöne Frauen saßen in Damensätteln auf edlen Pferden, denen man Schleifen in Mähnen und Schwänze gebunden hatte. Auch die Männer waren groß. Sie hatten lange, dichte Schnurrbärte von feurigem Rot oder warmem Gelb. Das Haar fiel ihnen wallend über die Schultern, war zu Zöpfen geflochten oder wurde von Spangen aus Gold, Kupfer oder juwelenbesetztem Eisen zusammengehalten.

In der Mitte des farbenprächtigen Zuges ritt ein Riese von einem Mann mit hellrotem Bart und strahlend blauen Augen in einem wettergegerbten Gesicht. Er trug eine lange Robe aus roter Seide, mit dem Pelz des Winterfuchses gesäumt. Statt eines Helmes krönte sein Kopf ein alter Eisenring, auf dem feine, goldene Runen schimmerten.

König Mannach hielt die Arme noch immer ausgebreitet, während er freudig ausrief:

»Willkommen, alter Freund! Willkommen, König Fiachadh aus dem fernen Westen, aus dem alten, grünen Land unserer Vorväter!«

Und der Riese mit dem roten Bart öffnete den Mund und lachte lauthals. Er schwang mit erstaunlicher Leichtigkeit ein Bein über den Sattel und sprang von seinem Pferd.

»Du siehst, ich komme in meinem gewohnten Stil,

König Mannach! In all meinem Prunk und meiner bombastischen Majestät!«

»Das sehe ich«, erwiderte König Mannach und umarmte den Riesen, »und ich bin glücklich, es zu sehen. Wer wollte einen Fiachadh anders sehen? Du bringst Farbe und Zauber nach Caer Mahlod. Sieh – mein Volk strahlt vor Freude. Sieh – dein Anblick macht ihm Mut. Heute nacht werden wir feiern. Wir werden dich ehren. Du hast uns Freude gebracht, König Fiachadh!«

König Fiachadh lachte wieder. Man sah ihm die Freude über König Mannachs Worte an. Dann drehte er sich zu Corum um, der zurückgetreten war, während die alten Freunde sich begrüßten.

»Und dort steht euer Sidhi-Held – euer Namensheld – Cremm Croich!«

Er trat vor Corum hin und legte ihm die Hand auf die Schulter. Dabei blickte er Corum tief in die Augen. Was er darin sah, schien ihn zufriedenzustellen. »Ich danke Euch, Sidhi, für das, was Ihr für meinen königlichen Bruder getan habt. Ich bringe einen besonderen Zauber mit mir, aber davon später. Ich komme in einer wichtigen Angelegenheit ...«, er wandte sich wieder König Mannach zu, »die mit Bedacht besprochen werden muß.«

»Ist das der Grund für Euren Besuch, Sire!« Medheb hatte sich zu ihnen gesellt. Sie war kurz vor König Fiachadhs Ankunft von einem Besuch in einem weiter entfernten Tal zurückgekehrt und trug noch ihren Reitanzug: Leder und darunter weißes Leinen. Ihr rotes Haar floß ihr ungebunden über den Rücken.

»Das ist der Hauptgrund, schöne Medheb«, antwortete König Fiachadh. Er küßte die Wange, die sie ihm bot. »Du bist zu solcher Schönheit herangewachsen, wie ich vorausgesagt habe! Meine Schwester ist in dir wieder zum Leben erwacht!«

»In jeder Beziehung«, sagte König Mannach, und in

diesen Worten schien eine verborgene Bedeutung zu liegen, die Corum nicht verstand.

Medheb lachte. »Eure Komplimente sind so groß wie Eure Eitelkeit, mein Onkel!«

»Aber sie sind auch so überzeugend«, entgegnete Fiachadh lächelnd.

2 Der Schatz des König Fiachadh

König Fiachadh hatte einen Harfner mitgebracht, und für einen Augenblick fühlte Corum, wie er schauderte, so unirdisch war die Musik des Harfners. Corum dachte, es sei die Harfe, die er bei Burg Owyn gehört hatte, aber sie war es nicht. Diese hier klang viel süßer. Die Stimme des Barden verschmolz mit den Klängen der Harfe, so daß sie manchmal nicht mehr voneinander zu unterscheiden waren. Corum saß mit allen anderen in der großen Halle von Caer Mahlod an einer einzigen, riesigen Tafel. Hunde schnüffelten zwischen den Beinen nach Fleischbrocken. Fackeln leuchteten hell, loderten auf, als würde das frohe Lachen auf beiden Seiten die Halle tatsächlich in neuem Glanz erstrahlen lassen. Auf Geheiß ihrer Herren maßen sich die Ritter und Damen König Fiachadhs mit den Männern und Frauen von Caer Mahlod in unblutigem Wettkampf, und viele Lieder wurden gesungen, viele Toasts ausgebracht und viele unglaubliche Geschichten erzählt, deren Wahrheit niemand prüfen konnte.

Corum saß zwischen König Mannach und König Fiachadh, und Medheb saß neben ihrem Onkel, alle am Kopf der großen Festtafel. König Fiachadh aß so genüßlich, wie er von seinen eigenen Taten erzählte, aber Corum bemerkte, daß der König wenig Met trank, ganz im Gegensatz zu seinem Gefolge. Auch König Mannach trank nur sehr wenig, und Corum und Medheb folgten seinem Beispiel. Wenn König Fiachadh darauf achtete, nicht betrunken zu werden, mußte er dafür einen guten Grund haben, denn man sah ihm an, daß er einem guten Becher nicht abgeneigt war.

Das Fest entwickelte sich zur allgemeinen Zufriedenheit, und schließlich begann sich die Halle langsam zu leeren. Meist in Paaren wünschten die Gäste und die Menschen von Caer Mahlod eine gute Nacht, und bald blieben nur noch einige schnarchende Knappen, ein Ritter der Tuha-na-Manannan, der unter der Tafel alle viere von sich streckte, und ein Krieger und eine Dame der Tuha-na-Cremm Croich, die eng umschlungen neben dem Feuer lagen, zurück.

Und jetzt sprach König Mannach mit tiefer, ernster Stimme:

»Du bist der letzte, den ich besucht habe, alter Freund.« Er sah König Mannach fest in die Augen. »Ich weiß bereits, was du sagen wirst, wie ich gewußt habe, was die anderen sagten.«

»Sagen wozu?« König Mannach runzelte die Stirn.

»Zu meinem Vorschlag.«

»Ihr habt auch andere Könige besucht?« fragte Corum. »Alle anderen Könige, deren Völker noch frei sind?«

König Fiachadh nickte mit seinem großen, rothaarigen Haupt. »Alle. Ich erachte es für absolut notwendig, daß wir unsere Kräfte vereinigen. Unsere einzige Verteidigung gegen das Kalte Volk kann unsere Einheit sein. Zuerst reiste ich in das Land südlich von meinem eigenen Reich – zum Volk der Tuha-na-Anu. Danach segelte ich nach Norden, wo unter anderem die Tuha-na-Tir-nam-Beo leben, ein wildes Bergvolk. Die dritte Reise führte mich die Küste hinab zu König Daffynn von den Tuha-na-Gwyddneu Garanhir. Die vierte brachte mich zu den

Tuha-na-Cremm Croich. Drei Könige sind vorsichtig und denken, daß alles, was die Aufmerksamkeit der Fhoi Myore auf sie lenken könnte, ihnen die sofortige Vernichtung ihrer Länder und Völker eintragen wird. Was sagt der vierte König?«

»Was will König Fiachadh von ihm wissen?« warf Medheb nachdenklich ein.

»Mein Vorschlag ist, daß sich alle vier verbliebenen großen Stämme vereinigen. Wir haben noch einige Heiligtümer und Schätze, die mit der Macht der Sidhi das Schicksal zu unseren Gunsten wenden können. Wir haben starke Krieger, mutige Krieger. Wir haben euer Beispiel, daß die Fhoi Myore besiegt werden können. Wir könnten gemeinsam nach Craig Dôn und vor Caer Llud marschieren, wo sich die letzten sechs Fhoi Myore aufhalten. Eine große Armee wären wir. Der Rest der freien Mabden. Was sagst du dazu, König?«

»Ich sage, daß ich dir zustimme«, antwortete Mannach. »Wer würde das nicht tun?«

»Drei Könige würden das nicht tun. Jeder von ihnen glaubt, daß es für ihn sicherer ist, in seinem Land zu bleiben und sich nicht zu rühren. Alle drei haben Angst. Sie sagen, daß es keine Chance im Kampf gibt, solange die Fhoi Myore Amergin in ihrer Gewalt haben. Der gewählte Hochkönig ist nicht tot, also kann kein neuer Hochkönig gewählt werden. Die Fhoi Myore wußten das wohl, als sie Amergin am Leben ließen ...«

»Es ist unwürdig für eure Völker, sich an einen Aberglauben zu klammern«, wandte Corum ein. »Warum ändert ihr das Gesetz nicht und wählt einen neuen Hochkönig?«

»Dabei handelt es sich um keinen Aberglauben«, erklärte König Mannach, ohne sich angegriffen zu fühlen. »Zum einen müssen alle Könige zusammenkommen, um den neuen Hochkönig zu wählen. Wie Ihr gehört habt, sind einige keinesfalls bereit, ihr Land zu verlassen, sei es aus Angst vor einem Überfall während ihrer Abwesenheit, oder weil sie einen Angriff auf sich selbst während der Reise befürchten. Die Wahl eines Hochkönigs dauert mehrere Monate. Alle Völker müssen dazu gehört werden. Alle müssen die Kandidaten gehört haben und die Möglichkeit bekommen haben, mit ihnen zu sprechen. Können wir so ein Gesetz einfach brechen? Wenn wir unsere alten, überlieferten Gesetze nicht mehr achten, haben wir dann noch ein Recht, für das es sich lohnt zu kämpfen?«

Medheb sagte: »Macht Corum zu eurem Heerführer. Vereinigt die Königreiche unter ihm.«

»Dieser Vorschlag ist gemacht worden«, erwiderte König Fiachadh. »Ich selbst habe ihn unterbreitet. Keiner wollte etwas davon hören. Die meisten von uns haben guten Grund, keinen Göttern zu trauen. Götter haben uns in der Vergangenheit betrogen. Wir ziehen es vor, uns nicht mit ihnen einzulassen.«

»Ich bin kein Gott«, meinte Corum, der für die letzten Worte viel Verständnis aufbrachte.

»Ihr seid sehr rücksichtsvoll«, antwortete König Fiachadh, »aber Ihr seid ein Gott, zumindest ein Halbgott.« Er strich über seinen roten Bart. »Das denke ich von Euch. Und ich habe Euch leibhaftig vor mir. Stellt Euch vor, was die Könige, die Euch nie gesehen haben, von Euch denken müssen. Sie haben die Geschichten über Euch gehört, und diese Geschichten sind von Ort zu Ort weitererzählt worden, bis sie an ihre Höfe gelangten, und dabei hat man Euere Taten nicht verkleinert. Als kleines Beispiel: ich erwartete hier ein Wesen von gut vier Metern Größe anzutreffen!« König Fiachadh lächelte, denn er war größer als Corum. »Nein, das einzige, was unsere Völker vereinigen kann, wäre die Befreiung von Amergin und seine völlige Heilung.«

»Was ist mit Amergin geschehen?« fragte Corum. Er hatte nie Einzelheiten über das Schicksal des Hochkönigs gehört, denn die Tuha-na-Cremm Croich schienen dieses Thema nach Möglichkeit zu meiden.

»Er ist verzaubert«, sagte König Fiachadh düster.

»Ein Zauber? Welcher Art?«

»Wir wissen es nicht genau«, erklärte König Mannach widerstrebend. Dann fuhr er vorsichtig fort:

»Es wird gesagt, daß Amergin sich jetzt für ein Tier hält. Einige sagen, daß er glaubt, eine Ziege zu sein, andere sprechen von einem Schaf oder von einem Schwein ...«

»Seht ihr, wie klug jene zu Werke gehen, die den Fhoi Myore dienen? warf Medheb ein. »Sie halten unseren Erzdruiden am Leben, aber sie zerstören seine Würde und seine Heiligkeit.«

»Und ohnmächtige Verzweiflung legt sich über alle, die noch frei sind«, setzte Fiachadh die Überlegung fort. »Hier liegt einer der Hauptgründe, warum unsere Bruderkönige nicht kämpfen wollen, Mannach. Ihnen fehlt der Glaube an ihren eigenen Mut, solange Amergin auf allen vieren kriecht und Gras frißt.«

»Kein Wort mehr davon«, bat König Mannach und hob die Hand. In seinem alten, starken Gesicht zeichnete sich verzweifelte Trauer ab. »Unser Hochkönig symbolisiert unseren ganzen Stolz, mehr als das, er ist unser Stolz ...«

»Trotzdem solltet Ihr das Symbol nicht mit der Realität verwechseln«, mahnte Corum. »Ich habe noch viel Stolz bei den Völkern der Mabden gefunden.«

»Aye«, bestätigte Medheb. »Das ist wahr.«

»Wie dem auch sei«, beharrte König Fiachadh, »unsere Völker werden sich nur unter einem von seinem Zauber befreiten Amergin vereinigen. Amergin war so weise. So ein großer Führer war Amergin.« Eine Träne schimmerte in seinem blauen Auge. Er drehte seinen Kopf zur Seite.

»Dann muß Amergin gerettet werden«, erklärte Corum leise. »Soll ich euren König für euch finden und ihn in den Westen bringen?« Er sagte dies nicht in einer spontanen Reaktion, sondern als Ergebnis von Überlegungen, mit denen er sich bereits lange vor diesem Gespräch beschäftigt hatte. »In einer guten Verkleidung sollte ich es bis Caer Llud schaffen.«

Und als König Fiachadh sich wieder zu ihm umwandte, weinte er nicht. Er grinste.

»Und ich habe die passende Verkleidung für Euch«, sagte er.

Corum lachte laut. Er hatte sich also zu einer Entscheidung durchgerungen, die Fiachadh von ihm erwartet hatte – wahrscheinlich schon lange. »Ihr seid ein Sidhi ...«, setzte der König der Tuha-na-Manannan an.

»Ich bin mit ihnen verwandt«, warf Corum ein, »wie ich auf meiner letzten Reise entdeckt habe. Wir sehen uns ähnlich und haben, soweit ich das beurteilen kann, gewisse besondere Fähigkeiten gemeinsam, die den Mabden nicht zu eigen sind. Allerdings habe ich nie verstanden, wie ich zu diesen Fähigkeiten gekommen bin ...«

»Weil wir an diese Fähigkeiten glauben«, erklärte Medheb einfach, und sie beugte sich zu ihm und berührte seinen Arm sanft. Die Berührung war wie ein Kuß. Er lächelte sie sanft an. »Sehr gut«, sagte er. »Weil alle daran glauben. Nun, jedenfalls könnt Ihr mich ›Sidhi‹ nennen, wenn Ihr Wert darauf legt, König Fiachadh.«

»Dann, Sir Sidhi, wißt dies: In das Land des fernen Westens, das Land meines Volkes, der Tuha-na-Manannan, kam vor etwa einem Jahr ein Besucher. Sein Name war Onragh ...«

»Onragh von Caer Llud!« entfuhr es König Mannach. »Dem die Schätze von –«

»– Llud anvertraut waren, die Sidhi-Geschenke? Aye! Und Onragh verlor sie alle aus seinem Streitwagen, als er vor den Fhoi Myore und ihren Verbündeten floh. Weil die Hunde des Kerenos ihm dicht auf der Fährte waren, konnte er nicht umkehren. So verlor er sie alle – bis auf einen. Und diesen Schatz brachte er über das Wasser in den fernen Westen, zum Land des freundlichen Nebels und der sanften Regen. Und Onragh von Caer Llud war bereits tödlich verwundet, als er dort landete. Die Hunde hatten ihm die halbe Hand abgerissen. Ein Ohr hatte ihn der Hieb eines Goolegh gekostet. Viele Klingen hatten seinen Leib durchbohrt. Sterbend vertraute er meinem Schutz den Schatz an, den er gerettet hatte, der ihn selbst aber nicht hatte retten können, denn Onragh konnte ihn selbst nicht benutzen. Nur ein Sidhi kann das. Wenn ich auch nicht begreife warum, es sei denn, weil der Schatz ein Sidhi-Geschenk ist, wie die meisten der Schätze von Caer Llud. Und Onragh, der verurteilt war, mit dem Wissen zu sterben, daß er als Hüter der Schätze versagt hatte, brachte auch Kunde von Amergin, dem Hochkönig. Zum Zeitpunkt von Onraghs Flucht befand sich Amergin in dem großen Turm am Fluß nahe dem Mittelpunkt von Caer Llud. Dieser Turm war schon immer der Sitz des Hochkönigs. Aber Amergin befand sich dort bereits unter dem Zauber, durch den er sich für ein Tier hält. Und er wurde von vielen Dienern der Fhoi Myore bewacht. Einige von ihnen haben die Fhoi Myore aus ihrem eigenen Reich mitgebracht, andere wie die Goolegh schufen sie sich aus toten Mabden. Aber es ist sicher, daß sie alle Amergin sorgsam bewachen, meine Freunde, wenn man Onragh glauben darf. Und nicht alle Wächter sind von menschlicher Gestalt, hörte ich. Aber ohne Zweifel wird Amergin dort gefangen gehalten.«

»Ich werde eine sehr gute Verkleidung tragen müssen«, überlegte Corum laut. Bei sich selbst dachte er, daß er bei dieser Aufgabe versagen werde. Aber er fühlte auch, daß er den Versuch wagen mußte, und sei es nur aus Respekt vor diesen Menschen hier auf Caer Mahlod.

»Ich hoffe, ich habe da das geeignete für Euch«, erklärte König Fiachadh und erhob sich. »Ist meine Truhe, wo ich bat, sie abzustellen, Bruder?«

König Mannach stand ebenfalls auf und strich sich das weiße Haar aus der Stirn. Corum erinnerte sich daran, daß es noch gar nicht lange her war, daß man in diesem Haar noch Rot hatte sehen können. Aber das war vor dem Angriff der Fhoi Myore auf Caer Mahlod. Auch der Bart des Königs war jetzt fast weiß. Doch noch immer war er ein stattlicher Mann, fast so groß wie der breitschulterige Fiachadh, den goldenen Reif seiner Königswürde um den kräftigen Nacken. König Mannach deutete in eine Ecke des großen Saales.

»Dort«, verkündete er, »dort ist die Truhe.«

Und König Fiachadh ging hin, griff die schwere Truhe bei den goldenen Griffen an der Seite, schleppte sie zum Tisch und wuchtete sie darauf. Dann nahm er aus einer Tasche an seinem Gürtel fünf Schlüssel, mit denen er fünf starke Schlösser aufsperrte. Er hielt einen Augenblick inne und starrte Corum aus seinen blauen Augen durchdringend an. Und dazu sagte er etwas Rätselhaftes. Er sagte:

»Ihr seid kein Verräter, Corum, diesmal.«

»Ich bin kein Verräter«, erwiderte Corum. »Nicht diesmal.«

»Einem bekehrten Verräter traue ich mehr als mir selbst«, meinte König Fiachadh und öffnete grinsend den Deckel.

Aber er öffnete die Truhe so, daß Corum nicht auf den Inhalt sehen konnte, weil ihm der Deckel die Sicht versperrte.

König Fiachadh langte in die Truhe und begann vorsichtig etwas herauszuziehen.

»Da ist er«, sagte er. »Der letzte Schatz von Caer Llud.«

Und Corum fragte sich, ob der König der Tuha-na-Manannan sich einen Scherz mit ihnen erlaubte, denn König Fiachadh hielt mit beiden Händen einen völlig zerschlissenen Mantel: einen Mantel, wie ihn der ärmste Bauer zu stolz gewesen wäre zu tragen.

Ein Mantel, der fleckig, zerrissen und ausgebleicht war, so daß es unmöglich erschien, seine ursprüngliche Farbe zu erkennen.

König Fiachadh hielt den Mantel so vorsichtig, ja fast ehrfürchtig, als scheue er sich, ihn überhaupt zu berühren. Er reichte ihn Corum.

»Dies ist Eure Verkleidung«, sagte König Fiachadh.

3 Corum nimmt ein Geschenk an

»Hat das einmal ein Held getragen?« fragte Corum. Dies schien ihm die einzige Erklärung für die Ehrfurcht, mit der König Fiachadh den zerschlissenen Mantel behandelte.

»Aye, unsere Legenden sagen, daß ein Held ihn trug während des Kampfes gegen die Fhoi Myore.« König Fiachadh schien durch Corums Frage verwirrt worden zu sein. »Oft wird er einfach nur ›Der Mantel‹ genannt, aber manchmal spricht man von ihm auch als Arianrods Kleid – eigentlich ist er nämlich der Mantel einer Heldin, denn Arianrod war eine weibliche Sidhi, viel besungen und viel geliebt von den Mabden.«

»Und ihr Ruhm haftet an diesem Mantel«, sagte Corum. »Und so denkt Ihr . . .«

Medheb lachte laut auf, denn sie begriff, was Corum dachte.

»Ihr braucht Euch nicht zu unseren primitiven Bräuchen herabzulassen, Sir Silberhand, oder was habt Ihr befürchtet?« sagte sie. »Glaubst du wirklich, Corum, daß König Fiachadh ein abergläubischer Narr ist?«

»Nichts liegt mir ferner, aber ...«

»Wenn du unsere Legenden kennen würdest, wüßtest du, welche Macht dieser Mantel besitzt. Arianrod trug ihn für viele große Taten, bevor sie selbst in der letzten Schlacht von einem Fhoi Myore erschlagen wurde. Manche erzählen, sie habe ganz alleine eine Armee des Kalten Volkes vernichtet, während sie diesen Mantel trug.«

»Macht er den Träger unverwundbar?«

»Nicht ganz«, erklärte König Fiachadh, der den Mantel Corum noch immer entgegenhielt. »Nehmt Ihr ihn an, Prinz Corum?«

»Ich schätze mich glücklich, ein Geschenk aus Eurer Hand empfangen zu dürfen«, antwortete Corum. Er hatte sich auf seine guten Manieren besonnen und griff mit einer leichten Verbeugung nach dem Kleidungsstück. Er nahm ihn mit seiner fleischlichen Hand und der silbernen Hand entgegen.

Und beide Hände verschwanden bis zum Handgelenk, so daß es aussah, als wäre Corum zum zweiten Mal verstümmelt worden, doch diesmal noch schlimmer. Trotzdem fühlte er seine fleischliche Hand noch und spürte den Stoff des Mantels zwischen seinen Fingern.

»Er wirkt«, rief König Fiachadh begeistert aus. »Ich bin froh, daß Ihr ihn so zögernd entgegengenommen habt, Sir Sidhi!«

Corum begann zu verstehen. Er zog seine Hand aus Fleisch und Blut unter dem Mantel zurück, und seine Hand war wieder unversehrt zu sehen.

»Ein Mantel, der unsichtbar macht?«

»Aye«, erwiderte Medheb bewegt. »Denselben Mantel trug Gyfech, als er in das Schlafgemach von Bén ging, während Béns Vater auf der Schwelle schlief. Dieser Mantel ist oft besungen worden, selbst unter den Sidhi.«

»Ich glaube, ich verstehe, wie dieser Mantel wirkt«, setzte Corum zu einer Erklärung an. »Er stammt von einer anderen Ebene. Genau wie Hy-Breasail Teil einer anderen Welt ist, so ist es auch dieser Mantel. Wer ihn trägt, wechselt damit in eine andere Ebene, wie einst auch die Vadhagh kraft ihres Willens sich frei von Ebene zu Ebene bewegen konnten und sahen, was auf den verschiedenen Ebenen vorging ...«

Sie verstanden nichts von dem, was der Vadhagh ihnen erklärte, aber sie waren zu begeistert, um weiter danach zu fragen.

Corum lachte. »Als Mitbringsel aus der Sidhi-Ebene existiert der Mantel hier gar nicht wirklich. Aber warum sollte er nicht auch einen Mabden unsichtbar machen?«

»Selbst für einen Sidhi wirkt er nicht immer«, entgegnete König Fiachadh. »Manche – und nicht nur Mabden – haben eine Art sechsten Sinn, der es ihnen erlaubt, Euch zu spüren und zu entdecken, auch wenn Ihr für alle anderen unsichtbar seid. Es sind allerdings nur sehr wenige, die diesen sechsten Sinn besitzen, so daß Euch der Mantel die meiste Zeit vor jeder Entdeckung schützt. Trotzdem, jemand, dessen sechster Sinn voll entwickelt ist, wird Euch so deutlich vor sich sehen können, wie ich es im Augenblick kann.«

»Und in dieser Verkleidung soll ich zum Turm des Hochkönigs gehen?« sagte Corum. Er behandelte den Mantel jetzt mit der gleichen Sorgfalt und Ehrfurcht wie König Fiachadh. Fasziniert beobachtete er das Verschwinden eines Teils seines Körpers, der sich unter den Falten des Mantels scheinbar in Luft auflöste. »Ja, es ist in der Tat eine vorzügliche Verkleidung«, gab Corum lächelnd zu. »Eine bessere gibt es nicht.« Er streifte den Mantel ab und reichte ihn vorsichtig König Fiachadh zurück.

»Am besten, Ihr haltet ihn gut in Eurer Truhe verschlossen, bis er benötigt wird.« Und nachdem die Truhe sorgfältig mit allen fünf Schlössern verschlossen war, ließ Corum sich mit nachdenklichem Gesichtsausdruck auf seine Bank zurücksinken. »Vieles muß nun noch geplant werden«, sagte er.

So wurde es sehr spät, bis Corum und Medheb zusammen in ihrem breiten, niedrigen Bett lagen und durch die Fenster auf den sommerlichen Mond blickten.

»Es ist prophezeit«, sagte Medheb schon fast im Schlaf, »daß Cremm Croich drei große Aufgaben zu vollbringen haben wird, drei große Gefahren zu bestehen haben wird und drei starke Freundschaften schließen wird ...«

»Wo ist das prophezeit?«

»In den alten Überlieferungen.«

»Du hast das noch nie zuvor erwähnt.«

»Dafür gab es auch keinen Grund«, erklärte sie leise. »Die Legenden sind vage. Auch du selbst bist schließlich nicht so, wie uns die Legenden erwarten ließen.« Sie lächelte still.

Er lächelte zurück. »Nun, dann werde ich morgen zu meiner zweiten großen Aufgabe aufbrechen.«

»Und du wirst mir für lange an meiner Seite fehlen«, sagte Medheb.

»Das ist mein Schicksal, fürchte ich. Ich kam hierher, um meine Pflicht zu erfüllen, nicht der Liebe wegen, süße Medheb.«

»Sie könnten dich töten? Auch wenn du ein Elbenlord bist?«

»Aye, töten können mich Schwert und Gift. Ich kann auch einfach vom Pferd fallen und mir den Hals brechen.«

»Spotte nicht mit mir, Corum.«

»Verzeih mir.« Er stützte sich auf einen Ellbogen und

sah in ihre wunderbaren Augen. Er beugte sich über sie und küßte ihre Lippen.

»Verzeih mir, Medheb.«

Er ritt ein rotes Pferd wie das, auf dem er nach Cremms Hügel gekommen war. Der Überwurf des Pferdes glänzte in der Morgensonne. Vor den Mauern von Caer Mahlod sangen die Vögel ihre ersten Lieder.

Er trug die zeremonielle Kriegsausrüstung der Vadhagh. Er trug einen Rock aus blauem Samt und Reithosen aus Hirschleder. Er trug einen spitzen, konischen Silberhelm, in den seine Namensrunen eingraviert waren (kein Mabden konnte diese Runen entziffern), und er trug sein Kettenhemd, dessen obere Lage aus Silber bestand und die untere aus Messing. Er trug alles bis auf seinen scharlachroten Mantel, seinen Namensmantel. Denn den Mantel hatte er bei einem Tausch dem Zauberer Calatin geben müssen, der jetzt an jenem Ort lebte, den Corum als Moidelsberg kannte. Sein Pferd trug einen Überwurf aus gelber Seide, und Zaumzeug und Sattel waren aus dunkelrotem Leder mit weißen Stickereien.

Als Waffen hatte Corum eine Lanze, ein Schwert, eine Axt und einen langen Dolch gewählt. Die Lanze war groß, ihr Schaft mit schimmernden Kupferbändern verstärkt, ihre Spitze aus poliertem Eisen. Die Axt war zweischneidig, gerade und langschäftig, auch sie mit Kupferbändern umwickelt. Das Schwert hing in einer Lederscheide, die zum Sattelzeug paßte. Sein Griff war mit Leder umwunden, gehalten von goldenen und silbernen Ringen. Er endete in einem schweren, runden Bronzeknauf. Der Dolch war vom selben Schmied gefertigt und glich dem Schwert.

»Wer könnte Euch für etwas anderes halten als einen Halbgott?« rief König Fiachadh anerkennend aus.

Prinz Corum dankte ihm mit einem feinen Lächeln und griff mit seiner silbernen Hand nach den Zügeln. Mit der anderen Hand langte er hinter sich, um die große Satteltasche zurechtzurücken, in der sich neben seinem Proviant ein zusammengerollter Pelzmantel befand. Den Pelz würde er bald brauchen, wenn er in das Reich der Fhoi Myore vordrang. Den anderen Mantel, den Sidhi-Mantel, Arianrods Kleid, trug er um die Hüfte geschlungen unter seinem Kettenhemd verborgen.

Medheb warf ihr langes rotes Haar zurück und trat vor, um ihm die lebendige Hand zu küssen. Dabei sah sie mit Augen zu ihm auf, in denen Stolz und Trauer standen.

»Gehe vorsichtig mit deinem Leben um, Corum«, flüsterte sie. »Schütze es, so gut du kannst, denn wir alle brauchen dich noch, wenn du diese Aufgabe vollbracht hast.«

»Ich werde mein Leben nicht leichtfertig aufs Spiel setzen«, versprach er. »Das Leben ist für mich wieder sehr wertvoll geworden. Aber trotzdem fürchte ich den Tod nicht.«

Er wischte sich den Schweiß von der Stirn. Die warme Morgensonne ließ ihn bereits unter seiner Rüstung schwitzen, aber er wußte, daß ihm nicht lange warm sein würde. Er prüfte kurz den Sitz seiner bestickten Augenklappe über der leeren Höhle, dann streichelte er sanft über Medhebs braunen Arm. »Ich komme zu dir zurück«, versprach er.

König Mannach verschränkte die Arme vor der Brust und räusperte sich.

»Bringt uns Amergin zurück, Prinz Corum. Bringt uns unseren Hochkönig.«

»Ich werde nur gemeinsam mit Amergin nach Caer Mahlod zurückkehren. Und wenn ich ihn Euch nicht selbst bringen kann, dann werde ich alle Anstrengungen auf mich nehmen, ihn zu Euch zu schicken, König Mannach.«

»Ihr habt eine große Aufgabe vor Euch«, sagte König Mannach. »Lebt wohl, Corum.«

»Lebt wohl, Corum«, sagte auch der rotbärtige Fiachadh und legte ihm kurz seine große, starke Hand auf das Knie. »Viel Glück auf Eurem Weg!«

»Lebt wohl, Corum«, sagte Medheb, und ihre Stimme war nun fest wie ihr Blick.

Dann stieß Corum seinem roten Pferd die Sporen in die Flanken und ritt davon.

Eine große innere Ruhe erfüllte Corum, als er von Caer Mahlod aufbrach. Er ritt über die sanften Hügel in den tiefen, kühlen Wald, der sich östlich von Caer Mahlod in Richtung auf Caer Llud erstreckte. Unterwegs lauschte er den Vögeln, dem Rauschen klarer, kalter Bäche über die alten Steine und dem Raunen der Eichen und Ulmen.

Nicht einmal sah Corum zurück, nicht einmal empfand er Bedauern über seinen Abschied. Kein Schmerz und keine Furcht und kein Widerwille gegen seinen Auftrag erfüllten ihn diesmal. Er wußte, daß er sein Schicksal erfüllte, daß er ein großes Ideal repräsentierte, und diesmal war er damit zufrieden.

Solche Zufriedenheit war ein seltenes Gefühl, dachte Corum, für einen, der zum ewigen Kampf verurteilt war. Vielleicht wurde er dafür, daß er diesmal nicht gegen sein Geschick ankämpfte und sich ihm willig unterwarf, mit diesem tiefen Frieden der Seele belohnt. Er begann sich zu fragen, ob er seinen inneren Frieden nur finden konnte, wenn er sein Schicksal akzeptierte.

Das wäre ein seltsames Paradoxon – Frieden im ewigen Kampf zu finden.

Gegen Abend wurde der Himmel grau, und über dem Horizont im Osten zogen dunkle Wolken auf.

4 Eine Welt des Todes

Fröstelnd legte sich Corum den schweren Pelzmantel um die Schultern und zog sich die Kapuze über seinen behelmten Kopf. Dann fuhr er mit seiner verbliebenen Hand in den gefütterten Handschuh und streifte sich den anderen über seine silberne Hand. Er trat die letzte Glut seines Feuers aus. Dabei wanderte sein Blick unablässig über die öde Landschaft. Sein Atem dampfte weiß in der kalten Luft. Der Himmel war von einem harten, blassen Blau, ohne Sonne, die erst in einiger Zeit aufgehen würde. Es war die tote Stunde vor der Dämmerung. Das Land schien im Zwielicht keine feste Form zu haben, und die Erde war von totem Schwarz unter einem bleichen Frostmantel. Hier und da ragte ein kahler, blattloser Baum auf. In einiger Entfernung ließ sich eine schneegekrönte Hügelreihe ausmachen, schwarz wie die Erde. Corum roch den Wind.

Es war ein toter Wind.

Der einzige Geruch des Windes war der Geruch des mörderischen Frostes. Dieser Teil des Landes wirkte so verödet, als hätten ihm die Fhoi Myore auf ihrem Vernichtungsfeldzug besondere Aufmerksamkeit geschenkt. Vielleicht hatten sie hier ihr Heerlager aufgeschlagen, während sie gegen Caer Mahlod zogen.

Nun hörte Corum wieder den Laut, den er schon zuvor geglaubt hatte zu hören. Dieser Laut hatte ihn auch veranlaßt, aufzuspringen und das Feuer auszutreten, damit keine Rauchfahne mehr gegen den blassen Himmel zu sehen war. Es waren Hufschläge. Corum blickte nach Südosten, wo das Land anstieg und ein Hügelkamm ihm den Blick versperrte. Von hinter diesem Kamm näherten sich die Hufschläge.

Und jetzt hörte Corum noch ein anderes Geräusch.

Das ferne Gebell von Hunden.

Die einzigen Hunde, von denen man erwarten konnte, sie in dieser Gegend zu hören, waren die dämonischen Hunde des Kerenos. Er rannte zu seinem roten Pferd, das erste Anzeichen von Unruhe zeigte. Mit einem Satz war er im Sattel, riß die Lanze aus ihrem Futteral und legte sie quer vor sich über den Sattelknauf. Er beugte sich vor und strich dem Pferd über den Hals, um es zu beruhigen. Dann wendete er das Tier gegen die Anhöhe und erwartete die Gefahr, die sich von dort nähern würde.

Ein einzelner Reiter erschien auf dem Kamm. Er tauchte fast gleichzeitig mit den ersten Sonnenstrahlen auf, die sich auf seiner Rüstung brachen. Die Sonne ging genau hinter ihm auf. Sein Harnisch blitzte rot. In der Faust hielt er ein blankes Schwert, das ebenfalls in der Sonne glänzte. Es strahlte so grell, daß Corum davon geblendet wurde und den Reiter im ersten Augenblick nicht erkennen konnte. Dann wechselte die Farbe der Rüstung plötzlich zu einem flammenden, eisigen Blau. Jetzt wußte Corum, wer ihm dort entgegenkam.

Das Gebell der schrecklichen Hunde wurde lauter, aber noch waren sie nicht zu sehen.

Corum trieb sein Pferd auf die Anhöhe zu.

Plötzlich war alles still.

Die Hunde verstummten, der Reiter stand unbeweglich auf der Anhöhe. Die Farbe seiner Rüstung wechselte wieder, diesmal zu einem grünlichen Gelb.

Corum lauschte auf seinen eigenen Atem, die Hufe seines Pferdes, die über die harte, schwarze Erde dröhnten. Er galoppierte den Hang hinauf und hielt mit angelegter Lanze auf den Reiter zu.

Und dann erklang die Stimme des Reiters aus dem formlosen Helm, der seinen Kopf verbarg.

»Ha! Also habe ich richtig vermutet. Ihr seid es, Prinz Corum!«

»Guten Morgen, Gaynor. Wollt Ihr mich fordern?«

Prinz Gaynor der Verdammte warf den Kopf zurück und lachte ein leeres, hohles Lachen, und seine Rüstung färbte sich in ein flackerndes Schwarz, und er stieß sein Schwert zurück in die Scheide.

»Ihr kennt mich, Prinz Corum. Ich bin müde. Ich habe nicht vor, mich von Euch noch einmal in den Limbus schicken zu lassen. Hier auf dieser Ebene gibt es wenigstens etwas, mit dem ich mir die Zeit vertreiben kann. Dort im Limbus – nun, dort gibt es nichts, gar nichts.«

»So schließt Euch doch einer guten Sache an. Kämpft für meine Seite. Hier würdet Ihr auch Vergebung finden.«

»Vergebung? Oh, Corum, Ihr seid wahrlich von schlichtem Gemüt. Wer sollte mir vergeben?«

»Niemand.«

»Warum sprecht Ihr dann von Vergebung?«

»Ihr könntet Euch selbst vergeben. Das ist es, was ich gemeint habe. Ich sage nicht, daß Ihr Euch den Lords der Ordnung beugen sollt – falls sie noch irgendwo existieren – noch daß Ihr Euch vor irgendeiner anderen Autorität beugen sollt als Eurem eigenen Stolz. Ich glaube, daß es in Euch selbst, Prinz Gaynor der Verdammte, etwas gibt, das Euch vor Eurer Hoffnungslosigkeit retten kann, der Ihr auf ewig anheimgefallen seid. Ihr wißt um die Dummheit, die Ignoranz, die Zerstörungswut und die Geistlosigkeit derer, denen Ihr dient. Und doch folgt Ihr ihnen freiwillig, helft ihnen bei ihren Taten, begeht große Verbrechen und schafft grausames Leid, verbreitet das Böse, bringt Tod und Verderben – Ihr wißt, was Ihr tut. Und Ihr wißt auch, daß diese Verbrechen Euch nur immer mehr Gewissensqual bringen.«

Die Rüstung wechselte ihre Farbe von Schwarz zu wütendem Rot. Prinz Gaynors gesichtsloser Helm drehte sich zur aufgehenden Sonne. Sein Pferd scharrte, und er griff die Zügel fester.

»Schließt Euch meiner Sache an, Gaynor. Ich weiß, daß Ihr sie achtet.«

»Die Ordnung hat mich verstoßen«, erwiderte Prinz Gaynor mit harter, müder Stimme. »Alles, dem ich einst folgte, alles, was ich einst achtete, alles, was ich einst bewunderte und verehrte – es hat mich verstoßen und verdammt. Es ist zu spät für Prinz Gaynor, Freund Corum.«

»Es ist nicht zu spät«, drängte Corum, »und Ihr vergeßt, Gaynor, daß ich alleine in jenes Gesicht gesehen habe, das Ihr unter Eurem Helm verbergt. Ich habe Euch in all Euren Gestalten und Verkleidungen gesehen, habe all Eure Träume gesehen, all Eure Sehnsüchte, Gaynor.«

»Aye«, antwortete Prinz Gaynor der Verdammte ruhig. »Das ist es, warum Ihr vernichtet werden müßt, Corum. Das ist es, warum ich es nicht ertragen kann, Euch am Leben zu wissen.«

»Dann kämpft«, rief Corum mit einem Seufzer. »Kämpft jetzt!«

»Das werde ich nicht wagen, nicht nachdem Ihr mich schon einmal im Zweikampf besiegt habt. Ich will Euch nicht noch einmal Gelegenheit geben, alle meine Gesichter zu sehen, Corum. Nein, ich kann Euch keinen Tod im offenen Zweikampf gewähren. Die Hunde ...«

Da begriff Corum, was Gaynor für ihn geplant hatte, und trieb sein Pferd zu einem plötzlichen Galopp. Mit der Lanze auf Gaynors formlosen Helm zielend, warf er sich gegen seinen alten Feind.

Doch Gaynor lachte und riß sein Pferd hart herum. Dann donnerte er den Abhang auf der anderen Seite hinunter. Eine Wolke aufgewirbelten Reifs hüllte ihn ein, und die Hufe seines Pferdes dröhnten, als würde die Erde unter ihnen bersten.

Und Gaynor galoppierte den Hügel hinab auf eine Meute weißer Hunde zu, die mit hängenden Zungen am

Boden kauerten, die gelben Augen glühend, Speichel von ihren gelben Fängen tropfend, und die langen, buschigen Schwänze über dem Rücken zusammengerollt. Alles an ihren Körpern war von einem schimmernden, leprösen Weiß bis auf die Spitzen ihrer Ohren, die die Farbe frischen Blutes hatten. Einige der Bestien waren groß wie kleine Ponys.

Als Gaynor sich ihnen näherte, sprangen sie auf die Füße. Und sie hechelten und grinsten, als Gaynor ihnen etwas zurief.

Und dann rannten sie den Hügel hinauf auf Corum zu.

Corum spornte sein Pferd noch mehr an, in der Hoffnung, die Hundemeute niederzureiten und Gaynor zu erreichen, bevor er entkommen konnte. Er stieß mit solcher Wucht durch das Pack, daß einige Hunde regelrecht durch die Luft gewirbelt wurden und seine Lanze einem den Schädel voll durchbohrte. Aber das zwang Corum, sein Pferd zu zügeln, um die Lanze aus dem Kopf des getöteten Tieres zu zerren. Sein Streitroß bäumte sich auf, wieherte wild und schlug mit seinen eisenbeschlagenen Hufen nach den Bestien.

Corum ließ die Lanze fahren und griff zu seiner zweischneidigen Streitaxt. Mit einem gewaltigen Hieb ließ er sie von links nach rechts kreisen. Einem Hund wurde der Schädel gespalten, dem anderen das Rückgrat gebrochen. Aber die Hunde setzten ihr schreckliches Gebell fort, das sich mit dem grauenhaften Geheul der Bestie mischte, deren Rückgrat gebrochen war. Gelbe Fänge knirschten auf Corums Harnisch, zerrten an seinem Pelzmantel und versuchten ihm die Axt aus der Hand zu zerren. Corum zog seinen Fuß aus dem Steigbügel, stieß die Ferse einem Hund gegen die Schnauze und schmetterte die Axt auf einen anderen, der sich in den Überwurf des Pferdes verbissen hatte. Sein Roß ermüdete schnell, erkannte Corum, und in wenigen Augenblicken würde es unter ihm zusammenbrechen, die Kehle von gelben Hundefängen zerfetzt. Und dann würde es noch immer genug Hunde geben.

Fünf. Corum schlug einem Hunde, der ihn angesprungen hatte und sich dabei in der Entfernung verschätzte, die Hinterläufe ab. Die Bestie stürzte neben dem Tier zu Boden, das an seinem gebrochenen Rückgrat verendete. Der Hund mit dem zerschmetterten Rücken schleppte sich zu seinem Kameraden und schlug seine Fänge in dessen blutige Flanke. Wild riß er an dem entblößten Fleisch, um noch im Tod einen letzten Fraß zu finden.

Dann hörte Corum einen Schrei und sah flüchtig eine Bewegung zu seiner Rechten. Ohne Zweifel kamen jetzt Gaynors Männer, um ihm den Rest zu geben. Er versuchte mit der Axt hinter sich zu schlagen, aber er verfehlte die vorbeirasende Gestalt, ohne sie richtig erkennen zu können.

Die Hunde des Kerenos sammelten sich jetzt zu einem neuen Angriff, der offenbar besser organisiert vorgetragen werden sollte. Corum wußte, daß er keine Chance hatte, die Hunde und dazu die Neuankömmlinge zu besiegen, wer das auch sein mochte. Er hielt nach einer Lücke im Kreis der Meute Ausschau, die ihm einen Ausbruch erlauben würde. Aber sein Pferd zitterte und schnaubte. Das Tier hatte nicht mehr die Kraft zu einer Flucht im Galopp. Er wechselte seine Axt in die silberne Hand und zog sein Schwert. Dann trabte er auf die Hunde zu. Er zog es vor, im Kampf zu sterben und nicht auf der Flucht zerrissen zu werden.

Und wieder huschte der schwarze Schatten hinter ihm vorbei. Jetzt erkannte er, daß es nur ein einzelner Reiter auf einem schnellen Pony war, der dicht über den Rücken seines Tieres gebeugt ein gebogenes Schwert schwang. Das Schwert sauste nieder und fuhr in den Rücken eines weißen Hundes, der überrascht aufheulte. Dem Beispiel folgend versuchte Corum eine andere Bestie niederzureiten. Doch das Tier wandte sich um und sprang Corums Pferd an die Kehle. Bevor die Bestie zupacken konnte, durchbohrte Corums Klinge ihr die Brust. Ihre Krallen schlugen blutige Schrammen in das Fell des scheuenden Pferdes. Dann fiel sie zu Boden und rollte im Todeskampf auf den Rücken.

Jetzt waren nur noch drei Hunde übrig. Die drei Bestien machten kehrt und rannten einem Reiter nach, der in der Ferne noch immer zu sehen war und dessen Rüstung ständig die Farbe wechselte.

Corum stieg vom Pferd und atmete tief durch. Er spie aus, denn der Gestank der Hunde war nach ihrem Tod noch schlimmer als im Leben. Sein Blick wanderte über die weißbepelzten Überreste, auf denen sich frisches Rot ausbreitete, und wandte sich dann zu dem unbekannten Helfer, der durch sein plötzliches Auftauchen Corums Leben gerettet hatte.

Der Fremde saß noch auf seinem Pferd, das langsam herantrabte. Er grinste und hob sein Krummschwert zum Gruß. Dann rückte er sich seinen breitkrempigen Hut auf dem langen Haar zurecht. Von seinem Sattelknauf löste er eine Tasche, die er vorsichtig öffnete. Aus der Tasche kroch eine kleine schwarzweiße Katze, deren auffälligstes Merkmal ein Paar über dem Rücken zusammengefaltete Flügel waren.

Corums Retter grinste noch breiter, als er sein Erstaunen bemerkte.

»Eine Situation, die mir nicht ganz fremd ist«, rief Jhary-a-Conel, der selbsternannte Gefährte von Helden. »Ich tauche oft im letzten Augenblick auf, um das Leben des Helden zu retten. Das ist mein Schicksal, so wie es sein Schicksal ist, in allen großen Kriegen der Geschichte mitzukämpfen. Ich suchte Euch auf Caer Mahlod, aber Ihr wart schon aufgebrochen zu neuen Taten. Ich hatte das Gefühl, Ihr könntet meine Begleitung brauchen. Aber ich fühlte auch, daß Ihr in Gefahr wart. Deshalb folgte ich Euch, so schnell ich konnte.«

Jhary-a-Conel zog seinen breitkrempigen Hut und verbeugte sich im Sattel. »Seid mir gegrüßt, Prinz Corum.«

Corum rang noch erschöpft nach Atem. Er war von dem Kampf mit den Hunden so mitgenommen, daß er nicht sprechen konnte. Aber es gelang ihm, das Grinsen seines alten Freundes zu erwidern.

»Seid Ihr gekommen, um mit mir zu reiten, Jhary?« brachte er schließlich heraus. »Kommt Ihr mit mir nach Caer Llud?«

»Wenn das Schicksal es so will. Wie ist es Euch in dieser Welt ergangen, Corum?«

»Besser als ich dachte. Und noch besser geht es mir jetzt, da Ihr hier seid, Jhary.«

»Ihr wißt, daß ich vielleicht nicht in der Lage bin, lange zu bleiben.«

»Das habe ich schon unserem letzten Gespräch entnommen. Und Ihr? Habt Ihr Abenteuer auf anderen Ebenen erlebt, seit wir uns das letzte Mal gesehen haben?«

»Ein oder zwei, ein oder zwei. Dort, wo Ihr Euch Hawkmoon nennt, hatte ich eines der schrecklichsten Erlebnisse meiner langen Karriere.«

Und Jhary erzählte Corum die Geschichte von seinen Abenteuern mit Hawkmoon, der einen Freund gewonnen hatte, dafür seine Frau verloren und sich selbst in einem fremden Körper wiedergefunden. Als Ergebnis davon mußte er eine – in Corums Augen furchtbar verwirrende – Zeit in einer Welt verbringen, die nicht seine eigene war. Während Jhary berichtete, verließen die beiden alten Freunde die Kampfstätte und folgten der Spur von Prinz Gaynor dem Verdammten, der schnell gen Caer Llud zu reiten schien.

Und Caer Llud war noch viele, viele Tage entfernt.

5 Im Reich der Fhoi Myore

»Aye«, sagte Jhary-a-Conel, während er die Hände über einem Feuer zusammenschlug, das sich dagegen zu sträuben schien, in der eisigen Kälte richtig zu brennen. »Die Fhoi Myore sind echte Vettern der Lords des Chaos, denn sie scheinen das gleiche Ziel zu haben. So wie ich sehe, sind die Fhoi Myore das, was im Laufe der Zeit aus diesen Lords geworden ist. In diesen Tagen gibt es so viele merkwürdige Verschiebungen und Veränderungen. Die Ursache dafür sind teilweise, wie ich sagen muß, Baron Kalans närrische Zeitmanipulationen, teilweise sind sie das Ergebnis der Konjunktion der Millionen Sphären, die jetzt langsam vorübergeht – doch bis sie endgültig vorbei ist, wird noch einige Zeit vergehen. In der Zwischenzeit leben wir in einer Epoche, die nicht nur in einer Hinsicht recht unsicher ist. Manchmal scheint es sogar, als stünde selbst das Überleben aller beseelten Wesen auf dem Spiel. Aber soll ich mich davor fürchten? Nein, ich glaube, das sollte ich nicht. Ich lege keinen besonderen Wert auf Seele und Bewußtsein. Ich wäre auch zufrieden, wenn ich ein Baum würde!«

»Wer sagt, daß Bäume kein Bewußtsein haben?« Corum lächelte und setzte eine Pfanne über das Feuer. Als das Wasser darin zögernd zu sieden begann, legte er schmale Fleischstreifen hinein.

»Nun, dann werde ich eben ein Marmorblock.«

»Auch dann wissen wir nicht, ob der Marmor ...«, setzte Corum an, aber Jhary unterbrach ihn mit einem ungeduldigen Räuspern.

»Solche Kinderspiele machen mir keinen Spaß!«

»Ihr mißversteht mich. Ihr habt da an eine Sache gerührt, wißt Ihr, mit der ich mich in der letzten Zeit viel beschäftigt habe. Auch ich beginne zu begreifen, daß kein besonderer Wert allein darin liegt, ein denkendes Wesen zu sein, wie ich es zur Zeit bin. Tatsächlich kann man sogar sagen, daß es eine ganze Reihe Nachteile mit sich bringt. Das Bewußtsein aller Sterblichen ist geprägt von ihrer Fähigkeit, das Universum zu analysieren, und ihrer Unfähigkeit, das Universum zu verstehen.«

»Einige scheint das nicht zu stören«, meinte Jhary. »Ich, zum Beispiel, bin vollauf damit zufrieden, mich treiben zu lassen – geschehen zu lassen, was immer geschieht, ohne mich darum zu scheren, warum es geschieht.«

»Ich stimme Euch gerne zu, daß es sich dabei um eine bewunderungswürdige Einstellung handelt. Aber die Natur hat uns mit einer solchen Einstellung nicht ausgestattet. Man muß erst mühsam zu ihr finden, was nicht vielen gelingt. Und wem es nicht gelingt, der ist zu einem unglücklichen Leben verdammt. Aber macht es überhaupt etwas aus, ob unsere Leben glücklich sind oder unglücklich? Sollen wir der Freude größeren Wert zumessen als dem Leid? Ist es nicht auch möglich, beide als von gleichem Wert zu sehen?«

»Alles, was ich dazu weiß«, wandte Jhary pragmatisch ein, »ist, daß die meisten von uns lieber glücklich sind ...«

»Aber dieses Glücklichsein erlangen wir doch alle auf sehr unterschiedliche Weise. Die einen, indem sie sich um Gleichgültigkeit bemühen, die anderen mit ihrer Anteilnahme an der Welt. Einige, indem sie sich selbst dienen, und andere durch den Dienst an ihren Mitmenschen. Im Augenblick finde ich großen Gefallen daran, anderen zu dienen. Die ganze Frage der Moralität ...«

»Kann einem egal sein, wenn der Magen knurrt«, stellte Jhary fest, der in die Pfanne schielte. »Was meint Ihr, Corum? Ist das Fleisch gar?«

Corum lachte. »Ich glaube, aus mir wird langsam ein tiefsinniges Ekel.«

»Ach wo.« Jhary angelte sich ein Stück Fleisch aus der

Pfanne und ließ es in sein Geschirr fallen. Dann nahm er ein weiteres Stück für die Katze, das er zum Kühlen zur Seite legte. Die Katze saß derweilen auf seiner Schulter und rieb ihren Kopf schnurrend an seinem Nacken. »Ihr werdet religiös, das ist alles. Aber was kann man in einem Mabden-Traum auch anderes erwarten?«

Sie ritten an einem zugefrorenen Fluß entlang, auf einem Weg, der sich fast völlig unter dem Schnee verlor, und erklommen nach und nach die Hügel. Sie kamen an einem Haus vorbei, dessen Steinwände geborsten waren wie unter dem Schlag eines gigantischen Hammers. Erst als sie dicht heran waren, erkannten sie die weißen Schädel hinter den Fenstern und die weißen Hände, die sich in einer erstarrten Geste des Grauens reckten. Die Knochen schimmerten im blassen Sonnenlicht.

»Erfroren«, meinte Jhary. »Und zweifellos war es auch die Kälte, die die Mauern bersten ließ.«

»Balahrs Werk«, entgegnete Corum. »Er ist der mit dem einen, tödlichen Auge. Ich kenne ihn. Ich habe schon gegen ihn gekämpft.«

Dann waren sie an dem Haus vorbei, überquerten die Hügelkette und gelangten in eine Stadt, wo überall erstarrte Leichname lagen. Diese Leichen hatten noch Fleisch auf den Knochen. Die Kälte hatte ihnen nicht den Tod gebracht, sondern sie erst später erstarren lassen. Und alle männlichen Leichen waren grausam verstümmelt.

»Das Werk Goims«, sagte Corum. »Die letzte überlebende weibliche Fhoi Myore. Sie hat einen unersättlichen Hunger nach einem bestimmten Teil des männlichen Körpers.«

»Wir sind an der Grenze zum eigentlichen Reich der Fhoi Myore«, rief Jhary-a-Conel und deutete auf den

Horizont vor ihnen, über dem dunkle Wolken brodelten. »Soll es uns auch so ergehen? Sollen Balahr oder Goim uns finden und uns ein schreckliches Ende bereiten?«

»Damit müssen wir rechnen«, erklärte ihm Corum.

Jhary grinste. »Das klingt so bedrückt, alter Freund. Tröstet Euch damit, daß, wenn sie uns so etwas antun, wir in einer Position eindeutiger moralischer Überlegenheit eingefroren werden.«

Corum grinste zurück.

»Das tröstet mich in der Tat«, antwortete er.

Und sie lenkten ihre Pferde durch die Stadt und auf der anderen Seite hinaus über einen tief verschneiten Weg, vorbei an einem erstarrten Gespann. Der Wagen lag voll mit erfrorenen Kindern, die man offenbar versucht hatte, vor den anrückenden Fhoi Myore in Sicherheit zu bringen. Und sie kamen durch ein Tal, wo eine ganze Armee von den Hunden zerrissen worden war. Und hier fanden sie auch wieder frische Spuren – die Spuren von einem einzelnen Reiter und drei großen Hunden.

»Gaynor reitet uns also auf unserem Weg voraus«, stellte Corum fest. »Weit kann er uns nicht voraus sein. Ein paar Stunden vielleicht. Warum läßt er sich jetzt soviel Zeit?«

»Vielleicht beobachtet er uns. Vielleicht will er herausfinden, was wir mit diesem Ritt vorhaben«, vermutete Jhary. »Mit solchen Informationen ist er vielleicht bei seinen Herren besonders willkommen.«

»Wenn die Fhoi Myore überhaupt irgend jemand willkommen heißen. Sie haben keine wirklichen Verbündeten. Es gibt nur einige, die nicht anders können, als den Fhoi Myore zu dienen – unter ihnen die auferstandenen Toten. Für diese Unglücklichen gibt es keine Wahl mehr.«

»Können die Fhoi Myore tatsächlich die Toten auferstehen lassen?«

»Unter diesen sechs ist einer, der meines Wissens

Rhannon genannt wird. Rhannon bläst kalten Odem in die Münder der Toten und bringt sie zum Leben. Er küßt die Lebenden und haucht ihnen den Tod ein. Das ist die Legende. Aber nur wenige wissen etwas über die Fhoi Myore. Selbst die Fhoi Myore dürften kaum wissen, was sie tun und warum sie auf dieser Ebene sind. Einst wurden sie schon einmal von den Sidhi vertrieben, die selbst nicht aus dieser Ebene waren und dem Volk von Lwyn-an-Esh zu Hilfe kamen. Aber mit dem Niedergang der Sidhi wuchs die Macht der Fhoi Myore erneut; zunächst im Verborgenen, bis sie dann wieder an den Küsten landeten und ihren Eroberungszug begannen. Ihre Krankheit muß sie über kurz oder lang umbringen. Soweit ich weiß, können wenige das nächste Jahrtausend überleben. Und wenn auch die Fhoi Myore vergangen sind, wird diese ganze Welt tot sein.«

»Es scheint mir«, bemerkte Jhary-a-Conel, »wir könnten einige Sidhi-Verbündete gebrauchen.«

»Der einzige, den ich kenne, heißt Goffanon und ist des Kampfes müde. Er akzeptiert, daß die Welt dem Untergang geweiht ist und daß nichts, was er tun kann, diesen Untergang aufhalten würde.«

»Da könnte er recht haben«, kommentierte Jhary mitfühlend.

Er sah seinen Begleiter plötzlich scharf an.

Corum hob den Kopf und drehte ihn unruhig von der einen Seite zur anderen, das Gesicht verzogen.

Jhary war überrascht. »Was ist los?«

»Hört Ihr es nicht?«

Corum wandte sich zu den Hügeln zurück, von denen sie gekommen waren.

Er konnte es jetzt deutlich hören – melancholisch, wild, manchmal fast spöttisch. Das Saitenspiel einer Harfe.

»Wer sollte hier spielen? Und was sollte das für eine Musik sein?« murmelte Jhary. »Außer einer Totenklage.«

Er lauschte wieder. »Und es klingt wirklich, als könne es eine Totenklage sein.«

»Aye«, bestätigte Corum grimmig. »Ein Grabgesang für mich. Ich habe diese Harfe schon mehr als einmal gehört, seit ich in diese Zeit gekommen bin, Jhary. Und man hat mir gesagt, daß ich eine Harfe fürchten muß.«

»Schön ist es jedenfalls«, meinte Jhary.

»Man hat mir auch gesagt, daß ich Schönheit fürchten muß«, berichtete Corum. Er konnte die Quelle der Musik wieder nicht entdecken. Er bemerkte, daß er zitterte. Mühsam riß er sich zusammen und trieb sein Pferd vorwärts. »Dann hat man mir noch gesagt«, fuhr er fort, »daß ich von einem Bruder erschlagen werde.«

Aber als Jhary mehr darüber erfragen wollte, wich Corum aus und sprach nicht weiter über dieses Thema. Einige Meilen ritten sie schweigend nebeneinander, bis sie aus dem Tal heraus waren und an den Rand einer weiten Hochebene gelangten.

»Die Ebene von Craig Dôn«, sagte Corum. »Das muß sie sein. Die Mabden halten sie für einen heiligen Ort. Wir haben jetzt gut den halben Weg nach Caer Llud hinter uns, denke ich.«

»Und sind mitten im Land der Fhoi Myore«, fügte Jhary-a-Conel wenig begeistert hinzu.

Als sie am Rand der Ebene standen, raste plötzlich ein Wirbelsturm von Westen nach Osten über die Ebene und legte sich ebenso plötzlich wieder. Er hatte frischen Schnee über die Ebene gebreitet wie eine Frau ein frisches Laken über ein Bett.

»Darin werden unsere Spuren gut zu sehen sein«, stellte Jhary fest.

Corum sah sinnend dem eigenartigen Windphänomen nach. Über der Ebene war die Sonne völlig von Wolken verdeckt, die unablässig durcheinanderwirbelten und ihre Form ständig wechselten.

»Das erinnert mich irgendwie an das Reich des Chaos«, erklärte Jhary ihm. »Und ich habe gehört, daß solche in Eis erstarrten Landschaften das endgültige Stadium von Welten unter der Herrschaft der Lords der Entropie sind. Das ist es, was am Ende bei ihrer verschwenderischen Vielfalt herauskommt. Aber ich spreche schon wieder von anderen Welten und anderen Helden – besser gesagt, von anderen Träumen. Sollen wir riskieren, auf dieser freien Ebene entdeckt zu werden, oder sollen wir sie umgehen, um dieses Risiko auszuschließen?«

»Wir reiten über die Ebene von Craig Dôn«, antwortete Corum fest. »Und wenn wir angehalten werden und noch Zeit bekommen, etwas zu sagen, geben wir vor, unterwegs zu sein, um den Fhoi Myore unseren Dienst anzubieten, nachdem die Sache der Mabden aussichtslos geworden sei.«

»Es scheint hier nicht viele mit Verstand zu geben«, meinte Jhary, »jedenfalls nicht mit dem, was ich unter Verstand verstehe. Glaubt Ihr, man würde uns überhaupt Gelegenheit zur Konversation lassen?«

»Wir müssen hoffen, daß sie mehr wie Gaynor denken und handeln als wie ihre Herren.«

»Da haben wir ja etwas Schönes zu hoffen«, rief Jhary aus. Er lächelte seiner Katze zu, die ihn nur anschnurrte und dabei offensichtlich den Scherz ihres Herren nicht recht zu würdigen wußte.

Der Wind heulte auf, und Jhary verbeugte sich vor ihm, als wolle er ihn mit einer höflichen Aufwartung besänftigen.

Corum zog sich seinen Pelz enger um die Schultern. Auch wenn der Mantel an einigen Stellen von den Hunden des Kerenos zerrissen worden war, erfüllte er seinen Zweck noch.

»Kommt«, rief Corum. »Laßt uns die Ebene von Craig Dôn überqueren!«

Der Schnee wirbelte um die Hufe ihrer Pferde wie das Wasser eines wilden Stromes. Der Wind blies ihn einmal hierhin und einmal dorthin. Der Wind häufte Schneeverwehungen auf, trug sie wieder ab und ließ sie an anderer Stelle neu erstehen. Der Wind fuhr den beiden Reitern in die Knochen, daß sie manchmal glaubten, kalten Stahl in ihren Körpern zu spüren. Der Wind seufzte, wie ein zufriedener Jäger über seiner Beute seufzt. Der Wind knurrte wie ein ausgehungertes Tier. Der Wind stöhnte wie ein befriedigter Liebhaber. Der Wind schrie wie ein Eroberer, und er zischte wie eine Schlange. Er blies frischen Schnee vom Himmel. Ihre Schultern bedeckten sich mit Schnee, bis der Wind umschlug und ihnen den Schnee wieder herunterfegte. Der Wind grub ihnen Wege durch den Schnee und verlegte sie ihnen im nächsten Augenblick wieder mit neuem Schnee. Der Wind wehte von Osten und von Norden und von Westen und von Süden. Manchmal schien es, als wehe er von allen Seiten gleichzeitig, als wolle er die beiden einsamen Reiter auf der Ebene von Craig Dôn zermalmen. Der Wind baute Schlösser und riß sie nieder. Der Wind flüsterte Versprechungen, und er heulte Drohungen. Der Wind spielte mit ihnen.

Dann sah Corum durch die wirbelnden Schneeflocken dunkle Gestalten vor sich. Im ersten Augenblick glaubte er fremde Krieger zu erkennen. Er zog sein Schwert und stieg vom Pferd, um sich ihnen zu Fuß entgegenzustellen, denn in dem tiefen Schnee hätte ihn das Pferd nur behindert. Bis zu den Knien sank er ein. Doch Jhary blieb auf seinem Pferd sitzen.

»Kein Grund, sich zu fürchten«, sagte er zu Corum. »Das sind keine Männer. Es sind die stehenden Steine von Craig Dôn.«

Und Corum erkannte, daß er sich in der Entfernung verschätzt hatte, denn die schemenhaften Objekte waren noch ein gutes Stück entfernt.

»Hier ist die heilige Stätte der Mabden«, erklärte Jhary.

»Hier wählen sie ihren Hochkönig und halten ihre wichtigsten Zeremonien ab«, fügte Corum hinzu.

»Hier haben sie das einmal getan«, korrigierte ihn Jhary.

Der Wind schien sich zu legen, als sie in die Nähe der großen Steine kamen. Selbst der Wind hatte offenbar Achtung vor dieser alten, heiligen Stätte. Es gab insgesamt sieben Kreise. Jeder Kreis umschloß einen kleineren bis zum innersten Kreis, dessen Mittelpunkt ein großer steinerner Altar war. Als Corum von dem kleinen Hügel im Zentrum der Kreise zurück über die Steine blickte, glaubte er, in den Steinkreisen Ringe auf einem See zu sehen, Ebenen der Realität, den Ausdruck einer Geometrie, die nicht ganz mit der irdischen Geometrie übereinstimmte.

»Es ist eine heilige Stätte«, murmelte er. »Wahrhaftig.«

»Ich fühle deutlich, daß hier etwas angerührt wird, das nicht von dieser Welt ist und das ich nicht erklären kann«, stimmte ihm Jhary zu. »Erinnert das nicht irgendwie an Tanelorn?«

»Tanelorn? Vielleicht. Ist das hier ihr Tanelorn?«

»Geographisch gesehen könnte es das sein. Tanelorn ist nicht immer eine Stadt. Manchmal ist es ein Gegenstand. Manchmal ist es auch nur eine Idee. Und das hier – das ist die Darstellung einer Idee.«

»So primitiv in seinem Material und in der Arbeit mit diesem Material«, meinte Corum. »Und doch so durchdacht in seiner Gestaltung. Welche Hirne konnten so etwas wie Craig Dôn ersinnen, Jhary?«

»Mabden-Hirne. Die, denen Ihr dient. Auch das ist ein Grund, warum es ihnen so schwerfällt, sich gegen die Fhoi Myore zusammenzuschließen. Dies hier war der Mittelpunkt ihres Universums. Da sie jetzt nicht mehr zweimal jährlich zu ihren großen Festen nach Craig Dôn kommen können, hungern ihre Seelen, und dieser Hunger raubt ihnen alle Willenskraft.

»Wir müssen einen Weg finden, ihnen Craig Dôn zurückzugeben«, erklärte Corum entschlossen.

»Aber zuerst müssen wir ihnen wieder ihren Hochkönig geben, der Wochen fastend und meditierend vor Craig Dôns Altar verbrachte.« Jhary lehnte sich gegen einen der großen Steine. »Das wird jedenfalls von ihm erzählt«, fügte er dann murmelnd hinzu, als fühle er sich bei einer Sache ertappt, der er selbst nicht so ganz traute. »Nun, das ist alles nicht meine Angelegenheit«, fuhr er fort. »Ich will damit sagen, wir ...«

»Seht, wer da kommt!« unterbrach Corum. »Und er scheint allein zu kommen.«

Es war Gaynor.

Er war zwischen den Steinen des äußeren Kreises aufgetaucht und wirkte in der Entfernung so klein, daß er nur an der ständig wechselnden Farbe seiner Rüstung zu erkennen war. Er kam zu Fuß. Sein Pferd war nicht zu sehen. Er schritt durch eine Art Tunnel, den sieben große Steinbögen in einer bestimmten Perspektive bildeten. Als er in Rufweite kam, verkündete er:

»Einige würden in diesem Tempel, diesem Craig Dôn, eine Darstellung der Millionen Sphären sehen, der verschiedenen Ebenen der Existenz. Aber die Eingeborenen sind nicht intelligent genug, daß sie etwas von solchen Dingen verstehen könnten. Was denkt Ihr?«

»Intelligenz läßt sich nicht immer an der Fähigkeit, Eisen zu bearbeiten und große Städte zu bauen, messen«, erwiderte Corum.

»In der Tat nicht. Ich bin sicher, da habt Ihr recht. Ich habe Welten gekannt, in denen die gewaltigen Gedankenflüge der Eingeborenen nur noch von der Erbärmlichkeit ihrer Lebensbedingungen übertroffen wurden.« Der gesichtslose Helm wandte sich zum brodelnden Himmel.

»Noch mehr Schnee zu erwarten, würde ich sagen. Was meint Ihr?«

»Seid Ihr schon lange hier, Prinz Gaynor?« fragte Corum, die Hand am Schwertgriff.

»Im Gegenteil, Ihr scheint vor mir angekommen zu sein. Ich habe Craig Dôn gerade erst erreicht.«

»Aber Ihr wußtet, daß wir hiersein würden?«

»Ich nahm an, daß hier Euer Ziel liegt.«

Corum bemühte sich, sein Interesse zu verbergen. Gaynor irrte sich. Hier war nicht Corums Ziel. Aber kannte Gaynor ein Geheimnis von Craig Dôn? Wußte er etwas, von dem er annahm die Mabden könnten es sich zunutze machen?

»Es scheint hier keinen Wind zu geben«, sagte Corum. »Es scheint, als sei dieser Ort der einzige auf der ganzen Ebene, wo der Wind nicht heult. Und es gibt hier keine Hinweise auf die Anwesenheit der Fhoi Myore.«

»Natürlich nicht. Darum habt Ihr ja auch seinen Schutz aufgesucht. Ihr hofft herauszufinden, warum die Fhoi Myore diesen Ort so fürchten. Ihr glaubt, hier etwas zu finden, mit dem Ihr sie besiegen könnt.« Gaynor lachte. »Ich wußte, daß das Eure Aufgabe ist.«

Corum unterdrückte ein Lächeln. Ohne es zu bemerken, hatte Gaynor seine Herren verraten.

»Ihr seid klug, Prinz Gaynor.«

Gaynor war unter einem Torbogen des dritten Kreises stehengeblieben und kam nicht näher.

Aus einiger Entfernung hörte Corum das Geheul der Hunde. Er lächelte jetzt offen.

»Eure Hunde scheinen diesen Ort auch zu fürchten.«

»Aye – sie sind Fhoi Myore-Hunde. Ihre Herren haben sie aus dem Limbus mitgebracht. Ihr Instinkt warnt sie vor Craig Dôn. Nur Sidhi und Sterbliche – selbst Sterbliche wie ich einer bin – können hierherkommen. Und auch ich fürchte diesen Ort, auch wenn ich wenig Grund dazu habe. Der Mahlstrom kann Gaynor den Verdammten nicht verschlingen.«

Corum hielt sich zurück, Gaynor weitere Fragen zu stellen. Er durfte seinem alten Feind nicht zu erkennen geben, daß er bis jetzt keine Ahnung von den besonderen Kräften Craig Dôns gehabt hatte.

»Aber auch Ihr seid aus dem Limbus«, erinnerte Corum Gaynor. »Ich verstehe nicht recht – warum kann Euch der Mahlstrom nichts anhaben?«

»Der Limbus ist nicht meine natürliche Heimat. Ich wurde dorthin verbannt – verbannt von Euch, Corum. Nur solche, die selbst aus dem Limbus stammen, müssen Craig Dôn fürchten. Aber was Ihr Euch davon erhofft, hierherzukommen, begreife ich nicht recht. Naiv, wie Ihr schon immer wart, glaubt Ihr offenbar, die Fhoi Myore würden sich von Eurer Anwesenheit hierher locken lassen, weil sie nichts von Craig Dôn wüßten. Nun, mein Freund, da muß ich Euch enttäuschen. Auch wenn meine Herren in einigen Dingen einen äußerst stumpfsinnigen Eindruck machen, wissen sie sehr wohl, daß sie sich vor diesem Ort zu hüten haben. Sie würden keinen Schritt in den äußersten Kreis wagen. Euere Reise war umsonst.«

Gaynor lachte sein hohles Lachen. »Nur einmal lockten Eure Sidhi-Vorfahren ihre Feinde mit Erfolg hierher. Nur einmal wurden die Fhoi Myore-Krieger verschlungen und zurück in den Limbus gespült. Und das war schon vor vielen Jahrhunderten. Mit dem Instinkt verwundeter Tiere machen die Fhoi Myore seitdem einen großen Bogen um Craig Dôn, ohne wirklich zu begreifen, was sie hier fürchten.«

»Sie wollen nicht in ihre eigentliche Heimat zurückkehren?«

»Sie wissen gar nicht, daß es das ist, was hier mit ihnen geschieht. Und es ist kaum im Interesse derjenigen, die darüber Bescheid wissen, so wie ich es weiß, dieses Wissen den Fhoi Myore mitzuteilen. Ich habe keine Lust, auf dieser Welt ohne die schützende Macht der Fhoi Myore zurückzubleiben!«

»So ist das also«, meinte Corum, wie mit sich selbst redend. »Dann war meine Reise schließlich doch vergeblich.«

»Aye. Nicht nur das. Ich halte es für sehr unwahrscheinlich, daß Ihr lebend nach Caer Mahlod zurückkehren werdet. Wenn ich nach Caer Llud komme, werde ich erzählen, daß ich den Sidhi-Feind gesehen habe. Dann werden alle Hunde hierherkommen. Alle Hunde, Corum. Ich schlage vor, Ihr bleibt hier drinnen, wo Ihr sicher seid.« Gaynor lachte wieder. »Bleibt nur im Schutz von Craig Dôn. Denn es gibt keinen anderen Platz in diesem Land, wohin Ihr vor den Fhoi Myore und den Hunden des Kerenos fliehen könnt.«

»Aber wir haben nur noch für wenige Tage zu essen«, wandte Corum ein, als habe er Gaynors Plan nicht begriffen. »Wir werden hier verhungern.«

»Möglich«, gab Gaynor mit unüberhörbarer Schadenfreude zu. »Andererseits könnte ich hin und wieder etwas Nahrung für Euch vorbeibringen – wenn es mir gerade Spaß macht. Ihr könntet noch jahrelang überleben, Corum. Ihr könntet ein wenig von dem auskosten, was ich erleben durfte, als ich in den Limbus verbannt war.«

»Das ist es also, was Ihr vorhabt. Deshalb habt Ihr uns auf dem Weg hierher nicht aufgehalten!« Jhary begann den Hügel hinab durch die Steinbögen zu laufen. Er riß sein Krummschwert hervor.

»Nein!« rief Corum seinem alten Freund nach. »Bleib hier, Jhary. Du kannst ihm nichts anhaben, aber er wird dich töten.«

»Es wird mir ein Vergnügen sein«, erklärte Gaynor, während Jhary zögernd stehenblieb. »Es wird mir ein

Vergnügen sein, Euch nach dem Essen betteln zu sehen, das ich Euch bringen werde.« Der verdammte Prinz zog sich langsam zurück. »Es wird mir ein Vergnügen sein, Eure Freundschaft sterben zu sehen, während der Hunger Euch in den Wahnsinn treibt. Vielleicht bringe ich Euch einen Hundekadaver, einen, den Ihr selbst geschlachtet habt, Jhary-a-Conel. Wäre das nach Eurem Geschmack? Oder werdet Ihr vielleicht Geschmack an menschlichem Fleisch finden? Wer von Euch wird zuerst auf den Gedanken kommen, den anderen zu erschlagen, um seinen Hunger am Fleisch des Freundes zu stillen?«

»Diese Rache ist Eurer nicht würdig, Prinz Gaynor«, rief Corum.

»Es war ein unwürdiges Schicksal, zu dem Ihr mich verdammt habt, Prinz Corum. Abgesehen davon, habe ich nie Ehrenhaftigkeit für mich in Anspruch genommen. Das war schließlich Eure Sache, nicht wahr?«

Gaynor drehte sich um und ging mit leichten Schritten davon.

»Ich lasse Euch die Hunde da«, rief er noch aus einiger Entfernung. »Ich bin sicher, ihre Gesellschaft wird Euch Freude machen.«

Corum beobachtete Gaynor, bis er den äußersten Kreis verlassen hatte und sein Pferd bestieg, das hinter einem Steinblock gestanden hatte. Der Wind meldete sich aus der Ferne mit einem melancholischen Flüstern, als bedauerte er, nicht zu ihnen in die sieben Steinkreise kommen zu können.

»Nun«, meinte Corum nachdenklich, »dieses Treffen hat uns einige Vorteile gebracht. Craig Dôn ist mehr als eine heilige Stätte. Es ist ein Ort mit einer großen Macht – vielleicht ein Tor zwischen den Fünfzehn Ebenen – oder mehr. Wir hatten recht, uns hier an Tanelorn erinnert zu fühlen, Jhary-a-Conel. Aber wie sieht dieses Tor aus? Welche Rituale sind notwendig, um es zu öffnen? Aber wir haben uns auch einige Schwierigkeiten eingehandelt. Wie gelangen wir jetzt von hier zum Hochkönig?«

»Ihr sagt es«, antwortete Jhary. »Das letztere scheint mir die wichtigere Frage zu sein. Hört zu.«

Und Corum hörte zu. Und während er den Worten von Jhary-a-Conel lauschte, hörte er das schreckliche Geheul der Hunde des Kerenos, die um den äußeren Steinzirkel strichen. Wenn sie den Schutz von Craig Dôn verlassen würden, wären die Hunde sofort über ihnen.

Corum runzelte die Stirn und wickelte sich in seinen Pelzmantel. Fröstelnd stand er neben dem Altar, während Jhary auf und ab ging. Die Pferde schnaubten nervös. Sie hatten das Geheul der Hunde erkannt. Es schien noch kälter zu werden, als der Abend sich jetzt über die sieben Steinkreise zu senken begann. Craig Dôns Macht mochte sie vor den Fhoi Myore schützen, aber sie half ihnen nicht gegen die knochenbrecherische Kälte, und es gab hier nichts, mit dem sich ein Feuer machen ließ.

Die Nacht kam. Das Heulen des Windes nahm zu, aber er konnte die schrecklichen Laute aus den vielen Hundekehlen nicht übertönen.

ZWEITES BUCH

In dem berichtet wird, wie Prinz Corum Gebrauch von einem Schatz der Mabden macht, nur um zu entdecken, daß ihm zwei andere Schätze fehlen ...

1 Eine traurige Stadt im Nebel

Sie standen zwischen den großen Steinsäulen von Craig Dôn und beobachteten die Dämonenhunde der Fhoi Myore in der Dämmerung. Die Hunde des Kerenos waren wütend und vorsichtig zugleich. Sie knurrten und fletschten ihre gelben Zähne, aber sie hielten sich in einiger Entfernung von den Steinkreisen. Manche saßen auch still auf ihren Hinterläufen, ohne sich zu rühren. In dem wirbelnden Schnee waren sie wegen ihrer zottigen, weißen Felle kaum zu erkennen. Von irgendwo hatte Gaynor noch fünf weitere Hunde zur Verstärkung herbeordert.

Corum kniff die Augen zusammen und konzentrierte sich auf den Hund, der ihm am nächsten war. Dann holte er mit der langen, schweren Lanze aus, verschob seine Füße etwas, um einen besseren Abwurfpunkt zu finden, und schleuderte die Lanze mit der ganzen Kraft seiner Angst, seiner Wut und seiner Verzweiflung.

Die Lanze fand ihr Ziel, schlug tief in den Hundekörper und riß die Bestie zu Boden.

»Jetzt!« schrie Corum. Jhary-a-Conel, der das Ende der Leine hielt, begann zu ziehen. Corum griff zu und zerrte mit.

Die Leine war sicher an der Lanze befestigt worden. Und die Lanze steckte jetzt tief im Körper des Hundes, so daß die Bestie an der Lanze aufgespießt auf den Steinkreis zugezogen wurde. Der Hund lebte noch. Als er begriff, was mit ihm geschah, strengte er sich verzweifelt an, mit seinen letzten Kräften freizukommen. Er winselte, schnappte nach der Lanze, aber dann wurde er unter den ersten Steinbogen geschleift. Sofort erstarben seine Bewegungen, als hätte er nun sein Schicksal akzeptiert. Er verendete.

Corum und Jhary-a-Conel waren über ihren Erfolg begeistert. Der Vadhagh setzte seinen Stiefel auf den Kadaver und zog mit einem kräftigen Ruck die Lanze heraus. Sofort lief er dann zurück zu Jhary, wählte sich ein neues Ziel, schleuderte seine Waffe, hinter der die Leine herflatterte, traf den zweiten Hund in die Kehle und zog die Lanze an der Leine wieder zurück. Diesmal blieb die Lanze nicht in dem Hundekadaver stecken, sondern glitt schnell durch den Schnee auf sie zu. Nun waren nur noch sechs Bestien übrig. Aber die Überlebenden wurden jetzt vorsichtig. Nicht zum ersten Mal wünschte sich Corum, daß er seinen beinernen Bogen mit auf diesen Ritt genommen hätte.

Ein Hund wagte sich vor und schnüffelte an seinem toten Kampfgenossen. Er begann an seiner Kehle zu zerren, aus der frisches Blut sprudelte. Mit seiner langen roten Zunge leckte er das Blut auf.

Seinen Fraß mußte er teuer bezahlen. Tief senkte sich die Lanze in seine Flanke. Der Hund heulte, warf sich herum, versuchte freizukommen, fiel sich windend in den blutbefleckten Schnee, kam wieder hoch und schleppte sich davon, ein großes Stück Fleisch an der Lanzenspitze zurücklassend. Eine Zeitlang rannte das Tier im Kreis, während sein Lebensblut verrann. Dann brach es fünfzig Schritte von dem Kadaver entfernt zusammen, von dem es eben noch gefressen hatte.

Die anderen Hunde fühlten, daß der neue Kadaver in sicherem Abstand von der tödlichen Lanze lag, und fielen über ihren toten Gefährten her.

»Das ist unsere beste Chance«, sagte Corum, als er und

Jhary-a-Conel ihre Pferde bestiegen. »Zu unserem Glück haben die Hunde des Kerenos keine moralischen Gefühle, die es ihnen verbieten, ihre toten Artgenossen zu fressen. Ich glaube sogar, daß dies ihre einzige wirkliche Schwäche ist.«

Und während die Hunde ihren abscheulichen Fraß hielten, ritten Corum und Jhary-a-Conel zurück durch die sieben Steinkreise, vorbei am Steinaltar des inneren Kreises und auf der anderen Seite wieder aus dem Heiligtum von Craig Dôn heraus, so daß die Steinkreise zwischen ihnen und den Hunden lagen.

Die Hunde hatten den Aufbruch der Freunde noch nicht bemerkt. Sie waren mit dem Kadaver noch nicht fertig. Die beiden Reiter erhielten so einen beträchtlichen Vorsprung.

Im Galopp ließen sie Craig Dôn hinter sich und schlugen eine Richtung ein, mit der Gaynor nicht rechnen würde. Anstatt zurück nach Caer Mahlod zu reiten, hielten sie, wie ursprünglich vorgesehen, auf Caer Llud zu. Mit etwas Glück würde der Wind ihre Spuren im Schnee verwischen, und sie würden den Erzdruiden Amergin finden, bevor die Fhoi Myore hinter ihre Absichten kamen.

Gaynor hatte die Wahrheit gesagt, als er behauptete, die Freunde würden niemals Caer Mahlod erreichen, wenn die Hunde des Kerenos erst alle auf ihre Spur gesetzt waren. Aber Gaynor würde jetzt einige Zeit damit verlieren, sie in der falschen Richtung zu suchen. Die Hunde würden vergeblich nach Corums Fährte schnüffeln. Diesmal wirkte sich Gaynors Voreingenommenheit gegenüber den Schwächen der Sterblichen zu seinem Nachteil aus. Bei seinem Racheplan hatte er außer acht gelassen, daß Corum und Jhary-a-Conel bereit waren, ohne zu zögern ihr Leben für ihre Sache zu wagen. Er hatte zuviel Zeit in der Gesellschaft der Schwachen, der

Selbstsüchtigen und der Dekadenten verbracht. Ohne Zweifel zog er solche Gesellschaft vor, denn in ihr glänzte sein eigener Mut besonders.

Während des Rittes dachte Corum darüber nach, was sie von Prinz Gaynor dem Verdammten erfahren hatten. Besaß Craig Dôn noch immer die Macht, von der er erzählt hatte, oder konnten nur die Sidhi das kosmische Tor öffnen? War Craig Dôn jetzt nur noch eine leere Hülle, gemieden von den Fhoi Myore aus einem überlieferten Aberglauben und nicht wegen einer wirklich bestehenden Bedrohung? Er hoffte, daß er Gelegenheit bekommen würde, die Wahrheit darüber selbst herauszufinden. Wenn Craig Dôn noch Macht besaß, mochte es irgendwann möglich sein, diese Macht gegen die Fhoi Myore zu nutzen.

Aber jetzt galt es, Craig Dôn aus seinen Gedanken zu verbannen, als die Schatten der großen Steinsäulen langsam im wirbelnden Schnee verschwanden. Jetzt mußte er seine Aufmerksamkeit auf das richten, was vor ihnen lag. Caer Llud, mit Amergin unter einem seltsamen Zauber in seinem Turm am Fluß, bewacht von Menschen und von Dingen, die nicht menschlich waren.

Sie waren halb ertroren und hungrig. Die Decken ihrer Pferde starrten von Reif, und auf den Mänteln glänzte der Frost. Ihre Gesichter waren in dem kalten Wind gefühllos geworden. Bei jeder Bewegung schmerzte die Kälte in ihren Knochen.

Aber sie hatten Caer Llud gefunden. Auf einem Hügelkamm zügelten sie ihre Pferde und blickten über einen breiten, zugefrorenen Strom unter ihnen. An beiden Ufern des Flusses erhob sich die Stadt des Hochkönigs, verbunden durch eine elegant gebaute Holzbrücke. Blasser Granit schimmerte unter einem Schneemantel hervor. Einige Gebäude waren mehrere Stockwerke hoch. Für diese Welt schien es eine große Stadt zu sein, vielleicht die größte, und ihre Bevölkerung mußte einmal bei zwanzig- bis dreißigtausend gelegen haben.

Aber jetzt sah die Stadt verlassen aus, obwohl sich schattenhaft Gestalten in dem dichten Nebel bewegten, der über den Straßen hing.

Der Nebel war überall. Wie eine dichte Wolke lag er über Caer Llud. Corum erkannte den Nebel. Es war der Dunst der Fhoi Myore. Es war der Nebel, der den Fhoi Myore folgte, wo immer sie hingingen. Corum fürchtete diesen Nebel, wie er die primitive, zügellose Macht der Lords des Limbus fürchtete. Als sie die Stadt betrachteten, sah Corum eine Bewegung dort, wo der Nebel am dichtesten war, nahe dem Flußufer. Er sah etwas, das an einen dunklen, gehörnten Kopf erinnerte, der auf dem Leib eines krötenähnlichen Wesens saß. Die Gestalt stand auf einem knarrenden, riesigen Wagen, der von etwas gezogen wurde, das noch grotesker wirkte als sein Herr. Dann war das seltsame Gefährt verschwunden.

Über Corums vom Frost aufgesprungene Lippen kam ein einzelnes Wort:

»Kerenos.«

»Der Herr der Hunde?« hauchte Jhary.

»Und nicht nur ihr Herr«, fügte Corum hinzu.

Jhary putzte sich die Nase mit einem großen Leinentuch, das er irgendwo unter seinem Mantel vorzauberte. »Ich fürchte, das Wetter macht mich ganz krank«, sagte er dazu. »Ich hätte nichts dagegen, diejenigen vor die Klinge zu bekommen, die für dieses miserable Wetter verantwortlich sind!«

Corum schüttelte den Kopf. »Dafür sind wir beide nicht stark genug. Wir müssen warten. Wir müssen jeden direkten Kampf mit den Fhoi Myore vorsichtig meiden, wie Gaynor jedem Zweikampf mit mir ausweicht.« Er spähte durch den Nebel und das Schneetreiben. »Caer Llud wird nicht bewacht. Offenbar fürchtet man hier keinen Angriff der Mabden. Warum sollte man auch? Darin liegt unser Vorteil.«

Er sah in Jharys Gesicht, das von der Kälte blau gefroren war. »Ich habe das Gefühl, wir gehen als lebende Leichen durch, wenn wir in unserem jetzigen Zustand nach Caer Llud reiten. Wenn man uns anhält, geben wir uns als Diener der Fhoi Myore aus. Ist die Natur der Fhoi Myore und ihrer Knechte zu primitiv, mit ihnen zu verhandeln, sollten sie auch nicht in der Lage sein, eine Täuschung allzu schnell zu durchschauen. Kommt!« Corum trieb sein Pferd den Hügel hinunter zu der traurigen Stadt, die einst das große Caer Llud gewesen war.

Aus der vergleichsweise sauberen Luft der Hügel in den Nebel von Caer Llud einzudringen war wie ein plötzlicher Übergang von Mittsommer zu Mittwinter. Wenn Corum und Jhary sich schon vorher kalt gefühlt hatten, war das nichts verglichen mit der totalen Kälte, die sie jetzt zu spüren bekamen. Der Nebel schien ein lebendes Wesen zu sein, das sich in ihr Fleisch fraß und ihre Knochen bersten ließ, so daß sie sich mühsam beherrschen mußten, ihre Schmerzen nicht laut herauszuschreien und sich so als gewöhnliche Sterbliche zu verraten. Für Gaynor den Verdammten, für die Goolegh, die lebenden Toten, für die Brüder der Kiefern wie Hew Argech, gegen den Corum einmal gekämpft hatte, bedeutete diese schreckliche Kälte zweifellos wenig. Aber für Menschen aus Fleisch und Blut war sie grauenvoll. Corum fragte sich keuchend und zitternd, ob sie in diesem Nebel überhaupt leben konnten. Mit verkrampften Gesichtern ritten sie weiter, versuchten die dichtesten Stellen des Nebels zu umgehen, und hielten nach dem großen Turm am Fluß Ausschau, in dem Amergin gefangen sein sollte.

Während ihres Rittes schwiegen sie, um sich nicht durch ihre Worte zu verraten. Denn es war nicht zu erkennen, was in dem dichten Nebel zu beiden Seiten ihres Weges lauerte. Die Bewegungen ihrer Pferde wurden unsicher und schwerfällig. Auch die Tiere litten unter dem eisigen Dunst. Schließlich beugte sich Corum zu Jhary hinüber und krächzte dicht am Kopf seines Gefährten: »Auf der linken Seite der Straße ist ein verlassenes Haus. Das Tor steht offen. Reitet in den Hof.«

Dann dirigierte er sein eigenes Pferd durch das Tor in den kleinen Vorhof. Hier stieg er ab und führte sein Pferd in einen breiten Durchgang zum Haus, so daß es von der Straße nicht mehr zu sehen war. Jhary folgte seinem Beispiel.

Das Innere des Hauses schien nicht geplündert worden zu sein. Es gab keine Anzeichen für einen Überfall. Auf einer reichgedeckten Tafel wuchs der Schimmel. Ein Mahl für mehr als zehn Personen war hier vorbereitet gewesen. In einer Ecke lehnten einige Speere und Schwerter. Die Männer des Hauses mußten in den Kampf gegen die Fhoi Myore gezogen sein, von dem sie nie mehr zu diesem vorbereiteten Siegesmahl zurückgekehrt waren. Im Hof hatte Corum eine alte Frau und ein Kind gesehen, die unter Balahrs furchtbarem Blick erfroren sein mußten. Zweifellos würden hier noch andere Leichen derjenigen zu finden sein, die nicht in die Schlacht geritten waren, um Caer Llud gegen die Fhoi Myore zu verteidigen.

Corum wünschte sich verzweifelt ein wärmendes Feuer, aber er wußte, daß sie nicht wagen durften, das Holz in einem der Kamine zu entfachen. Die lebenden Toten brauchten keine wärmenden Feuer, und auch nicht die grünen Brüder der Kiefern.

Jhary-a-Conel trat ein und zog unter seinem Mantel die zitternde, geflügelte, schwarzweiße Katze hervor. Corum flüsterte: »Vielleicht finde ich im Obergeschoß etwas Wärmendes. Mäntel oder Decken. Ich werde nachsehen.«

Die kleine Katze verkroch sich wieder unter Jharys Jacke und schnurrte ihre Zustimmung zu Corums Vorschlag.

Der Vadhagh stieg vorsichtig eine hölzerne Treppe hinauf und erreichte einen engen Gang. Wie er schon vermutet hatte, fanden sich hier andere Leichen – zwei Greise und drei Kleinkinder. Die alten Männer waren gestorben, während sie versucht hatten, die Kinder mit ihren Körpern zu wärmen.

Corum betrat einen Raum, in dem er einen großen Schrank voller Decken und Tücher fand. Alles war von der Kälte steif gefroren. Aber weiter hinten im Schrank gab es Decken, die noch zu benutzen waren. Er lud sich, soviel er davon tragen konnte, auf den Arm und nahm sie mit nach unten. Jhary nahm sie dankbar entgegen und wickelte sie sich um die Schulter.

Als Jhary versorgt war, wickelte sich Corum etwas von der Hüfte und zog es unter seinem Kettenhemd hervor. Es war das Geschenk König Fiachadhs, der Sidhi-Mantel.

Ein Plan war schnell gemacht. Jhary-a-Conel würde hier mit den Pferden warten, während Corum Amergin suchte. Corum faltete den Mantel auseinander und beobachtete zum zweiten Mal mit Erstaunen, wie seine Hände unter dem fremdartigen Gewebe unsichtbar wurden. Jhary sah den Mantel jetzt zum ersten Mal. Er hielt überrascht die Luft an und zog sich dann schaudernd die Decken noch enger um die Schultern.

Dann hielt Corum mit seinen Vorbereitungen inne.

Von der Straße draußen kamen Geräusche. Vorsichtig trat Corum zu dem zerbrochenen Fenster und spähte vor das Haus. Durch den wallenden Nebel sah er sich bewegende Gestalten – viele Gestalten, die schweigend vorüberzogen. Einige waren zu Fuß, andere beritten. Corum erkannte sie. Es waren die seltsamen Brüder der Kiefern, die einmal Menschen gewesen waren und nun anstelle des Blutes das Harz der Kiefern in den Adern hatten. Sie bildeten die besten Krieger der Fhoi Myore, ihre intelligentesten Sklaven. Auch die Pferde, auf denen sie ritten, waren von dem gleichen Grün wie ihre Herren. Auch sie wurden von dem Kiefernsaft am Leben gehalten, der ihre Reiter nährte. Und doch waren auch die Brüder der Kiefern zum Untergang verurteilt.

Denn die Fhoi Myore würden die Erde so lange vergiften, bis selbst die zähen, starken Kiefern keine Nahrung für ihre Wurzeln mehr fanden. Aber wenn es soweit war, würden die Fhoi Myore ihre grünen Krieger nicht länger brauchen.

Draußen zogen die Geschöpfe vorbei, die Corum neben Prinz Gaynor für seine gefährlichsten Gegner hielt, weil sie das meiste von ihrem menschlichen Verstand behalten hatten. Er winkte Jhary zu, sich völlig ruhig zu verhalten. Während die Grünen durch die Straße marschierten, wagten die beiden Gefährten kaum zu atmen.

Es war eine große Armee, und sie schien sich auf einen großen Feldzug vorbereitet zu haben. Sie verließ Caer Llud zu einer längeren Kriegsexpedition. Zog sie zu einem weiteren Angriff auf Caer Mahlod aus, oder gab es ein anderes Ziel?

Und dann trieb im Gefolge der Armee eine noch dichtere Nebelwand heran, als sie bisher in Caer Llud gesehen hatten. Aus dem Nebel kam ein eigenartiges Knurren und Grunzen; Laute, die eine Art Sprache sein konnten. An einer Stelle war der Nebel nicht ganz so dick, und Corum konnte den Umriß eines mißgestalteten Tieres ausmachen, das einen aus Weide geflochtenen Streitwagen zog. Er mußte den Kopf heben und in die Höhe starren, um etwas von der Gestalt zu erkennen, die auf dem Streitwagen stand. Er sah rötliches Fell, eine achtfingerige Hand, die Geschwüre bedeckten und die etwas umklammerte, das einem riesigen Hammer ähnelte. Aber Schultern und Kopf verbarg der Nebel.

Dann war auch der knarrende Streitwagen vorüber, und Stille senkte sich herab.

Corum legte den Sidhi-Mantel an. Er schien für einen wesentlich größeren Mann zugeschnitten zu sein, denn Corum verschwand völlig in den weiten Falten.

Und dann erlebte Corum die Macht des Sidhi-Mantels. Es war schon lange her, daß der Vadhagh die Fähigkeit besessen hatte, seinen Körper frei von einer Ebene des Multiversums in eine andere zu bewegen. Aber genau das tat der Mantel für ihn. Wie Hy-Breasail war sein Gewebe nicht von dieser Ebene. Er ließ Corum seitwärts in die Dimension zwischen den Ebenen gleiten. Vor Corums Augen erschien neben dem kalten Raum des Todes, in dem Jhary in seinen Decken zitterte, ein anderer Raum, der von Licht, Wärme und Sonnenschein erfüllt war.

»Was ist mit Euch?« fragte Jhary-a-Conel, der in Corums Richtung starrte.

»Warum? Bin ich verschwunden?«

Jhary schüttelte den Kopf. »Nein. Aber Ihr seid irgendwie schattenhaft geworden, als wenn der Nebel sich um Euch zusammenziehen würde.«

Corum runzelte die Stirn. »Dann wirkt der Mantel in Wirklichkeit doch nicht. Ich hätte ihn ausprobieren sollen, bevor ich von Caer Mahlod aufgebrochen bin.«

Jhary-a-Conel warf Corum einen nachdenklichen Blick zu. »Vielleicht kann er Mabden-Augen täuschen. Ihr vergeßt, daß ich gewohnt bin, zwischen den Ebenen zu reisen. Aber die, die nicht das Wissen darum und unsere geschärften Augen haben, sehen Euch vielleicht wirklich nicht.«

Corum antwortete mit einem bitteren Lächeln. »Nun«, meinte er, »ich will hoffen, daß Ihr recht habt, Jhary!«

Er drehte sich um und schritt zur Tür.

»Seid vorsichtig, Corum«, rief ihm Jhary-a-Conel nach.

»Gaynor – nicht zu vergessen die Fhoi Myore selbst – viele in Caer Llud sind nicht aus dieser Welt. Einige mögen Euch deutlich erkennen. Andere könnten Euren Umriß entdecken, auch wenn sie nicht sehen, wer sich dahinter verbirgt. Euer Unternehmen ist alles andere als ungefährlich.«

Doch Corum sagte nichts mehr dazu, verließ das Haus still und machte sich auf den Weg zu dem Turm am Fluß; mit den festen, entschlossenen Schritten eines Mannes, der tapfer seinem unausweichlichen Tod entgegengeht.

2 Ein erniedrigter Hochkönig

Er stand direkt in Corums Weg, als Corum durch das offene Tor der niedrigen Einfriedung trat und die breiten Stufen zum Eingang des Turmes hinaufsteigen wollte. Er war groß, ein Kerl wie ein Baum, in Leder gekleidet, mit einem Kurzschwert in beiden weißen Händen. Seine roten Augen glühten. Seine blutleeren Lippen waren zu einer leeren Grimasse verzogen, die ein Lächeln sein konnte oder ein Knurren.

Corum war einem Wesen wie diesem schon einmal begegnet.

Es mußte einer der lebenden Toten der Fhoi Myore sein, ein Goolegh. Oft ritten die Goolegh als Jäger mit den Meuten des Kerenos, denn sie waren aus Waldläufern geschaffen worden, als die Fhoi Myore ihren Eroberungszug begannen.

Das ist die entscheidende Probe, dachte Corum. Er stand weniger als einen Schritt vor dem rotäugigen Goolegh in kampfbereiter Position, die Hand am Schwertgriff.

Aber der Goolegh reagierte nicht. Er starrte weiter

durch Corum hindurch und konnte ihn offenbar tatsächlich nicht wahrnehmen.

Mit einer gewissen Erleichterung und neuem Vertrauen in seinen Sidhi-Mantel setzte Corum seinen Weg fort. Er umging den Goolegh-Wächter und stieg zum Eingang des hohen Granitturmes hinauf.

Hier standen zwei weitere Goolegh-Wachen. Aber sie nahmen Corum genausowenig wahr wie ihr Kamerad weiter unten. Fast in Hochstimmung ging Corum zwischen ihnen durch und folgte einer gewundenen Steintreppe zum Herz des Turmes hinauf. Der Turm war von breitem Durchmesser mit einem annähernd quadratischen Grundriß. Die Stufen waren alt und abgetreten. Die Wände zu beiden Seiten der Treppe waren mit Bildern oder Reliefen geschmückt, die von einer wundervollen Kunstfertigkeit zeugten. Wie die meiste Kunst der Mabden stellten sie legendäre Taten, große Helden, Liebesgeschichten und das Leben von Göttern und Halbgöttern dar. Aber in der Schönheit ihrer Darstellung und der Reinheit der Gestaltung lag nichts von den dunkleren Ansichten des Aberglaubens und der Religion. Der metaphorische Gehalt der alten Überlieferungen war von den Mabden völlig verstanden worden, und sie sahen nichts anderes in ihren Legenden.

Hier und dort fanden sich Reste von Gobelins, die von den Wänden gerissen worden waren. Obwohl sie frost überzogen und verschimmelt in den Ecken lagen, konnte Corum ihren unschätzbaren Wert erkennen. Sie waren mit Gold und Silber durchwebt, in tiefem Blau, Scharlach und Gelb.

Corum erfüllte Trauer bei dem Anblick der sinnlosen Zerstörung, die die Fhoi Myore und ihre Knechte hier angerichtet hatten.

Er gelangte in den ersten Stock des Turmes und befand sich auf einem weiten, gefliesten Treppenabsatz, der eigentlich eine Art Flur war. Aus einem der Räume, die von hier abzweigten, hörte er Stimmen.

Im Vertrauen auf die Macht seines Mantels näherte sich Corum der halboffenen Tür dieses Raumes. Zu seiner Überraschung schlug ihm eine angenehme Wärme entgegen. Dafür war er überaus dankbar, aber es machte ihn auch vorsichtig. Er spähte um die Türe und erstarrte fassungslos.

Zwei Gestalten saßen neben einem großen Feuer in einer steinernen Feuerstelle. Beide waren in dicke, weiße Felle gehüllt. Beide trugen Handschuhe. Beide hatten hier in Caer Llud nicht das geringste zu suchen. Auf der gegenüberliegenden Seite des Raumes bereitete ein Mädchen, das die roten Augen und das weiße Fleisch der Goolegh hatte – offenbar selbst eine lebende Tote – eine Mahlzeit vor. Das hieß, daß die beiden sich hier nicht heimlich aufhielten. Sie waren Gäste, denen man Diener geschickt hatte, um sie zu versorgen.

Einer dieser Gäste der Fhoi Myore war groß, schlank, mit Juwelenringen über seinen Handschuhen und einem juwelengeschmückten, goldenen Halsreif. Sein langes Haar und sein langer Bart waren grau und rahmten ein altes Gesicht von anziehender Schönheit ein. Von einer Kette um seinen Hals hing ein Horn, das jetzt auf seiner Brust lag. Es war ein langes Horn, mit Bändern aus Gold und Silber verziert. Corum wußte, daß jedes dieser Bänder ein anderes Waldtier darstellte. Er hatte den Mabden, der das Horn trug, in der Nähe des Moidelsberges getroffen und ihm für den Verlust des Horns seinen Namensmantel gegeben. Das Horn, das er durch Corums Schuld verloren hatte, mußte inzwischen wieder in den Besitz des Mabden gelangt sein. Dort saß der Zauberer Calatin, der seine geheimen Pläne verfolgte, die weder mit seinen Mabden-Landsleuten noch mit den Fhoi Myore etwas zu tun hatten – so hatte Corum jedenfalls bisher angenommen. Aber was Corum noch mehr schockierte, war der Anblick von Calatins Begleiter – einem Mann, der geschworen hatte, den Angelegenheiten dieser Welt für immer den Rücken zu kehren. Neben ihm stand seine doppelschneidige Streitaxt, die Corums Axt nicht unähnlich war. Der Mann nannte sich einen Zwerg, obwohl er gut acht Fuß groß war und vier Fuß in den Schultern breit.

Es war Goffanon, der Sidhi-Schmied von Hy-Breasail, der Corum den Speer Bryionak gegeben hatte und das Fläschchen mit seinem Speichel, das sich Calatin so gewünscht hatte. Wie konnte es möglich sein, das Goffanon sich mit den Fhoi Myore verbündet hatte, ganz abgesehen von dem Zauberer Calatin. Goffanon hatte geschworen, daß er sich nie wieder in den Krieg zwischen den Sterblichen und den Göttern des Limbus einmischen würde. Hatte er Corum betrogen? War er schon damals mit den Fhoi Myore und dem Zauberer Calatin verbündet? Aber wenn dem so war, warum hatte er dann Corum den Speer Bryionak gegeben, der den Fhoi Myore die Niederlage von Caer Mahlod bereitet hatte?

Jetzt drehte Goffanon seinen Kopf langsam zur Tür um, als ahne er etwas von Corums Anwesenheit. Der Vadhagh zog sich hastig zurück, da er nicht sicher war, ob der Sidhi ihn nicht trotz seines Mantels sofort entdecken würde.

Auf Goffanons Gesicht lag ein eigenartiger Ausdruck. Es wirkte müde und traurig, aber Corum blieb nicht genug Zeit, diesen Ausdruck genauer zu erforschen.

Mit schwerem Herzen und voll Entsetzen über Goffanons Verrat schlich Corum leise zurück zur Treppe. Calatins Bündnis mit den Fhoi Myore überraschte ihn bei genauerem Nachdenken nicht besonders. Während er davonschlich, hörte Corum den Zauberer noch sagen:

»Wir werden morgen mit ihnen ziehen.«

Und Goffanon antwortete mit tiefer, abwesender Stimme:

»Nun beginnt die wirkliche Eroberung des Westens.«

Also bereiteten sich die Fhoi Myore für die Entscheidungsschlacht vor. Sicher würden sie wieder gegen Caer Mahlod ziehen. Und diesmal hatte sich ein Sidhi mit ihnen verbündet, und es gab keine Sidhi-Waffe mehr, die sie aufhalten konnte.

Diese Aussicht bestärkte Corum in seinem Vorhaben. Schnell sprang er die Stufen hinauf. Als er um eine Windung der Treppe bog, sah er eine Masse lebenden Fleisches vor sich, die den Treppengang von Wand zu Wand ausfüllte. Es blieb kein Platz, unbemerkt an ihr vorbeizuschlüpfen.

Der lebende Fleischberg sah Corum nicht, aber er hob seine Schnauze und schnüffelte. Sein rosafarbenes, mit Borsten bewachsenes Fleisch zitterte, während er sich auf seinen fünf Armen in eine Art sitzende Position aufrichtete. Drei der Arme waren menschlich, hatten allerdings wohl einmal einem alten Mann, einer Frau und einem Kind gehört. Ein anderer Arm paßte zu einem großen behaarten Affen, und der fünfte mußte das Glied eines großen Reptils gewesen sein. Die Beine, die jetzt unter dem Fleischberg erschienen, endeten in einem menschlichen Fuß, einem Huf und einer Hundepranke. Das bizarre Wesen war nackt, geschlechtslos und unbewaffnet. Es stank nach Kot, Schweiß und Abfällen. Während es seine Position veränderte, winselte es.

So leise wie möglich zog Corum sein Schwert. Die drei ungleichen Augen des Fleischberges sahen ihn offenbar nicht. Drei unförmige Lider schlossen sich über den drei Augen, als das Wesen sich beruhigt wieder zum Dösen zurücklegte.

Als die Augen geschlossen waren, schlug Corum zu.

Sein Hieb fuhr durch das ovale Maul, durch den Kiefer

bis dorthin, wo man das Hirn des Wesens vermuten konnte. Corum wußte, daß er nur Gelegenheit zu einem Schwertstreich hatte, bevor der Fleischberg einen Laut geben würde, der andere Wächter alarmierte.

Die Augen des Wesens öffneten sich, und ein Auge schloß sich sofort wieder mit einem obszönen Zwinkern.

Die anderen beiden Augen starrten verwundert auf das Schwert, das für sie aus dem Nichts niederzusausen schien. Die Affenhand hob sich, den Schlag abzuwehren. Aber diese Bewegung wurde nicht mehr zu Ende geführt. Der Arm fiel schlaff zurück. Die Augen schlossen sich. Corum wischte sein Schwert ab und stieg so schnell er konnte über das fette, weiche Fleisch. Er betete, daß niemand das tote Wesen entdeckte, bevor er Amergin gefunden hatte.

Auf dem nächsten Treppenabsatz standen zwei Goolegh-Wachen mit gezückten Schwertern. Aber man sah ihnen an, daß sie nichts von dem mitbekommen hatten, was weiter unten vorgefallen war.

Schnell schlüpfte Corum zwischen ihnen durch und erreichte das nächste Stockwerk. Und auf dem Flur vor ihm sah er zwei Hunde des Kerenos; die größten Hunde, die Corum bisher je erblickt hatte.

Und diese Hunde schnüffelten aufmerksam. Sie konnten ihn nicht sehen, aber sie hatten seine Witterung bekommen. Beide gaben ein weiches, tiefes Knurren von sich.

Corum reagierte so schnell, wie er bei dem Fleischberg reagiert hatte. Er warf sich zwischen den beiden Hunden durch und hatte die Befriedigung zu sehen, wie die Bestien in die Luft schnappten und sich dabei fast gegenseitig die Fänge in den Leib schlugen.

Jetzt stand Corum vor einem steinernen Bogen, in den eine große Tür aus gehämmerter Bronze eingelassen war, geschmückt mit Reliefen von wunderbarer Vielfalt.

König Fiachadh hatte diese Türe beschrieben. Sie führte zu Amergins Räumen. Und an einem Messinghaken neben der Tür, halb verdeckt vom Kopf eines riesigen Goolegh-Wächters, hing ein einzelner eiserner Schlüssel. Dies war der Schlüssel zu der schönen Bronzetür.

Hinter Corum winselten und knurrten die Hunde des Kerenos, ohne sich von der Stelle zu rühren. Es war ihnen offenbar befohlen, ihre Position nicht zu verlassen. Das leere Gesicht des Goolegh verzog sich. Er trat einige Schritte vor.

»Was habt ihr, Hunde? Kommen Fremde?«

Corum schlich hinter den Goolegh, nahm leise den Schlüssel von seinem Haken, schob ihn in das Schloß, drehte ihn, öffnete die Tür und schloß sie wieder hinter sich. Solange das Verhalten der Hunde das halbtote Gehirn des Goolegh in Anspruch nahm, mochte er das Fehlen des Schlüssels übersehen.

Corum fand sich in einem Raum mit vielen reichgeschmückten Vorhängen. Überrascht bemerkte er den Geruch von frischgemähtem Gras. Das Zimmer war warm. In ihm brannte ein Feuer, das noch größer war als das, neben dem zwei Stockwerke tiefer Calatin und Goffanon saßen.

Aber wo war Amergin?

Hastig suchte Corum sich einen Weg in den nächsten Raum, die Hand am Schwertgriff und ständig auf neue Gefahren gefaßt.

Und hier entdeckte er schließlich etwas. Zuerst hielt er es für ein Tier, denn es stand auf allen vieren vor einem goldenen Trog, der bis oben hin mit Grünzeug gefüllt war.

Das Etwas drehte seinen Kopf, aber es sah Corum unter seinem Sidhi-Mantel nicht. Große, sanfte Augen starrten ins Leere, und die Kiefer kauten langsam die grünen Pflanzen. Der ganze Körper war in Schafsfelle gekleidet, von denen die ungewaschene Wolle noch dick herabhing. Schmutzig und verfilzt, wie die Wolle war, schienen die Felle gerade erst wilden Bergschafen abgezogen worden zu sein. Selbst den Kopf bedeckte eine Kappe aus Schafsfell, so daß vom Körper nur das Gesicht zu sehen war. Der Mann sah lächerlich und pathetisch zugleich aus, und Corum wußte, daß er den Hochkönig Amergin vor sich hatte. Und Amergin, Hochkönig aller Mabden, Erzdruide von Craig Dôn, stand wirklich unter einem bösen Zauber.

Es war ein schönes Gesicht gewesen, sicherlich ein intelligentes Gesicht, aber jetzt war es nichts mehr davon. Die Augen starrten blicklos ins Nichts, die Kiefern kauten unablässig das Gras.

»Amergin?« murmelte Corum.

Und Amergin unterbrach sein Kauen. Er öffnete den Mund und gab ein einzelnes, furchtsames Blöken von sich. Er begann, zu einer schattigen Ecke zu kriechen, wo er offenbar hoffte, Schutz zu finden. Traurig zog Corum sein Schwert.

3 Ein Verräter schläft, ein Freund erwacht

Ohne zu zögern, faßte Corum sein Schwert bei der Klinge und schlug den runden Schwertknauf hart auf Amergins Nacken. Dann warf er sich den bewußtlosen Körper über die Schultern, überrascht, wie leicht der Hochkönig war. Der Mann mußte an seinen Grasmahlzeiten langsam verhungern. Man hatte Corum erklärt, daß wenig Aussichten bestanden, Amergin von seinem Zauberbann zu befreien, bevor er nicht weit von Caer Llud fortgebracht war. Der Hochkönig mußte zunächst einmal vor den Fhoi Myore in Sicherheit sein.

Irgendwie gelang es Corum, mit seinem Mantel auch Amergins Körper vollständig einzuhüllen, so daß er hoffen konnte, daß sie jetzt beide unsichtbar waren. Nachdem er sich kurz im Raum umgesehen hatte, machte Corum sich auf den Rückweg zu der Bronzetür, durch die er hereingekommen war. Das Schwert hielt er kampfbereit in der Hand, hatte aber eine Falte des Mantels darüber geworfen.

Vorsichtig öffnete er die schwere Tür. Der Goolegh stand draußen in einiger Entfernung neben den Hunden. Die beiden Bestien schienen noch immer nervös und mißtrauisch zu sein, aber sie saßen gehorsam auf den Hinterläufen. Ihre Köpfe ragten dem Goolegh bis an die breiten Schultern. Die roten, stumpfsinnigen Augen des Wächters spähten zunächst die Treppe hinab und wanderten dann den Flur entlang zur Tür. Corum war sicher, daß der Goolegh bemerkt haben mußte, wie sich die Tür schloß. Aber dann wandte der Goolegh seinen Blick wieder der Treppe zu, und Corum konnte den Schlüssel zurück an den kupfernen Haken hängen.

Doch dabei bewegte er sich zu hastig. Der Schlüssel schlug gegen die steinerne Wand. Die Hunde spitzten die Ohren. Sie knurrten. Der Goolegh begann sich langsam zur Tür umzudrehen. Corum warf sich nach vorne und stieß den Goolegh von den Beinen. Der Untote grunzte überrascht und stürzte kopfüber die Granitstufen hinunter. Die Hunde sprangen auf, und einer schnappte nach Corum. Aber der Vadhagh stieß mit seinem Schwert zu. Der Hieb tötete den Hund so sauber, wie zuvor der Streich des Schwertes den Fleischberg getötet hatte.

Doch dann fühlte Corum, wie etwas gegen seinen Rücken schlug, und er geriet aus dem Gleichgewicht. Er stolperte einige Stufen hinab und konnte sich mit dem Hochkönig auf dem Rücken nur mit Mühe wieder fangen. Gegen die Wand gelehnt, versuchte er sich umzudrehen, als der zweite Hund ihn vom Kopf der Treppe aus ansprang. Der rote Rachen der Bestie war aufgerissen, von den gelben Fängen tropfte der Geifer, und die Vorderpranken streckten Corum ihre Klauen entgegen, während der Hund durch die Luft flog. Corum blieb nur Zeit, das Schwert zwischen sich und den Hund zu reißen, bevor die riesigen Pranken ihn gegen die Wand preßten. Aus dem Augenwinkel sah er zwei Goolegh-Wachen heranlaufen, die bemerkt haben mußten, daß hier etwas nicht stimmte.

Aber die Schwertspitze hatte den Hund genau ins Herz getroffen, und die Bestie starb, während ihre Pranken Corum gegen die kalten Steine drückten. Er wand sich unter dem Hundekadaver vor, befreite sein Schwert und legte den Sidhi-Mantel zurecht, Amergin noch immer in sicherem Griff auf den Schultern.

Die Goolegh hatten etwas gesehen und zögerten. Sie blickten auf den toten Hund und sahen sich dann gegenseitig an, als wüßten sie nicht recht, was sie davon zu halten hatten. Corum zog sich vorsichtig zurück. Er mußte erleichtert grinsen, als die Goolegh ihre Schwerter zogen und die Treppe hinaufliefen. Offenbar glaubten sie, den Verantwortlichen für den Tod des Hundes weiter oben suchen zu müssen.

Corum rannte zum nächsten Stockwerk hinunter, stieg dabei über den noch nicht entdeckten toten Fleischberg und erreichte keuchend den untersten Treppenabsatz.

Aber Calatin und Goffanon mußten etwas gehört haben, denn sie kamen aus ihrem Zimmer. Calatin lief voran. Er schrie.

»Was geht hier vor? Wer greift an?« Er blickte genau durch Corum hindurch.

Corum versuchte schnell weiterzukommen.

Dann sagte Goffanon mit dumpfer, belegter Stimme, aus der mehr Verwunderung als Zorn zu hören war:

»Corum! Was machst du hier in Caer Llud?«

Corum legte einen Finger auf die Lippen in der Hoffnung, daß Goffanon noch etwas Loyalität gegenüber seinem Vadhagh-Vetter besaß. Noch hielt Goffanan seine große Streitaxt auch nur locker gesenkt neben sich. Er schien sich in keinen Kampf stürzen zu wollen.

»Corum?« Calatin wirbelte auf der ersten Treppenstufe herum. »Wo?«

»Dort!« erklärte Goffanon und wies mit der ausgestreckten Hand auf Corum.

Calatin begriff schnell. »Unsichtbar! Er muß sterben. Erschlag ihn! Erschlag ihn, Goffanon!«

»Wie Ihr verlangt.« Goffanon packte seine Axt fester.

»Goffanon! Verräter!« schrie Corum. Er riß sein eigenes Schwert hoch. Durch seinen Ruf hatte er Calatin seinen Standort verraten. Der Zauberer stürzte mit einem gezückten Dolch auf ihn zu.

Goffanon bewegte sich nur langsam, als wäre er halb betäubt. Corum entschied, sich zuerst um Calatin zu kümmern. Er schwang das Schwert zu einem schlecht abgeschätzten Hieb, der den Zauberer zwar von den Beinen riß, aber ihn nur mit der flachen Seite der Klinge am Kopf traf. Calatin verlor das Bewußtsein, schien aber nicht ernsthaft verletzt zu sein. Corum wandte seine ganze Aufmerksamkeit jetzt Goffanon zu und hoffte, daß ihn der bewußtlose König auf seinen Schultern nicht allzu sehr behindern würde, wenn es zum Kampf mit dem Schmied kam.

»Corum?« Goffanon runzelte die Stirn. »Muß ich dich töten?«

»Mein Wunsch ist es nicht, mit dir zu kämpfen, Verräter!«

Goffanon senkte seine Axt. »Aber was ist Calatins Wunsch?«

»Er wünscht nichts.« Corum glaubte jetzt, etwas von

Goffanons Lage hier in Caer Llud zu verstehen. Amergin war nicht der einzige Bewohner dieses Turmes, der unter einem Zauber stand. »Er wünscht, daß du mich beschützt. Das ist es, was er wünscht. Er wünscht, daß du mit mir gehst!«

»Wie er es verlangt«, erwiderte Goffanon schlicht. Und er stellte sich neben Corum.

»Schnell!«

Corum bückte sich rasch und zog etwas von Calatins Brust. Von oben näherten sich jetzt die verwirrten Rufe der Goolegh, und der Goolegh, den Corum die Treppe hinabgestürzt hatte, begann in ihre Richtung zu kriechen, obwohl in seinem Leib sämtliche Knochen gebrochen sein mußten. Die, die schon tot waren, ließen sich schwer töten.

»Auch unten müssen sie bald merken, daß hier etwas los ist!«

Corum und Goffanon stiegen die letzten Stufen hinab.

Vor ihnen wurde es laut, und um die letzte Biegung der Treppe kamen die Goolegh vom Tor herangelaufen, während Corum gleichzeitig ihre Kameraden hinter sich die Treppe hinunterpoltern hörte. Sie hatten jetzt wohl doch bemerkt, daß ihr Feind ihnen nach unten entkommen sein mußte.

Zwei hinter ihnen und drei vor ihnen. Die Goolegh zögerten einen Augenblick, als sie nur Goffanon vor sich sahen. Zweifellos hatte man ihnen erklärt, daß Goffanon kein Feind war, und das steigerte ihre Verwirrung noch weiter. So schnell er konnte, schlich Corum zwischen denen durch, die ihnen die Treppe herauf entgegenkamen. Die Goolegh stürzten auf Goffanon zu, ohne etwas von Corum mit seiner Last zu bemerken. Der Schmied tat das einzige, was gegen die lebenden Toten Erfolg versprach. Er hieb ihnen mit der Axt in die Knie, so daß sie zusammenbrachen und ihre Beine nicht mehr gebrauchen konnten. Aber sie krochen auf dem Bauch wieder auf Goffanon zu, die Schwerter noch in den erhobenen Fäusten. Goffanon wandte sich um und schmetterte die Axt gegen die Beine der von oben heraneilenden Wachen. Kein Blut floß aus ihren Wunden, als sie zu Boden gingen.

Dann waren Corum und Goffanon durch die Tür, rannten durch den kalten, giftigen Nebel die Stufen vor dem Turm hinab, durch das Tor in die erfrorenen Straßen von Caer Llud. Goffanon lief an Corums Seite, die Augenbrauen zusammengezogen, als versuche er sich mit aller Kraft auf etwas zu konzentrieren.

Sie gelangten zu dem Haus, wo Jhary-a-Conel sie bereits zu Pferd erwartete.

Er war noch immer in die Decken gehüllt, die Corum ihm gegeben hatte, so daß nur sein Gesicht zu sehen war. Corums Pferd hielt Jhary am Zügel für den Freund bereit. Aber Jhary wirkte erstaunt, den Sidhi-Schmied bei Corum zu sehen.

»Seid Ihr Amergin?« fragte Jhary verwundert.

Corum warf den Sidhi-Mantel ab und enthüllte so die halb verhungerte Gestalt in Schafsfellen, die er auf dem Rücken trug.

»Das hier ist Amergin«, erklärte der Vadhagh kurz. »Der andere ist ein Vetter von mir, den ich für einen Verräter halten mußte.« Corum legte den bewußtlosen Hochkönig über seinen Sattel und wandte sich an Goffanon. »Kommst du mit uns, Sidhi? Oder willst du hier bleiben, um den Fhoi Myore zu dienen?«

»Den Fhoi Myore dienen? Ein Sidhi dient nicht den Fhoi Myore! Goffanon dient niemandem!« Seine Stimme klang noch immer abwesend, und seine Augen blickten leer.

Corum hatte keine Zeit, sich Gedanken über das merkwürdige Verhalten des Schmiedes zu machen, noch sich auf eine lange Diskussion mit Goffanon einzulassen. Daher antwortete er kurz angebunden:

»Dann komm mit uns!«

»Aye«, erwiderte Goffanon nachdenklich. »Ich würde es vorziehen, Caer Llud zu verlassen.«

Sie ritten durch den beißenden Nebel und wichen den Kriegern aus, die sich am anderen Ende der Stadt sammelten. Vielleicht war es das, was ihnen letztlich die reibungslose Flucht ermöglichte. Die Fhoi Myore zogen am Stadtrand ihre Armee für den Marsch gegen den Westen zusammen – ihre ganze Aufmerksamkeit schien im Augenblick diesem Unternehmen zu gelten.

Was auch immer der Grund sein mochte, bald hatten sie den Stadtrand von Caer Llud hinter sich gelassen und ritten in die schneebedeckten Hügel zurück. Der Zwerg Goffanon lief neben ihren Pferden, die Axt über die Schulter gelegt und Haar und Bart im eisigen Wind wehend. Sein Atem dampfte in der kalten Luft, aber der Sidhi hielt in seinem leichten Trab mühelos mit den Pferden Schritt.

»Gaynor wird bald begriffen haben, was hier vorgegangen ist, und das wird ihn sehr wütend machen«, meinte Corum zu Jhary. »Er wird erkennen, daß er sich selbst zum Narren gehalten hat. Wir können damit rechnen, bald von ihm gejagt zu werden, und er wird rasen, wenn er uns findet.«

Jhary spähte unter seinen Decken hervor, von denen er keine mehr abgeben wollte, solange die schreckliche Kälte anhielt.

»Wir müssen uns beeilen, nach Craig Dôn zu kommen«, erwiderte er. »Dort können wir uns etwas Zeit nehmen, um unsere weiteren Pläne zu schmieden.« Es gelang ihm, leicht zu grinsen. »Wir haben jetzt jedenfalls etwas, das die Fhoi Myore gerne für sich behalten hätten – Amergin!«

»Ja. Sie werden zögern, uns zu vernichten, solange Amergin dabei ebenfalls der Tod droht. Aber verlassen möchte ich mich darauf nicht.« Corum rückte den bewußtlosen Körper vor sich über dem Sattel zurecht.

»Nach dem, was ich bisher über die Fhoi Myore gehört habe, werden sie sich nicht lange mit tiefsinnigen Überlegungen zu Amergins Schicksal aufhalten«, stimmte Jhary zu.

»Das primitive Wesen der Fhoi Myore bringt eben Vor- und Nachteile mit sich.« Corum grinste seinen alten Freund an. »Auch wenn noch viele Gefahren vor uns liegen, Jhary-a-Conel, kann ich eine erste Befriedigung über den Verlauf unseres Unternehmens nicht unterdrücken.«

»Bei mir will sich noch keine rechte Siegesfreude einstellen«, erwiderte Jhary-a-Conel nachdenklich. Und er blickte über seine Schultern auf die Granitmauern von Caer Llud zurück, als erwarte er, schon das Heulen der Hunde des Kerenos hinter sich zu hören.

Sie ließen den Nebel von Caer Llud jetzt hinter sich, und die Luft wurde langsam wieder weniger eisig. Jhary streifte nach und nach seine Decken ab und ließ sie hinter sich in den Schnee fallen, während sie die Hügel hinaufgaloppierten. Die Pferde brauchten sie diesmal nicht anzutreiben. Die Tiere waren so froh wie ihre Reiter, Caer Llud mit seinem unnatürlichen Nebel hinter sich gelassen zu haben.

Vier Tage vergingen, bis sie die Hunde hinter sich hörten. Und Craig Dôn war noch immer ein gutes Stück entfernt.

4 Von Zauberkünsten und Omen

»Von den wenigen Dingen, die ich fürchte«, erklärte Goffanon, »fürchte ich diese Hunde am meisten.«

Seit Caer Llud weit hinter ihnen lag, war die Rede des Schmiedes langsam freier geworden, und die Schärfe seines Verstandes kehrte nach und nach zurück. Doch über seine Beziehung zu dem Zauberer Calatin hatte er bisher wenig gesagt.

»Bis Craig Dôn liegen noch gut dreißig Meilen harten Rittes vor uns.«

Sie hatten auf einem Hügelkamm angehalten, um durch den wirbelnden Schnee nach den Hunden Ausschau zu halten, die ihrer Fährte folgten.

Corum war besorgt. Er blickte auf Amergin, der in der Nacht nach ihrer Flucht aus Caer Llud wieder zu sich gekommen war. Seitdem hatten sie ihn binden müssen, damit er nicht vor ihnen davonlief. Gelegentlich stieß der Hochkönig ein Blöken aus, aber sie wußten nicht, was er damit ausdrücken wollte, es sei denn Hunger. Denn er hatte unterwegs wenig gegessen. Die meiste Zeit verbrachte er schlafend, und wenn er aufwachte, verhielt er sich ruhig und völlig teilnahmslos.

Corum sagte zu Goffanon:

»Warum warst du in Caer Llud? Ich erinnere mich, von dir erklärt bekommen zu haben, daß du den Rest deiner Tage auf Hy-Breasail verbringen wolltest. Kam Calatin auf deine verwunschene Insel und bot dir einen aussichtsreichen Handel an?«

Goffanon schnaubte unwillig. »Calatin? Nach Hy-Breasail? Selbstverständlich tat er das nicht. Und was für einen Handel hätte er mir anbieten können, der besser war als das, was du mir damals angeboten hast? Nein, ich fürchte, du selbst warst es, der mich in die Hand des Zauberers gespielt hat.«

»Ich? Wie das?«

»Erinnerst du dich, wie ich über Calatins Aberglauben gespottet habe? Weißt du noch, wie gedankenlos ich in die kleine Flasche spie, die du mir reichtest? Nun, Calatin wußte wohl, wozu er meinen Speichel brauchte. Er besitzt mehr Macht, als ich ahnte – und eine Macht, die mir fast völlig unverständlich ist. Zuerst kam der Durst über mich – ein Durst, den ich mit nichts stillen konnte. Wieviel ich auch trank, der Durst blieb. Er war schmerzhaft und furchtbar. Mein Mund war für immer ausgetrocknet, Corum. Ich starb vor Durst, obwohl ich die Bäche und Seen meiner Insel leer trank. Ich schluckte das Wasser, so schnell meine Kehle es fassen konnte, aber nichts stillte meinen Durst. Ich war entsetzt – und ich starb. Ich verdurstete. Dann kamen die Träume – Visionen, die mir ein Mann der Macht sandte, jener Mabden, Corum. Und in diesen Visionen sprach er zu mir und erklärte mir, daß Hy-Breasail mich nun zurückwies, wie es die Mabden zurückwies; daß ich sterben würde, wenn ich dort blieb – sterben an diesem schrecklichen Durst.«

Der Zwerg zuckte mit seinen breiten Schultern. »Nun, er überzeugte mich nicht ganz, aber ich war inzwischen fast verrückt vor Durst. Schließlich segelte ich zum Festland, wo Calatin mich empfing. Er gab mir etwas zu trinken. Der Trank stillte endlich meinen Durst. Aber er raubte mir auch die Sinne und machte mich zum Sklaven dieses Zauberers. Calatin kann mich noch immer unter seinen Willen zwingen, falls er uns einholt. Solange er den Bann, den er aus meinem Speichel gewebt hat, über mich werfen kann – den Bann, der mir den fürchterlichen Durst gebracht hat –, ist der Zauberer in der Lage, mir seinen Willen aufzuzwingen. Und solange er mich mit seinen Zaubersprüchen in seinem Bann hält, bin ich nicht verantwortlich für das, was ich tue.«

»Also habe ich mit meinem Schlag auf Calatins Kopf seinen Einfluß auf dich gebrochen?«

»Ja. Und bis er wieder zu sich gekommen ist, waren wir ohne Zweifel bereits außerhalb der Reichweite seiner Zaubersprüche.« Goffanon seufzte. »Ich hätte niemals geglaubt, daß ein Mabden solche mysteriösen Kräfte besitzen könnte.«

»Und so kam auch das Horn zurück in Calatins Besitz?«

»Aye. Ich habe letzten Endes durch den Handel mit dir nichts gewonnen, Corum.«

Corum lächelte, während er etwas unter seinem Pelzmantel hervorzog.

»Das hast du in der Tat nicht«, erwiderte er Goffanon. »Aber ich habe etwas bei meinem letzten Zusammentreffen mit Calatin gewonnen.«

»Mein Horn!«

»Nun«, meinte Corum, »ich erinnere mich wohl, wie kleinlich du bei dem letzten Handel um dieses Horn warst, Freund Goffanon. Genaugenommen gehört das Horn jetzt mir.«

Goffanon nickte philosophisch mit seinem großen Kopf. »Das ist nur fair«, stimmte er zu. »Das Horn gehört dir, Corum. Ich verlor es schließlich durch meine eigene Dummheit.«

»Aber da ich dich durch meine Unbedachtsamkeit Calatins Macht ausgeliefert habe«, erwiderte Corum, »leih mir dein Horn für eine Weile, Goffanon. Wenn die Zeit dafür gekommen ist, werde ich es dir zurückgeben.«

»Das ist ein besseres Angebot, als ich es dir damals gemacht habe. Du beschämst mich, Corum.«

»Nun, Goffanon, was hast du jetzt vor? Kehrst du nach Hy-Breasail zurück?«

Goffanon schüttelte den Kopf.

»Was hätte ich davon? Es scheint, daß deine Sache auch

meinen Interessen am besten dient, Corum. Denn wenn du Calatin und die Fhoi Myore besiegst, werde ich für immer von Calatins Zauber befreit. Wenn ich zu meiner Insel zurückkehre, kann Calatin mich dort leicht wieder aufspüren, und alles beginnt von vorne.«

»Dann stehst du ganz auf unserer Seite?«

»Aye.«

Jhary-a-Conel rutschte nervös in seinem Sattel hin und her. »Hört doch«, unterbrach er das Gespräch. »Sie kommen immer näher. Ich glaube, sie haben schon unsere Witterung. Ich würde sagen, wir sind wieder einmal in nicht zu unterschätzender Gefahr, meine Freunde.«

Aber Corum lachte nur. »Ich glaube, diesmal droht uns keine Gefahr, Jhary.«

»Warum nicht? Hört doch das furchtbare Geheul!« Seine Lippen verzogen sich angewidert. »Die Wölfe suchen das Schaf, eh?«

Und wie zur Bestätigung blökte Amergin leise.

Corum lachte wieder. »Laß sie nur näher kommen«, sagte er. »Je näher, desto besser.«

Der Vadhagh wußte, daß er Jhary nicht so auf die Folter spannen mußte, aber es machte ihm einfach Spaß – nachdem Jhary sich sonst selbst so gerne mit Geheimnissen umgab. Sie ritten weiter.

Und währenddessen kamen die Hunde des Kerenos immer näher.

Sie sahen Craig Dôn schon vor sich, als die Hunde hinter ihnen auftauchten. Aber sie wußten, daß die Dämonenhunde schneller waren als die Pferde und sie leicht einholen konnten. Es gab keine Chance mehr, die sieben Steinkreise zu erreichen, bevor die Hunde heran waren.

Corum wandte sich ihren Verfolgern zu, um nach einem Reiter mit einer Rüstung, die ständig die Farbe wechselte, Ausschau zu halten. Aber Gaynor war nicht unter den Verfolgern zu entdecken. Weiße Gesichter, rote

Augen – die Goolegh-Jäger folgten der Meute. Darin hatten sie besondere Erfahrung, denn die Fhoi Myore hatten sie eigens dazu geschaffen, bevor sie ihre Rückeroberung des Westens begannen. Prinz Gaynor wurde offenbar von seinen Herren benötigt, um den Feldzug gegen Westen zu führen. Auch wenn er sicher nicht gerne darauf verzichtete, die Jagd selbst zu beaufsichtigen. Aber das kam Corum nur recht.

Der Vadhagh setzte das reichverzierte Mundstück des Horns an die Lippen und holte tief Luft.

»Reitet nach Craig Dôn«, rief er den anderen zu. »Goffanon, nimm Amergin!«

Der Schmied zog den schlaffen Körper des Hochkönigs von Corums Sattel und warf ihn sich mit Leichtigkeit über die breiten Schultern.

»Aber Ihr werdet den Tod finden ...«, setzte Jhary an.

»Das werde ich kaum«, erwiderte Corum. »Nicht, wenn ich vorsichtig bin. Geht, schnell! Goffanon erklärt Euch, was es mit diesem Horn auf sich hat.«

»Hörner!« rief Jhary aufgebracht aus. »Hörner habe ich schon lange satt. Hörner, um die Apokalypse herabzurufen; Hörner, um Dämonen zu beschwören – und jetzt Hörner zur Hundedressur! Die Götter werden mit ihren Einfällen auch immer banaler. Ihnen fehlt jeder Erfindungsgeist!« Und nach dieser tiefschürfenden Bemerkung schlug er seinem Pferd die Fersen in die Seiten und ritt schnell auf Craig Dôn zu, Goffanon in seinem Gefolge.

Und Corum blies das Horn zum ersten Mal. Und obwohl die Hunde des Kerenos ihre roten Ohren spitzten, rannten sie weiter hinter ihrer Beute her – eine große Meute von über vierzig Hunden. Die Gooleghs, die auf bleichen Pferden ritten, blieben jedoch sofort verunsichert zurück.

Jetzt heulten die Hunde in der heranjagenden Meute in

wildem Jagdfieber, als sie Corums Witterung auffingen. Noch schneller hetzten sie über den Schnee.

Und Corum blies das Horn zum zweiten Mal. Und diesmal trat in die gelben Augen der Hunde, die schon so nahe heran waren, so dicht an ihrer Beute, ein fragender Ausdruck. Sie schienen überrascht zu sein.

Nun klangen auch andere Hörner auf, als die Goolegh in Panik ihre Hunde zurückriefen. Denn die Goolegh wußten, was geschah, wenn das Horn zum dritten Male erschallte.

Die Hunde des Kerenos waren schon so dicht bei Corum, daß er ihren stinkenden, dampfenden Atem riechen konnte.

Und plötzlich verharrten sie im Lauf, winselten, warfen sich herum und begannen, zögernd durch das Schneetreiben zurückzutrotten, dorthin, wo die Goolegh auf sie warteten.

Und als die Hunde des Kerenos sich alle auf dem Rückzug befanden, blies Corum das Horn zum dritten Mal.

Er sah die Goolegh ihre Köpfe zurückwerfen. Er sah die Goolegh aus ihren Sätteln stürzen. Und er wußte, daß sie tot waren, denn der dritte Ruf des Hornes tötet den Goolegh immer – es war der Strafruf, mit dem Kerenos jene umbrachte, die ihm nicht gehorcht hatten.

Die Hunde des Kerenos liefen weiter zurück in Richtung der toten Goolegh, denn sie gehorchten dem letzten Befehl, den sie von den Hörnern erhalten hatten. Und Corum summte leise vor sich hin, während er das Horn wieder an seinem Gürtel befestigte und fast beschwingt nach Craig Dôn weiterritt.

»Vielleicht ist es ein Sakrileg, aber es scheint mir der beste Platz, ihn unterzubringen, während wir die Sache besprechen.« Jhary sah auf Amergin hinab, der auf dem großen Steinaltar im inneren Säulenkreis lag.

Es war dunkel. Ein Feuer gab jedoch genügend Licht.

»Ich kann nicht verstehen, warum er nur die paar Blätter Gemüse und Salat, die wir ihm geben konnten, gegessen hat. Es ist, als ob sein Magen der Magen eines Schafes geworden wäre. Wenn das so weitergeht, Corum, werden wir einen toten Hochkönig auf Caer Mahlod abliefern.«

»Ihr spracht vorhin davon, daß Ihr vielleicht in der Lage seid, bis zu seinem inneren Geist vorzustoßen«, sagte Corum. »Würdet Ihr das versuchen? Falls es gelingt, erfahren wir möglicherweise, wie wir ihm helfen können.«

»Aye, mit der Hilfe meiner kleinen Katze könnte ich es schaffen, aber das verlangt viel Zeit und beträchtliche Energie. Ich esse lieber erst, bevor ich damit anfange.«

»Auf jeden Fall.«

Und dann aß Jhary-a-Conel, und er gab seiner Katze fast so viel, wie er selber zu sich nahm. Corum und Goffanon aßen nur sparsam, und der arme Amergin aß gar nichts, denn was sie an getrockneten Früchten und Gemüsen bei sich gehabt hatten, war inzwischen verbraucht. Der Mond spähte kurz zwischen den Wolken hervor, warf ein paar silberne Strahlen auf die in Schafsfelle gehüllte Gestalt auf dem Altar und verschwand wieder hinter den jagenden Wolken.

Jhary-a-Conel flüsterte etwas zu seiner Katze. Er streichelte sie, und sie schnurrte. Langsam näherte er sich dann, die Katze auf dem Arm, dem Altar, auf dem der halbverhungerte Amergin schlafend lag. Der Hochkönig stöhnte leise im Schlaf.

Jhary-a-Conel legte den Kopf der kleinen, geflügelten Katze gegen Amergins Schläfe und seinen eigenen Kopf auf der anderen Seite gegen den Kopf der Katze. Es wurde still.

Etwas blökte laut und drängend. Und für die Beobachter war es unmöglich zu sagen, ob das Blöken aus Amergins Mund kam, von der Katze oder von Jhary.

Das Blöken verstummte.

Es wurde dunkler, als das Feuer langsam herunterbrannte.

Das mitgebrachte Brennholz war aufgebraucht. Corum konnte nur noch undeutlich die weißen Schafsfelle des Königs auf dem Altar erkennen.

Jharys Stimme erklang:

»Amergin ... Amergin ... edler Druide ... Stolz deines Volkes ... Amergin ... komm zurück ...«

Ein unsicheres Blöken antwortete.

»Amergin ...«

Corum fühlte sich an seine eigene Anrufung erinnert, an die Beschwörung, mit der die Tuha-na-Cremm Croich ihn aus seiner Zeit hierher in den Kampf gegen die Fhoi Myore gerufen hatten. Jharys Beschwörung klang ähnlich. Und vielleicht lag hier auch der Schlüssel zum Verständnis dessen, was die Mabden Amergins Verzaubeerung nannten. Vielleicht lebte der Hochkönig zur Zeit auf einer anderen Ebene das Leben eines Schafes. Corum begriff noch immer nichts von der Magie der Mabden, aber er wußte genug von der Vielfalt des Multiversums mit seinen verschiedenen Ebenen der Existenz, um sich vorstellen zu können, daß diese Magie ihre Macht aus dem unbewußten Wissen um eben diese Ebenen schöpfte.

»Amergin, Hochkönig ... Amergin, Erzdruide ...«

Das Blöken wurde leiser und schien fast zu einer menschlichen Stimme zu werden.

»Amergin ...«

Etwas miaute wie eine Katze, eine ferne Stimme

sprach, die von jedem der drei auf dem Altar kommen konnte.

»Amergin aus der Familie der Amergin, die das Wissen suchen ...«

»Amergin.« Das war Jharys Stimme, erschöpft und fremd. »Amergin. Weißt du, was dir geschehen ist?«

»Ein Zauber ... ich bin nicht länger ein Mensch ... Warum sollte mich das schrecken ...?«

»Weil dein Volk deine Führung braucht, deine Stärke, deine Gegenwart unter Ihnen!«

»Ich bin in allen Dingen ... wir alle sind in allem ... es ist unwichtig, welche Gestalt wir annehmen ... der Geist ...«

»Manchmal ist es sehr wichtig, Amergin. So wie jetzt, wo das Schicksal des ganzen Mabden-Volkes davon abhängt, ob du deinen früheren Platz einnehmen kannst. Was bringt dich zurück zu deinem Volk, Amergin? Welche Macht kann dich ihm wiedergeben?«

»Nur die Macht der Eiche und des Bockes. Nur die Eichfrau kann mich heimrufen. Wenn es euch wichtig ist, daß ich zurückkehre, dann findet die goldene Eiche und den silbernen Bock, findet einen, der ihre Kräfte meistert ... Nur – die Eichfrau – kann mich – zurückrufen ...«

Und dann folgte das aufgeregte Blöken eines Schafes, und Jhary rutschte vom Altar, und die Katze breitete ihre kleinen Flügel aus und flog auf eines der großen Steintore, wo sie sich verkroch, als fürchte sie etwas.

Und aus der Ferne erklang das melancholische Lied des Windes, und die Wolken schienen den Himmel noch mehr zu verdunkeln, und das Blöken eines Schafes erfüllte den Steinkreis und erstarb.

Goffanon war der erste, der sprach. Er rieb sich seinen langen schwarzen Bart und meinte mit heiserer Stimme: »Die Eiche und der Bock. Sie gehören zu dem, was die Mabden ihre ›Schätze‹ nennen – beides sind Sidhi-Geschenke. Es scheint mir, als könnte ich mich daran erinnern, etwas über sie gehört zu haben. Einer der Mabden, der zu meiner Insel kam, sprach von ihnen, bevor er starb.« Goffanon zuckte die Achseln. »Die meisten der Mabden, die auf meine Insel kamen, sprachen allerdings von solchen Dingen. Es war ihr Interesse an Zaubersprüchen und magischen Schätzen, was sie überhaupt nach Hy-Breasail brachte.«

»Was sagte er?« wollte Corum wissen.

»Nun, er erzählte mir die Geschichte von den verlorenen Schätzen – wie der alte Krieger Onragh mit ihnen aus Caer Llud floh und sie unterwegs verlor. Die besagten beiden gingen an der Grenze der Tuha-na-Gwyddneu Garanhir verloren, deren Land westlich von dem der Tuha-na-Cremm Croich liegt. Ein Meer trennt die Länder, aber es gibt auch eine Landverbindung. Jemand aus diesem Volk fand die goldene Eiche und den silbernen Bock – beide mächtige Zaubermittel – und nahm sie mit zu seinem Volk. Und bei den Tuha-na-Gwyddneu Garanhir sind sie, soweit ich weiß, auch noch immer.«

»Also müssen wir die Eiche und den Bock finden, bevor wir Amergins Geist in seinen Körper zurückholen können«, sagte Jhary-a-Conel. Er sah bleich und erschöpft aus. »Doch befürchte ich, daß er sterben wird, bevor wir das geschafft haben. Er braucht Nahrung, die ihn am Leben hält, und die einzige Nahrung, die ihn offenbar am Leben halten kann, ist dieses Graszeug, das die Fhoi Myore ihm vorsetzen ließen. In dem Gras müssen sich bestimmte magische Ingredienzen befunden haben, die seinen Körper unter dem Zauber hielten und ihn gleichzeitig ausreichend ernährten. Falls er nicht bald seine menschliche Identität zurückbekommt, wird er sterben, meine Freunde.«

Jhary-a-Conel sprach mit flacher Stimme, aber weder Corum noch Goffanon konnten daran zweifeln, daß er recht hatte. Es war zu offensichtlich, daß Amergins Leben dahinschwand, besonders, seit ihre geringen Vorräte an getrocknetem Obst und Gemüse aufgebraucht waren.

»Trotzdem müssen wir in das Land der Tuha-na-Gwyddneu Garanhir gehen und die Dinge finden, die ihn retten können«, erklärte Corum. »Und er wird mit Sicherheit tot sein, bevor wir dieses Land auch nur erreicht haben. Es scheint, als seien wir geschlagen.«

Er sah zu der pathetisch ausgestreckten Gestalt auf dem Altar hinüber, die einmal das Symbol des Mabden-Stolzes gewesen war. »Wir sind ausgezogen, den Hochkönig zu retten. Statt dessen haben wir ihn umgebracht.«

5 Träume und Entscheidungen

Corum träumte von einem Feld mit Schafen. Eine angenehm friedliche Szene, bis alle Schafe gleichzeitig aufblickten und die Gesichter von Männern und Frauen hatten, die er einmal kannte.

Er träumte, daß er in seinem alten Heim Schutz suchen wollte, Burg Erorn über dem Meer. Aber als er näher kam, sah er, daß sich ein Abgrund vor dem Tor der Burg aufgetan hatte, so daß er nicht hineinkonnte. Er träumte, daß er ein Horn blies, und dieses Horn rief alle Götter auf die Erde hinab, und die Erde wurde zur Walstatt ihrer letzten Schlacht. Und ein schreckliches Schuldgefühl übermannte ihn, brachte ihm die Erinnerung an Taten, derer sich Corum im Wachzustand nie erinnern konnte: tragische Taten. Der Mord an Freunden und Geliebten, der Verrat ganzer Völker und Rassen, die Vernichtung der Schwachen und Unschuldigen. Und wenn ihn auch eine schwache Stimme erinnerte, daß er genauso die Starken und die Bösen geschlagen hatte während seiner endlosen Inkarnationen, fand er wenig Trost darin. Denn er erinnerte sich an Amergin, und Amergin würde bald tot sein. Wieder hatte Corums Heldenmut zur Zerstörung einer anderen Seele beigetragen, und nichts stillte die Qualen von Corums gefoltertem Geist.

Und jetzt klang Musik auf, spöttische Musik, süße Musik – die Musik einer Harfe.

Und Corum wandte sich von dem Abgrund vor Burg Erorn ab und sah drei Gestalten hinter sich stehen. Eine der Gestalten erkannte er mit Freude. Es war Medheb, die schöne Medheb, rothaarig, geschmückt, ein Schwert in der einen Hand und eine Schleuder in der anderen. Er lächelte ihr zu, aber sie erwiderte sein Lächeln nicht. Die Gestalt neben ihr erkannte er nun auch, und er erkannte sie voll Schrecken. Es war der Jüngling, dessen Fleisch schimmerte wie geschmolzenes Gold. Ein Jüngling, der freudlos lächelte und die spöttische Harfe spielte.

Corum träumte, daß er nach seinem Schwert griff und auf den Jüngling zuging, um ihn anzugreifen, aber da näherte sich ihm die dritte Gestalt und hob die Hand. Diese Gestalt war die schattenhafteste von allen dreien, und Corum fühlte, daß er sie mehr fürchtete, als er den Jüngling mit der Harfe fürchtete, obwohl er ihr Gesicht nicht sehen konnte. Er sah, daß die erhobene Hand von Silber war und daß der Mantel der Gestalt scharlachrot war. Und Corum wandte sich entsetzt ab, denn er wollte nicht ihr Gesicht erblicken müssen, von dem er fürchtete, daß es sein eigenes war.

Und Corum sprang in den Abgrund, während die Musik der Harfe triumphierend anschwoll, lauter und lauter, und er fiel in eine endlose Nacht.

Und dann verschluckte ihn eine blendende Helligkeit, und er bemerkte, daß er seine Augen in der Morgendämmerung geöffnet hatte.

Langsam wanderte sein Blick über die großen Steine von Craig Dôn, schwarz und scharf umrissen gegen den sie umgebenden Schnee. Er fühlte, daß ihn jemand festhielt, und versuchte sich loszureißen. Er dachte, Gaynor hätte ihn gefunden, aber dann hörte er Goffanons tiefe Stimme sagen:

»Es ist vorbei, Corum. Du bist wach.«

Corum stöhnte. »Es war ein schrecklicher Traum, Goffanon, so furchtbar . . .«

»Was sonst hast du erwartet, wenn du dich im Mittelpunkt von Craig Dôn zur Ruhe legst?« brummte der Sidhi-Schmied. »Besonders natürlich, nachdem du Zeuge von Jhary-a-Conels eigenartiger Zeremonie während der vergangenen Nacht wurdest.«

»Es glich einem Traum, den ich hatte, als ich zum ersten Mal nach Hy-Breasail kam«, sagte Corum. Er rieb sich sein eisiges Gesicht und atmete tief die kalte Luft ein, als hoffe er so, den Traum zu verjagen.

»Da Hy-Breasail die gleiche Macht hat wie Craig Dôn, hast du allen Grund, auch hier einen ähnlichen Traum zu erwarten«, erklärte Goffanon. Er stand auf. Seine große Gestalt beugte sich über Corum. »Ich habe allerdings gehört, daß viele in Craig Dôn süße Träume haben, und manche gewaltige, inspirierende Träume.«

»Zur Zeit könnte ich solche Träume gut brauchen«, meinte Corum.

Goffanon wechselte seine Streitaxt von der Rechten in die Linke und reichte Corum die frei gewordene Hand, um ihm auf die Beine zu helfen. Der Vadhagh nahm die angebotene Hand dankbar an. Amergin schlief noch auf dem Altar, von einem Mantel bedeckt, und Jhary schlief dicht neben den Resten des Feuers, die kleine Katze vor seinem Kopf zusammengerollt.

»Wir müssen in das Land der Tuha-na-Gwyddneu Garanhir aufbrechen«, sagte Goffanon. »Ich habe über unser Problem nachgedacht.«

Corum versuchte mit halb erfrorenen Lippen zu

lächeln. »Dann hast du dich jetzt ganz unserer Sache angeschlossen?«

Goffanon zuckte auf seine schwerfällige Art die Achseln. »Sieht so aus. Mir bleibt nicht viel anderes übrig. Um in jenes Land zu gelangen, werden wir das Meer überqueren müssen. Das ist der kürzeste Weg.«

»Aber Amergin wird uns behindern. Mit dem Hochkönig werden wir nicht schnell reisen können«, wandte Corum ein.

»Dann muß einer von uns Amergin nach Caer Mahlod bringen, wo er relativ geschützt ist, während die anderen sich nach Caer Garanhir aufmachen«, schlug Goffanon vor. »Wenn wir auf dem Seeweg zurückkehren, wobei ich davon ausgehe, daß wir die goldene Eiche und den silbernen Bock mitbringen, können wir noch rechtzeitig in Caer Mahlod sein. Wenn Amergin nur die geringste Hoffnung haben soll, ist das der einzige Weg.«

»Dann müssen wir so handeln«, antwortete Corum schlicht.

Jhary-a-Conel öffnete blinzelnd die Augen. Eine Hand fühlte nach der geflügelten Katze und streichelte ihr den Kopf. Jhary setzte sich auf. Die Katze schnurrte zufrieden und rollte sich auf Jharys Arm zusammen, während der Gefährte von Helden sich die Augen rieb.

»Wie geht es Amergin?« fragte Jhary. »Ich habe von ihm geträumt. Er leitete eine große Versammlung hier in Craig Dôn, und alle Mabden sprachen mit einer Stimme. Es war ein guter Traum.«

»Amergin schläft noch«, erwiderte Corum. Und er erklärte Jhary, was er und Goffanon gerade besprochen hatten.

Jhary nickte zustimmend. »Aber wer von uns soll Amergin nach Caer Mahlod bringen?« Er erhob sich, die Katze noch immer auf dem Arm. »Ich glaube, das wird meine Aufgabe sein.«

»Warum das?«

»Eine einfache Aufgabe, von hier zu einem anderen Ort zu reiten und unser Schaf dort abzugeben, also das richtige für mich. Zum anderen werden die Menschen von Caer Garanhir mehr Respekt vor zwei Sidhi-Helden haben als vor einem. Ich spiele im Geschick dieser Welt nur eine untergeordnete Rolle.«

»Ich muß Euch recht geben«, stimmte Corum zu. »Reitet Ihr mit Amergin nach Caer Llud und erzählt dort, was bisher geschehen ist und was wir jetzt vorhaben. Warnt sie dort auch davor, daß die Fhoi Myore nach Westen marschieren. Mit Amergin in den Mauern von Caer Mahlod wird man dort einige Zeit vor Balahrs eisigem Blick sicher sein. Vielleicht erkauft uns das die Zeit, die wir für unsere Reise nach Caer Garanhir brauchen ...«

»Es ist fraglich, ob die Fhoi Myore überhaupt gegen Caer Mahlod marschieren«, warf Goffanon ein. »Wir wissen nur, daß sie ihr Heer für den Zug nach Westen sammeln. Es könnte auch sein, daß sie planen, hierher zu kommen und Craig Dôn zu vernichten. Vielleicht haben sie eine Möglichkeit gefunden, diesen Platz für immer zu zerstören.«

»Warum fürchten sie Craig Dôn so?« wollte Corum wissen. »Haben sie nach all der Zeit noch immer Grund dazu?«

Goffanon rieb sich den Bart. »Möglich wäre es«, antwortete er. »Craig Dôn wurde von den Sidhi und den Mabden gemeinsam errichtet in der Zeit des ersten großen Krieges gegen die Fhoi Myore. Es wurde nach bestimmten metaphysischen Prinzipien erbaut und hatte verschiedene Aufgaben. Seine Bedeutung war sowohl praktischer wie auch symbolischer Art. Zu seinen praktischen Aufgaben gehörte es, eine Art Falle für die Fhoi Myore zu sein. Es sollte sie verschlingen, nachdem es gelungen war, sie hierherzulocken. Es hat die Macht –

oder besser gesagt, hatte die Macht –, alles, was nicht in diese Welt gehörte, dorthin zurückzubringen, wo es hingehörte. Aber die Sidhi konnten diese Macht nicht nutzen, sonst wäre ich längst in meine Ebene zurückgekehrt. Unser Schicksal war, etwas erschaffen zu haben, das uns selbst nicht helfen konnte. Als die Falle dann bereit war, gelang es uns nicht, alle Fhoi Myore hierherzulocken, und seitdem machen die Fhoi Myore um diese Stätte einen großen Bogen. Es gab damals bestimmte Rituale …« Goffanon bekam einen abwesenden Gesichtsausdruck, als zögen vor seinen Augen die alten Tage herauf, in denen er und seine Brüder ihren legendären Kampf gegen die Fhoi Myore gefochten hatten. Er ließ seinen Blick gedankenversunken über die Kreise der Steinsäulen wandern.

»Aye«, meinte er, »eine Stätte großer Macht war dies einst, ja, das war Craig Dôn.«

Corum reichte Jhary-a-Conel zwei Dinge. Das eine war das lange, gebogene Horn, das andere der Sidhi-Mantel.

»Nehmt dies«, sagte er, »denn Ihr müßt alleine reiten. Das Horn schützt Euch vor den Hunden des Kerenos und den Goolegh. Der Mantel entzieht Euch den Blicken der Brüder der Kiefern und anderer Verfolger. Ihr werdet beides brauchen, um Caer Mahlod sicher zu erreichen.«

»Aber was ist mit Euch und Goffanon? Braucht Ihr keinen Schutz?«

Corum schüttelte den Kopf. »Wir müssen wagen, was zu wagen ist. Wir sind zu zweit und nicht durch Amergin behindert.«

Jhary nickte. »Dann will ich die Geschenke annehmen.«

Bald saßen sie wieder im Sattel und ritten unter den steinernen Bögen durch. Goffanon lief ihnen voraus, seine Axt geschultert und sein polierter Eisenhelm im kalten Morgenlicht schimmernd.

»Nun reitet Ihr nach Süd-Westen, und wir reiten nach Nord-Westen«, erklärte Corum. »Unsere Wege trennen sich bald, Jhary-a-Conel.«

»Laßt uns hoffen, daß wir uns rasch wiedersehen.«

»Das laßt uns hoffen.«

Sie ritten noch eine Weile schweigend nebeneinander und freuten sich ihrer Kameradschaft, ohne viel zu sprechen.

Und dann blickte Corum eine Weile bewegungslos Jhary-a-Conel nach, der jetzt den Weg nach Caer Mahlod einschlug, den halbtoten Hochkönig vor sich über den Pferderücken gelegt. Jharys Mantel wehte im kalten Wind.

Weiter und weiter ritt Jhary-a-Conel in die schneebedeckte Ebene, seine Gestalt wurde immer kleiner und verschwand schließlich im Schneegestöber aus Corums Blick. Aber Corums Gedanken blieben noch lange bei seinem Freund, während er zur Küste galoppierte. Der unermüdliche Goffanon hielt spielend mit Corums Pferd Schritt.

Und manchmal erinnerte sich Corum des Traumes, den er in Craig Dôn geträumt hatte, und dann ritt Corum noch schneller, als hoffte er, diese Erinnerung so hinter sich lassen zu können.

6 Ein Marsch über die Wellen

Corum wischte sich den Schweiß von der Stirn und warf dankbar sein Kettenhemd und seinen Helm in das kleine Boot.

Die Sonne stand hoch am wolkenlosen Himmel, und wenn der Tag auch nur so warm war wie ein gewöhnlicher Frühlingstag, schien für Corum und Goffanon eine fast tropische Hitze zu herrschen. Auf ihrem Ritt zur Küste hatten sie sich an die beißende Kälte im Reich der Fhoi Myore gewöhnt. Corum trug nur noch sein Hemd und seine lederne Hose, Schwert und Dolch um die Hüfte gegurtet. Seine restliche Kampfausrüstung war auf dem Rücken seines Pferdes verschnürt. Er ließ das Tier nicht gerne hier zurück, aber es bestand keine Möglichkeit, mit ihm den Ozean zu überqueren, der vor ihnen in der Sonne schimmerte. Das Boot, das sie gefunden hatten, reichte fast nicht aus, Corum und die mächtige Gestalt des Sidhi-Schmiedes aufzunehmen, geschweige denn noch ein Pferd.

Corum stand am Kai eines verlassenen Fischerdorfes. Es gab hier keine Anzeichen von Zerstörungen durch die Fhoi Myore oder ihre Diener. Was immer der Grund für die Flucht der Einwohner gewesen sein mochte, sie hatten viel zurückgelassen, unter anderem auch einige kleine Boote. Mit den größeren Booten mochten die Menschen wohl von hier geflohen sein, mutmaßte Corum. An der Küste hatte sich bisher nichts entdecken lassen, was darauf hinwies, die Fhoi Myore hätten ihr Reich schon bis hierher ausgedehnt. Die weißen Häuser lagen mit blühenden Gärten friedlich in der Frühlingssonne. Alles sah aus, als wäre es gerade erst verlassen worden. In Corums Augen sah der Entschluß der Dorfbewohner zur Flucht etwas übereilt aus.

Goffanon stöhnte über die Hitze, lehnte es aber ab, seinen Brustpanzer abzulegen, und behielt seine schwere Streitaxt fest in der Hand, während er über eine schmale Steintreppe zu dem Boot hinabstieg. Corum hielt das Boot für ihn fest, das bedenklich schwankte, als der Schmied sich an Bord schwang. Dann folgte Corum. Er legte seine Lanze und seine Vadhagh-Streitaxt unter die Ruderbank und stieß das Boot vom Kai ab. Da Goffanon erklärte, daß er von der Kunst des Ruderns nicht das geringste verstehe, griff der Vadhagh-Prinz nach den Riemen. Corum hätte viel für ein Segel gegeben, aber sie hatten nichts finden können, was sich dazu verwenden ließ. So manövrierte er das Boot mit einigen kräftigen Schlägen aus dem kleinen Hafen, bis er die ferne Küstenlinie des Landes der Tuha-na-Gwyddneu Garanhir genau im Rücken hatte. Bald hatte er den richtigen Rhythmus für seine Ruderschläge gefunden, und das Boot glitt schneller und schneller über die ruhige See.

Die salzige Seeluft war nach dem eisigen Todeshauch, den Corum so lange hatte atmen müssen, eine Wohltat. Über dem Meer lag ein Frieden, wie Corum ihn schon lange nicht mehr gekannt hatte; selbst nicht, als er mit Calatins Boot zur verwunschenen Insel Hy-Breasail gesegelt war, wo er den selbsternannten riesigen Zwerg kennengelernt hatte – den Sidhi-Schmied Goffanon, zwei Köpfe größer als Corum –, der jetzt am Heck des Bootes saß und eine seiner großen, muskulösen Hände spielerisch ins Wasser hängen ließ wie eine Maid, die sich von ihrem Kavalier zu einem Rendezvous rudern läßt. Corum grinste den Schmied an und fühlte, daß er den Sidhi immer mehr mochte.

Sie unterhielten sich eine Weile über Amergins Schicksal, und Goffanon äußerte die Hoffnung, daß es in der Nähe von Caer Mahlod magische Kräuter gab, mit denen man den Hochkönig noch für einige Zeit am Leben erhalten konnte.

Kurz darauf machte Goffanon Corum auf etwas aufmerksam.

Der Sidhi hatte seine schwarzen Brauen zusammengezogen und starrte über Corums Schulter in die Richtung, in die sie ruderten. »Seenebel voraus, wie es aussieht! Eigenartig, bei diesem Wetter eine einzelne Nebelbank zu finden ...«

Corum wollte seinen Ruderrhythmus nicht gerne

unterbrechen und wandte sich daher nicht um. Mit kräftigen Zügen trieb er das Boot weiter.

»Dicht sieht er auch aus«, fuhr Goffanon etwas später fort. »Möglicherweise sollten wir ihn besser umfahren.«

Nun zog Corum doch die Ruder ein und drehte sich um. Goffanon hatte recht. Die Nebelbank bedeckte ein großes Gebiet vor ihnen und nahm ihnen jetzt fast völlig die Sicht auf die jenseitige Küste, die sie ansteuerten. Und da Corum nun nicht mehr vom Rudern warm gehalten wurde, bemerkte er, daß es erheblich kühler geworden war, obwohl die Sonne noch hoch am Himmel stand.

»Pech für uns«, meinte der Vadhagh, »aber es kostet zuviel Zeit, darum herumzurudern. Wir müssen schon riskieren, hineinzufahren, und hoffen, daß die Nebelbank nicht allzu breit ist.« Er griff wieder nach den Riemen.

Bald wurde die Kälte so ungemütlich, daß Corum die Ärmel herabrollte. Doch das half nicht viel, und so legte er auch sein Kettenhemd wieder an und setzte seinen Helm auf. Aber davon schien er beim Rudern behindert zu werden, denn ihm war, als tauche er die Riemen jetzt in zähen Schlamm. Nebelarme griffen nach dem Boot, und Goffanon zog wieder die Brauen zusammen und fröstelte.

»Kann das sein?« knurrte er und richtete sich so ruckartig auf, daß ihr Boot fast umgeschlagen wäre. »Kann es das sein?«

»Du denkst an den Fhoi Myore-Nebel?« flüsterte Corum.

»Es hat jedenfalls viel Ähnlichkeit damit.«

»Das kommt mir auch so vor.«

Der Nebel war inzwischen überall um sie herum. Sie konnten in jeder Richtung nur noch wenige Armlängen weit sehen. Corum hörte auf zu rudern, und das Boot wurde langsamer und immer langsamer, bis es zu einem plötzlichen Halt kam. Corum sah über den Bootsrand.

Das Meer war zu Eis erstarrt. Es mußte von einem Augenblick zum anderen gefroren sein, denn aus den Wellen waren lange, glatte Eishügel geworden mit glitzernden Kronen, die nur Schaum gewesen sein konnten.

Corums Mut sank. Resigniert und verzweifelt packte er seine Lanze und seine Axt und richtete sich im Boot auf.

Goffanon setzte schon prüfend einen seiner Fellstiefel auf das Eis. Er hielt sich am Boot fest und ließ sich dann ganz auf das Eis hinunter. Sein Atem begann zu dampfen. Er zog seinen Fellmantel zusammen. Corum folgte ihm auf das Eis, wickelte sich in seinen eigenen Mantel und schaute aufmerksam nach allen Richtungen über die gefrorenen Wellen. In einiger Entfernung wurde es laut. Ein Grunzen. Ein Schrei. Etwas, das wie das Knarren eines großen, aus Weide geflochtenen Streitwagens klang. Überquerten die Fhoi Myore so die Meere? Waren dies ihre eisigen Brücken über die Wogen? Oder hatten sie Corum und Goffanon hier erwartet, um ihnen den Weg zu verlegen? Sie würden es bald genug wissen, dachte Corum, während er sich neben das Boot duckte, um weiter zu beobachten. Die Fhoi Myore und ihre Armee bewegten sich von Osten nach Westen in dieselbe Richtung wie Corum und Goffanon, aber in einem etwas verschobenen Winkel. In der Entfernung sah Corum undeutlich dunkle Schatten durch den Nebel reiten und marschieren. Er roch den vertrauten Geruch nach Kiefern, sah die drohenden Gestalten der Fhoi Myore auf ihren Streitwagen, und einmal erspähte er einen flackernden Lichtschein, der nur von Gaynors leuchtender Rüstung ausgehen konnte. Und Corum begriff langsam, daß die Fhoi Myore nicht gegen Caer Mahlod zogen, sondern gegen Caer Garanhir. Und wenn die Fhoi Myore Caer Garanhir vor Corum erreichten, waren die Chancen, jemals in den Besitz der goldenen Eiche und des silbernen Bockes zu gelangen, mehr als gering.

»Garanhir«, murmelte Goffanon. »Sie gehen nach Garanhir.«

»So sieht es aus«, erwiderte Corum verzweifelt. »Und wir haben keine andere Wahl, als ihnen zu folgen und zu hoffen, daß wir sie an Land noch überholen können. Wir müssen Garanhir warnen, falls wir das noch schaffen. Wir müssen König Daffyn warnen, Goffanon!«

Goffanon zuckte mit seinen breiten Schultern, zog an seinem struppigen schwarzen Bart und rieb sich die Nase. Dann streckte er die Linke gegen Westen, hob mit der Rechten seine Streitaxt und lächelte. »Das müssen wir in der Tat«, antwortete er Corum.

Sie waren dankbar, als die Hunde des Kerenos diesmal die Fhoi Myore nicht begleiteten. Zweifellos jagten die Hunde noch nach drei Männern, die den Hochkönig aus Caer Llud entführt hatten. Den Nasen der Hunde wäre Corums und Goffanons Witterung kaum entgangen, aber so konnten sie unbemerkt der Armee des Kalten Volkes folgen. Auf dem gefrorenen Meer kamen die beiden nur mühsam voran. Die Wellenberge waren gefährlich glatt und ließen sie oft ausgleiten und stolpern. Völlig erschöpft wurden sie schließlich Zeugen, wie die Fhoi Myore und die Brüder der Kiefern an Stränden landeten, die noch vor Stunden grün und blühend gewesen sein mußten und nun eisbedeckt und tot waren.

Und als die Fhoi Myore an Land gegangen waren, begann die See aufzutauen. Sie mußten das letzte Stück zur Küste durch Wasser waten, das noch immer eisig kalt war und Corum bis zum Kinn reichte und Goffanon bis zur Brust.

In Corums Kehle brannte eine Mischung aus Salzwasser und Fhoi Myore-Nebel, als er endlich auf den Strand taumelte. Da fühlte er sich von hinten um die Hüfte gepackt, hochgehoben und mit dem Kopf voran die Küste hinaufgetragen. Goffanon wollte keine Zeit verlieren. Mit Corum unter einem Arm stürmte der Sidhi gen Garanhir, Bart und Haare im Wind flatternd, sein Harnisch rasselnd. Auch die zusätzliche Last schien ihn nicht im geringsten in seinem Lauf zu behindern.

Corums Rippen wurden unter dem festen Griff zusammengepreßt, aber es gelang ihm herauszubringen: »Du bist ein ausgesprochen nützlicher Zwerg, Goffanon. Ich bin voller Bewunderung für die Kraft, die in deinem kleinen Körper steckt.«

»Ich nehme an, daß ich meinen kleinen Wuchs durch meine Ausdauer etwas ausgleichen kann«, erwiderte Goffanon ernst.

Zwei Stunden später hatten sie die Fhoi Myore seitwärts überholt und rasteten am Wegrand. Sie genossen die blühende Vegetation, die sie hier noch umgab und bald unter dem tödlichen Eis des Kalten Volkes verschwunden sein würde.

Und Corum hörte von Goffanon, daß auf dieser Welt allein die Mabden-Länder noch nicht völlig vom vergifteten Eis der Fhoi Myore bedeckt waren. Nur aus Furcht vor Craig Dôn und weil die letzten überlebenden Sidhi sich hier niedergelassen hatten, zögerten die Fhoi Myore so lange damit, auch noch den Westen der Welt ganz unter ihre Gewalt zu bringen. Offenbar hatten sie dieses Zögern jetzt endgültig aufgegeben.

Als sie aufbrachen, bot Goffanon an, den Vadhagh auf seinen Schultern zu tragen, damit sie schneller vorwärts kommen konnten. Corum nahm dankbar an und stieg auf Goffanons mächtigen Rücken. Der Sidhi trabte unermüdlich weiter.

»Dies alles beweist, wie notwendig es ist, daß die Mabden sich zusammenschließen«, rief Corum seinem Träger zu. »Wenn die überlebenden Mabden sich zu einem gemeinsamen Kampf entschließen könnten, wären die Fhoi Myore auf allen Seiten von Feinden umgeben.«

»Aber was hilft das gegen Bahlar und die anderen?« wandte Goffanon ein. »Welchen Schutz haben die Mabden gegen Bahlars mörderischen Blick?«

»Sie haben ihre Schätze. Ich habe bereits miterlebt, welchen Schaden nur einer von ihnen den Fhoi Myore bringen konnte. Ich meine natürlich den Speer Bryionak, den du mir gegeben hast.«

»Es gab nur einen Speer Bryionak«, erwiderte Goffanon. »Und nun ist er verschwunden – zweifellos auf meine Ebene zurückgekehrt.« Die Stimme des Schmiedes bekam einen fast melancholischen Klang.

Sie gelangten jetzt in einen Hohlweg, der sich zwischen moosbewachsenen, steilen Kalkfelsen dahinwand.

»Soweit ich mich erinnern kann«, erklärte Goffanon, »liegt Caer Garanhir auf der anderen Seite dieses Passes.«

Aber als der Paß zwischen den schroffen Felsen immer enger wurde, sahen sie hinter einer Windung in einiger Entfernung eine Gruppe von Gestalten vor sich, die sie offenbar erwartete.

Zuerst hielt Corum sie für Edelleute der Tuha-na-Gwyddneu Garanhir, die von ihrem Kommen erfahren hatten und ihnen entgegengeeilt waren. Aber dann erkannte er den grünen Schimmer, der über Reitern und Pferden lag, und er wußte, daß sie dort keine Freunde erwarteten. Und dann teilten sich die grünen Reihen, und ein anderer Reiter tauchte zwischen ihnen auf – ein Reiter, dessen Rüstung ständig die Farbe wechselte und dessen Helm sein Gesicht völlig verbarg.

Und Goffanon blieb stehen und nahm Corum von seinen Schultern. Währenddessen hörten sie hinter sich Geräusche. Sie wandten sich um.

Um die nächste Ecke des Hohlweges bog ein Haufen grüner Reiter, und die Luft war von ihrem Kieferngeruch erfüllt. In einiger Entfernung von den beiden hielten die Reiter an.

Gaynors Stimme echote von den senkrechten Felsen der Schlucht zurück, und seine Stimme war höhnisch und triumphierend:

»Ihr hättet Eure Leben so leicht noch etwas verlängern können, Prinz Corum, wenn Ihr als mein Gast in Craig Dôn geblieben wäret. Nun, Ihr habt Euch anders entschieden. Wo ist das kleine Lamm, das Ihr gestohlen habt?«

»Amergin war dem Tode nahe, als ich ihn zuletzt sah«, antwortete Corum der Wahrheit entsprechend, während er seine Axt aus der Schlinge zog, mit der sie über den Rücken gegurtet war.

Goffanon murmelte: »Ich würde sagen, es ist Zeit, ein paar Kiefern zu fällen, Corum.« Und der Sidhi wandte sich um, so daß er dem Trupp hinter ihnen gegenüberstand. Der Schmied ließ die Schneide seiner gewaltigen Axt mit einer Drehung in der Sonne funkeln. Und das helle Sonnenlicht blitzte auf dem polierten Metall. »Zu guter Letzt sterben wir also doch bei Sonnenschein«, meinte Goffanon. »Und unsere Knochen werden nicht vom Nebel des Kalten Volkes zerfressen.«

»Ihr hättet gewarnt sein müssen«, fuhr Gaynor fort. »Er braucht eine seltene Kost aus besonderen Gräsern. Nun verhungert er euch. Und statt eines Hochkönigs der Mabden habt ihr nur den Kadaver eines verhungerten Schafes. Doch das tut nun auch nichts mehr zur Sache.«

Aus der Ferne hörte Corum ein lautes, wildes Schnauben, und er wußte, daß dies die Fhoi Myore sein mußten, die offenbar schon viel weiter marschiert waren, als er bisher angenommen hatte.

Goffanon legte den Kopf auf die Seite und lauschte. Er sah überrascht aus.

Dann donnerten von beiden Seiten die grünen Reiter

auf sie zu, daß die Felsen unter den Hufschlägen erbebten. Und Gaynors hohles Gelächter wurde wilder und wilder.

Corum wirbelte seine Streitaxt gegen den ersten Reiter. Der Hieb schlug eine tiefe Wunde in den Nacken des Pferdes, aus der grüner Saft spritzte. Er brachte das Tier zum Stehen, tötete es aber nicht. Seine grünen Augen rollten, und seine grünen Zähne schnappten nach Corum, während sein grüner Reiter mit dem Schwert nach Corums Kopf hieb. Corum hatte gegen Hew Argech gekämpft und dabei gelernt, wie man sich gegen solche Schläge verteidigte. Er schmetterte seine Axt gegen das Handgelenk des grünen Reiters, und Hand und Schwert flogen wie ein abgeschlagener Ast zu Boden. Der nächste Schlag galt den Beinen des Pferdes, das zusammenbrach und sich im Staub wälzte. Das auskeilende Tier hielt so den nächsten Reiter auf, der sein eigenes Pferd zügeln mußte, um nicht zu stürzen. Er kam für einen aussichtsreichen Schlag gegen den Vadhagh nicht nahe genug heran. Der Kieferngeruch war jetzt überwältigend. Er stieg aus jeder neuen Wunde auf, die Corums Axt riß. Corum hatte diesen Geruch früher gern gehabt, aber jetzt bereitete ihm seine widerliche Süße Übelkeit.

Hinter Corums Rücken fällte Goffanons Axt einen der grünen Krieger nach dem anderen. Die Brüder der Kiefern mußten einst stolze Mabdenkämpfer gewesen sein, vielleicht sogar die Kriegerelite von Caer Llud selbst. Aber die Fhoi Myore hatten ihr Blut gegen den Saft der Kiefern ausgetauscht, und nun dienten die Grünen dem Kalten Volk. Sie schämten sich für das, was aus ihnen geworden war, und gleichzeitig erfüllte sie trotziger Stolz über ihre Bestimmung.

Während des Kampfes spähte Corum zur Seite, um nach einer Fluchtmöglichkeit aus der Schlucht Ausschau zu halten. Aber Gaynor hatte sich für seinen Hinterhalt den besten Ort ausgesucht – hier waren die Felsen fast senkrecht und die Schlucht am engsten. Das bedeutete zwar auch, daß Corum und Goffanon sich hier würden lange halten können, weil nur immer ein bis zwei der grünen Krieger gegen sie antreten konnten. Doch letzten Endes würde die Übermacht die beiden Freunde erdrücken. Das Kiefernvolk würde sie erschlagen. Wie ein raschelnder, wandernder Wald drängten sie heran, die lebenden Bäume, die Brüder der ältesten Feinde der Eichen, und warfen sich auf den einäugigen Vadhagh mit der silbernen Hand und den zweieinhalb Meter großen Sidhi mit dem knisternden schwarzen Bart.

Und Gaynor lachte weiter in sicherer Entfernung. Er genoß sein größtes Vergnügen – die Vernichtung von Helden, die Zerstörung von Ehre und Idealismus. Und er fand so großes Vergnügen daran, weil er es niemals ganz geschafft hatte, diese Eigenschaften bei sich selbst zu unterdrücken.

Corums Arme wurden müde, und er stolperte immer häufiger, während er seine Axt gegen grüne Arme schwang, gegen grüne Köpfe schmetterte und damit auf grüne Pferde einschlug.

»Leb wohl, Goffanon«, rief er dem Kampfgefährten zu. »Es hat mein Herz mit großer Freude erfüllt, daß du dich unserer Sache angeschlossen hast. Aber ich fürchte, es hat dir nichts weiter gebracht als einen schnellen Tod.«

Und erstaunt hörte Corum, daß sich jetzt in Gaynors Gelächter Goffanons tiefes Lachen mischte.

7 Ein lange verlorener Bruder

Dann bemerkte Corum, daß nur noch Goffanon lachte.

Gaynor lachte nicht länger.

Corum versuchte etwas durch die dichten Reihen der grünen Krieger zu erkennen. Er spähte in Richtung des Endes der Schlucht, an dem er Gaynor zuletzt gesehen hatte, aber dort war nichts mehr von einer blitzenden, flammenden Rüstung zu entdecken. Es schien, daß Prinz Gaynor den Ort seines Triumphes verlassen hatte.

Und jetzt ließen die Brüder der Kiefern von Corum ab und sahen furchtsam zum Himmel auf. Und Corum riskierte ebenfalls einen Blick nach oben. Und Corum sah einen Reiter am Himmel. Der Reiter saß auf einem schimmernden schwarzen Pferd, das mit rotem und güldenem Leder aufgezäumt war, geschmückt mit See-Elfenbein und bestickt mit Perlen.

Und über den Kieferngestank legte sich der frische, warme Geruch der See. Und Corum wußte, daß dieser Geruch von dem lächelnden Reiter kam, der das Pferd mit leichter Hand lenkte.

Und dann setzte der Reiter mühelos über die Schlucht und wendete sein Pferd, damit er von der anderen Seite auf den Paß sehen konnte. Dabei bekam Corum eine Vorstellung von der Größe des Pferdes und seines Reiters.

Der Reiter hatte einen lichten, goldenen Bart und war nach seinem Gesicht nicht älter als achtzehn Sommer. Sein goldenes Haar hing glatt gebürstet bis auf die Brust. Er trug einen Brustpanzer aus einem bronzeartigen Material, der mit Bildern der Sonne, von Schiffen, von Walen und Fischen und Seeschlangen geschmückt war. Um die hellhäutigen Arme des Reiters waren goldene Bänder geschlungen, die zu seinem Harnisch passende Motive zierten. Er hatte einen blauen Mantel umgelegt, den eine große runde Spange an der linken Schulter hielt. Seine

Augen waren von einem klaren, durchdringenden Graugrün. Von seiner Hüfte hing ein langes Schwert, das Corum an Größe übertreffen mußte. An seinem linken Arm trug der Reiter einen Schild von der gleichen glühenden Bronze wie sein Brustharnisch.

Und Goffanon rief voll Begeisterung etwas zu dem riesigen Reiter hinauf, ohne seinen Kampf mit den Brüdern der Kiefern zu unterbrechen.

»Ich habe dein Pferd gehört, Bruder!« rief Goffanon. »Ich hörte es und wußte, wer kam!«

Und das Lachen der Riesen hallte durch die Schlucht. »Sei gegrüßt, kleiner Goffanon. Du kämpfst gut. Du hast schon immer gut gekämpft.«

»Bist du gekommen, uns zu helfen?«

»Es scheint so. Meine Ruhe wurde gestört, als die Fhoi Myore-Schlange Eis über mein Meer legte. Vor Jahren habe ich mich in mein Unterwasserreich zurückgezogen. Ich nahm an, endlich Ruhe vor dem Kalten Volk zu haben. Aber sie kamen wieder mit ihrem Eis, ihrem Nebel und ihren seltsamen Soldaten. Also muß ich versuchen, ihnen eine neue Lektion zu erteilen.«

Fast gleichgültig zog der Riese sein großes Schwert aus der Scheide und fuhr mit der Breitseite der Klinge durch die Schlucht, als wolle er die grünen Krieger wie Unrat zur Seite kehren. Und die Brüder der Kiefern flohen in Panik zu beiden Ausgängen des Hohlweges.

»Ich treffe euch am anderen Ende des Passes«, sagte der Riese. »Ich fürchte, ich bleibe stecken, wenn ich versuche, zu euch hinunter zu kommen.«

Die Erde bebte, als der riesige Reiter davonritt, und etwas später trafen sie ihn am Ausgang der Schlucht wieder. Goffanon rannte ihm trotz seiner Erschöpfung mit ausgebreiteten Armen entgegen. Die Axt fiel ihm aus der Hand, und er rief freudig:

»Ilbrec! Ilbrec! Sohn meines alten Freundes! Ich wußte

nicht, daß du lebst!« Ilbrec, doppelt so groß wie Goffanon, schwang sich lachend aus dem Sattel.

»Ach, kleiner Schmied, wenn ich gewußt hätte, daß du überlebt hast, ich wäre längst auf der Suche nach dir.«

Corum sah verwundert, wie der schwere Goffanon von Ilbrecs großen Armen hochgehoben und an die Brust gedrückt wurde. Dann wandte Ilbrec seine Aufmerksamkeit Corum zu und sagte:

»Kleiner und kleiner, he! Wer ist das, der unseren alten Vadhagh-Vettern so ähnlich sieht?«

»Er ist ein Vadhagh, Bruder Ilbrec. Ein Held der Mabden, seit die Sidhi sie verlassen haben.«

Corum kam sich lächerlich winzig vor, als er sich vor dem großen, lachenden Jüngling verbeugte. »Seid mir gegrüßt, Vetter«, sagte er.

»Und wie ist es deinem Vater, dem großen Manannan, ergangen?« erkundigte sich Goffanon. »Stimmt es, daß er auf der Insel des Westens gefallen ist und nun unter seinem eigenen Hügel liegt?«

»Es ist so – einem Mabden-Volk gab er seinen Namen. Er wird hoch geehrt in dieser Ebene.«

»Nur zu Recht wird er das, Ilbrec.«

»Gibt es noch andere unseres Volkes, die überlebt haben?« fragte Ilbrec nun. »Ich hielt mich bisher für den letzten.«

»Niemand, von dem ich weiß«, erklärte Goffanon ihm.

»Und wie viele Fhoi Myore gibt es noch?«

»Sechs. Es waren bis vor kurzem sieben, aber der Schwarze Bulle von Crinannass nahm einen mit, als er starb oder diese Ebene verließ – genau kann ich das nicht sagen.«

»Sechs also.« Ilbrec setzte sich auf das Moos, und seine goldene Stirn verdüsterte sich. »Wer sind sie, diese sechs? Was sind ihre Namen?«

»Einer ist Kerenos«, berichtete Corum. »Ein anderer ist

Balahr, und dann ist da noch Goim. Die anderen kenne ich nicht.«

»Auch ich habe sie nie zu Gesicht bekommen«, ergänzte Goffanon. »Wie immer verstecken sie sich in ihrem Nebel.«

Ilbrec nickte. »Kerenos mit seinen Hunden, Balahr mit seinem Auge und Goim – Goim mit ihren Zähnen. Ein häßliches Trio, eh? Und schwer zu besiegen sind schon diese drei allein. Sie sind drei der mächtigsten Fhoi Myore. Ohne Zweifel haben sie deshalb auch so lange überlebt. Ich hielt sie alle schon lange für verfault. Aber sie sind zäh. Sie haben eine ungeheuere Lebenskraft, diese Fhoi Myore.«

»Die Lebenskraft von Chaos und Alter Nacht«, stimmte Goffanon zu und fuhr mit dem Finger über die Schneide seiner Axt. »Ah, wenn nur unsere Kameraden noch bei uns wären! Wenn sie die Waffen des Lichts schwingen würden! Wie wir die Kälte und die Dunkelheit zurücktrieben ...«

»Aber wir sind nur zwei«, erinnerte Ilbrec traurig. »Und die größten Helden der Sidhi sind schon lange nicht mehr.«

»Auch die Mabden haben Mut«, wandte Corum ein. »Und sie haben Macht und Wissen. Wenn ihnen ihr Hochkönig zurückgegeben wird ...«

»Das ist wahr«, sagte Goffanon, und er erzählte Ilbrec alles, was in den letzten Monaten vorgefallen war. Er berichtete auch über Calatins Zauberbann, obwohl man ihm ansah, daß es ihm nicht leichtfiel, davon zu sprechen.

»Also existieren die goldene Eiche und der silberne Bock noch immer«, meinte Ilbrec. »Mein Vater erzählte von ihnen. Und Fand die Schöne prophezeite, daß sie eines Tages den Mabden große Macht geben würden. Meine Mutter Fand war eine große Seherin, auch wenn sie in anderer Beziehung ihre Schwächen hatte.« Ilbrec grinste und sprach nicht weiter von Fand. Statt dessen erhob er sich und ging zu seinem schwarzen Pferd, das an einigen Bäumen zupfte. »Nun, ich schlage vor, wir machen uns auf dem schnellsten Wege nach Caer Garanhir auf und sehen, wie wir dort am besten gegen die Fhoi Myore helfen können. Glaubt ihr, alle sechs ziehen gegen diese Stadt?«

»Das ist möglich«, erklärte Corum. »Doch in der Regel marschieren die Fhoi Myore nicht vor ihrer Armee, sondern folgen ihr in sicherem Abstand. Sie sind verschlagen und vorsichtig, diese Fhoi Myore.«

»So waren sie immer. Reitest du mit mir, kleiner Vadhagh?«

Corum lächelte.

»Wenn Ihr versprecht, daß Euer Pferd mich nicht mit einer Fliege auf seinem Rücken verwechselt, dann will ich mit Euch reiten, Ilbrec.«

Lachend hob Ilbrec Corum auf den Sattel und setzte ihn so vor den Sattelknauf, daß der Vadhagh die Beine darum schlingen konnte. Noch immer nicht an die Riesenhaftigkeit der Sidhi gewöhnt (aber endlich verstehend, warum Goffanon sich für einen Zwerg hielt), kam sich Corum auf dem riesigen Pferd verloren vor und fühlte sich dem Sidhi-Jüngling, der sich jetzt in den Sattel schwang, völlig ausgeliefert. Ilbrec rief laut:

»Vorwärts, Zaubermähne. Vorwärts, herrliches Pferd, dorthin, wo die Mabden ihre Stadt erbaut haben.«

Und sobald Corum sich an die Bewegungen des galoppierenden Riesenpferdes gewöhnt hatte, begann er den Ritt auf dem wunderbaren Tier zu genießen und lauschte der Unterhaltung der beiden Sidhi. Selbst mit diesem Pferd hielt Goffanon mühelos Schritt.

Sie sprachen von den Schätzen, die Ilbrecs Vater unter dem Meer verborgen hatte. Und Ilbrec erinnerte sich einer Truhe, in der sein Vater zwei Speere und ein Schwert aufbewahrte.

»Das Schwert, das dein Vater ›Vergelter‹ nannte?« fragte Goffanon aufgeregt.

»Wie du weißt, gingen die meisten seiner Waffen in der letzten Schlacht verloren«, sagte Ilbrec. »Andere Waffen zogen ihre Stärke aus unserer eigenen Ebene und konnten deshalb hier nie richtig eingesetzt werden oder nur einmal benutzt. Wie dem auch sei, in dieser Truhe könnte tatsächlich noch etwas Nützliches zu finden sein. Sie steht in einer der Untersee-Grotten, die ich seit jener Schlacht nicht mehr besucht habe. Sie wird verschüttet sein, eingestürzt oder –«, er lächelte, »von irgendeinem Seeungeheuer verwüstet.«

»Das sollte sich bald herausfinden lassen«, meinte Goffanon. »Und falls Vergelter wirklich zu finden ist . . .«

»Wir verlassen uns besser auf unsere eigenen Fähigkeiten«, erwiderte Ilbrec und lachte wieder. »Besser darauf als auf Waffen, von denen wir nicht einmal genau wissen, ob sie noch in dieser Ebene existieren. Und selbst mit diesen Waffen stehen uns in den Fhoi Myore Wesen gegenüber, die jetzt mächtiger sind als wir.«

»Aber wenn die Waffen die Macht der Mabden stärken, können sie vielleicht doch viel ausrichten«, warf Corum ein.

»Ich habe das Mabden-Volk immer geliebt«, sagte Ilbrec, »auch wenn ich Euer Vertrauen in seine Macht nicht teilen kann. Doch die Zeiten können sich ändern und mit ihnen die Rassen. Ich werde Euch sagen, was ich von den Mabden halte, wenn ich erlebt habe, wie sie sich gegen die Fhoi Myore schlagen.«

»Die Gelegenheit dazu werdet Ihr bald haben«, rief Corum und wies nach vorne.

Er hatte die Türme von Caer Garanhir erblickt. Es waren hohe Türme, die denen von Caer Llud an Größe nicht nachstanden und sie an Schönheit noch übertrafen. Türme aus schimmerndem Kalkstein, von deren Obsidianspitzen bunte Banner wehten. Türme, die von einer hohen Festungsmauer umgeben waren, einer Mauer von schier unüberwindlicher Stärke.

Doch Corum wußte, daß dieser Eindruck von Unüberwindlichkeit trog; daß Balahrs schreckliches Auge den Granit bersten lassen würde und sein Blick alles vernichten, was hinter den Mauern Schutz suchte. Selbst mit dem Riesen Ilbrec als Verbündeten würde die Stadt einen schweren Stand gegen den Angriff der Fhoi Myore haben.

8 Die Schlacht von Caer Garanhir

Corum hatte beim Anblick der überraschten Gesichter jener gelächelt, die, von Ilbrecs Rufen alarmiert, auf die Mauern geeilt waren. Aber nun lächelte er nicht mehr, als er vor König Daffyn in dessen prunkvoller Halle stand und versuchte, einem Mann etwas zu erklären, der kaum in der Lage war zu stehen und doch unablässig weiter aus seinem Metkrug trank.

Die Hälfte von König Daffyns Edelleuten lag ausgestreckt neben den samtbeschlagenen Bänken auf dem Boden und konnte nichts mehr von dem wahrnehmen, was um sie herum vorging. Die andere Hälfte suchte an allem Halt, was es in der Halle an Greifbarem gab. Einige brachten mit gezogenen Schwertern komisch anmutende Hochrufe aus, während viele einfach mit offenem Mund dasaßen und auf Ilbrec starrten, der es geschafft hatte, sich mit in die Halle zu zwängen und jetzt hinter Corum und Goffanon stehend bis zur Decke ragte.

Sie waren nicht für den Kampf vorbereitet, die Tuha-na-Gwyddneu Garanhir. Sie waren für nichts anderes gerüstet als trunkenen Schlaf, denn sie hatten gerade eine Hochzeit gefeiert – die Hochzeit von Prinz Guwinn, des Königs Sohn, mit der Tochter eines der großen Kämpen von Caer Garanhir.

Die, die noch wach und bei Sinnen waren, standen ganz unter dem Bann dessen, was sie für den Auftritt von drei Sidhi unterschiedlicher Größe hielten. Aber einige schrieben die Erscheinung auch einfach ihrem übermäßigem Metgenuß zu.

»Die Fhoi Myore rücken mit ihrer ganzen Macht gegen Euch an, König Daffyn«, wiederholte Corum. »Viele hundert Krieger kommen, die schwer zu töten sind.«

König Daffyns Gesicht war vom Met gerötet. Corum sah einen fetten, intelligenten Mann vor sich. Aber von dieser Intelligenz war im Augenblick in den verschwollenen Augen des Königs wenig zu entdecken. »Ich fürchte, Ihr habt die Mabden etwas zu sehr gepriesen, Prinz Corum«, meinte Ilbrec mitfühlend. »Wir werden ohne sie auskommen müssen.«

»Halt!« König Daffyn kam unsicheren Schrittes die Stufen des Podestes herunter, auf dem sein Thron stand. Den Krug hielt er noch in der Hand. »Sollen wir zwischen unseren Metkrügen erschlagen werden?«

»Es sieht so aus, König Daffyn«, erwiderte Corum.

»Betrunken erschlagen? Von denen, die auch unsere Brüder im Osten erschlagen haben?«

»Genau das!« rief Goffanon, der sich ungeduldig abwandte. »Und Ihr verdient wenig besseres.«

König Daffyn griff nach dem großen Medaillon seiner Würde, das er um den Hals trug. Er drehte es nachdenklich zwischen den Fingern. »Habe ich vor meinem Volk versagt?«

»Hört mir noch einmal zu«, setzte Corum wieder an. Und er erzählte zum zweiten Mal seine Geschichte, langsam und ausführlich. König Daffyn gab sich diesmal alle Mühe zu verstehen, was auf Caer Garanhir zukam. Er schleuderte seinen Metkrug von sich und wies einen seiner Edlen zurecht, der ihm nachschenken wollte.

»Wie viele Stunden sind sie noch von Caer Garanhir entfernt?« fragte der König, als Corum geendet hatte.

»Vielleicht drei. Wir haben uns sehr beeilt, hierher zu kommen. Vielleicht auch noch vier oder fünf. Wahrscheinlich werden sie vor dem Morgengrauen nicht angreifen.«

»Also drei Stunden haben wir mindestens noch.«

»So sieht es aus.«

Und König Daffyn schwankte durch seine Halle, schüttelte seine schlafenden Ritter wach und brüllte die an, die sich noch auf den Beinen halten konnten. Die Szene brachte Corum zur Verzweiflung.

Ilbrec sprach aus, was der Vadhagh empfand. »Das wird niemandem mehr helfen«, sagte er. Gebückt zwängte er sich durch die große Tür der Halle nach draußen. »Diese Männer können keine Fhoi Myore aufhalten.«

Corum hörte die Worte kaum, da er noch auf König Daffyn einredete, um ihn zu einer vernünftigen Vorgehensweise zu bewegen.

Aber Goffanon wandte sich nach Ilbrec um und rief hinter ihm her: »Laß sie nicht im Stich, Ilbrec. Du hast sie nur in ihrer elendesten Verfassung erlebt . . .«

Doch schon erbebte die Erde, Hufe donnerten, und Corum, der jetzt ebenfalls aus der Halle gerannt war, sah das riesige, schwarze Pferd Zaubermähne über die Mauern von Caer Garanhir springen.

»Er hat uns also verlassen«, stellte Corum fest. »Sicher will er seine Kräfte für eine bessere Sache aufheben. Ich kann nicht sagen, daß ich das nicht verstehe.«

»Er ist starrköpfig wie sein Vater«, meinte Goffanon.

»Aber sein Vater hätte seine Freunde nie im Stich gelassen.«

»Hast du auch vor zu gehen?«

»Nein, ich bleibe. Ich habe dir ja gesagt, wie ich mich entschieden habe. Wir haben Glück gehabt, daß wir nicht längst von den Brüdern der Kiefern erschlagen wurden und hierher gelangen konnten. Wir sollten Ilbrec dankbar sein, daß er unsere Leben einmal gerettet hat.«

»Ja.« Müde ging Corum zurück in die Halle, wo König Daffyn gerade zwei seiner stolzen Krieger schüttelte.

»Wacht auf!« schrie König Daffyn. »Wacht auf! Die Fhoi Myore kommen!«

Sie standen blinzelnd auf den Festungsmauern, mit roten Augen und zitternden Händen, die eifrig nach den Wasserschläuchen griffen, die junge Burschen von Krieger zu Krieger schleppten. Einige trugen noch ihre Festgewänder, andere hatten bereits unvollständige Rüstungen angelegt. Sie seufzten und stöhnten und hielten sich die Köpfe, während sie von den Mauern Caer Garanhirs nach dem Feind Ausschau hielten.

»Seht nur!« sagte ein Junge zu Corum, ließ seinen Wasserschlauch sinken und wies über die Brustwehr. »Dort kommt eine Wolke.«

Corum sah es jetzt ebenfalls. Eine Wolke brodelnden Nebels am fernen Horizont.

»Ja«, antwortete er. »Das sind die Fhoi Myore. Aber viele ziehen ihnen voraus. Schau tiefer. Sieh die Reiter!«

Für einen Augenblick schien es, als wälze sich eine riesige Flutwelle auf Caer Garanhir zu.

»Was ist das, Prinz Corum?« fragte der Junge.

»Das sind die Brüder der Kiefern«, erklärte Corum. »Krieger, die sehr schwer zu töten sind – außergewöhnlich zähe Kämpfer.«

»Der Nebel scheint nicht weiter auf uns zuzukommen«, bemerkte der Junge.

»Du hast recht«, bestätigte Corum. »So kämpfen die Fhoi Myore immer. Sie schicken zunächst ihre Diener vor, um den Feind zu schwächen.«

Er sah die Wehrgänge entlang. Einer von König Daffyns Kriegern beugte sich über die Brustwehr und übergab sich. Corum wandte sich in grimmiger Verzweiflung ab. Andere Krieger stürmten jetzt die Steintreppen herauf und spannten lange Bogen. Die Neuankömmlinge schienen die Hochzeit nicht so intensiv gefeiert zu haben wie Daffyns Ritter. Sie trugen schimmernde Kettenhemden von Bronze und bronzene Helme. Corum faßte neuen Mut, als er diese Krieger sah. Aber dann hörte er aus der Ferne die kalten, dröhnenden, unartikulierten Stimmen der Fhoi Myore. Ganz gleich, wie gut und wie tapfer die Männer von Caer Garanhir heute kämpfen würden, den Fhoi Myore konnten sie nichts anhaben. Und die Fhoi Myore würden nicht eher ruhen, bis alles in diesen Mauern hier vernichtet war.

Dann gingen die Stimmen der Fhoi Myore im Stampfen der Hufe unter. Blasse grüne Pferde und blasse grüne Reiter mit blassen grünen Schwertern in blassen grünen Händen jagten heran. Die Reiter verteilten sich, als sie den Mauern näher kamen, um die schwächsten Stellen der Befestigung zu suchen.

»Die Bogen!« schrie König Daffyn und hob sein langes Schwert hoch. Das Schwert sauste nieder. »Schießt!«

Eine Welle sirrender Pfeile raste gegen die Welle der grünen Reiter. Aber die Wirkung war nicht viel anders, als hätten die Bogenschützen auf einen Wald geschossen. Gesichter, Körper, Arme, Beine wurden getroffen. In den Pferden steckten die Pfeile. Doch die Brüder der Kiefern ließen sich nicht im geringsten davon beeindrucken.

Ein junger Ritter in einer langen Samtrobe, über die er

hastig ein Kettenhemd geworfen hatte, kam die Stufen heraufgerannt und stellte sich neben König Daffyn. »Vater«, rief der Jüngling, »ich bin bei dir.«

Nun sah Corum in der Ferne etwas Buntes funkeln, und er wußte, daß jetzt Gaynor mit seinen Goolegh-Fußtruppen anrückte. Vor seinen Truppen hob Gaynor der Verdammte seinen gesichtslosen Helm, als suche er Corum unter den Verteidigern auf den Mauern. Der gelbe Federbusch des Verdammten tanzte, und sein Schwert schimmerte in Silber, in Scharlach, in Rot und in Blau. Das achtpfeilige Zeichen des Chaos glühte auf seiner Brust, und seine Rüstung wechselte so oft die Farbe wie sein Schwert. Und hinter Gaynor sah Corum tierische, rote Augen in Tausenden von weißen Gesichtern. Aber außer Gaynors Rüstung schien noch etwas anderes in der Ferne zu flackern, ein Feuer am Rande des Fhoi Myore-Nebels. Wartete dort ein neuer Feind, den Corum noch nicht kennengelernt hatte?

Die Brüder der Kiefern waren dicht heran, und aus ihren Mündern brach ein raschelndes Gelächter wie das Rauschen der Blätter im Wind. Corum kannte dieses Gelächter, und er fürchtete es.

Er sah die Reaktion auf dieses Lachen in den Gesichtern der Ritter und Krieger auf den Mauern. Sie alle fühlten Grauen in sich aufsteigen, denn jetzt erkannten sie, daß sie wirklich einem übernatürlichen Feind gegenüber standen. Und jeder versuchte, so gut er konnte, mit seiner Furcht fertig zu werden und den Brüdern der Kiefern standzuhalten.

Salve auf Salve jagten die Verteidiger ihre Pfeile gegen die grünen Reiter, denen inzwischen fast ausnahmslos Pfeile aus der Brust ragten. Doch kein Pfeil konnte auch nur einen Grünen töten.

Und das raschelnde Gelächter schwoll an.

Die Reiter rückten jetzt langsamer vor, einige regelrecht von Pfeilen gespickt. Aber auf ihren leeren Gesichtern stand ein leeres Grinsen, und ihre kalten Augen starrten höhnisch auf die Verteidiger. Am Fuß der Mauern angelangt, stiegen die Grünen ab.

Immer mehr Pfeile prasselten auf sie hinab, und einige sahen aus wie seltsame Igel-Arten, so viele Pfeile steckten in ihren grünen Leibern.

Und dann begannen sie die Mauern zu erklettern.

Sie kletterten, als brauchten sie keinerlei Halt für Hände oder Füße. Sie kletterten wie Efeu, der eine Mauer hinaufwächst. Grüne Arme rankten sich zu den Verteidigern nach oben.

Einige der Ritter wandten sich stöhnend ab, weil sie nicht ertragen konnten, was sie ansehen mußten. Selbst Corum wurde blaß, und Goffanon knurrte angewidert.

Und die ersten der grünen Krieger erreichten die Mauerkronen und schwangen sich darüber, die Augen noch immer leer und das gräßliche Grinsen noch auf den Lippen.

Corums Streitaxt blitzte in der Sonne und schlug dem ersten Grünen, der sich vor ihm über die Mauerkronen zog, den Kopf vom Rumpf. Die Hände hielten noch einen Augenblick ihren Griff an den Steinen, dann rutschten sie ab.

Der Körper stürzte in die Tiefe. Aber sogleich erschien der nächste Angreifer. Corum hieb auch ihm den Kopf ab. Grüner Saft spritzte über den Wehrgang. Der Vadhagh wehrte sich nach Kräften. Bald schwärmten grüne Krieger von allen Seiten über die Wehrgänge. In schier unerschöpflicher Zahl erstiegen sie die Mauern. Von rechts und links drangen sie auf Corum ein.

In einer kurzen Kampfpause war er in der Lage, zwischen den Kiefernbrüdern über die Mauer zu spähen. Gaynor befahl seinen Goolegh jetzt den Angriff. Die Untoten trugen schwere, messingbeschlagene Baumstämme zwischen sich, die an ledernen Riemen schwangen. Damit würden sie die Tore auframmen. Corum wußte, daß die Mabden dieses Zeitalters nicht gewohnt waren, einer Belagerung standzuhalten. Jahrhundertelang hatten die Mabden nur noch von Mann zu Mann gekämpft. Jeder hatte sich seinen persönlichen Gegner aus den Reihen der Feinde gesucht. Viele Stämme lehnten es sogar ab, die besiegten Gegner zu töten, weil sie es für unehrenhaft hielten, einen am Boden Liegenden zu erschlagen. Und obwohl hierin eine der großen Stärken der Mabden lag, war es in jedem Kampf mit den Fhoi Myore eine fatale Schwäche.

Corum rief König Daffyn zu, seine Männer auf das Auftauchen der Goolegh in den Straßen der Stadt vorzubreiten. Aber König Daffyn kniete mit Tränen in den Augen am Boden, und im nächsten Augenblick rannte ein grüner Krieger auf Corum zu.

Corum sah, daß der König neben einem Jüngling kniete, den der Grüne gerade erschlagen hatte. Der Tote war in weißen Samt gekleidet, über dem er ein Kettenhemd trug. Prinz Guwinn würde seine junge Gemahlin nie wiedersehen.

Corum schwang seine Axt gegen den heranstürmenden Kiefernbruder. Der Hieb fuhr dem Grünen in die Hüfte und ließ ihn zu Boden gehen. Und Corum hackte mit dem Beil auf ihn ein wie auf einen Baumstumpf. Als der grüne Krieger starb, verfärbte er sich braun.

Corum rannte zu König Daffyn und schrie wild:

»Weint nicht um Eueren Sohn – rächt ihn! Ihr müßt weiterkämpfen, sonst ist Euer Volk verloren!«

»Weiterkämpfen? Wozu?! Alles, wofür ich gelebt habe, ist tot. Und auch wir werden bald sterben, Prinz Corum. Warum nicht so bald wie möglich? Mich schreckt der Tod nicht mehr.«

»Für die Liebe«, rief Corum, »und für die Schönheit

sollt Ihr kämpfen! Für Stolz und Gerechtigkeit!« Aber solche Worte klangen hohl über der Leiche des Jünglings, der vor Corum in seinem Blut lag. Und Corum wandte sich ab, weil er die Tränen in den Augen des Vaters nicht länger ertragen konnte.

Von unten ertönte ein donnerndes Krachen, als die Rammböcke gegen die Stadttore geschmettert wurden. Auf den Mauern kämpften jetzt schon mehr Grüne als Verteidiger.

Goffanons riesiger Körper ragte zwischen den grünen Kriegern auf, und seine Axt sauste mit der Regelmäßigkeit eines Pendels nieder, während er einen Bruder der Kiefern nach dem anderen fällte. Es schien, als sänge Goffanon beim Kampf ein Lied, eine Totenklage fast, und Corum fing einige Strophen auf.

Ich bin dort gewesen, wo Gwendoleu erschlagen ward,
Der Sohn von Ceidaw, die Säule des Liedes,
Wo die Raben schrien über'm Blut.

Ich bin dort gewesen, wo Bran fiel,
Der Sohn von Iweridd, der Hochgerühmte,
Wo die Raben des Schlachtfeldes schrien.

Ich bin gewesen, wo Llacheu erschlagen ward,
Der Sohn von Urtu, in Liedern besungen,
Wo die Raben schrien über'm Blut.

Ich bin gewesen, wo Meurig fiel,
Der Sohn von Carreian, der Hochgeehrte,
Wo die Raben schrien über'm Fleisch.

Ich bin gewesen, wo Gwallawg fiel,
Der Sohn von Goholeth, der Vielgewandte,
Der widerstand dem Lloegyr, dem Sohn von Lleynawg.

Ich bin gewesen, wo die Kämpfer der Mabden erschlagen wurden,
Vom Osten gen Norden:
Ich hielt ihre Totenwache.

Ich bin gewesen, wo die Kämpfer der Mabden erschlagen wurden,
Vom Osten gen Süden:
Ich lebe, sie sind tot.

Und Corum erkannte, daß dies Goffanons Totenlied war, daß der Sidhi-Schmied sich auf sein eigenes unausweichliches Ende vorbereitete.

Ich bin gewesen, wo die Sidhi begraben sind,
vom Osten gen Westen:
Nun schreien die Raben nach mir!

9 Der Kampf um des Königs Halle

Corum erkannte, daß die Mauern nicht mehr zu halten waren. Er schlug eine Bresche durch die Brüder der Kiefern, um an Goffanons Seite zu gelangen, und schrie:

»Zur Halle, Goffanon! Zurück zur Halle!«

Goffanon beendete sein Lied und sah Corum mit ruhigem Blick entgegen.

»Sehr gut«, antwortete er.

Gemeinsam kämpften sie sich zur Treppe durch, auf allen Seiten von den Brüdern der Kiefern umgeben, die mit starrem Grinsen und starren Blicken ihre Schwerter schwangen. Und von ihren Lippen erschallte das ewige, grauenvolle Rascheln ihres Gelächters.

Die Ritter und Krieger der Tuha-na-Gwyddneu Garanhir folgten, soweit sie dazu noch in der Lage waren, Corums Beispiel. Sie hatten kaum die Straßen erreicht, da barsten die Kupferbeschläge der Tore, und die Köpfe der ersten Rammböcke brachen splitternd durch das Holz. Zwei Ritter führten König Daffyn zur Halle, der noch immer weinte. Hinter ihm wurden die großen Messingtore geschlossen und verbarrikadiert.

Überall in der Halle waren noch die Überreste der Hochzeitsfeier zu sehen. Unter den Bänken lagen noch einige, die zu betrunken waren, um aufzustehen, und wahrscheinlich in ihrem Rausch sterben würden, ohne überhaupt zu begreifen, was vorging. Corum lief zu einem Fenster. Draußen sah er Prinz Gaynor an der Spitze seiner Goolegh-Armee in die Stadt einziehen. Das achtpfeilige Chaoszeichen auf seiner Rüstung strahlte glühend wie immer. Vorläufig würden die Bewohner der Stadt noch sicher sein, hoffte Corum, weil Gaynor seinen Angriff ganz auf die Halle konzentrierte. Die Goolegh hinter Gaynor trugen noch immer ihre messingbeschlagenen Rammböcke. Und noch immer hatten die Fhoi Myore nicht in den Kampf eingegriffen. Corum fragte sich, ob sie überhaupt noch vorrücken würden oder die Vernichtung von Caer Garanhir Gaynor, seinen Goolegh und den Brüdern der Kiefern überließen.

Blasse grüne Gesichter tauchten jetzt vor den Fenstern auf, und dann zersplitterte das kostbare Glas unter den Schlägen der eindringenden grünen Krieger. Wieder warfen sich die Ritter und Krieger der Tuha-na-Gwyddneu Garanhir in den Kampf gegen ihre unmenschlichen Feinde.

Schwerter von poliertem, schimmernden Eisen klirrten gegen die grünen Schwerter des Kiefernvolkes. Und während drinnen der Kampf fortgesetzt wurde, krachten schon von draußen die Rammböcke der Goolegh gegen die Tore der Halle.

Und während der Kampf tobte, saß König Daffyn unbeteiligt auf seinem Thron, den Kopf in die Hände gestützt und die Augen voller Tränen. Er weinte um Prinz Guwinn und hatte jedes Interesse an der Schlacht um seine Stadt verloren.

Corum stürzte sich auf zehn der grünen Krieger, die auf zwei von König Daffyns Ritter eindrangen. Corums Axt war schartig geworden, und seine lebendige Hand blutete. Ohne die silberne Hand mit ihrem stählernen Zugriff wäre ihm die Axt längst aus der erschöpften Hand geschlagen worden. Er spürte die Müdigkeit seiner Arme, als er jetzt die Axt gegen einen der Grünen hob, der gerade nach der Blöße eines Ritters stechen wollte. Die Axt brach dem Kiefernmann das Genick.

Mehrere der grünen Krieger konzentrierten sich jetzt ganz auf Corum. Schritt für Schritt wurde Corum unter dem raschelnden Gelächter grüner Lippen bis zur Wand zurückgedrängt. Auf der anderen Seite der Halle beschäftigte sich Goffanon mit drei der Grünen gleichzeitig. Er konnte Corum im Augenblick nicht zu Hilfe kommen. Der Vadhagh schwang seine Axt auf und nieder. Schwerter bohrten sich durch sein Kettenhemd. Blut brach aus vielen kleinen Wunden.

Dann fühlte Corum die Steine der Wand hinter sich und wußte, daß er nicht weiter ausweichen konnte. Über ihm brannte eine Fackel, deren flackernder Schein auf die grünen Gesichter der Kiefernkrieger fiel, die sich jetzt darauf vorbereiteten, Corum die Todesstreiche zu geben, die Lippen zu ihrem starren Grinsen verzogen.

Ein Schwert blieb im Schaft seiner Axt stecken. Er bekam die Waffe noch einmal frei und schlug sie in den Schädel des Angreifers. Im Tod erlosch das Grinsen des Grünen. Man konnte ahnen, wie schön sein Gesicht vor seiner schrecklichen Verwandlung gewesen sein mußte. Aber der Körper taumelte trotz des zerschmetterten

Schädels weiter und riß dabei die steckengebliebene Axt aus Corums Händen. Corum langte nach oben und riß die Fackel hinter ihm von der Wand. Mit der anderen Hand zog er sein Schwert. Doch die Grünen waren jetzt so dicht um ihn, daß er sein Schwert nicht mehr hoch bekam. Eine grüne Hand klammerte sich an seinen Schwertarm. Verzweifelt stieß Corum dem nächststehenden Krieger die Fackel mit seiner silbernen Hand ins Gesicht.

Und der Grüne schrie.

Zum ersten Mal schrie ein Bruder der Kiefern vor Schmerz. Und sein Gesicht begann zu brennen. Der grüne Saft siedete zischend in den Wunden, die er schon erhalten hatte, ohne daß sie ihm bisher etwas ausgemacht hatten.

Die anderen Grünen wichen in Panik zurück und versuchten, nicht mit ihrem Gefährten in Berührung zu kommen, der schreiend und brennend durch die Halle rannte, bis er über den Körper eines am Boden liegenden Kameraden stürzte. Die braun gewordene Leiche fing ebenfall sofort Feuer.

Und da verfluchte sich Corum, weil er nicht früher darauf gekommen war, daß die einzige Waffe gegen das Baum-Volk nur das Feuer sein konnte. Er rief den anderen zu:

»Nehmt die Fackeln! Feuer vernichtet sie! Nehmt die Fackeln von den Wänden! Verbrennt sie!«

Und er sah, daß die Messingtore der Halle sich schon unter den Stößen der Rammböcke nach innen bogen. Lange würden die Tore den Goolegh nicht mehr standhalten.

Jetzt liefen alle, die sich noch bewegen konnten, zu den Wänden der Halle und rissen die Fackeln herunter. Sie hieben mit den Bränden nach ihren Feinden, und schon war die Halle mit Rauch erfüllt – Rauch, der Corum und den anderen den Atem nahm – süßer Rauch brennenden Nadelholzes.

Die Brüder der Kiefern versuchten sich zurückzuziehen, die Fenster zu erreichen, aber die Krieger der Tuhana-Gwyddneu Garanhir verlegten ihnen den Weg, stießen die Brände in ihre Körper, bis die Grünen sich brennend auf den Fliesen der Halle wälzten und ihr Geschrei von den Wänden widerhallte.

Und dann wurde es still in der großen Halle – eine Stille, die nur von den Schlägen der Rammböcke gegen die großen Tore unterbrochen wurde. Und es gab in der Halle keine Brüder der Kiefern mehr, nur noch Asche, Rauch und süßen, Übelkeit erregenden Gestank.

Jeder der überlebenden Krieger, auch Corum und Goffanon, hielt jetzt eine Fackel in der Hand. Sie sammelten sich alle vor der Tür, die unter den Rammböcken der Goolegh am meisten gelitten hatte.

Die Messingtür bog sich. Die Scharniere und Riegel knackten.

Licht fiel durch einen Spalt, als die Tür aus dem Rahmen gebogen wurde.

Wieder krachten die Rammböcke. Die Tür knirschte.

Durch den Spalt konnte Corum Prinz Gaynor sehen, der seine Goolegh bei der Arbeit dirigierte.

Noch ein Schlag, und einer der Riegel brach und wurde durch die Halle geschleudert. Er blieb vor den Füßen des Königs liegen, der noch immer auf seinem Thron saß und weinte.

Noch ein Schlag, und der zweite Riegel brach. Ein Scharnier klapperte über die Fliesen. Die Tür begann sich nach innen zu senken.

Noch ein Schlag.

Die Messingtür fiel, und die Goolegh verharrten überrascht, als ihnen aus der von Rauch erfüllten Halle von Caer Garanhir ein Haufen Männer entgegenstürzte,

Fackeln in der Linken, Schwerter und Äxte in der Rechten – Männer, die unter wildem Kriegsgeschrei angriffen.

Gaynors schwarzes Pferd scheute, und der verdammte Prinz verlor fast sein Schwert aus der Hand, während er es bändigte. Völlig überrascht sah er die rauchgeschwärzte, vom Kampf gezeichnete Schar, die sich ihm unter der Führung des Vadhagh Corum und des Sidhi Goffanon entgegenwarf. »Wie? Es leben noch welche? Noch immer?«

Corum rannte direkt auf Gaynor zu, aber Gaynor mied wieder den Zweikampf mit ihm, wendete sein Pferd und suchte sich eine Lücke in den Reihen seiner eigenen Goolegh-Krieger, durch die er entkommen konnte.

»Kommt zurück, Gaynor! Kämpft! Oh, kämpft endlich mit mir, Gaynor!« schrie Corum.

Aber Gaynor lachte nur sein hohles Lachen, während er davonritt.

»Ich werde nicht in den Limbus zurückgehen – nicht jetzt, wo mich der wirkliche Tod in dieser Ebene schon so bald erwartet.«

»Ihr vergeßt, daß die Fhoi Myore selbst Sterbende sind. Was ist, wenn Ihr sie überlebt? Was, wenn sie verschwinden und die Welt erneuert wird?«

»Das kann niemals geschehen, Corum. Ihr Gift breitet sich unaufhaltsam aus und ist nicht mehr zu heilen. Ihr kämpft einen sinnlosen Kampf!«

Dann war Gaynor verschwunden. Und die Goolegh rückten mit ihren Schwertern und ihren Jagdmessern vor. Die Brände in den Händen der Verteidiger verunsicherten sie, denn für Feuer gab es keinen Platz im Reich der Fhoi Myore. Auch wenn die Goolegh nicht brannten, wie die Brüder der Kiefern gebrannt hatten, fürchteten sie doch die Flammen. Nur widerstrebend griffen die Goolegh an, besonders nachdem sie den Rückzug von Gaynor gesehen hatten, der jetzt wieder in sicherer Entfernung zu entdecken war, wo er den Ausgang des Kampfes beobachtete.

Die Goolegh waren den Überlebenden von Garanhir um mehr als das Zehnfache überlegen, und doch trieben die Ritter und Krieger sie zurück. Die Tuha-na-Gwyddneu Garanhir sangen ihre alten Kampflieder, hackten und stachen auf die Untoten ein und stießen ihnen die Fackeln in die Gesichter, so daß die Goolegh knurrend und winselnd die Hände vor die Augen hoben, um sich vor den schrecklichen Flammen zu schützen.

Und Goffanon sang nicht länger sein eigenes Totenlied. Er lachte und rief Corum zu: »Sie weichen zurück! Sie fliehen! Sieh dir an, wie sie laufen, Corum!«

Aber Corum fühlte keinen Triumph, denn er wußte, daß die Fhoi Myore noch gar nicht angegriffen hatten.

Dann hörte er Gaynors Rufe:

»Balahr! Kerenos! Goim!« schrie Gaynor. »Es ist Zeit! Es ist Zeit!«

Gaynor der Verdammte ritt rufend durch die zerstörten Tore von Caer Garanhir hinaus vor die Stadt, und die Goolegh folgten ihm, denn sie sahen darin das Zeichen zum Rückzug.

»Arek! Bress! Sreng! Es ist Zeit! Es ist Zeit!« Gaynors Stimme verlor sich in der Ferne.

Corum und Goffanon und die letzten Krieger der Tuha-na-Gwyddneu Garanhir brachen in Siegesgeschrei aus, als sie ihre Feinde fliehen sahen.

»Auch wenn das heute unser einziger Sieg bleiben wird«, sagte Corum zu Goffanon, »genieße ich ihn aus vollem Herzen, mein Sidhi-Freund.«

Und dann warteten sie darauf, daß die Fhoi Myore kamen.

Aber die Fhoi Myore kamen nicht, obwohl es schon langsam dunkel wurde. Der Nebel der Fhoi Myore wallte weiter in der Ferne, und einige Goolegh und Reiter des

Kiefernvolkes waren hier und dort vor der Stadt auszumachen. Doch die Fhoi Myore waren vielleicht an Niederlagen nicht gewohnt und mußten nun zuerst beraten, wie weiter vorzugehen war. Vielleicht erinnerten sie sich an den Schwarzen Bullen von Crinanass, der sie vor Caer Mahlod geschlagen hatte, und fürchteten, daß hier ein anderer Sidhi-Bulle auf sie wartete. Genau wie sie Craig Dôn mieden, mochte es sein, daß sie jetzt auch um Caer Mahlod einen Bogen machten, weil sie dort eine Niederlage erlitten hatten, und vielleicht überlegten sie gerade, ob sie Caer Garanhir zukünftig nicht aus dem gleichen Grund meiden sollten.

Was immer die Fhoi Myore dazu veranlaßte, mit ihrem Nebel am Horizont zu verharren, konnte Corum im Augenblick gleichgültig sein. Er war froh über die Kampfpause, die Zeit ließ, die Verwundeten zu bergen, die Toten zu zählen, die Alten und die Kinder zu den sichersten Plätzen der Stadt zu bringen und die Ritter und Krieger (unter denen viele Frauen waren) neu zu rüsten. Die Tore wurden soweit wie möglich wieder verbarrikadiert.

»Sie sind vorsichtig, die Fhoi Myore«, meinte Goffanon nachdenklich. »Sie sind wie feige Karrenhunde. Das ist es, was sie so lange überleben ließ, glaube ich.«

»Und Gaynor folgt ihrem Beispiel. Soweit ich weiß, hat er keinen Grund, mich besonders zu fürchten, aber seine Furcht wirkte sich heute sehr zu unserem Vorteil aus. Er hat seine eigenen Leute verwirrt. Trotzdem werden die Fhoi Myore bald hier sein, denke ich«, erklärte Corum.

»Das denke ich auch«, stimmte der Sidhi zu. Er stand neben Corum auf der Mauer und schärfte seine Axt mit einem Schleifstein, die dichten, schwarzen Augenbrauen zusammengezogen. »Siehst du auch das Flackern nahe bei dem Nebel am Horizont? Und siehst du diesen dunkleren Dunst, der sich um den Nebel der Fhoi Myore legt?«

»Ich sah ihn schon vor einiger Zeit«, bestätigte Corum, »aber ich kann mir nicht erklären, was das ist. Ich fürchte, es wird ein neuer Zauber der Fhoi Myore sein, den sie über kurz oder lang gegen uns senden werden.«

»He!« rief Goffanon und wies über die Mauerkrone. »Da kommt Ilbrec. Zweifellos hat er gesehen, daß die Schlacht sich zu unseren Gunsten gewendet hat und will sich uns wieder anschließen.«

Sie beobachteten den riesigen, goldenen Jüngling, der ihnen auf seinem stolzen Pferd entgegenritt. Ilbrec lächelte und trug ein Schwert in der Hand. Es war nicht das Schwert, das er sonst am Gürtel trug, sondern ein anderes. Und es ließ das Schwert, das von Ilbrecs Gürtel hing, ärmlich und schlicht erscheinen, so hell strahlte es, hell wie die Sonne. Sein Griff war mit feinem Gold ausgelegt, auf dem Juwelen schimmerten, und der Knauf glühte wie ein Rubin; ein Knauf, der so groß war wie Corums Kopf. Ilbrec ließ die Zügel fallen und schwang das Schwert hoch in die Luft.

»Du tatest gut, mich an die Waffen des Lichtes zu erinnern, Goffanon! Ich fand die Truhe, und ich fand das Schwert! Hier ist es! Hier ist Vergelter, meines Vaters Schwert, mit dem er gegen die Fhoi Myore zog. Hier ist Vergelter!«

Als Ilbrec näher an die Mauern herankam und sein Kopf sich auf derselben Höhe befand wie der Wehrgang, auf dem Corum und Goffanon standen, antwortete ihm der Schmied ruhig: »Aber du kommst zu spät mit ihm, Ilbrec. Wir haben den Kampf schon selbst beendet.«

»Zu spät? Habe ich mit diesem Schwert nicht einen flammenden Kreis um die Fhoi Myore gezogen, der sie verwirrt hat und ihnen bis jetzt nicht erlaubt, weiter vorzurücken oder ihren Truppen zu befehlen.«

»Also war es Euer Werk!« Corum begann zu lachen. »Ihr habt uns schließlich in Wahrheit gerettet, Ilbrec, als es aussah, Ihr hättet uns im Stich gelassen?«

Ilbrec sah verwirrt aus. »Euch im Stich lassen? Ich? Davor davonlaufen, was der letzte Kampf zwischen Sidhi und Fhoi Myore sein wird, der jemals stattfindet? Wie könnte ich das tun, kleiner Vadhagh!«

Und jetzt lachte auch Goffanon.

»Ich wußte, daß du das nicht tun würdest, Ilbrec. Sei uns wieder willkommen! Und ein Willkommen auch dir, Vergelter, du großes Schwert!«

»Es hat noch all seine Macht«, erklärte Ilbrec, der die Klinge drehte, so daß sie noch heller strahlte. »Es ist noch immer die mächtigste Waffe, die je gegen die Fhoi Myore gezogen wurde. Und sie wissen das! Oh, und wie sie das wissen, Goffanon! Ich zog einen feurigen Kreis mit diesem Schwert um ihren giftigen Nebel; einen Kreis, der sie zusammen mit ihrem Dunst einschloß. Sie können nicht weiter, solange ihr Nebel nicht mit ihnen ziehen kann. Und so konnten sie sich bisher nicht von der Stelle rühren.«

»Für immer?« fragte Corum hoffnungsvoll.

Ilbrec schüttelte den Kopf und lächelte. »Nein. Für immer sind sie nicht eingeschlossen, aber für eine längere Zeit. Und bevor wir Caer Garanhir verlassen, werden wir einen Schutz um die Stadt legen, der die Fhoi Myore und ihre Krieger in Furcht versetzen wird, so daß sie keinen weiteren Angriff wagen.«

»Wir müssen zu König Daffyn gehen und ihn in seiner Trauer stören«, sagte Corum. »Wir haben nicht mehr viel Zeit, wenn wir Amergins Leben noch retten wollen. Wir brauchen die goldene Eiche und den silbernen Bock.«

König Daffyn hob seine roten Augen und sah auf Corum und Goffanon, die in der Halle vor ihm standen. Ein zierliches Mädchen, kaum mehr als sechzehn Sommer alt, saß auf der Lehne von des Königs Thron und streichelte des Königs Kopf.

»Eure Stadt ist jetzt sicher, König Daffyn, und wird es auch für die nächste Zeit sein. Aber nun müssen wir Euch um einen Gefallen bitten.«

»Geht«, erwiderte König Daffyn. »Ich nehme an, daß ich Euch später dankbar sein werde, aber zur Zeit kann ich keine Dankbarkeit aufbringen. Verlaßt mich. Sidhi-Krieger haben die Fhoi Myore über uns gebracht.«

»Die Fhoi Myore zogen schon gegen Euch, bevor wir hierher kamen«, erklärte Corum. »Es war unsere Warnung, die Euch gerettet hat.«

»Meinen Sohn hat sie nicht gerettet«, sagte König Daffyn.

»Meinen Gemahl hat sie nicht gerettet«, sagte das Mädchen neben dem König.

»Aber andere Söhne wurden gerettet – und andere Ehemänner – und noch mehr kann gerettet werden, wenn Ihr uns Eure Hilfe nicht verweigert, König Daffyn. Wir suchen zwei der Mabden-Schätze – die Eiche aus Gold und den Bock aus Silber. Habt Ihr sie?«

»Sie gehören mir nicht länger«, antwortete der König. »Und ich würde mich auch nicht von ihnen trennen, wenn es so wäre.«

»Sie sind das einzige, was Euren Erzdruiden und Hochkönig Amergin von dem Zauberbann befreien kann, mit dem ihn die Fhoi Myore belegt haben«, wandte Corum ein.

»Amergin? Er wird in Caer Llud gefangengehalten. Oder ist schon tot.«

»Nein, Amergin lebt – noch. Wir haben ihn gerettet.«

»Das habt Ihr?« König Daffyn sah die beiden mit einem

völlig veränderten Blick seiner geröteten Augen an. »Amergin lebt und ist frei?« Die Verzweiflung des Königs des Tuha-na-Gwyddneu Garanhir schwand dahin, wie der Schnee unter dem Blut des Schwarzen Bullen geschmolzen war. »Frei? Uns zu führen?«

»Ja – wenn wir rechtzeitig nach Caer Mahlod zurückkehren können. Denn dort befindet er sich zur Zeit. Auf Caer Mahlod liegt er im Sterben. Nur die Eiche und der Bock können ihn noch retten. Doch wenn sie nicht mehr Euch gehören, wen müssen wir dann um sie fragen?«

»Sie waren unser Hochzeitsgeschenk«, sagte das junge Mädchen. »Sie waren die Geschenke, die der König seinem Sohn und mir in der letzten Nacht gab, als Guwinn noch lebte. Ihr sollt die Eiche aus Gold und den Bock von Silber haben.«

Und sie lief aus der Halle und kam kurz darauf mit einem Kästchen zurück. Und sie öffnete das Kästchen, und darin lag das Abbild einer mächtigen Eiche, so fein aus Gold gearbeitet, daß es wie ein echter verkleinerter Baum aussah. Und neben der Eiche lag die silberne Skulptur eines Schafsbockes, bei dem jede einzelne Locke seiner Wolle zu erkennen war, so echt hatte der Künstler ihn nachgebildet. Ein Bock mit großen, gebogenen Hörnern. Ein stattlicher Bock, dessen silberne Augen mit einem Ausdruck fremdartiger Weisheit aus seinem silbernen Kopf blickten.

Und das Mädchen beugte seinen schönen Kopf und schloß das Kästchen und reichte es Corum, der es voll Dankbarkeit entgegennahm. Er dankte ihr, und er dankte König Daffyn.

»Und nun kehren wir nach Caer Mahlod zurück«, verkündete Corum.

»Berichtet Amergin, wenn er ganz befreit ist, daß wir allen seinen Entscheidungen folgen werden«, sagte König Daffyn.

»Ich werde es ihm sagen«, versicherte Corum.

Dann verließen der Vadhagh-Prinz und der Sidhi-Schmied die Halle der Trauer und schritten durch die Tore von Caer Garanhir nach draußen vor die Stadt, wo ihr Gefährte Ilbrec, Sohn des Manannan, des größten aller Sidhi-Helden, auf sie wartete.

Und um den fernen Nebel flackerte noch immer das Feuer, und zu seinem Schein gesellte sich nun der Schein eines anderen Feuers, das die Wälle von Caer Garanhin umgab.

»Das Sidhi-Feuer schützt diesen Ort«, erklärte Ilbrec. »Es wird nicht ewig brennen, aber es wird die Fhoi Myore von allen Angriffen abhalten, würde ich sagen. Nun, laßt uns reiten!« Er schob das Schwert Vergelter in seinen Gürtel und bückte sich nach Corum, der das Kästchen fest umklammert hielt, während er auf Ilbrecs Sattel gesetzt wurde.

»Wir werden ein Boot brauchen, wenn wir an das Meer kommen«, meinte Corum, als sie sich auf den Weg machten.

»Oh, ich glaube nicht«, erwiderte Ilbrec.

DRITTES BUCH

In dem berichtet wird, wie Prinz Corum Zeuge der Macht der Eiche und des Bockes wird und die Mabden neue Hoffnung schöpfen

1 Der Pfad über das Wasser

Erst als sie den Strand erreicht hatten, bemerkte Corum, daß Goffanon nicht mehr mit ihnen Schritt hielt. Er wandte sich nach hinten und sah den Sidhi-Schmied in einiger Entfernung taumeln und den bärtigen Kopf schütteln.

»Was ist mit Goffanon?« fragte Corum.

Ilbrec hatte noch nichts bemerkt. Jetzt wandte auch er sich im Sattel um. »Vielleicht wird er müde. Er hat heute den ganzen Tag gekämpft und ist dann viele Meilen gelaufen.« Ilbrec blickte nach Westen, wo die Sonne unterging. »Sollen wir eine Rast einlegen, bevor wir das Meer überqueren?«

Das Riesenpferd Zaubermähne schüttelte den Kopf, als wolle es sich damit gegen jede Rast aussprechen, aber Ilbrec lachte und klopfte ihm den Nacken.

»Zaubermähne haßt es zu rasten und würde am liebsten immer im wilden Galopp durch die Welt jagen. Er hat so lange in den Höhlen unter dem Meer geschlafen, daß er jetzt ungeduldig ist, seine Kraft zu beweisen. Aber wir müssen warten, bis Goffanon wieder zu uns aufschließt und ihn fragen, was er hat.«

Corum hörte Goffanons keuchenden Atem jetzt dicht hinter ihnen und drehte sich wieder um.

Lächelnd wollte er den Schmied fragen, was er von einer Rast hielt.

Aber Goffanons Augen flackerten, und Goffanons Lippen waren zu einem wutschäumenden Knurren verzerrt, und seine große Streitaxt zielte direkt auf Ilbrecs Rücken.

»Ilbrec!« Corum sprang von seinem Platz vor dem riesigen Sattelknauf und ließ sich in den Sand fallen. Das Kästchen mit der Eiche und dem Bock hielt er dabei fest umklammert. Während er sich aufrichtete, zog er sein Schwert. Ilbrec blickte über die Schulter und rief verwirrt:

»Goffanon! Alter Freund? Was ist mit dir?«

»Er ist verzaubert!« schrie Corum zu dem riesigen Reiter hinauf. »Ein Mabden-Zauberer hat ihn unter seinem Bann. Calatin muß in der Nähe sein.«

Ilbrec griff vom Pferderücken nach dem Schaft von Goffanons Axt und versuchte, sie an sich zu reißen. Aber der Sidhi-Zwerg war stark. Er zog den Riesen aus dem Sattel. Die beiden Unsterblichen begannen auf dem Boden nahe der Meeresbrandung miteinander zu ringen, während Corum und Zaubermähne zusahen. Das Pferd schien vom Verhalten seines Herrn völlig verunsichert zu sein.

Corum rief aus: »Goffanon! Du kämpfst gegen einen Bruder!«

Von oben mischte sich eine andere Stimme ein, und als Corum aufblickte, sah er einen großen Mann über ihnen am Rand einer Klippe stehen. Um die Schultern des Mannes trieben einige Fetzen dunklen Nebels.

Die Sonne versank, und die Welt wurde grau.

Die Gestalt auf der Klippe war der Zauberer Calatin, in einen langen, weichen Ledermantel von tiefem Blau gehüllt. Über seinen behandschuhten Fingern trug er Juwelenringe, und um seinen Hals lag ein juwelenbesetzter Reif. Die weiße Samtrobe unter seinem Mantel war mit mystischen Zeichen bestickt. Er strich sich über seinen grauen Bart und lächelte sein geheimnisvolles Lächeln.

»Er gehört jetzt wieder mir, Corum von der Silbernen Hand«, rief der Zauberer Corum zu.

»Und wird damit zum Verbündeten der Fhoi Myore!« Corum hielt nach einem Weg Ausschau, der ihn die Klippen hinauf zu dem Zauberer bringen würde. Inzwischen setzten Ilbrec und Goffanon scheinbar unbeeindruckt ihren Zweikampf fort. Knurrend und keuchend rollten sie über den Strand.

»Für einen Augenblick sieht es so aus«, antwortete Calatin. »Aber man muß weder den Mabden noch den Fhoi Myore dienen – oder den Sidhi. Es gibt andere Loyalitäten, darunter auch die Loyalität, die man sich selbst gegenüber hat, nicht wahr? Und wer weiß, vielleicht seid Ihr selbst schon bald mein Verbündeter?«

»Niemals!« Corum kletterte, so schnell er konnte, einen schmalen Klippenpfad zu dem Zauberer hinauf, das Schwert in der Hand aus Fleisch und Blut. »Niemals, Calatin!«

Außer Atem erreichte Corum das Plateau über den Klippen und näherte sich dem Zauberer, der sich lächelnd langsam zurückzog. Und dann sah Corum den Nebel hinter dem Zauberer deutlicher, und er erkannte, was für ein Nebel das war.

»Fhoi Myore! Einer von ihnen ist frei!«

»Er war nie von Ilbrecs Schwert gefangen. Wir folgten der Hauptstreitmacht in einigem Abstand. Dies ist Sreng. Sreng von den Sieben Schwertern.«

Und der Nebel begann sich Corum entgegenzuwälzen, während sich die Nacht herabsenkte und von unten noch immer das Keuchen und Stöhnen der kämpfenden Sidhi heraufklang.

Und durch den Nebel sah Corum den mächtigen Weidenstreitwagen, groß genug für ein Wesen wie Ilbrec. Der Wagen wurde von zwei stämmigen Kreaturen gezogen, die am meisten Echsen ähnelten, auch wenn es mit

Sicherheit keine Echsen waren. Und von dem Wagen stieg jetzt ein gigantisches Wesen mit einem weißen Körper, der überall mit roten, pulsierenden Warzen bedeckt war. Bis auf einen Gürtel schien der Körper nackt. Den Gürtel spickten Schwerter, so daß er wie eine Art Kilt wirkte, ein Kilt aus Eisen. Corum blickte auf und sah über sich ein Gesicht, das in vielen Zügen menschenähnlich war und an ein Gesicht erinnerte, was Corum einst gekannt hatte, vor langer, langer Zeit. Die Augen waren stechend und traurig. Es waren die Augen des Grafen von Krae, von Glandyth, der Corums Hand abgeschlagen hatte und sein Auge ausgerissen und so Corum in seinen langen Kampf gegen die Schwertherscher getrieben hatte. Aber die Augen kannten Corum nicht mehr, obwohl das kurze Aufflackern einer Erinnerung in ihnen zu sehen war, als ihr Blick auf Corums silberne Kunsthand fiel.

Und aus den zerschundenen Falten des Mundes kam ein dumpfer, dröhnender Laut.

»Lord Sreng«, rief der Zauberer Calatin. »Er ist der, der Euch zu Eurer Niederlage vor Caer Mahlod verhalf. Ihm habt Ihr auch die heutige Niederlage zu verdanken. Er ist Corum.«

Corum stellte das Kästchen mit der Eiche und dem Bock ab und stellte sich mit gespreizten Beinen darüber, so daß er es schützen konnte. Aus seinem Gürtel zog er mit der silbernen Hand seinen langen Dolch, bereit, sich gegen Sreng von den Sieben Schwertern zu verteidigen.

Sreng bewegte sich langsam vorwärts, als bereite ihm jeder Schritt Schmerzen, und zückte zwei der großen Schwerter von seinem Gürtel.

»Erschlagt Corum, Lord Sreng, und gebt mir seinen Körper. Erschlagt Corum, und die Fhoi Myore werden nicht länger unter dem Widerstand der Mabden zu leiden haben.«

Wieder kam der gequälte, dumpfe Laut aus dem zerrissenen Mund. Die roten Warzen pulsierten auf dem weißen Fleisch. Corum bemerkte, daß eines der Beine des Riesen kürzer war als das andere, so daß er beim Gehen humpelte. Er sah, daß Sreng nur noch drei Zähne im Mund hatte und daß der kleine Finger der rechten Hand von einem gelben Pilz bedeckt war, mit schwarzen und weißen Flecken übersät. Der Pilz wucherte auch an anderen Stellen des Körpers, besonders an den Hüften über dem Schwertgürtel. Und von Sreng von den Sieben Schwertern ging ein fauliger Geruch aus, der Corum an toten Fisch und Katzenkot erinnerte.

Corum fühlte, daß er nicht von der Hand dieses Sreng, dieses altersschwachen Gottes, sterben wollte. Sreng selbst starb schon, starb, wie die anderen Fhoi Myore seit Jahrhunderten starben, an einer Krankheit, die vielleicht noch einmal hundert Jahre brauchen würde, um ihn endgültig zu töten.

»Sreng«, sagte Corum, »willst du nicht in den Limbus zurückkehren, in dein altes Reich, wo du weiterleben kannst? Ich kann dir helfen, in deine Welt zurückzukehren, dorthin, wo du nicht von deiner Krankheit gequält wirst. Laß diese Ebene so, wie sie ist. Verlasse sie und nimm deine Kälte mit und deinen Tod.«

»Er will Euch täuschen, Lord Sreng«, rief der Zauberer Calatin von irgendwo aus der Dunkelheit. »Glaubt mir! Er hält Euch zum Narren!«

Und dann kam ein Wort, ein dröhnendes Wort, über die aufgesprungenen Lippen. Und das Wort wiederholte Corums letztes Wort, als wäre es das einzige Wort in menschlicher Sprache, das diese Lippen formen konnten.

Das Wort war: »Tod!«

»Deine alte Heimat erwartet dich – es gibt einen Weg zurück!«

Ein lepröser Arm hob ein grob aus Eisen geschmiedetes Schwert. Corum wußte, er konnte keinen Hieb dieses Schwertes parieren. Es zischte dicht an seinem Kopf vorbei und fuhr mit schrecklicher Wucht neben seinen Füßen in die Erde. Er erkannte, daß der Fhoi Myore nicht schlecht gezielt hatte, sondern kaum in der Lage war, die Bewegungen seiner Arme zu beherrschen. Diese Erkenntnis bestimmte Corums Taktik. Er nahm den Kasten mit der Eiche und dem Bock wieder an sich und unterlief Srengs Deckung. Tief trieb er sein Schwert in die Wade des Fhoi Myore.

Lord Sreng kreischte dumpf vor Schmerz. Corum rannte zwischen seine Beine und hackte ihm von hinten in die Kniebeuge, wo dicht der widerliche Pilz wuchs. Sreng begann sich unsicher umzudrehen, aber dann knickte das verletzte Bein ein, und er stürzte. Dabei suchte er mit den Händen nach Corum, während Calatin schrie:

»Hinter Euch, Lord Sreng! Dort! Hinter Euch steckt er!«

Zitternd fühlte Corum, wie sich der beißende Nebel in seine Knochen fraß. Alle Instinkte wollten ihn zwingen, aus diesem schrecklichen Nebel zu fliehen und in die klare Nachtluft zu rennen, aber Corum behauptete seine Stellung, als die riesige Hand auf ihn zukam. Er schlug nach dem Handgelenk, und im selben Augenblick sauste ein anderes Schwert dicht über seinen Kopf vorbei und zwang ihn, sich zu ducken.

Und Sreng fiel rückwärts auf Corum. Sein Nacken preßte den Vadhagh-Prinzen zu Boden. Seine Hände suchten weiter nach dem Sterblichen, der mit solcher kalten Entschlossenheit gegen ihn kämpfte.

Schwitzend versuchte Corum, sich unter dem Körper des Fhoy Myore hervorzuwinden. Er wußte nicht, ob er sich die Knochen gebrochen hatte. Die entzündeten Finger des Riesen tasteten über Corums Schulter, versuchten ihn zu fassen, glitten ab und setzten wieder an. Der

Gestank des verfaulenden Fleisches über ihm raubte Corum fast die Besinnung; die Berührung mit diesem Fleisch ließ ihn schaudern; der beißende Limbus-Nebel nahm ihm seine letzte Kraft. Aber er wußte, daß er im tapferen Kampf gegen einen der großen Feinde jener sterben würde, die ihn zu ihrem Helden gemacht hatten.

War die Stimme, die er jetzt vernahm, Calatins Stimme?

»Sreng! Ich kenne dich, Sreng!«

Nein, die Stimme gehörte Ilbrec. Also hatte Ilbrec den Kampf gewonnen, und Goffanon lag ohne Zweifel tot am Strand. Corum bekam den flüchtigen Eindruck von einer großen Hand, die nach ihm griff. Aber dann packte die Hand das, was von den Haaren des Fhoi Myore noch übriggeblieben war, und zog den Kopf hoch, so daß Corum darunter hervorkriechen konnte. Dann, als Corum zurücktaumelte, das wertvolle Kästchen an sich gepreßt, sah er, wie der goldene Ilbrec das große Schwert Vergelter zog, das Schwert seines Vaters, die Schwertklinge gegen Srengs Brust führte und die Spitze tief in das verfaulende Herz des Fhoi Myore stieß. Und Sreng brüllte.

Und dieser letzte Schrei Srengs entsetzte Corum mehr als alles, was er vorher erlebt hatte. Denn Srengs letzter Schrei war ein Ruf der Freude, des Entzückens; der Freudenschrei über den ersehnten Tod, den Sreng so lange erwartet hatte.

Ilbrec trat von der Leiche des Fhoi Myore zurück.

»Corum? Bist du unversehrt?«

»Unversehrt genug, dank Eurer Hilfe, Ilbrec. Ein paar Schrammen, das ist alles.«

»Dankt Euch selbst, Vadhagh. Was Ihr gegen Sreng vollbracht habt, war tapfer. Ihr seid voll Klugheit und Mut. Ihr habt Euch selbst gerettet, denn sonst hätte ich Euch nicht mehr rechtzeitig zu Hilfe kommen können.«

»Calatin!« rief Corum. »Wo ist er?«

»Geflohen. Im Augenblick könnten wir hier nichts mehr ausrichten und sollten diesen Ort so schnell wie möglich verlassen.«

»Warum wollte Calatin nur meine Leiche von Sreng?«

»Verlangte er das?« Ilbrec nahm Corum auf seinen mächtigen Arm, während er mit der anderen Hand Vergelter in die Scheide steckte. »Ich habe keine Ahnung. Ich weiß nichts von den Bräuchen der Mabden.«

Ilbrec lief zurück zum Strand, wo das schwarze Pferd Zaubermähne sie erwartete. Sein Fell schimmerte wie Perlmutt im Licht des aufgehenden Mondes.

Corum sah einen dunklen Umriß im Sand liegen.

»Goffanon?« fragte er, »Ihr ward gezwungen, ihn zu erschlagen!«

»Er gab sich alle Mühe, mich zu erschlagen«, erklärte Ilbrec »Ich erinnerte mich, was er mir selbst über Calatins Zauber erzählt hatte. Ich nehme an, Calatin folgte uns und kam dicht genug heran, um seinen Einfluß auf Goffanon zu erneuem. Armer Goffanon.«

»Sollen wir ihn hier begraben?« erkundigte sich Corum. Voll Schmerz erkannte Corum jetzt, welche tiefe Freundschaft er für den Sidhi-Schmied empfunden hatte. »Ich möchte nicht, daß Calatin ihn findet und sich der Leiche für seine Zwecke bemächtigt.«

»Ich selbst stimme zu, daß dies nicht wünschenswert wäre«, meinte Ilbrec. »Allerdings halte ich es sowieso für unklug, ihn zu begraben, weißt du, kleiner Vadhagh.« Er setzte Corum wieder hinter den Sattelknauf und ging dann zu Goffanons leblosem Körper. Er wuchtete ihn hoch und warf ihn sich mit einigen Mühen über die Schulter. »Er ist ein sehr schwerer Zwerg«, sagte er keuchend. Corum fühlte sich von Ilbrecs gefühlloser Art abgestoßen. Aber vielleicht versuchte der Riese auch nur, seine Trauer geschickt zu verbergen.

»Was sollen wir also mit ihm machen?«

»Ihn nach Caer Mahlod mitnehmen, würde ich sagen.« Ilbrec setzte einen Fuß in den Steigbügel und versuchte, sich in den Sattel zu schwingen, was ihm mit dem schweren Körper auf dem Rücken erst nach einigen Versuchen gelang. »Ah! Dieser Zwerg ist wirklich eine Last. Verfluchter Kerl!« Dann lächelte er sich in seinen goldenen Bart, als er den Ausdruck auf Corums Gesicht sah. »Du brauchst nicht um Goffanon den Schmied zu trauern. Sidhi-Zwerge bringt so leicht nichts um. Dieser hier, zum Beispiel, hat nur für eine Weile sein verwirrtes Bewußtsein verloren.«

Über Corums Gesicht zog sich ein breites Lächeln. »Dann lebt er! Aber trotzdem müssen wir rasch vor den Kräften des Zauberers fliehen. Und unser Boot haben wir unterwegs aufgeben müssen. Es hat nie diesen Strand erreicht. Wie kommen wir über das Wasser?«

»Zaubermähne kennt bestimmte Pfade«, erklärte Ilbrec. »Straßen, die nicht mehr ganz zu dieser Dimension gehören, Ihr versteht? Nun, Pferd meines Vaters, lauf zu! Und lauf schnell! Finde einen Pfad über die Wellen.«

Zaubermähne wieherte, stellte sich auf die Hinterbeine und sprang danach in die Brandung.

Ilbrec lachte vor Begeisterung, und dann berührten Zaubermähnes Hufe die See, ohne darin zu versinken, was Corum in beträchtliches Erstaunen versetzte.

Bald galoppierten sie über das Meer unter einem großen Mond, der das Wasser schimmern ließ, galoppierten nach Caer Mahlod, galoppierten auf dem Pfad über dem Wasser.

»Ihr versteht viel von den Fünfzehn Ebenen«, sagte Ilbrec während des Rittes. »Deshalb werdet Ihr auch verstehen, daß es Zaubermähnes größtes Talent ist, bestimmte Adern zu finden. Dimensionspfade, die nicht mehr völlig zu dieser Ebene gehören, ähnlich meiner Unterwasserhöhlen. Diese Pfade findet man häufig über dem Meer und manchmal auch in der freien Luft. Ein Mabden würde so etwas staunend Zauberei nennen, aber wir wissen es besser. Jedenfalls ist Zaubermähne immer gut, wenn es notwendig scheint, die armen Mabden ein wenig zu beeindrucken.«

Und Ilbrec lachte laut, während Zaubermähne weiter galoppierte. »Vor dem Morgengrauen sind wir auf Caer Mahlod!«

2 Die Stätte der Macht

Die Menschen der Tuha-na-Cremm Croich blickten voll Ehrfurcht auf die drei, die sich dem konischen Hügel näherten, auf dem Caer Mahlod erbaut war.

Goffanon war längst wieder zu sich gekommen und trabte neben Zaubermähne. Er beklagte sich brummend über die Schrammen, die ihm der Kampf mit Ilbrec eingetragen hatte. Aber das war nicht sehr ernst gemeint, denn er wußte genau, daß Ilbrec ihm beides gerettet hatte, sein Leben und seine Ehre.

»Da liegt also Caer Mahlod«, sagte der goldhaarige Jüngling, als er Zaubermähne vor dem Wassergraben zügelte, der die Feste jetzt schützte. »Es hat sich doch etwas verändert.«

»Ihr seid schon einmal hier gewesen?« fragte Corum neugierig.

»Allerdings. In den alten Zeiten gab es hier in der Nähe eine Stätte, an der die Sidhi sich versammelten. Ich erinnere mich, von meinem Vater hierher mitgenommen worden zu sein, bevor er in die Schlacht zog, die ihn das Leben kostete.«

Ilbrec stieg ab und hob Corum sachte aus dem Sattel auf den Boden. Der Ritt über den seltsamen, unirdischen Dimensionspfad während der ganzen Nacht hatte Corum müde gemacht. Aber er hielt noch immer das Kästchen, das ihm König Daffyn und seine Schwiegertochter geschenkt hatten, fest unter dem Arm. Sein Mantel war zerfetzt und sein Helm verbeult. Das Schwert an seiner Seite war stumpf und schartig. Seinen Körper bedeckten viele kleine Wunden. Jeder Schritt schmerzte. Aber er empfand auch Stolz, als er jetzt rief, die Zugbrücke herunterzulassen.

»Hier ist Corum«, rief er, »der mit zwei Freunden zurückgekehrt ist; Freunden, die Verbündete der Mabden sind.« Er hob das Kästchen mit beiden Händen, der aus Fleisch und der aus Silber. »Und seht, hier bringe ich Euch die Eiche aus Gold und den Bock von Silber, die Euch Euren Hochkönig zurückgeben werden.«

Die Brücke senkte sich herab, und auf der anderen Seite erwarteten sie Medheb vom langen Arm und Jhary-a-Conel mit seiner Katze auf der Schulter und seinem Hut auf dem Kopf.

Medheb lief ihnen entgegen, umarmte Corum und küßte sein zerschundenes Gesicht, nahm ihm den Helm ab und strich ihm das Haar.

»Liebster«, sagte sie. »Mein Elfen-Schatz, komm nach Hause.« Und sie weinte.

Jhary-a-Conel meinte nüchtern:

»Amergin ist so gut wie tot. In wenigen Stunden wird er zum letzten Mal geblökt haben, fürchte ich.«

Mit sorgenvoller Miene erschien Mannach. Ehrfürchtig hieß er die zwei Sidhi willkommen.

»Wir fühlen uns hochgeehrt. Corum bringt edle, gute Freunde mit nach Caer Mahlod.«

Als Corum durch die morgendlichen Straßen auf die Menschen sah, die zusammenliefen, um die Ankömmlinge zu begrüßen, erblickte er niemanden von König Fiachadhs Gefolge.

»Ist König Fiachadh abgereist?«

»Er mußte uns verlassen, denn es gingen Gerüchte um, daß die Fhoi Myore über eine Eisbrücke gegen sein Land marschierten.«

»Die Fhoi Myore marschierten«, bestätigte Corum, »und sie schlugen eine Eisbrücke über das Meer, wie Ihr gehört habt, aber es war nicht König Fiachadhs Volk, das sie angriffen. Sie zogen vor Caer Garanhir, und dort kämpften wir gegen sie, Goffanon, Ilbrec und ich.« Und er berichtete König Mannach alles, was er seit der Trennung von Jhary-a-Conel erlebt hatte.

»Aber jetzt«, schloß er, »brauche ich etwas zu essen, denn ich bin völlig verhungert, und meine Freunde sind zweifellos ebenfalls hungrig. Und dann möchte ich mich ein oder zwei Stunden ausruhen dürfen, denn wir sind die ganze Nacht hindurch geritten.«

»Ihr habt einen Fhoi Myore erschlagen«, rief Medheb. »Also können sie nicht nur von diesem Schwarzen Bullen getötet werden?«

»Ich habe dabei geholfen, einen zu erschlagen – einen der weniger Mächtigen, einen Schwachen, Kranken«, erwiderte Corum lächelnd. »Wenn Ilbrec hier nicht gewesen wäre, läge ich jetzt unter diesem Ungeheuer.«

»Ich verdanke Euch sehr viel, großer Ilbrec«, rief Medheb aus und verbeugte sich vor dem Sidhi.

»Er ist tapfer, dieser kleine Vadhagh.« Der goldbärtige Jüngling lachte und setzte sich auf das flache Dach eines nahe stehenden Hauses.

»Er ist tapfer«, bestätigte Medheb.

»Aber jetzt kommt«, bat König Mannach drängend und faßte Corum unter den Arm, »Ihr müßt Amergin sehen und mir sagen, was Ihr von seinem Zustand haltet.« König Mannach blickte zu Ilbrec auf. »Ich fürchte,

Ihr könnt uns nicht durch unsere niedrigen Türen folgen, Lord Sidhi.«

»Ich werde gern hier warten, bis man mich braucht«, erwiderte Ilbrec freundlich. »Aber du solltest mitgehen, Goffanon, wenn man Wert darauf legt.«

Goffanon erklärte: »Ich würde mir ganz gerne ansehen, was aus dem Hochkönig geworden ist, den zu retten so viele Abenteuer mit sich brachte.« Er lehnte seine Streitaxt gegen Ilbrecs rechten Fuß und folgte König Mannach, Medheb, Jhary-a-Conel und Corum, die in die Halle des Königs traten und dann vor einer Bronzetür stehenblieben, die ihnen Mannach erst noch aufschließen mußte. Geduldig warteten sie, bis Mannach sie eintreten ließ.

Der Raum war mit Fackeln hell erleuchtet. Man hatte keinen Versuch unternommen, Amergins Schafsfelle zu entfernen, aber sie gesäubert. Der Hochkönig lag neben einer Anzahl Teller, auf dem ihm verschiedene Grassorten vorgesetzt worden waren.

»Wir haben verzweifelt versucht, etwas zu finden, das ihn am Leben erhalten würde. Aber nichts hat sein Leben für mehr als ein paar Stunden verlängern können«, erklärte König Mannach.

Er öffnete das Kästchen, das Corum ihm gereicht hatte. Stirnrunzelnd begutachtete er die beiden wunderbaren Skulpturen.

»Wie können wir sie benutzen?«

Corum schüttelte den Kopf. »Ich weiß es nicht.«

»Er erzählte uns damals nichts darüber«, bestätigte Jhary-a-Conel.

»Dann war Euer ganzer Ritt umsonst?« wollte Medheb wissen.

»Ich glaube nicht«, meinte Goffanon und trat vor. »Ich weiß ein wenig von dem, was der Eiche und dem Bock zugeschrieben werden. In meinem Volk gab es eine Legende, daß sie geschaffen wurden, um den Mabden in einer großen Gefahr zu helfen. Ich erinnere mich, daß eine Sidhi mit Namen Eichfrau lebte, die dem Mabden-Volk ein Versprechen gab, aber der Inhalt dieses Versprechens ist mir nicht bekannt. Wir müssen die goldene Eiche und den silbernen Bock zu einer Stätte der Macht bringen, vielleicht nach Craig Dôn . . .«

»Die Reise dorthin würde viel zu lange dauern«, wandte Corum ein. »Sieh dir Amergin an. Sein Leben schwindet vor unseren Augen dahin.«

»Das ist wahr«, stellte auch Medheb fest. Der Atem des Hochkönigs ging flach, und sein Fleisch war so bleich wie sein wollenes Fellgewand. Sein Gesicht sah alt und faltig aus, obwohl es zuvor noch jung gewirkt hatte wegen der Sorglosigkeit, die das Leben als Schaf mit sich brachte.

»Cremms Hügel«, sagte Jhary-a-Conel. »Das ist eine Stätte der Macht.«

»Aye«, stimmte König Mannach zu. »Das ist er. Vor Cremms Hügel haben wir Euch beschworen, Prinz Corum, uns zu Hilfe zu kommen.«

»Dann können wir dort vielleicht auch die Magie der Eiche und des Bockes freisetzen«, meinte Goffanon und zupfte stirnrunzelnd an seinem Bart. »Könntet Ihr Amergin fragen, Jhary-a-Conel, ob Cremms Hügel der richtige Ort ist?«

Aber Jhary schüttelte den Kopf. »Meine Katze berichtet mir, daß der Hochkönig zu schwach ist. Der Versuch, jetzt mit ihm zu sprechen, würde mit Sicherheit ein tödlicher Schock für ihn werden.«

»Das ist eine Ironie, die mir ganz und gar nicht gefällt«, klagte König Mannach. »Jetzt geschlagen zu sein, nachdem so viele tapfere Taten vollbracht wurden.«

Und wie zur Bestätigung der Ansicht des Königs kam von der Gestalt auf dem Boden ein schwaches, melancholisches Blöken.

Von seinen Gefühlen überwältigt, wandte König Mannach sich zitternd ab. Er schluchzte. »Unser Hochkönig! Unser Hochkönig!«

Goffanon legte seine große, knorrige Hand auf Mannachs Schulter. »Laßt ihn uns in jedem Fall zu Cremms Hügel bringen. Wer weiß, was dort geschehen wird? Heute nacht ist Vollmond, und der Mond wird auf die Misteln und die Eichen scheinen. Es ist eine ausgezeichnete Nacht für Zaubereien und Beschwörungen, habe ich gehört, denn der Vollmond zeigt an, daß die Fünfzehn Ebenen am dichtesten beieinander stehen.«

»Glaubt man deshalb, daß der Vollmond bestimmte Macht hat?«

Medheb hatte von Corum einiges über die Ebenen jenseits der Erde gehört. »Ist das also doch mehr als nur ein Aberglaube?«

»Der Mond selbst hat keine Macht«, entgegnete Goffanon. »Er ist lediglich eine Art Meßinstrument. Einfach gesagt, könnt Ihr an ihm ablesen, wie die einzelnen Ebenen der Erde gerade zueinander stehen.«

»Seltsam«, erklärte König Mannach. »Wie leicht wir doch bereit sind, solches Wissen abzulehnen, wenn es erst zu einem Aberglauben primitiver Gemüter geworden ist. Ähnlich erging es mir mit den Geschichten über Cremms Hügel und die Sidhi. Bis vor kurzem habe ich sie noch als Aberglauben und Märchen unseres Volkes abgetan. Und so ganz unrecht habe ich damit auch nicht gehabt. Denn abgesehen von den Wahrheiten, die in den Legenden stecken, gibt es genug Mabden, die in ihnen etwas sehen wollen, das sie für sich selbst brauchen, aber das in Wahrheit nicht in den Überlieferungen steckt. Arme Menschen, die das Leben nicht lieben können, ohne etwas hinter dem Leben zu suchen, etwas, das sie für wichtiger als das Leben halten. Und als Ergebnis davon verderben sie alles, was sie entdecken, mit diesem

Wunsch. Doch deshalb überträgt sich in meinen Augen leicht ihre Schwäche auch auf dieses Wissen, das sie entdeckt haben. Aber das Wissen, das Ihr uns gebracht habt, ist ganz anders, Corum. Es vergrößert unsere Verbundenheit mit dem Leben noch. Ihr sprecht von einer Vielzahl von Welten, auf denen Menschengeschlechter blühen. Ihr gebt uns Nachricht, die unser Verständnis der Welt weiter erleuchtet, wo die Verderbten und die Verlorenen nur von dunklen Geheimnissen und finsteren Mächten sprechen und versuchen, sich in ihren eigenen Augen und denen ihrer Anhänger wichtig zu machen.«

»Ich folge Euch«, stimmte Corum zu. »Aber selbst wenn die Hirne primitiv denken und das Wissen verdorben ist, kann eine große und häßliche Macht daraus erwachsen. Und kann die Macht des Lichtes existieren ohne die Macht der Finsternis? Kann Großzügigkeit ohne Habgier bestehen und Ignoranz ohne Wissen?«

»Das ist schon immer das Rätsel des Mabden-Traumes gewesen«, sagte Jhary-a-Conel mehr zu sich selbst. »Und das ist es zweifellos auch, was mir den Mut gibt, in diesem Traum zu bleiben, wo immer er in den Fünfzehn Ebenen gerade Gestalt annimmt.« Dann wurde seine Stimme hart und laut. »Aber dieser besondere Traum hier wird sich bald aufgelöst haben, wenn wir keine Möglichkeit finden, Amergin wiederzubeleben. Kommt, laßt ihn uns rasch zu dieser Stätte der Macht bringen, diesem Cremms Hügel.«

Und erst als sie nun die Vorbereitungen trafen, sich zu dem Hügel in dem Eichenhain zu begeben, bemerkte Corum, daß er großen Widerwillen empfand, sie dorthin zu begleiten.

Er mußte sich eingestehen, daß er Cremms Hügel fürchtete, denn es war der Ort, von dem man ihn aus der Vergangenheit hierher gerufen hatte, fort von Burg Erorn und seiner Trauer um Rhalina.

Corum versuchte, sich selbst auszulachen, und sagte sich, daß diese Ängste schnell vergehen würden, wenn er erst eine Weile geruht, ein wenig gegessen und ein wenig Zeit in der Gesellschaft seiner schönen Medheb verbracht hatte.

Aber die Ängste blieben, auch als sie abends dann alle gemeinsam aufbrachen, von den Menschen Caer Mahlods begleitet, und mit dem Körper des Hochkönigs Amergin in den Eichenhain zogen, wo sich in einer Lichtung der Hügel erhob, unter dem nach einer Legende Corum – oder eine frühere Inkarnation Corums – begraben liegen sollte.

Die letzten Sonnenstrahlen schimmerten durch die Zweige der Eichen und schufen dunkle, geheimnisvolle Schatten, die für Corum mehr zu enthalten schienen als Rhododendron und Brombeeren.

Zweimal schüttelte er den Kopf und verfluchte seine eigene Schwäche, dumme Ängste in seinen Gedanken zu dulden.

Und schließlich erreichten sie Cremms Hügel im Eichenhain.

Sie kamen zu der Stätte der Macht.

3 Die goldene Eiche und der silberne Bock

Für einen Augenblick, als sie den Eichenhain betraten, fühlte Corum eine Kälte nach ihm greifen, die noch schrecklicher war als die in Caer Llud. Und er fühlte, daß dies die Kälte des Todes war.

Er begann sich an die Prophezeiung von Eiveen der Seherin zu erinnern. Sie hatte ihm gesagt, daß er eine Harfe fürchten müsse – nun, er fürchtete sich vor einer Harfe. Sie hatte ihm gesagt, daß er einen Bruder fürchten müsse. Ruhte sein Bruder hier unter dem grasbewachsenen kleinen Hügel im Eichenhain, der heiligen Stätte des Volkes von Caer Mahlod? Gab es einen anderen Corum – vielleicht den wirklichen Helden Cremm –, der sich aus der Erde erheben würde, um ihn für seine Anmaßung zu erschlagen? War es Cremm, den er in Craig Dôn in seinem Traum gesehen hatte?

Der Hügel war eine dunkle Silhouette gegen die untergehende Sonne, und der Mond ging bereits auf. Hunderte Gesichter wandten sich dem Mond zu, aber es waren nicht die Gesichter im Aberglauben befangener Männer und Frauen. Jedes Gesicht spiegelte Neugier und gespannte Erwartung. Es war still in dem Eichenhain, als sie in einem Kreis um den Hügel standen.

Dann nahm Ilbrec den ausgemergelten Körper des Hochkönigs in seine großen Arme, und Ilbrec schritt den Hügel hinauf und legte den Hochkönig auf die Spitze des Hügels. Und dann wandte auch Ilbrec sein Gesicht dem Mond zu.

Langsam stieg Ilbrec wieder von dem Hügel hinab und stellte sich neben seinen alten Freund Goffanon.

Als nächster trat König Mannach mit dem offenen Kästchen vor, das er auf die Kuppe des Hugels brachte. König Mannach legte die goldene Eiche neben Amergins Kopf, wo sie der untergehenden Sonne zugewandt war, und die Eiche schimmerte hell auf, als nehme sie alle verbliebenen Sonnenstrahlen in sich auf. Und König Mannach legte die Skulptur des silbernen Bockes zu Amergins Füßen, so daß die Strahlen des Mondes genau auf sie fielen, und der silberne Bock loderte weiß und kalt.

Corum dachte, daß diese beiden Kunstwerke, sah man von ihrer Größe ab, ein lebender Baum und ein lebender Bock sein konnten, so naturgetreu waren sie gearbeitet. Der Kreis schloß sich jetzt noch dichter um den Hügel, als der König zurückkehrte, und alle Augen waren auf den

Hochkönig Amergin, die Eiche und den Bock gerichtet. Nur Corum blieb zurück. Die Kälte war wieder aus seinem Körper verschwunden, aber er kämpfte noch immer zitternd gegen die Ängste, die seinen Geist quälten.

Dann kam Goffanon; die große Streitaxt, die sich der Schmied selbst vor Jahrhunderten geschmiedet hatte, über der Schulter, das Gold der Eiche und das Silber des Bockes in seinem Helm, seinen Beinschienen und seinem Brustharnisch schimmernd. Und Goffanon stieg den Hügel den halben Weg hinauf. Dann blieb er stehen, setzte die Axt mit der Klinge auf den weichen Boden und legte seine Hände auf den Schaft.

Corum wurde sich der Stille im Hain bewußt. Nicht ein Blatt raschelte, als warte selbst die Natur gespannt darauf, was nun geschehen würde. Alle Augen waren auf den Hügel gerichtet. Nur Corum war am Rand der Lichtung zurückgeblieben und wünschte sich, Medheb wäre nicht mit den anderen bis zum Hügel gegangen. Aber niemand wußte, was Corum fühlte.

Und Goffanon hob seinen großen, bärtigen Kopf gegen den Mond und begann mit klarer, tiefer Stimme zu singen, der Stimme, die zuletzt sein Todeslied gesungen hatte. Und obwohl die Worte aus der Sidhi-Sprache stammten, verstand Corum das meiste, denn die Sidhi-Sprache war mit der der Vadhagh verwandt

Uralt waren die Sidhi
Lange vor dem Ruf
Sie starben in der Fremde
In ehrenhaftem Kampf.

Treue schworen sie
Stärker als Blut,
Größer als Liebe,
Zu helfen den Mabden.

In Wolken kamen sie
Zu den Inseln des Westens,
Ihre Waffen und ihre Musik,
Brachten sie mit sich.

Ruhmreich kämpften sie,
Und starben ehrenvoll
Im Kampf und im Schmerz
Ihren Schwüren treu.

Uralt waren die Sidhi,
Stolz in Worten und Taten;
Raben folgten ihnen
Durch fremde Welten.

Uralt waren die Sidhi!
Selbst im Tod
Schworen sie die Erfüllung
All ihrer Eide.

Streitwagen und Schätze,
Hügel und Höhlen,
Sind ihr Gedenken
Und tragen ihre Namen.

Von den Helden sind wenig noch
Zu schützen gegen die Kiefern.
Die Eichen sterben schon,
Von unirdischem Winter erschlagen.

Uralt waren die Sidhi,
Brüder der Eichen,
Freunde der Sonne,
Feinde des Eises.

Die Raben mästeten sich
An Sidhi-Fleisch
Wer ist jetzt da,
Die Eiche zu schützen?

Einst war Eichfrau unter uns,
Teilte ihre Macht;
Ihr Wissen brachte uns Mut,
Und die Fhoi Myore fielen.

Die Fhoi Myore fielen.
Licht erfüllte den Westen,
Und Eichfrau schlief
Ihr Werk vollbracht.

Uralt waren die Sidhi!
Wenige lebten noch.
Prophezeiungen wurden gesprochen,
Aber die Sidhi hörten nicht.

Eichfrau sorgte sich.
Versprechen sie gab.
Kehrte Kälte zurück,
Wache Eichfrau auf.

Mystischen Zauber
Fertigte sie an,
Zu trotzen des Winters Macht;
Die Eichen zu retten.

Schlafend Eichfrau lächelte,
Sicher gegen den Schnee,
Ihr Schwur bestärkt,
Ihr Wort gesichert.

In neun Schlachten die Fhoi Myore fielen;
In neun Schlachten starben die Sidhi;
Wenige Helden kehrten zurück.
Manannan starb mit all seinen Kämpen.

Im Tod wußte Manannan Frieden.
Nicht vergeblich war sein Kampf,
Denn Eichfraus Versprechen kannt er,
Beizustehen dem Volk der Zukunft.

Eichfrau schläft in sicherem Heim.
Ein Wort wird sie wecken.
Die zehnte Schlacht naht heran.
Das Wort ward gesucht.

Das Wort ward verloren.
Drei Helden suchten es.
Goffanon sang ein Lied.
Das Wort ward gefunden.

Niemand bewegte sich, als Goffanons Lied zu Ende war. Der Sidhi-Schmied senkte den Kopf und legte das Kinn auf die Brust, wartete.

Von der dürren Gestalt, die auf der Kuppe des Hügels lag, kam ein schwaches Geräusch, am Anfang wenig mehr als das vertraute, leise Blöken. Goffanon hob den Kopf und lauschte genau. Der Ton des Blökens veränderte sich für einen kurzen Augenblick, dann wurde es wieder still.

Goffanon wandte sich den Wartenden zu.

Er sprach mit leiser, müder Stimme.

Er sagte:

»Das Wort ist ›Dagdagh‹.«

Und als er das Wort hörte, stöhnte Corum auf. Denn ein furchtbarer Schock fuhr durch seinen ganzen Körper und ließ ihn taumeln. Sein Herz raste und sein Kopf schwamm, obwohl das Wort seiner bewußten Erinnerung nichts sagte. Er sah, daß Jhary-a-Conel sich mit weißem Gesicht umdrehte und ihn anstarrte.

Und dann begann die Harfe zu spielen.

Corum hatte die Harfe schon zuvor gehört. Es war die Harfe, die auf Burg Erorn gespielt hatte, als er dort zum ersten Mal in dieser Zeit gewesen war. Es war die Harfe, die er in seinen Träumen hörte. Nur die Melodie war diesmal anders. Die Melodie war erhebend und triumphierend; eine Melodie stolzer Zuversicht, eine lachende Melodie.

Er hörte Ilbrecs erstauntes Flüstern: »Die Dagdagh-Harfe! Ich dachte, sie sei für immer verstummt.«

Corum fühlte, wie er versank. Er schnappte nach Luft, um sein Entsetzen zu bewältigen. Er sah angstvoll hinter sich in die Bäume, aber dort sah er nichts außer dunklen Schatten.

Und als er wieder zum Hügel blickte, wurde er fast geblendet, denn die goldene Eiche wuchs. Ihre goldenen Zweige breiteten sich über den Köpfen der Wartenden aus und strahlten in einem herrlichen Glanz. Und Corums Furcht verlor sich in seinem Staunen. Noch immer wuchs die goldene Eiche, bis sie den ganzen Hügel zu bedecken schien und Amergins Körper fast unter ihr begraben war.

Und alle, die zusahen, waren völlig gebannt, als aus der Eiche ein Mädchen trat, so groß wie Ilbrec; eine Frau, deren Haare grün waren wie die Blätter der Eichen, deren Gewand braun war wie die Wurzeln der Eichen und deren Fleisch weiß war wie das Fleisch der Eichen unter der Rinde. Und sie war Eichfrau, lächelte und sprach:

»Ich erinnere mich meines Versprechens. Ich erinnere mich meiner Prophezeiung. Ich kenne dich, Goffanon, aber diese anderen kenne ich nicht.«

»Sie sind Mabden, außer Ilbrec und Corum. Sie sind ein gutes Volk, Eichfrau, und sie achten die Eichen. Sieh, Eichen wachsen überall um uns, denn dies ist ihre Stätte der Macht, ihre heilige Stätte.« Goffanon sprach fast zögernd. Er schien von dem Bild vor ihnen so beeindruckt zu sein wie die Mabden. »Ilbrec ist deines Freundes Sohn, Manannans Sohn. Von den Sidhi sind er und ich die letzten. Und Corum ist unser Verwandter aus dem Geschlecht der Vadhagh. Die Fhoi Myore sind zurückgekehrt, und wir bekämpfen sie, aber wir sind schwach. Amergin, der Hochkönig der Mabden, liegt verzaubert zu deinen Füßen. Seine Seele ist die Seele eines Schafes geworden, und wir können seine eigene Seele, die verloren ist, nicht wiederfinden.«

»Ich werde seine Seele finden«, sagte Eichfrau und lächelte matt, »wenn das alles ist, was euch fehlt.«

»Das ist es, Eichfrau.«

Die Eichfrau sah auf Amergin hinab. Sie bückte sich, an seinem Herz zu lauschen und an seinen Lippen.

»Sein Körper stirbt«, sagte sie.

Ein Stöhnen lief durch die Reihen der Zuschauer. Nur Corum konzentrierte sich auf das Spiel der schrecklichen Harfe, aber die Harfe war verstummt.

Dann nahm Eichfrau den silbernen Bock von Amergins Füßen.

»So lautete die Prophezeiung«, sagte sie, »daß dem Bock eine Seele gegeben werden muß. Nun beginnt Amergins Seele seinen Körper zu verlassen und kann die Seele des Bockes werden. Amergin muß sterben.«

»Nein!« kam es aus Hunderten von Kehlen.

»Ihr müßt euch gedulden«, mahnte die Eichfrau mit einem nachsichtigen Lächeln. Sie legte den Bock neben Amergins Kopf und rief:

Seele auf dem Weg zur Mutter Meer;
Lamm blökend zum steigenden Mond;
Halt ein, Seele, schweig still, Lamm!
Hier ist euer Heim!

Nun setzte wieder das Blöken ein, aber diesmal war es ein freudiges Blöken, das Blöken eines neugeborenen Lammes. Und die Stimme kam von dem silbernen Bock, dessen Fell im Mondlicht schimmerte. Und während sie zusahen, wuchs der Bock, und das Blöken wurde immer tiefer und verwandelte sich in den Ruf eines ausgewachsenen Tieres. Der silberne Bock wandte ihnen seinen Kopf zu, und in seinen Augen erkannte Corum die gleiche fremdartige Intelligenz, die er schon in den Augen des Schwarzen Bullen von Crinanass gesehen hatte. Und Corum wußte, daß der Bock wie der Bulle zu der Herde gehörte, die die Sidhi mit sich auf diese Ebene gebracht hatten.

Der Bock sah die Eichfrau, und er lief zu ihr und leckte ihre Hand.

Da lächelte die Eichfrau wieder, wandte ihr Gesicht zum Himmel und rief:

Seele treibend in der Mutter Meer,
Verlaß deinen stillen Hafen.
Dein Erdenschicksal ist noch nicht vollbracht.
Hier ist dein Heim!

Und der Körper des Hochkönigs streckte sich wie im Schlaf. Und die Hände krochen zu seinem Gesicht, und die Augen öffneten sich, und über sein leeres Gesicht legte sich ein Ausdruck des Friedens und der Weisheit, und wo das Alter seine Furchen gegraben hatte, war jetzt Jugend, und wo die Glieder schwach gewesen waren, erfüllte sie jetzt Kraft. Und eine kühle, wohlklingende Stimme sagte mit leichter Verwunderung:

»Ich bin Amergin.«

Dann erhob sich der Erzdruide, riß sich seine Schafsmütze vom Kopf, streifte die Schafsfelle von seinem Körper und enthüllte eine schöne, nackte Gestalt, die von Spangen aus gehämmertem roten Gold geschmückt war.

Und nun wußte Corum, warum das Volk so um seinen Hochkönig getrauert hatte, denn Amergin strahlte beides aus, Sanftheit und Stärke, Weisheit und Menschlichkeit.

»Ja«, wiederholte er und berührte seine Brust verwundert, »ich bin Amergin.«

Hunderte von Schwertern blitzten jetzt im Mondlicht, als die Mabden ihren Erzdruiden grüßten.

»Heil, Amergin! Heil, Amergin aus dem Geschlecht der Amergin!«

Und viele weinten vor Freude und Rührung, und selbst Ilbrec und Goffanon hoben ihre Waffen zum Gruß.

Die Eichfrau hob ihre Hand und deutete durch den Kreis der Mabden zum Rand der Lichtung, wo Corum stand, noch immer voll Furcht und nicht in der Lage, in die Freude der anderen einzustimmen.

»Du bist Corum«, sagte die Eichfrau. »Du hast den Hochkönig gerettet, und du hast die Eiche und den Bock gefunden. Du bist jetzt der Held der Mabden.«

»So wurde mir gesagt«, antwortete Corum mit leiser, gequälter Stimme.

»Du sollst hoch geehrt werden im Andenken dieses Volkes«, offenbarte ihm Eichfrau, »doch du sollst hier wenig Glück finden.«

»So sehe ich es auch«, erwiderte Corum und seufzte.

»Dein Schicksal ist ehrenvoll«, fuhr die Eichfrau fort, »und ich danke dir dafür, daß du dein Schicksal auf dich genommen hast. Du hast den Hochkönig gerettet und mich von meinem Wort entbunden und mir geholfen, mein Versprechen zu halten.«

»Du hast die ganze Zeit in der goldenen Eiche geschlafen?« fragte Corum. »Du hast auf diesen Tag gewartet?«

»Ich habe geschlafen und gewartet.«

»Aber welche Macht hat dich auf dieser Ebene gehalten?« fragte er weiter, denn diese Frage quälte ihn, seit die Eichfrau erschienen war. »Welche große Macht war das, Eichfrau?«

»Die Macht meines Versprechens«, antwortete sie.

»Nichts sonst?«

»Warum sollte etwas anderes notwendig sein?«

Und dann trat die Eichfrau zurück in die Wurzel der goldenen Eiche, und der silberne Bock folgte ihr, und das Licht von den Blättern der Eiche begann zu verblassen, und dann verblaßten auch die Umrisse der Eiche, und dann waren die goldene Eiche, der silberne Bock und die Eichfrau verschwunden und wurden niemals wieder in den Landen der Sterblichen gesehen.

4 Die Dagdagh-Harfe

Nun trugen die Mabden ihren Hochkönig im Triumph nach Caer Mahlod, und viele tanzten vor Freude, während sie durch den Wald zogen, und auch auf den Gesichtern von Ilbrec und Goffanon lag ein breites Grinsen.

Nur Corums Stirn war umwölkt, denn er hatte von der Eichfrau Worte vernommen, die wenig Heil kündeten, und er blieb hinter den anderen zurück und betrat erst spät die Halle des Königs.

Ihre eigene Hochstimmung ließ die anderen Corums düstere Stimmung nicht bemerken. Sie schlugen ihm auf die Schulter, brachten Trinksprüche auf ihn aus und ehrten ihn wie ihren eigenen Hochkönig. Und das Fest begann, und es wurde getrunken und gelacht, und man sang zum Spiel der Mabden-Harfen. So saß denn Corum zwischen Medheb und König Mannach und trank viele Becher des süßen Met, um damit die Erinnerung an die Harfe aus seinem Geist zu vertreiben.

Er sah, wie König Mannach sich zu Ilbrec über den Tisch beugte, der neben Goffanon mit gekreuzten Beinen auf dem Boden saß und so noch in der Halle Platz fand, und sich dann doch an Goffanon wandte. Ihn fragte der König: »Woher kanntet Ihr die Beschwörung, die die Eichfrau zu uns brachte, Sir Goffanon?«

»Ich kannte keine besondere Beschwörung«, erklärte Goffanon. »Ich verließ mich auf meine verborgenen Erinnerungen und die Erinnerungen meines Volkes. Ich habe kaum selbst gehört, was ich gesungen habe. Die Worte kamen fast ohne mein Zutun über meine Lippen. Ich wollte die Eichfrau damit erreichen und Amergins Geist, wo immer er gerade trieb. Es war Amergin selbst, der mir das Wort gab, das die Musik herbeirief, die dann wiederum die Verwandlung der Eiche einleitete.«

»Dagdagh«, sagte Medheb, ohne zu bemerken, wie Corum bei diesem Wort zusammenzuckte. »Ein altes Wort. Ein Name, vielleicht?«

»Auch ein Titel. Ein Wort mit vielen Bedeutungen.«

»Ein Sidhi-Name?«

»Ich glaube nicht – obwohl er mit den Sidhi verknüpft ist. Der Dagdagh führte die Sidhi bei mehr als einer Gelegenheit in die Schlacht. Ich bin jung für einen Sidhi, seht Ihr, und ich habe nur an zwei der großen Schlachten gegen die Fhoi Myore teilgenommen. Zu meiner Zeit wurde nicht länger vom Dagdagh gesprochen. Ich weiß nicht warum, außer daß es Hinweise gab, der Dagdagh habe unsere Sache verraten.«

»Verraten? Doch nicht heute nacht?«

»Nein«, erwiderte Goffanon, die Brauen leicht hochgezogen. »Nicht in dieser Nacht.« Und er hob sein Methorn an die Lippen und nahm einen tiefen Zug.

Jhary-a-Conel erhob sich von seinem Platz und trat hinter Corum: »Warum so schweigsam, alter Freund?«

Corum fühlte Dankbarkeit dafür, daß Jhary seine Stimmung bemerkt hatte, und wollte gleichzeitig nicht den guten Mut Jharys beeinträchtigen. Er lächelte, so gut er konnte, und schüttelte den Kopf:

»Müdigkeit, nehme ich an. Ich habe wenig geschlafen in der letzten Zeit.«

»Die Harfe«, fuhr Medheb fort, und Corum wünschte sich, sie würde damit endlich aufhören. »Ich kann mich erinnern, schon einmal etwas Ähnliches gehört zu haben, eine ähnliche Harfe.« Sie wandte sich zu Corum um. »Bei Burg Owyn, als wir zusammen dort waren.«

»Ja«, murmelte der. »Bei Burg Owyn.«

»Eine geheimnisvolle Harfe«, meinte König Mannach. »Aber ich bin ihr sehr dankbar und möchte ihre Musik gerne wieder hören, wenn sie uns immer solche Geschenke bringt wie die Befreiung unseres Hochkönigs.« Und er hob sein Methorn, um auf Amergin einen Toast auszubringen, der lächelnd und ruhig am Kopf der Tafel saß und wenig trank.

»Nun werden wir uns versammeln«, rief König Mannach, »alle Völker der Mabden, die übriggeblieben sind. Wir werden eine große Armee aufstellen und gegen die Fhoi Myore ziehen. Und diesmal werden wir keinen davonkommen lassen!«

»Tapfer gesprochen«, sagte Ilbrec, »aber wir brauchen mehr als Mut. Wir brauchen Waffen, so wie mein Schwert Vergelter eine ist. Wir müssen klug sein – aye, und vorsichtig, wo es unserer Sache dient.«

»Ihr sprecht weise, Sir Sidhi«, erwiderte Amergin. »Ihr

sagt, was ich selbst denke.« Sein altes und doch so jugendliches Gesicht strahlte Frohsinn und Zuversicht aus, als würden die Fhoi Myore kein Problem mehr für die Mabden darstellen. Er trug jetzt eine weite Robe aus gelbem Samt, blau und rot bestickt, und sein Haar lag zusammengebunden auf seinem Rücken.

»Mit Amergin als unserem Ratgeber und Corum als unserem Heerführer«, rief König Mannach, »glaube ich, ist es nicht Narrheit, an eine neue Zukunft zu glauben.« Er lächelte Corum zu. »Wir werden immer stärker. Nicht lange ist es her, daß unsere Leben verloren schienen und unsere Rasse vernichtet, aber jetzt ...«

»Jetzt«, unterbrach Corum, leerte seinen Metkrug mit einem gewaltigen Schluck und wischte sich mit der silbernen Hand über die Lippen, »jetzt feiern wir große Siege.« Die Herrschaft über sich selbst verlierend, sprang er von seinem Platz auf und lief aus der Halle.

Er wanderte in die Nacht hinaus, durch die Straßen von Caer Mahlod, die jetzt von Lachen und Gesang erfüllt waren. Durch das Tor schritt er und wanderte über die Ebene auf das ferne Tosen der Brandung zu.

Und schließlich stand er allein an dem Abgrund, der das Festland von der Ruine seines Heimes trennte; von Burg Erorn, die in dieser Zeit Burg Owyn genannt wurde und die man für eine natürliche Felsformation hielt.

Die Ruine schimmerte im Mondlicht. Und Corum wünschte sich, er könne über den Abgrund fliegen und dort drüben ein Tor finden, durch das er in seine eigene Zeit zurückkehren würde. Auch in ihr war er einsam gewesen, aber das war nicht die Einsamkeit gewesen, die er jetzt empfand. Hier fühlte er sich völlig verlassen.

Und dann sah er ein Gesicht, das aus einer Fensterhöhle der Ruine zu ihm herüberstarrte. Es war ein schönes Gesicht, ein Gesicht mit einer goldenen Haut, ein spöttisches Gesicht.

Corum schrie wild:

»Dagdagh! Bist du Dagdagh?«

Und er hörte ein Lachen, das zur Musik einer Harfe wurde.

Corum zog sein Schwert. Unter ihm donnerte die See schäumend gegen die Klippen. Er bereitete sich darauf vor, über den Abgrund zu springen, den Jüngling mit der goldenen Haut zu suchen, Auskunft zu erzwingen, warum er ihn so quälte. Und es war ihm gleichgültig, ob er bei diesem Sprung die andere Seite erreichen würde oder in die Tiefe stürzen.

Da fühlte er eine sanfte, starke Hand auf seiner Schulter. Er versuchte, sie abzuschütteln, während er weiter schrie:

»Dagdagh! Laß mich in Frieden!«

Medhebs Stimme flüsterte an seinem Ohr: »Dagdagh ist unser Freund, Corum. Dagdagh hat unseren Hochkönig gerettet.«

Corum wandte sich zu ihr um und sah ihren besorgten Blick, mit dem sie sein einziges Auge gefangenhielt.

»Leg dein Schwert zur Seite«, sagte sie. »Hier ist niemand.«

»Hast du die Musik der Harfe gehört?«

»Ich habe den Wind in den Felsen von Burg Owyn heulen hören. Das ist alles, was ich gehört habe.«

»Du hast sein Gesicht nicht gesehen, sein spöttisches Gesicht?«

»Ich sah eine Wolke über den Mond ziehen«, sagte sie. »Komm mit mir zurück zu unserem Fest, Corum.«

Und er steckte sein Schwert zurück und seufzte und ließ sich von ihr zurück nach Caer Mahlod führen.

Epilog

Und dies ist das Ende der Geschichte vom gefangenen König, von der Eiche und dem Bock.

Boten brachten die Kunde nach überall jenseits des Meeres: Der Hochkönig war zu seinem Volk zurückgekehrt. Sie segelten nach Westen zu König Fiachadh von den Tuha-na-Manannan (die ihren Namen nach Ilbrecs eigener Familie trugen, wie Corum jetzt wußte), und sie segelten nach Norden, um den Tuha-na-Tir-nam-Beo die Neuigkeiten zu bringen. Sie erzählten es den Tuha-na-Anu und König Daffyn von den Tuha-na-Gwyddneu Garanhir. Und wo immer sie Stämme der Mabden fanden, berichteten sie, daß der Hochkönig zu Caer Mahlad hofhielt, daß Amergin den Feldzug gegen die Fhoi Myore plante und daß Gesandte aller Stämme dorthin gerufen wurden, um den letzten großen Kampf vorzubereiten, der endgültig entscheiden würde, wer über die Inseln des Westens herrschte.

In den Schmieden wurde geklopft und gehämmert. Und unter der Anleitung des größten aller Schmiede, Goffanan, entstanden neue Schwerter, Äxte und Lanzen.

Und Begeisterung und Optimismus erfüllten die Wohnstätten der Mabden, während sie sich fragten, was Corum von der Silbernen Hand und Amergin der Erzdruide entscheiden würden, wann die große Schlacht beginnen würde und wo stattfinden.

Und andere hörten Ilbrec zu, der durch die Felder wanderte und die Geschichten erzählte, die er von seinem Vater gehört hatte. Geschichten über die neun Schlachten mit den Fhoi Myore und die Heldentaten, die dabei vollbracht wurden. Und diese Geschichten gaben denen, die zuhörten, Mut; Geschichten, die sie zum Teil schon kannten, aber von denen sie erst jetzt begriffen, daß sie nicht nur die Erfindung der Barden waren, um Beispiele des Heldentums zu geben.

Und nur wenn sie Corum sahen, bleich und leidend, sein Kopf vorgebeugt, als höre er auf eine Stimme, die er nicht richtig verstehen könne, begriffen sie auch die Tragik, die in jenen alten Geschichten enthalten war, die Tragik jener mutigen Herzen, die sich für die Rasse der Mabden geopfert hatten.

Und in solchen Augenblicken wurden die Menschen von Caer Mahlod nachdenklich und ahnten etwas von der furchtbaren Größe des Opfers, das der Vadhagh-Prinz für ihre Sache brachte, den sie Corum von der Silbernen Hand nannten.

HIER ENDET DER FÜNFTE BAND
DES BUCHES CORUM

Sechster Band

DAS GELBE STREITROSS

ERSTES BUCH

In dem berichtet wird, wie ein Heer aufgestellt wird und Pläne für einen Angriff auf die FhoiMyore und Caer Llud geschmiedet werden

1 Über die Notwendigkeit großer Taten

So versammelten sie sich schließlich vor Caer Mahlod. Und sie kamen alle. Große Krieger in ihren schwersten Rüstungen, auf starken Pferden und mit ihren besten Waffen. Sie boten einen Anblick ernster, stolzer Pracht. Sie schmückten das Land um Caer Mahlod mit den hellen Farben ihrer Seidenzelte und ihrer bestickten Fahnen. Und das Gold ihrer Armreife, das Silber ihrer Mantelspangen und das polierte Eisen ihrer Helme funkelte mit den Perlmutteinlagen ihrer Becher und ihrer Reisetruhen in der Sonne. Hier versammelten sich die größten der Mabden-Völker, und sie waren auch die letzten, die Stämme des Westens, die Stiefkinder der Sonne, deren Vettern im Osten längst in vergeblichen Schlachten mit den Fhoi Myore untergegangen waren.

Und im Mittelpunkt ihres Heerlagers stand ein Zelt, das die anderen an Höhe überragte. Seine meerblaue Seide zierte kein Wappen, und keine Fahne wehte vor seinem Eingang, denn allein die Größe des Zeltes reichte aus, um jedem zu sagen, daß dieses Zelt Ilbrec gehörte, dem Sohn des Manannan-man-Lyr, der einst der größte der Sidhi-Helden in den alten Kämpfen gegen die Fhoi Myore gewesen war. Neben seinem Zelt war ein riesiges schwarzes Pferd angepflockt, das den Giganten mühelos tragen konnte. Ein Pferd mit nicht zu übersehender Intelligenz in den Augen und außerordentlicher Energie: ein Sidhi-Pferd. Obwohl er auf Caer Mahlod zu Gast war, hatte Ilbrec dort keinen Raum und keine Halle finden können, die ihm ausreichend Platz bot, und so ein Zelt bei den sich versammelnden Kriegern aufgeschlagen.

Hinter dem großen Lagerplatz erhob sich ein grüner Wald mit herrlichen Bäumen. Sanfte Hügel wurden von Büschen mit wilden Blumen gekrönt, deren Farben wie Juwelen in den Strahlen der warmen Sonne aufleuchteten. Und im Westen davon schillerte der blaue, von weißen Schaumkronen durchzogene Ozean, über dem weiße und graue Möwen segelten. Die Strände waren mit Schiffen übersät, die man allerdings von Caer Mahlod aus nicht sehen konnte. Die Schiffe waren von den Inseln des Westens gekommen und hatten die Krieger der Manannan und der Anu gebracht. Sie waren von Gwyddneu Garanhir gekommen und aus Tir-nam-Beo. Es waren Schiffe verschiedenster Bauart und unterschiedlichster Herkunft. Einige waren Kriegsschiffe, andere Handelsschiffe, einige waren zur Hochseefischerei gebaut, aber es gab auch Lastkähne von den breiten Flüssen darunter. Jedes verfügbare Schiff hatte herhalten müssen, um die Mabden nach Caer Mahlod zu bringen.

Corum stand auf der Mauer von Caer Mahlod, den Zwerg Goffanon an seiner Seite. Ein Zwerg war Goffanon nur in den Augen der Sidhi, denn er überragte Corum um einen halben Meter. Er trug heute seinen polierten Eisenhelm nicht; sein üppiges, dichtes, schwarzes Haar floß ihm frei über die Schultern und ging in seinen kräftigen, schwarzen Bart über, so daß man unmöglich sagen konnte, wo das Haar aufhörte und der Bart anfing. Der Sidhi-Schmied war in einen einfachen, blauen Kittel gekleidet, den an Kragen und Ärmeln rote Stickereien zierten und der über der Hüfte von Goffanons breitem Ledergürtel zusammengehalten wurde. Die Füße steckten in hochgeschnürten Sandalen, und darüber trug er grobe Leggins. In der einen großen, narbigen Hand hielt er ein Trinkhorn mit Met, von dem er hin und wieder einen Schluck nahm. Die andere Hand ruhte auf dem Schaft seiner zweischneidigen Streitaxt, die er fast nie aus der Hand legte – eine der letzten Waffen des Lichtes. Das waren besondere Sidhi-Waffen, die in einer anderen Ebene eigens für den Kampf gegen die Fhoi Myore geschmiedet worden waren. Der Sidhi-Zwerg ließ seinen Blick mit Zufriedenheit über die Zelte der Mabden wandern.

»Es kommen noch immer neue dazu«, sagte er. »Gute Krieger sind das.«

»Aber etwas unerfahren in der Art der Kriegführung, die wir jetzt vorhaben«, entgegnete Corum.

Er beobachtete einen Trupp Mabden des Nordens, die am Haupttor vorbeizogen. Sie waren groß und kräftig und schwitzten unter ihren roten Kettenhemden, zu denen sie gehörnte Helme trugen oder einfache Lederkappen. Rotbärtig waren die meisten von ihnen, Soldaten der Tir-nam-Beo. Krieger, die mit mächtigen Breitschwertern bewaffnet waren und runde Eisenschilde führten. Andere Waffen verachteten sie – bis auf die Messer an den Ledergurten, die sich über ihren Kettenhemden kreuzten. Ihre dunklen Gestalten wurden durch kriegerische Bemalung und Tätowierung noch furchterregender. Von allen überlebenden Mabden waren diese Männer aus dem hohen Norden die einzigen, die noch zum größten Teil vom Krieg lebten. In ihrer selbstgewählten, rauhen Heimat verschlossen sie sich vor allem, was sie als die Verweichlichung der Zivilisation ansahen. Sie erinnerten Corum irgendwie an die alten Mabden, die Mabden des Grafen von Krae, die ihn einst hier an dieser Küste gejagt hatten. Und für einen Augenblick wunderte sich Corum wieder über sich selbst, daß er so ohne Vorbehalt bereit war, den Nachkommen dieses grausamen, tierischen Volkes zu helfen. Dann erinnerte er sich an Rhalina, und er wußte, warum er tat, was er tat.

Corum wandte sich ab, um die Dächer der Festungsstadt Caer Mahlod zu betrachten. Er lehnte sich gegen die Brustwehr und entspannte sich in der warmen Sonne. Über einen Monat war es her, daß er vor dem schmalen Abgrund gestanden hatte, der Burg Owyn vom Festland trennte, und seine Herausforderung zu dem Dagdagh-Harfner hinübergeschrien hatte, der nach Corums Überzeugung dort in der Ruine hausen mußte. Nur mit Mühe hatte Medheb Corum damals beruhigen können. Aber schließlich war sie erfolgreich gewesen und hatte ihn seinen Alptraum vergessen lassen. Heute sah er seine damaligen Erlebnisse als Reaktion auf seine Erschöpfung und die überstandenen Gefahren. Alles, was er gebraucht hatte, war Ruhe. Und mit der Ruhe kam auch wieder seine innere Ausgeglichenheit und Zuversicht zurück.

Jhary-a-Conel erschien auf der Treppe, die zum Wehrgang heraufführte. Er trug den unvermeidlichen breitkrempigen Hut, und seine kleine, geflügelte, schwarzweiße Katze saß bequem auf seiner Schulter.

Er begrüßte seine Freunde mit dem üblichen vergnügten Grinsen.

»Ich komme gerade vom Strand. Es sind noch mehr Schiffe angekommen – aus Anu. Das sind die letzten, soweit ich gehört habe. Sie haben keine mehr.«

»Noch mehr Krieger?« fragte Corum.

»Einige wenige. Die Fracht besteht in erster Linie aus Pelzen und Fellen – alles, was die Menschen von Anu uns geben können, dürfte jetzt dasein.«

»Gut.« Goffanon nickte mit seinem mächtigen Haupt. »Wir sind also nicht schlecht ausgerüstet, wenn wir unseren Feldzug gegen das Kalte Reich beginnen.«

Jhary nahm seinen Hut ab und wischte sich den

Schweiß von der Stirn. »Es fällt einem nicht leicht, sich vorzustellen, daß die Welt wenige Tagesritte von hier in eisigem Frost erstarrt.« Er setzte seinen Hut wieder auf und zog einen Holzspan unter seinem Wams hervor, mit dem er begann, sich in den Zähnen herumzustochern. Sein Blick glitt dabei gedankenverloren über das Heerlager vor den Mauern. »Das hier ist also die ganze Heeresmacht der Mabden. Einige tausend Krieger.«

»Gegen fünf«, fügte Goffanon in beinahe herausforderndem Ton hinzu.

»Fünf Götter«, unterstrich Jhary und sah Goffanon scharf an. »Auch wenn wir guten Mutes sein können, dürfen wir die Macht unserer Feinde nicht unterschätzen. Und dann sind da noch Gaynor – und die Brüder der Kiefern – und die Hunde Kerenos – und die Goolegh – und ...« Jhary unterbrach sich, machte eine bedeutungsvolle Pause und fuhr dann leise, fast widerstrebend fort: »... und Calatin.«

Der Zwerg lächelte. »Aye«, sagte er, »aber wir haben gelernt, wie wir mit fast allen diesen Gegnern fertig werden können. Sie sind nicht länger die Bedrohung, die sie früher für uns darstellten. Die Brüder der Kiefern fürchten das Feuer. Und Gaynor fürchtet Corum. Und für die Goolegh, nun, für die Goolegh haben wir das Sidhi-Horn. Es gibt uns auch Macht über die Hunde. Was Calatin anbelangt ...«

»Er ist sterblich«, meldete sich Corum zu Wort. »Ein Schwerthieb kann ihn töten. Ich habe vor, diesen Hieb zu führen. Calatin hat nur Macht über dich, Goffanon. Und wer weiß? Diese Macht kann längst im Schwinden sein.«

»Aber die Fhoi Myore selbst fürchten nichts«, erinnerte Jhary-a-Conel. »Das dürfen wir alle nicht vergessen.«

»Auch sie fürchten auf dieser Ebene etwas«, erklärte Goffanon dem Gefährten von Helden. »Sie fürchten Craig Dôn. Daran sollten wir immer denken.«

»Daran denken auch die Fhoi Myore immer. Sie werden sich niemals in die Nähe von Craig Dôn wagen.«

Goffanon der Schmied zog seine schwarzen Augenbrauen zusammen. »Vielleicht werden sie gerade das doch einmal tun«, entgegnete er.

»Es ist nicht Craig Dôn, sondern Caer Llud, über das wir uns Gedanken machen sollten«, mahnte Corum seine Freunde. »Dort werden wir die Fhoi Myore angreifen. Wenn wir Caer Llud erst eingenommen haben, wird sich die allgemeine Stimmung ganz beträchtlich verbessern. Ein solcher Erfolg wird unseren Männern den notwendigen Mut und die Kraft geben, die Fhoi Myore ein für allemal zu vernichten.«

»Es sind wahrhaftig große Taten notwendig«, stimmte Goffanon zu, »und auch ein listenreicher Schlachtplan.«

»Und starke Verbündete«, ergänzte Jhary nachdenklich. »Mehr Verbündete, wie Ihr selbst, Goffanon, und der goldene Ilbrec es sind. Mehr Sidhi-Freunde.«

»Ich fürchte, es gibt keine Sidhi mehr außer uns beiden«, murmelte Goffanon.

»Solche düstere Stimmung paßt nicht zu Euch, Freund Jhary!« Corum klopfte seinem Gefährten mit der silbernen Hand auf die Schulter. »Warum seid Ihr so bedrückt? Wir sind stärker als jemals zuvor!«

Jhary zuckte mit den Achseln. »Vielleicht verstehe ich die Art der Mabden einfach nicht. Alle diese Neuankömmlinge scheinen so guter Stimmung zu sein, als begriffen sie die Gefahren gar nicht, die auf sie warten. Es ist, als kämen sie zu einem freundschaftlichen Turnier mit den Fhoi Myore und nicht zu einem Krieg auf Leben und Tod, der das Schicksal der ganzen Welt entscheiden wird!«

»Ja, sollen sie denn schon jetzt trauern?« wollte Goffanon verwundert wissen.

»Nein . . .«

»Sollen sie sich nur über Tod und Untergang Gedanken machen? Sollen sie sich verhalten, als hätten sie den Krieg schon verloren?«

»Natürlich nicht . . .«

»Sollen sie sich mit Totengesängen unterhalten statt mit Kampfliedern? Sollen sie die Gesichter zur Erde senken und Tränen in den Augen tragen?«

Jhary begann zu lächeln. »Ihr habt recht, muß ich zugeben, Ihr schrecklicher Zwerg. Es ist einfach nur, daß ich schon so viele Schlachten mitangesehen habe. Aber noch nie zuvor habe ich Männer gesehen, die sich mit solcher Gleichgültigkeit auf ihren Tod vorbereiten.«

»So ist die Art der Mabden«, erklärte ihm Corum. Er wechselte einen Blick mit Goffanon, der breit grinste. »So haben sie es von den Sidhi gelernt.«

»Und wer sagt, daß sie sich auf ihren eigenen Tod vorbereiten und nicht auf den Tod der Fhoi Myore«, setzte Goffanon hinzu.

Jhary deutete eine Verbeugung an. »Ich erkenne an, was Ihr sagt. Es beruhigt mich. Aber trotzdem ist hier alles sehr ungewohnt für mich. Und ohne Zweifel ist es die Fremdartigkeit der Art und Weise, wie diese Männer in den Krieg ziehen, die in mir ein so ungutes Gefühl wachruft.«

Corum beschlichen selbst Gefühle der Unsicherheit, als er seinen sonst so sorglosen Freund in so bedrückter Stimmung erlebte. Er versuchte zu lächeln. »Kommt jetzt, Jhary, und laßt dieses düstere Brüten. Es steht Euch nicht. Die sorgenvollen Blicke gehören zu Corum, und Jhary ist es, der sonst darüber lacht . . .«

Jhary seufzte.

»Gut«, sagte er voll Bitterkeit, »es scheint nicht möglich zu sein, nehme ich an, unsere vorgegebenen Rollen in dieser Zeit zu vergessen.«

Und er wandte sich von den beiden Freunden ab, wanderte weiter den Wehrgang entlang, bis er in einiger Entfernung haltmachte und in die Ferne starrte. Auf eine weitere Unterhaltung legte er offensichtlich keinen Wert.

Goffanon blickte zur Sonne hinauf.

»Fast Mittag. Ich habe versprochen, den Hufschmieden der Tuha-na-Anu Anweisungen zur Handhabung eines neuen Hammers zu geben, den wir gemeinsam entwickelt haben. Ich hoffe, wir können uns heute abend weiter unterhalten, Corum, wenn wir alle zusammenkommen, um unsere Pläne zu besprechen.«

Corum hob seine silberne Hand zum Gruß, als der Zwerg die Stufen zur Stadt hinabstieg und durch die engen Gassen in Richtung des Haupttores schritt.

Für einen Augenblick fühlte Corum sich gedrängt, zu Jhary zu gehen, aber es war zu offensichtlich, daß Jhary im Moment lieber mit seinen Sorgen allein blieb. Nach einer Weile stieg Corum selbst die Stufen hinab und machte sich auf die Suche nach Medheb, denn er sehnte sich plötzlich nach Trost von der Frau, die er liebte.

Während er zur Halle des Königs ging, bekamen seine Gedanken an Medheb eine andere Note. Er fühlte, daß er vielleicht zu sehr von dieser Frau abhängig war. Manchmal schien er sie zu brauchen, wie ein anderer Mann den Trunk oder eine Droge brauchen mochte. Und obwohl sie so bereitwillig auf sein Verlangen nach ihr einging, konnte es sein, daß er kein Recht hatte, solche Anforderungen an sie zu stellen. Als er jetzt unterwegs war, sie zu suchen, erkannte er deutlich, daß in ihrer Beziehung eine Saat der Tragik und des Mißverständnisses lag. Er zuckte die Achseln. Diese Saat mußte nicht aufgehen. Sie konnte rechtzeitig zerstört werden. Selbst wenn ihm sein Schicksal im großen vorausbestimmt war, gab es doch bestimmte Bereiche seines Lebens, in denen er selbst bestimmen konnte, was geschah.

»Sicher muß es so sein«, murmelte er zu sich selbst.

Eine Frau, die ihm auf der Straße begegnete, fühlte sich angesprochen. Sie trug ein Bündel Holzstangen, wie sie für Speerschäfte verwandt wurden.

»Mein Lord?«

»Ich sehe, daß unsere Kriegsvorbereitungen überall Fortschritte machen«, antwortete Corum leicht verwirrt.

»Aye, mein Lord. Wir alle arbeiten für den Sieg über die Fhoi Myore.« Sie hob ihr Bündel bedeutungsvoll. »Ich danke Euch, mein Lord . . .«

»Aye.« Corum nickte und zögerte. »Aye, gut. Nun, ich wünsche Euch einen schönen Tag.«

»Guten Tag, mein Lord.« Sie schien sich zu amüsieren.

Corum setzte seinen Weg mit zusammengepreßten Lippen und gesenktem Kopf fort.

So gelangte er zur Halle von König Mannach, Medhebs Vater.

Aber Medheb war nicht dort. Ein Diener gab Corum Auskunft: »Sie ist bei ihren Waffen, Prinz Corum, mit einigen anderen Frauen.«

Prinz Corum schritt durch einen niedrigen Gang, zu dem ihn der Diener wies, und kam in einen hohen, weiten Saal, der mit alten Schlachtbannern geschmückt war. Hier übte sich eine Gruppe Frauen mit Bogen, Speer, Schwert und Schleuder.

Medheb stand bei ihnen. Sie wirbelte ihre Schleuder und zielte auf eine Scheibe am anderen Ende des Saales. Die Tochter des Königs war für ihre Geschicklichkeit und Treffsicherheit mit Schleuder und Tathlum bekannt. Dem Tathlum, jenem schrecklichen Geschoß aus dem Hirn getöteter Feinde, schrieb man besondere übernatürliche Kräfte zu. Als Corum eintrat, ließ Medheb ihr Geschoß fliegen, und das Tathlum traf die kleine Bronzescheibe, die als Ziel diente, mit tödlicher Genauigkeit. Hell klang die Bronze auf und drehte sich wild an dem Seil, mit dem sie an der Decke des Saales befestigt war. Das Licht der

Fackeln, die den Raum erleuchteten, spiegelte sich in der Scheibe und sandte zuckende Blitze durch die Halle.

»Seid gegrüßt, Medheb vom Langen Arm«, rief Corum. Seine Stimme hallte durch den weiten Saal.

Sie wandte sich um, erfreut, daß er Zeuge ihrer Treffsicherheit gewesen war. »Seid mir gegrüßt, Prinz Corum.« Sie legte die Schlinge zur Seite, lief zu ihm und schloß ihn in die Arme. Dann blickte sie ihm tief in die Augen. Ihre Stirn runzelte sich. »Welche Melancholie hat dich befallen, Liebling? Was hat dich so verwirrt? Gibt es etwas Neues von den Fhoi Myore?«

»Nein.« Er hielt sie im Arm und war sich dabei bewußt, daß die anderen Frauen zu ihnen herüberstarrten. Ruhig sagte er: »Ich verspürte nur einfach den Wunsch, dich zu sehen.«

Sie lächelte ihn sanft an. »Ich fühle mich geehrt, Sidhi-Prinz.«

Die Worte, die sie gewählt hatte, verwirrten ihn nur noch mehr. Die Anrede betonte ihre Unterschiedlichkeit in Blut und Herkunft. Er sah ihr in die Augen, und sein Blick hatte nichts Liebevolles. Sie erkannte etwas Fremdes in diesem Blick und wich verunsichert einen Schritt von ihm zurück. Ihre Arme fielen an ihre Seite. Er erkannte, daß er das Gegenteil von dem erreichte, was er sich von seinem Besuch bei Medheb versprochen hatte. Nun war auch sie verwirrt. Er hatte sie zurückgewiesen. Aber hatte sie nicht selbst durch ihre Bemerkung erst eine Wand zwischen ihnen beiden aufgebaut? Denn auch wenn ihr Lächeln voll Liebe gewesen war, hatten ihre Worte ihn irgendwie verletzt. Er wandte sich ab und sagte kühl: »Nun habe ich mir meinen Wunsch erfüllt. Ich werde jetzt Ilbrec einen Besuch abstatten.«

Er wünschte sich so sehr, sie würde ihn bitten zu bleiben, aber er wußte, daß sie das nicht konnte; genausowenig, wie er es ertragen konnte, noch länger hier zu bleiben. Ohne ein weiteres Wort verließ er den Saal. Und im stillen verfluchte er Jhary-a-Conel, weil dieser den Tag mit seinen düsteren Gedanken vergiftet zu haben schien. Von Jhary konnte man sonst Besseres erwarten.

Doch er wußte auch, daß man bei gerechter Betrachtungsweise einfach zu viel von Jhary verlangte. Jhary hatte sich, wenn auch nur für einen Augenblick, diesen überzogenen Anforderungen entzogen. Und Corum begriff, daß er selbst begann, sich zu sehr auf die Stärke anderer zu verlassen, und nicht mehr Ruhe und Sicherheit bei sich selbst suchte. Welches Recht hatte er, Stärke bei anderen zu erwarten, solange er bei sich selbst Schwäche duldete?

»Ich mag wohl der Ewige Held sein«, murmelte er vor sich hin, als er seine eigenen Räume erreichte, die er nun mit Medheb teilte, »aber zum ewigen Helden scheint auch ewiges Selbstmitleid zu gehören. Jedenfalls sieht es manchmal so aus.«

Und er warf sich auf sein Bett und dachte über seinen Charakter nach, und schließlich begann er zu lächeln, und seine düstere Stimmung begann zu verfliegen.

»Eins läßt sich nicht bestreiten«, sagte er, »Untätigkeit bekommt mir nicht im geringsten. Sie ermuntert alle schwermütigen, grüblerischen Züge meines Charakters. Meine Bestimmung ist die eines Kriegers. Vielleicht sollte ich mich nur noch auf Taten konzentrieren und alle Grübeleien denen überlassen, die mehr vom Denken verstehen.« Er lachte und begann seine eigenen Schwächen zu respektieren, aber er faßte gleichzeitig den festen Vorsatz, sich von diesen Schwächen nicht mehr an seiner Aufgabe irre machen zu lassen.

Dann stand er auf und machte sich auf den Weg zu Ilbrec.

2 Eine rote Klinge wird geschmiedet

Corum suchte sich seinen Weg durch das Lager zu Ilbrecs Zelt. Er wich Seilen und Zeltpflöcken aus. Rings um ihn herum knatterten die Zeltbahnen im Wind. Endlich kam er vor dem riesigen Pavillon an, dessen seeblaue Seide sich im Wind wellte, und er rief: »Ilbrec! Sohn des Manannan, seid Ihr da drinnen?«

Als Antwort erklang ein gleichmäßiges schleifendes Geräusch, mit dem Corum zunächst nichts anfangen konnte, bis er es lächelnd erkannte. Er rief erneut, diesmal mit lauterer Stimme:

»Ilbrec – Ich höre, daß Ihr Euch auf die Schlacht vorbereitet. Darf ich eintreten?«

Das schleifende Geräusch verstummte, und die vergnügte, dröhnende Stimme des jungen Riesen antwortete: »Tretet ein, Corum. Ihr seid mir willkommen.«

Corum zog eine Zeltbahn zur Seite. Das einzige Licht im Inneren des Zeltes war das Sonnenlicht, daß durch die Seide drang und den Eindruck einer blauen Unterwasserhöhle vermittelte, nicht unähnlich Ilbrecs eigenem Reich unter den Wogen. Ilbrec saß auf einer schweren Truhe, sein Schwert Vergelter über den Knien. In seiner Hand hielt er einen Stein, mit dem er das Schwert schliff. Ilbrecs goldenes Haar hing in losen Flechten über seine Brust. Heute war auch sein Bart zu kleinen Zöpfen geflochten. Er trug einen einfachen grünen Umhang und bis zu den Knien geschnürte Sandalen. In einer Ecke des Zeltes lag seine Rüstung; sein Brustharnisch aus Bronze mit Reliefen, die eine große, stilisierte Sonne zeigten, in deren Kreis Bilder von Schiffen und Fischen zu sehen waren; sein Schild, der nur das Sonnensymbol zeigte, und sein Helm, den ein ähnliches Motiv schmückte. An seinem leicht gebräunten Arm trug Ilbrec mehrere schwere Reife oberhalb und unterhalb des Ellbogens, die ebenfalls aus Gold waren und zu den Motiven der Rüstung paßten. Ilbrec, Sohn des größten aller Sidhi-Helden, war volle sechzehn Fuß groß und wohl proportioniert.

Ilbrec grinste Corum zu und begann wieder sein Schwert zu schärfen. »Ihr seht bedrückt aus, Freund.«

Corum durchquerte das Zelt und stellte sich neben Ilbrecs Helm. Er fuhr mit seiner Hand aus Fleisch und Blut langsam über die wunderbar gearbeitete Bronze. »Vielleicht sind es Vorahnungen meines Verderbens«, sagte er zu Ilbrec.

»Aber Ihr seid doch unsterblich, Prinz Corum.«

Corum wandte sich dieser neuen Stimme zu, die noch jünger klang als die Ilbrecs. Ein Jüngling von nicht mehr als vierzehn Sommern hatte das Zelt betreten. Corum erkannte ihn als König Fiachadhs jüngsten Sohn, der von allen Jung Fean genannt wurde. Jung Fean sah seinem Vater vom Gesicht her ähnlich; aber wo der Körper seines Vaters grobschlächtig wirkte, war Jung Feans Gestalt feingliedriger und hübscher. Sein Haar war so rot wie das seines Vaters, und in seinen Augen schimmerte fast immer etwas von Fiachadhs Humor. Er lächelte Corum zu. Und Corum dachte, wie immer, wenn er ihm begegnete, daß es auf der ganzen Welt kein Wesen gab, das mehr Charme besaß als dieser junge Krieger, der sich bereits als einer der klügsten und geschicktesten Kämpfer des ganzen Lagers erwiesen hatte.

Corum lachte. »Schon möglich, Jung Fean. Aber dieser Gedanke allein kann mich irgendwie nicht recht beruhigen.«

Jung Feans Lächeln erlosch für einen Augenblick. Er schlug seinen leichten Mantel aus orangefarbenem Samt zurück und nahm seinen glatten stählernen Helm ab. Er schwitzte. Ganz offensichtlich kam er gerade von seinen Waffenübungen.

»Ich kann Eure Sorgen verstehen, Prinz Corum.« Er verbeugte sich leicht in Ilbrecs Richtung, der hocherfreut schien, ihn zu sehen. »Seid gegrüßt, Lord Sidhi.«

»Seid gegrüßt, Jung Fean. Kann ich irgend etwas für Euch tun?« Ilbrec fuhr fort, Vergelter mit weit ausholenden, regelmäßigen Bewegungen zu schleifen.

»Nichts, ich danke Euch. Ich wollte nur mit Euch sprechen.« Jung Fean zögerte, dann setzte er den Helm wieder auf. »Aber ich sehe, daß ich Euer Gespräch störe.«

»Nicht im geringsten«, versicherte ihm Corum. »Wie sieht es Eurer Meinung nach mit unseren Männern aus?«

»Sie sind alle gute Kämpfer. Es gibt keinen, der sein Handwerk nicht beherrscht. Aber es sind wenige, scheint mir«, erwiderte Jung Fean.

»In beidem muß ich Euch zustimmen«, sagte Ilbrec. »Ich dachte gerade über dieses Problem nach, während ich hier saß.«

»Ich habe mich auch schon damit beschäftigt«, erklärte Corum.

Eine lange Pause trat ein.

»Aber es gibt nirgendwo einen Platz, an dem wir noch mehr Krieger anwerben können«, meinte Jung Fean und warf Corum einen Blick zu, als hoffte er, daß Corum ihm widersprechen würde.

»Den gibt es in der Tat nirgendwo«, entgegnete Corum.

Er bemerkte, daß Ilbrec sich nicht äußerte und die Stirn runzelte.

»Es gibt einen Platz, von dem ich gehört habe«, begann Ilbrec schließlich. »Lange ist es her. Damals war ich jünger, als Jung Fean es heute ist. Ein Ort, an dem Verbündete der Sidhi zu finden sein können. Aber ich habe auch gehört, daß dies ein sehr gefährlicher Ort ist, selbst für einen Sidhi, und daß diese Verbündeten nicht sehr verläßlich sind. Ich werde mich nachher deswegen mit Goffanon besprechen und ihn fragen, ob er mehr darüber weiß.«

»Verbündete?« Jung Fean lachte. »Übernatürliche Verbündete? Wir können jeden Verbündeten gebrauchen, wie unbeständig er auch sein mag.«

»Ich werde mit Goffanon sprechen«, wiederholte Ilbrec und wandte sich wieder seinem Schwert zu.

Jung Fean verabschiedete sich. »Ich werde nichts darüber sagen«, erklärte er ihnen. »Und ich nehme an, daß wir uns alle heute nacht beim Fest sehen.«

Nachdem Jung Fean gegangen war, sah Corum Ilbrec fragend an, aber der goldhaarige Riese gab vor, völlig mit dem Schleifen seines Schwertes beschäftigt zu sein, und wich Corums Blicken ständig aus.

Corum rieb sich das Gesicht. »Ich erinnere mich einer Zeit, als ich schon über die Vorstellung, magische Kräfte könnten in dieser Welt am Werke sein, laut gelacht hätte«, sagte er.

Ilbrec nickte abwesend, als wenn er gar nicht richtig mitbekommen hätte, was Corum gesagt hatte.

»Aber nun bin ich soweit, daß ich mich auf solche Dinge gerne verlasse.« Ironie stand in Corums Augen. »Ich muß mich schon darauf einlassen, an so etwas zu glauben. Ich habe meinen Glauben an die Logik und die Macht der Vernunft verloren.«

Ilbrec sah von seiner Arbeit auf. »Vielleicht war Eure Logik nur zu verwickelt und Eure Vernunft zu beschränkt, Freund Corum?« wandte er ruhig ein.

»Mag sein.« Corum seufzte und machte sich auf den Weg, Jung Fean zu folgen. Kurz vor dem Ausgang hielt er plötzlich inne, neigte den Kopf zur Seite und lauschte angespannt. »Hört Ihr es auch?«

Ilbrec lauschte. »Hier im Lager gibt es eine Menge zu hören.«

»Ich dachte, ich hätte eine Harfe spielen hören.«

Ilbrec schüttelte den Kopf. »Pfeifen – in einiger Entfernung. Aber keine Harfe.« Dann runzelte er die Stirn und lauschte wieder. »Möglich, da ist ganz weit weg etwas, das nach den Saiten einer Harfe klingt. Nein.« Er lachte. »Ihr redet mir nur ein, es zu hören, Corum.«

Aber Corum wußte, daß er die Dagdagh-Harfe gehört hatte, wenn auch nur einige Herzschläge lang. Und er war wieder zutiefst beunruhigt. Er sagte nichts mehr davon zu Ilbrec, sondern verließ das Zelt. Während er durch das Lager ging, hörte er eine ferne Stimme nach ihm rufen: »Corum! Corum!«

Er drehte sich um. Hinter ihm lagerte eine Gruppe von Kriegern in Kilts, die sich unterhielten und eine Flasche herumgehen ließen. Im Hintergrund sah Corum jetzt Medheb über das Gras laufen. Es war Medheb, die er gehört hatte.

Sie rannte um die Gruppe der Krieger herum und blieb einen Schritt vor Corum stehen.

Zögernd streckte sie einen Arm nach ihm aus und berührte seine Schulter. »Ich habe dich in unseren Gemächern gesucht«, sagte sie zärtlich, »aber du warst fort. Wir dürfen keinen Streit zwischen uns aufkommen lassen, Corum.«

Sofort verbesserte sich Corums Stimmung, und er lachte und umarmte sie, ohne auf die Krieger zu achten, die jetzt auf das Paar aufmerksam geworden waren.

»Wir wollen uns nicht mehr streiten«, sagte er. »Es war meine Schuld, Medheb.«

»Niemand und nichts ist schuld. Nur das Schicksal ist für alles verantwortlich.«

Sie küßte ihn. Ihre Lippen waren warm. Sie waren weich. Er vergaß all seine Ängste.

»Welch große Macht Frauen doch haben«, meinte er. »Ich habe gerade mit Ilbrec über Magie gesprochen, aber die größte Magie ist der Kuß einer Frau.«

Sie täuschte Erstaunen vor. »Ihr werdet sentimental, Sir Sidhi.«

Und wieder hatte er für einen winzigen Augenblick das Gefühl, daß sie sich irgendwie von ihm zurückzog.

Dann lachte sie und küßte ihn noch einmal. »Fast so sentimental wie Medheb.«

Hand in Hand wanderten sie durch das Lager und winkten denen zu, die sie erkannten, und denen, von denen sie erkannt wurden.

An einem Ende des Lagers waren mehrere Waffenschmieden errichtet. In den Essen röhrten die Flammen, von Blasebälgen unermüdlich entfacht. Die Hämmer dröhnten auf dem Amboß. Große, schwitzende Männer in ledernen Kitteln schoben Eisen in die Flammen und zogen sie weißglühend wieder heraus. Über ihnen waberte die Luft von der Hitze. Und mitten unter den Arbeitenden stand Goffanon, der ebenfalls eine lederne Schürze trug. Er hielt einen schweren Hammer in der einen Hand und eine Zange in der anderen. Goffanon war in ein Gespräch mit einem Mann vertieft, den Corum als den Meisterschmied Hisak erkannte. Hisaks Beiname war Sonnendieb, denn man sagte ihm nach, er habe die Glut der Sonne gestohlen und seine leuchtenden Klingen daraus geschmiedet. In der Esse, neben der die beiden standen, wurde gerade ein Stück Metall erhitzt. Während ihres Gespräches beobachteten Goffanon und Hisak dieses Stück aufmerksam. Ganz offensichtlich war es auch der Gegenstand ihrer Unterhaltung.

Corum und Medheb sprachen die beiden nicht an, sondern stellten sich neben sie und hörten zu.

»Noch sechs Herzschläge weiter«, hörten sie Hisak sagen, »und es wird fertig sein.« Goffanon lächelte. »Sechs und ein Viertel Herzschlag, glaubt mir, Hisak.«

»Ich glaube Euch, Sidhi. Ich habe gelernt, Eurer Weisheit und Eurer Kunstfertigkeit zu vertrauen.«

Schon langte Goffanon mit seiner Zange in die Flammen. Mit einer seltsam aumutenden Sanftheit griff er das Metall und zog es rasch aus der Glut. Seine Augen waren mit höchster Konzentration auf das Eisen gerichtet. Seine Blicke wanderten daran auf und ab. »Es ist richtig«, sagte er.

Hisak musterte ebenfalls eindringlich das weißglühende Metall und nickte. »Es ist richtig.«

Goffanons Lächeln hatte schon fast etwas Entrücktes an sich, als er sich halb umwandte und Corum erblickte. »Aha, Prinz Corum. Du könntest in keinem besseren Augenblick kommen. Sieh her!« Er hielt das glühende Metallstück hoch. Jetzt schimmerte es rotglühend in der Farbe frischen Blutes. »Sieh her, Corum! Was siehst du?«

»Ich sehe eine Schwertklinge.«

»Du siehst die beste Schwertklinge, die je in Mabdenlanden geschmiedet wurde. Wir haben Wochen gebraucht, um das hier zu erreichen. Wir beide, Hisak und ich, haben es geschmiedet. Es ist ein Symbol für den alten Bund zwischen Sidhi und Mabden. Ist es nicht herrlich?«

»Es ist eine wunderbare Klinge.«

Goffanon schwenkte das rote Schwert in der Luft hin und her. Das Metall begann zu summen. »Es muß noch weiter bearbeitet werden, aber es ist fast fertig. Es muß auch noch einen Namen erhalten, dieses Schwert. Das wird dir überlassen bleiben.«

»Mir überlassen bleiben?«

»Selbstverständlich!« Goffanon lachte vor Begeisterung. »Selbstverständlich! Es ist dein Schwert, Corum. Es ist das Schwert, mit dem du die Mabden in die Schlacht führen wirst.«

»Mein Schwert?« Corum trat überrascht einen Schritt zurück.

»Unser Geschenk für dich. Heute nacht, nach dem Fest,

werden wir hierher zurückgehen, und dann wird das Schwert fertig für dich sein. Es wird dir ein guter Freund sein, dieses Schwert, aber erst wenn du ihm einen Namen gegeben hast, wird es dir all seine Stärke geben können.«

»Ich fühle mich geehrt, Goffanon«, erwiderte Corum. »Ich ahnte nicht ...«

Der riesige Zwerg stieß die Klinge in einen Wasserbottich. Zischend stieg eine Dampfwolke auf. »Halb Sidhi-Werk und halb von Menschenhand. Das richtige Schwert für dich, Corum.«

»In der Tat«, stimmte Corum zu. Er war von Goffanons Worten tief berührt. »In der Tat, du hast recht, Goffanon.« Er wandte sich schüchtern dem grinsenden Hisak zu. »Ich danke Euch, Hisak. Ich danke euch beiden.«

Dann sagte Goffanon ruhig und etwas geheimnisvoll: »Nicht umsonst nennt man Hisak den Sonnendieb. Aber erst ist noch ein Lied zu singen, und ein Zeichen muß gemacht werden.«

Die Rituale respektierend, aber ohne ihnen persönlich irgendwelche Bedeutung beizumessen, nickte Corum ernst.

Er war überzeugt, daß ihm eine große Ehre zuteil wurde, aber er war nicht in der Lage zu sagen, worin diese Ehre denn nun genau bestand. »Ich danke euch nochmals«, sagte er tief beeindruckt. »Ich finde nicht die geeigneten Worte, denn die Sprache ist ein armseliges Mittel, um die Gefühle auszudrücken, die ich euch mitteilen möchte.«

»Dann laßt uns von dieser Sache nicht weiter sprechen, bis die Zeit der Schwerttaufe gekommen ist«, erklärte Hisak, der sich damit zum erstenmal äußerte. Seine Stimme klang schroff, aber verständnisvoll.

»Ich bin eigentlich gekommen, um dich wegen einer anderen Angelegenheit zu fragen, Goffanon«, sagte Corum. »Ilbrec erzählte mir vorhin von möglichen Verbündeten. Ich wollte wissen, ob du mir dazu etwas sagen kannst.«

Goffanon zuckte die Achseln. »Ich habe dir schon gesagt, daß mir keine weiteren möglichen Verbündeten für den Kampf gegen die Fhoi Myore einfallen.«

»Dann wollen wir diese Sache ruhen lassen, bis Ilbrec selbst Zeit gefunden hat, sich mit Euch darüber zu unterhalten«, verkündete Medheb und zupfte Corum am Ärmel. »Wir sehen uns heute abend alle auf dem Fest, meine Freunde. Jetzt sollten wir ein wenig ausruhen.« Und sie führte einen nachdenklichen Corum zurück zu den Mauern von Caer Mahlod.

3 Auf dem Fest

Die große Halle von Caer Mahlod hatte sich gefüllt. Für einen Fremden wäre es kaum vorstellbar gewesen, daß ein Volk sich hier auf den letzten, verzweifelten Kampf gegen einen nahezu unbezwingbaren Feind vorbereitete. Im Gegenteil, alles hier trug den Charakter einer Siegesfeier.

Vier lange Eichentische formten ein weites Viereck, in dessen Mitte recht unbequem ein goldhaariger Riese saß. Ilbrec hatte seinen eigenen Becher, seinen Teller und seinen Löffel mitgebracht. An den Tischen saßen, mit den Gesichtern nach innen, die Edlen der Mabden. Der Hochkönig, der schlanke, asketische Amergin, nahm unter ihnen den Ehrenplatz ein. Er trug seinen von Silberfäden durchzogenen Mantel und eine Krone aus heiligem Eichenlaub. Ihm gegenüber saß Corum, mit seiner bestickten Augenklappe und seiner silbernen Hand. Zu beiden Seiten von Amergin saßen Könige, und neben den Königen saßen Königinnen und Prinzen und die berühmtesten Ritter mit ihren Damen. Corum hatte Medheb zu seiner Rechten und Goffanon zu seiner Linken. Und neben Medheb saß Jhary-a-Conel, und neben Goffanon saß Hisak Sonnendieb, der geholfen hatte, die noch namenlose Klinge zu schmieden.

Kostbare Seiden und Pelze, Schmuck aus rotem Gold und weißem Silber, aus poliertem Eisen und schimmernder Bronze, besetzt mit Smaragden, Rubinen und Saphiren – das alles erfüllte die von hell brennenden Fackeln erleuchtete Halle mit den strahlendsten Farben. Die Luft war voll Rauch und dem Duft der Tiere, die in der Küche gebraten und in Vierteln hereingetragen wurden. In einer Ecke saßen Musikanten mit Harfen, Pfeifen und Trommeln und spielten süße Melodien, die zu dem Stimmengewirr in der Halle paßten. Es waren fröhliche Stimmen, und die Unterhaltung mischte sich oft mit ausgelassenem Gelächter.

Alle sprachen mit Begeisterung dem Mahle zu bis auf Corum, der guter Stimmung war, dem es aber aus irgendeinem Grund an Appetit fehlte. Gelegentlich wechselte er ein paar Worte mit Goffanon und Jhary-a-Conel, trank aus seinem goldenen Horn und ließ seine Blicke über die versammelte Runde um ihn gleiten. Er erkannte alle der anwesenden großen Helden und Heldinnen des Mabden-Volkes.

Neben den fünf Königen – König Mannach, König Fiachadh, König Daffyn, König Khonun von den Tuha-na-Anu und König Ghachbes von den Tuha-na-Tir-nam-Beo – gab es noch viele, deren Ruhm schon in den Liedern ihrer Völker besungen wurde.

Unter ihnen waren Fionha und Cahleen, zwei Töchter des großen, schon toten Ritters Milgan der Weiße. Blond, mit einer Haut von Milch, einander ähnlich wie Zwillinge, gekleidet in Gewänder mit gleichem Schnitt und gleicher Farbe, nur daß das eine Gewand in der Grundfarbe rot war und blau bestickt, und das andere blau war mit roten Stickereien. Die beiden kriegerischen Schwestern flirteten mit zwei Rittern ihnen gegenüber. Die honigfarbenen Augen funkelten dabei, und ihr Haar wallte ihnen wild und ungebunden über die Schultern.

Nicht weit von ihnen saß der, den man den Baumschwinger nannte, Phadrac vom Crag von Lyth, fast so groß und breitschultrig wie Goffanon, mit grünen, leuchtenden Augen und einem roten Mund, dem man ansah, daß er gerne lachte. Seine Waffe war ein ganzer Baumstamm, mit dem er seine Gegner vom Pferd schlug. Der Baumschwinger lachte heute abend wenig, denn er trauerte um seinen Freund Ayan mit den haarigen Händen, den er während eines Kampfspieles im Rausch erschlagen hatte.

Und am nächsten Tisch war Jung Fean der Mittelpunkt, der Liebling aller Adelstöchter, die bei jedem seiner Worte kicherten und ihm über das rote Haar strichen und ihn mit den besten Bissen fütterten. Neben ihm saßen die Fünf Ritter von Eralskee; Brüder, die bis vor kurzem noch jeden Kontakt mit den Tuha-na-Anu abgelehnt hatten, weil sie eine Blutfehde gegen ihren Onkel, König Khonun, führten, den sie für den Mörder ihres Vaters hielten. Jahrelang hatten sie von ihren Bergverstecken aus die Länder König Khonuns überfallen und versucht, eine Armee gegen ihn anzuwerben. Doch nun hatten sie geschworen, ihre Fehde ruhen zu lassen, bis der Sieg über die Fhoi Myore errungen war. In ihrem Äußeren glichen sich alle fünf bis auf den jüngsten, der schwarzes Haar hatte und nicht ganz so grimmig blickte wie seine Brüder. Alle trugen sie den spitzen konischen Helm mit dem Eulenzeichen von Eralskee. Große, harte Männer waren es, die jetzt in Erwartung der kommenden Kämpfe lächelten.

Dann war da Morkyan von den beiden Lächeln. Eine

Narbe in seinem Gesicht ließ die eine Hälfte der Lippe nach oben und die andere nach unten lächeln, aber nicht darum wurde er Morkyan von den beiden Lächeln genannt. Man erzählte sich, daß nur Morkyans Feinde seine beiden Lächeln sehen – das erste Lächeln bedeutete, daß er sie zu töten beabsichtigte, und das zweite hieß, daß sie tot waren. Morkyan beeindruckte auch durch sein elegantes, dunkelblaues Lederwams und eine passende Lederkappe. Er trug einen Spitzbart und darüber einen nach oben geschwungenen Schnurrbart. Sein kurzes Haar wurde fast ganz von der Kappe verborgen.

An zwei Freunden vorbei beugte sich zu Morkyan Kernyn der Zerlumpte vor, der wie ein Bettler aussah. Seine Armut verdankte er seiner seltsamen Angewohnheit, den Familien der Männer, die er erschlagen hatte, großzügige Geschenke zu machen. In der Schlacht von dämonischer Wildheit, packte Kernyn nachher die Reue für jeden Feind, den er tötete, und er tat alles, um dessen Angehörige ausfindig zu machen und sie mit einem ausreichenden Betrag zu versöhnen. Kernyns braunes Haar und sein langer Bart waren ausgebleicht und ungepflegt. Aber sein langes, trauriges Gesicht glühte jetzt vor Begeisterung, als er mit Morkyan Erinnerungen an eine Schlacht austauschte, bei der sie auf unterschiedlicher Seite gekämpft hatten.

Grynion Bullenreiter war ebenfalls da. Er hatte seinen Arm um die kräftige Hüfte von Sheonan, der Axtfrau, gelegt, eines anderen Mädchens mit überragenden kämpferischen Fähigkeiten. Grynion hatte sich seinen Beinamen verdient, als er sich fast tödlich verwundet auf einen wilden Bullen schwang und das Tier in die Mitte des Schlachtgetümmels gegen seine Feinde lenkte, die ihm schon sein Pferd und seine Waffen abgenommen hatten.

Von einem Braten schnitt sich gerade Ossan, der Sattler, ein großes Stück ab. Die Kunst seiner Lederarbeiten hatte ihn berühmt gemacht. Sein Wams und seine Kappe waren aus feingegerbtem Leder mit eingeprägten fließenden Mustern. Obwohl bereits ein Mann in fortgeschrittenen Jahren, bewegte er sich mit der Gewandtheit eines Jünglings. Er grinste zufrieden, während er sich das Fleischstück in den Mund schob und Bratensaft in seinen ingwerroten Bart tropfte. Dann wandte er sich einem anderen Ritter zu, der allen, die ihn hören wollten, lautstark seinen neuesten Witz zum Besten gab.

Und noch viele andere saßen an der Tafel: Fene der Beinlose, Uther aus dem Traurigen Tal, Pwyll Rückenbrecher, Shamane der Große und Shamane der Kleine, der Rote Fuchs Meyahn, Meister Dylann, Ronan der Blasse und Clar von hinter dem Westen, um nur einige von ihnen zu nennen. Corum hatte sie alle bei seiner Ankunft auf Caer Mahlod kennengelernt. Und Corum wußte, daß viele von ihnen den letzten Kampf mit den Fhoi Myore nicht überleben würden.

Nun klang Amergins klare, starke Stimme auf und rief: »Wohlan, Corum von der Silbernen Hand, seid Ihr zufrieden mit Euren Gefährten, die Ihr in die Schlacht führen werdet?«

Corum antwortete mit Dankbarkeit: »Mein einziger Zweifel besteht darin, daß es viele hier gibt, die würdiger sind als ich, solche großen Krieger in den Kampf zu führen. Es ist eine große Ehre für mich, für diese Aufgabe auserwählt zu sein.«

»Wohl gesprochen!« König Fiachadh hob sein Methorn. »Ich trinke auf Corum, den Bezwinger von Sreng von den Sieben Schwertern, den Retter unseres Hochkönigs. Ich trinke auf Corum, der uns Mabden unseren Stolz zurückgegeben hat!«

Und Corum errötete, als sie ihn hochleben ließen und auf seine Gesundheit tranken, und als sie geendet hatten, stand er auf und hob sein eigenes Horn und sprach diese

Worte: »Ich trinke auf diesen Stolz! Ich trinke auf das Volk der Mabden!«

Die ganze Gesellschaft brach in begeisterte Rufe aus, und alle tranken.

Dann sagte Amergin:

»Wir können uns glücklich preisen, Sidhi-Verbündete zu haben, die sich im Kampf gegen die Fhoi Myore an unsere Seite stellen. Wir können uns glücklich preisen, daß uns viele unserer großen Schätze zurückgegeben wurden. Mit Hilfe dieser Schätze gelang es uns, die Fhoi Myore zurückzuschlagen, als sie uns vernichten wollten. Ich trinke auf die Sidhi und die Geschenke der Sidhi.«

Wieder trank die ganze Gesellschaft bis auf einen gerührten Ilbrec und einen amüsierten Goffanon und brachte Hochrufe aus.

An Ilbrec war es, die nächsten Worte zu sprechen. Er sagte:

»Wenn die Mabden nicht solchen Mut besäßen, wenn sie nicht ein Volk von so edler Gesinnung wären, würden ihnen die Sidhi nicht helfen. Wir kämpfen für das Schöne und Edle in allen lebenden Wesen!«

Goffanon knurrte zustimmend. »Im großen und ganzen«, setzte er dann hinzu, »sind die Mabden kein selbstsüchtiges Volk. Sie sind nicht hochmütig. Sie respektieren einander. Sie sind nicht habsüchtig. Und sie sind in der Regel nicht selbstgerecht. Aye, ich fühle mich von diesem Volk angezogen. Ich bin glücklich, daß ich mich schließlich doch entschlossen habe, für die Sache dieses Volkes zu kämpfen. Es ist gut, für eine solche Sache zu sterben.«

Amergin lächelte. »Ich hoffe, Ihr erwartet nicht den Tod, Sir Sidhi. Ihr redet, als sei er für Euch unausweichlich.«

Und Goffanon senkte achselzuckend die Augen.

Schnell warf König Mannach ein: »Wir werden die

Fhoi Myore besiegen. Wir müssen. Aber ich muß doch einräumen, daß wir jede Hilfe, die die Vorsehung noch bereithalten mag, gut gebrauchen können.« Er sah Corum bedeutungsvoll an, der nickte.

»Magie ist die beste Waffe gegen Magie«, stimmte Corum zu. »Ist es das, was Ihr damit andeuten wolltet, König Mannach?«

»Das wollte ich sagen«, bestätigte Medhebs Vater.

»Magie!« Goffanon lachte. »Es gibt nicht mehr viel Magie auf dieser Welt außer der, derer sich die Fhoi Myore und ihre Freunde bedienen.«

»Doch hörte ich davon, daß es irgendwo ...« Corum wurde sich erst bei seinen Worten richtig bewußt, was er sagte. Er hielt inne und überdachte seine plötzliche Eingebung.

»Wovon hörtet Ihr?« erkundigte sich Amergin und beugte sich erwartungsvoll vor.

Corum sah zu Ilbrec. »Ihr habt von einem magischen Ort gesprochen, Ilbrec. Heute nachmittag. Ihr sagtet, Ihr wüßtet vielleicht, wo noch magische Verbündete für uns zu finden seien.«

Ilbrec warf Goffanon einen raschen Blick zu. Der Zwerg runzelte die Stirn. »Ich sagte«, erklärte Ilbrec, »daß ich *vielleicht* etwas wüßte ... Aber es war nur eine blasse Erinnerung.«

»Es ist zu gefährlich«, wandte Goffanon ein. »Wie ich dir schon vorhin sagte, Ilbrec, wundere ich mich, daß du überhaupt so etwas zur Sprache gebracht hast. Das beste, was wir tun können, ist, den größtmöglichen Nutzen aus dem zu ziehen, was uns jetzt für den Kampf zur Verfügung steht. Mehr wird es nicht geben.«

»Nun gut«, meinte Ilbrec. »Du warst schon immer vorsichtig, Goffanon.«

»In diesem Fall sehr zu Recht«, knurrte der Sidhi-Zwerg.

Aber jetzt war es bereits still in der Halle geworden, und jeder lauschte dem Wortwechsel zwischen den Sidhi.

Ilbrec blickte in die Runde und wandte sich an die Versammelten. »Ich habe einen Fehler gemacht«, sagte er. »Magic und alles, was mit ihr zusammenhängt, wendet sich zu leicht gegen den, der Gebrauch davon machen will.«

»Das ist wahr«, bestätigte Amergin. »Wir respektieren Eure Zurückhaltung, Sir Sidhi.«

»Daran tut Ihr gut«, beendete Ilbrec das Thema. Aber man sah ihm an, daß er Goffanons Bedenken nicht recht teilen mochte. Vorsicht war kein ausgeprägter Zug im Charakter des Sidhi-Jünglings, genausowenig wie sie es im Charakter seines großen Vaters gewesen war.

»Euer Volk hat in neun großen Schlachten gegen die Fhoi Myore gekämpft«, sagte König Fiachadh und wischte sich den Bratensaft von den Lippen. »Deshalb kennt Ihr sie am besten. Und deshalb werden wir jedem Rat folgen, den Ihr uns gebt.«

»Und gebt Ihr uns einen Rat, Sir Sidhi?« fragte Amergin.

Goffanon blickte von seinem Becher auf, in den er nachdenklich gestarrt hatte.

Seine Augen hatten einen harten Ausdruck. Sie brannten mit einem Feuer, das bisher niemand darin gesehen hatte. »Nur daß Ihr Euch vor Helden in acht nehmen sollt«, sagte er.

Und niemand fragte ihn, was das bedeuten sollte, denn alle waren von dieser Bemerkung völlig überrascht und verwirrt.

Nach einiger Zeit ergriff König Mannach das Wort:

»Es wurde übereinstimmend entschieden, daß wir direkt bis Caer Llud vorrücken und dort zuerst angreifen. Es gibt Einwände gegen diesen Plan. Wir werden direkt in das kälteste Gebiet im Reich der Fhoi Myore marschieren müssen. Aber nur so haben wir eine Chance, sie zu überraschen.«

»Danach ziehen wir uns wieder zurück«, fuhr Corum fort. »Wir begeben uns auf dem schnellsten Wege nach Craig Dôn, wo wir einen zusätzlichen Vorrat an Waffen, Reittieren und Lebensmitteln deponiert haben. Von Craig Dôn aus können wir weitere Überraschungsschläge gegen die Fhoi Myore austeilen, denn wir wissen, daß sie die Steinkreise fürchten und nie betreten werden. Die einzige Gefahr für uns wäre, daß die Fhoi Myore noch genug Truppen haben, um uns in Craig Dôn zu belagern, bis wir keine Lebensmittel mehr haben.«

»Und darum müssen wir in Caer Llud hart und entschlossen zuschlagen. Wir müssen so viele von ihnen erschlagen wie möglich und uns gleichzeitig nicht verausgaben, unsere Stärke für die späteren Kämpfe aufheben«, erklärte Morkyan von den beiden Lächeln, während er sich über seinen Spitzbart strich. »Vor Caer Llud müssen wir auf alle Beweise des Mutes und alle Ruhmestaten verzichten.«

Seine Worte fanden nicht bei allen Versammelten Anklang.

»Der Krieg ist eine Kunst«, sagte Kernyn der Zerlumpte. Sein langes Gesicht schien dabei noch länger zu werden. »Wenn er auch eine schreckliche und unmoralische Kunst ist. Und die meisten von uns, die wir hier versammelt sind, fühlen sich als Künstler. Sie sind stolz auf ihre Art zu kämpfen, ihre Fähigkeiten, die sie zu berühmten Kriegern gemacht haben – aye, auf ihren Stil. Wenn wir keine Möglichkeit haben sollten, unsere Kunst auf unsere individuelle Art und Weise darzustellen, haben wir dann überhaupt das Recht zu kämpfen?«

»Die Kriegskunst der Mabden untereinander ist eine Sache«, widersprach Corum ruhig, »aber ein Krieg der Mabden gegen die Fhoi Myore ist eine andere. In den

Schlachten, die wir heute abend besprechen, geht es um mehr als um den Stolz.«

»Ich verstehe Euch«, sagte Kernyn der Zerlumpte, »aber ich bin mir nicht sicher, ob ich Euch zustimmen soll, Sir Sidhi.«

Sheonan, die Axtfrau, schüttelte Grynions Arm ab. »Es könnte sein, daß wir zuviel aufgeben, um unsere Leben zu retten«, sagte sie.

»Ihr habt uns gesagt, was Ihr an den Mabden bewundert.« Der Baumschwinger Phadrac wandte sich an Goffanon. »Doch jetzt besteht die Gefahr, daß wir alle Tugenden unseres Volkes verleugnen, nur um weiter existieren zu können.«

»Ihr müßt nichts von Euren Tugenden opfern«, erklärte ihm Goffanon. »Wir müssen nur etwas Klugheit zu Rate ziehen, wenn wir unseren Angriff gegen Caer Llud vortragen. Einer der Gründe, warum die Mabden bisher so viele Schlachten gegen die Fhoi Myore verloren haben, ist, daß die Mabden-Krieger als einzelne Individuen kämpfen, während die Fhoi Myore ihre Truppen einheitlich organisiert haben. Vor Caer Llud, und gerade dort, müssen wir uns ebenfalls dieser Taktik bedienen. Wir müssen Berittene für schnelle Angriffe benutzen und Schlachtwagen als bewegte Plattformen, von denen aus wir unsere Geschosse abfeuern. Es wäre sinnlos, ruhig stehenzubleiben und gegen Rhannons schrecklichen Atem zu kämpfen.«

»Der Sidhi spricht weise«, stimmte Amergin zu. »Und ich bitte Euch alle, ihm gut zuzuhören. Deshalb haben wir uns nicht zuletzt heute abend alle hier versammelt. Ich sah Caer Llud fallen. Ich sah gute, tapfere Krieger fallen, bevor sie nur einen einzigen Streich gegen ihre Feinde führen konnten. In den alten Zeiten, in den Zeiten der Neun Schlachten, bekämpften die Sidhi die Fhoi Myore Mann gegen Mann; aber wir sind keine Sidhi. Wir sind Mabden. Aus diesem Grund müssen wir gemeinsam wie ein einziges Volk kämpfen.«

Der Baumschwinger lehnte sich zurück und nickte. »Wenn Amergin es verlangt, dann will ich so kämpfen, wie der Sidhi es vorschlägt. Das genügt mir«, sagte er.

Und die anderen erhoben ein zustimmendes Gemurmel.

Ilbrec griff unter seine Jacke und zog eine Pergamentrolle hervor. »Hier ist eine Karte von Caer Llud«, sagte er.

Er entrollte das Blatt und hielt es hoch, um es allen zu zeigen.

»Wir greifen gleichzeitig von vier Seiten an. Jede Streitmacht wird von ihrem König geführt. Dieser Teil der Mauer wird für den schwächsten gehalten. Also werden hier zwei Könige mit ihren Völkern angreifen. Im Idealfall können wir bis ins Zentrum der Stadt vorrücken und dort den entscheidenden Sieg über die überraschten Fhoi Myore und ihre Sklaven erringen. Aber viel wahrscheinlicher ist, daß wir gar nicht so weit kommen. Deshalb müssen wir soviel Schaden wie möglich anrichten, bevor wir zum Rückzug gezwungen werden, und gleichzeitig unsere Kräfte für den zweiten Kampf bei Craig Dôn schonen ...« Und Ilbrec fuhr fort, die Einzelheiten des Planes zu erläutern. Obwohl er selbst zu denen gehörte, die diesen Plan entworfen hatten, war Corum nicht sehr optimistisch, was ihre Erfolgsaussichten anging. Doch einen besseren Kriegsplan gab es nicht, und so würde es dabei bleiben. Corum schüttete sich Met aus dem Krug ein und reichte ihn dann an Goffanon weiter. Noch immer wünschte Corum, daß Goffanon Ilbrec erlaubt hätte, von den geheimnisvollen Verbündeten zu sprechen, die der Schmied für so gefährlich hielt.

Während er den Krug entgegennahm, sagte Goffanon leise: »Wir müssen bald von hier aufbrechen. Mitternacht rückt näher. Das Schwert wird fertig sein.«

»Es gibt hier auch nicht mehr viel zu besprechen«, stimmte Corum zu. »Laß mich wissen, wann du gehen willst, und ich werde uns entschuldigen.«

Ilbrec war jetzt dabei, einzelne Fragen der Anwesenden zu beantworten, die wissen wollten, wie eine bestimmte Mauer am besten zu durchbrechen sein würde, wie lange gewöhnliche Sterbliche im Nebel der Fhoi Myore überleben könnten, wie man sich am besten gegen diesen Nebel schützte, und was es sonst noch alles zu fragen gab.

Als er sah, daß er nichts mehr zum weiteren Gespräch beitragen konnte, erhob sich Corum und verabschiedete sich mit ausgesuchter Höflichkeit vom Hochkönig und den anderen Anwesenden. Dann schritt er zusammen mit Medheb, Goffanon und Hisak Sonnendieb aus der überfüllten Halle hinaus in die schmalen Straßen und in die kühle Nacht.

Der Himmel war fast so hell wie am Tag. Die gedrungenen Bauwerke der Festungsstadt zeichneten sich als schwarze Umrisse gegen ihn ab. Einige blasse, bläuliche Wolken zogen am Mond vorbei und segelten weiter zum Horizont Richtung Meer. Die drei Männer und die Frau verließen die Stadt durch das Haupttor und schritten über die Brücke, die den Graben überspannte. Sie umgingen das Lager und hielten auf die Bäume dahinter zu. Irgendwo schrie eine Eule. Große Schwingen rauschten, und ein junges Kaninchen quiekte. Insekten zirpten in dem hohen Gras, durch das die Gruppe wanderte, bis sie zum Waldrand kamen.

Hier standen die Bäume noch nicht sehr dicht, und Corum konnte den Himmel jetzt über sich sehen. Er bemerkte, daß, wie bei seinem letzten Besuch in diesem Wald, wieder Vollmond war.

»Wir gehen jetzt zu dem Ort der Macht«, sagte Goffanon, »wo das Schwert auf uns wartet.«

Und Corum mußte feststellen, daß er zögernd stehengeblieben war, denn es widerstrebte ihm, den Hügel zu besuchen, wo er diesen seltsamen Mabden-Traum betreten hatte.

Hinter ihnen ertönte ein Geräusch. Corum wandte sich nervös um und sah zu seiner Erleichterung, daß es Jhary-a-Conel war, der ihnen mit seiner Katze auf der Schulter folgte.

Jhary grinste. »In der Halle wurde die Luft für Schnurri zu schlecht.« Er streichelte der Katze den Kopf. »Da dachte ich, ich könnte eigentlich mit euch gehen.«

Leichtes Mißtrauen flackerte kurz in Goffanons Augen auf, aber er nickte.

»Ihr seid ein willkommener Zeuge für das, was heute nacht hier geschehen wird.«

Jhary bedankte sich mit einer Verbeugung.

Corum sagte: »Gibt es keinen anderen Platz, zu dem wir gehen können, Goffanon? Muß es Cremms Hügel sein?«

»Cremms Hügel ist die Stätte der Macht, die Caer Mahlod am nächsten liegt«, erklärte Goffanon einfach. »Die Reise zu den anderen Orten würde zu lange dauern.«

Corum blieb noch immer stehen. Er lauschte angespannt auf die Geräusche des nächtlichen Waldes. »Hört ihr das Spiel einer Harfe?« fragte er.

»Wir sind zu weit von der Halle entfernt, um die Musik noch hören zu können«, erwiderte Hisak Sonnendieb.

»Ihr hört keine Harfe hier im Wald?«

»Ich höre nichts«, stellte Goffanon fest.

»Dann höre ich auch nichts«, sagte Corum. »Ich dachte für einen Augenblick, es wäre die Dagdagh-Harfe. Die

Harfe, die wir hörten, als wir die Eichfrau beschworen haben.«

»Der Ruf eines Nachttieres«, meinte Medheb.

»Ich fürchte diese Harfe.« Corums Stimme war ein fast unhörbares Flüstern.

»Dafür gibt es keinen Grund«, beruhigte Medheb ihn. »Die Dagdagh-Harfe ist weise und hilfreich. Sie ist unser Freund.«

Corum faßte nach ihrer warmen Hand. »Sie ist dein Freund, Medheb vom Langen Arm, aber nicht meiner. Die alte Seherin hat mir gesagt, daß ich eine Harfe fürchten soll, und das ist die Harfe, von der sie sprach.«

»Vergiß diese Prophezeiung. Die alte Frau war völlig verwirrt und von Sinnen. Es war keine wahre Prophezeiung.« Medheb trat dich an Corum heran und hielt seine Hand noch fester. »Von uns allen solltest gerade du am wenigsten abergläubisch sein, Corum.«

Corum riß sich zusammen und bemühte sich, seine Ängste so gut wie möglich zu verdrängen. Für einen kurzen Augenblick trafen sich seine Augen mit denen Jharys. Jhary wirkte besorgt. Er wandte sich schnell ab und rückte sich seinen breitkrempigen Hut zurecht.

»Wir müssen uns jetzt beeilen«, knurrte Goffanon. »Die Stunde ist nahe.«

Und Corum kämpfte seine Todesahnungen nieder und folgte dem Zwerg tiefer in den Wald.

4 Das Schwertlied des Sidhi

Cremms Hügel war, wie Corum ihn schon früher gesehen hatte. Das weiße Licht des Mondes ergoß sich über ihn, und die Blätter der Eichen schimmerten wie dunkles Silber. Nichts rührte sich.

Corum betrachtete den Hügel und fragte sich, was darunter liegen mochte. Barg der Hügel wirklich die Gebeine von jenem, den man einmal Corum von der Silbernen Hand genannt hatte? Und konnten diese Gebeine in einer anderen Zeit seine eigenen gewesen sein? Im Augenblick genügte dieser Gedanke, um Corum zu verunsichern. Er sah Goffanon und Hisak Sonnendieb zu, die aus der Erde am Fuß des Hügels ein fertiges Schwert ausgruben. Es war ein schweres, wohl gehärtetes Schwert mit einem von gehämmerten Eisenbändern umwickelten Knauf. Die Klinge schien das Licht des Mondes anzuziehen und reflektierte es mit einem feurigen Glanz, der noch zuzunehmen schien.

Vorsichtig hielt Goffanon das Schwert in seiner Hand. Er hatte es oberhalb des Heftes gepackt, so daß seine Finger den eigentlichen Griff nicht berührten. Gemeinsam mit Hisak, der zufrieden nickte, untersuchte er es.

»Um diese Klinge stumpf werden zu lassen, muß viel geschehen«, sagte Goffanon. »Außer Ilbrecs Schwert Vergelter gibt es keine Klinge wie diese mehr auf der Welt.«

»Ist das Stahl?« Jhary-a-Conel trat näher und musterte das Schwert mit scharfem Blick. »Es schimmert nicht wie Stahl.«

»Es ist eine Legierung«, erklärte Hisak stolz. »Zum Teil aus Stahl, zum Teil aus Sidhi-Metall.«

»Ich dachte, auf dieser Ebene gäbe es kein Sidhi-Metall mehr«, warf Medheb ein. »Ich dachte, alles wäre verschwunden bis auf das wenige in den Waffen von Ilbrec und Goffanon.«

»Es sind die Überreste eines Sidhi-Schwertes«, sagte Goffanon. »Hisak besaß sie. Als wir uns trafen, erzählte er mir, daß er sie schon seit vielen Jahren hatte, aber nicht wußte, wie damit umzugehen war. Er bekam sie von Bergleuten, die das alte Schwert gefunden hatten, als sie nach Eisen-Erzen gruben. Es muß tief vergraben gewesen sein. Ich erkannte es als eines der hundert Schwerter, die ich für die Sidhi schmiedete. Nur ein Teil der Klinge war noch erhalten. Wir werden niemals erfahren, welche Umstände dazu geführt haben, daß es so tief vergraben wurde. Zusammen fanden Hisak und ich einen Weg, das Sidhi-Metall mit dem Metall der Mabden zu mischen und so ein Schwert zu schmieden, das die Vorzüge von beiden Erzen in sich vereinigt.«

Hisak Sonnendieb zog die Augenbrauen zusammen. »Und soweit ich verstanden habe, besitzt dieses Schwert noch einige besondere Eigenschaften darüber hinaus.«

»Möglich«, entgegnete Goffanon. »Zur rechten Zeit werden wir mehr darüber erfahren.«

»Es ist ein großartiges Schwert«, urteilte Jhary und griff danach. »Darf ich es einmal in die Hand nehmen?«

Aber Goffanon zog es schnell aus seiner Reichweite. Die Bewegung wirkte nervös, fast erschreckt. Der Schmied schüttelte den Kopf. »Nur Corum«, sagte er. »Nur Corum!«

»Dann ...« Corum wollte das Schwert entgegenehmen, doch Goffanon hob die Hand.

»Noch nicht«, hielt ihn der Zwerg zurück. »Ich muß erst das Lied singen.«

»Das Lied?« Medheb sah ihn neugierig an.

»Mein Schwertlied. Bei Gelegenheiten wie dieser wurde immer ein Lied gesungen.« Goffanon hob das Schwert gegen den Mond, und für einen kurzen Moment schien es zu einem lebenden, vibrierenden Wesen zu werden. Doch der Eindruck verschwand sofort wieder, und zurück blieb ein festumrissenes schwarzes Kreuz, das sich deutlich gegen die große Scheibe des Mondes abzeichnete. »Jedes Schwert, das ich schmiede, ist anders. Jedes muß ein anderes Lied haben. So erhält es seine unverwechselbare Identität. Aber ich werde dieser Klinge keinen Namen geben. Diese Aufgabe muß Corum übernehmen. Er muß dem Schwert den Namen geben, der zu ihm paßt und der der einzig richtige ist. Erst wenn es seinen Namen erhalten hat, wird das Schwert seine wahre Bestimmung erfüllen.«

»Und was ist diese Bestimmung?« fragte Corum.

Goffanon lächelte. »Ich weiß es nicht. Nur das Schwert wird es wissen.«

»Ich hielt Euch für über solchen Aberglauben erhaben, Sir Sidhi.« Jhary-a-Conel kraulte seiner Katze bei diesen Worten den Nacken.

»Das ist kein Aberglaube. Es hängt mit den Fähigkeiten zusammen, in Zeiten wie dieser heute in andere Ebenen zu blicken, in andere Zeitalter, in Zukunft und Vergangenheit. Was geschehen wird, wird geschehen. Nichts, was wir hier tun, kann daran etwas ändern. Aber wir werden ein *Gefühl* für das bekommen, was uns erwartet, und diese Ahnung kann von Vorteil für uns sein. Ich muß mein Lied singen, das ist alles, was ich weiß.« Goffanon blickte abwehrend um sich. Dann entspannte er sich und wandte sein Gesicht dem Mond zu. »Ihr müßt zuhören und still sein, während ich singe.«

»Und was wollt Ihr singen?« wollte Medheb wissen.

»Bis jetzt«, murmelte Goffanon, »weiß ich das selbst nicht. Mein Herz wird es mir sagen.« Danach zogen die anderen sich instinktiv in den Schatten der Bäume zurück, während Goffanon zur Kuppe von Cremms Hügel hinaufstieg, das Schwert mit beiden Händen um die Klinge gepackt und gegen den Mond erhoben. Auf der Spitze des Hügels blieb er stehen.

Für einen langen Augenblick stand Goffanon lautlos und unbeweglich. Seine schwere Brust hob und senkte sich schnell, und seine Augen waren fest geschlossen. Dann bewegte er sich langsam. Er deutete mit dem Schwert auf acht verschiedene Punkte, bevor er es wieder in seine ursprüngliche Position hob.

Und dann begann er zu singen. Er sang in der wunderbaren, wohltönenden Sprache der Sidhi, die so sehr der Vadhagh-Sprache glich und die Corum leicht verstehen konnte. Und dies sang Goffanon:

Lo! Ich hab die großen Schwerter geschmiedet
Für einhundert tapfere Sidhi-Krieger.
Neunundneunzig sind in der Schlacht geborsten.
Nur eines kehrte zurück zu mir.

Einige verrotteten in der Erde; einige im Eis;
Einige in Bäumen; einige unter der See;
Einige schmolz das Feuer oder fraß der Rost.
Nur eines kehrte zurück zu mir.

Eine Klinge, alle gebrochen, geborsten,
Eine, geschmiedet aus Sidhi-Erz,
Nicht genug für ein Schwert, ein neues,
So Eisen ward hinzugefügt.

Sidhi-Macht und Mabden-Macht
Vereinigt in Goffanons Klinge.
Sein Geschenk an Corum.
Doch Schwäche auch birgt dies Messer des Krieges.

Jetzt verschob Goffanon seinen Griff um das Schwert leicht und hob es noch etwas höher. Er schwankte, wie jemand in Trance, bevor er fortfuhr:

Geschmiedet im Feuer, gehärtet im Frost,
Macht von der Sonne, Weisheit vom Mond,
Fein doch nicht fehllos
In seinem Schicksal gefangen.

Oh! Wie sie es hassen werden,
Die Geister von morgen!
Jetzt schon spüren sie seinen Durst,
Des Schwertes Durst nach ihrem Blut.

Es schien so, als balanciere Goffanon das Schwert mit der Spitze auf seiner Hand, ja, als stände es aus eigener Kraft aufrecht.

Und Corum erinnerte sich an einen Traum, und er schauderte. Wann hatte er schon einmal ein solches Schwert geführt?

Die Namensgebung ist gekommen bald,
Auf daß der Feind erbebet!
Hier ist eine schöne Nadel geschaffen,
Zur Ader zu lassen die Fhoi Myore!

Schwert! Goffanon schuf dich!
Nun gehst du zu Corum!
Würmer und Aasfresser sind es,
Die ›Freund‹ dich nennen!

Hart wird sein die Schlacht,
Bevor die Macht des Winters weicht,
Reiche, rote Ernte wartet
Auf die Sidhi-Sichel.

Dann kommt die Zeit des Namens;
Dann kommt die Zeit des Zahlens.
Sidhi und Vadhagh, beide müssen
Bringen den Preis.

Jetzt hatte ein furchtsames Zittern Goffanons breite Schultern ergriffen, und das Schwert drohte fast aus seiner Hand zu fallen.

Corum wunderte sich, weil die anderen nichts von Goffanons Stöhnen wahrzunehmen schienen. Er sah in ihre Gesichter. Sie waren völlig in Trance versunken, überwältigt, jenseits jeder bewußten Wahrnehmung.

Goffanon zögerte, faßte sich wieder und sang weiter:

Namenlose Klinge, Corums Schwert nenne ich dich!
Hisak und Goffanan beanspruchen dich nicht!
Schwarze Winde schrein im Limbus!
Schwarze Flüsse harr'n meiner Seel'!

Diese letzten Worte schrie Goffanon. Er schien entsetzt von dem zu sein, was er mit seinen geschlossenen Augen sah, aber sein Schwertlied erschallte weiter von seinen bärtigen Lippen.

Hatte Corum dieses Schwert jemals gesehen? Nein. Aber da war ein anderes wie dieses gewesen. Dieses Schwert würde eine furchtbare Waffe gegen die Fhoi Myore sein, wußte er. Aber war es wirklich ein Freund? Warum begann er in ihm einen Feind zu sehen?

Dies war eines Schicksals Schmieden,
Aber nun da dies getan,
Die Klinge wie das Schicksal in ihr,
Nicht mehr gebrochen werden kann.

Corum konnte nur noch das Schwert sehen. Er merkte, daß er sich auf das Schwert zu bewegte, den Hügel hinaufstieg. Es war, als sei Goffanon verschwunden, und das Schwert hinge in der Luft. Und es brannte in einem Feuer, das einmal weiß war wie der Mond und einmal rot wie die Sonne.

Corum griff mit seiner silbernen Hand nach dem Knauf, aber das Schwert schien vor dem Griff zurückzuweichen. Erst als Corum ihm die Hand aus Fleisch und

Blut entgegenstreckte, erlaubte es ihm, näher zu kommen.

Corum hörte Goffanons Lied. Das Lied hatte als stolzer Gesang begonnen; nun war es eine traurige Totenklage. Und wurde diese Totenklage nicht in der Ferne vom Saitenspiel einer Harfe begleitet?

Hier ist ein passendes Schwert,
Halb sterblich, halb unsterblich,
Für den Vadhagh-Helden.
Hier ist Corums Schwert.

Keine Gnade in der Klinge, die ich schuf,
Geschmiedet wurde sie für mehr als Krieg;
Sie wird mehr töten als Fleisch und Blut;
Für mehr als Sterben und weniger als Tod ist sie gut.

Flieg, Klinge! Schnell in Corums Hand!
Vergiß, wer dich schuf!
Nur den Mabden-Feinden bring den Tod!
Lerne Treue, nicht Verrat!

Plötzlich war die Klinge in Corums linker Hand, und es war, als habe er dieses Schwert schon sein ganzes Leben lang gekannt. Es paßte genau in seine Faust und war großartig ausbalanciert. Er drehte die Klinge im Licht des Mondes und bewunderte ihre Schärfe und ihre Ausgewogenheit.

»Es ist mein Schwert«, sagte er. Er fühlte, daß er wieder mit etwas vereinigt war, das er vor langer Zeit verloren und vergessen hatte.

»Es ist mein Schwert.«

Diene wohl dem Ritter, der dich kennet!

Abrupt brach Goffanons Lied ab. Die Augen des großen Zwerges öffneten sich. In ihnen lag ein Ausdruck von qualvoller Schuld, Mitgefühl für Corum und Triumph.

Dann wandte sich Goffanon dem Mond zu.

Corum folgte Goffanons Blick, und seine Augen wurden von der großen silbernen Scheibe eingefangen, die den ganzen Himmel auszufüllen schien. Corum fühlte sich, als würde er auf diesen Mond zugezogen. Er sah Gesichter in ihm, Szenen von kämpfenden Heeren, verwüsteten Ländereien, Ruinenstädten und verbrannten Feldern. Er sah sich selbst, wenn er auch ein anderes Gesicht hatte. Er sah ein Schwert, nicht unähnlich dem, das er jetzt in der Hand hielt. Aber das andere Schwert war schwarz, während dieses hier weiß war. Er sah Jhary-a-Conel. Er sah Medheb. Er sah Rhalina, und er sah andere Frauen. Und er liebte sie alle, aber allein Medheb machte ihm gleichzeitig Angst. Dann erschien die Dagdagh-Harfe und veränderte sich zur Gestalt eines Jünglings, dessen Körper in einer seltsamen goldenen Farbe schimmerte und der auf eigenartige Weise selbst die Harfe war, die er spielte. Dann sah er ein großes fahles Pferd, und er wußte, daß dieses Pferd sein Pferd war, aber er wollte nicht wissen, wohin ihn dieses Pferd trug.

Dann sah Corum eine schneebedeckte Ebene, und über diese Ebene kam ein einzelner Reiter geritten, dessen Mantel scharlachrot leuchtete und dessen Rüstung und Waffen die eines Vadhagh waren und dessen eine Hand silbern schimmerte und dessen Augenklappe kunstvolle Stickereien zierten und dessen Gestalt die eines Vadhagh war, die Corums. Und Corum wußte, daß dieser Reiter nicht er selbst war, und er stöhnte vor Entsetzen auf und bemühte sich wegzusehen, als der Reiter näher und näher kam. Ein Ausdruck spöttischer Verachtung lag auf dem Gesicht des Reiters, und in seinem einzigen Auge stand der unausgesprochene Vorsatz, Corum zu töten und seinen Platz einzunehmen. »Nein!« schrie Corum.

Wolken verdeckten den Mond, und das Licht wurde dunkler, und Corum stand auf Cremms Hügel im Eichenhain, dem Ort der Macht, mit einem Schwert in der Hand, das anders war als alle anderen Schwerter, die bis zu diesem Tag geschmiedet worden waren; und Corum blickte den Hügel hinab und sah, daß Goffanon nun zusammenstand mit Hisak Sonnendieb und Jhary-a-Conel und der rothaarigen Medheb, Medheb vom Langen Arm, und alle vier blickten zu Corum herauf, als würden sie ihm helfen wollen, könnten aber nicht.

Corum wußte nicht, warum er ihnen auf diese Weise antwortete, als er jetzt das Schwert hoch über seinen Kopf hob und mit ruhiger, fester Stimme sagte:

»Ich bin Corum. Dies ist mein Schwert. Ich bin allein.«

Dann stiegen die vier den Hügel hinauf, und sie nahmen Corum in ihrer Mitte mit zurück nach Caer Mahlod, wo viele noch feierten, ohne bemerkt zu haben, was in dem Eichenhain geschehen war, als der Mond in seiner größten Fülle gestanden hatte.

5 Ein Trupp Reiter

Corum schlief bis tief in den folgenden Morgen, aber es war kein traumloser Schlaf. Stimmen sprachen zu ihm von treulosen Helden und edlen Verrätern. Er hatte Visionen von Schwertern; von dem, das er während der Zeremonie im Eichenhain erhalten hatte, und von anderen Schwertern, besonders einem bestimmten Schwert mit einer schwarzen Klinge, das wie die Dagdagh-Harfe eine eigene verwirrende Persönlichkeit zu haben schien, als wohne in ihm der Geist eines mächtigen Dämons. Und zwischen den Stimmen und den Visionen hörte er, wie diese Worte immer wieder gesprochen wurden:

»Du bist der Held. Du bist der Held.«

Und manchmal erklärte ihm ein Chor von Stimmen:

»Du mußt den Weg des Helden gehen.«

Und was war, fragte er sich, wenn dieser Weg nicht der Weg der Mabden war, denen zu helfen er geschworen hatte?

Und der Chor wiederholte:

»Du mußt den Weg des Helden gehen.«

Und schließlich wachte Corum auf und sagte laut:

»Ich finde keinen Gefallen an diesem Traum.«

Er meinte den Traum, aus dem er gerade erwacht war.

Medheb stand angezogen, frisch und unternehmungslustig neben seinem Bett. »Was für ein Traum ist das, mein Liebster?«

Er zuckte die Achseln und versuchte zu lächeln. »Nichts Die Ereignisse der letzten Nacht haben mich verwirrt, nehme ich an.« Er sah in ihre Augen, und er fühlte, wie sich eine schwache Furcht in seinen Geist schlich. Er griff nach ihren weichen Händen, ihren starken, kühlen Händen. »Liebst du mich wirklich, Medheb?«

Sie war verunsichert. »Das tue ich«, sagte sie.

Er sah an ihr vorbei zu der geschnitzten Truhe, auf der das Schwert lag, das Goffanon ihm gegeben hatte. »Welchen Namen soll ich dem Schwert geben?«

Sie lächelte. »Du wirst es wissen. Ist es nicht das, was Goffanon dir gesagt hat? Du wirst wissen, wie du es zu nennen hast, wenn die Zeit dafür gekommen ist, und dann wird das Schwert seine ganze Macht entfalten.«

Er setzte sich auf. Die Decke glitt von seiner breiten, nackten Brust.

Medheb ging zur Türe und gab jemandem im nächsten Raum ein Zeichen. »Prinz Corums Bad. Ist es fertig?«

»Es ist bereit, Herrin.«

»Komm, Corum«, sagte Medheb. »Wasch deine bösen Träume fort. In zwei Tagen sind wir zum Aufbruch nach Caer Llud bereit. Es gibt für dich bis dahin nicht mehr viel zu tun. Laß uns diese zwei Tage so schön wie möglich verbringen. Laß uns heute morgen ausreiten – hinter die Wälder und über die Moore!«

Er holte tief Atem. »Aye«, antwortete er schließlich lächelnd. »Ich bin ein Narr, über düsteren Gedanken zu brüten. Wenn mein Schicksal feststeht, dann steht es eben fest.«

Amergin traf sie, als sie eine Stunde später ihre Pferde bestiegen. Amergin war groß, schlank und jugendlich, aber er besaß die Würde eines Mannes, der viel älter war, als er aussah. Er trug die blau-goldene Robe des Erzdruiden, und sein Haupt krönte ein einfacher Eisenreif, mit ungeschliffenen Steinen besetzt.

»Seid gegrüßt«, sagte der Hochkönig. »Ist letzte Nacht alles verlaufen, wie Ihr es gewünscht habt, Prinz Corum?«

»Ich denke schon«, erwiderte Corum. »Goffanon schien zufrieden zu sein.«

»Aber Ihr tragt das Schwert nicht, das er Euch gab?«

»Es ist kein Schwert, denke ich, das man bei jeder Gelegenheit trägt.« Corum trug sein altes, gutes Schwert an seiner Seite. »Ich werde es aber auf jeden Fall tragen, wenn wir gegen die Fhoi Myore ziehen.«

Amergin nickte. Nachdenklich senkte er seinen Blick auf das Pflaster des Hofes. »Goffanon hat Euch nichts weiter über diese Verbündeten erzählt, von denen Ilbrec sprach?«

»Soweit ich verstanden habe«, erwiderte Medheb, »sieht Goffanon in ihnen, wer immer sie auch sein mögen, alles andere als mögliche Verbündete.«

»So ist es«, bestätigte Amergin. »Trotzdem scheint es mir wert, fast jedes Risiko einzugehen, wenn wir damit unsere Chancen, die Fhoi Myore zu besiegen, vergrößern können.«

Corum war überrascht von dem, was er hinter Amergins Worten zu sehen glaubte. »Denkt Ihr denn, wir werden keinen Erfolg haben?«

»Der Angriff auf Caer Llud wird einen hohen Blutzoll fordern«, antwortete Amergin ruhig. »Ich habe in der letzten Nacht über unseren Plan meditiert. Ich glaube, eine Vision gehabt zu haben.«

»Von einer Niederlage?«

»Es war keine Vision eines Sieges. Ihr kennt Caer Llud, wie ich es kenne, Corum. Ihr wißt von der grauenvollen Kälte, die jetzt dort herrscht. Es ist eine Kälte, die Männer leicht auf eine Art angreift, die ihnen gar nicht bewußt wird.«

»Das ist wahr.« Corum nickte.

»Das ist alles, was ich dachte«, schloß Amergin. »Ein einfacher Gedanke. Etwas Genaueres kann ich dazu nicht sagen.«

»Das braucht Ihr auch nicht, Hochkönig. Aber ich fürchte, es gibt keine bessere Möglichkeit, den Krieg gegen unsere Feinde zu führen. Wenn es ...«

»Wir würden alle davon wissen.« Amergin zuckte mit den Schultern und tätschelte Corums Pferd den Nacken. »Aber wenn Ihr noch einmal die Gelegenheit bekommt, dieses Thema bei Goffanon anzuschneiden, dann bittet ihn, uns doch wenigstens etwas über die Natur dieser möglichen Verbündeten anzudeuten.«

»Ich verspreche Euch, es zu versuchen, Amergin, aber ich glaube nicht, daß es irgendwelchen Zweck haben wird.«

»Nein«, sagte Amergin, und seine Hand glitt vom Nacken des Pferdes. »Das glaube ich auch nicht.«

Corum und Medheb galoppierten aus der Festungsstadt und ließen einen nachdenklichen Erzdruiden hinter sich zurück. Sie ritten durch die Eichenwälder und über das Hochmoor, wo Brachvögel über ihren Köpfen kreisten und die Luft vom Geruch des Ginsters und des Heidekrauts erfüllt war. Und es schien, als könne keine Macht des Universums der einfachen Schönheit dieser Landschaft etwas anhaben. Die Sonne schien warm aus einem blauen Himmel. Es war ein herrlicher Tag. Bald waren sie besserer Stimmung als jemals zuvor, und sie stiegen von ihren Pferden und wanderten durch das kniehohe Heidekraut. Dann lagen sie nebeneinander auf der Heide, so daß sie nur noch den Himmel über sich sehen konnten und das kühle, erholsame Grün des Farns um sie herum. Und sie nahmen sich in die Arme und hielten sich fest und liebten sich zärtlich. Danach lagen sie schweigend dicht beieinander, atmeten die gute Luft und lauschten auf das leise Rascheln und Rauschen des Moores.

Eine Stunde des Friedens war ihnen gestattet, bevor Corum ein fernes Dröhnen in der Erde unter ihnen spürte. Er wußte, was das bedeutete, und legte sein Ohr gegen den Boden.

»Pferde«, sagte er. »Sie kommen näher.«

»Fhoi Myore-Reiter?« Medheb setzte sich auf und griff nach ihrer Schleuder, die sie überall mit hinnahm.

»Vielleicht. Gaynor oder die Brüder der Kiefern, oder beide? Aber wir haben überall Posten aufgestellt. Reiter sind unterwegs, den Feind zu beobachten, und wir wissen, daß die Fhoi Myore zur Zeit im Osten ihre Streitmacht sammeln. Wir hätten vor jedem Angriff gewarnt werden müssen.«

Vorsichtig hob er den Kopf. Die Reiter kamen von Nordwesten, also in etwa aus Richtung der Küste. Corums Blick wurde von einem Hügelkamm versperrt, aber jetzt wurde dahinter fernes Gerassel von Zaumzeug laut. Ein Blick nach ihren eigenen Pferden überzeugte Corum, daß sie hier sofort von jedem entdeckt werden würden, der sich über den Hügel näherte. Er zog sein Schwert und rannte zu den Pferden. Medheb folgte ihm.

Schnell schwangen sie sich in die Sättel und ritten auf den Hügel zu, aber in einem Winkel, der sie für kurze Zeit aus dem Blickfeld der Fremden bringen würde. So hofften sie jedenfalls. Ein Findling bot ihnen etwas Deckung. Hinter ihm zügelten sie ihre Pferde und warteten darauf, daß die fremden Reiter in Sicht kamen. Kurz darauf erschienen die ersten drei. Sie ritten kleine, zottige Ponys, die durch die Größe ihrer breitschultrigen Reiter noch kleiner wirkten. Die Reiter waren Männer mit schimmerndem, hellroten Haar und scharfen, blauen Augen. Bart und Haare waren zu kleinen Zöpfen geflochten, in denen Schmuckperlen glitzerten. An ihre linken Arme gebunden waren ovale Schilde, die aus lederbespanntem Weidengeflecht zu bestehen schienen, das mit Streifen und Bändern aus kunstvoll gehämmerter Bronze verstärkt wurde. Auf der Innenseite schienen die Schilde Halterungen zu haben, in denen jeweils zwei bronzebeschwerte Speere mit eisernen Spitzen steckten. An ihren Hüften trugen die Männer kurze, breitklingige Schwerter, deren Griffe aus Lederscheiden ragten. Einige der Männer trugen ihre Helme, andere hatten sie am Sattelknauf befestigt. Die Helme waren mit eisernen oder bronzenen Reifen verstärkte Lederkappen, geschmückt von den langen geschwungenen Hörnern des Bergochsens. Bei einigen Helmen war das eigentliche Horn unter den aufgesetzten Ornamenten aus Eisenstücken, Bronze oder Gold kaum noch zu erkennen. Um ihre Schultern geschlungen waren Mäntel aus schwerem Tuch in Rot, Blau oder Grün. Sie trugen Kilts aus Tuch oder Leder, und ihre Beine darunter waren nackt. Nur wenige besaßen eine Art Schuhwerk. Die meisten hatten einfache Sandalen um die Fersen gebunden.

Ohne Zweifel waren sie alle Krieger, aber Corum hatte noch nie solche Männer gesehen, wenn sie auch in manchem den Tir-nam-Beo glichen und ihre Ponys Corum an die Tiere erinnerte, die seine alten Feinde aus den Wäldern nahe dem Moidelsberg ritten. Nach und nach kamen die Reiter über den Hügelkamm. Es mußten etwa zwanzig sein.

Und als sie näher heran ritten, war nicht mehr zu übersehen, daß eine harte Zeit hinter ihnen liegen mußte. Einige hatten gebrochene Glieder, andere trugen Verbände über schweren Wunden, und zwei der Männer waren an ihre Sättel gebunden, damit sie nicht von ihren Tieren stürzten.

»Ich glaube nicht, daß sie eine Bedrohung für Caer Mahlod darstellen«, meinte Medheb. »Sie sind Mabden. Aber was für Mabden? Ich dachte, alle Krieger wären längst zusammengerufen worden.«

»Sie müssen eine weite Reise hinter sich haben, so wie sie aussehen – eine harte und gefährliche Reise«, murmelte Corum. »Eine Reise, die sie über das Meer geführt haben muß. Ihre Mäntel tragen die deutlichen Spuren von Salzwasser. Vielleicht sind sie hier in der Nähe mit einem Boot gelandet. Komm, wir wollen sie begrüßen.« Er trieb sein Pferd hinter ihrer Deckung hervor und rief den Neuankömmlingen entgegen:

»Seid uns gegrüßt, Fremdlinge! Wohin führt Euch Euer Weg?«

Der stämmige Krieger an der Spitze der Schar zügelte sein Pony überrascht. Er zog seine roten Augenbrauen mißtrauisch hoch. Seine breite, narbige Hand fuhr zum Schwertgriff, und als er antwortete, klang seine Rede rauh und ungeschliffen.

»Ich entbiete Euch ebenfalls meinen Gruß«, sagte er,

»wenn Ihr uns nichts Böses wollt. Und wohin wir unterwegs sind – nun, das ist unsere Sache.«

»Es ist auch die Sache derer, durch deren Land Ihr hier reitet«, erwiderte Corum unbeeindruckt.

»Das mag sein«, antwortete der Krieger. »Aber wenn dies hier kein Mabden-Land ist, dann müßt Ihr es erobert haben, und wenn Ihr es erobert habt, dann seid Ihr unser Feind, und wir müssen Euch erschlagen. Wir sehen, daß Ihr kein Mabde sein könnt.«

»Das ist wahr. Aber ich diene der Sache der Mabden. Und diese Lady an meiner Seite, sie ist eine Mabden.«

»Sie ähnelt wohl einer Mabden«, entgegnete der Krieger, ohne sein Mißtrauen aufzugeben, »aber wir haben auf unserer Reise hierher so viele Trugbilder gesehen, daß wir uns nicht mehr durch die äußere Erscheinung eines Wesens täuschen lassen.«

»Ich bin Medheb«, meldete sich Medheb aufgebracht und zornig zu Wort. »Ich bin Medheb vom Langen Arm, berühmt als Kriegerin unter den Mabden. Und ich bin die Tochter König Mannachs, der von Caer Mahlod über dieses Land herrscht.«

Der Krieger entspannte sich etwas, behielt aber seine Hand am Schwertgriff, und die anderen schwärmten aus, als bereiteten sie sich auf einen Angriff auf Corum und Medheb vor.

»Und ich bin Corum«, sagte Corum, »der einmal der Prinz im scharlachroten Mantel genannt wurde. Aber diesen Mantel mußte ich einem Zauberer geben, und nun nennt man mich Corum von der Silbernen Hand.« Er hob seine metallene Hand, die er bis jetzt so gehalten hatte, daß sie den Blicken der Fremden verborgen war. »Habt Ihr nicht von mir gehört? Ich kämpfe für die Mabden gegen die Fhoi Myore.«

»Das ist er!« schrie einer der jüngeren Krieger hinter dem Anführer und deutete auf Corum. »Der scharlachrote Mantel – er trägt ihn diesmal nicht – aber die Gestalt ist dieselbe – die Augenklappe ist dieselbe. Das ist er!«

»So seid Ihr uns also doch gefolgt, Sir Dämon«, erklärte der Anführer der Krieger. Er seufzte, wandte sich im Sattel um und sah zu seinen Männern hinter ihm. »Mehr von uns sind nicht übriggeblieben, aber vielleicht sind wir noch genug, Euch und Euer Dämon-Weib zu erschlagen.«

»Er ist genausowenig ein Dämon, wie ich einer bin«, schrie Medheb wütend. »Warum haltet Ihr uns für Feinde? Wo habt Ihr uns schon einmal gesehen?«

»Euch haben wir noch nicht gesehen«, antwortete der Anführer. Er beruhigte sein nervös tänzelndes Pony mit einigen Zügelbewegungen. Sein Kettenhemd rasselte, und sein metallener Steigbügel schlug gegen die Unterkante seines langen Schildes. »Nur diesen da haben wir schon getroffen.« Er nickte in Corums Richtung. »Auf jener widerwärtigen und zauberischen Insel dort.« Mit einer heftigen Kopfbewegung deutete er zum Meer.

»Die Insel, wo wir acht gute Langschiffe an den Strand zogen und zehn Lastboote mit Proviant und unserem Besitz. Wir landeten, um Fleisch und Frischwasser aufzunehmen. Ihr werdet Euch erinnern«, fuhr er fort und starrte Corum dabei haßerfüllt an, »daß wir mit nur einem Schiff von dort entkamen, ohne unsere Frauen, ohne unsere Kinder und all unseren Besitz bis auf die Ponys.«

»Ich versichere Euch«, sagte Corum fest, »daß Ihr mich bis zu diesem Augenblick nirgendwo gesehen haben könnt. Ich bin Corum. Ich kämpfe gegen die Fhoi Myore. Die letzten Wochen habe ich auf Caer Mahlod verbracht. Ich habe die Festung oder ihre unmittelbare Umgebung während dieser Zeit nicht verlassen. Dies ist der erste Ausritt, der mich aus der unmittelbaren Umgebung der Stadt geführt hat, seit einem Monat!«

»Ihr seid derjenige, der sich uns auf der Insel entgegengestellt hat«, beharrte der Jüngling, der Corum als erster angeklagt hatte. »In Eurem roten Mantel, mit Eurem Helm aus falschem Silber und Eurem Gesicht, bleich wie das eines Toten, mit Eurer Augenklappe und Eurem Lachen ...«

»Ein Shefanhow«, sagte der Anführer. »Wir kennen Euch!«

»Es ist viele Lebensalter her, seit ich dieses Wort zum letztenmal von jemandem hörte«, erwiderte Corum düster. »Ihr steht dicht davor, mich zornig zu machen, Fremdling. Ich spreche die Wahrheit. Ihr müßt an einen Feind geraten sein, der mir auf irgendeine Weise ähnlich sieht.«

»Aye!« rief der Jüngling bitter. »Er sah Euch so ähnlich wie ein Zwillingsbruder! Wir fürchteten, daß Ihr uns folgen würdet. Aber wir sind bereit, uns gegen Euch zu wehren. Wo habt Ihr Eure Männer versteckt?« Er blickte wild um sich, so daß seine Zöpfe um seinen Kopf flogen.

»Ich habe keine Männer bei mir«, antwortete Corum ungeduldig.

Der Anführer lachte rauh. »Dann seid Ihr ein Narr!«

»Ich will nicht gegen Euch kämpfen«, erklärte Corum ihm. »Warum seid Ihr hierher gekommen?«

»Um uns denen anzuschließen, die sich vor Caer Mahlod sammeln.«

»Es ist, wie ich gedacht habe.« Alle dunklen Vorahnungen Corums waren zurückgekehrt, und er konnte sich nur mühsam beherrschen. »Wenn wir Euch unsere Waffen geben und Euch nach Caer Mahlod führen, werdet Ihr uns dann glauben, daß wir nichts Böses gegen Euch im Schilde führen? Auf Caer Mahlod werdet Ihr erfahren, daß wir Euch die Wahrheit gesagt haben, daß wir Euch niemals zuvor gesehen haben und daß wir nicht Eure Feinde sind!«

Der Jüngling rief mit lauter Stimme: »Das kann eine List sein, um uns in die Falle zu locken.«

»Reitet mit Euren Schwertern an unseren Kehlen, wenn Euch das beruhigt«, erwiderte Corum gleichgültig. »Wenn Ihr angegriffen werdet, könnt Ihr uns sofort töten.«

Der Anführer runzelte die Stirn. »Ihr habt nichts von der Art jenes anderen, den wir auf dieser verfluchten Insel trafen«, sagte er. »Und wenn Ihr uns nach Caer Mahlod führt, erreichen wir unser Ziel und haben so wenigstens etwas von diesem Zusammentreffen.«

»Artek!« rief der Jüngling. »Sei auf der Hut!«

Der Anführer drehte sich zu ihm um. »Schweig, Kawanh. Wir können den Shefanhow ja immer noch erschlagen.«

»Ich würde Euch bei aller Höflichkeit bitten«, sagte Corum mit Entschiedenheit, »nicht mehr diesen Ausdruck zu gebrauchen, wenn Ihr von mir redet. Es ist kein Ausdruck, den ich mag, und er weckt keine guten Gefühle für Euch in mir.«

Artek setzte zu einer Erwiderung an. Ein hartes Lächeln zeigte sich kurz auf seinen Lippen. Dann sah er den Blick aus Corums einzigem Auge und verzichtete darauf, etwas zu sagen. Er knurrte einen Befehl zu zwei seiner Männer, die zu Corum und Medheb ritten. »Nehmt ihnen die Waffen ab. Richtet eure Schwerter auf sie, während wir weiterreiten. Und nun – Corum – führt uns nach Caer Mahlod!«

Corum empfand einiges Vergnügen beim Anblick der erschreckten Gesichter der Fremden, als sie durch das Lager ritten. Im Gesicht jedes Mabden, den sie trafen, stand der Zorn darüber zu lesen, daß Corum und Medheb offensichtlich Gefangene der Fremden waren. Nun war es an Corum zu lächeln, und sein Lächeln wurde immer breiter, während sich um die Neuankömmlinge eine Schar aufgebrachter Mabden-Krieger sammelte, die schließlich so dicht wurde, daß Artek mit seinen Gefangenen nicht weiterreiten konnte. Mitten im Lager, noch ein gutes Stück von Caer Mahlod entfernt, wurden sie zum Halt gezwungen. Ein Kriegshäuptling der Tir-nam-Beo starrte Artek an, der noch immer sein Schwert gegen Corums Brust preßte.

»Was soll das heißen, Mann? Warum haltet Ihr unsere Prinzessin als Geisel? Warum bedroht Ihr das Leben unseres Freundes Prinz Corum?«

Arteks Überraschung war so stark, daß sein Gesicht röter wurde als sein Bart. »So habt Ihr die Wahrheit gesprochen ...«, murmelte er. Aber er senkte sein Schwert nicht. »Außer, dies alles hier ist nichts als ein schreckliches Trugbild, und wir sind von Eurer Dämonengefolgschaft umringt.«

Corum zuckte die Achseln. »Wenn das alles Dämonen sind, Sir Artek, dann seid Ihr in jedem Fall verloren, oder nicht?«

Mit einem elenden Gesichtsausdruck schob Artek sein Schwert in die Scheide. »Ihr habt recht. Ich muß Euch glauben. Aber Eure Ähnlichkeit mit dem, der uns auf dieser grausamen und verhaßten Insel überfiel, ist so groß ... Ihr würdet mich sofort verstehen, wenn Ihr ihn gesehen hättet, Prinz Corum.«

Corum antwortete so, daß nur Artek seine Worte hören konnte. »Ich glaube, ich habe ihn gesehen – in einem Traum. Später müssen wir uns noch einmal darüber unterhalten, Sir Artek, nur Ihr und ich, denn ich vermute, daß das Böse, was Euch angefallen hat, bald auch gegen mich losschlagen wird. Und die Folgen davon können noch schlimmer sein.«

Artek warf ihm einen fragenden Blick zu, respektierte

aber den vertraulichen Ton und sagte nichts mehr zu der Angelegenheit.

»Ihr müßt Euch ausruhen, und Ihr müßt essen«, rief Corum. Er stellte fest, daß er diesen Barbaren mochte, obwohl sie unter so widrigen Umständen zusammengetroffen waren. »Dann müßt ihr uns in der großen Halle von Caer Mahlod Eure Geschichte erzählen.«

Artek verbeugte sich. »Ihr seid sehr großzügig, Prinz Corum, und Ihr seid sehr gastfreundlich. Nun beginne ich zu verstehen, warum die Mabden Euch so achten.«

6 Über die Reise des Volkes von Fyean

»Wir sind ein Inselvolk«, sagte Artek, »und leben hauptsächlich vom Meer. Wir fischen ...« Er machte eine kurze Pause. »Nun, wir fischen, und in der letzten Zeit, hin und wieder – also kurz gesagt, wir waren auch Seeräuber. Es ist ein hartes Leben auf unseren Inseln. Es wächst nicht viel dort. Manchmal haben wir die nah gelegenen Küsten überfallen, aber meistens haben wir Schiffe geentert und uns dort geholt, was wir zum Leben brauchten ...«

»Ich kenne Euch. Jetzt weiß ich es.« König Fiachadh lachte laut und herzlich. »Ihr seid Piraten, nicht wahr? Ihr seid Artek von Clonghar. Die Seeleute in meinem Hafen fluchen, wenn sie nur Euren Namen hören!«

Artek machte eine entschuldigende Geste und errötete wieder.

»Ich bin dieser Artek«, gab er zu.

»Habt keine Furcht, Artek von Clonghar.« Lächelnd beugte sich König Mannach über den Tisch und klopfte dem Piraten auf den Arm. »Auf Caer Mahlod sind alle alten Schulden vergessen. Hier haben wir nur noch einen

Feind – die Fhoi Myore. Erzählt uns, wie Ihr hierher gekommen seid.«

»Eines der Schiffe, das wir überfielen, kam von Gwyddneu Garanhir und war auf dem Weg nach Tirnam-Beo. An Bord entdeckten wir eine Botschaft für den dortigen König. Wir erfuhren durch sie von dem Heer, das sich vor Caer Mahlod sammelte, um gegen die Fhoi Myore zu ziehen. Zwar sind wir nie mit diesem Volk zusammengestoßen, da wir so weit nordwestlich leben. Aber wir fühlten, daß wir uns dieser Sache anschließen mußten, wenn alle Mabden sich für diesen Feldzug vereinigten. In diesem Fall war Euer aller Kampf auch unser Kampf.« Er grinste und gewann etwas von seiner früheren Sicherheit zurück. »Abgesehen davon – wovon sollen wir leben, wenn Eure Schiffe einmal nicht mehr die Meere befahren? Es ist durchaus in unserem Interesse, dafür zu sorgen, daß Ihr überlebt. Wir machten also alle unsere Schiffe fertig – mehr als zwanzig waren es – und bauten starke, seefeste Lastflöße, die wir an unsere Schiffe banden. Dann gingen wir alle an Bord. Das ganze Volk von Fyean, so heißt unsere Insel, brach auf, denn wir wollten unsere Frauen und Kinder nicht schutzlos zurücklassen.«

Artek machte eine Pause und senkte den Blick. »Oh, wie ich mir jetzt wünsche, wir hätten sie dort gelassen. Dann wären sie wenigstens unter ihren eigenen Dächern gestorben und nicht auf dem bebenden Strand dieser schrecklichen Insel.«

Ilbrec, der sich in die Halle gezwängt hatte, um ebenfalls Arteks Geschichte lauschen zu können, erkundigte sich ruhig: »Wo liegt diese Insel?«

»Etwas nordwestlich von Clonghar. Ein Sturm trieb uns dorthin. Während des Sturmes hatten wir das meiste von unserem Wasser verloren und viele unserer Lebensmittel. Kennt Ihr diesen Ort, Sir Sidhi?«

»Hat diese Insel einen einzigen, hoch aufragenden Hügel, der genau in der Mitte liegt?«

Artek nickte zustimmend. »So ist es.«

»Und wächst genau auf dem Gipfel des Hügels, exakt in der Mitte, eine riesige Kiefer?«

»Dort wächst die größte Kiefer, die ich jemals gesehen habe«, bestätigte Artek.

»Als Ihr dort gelandet seid, flimmerte da alles um Euch herum und schien beständig seine Gestalt zu verändern bis auf diesen Hügel, dessen Umrisse klar und deutlich zu erkennen waren?«

»Ihr müßt selbst dort gewesen sein!« rief Artek.

»Nein«, antwortete Ilbrec. »Ich habe nur von diesem Ort gehört.« Und er warf einen sehr eindringlichen Blick zu Goffanon, der kein großes Interesse an dieser Insel zeigte und auffällig gelangweilt ins Leere starrte. Aber Corum kannte den Zwerg gut genug, um zu sehen, daß Goffanon sich verzweifelt bemühte, Ilbrecs Blick zu ignorieren.

»Als Seefahrer haben wir die Insel natürlich schon vorher oft umfahren, aber da sie oft von Nebel umgeben ist und entlang ihrer Küste verborgene Riffe drohen, hatten wir zuvor niemals den Versuch unternommen, dort zu landen. Es bestand auch nie irgendeine Veranlassung dazu.«

»Außerdem gab es Gerüchte, daß in der Nähe dieser Insel einige Schiffe verschwunden sein sollen, von denen man nie wieder etwas gehört hat«, fügte der junge Kawanh hinzu. »Es gibt abergläubische Legenden über diesen Platz. Er soll von Shefanhow bewohnt sein und anderen ...«

Der junge Krieger hielt errötend inne.

»Wird diese Insel manchmal Ynys Scaith genannt?« wollte Ilbrec wissen, der noch immer sehr nachdenklich wirkte.

»Ich habe diesen Namen schon gehört, aye«, bestätigte Artek. »Es ist ein alter, sehr alter Name für die Insel.«

»Dann müßt Ihr wirklich auf der Schatteninsel gewesen sein.« Ilbrec schüttelte seinen blonden Kopf, als würde ihn diese Entdeckung beinahe belustigen. »Das Schicksal zieht an mehr Fäden, als wir ahnen, nicht wahr, Goffanon?«

Doch Goffanon schien diese Bemerkung überhört zu haben. Corum sah aber, wie er Ilbrec später einen versteckten, warnenden Blick zuwarf.

»Aye, und dort war es, wo wir Prinz Corum hier begegneten – oder seinem Doppelgänger ...«, brach es aus Kawanh heraus, der schnell wieder verstummte. »Ich bitte um Verzeihung, Prinz Corum«, sagte er. »Ich wollte nicht, daß ...«

Corum lächelte. »Vielleicht war es mein Schatten, den Ihr gesehen habt. Schließlich wird dieser Ort ja Ynys Scaith genannt – die Insel der Schatten. Es scheinen jedenfalls böse Schatten zu sein.«

Sein Lächeln erlosch.

»Ich habe von Ynys Scaith gehört.« Bis zu diesem Augenblick hatte Amergin außer einer formellen Begrüßung Arteks und seiner Männer nichts gesagt. »Es ist ein Ort dunkler Zauberei, den böse Druiden mit ihrer Magie beherrschen. Ein Ort, der selbst von den Sidhi gemieden wurde ...«

Nun war es an Amergin, Ilbrec und Goffanon bedeutungsvolle Blicke zuzuwerfen, und Corum vermutete, daß dem weisen Erzdruiden die Blicke zwischen den beiden Sidhi vorhin nicht entgangen waren. »Ynys Scaith, so wurde ich als Novize gelehrt, existierte schon auf dieser Welt, bevor die Sidhi kamen. Es hatte gewisse gemeinsame Züge mit der Sidhi-Insel Hy-Breasail, aber ist von ihr doch in einer Beziehung grundverschieden. Während Hy-Breasail ein Land verwunschener Schönheit genannt wird, ist Ynys Scaith ein Eiland des schwärzesten Wahnsinnes ...«

»Aye«, knurrte Goffanon. »Um es genauer zu sagen, diese Insel ist für Sidhi und Mabden gleichmaßen gefährlich.«

»Ihr seid einmal dort gewesen, Goffanon?« erkundigte sich Amergin sanft. Aber Goffanon hatte schon wieder seine abweisende Haltung eingenommen. »Einmal«, sagte er knapp.

»Schwarzer Wahnsinn und rote Verzweiflung«, nahm Artek den Faden wieder auf. »Nachdem wir dort gelandet waren, mußten wir feststellen, daß wir nicht mehr zu unseren Schiffen zurückkehren konnten. Undurchdringliche Wälder versperrten uns plötzlich den Weg. Nebel hüllte uns ein. Dämonen fielen über uns her. Alle möglichen Arten mißgestalteter Bestien lauerten an unserem Weg. Sie raubten uns alle unsere Kinder. Sie töteten unsere Frauen und die meisten unserer Männer. Wir sind die einzigen Überlebenden des ganzen Volkes von Fyean. Nur der Zufall rettete uns. Wir fanden eines unserer Schiffe wieder und machten uns sofort davon. Unser Kurs führte direkt an Eure Küste.« Artek schauderte. »Selbst wenn ich wüßte, daß meine Frau noch lebte und auf Ynys Scaith gefangen wäre, ich würde nicht dorthin zurückkehren.« Seine Hände verkrampften sich ineinander. »Ich könnte nicht.«

»Sie ist tot«, beruhigte ihn Kawanh. Er griff nach dem Arm seines Anführers. »Ich sah, wie sie starb.«

»Wie können wir sicher sein, daß irgend etwas, was wir dort sahen, wirklich war!« In Arteks Blick spiegelten sich Todesqualen.

»Nein«, beharrte Kawanh. »Sie ist tot, Artek.«

»Aye.« Arteks Hände lösten sich aus ihrer Verkrampfung. Er ließ die Schultern sinken. »Sie ist tot.«

»Jetzt weißt du, warum mir deine Idee nicht gefällt«,

murmelte Goffanon zu Ilbrec. Corum wandte seinen Blick von dem noch immer zitternden Artek von Clonghar ab. Er sah die beiden Sidhi an. »Ist diese Insel der Ort, wo Ihr hofft, Verbündete für uns zu finden, Ilbrec?«

Ilbrec machte eine Handbewegung, als wolle er damit seine eigene Idee verscheuchen. »Ich hoffte, Corum.«

»Nichts als das Böse selbst kommt von Ynys Scaith«, sagte Goffanon. »Nur Böses, wie es sich auch immer verkleiden mag.«

»Ich habe bisher nicht begriffen ...« Amergin strich Artek über die Schulter. »Artek, ich gebe Euch eine Medizin, von der Ihr tief schlafen werdet – ohne zu träumen. Morgen seid Ihr wieder ein ganzer Mann.«

Die Sonne ging hinter dem Lager unter. Ilbrec und Corum waren auf dem Weg zum blauen Zelt des Sidhi. Von den Küchenfeuern wehten die verschiedensten Essensgerüche über die Zelte. In der Nähe sang ein Junge mit einer hohen, melancholischen Stimme von Helden und großen Taten.

Die beiden betraten Ilbrecs Zelt.

»Armer Artek«, bemerkte Corum. »Welche Verbündeten hofftet Ihr auf Ynys Scaith zu finden?«

Ilbrec zuckte die Achseln. »Oh, ich dachte daran, ob man ihre Bewohner oder wenigstens einige von ihnen nicht dazu bewegen könnte, sich auf unsere Seite zu schlagen. Aber ich nehme an, daß diese Idee wirklich nicht sehr gut war, wie Goffanon sagte.«

»Artek und seine Begleiter dachten, sie hätten mich dort gesehen«, erklärte Corum. »Sie dachten, ich wäre einer der Dämonen gewesen, die ihre Gefährten erschlugen.«

»Das ist mir ein Rätsel«, gab Ilbrec zu. »Ich habe noch nie von einer ähnlichen Verwechslung gehört. Vielleicht habt Ihr einen Zwillingsbruder ... Habt Ihr überhaupt einen Bruder?«

»Einen Bruder?« Corum wurde an die Prophezeiung der alten Frau erinnert. »Nein. Aber ich wurde vor einem Bruder gewarnt. Bisher nahm ich an, diese Warnung bezöge sich auf Gaynor, der sicher eine Art Geistesbruder für mich ist, nur daß er unter umgekehrten Vorzeichen kämpft. Oder vielleicht ist auch der gemeint, der unter dem Hügel liegt, dem Hügel im Eichenhain. Aber nun glaube ich, dieser Bruder erwartet mich auf Ynys Scaith.«

»Erwartet Euch?« Ilbrec war alarmiert »Ich habt doch nicht vor, die Schatteninsel zu besuchen?«

»Es will mir scheinen, daß Wesen, die mächtig genug sind, die Besten des Volkes von Fyean zu vernichten und einen so tapferen Mann wie Artek mit blindem Entsetzen zu erfüllen, nützliche Verbündete sein können«, stellte Corum fest. »Abgesehen davon, habe ich vor, diesem ›Bruder‹ gegenüberzutreten und zu entdecken, wer er ist und warum ich ihn fürchten muß.«

»Es ist unwahrscheinlich, daß Ihr die Gefahren von Ynys Scaith überlebt«, überlegte Ilbrec laut, der sich in seinen großen Stuhl gesetzt hatte und mit den Fingern auf die Lehne trommelte.

»Ich bin in der richtigen Stimmung, mein Schicksal ein wenig herauszufordern«, erwiderte Corum leise. »Jedenfalls, solange ich damit nicht den Mabden schade.«

»Ich auch.« Ilbrecs meerblaue Augen blickten in Corums einziges Auge, das diesen Blick erwiderte. »Aber die Mabden ziehen übermorgen gegen Caer Llud, und Ihr seid ihr Heerführer.«

»Das ist es, was mich im Augenblick noch davon abhält, nach Ynys Scaith zu fahren«, antwortete Corum. »Nur das.«

»Ihr habt keine Angst um Euer Leben – Euren gesunden Verstand – vielleicht sogar Eure Seele?«

»Ich werde der Ewige Held genannt. Was bedeuten Tod oder Wahnsinn einem, der mehr Leben vor sich hat als dieses eine? Wie kann meine Seele gefangen werden, solange sie anderswo gebraucht wird? Wenn überhaupt jemand die Chance hat, Ynys Scaith zu besuchen und lebend zurückzukehren, dann ist es Corum von der Silbernen Hand.«

»Gegen diese Logik spricht leider einiges«, entgegnete Ilbrec. Er starrte nachdenklich ins Leere. »Aber in einer Beziehung habt Ihr recht – Ihr seid der Beste, um Ynys Scaith einen Besuch abzustatten.«

»Und dort müßte ich eben versuchen, die Bewohner der Insel für unsere Sache zu gewinnen.«

»Sie könnten tatsächlich von großem Nutzen für uns sein«, gab Ilbrec zu.

Ein kalter Luftzug wehte durch das Zelt, als die Plane vor dem Eingang hochgeschlagen wurde. Goffanon erschien, die Axt über die Schulter gelegt. »Einen guten Abend, meine Freunde«, sagte er.

Sie erwiderten seinen Gruß. Er setzte sich auf Ilbrecs Waffentruhe und lehnte seine Axt vorsichtig dagegen. Dann sah er von Corum zu Ilbrec und wieder zurück zu Corum. In ihren Gesichtern las er etwas, das ihn beunruhigte.

»Nun«, begann er. »Ich hoffe, ihr habt genug gehört, um den wahnsinnigen Plan zu vergessen, den Ilbrec sich zurechtgelegt hat.«

»Ihr hattet vor, dorthin zu gehen?« fragte Corum.

Ilbrec breitete die Hände aus. »Ich hatte gedacht . . .«

»Ich bin dort gewesen«, unterbrach ihn Goffanon. »Das war mein größtes Unglück. Mein größtes Glück war, daß es mir gelang, wieder von dort zu entkommen. Böse Druiden benutzten die Insel für ihre Zwecke, bevor die Mabden sich auf dieser Ebene ausbreiteten. Die Insel existierte schon vor dem Aufstieg der Vadhagh und der

Nhadragh – wenn sie sich auch damals in einer anderen Ebene befand.«

»Wie ist sie dann hierher gekommen?« wollte Corum wissen.

Ilbrec räusperte sich. »Beinahe könnte man sagen, durch Zufall. Aus irgendwelchen Gründen erwuchsen ihr in ihrer eigenen Ebene Gegner, die mächtig genug waren, um sie zu zerstören. Das Schicksal wollte es, daß zu dieser Zeit die Sidhi aus ihrer Ebene hierher kamen, den Mabden zu helfen. Die Bewohner von Ynys Scaith erhielten während unseres Durchganges die Gelegenheit ebenfalls, unbemerkt zunächst, in diese Ebene durchzubrechen. Indirekt sind also die Sidhi dafür verantwortlich, daß dieser Ort des Schreckens jetzt hier existiert. So konnten die Bewohner von Ynys Scaith der Rache des Volkes ihrer eigenen Ebene entfliehen, aber sie landeten hier in einer Welt, in der sie außerhalb ihrer Insel nicht überleben könnten. Nur mit gewissen Hilfsmitteln können sie für kurze Zeit Ynys Scaith verlassen. Sie suchen nach einem Weg, in ihre eigene Ebene zurückzukehren oder Zugang zu einer Welt zu finden, die gastlicher für sie ist. Bisher hatten sie dabei keinen Erfolg. Deshalb sah ich eine Möglichkeit, mit ihnen zu handeln. Vielleicht stellen sie sich auf unsere Seite, wenn wir ihnen Hilfe zum Verlassen dieser Ebene anbieten.«

»Sie würden uns betrügen, welchen Pakt wir auch immer mit ihnen schließen«, warf Goffanon ein. »Das liegt so sehr in ihrem Wesen, wie es unsere Natur ist, Luft zu atmen.«

»Wir könnten versuchen, uns gegen einen Verrat zu schützen«, gab Ilbrec zu bedenken.

Goffanon machte eine Geste der Ungeduld. »Das könnten wir nicht. Höre mir jetzt genau zu, Ilbrec! Ich bin einmal selbst auf den Gedanken gekommen, Ynys Scaith zu besuchen. Das war damals nach der ersten Niederlage der Fhoi Myore, als wir annahmen, sie für immer von dieser Welt verbannt zu haben. Ich weiß, was die Mabden von meiner eigenen Heimat, Hy-Breasail, sagen – es sei ein von Dämonen bewohntes, verwunschenes Eiland. Daher stellte ich mir vor, Ynys Scaith könnte ein ähnlicher Ort sein, der zwar Mabden den Tod brächte, wo Sidhi aber durchaus überleben könnten. Ich irrte. Was Hy-Breasail für die Mabden ist, das ist Ynys Scaith für die Sidhi. Es gehört weder zu dieser Ebene noch zu unserer eigenen. Mehr noch, seine Bewohner setzen die besonderen Eigenschaften des Eilandes gezielt ein, um alle Besucher, die nicht zu ihrer Rasse gehören, grausam zu quälen und zu vernichten.«

»Aber dir ist die Flucht gelungen«, erinnerte Corum. »Und auch Artek überlebte mit einigen seiner Männer.«

»In beiden Fällen handelt es sich um puren Zufall. Artek erzählte euch ja, daß er glücklicherweise über eines seiner Schiffe stolperte. Auf ähnliche Weise gelang es mir, mich ins Meer zu werfen. Als ich die Insel so verlassen hatte, konnten mir ihre Bewohner nicht mehr folgen. Ich schwamm fast einen ganzen Tag durch die See, bis ich mich auf eine kleine Felseninsel ziehen konnte, kaum mehr als eine schmale Klippe. Dort blieb ich, bis ich von einem Schiff gesichtet wurde. Ich war den Seeleuten nicht ganz geheuer, aber sie nahmen mich an Bord, und schließlich gelang es mir, nach Hy-Breasail zurückzukehren.«

»Als wir uns zum erstenmal getroffen haben, hast du davon nichts berichtet«, sagte Corum.

»Aus gutem Grund«, knurrte der Sidhi-Schmied. »Ich hätte auch jetzt nichts davon erwähnt, wenn Artek nicht hier erschienen wäre.«

»Doch du hast bisher immer nur sehr allgemein von den Schrecken Ynys Scaiths gesprochen, ohne im einzelnen auf die dort drohenden Gefahren einzugehen«, forschte Ilbrec nach.

»Das liegt daran«, erwiderte Goffanon, »daß diese Gefahren unbeschreiblich sind.« Er stand auf. »Wir werden gegen die Fhoi Myore kämpfen, ohne solche Verbündeten zu suchen wie das Volk von Ynys Scaith. Das ist der Weg, auf dem einige von uns vielleicht überleben. Der andere Weg führt uns alle ins Verderben. Ich spreche die Wahrheit.«

»Wie du sie siehst«, konnte Corum sich nicht zurückhalten hinzuzufügen.

Goffanons Gesicht wurde bei dieser Bemerkung hart. Er nahm seine Axt auf, warf sie sich über die Schulter und verließ ohne jedes weitere Wort das Zelt.

7 Alte Freundschaften scheinen plötzlich zu zerbrechen

In der Nacht kam Amergin zu Corums Gemächern, während Medheb unterwegs war, ihren Vater zu besuchen. Er trat ein, ohne anzuklopfen, und Corum, der durch das Fenster hinaus auf die Feuer des Heerlagers starrte, drehte sich erst um, als er Schritte hinter sich vernahm.

Amergin streckte seine schlanken Hände aus. »Ich bitte um Entschuldigung für mein unhöfliches Eindringen, Prinz Corum, aber ich wollte Euch unter vier Augen sprechen. Mir scheint, Ihr habt irgendwie Goffanons Zorn erregt.«

Corum nickte. »Wir hatten eine Auseinandersetzung.«

»Über Ynys Scaith?«

»Aye.«

»Ihr habt überlegt, ob Ihr diesen Ort besuchen sollt?«

»Ich muß übermorgen an der Spitze Eurer Armee reiten. Selbstverständlich kann ich nicht gleichzeitig Ynys

Scaith besuchen.« Corum wies auf einen geschnitzten Stuhl. »Nehmt Platz, Erzdruide.«

Corum setzte sich auf sein Bett, während Amergin sich auf dem Stuhl niederließ.

»Aber Ihr würdet gehen, wenn Ihr hier keine Verantwortung hättet?« Der Hochkönig sprach langsam und sah Corum dabei genau an.

»Ich denke, ja. Ilbrec ist für diesen Schritt.«

»Eure Chancen, dort zu überleben, scheinen außergewöhnlich klein zu sein.«

»Vielleicht.« Corum rieb an seiner Augenklappe. »Aber wenn wir nichts anderes als unser Überleben vor Augen hätten, dürften wir uns auf keinen Krieg gegen die Fhoi Myore einlassen.«

»Da habt Ihr recht«, erwiderte Amergin.

Corum versuchte herauszufinden, was hinter dem Besuch des Hochkönigs stand.

»Es gibt viele wichtige Gründe«, sagte er, »warum ich die Mabden führen muß. Wie sonst soll die Moral hochgehalten werden, wenn der Marsch in die kalten Lande führt?«

»Wahr gesprochen«, bestätigte Amergin. »Ich habe ausführlich über das Für und Wider nachgedacht, wie Ihr es ja auch getan haben werdet. Aber Ihr werdet Euch erinnern, daß ich Euch bat, Goffanon zu überreden, etwas mehr über die Natur dieser möglichen Verbündeten zu sagen.«

»Ihr spracht heute morgen davon.«

»Genau. Nun, seitdem habe ich weiter über diese ganze Sache meditiert und bin immer wieder zu den gleichen Schlüssen gekommen. Wir werden vor Caer Llud eine böse Niederlage erleben. Die Fhoi Myore werden uns vernichten, wenn wir keinen magischen Beistand haben. Wir benötigen übernatürliche Hilfe, Prinz Corum. Mächtigere Hilfe, als ich oder die Sidhi sie beschwören könnten. Und es sieht so aus, als wäre der einzige Ort, von dem wir solche Hilfe erhalten können, Ynys Scaith. Ich erzähle Euch das alles im Vertrauen auf Eure Verschwiegenheit. Nutzlos, zu wiederholen, daß unsere Krieger mit der sicheren Überzeugung zu siegen gegen Caer Llud ziehen müssen. Ihre Moral würde Schaden nehmen, wenn Ihr sie nicht führt, aber ich glaube, selbst unter Eurer Führung werden wir eine Niederlage erleiden. So komme ich widerstrebend zu dem Schluß, daß unsere einzige Hoffnung darin liegt, durch Euch mit den Bewohnern von Ynys Scaith einen Pakt zu schließen, mit dem wir uns ihrer Hilfe versichern.«

»Und was ist, wenn mir das nicht gelingt?«

»Die Sterbenden werden Euch als Verräter verfluchen, aber Euer Name wird nicht lange entehrt werden, denn bald werden keine Mabden mehr übrig sein, Euch zu hassen.«

»Gibt es keinen anderen Weg? Was ist mit den verlorenen Schätzen der Mabden, den Sidhi-Geschenken?«

»Was davon noch übrig ist, befindet sich in den Händen der Fhoi Myore. Der Heilende Kessel ist in Caer Llud. Ebenso der Reif der Macht. Dann gibt es nur noch einen anderen, aber wir wußten nie etwas über seine Natur, noch warum er bei den Schätzen war. Jetzt ist er verloren.«

»Worum handelt es sich?«

»Um einen alten Sattel aus brüchigem Leder. Wir hielten ihn in Ehren wie unsere anderen Schätze, aber ich glaube, er ist durch ein Versehen zwischen sie geraten.«

»Und Ihr könnt nicht an den Kessel und den Reif, bevor die Fhoi Myore geschlagen sind?«

»Genau so ist es.«

»Wißt Ihr noch irgend etwas Besonderes über das Volk von Ynys Scaith?«

»Nur, daß sie diese Ebene, wenn sie dazu in der Lage wären, sofort verlassen würden.«

»Das habe ich auch erfahren. Aber wir sind doch sicher gar nicht mächtig genug, um ihnen bei der Erfüllung dieses Wunsches zu helfen.«

»Wenn ich den Reif der Macht hätte«, antwortete Amergin, »wäre ich vielleicht mit mehr Wissen mächtig genug, ihnen zu einer Flucht aus dieser Ebene zu verhelfen.«

»Goffanon glaubt, daß uns jeder Handel mit dem Volk der Schatteninsel viel kosten wird – zu viel.«

»Wenn einige von uns überleben, kann der Preis nicht zu hoch sein«, erwiderte Amergin. »Und ich glaube, daß auf diesem Wege einige von uns überleben können.«

»Vielleicht steht das Überleben doch noch nicht auf dem Spiel. Was können sie uns antun?«

»Ich weiß es nicht. Wenn Ihr meint, das Risiko ist zu groß ...«

»Ich habe gute eigene Gründe für einen Besuch auf Ynys Scaith«, entschied Corum.

»Es wird das beste sein, wenn Ihr ohne große Zeremonie aufbrecht«, erklärte ihm Amergin. »Ich würde unsere Männer unterrichten, daß Ihr unterwegs seid, um eine wichtige Aufgabe zu erfüllen, und daß Ihr Euch, soweit das möglich ist, vor unserem Angriff auf Caer Llud wieder unserem Heer anschließt. In der Zwischenzeit kann Goffanon die Mabden führen, hoffe ich, falls er nicht mit Euch nach Ynys Scaith geht. Er kennt die kalten Lande und Caer Llud.«

»Aber vergeßt nicht seine schwache Stelle«, erinnerte Corum. »Der Zauberer Calatin hat Macht über Goffanon, die nur gebrochen werden kann, wenn man dem Zauberer das Fläschchen mit Goffanons Speichel nimmt. Wenn Ihr Caer Llud angreift und ich nicht zurückkehren konnte, dann sucht Calatin und erschlagt ihn als ersten.

Ich glaube, daß von all denen, die auf seiten der Fhoi Myore kämpfen, Calatin der gefährlichste ist, denn er ist der menschlichste.«

»Ich werde nicht vergessen, was Ihr gerade gesagt habt«, antwortete Amergin. »Aber ich denke nicht, daß man Euch auf Ynys Scaith töten wird, Corum.«

»Vielleicht nicht.« Corum runzelte die Stirn. »Doch ich fühle, daß diese Welt für mich immer ungastlicher wird, wie sie es ja auch für die Bewohner der Schatteninsel ist.«

»Ihr könntet recht haben«, stimmte ihm Amergin zu. »Die besondere Konjunktion der Ebenen kann sich in Eurem Fall ungünstig auswirken.«

Corum lächelte. »Das klingt nach recht zweifelhaftem Mystizismus, Hochkönig.«

»Die Wahrheit klingt oft so.« Der Erzdruide erhob sich. »Wann wollt Ihr nach Ynys Scaith aufbrechen?«

»Bald. Ich muß mich mit Ilbrec besprechen.«

»Überlaßt alles andere mir«, sagte Amergin, »und ich bitte Euch, sprecht nicht zu ausführlich über unseren Plan zu anderen, auch nicht zu Medheb.«

»Wie Ihr wünscht.«

Corum sah dem Erzdruiden nach, wie er den Raum verließ, und er fragte sich dabei, ob Amergin ein nicht noch viel verwirrenderes Spiel spielte, als er bisher ahnen konnte. Ein Spiel, bei dem Corum ein Stein war, der geopfert werden mußte. Er schüttelte diese Gedanken ab. Amergins Logik war durchaus vernünftig, besonders wenn seine Vision zutraf und das Mabden-Heer mit einer völligen Niederlage vor Caer Llud rechnen mußte. Und bald, nachdem Amergin gegangen war, folgte ihm Corum und machte sich auf den Weg zu Ilbrecs blauem Zelt vor der Stadt.

Corum war in seine Gemächer zurückgekehrt und legte seine Rüstung an, als Medheb eintrat. Sie hatte erwartet, ihn schlafend zu finden, statt dessen sah sie nun, wie er sich für den Kampf wappnete.

»Was bedeutet das? Brechen wir schon morgen auf?«

Corum schüttelte den Kopf. »Ich gehe nach Ynys Scaith«, erklärte er ihr.

»Du brichst zu einem persönlichen Abenteuer auf, anstatt uns nach Caer Llud zu führen?« Sie lachte, um sich selbst glauben zu machen, er scherze mit ihr.

Corum dachte an Amergins Wunsch, so wenig wie möglich über die Absichten seiner Reise zu sagen. »Es ist kein privates Abenteuer«, erwiderte er. »Jedenfalls nicht ausschließlich.«

»Nein?« Ihre Stimme zitterte.

Sie lief einige Zeit im Raum auf und ab, bevor sie fortfuhr: »Wir hätten niemals einem vertrauen dürfen, der nicht von unserer eigenen Rasse ist. Wie konnten wir erwarten, daß du Loyalität für unsere Sache empfindest?«

»Du weißt, daß ich diese Loyalität empfinde, Medheb.« Er ging mit ausgestreckten Armen auf sie zu, aber sie stieß seine Hände zur Seite und starrte ihm ins Gesicht.

»Du gehst in den Wahnsinn und in den Tod, wenn du nach Ynys Scaith gehst. Du hast gehört, was Artek erzählt hat!« Sie bemühte sich, ihre Gefühle zu beherrschen. »Wenn du mit nach Caer Llud ziehst, ist das Schlimmste, das dich erwartet, ein ehrenhafter Tod.«

»Ich werde vor Caer Llud wieder zu euch stoßen, falls das möglich ist. Das Heer wird viel langsamer vorankommen, als ich reisen kann. Es ist durchaus wahrscheinlich, daß ich noch vor Caer Llud wieder bei euch bin.«

»Es ist durchaus wahrscheinlich, daß du nie von Ynys Scaith zurückkehren wirst«, erwiderte sie grimmig.

Er zuckte die Achseln.

Diese Geste brachte sie noch mehr auf. Ein bestimmtes Wort kam undeutlich über ihre Lippen, dann lief sie zur Tür, riß sie auf und warf sie laut hinter sich ins Schloß.

Corum wollte ihr folgen, besann sich aber dann, daß jede weitere Diskussion nur zu weiteren Mißverständnissen führen würde. Er hoffte, daß Amergin bei passender Gelegenheit Medheb sein Vorhaben erklären würde oder sie wenigstens davon überzeugen konnte, daß sein Besuch auf Ynys Scaith nicht einzig einer persönlichen Besessenheit entsprang.

Als er dann die Festung verließ und in das Lager zurückkehrte, wo Ilbrec ihn erwartete, geschah das mit schwerem Herzen.

Der goldene Riese empfing ihn ebenfalls für den Kampf gewappnet, sein großes Schwert Vergelter an der Hüfte, sein riesiges Pferd Zaubermähne für den Ritt gesattelt.

Er lächelte, als erfülle ihn die Erwartung ihres bevorstehenden Abenteuers mit Begeisterung. Doch Corum konnte nichts als dumpfen Schmerz empfinden, als er dieses Lächeln erwiderte.

»Wir haben keine Zeit zu verlieren«, rief Ilbrec. »Wie wir übereingekommen sind, werden wir zusammen auf Zaubermähne reiten. Er galoppiert schneller als jedes sterbliche Pferd und wird uns nach Ynys Scaith und zurückbringen, ehe wir uns versehen haben. Ich habe von Kawanh eine Karte erhalten. Es gibt nichts mehr, was uns hier noch aufhalten könnte.«

»Nein«, bestätigte Corum. »Nichts mehr.«

»Ihr seid unverantwortliche Narren!«

Corum fuhr herum, um in Goffanons Gesicht zu blicken, das vor Wut dunkel angelaufen war. Der Sidhi-Zwerg schüttelte seine Faust, in der er die mächtige Streitaxt hielt, und schrie: »Wenn ihr lebend von Ynys

Scaith zurückkehrt, dann werdet ihr nicht mehr bei Verstand sein. Ihr werdet niemandem mehr helfen können. Wir brauchen euch beide bei diesem Feldzug. Die Mabden erwarten, daß wir drei sie führen. Unsere Gegenwart ist es, die ihnen ihren Mut gibt. Geht nicht nach Ynys Scaith. Geht nicht!«

»Goffanon«, sagte Ilbrec verständnisvoll, »in den meisten Angelegenheiten respektiere ich deine Weisheit, aber in dieser Sache müssen wir unseren eigenen Gefühlen folgen.«

»Eure Gefühle sind falsche Gefühle, wenn sie euch in euer Verderben führen! Was sind das für Gefühle, die euch alle die verraten lassen, denen zu dienen ihr geschworen habt! Geht nicht!«

»Wir werden gehen«, erwiderte Corum mit ruhiger Stimme. »Wir müssen.«

»Dann treibt euch ein böser Dämon, und ihr seid nicht länger meine Freunde«, rief Goffanon. »Ihr seid nicht mehr meine Freunde!«

»Du solltest unsere Motive respektieren können, Goffanon ...«, setzte Corum an, aber die Verwünschungen des Zwerges schnitten ihm das Wort ab.

»Selbst wenn ihr bei vollem Verstand von Ynys Scaith zurückkehrt – und daran zweifele ich sehr –, werdet ihr nur euer eigenes Verderben mit euch bringen. Daran gibt es keinen Zweifel. Ich habe es in meinen jüngsten Träumen gesehen.«

Mit leichtem Hohn in der Stimme antwortete Corum:

»Die Vadhagh hatten eine Theorie, daß Träume mehr über den Mann, der sie träumt, aussagen als über die Welt, in der er lebt. Könnte es sein, daß du noch andere Motive hast, uns von einem Besuch auf Ynys Scaith abzuhalten ...?«

Goffanon starrte ihn herausfordernd an. »Ich gehe mit den Mabden nach Caer Llud«, sagte er.

»Nimm dich vor Calatin in acht«, meinte Corum, ernsthaft besorgt.

»Ich glaube, daß Calatin ein besserer Freund war, als ihr beide es seid.« Mit hängenden Schultern wandte Goffanon sich von ihnen ab.

»Nun, muß ich entscheiden?« Die Stimme klang hell und ironisch. Sie gehörte Jhary-a-Conel, der im Schatten zwischen den Zelten auftauchte und die drei musterte, die Hände in die Hüften gestemmt und die Augenbrauen leicht hochgezogen. »Muß ich entscheiden, ob ich jetzt nach Ynys Scaith gehe oder nach Caer Llud? Ist meine Loyalität von jetzt an aufzuteilen?«

»Ihr geht nach Caer Llud«, erwiderte Corum. »Eure Klugheit und Euer Wissen werden dort gebraucht. Ihr besitzt mehr davon als ich ...«

»Wer besäße das nicht?« brach es aus Goffanon hervor, der Corum immer noch den Rücken zuwandte.

»Geht mit Goffanon, Jhary«, erklärte Corum dem Gefährten von Helden leise. »Helft, ihn gegen Calatins Zauberei zu schützen.«

Jhary nickte. Er berührte Corums Schulter. »Lebt wohl, verräterischer Freund«, murmelte er. Und um seine Lippen spielte ein kleines, trauriges Lächeln.

Während sie sprachen, schwang sich Ilbrec mit rasselndem Kettenhemd auf Zaubermähnes Rücken. »Corum?«

Corum wiederholte mit aller Entschiedenheit: »Goffanon! Ich bin überzeugt, daß ich das tue, was unserer gemeinsamen Sache am besten dient.«

»Du wirst einen Preis zu zahlen haben«, sagte Goffanon. »Du wirst dafür zahlen, Corum. Vergiß meine Warnung nicht!«

Corum klopfte mit seinen silbernen Fingern gegen das Schwert, das er jetzt an seiner Seite trug. »Jedenfalls mindert dein Geschenk alle Gefahren, die mich erwarten. Ich habe Vertrauen zu dieser Klinge, die du geschmiedet hast. Sagtest du nicht, sie würde mich gegen alles schützen?«

Wie unter großen Schmerzen drehte Goffanon seinen schweren Kopf von einer Seite zur anderen. Er stöhnte.

»Das hängt davon ab, zu welchem Zweck du sie benutzen wirst. Aber, bei den Seelen aller großen, toten Sidhi-Helden, ich wünschte, ich hätte diese Klinge nicht geschmiedet.«

ZWEITES BUCH

In dem berichtet wird, wie auf Ynys Scaith viele Schrecken, viele Enthüllungen und viele überraschende Wendungen warten

1 Der Zauber von Ynys Scaith

Zaubermähne hatte die alten Pfade zwischen den Dimensionen nicht vergessen. Das Sidhi-Pferd galoppierte scheinbar schwerelos über die Wogen, als die Morgensonne Corum und Ilbrec auf hoher See fand. Die wogenden Wassermassen um sie herum verwandelten sich aus Blau mit Weiß in Rosa, dann Gold und schließlich wieder zurück in Blau, während die Sonne am Himmel aufstieg.

»Amergin sagte, daß die Schatteninsel schon existierte, bevor die Sidhi kamen.« Corum saß hinter Ilbrec und hielt sich am Gürtel des Riesen fest. »Doch Ihr habt mir erzählt, daß sie erst zusammen mit den Sidhi in diese Ebene kam.«

»Es gab schon immer Schüler gewisser Künste, die sich frei zwischen den Ebenen bewegen konnten, wie Ihr sicher wißt«, erklärte Ilbrec, der die Gischtspritzer auf seinem Gesicht genoß. »Ohne Zweifel gab es auch Druiden der Mabden, die Ynys Scaith besuchten, bevor die Insel sich auf dieser Ebene materialisierte.«

»Und wo kommt das Volk, das jetzt auf Ynys Scaith lebt, ursprünglich her? Sind es Mabden?«

»Sicher nicht. Es muß sich um eine ältere Rasse handeln, die nach und nach von den Mabden verdrängt wurde, wie die Vadhagh. Auf ihrer Insel in einem letzten Exil lebend, wurden sie grausam und verfielen der Inzucht – aber Grausamkeit und Inzucht gehörten schon zu den Eigenarten dieser Rasse, bevor diese Insel ihre letzte Zuflucht wurde.«

»Wie wurde diese Rasse genannt?«

»Das weiß ich nicht.« Ilbrec zog Kawanhs Karte unter seinem Kettenhemd hervor, studierte das Pergament eingehend und flüsterte dann Zaubermähne etwas ins Ohr.

Fast im gleichen Augenblick änderte das Pferd seine Richtung und hielt sich mehr nach Nordwesten.

Graue Wolken erschienen und brachten einen leichten Regen mit sich, der aber angenehm erfrischend wirkte, und schon waren sie unter den Wolken hindurch und ritten wieder im Sonnenschein. Corum bemerkte, daß er fast im Halbschlaf an Ilbrecs Gürtel hing. Er nahm die Gelegenheit wahr, seinen Körper und seinen Geist noch einmal so gut wie möglich auszuruhen, bevor sie Ynys Scaith erreichten, wo er alle seine Kräfte brauchen würde.

So begab es sich, daß zwei Helden über das Meer ritten und schließlich zu der Insel kamen, die Ynys Smith genannt wurde; einer kleinen Insel, geformt wie der Gipfel eines Berges und von einer schwarzen Wolke umgeben, obwohl der Himmel über ihr klar und blau war. Sie konnten die Brandung an die öden Strände donnern hören, sie sahen den Hügel im Mittelpunkt der Insel, und bald konnten sie auch die einzelne Kiefer erkennen, die auf dem Gipfel des Hügels stand, aber vom Rest der ganzen Insel war nichts deutlich auszumachen, obwohl sie immer näher kamen. Mit einem sanften Ruf und einer leichten Handbewegung zügelte Ilbrec Zaubermähne, und das Pferd blieb mit seinen Reitern inmitten der wogenden See stehen.

Corum rückte sich seinen silbernen, konischen Helm auf dem Kopf zurecht und beugte sich vor, um die Riemen seiner Beinschienen festerzuziehen. Gleichzeitig schob er mit einer Schulterbewegung seinen Brustharnisch in eine bequemere Position. Über die Schulter geschlungen trug Corum einen Köcher mit Pfeilen und seinen Bogen. Jetzt schob er seinen weißen Lederschild auf den linken Arm und nahm die langschäftige Streitaxt in die silberne Hand. Die andere Hand blieb frei, um sich damit an Ilbrecs Gürtel festzuhalten oder sein namenloses Schwert zu ziehen, falls das notwendig werden sollte.

Vor ihm warf Ilbrec seinen Mantel zurück, so daß die Sonne auf seinem goldenen, geflochtenen Haar schimmerte und sich auf seiner bronzenen Rüstung spiegelte. Er drehte sich halb zu Corum herum, und seine graugrünen Augen glichen der Farbe des Meeres. Ilbrec lächelte. »Seid Ihr bereit, Freund Corum?«

Corum konnte nicht auf die gleiche unbekümmerte Art zurücklächeln. Sein eigenes Lächeln fiel etwas grimmiger aus, während er langsam nickte. »Auf nach Ynys Scaith«, sagte er.

Und so schüttelte Ilbrec Zaubermähnes Zügel, und das große Pferd fiel wieder in seinen schnellen Galopp. Um sie spritzte die Gischt immer höher auf, während sie sich schneller und schneller der verwunschenen Insel näherten.

Obwohl Zaubermähne jetzt fast den Strand erreicht hatte, war es noch immer unmöglich, etwas genauer zu erkennen. In der schattenhaften Erscheinung der Insel verschwammen alle Einzelheiten. Der flüchtige Eindruck von dichten Wäldern tauchte auf, von halbverfallenen Gebäuden, von Stränden, die von angeschwemmtem Treibgut übersät waren, von wirbelnden Nebeln, von großen Vögeln, die mit langsamem Flügelschlag kreisten, und von gedrungenen Tierleibern, die zwischen den Bäumen und den Ruinen kauerten. Aber jedesmal, wenn das Auge sich auf etwas Bestimmtes konzentrierte, wurde alles verschwommen und veränderte seine Gestalt. Einmal glaubte Corum, ein großes Gesicht zu erkennen, größer als das von Ilbrec. Das Gesicht starrte ihn über einen Stein hinweg an, aber dann schienen Gesicht und Stein zu einem Baum zu verschmelzen oder einem Haus oder einem Tier. Es lag etwas Unreines und Peinigendes über Ynys Scaith. Hier fand sich nichts von der Schönheit Hy-Breasails. Es war beinahe, als wäre diese magische Insel das genaue Gegenteil von jener verzauberten Insel, die Corum zuerst besucht hatte. Leise, unangenehme Geräusche wehten von der Insel herüber. Manchmal schien es, als flüstere eine Stimme ihm etwas zu. Der Wind brachte einen fauligen Geruch mit sich. Der Haupteindruck, den die Insel vermittelte, war der von Krankheit und Verfall – einer dahinsiechenden Seele. Ynys Scaith erinnerte an die Fhoi Myore. Böse Ahnungen stiegen in Corum auf. Warum sollte das Volk von Ynys Scaith sich auf die Seite der Mabden stellen?

Es sah eher so aus, als wenn es sich mit dem Kalten Volk verbünden könnte.

Wieder zügelte Ilbrec Zaubermähne. Wenige Fuß vor dem Strand hielten sie an. Der Sidhi hob seinen linken Arm und rief:

»Sei gegrüßt, Ynys Scaith! Wir kommen als freie und friedliche Besucher hierher. Heißt man uns willkommen?«

Dies war ein alter Gruß, ein traditioneller Gruß der Mabden. Aber Corum fühlte, daß er den Bewohnern dieses Ortes wenig sagen würde.

»Sei gegrüßt, Ynys Scaith! Wir kommen in Frieden, um mit Euch über einen Pakt zu verhandeln!« wiederholte der riesige Jüngling.

Etwas wie ein Echo klang auf, aber es gab keine Antwort.

Ilbrec zuckte die Achseln. »Dann müssen wir diese Insel uneingeladen besuchen. Keine guten Umgangsformen ...«

»Die wir bald auch am eigenen Leibe zu spüren bekommen können«, ergänzte Corum.

Ilbrec trieb Zaubermähne vorwärts, und schließlich berührten die Hufe des Pferdes den grauen Strand von Ynys Scaith. Die Bäume hinter dem Strand verwandelten sich plötzlich vor ihren Augen in riesige, feuerrote Farnwedel, die sich raschelnd bewegten. Das Rascheln klang halb wie Wimmern und halb wie Gelächter. Als er sich umwandte, konnte Corum das Meer nicht mehr sehen. Statt dessen erhob sich dort eine Wand aus flüssigem Blei.

Es blieb Ilbrec nichts anderes übrig, als auf die Farne zuzureiten. Als sie den eigenartigen Farnwald erreichten, bogen sich die Pflanzen vor ihnen auf den Boden, legten sich flach hin, als wollten sie einem Eroberer huldigen. Zaubermähne schnaubte verwirrt und legte die Ohren an. Ilbrec mußte sein Pferd mit den Fersen vorantreiben. Kaum hatten sie die ersten Pflanzen überquert, da richteten sich die Farne überall wieder auf.

Die beiden Helden waren von riesigen Pflanzen umgeben. Wie gefiederte Finger tasteten die Farnwedel nach ihnen und berührten ihre Haut. Ein Seufzen lief durch die Farne.

Und Corum fühlte die Farne durch seine Haut bis zu seinen Knochen tasten. Es fiel ihm schwer, nicht mit dem Schwert auf die Wedel einzuschlagen. Den Schrecken der Mabden, die sich einer derartig monströsen Flora gegenübersahen, konnte er gut verstehen. Aber Corum hatte in seinem Leben schon Schlimmeres erlebt und wußte seine Panik zu unterdrücken. Er versuchte ein paar beruhigende Worte an Ilbrec zu richten, der ebenfalls so tat, als kümmere er sich nicht weiter um die Pflanzen.

»Interessante Flora, Ilbrec. Ich habe bisher noch nichts Vergleichbares auf dieser Ebene gesehen.«

»Das finde ich auch, Freund Corum.« Ilbrecs Stimme zitterte nur leicht. »Die Pflanzen scheinen eine Art primitive Intelligenz zu besitzen.«

Das Flüstern wurde lauter, und die Berührungen durch die Pflanzen wurden noch intensiver, aber die beiden Freunde ritten entschlossen weiter durch den Wald. Der feuerrote Schimmer um sie schmerzte ihnen in den Augen.

»Könnte das nicht trotzdem alles nur eine Illusion sein?« meinte Corum.

»Möglich, mein Freund. Aber eine sehr gute Illusion.«

Die Farne standen jetzt nicht mehr so dicht und wichen schließlich einem Fundament aus grünem Marmor, das einige Zentimeter unter einer gelblichen Flüssigkeit lag. Von dieser Flüssigkeit stieg ein widerwärtiger Geruch auf wie von faulendem Wasser. Alle Arten kleiner Insekten lebten in dem gelben Naß, und gelegentlich erhoben sich Wolken von ihnen, die um die Köpfe der Reiter schwirrten, als wollten sie die Eindringlinge begrüßen. Zu Corums rechter Seite erstreckten sich Ruinen: von Efeu überwucherte Bogengänge, teilweise eingestürzte Galerien, Mauern aus bröckelndem Granit und trübem Quarz, auf denen wilder Wein wuchs mit fleischigen Blüten, deren Duft Übelkeit erregte. In einiger Entfernung sahen sie zweibeinige Tiere, die sich bückten, um von der Flüssigkeit zu trinken. Die Wesen blickten mit flackernden, weißen Augen herüber und bückten sich dann wieder, ohne besonderes Interesse zu zeigen. Im ersten Augenblick glaubte Corum, eine bleiche Schlange zu erkennen, aber dann fragte er sich, ob er nicht gerade ein Wesen mit einer fast menschlichen Gestalt gesehen hatte. Er sah genauer hin, aber das Wesen war verschwunden. Eine gewöhnliche schwarze Ratte schwamm weiter draußen in der Flüssigkeit. Sie schenkte Ilbrec und Corum keine weitere Beachtung. Dann tauchte sie und verschwand durch einen schmalen Riß in der Oberfläche des Marmors.

Als sie endlich das andere Ende des überfluteten Fundamentes erreichten, waren die zweibeinigen Wesen nicht mehr dort. Zaubermähne trabte nun über einen Teppich aus feuchtem Gras, der widerliche, saugende Geräusche von sich gab, wo die Hufe ihn berührten. Bis jetzt hatte sie nichts direkt bedroht, und Corum begann zu überlegen, ob die vor ihnen hier gelandeten Mabden nicht Opfer ihres eigenen Entsetzens geworden waren. Einer wahnsinnigen Furcht, die diese unheimliche Umgebung leicht hervorgerufen haben mochte. In Corums Nase wehte ein Gestank, der dem von Kuhdung nicht unähnlich war, nur viel stärker. Es war ein betäubender Gestank, und Corum zog ein Tuch unter seinem Kettenhemd hervor, das er sich vor den Mund band. Dieser Schutz half jedoch kaum. Ilbrec hustete und spuckte, während er Zaubermähne durch einen Gang, der von geborstenen Lapislazuli gebildet wurde, in einen dunklen Korridor aus hohen Bäumen lenkte. Die Bäume hatten Ähnlichkeit mit riesigen Rhododendron-Büschen. Breite, dunkle Blätter schlugen den Reitern ins Gesicht. Bald war es im Korridor aus Blattwerk pechschwarz bis auf einige gelbe Lichter, die rechts und links zwischen den Blättern flackerten. Ein- oder zweimal schien es Corum, als zeigten sich in diesen Lichtern grinsende, halb zerfressene Gesichter. Aber er nahm an, daß ihm seine Einbildung einen Streich spielte, was durch die schreckliche Obszönität der Umgebung leicht zu erklären gewesen wäre.

»Laßt uns hoffen, daß dieser Pfad uns irgendwohin führt«, murmelte Ilbrec. »Der Gestank wird hier noch schlimmer, falls das überhaupt möglich ist. Sollte das etwa der Geruch der Bewohner von Ynys Scaith sein?«

»Hoffentlich ist dies nicht der Fall, Ilbrec. Es würde

jede Verhandlung mit ihnen noch um einiges schwieriger machen. Habt Ihr eine Vorstellung, in welche Richtung wir uns hier eigentlich bewegen?«

»Ich fürchte, ich habe keine Ahnung«, antwortete der Sidhi-Jüngling. »Ich bin nicht sicher, ob es hier nach Süden, Norden, Osten oder Westen geht. Alles, was ich weiß, ist, daß die Zweige über unserem Pfad immer niedriger hängen, so daß es wohl das beste ist, abzusteigen. Haltet Ihr Euch am Sattel fest, Corum, während ich mich von Pferd schwinge?«

Corum griff nach dem Sattel, und Ilbrec stieg ab. Der Vadhagh hörte in der Dunkelheit das Rasseln des Kettenhemdes und das Knarren des Zaumzeuges, als Ilbrec nach den Zügeln griff und das Pferd vorwärts zog. Zu sehen war nicht viel. Ohne die mächtige Gestalt des Riesen vor sich, fühlte Corum sich den möglichen oder eingebildeten Gefahren noch mehr ausgesetzt. Hörte er da nicht ein Lachen aus der Tiefe des Waldes? Hörte er nicht die Bewegung großer Gestalten neben sich im Gebüsch, die mit ihnen Schritt hielten, jederzeit bereit zuzuschlagen? War das keine Hand, was gerade sein Bein berührt hatte?

Weitere Lichter flackerten auf, aber diesmal waren sie direkt vor ihnen.

Etwas keuchte in der Nähe.

Corum griff nach seinem Schwert. »Habt Ihr auch das Gefühl, wir werden beobachtet, Ilbrec?«

»Das wäre möglich.« Die Stimme des jungen Riesen klang fest, aber angespannt.

»Alles, was wir hier gesehen haben, zeugt von einer großen Zivilisation, die schon vor Jahrtausenden untergegangen sein muß. Vielleicht hat Ynys Scaith längst keine intelligenten Bewohner mehr.«

»Vielleicht ...«

»Vielleicht haben wir hier nur wilde Tiere zu fürchten – und längst vergessene Krankheiten. Kann es nicht sein, daß die Luft das Gehirn angreift und ungesunde Gedanken überträgt, schreckenerregende Visionen?«

»Wer weiß?«

Aber diese Antwort war nicht von Ilbrec gekommen.

»Ilbrec?« flüsterte Corum. Er fürchtete, sein Freund könne plötzlich einfach verschwunden sein.

Einen Augenblick war alles still.

»Ilbrec?«

»Ich habe es auch gehört«, antwortete Ilbrec. Corum fühlte ihn einen Schritt näher kommen. Ilbrecs Hand legte sich beruhigend auf Corums Arm. Dann rief der Sidhi mit lauter Stimme: »Wo seid Ihr? Wer hat da zu uns gesprochen?«

Aber niemand antwortete, und so setzten sie ihren Weg fort, bis sie schließlich an eine Stelle gelangten, wo das Sonnenlicht durch die Zweige brach und der dunkle Pfad sich in drei Korridore teilte. Der mittlere schien der kürzeste zu sein, denn durch die Dämmerung zwischen den Büschen konnte man in einiger Entfernung den Himmel sehen. »Der scheint der beste zu sein«, meinte Ilbrec und saß wieder auf. »Was sagt Ihr, Corum?«

Corum zuckte die Achseln. »Sieht fast nach einer Falle aus«, erwiderte er. »Als wollte das Volk von Ynys Scaith uns irgendwo hinlocken.«

»Sollen sie doch, wenn sie das vorhaben«, sagte Ilbrec.

»Das denke ich auch.«

Ohne weiteren Kommentar lenkte Ilbrec Zaubermähne in den mittleren Gang.

Langsam wurde das Blattwerk über ihnen lichter. Schließlich weitete sich der Waldpfad zu einer Art Straße mit einzelnen Büschen auf beiden Seiten. Sie führte zu einer Reihe hoher, geborstener Säulen, um die sich abgestorbene Flechten rankten, braun, schwarz und dunkelgrün. Darunter waren Reliefe mit dämonischen Wesen und grinsende Tierköpfe zu erkennen. Erst als sie zwischen den Säulen hindurch waren, bemerkten sie, daß sie inzwischen auf einer Brücke trabten, die sich über einen breiten, grauenerregend tiefen Abgrund spannte. Die Brücke mußte einmal von einem steinernen Geländer eingefaßt gewesen sein, das jetzt zum größten Teil zerfallen war. Durch die Lücken konnten sie in den Abgrund hinuntersehen. Schwarze Wasser brodelten dort, in denen unbeschreibliche, reptilienähnliche Kreaturen schnappten und kreischten.

Über die Brücke heulte ihnen ein unangenehmer Wind entgegen; ein kalter Wind, der an ihren Mänteln zerrte und das Pferd über den Rand der schwankenden Steinkonstruktion in den Abgrund zu drängen schien.

Ilbrec warf fröstelnd einen Blick über den Rand und zog sich seinen Mantel enger um die Schultern.

»Diese Bestien dort unten sehen groß aus. Ich habe noch keine größeren gesehen. Seht Euch die Zähne an, die sie in ihren aufgesperrten Mäulern haben! Seht diese gierigen Augen, die knochigen Klauen und die Hörner! Ich bin froh, daß wir hier oben vor ihnen sicher sind, Corum!«

Corum nickte zustimmend. »Diese Welt ist nicht für einen Sidhi gemacht«, murmelte Ilbrec.

»Auch nicht für einen Vadhagh«, setzte Corum hinzu.

Als sie die Mitte der Brücke erreichten, nahm der Wind so zu, daß es selbst Zaubermähne mit seinem riesigen Körper schwerfiel, ihm standzuhalten. Corum blickte auf und sah etwas, das er zunächst für einen Vogelschwarm hielt. Es waren etwa zwanzig, die in einem ungeordneten Keil flogen. Als sie näherkamen, entdeckte Corum, daß es keine Vögel waren, sondern geflügelte Reptilien, in deren langen Schnäbeln scharfe, gelbe Fänge blitzten. Er stieß Ilbrec an und wies nach oben.

»Ilbrec«, rief er, »Drachen!«

Es waren tatsächlich Drachen, ein gutes Stück größer

als die Riesenadler aus den nördlichen Bergen Bro-an-Mabdens. Und diese Drachen hatten ganz offensichtlich vor, sich auf die beiden Reiter in Zaubermähnes Sattel zu stürzen.

Corum schob seine Füße unter die Sattelgurte, damit der Wind ihn nicht vom Rücken des Pferdes riß. Mit einigen Schwierigkeiten gelang es ihm dann, seinen Bogen schußbereit zu machen. Er legte den Pfeil gegen die Sehne, spannte und zielte am Pfeil entlang. Er versuchte den Wind so gut wie möglich mit einzukalkulieren und schoß. Der Pfeil verfehlte den Körper der Bestie, durchbohrte aber ihren Flügel. Der Drachen kreischte, wand sich in der Luft und schnappte mit den Zähnen nach dem Pfeil. Dann begann die Bestie zu fallen, richtete ihren Flug noch einmal aus, aber trudelte dann schließlich sich überschlagend in die dunklen Wasser, wo die anderen Reptilien sie erwarteten. Corum schoß zwei weitere Pfeile ab, doch beide verfehlten ihr Ziel.

Ein Drachen kam jetzt dicht heran, flatterte über Ilbrecs Kopf und biß nach dem Schild, mit dem der Sidhi versuchte, sich zu schützen. Er hieb mit Vergelter nach dem Leib des Ungeheuers. Zaubermähne scheute, rollte mit den Augen und stellte sich wiehernd auf die Hinterbeine. Die Brücke bebte unter den Hufen des mächtigen Tieres. Ein frischer Riß erschien, und am Rand brach ein Stück ab. Das Pferd beruhigte sich wieder, aber Corum fühlte, wie sich ihm der Magen umdrehte, als das Mauerwerk neben ihm in die Tiefe stürzte. Er schoß wieder, und diesmal traf sein Pfeil einen Drachen in den Hals. Doch jetzt waren sie von ledernen Schwingen umgeben. Scharfe Zähne schnappten nach ihnen, und Klauen, die fast wie menschliche Hände wirkten, hieben auf sie ein. Corum mußte seinen Bogen fallen lassen und das namenlose Schwert, Goffanons Geschenk, ziehen. Von dem silbrigen Licht, das von der Klinge ausging, halb geblendet, ließ er das wundervoll ausbalancierte Schwert um sich kreisen. Er fühlte, wie die Klinge in kaltes Fleisch schnitt. Verwundete Drachen taumelten um Zaubermähnes Beine, und aus dem Augenwinkel sah Corum drei über den Rand der Brücke stürzen. Und Corum sah, daß Ilbrecs goldenes Schwert vom Blut der Drachen triefte, und Corum hörte die Stimme des Jünglings ein Sidhi-Lied singen (denn die Sidhi sangen, wenn sie sich ihrem Tod gegenübersahen):

Gen Osten haben wir gekämpft;
Furchtlos war unser Feind.
Es schlugen die Sidhi eifrig Schlachten,
Die Waffen rot von Blut.
Nichts brach der Kämpfer Mut.
Nichts brach der Kämpfer Mut.

Corum fühlte, wie sich etwas auf seiner Schulter niederließ und kalte Klauen seine Haut berührten. Mit einem Aufschrei hieb er hinter sich, und die Klinge fuhr durch hornige Schuppen. Ein Drachen keuchte und spie sein Blut über Corums silbernen Helm. Der Vadhagh konnte sich gerade noch rechtzeitig den beißenden Saft von den Augen wischen, um sein Schwert in einen anderen Drachen zu stoßen, der mit ausgestreckten Klauen auf Ilbrecs ungeschützten Kopf herunterstieß.

Und Ilbrec sang weiter:

Wenn des Kämpfers Leib zu Erde wird,
Laßt es vertraute Erde sein,
Daß Helden unser Grab besingen,
Ein Sidhi-Grab in Sidhi-Erde,
Nicht Rabenfraß in fremdem Land,
Nicht Rabenfraß in fremdem Land.

Corum verstand, was Ilbrecs Lied ausdrückte, denn auch ihm selbst behagte die Vorstellung nicht, sein Leben im Kampf mit diesen hirnlosen Kreaturen zu verlieren und an einem namenlosen Ort zu enden; ein Ende, von dem nie jemand etwas erfahren würde.

Schließlich hatten sie fast die Hälfte der Drachen erschlagen oder so verwundet, daß sie kampfunfähig waren. Doch die Bewegungen des großen Sidhi-Streitrosses, das mit seinen Hufen auf die am Boden liegenden Drachen einschlug, ließen immer mehr Risse in dem brüchigen Mauerwerk der Brücke entstehen.

Wenige Schritte vor ihnen weitete sich einer der Risse zu einem bedrohlichen Loch. Durch diese weitere Gefahr einen Augenblick abgelenkt, übersah Corum einen heranrauschenden Drachen. Die Bestie schlug ihre Klauen in Corums Schulter und schnappte nach seinem Gesicht. Mit einem erschöpften Stöhnen riß er seinen Schild hoch und rammte ihn dem Untier in die weiche Unterseite. Gleichzeitig stach er mit seinem namenlosen Schwert nach dem Hals der Bestie. Die Klauen des Drachen lösten sich, und das Reptil stürzte auf die Brücke. In diesem Moment gab die ganze Brücke nach, und Ilbrec, Zaubermähne und Corum fielen den schwarzen Wassern mit den darin schwimmenden Ungeheuern entgegen.

Corum hörte Ilbrec schreien:

»Faß meinen Gürtel, Corum. Halt meinen Gürtel fest!«

Obwohl Corum sofort gehorchte, sah er wenig Sinn in dieser Anweisung. Ihr Tod war jetzt endgültig besiegelt. Vorher würden nur noch Schmerzen kommen. Und er hoffte, die Schmerzen würden nicht zu lange dauern.

2 Die Malibann geben sich zu erkennen

In dem einen Augenblick fielen sie noch, im nächsten stiegen sie schon wieder nach oben. Corum war so mit den Gedanken an das bevorstehende Ende beschäftigt, daß er den Wechsel im ersten Moment gar nicht bemerkte. In einer Art Spirale schien Zaubermähne durch die Luft zu galoppieren, zurück zu der eingestürzten Brücke. Die Drachen waren verschwunden. Zweifellos hatten sie keine Lust gehabt, ihrer Beute in den Abgrund zu folgen und sich dort mit ihren größeren Verwandten darum zu streiten. Und Ilbrec lachte, als er begriff, was Corum gefühlt haben mußte.

»Die alten Pfade sind überall«, erklärte er. »Dankt meinen Vorfahren, daß Zaubermähne sie noch immer finden kann.«

Das Pferd verfiel jetzt in einen langsamen Trab und hielt auf die andere Seite des Abgrundes zu. Seine Hufe schienen sich wie immer bei solchen Gelegenheiten auf der leeren Luft zu bewegen.

Corum seufzte erleichtert. Auch wenn er allen Grund hatte, den Fähigkeiten des Sidhi-Pferdes zu trauen, fiel es ihm noch immer schwer, daran zu glauben, daß dieses Tier über das Meer reiten konnte, ganz zu schweigen von einem Ritt durch die Luft. Dann berührten die Hufe wieder festen Boden, und Zaubermähne blieb am Rand der Schlucht stehen. Vor ihnen erstreckte sich eine Straße, die durch eine Landschaft mit niedrigen Hügeln führte. Die Hügel waren von etwas bedeckt, das kranken, in allen Farben schillernden Pilzen glich. Ilbrec und Corum stiegen ab, um ihre Wunden zu untersuchen. Corum hatte seinen Bogen verloren, und sein Köcher war leer. Er warf ihn weg. Die Klauen des Drachen hatten nur oberflächliche Fleischwunden an Armen und Schultern hinterlassen. Ilbrec hatte auch keine ernsteren Verletzungen davongetragen. Sie grinsten sich an, und ihnen beiden war klar, daß sie nicht damit gerechnet hatten, jemals lebend von der Brücke herunterzukommen.

Ilbrec nahm seine Wasserflasche aus der Satteltasche und bot sie Corum an. Sie hatte die Größe eines kleinen Fasses, so daß Corum Schwierigkeiten hatte, sie überhaupt an die Lippen zu setzen. Aber es gelang ihm, seinen Durst zu stillen, wofür er Ilbrec sehr dankbar war.

»Was mich wundert«, sagte Ilbrec, nachdem er selbst einen Schluck genommen hatte, »ist die Größe von Ynys Scaith. Vom Meer her sah es wie eine vergleichbar kleine Insel aus. Doch jetzt sieht es nach einem großen Land aus, das weiter reicht, als das Auge blicken kann Und seht!« Er deutete zu dem Hügel mit der einzelnen Kiefer darauf, der in beträchtlicher Entfernung deutlich zu sehen war, während seine nähere Umgebung nebelig und verschwommen wirkte. »Der Hügel scheint weiter von uns entfernt zu sein als jemals zuvor. Für mich steht außer Frage, daß dieser Ort hier unter einem Zauber von kaum vorstellbarer Macht steht.«

»Aye«, stimmte der Vadhagh-Prinz zu. »Und ich habe das Gefühl, bisher haben wir die Macht dieses Zaubers kaum zu spüren bekommen.«

Nach diesen Worten stiegen sie wieder auf und folgten dem Weg durch die Hügel, bis nach einer Wegbiegung die Hügellandschaft plötzlich abbrach. Vor ihnen lag eine Ebene, die aus gehämmertem Kupfer zu bestehen schien. Das Sonnenlicht glitzerte heiß darauf. Weit entfernt, dort, wo Corum den Mittelpunkt der Ebene vermutete, standen einige Gestalten. Ob es sich um Menschen oder Tiere handelte, konnte Corum nicht erkennen. Er lockerte Goffanons Geschenk in der Scheide und hielt die Hand am Schwertgriff, während Zaubermähne auf die Ebene hinaus trabte. Der Hufschlag dröhnte hell auf dem Metall.

Corum schirmte die Augen mit der Hand gegen das

Glitzern des Kupfers ab. Angestrengt bemühte er sich, etwas deutlicher zu erkennen. Aber es dauerte längere Zeit, bevor er sicher sein konnte, daß die Gestalten vor ihnen tatsächlich Menschen waren. Und noch länger brauchte er, um zu erkennen, daß sie Mabden waren – Männer, Frauen und Kinder. Nur wenige der Gruppe standen aufrecht. Die meisten lagen bewegungslos auf dem gehämmerten Kupfer.

Ilbrec zügelte Zaubermähne, und das Pferd fiel in einen langsamen Schritt.

»Arteks Volk?« vermutete Ilbrec.

»Das könnten sie sein«, antwortete Corum. »Sie sehen seinen Leuten nicht unähnlich.«

Von dem Kampf mit den Drachen noch etwas erschöpft, stiegen die beiden ab und gingen das letzte Stück zu der Gruppe zu Fuß. Die Gestalten zeichneten sich jetzt überdeutlich gegen die kupferne Landschaft ab.

Als sie auf Hörweite herankamen, drang leises Stöhnen, Weinen, Seufzen und Flüstern an ihre Ohren. Sie sahen, daß die Menschen alle nackt waren und die Liegenden meist schon tot. Die, die standen, hatten rote, verbrannte Haut, und es war ein Wunder, daß sie sich überhaupt noch auf den Füßen halten konnten. Corum begann jetzt die Hitze des Kupfers durch seine Stiefelsohlen zu spüren. Schaudernd stellte er sich vor, was die barfüßigen Gestalten empfinden mußten. Diese Menschen konnten nicht freiwillig hier sein. Eine grausame, intelligente Macht mußte sie hier gefangenhalten. Corum schluckte seinen Ärger mühsam herunter. Es war schwer, sich vorzustellen, was in den Gehirnen von Wesen vorging, die sich solche Quälereien ausdachten. Er bemerkte, daß viele der Männer und Frauen die Hände auf den Rücken gefesselt hatten. Trotzdem versuchten sie verzweifelt, die letzten überlebenden Kinder zu schützen.

Als die Mabden Corum und Ilbrec näher kommen

sahen, starrten sie ihnen aus entzündeten Augen furchtsam entgegen. Aufgesprungene Lippen flehten lautlos.

»Wir sind nicht eure Feinde«, erklärte Corum. »Wir sind Freunde von Artek. Seid ihr die Menschen von Fyean?«

Ein Mann wandte sein zerschundenes Gesicht Corum zu. Seine Stimme klang wie das Raunen eines fernen Windes. »Das sind wir. Alles, was davon übrig ist.«

»Wer hat euch das angetan?«

»Die Insel. Ynys Scaith.«

»Wie kommt ihr in diese Ebene?«

»Habt ihr die Zentauren nicht gesehen – und die riesigen Spinnen?«

Corum schüttelte den Kopf. »Wir kamen über die Brücke. Über den Abgrund, in dem die riesigen Reptilien hausen.«

»Es gibt hier keinen Abgrund.«

Corum schwieg einen Moment, dann sagte er: »Für uns gab es einen.«

Er zog ein kleines Messer und trat vor, um dem Mann die Fesseln aufzuschneiden, aber der Alte wich furchtsam zurück.

»Wir sind Freunde«, wiederholte Corum. »Wir haben von Artek erfahren, was hier vorgefallen ist. Wir sind gekommen, weil wir Artek getroffen haben.«

»Artek ist in Sicherheit?« Die Frage kam von einer Frau. Man konnte ahnen, daß sie einmal jung und schön ausgesehen hatte. »Er ist in Sicherheit?« Sie stolperte auf Corum zu. Auch ihr waren die Hände auf dem Rücken zusammengebunden. Sie stürzte und richtete sich, vor Schmerzen stöhnend, wieder in die Knie auf. »Artek?«

»Er ist in Sicherheit – und mit ihm über zwanzig andere aus eurem Volk.«

»Ah«, hauchte sie. »Oh, ich bin so froh ...«

»Sein Weib«, erklärte der alte Mann, mit dem Corum

zuerst gesprochen hatte. Doch Corum hatte das bereits geahnt. »Schickt Artek Euch, um uns zu retten?«

»Euch alle werden wir retten«, antwortete Corum. Es war eine Lüge, aber er war glücklich, sie erzählen zu können. Diese Menschen starben. Es würde nicht mehr lange dauern, bis es mit dem letzten zu Ende gegangen war.

»Dazu ist es zu spät«, erwiderte Arteks Frau.

Corum bückte sich, ihr die Fesseln zu zerschneiden. Da erklang wieder die Stimme aus dem Nichts, die er schon in dem Wald gehört hatte.

»Befreie diese Frau nicht! Sie gehört uns.!«

Corum blickte um sich, aber außer dem Flimmern der Luft über der Kupferebene war nichts zu erkennen.

»Ich werde sie befreien, und daran wird mich niemand hindern«, rief er. »Sie soll wenigstens mit freien Händen sterben.«

»Warum suchst du, uns zu erzürnen?«

»Ich will niemanden erzürnen. Ich bin Corum Llaw Ereint!« Er hielt seine silberne Hand hoch. »Ich bin der Ewige Held. Ich komme in Frieden nach Ynys Scaith. Ich will keinen Kampf mit den Bewohnern dieses Eilandes – aber ich werde nicht zulassen, daß diese Menschen hier weiter gequält werden.«

»Corum ...«, setzte Ilbrec leise an und legte seine Hand an den Griff von Vergelter. »Ich glaube, wir stehen jetzt endlich dem Volk von Ynys Scaith gegenüber.«

Corum beachtete ihn nicht und löste die Fesseln von den verbrannten Händen der Frau.

»Corum ...«

Methodisch schritt Corum die Reihen der Menschen von Fyean ab, bot ihnen seine Wasserflasche an und befreite die Gefesselten. Er achtete dabei auf nichts anderes.

»Corum!«

Ilbrecs Stimme wurde noch drängender, und als

Corum sein Werk beendet hatte und aufsah, standen um Ilbrec und Zaubermähne schlanke, große Gestalten. Ihre Haut war faltig und von bräunlichgelber Farbe, das Haar dünn. Sie waren nur mit breiten Gürteln bekleidet, an denen große Schwerter hingen. Das Fleisch ihrer Lippen war so zurückgezogen, daß ihre Zähne freilagen. Ihre Wangen waren eingesunken, die Augen kaum noch in den Höhlen zu erkennen. Ihre Erscheinung erinnerte an vor langer Zeit mumifizierte Leichen. Wenn ihre Gesichter einen bestimmten Ausdruck hatten, Corum hätte ihn nicht deuten können. Er konnte nur dastehen und sie entsetzt ansehen.

Einer trug eine gezackte Krone, besetzt mit Saphiren und Rubinen.

Die kostbaren Steine schienen mehr Leben zu enthalten als sein Gesicht und der Körper. Weiße Augen starrten Corum an, gelbe Zähne knirschten, als das Wesen zu sprechen begann.

»Wir sind die Malibann, und diese Insel ist unsere Heimat. Wir haben das Recht, uns gegen Eindringlinge zu schützen.« Sein Akzent war fremdartig, aber seine Worte waren gut zu verstehen. »Wir sind sehr alt ...«

Ilbrec nickte zustimmend und grinste hämisch.

Der Führer der Malibann verstand Ilbrecs Grinsen sofort. Er reckte seinen mumifizierten Kopf. »Wir benutzen diese Körper nur selten«, sagte er wie zur Erklärung. »Seid versichert, daß wir sie selten nötig haben. Unser Stolz ist nicht unser physisches Aussehen, sondern die Macht unserer Zauberei.«

»Sie ist groß«, stimmte Ilbrec zu.

»Wir sind sehr alt«, fuhr der Gekrönte fort, »und unser Wissen ist groß. Wir können fast alles beherrschen, was wir zu beherrschen wünschen. Wir können die Sonne am Himmel stillstehen lassen, wenn wir das wünschen.«

»Warum quält Ihr dann diese Menschen auf so jämmerliche Weise?« fragte Corum ihn. »So handeln keine Halbgötter!«

»Es ist unser Wille, jene zu bestrafen, die in unser Reich eindringen.«

»Sie haben Euch nicht bedroht. Widrige Winde haben sie an Euren Strand verschlagen.«

Während er das schreckliche, verwesende Gesicht des Malibann musterte, wurde Corum langsam bewußt, daß dieses Gesicht viele Gemeinsamkeiten mit dem eines Vadhagh besaß. Er fragte sich überrascht, ob er hier Vadhagh vor sich hatte, die vor Jahrtausenden verbannt worden waren. Waren das die Ureinwohner von Ynys Scaith?

»Wie sie hierher kamen – wie ihr hierher kamt –, ist für uns ohne Bedeutung. Ihr kamt – sie kamen. Ihr müßt bestraft werden.«

»Werden alle bestraft, die hier landen?« fragte Ilbrec nachdenklich.

»Fast alle«, erwiderte der Führer der Malibann. »Es hängt von dem Grund ab, wegen dem sie uns besuchen.«

»Wir sind gekommen, um mit Euch zu verhandeln«, sagte Corum. »Wir kommen, um Euch Hilfe anzubieten. Dafür wollen wir, daß Ihr uns in einem Krieg beisteht.«

»Was könnt ihr dem Malibann bieten?«

»Die Flucht von dieser Ebene. Die Rückkehr in eine Welt, die besser für Euch geeignet ist.«

»Um diese Sache kümmert sich bereits jemand.«

Die Worte überraschten Corum. »Ihr habt bereits Helfer?«

»Die Malibann brauchen keine Helfer. Wir haben jemanden in unseren Dienst gestellt, der in unserem Auftrag handelt.«

»Jemanden aus dieser Welt?«

»Ja. Aber wir sind es nun müde geworden, uns mit solchen primitiven Geistern wir dir zu unterhalten. Zuerst muß dieser Schmutz fort.«

Die Augen des Malibann glühten in einem roten Feuer. Ein schriller, verzweifelter Aufschrei kam von den Menschen von Fyean. Dann waren sie alle verschwunden. Und mit ihnen verschwand auch die Ebene aus gehämmertem Kupfer.

Corum, Ilbrec und Zaubermähne standen jetzt in einer Halle, deren Dach teilweise eingestürzt war. Die Abendsonne sandte ihre Strahlen durch die Risse im Dach und in den Wänden. Ihr Licht spielte über verschimmelte Gobelins, bröckelnde Reliefe und verblaßte Wandmalereien.

»Wo sind wir hier?« wollte Corum von dem Malibann wissen, der im Schatten nahe der Wand stand.

Der Gekrönte lachte. »Du erkennst es nicht? Sonderbar, wo doch fast alle eure Abenteuer hier stattgefunden haben.«

»Was? In den Wänden dieser Halle?« Ilbrec starrte angewidert auf das herumliegende Gerümpel. »Wie ist so etwas möglich?«

»Wir, die Malibann, haben große Macht, und ich, Sactric, bin der Mächtigste von allen, deshalb bin ich Herrscher über das Imperium von Malibann . . .«

»Diese Insel? Ihr nennt sie ein Imperium?« Ilbrec lächelte ungläubig.

»Diese Insel ist der Mittelpunkt eines Imperiums, das eure großartigsten Reiche neben sich zu einem Lagerplatz von Höhlenwilden degradieren würde. Wenn wir in unsere Ebene zurückkehren – aus der wir durch eine üble List verbannt wurden –, werden wir dieses Reich zurückerobern, und Sactric wird darüber herrschen.«

»Wer hilft Euch, dieses Ziel zu erreichen?« fragte Corum noch einmal. »Einer der Fhoi Myore?«

»Die Fhoi Myore? Die Fhoi Myore sind kaum mehr als verrückte Tiere. Welche Hilfe könnten sie uns anbieten? Nein, wir haben einen klügeren Diener. Zur Zeit erwarten wir gerade seine Rückkehr. Vielleicht lassen wir euch noch lange genug leben, ihn zu treffen.«

Ilbrec murmelte Corum zu: »Die Sonne geht eben erst unter. Kann es sein, daß wir erst so kurze Zeit hier sind?«

Und Sactric lachte laut. »Sind zwei Monate eine kurze Zeit für euch?«

»Zwei Monate? Was wollt Ihr damit sagen?« Corum machte einen Schritt auf Sactric zu

»Ich will damit nur sagen, daß die Zeit auf Ynys Scaith und die Zeit in eurer Welt mit unterschiedlicher Geschwindigkeit vergeht. Um es genauer zu sagen, Corum Llaw Ereint: du bist jetzt seit zwei Monaten hier.

3 Ein Schiff steuert die Insel der Ruinen an

»Oh, Ilbrec«, rief Corum seinem Freund zu, »was ist inzwischen aus dem Krieg unserer Freunde gegen die Fhoi Myore geworden?« Ilbrec wußte darauf nichts zu antworten. Statt dessen schüttelte er den Kopf und sagte: »Goffanon hatte recht. Wir waren Narren. Wir hätten niemals hierher kommen dürfen.«

»So haben wir dann endlich doch etwas gefunden, bei dem wir einer Meinung sein dürften«, bemerkte Sactrics trockene Stimme aus dem Schatten der Mauer. Die Juwelen in seiner Krone glitzerten, während er den Kopf bewegte. »Und nachdem wir so schön übereinstimmen, will ich euch noch eine Weile am Leben lassen. Mehr noch, ich gebe euch volle Bewegungsfreiheit auf der Insel, die ihr Ynys Scaith nennt.« Dann fügte er, als wäre die Sache ganz nebensächlich und ohne Bedeutung, hinzu: »Ihr kennt jemanden mit dem Namen Goffanon?«

»So ist es«, antwortete Ilbrec. »Er warnte uns davor, hierher zu kommen.«

»Ein kluger Mann, dieser Goffanon, scheint es.«

»Aye. Es scheint so«, bestätigte Corum. Er war noch immer so wütend und verwirrt, daß er sich am liebsten auf Sactric gestürzt hätte, obwohl er wußte, daß sein Schwert dem längst toten Körper nicht viel anhaben konnte. »Ihr habt seine Bekanntschaft gemacht?«

»Er hat uns einmal besucht. Nun müssen wir uns noch um euer Pferd kümmern.« Sactrics Augen glühten wieder rot auf, als er eine Geste in Richtung auf Zaubermähne machte.

Ilbrec schrie und rannte zu seinem Roß, aber Zaubermähnes Augen waren schon starr und glasig geworden. Das Pferd konnte sich nicht mehr von der Stelle rühren. Es war wie festgefroren.

»Es ist ihm nichts passiert«, erklärte Sactric. »Es ist uns zu wertvoll. Wenn ihr tot seid, werden wir es für unsere Zwecke benutzen.«

»Wenn er euch läßt«, murmelte Ilbrec grimmig in seinen Bart.

Dann zogen die Malibann sich noch tiefer in die Schatten zurück und waren verschwunden.

Verzweifelt kletterten die beiden Helden hinaus in das verblassende Abendlicht. Jetzt sahen sie die Insel, wie sie wirklich aussah. Außer dem Hügel mit der Kiefer, an dessen Fuß sie standen, war das Eiland eine Wüste, bedeckt von Strandgut, Unrat und verrotteten Steinen, Pflanzen und Knochen. Hier lagen die Überreste aller Schiffe, die jemals auf Ynys Scaith gelandet waren. Und hier lagen auch die Überreste ihrer Fracht und ihrer Besatzungen. Verrostete Rüstungen und Waffen fanden sich überall verstreut. Die gelben Knochen ihrer ehemaligen Besitzer sprachen eine eindeutige Sprache. Einige Skelette waren noch vollständig, andere lagen zerschmettert und verstreut. Gelegentlich stießen Corum und Ilbrec auf einen Berg aufgeschichteter Schädel oder übereinander geworfener Rippenkästen. Über allem lag ein süßlicher Verwesungsgeruch, dessen Intensität sich ständig mit der Richtung des beißenden Windes veränderte. Selbst Juwelen, die einmal die Waffen geschmückt hatten, waren ohne Glanz, sahen krank und verfault aus. Graue Asche wehte wie eine ewig an- und abschwellende Flut über die Szenerie. Nirgendwo gab es Anzeichen für Leben. Nicht einmal Raben, die sich um die frischeren Leichen kümmerten, bei denen noch Fleisch an den Knochen hing.

»Irgendwie hat mir das Trugbild der Malibann doch besser gefallen«, meinte Ilbrec. »Auch wenn es auf seine Art schreckenerregend war und wir darin fast umgekommen wären.«

»Die Wirklichkeit ist in mancher Beziehung viel schrecklicher«, murmelte Corum. Er zog sich den Mantel enger um die Schultern, während er neben Ilbrec durch die Geröllwüste stolperte. Der Abend brach herein, und Corum fand wenig Freude bei dem Gedanken, die Nacht hier verbringen zu müssen, von der ständigen Gegenwart des Todes umgeben.

Ilbrecs Augen schienen in dem schnell dunkler werdenden Zwielicht etwas entdeckt zu haben. Der Riese blieb stehen, änderte seine Richtung leicht und kämpfte sich durch den Unrat zu einem umgestürzten Streitwagen, an dessen Deichsel noch die Knochen eines Pferdes hingen. Er griff in den Streitwagen, und das Skelett des Fahrers fiel mit klappernden Knochen heraus. Ohne sich weiter darum zu kümmern, richtete Ilbrec sich wieder auf. In seiner Hand hielt er etwas Verstaubtes und Formloses. Er runzelte die Stirn.

»Was habt Ihr gefunden, Ilbrec?« fragte Corum, der seinen Gefährten inzwischen wieder eingeholt hatte.

»Ich bin mir nicht sicher, Freund Vadhagh.«

Corum inspizierte Ilbrecs Entdeckung. Es war ein alter Sattel aus brüchigem Leder. Seine Riemen schienen nicht stark genug zu sein, ihn auf dem schwächsten Pferd zu halten. Die Schnallen waren stumpf, verrostet und fielen fast ab. Alles in allem war es für Corum eine völlig unnütze Entdeckung; die wertloseste, die er sich vorstellen konnte.

»Ein alter Sattel ...«

»Genau das.«

»Zaubermähne hat einen guten eigenen Sattel. Abgesehen davon würde der hier auch gar nicht passen. Er ist für ein sterbliches Pferd gemacht.«

Ilbrec nickte. »Wie Ihr sagt. Er würde nicht passen.« Aber er behielt den Sattel in der Hand, als sie ihren Weg zum Strand hinunter fortsetzten.

Dort fanden sie einen Platz, der einigermaßen frei von dem verstreuten Unrat war. Sie ließen sich nieder, um ihr Nachtlager aufzuschlagen. Es blieb ihnen sonst nichts zu tun.

Aber bevor er sich zum Schlafen niederlegte, saß Ilbrec mit gekreuzten Beinen vor dem alten Sattel. Er nahm ihn immer wieder in die Hand und drehte ihn nachdenklich hin und her. Und Corum hörte ihn murmeln:

»Sind wir alles, was übriggeblieben ist, wir zwei? Sind wir die letzten?«

Dann dämmerte der Morgen.

Zuerst war das Wasser weiß und weit. Langsam wurde es scharlachrot, als würde ein riesiges Seeungeheuer unter der Oberfläche sein Lebensblut verströmen. Die Farben pulsierten, als die rote Sonne sich über den Horizont erhob und der Himmel sich mit tiefem Gelb, wässerigem Purpur und einem reichen Orange überzog.

Die Großartigkeit des Sonnenaufgangs machte den Unterschied zwischen der stillen Schönheit des Ozeans und der Insel, die er umgab, noch krasser. Denn die Insel sah wie ein Platz aus, wohin alle Zivilisationen der Welt ihre Abfälle gesandt hatten, ein ekelhafter Misthaufen.

Das war Ynys Scaith ohne all seinen Zauber. Das war, was Sactric das Imperium der Malibann genannt hatte.

Die zwei Männer erhoben sich langsam und streckten sich. Ihre Glieder schmerzten. Ihr Schlaf war nicht sehr friedlich gewesen. Corum bewegte zuerst die Finger seiner künstlichen silbernen Hand und dann die seiner Hand aus Fleisch und Blut, die so taub geworden war, daß er sie kaum noch von der metallenen unterscheiden konnte. Stöhnend reckte er seinen Rücken, dankbar für den frischen Seewind, der für den Augenblick den Verwesungsgestank vertrieb. Er rieb an seiner leeren Augenhöhle unter der bestickten Augenklappe. Sie schien etwas entzündet zu sein. Deshalb schlug er die Augenklappe zurück, um Luft darankommen zu lassen. Unter normalen Umständen ersparte er sich und anderen, die häßliche, weiße Narbe zu entblößen. Ilbrec hatte seine goldenen Zöpfe gelöst und kämmte sein Haar. Dann flocht er wieder die mit metallenen Schnüren verstärkten Zöpfe hinein.

Sie waren der einzige Schutz für seinen Kopf, denn sein Stolz war es, immer ohne einen Helm auf dem blonden Schopf zu kämpfen.

Anschließend gingen die beiden Männer bis an den Rand der Brandung und wuschen sich, so gut sie konnten, in dem salzigen Wasser. Das Wasser war kalt. Corum kam nicht darum herum, sich die Frage zu stellen, ob es bald zu Eis gefrieren würde. Hatten die Fhoi Myore sich jetzt endgültig die Welt unterworfen? War Bro-an-Mabden von Küste zu Küste nun nichts mehr als eine tote Eiswüste?

»Dort!« rief Iltrec. »Könnt Ihr es sehen, Corum?«

Der Vadhagh-Prinz hob den Kopf, konnte aber am Horizont nichts Auffälliges entdecken.

»Was habt Ihr gesehen, Ilbrec?«

»Ich kann es noch immer sehen – ein Segel. Ich bin

ganz sicher. Es kommt aus der Richtung von Bro-an-Mabden.«

»Ich will nicht annehmen, daß es Freunde sind, die zu unserer Rettung diese Insel ansteuern«, sagte Corum elend. »Ich möchte nicht, daß noch andere in diese Falle geraten.«

»Vielleicht waren die Mabden vor Caer Llud siegreich«, erwiderte Ilbrec. »Vielleicht sehen wir hier das erste einer Flotte von Schiffen, die mit Amergins ganzer Magie gerüstet sind.«

Aber Iltrecs Worte klangen hohl, und Corum konnte keine echte Hoffnung empfinden. »Wenn es wirklich ein Schiff ist«, sagte er, »was Ihr da seht, dann fürchte ich, bringt es nur weiteres Verderben für uns und alle, die wir lieben.« Und nun glaubte er ebenfalls, ein dunkles Segel am Horizont zu erkennen. Ein Schiff näherte sich mit beachtlicher Geschwindigkeit.

»Und dort«, Ilbrec wies wieder auf das Meer, »ist das nicht ein zweites Segel?«

Einen Augenblick glaubte Corum, auch das zweite Segel zu sehen, aber dann war nichts mehr zu erkennen, und Corum nahm an, daß die Lichtreflexe auf dem Wasser ihnen einen Streich gespielt hatten.

Bestürzt erwarteten sie die Ankunft des Schiffes. Es hatte einen hohen, geschwungenen Bug, den die Figur eines springenden Löwen schmückte. Silber, Gold und Perlmutt schimmerten auf der Galeons-Figur. Das Schiff wurde nur vom Wind vorangetrieben. Ein großes schwarz-rotes Segel blähte sich vor dem Mast. Bald konnte es keinen Zweifel mehr geben, daß dieses Schiff direkt Ynys Scaith anlief. Ilbrec und Corum begannen zu rufen und zu winken, um die Neuankömmlinge zu warnen. Aber das Schiff blieb auf seinem Kurs. Sie sahen, wie es um eine Landzunge segelte und damit ihren Blicken entschwand. Offensichtlich wollte es in der dahinter gelegenen Bucht vor Anker gehen. Ohne große Umstände griff Ilbrec nach Corum und setzte sich den Vadhagh auf die Schulter. Dann stürmte er über den Strand in Richtung des mutmaßlichen Ankerplatzes. Trotz des überall verstreuten Unrats kam Ilbrec mit seinen riesigen Schritten rasch voran. Und schließlich stand er keuchend in einem natürlichen Hafen, den eine schmale Bucht der Insel bildete. Sie kamen rechtzeitig, um mitzuerleben, wie vom Schiff ein Boot zu Wasser gelassen wurde. Das Segel war inzwischen eingerollt.

In dem Boot konnten sie drei Gestalten erkennen, aber nur eine, in dicke Felle gehüllt, legte sich in die Riemen. Die anderen beiden saßen am Bug und am Heck. Auch sie trugen schwere Kapuzenmäntel.

Bevor die drei Männer an Land gehen konnten, sprangen Ilbrec und Corum ins Wasser. Sie wateten ihnen entgegen, bis ihnen das Wasser zu den Hüften reichte, und schrien so laut sie konnten.

»Kehrt um! Kehrt um! Dies ist ein Land des Todes!« rief Ilbrec.

»Dies ist Ynys Scaith, die Insel der Schatten. Alle Sterblichen, die hier landen, sind dem Tod geweiht!« warnte Corum.

Aber die stämmige Gestalt in den Fellen ruderte weiter, und ihre Begleiter unternahmen nichts, was darauf schließen ließ, daß sie die Warnungen gehört oder verstanden hatten. Corum fragte sich, ob sie vielleicht schon unter dem Zauber der Malibann standen.

Als das Boot heran war, hielt sich Corum am Bootsrand fest, während Ilbrec mit seinem riesigen Körper vor dem Boot aufragte, als sei er leibhaftig der Meeresgott, zu dem sein Vater in den Sagen der Mabden geworden war.

»Ihr seid in Gefahr«, donnerte Ilbrec. »Könnt Ihr mich nicht verstehen?«

»Ich fürchte, sie können es nicht«, rief Corum. »Sie stehen bereits unter einem Zauber, wie wir ihn auch erlebt haben.«

Da schlug die Gestalt am Bug ihre Kapuze zurück und lächelte. »Wir stehen unter keinem Zauber, Corum Jhaelen Irsei. Das wäre auch äußerst unwahrscheinlich. Erkennt Ihr uns nicht?«

Corum kannte dieses Gesicht gut. Er kannte die alten, schönen Gesichtszüge, eingerahmt von langen, grauen Locken und einem dichten, grauen Bart. Er kannte die harten, blauen Augen, die kräftigen, geschwungenen Lippen, den goldenen, mit Juwelen besetzten Halsreif und die dazu passenden Fingerringe.

Er kannte die warme, milde Stimme voller Weisheit; einer Weisheit, die mit einem erheblichen Aufwand an Zeit und mentalen Energien gewonnen worden war. Er kannte den Zauberer Calatin, den er zum erstenmal im Wald von Laahr getroffen hatte, als er auf der Suche nach dem Speer Bryionak gewesen war. Das war in einer glücklicheren Zeit gewesen, die jetzt schon so lange zurückzuliegen schien.

Und im selben Augenblick, als Corum seinen alten Feind Calatin wiedererkannte, rief Ilbrec mit erschreckter Stimme:

»Goffanon! Goffanon!«

Denn die Gestalt am Ruder war zweifellos kein anderer als der Sidhi-Zwerg, Goffanon von Hy-Breasail. Seine Augen hatten einen glasigen Ausdruck, und sein Gesicht war leer, aber er antwortete. Er sagte:

»Goffanon ist wieder Calatins Diener.«

»Er hat dich wieder in seiner Gewalt! Oh, ich wußte, daß uns diese Segel nichts Gutes bringen würden.«

Doch Corum beruhigte sich und wiederholte drängend: »Selbst Ihr, Calatin, könnt auf Ynys Scaith nicht überleben. Die Wesen, die hier hausen, können tödliche Illusionen senden, denen niemand widerstehen kann.

Laß uns alle zu Eurem Schiff zurückkehren und von hier fortsegeln.«

Calatin schaute sich um. Er blickte zu der dritten Gestalt in dem Boot, die ihr Gesicht noch immer sorgfältig unter der Kapuze ihres Mantels verbarg. »Ich kann nichts gegen diese Insel sagen«, stellte er fest.

»Das ist nur, weil Ihr sie nicht seht, wie sie wirklich ist«, beharrte Corum. »Schlagt uns einen Handel vor, Calatin! Was wollt Ihr dafür, daß Ihr uns mit auf Euer Schiff nehmt?«

Calatin schüttelte den Kopf und strich sich durch seinen grauen Bart. »Nichts. Ich bin der Seefahrerei müde. Schiffsreisen sind mir noch nie besonders bekommen. Wir gehen an Land.«

»Ich warne Euch, Zauberer«, knurrte Ilbrec. »In dem Augenblick, wo Ihr auch nur einen Fuß auf diese Insel setzt, seid Ihr verloren wie all Eure unglücklichen Vorgänger.«

»Wir werden ja sehen. Goffanon, zieh das Boot ein Stück auf den Strand, damit ich beim Aussteigen keine nassen Füße bekomme.«

Gehorsam stieg Goffanon aus dem Boot und zog es an den Strand hinaus, während Corum und Ilbrec hilflos zusehen.

Dann sprang Calatin elegant in den grauen Sand und sah sich um. Er atmete tief die vergiftete Luft und schnippte mit den Fingern, woraufhin sich die Gestalt am Heck des Bootes erhob und sich Calatin und Goffanon anschloß. Der dritte Ankömmling war auch jetzt unter seinem Kapuzenmantel nicht zu erkennen.

Für einen Augenblick standen sie sich schweigend gegenüber, das Boot zwischen sich.

»Ich hoffe, daß ihr Flüchtlinge seid«, setzte Ilbrec dann an. »Geflohen nach dem Sieg der Mabden über die Fhoi Myore.«

Und Calatin lächelte und bedeckte seine Lippen mit seiner juwelengeschmückten Hand.

»Sind Eure Fhoi Myore-Herren alle tot ...?« fragte Corum aggressiv, aber ohne viel Überzeugung.

»Die Fhoi Myore waren nie meine Herren, Corum«, erwiderte Calatin freundlich. »Sie sind manchmal meine Verbündeten. Wir arbeiten zusammen, wo es zu unserem gegenseitigen Vorteil ist.«

»Ihr redet, als wären sie noch am Leben.«

»Das sind sie, aye. Sie leben, Corum.« Calatin sprach diese Worte mit seiner gewohnten sanften, beherrschten Stimme, aber in seinen blauen Augen stand ein böses Vergnügen. »Und sie triumphieren. Sie haben allen Grund dazu. Sie haben Caer Llud gehalten und verfolgen jetzt die Überreste des Mabden-Heeres. Ich fürchte, bald werden alle Mabden tot sein.«

»Also haben wir vor Caer Llud nicht gewonnen?«

»Hattet Ihr das etwa erwartet? Soll ich Euch von denen berichten, die dort gefallen sind?«

Corum schüttelte den Kopf, wandte sich ab und meinte dann doch stöhnend: »Also gut, Zauberer, wer starb?«

»König Mannach starb. Jemand trieb ihm seine eigene Kriegsfahne in den Leib. Ihr kennt König Mannach, nehme ich an?«

»Ich kenne ihn. Ich werde ihn nicht vergessen.«

»Und König Fiachadh? Ist das auch ein Freund von Euch?«

»Was ist mit König Fiachadh?«

»Soweit ich verstanden habe, war er für einige Stunden der Gefangene meiner Lady Goim.«

»Von Goim?« Corum schauderte. Er erinnerte sich der furchtbaren Berichte, die er über den grausamen Appetit der weiblichen Fhoi Myore gehört hatte. »Und sein Sohn, Jung Fean?«

»Ich glaube, er teilte das Los seines Vaters.«

»Was ist mit den anderen?« flüsterte Corum.

»Oh, es waren viele. Die Helden der Mabden.«

Goffanon berichtete mit abwesender unnatürlicher Stimme: »Den Baumschwinger, Phadrac, rissen die Hunde des Kerenos in Stücke; genauso erging es Fionha und Cahleen, den kriegerischen Schwestern . . .«

»Und von den Fünf Rittern von Eralskee blieb nur der jüngste am Leben, wenn die Kälte ihn nicht inzwischen umgebracht hat. Er floh zu Pferd, verfolgt von Prinz Gaynor und seinen grünen Kriegern«, ergänzte Calatin genüßlich. »Und König Daffyn verlor beide Beine und erfror keine ganze Meile von Caer Llud entfernt – diese Meile ist er auf dem Bauch gekrochen. Wir sahen seine Leiche auf dem Weg hierher. Und König Khonun von den Tuha-na-Anu fanden wir keine zehn Schritte von ihm entfernt an einem Baum hängen. Die Goolegh hängten ihn wohl dort hin. Und kennt Ihr einen, den sie Kernyn, den Zerlumpten, nennen, einen Mann von eigenartigen Gewohnheiten und mit einem einzigartigen Gewand?«

»Ich kenne Kernyn, den Zerlumpten«, bestätigte Corum.

»Mit einer Gruppe Krieger unter seiner Führung wurde Kernyn vom Auge meines Lord Balahr entdeckt. Er erstarrte zu Eis, bevor er auch nur zu einem einzigen Streich kam.«

»Wer noch?«

»König Ghachbes wurde erschlagen, und Grynion, der Bullenreiter, und Clar von hinter dem Westen, und der rote Fuchs Meyahn, und die beiden Shamanen, der Kleine und der Große, und Uther aus dem Traurigen Tal. Dazu wurde eine große Zahl von Kriegern aus allen Stämmen der Mabden erschlagen. Und Pwyll Rückenbrecher wurde schwer verwundet, wahrscheinlich tödlich. Das gleiche gilt für Meister Dylann, Sheonan, die Axt-Frau, und vielleicht auch Morkyan von den beiden Lächeln . . .«

»Das reicht«, unterbrach Corum. »Sind keine Mabden mehr am Leben?«

»Zum jetzigen Zeitpunkt kann man wohl davon ausgehen, auch wenn ich nicht weiß, was nach unserer Abreise geschehen ist. Die Überlebenden hatten kaum noch zu essen und flohen nach Craig Dôn, wo sie mit Sicherheit vor den Fhoi Myore geschützt sind. Aber dort werden sie verhungern. Sie werden in ihrer heiligsten Stätte sterben. Vielleicht ist das alles, was sie wollten. Sie wissen, daß ihre Zeit auf dieser Welt abgelaufen ist.«

»Aber Ihr seid selber ein Mabden«, wandte Ilbrec ein. »Ihr sprecht von dieser Rasse, als wäre sie nicht Eure eigene.«

»Ich bin Calatin«, sagte der Zauberer, als müsse er einem Kind etwas erklären. »Ich habe keine Rasse, zu der ich gehöre. Einmal habe ich eine Familie besessen, das war alles. Und diese Familie gibt es auch längst nicht mehr.«

»Von Euch selbst in den Tod geschickt«, knurrte Corum wütend.

»Es waren Söhne, die ihre Pflicht erfüllten, wenn Ihr das meint.« Calatin lachte hell. »Aber ich habe keine natürlichen Erben mehr, das ist wahr.«

»Und obwohl Ihr selbst keine Nachkommen habt, seht Ihr ruhig mit an, wie Eure Rasse stirbt?«

»Vielleicht ist das sogar mein Motiv für das, was ich getan habe«, stimmte Calatin gleichgültig zu. »Ein Unsterblicher braucht schließlich keine Erben, oder?«

»Ihr seid unsterblich?«

»Das will ich hoffen.«

»Wie habt Ihr diese Unsterblichkeit erlangt?« fragte Corum.

»Wie ich bisher alles erreicht habe. Ihr kennt meine Art. Ich suche mir die richtigen Verbündeten und setze meine eigenen Fähigkeiten klug ein.«

»Und das ist der Grund für Euren Besuch auf Ynys Scaith? Ihr hofft, hier weitere Verbündete zu finden? Noch schmählichere Verbündete als die Fhoi Myore?« wollte Ilbrec wissen und legte eine Hand an den Griff seines Schwertes. »Nun, ich sollte Euch warnen. Die Malibann brauchen niemanden wie Euch und werden mit Euch verfahren, wie sie es mit uns getan haben. Wir konnten sie nicht überzeugen, auf ein Bündnis mit uns einzugehen.«

»Das überrascht mich nicht.« Calatins Stimme klang noch immer gleichgültig.

»Sie werden Euch vernichten, wie sie uns vernichten werden«, bemerkte Corum mit einer gewissen grimmigen Befriedigung.

»Das glaube ich nicht.«

»Warum nicht?« Ilbrec starrte den Zauberer an, der den Zwerg Goffanon in der Gewalt hatte.

»Weil dies keineswegs mein erster Besuch auf Ynys Scaith ist.«

Er deutete auf die verhüllte Gestalt zu seiner Rechten. »Ihr sagtet, ich hätte keinen Erben. Aber hier auf Ynys Scaith wurde mit Hilfe der Malibann mein Sohn geboren. Ich denke gerne von ihm als meinem Sohn. Und auf Ynys Scaith habe ich auch viele neue Kräfte zu meistern gelernt.«

»Dann seid Ihr das!« rief Ilbrec. »Ihr seid der Verbündete der Fhoi Myore – der Diener, den sie erwähnten.«

»Ich denke, damit werde ich wohl gemeint gewesen sein.«

Calatins Lächeln wurde so selbstzufrieden, daß Corum sein Schwert zog und auf ihn zurannte. Doch Goffanon schlug ihm die flache Seite seiner Axt vor den Brustharnisch, so daß der Vadhagh-Prinz hilflos in den Sand stürzte, während Calatin in höhnischer Verzweiflung seinen Kopf schüttelte und meinte:

»Ärgert Euch besser über Euch selbst, Prinz Corum von der Silbernen Hand. Ihr ward schlecht beraten und habt es nicht bemerkt. Vielleicht wäre die Schlacht nicht so böse für die Mabden ausgegangen, wenn Ihr sie vor Caer Llud geführt hättet ...«

Corum richtete sich langsam auf und wollte nach seinem Schwert greifen, daß einige Fuß von ihm entfernt lag. Aber Goffanon stieß das Schwert mit seiner Axt aus Corums Reichweite.

»Prinz Corum«, sagte Calatin. »Ihr solltet wissen, daß die überlebenden Mabden Euch die Schuld für ihre Niederlage geben. Sie nennen Euch einen Verräter. Sie glauben, daß Ihr auf die Seite der Fhoi Myore übergelaufen seid und gegen Euer Volk gekämpft habt.«

»Wie können sie so etwas glauben? Nun erkenne ich Eure Lügen, Calatin. Ich war die ganze Zeit hier auf der Insel. Welchen Grund hätten die Mabden, mich für einen Verräter zu halten?«

Calatin lachte leise. »Sie haben gute Gründe, Prinz Corum.«

»Dann hat jemand einen Zauber über sie geworfen. Eine Eurer Illusionen!«

»Oh, Ihr tut mir zuviel der Ehre an, Prinz Corum.«

»Jhary-a-Conel – war er nicht dort?«

»Klein Jhary schloß sich mir eine Zeitlang an, als er erkannte, wie schlecht die Schlacht für die Mabden ausgehen würde. Dann verschwand er. Zweifellos schämte er sich dieses Entschlusses, obwohl ich ihn für recht klug hielt.«

Da begann Corum zu schluchzen. Und seine Verzweiflung wurde noch gesteigert, weil sein Feind Calatin Zeuge seines Elends sein konnte.

Und als Corum weinte, ertönte von irgendwoher eine Stimme. Es war Sactrics tote, trockene Stimme, und sie hatte einen leicht ungeduldigen Unterton.

»Calatin. Bringe diese Gesellschaft in den großen Palast. Wir sind gespannt zu sehen, was du uns mitgebracht hast, und ob du unsere Abmachung einhalten konntest.«

4 Auf einem Hügel wird um das Schicksal der Welt gefeilscht

Der große Palast war längst kein Palast mehr, sondern nur der Ort, an dem dieser Palast sich einmal erhoben hatte. Die große Kiefer auf der Spitze von Ynys Scaiths einzigem Hügel hatte einmal im Mittelpunkt dieses Palastes gestanden, an den jetzt nur noch einige Mauerreste erinnerten.

Die Sterblichen und die Sidhi ließen sich auf grasüberwucherten Steinblöcken nieder, während Sactrics mumifizierter Körper sich dort aufbaute, wo nach seiner eigenen Aussage einst der große Thron gestanden hatte. Ein Thron, der aus einem einzigen, riesigen Rubin geschnitten worden war, erklärte Sactric. Aber niemand glaubte ihm das.

»Ihr werdet sehen, Kaiser Sactric«, begann Calatin, »daß ich auch den letzten Teil unserer Abmachung erfüllt habe. Ich habe Euch Goffanon gebracht.«

Sactric musterte das ausdruckslose Gesicht des Sidhi-Zwerges. »Diese Kreatur sieht tatsächlich jener ähnlich, die ich wiedersehen wollte«, gab er zu. »Und er steht völlig unter deinem Zauber?«

»Völlig.« Calatin schüttelte die kleine Lederflasche in der Faust, die Corum selbst dem Zauberer verschafft hatte. Es war die Flasche, die Corum Calatin gegeben hatte und mit der es dem Zauberer möglich geworden war, den Sidhi-Schmied zu beherrschen. Der Anblick der

Flasche erfüllte Corum mit noch mehr Haß gegen Calatin, aber auch sein Haß auf sich selbst nahm noch zu. Stöhnend verbarg er das Gesicht in den Händen. Ilbrec räusperte sich und murmelte tröstende Worte, aber Corum hörte nicht zu.

»Dann gib mir die Flasche.« Die verweste Hand streckte sich Calatin entgegen, aber der Zauberer schob die Flasche schnell zurück unter seinen Mantel und lächelte. »Dieser Zauber muß freiwillig übertragen werden, sonst verliert er seine Macht über Goffanon, wie Ihr sicher wißt. Ich muß erst sicher sein, daß Ihr Euren Teil unserer Abmachung auch eingehalten habt, Sactric.«

Sactric erwiderte hart: »Wir geben selten jemandem unser Wort, wir von den Malibann. Aber wenn wir es geben, müssen wir es auch halten. Ihr habt unsere Hilfe verlangt, um die Reste der Mabden zu vernichten und die Fhoi Myore in einer Illusion zu fangen, aus der sie nie mehr entkommen können, so daß diese ganze Welt allein Euch gehört. Ihr habt uns dafür Goffanon versprochen und uns zugesagt, ein Tor zu öffnen, durch das wir diese Welt verlassen können. Nun, Ihr habt Goffanon hierhergebracht, und das ist gut so. Wir müssen darauf vertrauen, daß Ihr auch die Macht habt, uns beim Verlassen dieser Ebene zu helfen. Wenn Ihr dabei keinen Erfolg haben werdet, erhaltet Ihr selbstverständlich Eure Strafe. Das wißt Ihr.«

»Ich weiß, Kaiser.«

»Dann gib mir endlich die Flasche.«

Calatin schien sich nur schwer entschließen zu können. Aber er zog die Flasche widerstrebend erneut hervor und legte sie dann zögernd in Sactrics Hand. Der Malibann stieß einen Triumphschrei aus.

»Nun, Goffanon, höre deinem Herrn Calatin genau zu!« Die Freunde des Zwerges sahen der Sache mit wachsender Verzweiflung zu. »Du hast jetzt einen neuen

Herrn. Es ist dieser große Mann, dieser Kaiser, Sactric von Malibann.« Calatin trat zu Goffanon und nahm dessen Kopf in die juwelengeschmückten Hände. Er drehte den Kopf so, daß Goffanon direkt auf Sactric sah. »Sactric ist jetzt dein Herr, und du wirst ihm gehorchen, wie du mir gehorcht hast.«

Goffanons Antwort klang schleppend wie das Gerede eines Schwachsinnigen. Aber sie verstanden seine Worte:

»Sactric ist jetzt mein Herr. Ich werde ihm gehorchen, wie ich Calatin gehorcht habe.«

»Gut.« Calatin trat von Goffanon zurück. Der Zauberer wirkte von seinem eigenen Erfolg beeindruckt, als mache ihn Goffanons Gehorsam noch selbstsicherer. »Und nun, Kaiser Sactric, wie habt Ihr vor, mir diese beiden Feinde hier vom Hals zu schaffen?« Er deutete auf Corum und Ilbrec. »Würdet Ihr erlauben, daß ich einen Vorschlag mache ...?«

»Ich bin mir gar nicht sicher, ob ich sie schon jetzt beseitigen will«, erwiderte Sactric. »Man muß das Vieh nicht schlachten, bevor man es zum Essen braucht.«

Corum sah, wie Ilbrec bei dieser Bemerkung Sactrics leicht erbleichte, und auch er selbst fühlte sich durch diese Worte nicht sehr erbaut. Verzweifelt sann er über einen Weg nach, Sactric in ihre Gewalt zu bekommen. Aber er wußte, daß Sactrics Geist diesen mumifizierten Körper jederzeit verlassen konnte. Es blieb für Corum und Ilbrec wenig mehr zu tun als zu beten, daß Calatin seinen Wunsch nicht allzubald erfüllt bekam.

Calatin zuckte die Achseln. »Nun, über kurz oder lang müssen sie sterben. Besonders Corum ...«

»Ich will darüber nicht mehr sprechen, bevor ich Goffanon nicht geprüft habe.« Sactric wandte seine Aufmerksamkeit wieder dem Sidhi-Schmied zu. »Goffanon. Erinnerst du dich an mich?«

»Ich erinnere mich. Ihr seid Sactric. Ihr seid mein

Herr«, brummte der Zwerg. Corum stöhnte darüber, die Erniedrigung seines Freundes vor seinen Augen mitansehen zu müssen.

»Und erinnerst du dich daran, daß du schon einmal hier auf dieser Insel warst, die du Ynys Scaith nennst?«

»Ich war schon einmal auf Ynys Scaith.« Der Zwerg schloß die Augen und flüsterte mehr zu sich selbst: »Ich erinnere mich. Die Schrecken ... das Grauen ...«

»Aber du hast Ynys Scaith wieder verlassen. Irgendwie wurdest du mit allen Illusionen fertig und verschwandest.«

»Ich entkam.«

»Aber du nahmst etwas mit. Du benutztest es, um dich zu schützen, bevor du entkommen konntest. Was ist daraus geworden?«

»Ich habe es versteckt«, sagte Goffanon. »Ich wollte es nicht sehen müssen.«

»Wo hast du es versteckt, Zwerg?«

»Ich habe es versteckt.« Auf Goffanons Gesicht lag jetzt ein schwachsinniges Grinsen. »Ich habe es versteckt, Lord Sactric.«

»Diese Sache, die du mir gestohlen hast, gehört mir, wie du weißt. Und ich muß es zurückbekommen. Ich muß sie haben, bevor wir diese Ebene verlassen. Ich werde nicht ohne sie von hier fortgehen. Wo hast du sie versteckt, Goffanon?«

»Herr, ich kann mich nicht erinnern.«

In Sactrics Stimme lag jetzt Wut, ja fast Verzweiflung. »Du mußt dich erinnern!« Sactric fuhr herum und streckte den Finger aus, von dem bei jeder Bewegung Hautfetzen rieselten. »Calatin! Hast du mich angelogen?«

Calatin wirkte aufs äußerste beunruhigt. Seine Selbstzufriedenheit war gespannter Aufmerksamkeit gewichen.

»Ich schwöre es Euch, Eure Majestät. Er muß es wissen.

Selbst wenn er es irgendwo in seinem Gedächtnis vergraben hat, das Wissen muß dasein.«

Sactric griff nun mit seiner klauenartigen Hand nach Goffanons Schulter und schüttelte den Zwerg. »Wo ist es, Goffanon? Wo ist das, was du uns gestohlen hast?«

»Vergraben ...«, erwiderte Goffanon vage. »Ich begrub es irgendwo. Ich brachte es in Sicherheit. Ein Zauber wurde darüber gesprochen, der dafür sorgt, daß es niemals mehr gefunden werden kann, auch nicht von mir selber ...«

»Ein Zauber? Was für ein Zauber?«

»Ein Zauber ...«

»Sprich genauer, Sklave!« Sactrics Stimme war schrill und zitterte. »Was hast du mit ... Was hast du mit dem gemacht, was du mir gestohlen hast?«

Corum begriff, daß der Herrscher der Malibann nicht wollte, daß andere erfuhren, worum es sich bei Goffanons Diebstahl handelte. Und es begann dem Vadhagh-Prinzen zu dämmern, daß hier vielleicht der Schlüssel zu einer Schwäche des anscheinend unverwundbaren Zauberers lag.

Wieder war Goffanons Antwort nur vage. »Ich nahm es fort, Herr. Sie ...«

»Schweig!« Sactric wirbelte wieder zu Calatin herum. Der Mabden-Zauberer sah elend aus. »Calatin, gegen dein Wort, daß du mir Goffanon auslieferst, half ich dir den Karach zu erschaffen. Ich habe dir geholfen, ihn mit Leben zu erfüllen, wie du es verlangtest. Aber jetzt muß ich erkennen, daß du mich betrogen hast ...«

»Ich schwöre Euch, Lord Sactric, daß ich das nicht getan habe.

Ich begreife selbst nicht, warum der Zwerg nicht in der Lage ist, Eure Fragen zu beantworten. Er müßte Euch jede Auskunft geben, ohne zu zögern ...«

»Dann hast du nicht nur mich betrogen, sondern auch

dich selbst. Irgend etwas im Gehirn des Sidhi ist abgestorben – dein Zauber war ein zu grobes Mittel. Ohne Goffanons Geheimnis können wir diese Ebene nicht verlassen. Unsere Abmachung ist damit gebrochen ...«

»Nein!« kreischte Calatin. Er sah seinen eigenen schrecklichen Tod in Sactrics kalten, flammenden Augen. »Ich schwöre es Euch – Goffanon hat das Geheimnis – laßt mich mit ihm sprechen. Goffanon, hör Calatin zu. Erzähl Sactric, was er zu wissen wünscht ...«

Und Goffanon antwortete mit flacher Stimme:

»Ihr seid nicht mein Herr, Calatin.«

»So ist es«, stellte Sactric fest. »Und jetzt mußt du bestraft werden, Zauberer ...«

In Panik schrie Calatin auf: »Karach! Karach! Vernichte Sactric!«

Die Gestalt in dem Kapuzenmantel erhob sich blitzschnell, riß den Mantel herunter und zog ein großes Schwert aus dem Gürtel. Und Corum schrie vor Entsetzen über das, was er sah.

Der Karach hatte das Gesicht eines Vadhagh. Ein Auge wurde von einer bestickten Augenklappe verdeckt. Seine eine Hand schimmerte silbern, die andere war aus gewöhnlichem Fleisch. Er trug eine verzierte Rüstung, die genau Corums eigener glich. Auf seinem Kopf saß ein konischer Helm, in den in Vadhagh-Buchstaben ein Name eingraviert war – Corum Jhaelen Irsei. Das hieß: Corum, der Prinz im scharlachroten Mantel.

Und der scharlachrote Mantel, Corums Namensmantel, war unter dem abgeworfenen Kapuzenmantel des Karach zum Vorschein gekommen. Er wehte um seinen Körper, als er sich gegen Sactric warf.

Und das Gesicht des Karach glich bis ins kleinste Detail Corums eigenem.

Und Corum wußte jetzt, warum Artek ihn beschuldigte, die Menschen von Fyean auf Ynys Scaith angegriffen zu haben. Und er wußte auch, warum die Mabden sich hatten vortäuschen lassen, daß er auf der Seite der Fhoi Myore gegen sie kämpfte. Und er wußte, warum Calatin damals, vor so langer Zeit, das Geschäft mit seinem Mantel gemacht hatte. Calatin mußte alles, was bisher geschehen war, schon lange geplant haben.

Und der Blick in dieses andere Gesicht, das doch sein eigenes war, ließ Corum das Blut in den Adern gefrieren.

Sactric wollte offenbar seine magischen Kräfte gegen den Karach, den Doppelgänger, nicht einsetzen (oder vielleicht war auch seine Magie gegen ein Wesen, das selbst nur eine Illusion sein konnte, einfach wirkungslos). Er rief seinem neuen Diener zu:

»Goffanon! Schütze mich!«

Gehorsam stellte sich der riesige Zwerg dem Karach in den Weg und schwang die Axt.

Fasziniert und gleichzeitig entsetzt verfolgte Corum den Kampf. Hier schien er endlich den ›Bruder‹ vor sich zu haben, den er nach den Prophezeiungen der alten Seherin fürchten mußte.

Calatin brüllte Corum an: »Da! Da ist der Karach, Corum! Da ist er, der dich töten und deinen Platz einnehmen wird! Da ist mein Sohn! Da ist mein Erbe! Da ist der unsterbliche Karach!«

Aber Corum achtete nicht auf Calatin und richtete seine ganze Aufmerksamkeit auf den Kampf zwischen dem Karach mit dem ausdruckslosen Gesicht und dem scheinbar unermüdlichen Körper und Goffanon, der die Schwerthiebe mit seiner doppelschneidigen Streitaxt parierte, der Streitaxt der Sidhi. Corum sah, daß Goffanon schnell ermüdete. Der Sidhi mußte schon erschöpft gewesen sein, als er auf dieser Insel landete. Bald würde er dem Schwert des Karach zum Opfer fallen. Doch jetzt zog Corum sein eigenes Schwert und rannte auf die Kämpfer zu. Und Sactric lachte:

»Auch du willst mich verteidigen, Prinz Corum? Stehe ich unter deinem besonderen Schutz?«

Corum warf der scheußlichen Gestalt des Malibann einen haßerfüllten Blick zu, bevor er mit dem Schwert, dem namenlosen Schwert, das Goffanon geschmiedet hatte, nach dem Karach hieb. Er traf die Schulter des Wesens, das sich ihm jetzt zuwandte.

»Kämpfe mit mir, Karach!« knurrte Corum. »Das ist es doch, wozu du erschaffen wurdest!«

Und er führte einen Schwertstreich gegen das Herz des Karach, aber das Wesen wich geschickt zur Seite. Corum konnte seinen Hieb nicht mehr abbremsen. Die Klinge verfehlte den Körper des Karach und fuhr in Fleisch, das nicht dem Karach gehörte.

Es war Goffanons Schulter, durch die sich die Klinge bohrte. Corum stöhnte entsetzt über das, was er unabsichtlich angerichtet hatte. Und Goffanon taumelte zurück.

Die Klinge mußte tief in seiner Schulter sitzen, denn seine Bewegung riß Corum das Schwert aus der Hand. Ohne Waffe stand er dem Karach gegenüber, der sich ihm mit einem schrecklichen Lächeln näherte, das Schwert zum Todesstreich erhoben.

Ilbrec zog jetzt sein Schwert Vergelter und kam Corum zu Hilfe, aber bevor er die Kämpfenden erreicht hatte, nutzte Calatin seine Chance. Hinter dem Rücken des Sidhi rannte er den Hügel hinunter. Er hatte offenbar jede Hoffnung aufgegeben, Sactric zu besiegen. Sein einziger Gedanke schien zu sein, das Boot zu erreichen, bevor der Malibann wieder auf ihn aufmerksam wurde.

Aber Goffanon sah Calatin. Und der Schmied griff nach dem Schwert in seiner Schulter. Selbst jetzt achtete er darauf, es nicht an seinem Griff zu berühren. Er zog es aus der Wunde, drehte es, zielte und warf es mit aller Kraft hinter dem fliehenden Zauberer her.

Die mondfarbene Klinge zischte durch die Luft und bohrte sich Calatin zwischen die Schulterblätter.

Der Mabden-Zauberer rannte noch einige Schritte weiter. Dann erstarrte er und brach zusammen. Während er fiel, schrie er:

»Karach! Karach! Räche mich! Räche mich, mein Sohn! Mein einziger Erbe!«

Der Karach wandte sich von der Kampfszene ab, das Schwert sank an seine Seite. Er suchte nach dem, der ihn gerufen hatte. Schließlich fanden seine Augen Calatin. Der Zauberer war noch nicht tot und versuchte auf den Knien zum Strand zu kriechen, wo das Boot lag, mit dem er vor so kurzer Zeit noch im Triumph auf Ynys Scaith gelandet war. Und Corum konnte so etwas wie Mitgefühl in den Augen des Karachs lesen, als er seinen sterbenden Herrn dort kriechen sah.

»Karach! Räche mich!«

Und der Karach begann mit steifen Schritten den Hügel hinunterzuschreiten, bis er den tödlich getroffenen Calatin erreichte, dessen seidene Roben jetzt von Blut beschmiert waren. Aus der Entfernung wirkte die Szene auf Corum, als sehe er ein Bild aus der Vergangenheit oder der Zukunft, bei dem er selbst der Hauptdarsteller war; als knie er selbst neben dem Zauberer und schiebe sein Schwert zurück in den Gürtel. Wie im Traum sah Corum seinen Doppelgänger auf Calatin hinabstarren. Der Karach begriff nicht, was mit seinem Herrn geschehen war. Er faßte nach dem Schwert, das aus Calatins Rücken ragte. Aber dann riß er seine Hand zurück, als wäre das Schwert glühend heiß. Wieder sah er verwirrt aus. Calatin keuchte einige weitere Worte zu dem Karach, die die anderen nicht verstehen konnten, und der Karach legte den Kopf auf die Seite und lauschte aufmerksam.

Calatins sterbende Hände hatten inzwischen einen Steinblock gefunden, auf den der Zauberer sich mit letzter Kraft zog. Dabei wurde die mondfarbene Klinge aus seinem Rücken gepreßt und fiel zu Boden. Der Karach beugte sich über seinen Herrn und nahm ihn vorsichtig auf seine Arme.

Sactric meldete sich jetzt wieder. Er stand hinter den dreien, die das Geschehen vom Hügel aus beobachteten, und befahl:

»Goffanon, ich bin noch immer dein Herr. Geh und vernichte den Karach!«

Aber Goffanon antwortete mit einer neuen Stimme, einer Stimme voll mit seiner alten, knurrigen Selbstsicherheit:

»Dies ist nicht der rechte Zeitpunkt, den Karach zu töten. Außerdem ist es nicht meine Bestimmung, ihn zu erschlagen.«

»Goffanon! Ich befehle es dir!« schrie Sactric und hob die kleine Lederflasche mit dem Speichel, der ihm die Macht über den Sidhi geben sollte.

Aber Goffanon lächelte nur und begann die Wunde zu untersuchen, die ihm das von ihm selbst geschmiedete Schwert an der Schulter beigebracht hatte. »Ihr habt kein Recht, Goffanon Befehle zu erteilen«, stellte er fest.

Eine tiefe Bitterkeit lag in Sactrics trockener, toter Stimme, als er nach einiger Zeit erwiderte:

»Dann bin ich also von diesem sterblichen Zauberer ganz und gar betrogen worden. Ich werde nie wieder zulassen, daß meine Urteilskraft so geblendet wird.«

Nun trug Corums Doppelgänger seinen Herrn über den Strand, aber er ging nicht zum Boot, sondern schritt direkt ins Meer. Der scharlachrote Mantel bauschte sich um ihn auf dem Wasser und umgab die beiden Wesen wie geronnenes Blut.

»Der Zauberer hat Euch nicht willentlich betrogen«, erklärte Goffanon. »Ihr sollt die Wahrheit wissen, Sactric. Ich war genausowenig in seiner Gewalt, als ich hierher kam, wie ich jetzt in Eurer bin. Ich ließ ihn glauben, er könne mir Befehle erteilen, denn ich wollte erkunden, ob meine Freunde hier noch lebten und wie ihnen zu helfen war ...«

»Sie werden nicht mehr lange zu leben haben«, schwor Sactric, »und du auch nicht, denn ich hasse dich am meisten von allen, Goffanon.«

»Ich kam aus freiem Willen hierher«, fuhr der Zwerg fort, ohne sich um Sactrics Drohung zu kümmern, »denn ich wollte mit Euch einen Handel abschließen, den Calatin mit Euch einzugehen plante.«

»Dann weißt du, wo du versteckt hast, was du stahlst?« Die Hoffnung kehrte in Sactrics Stimme zurück.

»Natürlich weiß ich es. Es ist nichts, was ich so leicht vergessen könnte.«

»Und du würdest es mir erzählen?«

»Wenn Ihr mit meinen Bedingungen einverstanden seid.«

»Wenn sie angemessen sind, will ich ihnen zustimmen.«

»Ihr bekommt alles, was Ihr von Calatin haben wolltet, und Ihr bekommt es zu ehrenhafteren Bedingungen ...«, versprach Goffanon. Trotz der Schmerzen, die ihm seine Verletzung verursachen mußten, lag neuer Stolz im Auftreten des Zwerges.

»Ehrenhaft? Das ist eine Sache der Mabden. Mit Ehrenhaftigkeit habe ich nichts zu schaffen ...«, begann Sactric.

Goffanon wandte sich einfach von ihm ab und richtete seine nächsten Worte an Corum: »Du hast viel zu tun, Vadhagh, wenn du deine Dummheiten noch einmal gutmachen willst. Geh, hol dein Schwert.«

Und Corum gehorchte. Seine Augen hingen noch immer an seinem Doppelgänger. Der Körper des Zauberers war jetzt vollständig unter den Wellen verschwunden, aber von dem Karach waren noch Kopf und Schultern zu sehen. Und der Kopf drehte sich jetzt Corum zu. Corum fühlte Eis in seinen Adern, als sein einziges Auge den Blick des anderen einzelnen Auges traf. Dann verzog sich das Gesicht des Karach, sein Mund öffnete sich, und er stieß ein so plötzliches und jammervolles Geheul aus, daß Corum erstarrt vor dem mondfarbenen Schwert stehenblieb.

Der Karach setzte seinen Weg fort, bis auch der Kopf unter der Wasseroberfläche verschwunden war. Für eine Sekunde oder zwei sah Corum noch den scharlachroten Mantel, seinen eigenen Namensmantel, auf den Wellen treiben, dann war auch der verschwunden.

Corum bückte sich und hob sein Schwert auf, Goffanons Geschenk. Die Klinge schimmerte in einem fremden, silberigen Weiß und war mit dem Blut von Corums altem Feind verschmiert. Aber zum erstenmal war Corum froh, das Schwert in der Hand zu halten. Und jetzt wußte er auch, welchen Namen er dem Schwert geben würde. Auch wenn das kein ehrenvoller Name war; nicht der Name, den er selbst erwartet hätte. Er wußte ihn nur einfach, genau wie Goffanon ihm erklärt hatte, daß er ihn wissen würde, wenn die Zeit gekommen war.

Er trug das Schwert zurück zum Gipfel des Hügels, und er hob das Schwert gegen den Himmel und sagte mit fester, ruhiger Stimme:

»Ich habe einen Namen für das Schwert, Goffanon.«

»Ich wußte, daß du ihn jetzt haben würdest«, antwortete Goffanon im gleichen Tonfall.

»Ich nenne dieses Schwert ›Verräter‹«, erklärte Corum. »Denn das erste Blut, das diese Klinge befleckt hat, war von dem, der sie schmiedete, und das zweite Blut war von einem, der sich für den Herrn dieses Schmiedes hielt.«

Und das Schwert schien noch heller zu leuchten, und

Corum fühlte, wie aus dem Schwert neue Energie zu ihm floß. (Gab es da nicht in einer anderen Zeit ein anderes Schwert wie dieses? Warum war ihm dieses Gefühl so vertraut?) Und er sah zu Goffanon, und Goffanon nickte und war zufrieden.

»Verräter«, sagte Goffanon, und er legte seine große Hand auf seine Schulterwunde.

Dann meinte Ilbrec plötzlich zusammenhanglos: »Nun habt Ihr ein Schwert, das einen Namen trägt. Jetzt braucht Ihr auch ein gutes Pferd. Das sind die wichtigsten Requisiten eines kämpfenden Helden.«

»Aye. Ich nehme an, das sind sie«, erwiderte Corum. Er schob das Schwert in die Scheide.

Sactric gestikulierte ungeduldig.

»Welchen Handel wollt ihr den Malibann vorschlagen, Goffanon?«

Goffanon war noch mit Corum beschäftigt. »Ein passender, ein angemessener Name«, sagte er. »Aber du gibst dem Schwert damit eine dunkle Macht, keine helle Macht des Lichtes.«

»So muß es sein«, entgegnete Corum.

Goffanon zuckte die Achseln und wandte seine Aufmerksamkeit endlich wieder Sactric zu. »Ich habe, was Ihr sucht, und es soll Euch gehören, wenn Ihr uns dafür gegen die Fhoi Myore helft. Wenn wir erfolgreich sind und unser großer Erzdruide Amergin überlebt und wir die Mabden-Schätze von Caer Llud zurückerobern können, dann versprechen wir Euch, daß Ihr diese Ebene verlassen könnt, um Euch nach einer gastlicheren Bleibe umzusehen.«

Sactric nickte mit seinem mumifizierten Kopf. »Wenn du deine Abmachung einhältst, halten wir uns an die unsere.«

»Dann müssen wir uns beeilen, auszuführen, was wir uns gerade vorgenommen haben«, verlangte Goffanon.

»Denn die letzte Stunde der belagerten Mabden in Craig Dôn wird bald geschlagen haben.«

»Calatin sprach also die Wahrheit?« fragte Corum.

»Er berichtete die Wahrheit.«

Ilbrec sagte: »Goffanon, wir hielten dich für völlig unter dem Bann des Zauberers, solange er die Flasche mit dem Speichel bei sich hatte. Wie konntest du mit ihm die Reise hierher machen, ohne wieder seinem Zauber zu verfallen?«

Goffanon lächelte. »Weil die Flasche nicht meinen Speichel enthielt ...« Er wurde von Sactric an weiteren Erklärungen gehindert.

»Erwartet ihr von mir, daß ich euch zum Festland begleite?«

»Aye«, bestätigte Corum. »Das wird notwendig sein.«

»Ihr wißt, daß uns nur schwer möglich ist, diese Insel zu verlassen.«

»Aber es ist notwendig«, sagte auch Goffanon. »Wenigstens einer von euch muß mit uns kommen. Es sollte derjenige sein, in dem sich alle Macht der Malibann manifestiert – Ihr selbst, Sactric.«

Sactric dachte einen Augenblick nach. »Dann werde ich einen Körper brauchen«, erwiderte er. »Dieser hier ist für solch eine Reise nicht geeignet.« Er fügte hinzu: »Du solltest nicht versuchen, die Malibann zu betrügen, Goffanon, wie du es schon einmal getan hast ...« Seine Stimme klang wieder haßerfüllt.

»Das liegt dieses Mal nicht im geringsten in meinem Interesse«, erwiderte der Zwerg. »Aber eins solltet Ihr wissen, Sactric: Ich finde nichts Gutes daran, mit Euch irgendein Abkommen zu schließen, und wenn es allein nach mir ginge, würde ich lieber sterben, als Euch zurückzugeben, was ich von hier gestohlen habe. Wie dem auch sei, die Würfel sind jedenfalls so gefallen, daß ich gezwungen bin, mit dem fortzufahren, was meine

Freunde unseligerweise angefangen haben. Aber ich bin sicher, daß diese Sache für einige von uns böse ausgehen wird, wenn Ihr erst wieder Eure volle Macht zurückerhaltet.«

Sactric zuckte seine eingefallenen, lederigen Schultern. »Ich will das nicht bestreiten, Sidhi«, antwortete er leise.

»Es besteht weiterhin die Frage«, erinnerte Ilbrec, »wie uns Sactric begleiten kann?«

»Ich brauche einen Körper.« Sactric sah die drei erwartungsvoll an. Sein Blick ließ Corum schaudern.

»Wenige sterbliche Körper können das aufnehmen, was sich Sactric nennt«, erklärte Goffanon. »Wir stehen vor einem Problem, dessen Lösung wahrscheinlich die Selbstopferung eines von uns verlangt ...«

»Der laßt mich sein!«

Die Stimme war neu in dieser Gesellschaft, aber sie klang vertraut. Corum wandte sich um und sah zu seiner großen Erleichterung, daß es Jhary-a-Conel war, der frech wie immer an einem Stein lehnte, die schwarzweiße, geflügelte Katze auf seiner Schulter.

»Jhary!« Corum stürzte in die Arme seines Freundes. »Wie lange seid Ihr schon hier auf dieser Insel?«

»Ich habe das meiste von dem, was sich hier heute abgespielt hat, miterleben dürfen. Eine sehr befriedi gende Vorstellung.« Jhary winkte Goffanon zu. »Ihr habt Calatin perfekt getäuscht ...«

»Ohne Euch hätte ich niemals die Gelegenheit dazu bekommen, Jhary-a-Conel«, stellte Goffanon fest. »Es war Jhary, der sich als Überläufer ausgab, sobald abzusehen war, daß die Mabden vor Caer Llud nicht siegen konnten. Er bot Calatin seinen Dienst an, und der Zauberer akzeptierte Jharys Verrat nur allzu gerne, weil er andere nach seiner eigenen Ehrlosigkeit beurteilte. So konnte Jhary mit einem schnellen Handgriff die Flasche mit meinem Speichel gegen eine austauschen, die nichts enthielt als etwas geschmolzenen Schnee. Danach mußte ich nur noch vorgeben, wieder völlig unter Calatins Zauber zu stehen, um herauszufinden, was der Zauberer gegen die Mabden plante. Jhary setzte sich in der allgemeinen Verwirrung der Niederlage von Caer Llud zunächst ab, um uns dann heimlich nach Ynys Scaith zu folgen ...«

»Also haben wir doch ein zweites Segel am Horizont gesehen!« bemerkte Corum. »Das war Euer Boot, Jhary?«

»Ohne Zweifel«, stellte der selbsternannte Gefährte von Helden fest. »Und nun, um auf unser eigentliches Problem zurückzukommen, sollten wir an meine Katze denken. Ich weiß, daß Katzen, was die Aufnahme fremder Seelen angeht, Fähigkeiten besitzen, die dem Menschen fehlen. Ich erinnere mich einer Zeit, als mein Name anders klang. Damals wurde eine Katze benutzt, um die Seele eines sehr mächtigen Zauberers aufzunehmen, genauer gesagt, sie gefangenzuhalten – aber das gehört nicht hierher ... Meine Katze wird Euch aufnehmen, Sactric, und Ihr werdet es bei ihr recht bequem haben ...«

»Ein Tier?« Sactric begann seinen mumifizierten Kopf zu schütteln. »Als Kaiser der Malibann kann ich nicht ...«

»Sactric«, sagte Goffanon scharf, »du weißt verdammt gut, daß es mit dir und den Deinen bald endgültig vorbei sein wird, wenn ihr diese Ebene nicht rasch verlassen könnt. Wollt ihr das wegen deines lächerlichen Stolzes riskieren?«

»Du nimmst dir einen Ton heraus, der mir mißfällt«, erwiderte Sactric. »Wenn ich nicht durch mein Wort gebunden wäre, ich würde dir ...«

»Aber Ihr seid es«, knurrte Goffanon. »Nun, Sir, würdet Ihr bitte in die Katze fahren, damit wir aufbrechen können, oder wollt Ihr das, was ich Euch gestohlen habe, jetzt nicht mehr zurückhaben?«

»Es ist mir wichtiger als mein Leben.«

»Dann folgt Jharys Vorschlag.«

Es schien keine Reaktion von Sactric zu folgen. Er starrte die schwarzweiße Katze einen Augenblick leicht angewidert an. Dann heulte die Katze auf, ihre Nackenhaare richteten sich auf, und sie schlug mit den Klauen um sich, bevor sie dem mächtigen Geist unterlag. Und plötzlich stürzte Sactrics Mumie schwer zu Boden, wo sie verrenkt liegenblieb.

Die Katze sagte: »Laßt uns sofort aufbrechen. Und vergeßt nicht, ich habe nichts von meiner Macht verloren.«

»Wir werden daran denken«, antwortete Ilbrec. Er hob den alten Sattel auf, den er gefunden hatte und seitdem mit sich herumschleppte.

Der Sidhi-Jüngling, der verwundete Schmied Goffanon, Corum von der Silbernen Hand und Jhary-a-Conel mit dem auf der Schulter, was jetzt Sactric war, machten sich auf den Weg zum Strand, wo das Boot sie erwartete.

DRITTES BUCH

In dem berichtet wird, wie Mabden, Vadhagh, Sidhi, Malibann und Fhoi Myore um den Besitz der Erde kämpfen, und in dem Freunde zu Feinden werden und Feinde zu Freunden

1 Das, was Goffanon Sactric stahl

Die Reise verlief ereignislos. Ilbrec ritt dem Schiff auf Zaubermähne voran und führte es auf dem kürzesten Weg zum Festland. Nun standen sie alle auf der Klippe, gegen deren Fuß eine weiße, wütende See donnerte, und Goffanon hob seine mächtige Streitaxt mit dem unverletzten Arm hoch über seinen Kopf und hieb damit tief in die weiche Erde. Der Platz war bis zu ihrer Ankunft mit einem kleinen, unauffälligen Steinhaufen markiert gewesen. Die intelligenten Augen der schwarzweißen Katze wichen nicht von Goffanon, und manchmal schienen diese Augen rubinrot aufzuglühen.

»Sei vorsichtig, damit ihr nichts zustößt«, sagte die Katze mit Sactrics Stimme.

»Ich muß jetzt erst noch den Zauber entfernen, den ich darüber gesprochen habe«, erklärte Goffanon.

Nachdem er ein kleines Loch gegraben hatte, kniete der Zwerg darüber und ließ etwas von der Erde durch die Finger rinnen. Dazu murmelte er einige Worte, die wie eine Serie sinnloser Reime klangen. Als das getan war, zog er sein Messer und begann damit vorsichtig weiter in der weichen Erde zu graben.

»So!« Goffanon hatte gefunden, was er suchte. Sein Gesicht verzog sich in leichtem Ekel. »Hier ist es, Sactric.«

Und er zog etwas aus der Erde, das er an einer Strähne dünnen Haares festhielt. Es war ein mumifizierter Kopf, der zu den mumifizierten Körpern der Malibann auf

Ynys Scaith paßte. Doch dieser Kopf strahlte eine fremdartige Schönheit aus und war unzweifelhaft weiblich, auch wenn an dem verstümmelten Haupt eigentlich nichts besonders Schönes zu erkennen war.

»Terhali!« seufzte die kleine, schwarzweiße Katze, und ihre Augen bekamen einen Ausdruck offener Anbetung. »Hat er dir etwas angetan, mein Liebes, meine süße Schwester?«

Und jetzt schnappten sie alle nach Luft, als der Kopf seine Augen öffnete, die klar und eisgrün waren. Und die verfaulten Lippen antworteten:

»Ich höre deine Stimme, mein geliebter Sactric, aber ich sehe dein Gesicht nicht. Vielleicht bin ich noch ein wenig geblendet?«

»Nein. Für den Augenblick muß ich mit dem Körper dieser Katze vorliebnehmen. Aber bald werden wir beide neue Körper haben; Körper, die uns willkommen heißen. Es gibt endlich eine Chance für uns, aus dieser Ebene zu entkommen, mein Liebes.«

Sie hatten von Ynys Scaith ein Kästchen mitgebracht, und in diese kleine Truhe aus Gold und Bronze legten sie jetzt den Kopf. Als sie den Deckel schlossen, starrten ihnen die Augen aus der Dunkelheit entgegen.

»Lebe wohl für den Augenblick, geliebter Sactric!«

»Lebe wohl, Terhali!«

»Das ist es also, was du Sactric gestohlen hast«, flüsterte Corum Goffanon zu.

»Aye, den Kopf seiner Schwester. Es ist alles, was von ihr übriggeblieben ist. Sie verfügte über Kräfte, die denen ihres Bruders in nichts nachstand. Wenn sie noch auf Ynys Scaith gewesen wäre, als ihr dort landetet, bezweifle ich sehr, daß ihr mit dem Leben davongekommen wäret.«

»Goffanon hat recht«, stimmte die schwarzweiße Katze zu und ließ keinen Blick von der Truhe, die der Zwerg jetzt unter den Arm nahm. »Das ist der Grund, warum ich diese Ebene noch nicht verlassen wollte. Sie ist alles, was ich liebe – Terhali!«

Jhary-a-Conel hob die Hand zur Schulter und gab der Katze einen mitfühlenden Klaps. »Es ist, wie man sagt. Selbst die Schändlichsten unter uns haben irgendwo ein weiches Herz, nicht wahr ...« Und er wischte sich eine imaginäre Träne von der Wange. »Und nun müssen wir auf dem schnellsten Wege nach Craig Dôn«, meinte Corum leicht ungeduldig.

»Welcher Weg ist das?« erkundigte sich Jhary-a-Conel und blickte demonstrativ in alle vier Himmelsrichtungen.

»Dort entlang«, erwiderte Ilbrec und wies nach Osten. Dem Winter zu.«

Corum hatte schon fast vergessen, wie eisig der Fhoi Myore-Winter sein konnte. Dankbar hatte er sich in die Pelze gehüllt, die sie in einem verlassenen Dorf gefunden hatten, auf das sie gleich zu Beginn ihres Weges stießen. Dort hatten sie auch Pferde gefunden. Ohne diese Entdeckung wäre der weitere Reiseverlauf mehr als qualvoll geworden. Vier Nächte waren seitdem vergangen, und mit jeder Nacht schien es kälter zu werden. Überall waren sie den bekannten Zeichen des Sieges der Fhoi Myore begegnet. Von der Kälte geborstene Mauern, zu Eis erstarrte Männer, Frauen und Kinder, verlassene, verfallene Städte – über allem lag jener schreckliche unnatürliche Winter, der selbst den letzten Grashalm auf den Feldern vernichtete und nur eine lebensfeindliche Eiswüste zurückließ.

Durch tiefe Schneeverwehungen erkämpften sich sich ihren Weg. Oft verloren sie völlig die Richtung und irrten stundenlang durch die schneebedeckte Einöde. Schließlich entdeckten sie dann wieder ein Wegzeichen und trieben ihre erschöpften Tiere weiter gen Craig Dôn, das vielleicht längst zum Friedhof der letzten des Mabdengeschlechts geworden war.

Und unaufhörlich fiel der weiße Schnee aus einem grauen, endlosen Himmel, und das Blut in ihren Adern fühlte sich an wie Eis, und ihre Haut wurde rauh und rissig, ihre Glieder wurden steif, und jeder Atemzug wurde zur Qual. Häufig mußten sie ihre Pferde am Zügel führen. Dann konnten sie der Versuchung kaum widerstehen, sich einfach in den weichen Schnee sinken zu lassen, alle Hoffnungen zu vergessen und zu sterben, wie ihre Gefährten längst gestorben sein mußten.

Des Nachts drängten sie sich eng um ein kleines Feuer. Sie konnten kaum die Lippen bewegen, um sich ein paar heisere Worte zuzuflüstern. Es schien, als wären ihre Gehirne halb erfroren wie ihre steifen Finger. Oft war an diesem nächtlichen Feuer das Gemurmel der kleinen, schwarzweißen Katze das einzige Geräusch. Sie schmiegte sich eng an die Truhe und sprach mit dem schrecklichen Kopf darin, doch niemand war neugierig darauf, was die beiden sich zu sagen hatten.

Corum war nicht sicher, wie viele Tage und Nächte auf diese Weise vergingen. Er wunderte sich nur leicht, daß sie es überhaupt so weit geschafft hatten, als sie schließlich von einem Hügelkamm über eine weite Ebene blickten. Schneeböen fegten über die Ebene, und in weiter Ferne sahen sie eine Nebelwand, und sie erkannten diese Nebelwand. Es war der Nebel, der den Fhoi Myore überallhin folgte; von dem die einen sagten, er sei der tödliche Atem der Fhoi Myore, und die anderen, er sei ein Schutz für die verfaulenden Leiber des Kalten Volkes. Und sie wußten, daß vor ihnen die Stätte der Sieben Steinkreise lag, die heilige Stätte der Mabden, ihre größte Stätte der Macht – Craig Dôn. Als sie näher heranritten, hörten sie das grauenvolle Geheul der Hunde des Kerenos, die unwirklichen, dumpfen Stimmen der Fhoi Myore und das Rascheln und Raunen der Brüder der Kiefern, die einmal Menschen gewesen waren und in deren Adern jetzt Kiefernharz floß.

Jhary-a-Conel gelang es, sein Pferd, das in dem oft brusthohen Schnee nur schwer vorankam, neben das Corums zu treiben. »Es sieht danach aus, daß einige unserer Kameraden noch leben«, rief er. »Die Fhoi Myore würden sich nicht so nah bei Craig Dôn aufhalten, wenn es dort nichts von Interesse gäbe.«

Corum nickte. Er wußte, daß die Fhoi Myore die Steinkreise fürchteten und diesen Ort normalerweise um jeden Preis mieden. Gaynor hatte ihnen das verraten, als er glaubte, sie hier in der Falle sitzen zu haben. Monate war das jetzt schon her.

An der Spitze ritt Ilbrec auf Zaubermähne. Das Riesenpferd bahnte den nachfolgenden Reitern einen Pfad durch den Schnee. Hätten sie den Sidhi-Riesen nicht bei sich gehabt, wären sie viel langsamer vorwärts gekommen. Wahrscheinlich hätten sie Craig Dôn ohne ihn gar nicht erreicht, sondern wären vorher Opfer der furchtbaren Kälte geworden. Hinter Ilbrec kam Goffanon, wie immer zu Fuß, die Axt über der Schulter, die Truhe mit Terhalis Kopf unter dem Arm. Seine Verletzung begann zu verheilen, aber die Schulter war immer noch steif.

»Der Belagerungsring der Fhoi Myore scheint keine Lücken zu haben«, bemerkte Ilbrec. »Ich fürchte, wir werden nicht unentdeckt durch ihre Reihen schlüpfen können.«

»Wenn wir es überhaupt lebend schaffen«, fügte Corum hinzu. Er sah den weißen Dampfwolken seines Atems in der eisigen Luft nach und zog sich die dicken Pelze noch enger um den zitternden Körper.

»Könnte Sactric nicht ein paar Illusionen beschwören,

die uns erlauben, unbemerkt durch die Reihen der Belagerer zu reiten?« schlug Jhary vor.

Goffanon gefiel diese Idee nicht besonders. »Es ist besser, die Illusionen für später aufzuheben«, meinte er. »Damit im entscheidenden Moment niemand gewarnt ist und die Wahrheit ahnen kann . . .«

»Das ist ein vernünftiger Einwand, muß ich zugeben«, erwiderte Jhary nach einigem Zögern. »Dann müssen wir es mit einem gewaltsamen Durchbruch versuchen. Letzten Endes werden sie ja kaum einen Angriff von hinten erwarten.«

»Nur jemand, der völlig verrückt ist, würde versuchen, nach Craig Dôn durchzubrechen. Das werden sich die Fhoi Myore auch sagen.« Corum lächelte schwach mit erfrorenen Lippen.

»Im Augenblick sind wir das ja wohl auch«, antwortete Jhary. Und es gelang ihm, Corum zuzuwinken.

»Was meint Ihr dazu, Sactric?« Ilbrec wandte sich an die kleine Katze.

Sactric zog die Katzenstirn kraus. »Ich würde raten, daß meine Schwester und ich all unsere Kräfte für den letzten Moment aufheben. Was ihr euch da vorgestellt habt, ist zwar möglich, aber außerhalb von Ynys Scaith ist es für uns viel schwieriger, unsere Kräfte einzusetzen. Und anstrengender.«

Ilbrec akzeptierte das. »Ich reite an der Spitze, um euch den Weg frei zu machen. Haltet euch dicht hinter mir.« Er zog seine berühmte Klinge Vergelter, und in dem kalten Licht funkelte sie eigenartig. Sie war eine Klinge der Sonne, und die Sonne hatte ihre Strahlen schon lange nicht mehr über diese Ebene geschickt. Das Schwert strahlte Wärme aus. Die tanzenden Schneeflocken schienen in seiner Aura zu schmelzen. Und Ilbrec lachte, und er rief seinem Pferd zu: »Vorwärts, Zaubermähne! Auf nach Craig Dôn! Auf zur Stätte der Macht.«

Und schon galoppierte er los. Zu beiden Seiten seines Pferdes wirbelten Schneeflocken auf. Seine Gefährten folgten dichtauf, mit heiseren Kampfrufen und die Waffen schwingend, als Ilbrec als erster in den unnatürlich kalten Fhoi Myore-Nebel eindrang. Die Schlachtrufe und die gezückten Waffen dienten allerdings in erster Linie dazu, sich selbst Mut zu machen und sich warm zu halten.

Auch Corum erreichte die Nebelwand und trieb sein Pferd hinein. Er bemühte sich, seinen riesigen Gefährten nicht aus den Augen zu verlieren. In dem eisigen Dunst hatte er den Eindruck von großen, schwarzen Schatten, die sich schwerfällig hin- und herbewegten, von Hunden, die alarmiert aufheulten, und grünhäutigen Reitern, die festzustellen versuchten, wer da so überraschend in ihr Lager eingefallen war. Und er hörte eine Stimme, die er kannte: »Ilbrec! Es ist der Riese! Die Sidhi kommen nach Craig Dôn! Zu den Waffen, Goolegh, zu den Waffen!«

Das war Prinz Gaynors Stimme – die Stimme von Gaynor, dem Verdammten, dessen Schicksal so eng mit dem Corums verbunden schien.

Jetzt erschallten die Jagdhörner der Gooleghs, mit denen sie ihre reißenden Hunde riefen, und der Nebel war bald von einem grauenvollen Hecheln und Schnüffeln erfüllt. Doch Corum konnte noch keine der weißen Bestien mit den blutroten Ohren ausmachen. Noch tauchten die heißen, gelben Augen der Untiere nicht auf, der Wesen, die Goffanon mehr fürchtete als alles andere in dieser Welt.

Ein gequältes Brüllen antwortete Gaynors Warnruf, eine schmerzerfüllte Stimme, die Corum sofort als die von Kerenos erkannte – wortlos, leer, verzweifelt, die Stimme eines Lords des Limbus, so trostlos wie jene grauenvolle Dimension, aus der die sterbenden Götter stammten. Corum hoffte, daß Kerenos' Bruder Balahr nicht in der Nähe war, denn ein Blick von ihm genügte, um sie für ewig zu Eis erstarren zu lassen.

Plötzlich fand Corum seinen Weg von vier oder fünf Gestalten verstellt, die mit schwertähnlichen Jagdmessern bewaffnet waren, den bevorzugten Waffen der Goolegh, und Goolegh waren es, die jetzt vor Corum standen. Ihre weißen, ausdruckslosen Gesichter hoben sich kaum vom umgebenden Schnee ab.

Mit seinem mondfarbenen Schwert hieb Corum um sich. Erstaunt bemerkte er die Leichtigkeit, mit der die Klinge fast ohne Widerstand durch Fleisch und Knochen glitt, und er erkannte, daß sein Schwert nach der Namensgebung nun tatsächlich seine ganze Macht zu entfalten begann. Und obwohl es fast unmöglich war, einen Goolegh zu töten, gelang es Corum, seine Gegner mit wenigen Hieben so zu verstümmeln, daß sie keine Gefahr mehr für ihn darstellten. Ohne Schwierigkeiten bahnte er sich seinen Weg durch ihre Reihen und schloß zu Ilbrec auf, der noch immer an der Spitze ritt. Vergelter hob und senkte sich wie eine lebende Flamme. Grüne Reiter und die wenigen Hunde, die dem Ruf der Hörner bisher gefolgt waren, wurden seine Opfer.

Eine Zeitlang vergaß Corum im Eifer des Gefechts den eisigen Fhoi Myore-Dunst, der mit jedem Atemzug in seine Lungen strömte. Aber langsam fühlten sich Kehle und Brust an wie mit Eis gefüllt. Seine Bewegungen wurden schwerfälliger, und seinem Pferd erging es nicht besser. Verzweifelt brüllte er seinen Schlachtruf: »Ich bin Corum! Ich bin Cremm Croich vom Hügel! Ich bin Llaw Ereint, die Silberne Hand! Zittert, Knechte der Fhoi Myore, denn die Mabden-Helden sind zurückgekehrt! Zittert, hier kommen die Feinde des Winters!«

Und das Schwert mit dem Namen Verräter blitzte und brachte einem heranspringenden Hund kalten Tod, während Goffanon seine Totenklage sang und seine Axt, von einer Hand geführt, tödliche Kreise zog. Und hinter ihm focht Jhary-a-Conel, die schwarzweiße Katze auf der Schulter, eine Klinge in jeder Hand. Er rief etwas, das sich mehr nach Angstschreien anhörte als nach einem Schlachtruf.

Nun wurden sie von allen Seiten bedrängt, und Corum hörte das bedrohliche Knarren riesiger Streitwagen, auf denen die Fhoi Myore anrückten. Balahr, Goim und die anderen konnten nicht mehr fern sein, und wenn sie erst einmal von den Fhoi Myore gestellt worden waren, gab es keine Hoffnung mehr. Aber jetzt konnten sie auch vor sich die schattenhaften Umrisse des äußeren Steinkreises von Craig Dôn erkennen – hohe, grob gehauene Säulen, auf denen Querblöcke von fast gleicher Länge lagen.

Als Corum die Stätte der Macht so nah vor sich sah, gab ihm das neue Kraft. Er drängte sein Pferd an den grüngesichtigen Brüdern der Kiefern vorbei. Verräter ließ grünen Kiefernsaft nach allen Seiten spritzen, so daß die Luft von betäubendem Harzgeruch erfüllt war. Corum sah Goffanon unter dem Ansturm einer Meute der weißen Hunde in die Knie brechen, den Kopf zurückgeworfen und schwarze Verzweiflung in den Augen. Und der Vadhagh brach mit seinem furchtbaren Schwert in das Hundepack, hackte, stach und hieb, bis Goffanon sich aufraffen konnte und in die Sicherheit des ersten Steinkreises stolperte. Dort blieb er keuchend stehen, den breiten Rücken an einen der Steinpfeiler gelehnt. Dann hatte auch Corum den Steinkreis erreicht und war in Sicherheit. Sekunden später hatten Ilbrec und Jhary sich zu ihnen durchgeschlagen. Sie standen sich gegenüber und sahen sich an und grinsten, unfähig zu glauben, daß sie noch lebten.

Von außerhalb des Steinkreises hörten sie Prinz Gaynor rufen:

»Nun haben wir sie alle! Sie werden verhungern, wie die anderen auch verhungern!«

Aber die dumpfen, elenden Stimmen der Fhoi Myore schienen einen Beiklang der Bestürzung zu haben, und das Geheul der Hunde des Kerenos klang irgendwie verunsichert, und die Goolegh und die Brüder der Kiefern starrten mit einem widerwilligen Respekt zu ihren vier Feinden hinüber. Und Corum antwortete seinem alten Feind, seinem Schicksalsbruder:

»Nun werden die Mabden neuen Mut fassen und euch für immer davonjagen, Gaynor!«

Und Gaynors Antwort klang leicht amüsiert. »Seid Ihr sicher, daß sie bei Eurem Anblick neuen Mut fassen, Corum? Nachdem Ihr Euch gegen sie gewandt habt? Mein Freund, ich glaube, Ihr werdet es schwer haben, sie dazu zu bewegen, überhaupt mit Euch zu sprechen, auch wenn sie halb verhungert sind und Ihr die einzige Hoffnung für sie seid ...«

»Ich weiß von Calatins Trick, und was er tat, die Kampfmoral der Mabden zu zerstören. Ich werde es Amergin erklären.«

Gaynor sagte nichts mehr darauf, aber sein Gelächter schnitt tiefer in Corums Herz, als es die scharfste Erwiderung vermocht hätte.

Langsam suchten sich die vier Helden einen Weg durch die Torbögen der Steinkreise, vorbei an Verwundeten, Sterbenden, Wahnsinnigen und Weinenden und solchen, die mit blicklosen Augen ins Leere starrten. Schließlich erreichten sie den innersten Kreis, wo einige Zelte aufgeschlagen waren und einige Feuer brannten. Männer in zerschlagenen Rüstungen und zerfetzten Pelzen kauerten zitternd neben zerrissenen Fahnen und warteten auf den Tod.

Amergin, schlank, zerbrechlich, doch mit ungebrochenem Stolz, stand neben dem steinernen Altar von Craig

Dôn, auf dem er einst gelegen hatte, nachdem Corum seine Rettung aus Caer Llud geglückt war. Amergins behandschuhte Rechte ruhte auf dem Altar, als er nun aufsah und die vier erkannte. Sein Gesicht blickte grimmig, aber er sagte nichts.

Dann tauchte hinter dem Hochkönig eine andere Gestalt auf – eine Frau, deren rotes Haar frei über die Schultern floß. Auf ihrem Kopf saß eine Krone. Vom Hals bis zu den Fersen war sie in einen schweren Kettenharnisch gehüllt, ein schwerer, bronzebewehrter Gürtel schlang sich um ihre Hüfte, ein Fellmantel hing von ihrem Rücken. Und ihre Augen brannten in einem eisgrünen Feuer, als sie Corum herausfordernd anstarrte. Das war Medheb.

Corum machte eine Bewegung auf sie zu und flüsterte: »Medheb, ich habe euch ...«

Ihre Stimme war kälter als der Nebel der Fhoi Myore, als sie sich ihm entzog, die Hand an den Schwertgriff legte und sagte:

»Fiachadh ist tot. Medheb ist Königin. Ich bin Königin Medheb, und ich führe die Tuha-na-Cremm Croich. Unter unserem Hochkönig Amergin führe ich die Mabden, die hier versammelt sind – die, die deinen unglaublichen Verrat überlebt haben ...«

»Ich habe euch nicht verraten«, sagte Corum einfach. »Es war eine List Calatins.«

»Wir haben Euch gesehen, Corum ...«, setzte Amergin ruhig an.

»Ihr saht einen Doppelgänger – Ihr saht einen Karach, den Calatin erschuf, um mich als Verräter hinzustellen.«

»Es ist wahr, Amergin«, sagte Ilbrec. »Wir alle sahen den Karach auf Ynys Scaith.«

Amergin hob seine Hand an die Schläfe, und es war leicht zu erkennen, wie schwer ihm selbst diese einfache Bewegung fiel. Er seufzte. »Dann müssen wir Gericht halten«, sagte er, »denn so verlangt es der Brauch der Mabden.«

»Ein Gericht?« Medheb lächelte. »Zu diesem Zeitpunkt?« Sie drehte Corum den Rücken zu. »Er hat seine Schuld längst selbst bewiesen. Nun erzählt er unglaubliche Lügen, weil er glaubt, unsere Niederlage hätte uns so betäubt, daß wir alles akzeptieren.«

»Wir kämpfen für das, an das wir glauben, Königin Medheb«, sagte Amergin. »Für unseren Glauben kämpfen wir genauso wie für unser Leben. Wir müssen dabeibleiben, uns nach dem zu richten, was uns immer richtig erschienen ist. Wenn wir unseren Glauben aufgeben, haben wir auch kein Recht mehr zu leben. Zu unserem Glauben gehört auch der Glaube an Gerechtigkeit. Laßt uns diese Menschen befragen und ihren Antworten zuhören, bevor wir über sie urteilen.« Medheb zuckte mit ihren schönen Schultern. Und Corum litt Todesqualen. Er fühlte, daß er Medheb mehr liebte, als er sie jemals zuvor geliebt hatte.

»Wir werden Corum schuldig finden«, sagte sie. »Und es wird mir eine Freude sein, den Schuldspruch zu verkünden.«

2 Das gelbe Streitroß

Es waren kaum ein Mann oder eine Frau zu sehen, die stehen konnten, ohne sich auf etwas zu stützen. Ausgezehrte, erfrorene, halbverhungerte Gesichter starrten Corum an, und wenn er auch viele der Gesichter kannte – er sah nirgendwo Freunde. Alle hielten ihn für einen Verräter und Überläufer. Sie machten ihn für die schrecklichen Verluste verantwortlich, die das Mabden-Heer vor Caer Llud erlitten hatte. Außerhalb der sieben Steinkreise wallte der unnatürliche Nebel, hallten und dröhnten die dumpfen Stimmen der Fhoi Myore und erklang das endlose Geheul der Hunde des Kerenos.

Und das Gericht über Corum begann.

»Vielleicht habe ich einen Fehler gemacht, als ich nach Ynys Scaith ging, um dort Verbündete zu suchen«, gab Corum zu. »Dann bin ich schuldig, unsere Lage falsch beurteilt zu haben. Aber in allen anderen Punkten bin ich unschuldig.«

Morkyan von den beiden Lächeln, der vor Caer Llud nur leicht verwundet worden war, zog die schwarzen Augenbrauen zusammen und strich sich über seinen Schnurrbart. Seine Narbe hob sich weiß von seinem dunklen Gesicht ab.

»Wir haben Euch gesehen«, sagte Morkyan. »Wir sahen Euch Seite an Seite reiten mit Prinz Gaynor, mit dem Zauberer Calatin, mit diesem anderen Verräter, Goffanon – zusammen habt ihr die Brüder der Kiefern geführt, die Goolegh, die Hunde des Kerenos. Ich sah Euch Grynion den Bullenreiter erschlagen, und eine der Schwestern, Cahleen, Tochter von Milgan dem Weißen, und ich hörte, daß Ihr persönlich für den Tod von Phadrac vom Crag von Lyth verantwortlich seid, den Ihr in den Tod locktet, als er noch glaubte, Ihr stündet auf unserer Seite ...«

Hisak, der den Beinamen Sonnendieb trug und Goffanon geholfen hatte, Corums Schwert zu schmieden, meldete sich heiser zu Wort. Er saß mit dem Rücken an den Altar gelehnt. Das linke Bein war zerschmettert. »Ich sah Euch viele aus unserem Volk töten, Corum. Wir alle sahen Euch.«

»Und ich sage Euch, daß nicht ich es war, den ihr saht«, beharrte Corum. »Wir kommen, Euch zu helfen. Wir sind die ganze Zeit vorher auf Ynys Scaith gewesen – unter einem Zauber, der uns glauben machte, nur wenige Stunden seien vergangen, während es in Wirklichkeit Monate waren.«

Medheb lachte hart. »Zaubermärchen! Wir können solche kindischen Lügen nicht glauben!«

Corum wandte sich an Hisak Sonnendieb. »Hisak, erinnert Ihr Euch an das Schwert, das jener andere trug, den Ihr mit mir verwechselt habt? War es dieses Schwert?«

Und er zog seine mondfarbene Klinge, und ein seltsames, blassen Glühen ging von ihr aus.

»War es dieses Schwert, Hisak?«

Und Hisak schüttelte den Kopf. »Selbstverständlich war es nicht dieses Schwert. Ich hätte dieses Schwert sofort erkannt. War ich nicht selbst bei der Zeremonie anwesend?«

»Das wart Ihr. Und wenn ich ein Schwert von solcher Macht trage, würde ich es dann nicht in der Schlacht geführt haben?«

»Wahrscheinlich ...«, gab Hisak zu.

»Und seht hier!« Corum hielt seine silberne Hand hoch. »Was ist das für ein Metall?«

»Selbstverständlich Silber.«

»Aye! Silber! Und dieser andere – dieser Karach – hatte er eine Hand von Silber ...?«

»Ich erinnere mich«, antwortete Amergin stirnrunzelnd, »daß die Hand nicht aus richtigem Silber zu sein schien. Eher eine Art Falschsilber ...«

»Denn Silber ist tödlich für alle Schattengeschöpfe!« erklärte Ilbrec. »Das ist allen bekannt.«

»Das ist eine sehr verschlungene Beweisführung«, erwiderte Medheb, aber sie schien sich ihrer Anklage nicht mehr ganz so sicher zu sein.

»Und wo ist dieses Schattenwesen, dieser Doppelgänger, jetzt?« wollte Morkyan von den beiden Lächeln wissen. »Warum taucht nur immer einer von euch beiden auf? Wenn wir euch beide nebeneinander sehen könnten, wären wir leichter zu überzeugen.«

»Der Herr des Karachs ist tot«, antwortete Corum. »Goffanon erschlug ihn. Der Karach verschwand mit Calatin im Meer. Das war das letzte, was wir von den beiden sahen. Wir haben also schon gegen diesen Doppelgänger gekämpft.«

Corum blickte von einem der müden Gesichter zum anderen, und er sah, daß sich der Ausdruck auf ihnen geändert hatte. Die meisten waren nun doch bereit, ihm zuzuhören.

»Und warum seid ihr alle zurückgekehrt, wenn ihr doch wissen müßt, daß unsere Lage hier hoffnungslos ist?« fragte Medheb und warf ihr langes, rotes Haar zurück.

»Was wir damit gewinnen können, wenn wir uns wieder euch anschließen? Ist es das, was Ihr wissen wollt?« meinte Jhary-a-Conel.

Hisak deutete mit dem Finger auf Jhary. »Euch habe ich auch mit Calatin reiten sehen. Ilbrec ist der einzige hier, der nicht ganz offensichtlich auf seiten unserer Feinde gekämpft hat.«

»Wir sind zurückgekehrt«, sagte Corum, »weil wir mit unserer Fahrt nach Ynys Scaith erfolgreich waren und euch Hilfe bringen.«

»Hilfe?« Amergin sah Corum scharf an. »Von der Art, die wir besprochen haben ...«

»Von genau dieser Art.« Corum wies auf die schwarzweiße Katze und die Truhe aus Gold und Bronze. »Hier ist sie ...«

»Ich hatte mir diese Hilfe anders vorgestellt«, erwiderte Amergin.

»Und hier ist dies ...« Ilbrec zog etwas aus einer seiner Satteltaschen, die neben ihm standen. »Ohne Zweifel brachte ihn eines der Schiffe mit sich, die an den Küsten von Ynys Scaith strandeten. Ich erkannte ihn sofort.« Und er zeigte allen den brüchigen, uralten Sattel, den er am Strand gefunden hatte. Amergin seufzte überrascht und streckte seine Hände nach dem Sattel aus. »Ich kenne ihn. Es ist der letzte unserer Schätze, von dem wir nicht wußten, was aus ihm geworden war. Der Reif und der Kessel sind noch immer in Caer Llud.«

»Aye«, sagte Ilbrec, »und zweifellos kennt Ihr die Prophezeiung, die sich an diesen Sattel knüpft?«

»Ich entsinne mich keiner besonderen Prophezeiung«, antwortete Amergin. »Ich habe mich schon immer gewundert, was dieser nutzlose, alte Sattel unter unseren Schätzen zu suchen hatte.«

»Es ist Laegaires Sattel«, erklärte Ilbrec. »Laegaire war mein Onkel. Er fiel in der letzten der Neun Schlachten. Er war zur Hälfte von sterblichem Blut, wie Ihr wißt . . .«

»Und er ritt das gelbe Streitroß«, fuhr Amergin fort, »das nur von jemandem geritten werden konnte, der reinen Herzens war und für eine gerechte Sache kämpfte. Deshalb also wurde dieser Sattel mit unseren anderen Schätzen zusammen aufgehoben.«

»So ist es. Aber ich erwähne das alles nicht nur, damit die Zeit vergeht. Ich weiß, wie das gelbe Streitroß gerufen wird. Und damit habe ich die Möglichkeit, euch allen zu beweisen, daß Corum nicht lügt. Laßt mich das Roß beschwören, dann soll Corum versuchen, darauf zu reiten. Wenn es ihn akzeptiert, dann wißt ihr, daß Corum reiner Gesinnung ist und für eine gerechte Sache kämpft – eure Sache.«

Amergin sah seine Gefährten an. »Das scheint ein fairer Vorschlag zu sein«, sagte er.

Nur Medheb zögerte, Amergins Urteil zuzustimmen. »Es könnte alles wieder nur ein Zauberspiel sein«, widersprach sie.

»Ich werde es erkennen, falls es das ist«, stellte Amergin fest. »Ich bin Amergin. Vergeßt das nicht, Königin Medheb.«

Und sie beugte sich der Zurechtweisung durch ihren Hochkönig und wandte sich ab.

»Macht Platz frei neben dem Altar«, sagte Ilbrec. Er trug den Sattel vorsichtig zu dem großen Steinblock und legte ihn darauf.

Sie zogen sich alle vom Altar bis an den ersten Steinkreis zurück und beobachteten von dort, wie Ilbrec seinen goldenen Kopf dem kalten Himmel zuwandte und seine mächtigen Arme ausbreitete. Das schwache Licht glühte auf seinen rotgoldenen Armreifen, und Corum war von neuem von der Macht beeindruckt, die von diesem edlen, barbarischen Gott ausging, dem Sohn des Manannan.

Und Ilbrec begann zu singen:

In allen neun Schlachten hat Laegaire gekämpft.
Klein war er, doch groß sein Mut.
Kein Sidhi tapferer und klüger sich schlug
Für die Sache des Mabdenvolkes.

Laegaire war sein Name, unsterblich sein Ruhm,
Vielgelobt seine Bescheidenheit. Das gelbe Roß ritt er
Und führte den Angriff auf Slieve Gullion,
Nur wenige Krieger danach noch lebten.

Der Sieg war unser, doch Goims Spieß fand ihn,
Und Laegaire lag in rotem, warmem Naß,
Den Kopf auf dem Sattel, sterbend eines Kriegers Tod.
Und es weinte sein gelbes Pferd.

Wenige blieben, als Laegaire sein Erbe benannte,
Die Eichen und Ulmen zum Zeugen er rief,
Verkündend, daß nichts ihm gehöre als Leben und Pferd.
Und sein Leben er willig den Mabden gab.

Dem gelben Streitroß gab Laegaire die Freiheit,
Nur eine Bedingung stellte er ihm:
Droht wieder die Alte Nacht, zurücklehren muß es,
Zu dienen einem reinen Helden in Mabden-Dienst.

So bat Laegaire sterbend, die bei ihm standen,
Zum Gedenken seiner den Sattel zu nehmen,
Und versprach, daß auf ihm nur sitzen könne der wahre Held,
Nur ihn würde dulden das gelbe Streitroß.

Auf Sommerfeldern das Streitroß grast,
Erwartet Laegaires Erben;
Nun rufen wir es in Laegaires Namen
Zurück zum Kampf gegen die Alte Nacht.

Jetzt sank Ilbrec vor dem großen Altar auf die Knie, auf dem der alte, rissige Sattel lag, und seine letzten Worte waren nur noch ein erschöpftes Flüstern.

Außer den Lauten des Fhoi Myore-Heeres in der Ferne war alles still. Niemand bewegte sich. Ilbrec blieb, wo er war, den Kopf gesenkt. Sie warteten. Dann ertönte ein neuer Laut von irgendwoher. Aber niemand wußte zu sagen, aus welcher Richtung genau, ob von über ihnen oder unter ihnen, doch es war unverkennbar der Hufschlag eines Pferdes, das näher kam. Sie blickten in alle Richtungen, aber sie konnten nirgends ein Pferd entdecken. Trotzdem kam es immer näher, bis es schon innerhalb des Steinkreises zu sein schien. Sie hörten ein Schnauben, ein hohes, stolzes Wiehern, das Dröhnen metallbeschlagener Hufe auf gefrorenem Boden. Dann hob Ilbrec plötzlich seinen Kopf und lachte. Und auf der anderen Seite des Altars stand ein gelbes Pferd, ein häßliches Pferd, das trotz dieser Häßlichkeit edel wirkte und dessen Augen warm und intelligent blickten. Der Atem dampfte aus seinen geblähten Nüstern, und es schüttelte seine Mähne, als Ilbrec sich langsam erhob, den Sattel mit seinen beiden großen Händen nahm und ihn sanft auf den Rücken des gelben Streitrosses legte. Er klopfte dem Tier den Nacken und sprach leise und liebevoll zu ihm. Und in seinem Geflüster wiederholte sich ständig der Name Laegaires.

Ilbrec drehte sich zu den anderen um und deutete auf Corum: »Nun versuch, dieses Pferd zu reiten, Corum. Wenn es Euch aufsitzen läßt, beweist es, daß Ihr kein Verräter der Mabden sein könnt.«

Zögernd trat Corum näher. Zuerst schnaubte das Roß und wich zurück. Es legte die Ohren an und musterte Corum eindringlich mit seinen intelligenten, löwenzahngoldenen Augen.

Corum legte eine Hand auf den Sattelknauf, und das gelbe Streitroß näherte sich ihm mit seinem Kopf, schnupperte an ihm. Corum schwang sich vorsichtig in den Sattel, und das gelbe Streitroß senkte seinen langen Kopf dem Boden zu und begann nach unter dem Schnee verborgenen Grashalmen zu suchen. Es hatte ihn akzeptiert. Jetzt brachen die Mabden in Hochrufe aus. Sie nannten ihn wieder Cremm Croich, Llaw Ereint und den Helden von der Silbernen Hand, ihren Helden. Und Medheb, die nun Königin Medheb war, trat mit Tränen in den Augen vor ihn hin, streckte Corum ihre weiche Hand entgegen, aber sagte nichts. Und Corum nahm ihre Hand in die seine, beugte sich vor und küßte die Hand mit seinen Lippen.

»Und nun müssen wir uns beraten«, sagte Goffanon mit schroffer Stimme. »Wie sollen wir gegen die Fhoi Myore losschlagen?« Er stand unter einem der Steinbögen, die Hände auf den Schaft seiner abgesetzten Axt gestützt, und blickte aus den Steinkreisen hinaus in den Nebel, der sich noch verdichtet hatte.

Sactric in der Gestalt der kleinen, schwarzweißen Katze sagte in seiner ruhigen, trockenen Art: »Mir scheint, es würde Euch wohl am besten bekommen, wenn Ihr dorthin gelangt, wo die Fhoi Myore jetzt sind, und die Fhoi Myore hier hinein ...«

Amergin nickte. »Diese Überlegung geht davon aus, daß die Fhoi Myore wirklich Grund haben, Craig Dôn nicht zu betreten. Handelt es sich dabei aber nur um einen überlieferten Aberglauben, sind wir verloren.«

»Ich halte das keineswegs für einen Aberglauben, Amergin«, erklärte Sactric. »Ich begreife die Macht von Craig Dôn wohl. Ich muß mir nur überlegen, wie ich Euch am besten helfen kann. Aber dafür müßt Ihr mir versichern, daß Ihr mir helft, falls wir erfolgreich sind.«

»Wenn ich erst wieder im Besitz des Reifs der Macht bin«, sagte Amergin, »kann ich Euch helfen. Davon bin ich überzeugt.«

»Nun gut, unser Pakt gilt.« Sactric schien zufrieden.

»Aye«, bemerkte Goffanon düster, »wir haben einen Pakt geschlossen.«

Corum sah seinen Freund fragend an, aber der Sidhi-Zwerg wollte offenbar nicht mehr dazu sagen.

Als Corum vom Pferd stieg, flüsterte ihm Medheb ins Ohr: »Ich dachte, ich würde niemals mehr dazu in der Lage sein, aber jetzt weiß ich, daß ich im Irrtum war. Ich habe einen Zauber, der dir helfen wird. Man hat es mir versichert.«

»Einen Zauber?«

Sie sagte: »Gib mir für einen Moment deine silberne Hand. Ich habe Macht, sie noch stärker zu machen, als sie schon ist.«

Er lächelte. »Aber Medheb, ich brauche keine zusätzliche Kraft ...«

»Du brauchst alles, was man dir geben kann, wenn du den kommenden Kampf überstehen willst«, beharrte sie.

»Woher hast du diesen Zauber?« Um ihr einen Gefallen zu tun, zog er einen nach dem anderen die kleinen Stifte heraus, mit denen die Prothese an seinem Armstumpf befestigt war. »Von einer weisen, alten Frau?«

Sie wich seiner Frage aus. »Er wird helfen«, sagte sie nur. »Man hat es mir versprochen.«

Er zuckte die Achseln und reichte ihr das herrlich gearbeitete, silberne Ding. »Du mußt sie mir bald zurückgeben«, meinte er, »denn wir werden bald in die letzte Schlacht gegen die Fhoi Myore reiten.«

Sie nickte. »Bald, Corum.« Und sie schenkte ihm einen Blick voll tiefer Zuneigung, so daß sein Herz leicht wurde und er in der Lage war, sie anzulächeln.

Dann nahm sie die silberne Hand mit in ihr kleines Zelt aus Fellen links neben dem Altar, während Corum die anstehenden Fragen mit Amergin, Ilbrec, Goffanon, Jhary-a-Conel, Morkyan von den beiden Lächeln und den anderen übriggebliebenen Führern der Mabden besprach.

Als Medheb zurückkehrte und Corum mit einem beruhigenden, doch bedeutungsvollen Blick die Hand aus Metall zurückgab, hatten die Versammelten sich auf einen Schlachtplan geeinigt, der die besten Chancen zu bieten versprach.

Mit Terhalis Hilfe würde Sactric eine ausgedehnte Truglandschaft heraufbeschwören, in der Craig Dôn eine Gestalt annehmen sollte, in der es die Fhoi Myore nicht mehr fürchteten. Aber bevor das zustande gebracht werden konnte, mußten die wenigen verbliebenen einsatzfähigen Krieger einen letzten Angriff auf das Kalte Volk und seine Verbündeten wagen.

»Wir gehen ein großes Wagnis ein«, stellte Amergin fest, »und wir müssen uns auf die Möglichkeit vorbereiten, daß niemand von uns diesen letzten Kampf überleben wird.« Er blickte zu Corum, der seine silberne Hand wieder anlegte. »Wir mögen alle tot sein, bevor Sactric und Terhali ihren Teil unseres Paktes erfüllen können.«

Und Corum sah Medheb an, und er sah, daß sie ihn wieder liebte, und der Gedanke an den bevorstehenden Tod machte ihn traurig.

3 Der Kampf gegen die Alte Macht

Und so zogen sie zum letztenmal gegen die Fhoi Myore, stolz in ihren verbeulten Rüstungen und mit ihren zerfetzten Fahnen. Streitwagen bewegten sich mit knarrenden Rädern vorwärts, Pferde stampften schnaubend den gefrorenen Boden, und die gestiefelten Füße marschierender Krieger dröhnten wie das dumpfe Schlagen der Kriegstrommeln. Pfeifen wimmerten, Flöten schrillten und Tambourine rasselten. Und alles, was von der Heeresmacht der Mabden geblieben war, zog aus der Sicherheit von Craig Dôn in die Schlacht gegen die Fhoi Myore.

Und alles, was in Craig Dôn zurückblieb, war eine kleine, schwarzweiße Katze, die neben einer kleinen Truhe auf dem Altar hockte.

Corum führte sie an. Er ritt auf dem gelben Streitroß, das mondfarbene Schwert Verräter in seiner Hand aus Fleisch und Blut, einen runden Schild am linken Arm und zwei Wurfspeere in der silbernen Hand, die auch die Zügel des gelben Pferdes hielt. An Corums Seite ritt der Hochkönig, der Erzdruide Amergin, der jede Rüstung ablehnte und nur in seiner weiten, blauen Robe in den Kampf zog. Und zu Corums anderer Seite ritt Medheb, die stolze Königin Medheb, in schwerer Rüstung, die

Krone auf ihrem schimmernden Helm, das rote Haar frei darunter flatternd, die Schleuder am Gürtel und das Schwert in der Hand. Sie lächelte Corum zu, bevor sie den letzten Steinkreis durchquert hatten und in den dichten, eisigen Nebel eindrangen, und sie rief:

»Fhoi Myore! Fhoi Myore! Hier kommt Corum, euch zu vernichten!«

Und das gelbe Streitroß öffnete sein häßliches Maul und entblößte fahle Zähne, und von seinen verzogenen Lippen kam ein Geräusch, das mit nichts anderem vergleichbar war als einem höhnischen Gelächter. Und dann sprang es plötzlich vorwärts, und es wurde offenbar, daß seine goldenen Augen den Nebel ohne Schwierigkeiten durchdrangen, und es trug Corum so sicher direkt auf seine Feinde zu, wie es seinen alten Herrn Laegaire in den neunten und letzten Kampf gegen die Fhoi Myore vor Slieve Gullion getragen hatte. »Hai, Fhoi Myore! Ihr werdet euch nicht mehr lange in eurem Nebel verstecken können!« schrie Corum und zog sich dann den Pelzkragen vor den Mund, um sich so gut wie möglich gegen den eisigen Dunst zu schützen.

Für einen Augenblick sah er in seiner Nähe einen riesigen, dunklen Schatten aufragen, aber er war schnell wieder verschwunden.

Und jetzt hörte er das vertraute Knarren der Weiden-Streitwagen, das dumpfe Gebrüll der mißgestalteten Zugtiere der Fhoi Myore. Doch dann erschallte ein sanftes Lachen, das kein Fhoi Myore-Gelächter war. Corum drehte sich nach ihm um und sah etwas, das erst wie eine lodernde Flamme aussah, sich aber schnell als die Rüstung von Prinz Gaynor dem Verdammten, herausstellte. Sie glühte rubin und gelb und dann scharlachrot, und hinter Gaynor ritt ein Dutzend grüner Kiefernkrieger. Corum wendete sein Pferd, um sich ihnen entgegenzustellen, während er Ilbrec irgendwo im Nebel Goffanon zurufen hörte: »Nimm dich in acht, Goffanon! Es ist Goim!«

Aber Corum konnte sich nicht darum kümmern, wie es Ilbrec und Goffanon im Kampf gegen das schreckliche Fhoi Myore-Weib erging, denn jetzt war Prinz Gaynor heran. In der Ferne hörte Corum noch den alten, vertrauten Klang des Hornes, das Goffanon blies, um die Hunde des Kerenos und die Goolegh zu verwirren.

Das Zeichen des Chaos, die achtpfeilige Narbe, brannte hell auf Gaynors Brustharnisch, während er angriff, und das Schwert in seiner Hand wechselte die Farbe von Gold zu Silber und dann zu Himmelblau, und Gaynors bitteres Lachen erschallte aus dem formlosen Helm, und er rief aus:

»Nun stehen wir uns das letzte Mal gegenüber, Corum. Jetzt ist die Zeit gekommen!«

Und Corum riß seinen runden Schild hoch, und Gaynors flackerndes Schwert schmetterte hart gegen den silbernen Schildrand. Und Corum hieb mit seinem eigenen mondfarbenen Schwert nach Gaynors Helm, und Gaynor schrie auf, als die Klinge fast das Metall spaltete.

Gaynor zerrte sein eigenes Schwert aus der Scharte in Corums Schild und zögerte. »Ein neues Schwert, Corum?«

»Aye. Sein Name ist Verräter! Ist es nicht ein gutes Schwert, Gaynor?« Corum lachte und wußte seinen alten Feind erneut verunsichert.

»Ich glaube nicht, daß es dir bestimmt ist, mich in diesem Kampf zu vernichten, Bruder«, meinte Gaynor nachdenklich.

In der Nähe kämpfe Medheb gegen ein halbes Dutzend Goolegh. Aber Corum sah, daß ihr die Untoten keine Schwierigkeiten bereiteten. Dann verhüllte der wirbelnde Nebel wieder alles.

»Warum nennst du mich ›Bruder‹?« fragte Corum.

»Weil unsere Schicksale so eng miteinander verknüpft sind. Weil wir sind, was wir sind ...«

Und Corum fragte sich wieder, ob die Prophezeiung der alten Frau sich auf Gaynor bezogen hatte. Fürchte Schönheit, hatte sie gesagt, fürchte eine Harfe und fürchte einen Bruder ...

Mit einem Schrei drängte Corum sein lachendes Pferd gegen Gaynor, und Verräter schlug wieder zu. Und diesmal schien die Klinge das Schulterstück von Gaynors Rüstung zu durchbohren, so daß Gaynor brüllte und seine Rüstung in einem wütenden Rot aufflammte. Dreimal hieb Gaynor auf Corum ein, während der Vadhagh-Prinz sich abmühte, seine Klinge aus Gaynors Schulter zu ziehen. Aber alle Schläge Gaynors konnte Corum mit seinem Schild abwehren, und sie betäubten nur seinen Schildarm.

»Das gefällt mir nicht«, rief Gaynor. »Ich weiß nichts von einem Schwert mit Namen ›Verräter‹.« Aber dann bekam seine Stimme einen hoffnungsvollen Klang. »Kann es mich töten, Corum? Was glaubt Ihr?«

Corum zuckte die Achseln. »Ihr müßt Goffanon fragen. Er hat diese Klinge geschmiedet.«

Aber Gaynor wendete sein Pferd bereits von Corum fort, denn inzwischen trieben Mabden-Krieger mit Feuerbränden die Brüder der Kiefern auseinander. Nichts fürchteten die Grünen mehr als Feuer, das das Harz in ihren Adern zum Sieden brachte.

Gaynor versuchte, seine Männer zu sammeln und wieder zum Angriff zu führen, und schon war er zwischen den Kiefernkriegern verschwunden. Wieder einmal wich er dem direkten Kampf mit Corum aus, denn Corum war der einzige Sterbliche, den Gaynor der Verdammte fürchtete.

Für einen kurzen Augenblick war Corum völlig allein. Er wußte nicht, wo seine Feinde lauerten und wo seine

Freunde kämpften. Dichter Nebel umgab ihn, aus dem von allen Seiten Schlachtenlärm tönte.

Dann hörte er hinter sich ein stöhnendes Geräusch, das rasch an Lautstärke zunahm und zu einer Art Blöken wurde, endlich zu einem tiefen, melancholischen Brüllen, stumpfsinnig und drohend zugleich. Corum erinnerte sich an diese Stimme und wußte, daß Balahr ihn suchte. Offensichtlich erinnerte sich der Fhoi Myore der Wunde, die Corum ihm einst beigebracht hatte. Und das Knarren des großen Weiden-Streitwagens kam näher, und in Corums Nase stieg der Geruch verfaulten Fleisches, und er unterdrückte das Verlangen, vor dem zu fliehen, von dem dieser Gestank ausging. Er bereitete sich auf den Kampf gegen den Fhoi Myore vor. Das gelbe Streitroß stellte sich kurz auf die Hinterbeine und schlug mit seinen Hufen nach dem erstickenden Nebel, dann wurde es ruhig und gespannt, beobachtete den Dunst scharf aus seinen warmen, intelligenten Augen.

Corum sah einen schwarzen Schatten auf sich zukommen, der sich auf eine schwankende, unsichere Art bewegte, als wären die Beine auf der linken Seite kürzer als auf der rechten; der Kopf pendelte hin und her, als wäre das Genick gebrochen. Corum sah ein rotes, zahnloses Maul, wässerige Augen, die verschoben auf der linken Seite des Kopfes saßen. Blaugrüne Nüstern blähten sich, aus denen bei jedem Atemzug lederige Hautfetzen stoben, während das Tier mühsam den Streitwagen seines Herrn voranzerrte. Und auf dem Streitwagen stand etwas, das sich mit einem grotesk langen Arm in dem Weidengeflecht festklammerte, den Körper von einem borstigen Pelz bedeckt, auf dem Flecken schimmerten, die an den Schimmel auf verdorbenen Lebensmitteln erinnerten. Zwischen diesen Flecken sah man Partien nackter Haut, von gelben Ekzemen überzogen. Das war Balahr, der seine gefühllose Wut in den Nebel hinausbrüllte.

Balahrs Gesicht glänzte rot, als wäre es verbrüht. Fetzen rohen Fleisches hingen lose daran herab, und an einigen Stellen ragten blanke Knochen heraus, denn Balahr starb wie die anderen Fhoi Myore langsam an einer schleichenden, schrecklichen Fäulnis – das Ergebnis des langen Aufenthaltes auf einer fremden Ebene, die für die Fhoi Myore eigentlich lebensfeindlich war. Auf Balahrs rechter Wange öffnete und schloß sich etwas, und das war Balahrs Mund, und über dem Mund und der zerfressenen Nase hing ein einziges, riesiges Lid aus totem Fleisch, das Balahrs schreckliches Auge bedeckte – das Auge, dessen Blick den eisigen Tod brachte. Und von diesem Lid lief ein Draht über das Fleisch, den große Haken hielten, und der Draht führte über Balahrs Kopf und unter seiner Achselhöhle durch und wurde von Balahrs zweifingriger Hand gehalten.

Das Gebrüll wurde noch aufgeregter, der Kopf drehte sich in Corums Richtung, und Corum glaubte seinen Namen in den dumpfen Lauten zu erkennen. ›Corum‹ schienen die toten Lippen zu formen, aber das konnte auch Einbildung sein.

Dann preschte das gelbe Streitroß ohne Corums Zutun los, gerade als Balahr begann, mit dem Draht sein einziges Auge zu öffnen. Das Pferd setzte zu einem gewaltigen Sprung an und war im nächsten Augenblick direkt vor dem Riesen, galoppierte neben den Streitwagen, so daß Corum sich vom Sattel auf das schwankende Gefährt schwingen konnte. Er stieß Balahr seinen ersten Speer tief in die verfaulten Rippen.

Balahr grunzte überrascht und tastete um sich, um die Quelle seines Schmerzes zu entdecken. Mit aller Macht rammte Corum dem Fhoi Myore den zweiten Speer in die Brust.

Balahr fand den ersten Speer und riß ihn heraus, aber den zweiten hatte er offenbar gar nicht bemerkt. Wieder begann er an dem Draht zu zerren, der sein tödliches Auge öffnete.

Und Corum sprang in die Höhe und krallte sich in das Fell des Riesen. Er kletterte Balahrs Schenkel hinauf. Fast verlor er den Halt, als die Haare unter seinem Griff aus dem toten Fleisch rissen. Balahr schüttelte sich, und Corum konnte gerade rechtzeitig sein Schwert in den Rücken des Riesen rammen. Für einen Augenblick hing der Vadhagh nur noch an dem Griff seines Schwertes, das bis zum Heft in Balahrs Fleisch steckte, und pendelte frei durch die Luft. Balahr schnaubte und brüllte, aber er zog weiter mit seiner zweifingrigen Hand an dem Draht, um sein tödliches Auge aufzubekommen, während er mit der anderen Hand auf seinen Rücken schlug. Corum bekam eine Haarsträhne des Kopfes zu fassen und zog sich daran hoch.

Balahr schwankte auf seinem Streitwagen. Das Tier vor dem Gefährt schien das für ein Zeichen zu halten, den Wagen weiterzuziehen. Plötzlich bewegte sich der Streitwagen nach vorn, so daß der schwankende Fhoi Myore beinahe hintenüber von der Plattform gestürzt wäre. Nur mit einer ruckartigen Bewegung gelang es ihm, sich wieder zu fangen.

Und Corum bekam sein Schwert frei und arbeitete sich weiter über das stinkende Fleisch nach oben, bis er den Draht an der Stelle erreichte, wo er unter Balahrs Achselhöhle durchlief. Dort hob Corum sein Schwert Verräter und hackte auf den Draht ein. Einmal, zweimal, dreimal hackte er, während Balahr brüllend um sein Gleichgewicht rang. Und dann riß der Draht.

Aber nachdem der Draht nutzlos geworden war, hatte Balahr beide Hände frei, um Corum zu finden. Plötzlich wurde Corum von einer mächtigen, harten Faust gepackt, und seine Arme wurden an den Leib gepreßt, so daß er das Schwert nicht mehr einsetzen konnte.

Doch Balahr grunzte jetzt und senkte seinen Kopf zum Boden. Corum folgte mit seinem Blick der Kopfbewegung des Riesen und sah, daß das gelbe Streitroß mit seinen Hufen gegen Balahrs Beine auskeilte.

Der Fhoi Myore war nicht in der Lage, sich mit zwei Gegnern gleichzeitig zu befassen. Und als er sich nach dem neuen Angreifer bückte, lockerte sich der Griff um Corum, so daß der Vadhagh-Prinz sich aus der Faust winden konnte. Dabei hackte er dem Riesen einen Finger ab. Der Finger fiel zu Boden, stinkende Flüssigkeit spritzte aus der Wunde, und Corum fiel hinter dem Finger her. Der Held der Mabden landete flach auf dem Rücken. Der Aufprall raubte ihm den Atem. Unter Schmerzen richtete er sich auf und entdeckte das gelbe Streitroß neben sich, das ihn anzugrinsen schien. Und Balahrs Streitwagen verschwand knarrend im Nebel, aus dem er gekommen war. Sein Fahrer gab jetzt eigenartige, hohe Laute von sich, die Corum für einen kurzen Moment tiefes Mitgefühl mit dieser Kreatur empfinden ließ.

Er stieg wieder in den Sattel. Stöhnend mußte er dabei feststellen, daß der Sturz ihm doch erheblich zugesetzt hatte. Und sofort galoppierte das gelbe Streitroß wieder los und trug Corum an schattenhaften Gruppen kampfender Krieger vorbei, vorbei an den monströsen Gestalten der Fhoi Myore. Corum sah über sich Hörner schimmern; er sah ein Gesicht, das Ähnlichkeit mit einem Wolf besaß, weiße Zähne gebleckt. Und er wußte, daß dies der Führer der Fhoi Myore war, Kerenos, der jetzt heulte wie einer seiner Hunde und mit einem großen, primitiven Schwert nach einem Angreifer schlug, der ein wildes, schönes Kampflied sang, dessen goldenes Haar wie die Sonne schimmerte, und der ein riesiges, schwarzes Pferd ritt. Der Angreifer war Ilbrec, Sohn des Manannan, auf seinem Pferd Zaubermähne, das strahlende Schwert Ver gelter gezückt. Er kämpfte mit Kerenos, wie seine Sidhi-Vorfahren gegen die Fhoi Myore gekämpft hatten, als sie von den Mabden gegen Chaos und Alte Nacht zu Hilfe gerufen wurden. Und dann war Corum an ihnen vorbei. Er erhaschte einen Blick auf Goim mit ihrem Hexengesicht und den spitzen Zähnen, gegen die der schwarzbärtige Goffanon singend seine Axt schwang.

Corum wollte anhalten, um seinen alten Gefährten beizustehen, aber das gelbe Roß trug ihn weiter zu einer Stelle, wo Königin Medheb über ihrem toten Pferd stand und sich gegen eine Meute der weißen Hunde verteidigte. Corum galoppierte mitten in das Rudel hinein. Er beugte sich tief aus dem Sattel und zerschmetterte mit seinem summenden Schwert einen Hundeschädel nach dem anderen. Dabei rief er zu der Frau, die er liebte:

»Hinter mir auf das Pferd! Schnell, Medheb!«

Königin Medheb reagierte sofort, und das gelbe Streitroß schien das zusätzliche Gewicht auf seinem Rücken gar nicht wahrzunehmen. Es verzog das Maul wieder zu seinem hämischen Lachen, während die Hunde nach seinen Flanken schnappten.

Dann war von einem Augenblick zum anderen der Nebel verschwunden, und sie befanden sich in einem Eichenwald. Die Eichen brannten mit einem Feuer, das keine Hitze ausstrahlte, aber mit seiner blendenden Helligkeit das ganze Schlachtfeld erleuchtete. Alle Kämpfer starrten mit gesenkten Waffen auf ihre veränderte Umgebung. Nirgendwo war mehr Schnee zu sehen.

Und fünf ungeheuerliche Gestalten in fünf grob gezimmerten Streitwagen, gezogen von fünf grotesken Tierwesen, bedeckten ihre mißgestalteten Köpfe und wimmerten vor Schmerz und Angst.

Obwohl Corum sofort den Ursprung dieses Zaubers ahnte, fühlte er sich auf das Äußerste beunruhigt. Er wandte sich im Sattel um und zog Medheb eng an sich.

Böse Ahnungen stiegen in ihm auf, drohten ihn zu überwältigen.

Jetzt rannten die Krieger der Fhoi Myore verwirrt durcheinander. Sie erwarteten Befehle von ihren Führern, aber die Fhoi Myore brüllten selber vor Angst und Entsetzen, denn diese Kombination aus Eichenbäumen und Feuer war das, was sie auf dieser Ebene am meisten fürchteten ...

Goffanon näherte sich humpelnd, die Axt als Krücke gebrauchend. Er blutete aus einem Dutzend langer Wunden, die ihm Goims Klauen gerissen hatten, aber das war nicht der Grund für seinen Grimm.

»Nun«, knurrte er, »Sactric begnügt sich nicht mit einem launischen, kleinen Zauberspiel. Oh, wie ich sein verfluchtes Wissen fürchte.«

Und Corum konnte nur zustimmend nicken.

4 Die Macht von Craig Dôn

»Wenn eine so mächtige Illusion erst einmal in eine Welt eingeführt wird«, sagte Goffanon, »dann wird man sie nur schwer wieder los. Sie wird noch viele Zeitalter blenden und ihren Geist verdunkeln. Ich weiß, daß ich recht habe.«

Königin Medheb lachte ihn aus. »Ich glaube, Ihr habt nur Freude an düsteren Prophezeiungen, alter Schmied. Amergin wird den Malibann helfen, und damit wird alles vorbei sein. Unsere Welt wird endlich von allen Feinden befreit sein!«

»Es gibt auch unsichtbare Feinde«, erwiderte Goffanon. »Und der schlimmste Feind war schon immer die Unwirklichkeit, die den klaren Blick auf die Dinge vernebelt, so daß man die Welt nicht mehr sieht, wie sie ist.«

Aber Medheb zuckte die Achseln und deutete in Richtung der Fhoi Myore, die ihre Streitwagen jetzt vom Schlachtfeld fortlenkten, um den brennenden Eichen zu entkommen. »Da! Unsere Feinde ergreifen die Flucht!«

Ilbrec kam herangeritten, sein helles Gesicht vom Kampf gezeichnet. Er lachte. »Es war also doch richtig, auf Ynys Scaith Hilfe zu suchen!«

Aber weder Corum noch Goffanon antworteten ihm, und so ritt Ilbrec weiter und hieb gelegentlich vom Sattel aus nach den fliehenden Brüdern der Kiefern. Niemand wehrte sich, denn die Krieger der Fhoi Myore waren völlig verwirrt.

Als Medheb abstieg und ein reiterloses Pferd einfing, sah Corum plötzlich wieder Prinz Gaynor, der durch den brennenden Eichenwald galoppierte. Der verdammte Prinz kam auf Corum zu und zügelte etwa dreißig Schritt entfernt sein Pferd.

»Was hat das zu bedeuten?« rief er. »Wer hilft Euch, Corum?«

»Ich glaube, es wäre unklug, Euch das zu erklären, Prinz Gaynor«, erwiderte Corum.

Er hörte Gaynor seufzen. »Nun, alles, was Ihr habt, ist eine weitere Freistatt vor den Fhoi Myore wie Craig Dôn. Wir werden wieder am Rand warten, und ihr werdet weiter verhungern. Was habt ihr damit gewonnen?«

»Das weiß ich jetzt noch nicht«, sagte Corum.

Prinz Gaynor wendete und ritt davon. Er folgte den fliehenden Fhoi Myore. Und jetzt begannen die Goolegh, die Hunde des Kerenos, die Brüder der Kiefern – alle überlebenden Diener der Fhoi Myore – hinter Prinz Gaynor herzuströmen.

»Was nun?« meinte Goffanon. »Sollen wir ihnen folgen?«

»In einiger Entfernung«, befahl Corum. Seine eigenen

Männer begannen sich hinter ihm zu sammeln. Kaum ein Hundert war noch übrig. Unter ihnen befanden sich der Hochkönig Amergin und Jhary-a-Conel, der eine Wunde in der Seite davongetragen hatte. Sein Gesicht war sehr blaß, und in seinen Augen stand Todespein. Corum ging zu ihm, um die Wunde zu untersuchen.

»Ich habe eine Salbe daraufgegeben«, erklärte Amergin, »aber er braucht eine bessere Behandlung, als sie hier möglich ist.«

»Es war Gaynor«, berichtete Jhary. »In dem Nebel sah ich ihn nicht, bis es zu spät war.«

»Ich schulde Gaynor viel«, knurrte Corum. »Wartet Ihr hier, oder reitet Ihr mit uns hinter den Fhoi Myore her?«

»Ich will dabeisein, wenn ihr Ende kommt«, sagte Jhary.

»So soll es sein«, sagte Corum.

Und sie alle folgten langsam den fliehenden Fhoi Myore.

Die Fhoi Myore und ihr Gefolge waren so damit beschäftigt, aus dem brennenden Eichenwald zu entkommen, daß sie Corum und die Mabden gar nicht hinter sich bemerkten. Der einzige, der hin und wieder zurücksah, war Gaynor, und der schien ausgesprochen verwirrt zu sein. Gaynor fürchtete keine Eichen. Er fürchtete nur den Limbus.

Etwas berührte Corums Schulter, und dann fühlte der Vadhagh, wie sich ein kleiner Körper darauf niederließ. Es war die geflügelte, kleine Katze, aus deren Kopf ihn Sactrics Augen anstarrten.

»Welche Ausdehnung hat dieses Trugbild?« fragte Corum den Malibann.

»Es ist so groß wie notwendig«, erklärte Sactric ihm. »Du wirst schon sehen.«

»Wo ist Craig Dôn? Ich habe gar nicht bemerkt, daß wir uns so weit davon entfernt haben«, sagte Medheb.

Aber Sactric gab keine Antwort. Er breitete seine fellbedeckten Flügel aus und flog wieder davon.

Amergin musterte die brennenden Eichen eindringlich. Auf seinem bleichen Gesicht lag ein Ausdruck der Bewunderung.

»Eine so einfach aussehende Illusion«, murmelte er, »aber welche Macht braucht es, sie entstehen zu lassen. Ich verstehe jetzt, warum Ihr die Malibann fürchtet, Goffanon.«

Goffanon gab nur ein undeutliches Knurren von sich.

Etwas später meinte der Sidhi-Zwerg: »Ich kann mich des Gedankens nicht erwehren, daß die Mabden besser jetzt untergehen sollten. Eure Nachfahren werden dafür leiden müssen, daß Ihr heute solche Verbündeten benutzt.«

»Ich hoffe nicht, Goffanon«, sagte der Erzdruide, aber er dachte stirnrunzelnd über die Worte des Sidhi nach.

Und Corum sah etwas, einen Schatten hinter den brennenden Eichen. Er blickte genauer hin, und es begann ihm zu dämmern, was er da sah.

Vor ihnen waren die Fhoi Myore zu einem Halt gekommen. Ihr Gebrüll wurde noch aufgeregter. Sie hoben ihre verwesenden Köpfe, riefen einer den anderen. Ihr Gehabe hatte etwas Pathetisches, aber auch etwas von kindlicher Bestürzung.

Corum fühlte ein Schwindelgefühl in sich aufsteigen, als er die hohen Schatten besser erkannte. Er sagte:

»Das ist Craig Dôn. Die Malibann haben es getarnt. Die Fhoi Myore sind innerhalb des Steinkreises. Sie haben Craig Dôn betreten!«

Und Jhary rief: »Meine Katze! Ist Sactric noch dort?« Und der kleine Gefährte von Helden gab seinem Pferd die Sporen und galoppierte kopflos auf die Fhoi Myore zu. Corum erkannte, daß die Wunde seinen Freund um den Verstand gebracht haben mußte, und er schrie:

»Jhary! Sactric kann sich selbst am besten schützen!«

Aber Jhary hörte nicht auf Corum. Schon hatte er die erste Gruppe der grünen Krieger erreicht, die ihn unbehindert passieren ließen. Corum wollte ihm folgen, aber das gelbe Streitroß weigerte sich. Corum trieb dem Pferd die Fersen in die Flanken, aber nichts, was er tat, brachte das gelbe Roß auch nur einen Schritt weiter nach Craig Dôn hinein.

Und nun schien es Corum, als wirbelten die Steine im Kreis um ihn herum, und als die Steinkreise sich zu drehen begannen, verschwanden die brennenden Eichen, und der kalte Himmel kehrte zurück und die weiße Ebene und der kalte Nebel. Und Corum war für den Augenblick geblendet. Sie befanden sich im äußeren Kreis. Aber die Fhoi Myore waren direkt im Zentrum. Und irgend etwas schien an Corum zu zerren und ihn in den inneren Kreis ziehen zu wollen. Ein mächtiger Wind heulte. Doch das gelbe Streitroß rührte sich nicht von der Stelle und stemmte sich gegen den Sturm. Corum duckte sich im Sattel und sah, daß viele der Mabden sich flach auf den gefrorenen Boden geworfen hatten.

Und Corum hörte ein schreckliches Kreischen und sah, daß die Fhoi Myore versuchten, aus dem innersten Kreis zu entkommen. Aber der Wind war stärker.

»Jhary!« brüllte Corum, aber der Sturm übertönte seine Stimme. »Jhary!«

Schneller und schneller drehten sich die Steinkreise, und nur Corum saß noch im Sattel. Selbst Ilbrec kniete neben Zaubermähne; dicht neben ihm saß Goffanon, der gebannt auf das Geschehen im Zentrum von Craig Dôn starrte.

Corum sah, daß sich etwas Rotes aus dem Zentrum freikämpfte, und er sah, daß es Prinz Gaynor der Verdammte war, der sich mit quälender Langsamkeit gegen den Sturm auf die Gruppe der Mabden zuarbeitete.

Manchmal stürzte er, doch er kam immer wieder auf die Beine. Seine Rüstung schimmerte in tausend Farben.

Corum dachte: *Du willst deinem Schicksal entrinnen, Gaynor Nun, das werde ich zu verhindern wissen. Du mußt mit den anderen in den Limbus hinab.*

Und er zog sein mondfarbenes Schwert Verräter. Und das Schwert pulsierte wie ein lebendes Wesen in seiner Hand. Und er machte sich auf, Prinz Gaynor den Weg zu verlegen.

Aber der Wind zerrte an ihm, und anders als Prinz Gaynor trieb Corum keine blinde Panik vorwärts, so daß er fast von den Füßen gerissen wurde, als er von seinem gelben Pferd gestiegen war. Nichtsdestotrotz warf er sich auf seinen alten Feind und begann schwerfällig mit ihm zu ringen.

Gaynor hob eine metallene Faust und schlug sie Corum ins Gesicht, während er ihm mit der anderen Hand Verräter entriß. Er hob das erbeutete Schwert gegen den Vadhagh, und die Steinkreise drehten sich noch schneller.

Dann sah Corum hinter Gaynor den Sidhi-Zwerg Goffanon auftauchen, und Goffanon packte Gaynors Handgelenk, aber Gaynor wandte sich um. Er befreite sich von Goffanons Griff und führte den für Corum bestimmten Schwerthieb jetzt gegen den Zwerg.

Zum zweitenmal biß Verräter in Goffanons Fleisch, und zum zweitenmal blieb es darin stecken, während Gaynor verzweifelt davonstürzte und schließlich den äußeren Kreis verlassen hatte.

Corum kroch dorthin, wo Goffanon lag. Die Verletzung war böse.

Das Blut des Schmiedes sprudelte aus dem langen Schnitt, den Verräter ihm beigebracht hatte, und ver sickerte in der harten Erde. Corum zog die mondfarbene Klinge aus Goffanons Seite und nahm den Kopf des Sidhi in den Schoß. Der Schmied starb. Er hatte nur noch wenige Augenblicke.

Goffanon flüsterte: »Du hast dem Schwert einen guten Namen gegeben, Vadhagh. Seine Klinge ist aber auch gut, und die stammt von mir.«

»Oh, Goffanon ...«, begann Corum, aber der Zwerg schüttelte den Kopf.

»Ich bin froh, hier zu sterben. Hier ist kein Platz mehr für solche wie uns, Vadhagh. Hier nicht. Nicht jetzt. Sie wissen es noch nicht, aber die Malibann-Seuche wird diese Ebene noch lange vergiften, lange nachdem die Malibann selbst von hier fortgegangen sind Du solltest auch fortgehen, wenn du kannst ...«

»Ich kann nicht«, sagte Corum. »Die Frau, die ich liebe, ist hier.«

»Was das anbelangt ...« Goffanon begann zu keuchen. Dann überzog ein eigenartiger Schimmer seine Augen, sie schlossen sich, und er hörte auf zu atmen.

Langsam stand Corum auf. Den brüllenden Wind, der weiter um ihn herum tobte, beachtete er kaum. Er sah die Fhoi Myore, die noch immer dagegen ankämpften, aber von ihren Dienern war nicht mehr viel zu sehen.

Amergin stolperte durch den Sturm heran und griff nach Corums Arm. »Ich sah Goffanon sterben. Wenn wir ihn nach Caer Llud bringen können, sobald dies alles hier vorüber ist – mit dem Heilenden Kessel könnte ich ihn vielleicht wieder zum Leben erwecken.«

Corum schüttelte den Kopf. »Es war sein Wunsch zu sterben«, sagte er.

Amergin akzeptierte dies und wandte seine Aufmerksamkeit wieder dem innersten Kreis zu. »Die Fhoi Myore können dem Mahlstrom noch widerstehen, aber die meisten ihrer Diener hat er schon in den Limbus hinabgerissen.«

Und Corum erinnerte sich an Jhary und suchte nach

ihm unter den verschwommenen Schatten, und einmal glaubte er, ihn neben dem Altar zu sehen, die Arme hochgeworfen und das Gesicht angstvoll verzerrt, dann war Jhary verschwunden.

Und dann verschwanden einer nach dem anderen die Fhoi Myore, und der Wind heulte nicht länger zwischen den Monolithen, und die Steinkreise wirbelten nicht mehr im Kreis herum, und die Mabden erhoben sich von der Erde. Sie jubelten und rannten auf den Altar zu, wo ruhig eine kleine, schwarzweiße Katze neben einem Kästchen aus Gold und Bronze saß.

Nur Corum und Ilbrec blieben neben der Leiche des Sidhi-Zwerges zurück.

»Er machte eine Prophezeiung, Ilbrec«, sagte Corum. »Er riet uns, diese Ebene zu verlassen, wenn wir dazu in der Lage sind, und anderswohin zu gehen. Er glaubte, daß unser Schicksal jetzt nicht mehr an das der Mabden geknüpft sei.«

»Das mag sein«, entgegnete Ilbrec. »Nachdem jetzt alles vorbei ist, denke ich, daß ich zum Frieden unter dem Meer zurückkehren werde, in meines Vaters Reich. Ich kann keine Siege mit meinem alten Freund Goffanon feiern, keinen Becher mit ihm heben und keine Sidhi-Lieder mit ihm mehr singen. Leb wohl, Corum.« Er legte seine riesige Hand auf Corums Schulter. »Oder willst du mit mir kommen?«

»Ich liebe Medheb«, erwiderte Corum. »Deshalb muß ich hierbleiben.«

Ilbrec stieg langsam in Zaubermähnes Sattel, und ohne jede Zeremonie ritt er über die schneebedeckte Ebene gen Westen davon.

Nur Corum sah ihn aufbrechen.

5 Die Rückkehr nach Burg Owyn

Sie kamen nach Caer Llud und fanden anstelle des Winters einen zögernden, verspäteten Frühling. Und obwohl noch viele Ruinen wieder aufzubauen waren und viele Leichen zu verbrennen, und viele unübersehbare Zeichen des kalten Reiches der Fhoi Myore zurückgeblieben waren in der Hauptstadt der Mabden, herrschte doch allgemeiner Jubel. Amergin ging zu dem großen Turm, in dem er einst unter einem Zauber gefangengehalten worden war (aus dem Corum ihn befreit hatte), und der Erzdruide fand den Kessel und den Reif der Macht, und er zeigte sie allen Mabden, die mit ihm nach Caer Llud gekommen waren, um ihnen zu beweisen, daß die Fhoi Myore für immer vertrieben waren, daß die Alte Macht wirklich gebannt war.

Und alle feierten Corum als großen Helden, der ihre Rasse gerettet hatte. Sie dichteten Lieder, in denen seine drei großen Taten besungen wurden, seine Klugheit und sein Mut. Aber Corum fand kein Lächeln, konnte keine Erleichterung spüren, nur Trauer, denn er weinte um Jhary-a-Conel, der mit den Fhoi Myore für immer in den Limbus verbannt war, und er weinte um den Sidhi-Zwerg Goffanon, den das Schwert mit Namen Verräter erschlagen hatte.

Bald nach ihrer Ankunft in Caer Llud nahm Amergin die kleine, schwarzweiße Katze und die Truhe aus Gold und Bronze mit sich auf die Spitze des Turmes. In der Nacht gab es einen trockenen Sturm, viel Blitz und Donner, aber keinen Regen, und am Morgen erschien Amergin ohne die Truhe und gab Corum den zitternden Körper einer kleinen Katze, aus der nicht mehr Sactrics Augen blickten. Und er erzählte Corum, daß der Pakt mit den Malibann nun erfüllt war. Corum nahm die kleine Katze zu sich, und sie wich selten von seiner Seite.

Nachdem die ersten Siegesfeiern vorüber waren, ging Corum zu Amergin und sagte dem Hochkönig Lebwohl, sagte ihm, daß er mit den Überlebenden der Tuha-na-Cremm Croich nach Caer Mahlod zurückkehren wollte und daß auch Königin Medheb dies wünschte. So dankte Amergin Corum nochmals und versprach ihm, daß er selbst bald zu einem Besuch nach Caer Mahlod kommen würde, denn es gab noch viele fruchtbare Diskussionen zu führen zwischen einem Vadhagh und dem Erzdruiden der Mabden. Und Corum erwiderte, daß er diesem Besuch mit Freude entgegensähe.

Dann brachen sie auf.

Sie ritten zurück in den Westen, und sie sahen, daß der Westen wieder grün war, auch wenn die Tiere erst langsam zurückkehrten und die Höfe verlassen lagen und nur Leichen die Dörfer bevölkerten.

Und dann kamen sie nach Caer Mahlod, der Festungsstadt auf dem konischen Hügel, nahe dem Eichenhain und nicht fern von der See. Und nachdem sie einige Tage dort waren, beugte sich Medheb eines Morgens über Corum und sagte zu ihm:

»Du hast dich verändert, Liebster. Du bist so düster geworden.«

»Verzeih mir«, sagte er. »Ich liebe dich, Medheb.«

»Ich verzeihe dir«, erklärte sie ihm. »Und ich liebe dich auch, Corum.« Aber ihre Stimme hatte einen zögernden Unterton, und ihre Augen blickten in die Ferne. »Ich liebe dich«, wiederholte sie. Sie küßte ihn.

Ein oder zwei Nächte später wachte er im Bett aus einem Alptraum auf, in dem sein eigenes Gesicht ihn haßerfüllt angestarrt hatte. Und er hörte irgendwo außerhalb der Mauern von Caer Mahlod eine Harfe spielen. Und er sah nach Medheb, um ihr von seinem Traum zu erzählen, aber sie war nicht im Bett, und als er nach ihr suchte, konnte er sie nirgendwo finden.

Am Morgen fragte er sie, wo sie gewesen war. Aber sie erklärte ihm, das er von einem Traum in einen anderen aufgewacht sein müsse, denn sie habe die ganze Nacht an seiner Seite gelegen.

Und in der nächsten Nacht wachte er wieder auf, und er sah, daß sie friedlich neben ihm schlief, aber ihm stand der Sinn danach (warum, wußte er nicht), aufzustehen und sich seine Rüstung anzulegen und sich mit seinem Schwert Verräter zu gürten. Er verließ das Schloß, führte das gelbe Streitroß hinter sich her bis vor die Stadt, wo er aufsaß und zum Meer ritt. Er gelangte zu dem zerfressenen Kliff, wo auf einer aus dem Meer ragenden Felsnadel die Ruinen des Platzes standen, den die Mabden Burg Owyn nannten. Er selbst kannte ihn als Burg Erorn, auf der er geboren war und glücklich gelebt hatte, bis die alten Mabden gekommen waren.

Und Corum beugte seinen Kopf zum Ohr des gelben Streitrosses vor und sagte zu diesem edlen, häßlichen Pferd: »Du bist sehr stark, Pferd von Laegaire, und du bist sehr klug. Kannst du über diesen Abgrund springen und mich nach Burg Erorn bringen?«

Und das gelbe Streitroß wandte Corum die warmen, goldenen Augen zu. Und im Blick dieser Augen lag kein Spott, sondern nur Bestürzung. Das gelbe Streitroß schnaubte und scharrte den Boden.

»Tu es, gelbes Streitroß«, sagte Corum, »und ich werde dir die Freiheit geben, dorthin zurückzukehren, woher du gekommen bist.«

Das gelbe Roß zögerte, dann schien es zuzustimmen. Es wendete und trabte zurück Richtung Caer Mahlod. Dann drehte es sich wieder und begann zu galoppieren, schneller und schneller, bis der Abgrund ganz nahe war und die weiße Gischt im Mondlicht schimmerte und die

See brüllte wie die Stimmen der verbannten Fhoi Myore. Und das gelbe Streitroß spannte sich und sprang, seine Hufen landeten sicher auf den Steinen der anderen Seite. Endlich hatte Corum sein Ziel erreicht. Er stieg ab.

Das gelbe Streitroß sah ihn fragend an, und Corum sagte einfach: »Du bist frei zu denselben Bedingungen, die dir Laegaire auferlegt hat.«

Das gelbe Streitroß nickte und wandte sich um und sprang zurück über den Abgrund und verschwand in der Dunkelheit. Und über die Brandung des Meeres hinweg glaubte Corum eine Stimme zu hören, die ihn von den Mauern Caer Mahlods aus rief. War das Medheb, die nach ihm rief?

Er ignorierte die Stimme. Er stand da und war in die Betrachtung der alten, verfallenen Mauern von Burg Erorn versunken.

Er erinnerte sich, wie Mabden seine Familie getötet hatten und ihn selbst danach verstümmelten, ihm die Hand und das Auge nahmen. Wieder fragte er sich, warum er den Mabden so lange gedient hatte. Es schien eine besondere Ironie darin zu liegen, daß es in beiden Fällen hauptsächlich wegen der Liebe zu einer Mabden-Frau geschehen war. Aber es gab einen Unterschied zwischen Rhalina und Königin Medheb, den er nicht verstand, obwohl er sie beide liebte und sie ihn beide liebten.

Er hörte eine Bewegung hinter sich in den verfallenen Mauern und trat näher. Würde er jetzt dem Jüngling mit dem goldenen Gesicht und der Harfe begegnen, den man Daghagh nannte? Er sah einen Schatten, der sich näherte. Etwas schimmerte scharlachrot im Mondlicht. Corum rief:

»Wer ist da?«

Er erhielt keine Antwort.

Langsam trat er näher, bis seine ausgestreckte Hand

das von der Zeit zerfressene Portal der alten Halle berührte. Zögernd blieb er stehen. Dann ging er weiter und rief wieder:

»Wer ist da?«

Und etwas zischte wie eine Schlange. Und etwas knirschte. Und etwas rasselte. Und Corum sah gegen das Licht aus einem verfallenen Fenster die Gestalt eines Mannes. Und der Mann wandte Corum das Gesicht zu.

Es war Corums eigenes Gesicht. Es war Calatins Schattenwesen, der Karach, der noch nach Salzwasser roch. Und der Karach lächelte und zog sein Schwert.

»Ich grüße dich, Bruder«, sagte Corum. »Ich habe in meinen Knochen gespürt, daß die Prophezeiung sich heute nacht erfüllen wird. Ich glaube, deshalb bin ich hierhergekommen.«

Der Karach sagte nichts. Er lächelte nur. Und aus der Ferne hörte Corum jetzt die süßen, sinisteren Töne der Dagdagh-Harfe. »Aber was«, wollte Corum wissen, »ist die Schönheit, die ich fürchten muß?«

Und er zog sein Schwert Verräter.

»Erinnerst du dich, Karach?« fragte er.

Aber das Lächeln des Karach wurde nur noch breiter und enthüllte weiße Zähne, die genau denen Corums glichen.

»Ich denke, ich werde mir jetzt meinen Mantel zurückholen«, sagte Corum. »Ich weiß, daß ich mit dir darum kämpfen muß.«

Und dann entbrannte der Kampf. Funken sprühten von den Schwertern, die in der Dunkelheit des Burginneren aufeinanderprallten. Wie Corum geahnt hatte, waren sie beide gleichwertige Kämpfer, Geschicklichkeit gegen Geschicklichkeit, Stärke gegen Stärke.

Sie kämpften durch alle Räume der verfallenen Burg. Sie kämpften durch eingestürzte Fenster und über halbverfallene Treppen. Sie kämpften eine Stunde und länger, jeder den Hieb des anderen schon im Ansatz parierend. Aber Corum begriff, daß der Karach einen Vorteil hatte. Das Schattenwesen ermüdete nicht.

Je müder Corum wurde, um so mehr Energie schien dem Karach zuzufließen. Der Doppelgänger sagte nichts. Vielleicht konnte er nicht sprechen. Aber sein Lächeln wurde immer breiter und höhnischer.

Corum sah sich immer mehr in die Verteidigung gedrängt. Der Karach trieb ihn zum Tor von Burg Erorn hinaus, trieb ihn bis an den Rand des Abgrundes, bis Corum all seine Kraft zusammennahm und in einem überraschenden Ausfall nach dem Arm des Schattenwesens hieb. Verräter drang tief in das Fleisch.

Der Karach schien die Wunde nicht zu spüren. Er verdoppelte die Wucht seiner Hiebe nur noch.

Dann stolperte Corum über einen Steinbrocken und fiel nach hinten. Mit verzerrter Stimme rief er aus:

»Das ist ungerecht! Das ist ungerecht!«

Und wieder begann die Harfe zu spielen, und sie schien ein Lied zu singen. Und er glaubte zu hören:

»Ah, war die Welt nicht immer so? Wie traurig sind Helden nach vollbrachten Taten ...«

Als würde er seinen Sieg genießen, kam der Karach langsam näher und hob sein Schwert.

Corum fühlte, wie etwas an seinem Handgelenk zog. Es war die silberne Hand, und sie erwachte zu einem eigenen Leben. Er sah, wie sich die Riemen öffneten und die Stifte abfielen. Die silberne Hand erhob sich und schwebte dorthin, wo Verräter lag und im Mondlicht schimmerte.

»Ich bin verrückt«, murmelte Corum. Doch dann erinnerte er sich, daß Medheb einen Zauber über die Hand gesprochen hatte.

Etwas, das er inzwischen längst vergessen zu haben schien, wie Medheb zweifellos auch.

Nun griff die silberne Hand, die Corum selbst angefertigt hatte, nach dem von Goffanon geschmiedeten Schwert, während der Karach zischend und fauchend zusah und dann wimmernd zurückwich.

Und die silberne Hand stieß das Schwert Verräter tief in das Herz des Karach. Der Doppelgänger schrie und fiel und war tot.

Corum lachte. »Leb wohl, Bruder! Ich hatte recht, dich zu fürchten, aber du warst nicht mein Verderben!«

Die Harfe erklang jetzt lauter, und ihr Spiel schien aus der Burg zu kommen. Seine silberne Hand und sein Schwert vergessend, rannte Corum zurück in die Burg, und da stand der Dagdagh, ein Jüngling ganz aus Gold, mit scharfen, schönen Zügen und tiefen, sardonischen Augen. Und der Dagdagh spielte auf einer Harfe, die irgendwo aus seinem Körper wuchs und doch eigentlich sein Körper war. Hinter dem Dagdagh stand ein anderer, den Corum auch erkannte. Es war Gaynor.

Corum wünschte sich, er hätte sein Schwert nicht vergessen. Er rief: »Wie ich dich hasse, Gaynor. Du erschlugst Goffanon!«

»Es ergab sich so, und es war nicht mein Wunsch. Ich bin gekommen, um Frieden mit dir zu schließen, Prinz Corum.«

»Frieden? Du warst mein schrecklichster Feind und wirst es immer sein!«

»Höre dem Dagdagh zu«, antwortete Gaynor der Verdammte.

Und der Dagdagh sprach – oder sang eigentlich – und er sagte dies zu Corum:

»Du bist hier nicht willkommen, Sterblicher. Nimm deinen Namensmantel von der Leiche des Karach und verlasse diese Welt. Du bist nur für eine Aufgabe hierhergebracht worden. Nun, nachdem diese Aufgabe erfüllt ist, mußt du gehen.«

»Aber ich liebe Medheb«, sagte Corum. »Ich will sie nicht verlassen!«

»Du hast Rhalina geliebt, und sie siehst du jetzt in Medheb.«

Gaynor drängte: »Ich spreche ohne jede böse Absicht, Corum. Glaube dem Dagdagh. Komm jetzt mit mir. Er hat uns ein Tor in ein Land geöffnet, in dem wir beide in Frieden leben können. Das ist wahr, Corum. Ich bin dort kurz gewesen. Hier ist unsere Chance, dem ewigen Kampf ein Ende zu setzen.«

Corum schüttelte den Kopf. »Vielleicht sprichst du die Wahrheit, Gaynor. Auch in den Augen des Dagdagh sehe ich die Wahrheit. Aber ich muß hierbleiben. Ich liebe Medheb.«

»Ich habe mit Medheb gesprochen«, sagte der Dagdagh. »Sie weiß, daß es falsch für dich ist, in dieser Welt zu verweilen. Du gehörst nicht hierher. Komm jetzt mit in jenes Land, wo du und Gaynor den Frieden kennenlernen werden. Es ist ein großes Angebot, das ich dir machen kann, Ewiger Held. Es ist mehr, als ich sonst bieten kann.«

»Ich muß bleiben«, sagte Corum.

Der Dagdagh begann wieder auf seiner Harfe zu spielen. Die Musik war süß und euphorisch. Es war die Musik hoher Liebe und selbstlosen Heldentums. Corum lächelte.

Er verbeugte sich vor dem Dagdagh, dankte ihm für sein Angebot und winkte Gaynor zum Abschied zu. Dann schritt er aus dem alten Tor von Burg Erorn und sah, daß ihn Medheb auf der anderen Seite des Abgrundes erwartete. Er lächelte ihr zu und hob die rechte Hand zum Gruß.

Aber sie lächelte nicht zurück. Sie hielt etwas in ihrer

rechten Hand, das sie nun über ihren Kopf hob und im Kreis zu wirbeln begann. Es war ihre Schleuder. Er sah überrascht zu ihr hinüber.

Wollte sie jetzt den Dagdagh erschlagen, in den sie so lange ihr Vertrauen gesetzt hatte?

Etwas schnellte von der Schlinge und traf Corum an der Stirn, und er fiel zu Boden, aber er lebte noch, obwohl sein Herz gebrochen war und sein Schädel zerschmettert. Er fühlte, wie das Blut über sein Gesicht rann.

Und er sah den Dagdagh über sich gebeugt, und der Dagdagh sah ihn mit einem Ausdruck tiefer Sympathie an. Und Corum knurrte den Dagdagh an.

»Fürchte eine Harfe«, sagte der Dagdagh mit seiner hohen, süßen Stimme. »Fürchte Schönheit.« Und er blickte zur anderen Seite des Abgrundes hinüber, wo Medheb stand und weinte. »Und fürchte einen Bruder ...«

»Deine Harfe hat Medhebs Herz gegen mich gekehrt«, sagte Corum. »Ich hatte recht, sie zu fürchten. Und ich hätte Medhebs Schönheit fürchten sollen, denn Medheb war es, die mich vernichtet hat. Aber ich erschlug den Bruder. Ich erschlug den Karach!«

»Nein«, erklärte der Dagdagh, und er hob das Tathlum auf, das Medheb geschleudert hatte. »Hier ist dein Bruder, Corum. Sein Gehirn mischte sie mit Knochenleim, um daraus das einzige Ding zu machen, mit dem das Schicksal erlaubt, dich zu erschlagen. Sie nahm das Gehirn von unter dem Hügel, dem Hügel von Cremm Croich, und nach meiner Anweisung fertigte sie das Tathlum. Cremm Croich erschlägt Corum Llaw Ereint. Du hättest nicht sterben müssen.«

»Ich konnte nicht verleugnen, sie zu lieben.« Corum gelang es, sich aufzurichten. Er legte die linke Hand gegen den gebrochenen Schädel, fühlte das Blut. »Ich liebe sie noch immer.«

»Ich sprach zu ihr. Ich erzählte ihr, was ich dir anbieten würde und was sie tun mußte, wenn du ablehntest. Für dich ist hier kein Platz, Corum.«

»Das sagst du!« Corum sammelte seine letzten Kräfte und warf sich auf den Dagdagh, aber der goldene Jüngling machte ein Zeichen, und Corums silberne Hand erschien, die noch das mondfarbene Schwert Verräter hielt.

Und Corum hörte Medheb aufschreien, bevor das Schwert ihm an der gleichen Stelle ins Herz fuhr, an der es auch den Karach getroffen hatte.

Und er hörte den Dagdagh sagen:

»Nun ist die Welt frei von aller Zauberei und allen Halbgöttern.«

Dann starb Corum.

HIER ENDET DER SECHSTE UND LETZTE BAND
DES BUCHES CORUM

Michael Moorcock

Ein Phänomen des Genres

Kaum ein anderer moderner Autor hat der phantastischen Literatur so viele Impulse verliehen wie Michael Moorcock. Er hat sich nicht nur als Autor, sondern auch als Herausgeber eines wichtigen Magazins einen Namen gemacht. Darüber hinaus feierte er als Rockmusiker eine Zeitlang wahre Triumphe. Die Gruppe *Hawkwind* (›Silver Mashine‹) gehörte in den siebziger Jahren zu den bekanntesten britischen Bands.

Geboren wurde Michael Moorcock am 18. Dezember 1939 in Mitcham, Surrey, England. 1955 verließ er das College, ohne einen Abschluß erlangt zu haben. Doch schon 1957 verkaufte er seine erste Kurzgeschichte ›Sojan the Swordsman‹, die in dem Magazin *Tarzans Adventures* erschien. Schon damals zeigte sich, daß Moorcock eine Vorliebe für Geschichten von Edgar Rice Burroughs hatte. Zahlreiche Verweise auf Burroughs finden sich vor allem in seiner ›Sword and Sorcery Fantasy‹. So beschreibt seine Trilogie über den Marskrieger Michael Kane (Bastei-Lübbe 20186), wie ein auf sich allein gestellter Held sich in einer barbarischen Welt zurechtfinden muß.

1958 verfaßte Michael Moorcock seinen ersten Roman, der aber weniger von Burroughs als von Mervyn Peake und Bertolt Brecht beeinflußt ist. Hier zeigte sich schon die Vielseitigkeit Moorcocks. Er schaffte es, gleichzeitig relativ schlicht gestrickte Heroic Fantasy sowie hochliterarische, beinahe experimentelle Romane zu schreiben.

Das Jahr 1964 markiert einen Einschnitt in der Biographie Moorcocks: Er übernahm die Herausgeberschaft des

Magazins *New Worlds.* Damit wandte er sich zum erstenmal sehr intensiv der Science Fiction zu und sollte eine ähnliche Bedeutung gewinnen, wie sie John W. Campbell in den vierziger Jahren besaß. Moorcock funktionierte das ehemals betuliche Magazin zu einem Forum für junge, ideenreiche Autoren um.

Unterstützt von Brian Aldiss, der als Autor bereits anerkannt war, förderte Moorcock neue britische und amerikanische Talente, z.B. Norman Spinrad, Thomas Disch, Charles Platt u.v.a. Die von Moorcock initiierte ›New Wave‹ der SF sorgte für frischen Wind im Genre und wurde von älteren, etablierten Autoren oftmals angegriffen.

Sein Wirken als Herausgeber beeinflußte aber auch den Schriftsteller Michael Moorcock. Es entstand der wohl sonderbarste und ausgeflippteste Zyklus der Science Fiction. Moorcock kreierte Jerry Cornelius, einen Pophelden des ›Swinging London‹.

Cornelius war eine Art hedonistischer, amoralischer Jedermann seiner Zeit. Er schien alle Einflüsse in sich aufzusaugen und wurde damit zum Inbegriff der sinnenfrohen sechziger Jahre. Leider verlor sich neben den vielen Bildern und Anspielungen gelegentlich die eigentliche Geschichte von Jerry Cornelius, der am Ende der Anti-Held sein sollte, der die Welt vor dem Untergang bewahrte.

Einen größeren Erfolg beim Publikum erzielte Moorcock mit seinem Roman *I.N.R.I. oder Die Reise mit derZeitmaschine,* der Geschichte eines ›anderen‹ Jesus, der sich als freundlicher Irrer erweist und lediglich die Rolle des Erlösers spielt. Für dieses Werk erhielt Moorcock 1968 den Nebula Award, eine der größten Auszeichnungen der SF.

In den siebziger und achtziger Jahren hat Michael Moorcock sich vornehmlich Mainstream-Romanen zugewandt. Gerade bei seinen jungen Lesern sind seine großen Fantasy-Zyklen weiterhin ein Verkaufsschlager. *Das Buch Corum* liegt mittlerweile in der 6. Auflage vor.

Die Werke von Michael Moorcock bei Bastei-Lübbe

Das Buch Corum (20072)
Die Chronik um Prinz Corum, den faszinierendsten Helden der Fantasy.

Der Herzog von Köln (13058)
Die große Fantasy-Saga über einen Runenstab, der über die Grenzen von Zeit und Raum hinweg auf das Schicksal der Menschen einwirkt – auch auf den Herzog von Köln, der verzweifelt um seine Herrschaft kämpft.

Der Weg nach Tanelorn (13074)
Der Herzog von Köln im Kampf gegen die Mächte der Finsternis. Um das Chaos zu bezwingen, muß er in die heilige Stadt Tanelorn reisen.

Der ewige Held (20117)
Er ist der Kämpfer zwischen Ordnung und Chaos, der ewige Held seit dem Anbeginn der Zeit, denn er wird immer wiedergeboren.

Der Marskrieger (20186)
Ein defekter Materie-Transmitter schleudert den amerikanischen Wissenschaftler Michael Kane durch Zeit und Raum.

Abgeschieden von der übrigen Welt, umschlossen von Meer und Bergen, liegt Elderland, die Heimat des friedfertigen Ffolks. Das Ffolk ist stolz auf seine Geschichte und hortet im großen Museum zu Aldswick viele seltsame und kuriose Dinge aus der Vergangenheit. Doch als die düsteren Schatten dieser Vergangenheit sich auf das Land legen und eine Gefahr heraufzieht, die alle schon längst gebannt geglaubt, treten Geheimnisse zutage, von denen niemand etwas ahnte. Nun muß sich das Ffolk bewähren. Das Schicksal des ganzen Imperiums lastet auf einer kleinen Gruppe treuer Freunde, die zu einer abenteuerlichen Reise aufbrechen, welche sie an die Grenzen der Welt führen wird, zum Anfang und zum Ende der Zeit …

ISBN 3-404-20333-X

BASTEI LÜBBE

Frank Rehfeld
Die DÄMMER SCHMIEDE
Die Legende von ARCANA
BASTEI LÜBBE

Der junge Magier Aylon lebt im Schutz der Ordensburg Cavillon. Um seine Ausbildung abzuschließen, begibt er sich an den Hof des Fürsten Maramon. Dort steht er plötzlich im Mittelpunkt einer großangelegten Intrige, bei der es um weit mehr geht als nur um die Herrschaft über Arcana. In letzter Minute kann er ein grausames Menschenopfer verhindern, muß aber erkennen, daß er damit eine noch viel größere Gefahr heraufbeschworen hat. Der ›Drache‹, ein dämonischer Götze, droht sich von einem uralten Bann zu befreien und die Schrecken der Vergangenheit wieder lebendig werden zu lassen. Zusammen mit Floyd, einem Gauner, und der jungen Hexe Laira macht sich Aylon auf den Weg zum verborgenen Tempel der Drachenpriester – und erfährt dabei Erschreckendes über seine eigene Herkunft und einen geheimnisvollen Fremden namens Kenran Del.

ISBN 3-304-20376-3

BASTEI
LÜBBE

Nach dem ›*Herrn der Ringe*‹ war die Welt der Fantasy nicht mehr dieselbe. Kaum ein anderes Werk hat einen solchen Einfluß auf eine ganze Literaturgattung ausgeübt. In dieser außergewöhnlichen Anthologie verbeugen sich einige der bedeutendsten Autoren des Genres respektvoll vor ihrem großen Vorbild J.R.R. Tolkien, mit Geschichten, die sie speziell zu seinen Ehren geschrieben haben: TERRY PRATCHETT, STEPHEN R. DONALDSON, ROBERT SILVERBERG, GREGORY BENFORD, JANE YOLEN, CHARLES DE LINT, DENNIS L. MCKIERNAN, PETER S. BEAGLE, POUL UND KAREN ANDERSON, JOHN BRUNNER, PATRICIA A. MCKILLIP und viele mehr.

ISBN 3-304-13803-1

BASTEI LÜBBE

›Nach dem HERRN DER RINGE war die Welt der Fantasy nicht mehr dieselbe‹, hieß es auf dem Klappentext zum Vorgängerband dieser Anthologie: DIE ERBEN DES RINGS herausgegeben von Martin H. Greenberg (Bastei Lübbe Band 13 803). In jenem Band vorbeugten sich anglo-amerikanische Autoren vor dem großen Erzähler. Doch nicht nur im englischsprachigen Raum hat Tolkien seine Spuren hinterlassen, auch eine junge Generation von deutschen Schriftstellern wird auf die ein oder andere Art von ihm beeinflusst. In dieser Anthologie sind neue Geschichten gesammelt, die Tolkien zu Ehren geschrieben wurden, oft mit einem Augenzwinkern, aber stets voller Respekt. Autoren sind u.a.: Helmut W. Pesch, Wolfgang Hohlbein und Kerstin Gier

ISBN 3–404–20421–2

BASTEI LÜBBE